Arkadi und Boris
STRUGATZKI

Fluchtversuch

Es ist schwer,
ein Gott zu sein

Unruhe

Die dritte Zivilisation

Der Junge aus der Hölle

WILHELM HEYNE VERLAG
MÜNCHEN

Titel der Originalausgaben
Попытка к бегству
Трудно быть богом
Беспокойство
Малыш
Парень из преисподней

Deutsche Übersetzung von Dieter Pommerenke (Fluchtversuch),
Arno Specht (Es ist schwer, ein Gott zu sein),
David Drevs (Unruhe), Aljonna Möckel (Die dritte Zivilisation),
Erika Pietraß (Der Junge aus der Hölle)
Ergänzung anhand der ungekürzten und unzensierten Originalversionen
von »Fluchtversuch« und »Es ist schwer, ein Gott zu sein«,
Übersetzung der Kommentare von Boris Strugatzki
sowie Nachdichtungen: Erik Simon

Textbearbeitung und Redaktion: Anna Doris Schüller

Verlagsgruppe Random House FSC® N001967
Das für dieses Buch verwendete FSC®-zertifizierte Papier
Holmen Book Cream liefert Holmen Paper, Hallstavik, Schweden.

2. Auflage
Deutsche Erstausgabe 4/2012
Copyright © 1962, 1964, 1971, 1974, 1990
by Arkadi und Boris Strugatzki
Copyright © 2001 des Kommentars by Boris Strugatzki
Copyright © 2012 der deutschen Ausgabe
und der Übersetzung by Wilhelm Heyne Verlag, München
in der Verlagsgruppe Random House GmbH
www.heyne.de
Printed in Germany 2014
Umschlaggestaltung: Nele Schütz Design, München
Satz: C. Schaber Datentechnik, Wels
Druck und Bindung: GGP Media GmbH, Pößneck

ISBN 978-3-453-52686-0

INHALT

Fluchtversuch
Seite 7

Es ist schwer, ein Gott zu sein
Seite 149

Unruhe
Seite 371

Die dritte Zivilisation
Seite 505

Der Junge aus der Hölle
Seite 705

Anhang

BORIS STRUGATZKI
Kommentar
Seite 837

Anmerkungen
Seite 873

Die wichtigsten Werke der Brüder Strugatzki
Seite 879

FLUCHTVERSUCH

1

»Ein schöner Tag wird das heute!«, sagte Wadim.

Er stand vor der weit geöffneten Hauswand, schlang die Arme um die nackten Schultern und blickte in den Garten. In der Nacht hatte es geregnet; Gras, Büsche und das Dach des Bungalows nebenan waren nass. Der Himmel sah grau aus, und auf dem Weg glitzerten Pfützen. Wadim zog die Badehose straff, sprang auf den Rasen hinaus und lief den Weg entlang. Die feuchte Morgenluft tief und hörbar einatmend, eilte er an nass gewordenen Liegestühlen, Kisten und Ballen vorbei; am Vorgarten des Nachbarn, wo ein halb auseinandermontierter »Kolibri« sein Inneres zur Schau stellte; rannte durch nasses, üppig wucherndes Gebüsch und zwischen feuchten Kiefernstämmen hindurch; lief ohne anzuhalten in einen kleinen See und schwamm zum gegenüberliegenden, mit Riedgras bewachsenen Ufer. Von dort rannte er, erhitzt, aber sehr zufrieden mit sich und sein Tempo weiter steigernd, wieder zurück, sprang über die großen Pfützen, schreckte die kleinen grauen Frösche auf und rannte geradewegs zu der Waldwiese vor Antons Bungalow, wo das Schiff stand.

Das Raumschiff war keine zwei Jahre alt und wie neu. Seine matten schwarzen Flanken waren trocken und vibrierten kaum merklich. Die spitz aufragende Kuppe zeigte eine starke Neigung auf jenen Punkt des grauen Himmels, an dem sich hinter den Wolken die Sonne befand: Das Schiff tankte gerade Energie. Es handelte sich um ein harmloses

Raumschiff vom Typ »Tourist«. Das hohe Gras rings umher war mit Reif bedeckt, welk und vergilbt; bei einem regulären Linienraumschiff wäre der Wald im Umkreis von zehn Kilometern über Nacht auf winterliche Temperaturen abgekühlt.

Wadim lief, schlitternd in den Kurven, einmal um das Schiff herum und kehrte dann zurück nach Hause. Ächzend vor Wohlbehagen rieb er sich mit einem Frotteehandtuch ab und sah, wie aus dem Bungalow gegenüber Onkel Sascha trat; in der Hand hielt er ein Skalpell. Wadim winkte ihm mit dem Handtuch zu. Onkel Sascha war hundertfünfzig Jahre alt und werkelte Tag für Tag an seinem Helikopter. Allerdings ohne Erfolg – der »Kolibri« flog immer noch schlecht. Onkel Sascha schaute Wadim nachdenklich an.

»Hast du vielleicht ein paar Bioelemente übrig?«, fragte er.
»Sind Ihre durchgeschmort?«
»Ich weiß nicht. Die Kennkurve ist nicht in Ordnung.«
»Wir könnten Anton anrufen, Onkel Sascha«, schlug Wadim vor. »Er ist gerade in der Stadt. Da kann er Ihnen welche mitbringen.«

Onkel Sascha ging zu seinem Helikopter und schlug mit dem Skalpell gegen den Bug.

»Warum fliegst du nicht, dummes Ding?«, schimpfte er.
Wadim zog sich an.
»Bioelemente!«, knurrte Onkel Sascha und fuhr mit dem Skalpell in die Eingeweide des »Kolibri«. »Was sollen die nützen! Lebendige Mechanismen. Halblebendige Mechanismen. Fast tote Mechanismen. Weder Montage noch Elektronik. Nichts als Nerven! Verzeihung, aber ich bin kein Chirurg.« Der Helikopter zuckte zusammen. »Ruhig, du Tier! Wirst du wohl stillhalten!« Onkel Sascha zog das Skalpell wieder heraus. »Das ist unmenschlich!«, sagte er. »Da wird eine arme, lädierte Maschine plötzlich zum kranken Zahn. Vielleicht bin ich altmodisch? Sie tut mir leid, verstehst du?«

»Mir auch«, murmelte Wadim, während er sich das Hemd überstreifte.

»Wie?«

»Ich sagte: Vielleicht kann ich Ihnen helfen?«

Eine Weile wanderte Onkel Saschas Blick zwischen dem Helikopter und dem Skalpell hin und her.

»Nein«, erwiderte er dann entschlossen. »Ich will nicht vor den Umständen kapitulieren. Er wird fliegen.«

Wadim setzte sich an den Frühstückstisch, schaltete den Stereovisor ein und legte ein Buch vor sich: »Die neuesten Methoden zum Aufspüren von Tachorgen«; es war ein altes Buch, noch auf Papier gedruckt, und schon von Wadims Großvater immer wieder gelesen worden. Auf dem Einband war eine Landschaft der unter Naturschutz stehenden Pandora abgebildet, mit zwei Ungeheuern im Vordergrund.

Während er aß und in seinem Buch blätterte, betrachtete Wadim die bildhübsche Sprecherin, die von Auseinandersetzungen der Kritiker über das Problem des Emotiolismus berichtete. Die Sprecherin war neu, und Wadim freute sich schon die ganze Woche über den reizvollen Anblick.

»Emotiolismus!«, seufzte er und biss von seinem Ziegenkäsebrot ab. »Liebes Mädchen, das Wort ist ja abscheulich. Schon allein der Klang! Komm lieber mit uns. Wir lassen das Wort auf der Erde, und bis wir wieder zurück sind, ist es bestimmt gestorben, darauf kannst du dich verlassen.«

»Der Emotiolismus ist sehr vielversprechend«, sagte die Sprecherin ungerührt. »Weil nur er heutzutage eine echte, nachhaltige Perspektive bietet, die Entropie der emotionalen Information in der Kunst entscheidend zu verringern. Weil nur er heutzutage ...«

Wadim stand auf und trat mit dem Butterbrot in der Hand ins Freie.

»Onkel Sascha«, rief er. »Was empfinden Sie bei dem Wort ›Emotiolismus‹?«

Der Nachbar stand, die Hände auf dem Rücken, vor dem Helikopter, in dem das Unterste zuoberst gekehrt war. Der »Kolibri« schwankte wie ein Baum im Wind.

»Wie?«, fragte Onkel Sascha, ohne sich umzudrehen.

»Das Wort ›Emotiolismus‹«, wiederholte Wadim. »Ich bin sicher, bei diesem Wort hört jeder die Totenglocken läuten, sieht ein Krematorium vor sich und verspürt den Geruch verwelkter Blumen.«

»Du warst schon immer ein feinfühliger Junge, Wadim«, erwiderte der Alte seufzend. »Aber es ist in der Tat ein scheußliches Wort.«

»Vollkommen agrammatisch«, bestätigte Wadim kauend. »Ich freue mich, dass Sie das auch so empfinden. Aber sagen Sie, wo haben Sie denn Ihr Skalpell gelassen?«

»Es ist mir hineingefallen«, antwortete Onkel Sascha.

Wadim beobachtete eine Weile den qualvoll zuckenden Helikopter.

»Wissen Sie, was Sie da getan haben, Onkel Sascha?«, sagte er schließlich. »Sie haben mit dem Skalpell das Verdauungssystem geschlossen. Ich rufe sofort Anton an. Er soll Ihnen ein neues Skalpell mitbringen.«

»Und das alte?«

Wadim winkte mit traurigem Lächeln ab.

»Schauen Sie mal her«, sagte er und hielt den Rest seines Butterbrots hoch. »Sehen Sie?« Er schob sich das Brot in den Mund, kaute und schluckte es hinunter.

»Und?«, fragte Onkel Sascha interessiert.

»Das ist, anschaulich demonstriert, das Schicksal Ihres Skalpells.«

Onkel Sascha starrte auf den Helikopter, der aufgehört hatte zu zucken.

»Aus!«, rief Wadim. »Ihr Skalpell gibt es nicht mehr. Dafür ist Ihr ›Kolibri‹ jetzt aufgeladen. Für dreißig Stunden Dauerbetrieb wird's reichen.«

Onkel Sascha ging um den Helikopter herum und betastete ihn hier und da. Wadim lachte und kehrte an den Tisch zurück. Er aß noch ein Butterbrot und trank ein Glas saure Milch dazu. Da klickte der Auslöser des Informators, und eine leise, ruhige Stimme sagte: »Keine aktuellen Einladungen und Besuche. Vor Abfahrt in die Stadt wünscht Anton einen guten Morgen und schlägt vor, gleich nach dem Frühstück mit der Loslösung von der Erde zu beginnen. Im Institut sind neun neue Aufgaben eingetroffen ...«

»Bitte keine Einzelheiten«, bat Wadim.

»... Aufgabe Nummer neunzehn ist noch nicht abgeschlossen. Pearl Minchin hat das Theorem der Existenz polynomischer Operationen über dem Q-Feld der Simonjan-Strukturen bewiesen. Adresse: Richmond, 17-17-7. Ende.«

Der Informator klickte, fügte aber nach einer kurzen Pause belehrend hinzu: »Wer neidet, leidet.«

»Trottel!«, zischte Wadim. »Ich bin überhaupt nicht neidisch. Im Gegenteil: Ich freue mich! Hast es geschafft, Pearl!« Gedankenverloren starrte er in den Garten. »Nein«, sagte er schließlich. »Schluss damit! Ich muss mich von allem Irdischen lösen.«

Er warf das schmutzige Geschirr in den Müllschlucker und schrie: »Auf zu den Tachorgen! Schmücken wir Pearl Minchins Arbeitszimmer in Richmond, 17-17-7, mit einem Tachorgenschädel!« und sang:

»Heulen soll vor Angst und Zagen
der Tachorg, das wilde Biest,
denn es naht, um ihn zu jagen,
struktureller Linguist.«

»Und jetzt ...«, sagte er. »Wo ist das Radiofon?« Er wählte eine Nummer. »Anton? Wie sieht's aus?«

»Ich stehe hier Schlange.«

»Was sagst du da? Wollen die alle zur Pandora?«

»Viele. Zudem verbreitet jemand das Gerücht, dass man die Jagd auf Tachorge bald verbieten wird.«

»Aber wir werden es noch schaffen?«

»Ja«, erwiderte Anton nach einer Weile.

»Warten da auch Mädchen?«

»Na klar.«

»Werden die es auch noch schaffen?«

»Ich frage mal. – Sie meinen, ja.«

»Bestell ihnen schöne Grüße von einem bekannten strukturellen Linguisten und sag ihnen, ich wäre sechs Fuß groß und von guter Statur. Wart mal, Anton, was wollte ich dir noch sagen? Ach ja! Bring doch bitte ein Skalpell für Onkel Sascha mit. Und ein paar ›BE-6‹ und ›BE-7‹.«

»Und einen neuen Helikopter«, spottete Anton. »Was hat denn der Alte mit seinem Skalpell gemacht?«

»Na, was meinst du, was man damit machen kann?«

»Keine Ahnung«, sagte Anton nach kurzem Überlegen. »Ein Skalpell hält doch ewig. Wie die Tempel von Baalbek.«

»Es ist ihm in den Magen seines ›Kolibri‹ gefallen.«

Im Radiofon ertönte vielstimmiges Gekicher; die ganze Schlange amüsierte sich.

»Na gut«, sagte Anton. »Wart auf mich, ich bin gleich da. Kannst ja inzwischen den Superkargo spielen und mit dem Beladen anfangen.«

Wadim steckte das Radiofon in die Tasche und schätzte durch drei Zimmer die Entfernung bis zum Eingang.

»Die Beine sind schwach«, zitierte er. »Aber die Arme sind willig.«

Er machte einen Handstand, lief auf den Händen bis zur Tür, machte auf der Vortreppe einen Salto und landete auf allen vieren im Gras. Dann stand er auf, säuberte die Hände und deklamierte:

»Ob beim Zweikampf, ob im Kriege,
überall er siegreich ist –
das Symbol von Glück und Freude –
struktureller Linguist.«

Dann ging er gemächlich in den Garten, wo die Kisten und Ballen lagerten – eine ansehnliche Ladung. Sie mussten ja nicht nur Jagdwaffen, Munition und Verpflegung mitnehmen, sondern auch Kleidung für die Jagd. Und für das berühmte »Jägercafé«, das auf dem flachen Gipfel der Ewerina lag: Hier strich der herb duftende Wind ungehindert an den Tischen entlang, und tief unten im Tal ballten sich undurchdringliche schwarze Büsche wie Gewitterwolken; von Dornen zerschrammte Jäger leerten unter Gelächter bauchige Flaschen »Tachorgenblut« und prahlten damit, was sie für Schädel hätten erbeuten können, wenn sie gewusst hätten, an welchem Ende beim Karabiner der Kolben saß; in der dunkelgrünen Dämmerung tanzten auf müden Beinen Paare in »Heiterem Rhythmus«, und am sternlosen Himmel über der »Gebirgskette der Kühnen« gingen verschwommene, abgeplattete Monde auf.

Wadim hockte sich vor die schwerste Kiste, schob sie zurecht und wuchtete sie mit einem Ruck auf die Schultern. Sie enthielt die Waffen: drei automatische Karabiner mit Zielvorrichtung zum Schießen bei Nebel und sechshundert Schuss Munition in flachen Kunststoffmagazinen. Wadim trug die Kiste durch den Garten zum Schiff und ging bei jedem Schritt leicht in die Knie. Er steuerte die Einstiegsöffnung an und stieß mit dem Fuß gegen die Bordwand. Die Membran, die die ovale Luke überspannte, zerriss, und Wadim schob die Kiste ins dunkle Innere, aus dem ihm kühle Luft entgegenschlug.

Auf dem Weg zurück pflückte er große Beeren von den Sträuchern, und jedes Mal regnete eine Ladung kalter Wassertropfen auf ihn herab.

Mindestens fünf Tachorge müssen wir erlegen, überlegte er. Einen Schädel für Pearl Minchin in Richmond, damit sie weiß, dass ich kein Versager bin. Einen Schädel für Mutter. Aber sie wird ihn nicht haben wollen … Dann verschenke ich ihn an das erste Mädchen, das nach zehn Uhr an der Ecke Newski-Prospekt und Sadowaja-Straße an mir vorübergeht. Mit dem dritten werf ich nach Samson, um seine Skepsis zu dämpfen; er hat sich doch so merkwürdig aufgeführt, als ich Nelly vom letzten Ausflug zur Pandora erzählte. Den vierten Schädel kriegt Nelly, damit sie *mir* glaubt, und nicht Samson. Und den fünften hänge ich mir über den Stereovisor. Genüsslich malte er sich aus, wie wunderbar die bildhübsche Sprecherin unter den gefletschten Zähnen des Untiers aussehen würde.

Er trug zudem vier große Kisten mit lebendem Fleisch, acht Kisten mit Gemüse und Obst und zwei Ballen mit Kleidung zum Schiff, dazu eine große Kiste mit Geschenken für die alteingesessenen Pandoraner, auf der in krakeliger Schrift stand: »Büchse für Pandora«.

Über den Wolken stieg die Sonne immer höher und es wurde langsam heiß. Alles ringsum trocknete; die Frösche verbargen sich im Gras. In den leeren Bungalows öffneten sich geräuschvoll die Wände. Onkel Sascha machte seine Hängematte neben dem »Kolibri« fest, legte sich hinein und begann Zeitung zu lesen. Wadim, der mit dem Verladen der Kisten fertig war, machte es sich neben dem Stachelbeerstrauch bequem.

»Ihr fliegt also jetzt«, sagte Onkel Sascha.

»Ja.«

»Zur Pandora?«

»Ja.«

»Hier steht, dass das Naturschutzgebiet gesperrt werden soll. Für mehrere Jahre.«

»Kein Problem, Onkel Sascha«, versetzte Wadim. »Wir kommen schon noch rechtzeitig.«

Nach einer Weile meinte Onkel Sascha leise: »Allein werde ich mich hier ganz schön langweilen.«

Wadim hörte auf zu kauen. »Wir kommen doch wieder, Onkel Sascha! In einem Monat schon.«

»Trotzdem: Ich werde solange in der Stadt bleiben. Was soll ich hier allein in fünf Bungalows!« Er sah zum Helikopter. »Mit diesem kaputten Esel, diesem ...«

Vom Himmel drang leises Brummen.

»Da fliegt noch so einer«, sagte Onkel Sascha.

Wadim hob den Kopf. Dicht über der Siedlung beschrieb ein leuchtend roter »Rhamphorhynchus« behäbig eine Acht. An seinem schmalen Rumpf war deutlich eine weiße Nummer zu erkennen.

»So kann ich das auch«, meinte Onkel Sascha. »Aber flieg mal im Sturzflug, mein Lieber, und zwar weder schief noch schräg, sondern kerzengrade ...«

Der »Rhamphorhynchus« entfernte sich. Auf dem betonierten Weg hinter dem Garten knirschten Autoreifen.

»Jetzt kommt Leben in unsere Siedlung«, meinte Onkel Sascha. »Ein Verkehr ist das heute, wie auf dem Newski-Prospekt.«

»Das ist Anton!« Wadim sprang auf und eilte zum Schiff. Anton fuhr den Wagen in die Garage. Als er wieder herauskam, sagte er zerstreut: »Alles in Ordnung, Wadim. Ich habe das Logbuch vorgelegt und grünes Licht bekommen ...«

»Aber?«, fragte Wadim scharfsinnig.

»Wieso ›aber‹?«

»Ich habe aus deinen Worten deutlich ein ›Aber‹ herausgehört.«

»Ich war bei Galka«, gestand Anton. »Sie kommt nicht mit.«

»Meinetwegen?«

»Nein.« Und nach einer Pause: »Meinetwegen.«

»Tja«, sagte Wadim vielsagend.

»Wie sieht's denn mit unserem Gepäck aus, Superkargo?«, erkundigte sich Anton.

»Alles in Ordnung, Käpt'n. Wir können starten.«

»Und wie sieht es bei uns zu Hause aus? Alles aufgeräumt?«

»In wessen Zuhause?«

»In meinem, zum Beispiel.«

»Nein, Käpt'n. Entschuldigung, Käpt'n! Ich bin eben erst mit dem Einladen fertig geworden.«

Wieder flog der rote »Rhamphorhynchus« dicht über die Dächer hinweg. Anton schaute ihm nach.

»Was hat das zu bedeuten?«, fragte er verwundert. »Wieder die ZS-268. Ich habe das Gefühl, ich bin Gegenstand konzentrierter Aufmerksamkeit geworden. Dieser rote ›Rhamphorhynchus‹ verfolgt mich vom Schlossplatz an.«

»Vielleicht steckt eine Frau dahinter?«, mutmaßte Wadim.

»Mir sind die Frauen noch nie nachgelaufen.«

»Einmal könnten sie ja damit anfangen«, versetzte Wadim. Doch dann kam ihm ein neuer Gedanke. »Oder es ist ein Mitglied des Geheimbundes zum Schutz der Tachorge?«

Wieder flog der »Rhamphorhynchus« über ihre Köpfe hinweg, verstummte jedoch plötzlich.

»Eh, der will zu Onkel Sascha«, rief Wadim. »Soll wohl ausgeschlachtet werden. Armer ›Rhamphorhynchus‹! Übrigens, hast du die Sachen mitgebracht?«

»Klar«, antwortete Anton und sah an ihm vorbei zum Gebüsch. Dann sagte er: »Nein, du struktureller Superkargo, der will nicht zu Onkel Sascha.« Hinter dem Gebüsch tauchte ein großer, hagerer Mann auf. Er trug einen weiten weißen Kittel und weiße Hosen, hatte ein braungebranntes schmales Gesicht mit buschigen Augenbrauen und große zimtbraune Ohren. In der Hand trug er eine prall gefüllte Aktentasche.

»Das ist er«, sagte Anton.

»Wer?«

»Na, der Weiße. Die ganze Zeit über ist er um die Schlange herumgeschlichen und hat sich alle genau angesehen.«

»Ich werde ihm gleich erzählen, was Tachorge sind«, sagte Wadim. »Dann wird er es einsehen.«

Der Mann kam direkt auf die beiden Jäger zu und betrachtete sie aufmerksam.

»Wussten Sie, dass Tachorge Menschen anfallen und ihnen dabei schwere Verletzungen beibringen können?«, fragte Wadim. »Zum Krüppel können sie einen machen.«

»Was Sie nicht sagen!«, versetzte der Mann. »Tachorge? Das höre ich zum ersten Mal. Aber das betrifft mich auch nicht. Ich bin mit einer Bitte zu Ihnen gekommen. Guten Tag!« Er legte zwei Finger an die Schläfe.

»Guten Tag!«, erwiderte Anton. »Wollen Sie zu mir?«

Der Unbekannte ließ die große, prall gefüllte Aktentasche fallen und wischte sich den Schweiß von der Stirn. Aus der Tasche drang ein dumpfes Krachen. »Ja, ich will zu Ihnen«, antwortete er langsam. Er blinzelte und fuhr sich abermals kräftig mit der Hand über das Gesicht. »Aber fragen Sie mich bitte nicht, weshalb ich ausgerechnet zu Ihnen komme. Das ist purer Zufall. Ebenso gut hätte ich mich an jemand anderen wenden können.«

»Da haben wir aber Glück gehabt!«, rief Wadim fröhlich. »Überhaupt haben wir heute Glück!«

Der Unbekannte sah ihn an, ohne zu lächeln.

»Sind Sie der Kapitän?«, erkundigte er sich.

»Potenziell – ja«, antwortete Wadim. »Kinetisch betrachtet bin ich Superkargo und Oberspezialist für Tachorge. Amateurzoologe, wenn Sie so wollen.«

Wadim war jetzt nicht mehr zu bremsen; er musste um jeden Preis ein Lächeln auf das Gesicht des Unbekannten zaubern, sei es auch nur ein höfliches.

»Außerdem bin ich Amateurkopilot«, fuhr er fort. »Für den Fall, dass den Kapitän ein Gichtanfall oder eine Schleimbeutelentzündung ereilt.«

Der Unbekannte hörte schweigend zu, und Anton sagte leise: »Sehr witzig.«

Eine Pause trat ein.

»Wie ich gehört habe, fliegen Sie zur Pandora«, sagte der Unbekannte. Dabei blickte er Anton an.

»Ja, das ist richtig.« Anton schielte nach der Aktentasche. »Wollen Sie etwas mitschicken?«

»Nein«, antwortete der Unbekannte. »Mitzuschicken habe ich nichts. Ich möchte Ihnen einen Vorschlag machen. Sie reisen doch zu Ihrem Vergnügen?«

»Ja«, erwiderte Anton.

»Sofern man eine gefährliche Jagd als Vergnügen betrachten kann«, ergänzte Wadim bedeutungsvoll.

»Es ist ein schöner Urlaub«, sagte Anton. »Touristenreise und Jagd.«

»Eine Touristenreise …«, wiederholte der Unbekannte langsam und ein wenig verwundert. »Wisst ihr, Jungs, ihr seht gar nicht aus wie Touristen … eher wie junge, starke Burschen auf Entdeckungsreise. Was wollt ihr denn auf einem erschlossenen Planeten mit elektrifizierten Dschungeln und Brauseautomaten in der Wüste! Warum nehmt ihr nicht Kurs auf einen unbekannten Planeten?«

Anton und Wadim wechselten einen flüchtigen Blick.

»Und auf welchen Planeten?«, fragte Anton.

»Ist das nicht egal? Irgendeinen. Auf den noch kein Mensch seinen Fuß gesetzt hat.« Plötzlich riss der Unbekannte die Augen auf. »Oder gibt es davon keine mehr?«

Er scherzte nicht, das war offensichtlich. Anton und Wadim wechselten erneut einen kurzen Blick.

»Doch, wieso?«, fragte Anton zurück. »Von solchen Planeten gibt es jede Menge. Aber wir bereiten uns schon seit dem Winter darauf vor, zur Jagd auf die Pandora zu fliegen.«

»Was mich angeht«, warf Wadim ein, »so habe ich die Schädel meiner noch nicht erlegten Tachorge bereits an meine Bekannten verschenkt.«

»Und schließlich: Was sollten wir auf einem nicht erschlossenen Planeten anfangen?«, fragte Anton ruhig. »Wir sind keine wissenschaftliche Expedition und keine Experten. Wadim ist Linguist, ich bin Raumfahrer, Pilot. Wir wären nicht einmal in der Lage, eine wissenschaftliche Erstbeschreibung zu verfassen ... Aber vielleicht haben Sie etwas Bestimmtes vor?«

Der Unbekannte runzelte die Stirn.

»Nein, ich habe nichts vor«, erwiderte er schroff. »Ich muss bloß auf einen unbekannten Planeten, und die Frage lautet: Können Sie mir helfen oder nicht?«

Wadim zog den Reißverschluss seiner Jacke nervös auf und zu. Der Ton des Unbekannten behagte ihm nicht – so redete normalerweise niemand mit ihm. Trotzdem war die Situation nicht ganz einfach: Jemand, der seinem Amüsement nachgehen möchte, hat es schwer, mit jemandem zu streiten, der geschäftlich verreisen muss. Da Wadim keine stichhaltigen Argumente einfielen, wollte er sich schon über die Manieren des Unbekannten beschweren, als etwas Sonderbares geschah.

Zuerst fing hinter den Bäumen ein Hund an zu bellen. Es war Trofim, Onkel Saschas Airedaleterrier, ein alter, blöder Köter mit lautem Organ, der Merkmale aristokratischer Degeneration zeigte. Wahrscheinlich bellte er, weil sich eine Wespe auf seine Nase gesetzt hatte und er nicht wusste, was er machen sollte. Auf einmal verzerrte sich das Gesicht des Unbekannten, er duckte sich und sprang mit einem langen Satz beiseite. Noch ehe Wadim begriffen hatte, was vor sich ging, richtete sich der Unbekannte wieder auf und kehrte mit betont langsamen Schritten dahin zurück, wo er eben gestanden hatte. Auf seiner Stirn glänzten Schweißtropfen. Wadim sah rasch zu Anton hinüber, der ruhig und nachdenklich dreinblickte.

»Also gut«, lenkte er ein. »Im zweiten Bezirk gibt es viele gelbe Zwerge mit recht passablen Planeten vom Typ Erde. Wir könnten dorthin fliegen, zum EN 7031 beispielsweise. Dorthin war schon einmal ein Flug geplant, der aber wieder verschoben wurde. Die Sache schien zu uninteressant. Die Freiwilligen haben für die gelben Zwerge nichts übrig; sie wollen Riesen, am besten Mehrfachsterne. Sagt Ihnen der EN 7031 zu?«

»Durchaus«, antwortete der Unbekannte. Er hatte sich wieder gefasst. »Vorausgesetzt, der Planet ist tatsächlich unbewohnt.«

»Das ist kein Planet«, korrigierte ihn Anton höflich. »Es ist ein Stern. Eine Sonne. Aber dort gibt es auch Planeten, allem Anschein nach unbewohnte. Übrigens, wie heißen Sie?«

»Ich heiße Saul«, antwortete der Unbekannte und lächelte zum ersten Mal. »Saul Repnin. Ich bin Historiker. 20. Jahrhundert. Aber ich werde mir alle Mühe geben, mich nützlich zu machen. Ich kann Essen zubereiten, Landmaschinen bedienen, nähen, Schuhe reparieren, schießen …« Er machte eine Pause. »Außerdem weiß ich, wie man das früher gemacht hat. Ferner beherrsche ich mehrere Sprachen: Polnisch, Slowakisch, Deutsch, ein wenig Französisch und Englisch …«

»Schade, dass Sie kein Raumschiff steuern können«, meinte Wadim seufzend.

»Ja, schade«, pflichtete ihm Saul bei. »Aber halb so schlimm, denn Sie können es ja.«

»Seufz nicht, Wadim«, sagte Anton. »Auch für dich wird es langsam Zeit, dass du die seltsamen Landschaften namenloser Planeten zu sehen bekommst. In einem Café tanzen kann man auch auf der Erde. Bewähre dich, wo es keine Mädchen gibt, du Schwerenöter!«

»Ich seufze ja vor Wonne«, versetzte Wadim. »Was ist schon ein Tachorg! Ein allseits bekanntes plumpes Vieh.«

»Hoffentlich habe ich Sie nicht zu Ihrem Einverständnis gezwungen?«, vergewisserte sich Saul liebenswürdig. »Ich hoffe, Ihre Zustimmung ist in entscheidendem Maße freiwillig und unabhängig?«

»Gewiss doch«, erwiderte Wadim. »Was ist denn Freiheit? Einsicht in die Notwendigkeit. Alles Übrige sind Nuancen.«

»Passagier Saul Repnin«, sagte Anton. »Start um zwölf Uhr null null. Sie haben Kabine drei, sofern Sie nicht lieber Kabine vier, fünf, sechs oder sieben beziehen möchten. Kommen Sie, ich zeige sie Ihnen.«

Saul bückte sich nach der Aktentasche. Dabei rutschte ihm ein großer schwarzer Gegenstand aus der Jacke und fiel schwer ins Gras. Anton runzelte die Stirn, Wadim ebenso, als er näher hingesehen hatte. Bei dem Gegenstand handelte es sich um einen Scorcher, eine schwere, langläufige Desintegratorpistole, die mit Millionen Volt feuerte. Solche Waffen hatte Wadim bisher nur im Kino gesehen. Auf der ganzen Erde existierten nicht mehr als hundert Exemplare, und sie wurden nur an Kapitäne von Raumschiffen der Fernerkundung ausgegeben.

»Ich Tolpatsch«, murmelte Saul, nahm den Scorcher und klemmte ihn unter die Achsel. Dann hob er die Aktentasche auf und meinte: »Ich bin bereit.«

Einen Augenblick sah Anton ihn an, als wollte er ihn etwas fragen, dann sagte er: »Gehen wir, Saul. Und du, Wadim, bring zu Hause alles in Ordnung und gib dem Alten das Skalpell. Es liegt im Kofferraum.«

»Zu Befehl, Käpt'n«, parierte Wadim und ging in die Garage.

Es ist schwer, ein Optimist zu sein, überlegte er. Aber was ist das – ein Optimist? Wenn ich mich recht erinnere, heißt es in einem alten Lexikon, Optimismus sei eine zuversichtliche, bejahende Lebensauffassung, bei der der Mensch an die Zukunft und an seinen Erfolg glaube. Es ist gut, Linguist zu sein: Da ist einem gleich alles verständlicher. Mir bleibt also nichts weiter zu tun, als meine zuversichtliche, bejahende Lebensauffassung mit der Anwesenheit eines schwerbewaffneten Schlafwandlers an Bord unseres Raumschiffs in Einklang zu bringen.

Er holte das Skalpell und die Bioelemente aus dem Kofferraum und begab sich zu Onkel Sascha. Der Alte hockte unter dem roten »Rhamphorhynchus«.

»Onkel Sascha«, sagte Wadim. »Hier haben Sie ein neues Skalpell und ...«

»Nicht mehr nötig«, entgegnete Onkel Sascha. Er kroch unter dem »Rhamphorhynchus« hervor. »Danke. Aber ich habe den da geschenkt bekommen.« Er klopfte auf die polierte Flanke des »Rhamphorhynchus«. »Soll gut in Schuss sein, habe ich gehört.«

»Geschenkt bekommen?«

»Ja, von einem jungen Mann, der weiß angezogen war.«

»Ach, sieh einer an«, wunderte sich Wadim. »Er war also fest überzeugt, dass er mit uns fliegen würde. Oder wollte er sich unter Umständen gewaltsam Zutritt zum Schiff verschaffen?«

»Wie?«, fragte Onkel Sascha.

»Wissen Sie, was ein Scorcher ist, Onkel Sascha?«, wollte Wadim wissen.

»Ein Scorcher? Natürlich weiß ich das. Das ist eine Mikroentladungsvorrichtung bei Stoffrobotern. Heutzutage gibt es keine mehr, aber so vor siebzig Jahren, erinnere ich mich noch. Ist der Mann etwa ein alter Weber?«

»Vielleicht ist er auch ein Weber; aber der Scorcher, den er hat, Onkel Sascha, feuert nicht mit Mikroentladungen ...«

Nachdenklich ging Wadim zu seinem Bungalow. Dort warf er die Bettwäsche in den Müllschlucker, schaltete die Hauswirtschaftsautomatik auf Urlaubsbetrieb um und schrieb mit Bleistift an die Haustür: »Bin im Urlaub. Bitte nicht neu belegen.« Anschließend räumte er Antons Bungalow auf und hing weiter seinen Gedanken nach. Es ist noch nicht alles verloren, dachte er. Und wenn ich ehrlich bin, so habe ich die Tachorge bereits gründlich satt. Die Pandora ist zudem nichts weiter als ein hochmoderner Kurort. Man kann nur staunen, dass ich es dort drei Urlaube lang ausgehalten habe. Eine Schande!, dachte er plötzlich. Es gab eine Zeit, wo ich mit Halsschmuck aus Tachorgenzähnen großtat und unglaublichen Pandora-Unsinn schwatzte. Mit einem Tachorgenschädel nach Samson zu werfen – wie banal! Samson hat Besseres verdient und wird in die Unsterblichkeit eingehen. Ein unbekannter Planet ist ein unbekannter Planet. Und dort treiben sich auch unbekannte Tiere herum. Die Ärmsten wissen nicht einmal, wie sie heißen – aber ich weiß es: Dort werde ich den ersten »unpaarbeinigen membranohrigen Samson« der Geschichte erlegen … Und dass man Samson einen Samsonschädel an den Kopf schleudert, hat es noch nicht gegeben.

Als Wadim auf die Waldwiese zurückkehrte, war das Schiff startklar. Seine spitze Kuppe folgte nun nicht mehr der Sonne, und der Reif auf dem Gras ringsum war verschwunden.

Wadim machte es sich in der Einstiegsluke bequem und ließ die Beine herabbaumeln. Sein Blick wanderte von Antons Bungalow zu den grünen Kronen der Kiefern und den tief hängenden Wolken, in denen sich hier und da hellblaue Löcher zeigten und wieder verschwanden. Tja, Freund Samson, unpaarbeiniger Bruder!, dachte er rachsüchtig. Gegen einen biblischen Löwen magst du ja nicht schlecht sein, aber wie kannst du dich mit einem strukturellen Linguisten messen ... Es ist doch zu komisch: Mir wäre nie im Traum eingefallen, mich auf einem unbekannten Planeten erholen zu wollen, wäre nicht dieser Unbekannte gewesen. Was sind wir doch für ein geistig träges Volk – selbst die besten von uns strukturellen Linguisten! Immerzu zieht es uns zu bereits erschlossenen Planeten.

Trofim, der Airedaleterrier, kam auf die Waldwiese gelaufen. Er blinzelte mit seinen tränenden gutmütigen Augen, gähnte, setzte sich hin und kratzte sich mit dem Hinterlauf am Ohr. Das Leben war schön und facettenreich. Nehmen wir zum Beispiel Trofim, dachte Wadim. Er ist alt, dumm und gutmütig, vermag jedoch noch immer Angst einzujagen. Aber vielleicht fürchten sich alle Schlafwandler vor Hundegebell? Wadim starrte Trofim an. Wie komme ich eigentlich darauf, dass Saul Repnin ein Schlafwandler ist – oder wie man das sonst nennt? Warum diese völlig aus der Luft gegriffene Vermutung? Dabei liegt es doch viel näher anzunehmen, dass der Historiker Saul in Wirklichkeit gar kein Historiker ist, sondern ein Spion einer humanoiden Rasse, der die Erde auskundschaftet. Wie Benny Durow auf der Tagora. Nicht schlecht – einen ganzen Monat lang fremde Planeten und geheimnisvolle Unbekannte beobachten! Und diese Annahme würde alles erklären: Alleine kann er die Erde nicht verlassen, er hat Angst vor Hunden und muss auf einen unbekannten Planeten, damit sie ihm ein Raumschiff dorthin schicken können – auf neutralen Boden sozusagen. Dann kehrt er nach Hause zurück und berichtet: So und so sieht es auf der Erde aus. Es sind gute Menschen, voller Optimismus, und zwischen ihnen und uns werden sich gute humanoide Beziehungen entwickeln ...

Wadim besann sich und schrie in den Gang hinein: »Anton, ich bin an Bord!«

»Endlich!«, antwortete er. »Ich dachte schon, du wärst desertiert.«

Zwischen den Bäumen tauchte plötzlich der klapprige rote »Rhamphorhynchus« auf, zuckte grässlich mit dem Schwanz und drehte, unnatürlich aufheulend, eine Ehrenrunde um das Schiff. Onkel Sascha öffnete die Tür und winkte mit etwas Weißem. Wadim winkte zurück.

»Wir starten!«, warnte Anton.

Mit einem leichten Ruck hob das Schiff vom Boden ab – Wadim schaffte es gerade noch, sich mit dem Fuß von der Erde abzustoßen. Dann schwebte das Schiff zum Himmel.

»Wadim!«, rief Anton. »Mach die Luke dicht. Es zieht.«

Wadim winkte Onkel Sascha ein letztes Mal zu, stand auf und ließ die Luke zuwachsen.

2

Anton überließ die Steuerung dem Kyberpiloten, faltete die Hände über dem Bauch und schaute nachdenklich auf den Panoramabildschirm. Das Schiff flog den Meridian entlang nach Norden. Ringsum war der dunkelviolette Himmel der Stratosphäre zu sehen, und tief unten schimmerte mattweiß der Wolkenschleier. Er schien glatt und ebenmäßig; nur hier und da erahnte man die Öffnungen der gigantischen Trichter über den Großwetterstationen, wo die Meteorologen nun die Wolken zurück in die Falle trieben, nachdem sie es über Nordeuropa hatten regnen lassen.

Anton sann über die menschlichen Eigenheiten nach und musste an all die kuriosen Menschen denken, denen er schon begegnet war. An Jakow Ossinowski, den Kapitän der »Herkules«, der Glatzköpfe nicht ausstehen konnte; er verachtete sie einfach. »Versucht nicht, mich umzustimmen«, pflegte er zu sagen. »Zeigt mir lieber einen Glatzkopf, der was taugt.«

Wahrscheinlich hatte er mit Glatzköpfen schlechte Erfahrungen gemacht, über die er jedoch nie ein Wort verlor. Ja, er änderte nicht einmal dann seine Meinung, als er bei der Katastrophe von Sarandak selbst alle Haare verlor. Er rief nur immerzu mit deutlicher Bitternis: »Der Einzige! Wohlgemerkt, der Einzige unter ihnen!«

Walter Schmidt von der Basis »Gatteria« stand hingegen mit den Ärzten auf Kriegsfuß. »Ärzte«, stieß er mit abgrundtiefer Verachtung hervor, »sind immer Quacksalber gewesen, und werden immer Quacksalber bleiben. Waren es früher staubbedeckte Spinngewebe und verfaultes Schlangenblut, so ist es heute das psychodynamische Feld, von dem keiner eine Ahnung hat. Wen geht es etwas an, wie es in mir aussieht?! Die Kopffüßer kommen seit Jahrtausenden ohne Ärzte aus und sind bis zum heutigen Tag die unumstrittenen Herrscher der Tiefen geblieben.«

Wolkow nannte man Dreadnought, und das war ihm nur recht: Dreadnought Adamowitsch Wolkow. Kaneko aß niemals heiße Speisen. Ralf Pinetti glaubte an die Levitation und übte sich hartnäckig darin. Der Historiker Saul Repnin schließlich hatte Angst vor Hunden und wollte nicht mit anderen Menschen zusammenleben. Es sollte mich nicht wundern, dachte Anton, wenn sich herausstellte, dass er nicht mit anderen Menschen zusammenleben will, weil er Angst vor Hunden hat. Merkwürdig, nicht wahr? Aber das macht ihn nicht schlechter als andere.

Absonderlichkeiten … Nein, es gibt keine Absonderlichkeiten – nur Unregelmäßigkeiten. Sie bringen die unsichtbare tektonische Tätigkeit zum Vorschein, die in den Tiefen der menschlichen Natur wirkt, dort, wo die Vernunft erbittert gegen Vorurteile kämpft und die Zukunft mit der Vergangenheit ringt. Wir dagegen wollen unbedingt, dass alle um uns herum einfach und unkompliziert sind – so, wie wir sie uns in unserer armseligen Fantasie ausmalen, und wünschen uns, alle ließen sich mithilfe der Grundkategorien kindlicher Vorstellungen beschreiben: ein guter Onkel, ein geiziger Onkel, ein langweiliger Onkel, ein angsteinflößender Onkel. Ein Dummkopf.

Saul aber findet es nicht im Geringsten absonderlich, dass er Angst vor Hunden hat. Und Kaneko erscheint es keineswegs absonderlich, dass er nichts Heißes mag. Ebenso käme es Wadim nie in den Sinn, jemand könnte seine albernen Verse absonderlich statt lustig finden. Galka zum Beispiel.

Kommen wir zu mir: Ich hatte eigentlich vor, zur Pandora zu fliegen. Hätte Kapitän Malyschew das erfahren, hätte er mich verwundert angeblickt und gesagt: »Wenn du dich erholen willst, findest du dafür keinen besseren Ort als die Erde. Möchtest du dagegen arbeiten, nimm das schwarze System EN 8742, das laut Plan an der Reihe ist, oder den Riesen EN 6124, für den sich, warum auch immer, die Fachleute auf der Tagora interessieren.« Und Malyschew hätte recht. Damit er mich verstünde und aufhörte, mich verwundert anzusehen, müsste ich ihm erklären, dass ich unbedingt mit Wadim fahren wollte, und Wadim nun einmal Lust hatte, auf Tachorge zu schießen.

Anton lächelte. Warum so kompliziert? Heutzutage fliegen doch alle zur Pandora, und einmal sagte sogar Galka, sie würde hinfliegen. Es ist heute so einfach zu reisen, und genauso einfach ist es, seine Pläne wieder über den Haufen zu werfen ... Aber könnte ich Malyschew gegenüber eingestehen, dass Galka der wahre Grund für alles ist? Warum lernt der Mensch partout nicht, einfach zu sein? Irgendwoher, aus bodenlosen patriarchalischen Tiefen, steigen unentwegt Eitelkeit, Ehrgeiz und gekränkter Stolz herauf. Und aus unerfindlichen Gründen gibt es immer etwas zu verbergen, und es gibt immer etwas, dessen man sich schämt.

Anton blickte auf das Nelkensträußchen, das vor dem Bildschirm lag. Ach, Galka!, dachte er. Er hauchte auf das Pult und schrieb mit dem Finger auf den schwindenden matten Fleck: Ach du, Galka ... Doch die Buchstaben verblassten so schnell, dass er schon kein Ausrufezeichen mehr dahinter setzen konnte. Da hauchte er noch einmal auf das Pult und fügte eines hinzu. Dann lehnte er sich wieder im Sessel zurück und versuchte zum hundertsten Mal, folgende Aufgabe logisch zu lösen: Ich liebe ein Mädchen, aber das Mädchen liebt mich nicht. Es ist jedoch nett zu mir. Was soll ich machen?

Was würde sich eigentlich ändern, wenn sie sich in mich verlieben würde? Ich könnte sie umarmen und küssen. Ich könnte immer mit ihr zusammen sein. Ich wäre stolz. Das wäre allerdings alles, wie's scheint. Dumm, aber es wäre alles. Es hätte sich einfach nur ein weiterer Wunsch erfüllt. Wie erbärmlich es aussieht, wenn man es logisch betrachtet! Aber anders kann ich es nicht betrachten. Ich bin ein hohler Mensch, ein Zyniker. Er sah Galka vor sich, wie sie sprach: ein wenig über die Schulter und die Augen etwas von den Wimpern bedeckt. Warum ist nur alles so dumm eingerichtet: Vor nebensächlichen Übeln – Krankheit, Gleichgültigkeit, Tod – kann man einen Menschen bewahren, nicht aber vor dem echten Unglück – der Liebe. Nichts und niemand vermag ihm zu helfen; es gibt zwar tausend gute Ratschläge, aber jeder wird raten, was für ihn selbst das Beste ist. Und der Verliebte, der Dummkopf? Will eigentlich gar nicht, dass man ihm hilft, es ist schrecklich ...

»Darf man fragen, wo Sie hinwollen?«, erkundigte sich Saul mit lauter Stimme.

»In die Steuerzentrale«, antwortete Wadim.

»Warten Sie. Wir haben uns noch gar nicht richtig vorgestellt.«

Die Tür zur Steuerzentrale stand offen, und so hörte Anton die ganze Zeit über mit halbem Ohr, wie in der Gemeinschaftskajüte etwas von Tachorgen, dichtem Gestrüpp und der Theorie historischer Abfolgen gemurmelt wurde. Bald lauschte er aufmerksamer.

»Sie heißen doch Wadim, wenn ich mich recht erinnere?«, fragte Saul.

»Normalerweise, ja«, erwiderte Wadim ernst. »Manchmal nennt man mich auch Strukturalissimus oder Fliegender Stier, und in besonderen Fällen Dimotschka.«

»Also Wadim. Und wie alt sind Sie?«

»Zweiundzwanzig lokal-irdische Jahre.«

»Lokal ... Nun ja, natürlich. Wie sagten Sie gleich? Lokal-irdisch?«

»Ja. An den frühen Sternenflügen habe ich nicht teilgenommen.«

»Natürlich. Das habe ich angenommen. Und Ihr Vater, verzeihen Sie, der wäre was?«

»Was der wäre? Er ist Meliorator und wird es wohl auch bleiben.«

»Äh ... Verstehe, verstehe. Das hatte ich auch im Sinn.«

Eine Pause trat ein.

»Ein sehr schöner Tisch«, meinte Saul verlegen.

Wieder eine Pause.

»Der Tisch ist gut. Stabil.«

»Und Ihre Frau Mutter?«

»Meine Mutter? Die ist ... Stationsvorsteherin. Sie arbeitet in einer Mesonuklearstation.«

Anton hörte, wie Saul nervös mit den Fingern auf die Tischplatte trommelte.

»Ich bitte Sie, Wadim«, sagte er. »Sie sollten dem keine Beachtung schenken. Ich mag mich etwas sonderbar ausdrücken, für Ihre Ohren vielleicht sogar lächerlich, doch Sie müssen wissen: meine Lebensweise ... mein Modus vivendi ... Ich bin äußerst spezialisiert – ausschließlich auf das 20. Jahrhundert. Ein Bücherwurm, wie man es damals nannte. Immerzu in Museen, immerzu in alten Wälzern lesend ...«

»Der Einfluss des Milieus.«

»Ja, ja, genau. Ich komme selten unter Menschen. Und da passierte mir Folgendes ... Kennen Sie Professor Arnautow?«

»Nein.«

»Ein bedeutender Fachmann. Mein geistiger Rivale. Er hat mich gebeten, einige Aspekte seiner neuen Theorie einer Prüfung zu unterziehen. Das konnte ich nicht gut ablehnen, nicht wahr? Und so musste ich also mein Studierstübchen verlassen. So ist das. Doch was sprechen wir immer nur von mir! Sie sind also struktureller Linguist?«

»Ja.«

»Eine interessante Arbeit?«

»Gibt es denn auch uninteressante Arbeit?«

»Natürlich. Und womit beschäftigen Sie sich genau?«

»Mit Strukturanalysen. Aber vergessen Sie nicht, Saul, dass ich mich von allem Irdischen losgesagt habe. Lassen Sie mich lieber noch etwas über Tachorge erzählen.«

»Nein, nein, vielen Dank. Bitte nichts mehr von Tachorgen. Erzählen Sie mir lieber, wie Sie arbeiten.«

»Aber ich sagte doch, dass ich mich davon gelöst habe, Saul.«

»Was heißt: mich davon gelöst? Denken Sie jetzt überhaupt nicht mehr an Ihre Arbeit?«

»Im Gegenteil. Ich denke die ganze Zeit daran. Ich denke immer an die Arbeit, mit der ich mich gerade beschäftige. Zurzeit bin ich Superkargo und Kopilot – dies für den Fall, dass Anton plötzlich einen Gichtanfall bekommt. Aber das sagte ich ja bereits ... Daher habe ich jetzt das dringende Bedürfnis, eine Weile das Schiff zu steuern.«

»Das läuft Ihnen schon nicht davon, Wadim. Sie brauchen mir auch nichts über die Art Ihrer Arbeit zu erzählen, sondern nur über die äußere Form: Sie kommen also zur Arbeit, ein ganz gewöhnlicher Arbeitstag ...«

»Schön. Ein Arbeitstag. Ich komme, lege mich auf den Rechner und denke nach.«

»Wie das? Auf den Rechner? Nun ja, ich verstehe. Sie sind Linguist, und Sie legen sich auf ... Und was geschieht dann?«

»Ich denke eine Stunde lang nach. Dann eine zweite, eine dritte ...«

»Und schließlich?«

»Ich denke fünf Stunden lang nach, aber es kommt nichts dabei heraus. Dann stehe ich vom Rechner auf und gehe.«

»Wohin?«

»In den Zoo, zum Beispiel.«

»In den Zoo? Weshalb denn in den Zoo?«

»Nur so. Ich liebe Tiere.«

»Nun ja, und die Arbeit?«

»Was soll damit sein?! Ich komme am nächsten Tag wieder und denke erneut nach.«

»Wieder fünf Stunden lang, und danach geht es abermals in den Zoo?«

»Nein. Gewöhnlich kommen mir über Nacht Ideen, die ich dann am nächsten Tag nur noch zu Ende denke. Und dann brennt der Rechner durch.«

»Und Sie gehen wieder in den Zoo?«

»Wieso denn in den Zoo? Nein, wir reparieren den Rechner. Bis zum nächsten Morgen.«

»Und dann?«

»Dann geht der Alltag zu Ende, die Feiertage beginnen, und jeder hat nur einen Gedanken: Jetzt gerät alles ins Stocken, und dann kann man mit dem Denken wieder von vorne anfangen.«

»Na schön. Das ist der Alltag. Aber man kann ja nicht immer nur arbeiten ...«

»Nein, kann man nicht«, bestätigte Wadim mit Bedauern. »Ich jedenfalls kann es nicht. Irgendwann kommt man nicht mehr weiter und muss sich erholen.«

»Wie denn?«

»Wie's einem gefällt. Ich fahre zum Beispiel oft Segelschlitten. Fahren Sie auch gern Segelschlitten?«

»Ich hatte noch keine Gelegenheit dazu.«

»Was Sie nicht sagen, Saul! Ich werde Sie einmal mitnehmen. Was haben Sie für einen Gesundheitsindex?«

»Gesundheitsindex? Ich bin kerngesund. Woran arbeiten Sie denn zurzeit?«

»An Bündeln isolierter Strukturen.«

»Und wozu ist das notwendig?«

»Was heißt: wozu?«

»Nun, wer hat einen Nutzen davon?«

»Jeder, der daran interessiert ist. Zurzeit wird ein Universaltranslator projektiert. Er muss isolierte Strukturen bündeln können.«

»Sagen Sie, Wadim: Kann man hier, im Schiff, auch Musik hören?«

»Natürlich. Was mögen Sie? Die ›Triller‹ von Schejer? Dabei lässt sich das Schiff besonders gut steuern.«

»Und Bach?«

»Hm, Bach! Soviel ich weiß, haben wir auch Bach. Wissen Sie, Saul, mit Ihnen Musik zu hören, muss ein Hochgenuss sein.«

»Weshalb?«

»Weiß nicht. Sie sind bestimmt ein großer Musikkenner. Mögen Sie Mendelssohn-Bartholdy?«

»Sie kennen Mendelssohn?«

»Aber Saul! Mendelssohn ist doch der Beste von den Alten! Ich hoffe, Sie mögen ihn. Allerdings kann man seine Musik im Schiff schlecht anhören. Sie wissen, was ich meine?«

»Vermutlich ja. Ich pflege Mendelssohn in meinem behaglichen Arbeitszimmer zu hören.«

Endlich sind sie ins Gespräch gekommen, dachte Anton. Er warf einen Blick auf die Uhr. Das Schiff trat in die Startzone über dem Nordpol ein. Auf dem Bildschirm tauchten in der violetten Tiefe dunkle Punkte auf – Raumschiffe, die auf ihren Abflug warteten.

»Entschuldigt, dass ich euch unterbreche«, rief Anton durch die Tür. »Wir starten bald. Wadim, bitte zeig Saul, wie die Antiträgheitskammer funktioniert.«

Anton forderte bei der Kontrollstation das Programm für den bevorstehenden Flug an und erhielt nach einer halben Stunde, während der das Schiff zusammen mit zwei Dutzend anderen großen und kleinen Raumschiffen in der Stratosphäre schwebte, ein Programm für den Hinflug sowie sieben Varianten für den Rückflug und die Genehmigung zum Übertritt in den Subraum. Dann bat er die Passagiere, sich in ihre Kabinen zu begeben, suchte seine eigene auf und gab dem Schiff das Startkommando.

Wie jedes Mal überkam Anton starke Übelkeit. Den ganzen Körper durchflutete es heiß, und auf Gesicht und Rücken trat kalter Schweiß. Mit mattem Blick verfolgte er, wie der rote Zeiger, der die rasch steigende Raumkrümmung anzeigte, auf der Skala ruckweise nach oben sprang. Zweihundert Riemann ... vierhundert ... achthundert ... eintausendsechshundert Riemann pro Sekunde ... Der Raum rings um das Schiff krümmte sich immer stärker. Anton wusste, wie das aus der Ferne aussah: Der fest umrissene schwarze Konus des Schiffs würde unscharf werden, dann langsam verschwimmen und auf einmal verschwunden sein; an seiner Stelle würde in der Sonne eine große Wolke fester Luft aufleuchten. Im Umkreis von hundert Kilometern würde die Temperatur jäh um fünf bis zehn Grad sinken ... Dreitausend Riemann. Der feuerrote Zeiger blieb stehen. Die Epsilon-Deritrinitation war beendet und das Schiff in den Zustand des Subraums eingetreten. Vom Standpunkt eines irdischen Beobachters sah es jetzt über die gesamten hundertfünfzig Parsek von der Sonne bis zum EN 7031 »verschmiert« aus. Nun stand noch der umgekehrte Übergang bevor.

Beim Wiederaustritt aus dem Subraum bestand stets die Gefahr, dass man sich in allzu großer Nähe einer stark gravitierenden Masse befand oder sogar in ihr. Diese Gefahr war allerdings eine rein theoretische. Die Wahrscheinlichkeit war weitaus geringer als die, beim Herausfallen aus einem Stratoplan über Leningrad genau in einem Kamin der Ermitage zu landen. Jedenfalls hatte sich im Verlauf der gesamten Menschheitsgeschichte bisher weder das eine noch das andere ereignet. Das Schiff sprang, zwei astronomische Einheiten vom gelben Zwerg EN 7031 entfernt, wohlbehalten in den normalen Raum zurück.

Anton holte tief Luft, wischte sich den Schweiß von der Stirn und verließ seine Kabine. In der Steuerzentrale schien alles in Ordnung. Er wanderte am Pult entlang, warf einen Blick auf den Panoramabildschirm und schaltete die Übertrittsautomatik ab. Vor dem Bildschirm lag immer noch das Nelkensträußchen. Anton blieb stehen. »Schade!«, murmelte er und stupste das Sträußchen mit dem Finger an. Da zerfielen die Blumen zu einem grünlichen Pulver. Die Ärmsten!, dachte er, haben's nicht ausgehalten. Aber wer hält das schon aus! Er ging zur Gemeinschaftskajüte hinunter, um nach den Passagieren zu sehen.

Der Raum war rund; hierher führten die Türen aller acht Kajüten sowie die Luke zur unteren Etage, wo sich die Vorratskammern, die Synthetisatorküche, der Duschraum und weitere Räume befanden. Anton warf einen flüchtigen Blick auf Tisch und Sessel, rückte den Deckel des Müllschluckers zurecht und ging zu Wadim. Als er den Riegel der Kammertür aufschob, fiel ihm Wadim entgegen; er war schweißgebadet und weiß wie eine Wand.

»Ist dir schlecht?«, erkundigte sich Anton teilnahmsvoll.

Wadim aber sang mit Grabesstimme:

»Des Winds Geheul in weiter Ferne,
ein Pfeifen, das unheimlich ist –
den Unterraum durchmaß der Sterne
der strukturelle Linguist.«

Sofort klappte er das Sofa herunter und setzte sich.

»Deswegen bin ich auch kein Raumfahrer geworden«, sagte er ein wenig heiser und legte sich hin.

»Das sagst du jedes Mal«, bemerkte Anton. Als Wadim nichts darauf erwiderte, fuhr er fort: »Dann gehe ich jetzt mal zu Saul und befreie ihn.«

»Hast du unsere Unterhaltung mit angehört?«, fragte Wadim mit geschlossenen Augen.

»Ja.«

»Interessanter Mensch, was?«

»Ich weiß nicht«, erwiderte Anton. »Irgendetwas scheint ihn zu bedrücken.«

»Sonst hättest du ihn ja auch nicht an Bord genommen. Kaum wollen wir zu zweit verreisen, spielst du den Uneigennützigen. Halt, geh noch nicht.«

Anton blieb in der Tür stehen. »Du redest blühenden Unsinn«, sagte er, »während es Saul wahrscheinlich ziemlich schlecht geht. Ich glaube, er ist noch anfälliger als du, wobei das ja fast unmöglich ist…«

»O du Blinder!«, rief Wadim plötzlich mit tragischem Unterton. »Bitte, bleib hier – mir geht es auch schlecht. Hast du immer noch nicht begriffen, was das für einer ist?«

»Wie meinst du das?«

Wadim richtete sich auf.

»Er hat nicht die geringste Ahnung von Linguistik!«, erklärte er. »Ich hoffe, das hast du bemerkt?«

»Und was verstehst du von Geschichte?«

»Jetzt erzähl mir bloß noch, er sei ein Bücherwurm. So einen Bücherwurm kennen wir: Er heißt Benny Durow. Unterhalt dich mal mit den Tagoranern über ihn.«

Anton musste lächeln. »Na schön«, sagte er. »Aber halt dich trotzdem zurück. Ich ertrage dich ja in beliebigen Dosen, aber auf neue Bekannte machst du manchmal einen deprimierenden Eindruck. Etwas weniger überschäumenden Optimismus und ein bisschen mehr Taktgefühl, bitte.«

»Zu Befehl, Käpt'n«, sagte Wadim ernst. »Wird gemacht, Käpt'n.«

Anton verließ die Kajüte. Als er um den Tisch herumging, musste er abermals lächeln – mit Wadim war es nie langweilig. In Kajüte drei klappte er erst das Sofa herunter, bevor er die Tür zur Kammer öffnete. Er war darauf gefasst, einen Mann auffangen zu müssen, doch stattdessen schlug ihm blauer Qualm entgegen. Anton wich zurück.

»Was, jetzt schon?«, hörte er Sauls Stimme aus den Rauchschwaden sagen.

Anton blickte genauer hin: Saul saß auf seiner aufrecht stehenden Aktentasche und rauchte eine lange schwarze Pfeife. Er machte einen gleichmütigen, unbekümmerten Eindruck.

»Ist Ihnen nicht schlecht?«, fragte Anton, trat ein paar Schritte zurück und setzte sich aufs Sofa.

»Überhaupt nicht. Darf ich rauskommen?«

»Ich bitte darum«, antwortete Anton.

Saul stand auf, nahm seine Aktentasche und trat gebückt aus der Kammer in die Kajüte.

»Wir sind fast am Ziel«, sagte Anton. »Wir müssen uns nur noch einen Planeten aussuchen und entscheiden, wo wir landen wollen.«

Saul setzte sich neben Anton aufs Sofa. »Sind wir sehr weit von der Erde entfernt?«, erkundigte er sich.

»Hundertfünfzig Parsek. Viel weiter kommen wir nicht mit unserem Schiff.«

»Saul!«, brüllte Wadim aus seiner Kabine. »Bestehen Sie auf einem erdähnlichen Planeten. Im Raumanzug wird es Ihnen kaum gefallen, und mit Sauerstoffmaske ist es auch nicht besonders.«

Anton stand auf und schloss die Tür.

»Welcher Planet, ist mir ganz gleich«, sagte Saul leise. »Aber natürlich wäre mir lieber, wenn man dort atmen könnte.« Auf einmal lächelte er. »Es ist sehr wichtig, dass man dort atmen kann.« Anton sah ihn aufmerksam an. »Aber Hauptsache – er ist unbewohnt.«

»Hören Sie, Saul«, begann Anton. »Wir werden einen Planeten für Sie finden; das ist eine Kleinigkeit. Wir haben auch eine Wohnkuppel für sechs Personen an Bord und einen Gleiter, ferner einen Nahrungsvorrat zum Initiieren eines Zyklus sowie eine gute Funkstation. Wir helfen Ihnen, sich einzurichten, und fliegen dann sofort wieder los. Einverstanden?«

Saul saß mit gesenktem Kopf da.

»Ja«, erwiderte er heiser. »So wird es am besten sein. Sicher.«

»Gut, dann ist ja alles in Ordnung.« Anton stieß die Tür auf. »Ich gehe jetzt in die Steuerzentrale, und Sie ... Wenn Sie wollen, können Sie mitkommen.«

In der Zentrale schaltete Anton den Bordkatalog ein und sah sich die Daten an, die über das System EN 7031 vorlagen. Sie waren nicht von Interesse. Um den gelben Zwerg kreisten vier Planeten und zwei Asteroidengürtel. Am ehesten kam wohl der zweite Planet infrage: Er war der Erde ähnlich und anderthalb astronomische Einheiten von seiner Sonne entfernt. Anton gab dem Kyberpiloten die Ephemeriden ein.

Aus der Mannschaftskajüte tönten Stimmen herüber.

»Wie haben Sie den Übertritt verkraftet, Saul?«

»Welchen Übergang? Ich habe nichts gemerkt.«

»Das habe ich mir gedacht.«

»Was?«

»Dass Sie es nicht merken würden. Wollen Sie sich duschen?«

»Nein. Wird es noch lange dauern?«

»Wahrscheinlich nicht. Merken Sie was?« Das Schiff geriet plötzlich in Bewegung, und der Boden glitt ihnen unter den Füßen weg. »Jetzt schwenken wir auf den neuen Kurs ein. Gehen wir in die Steuerzentrale, ja?«

»Stören wir dort nicht?«

»Aber nein, es handelt sich doch um einen Touristenflug. In einem Forschungs- oder Linienschiff dürften wir natürlich nicht hinein ... Weshalb nehmen Sie die Aktentasche immer mit?«

»Mir liegt viel an ihr ...«

»Dann sollten Sie sie nicht auf den Deckel des Müllschluckers stellen.«

Anton betrachtete auf dem Panoramabildschirm aufmerksam den Planeten. Er war hellblau wie die Erde und von einem weißen Wolkenschleier überzogen, nur die Kontinente waren anders verteilt: Ein großer Kontinent erstreckte sich längs des Äquators und ein zweiter, etwas kleinerer, zog sich zu einem der Pole hin.

»Das ist Ihr Planet, Saul«, sagte Anton und griff nach einem Blatt, das aus dem Schlitz des Antennenanalysators gefallen war. »Ein guter Planet. Keine Abplattung. Der Tag hat achtundzwanzig Stunden. Masse eineinzehntel. Keine schädlichen Gase. Viel Sauerstoff. Etwas wenig Kohlendioxid, aber das braucht Sie nicht zu beunruhigen.«

Er blickte zu Saul, der seinen Planeten mit einem merkwürdigen Gesichtsausdruck musterte: Die buschigen Brauen hatten sich zu Bögen aufgewölbt, und Anton schien, als sei er den Tränen nahe.

»Genossen!«, rief Wadim plötzlich. »Lasst uns den Planeten ›Saula‹ nennen.«

»Jawohl, wir taufen ihn ›Saula‹!«, erklärte Anton.

Er bog den Diffusor des Logbuchs zu sich herüber und diktierte: »Julianisches Datum: 25-42-967. Der zweite Planet des Systems EN 7031 wird auf den Namen Saula getauft –

nach einem Mitglied unserer Besatzung, dem Historiker Saul Repnin.«

Das Ganze war allerdings ohne jede Bedeutung. Man benannte Planeten nach Schiffen und Städten, Lieblingsromanhelden und Instrumenten, oder man belegte sie einfach mit Namen aus pompös klingenden Lautverbindungen. Und wer nicht genügend Fantasie besaß, nahm irgendein Buch zur Hand, schlug eine x-beliebige Seite auf, wählte ein Wort aus und veränderte es ein bisschen. Dabei kam so etwas heraus wie Lachowina, Rauferia oder Taubenuss.

Aber Saul war außerordentlich bewegt. Er murmelte: »Danke, danke, liebe Freunde« und drückte Wadim die Hand. Es war rührend.

Unterdessen wurde der Planet immer größer. Als auf dem Bildschirm nur noch der Kontinent zu sehen war, der sich längs des Äquators erstreckte, fragte Anton: »Wo wollen wir denn landen, Saul?«

Der tippte mit dem Finger mitten ins Festland, und Anton hatte den Eindruck, dass er dabei die Augen zukniff.

»Nein, Genossen«, rief Wadim, »bitte etwas näher an der Küste.«

Es zog ihn offenbar zum Wasser. Anscheinend wollte er im Ozean der Saula baden – in Wellen, die bisher noch keinen Erdenbürger umspült hatten, ja vielleicht nicht einmal ein vernunftbegabtes Wesen.

»Na, dann eben näher an der Küste«, sagte Saul unsicher. Er blickte Anton an. »Für meine Zwecke …« – er hüstelte – »… ist die Wahl des Ortes unwesentlich.«

»Wunderbar!«, rief Wadim und schwang sich neben Anton auf den Sessel. »Es ist so weit!«, erklärte er. »Der Kapitän wurde vom Schlag getroffen und ist in bedenklichem Zustand in seine Kabine geschafft worden. Der stattliche Kopilot mit den breiten Schultern übernimmt die Steuerung.« Er legte seine Finger auf die Kontakte der Biosteuerung, und das Schiff stürzte sofort in die Tiefe. Der Kontinent auf dem Bildschirm begann sich zu drehen, dass einem übel davon werden konnte. Und Wadim rezitierte feierlich:

>»Jeder vor Entsetzen zittert
>wie des Ofens Blechgerüst,
>denn das Raumschiff lenkt erbittert
>struktureller Linguist.«

Saul ließ seine Aktentasche fallen und hielt sich an Antons Schulter fest.

»Sag uns wenigstens, wo du hinwillst, Wadim!«, bat Anton.

»Dorthin, wo die blauen Wellen den Sand liebkosen«, erklärte Wadim.

Das Schiff schwenkte nach Steuerbord.

»Sachte, sachte«, mahnte Anton. »Weniger Gefühl, sonst verfehlst du noch den Kontinent.«

»Ich werd's schon schaffen!«

»Bremsen! Du siehst doch, dass wir vom Kurs abkommen!«

»Ich sehe alles.«

»Oje, gleich stürzen wir ab«, sagte Anton ins Leere.

»Keine Angst, keine Angst!«, beruhigte ihn Wadim.

Der Bildschirm trübte sich. Das Schiff trat in die Atmosphäre ein. In den dichteren Luftschichten leuchtete ein Regenbogen auf und verschwand wieder. Schwarze und weiße Flecken flimmerten.

»Anblasen!«, riet Anton.

»Ich weiß.«

»Du holperst und torkelst vielleicht!«

»Hände weg vom Steuer, sonst kündige ich dir die Freundschaft!«, rief Wadim schnell.

»Sie sollten jetzt wirklich keinen Fehler machen, Wadim«, schaltete sich Saul vorsichtig ein.

Das Karussell auf dem Bildschirm kam zum Stehen. Rasch näherte sich ein weißes Feld; dann verdunkelte sich der Bildschirm und erlosch. Das Schiff erzitterte.

»Das war's«, sagte Wadim. Er reckte sich und knackte mit den Fingern.

»Wie – das war's?«, wollte Saul wissen. »Sind wir abgestürzt?«

»Nein, gelandet«, entgegnete Anton. »Herzlich willkommen auf der Saula!«

»Sie sind aber ein waghalsiger Pilot!«, wandte sich Saul an Wadim.

»Ziemlich waghalsig«, pflichtete ihm Anton bei. »Weißt du, um wie viel du dein Ziel verfehlt hast, Wadim? Um zweihundert Kilometer! Aber den Bildschirm hast du noch rechtzeitig abgeschaltet, du Teufelskerl.«

»Gewohnheit«, versetzte Wadim lässig.

Anton stand auf. »Also gut«, sagte er. »Gehen wir nach draußen.«

Alle drei verließen die Steuerzentrale.

Anton öffnete die Lukenmembran. Beißende Frostluft strömte ins Schiff. Saul stieß Wadim beiseite und rief: »Halt, warten Sie! Lassen Sie mich bitte durch!«

Anton, der schon einen Fuß über die Schwelle gesetzt hatte, blieb stehen, und Saul zwängte sich an ihm vorbei; den Scorcher hielt er dabei hoch über seinen Kopf.

»Wollen Sie als Erster hinaustreten?«, fragte Anton lächelnd.

»Ja«, murmelte Saul. »Das ist besser.«

Er kletterte durch den schmalen Ausstieg, blieb aber gleich darauf stehen, sodass Anton, der ihm gefolgt war, mit dem Kopf gegen ihn prallte.

»Vorwärts, Saul«, verlangte er.

Doch Saul stand da wie versteinert. Wadim klopfte Anton ungeduldig auf den gebeugten Rücken.

»Lassen Sie uns bitte durch, Saul«, bat Anton.

Endlich trat Saul beiseite, und Anton kletterte hinaus. Ringsum lag Schnee, und es schneite träge und in großen Flocken. Das Schiff stand inmitten gleichförmiger runder Hügel, die sich kaum von der weißen Ebene abhoben. Kurzes, mattgrünes Gras ragte aus dem Schnee hervor sowie viele kleine hellblaue und rote Blumen. Doch zehn Schritt vom Ausstieg entfernt lag, nur leicht vom Schnee bedeckt, ein Mensch.

3

Wadim kletterte als Letzter aus dem Schiff und bemerkte, dass Saul den Scorcher schussbereit hielt; der Lauf lag auf seinem abgewinkelten Unterarm. Saul sah besorgt aus, sein Blick huschte hin und her. Wadim schaute sich ein wenig um und entdeckte nun ebenfalls den Menschen.

»Da haben wir's«, murmelte er bestürzt.

Anton ging zu dem am Boden liegenden Mann, doch Saul rührte sich nicht von der Stelle. Sollte ich ihn etwa bei der Landung getötet haben?, überlegte Wadim entsetzt. Alles in ihm krampfte sich bei dem Gedanken zusammen. Er eilte hinter Anton her und beugte sich wie dieser über den leblos Daliegenden. Nach einem kurzen Blick richtete er sich wieder auf und schaute zur Seite. Ringsum erhoben sich trist und einsam verschneite Hügel, der Himmel war von tief hängenden Wolken bedeckt, und am Horizont zeichneten sich vage die matten Konturen eines Gebirgszuges ab. Was für ein trauriger Planet!, dachte Wadim.

> Felder und Hügel
> hat der Schnee still gestohlen.
> Gleich ist alles leer.

Anton ließ sich auf die Knie nieder und berührte vorsichtig die Hand des Menschen. Schmal und weiß sah sie aus, die Finger waren schlank, wie aus Porzellan, und die langen Nägel schimmerten golden.

»Und?«, fragte Wadim und schluckte.

Anton stand auf. »Erfroren. Vor ein paar Tagen schon. Ist furchtbar abgezehrt.«

»Keine Hoffnung mehr?«

»Nein. Er ist schon wie Stein.«

»Wie Stein ...«, wiederholte Wadim. »Wie ist das nur möglich? Sieh mal, er ist ja noch ein halbes Kind.« Er zwang sich, den Toten anzusehen. »Er hat Ähnlichkeit mit Walerka. Erinnerst du dich an Walerka?«

Anton legte Wadim die Hand auf die Schulter. »Ja, er sieht ihm ähnlich.«

»Ich habe mich so erschrocken. Ich dachte schon, ich hätte ihn bei der Landung getötet.«

»Nein, er liegt schon etliche Tage hier. Er ist vor Schwäche hingefallen und erfroren.«

»Warum hat er denn nur ein Hemd an?«

»Das weiß ich nicht. Lass uns zum Schiff zurückgehen.«

Wadim rührte sich nicht von der Stelle. »Ich verstehe das nicht. Wir sind also nicht die Ersten hier?«

Er sah sich nach Saul um; doch er war nicht mehr da.

»Vielleicht hast du dich geirrt, Anton. Vielleicht ist ja doch noch was zu machen?«

»Komm, Wadim.«

»Wie ist das nur passiert?«

»Woher soll ich das wissen? Komm jetzt.«

Da entdeckten sie Saul. Er kam langsam einen Hügel herab und glitt im nassen Schnee immer wieder aus. Sie warteten auf ihn. Saul sah traurig aus; auf seinen Wangen tauten große Schneeflocken, und die Knie waren voller Schnee. Er nahm die erloschene Pfeife aus dem Mund und sagte: »Es sieht nicht gut aus, Jungs. Da liegen noch vier.« Er blickte auf den Toten. »Die haben auch nichts an. Was gedenkt ihr jetzt zu tun?«

»Gehen wir erst zum Schiff zurück«, schlug Anton vor. »Dort können wir uns alles gründlich überlegen.«

Sie setzten sich in die Mannschaftskajüte und schwiegen eine Weile. Wadim fröstelte. »Das ist vielleicht ein Planet!«, stieß er hervor. »Ich verstehe gar nichts mehr. Und dabei hieß es, hier sei noch niemand gewesen. Und vor allem: Er ist noch ein Junge. Wie kommt er nur hierher?« Er verstummte und schloss die Augen, um das Bild des mit Schnee bedeckten Gesichts zu verscheuchen.

Anton stand auf und ging mit gesenktem Kopf um den Tisch herum. Saul stopfte seine Pfeife.

»Gestatten Sie, dass ich rauche?«, fragte er.

»Ja, bitte«, erwiderte Anton zerstreut und blieb stehen. »Wir machen jetzt Folgendes«, sagte er entschlossen. »Wir haben einen Gleiter an Bord. Den packen wir jetzt voll mit Lebensmitteln und Kleidung und starten eine lückenlose Suchaktion rund um das Schiff. Auf den Hügeln können noch Überlebende sein.«

In Antons Stimme schwang ein fester Unterton mit, den Wadim noch nicht an ihm kannte.

»Seht mal, Genossen«, fuhr Anton nun sanfter fort. »Von einer Touristenreise kann keine Rede mehr sein. Es handelt sich hier meiner Ansicht nach um außergewöhnliche Umstände. Da werde ich euch wohl oder übel Befehle erteilen müssen, und ihr müsst sie ausführen.« Er blickte Saul an und breitete bedauernd die Arme aus. »Sie sehen ja, da kann man nichts machen.«

»Ja«, pflichtete Saul ihm bei. »Ja, natürlich. Ich bin bereit, Kapitän. Befehlen Sie.«

»Ja, weißt du denn schon, was hier los ist?«, fragte Wadim.

»Darüber reden wir später«, entschied Anton. »Jetzt müssen wir erst den Gleiter startklar machen. Komm, Wadim.«

Saul legte die Pfeife hin, erhob sich ebenfalls und rückte den Riemen seines Scorchers auf der Schulter zurecht.

»Danke, Saul«, hielt Anton ihn zurück. »Wir schaffen das allein.«

»Ich möchte aber gern mitkommen«, entgegnete Saul. »Ich werde Sie nicht stören, Kapitän.«

Sie trugen das »Ei« hinaus und legten es in einiger Entfernung auf der Kuppe eines Hügels nieder. Der Schnee fiel jetzt dichter. Die Schneeflocken kitzelten auf den Wangen, und Wadim wischte sie sich ärgerlich aus dem Gesicht. Es wehte ein eisiger Wind, und Wadim fröstelte, als er Anton dabei zusah, wie er die Aktivatoren sorgfältig an der glatten Oberfläche des mechanischen Embryos befestigte. Die Kälte schmerzte auf den nackten Armen und Beinen, und Wadim musste daran denken, dass vielleicht zur gleichen Zeit irgendwo hinter den Hügeln barfüßige Menschen in langen grauen Hemden durch den tiefen Schnee stapften.

Anton richtete sich auf und hauchte sich in die geröteten Hände.

»Ich glaube, so geht's«, sagte er. »Sieh mal nach, Wadim.«

Wadim prüfte die Verteilung der Aktivatoren. Es war alles in Ordnung. Sie kehrten zum Schiff zurück. Saul, der die ganze Zeit hinter ihnen gestanden hatte, folgte ihnen. Das Schiff tankte schon Energie; wie ein schwarzer Berg ragte es aus dem weißen Schnee auf, und seine geneigte Spitze folgte dem unsichtbaren EN 7031. Unterwegs riss Wadim ein paar Blumen ab. Sie taten ihm leid, so armselig und blass waren sie.

Lebende, Tote
hat der Schnee still gestohlen.
Gleich ist alles leer.

Der Schnee fiel immer dichter und stärker, und als sie beim Schiff ankamen, sagte Saul: »Bald ist alles zugeschneit. Es wäre nicht schlecht, eine Obduktion vorzunehmen.«

»Wozu?«, wollte Anton wissen. »Er ist doch hoffnungslos tot.«

»Eben. Man müsste herausfinden, woran die Menschen gestorben sind.«

»Sie sind erfroren«, gab Anton zurück. »Das sieht man auch ohne Obduktion.«

»Mir kam es so vor …«, begann Saul, verstummte aber gleich wieder und kletterte durch die Luke ins Schiff.

»Bitte versteht, ich bin kein richtiger Arzt. Ich … möchte nicht«, erklärte Anton in der Gemeinschaftskajüte.

»Ich verstehe«, erwiderte Saul.

»Wadim«, bat Anton, »pack Lebensmittel ein. Alle vorhandenen Vorräte. Saul, Sie haben gesagt, Sie könnten nähen. Die Anzüge müssen passend gemacht werden. Ich werde mich in der Zeit um die Medikamente kümmern.«

Die Overalls waren elastisch, aber der Größenunterschied zwischen Saul und Anton war gewaltig. Der Anzug für Anton musste kleiner und der für Saul größer gemacht werden. Dabei stellte sich heraus, dass Saul gar nicht nähen konnte. Ratlos drehte er den Ultraschallkopf in seinen Händen, knüllte die Anzüge und glättete sie wieder und blickte Anton verlegen an. Offenbar hatten Historiker, die allzu viel in ihren behaglichen Arbeitszimmern saßen, keine Ahnung von solch einfachen Dingen. Sie interessierten sich wohl hauptsächlich dafür, wie das in früheren Zeiten gemacht worden war. Wadim blieb also nichts anderes übrig, als Saul den Ultraschallkopf aus der Hand zu nehmen und ihm zu zeigen, wie man heutzutage nähte. Zu seiner Verwunderung aber erwies sich der Historiker als recht gelehrig, und wenige Minuten später war jeder mit seiner Aufgabe beschäftigt.

»Weshalb glauben Sie, dass noch welche am Leben sind, Kapitän?«, fragte Saul nach einer Weile, ohne von seiner Arbeit aufzublicken.

»Ich glaube es nicht«, entgegnete Anton. »Ich hoffe es.«

Wadim war mit dem Packen seines Sackes fertig, schnürte ihn zu und setzte sich an den Tisch.

»Sind die übrigen vier auch junge Leute?«, erkundigte er sich.

»Ja«, antwortete Saul. »Halbwüchsige. Bedeutend jünger als Sie.«

»Vor ungefähr fünf Jahren wollte ich mir mit ein paar Jungs ein Raumschiff nehmen und zur Tagora fliegen«, sagte Wadim. »Aber man hat uns natürlich keins gegeben. Vielleicht ist es ihnen geglückt?«

»Ein Raumschiff bekommt nur ein Pilot mit Praxis«, erklärte Anton. »Und was können die für eine Praxis haben ... Sie sind ja noch ganz grün hinter den Ohren! Überhaupt ist mir das alles unbegreiflich: die vergoldeten Fingernägel, die primitiven Hemden auf dem bloßen Körper ... Und vor allem: Wie sind sie hierhergeraten?«

»Sehr einfach«, sagte Wadim. »Irgendjemand hatte anscheinend einen Flug geplant und ließ das Raumschiff vor dem Haus stehen. In der Nacht drangen sie heimlich in das Schiff ein und starteten. Sie spielten Rumata-der-Entdecker. Hier sind sie ausgestiegen, haben sich verirrt und wurden vom Frost überrascht. Das ist alles.«

»Was du da sagst, ist völlig unmöglich«, entgegnete Anton sachlich. »Selbst, wenn sich alles so abgespielt hätte, wüsste ich davon. Sie sind erst vor ein paar Tagen umgekommen. Man hätte auf der Erde eine globale Suchaktion eingeleitet.«

»Und wenn sie mit Erwachsenen hergekommen sind?«

Anton schwieg eine Weile.

»Dann suchen wir die Erwachsenen«, erwiderte er schließlich.

»Eins stört mich«, sagte Wadim. »Diese wirklich sonderbaren Hemden ...«

»Das sind keine Hemden«, wandte Saul plötzlich ein. »Das sind Säcke. Mit Löchern für Kopf und Arme. Grobe Jutesäcke. Heutzutage gibt es die nicht mehr.« Er lächelte gequält. »Verstehen Sie, Wadim: Für die Jungs wäre es leichter gewesen, sich einen Scorcher oder eine Bathysphäre zu beschaffen als so einen Jutesack. Es ist sehr, sehr lange her, seit Jute verwendet wurde. Was mir nicht gefällt, ist, dass sie nackt sind und statt Kleidung Säcke tragen.«

Wadim stockte das Herz. Merkwürdig und unheimlich erschien ihm das – Jutesäcke, die es seit Langem nicht mehr gab. Es war nicht so sehr das Gefühl der Gefahr, das er empfand, sondern eben des Unheimlichen ... Als ob ein Mensch, der direkt vor einem stand, plötzlich immer älter und älter wurde und sich in einen klapprigen, runzligen Greis verwandelte ... Er schüttelte sich, und die Empfindung verschwand.

Saul faltete einen der Overalls auseinander, hob ihn hoch und prüfte ihn. »Darum teile ich auch nicht Ihre Meinung«, fuhr er fort. »Ich bin der Ansicht, dass es sich um Ureinwohner handelt. Und – ich weiß nicht, ob Sie mich verstehen, Anton – im Zeitalter der Jutesäcke spielten sich merkwürdige Dinge ab. Ich glaube, man hat die jungen Menschen bis aufs Hemd ausgezogen und hier, in der Einöde, ausgesetzt. Probieren Sie mal an.«

Anton nahm den Overall.

»Ihrer Meinung nach existiert also auf der Saula eine eigene Zivilisation?«, fragte er ungläubig. »Und wir befinden uns gerade im Zeitalter der Jutesäcke?«

»Woher soll ich das wissen, Kapitän? Ich halte nur fest, was ich sehe. Und ich sehe Jutesäcke – und weiß, dass es die auf der Erde nicht mehr gibt. Folglich sind es keine Erdenmenschen. Vielleicht hat man sie ausgeraubt. Vielleicht sind es aber auch Pilger, Fanatiker, die einem Gelübde folgten und in Sackleinen gehüllt zu einem heiligen Ort wallfahrteten, vom Weg abkamen und in einen Schneesturm gerieten ... Ich weiß es nicht.«

Wadim leuchtete das alles nicht ein. Zwar waren ihm die Worte »Pilger«, »heiliger Ort«, »Gelübde« bekannt, er wusste, dass sie mit religiösem Kult zusammenhingen, aber sie hatten für ihn keine reale Bedeutung. Saul muss ein versierter Fachmann auf seinem Gebiet sein, dachte Wadim anerkennend. Doch nicht das war es, was ihn erstaunte.

»Moment mal!«, rief er. »Eine Zivilisation? Das ist ja unglaublich! Da sind wir zu einem Ausflug gestartet und entdecken ganz nebenbei eine Zivilisation! Ich kann's einfach nicht glauben.«

»So ganz nebenbei«, wiederholte Anton nachdenklich. »Wirklich ganz nebenbei? Der EN 7031 steht auf dem Forschungsplan.«

»Ja, das sagtest du. Aber eine Expedition war noch nicht hier.«

»Nein. Aber der EN 7031 ist im Verzeichnis der Sterne aufgeführt, die auf dem hypothetischen Weg der *Wanderer* liegen.«

»Von so einem Verzeichnis habe ich nie gehört«, erwiderte Wadim.

»Es existiert aber. Die sogenannte Gorbowski-Bader-Liste. Die Möglichkeit, eine Zivilisation vorzufinden, war also durchaus gegeben, Wadim. Vielleicht hat Saul recht, und es handelt sich um junge Ureinwohner. In welcher Beziehung sie zu den *Wanderern* stehen, ist eine andere Frage.«

Wadim saß am Tisch, die Ellbogen aufgestützt und den Kopf in den Händen vergraben. Eine Zivilisation soll das sein?, dachte er. Na schön, nehmen wir an, sie wurden Opfer von Räubern. Aber das ergibt keinen Sinn – gesunde junge Burschen lassen sich nicht einfach widerstandslos ausziehen, um dann gehorsam zu erfrieren. Und wenn es Fanatiker sind? Er stellte sich einen Fanatiker vor: einen hohlwangigen, glatzköpfigen Greis mit irrlichterndem Blick und einer schweren rostigen Kette um den Hals. Nein, dachte er, Fanatiker können es auch nicht sein. Und wenn es *Wanderer* sind? In Jutesäcken? Er musste an die zyklopischen Bauwerke denken, die die *Wanderer* auf der Wladislawa hinterlassen hatten, und Schwermut überkam ihn. Die überkam ihn immer, wenn er vor einer Aufgabe stand, die seine Kräfte überstieg.

»Anton«, sagte er. »Was ist mit dem Gleiter?«

Anton blickte auf die Uhr. »Es ist Zeit. Machen wir uns auf den Weg. Zieht euch an und nehmt jeder einen Sack.«

»Einen Moment«, bat Saul. »Wir müssen das noch präzisieren. Wonach suchen wir genau?«

Wadim hatte den Eindruck, dass Anton unschlüssig war.

»Wir werden nach Menschen suchen, die sich in Not befinden.«

Saul knöpfte seinen Overall zu. »Und wenn sich niemand mehr in Not befindet? Ich denke dabei an die Variante mit den Räubern.«

»Bei dieser Variante wäre ich nicht zimperlich«, murmelte Wadim.

»Bei jeder anderen Variante bitte ich, nicht eine einzige Handbewegung ohne meinen ausdrücklichen Befehl zu machen«, sagte Anton mehr als deutlich.

Er ging zur Tür.

»Nehmen Sie keine Waffen mit?«, fragte Saul.

»Wir werden keine Waffen brauchen«, erwiderte Anton.

»Es gibt hier schon genug Tote«, pflichtete Wadim ihm bei.

Als sie aus dem Schiff gestiegen waren, versanken sie sofort in tiefem Schnee. Der Gleiter war hinter dem weißen Vorhang aus Schnee kaum auszumachen; es war ein Antigravgleiter vom Typ »Grashüpfer«, ein zuverlässiger Sechssitzer, der bei Expeditionsteilnehmern und Jägern äußerst beliebt war. Er stand am Rand einer großen Schneegrube, aus der dichter Dampf aufstieg; die glatten Bordwände waren noch warm, in der Kabine herrschte sogar Hitze.

Sie verstauten die Säcke im Gepäckraum und kletterten unter die glatte, durchsichtige Haube der Kabine.

»Ach, wie ärgerlich!«, sagte Anton plötzlich. »Wadim, du brauchst doch bestimmt den Analysator zum Dolmetschen.«

»Wieso zum Dolmetschen?«, erkundigte sich Saul.

Wadim rieb sich das Kinn. »Analysator hin oder her«, sagte er langsam. »Doch ohne die Mnemokristalle kommen wir am Anfang nicht aus. Es muss noch mal jemand zum Schiff.«

»Wenn's sein muss«, sagte Anton und kletterte aus dem Gleiter. »Wie viele brauchst du?«

»Ein paar genügen. Aber nimm welche mit Saugnäpfen, damit man sie nicht in der Hand halten muss.«

Anton eilte durch den Schnee zum Schiff zurück.

»Worum handelt es sich?«, erkundigte sich Saul.

»Wir müssen uns doch mit den Menschen verständigen, wenn wir welche finden«, antwortete Wadim.

Er schaltete das Triebwerk ein, ließ den Gleiter sanft vom Boden abheben und dann wieder aufsetzen.

»Und darüber sprechen Sie einfach so ...« – Saul schnippte mit den Fingern – »... leichthin?«

Wadim sah ihn verwundert an.

»Wie soll ich denn sonst davon sprechen?«

»Nun ja, natürlich«, antwortete Saul.

Komischer Kauz!, dachte Wadim. Sollte er tatsächlich sein Leben lang in seinem Arbeitszimmer gehockt und Mendelssohn-Bartholdy gehört haben?

»Saul«, begann er. »Den Arbeiten Sugimotos zufolge ist die Verständigung mit Humanoiden eine rein technische Angelegenheit. Wissen Sie nicht mehr, wie Sugimoto sich mit den Tagoranern verständigt hat? Das war doch ein grandioser Erfolg! Darüber ist hinterher viel gesprochen und geschrieben worden.«

»Natürlich!«, erwiderte Saul lebhaft. »Wie könnte man so etwas vergessen! Ich dachte bloß ... äh ... dazu sei nur Sugimoto imstande.«

»Aber nein«, erklärte Wadim lässig. »Das kann jeder strukturelle Linguist!«

Anton kam zurück, drückte Wadim eine Schachtel mit Kristallen in die Hand und nahm wieder seinen Platz ein. »Also los!«, sagte er. Dann schaute er Saul an. »Was ist passiert?«

»Was meinst du?«

»Ich hatte den Eindruck ... Ach, egal. Los geht's!«

»Hör mal«, druckste Wadim und blickte hinaus auf einen kaum sichtbaren Schneehügel neben dem Schiff. »Ich finde es nicht gut, sie einfach so liegen zu lassen. Vielleicht sollten wir sie erst beerdigen?«

»Nein«, widersprach Anton. »Ehrlich gesagt, haben wir dazu nicht einmal das Recht.«

Wadim verstand. Es sind nicht unsere Toten, dachte er, und es steht uns nicht zu, sie nach unseren Bräuchen zu bestatten. Er griff nach dem Steuerknüppel und schaltete das Triebwerk ein. Sanft erhob sich der Gleiter über die Schneewehen und flog in den weißen Nebel.

Wadim saß wie gewöhnlich mit krummem Rücken da; den Steuerknüppel bewegte er nur leicht, um die Stabilität zu kontrollieren. Schnee fegte ihm entgegen, und er sah nichts außer einem tausendschwänzigen weißen Stern, dessen Mittelpunkt langsam vor ihm her schwebte. Er schaltete die Suchlokatoren ein.

»Was sind das für Bildschirme?«, wollte Saul wissen.

»Ich sehe ja nichts«, erklärte Wadim. »Außerdem könnten sie unter Schnee begraben liegen.«

Der Gleiter flog aus dem Schneegestöber hinaus und jagte über einer verschneiten hügeligen Ebene dahin. Wadim erhöhte die Geschwindigkeit; vom Triebwerk war ein tiefes Pfeifen zu hören, und die Hügelkuppen rasten nur so unter ihnen hinweg. Der Himmel war vollkommen weiß, und rechter Hand leuchtete dicht über dem Horizont ein blendend heller Fleck – der EN 7031. Im Norden zeichneten sich deutlich die Konturen des Felsengebirges ab. Der blendend helle Fleck wanderte langsam nach rechts und blieb dann zurück; der Gleiter flog auf einer Kreislinie mit einem Radius von zehn Kilometern um das Schiff herum. Vorne, links und rechts sah man nichts als Hügel.

Plötzlich rief Anton: »Seht mal da, eine Herde!«

Wadim drosselte die Geschwindigkeit und wendete. Der Gleiter hing nun regungslos in der Luft. In einem Talkessel zwischen den Hügeln trabte ein Rudel Tiere. Es waren kleine Vierbeiner, die wie geweihlose Hirsche aussahen. Die langen schwarzmäuligen Köpfe in den Nacken gelegt, jagten sie dahin. Oft blieben sie mit ihren dünnen Beinen in den Schneewehen stecken, fielen hin, wälzten sich herum und wirbelten Wolken von Schnee auf, sprangen erneut auf die Beine und liefen, sich bei jedem Sprung zusammenkrümmend, weiter. Hinter ihnen blieben tiefe Schneefurchen zurück, und in diesen Furchen folgten ihnen auf nackten Stelzbeinen riesige straußenähnliche Vögel, die langen Hälse weit vorgestreckt. Nur ihre Schnäbel sahen anders aus als die von Straußen: mächtige Krummschnäbel mit einer schrecklichen, nach unten gebogenen Spitze.

Wadim ging im Sturzflug hinunter und flog den Talkessel entlang. Während die Herde unter dem Gleiter dahinraste und ihn nicht einmal bemerkte, blieben die Vögel – es waren drei – abrupt stehen, kauerten sich hin und sperrten mit emporgereckten Köpfen furchterregend die Schnäbel auf. Wenn man die jagen könnte!, schoss es Wadim durch den Kopf. Er ließ den Gleiter wieder steigen und schaltete ihn auf Sprungbetrieb um. Ganz nahe, fast das Spektrolit der Haube zerkratzend, schnappten die abscheulichen Schnäbel zu und waren gleich darauf wieder verschwunden. Jetzt sauste der Gleiter mit Zwei-Kilometer-Sprüngen dahin. Er stieg bis zur niedrigen Wolkendecke empor, und die weite Ebene tat sich auf; im Umkreis von Dutzenden von Kilometern war nichts als endlose Schneewüste zu sehen.

»Schlimm«, murmelte Saul.

»Was?«

»Die Vögel ...«

Und so was nennt sich Zivilisation!, dachte Wadim. Nicht mal eine Suchaktion können sie organisieren! Lassen diese Bürschchen nackt und unbewaffnet losziehen! Dabei kann man sich hier ohne Waffe vermutlich nicht einen Schritt hinauswagen. Bestimmt waren sie mutig, tapfer ...

Der Gleiter hatte jetzt das Schiff einmal im Abstand von zehn Kilometern umkreist und begann die zweite Runde mit einem Radius von zwanzig Kilometern.

»Da! Von da sind sie wahrscheinlich gekommen!«, rief Anton plötzlich. »Dreißig Grad rechts vom Kurs.«

Am Rande der Ebene unterhalb des graublauen Gebirgsmassivs waren dunkle, gleichmäßig geformte Flecke zu sehen.

»Das sieht aus wie eine Siedlung«, meinte Saul. »Haben wir kein Fernglas dabei?«

Die Haube aus Spektrolit durchdrang den Dunstschleier, und Wadim, über die Okulare gebeugt, konnte Umrisse von Gebäuden, zinnenbewehrten Mauern und Kuppeln erkennen.

»Eine Stadt«, sagte er. »Was wollen wir tun?«

»Eine Stadt?«, fragte Saul zurück. »Interessant! Wie weit ist es bis dorthin?«

»Etwa fünfzehn Kilometer.«

»Dann sind es von der Stadt bis zum Schiff etwa dreißig Kilometer. Bei einer gewissen Zähigkeit kann man die sogar barfuß zurücklegen.«

Wadim schauderte es. »Das würde ich nicht ausprobieren wollen«, murmelte er.

Der Gleiter hing etwa zwanzig Meter über der Erde und schwankte durch die Windstöße ein wenig hin und her. Was sind das hier für Sitten?, dachte Wadim. Wo bleiben die Suchtrupps, die Gleiter und Helikopter mit den Freiwilligen? Da sind nun ganz in der Nähe der Stadt Menschen erfroren, und im Umkreis von zig Kilometern ist kein einziges lebendes Wesen zu sehen, außer diesen Vögeln, und die haben hier gar nichts zu suchen. Man hätte sie schon vor hundert Jahren von hier vertreiben sollen, anstatt ihnen gleich nebenan ein Reservat zu überlassen. Was zögert Anton noch? Warum nicht in die Stadt gehen und die Bewohner auf den rechten Weg bringen? Auf die Formalitäten für den Erstkontakt kann man in so einem Fall wahrhaftig verzichten. Er sah Anton an.

Er zögerte noch immer – saß kerzengerade da, die Augen zu einem schmalen Spalt verengt und die Lippen fest aufeinandergepresst. Diese Haltung nahm er für gewöhnlich ein, wenn er im Kopf eine Navigationsaufgabe löste.

»Und, Käpt'n?«, sagte Wadim.

Antons Gesicht entspannte sich.

»Eigentlich müssten wir jetzt zum Schiff zurückkehren«, sagte er. »Aber ... Vorwärts! Halte am Stadtrand an, und jetzt geh etwas höher.«

Der Gleiter legte die Strecke bis zur Stadt in drei Sprüngen zurück, und schon nach dem zweiten erkannte Wadim, dass es gar keine Stadt war. Jedenfalls wurde ihm klar, weshalb sich hier niemand um das Schicksal der verschwundenen Jungen kümmerte.

»Hier hat sich eine entsetzliche Explosion ereignet«, murmelte hinter ihm Saul.

Der Gleiter verharrte über der Kante eines gigantischen Trichters, der aussah wie der Krater eines tätigen Vulkans. Der Trichter war ungefähr einen halben Kilometer breit und bis zum Rand mit schweren, hin und her wogenden Rauchschwaden angefüllt. Der Rauch war blaugrau und, wie es schien, bedeutend schwerer als die Luft, denn an keiner Stelle des Trichters stieg er über dessen Rand empor. Von der Seite sah es sogar aus, als wäre es kein Rauch, sondern eine Flüssigkeit. Am Rand des Trichters waren schneebedeckte Ruinen zu erkennen; bizarre Überreste verschiedenfarbiger Mauern ragten aus den Schneewehen, schiefe Türme, verbogene Metallkonstruktionen und durchlöcherte Kuppeln.

Fassungslos starrte Wadim nach unten.

»Tja, das kennen wir«, murmelte Saul undeutlich. »Ein Bombenangriff. Die Munitionslager sind explodiert. Es kann noch nicht lange her sein – der Rauch hat sich noch nicht verzogen. Stellenweise brennt es sogar noch ...«

Wadim schüttelte den Kopf.

»In so einer Stadt kann man nicht leben. Die Menschen sind natürlich in alle Himmelsrichtungen geflüchtet. Merkwürdig, dass wir nur fünf gefunden haben.«

»Die anderen sind dort«, sagte Saul mit einem Blick auf den Trichter.

»Das ist keine Zivilisation, sondern eine Schweinerei«, knurrte Wadim. »Was für ein bodenloser Leichtsinn! Wer macht in einer Stadt solche Experimente? Das ist einfach unglaublich ...«

»Da fahren Autos«, unterbrach ihn Anton leise.

Von Norden her führte das schmale, von oben kaum sichtbare Band einer Straße an den Trichter heran. Darauf krochen in dichter Folge dunkle Punkte dahin. Aha!, dachte Wadim. Noch ist also nicht alles verloren. Er wendete den Gleiter und überquerte den Trichter. Sie erblickten eine erstklassige Chaussee, die genau in den Rauch hineinführte, und auf der Chaussee eine endlose Kolonne von Fahrzeugen. Sie nahmen die ganze Länge und Breite der Fahrbahn ein und kamen in dichter Formation von Norden ... ausschließlich von Norden. Man sah flache grüne Fahrzeuge, die aussahen wie Atomautos, nur ohne Windschutzscheibe; kleine blauweiße Wagen, die einen ganzen Schwanz leerer offener Anhänger hinter sich herzogen; orangefarbene Fahrzeuge, die aussahen wie Feldsynthetisatoren; Raupen mit mächtigen schwarzen Türmen und kleine Wagen mit weit ausladenden Tragflügeln. Sie alle rollten unaufhaltsam, einer nach dem anderen, die Chaussee entlang, hielten auffallend exakte Abstände und Zwischenräume ein und verschwanden schließlich einer nach dem anderen im blaugrauen Qualm des Trichters.

»Das sind bloß Maschinen«, sagte Wadim.

»Ja«, bestätigte Anton.

»Dann schickt sie jemand hierher, wahrscheinlich zum Wiederaufbau. Und die Menschen finden wir am anderen Ende der Chaussee.« Wadim stockte. »Hören Sie«, wandte er sich an Saul. »Gab es im Zeitalter der Jutesäcke solche Fahrzeuge?«

Saul antwortete nicht. Wie gebannt starrte er nach unten; auf seinem Gesicht lagen Ehrfurcht und Entzücken. Nach einer Weile sah er Wadim mit großen Augen an, und seine Brauen wirkten noch buschiger als sonst.

»Was für eine Technik!«, rief er. »Ein homerischer Zug! Was für grandiose Maßstäbe! Das nimmt ja kein Ende!«

Verwundert blickte Wadim nach unten.

»Was meinen Sie?«, fragte er. »Ach so – die Maßstäbe! Nun ja, die sind in der Tat unerhört. Für den Wiederaufbau der Stadt würden ein Dutzend Kyber reichen.«

Er sah abermals zu Saul hinüber, der heftig blinzelte.

»Also, mir gefällt das«, sagte Saul. »Ich finde das sehr schön! Sehen Sie nicht, wie schön das ist?«

»Wadim«, sagte Anton. »Flieg die Chaussee entlang. Wenn wir uns schon Klarheit verschaffen wollen, dann gründlich.«

Wadim setzte den Gleiter in Bewegung. Der Strom der Fahrzeuge unter ihnen verschmolz zu einer bunten Schlange.

»Jetzt sieht es schön aus«, sagte Wadim. »Aber Sie haben meine Frage noch nicht beantwortet, Saul. Lassen sich Jutesäcke mit dieser Technik vereinbaren?«

»Warum nicht? Aus zerstörten Städten sind Leute auch schon ohne alles geflohen ... Die Jutesäcke scheinen es Ihnen ja angetan zu haben! Es hat sie etliche Jahrhunderte lang gegeben. Ein günstiger, nützlicher Artikel. Zum Beispiel, um Scheite zu transportieren.«

»Was für Scheite?«

»Holzscheite für den Ofen.«

Wadim starrte nach vorn, wo weder das Ende der Chaussee noch das der Wagenkolonne abzusehen war. Zu beiden Seiten der Chaussee erstreckte sich bis zum Horizont eine unberührte verschneite Ebene. Wadim erhöhte die Geschwindigkeit. Was für ein unsinniges Unterfangen, dachte er. Da verschwinden sie im Rauch wie in einem Abgrund. Er schätzte ab, wie groß der Trichter sein mochte und wie viele Wagen im Laufe der Zeit dort hineinfielen, und kam zu grotesken Ergebnissen. Aber ich bin schließlich kein Ingenieur, tröstete er sich. Ein Durchschnittshumanoide von der Tagora – dort gibt es ja nur Ingenieure – käme wahrscheinlich zu dem Schluss, die Chaussee sei ein großes Förderband, das die Teile einer mittelgroßen Maschine transportiere, die unter der Erde zusammengesetzt würde. Ein einfacher Leonidaner hingegen wäre überzeugt, es handele sich um eine Viehherde, die von der Weide in einen Schlachthof getrieben würde.

»Anton«, rief Wadim. »Kannst du dir einen Leonidaner in unserer Situation vorstellen?«

»Ein dummer Leonidaner würde sich einbilden, es sei alles klar«, erwiderte Anton. »Ein kluger würde sagen, die Informationen reichten nicht aus.«

Ja, die Informationen reichten nicht aus. Alle Wagen fuhren nach Süden, kein einziger kehrte zurück. Wenn sie tatsächlich zum Wiederaufbau der Stadt eingesetzt waren, bauten sie sie wohl aus sich selbst auf. Tja, warum eigentlich nicht?

»Ich muss sagen, mir ist das Ganze unheimlich«, gestand Saul. »Wie weit sind wir denn schon geflogen? Vierzig Kilometer? Aber sie fahren und fahren immer noch.«

»Es wäre besser, sie setzten ihre Technik ein, um die Geflohenen zu suchen«, meinte Wadim.

»Da tun Sie ihnen unrecht«, widersprach Saul. »Bei so einem Chaos können sie sich nicht um einzelne Menschen kümmern.«

»Wieso nicht? Für wen bauen sie denn die Stadt wieder auf? Die toten Jungen brauchen die Stadt nicht mehr.«

Saul machte eine wegwerfende Handbewegung.

»Bei der Explosion sind vermutlich zehntausend junge Burschen ums Leben gekommen. Das ist bedauerlich, aber darum kann man sich jetzt nicht kümmern.«

Wadim war empört. Der Gleiter kam für einen Moment vom Kurs ab.

»Verzeihen Sie, aber Ihr behagliches Arbeitszimmer und die Beschäftigung mit der Geschichte haben sich merkwürdig auf Sie ausgewirkt, Saul. Sie argumentieren wie … Ach, ich weiß nicht wie. Fehlte nur noch, dass Sie behaupten, der Zweck heilige die Mittel.«

»So ist es«, gab Saul ungerührt zurück. »Manchmal heiligt der Zweck auch die Mittel.«

Wadim unterdrückte seinen Unmut. Schreibstubenhengst!, dachte er bei sich. Aber ließen wir ihn mal ohne Hosen im Schnee stehen, wäre er zutiefst empört, wenn ihm nicht sofort die gesamte Technik des Planeten zu Hilfe eilte. Im selben Moment entdeckte Wadim einen Seitenweg und bremste scharf.

Der Weg führte von der Chaussee nach Osten und schlängelte sich zwischen den Hügeln hindurch.

»Das ist die erste Abzweigung«, stellte Wadim fest. »Wollen wir hier abbiegen?«

»Das lohnt nicht«, meinte Saul. »Was kann es da Interessantes geben?«

Anton war unschlüssig. Warum druckst er bloß die ganze Zeit herum?, dachte Wadim gereizt. Er ist wie ausgewechselt!

»Also, was ist?«, fragte Wadim. »Ich bin dafür, dass wir weiter die Chaussee entlangfliegen.«

»Ich auch«, sagte Saul. »Hierher zurückkehren können wir immer noch. Nicht wahr, Wadim?«

»Gut, flieg weiter geradeaus«, sagte Anton unentschlossen. »Ja, flieg geradeaus. Obwohl ... Nein, schon gut, flieg geradeaus.«

Wadim folgte weiter der Chaussee.

»Was ist denn heute mit dir los, Anton?«, wollte er von ihm wissen. »Du wankst ja wie der Recke am Scheideweg: Fliegst du nach rechts, verlierst du den Gleiter, fliegst du nach links, verlierst du den Kopf ...«

»Guck nach vorne«, verlangte Anton ruhig.

Wadim zuckte mit den Achseln und starrte demonstrativ nach vorn. Nach fünf Minuten gewahrte er dort einen grauen Fleck.

»Wieder eine Grube mit Rauch«, sagte er.

Es war genau so ein Trichter wie der erste – mit schneebedeckten Rändern und träge wallendem grauem Qualm, aus dem in ununterbrochenem Strom Fahrzeuge hervorkrochen.

»So etwas habe ich erwartet«, sagte Anton.

»Aber hier sind ja gar keine Menschen«, meinte Wadim verdutzt. »Also erfahren wir wieder nichts.«

Er warf einen Blick auf den Kompass und beugte sich dann über die Okulare. An den Rändern dieses Trichters waren keine Ruinen zu sehen.

»Einfach unglaublich«, sagte Saul. »Sie kommen aus dem Rauch und verschwinden wieder im Rauch.«

»Lasst uns umkehren«, schlug Wadim ungeduldig vor. Er sah zu Anton hinüber, auf dessen Gesicht wieder diese schreckliche Unentschlossenheit lag.

»Entschuldigen Sie«, meldete sich jetzt Saul. »Sollen wir an so einem erstaunlichen Phänomen achtlos vorübergehen?«

»Was ist das schon für ein Phänomen!«, rief Wadim. »Warum sind Sie eigentlich immer so begeistert? Da befördert irgendein dilettantischer Ingenieur Fahrzeuge durch den Subraum. Einen schönen Platz hat er sich für den Null-Transport ausgesucht! Hat eine ganze Stadt in Schutt und Asche gelegt, dieser Nichtskönner! Na, und was grübelst du die ganze Zeit, Anton?«

»Es ist ein bisschen laut bei uns geworden«, erwiderte Anton und blickte zur Seite.

»Ja, aber was ist los? Interessieren dich vielleicht die hiesigen Produktionsprozesse?«

»Nein, das nicht ...«, erwiderte er langsam. »Was gehen die mich schon an!«

Wadim drehte sich auf seinem Sessel herum, stemmte die Hände auf die Knie und sah abwechselnd zu Anton und zu Saul. Anton sah aus, als sei er am Einschlafen; er hatte sogar die Hände über dem Bauch gefaltet. Auf Sauls Gesicht hingegen lag ein Ausdruck des Staunens und Entzückens; sein Mund stand halb offen.

»Was ist los?«, fragte Wadim. »Was ist in euch beide gefahren?«

Saul fuhr plötzlich auf. »Natürlich!«, rief er. »Dass ich nicht gleich draufgekommen bin! Es sind zwei Löcher im Abstand von achtzig Kilometern. Aus dem einen kommen die Fahrzeuge heraus, befahren die glatte Chaussee und verschwinden dann ohne jeden ersichtlichen Nutzen in dem anderen Loch. Von dort kehren sie auf unterirdischem Wege zum ersten Loch zurück ...«

Wadim seufzte. »Sie kehren nicht zum ersten Loch zurück«, widersprach er. »Es handelt sich hier um Null-Transport, verstehen Sie?« (Nach jedem Wort nickte Saul eifrig.) »Um elementaren Null-Transport. Jemand benutzt diesen

Ort, um die Technik auf kürzestem Weg über große Entfernungen zu befördern. Vielleicht über Tausende von Kilometern. Vielleicht aber auch über Tausende von Parsek. Ist das so schwer zu verstehen?«

»Aber nein, wieso denn, ich verstehe ja!«, rief Saul. Er sah ziemlich verblüfft aus. »Was sollte daran nicht zu verstehen sein? Typischer Null-Transport ...«

»Na also«, sagte Wadim. »Und der interessiert uns nicht im Geringsten. Nach Menschen müssen wir suchen!«

»Gut«, stimmte Anton zu. »Suchen wir nach Menschen. Kehr zu dem Seitenweg zurück.«

Wadim machte kehrt und flog längs der Chaussee zurück.

»Fühlst du dich nicht wohl, Anton?«, erkundigte er sich nach einer Weile.

»Ja, ich fühle mich nicht besonders«, erwiderte Anton. »Vergiss das später nicht zu bestätigen, wenn man dich danach fragt.«

»Wer sollte mich danach fragen?«

»Es wird welche geben, die sich dafür interessieren.«

Wadim fragte nicht weiter – es hatte keinen Sinn. Er blickte auf die Fahrzeuge hinunter und danach auf den Geschwindigkeitsmesser.

»Primitive Maschinen«, murmelte er. »Konstante Geschwindigkeit, konstante Zwischenräume. Es lohnt sich nicht, ihretwegen den Raum zu verkürzen ...« Der Seitenweg tauchte wieder auf. »Wie soll ich weiterfliegen?«, fragte Wadim. »Über dem Weg oder querfeldein?«

»Über dem Weg«, erwiderte Anton. »Und geh etwas tiefer.«

Wadim ging fast bis auf die Erde hinunter und folgte dann dem Weg. Es machte ihm Spaß, schnell zu fahren und dabei scharfe Kurven zu nehmen. Neben sich sah er den rundlichen Schatten des Gleiters, der in Windeseile über den Schnee huschte.

»Da, schon wieder diese Vögel«, sagte Saul grimmig.

Ein Stück voraus, direkt am Weg, standen einige der langbeinigen Ungetüme und harkten mit ihren krallenbewehrten Fängen die Schneewehen auseinander oder wühlten im lockeren Schnee. Als der Gleiter auf sie zukam, hockten sie sich blitzschnell nieder, reckten die Hälse in die Höhe und rissen die schwarzen Schnäbel auf, aus denen noch irgendwelche Fetzen herabhingen.

»Was für ekelhafte Viecher!«, rief Saul angewidert. Er drehte sich um und schaute zurück. »Wonach scharren sie denn da?«

Wadim begriff plötzlich, wonach sie scharrten, doch das war so grässlich, dass er es nicht glauben mochte.

»Sie haben noch keinen Tachorg gesehen, Saul«, sagte er mit gezwungener Heiterkeit. »Dagegen sind die hier gelbschnäblige Küken. Wir werden einen davon schießen müssen, was, Anton?«

»Meinetwegen«, erwiderte Anton.

Saul setzte sich wieder gerade hin. »Mir gefällt das Gescharre nicht«, sagte er finster.

Niemand antwortete. So flogen sie zehn Minuten schweigend weiter. Der Schnee auf dem Weg war schmutzig braun und zeigte Spuren von Raupenketten und Rädern. Rechts und links sah man menschliche Fußstapfen im Schnee. Die runden Hügel zu beiden Seiten waren leer. Hier und da ragten aus Schneehaufen kümmerliche Sträucher und knorrige schwarze Wurzeln, die wie zusammengekrallte Hände aussahen.

»Noch einer«, sagte Saul.

Auf einer Hügelkuppe stand ein Vogel. Als er den Gleiter bemerkte, stürmte er so schnell er konnte auf ihn zu. Die Beine hochwerfend, die kleinen Flügel gespreizt, den sehnigen Hals weit vorgestreckt und den Schnabel dicht über dem Boden, preschte der Vogel heran. Das funkelnde kleine Auge war auf den Gleiter gerichtet.

»Er kriegt uns nicht mehr!«, meinte Wadim bedauernd.

Doch er hatte sich getäuscht. »Hoppla!«, rief Wadim vergnügt. Der Gleiter erzitterte. In der Luft tauchte ein gespreizter Krallenfuß auf. Anton und Saul drehten sich rasch nach dem Vogel um.

»Er kullert abwärts!«, teilte Saul mit. »Ein ausnehmend hässliches Vieh ... Oh!«, rief er erstaunt.

Wadim schaltete sofort den hinteren Bildschirm ein. Der zerzauste Vogel war wieder auf die Beine gekommen und rannte jetzt leicht hinkend hinter dem Gleiter her. Doch bald blieb er zurück und verschwand schließlich hinter einer Wegbiegung.

»Wenn wir auf Menschen stoßen, werde ich ihnen raten, diese scheußlichen Vögel auszurotten«, sagte Wadim. »Und wenn sie selbst nicht damit fertigwerden ... Was meinst du, Anton?«

»Wir werden sehen«, erwiderte er.

4

Die Hügel wurden niedriger, und plötzlich tauchte weiter vorn ein hoher Schneewall auf. Anton gewahrte winzige schwarze Gestalten, die auf dem Bergkamm herumkrabbelten. Jetzt geht's los!, dachte er und sagte: »Halt an.«

»Warum?«, fragte Wadim. »Siehst du nicht – da sind Menschen!«

»Halt an, sag ich!«

»Na schön«, murrte Wadim und gehorchte.

Gleich dreht er sich um und sieht mich missbilligend an, dachte Anton. Wie schwer mir das fällt ...

Es war nicht leicht für Anton. Die Aussicht, auf eine unbekannte Zivilisation zu stoßen, war außerordentlich gering –

aber real. Und jeder Raumfahrer kannte die Instruktion der Kontaktkommission, die es verbot, auf eigene Faust mit unbekannten Zivilisationen Kontakt aufzunehmen. Wir hätten den Planeten sofort verlassen müssen, als wir die Leichen entdeckt haben, dachte Anton. Doch das hätte niemand getan. Trotzdem existierte die Instruktion, und sie war eigens für solche Fälle verfasst worden: wenn es einen in der Mannschaft gab, der vor Tatendurst brannte, und einen anderen, von dem man nicht wusste, was er wollte. Und selber war man hin- und hergerissen ... Denn es war offensichtlich, dass ganz in der Nähe Tausende von Menschen in Not geraten waren – nicht zu vergessen die, die dort sinnlos auf dem Berg herumirrten ... Wadim sieht mich missbilligend an, und Saul platzt vor Neugier. Ein Historiker mit einem Scorcher. Den Scorcher darf ich nicht vergessen. Und die Instruktion, die klar und einfach lautet: »Kein Kontakt mit Einheimischen auf eigene Faust.« Eigentlich ganz einfach: Man steigt aus, schaut sich um, entdeckt Anzeichen einer lebenden Zivilisation und »hat unverzüglich den Planeten zu verlassen, nachdem man sorgfältig alle Spuren seines Aufenthalts getilgt hat«. Ich aber habe dort eine riesige, vom Gleiter herrührende Grube zurückgelassen und daneben fünf Leichen ...

»Was ist los?«, fragte Wadim. »Ein Anfall von Melancholie?«

Natürlich ahnen strukturelle Linguisten und Historiker nichts von derlei Instruktionen. Klärte man sie darüber auf, würden sie es gewiss als persönliche Beleidigung auffassen und protestieren: Wir sind doch keine kleinen Kinder. Wir wissen selbst, was gut und schlecht ist.

Da merkte Anton, dass der Gleiter langsam auf den Schneewall zutrieb, und fasste einen Entschluss.

»Flieg zum Bergrücken«, sagte er zu Wadim. »Und lande in einiger Entfernung von den Menschen. Und noch etwas, Freunde: Bitte veranstaltet dort keine Verbrüderung der Zivilisationen.«

»Wir sind doch keine kleinen Kinder«, entgegnete Wadim würdevoll und erhöhte die Geschwindigkeit.

Im Nu erreichte der Gleiter den schneebedeckten Bergkamm. Wadim öffnete die Haube, lehnte sich hinaus und stieß einen erstaunten Pfiff aus. Unten, auf der anderen Seite des Bergrückens tat sich eine gigantische Grube auf, in der es von Menschen und Maschinen nur so wimmelte. Anton aber blickte nicht hinunter.

Er starrte erschrocken und voller Mitleid auf einen tiefgebeugten, blaugefrorenen Mann, der einen zerschlissenen Jutesack trug und mühsam, einen Fuß vor den anderen setzend, auf den Gleiter zukam. Blutiger Schorf bedeckte sein Gesicht, die nackten Arme und Beine waren voller Schrammen, und das verklebte, schmutzstarre Haar stand wirr nach allen Seiten. Der Mann streifte den Gleiter mit einem gleichgültigen Blick, machte einen Bogen um ihn herum und stapfte dann weiter den Kamm entlang. Jedes Mal, wenn er stolperte, stöhnte er kläglich auf. Das ist kein Mensch, dachte Anton, das ähnelt nur einem Menschen ...

»Allmächtiger!«, rief Saul heiser. »Was geht dort vor?!«

Nun blickte auch Anton hinunter. Auf dem Grund der Grube, auf dem zerstampften, schmutzigen Schnee inmitten Dutzender Fahrzeuge, wimmelte es von barfüßigen Menschen in langen grauen Hemden. Sie saßen, lagen oder liefen umher. Ringsum, dort, wo der unberührte Schnee anfing, standen die Menschen in ungleichmäßigen, lückenhaften Reihen. Es waren viele – Hunderte, vielleicht sogar Tausende. Mit hängenden Köpfen standen sie da und starrten vor sich hin. Manche lagen am Boden, doch niemand kümmerte sich um sie.

Von den Fahrzeugen in der Grube wühlten sich etliche in die Erde hinein, andere lagen unter Schnee begraben. Anton erkannte auf den ersten Blick, dass es sich um die gleichen Wagen handelte, die auf der Chaussee fuhren; manche davon ruckten heftig und schleuderten Schmutz- und Schneeklumpen hoch, chaotisch und ohne erkennbaren Nutzen.

Anton fiel auf, dass es in der Grube unverhältnismäßig still war. Obwohl sich dort Tausende von Menschen befanden, hörte man nur das gedämpfte Brummen der Fahrzeuge und hin und wieder einen durchdringenden Klageschrei.

Und Husten. Von Zeit zu Zeit begann irgendwo jemand heiser und gequält zu husten, rang um Atem und keuchte, sodass es einen selbst im Hals kitzelte. Der Husten griff sofort auf Dutzende anderer über, und wenige Augenblicke später war die Grube von einem einzigen trockenen Krächzen erfüllt. Die Bewegung der Menschen kam eine Zeit lang ins Stocken, dann ertönten Klageschreie und knallende Geräusche, die sich anhörten wie Schüsse, und der Husten verstummte wieder.

Anton war sechsundzwanzig Jahre alt und arbeitete schon lange als Raumfahrer. Er hatte im Laufe der Zeit viel erlebt und viel mit ansehen müssen: wie Menschen zu Krüppeln wurden, wie sie Freunde verloren oder den Glauben an sich selbst, wie sie starben; auch er hatte Freunde verloren und war, von gleichgültiger Stille umgeben, dem Tode nah gewesen. Aber das hier war etwas ganz anderes. Hier herrschten bittere Not, Leid und völlige Ausweglosigkeit. Man spürte eine dumpfe Verzweiflung – wo keiner mehr auf etwas hoffte, wo der Fallende wusste, dass ihn niemand aufheben würde, wo man nichts mehr vor sich sah als den einsamen Tod inmitten einer teilnahmslosen Menge. Das kann nicht sein, dachte Anton. Das ist ein großes Unglück. So etwas habe ich noch nie gesehen.

»So vielen können wir nicht helfen«, murmelte Wadim. »Tausende von Menschen, die nicht das Geringste besitzen.«

Anton kam wieder zu sich. Zwei Dutzend Lastraumschiffe bräuchte man, dachte er, Kleidung – fünftausend Garnituren, Lebensmittel, ein Dutzend Feldsynthetisatoren, ein Krankenhaus, etwa sechzig Wohnhäuser. Oder ist das zu wenig? Vielleicht sind es gar nicht alle? Vielleicht sieht es woanders ja genauso aus?

Da hätte ich mir was geleistet, wenn ich befohlen hätte, von der Chaussee direkt zum Schiff zurückzukehren!, dachte er zufrieden.

Schweigend standen sie im Gleiter und konnten sich nicht entschließen auszusteigen. Unfassbar, womit sich die Menschen dort unten in der Grube beschäftigten. Sie machten sich an den Fahrzeugen zu schaffen; wahrscheinlich waren sie ihre letzte Hoffnung. Vielleicht wollten sie sie reparieren oder mit ihrer Hilfe aus der Schneewüste herauskommen.

Wadim setzte sich wieder hin und schaltete das Triebwerk ein.

»Halt!«, rief Anton. »Wo willst du hin?«

»Zur Erde«, antwortete Wadim. »Allein werden wir damit nicht fertig.«

»Schalt das Triebwerk ab. Jetzt brauchen wir Nerven.«

»Wozu? Mit unsern sieben Broten kriegst du sie nicht satt.«

Anton hob den Sack mit den Medikamenten hoch und warf ihn über Bord. Dann holte er den Sack mit den Lebensmitteln.

»Hier, nehmen Sie«, sagte er zu Saul. »Wadim, mach den Translator fertig. Du wirst dolmetschen.«

»Wozu?«, fragte Wadim. »Wir verlieren bloß Zeit, dabei sterben hier wahrscheinlich jeden Augenblick Menschen.«

Anton warf den Sack mit den Lebensmitteln über Bord.

»Wir bringen in Erfahrung, wie viele es sind, was sie brauchen, überhaupt alles. Oder womit willst du zur Erde zurückkehren?«

Wortlos sprang Wadim in den Schnee und warf sich den Sack mit den Medikamenten über die Schulter.

Anton blickte Saul erwartungsvoll an. Der nahm die Pfeife aus dem Mund und sagte: »Das ist alles ganz richtig. Aber das Essen lassen Sie besser hier.«

»Warum? Den Schwächsten müssen wir sofort helfen.«

»Machen Sie keinen Unsinn. Wenn die das Essen und die Kleidung sehen, zertrampeln sie Sie mitsamt den Säcken.«

»Es ist nicht für alle gedacht«, belehrte ihn Anton. »Wir werden ihnen erklären, dass es nur für die Schwächsten ist.«

Ein paar Sekunden lang sah Saul ihn mit einem merkwürdigen, fast mitleidigen Ausdruck an. Dann fragte er: »Eine Menschenmenge – wissen Sie, was das ist?«

»Nehmen Sie den Sack«, sagte Anton ruhig. »Was eine Menschenmenge ist, können Sie mir später erklären.«

Seufzend lud sich Saul den Sack auf die Schulter und bückte sich nach dem Scorcher, der auf seinem Sitz lag.

»Nein, den lassen Sie besser hier«, verlangte Anton.

»Nein, den nehme ich mit«, widersprach Saul und streifte sich schnaufend den Riemen des Scorchers über den Kopf.

»Ich flehe Sie an, Saul, Sie haben Angst und schießen womöglich.«

»Natürlich habe ich Angst – Angst um Sie.«

»Ich verstehe, dass Sie nicht um Ihr Leben bangen«, entgegnete Anton geduldig.

Grinsend kletterte Saul über Bord.

»Saul Repnin!«, rief Anton mit schneidender Stimme. »Geben Sie mir die Waffe!«

Saul setzte sich auf die Bordwand.

»Sie können ja gar nicht schießen«, sagte er.

»Doch«, entgegnete Anton und sah ihn mit festem Blick an.

Jedes Mal ist das so, dachte er verdrossen. Jedes Mal, wenn es brenzlig wird, gibt es einen, dem die Nerven durchgehen und den man zur Vernunft bringen muss, statt sich seiner Aufgabe zu widmen.

Saul gab Anton den Scorcher; der verstaute die Waffe in seiner Jacke und sprang zu Wadim in den Schnee. Wadim stand mit geschultertem Sack da, den Kopf geneigt, und schob sich den Mnemokristall an der Schläfe zurecht; neugierig verfolgte er Antons Verhalten.

»Dann nehme ich den dritten Sack«, schlug Saul vor, als sei nichts gewesen.

»Ich bitte darum«, erwiderte Anton höflich.

Sie stiegen zur Grube hinunter.

»Wenn nötig, schießen Sie in die Luft«, riet Saul. »Dann laufen alle sofort auseinander.«

Anton gab keine Antwort. Er überlegte, wie er weiter vorgehen sollte.

»Wadim«, sagte er. »Wirst du dich mit ihnen verständigen können?«

»Wird schon klappen. Jetzt kommt es auf dich an. Wärst du ein richtiger Arzt, würde ich mir keine Sorgen machen.«

Ja, dachte Anton, wäre ich ein richtiger Arzt … Gewiss, es sind Humanoide. Anatomisch unterscheiden sie sich wohl nicht allzu sehr von uns. Aber physiologisch … Er dachte daran, welch furchtbare Folgen die Anwendung einfachen Jods bei den Humanoiden auf der Tagora gehabt hatte.

»Es wäre gut, sich mit Fahrzeugen auszukennen«, meinte Wadim besorgt. »Dann könnten wir sie von hier fortschaffen. Vielleicht brauchen sie gar nichts weiter. Warum hilft ihnen bloß niemand? Was für ein idiotischer Planet! Mich würde nicht wundern, wenn hier alle Städte auf einmal in die Luft geflogen wären.«

Sie hatten schon die Hälfte des Hangs hinter sich, als Saul bat: »Warten Sie einen Augenblick.«

Sie blieben stehen.

»Was ist?«, erkundigte sich Anton. »Sind Sie schon müde?«

»Nein«, antwortete Saul. »Ich bin nie müde.« Er starrte angestrengt nach unten. »Sehen Sie das Ungetüm von Fahrzeug dort am Rand? Da ganz vorne. Auf dem Kotflügel sitzt eine graue Gestalt.«

»Ja«, erwiderte Anton unsicher.

»Und? – Sie haben doch die jüngeren Augen.«
Anton starrte angestrengt hinunter.
»Da sitzt ein Mann ...«, sagte er und verstummte wieder.
»Merkwürdig ...«, murmelte er. Dann rief Wadim:
»Da sitzt ein Mann in Pelzkleidung! Bis zur Nase ist er in einen Pelz gehüllt.«
»Jetzt verstehe ich gar nichts mehr«, sagte Anton. »Vielleicht handelt es sich um einen Kranken?«
»Vielleicht«, erwiderte Saul. »Und dort sind noch zwei Kranke. Ich beobachte sie schon lange. Aber sie sind einfach zu weit entfernt.«
Jenseits der Grube zeichneten sich gegen den fahlen Himmel zwei vermummte dunkle Gestalten ab. Breitbeinig und völlig regungslos standen sie da und hielten lange dünne Stangen in den abgespreizten Händen.
»Was haben die denn da?«, fragte Wadim. »Antennen?«
»Hm, Antennen?«, wiederholte Saul und strengte seine Augen noch mehr an. »Nein, ich glaube, ich weiß jetzt, was das ist ...«
Ein gellender Schrei erfüllte die Grube. Anton zuckte unwillkürlich zusammen. Ohrenbetäubend heulte ein Motor auf, vielstimmiges Wehgeschrei ertönte, und sie sahen, wie sich ein klobiges Fahrzeug, einem Tiefseepanzer ähnlich, knirschend auf der Stelle drehte und plötzlich mit wachsender Geschwindigkeit, mehrere Wagen umstoßend, auf die Menschenreihe zurollte. Aus dem Innern des Fahrzeugs krochen Menschen, die kopfüber in den zerstampften Schnee purzelten. Die Reihe rührte sich nicht. Anton hielt sich den Mund zu, um nicht laut loszuschreien. Durch den Lärm und das Getöse hindurch ertönte eine helle, klagende Stimme, und gleich darauf ballte sich die Reihe zu einer dichten Masse zusammen, die sich auf den Panzer zubewegte. Anton schloss entsetzt die Augen. Durch das Motorgeheul glaubte er ein widerliches dumpfes Knirschen zu vernehmen.
»Allmächtiger!«, murmelte Saul neben ihm.

Anton zwang sich, die Augen aufzumachen. Wo eben noch der Panzer gewesen war, türmte sich jetzt ein riesiger wimmelnder Haufen, der langsam weiterkroch und sich immer mehr zur Seite neigte. Dahinter sah man einen breiten, leuchtendroten Streifen, der im Schnee zerfloss … Rings um den Haufen von Leibern herrschte Leere; nur vier Männer in Pelzen schritten langsam hinter dem Panzer und dem daran klebenden Menschenknäuel her.

Anton blickte zu den Männern mit den Stangen hinüber; sie standen noch immer vollkommen regungslos da. Plötzlich nahm der eine mit einer langsamen Bewegung die Stange in die andere Hand und erstarrte dann wieder. Sie schienen gar nicht nach unten zu blicken.

Das Geheul des Motors verstummte. Der Panzer war auf die Seite gekippt; die Menschen kletterten langsam vom Fahrzeug herunter und traten beiseite. Da warf Wadim wortlos seinen Sack in die Grube und stürmte mit großen Sätzen hinterher. Anton rannte ihm nach und hörte, wie Saul, der ihm auf dem Fuße folgte, keuchend schrie: »Ach, diese Halunken! Diese verdammten Schweinehunde!«

Als Anton beim Panzer ankam, hatten sich die Männer in den Sackhemden schon wieder in Reih und Glied aufgestellt, während die Männer in den Pelzen zwischen ihnen herumgingen und mit stöhnender, jammernder Stimme schrien. Den mit Schmutz und Blut beschmierten Sack hinter sich her schleifend, kroch Wadim auf allen vieren zwischen den Leibern umher, die unter dem Panzer verstreut lagen. Er war verzweifelt. »Hier liegen nur Tote! Hier sind alle schon gestorben!«, rief er Anton mit bleichem Gesicht zu.

Anton schaute sich um. Die atemlosen, von Schweiß und Schneematsch durchnässten Menschen in den zerschlissenen grauen Sackhemden blickten ihn mit glanzlosen, starren Augen an. Auch die Männer in den Pelzen, die sich in einiger Entfernung zu einem Häuflein zusammendrängten, beobachteten ihn. Für einen Augenblick hatte er das Gefühl, ein altes naturalistisches Gemälde vor sich zu sehen – so regungslos standen alle da und starrten ihn aus Hunderten von Augenpaaren an. Anton riss sich zusammen.

Die in Wadims Nähe standen wieder in Reih und Glied: ein langer, knochiger Alter mit zerschundenem, feuchtrotem Gesicht; ein Junge, der seinen merkwürdig verdrehten Arm an die Brust presste; ein Nackter mit grauem Gesicht, der sich die gespreizten Finger mit den goldenen Nägeln in den Bauch krallte; ein Mann, der die Augen geschlossen hielt und das eine Bein, aus dem stoßweise schwarzes Blut hervorschoss, an sich drückte ... Alle, die noch lebten, standen in Reih und Glied.

»Ruhig«, sagte Anton laut. Er bückte sich, öffnete den Sack mit den Medikamenten und holte die Büchse mit Kolloid hervor. Noch im Gehen schraubte er den Deckel ab und ging auf den Mann mit dem zerquetschten Bein zu. Wadim folgte ihm mit einem Armvoll Druckpflaster.

... eine scheußliche Wunde, die Muskeln zerfetzt, das Blut schon geronnen ... Warum setzt er sich nicht hin? Warum stützt ihn niemand? Kolloid. Jetzt ein Pflaster. »Glatter anlegen, Wadim. Quetsch das Kolloid nicht heraus.« Warum ist es so still? ... Aber das hier ist schon schlimmer: Der Bauch ist aufgerissen. Der ist ja schon tot. Wieso steht er noch da? ... Die Hand verrenkt. Eine Lappalie. »Fester halten, Wadim! Fester!« Warum schreit er nicht? Warum schreit hier keiner? Dort ist schon jemand umgefallen. So hebt ihn doch auf, he, ihr da, ihr Gesunden! ...

Jemand tippte Anton auf die Schulter, und er drehte sich abrupt um. Vor ihm stand ein Mann im Pelz. Er hatte ein schmuddeliges rotes Gesicht, schräg nach unten stehende Augen, und an der Spitze seiner kurzen Nase hing ein trüber Tropfen. Die Hände, die in Pelzhandschuhen steckten, hatte er vor der Brust übereinandergelegt.

»Guten Tag, guten Tag!«, sagte Anton. »Später ... Wadim, verständige du dich bitte mit ihm.«

Der Mann im Pelz schüttelte den Kopf und begann hastig zu sprechen. Gleich darauf legte auch Wadim los, fast im gleichen Tonfall. Da verstummte der Mann im Pelz, sah Wadim verwundert an, blickte wieder zu Anton und trat einen Schritt zurück. Mit einer ärgerlichen Bewegung schob Anton den schweren Scorcher unter seiner Jacke zurecht und wandte sich wieder dem Verwundeten zu. Der stand da und bedeckte das Gesicht mit den Händen. Auch die anderen rechts und links von Anton hielten sich die Hände vors Gesicht – mit Ausnahme des Toten mit dem grauen Gesicht, der sich nach wie vor die Finger in den Bauch krallte.

»Aber nicht doch«, sagte Anton sanft. »Nehmt doch die Hände herunter. Habt keine Angst. Alles wird gut ...«

Doch im selben Moment schrie die helle klagende Stimme etwas, und die Menschen in den Sackhemden machten eine Wendung nach rechts. Die Männer in den Pelzen trabten langsam die Reihe entlang. Wieder schrie die klagende Stimme etwas, und die Kolonne setzte sich in Bewegung.

»Halt!«, rief Anton. »Seid doch vernünftig!«

Doch niemand drehte sich nach ihm um. Die Kolonne marschierte weiter und jeder, der an Anton vorbeikam, hielt sich die Hände vors Gesicht. Nur der Mann mit dem aufgerissenen Bauch blieb stehen, bis ihn jemand anstieß und er weich in den Schnee plumpste. Die Kolonne entfernte sich.

Fassungslos fuhr sich Anton mit der nassen Hand über die Augen und blickte sich um. Er sah den umgekippten riesigen Panzer, Saul, der neben ihm stand, Wadim, der der Kolonne befremdet nachblickte, und mehrere Dutzend Leichen auf dem zertretenen Schnee. Es war jetzt ganz still, man hörte nur noch ab und zu entfernte Jammerschreie.

»Warum?«, fragte Wadim. »Wovor haben sie sich so erschreckt?«

»Vor uns«, antwortete Anton. »Vor unserer Medizin.«
»Ich laufe ihnen nach und versuche alles zu erklären.«
»Auf keinen Fall. Das muss man mit Fingerspitzengefühl machen. Was meinen Sie, Saul?«

Saul zündete gerade, den Rücken zum Wind gekehrt, seine Pfeife an.

»Was ich meine …«, erwiderte er. »Mir behagt das hier alles nicht.«

»Ja«, stimmte Wadim zu. »Es sieht nach einer Katastrophe aus.«

»Weshalb unbedingt Katastrophe?«, fragte Saul. »Was glauben Sie, wer die Halunken in den Pelzen sind?«

»Halunken sagen Sie?«

»Was sind sie denn Ihrer Meinung nach?«

Wadim schwieg.

»Robuste, kräftige Burschen in Pelzen«, sagte Saul mit einem merkwürdigen Unterton. »Sie befehlen den anderen, sich vor den Panzer zu werfen. Sie arbeiten nicht, sondern sehen nur zu, wie die anderen arbeiten. Wie Götzen stehen sie am Grubenrand, die Piken stoßbereit. Was, glauben Sie, sind das für Leute?«

Wadim schwieg noch immer.

»Denken Sie darüber nach«, sagte Saul. »Es lohnt sich.«

»Es dämmert schon«, bemerkte Anton mit einem Blick zum Himmel. »Sehen wir uns das Fahrzeug doch genauer an, wenn wir schon hier sind. Früher oder später müssen wir uns ja damit befassen.«

»Also los«, stimmte Saul zu.

Anton verschloss sorgfältig den Sack mit den Medikamenten, dann gingen sie zum Panzer. Nur Wadim rührte sich nicht vom Fleck. Er starrte finster zum Hang, auf dem sich eine Kette schwarzer Pünktchen nach oben schlängelte – das Ende der sich entfernenden Kolonne.

Die ovale Panzerung des Fahrzeugs stand weit offen. Die Karosserie war durch eine hautartige Wand abgeteilt. Anton knipste die Taschenlampe an, und sie besahen sich die gerippten Seitenwände der Kabine, die mattglänzenden Kupplungen, die gekrümmten Spiegel an den Antriebswellen, die aussahen wie Bambusstangen, und den schalenförmigen Boden der Kabine, in dem es unzählige kleine Öffnungen gab – wie eine riesige Schaumkelle.

»Tja-a«, sagte Saul gedehnt. »Interessantes Fahrzeug! Doch wo ist die Steuerung?«

»Vielleicht ist es ein Kyber«, meinte Anton gedankenverloren. »Das heißt, nein … Hier gibt es zu viel freien Raum.« Er kroch ins Antriebsaggregat; es war ein ziemlich primitiver quasivitaler Mechanismus mit Hochfrequenzstrombetrieb.

»Sehr imposantes Fahrzeug!«, rief Saul anerkennend. »Aber wie wird es gesteuert?«

Sie kehrten in die Kabine zurück.

»Lauter kleine Löcher«, murmelte Saul. »Wo ist bloß die Steuerung?«

Anton versuchte, seinen Zeigefinger in eine der Öffnungen zu stecken, doch er passte nicht hinein. Dann probierte er es mit dem kleinen Finger und bekam einen kurzen, schmerzhaften Schlag. Im selben Moment sprang brummend der Antriebsmechanismus an.

»Jetzt ist alles klar«, sagte Anton und betrachtete seinen kleinen Finger.

»Was ist klar?«

»Wir können dieses Fahrzeug nicht steuern, und die anderen können es auch nicht.«

»Wer soll es dann können?«

»Ich kann es nicht mit Bestimmtheit sagen, aber mir scheint, es stammt von den *Wanderern*. Sehen Sie? Das Fahrzeug ist nicht für Humanoide bestimmt.«

»Was sagen Sie da?«, murmelte Saul.

Eine Zeit lang standen sie stumm vor der Kabine und versuchten sich ein Wesen vorzustellen, das in dieser »Schaumkelle« ebenso bequem saß wie sie in ihren Pilotensitzen vor den Steuerpulten und Bildschirmen.

»Ich habe mir schon so etwas gedacht«, erklärte Saul. »Es ist auch zu paradox: Jutesäcke und Null-Transport.«

»Wadim!«, rief Anton.

»Was ist?«, tönte es mürrisch von oben. Wadim stand draußen auf dem Panzer.

»Hast du gehört?«

»Ja, umso schlimmer für sie.« Wadim sprang schwer in den Schnee hinunter. »Wir müssen umkehren«, sagte er. »Es wird schon dunkel.«

Sie schwangen sich wieder die Säcke auf die Schulter und stiegen den Berg hinauf.

So ein Irrsinn!, dachte Anton. Fahrzeuge, die von Nichthumanoiden zurückgelassen werden. Und Humanoide, die ihre menschliche Wesensart verloren haben, versuchen verzweifelt herauszufinden, wie die Fahrzeuge zu bedienen sind. Denn das ist ganz offensichtlich ihr Ziel – und wohl auch ihre einzige Rettung. Aber sie schaffen es nicht. Und dann sind da noch diese merkwürdigen Leute in den Pelzen.

»Saul«, sagte er. »Was sind – Piken?«

»Lanzen«, antwortete Saul und ächzte.

»Lanzen?«

»Hölzerne Stangen«, erklärte Saul gereizt. »Auf dem einen Ende steckt eine eiserne, oft schartige Spitze. Man benutzt sie, um seinen Nächsten damit zu durchbohren.« Saul schwieg eine Weile und atmete schwer. »Soll ich Ihnen auch noch erklären, was ein Schwert ist?«

»Das wissen wir«, meinte Wadim, weiter bergauf kletternd.

»Jeder von diesen Banditen im Pelz hatte nämlich auch noch ein Schwert auf dem Rücken hängen«, erklärte Saul. »Hört mal, Jungs, lasst uns ein wenig verschnaufen.«

Sie setzten sich auf die Säcke.

»Sie rauchen zu viel«, tadelte Anton. »Das ist schädlich.«

»Ja, rauchen schadet der Gesundheit«, pflichtete ihm Saul bei.

Mittlerweile war es dunkel geworden. Die Grube versank im Schatten der Nacht. Am Himmel, an dem keine Wolke mehr zu sehen war, zeigten sich die ersten Sterne. Linker Hand verblasste allmählich das grünliche Licht des Sonnenuntergangs. Antons Ohren kribbelten vor Kälte, und er dachte schaudernd an die Unglücklichen, die jetzt barfuß durch den knirschenden Schnee stapften. Wohin mögen sie sich schleppen?, fragte er sich. Vielleicht gibt es in der Nähe einen Zufluchtsort? Gestern saßen Wadim und ich noch auf der Vortreppe des Bungalows. Es war warm, aus dem Garten wehten wunderbare Düfte heran, die Grillen zirpten, und Onkel Sascha lud uns zu sich ein, um seinen selbstgemachten Obstwein zu probieren ... Was hat Saul bloß gegen die Leute im Pelz?

»Gehen wir weiter«, schlug Saul vor und erhob sich mit einem Seufzer.

Beim Gleiter angekommen, stiegen sie ein, schlossen die Haube und Wadim schaltete die Heizung auf volle Leistung. Anton knöpfte seine Jacke auf, holte den angewärmten Scorcher hervor und warf ihn auf den Sitz neben Saul. Der blies ärgerlich in seine hohlen Hände. Der Reif auf seinen buschigen Augenbrauen begann zu tauen.

»Nun, Wadim«, sagte er. »Zu welchem Schluss sind Sie gekommen?«

Wadim nahm den Pilotensitz ein.

»Darüber denken wir später nach«, erklärte er. »Jetzt heißt es handeln. Die Menschen brauchen Hilfe ...«

»Woraus schließen Sie das eigentlich?«

»Das soll wohl ein Scherz sein?«, versetzte Wadim.

»Mir ist nicht nach Scherzen zumute«, entgegnete Saul. »Ich wundere mich, dass Sie nicht begreifen wollen, was hier vor sich geht. Warum beharren Sie so hartnäckig auf Ihrem ›Sie brauchen Hilfe, sie brauchen Hilfe‹?«

»Brauchen sie etwa keine?«

Saul sprang auf, stieß mit dem Kopf gegen das Kabinendach und setzte sich wieder. Er schwieg eine Weile.

»Ich möchte Sie noch einmal auf die äußerst wichtige Tatsache hinweisen, dass längst nicht alle Leute in der Grube Kleidung und dergleichen benötigen«, sagte er schließlich. »Und dass wir dort, in der Grube, kräftige und wohlgenährte Bewaffnete gesehen haben. Diese Leute schätzen die Lage keineswegs so hoffnungslos ein wie Sie ... Sie, Wadim, wollen den Leidenden helfen. Das ist sehr löblich. Liebe sozusagen deinen Fernsten! Aber haben Sie nicht das Gefühl, dass Sie dadurch in Konflikt mit einer Ordnung geraten, die sich hier eingebürgert hat?« Er verstummte und sah nun eindringlich Anton an.

»Nein, das Gefühl habe ich nicht«, erwiderte Wadim. »Ich will von den anderen nicht schlechter denken als von mir selbst, denn ich habe nicht den geringsten Grund, mich für besser zu halten als sie. Gewiss, dort in der Grube gibt es Ungleichheit, und die Männer im Pelzmantel sehen grob aus. Aber ich bin überzeugt, dass es für all das eine einfache Erklärung gibt. Und die Hilfe der Erdenbewohner ist nie von Schaden.« Er holte tief Luft. »Was aber die Lanzen und Schwerter angeht, so muss doch jemand die Wehrlosen beschützen. Ich hoffe, Sie haben die netten Vögelchen nicht vergessen.«

Anton nickte nachdenklich. Wie war das damals auf der Flora?, überlegte er. Da saßen wir vierzehn Tage bei halber Sauerstoffration, ohne Essen und ohne einen Schluck zu trinken. Die Ingenieure reparierten die Synthetisatoren, und wir hatten ihnen alles gegeben, was wir besaßen. Nach den zwei Wochen haben wir bestimmt nicht besser ausgesehen als die Menschen in der Grube.

Saul ließ bekümmert den Kopf hängen und knackte mit seinen Fingern. »Eine Ebene«, murmelte er. »Alles liegt auf ein und derselben Ebene, wie immer. Wie vor Tausenden von Jahren.«

Anton und Wadim verharrten in Schweigen.

»Jungs, ihr seid großartig«, sagte Saul leise. »Aber ich weiß wirklich nicht, ob ich mich freuen oder weinen soll, wenn ich euch ansehe. Ihr seht nicht, was für mich klar auf der Hand liegt. Und ich kann euch noch nicht einmal einen Vorwurf daraus machen … Doch hört euch diese kleine Geschichte an. In grauer Vorzeit vergaßen einmal Gäste aus dem All – vielleicht waren es eure *Wanderer* – ein Gerät auf der Erde. Es bestand aus zwei Teilen: einem Roboter und einer entsprechenden Fernsteuerung. Der Roboter ließ sich mithilfe von Gedanken steuern. Beide Teile lagen jahrtausendelang in Arabien herum, bis ein Junge namens Aladin die Steuerung fand. Die Geschichte von Aladin kennt ihr ja sicher. Der Junge hielt das Gerät für eine Lampe. Er rieb daran, und gleich erschien mit großem Getöse der schwarze, vielleicht sogar feuerspeiende Roboter. Er nahm die einfachen Gedanken, in die Aladins einfache Wünsche gekleidet waren, auf, zerstörte Städte und errichtete Paläste. Stellt ihn euch vor, diesen bettelarmen, schmutzigen, ungebildeten Araberjungen. Seine Welt war die Welt von Ifriten und Zauberern, und der Roboter schien ihm natürlich ein Dschinn zu sein, ein Sklave des Geräts, das wie eine Lampe aussah. Hätte jemand versucht, ihm begreiflich zu machen, dass dieser Dschinn das Werk menschlicher Hände war – der Junge hätte seine Welt bis zum letzten Atemzug verteidigt, nur, um auf der Ebene seiner Vorstellungen verharren zu können. Und ihr verhaltet euch genauso. Ihr verteidigt euer Weltbild und bemüht euch, für die Würde der Vernunft einzutreten. Und ihr wollt absolut nicht begreifen, dass wir es hier nicht mit einer natürlichen oder technischen Katastrophe zu tun haben, sondern mit einer bestimmten Ordnung der Dinge, mit einem System, Jungs. Und dabei ist das so natürlich! Noch vor zweihundertfünfzig Jahren war die Hälfte der Menschheit überzeugt, dass man einen schwarzen Hund nicht weißwaschen könne und der Mensch eine Bestie sei und für immer bleiben werde. Es gab Veranlassung genug, das zu glauben.« Er knirschte mit den Zähnen. »Ich will nicht, dass ihr euch hier einmischt. Man wird euch töten. Ihr müsst zur Erde zurückkehren und das alles vergessen.« Er blickte Anton an. »Ich aber bleibe hier.«

»Warum?«, fragte Anton.

»Ich muss«, antwortete Saul zögernd. »Ich habe eine Dummheit begangen. Und für Dummheiten muss man bezahlen.«

Anton überlegte fieberhaft, was er diesem seltsamen Menschen antworten sollte.

»Sie können natürlich hierbleiben«, sagte er schließlich. »Doch es geht jetzt nicht mehr um Sie, das heißt, nicht mehr allein um Sie. Wir bleiben auch hier. Lassen Sie uns vorerst gemeinsam handeln.«

»Man wird euch umbringen«, widersetzte sich Saul verzweifelt. »Ihr könnt nicht auf Menschen schießen.«

»Wir verstehen Sie ja, Saul!«, sagte Wadim einfühlsam. »Aber aus Ihnen spricht der Historiker; auch Sie können sich nicht von der Ebene Ihrer Vorstellungen lösen. Niemand wird uns töten. Betrachten wir es einfacher; wir brauchen keine scharfsinnigen, komplizierten Überlegungen. Wir sind Menschen, also lasst uns auch wie Menschen handeln.«

»Wie ihr wollt«, sagte Saul müde. »Lasst uns jetzt etwas essen. Wer weiß, was uns noch bevorsteht.«

Anton wollte nichts essen, aber noch weniger wollte er sich streiten. Saul hatte recht, Wadim hatte recht – und wie immer auch die Kontaktkommission. Aber was sie jetzt am nötigsten brauchten, waren Informationen ...

Wadim stocherte lustlos mit seinem Löffel in der Konservenbüchse herum. Saul dagegen aß mit großem Appetit.

»Esst, esst!«, rief er. »Die beste Grundlage für jedes Vorhaben ist ein gefüllter Magen.«

Anton dachte über einen Aktionsplan nach. Ob nun die Natur oder die Gesellschaft an dem Elend schuld war – es war und blieb ein Elend. Und ein Eingreifen war unumgänglich. Aber sie durften nicht Hals über Kopf zur Erde zurückfliegen und um Hilfe betteln. Ebenso wenig aber konnten sie sich hier, einen kümmerlichen Sack Lebensmittel unter dem Arm, Hals über Kopf in den Strudel der Ereignisse stürzen. Saul tat ihm leid, doch einstweilen mussten sie ihn zurückhalten ... Sie brauchten jetzt vor allem Informationen.

»Wir werden jetzt den Spuren der Kolonne folgen«, sagte Anton. »Ich nehme an, es gibt hier in der Nähe eine Siedlung.«

Saul nickte zustimmend.

»Dann suchen wir uns jemanden, der einigermaßen intelligent aussieht«, fuhr Anton fort. »Und du, Wadim, wirst ihn gründlich ausfragen. Danach werden wir weitersehen.«

»Richtig! Wir besorgen uns eine ›Zunge‹«, erklärte Saul und leckte seinen Löffel ab.

Anton überlegte eine Weile, was Saul wohl mit »Zunge« meinte, bis ihm einfiel, dass er einmal in einem Buch gelesen hatte: »Gehen Sie, Leutnant, und kommen Sie nicht ohne eine ›Zunge‹ wieder.« Er schüttelte den Kopf.

»Aber nein, Saul, wir brauchen keine ›Zunge‹! Alles sollte still und friedlich ablaufen. Halten Sie sich besser im Hintergrund. Bleiben Sie im Gleiter. Sie waren noch nie in einer gefährlichen Situation, und ich fürchte, Sie könnten den Kopf verlieren.«

Eine Weile sah Saul ihn mit eingefallenen Augen an.

»Ja, natürlich«, sagte er schließlich. »Ich bin eben ein Bücherwurm.«

Es war schon Nacht, als der Gleiter vom Boden abhob, die Grube überflog und dem festgetretenen Weg nach Osten folgte. Über der Ebene stieg ein kleiner, heller Mond auf, und über dem Gebirgsrücken im Westen hing eine schmale purpurrote Sichel. Der Weg wand sich um einen hohen Hügel, und dahinter erblickten sie mehrere Reihen tief verschneiter Hütten.

»Hier«, sagte Anton. »Geh tiefer, Wadim.«

5

Wadim landete mit dem Gleiter auf der erstbesten Straße. Als er das Dach öffnete, drang abscheulicher Gestank herein: Es roch nach gefrorenen Exkrementen, nach Armut und Elend. Zu beiden Seiten der Straße standen baufällige, windschiefe Hütten ohne Fenster. Auf den flachen Dächern glänzten Hauben aus reinem Schnee silbern im Mondlicht, während sich die Schneehaufen vor den Eingängen widerwärtig schwarz auftürmten. Die Straße war leer. Man hätte meinen können, die Siedlung sei verlassen, doch die Stille war erfüllt von Röcheln, Stöhnen und dem Rasseln trockenen Hustens.

Wadim steuerte den Gleiter langsam die Straße entlang. Es roch übel, und die Frostluft zwickte im Gesicht. Weder auf der Straße noch in den dunklen Nebengassen war auch nur eine Menschenseele zu sehen.

»Sie sind erschöpft und schlafen«, meinte Wadim. »Wir müssen sie wecken.« Er stoppte den Gleiter. »Wartet hier, ich gehe mal nachsehen.«

»Gut, gehen wir«, sagte Anton.

»Das kann ich doch alleine machen«, erwiderte Wadim und sprang auf die Straße. »Ich werfe nur schnell einen Blick hinein und komme sofort zurück. Wenn wir hier nichts erreichen können, fahren wir weiter.«

»Saul, Sie bleiben hier«, bat Anton. »Wir sind gleich wieder da.«

»Macht keinen Lärm«, warnte Saul.

Wadim blieb unschlüssig vor einem schmutzigen Pfad stehen, der zur Tür der nächsten Hütte führte. Er ekelte und fürchtete sich davor weiterzugehen. Aber Anton stand schon neben ihm.

»Na, was ist?«, drängte er. »Vorwärts!«

Wadim trat auf den Pfad, glitt aus und wäre beinahe hingefallen. Ihm wurde speiübel, und so hob er den Kopf, damit er beim Gehen nicht auf den Pfad sehen musste. Knarrend öffnete sich die Tür, und ein völlig nackter Mann fiel heraus, lang wie eine Bohnenstange. Er stürzte auf einen vereisten Schneehaufen und schlug mit dem Kopf gegen die Hüttenwand.

Wadim beugte sich über ihn. Es war ein längst erstarrter Leichnam. Wie viele Tote habe ich heute schon gesehen!, dachte er. In der Hütte hustete jemand, und gleich darauf begann eine hohe, kratzige Stimme zu singen. Eigentlich war es mehr ein Heulen. Die Stimme wiederholte immer nur eine einzige, sehr traurige Passage. Ohne Worte. Vielleicht war es auch ein Weinen.

Wadim blickte sich um. Er sah auf der Straße die runden Umrisse des Gleiters und darin Sauls reglose Gestalt. Unheimlich glänzte im hellen Mondlicht der Schnee auf der verwaisten Straße, und hinter der Tür weinte und klagte in langgezogenen Lauten die hohe Stimme. Anton knuffte Wadim sacht in die Seite.

»Hast du Angst?«, fragte er halblaut. Sein Gesicht war ganz weiß, wie erfroren.

Wadim gab keine Antwort. Er stieß die Tür weit auf und machte die Taschenlampe an. Widerwärtig muffige, stickige Luft schlug ihm entgegen. Der Lichtkegel fiel auf den feuchten Erdboden, der mit zertrampeltem fahlem Heu bedeckt war. Wadim erblickte Dutzende von zusammengekrümmten Leibern, die eng aneinandergepresst dalagen, ein Gewirr von nackten dürren Beinen mit riesigen Füßen, ausgemergelte Gesichter, weit geöffnete schwarze Münder. Die Menschen schliefen auf der Erde, und es hatte den Anschein, als lägen sie in mehreren Schichten übereinander und zitterten im Schlaf. Das Klagegeheul setzte sich fort und wollte nicht enden. Wadim konnte den Sänger nicht gleich entdecken. Erst als der Lichtkegel auf ihn fiel, sah er einen Mann auf dem Rücken von Schlafenden sitzen, die Arme um die spitzen Knie gelegt. Er starrte mit glasigem Blick in das Licht der Taschenlampe und sang, wobei er die aufgesprungenen Lippen weit auseinanderzog.

»Hör mal, Genosse«, rief Wadim. »Unterbrich deinen Gesang und sag etwas.«

Der Mann rührte sich nicht. Er schien weder das Licht zu sehen noch die Stimme zu hören.

»Genosse«, wiederholte Wadim. »So hör doch!«

Plötzlich beendete der Sänger sein Lied mit einem heiseren Aufschrei, warf sich auf den Rücken und erstarrte. Unter den Schlafenden war er jetzt nicht mehr auszumachen, und Wadim suchte ihn vergebens. Er machte einen Schritt vorwärts und stieß gegen ein nacktes Bein. Es war eiskalt, tot. Wadim schluckte krampfhaft, berührte ein anderes Bein. Auch das war eiskalt und tot. Da drehte er sich um und taumelte gegen etwas Breites, Warmes.

»Leise«, sagte Anton.

Wadim kam zu sich und schüttelte den Kopf; er hatte Anton ganz vergessen.

»Ich kann nicht mehr«, murmelte er. »Es ist hoffnungslos.«

Anton nahm ihn beim Ellbogen und begleitete ihn hinaus. Die Frostluft kam Wadim auf einmal rein und süß vor.

»Es ist schrecklich«, sagte er. »Hier findet man keinen Lebendigen mehr. Sie sind alle erstarrt. Tot.« Er machte sich von Anton los und ging vorsichtig den Pfad entlang zur Straße. Saul saß nach wie vor reglos im Gleiter. Wadim bemerkte, dass seine Taschenlampe noch brannte, schaltete sie aus und steckte sie in die Tasche. Dann kletterte er in den Gleiter. Saul beobachtete ihn schweigend. Anton trat näher, stützte sich mit den Ellbogen auf die Bordwand und ließ ihn ebenfalls nicht aus den Augen. Wadim vergrub sein Gesicht in der Rundung des Steuers und presste zwischen den Zähnen hervor: »Das sind keine Menschen. Menschen können so nicht leben.« Jäh hob er den Kopf. »Das sind Kyber! Menschen sind nur die in den Pelzen. Das hier sind Kyber; sie haben bloß eine erschreckende Ähnlichkeit mit Menschen.«

Saul stieß einen tiefen Seufzer aus. »Wohl kaum, Wadim«, sagte er. »Es sind Menschen, die eine erschreckende Ähnlichkeit mit Kybern haben!«

Anton kletterte an Bord und setzte sich auf seinen Platz.

»So, jetzt reißen wir uns zusammen«, sagte er. »Wir wollen keine Zeit verlieren. Wir brauchen eine ›Zunge‹.« Er klopfte Wadim auf die Schulter. »Handeln Sie, Leutnant, und kommen Sie nicht ohne eine ›Zunge‹ wieder.«

Saul verzog das Gesicht. »Wenn Sie wollen, gehe ich in eine Hütte und greife mir den Erstbesten«, sagte er. »Aber das ist meiner Meinung nach nicht das, was wir brauchen.«

»Sie arbeiten also bei Tage, und in der Nacht sterben sie«, fuhr Wadim unbeirrt fort. »Eine Ungeheuerlichkeit!«

»Ganz recht«, pflichtete ihm Saul bei. »Es ist ungeheuerlich. Und einen von denen, die daran schuld sind, müssen wir uns greifen. Einen von denen im Pelz.«

Wadim blickte die Straße hinunter. »Optimismus«, begann er, »ist eine zuversichtliche, bejahende Lebensauffassung, bei der der Mensch ...«

Da gewahrte er plötzlich im Mondlicht, wie etwas weiter entfernt mehrere graue Schatten in Sackhemden nacheinander die Straße überquerten.

»Seht mal!«, rief er.

Es liefen etwa zwanzig von ihnen über die Straße, und am Schluss folgten noch zwei mit Pelzen und langen Stangen.

»Wenn man vom Teufel spricht ...«, sagte Saul drohend. »Wir brauchen nichts weiter zu tun, als sie einzuholen und uns einen zu schnappen ...«

»Von denen da?«, fragte Anton unschlüssig.

»Haben Sie etwa vor, Hütte für Hütte abzuklappern? Die Schuldigen wohnen nicht in Hütten, das kann ich Ihnen gleich sagen. Beeilen wir uns, sonst verlieren wir sie noch aus den Augen.«

Wadim seufzte und ließ den Gleiter an. Dann fuhr er langsam die Straße entlang. Er versuchte sich vorzustellen, wie sie den erschrockenen Mann, der nicht wusste, wie ihm geschah, bei den Armen packen, zum Gleiter zerren und in die Kabine stoßen würden. Er würde gewiss jämmerlich schreien und sich wehren. Das sollte man mal mit mir probieren!, dachte er. Ich würde alles kurz und klein schlagen. Er lauschte. Saul sagte gerade zu Anton: »Seien Sie unbesorgt. Ich weiß, wie man das macht. Er wird sich nicht wehren.«

»Sie haben mich missverstanden«, erwiderte Anton nachsichtig. »Gewaltanwendung darf und wird es nicht geben.«

»Überlassen Sie das lieber mir. Sie verderben sonst alles. Die werden Sie mit der Lanze stechen, und dann kommt es zu einer blutigen Auseinandersetzung.«

Nun hör einer den Stubengelehrten an!, dachte Wadim erstaunt.

»Wissen Sie, Saul«, meinte Anton. »Das gefällt mir nicht. Bleiben Sie in der Maschine sitzen und wagen Sie ja nicht sich einzumischen!«

»Meine Güte!«, rief Saul und seufzte.

Als Wadim in eine Querstraße einbog, erblickten sie etwas entfernt ein hübsches zweistöckiges Haus, vor dem sich in rötlichem Fackelschein eine Menschenmenge drängte. Es waren

Leute in Sackhemden, und um sie herum eilten mehrere Männer in Pelzen hin und her. Wadim fuhr nun ganz langsam und hielt den Gleiter auf der Schattenseite der Straße. Er hatte keine Ahnung, was zu tun war und wie sie es angehen sollten. Anton allem Anschein nach auch nicht. Jedenfalls schwieg er.

»Hier also leben die Schuldigen«, bemerkte Saul. »Sehen Sie, was für ein warmes, behagliches Haus das ist? Hier irgendwo in der Nähe muss auch eine Toilette sein. Es wäre doch ganz schön, sich die ›Zunge‹ bei der Toilette zu greifen! Ist Ihnen übrigens auch aufgefallen, dass es hier nirgends Frauen gibt?«

Die Tür des Hauses öffnete sich, zwei Männer traten heraus und blieben auf der Freitreppe stehen. Langgezogenes Jammergeschrei ertönte. Der Menschenhaufen in Sackhemden setzte sich in Bewegung, formierte sich zu Reihen und marschierte plötzlich geradewegs auf den Gleiter zu. Nahe der Freitreppe schrien mehrere Stimmen. Wadim bremste scharf und landete.

Er sperrte die Augen auf und wusste nicht, wie ihm geschah. Dicht über seinem Ohr hörte er Anton schwer atmen. Die Männer in Sackhemden kamen immer näher ... und marschierten dann zügig an ihnen vorbei. Wadim war sprachlos: Zwanzig barfüßige Männer waren vor einen schweren, unförmigen Schlitten gespannt, in dem sich, bis zur Brust in Fell gehüllt, ein Mann in Pelzmantel und spitz zulaufender Pelzmütze räkelte. Senkrecht in der Hand hielt er eine lange Lanze mit fürchterlich gezähnter Spitze. Die vorgespannten Menschen hatten freudige Gesichter und jubelten laut. Wadim sah sich nach Saul um. Der starrte dem eigenartigen Gespann mit offenem Mund hinterher.

»Ich habe das Rätselraten satt«, erklärte Anton plötzlich. »Fahr zum Haus.«

Wadim zog den Steuerknüppel scharf an, und das Haus kam auf sie zugesaust. Sekundenlang starrten die Männer, die im Pelz an der Freitreppe standen, auf das sich nähernde

Gefährt; dann bildeten sie erstaunlich flink einen Halbkreis und streckten ihre Lanzen vor. Auf der Freitreppe begann nun ein kräftiger, zottiger Kerl herumzuhüpfen und jämmerlich herumzuschreien. Dabei fuchtelte er mit einer breiten, glänzenden Klinge über seinem Kopf herum. Wadim ließ den Gleiter vor den Lanzen aufsetzen und kletterte aus der Kabine. Die Männer im Pelz wichen zurück und drängten sich eng aneinander. Ihre Lanzenspitzen waren auf Wadims Brust gerichtet.

»Frieden!«, sagte Wadim und hob die Hände.

Die Männer im Pelz wichen noch ein Stück weiter zurück. Sie dampften und stanken wie Ziegenböcke. Unter ihren Kapuzen funkelten schreckgeweitete Augen und gefletschte Zähne. Der Dicke auf der Freitreppe setzte zu einer langen Rede an. Er war ungeheuer groß und schwer und hatte ein unförmiges, schwabbeliges Gesicht, das vor Schweiß glänzte. Abwechselnd ging er in die Hocke und richtete sich wieder auf, stellte sich gar auf die Zehenspitzen, zeigte mit dem Schwert bald vor sich, bald zum Himmel und keifte mit unnatürlich hoher, weibischer Stimme. Den Kopf geneigt, hörte Wadim aufmerksam zu. Die Mnemokristalle an seinen Schläfen registrierten die unbekannten Worte und die Intonation, analysierten sie und lieferten erste, noch vage Übersetzungsvarianten. Von einer drohenden Gefahr war die Rede, von etwas Gewaltigem und Starkem, von schrecklichen Strafen ... Plötzlich verstummte der Dicke, fuhr sich mit dem Ärmel über das schweißnasse Gesicht und kreischte mit großer Anstrengung etwas Kurzes, Schneidendes. In seiner Stimme lag Leid. Gleich darauf duckten sich die Männer mit den Lanzen und bewegten sich ganz langsam auf Wadim zu.

»Alles klar«, sagte Saul. »Fangen wir an?«

Er legte den Lauf des Scorchers auf die Bordwand.

»Lassen Sie das, Saul«, befahl Anton. »Wadim, zurück in die Kabine!«

»Was überlegen Sie noch?!«, versetzte Saul zornig. »Das sind doch Halunken, SS-Leute! Giftkröten!«

Die Männer im Pelz näherten sich Wadim mit langsamen, kurzen Schritten. Als die glänzenden, breiten Klingen gegen seine Brust stießen, trat er zurück und kletterte, ihnen den Rücken zukehrend, in den Gleiter.

»Eine typische wurzelisolierende Sprache«, erläuterte er, während er seinen Platz wieder einnahm. »Allem Anschein nach sehr begrenzter Wortschatz. Frieden wollen sie nicht, so viel ist klar.«

»Lassen Sie mich ihnen wenigstens einen Schreck einjagen«, bat Saul. »Nur einen Schuss in die Luft, damit ihnen das Herz in die Hosen rutscht.«

Anton schlug das Kabinendach zu. Daraufhin kehrten die Männer im Pelz zur Freitreppe zurück und hoben ihre Lanzen wieder in die Höhe. Sie starrten allesamt auf den Gleiter. Das massige Gesicht des Dicken verzog sich zu einem hämischen Grinsen.

»Ach ihr!«, sagte Saul. »Braucht ihr nun eine ›Zunge‹ oder nicht? Lasst uns doch diesen Fettwanst da nehmen! Das ist doch der geborene Rapportführer!«

»Begreifen Sie doch«, bat Anton verzweifelt. »Sie wollen sich nicht mit uns verständigen! Und das ist ihr gutes Recht. Da können wir nichts machen!«

»Brauchen Sie eine ›Zunge‹ oder nicht?«, wiederholte Saul seine Frage. »Den Vorteil der Überraschung haben wir bereits eingebüßt. Da ist ohne Kampf nichts mehr zu machen. Aber wie wäre es mit dem Aas, das mit dem Gespann weggefahren ist?«

Sieh einer an, welche Lexik!, dachte Wadim anerkennend. Waschechtes 20. Jahrhundert. Erstklassiger Fachmann! Er schaute Anton an. Der wirkte blass und verstört. So hatte Wadim ihn noch nie gesehen.

»Es gibt zwei Möglichkeiten«, fuhr Saul fort. »Entweder wollen wir herausfinden, was hier vor sich geht, oder wir fliegen zur Erde zurück, und sie schicken entschlossenere Leute her. Aber wir müssen uns schnell entscheiden, solange sie nur die Lanzen auf uns richten ...«

Wir zaudern die ganze Zeit, dachte Wadim. Und in den Hütten sterben die Menschen.

»Anton«, sagte er. »Lass uns das Gespann einholen; dort hat nur einer eine Lanze. Das ist einfacher. Wir nehmen ihm die Lanze ab und laden ihn zu uns ins Schiff ein.«

»Wie hämisch sie grinsen, diese Giftkröten!«, zischte Saul, der die Männer durch das Spektrolit beobachtete.

Er drohte dem Dickwanst auf der Freitreppe vielsagend mit der Faust. Der fuchtelte nicht weniger vielsagend mit dem Schwert herum.

»Haben Sie das gesehen?«, fragte Saul mit gespielter Entrüstung. »Wir verstehen uns doch schon ganz gut, was?«

»Ich versuche es noch einmal«, sagte Anton und öffnete das Kabinendach. Der Dickwanst stieß einen Schrei aus, und einer der Lanzenträger holte, den Ärmel seines Pelzes bis zur Schulter hochschiebend, weit aus und warf mit aller Kraft die schwere Lanze. Kreischend schrammte die Eisenspitze über das Spektrolit. Saul duckte sich.

»Na, sieben bis acht ...«, sagte er wenig verständlich, aber sehr energisch.

Anton bekam Saul an der Hand zu fassen; seine Augen glichen schwarzen Schlitzen. »Alles klar!«, drohte er und keuchte vor Wut. »Wadim, wenden!«

Wadim kehrte um.

»Hinter dem Gespann her!«, befahl Anton und lehnte sich im Sitz zurück. »Hier bringen wir nichts in Erfahrung, das sind alles stumpfsinnige Tölpel.«

»Ein Schuss in die Luft genügt«, sagte Saul verächtlich. »Und man kann sie mit bloßen Händen ergreifen.«

Anton schwieg. Der Gleiter huschte die leere Straße entlang und erreichte in wenigen Minuten das freie Feld.

»Ich sage euch eins«, meinte Anton plötzlich. »Wir werden uns hinterher in Grund und Boden schämen.«

»Die Menschen liegen im Sterben! Was sollen wir denn machen?«, fragte Wadim.

»Wenn ich das wüsste!«, rief Anton. »Auf solche Umstände wäre die Kommission nie gekommen.«

Was für eine Kommission?, wollte Wadim fragen, doch da meldete sich Saul: »Lassen Sie doch endlich Ihre Skrupel fallen! Wenn Sie Gutes tun wollen, dann strengen Sie sich ein bisschen an. Das Gute muss kraftvoller sein als das Böse, sonst bleibt alles beim Alten.«

»Das Gute, das Gute!«, knurrte Anton. »Wer möchte sich schon in blindem Eifer zum Dummkopf machen?«

»Natürlich«, parierte Saul. »Dafür haben Sie dann ein ruhiges Gewissen.«

Sie holten das Gespann fünf Kilometer von der Siedlung entfernt ein.

Die Männer in den Sackhemden stolperten durch den tiefen Schnee. Der Mann im Pelz, der aufgeblasen und düster dreinblickend im Schlitten saß, stieß die Zurückbleibenden von Zeit zu Zeit träge mit der Lanze.

»Ich gehe jetzt runter«, meldete Wadim.

»Setz vor dem Gespann auf«, befahl Anton. »Und verständige dich mit ihm. Saul, geben Sie mir den Scorcher. Und bleiben Sie in der Maschine sitzen. Das ist kein Aas, sondern ein Mensch.«

»Wie Sie wollen«, erwiderte Saul. »Hier haben Sie den Scorcher. Und wenn er mit seiner Lanze auf Wadim losgeht? Ich meine, anstatt Gespräche zu führen ...«

»Die Lanze nehme ich ihm weg. Wir müssen die Stränge durchschneiden und Essen und Kleidung an die armen Teufel verteilen«, erklärte Wadim.

»Richtig«, stimmte Anton zu.

Als der Gleiter dicht vor dem Gespann im Schnee aufsetzte, blieben die menschlichen Zugtiere wie angewurzelt stehen. Wadim sprang hinaus. Die Männer in den Sackhemden standen da und bedeckten das Gesicht mit den Händen. Sie atmeten schwer und schluchzten. Wadim lief an ihnen vorbei und rief freudig: »Freunde, jetzt geht's nach Hause!«

Während er auf den Schlitten zusteuerte, überlegte er, wie er die Lanze am besten an sich nehmen könnte. Der Mann im Pelz hatte sich hingekniet und starrte ihn entgeistert an. Die Lanze hielt er gefällt.

»Komm mit«, forderte Wadim ihn auf und griff nach dem Lanzenschaft.

Der Mann im Pelz ließ die Lanze sofort los und zückte sein Schwert. Er stand schon wieder auf den Füßen.

»Aber nein! Nicht doch!«, rief Wadim und warf die Lanze weg.

Da brach der Mann im Pelz in langgezogenes, jämmerliches Geschrei aus. Wadim packte ihn an dem Arm, der das Schwert hielt, und zerrte ihn hinter sich her. Ihm war nicht wohl bei der Sache; als der Mann sich loszureißen suchte, wurde Wadims Griff noch fester.

»Aber was haben Sie denn? Keine Angst! Es wird alles gut. Wir bringen das schon in Ordnung!«, redete er ihm gut zu und öffnete gewaltsam die schweißnasse Faust, die das Schwert umklammerte. Das Schwert fiel in den Schnee. Wadim schlang die Arme um den Oberkörper des Mannes und zerrte ihn zum Gleiter. Dabei murmelte er beruhigende Worte und bemühte sich, seiner Stimme die einheimische Intonation zu verleihen. Plötzlich hörte er Saul einen Warnruf ausstoßen und fühlte, wie er zu Boden gezogen wurde. Jemand griff nach seinem Gesicht, ein anderer hing an seinem Hals, mehrere Hände klammerten sich an seine Beine – schwache, zitternde Hände.

»Seid ihr verrückt geworden?«, brüllte Saul wütend. »Anton, halt sie auf!«

Der Mann im Pelz unternahm einen neuen energischen Versuch sich loszureißen. Wadim bekam einen stinkenden

Lumpen über den Kopf geworfen und sah nun nichts mehr. Er presste den Mann im Pelz mit aller Kraft an sich, konnte sich aber in dem Gewimmel von Leibern kaum noch auf den Beinen halten. Auf einmal spürte er einen heftigen Stoß in die Seite und bekam Schmerzen. Er ließ die »Zunge« los, befreite sich durch einen Ruck mit den Schultern und riss sich den stinkenden Sack vom Gesicht. Er sah Menschen, die im Schnee zappelten, und Anton, der sich über sie hinweg zu ihm vorkämpfte. Als sich Wadim wieder umdrehte, stand, bis zu den Knien im Schnee, ein nackter Mann mit erhobenem Schwert vor ihm.

»Was soll das?«, rief Wadim.

Der Mann schlug mit voller Wucht zu, doch das Schwert drehte sich in seiner Hand und traf Wadims Schulter mit der flachen Klinge. Wadim stieß den Mann vor die Brust, dass er in den Schnee fiel und wie erstarrt liegen blieb. Dann hob er das Schwert auf und warf es in hohem Bogen fort. Er fühlte, wie etwas Warmes und Nasses den Oberschenkel hinabrann. Er blickte sich um.

Reglos, wie Tote, lagen die Menschen im Schnee. Der Mann im Pelz war nicht unter ihnen.

»Lebst du noch?«, schrie Anton keuchend.

»Sicher«, antwortete Wadim. »Aber wo ist die ›Zunge‹ geblieben?«

Da sah er Saul mit langen Schritten auf sich zukommen; er schleifte den Mann im Pelz am Kragen hinter sich her.

»Er wollte sich davonstehlen«, erklärte er.

»Kommt, weg von hier!«, rief Anton.

Vorsichtig setzten sie ihre Füße zwischen die reglosen Körper und machten sich auf den Weg zum Gleiter. Saul hatte den Mann im Pelz mit einem Ruck auf die Beine gestellt und trieb ihn mit Knüffen in den Rücken vor sich her.

»Los, du Schurke!«, schimpfte er. »Vorwärts, du Fettsack! ... Er stinkt entsetzlich«, wandte er sich an Anton und

Wadim. »Wahrscheinlich hat er sich ein Jahr nicht gewaschen.«

Als sie zum Gleiter kamen, tippte Anton dem Gefangenen auf die Schulter und wies auf die Kabine. Der schüttelte so heftig den Kopf, dass ihm die Mütze herunterfiel, und setzte sich in den Schnee.

»Wir fackeln nicht lange!«, brüllte Saul, packte den Mann beim Schlafittchen und wälzte ihn über die Bordwand. Geräuschvoll plumpste die »Zunge« auf den Kabinenboden und blieb mucksmäuschenstill liegen.

»Pfui Teufel«, sagte Anton. »Ist das eine Plackerei!«

Dann nahm er die beiden Säcke, die neben dem Gleiter standen, und schleifte sie zum Gespann. Er schnürte sie auf, holte alle Kleidungsstücke heraus und breitete sie im Schnee aus. Genauso verfuhr er mit den Lebensmitteln. Die Menschen lagen wie tot da und zogen nur sacht die Beine an, wenn Anton an ihnen vorbeikam.

Erschöpft an die warme Bordwand gelehnt, stand Wadim da und starrte auf den zerwühlten Schnee, den umgekippten Schlitten und die im Mondlicht zusammengekrümmt daliegenden Leiber.

»Kontaktkommission, wo bist du?«, hörte er Anton bekümmert sagen.

Wadim befühlte seine Seite; das Blut floss noch immer. Er fühlte Übelkeit und Schwäche und kletterte in die Kabine. Es war alles schlimmer gekommen, als sie gedacht hatten. Der Gefangene lag mit dem Gesicht nach unten und bedeckte den Kopf mit den Händen. Allem Anschein nach erwartete er Folter oder den Tod. Neben ihm saß Saul, der ihn nicht aus den Augen ließ. Anton kam zurück und stieg ebenfalls in die Kabine.

»Was ist, willst du nicht starten?«, fragte er Wadim.

»Weißt du, Anton ... Ich bin verletzt«, brachte er mit Mühe heraus. »Ich bin zu nichts imstande.«

Anton musterte ihn kurz und sagte: »Los, zieh dich aus.«

»Mist!«, krächzte Saul ärgerlich.

Wadim zog sich die Jacke aus. Ihm war speiübel, sein Blick war getrübt. Er sah Antons ernstes Gesicht und wie Saul vor Mitgefühl die Stirn runzelte. Dann spürte er kühle Finger an seiner Seite.

»Mit dem Messer«, sagte Saul. Seine Stimme drang wie durch einen Nebel zu ihm. »Wie ungeschickt ihr euch angestellt habt! Ich hätte ihn mit einer Hand geschnappt.«

»Der war es nicht«, murmelte Wadim. »Es war der mit dem Schwert ... der Nackte ...«

»Ein Nackter?«, fragte Saul zurück. »Also, Freunde, das begreife nicht mal ich.«

Anton erwiderte noch etwas, aber da verschwamm vor Wadims Augen alles zu Kreisen und Sternen, und er verlor das Bewusstsein.

6

»Schauen Sie, Anton!«, rief Saul. »Er ist in Ohnmacht gefallen, sehen Sie?«

»Er schläft«, widersprach Anton. Aufmerksam untersuchte er die Wunde; sie war ziemlich tief, aber es war nur eine Schnittwunde. Sie saß unterhalb der Rippen, und das Schwert hatte einige Muskeln durchtrennt. Anton seufzte erleichtert auf.

Saul blickte ihm über die Schulter; er war beunruhigt und atmete schwer. »Schlimm?«, erkundigte er sich flüsternd.

»Nein«, erwiderte Anton. »In einer Stunde ist alles wieder in Ordnung.« Er schob Saul beiseite. »Und Sie setzen sich jetzt bitte.«

Saul lehnte sich im Sessel zurück und starrte grimmig auf die regungslose »Zunge«. Anton knöpfte den Sack mit den

Medikamenten auf, holte die Büchse mit dem Kolloid hervor und goss reichlich davon auf die Wunde. Das orangerote Gelee nahm sofort eine rosa Färbung an und überzog sich mit feinen rosa Pfeilen, wie die Haut auf der Milch. Das ist Blut, dachte Anton. Was für ein kräftiger Bursche Wadim ist! Er betrachtete sein Gesicht. Es war etwas blasser als sonst, aber ruhig und friedlich, wie immer, wenn er schlief. Auch atmete er wie sonst durch die Nase – tief, lautlos und in vollen Zügen. Anton legte die Finger an die Wundränder und schloss die Augen.

Die einfachen Methoden der Psychochirurgie gehörten zur Ausbildung eines Raumfahrers. Praktisch jeder Pilot verstand sich darauf, durch Anwendung der psychodynamischen Resonanz lebendes Gewebe zu operieren und wieder zusammenwachsen zu lassen. Das erforderte große Anstrengung und Konzentration. Unter stationären Bedingungen verwendete man dazu Neurogeneratoren, doch unterwegs musste man es nach Art eines Wunderdoktors und Gesundbeters machen. Anton bedauerte diese Leute jedes Mal.

Wie im Schlaf hörte Anton, wie hinter ihm Saul schwer atmete und hin und her rutschte. Der Gefangene, der einen unangenehmen, säuerlichen Geruch in der Kabine verbreitete, murmelte schluchzend etwas vor sich hin.

Anton öffnete die Augen. Die Wunde war zugeheilt und hatte das Kolloid herausgepresst; man sah jetzt nur noch eine rosa Narbe. So, das muss reichen, dachte Anton, sonst kann ich den Gleiter nicht mehr steuern. Er war schweißgebadet.

»Das wär's«, sagte er laut und holte tief Luft.

Saul erhob sich von seinem Sitz und warf einen Blick auf die Wunde.

»Donnerwetter!«, brummte er. »Wie machen Sie das bloß?«

Anton blickte auf und fuhr sogleich zusammen. Von draußen pressten sich fürchterliche Gesichter mit eingefallenen

Wangen und gefletschten Zähnen gegen die Glashaube. Es war wie ein Spuk aus Urväterzeiten, als blickten Tote ins Haus. Anton überlief es eiskalt. Saul zog die Brauen zusammen und drohte mit dem Finger. Lautlos pochten knochige Fäuste gegen das Spektrolit.

»Geht nach Hause! Ab, nach Hause!«, rief Saul.

Anton zog Wadim wieder an. »Wir fliegen gleich los«, sagte er.

»Dann sterben sie ja alle.«

Anton schüttelte den Kopf und schwang sich auf den Pilotensitz. Der Gleiter ruckte und erhob sich langsam in die Lüfte. Die Gesichter an der Haube verschwanden; nur eine lange, knochige Hand mit abgebrochenen Fingernägeln glitt noch über das Spektrolit. Dann blieb auch sie zurück.

Anton nahm Kurs auf das Schiff und erhöhte das Tempo. Er hatte es eilig, es war schon Mitternacht.

»Was finden sie bloß an ihm?«, murmelte Saul. »Ein SS-Typ, eine Bestie. Ich habe selber gesehen, wie er sie mit Lanzenstichen angetrieben hat.«

Anton schwieg.

»Gütiger Gott!«, rief Saul auf einmal. »Was hat der da für ekelhaftes Zeug! Das krabbelt ja nur so.«

»Was krabbelt?«

»So etwas wie Läuse. Wir müssen ihn zuerst waschen und alles gründlich desinfizieren.«

Noch so eine Arbeit!, dachte Anton.

Als hätte Saul seine Gedanken erraten, sagte er: »Schon gut, das erledige ich. Wenn er bloß nicht eingeht dabei; so was ist er sicher nicht gewöhnt.«

Anton brachte den Gleiter auf Höchstgeschwindigkeit und hielt ihn in hundert Metern Höhe. Der kleine helle Mond stand fast im Zenit, die rote Sichel war längst untergegangen, und vor ihnen am hellen Horizont stieg rosafarben ein dritter, abgeplatteter Mond auf. Wadim regte sich, gähnte laut und murmelte dann: »Hast du mich kuriert?« Dann schlief er wieder ein.

»Was macht der Gefangene?«, fragte Anton. Er war so erschöpft, dass er sich nicht umdrehen mochte.

»Liegt da und stinkt. Habe lange nicht mehr solchen Gestank erlebt.«

Lange nicht!, dachte Anton. Ich habe so etwas überhaupt noch nicht erlebt. Saul hat recht: Wir hätten uns besser nicht eingemischt. Saul ist ein kluger Kopf. Es handelt sich hier tatsächlich um ein System. Eine Sklavenhalterkultur. Sklaven und Herren. Wirklich, ich habe geglaubt, treue Sklaven gäbe es nur in schlechten Büchern. Ein treuer Sklave ist etwas Widerwärtiges! Nun gut, es ist passiert, und für einen Rückzieher ist es jetzt zu spät. Zumindest werden wir bald alles erfahren. Aber auch das ist nicht alles: Selbst wenn ich von Anfang an gewusst hätte, was sich hier abspielt, hätte ich dem Elend nicht den Rücken kehren können – der Grube, in der die Fahrzeuge Menschen zerquetschen, der schmutzstarren Siedlung ... Ob der Weltrat die Existenz eines Planeten mit Sklavenhalterordnung dulden wird?, überlegte Anton. Auf einmal wurde ihm die ganze Tragweite des Problems bewusst: Sollte man sich nun in das Schicksal des fremden Planeten einmischen oder nicht? Diese Frage hatte sich vorher nie gestellt ... Zum einen standen die Bewohner der Leonida und der Tagora den Menschen zu fern. Zum anderen war die Psyche der Leonidaner noch immer ein Rätsel, und niemand vermochte zu sagen, was für eine Gesellschaftsordnung dort eigentlich herrschte. Und die Humanoiden auf der Tagora stellten von Natur aus so geringe Ansprüche, dass unbegreiflich war, wie und warum sie über eine so entwickelte Technik verfügten. Doch hier auf der Saula sah es ganz anders aus. Nirgendwo sonst hatten die gesellschaftlichen Verhältnisse eine so abnorme und, wie es schien, doch notwendige Form angenommen ... Ja, der Bruder der Menschheit ist noch sehr jung, dachte Anton, jung, unreif und grausam. Und zu allem Überfluss diese idiotischen Fahrzeuge der Besucher aus dem All ...

In der Ferne tauchte auf der hellblauen Ebene ein kleiner schwarzer Punkt auf. Das ist das Schiff, dachte Anton. Und daneben, unter dem Schnee, liegen die Toten. Komisch, ein Tag ist erst vergangen, und ich habe mich schon daran gewöhnt. Als wäre ich mein Leben lang zwischen nackten Toten durch den Schnee gestapft. Der Mensch gewöhnt sich an alles. Psychische Akkommodation, nennt man das. Merkwürdig. Vielleicht liegt es daran, dass sie uns doch eher fremd sind. Auf der Erde hätte ich deswegen vielleicht schon den Verstand verloren. Doch nein, ich bin einfach abgestumpft.

Er drosselte die Geschwindigkeit und drehte eine Runde über dem Schiff. Es war ein tröstlicher Anblick – der vertraute schwarze Konus über den bläulichen Hügeln ... die beiden scharfen Schatten: der kurze schwarze und der lange rosafarbene. Der Gleiter setzte vor dem Eingang auf. Der Schnee rund um das Schiff war zu einer festen Eisfläche gefroren. Anton klopfte Wadim aufs Knie.

»Was ist?«, fragte er schlaftrunken.

»Aufstehen.«

»Lass mich zufrieden!«

»Steh auf, Wadim. Komm ins Schiff.«

»Gleich«, antwortete er und schmatzte leise. »Noch eine Minute ...«

»Soll ich ihn wachkitzeln?«, fragte Saul beflissen.

Sofort schlug Wadim die Augen auf und erhob sich. »Aha, das Schiff ... verstehe.«

Sie kletterten hinaus auf den glatten, hart gefrorenen Schnee. Die frostige Luft verschlug ihnen fast den Atem, und Wadim klapperte mit den Zähnen vor Kälte. Saul hielt die »Zunge« am Kragen fest. Was mag jetzt im Kopf dieses armen Teufels vorgehen?, fragte sich Anton.

»Geht schon mal hoch«, schlug Saul vor. »Ich bringe den hier schnurstracks in den Duschraum.«

Sie betraten das Schiff, ließen die Luke wieder zuwachsen, und dann schubste Anton Wadim vorwärts, die Treppe hoch zur Mannschaftskajüte. Wadim war noch ziemlich benommen. Von unten hörte man das schreckliche Gebrüll des Gefangenen. Wadim zuckte zusammen.

»Was machen die da?«, fragte er beunruhigt.

»Er soll gewaschen werden«, erklärte Anton. »Er steckt voller Ungeziefer.«

»Los! Geh schon. Keine Angst, wirst nicht gleich krepieren«, ließ sich Saul vernehmen. Dann klappte die Tür zum Duschraum.

Anton und Wadim betraten den Mannschaftsraum und ließen sich in die Sessel fallen.

»Das liebe, gute Schiff!«, seufzte Wadim. »Wie schön es ist, wie sauber ...«

Anton saß mit geschlossenen Augen da. »Tut's weh?«, erkundigte er sich.

»Es juckt.«

»Dann ist alles in Ordnung. Was brauchst du für die Arbeit?«

»Den Rechner«, antwortete Wadim. »Die Hälfte des Informationsspeichers. Beide Analysatoren. So viel Kaffee wie möglich und irgendetwas Leckeres für die ›Zunge‹. In zwei Stunden wird er hier am Tisch sitzen und mit dir über den Sinn des Lebens diskutieren.«

Von unten tönte Wehgeschrei, Gepolter und das Patschen nackter Füße herauf.

»Wo willst du hin?«, brüllte Saul. »Platz! Hierher!«

»Der schrubbt ihn ja tüchtig«, meinte Wadim anerkennend. »Wahrscheinlich ist ihm Seife in die Augen gekommen. Aber Sauls Intonation ist nicht richtig: Dieses Gebrüll fasst die ›Zunge‹ als bittendes Gestammel auf. Der Befehlston klingt nämlich so ...« Wadim reckte den Hals vor und stimmte ein unerträglich kreischendes Klagegeschrei an.

»Wie ein Katzenjunges, dem man auf den Schwanz getreten ist«, sagte Anton.

»Genau.«

»Gut. Setz dich in die Steuerzentrale. Ich bringe alles dorthin.«

Wadim musterte Anton aufmerksam.

»Du bist ausgequetscht wie eine Zitrone, mein Lieber«, sagte er.

»Ja, ein bisschen. Deine Verwundung war nichts Ernstes, aber ich bin ganz schön erschöpft. Was meinst du, wie anstrengend das ist!«

»Leg dich schlafen. Ich komme allein zurecht. Saul wird mir alles bringen.«

»Nichts da«, protestierte Anton. »Das ist meine Sache. Jetzt hau schon ab und triff deine Vorbereitungen.«

Wadim stand auf.

»Trotzdem empfehle ich dir, ein bisschen zu schlafen«, sagte er und ging zur Steuerzentrale. In der Tür blieb er noch einmal stehen und fragte: »Haben sie die Kleidungsstücke genommen?«

Im ersten Moment verstand Anton die Frage nicht, dann antwortete er: »Ich muss gestehen, ich weiß es nicht ... Ich erinnere mich nicht. Jedenfalls waren sie sehr unzufrieden mit uns.«

»Ist das ein Durcheinander!«, empörte sich Wadim. »Ich versteh überhaupt nichts. Warum ist er bloß mit dem Schwert auf mich losgegangen?«

Wadim schüttelte den Kopf und verließ die Mannschaftskajüte. Anton nickte sofort ein. Er träumte, er ginge in die Küche, kochte eine Unmenge Kaffee und brächte die Kaffeekanne samt Konserven in die Steuerzentrale. Dort wäre Wadim sehr beschäftigt und knurrte ihn an. Daraufhin ginge er in seine Kabine und suchte, gegen die Müdigkeit ankämpfend, das Programm für den Rückflug heraus. Doch stattdessen fielen ihm immer wieder die alten Programme von früheren Reisen in die Hände. Dann wurde er von Saul geweckt.

»Hier ist er«, sagte Saul.

Vor Anton stand ein schlanker junger Bursche mit schwarzen Augen und heller Haut. Er trug eine Turnhose und eine Jacke aus Tetrakanäthylen. Er machte einen verängstigten Eindruck.

»Und, ist er hübsch?«, fragte Saul spöttisch.

Anton lachte. »Schöne Rasse«, sagte er. »Sei gegrüßt, junger Bruder!«

Der junge Bruder sah Anton mit angstgeweiteten Augen an.

»Das hier hatte er unter seinem Pelz«, sagte Saul und legte ein Päckchen auf den Tisch.

Der Gefangene streckte die Hand danach aus.

»Na!«, rief Saul drohend. »Schon wieder? Ich werde dir gleich helfen!«

Der Gefangene zog den Kopf ein. Offensichtlich war er mit Sauls Intonation schon vertraut. Anton nahm das Päckchen, betrachtete es von allen Seiten und öffnete es. In einem Etui aus feinstem Leder lagen ein zusammengefaltetes Blatt Papier, eine Art Zeichnung und mehrere blutige Druckpflaster.

»Verstehen Sie?«, fragte Saul. »Das haben sie den Verwundeten abgerissen.«

Anton dachte an die verstümmelten Männer in der Reihe und biss die Zähne zusammen. »Es handelt sich bestimmt um einen Bericht«, sagte er nach einer Weile. »Über unser Erscheinen. Wadim!«, rief er.

Plötzlich fing der Gefangene an zu reden. Er sprach schnell, schlug sich dabei mit den flachen Händen an die Brust, und aus seinem Gesicht sprachen Angst und Verzweiflung, was in seltsamem Gegensatz zu seinem schroffen, ja sogar spöttisch klingenden Tonfall stand. Wadim kam herein, blieb hinter dem Gefangenen stehen und hörte ihm aufmerksam zu. Schließlich verstummte der Gefangene und bedeckte sein Gesicht mit den Händen.

»Sieh mal, Wadim«, sagte Anton und reichte ihm das Blatt.
»Ein Brief!«, rief Wadim. »Das trifft sich gut. Der erspart mir viel Arbeit!«

Er nahm den Gefangenen beim Ärmel und führte ihn in die Steuerzentrale; dabei sah er sich das Blatt an. Der Gefangene trottete ergeben hinter ihm her.

Saul betrachtete unterdessen die Zeichnung. »Ich bin ja kein Fachmann«, sagte er. »Aber meiner Meinung nach ist das eine genaue Skizze vom Inneren des Panzers in der Grube.«

Er reichte Anton die Zeichnung. Sie war sehr akkurat mit blauer Farbe angefertigt, doch wies das Papier eine Menge schmutziger Fingerspuren auf. Es war eine Skizze der Kabine, die ausgesehen hatte wie eine Schaumkelle. Verschiedene Öffnungen waren durch kleine, grob gemalte Kreuze markiert, andere einfach durchgestrichen. Anton gähnte und rieb sich die Augen. Sieh einer an!, dachte er müde. Ausgezeichnete Skizzen machen die Sklavenhalter ...

»Hören Sie, Kapitän«, sagte Saul. »Gehen Sie schlafen. Solange unser Linguist beschäftigt ist, werden Sie hier sowieso nicht gebraucht.«

»Meinen Sie?«

»Ich bin sicher.«

Aus der Steuerzentrale rief Wadim: »Kaffee und ein Glas Konfitüre.«

»Sofort!«, rief Saul. »Nun gehen Sie schon, Anton«, sagte er.

»Kommt gar nicht infrage«, widersprach er. »Ich bleibe hier ...«

Dann schloss er die Augen und überließ sich der Müdigkeit ... Er schlief unruhig, wurde oft wach und schlug wieder die Augen auf. Er sah Saul auf Zehenspitzen vorübereilen, in der einen Hand eine leere Konservenbüchse, in der anderen eine Kaffeekanne. Beim nächsten Mal lief Saul mit einem vollen Tablett in die Steuerzentrale, und in der Kajüte roch es nach Tomate. Später sah er Saul am Tisch sitzen, nachdenklich an seiner leeren Pfeife ziehen; dabei betrachtete er Anton aufmerksam. Von oben aus der Steuerzentrale waren monotone Stimmen zu hören. »Su-u ... Mu-u ... Bu-u ...«, machte Wadim, und mechanisch wiederholte eine Stimme: »Su-u ... Mu-u ... Bu-u ... Arbeiten – ka-ro-su-u ... Arbeiter – karo-bu-u ... Arbeiter werden – karomu-u ...« Wieder kam und ging der Schlaf. »Strahlender ... großer und mächtiger Fels ... idai-hikari ... tika-udo ...«, tönte Wadims Stimme geheimnisvoll, und die kreischende Stimme des Gefangenen korrigierte: »Tiko-o ... udo-o ...« – »Saul!«, rief Wadim. »Kaffee!« – »Schon die dritte Kanne!«, brummte Saul ungehalten.

Schließlich erwachte Anton mit dem Gefühl, nicht mehr müde zu sein. Saul war nicht im Raum. Mit stockheiserer Stimme bemühte sich Wadim oben, die Worte »Sorinaka-bu ... torunaka-bu ... saponuri-su ...« auszusprechen, worauf der Gefangene irgendetwas zurückbrummte. Anton warf einen Blick auf die Uhr. Es war drei Uhr morgens Ortszeit. Sieh mal an, der Strukturalissimus!, dachte er nicht ohne Bewunderung. Doch auf einmal wurde er ungeduldig. Es war Zeit, zum Ende zu kommen.

»Wadim!«, rief er. »Wie sieht's aus?«

»Hast du ausgeschlafen?«, krächzte Wadim heiser zurück. »Wir haben auf dich gewartet. Gleich kommen wir.«

Saul steckte den Kopf aus seiner Kabine.

»Ist es soweit?«, erkundigte er sich. Rauch quoll aus dem Türspalt.

»Kommen Sie her, Saul«, bat Anton. »Es geht gleich los.«

Saul nahm in einem der Sessel Platz und warf die Skizze auf den Tisch. Schon kam der Gefangene aus der Steuerzentrale herunter; er taumelte ein wenig, und seine Wangen waren mit Konfitüre beschmiert. Unten angekommen, starrte er, ohne die beiden Anwesenden zu beachten, mit einem Ausdruck hündischer Ehrerbietung nach oben, wo nun Wadim auftauchte – mit einem großen glänzenden Kasten auf dem Arm, dem Zusatzanalysator. Wadim stellte den Analysator auf den Tisch und ließ sich mit triumphierender Miene in einen Sessel fallen.

»Ich bin ein Genie!«, verkündete er heiser. »Ein ganz schlauer Kopf! Ein großer, mächtiger Fels! Hikari-tiko-udo!«

Bei diesen Worten hörte der Gefangene auf, sich die Finger abzulecken, und faltete die Hände ehrfürchtig vor der Brust.

»Stimmt's?«, rief Wadim und streckte ihm die Hand entgegen. Dann rezitierte er:

»Darum ist für alle Fälle
hier an Bord ein Spezialist.
Groß und mächtig und auch helle –
struktureller Linguist.«

Anton betrachtete Wadim amüsiert. Von seinen Schläfen, wie übrigens auch von denen des Gefangenen, standen kleine gelbe Hörner ab – die Mnemokristalle, was beiden das Aussehen harmloser junger Teufel verlieh. Der Gefangene allerdings glich mehr einem Kalb. Saul, der an seiner Pfeife sog, schmunzelte ebenfalls.

»Ich möchte vorausschicken«, begann Wadim, »dass man ihm keine abstrakten Fragen stellen darf. Er ist nämlich ein unglaublicher Holzkopf. Sein Bildungsstand entspricht dem der zweiten Klasse.« Er stand auf und verteilte je ein Paar Mnemokristalle an Saul und Anton. »Und er denkt ausschließlich konkret.« Nun wandte er sich an den Gefangenen. »Ringa hoshi-mu?«

Willst du Konfitüre?, verstand Anton.

Die »Zunge« grinste unterwürfig und faltete abermals die Hände vor der Brust.

»Seht ihr?«, sagte Wadim. »Er will wieder Konfitüre. Aber er soll warten. Lasst uns anfangen.«

Anton zögerte. Ihm wurde plötzlich bewusst, dass er nicht die geringste Ahnung hatte, wie es weitergehen sollte. Wadim und Saul sahen ihn erwartungsvoll an. Der Gefangene trat ängstlich von einem Fuß auf den anderen.

»Wie heißen Sie?«, fragte Anton sanft. Ihm missfiel, dass der Gefangene sich noch immer unsicher fühlte und zweifellos Angst verspürte.

Der Gefangene sah ihn verwundert an. »Haira«, antwortete er und blieb auf einmal ruhig stehen.

Aus dem Geschlecht der Hügel, verstand Anton.

»Angenehm!«, erwiderte er. »Und ich heiße Anton.« Die Verwunderung in Hairas Miene nahm zu.

»Sagen Sie bitte, Haira, als was arbeiten Sie?«

»Ich arbeite nicht. Ich bin Krieger.«

»Es kränkt Sie wahrscheinlich, dass wir Ihnen gegenüber Gewalt angewendet haben«, sagte Anton. »Sie dürfen uns das nicht übelnehmen. Wir hatten keine andere Wahl.«

Der Gefangene stemmte einen Arm in die Seite, zog verächtlich die Mundwinkel herab und blickte an Anton vorbei. Saul räusperte sich vernehmlich und trommelte mit den Fingern auf den Tisch.

»Sie brauchen keine Angst zu haben«, fuhr Anton fort. »Wir tun Ihnen nichts.«

Das Gesicht des Gefangenen nahm nun einen hochmütigen Ausdruck an. Er schaute sich um, trat zwei Schritte zur Seite und setzte sich mit gekreuzten Beinen auf den Fußboden. Er gewöhnt sich ein, dachte Anton. Das ist gut. Wadim, der es sich in seinem Sessel bequem gemacht hatte, verfolgte zufrieden das Geschehen. Saul hörte auf, mit den Fingern zu trommeln, und klopfte stattdessen mit der Pfeife auf den Tisch.

»Wir möchten Ihnen nur ein paar Fragen stellen«, fuhr Anton lebhaft fort. »Wir müssen unbedingt wissen, was hier vorgeht.«

»Konfitüre!«, sagte Haira mit unangenehmer Stimme. »Schnell.«

Wadim lachte vor Vergnügen auf und sagte: »Such a little pig!«

Anton wurde rot und sah sich nach Saul um. Der erhob sich langsam mit ausdrucksloser, gelangweilter Miene.

»Warum bringt keiner Konfitüre?«, fragte Haira. »Alle sollen still sein, bis ich Fragen stelle. Und man soll Konfitüre und eine Decke bringen, weil ich sonst zu hart sitze.«

Hierauf herrschte Schweigen. Wadim hatte aufgehört zu lachen und sah den Analysator zweifelnd an.

»Do you think, we should better bring him some jam?«, fragte Anton verwirrt.

Ohne zu antworten, näherte sich Saul langsam dem Gefangenen, der mit steinernem Gesicht dasaß.

»You have taken a wrong way, boys«, sagte Saul zu den beiden anderen. »It won't pay with SS-men.« Er legte seine Hand sacht auf Hairas Nacken. Hairas Gesicht ließ Unruhe erkennen. »He is a pithecanthropus, that's what he is«, fuhr Saul ebenso sanft fort. »He mistakes your soft handling for a kind of weakness.«

»Saul, Saul!«, sagte Anton beunruhigt.

»Speak but English«, ermahnte ihn Saul rasch.

»Wo bleibt die Konfitüre?«, fragte der Gefangene unsicher.

Saul stellte ihn mit einem kräftigen Ruck auf die Beine. Auf Hairas steinernem Gesicht zeigte sich Bestürzung. Saul ging langsam um ihn herum und musterte ihn von Kopf bis Fuß. Was für eine Szene!, dachte Anton angewidert, Saul zeigt sich nicht gerade von seiner angenehmen Seite ... Haira hatte wieder die Hände auf der Brust gefaltet und lächelte unterwürfig. Nachdem sich Saul gemächlich in seinen Sessel gesetzt hatte, blickte Haira nur noch ihn an. In der Gemeinschaftskajüte herrschte Totenstille.

Saul stopfte seine Pfeife und warf von Zeit zu Zeit einen finsteren Blick auf Haira.

»Now I interrogate«, sagte er. »And you don't interfere. If you choose to talk to me, speak English.«

»Agreed«, erwiderte Wadim und schaltete etwas am Analysator um. Anton nickte.

»What did you do to that box?«, erkundigte sich Saul misstrauisch.

»Took measures«, antwortete Wadim. »We don't need him to learn English as well, do we?«

»Okay«, versetzte Saul und zündete seine Pfeife an. Haira beobachtete ihn entsetzt und suchte dem Tabakqualm auszuweichen.

»Name?«, fragte Saul finster.

Der Gefangene zuckte zusammen und duckte sich.

»Haira.«

»Stellung?«

»Lanzenträger. Wächter.«

»Wie heißt der Vorgesetzte?«

»Kadaira.«

Aus dem Geschlecht der Wirbelwinde, verstand Anton.

»Rang des Vorgesetzten?«

»Träger eines ausgezeichneten Schwertes. Befehlshaber der Wache.«

»Wie viele Wächter sind im Lager?«

»Zwanzig.«

»Wie viele Menschen befinden sich in den Hütten?«

»In den Hütten befinden sich keine Menschen.«

Anton und Wadim wechselten einen Blick. Unbeeindruckt fragte Saul weiter: »Wer wohnt in den Hütten?«

»Verbrecher.«

»Sind Verbrecher keine Menschen?«

Hairas Miene drückte ehrliches Befremden aus. Statt einer Antwort lächelte er unsicher.

»Na schön. Wie viele Verbrecher befinden sich im Lager?«

»Sehr viele. Niemand zählt sie.«

»Wer hat die Verbrecher hierhergeschickt?«

Der Gefangene redete lange und hitzig, doch Anton verstand nur: »Die hat der Große und Mächtige Fels hierhergeschickt, die glänzende Schlacht, mit dem Fuß auf dem Himmel, der lebt, bis die Maschinen verschwinden.«

»Donnerwetter!«, sagte Saul. »Sie kennen hier den Begriff ›Maschinen‹!«

»Falsch«, widersprach Wadim. »Ich kenne den Begriff ›Maschinen‹; sie denken dabei an die Fahrzeuge in der Grube und auf der Chaussee. Und der ›Große‹ und so weiter, das ist wahrscheinlich der hiesige Herrscher.«

Der Gefangene lauschte dem Dialog mit dem Ausdruck dumpfer Verzweiflung.

»Gut«, sagte Saul. »Fahren wir fort. Worin besteht die Schuld der Verbrecher?«

Der Gefangene wurde lebhaft und redete abermals lange und viel, und wieder verstand Anton vieles nicht.

»Es gibt Verbrecher, die den Großen und Mächtigen Fels absetzen wollten. Es gibt Verbrecher, die sich fremde Sachen genommen haben. Es gibt Verbrecher, die Menschen getötet haben. Es gibt Verbrecher, die Ungewöhnliches wollten …«

»Natürlich. Und wer hat die Wächter hierhergeschickt?«

»Der Große und Mächtige Fels mit dem Fuß auf dem Himmel.«

»Wozu?«

Der Gefangene schwieg.

»Ich frage, was die Wache hier zu tun hat!«

Der Gefangene hüllte sich weiter in Schweigen und schloss sogar die Augen.

Saul schnaubte grimmig. »Also! Was tun die Verbrecher hier?«

Der Gefangene schüttelte den Kopf, ohne die Augen zu öffnen.

»Rede!«, brüllte Saul so laut, dass Anton zusammenzuckte. Kontaktkommission, wo bist du?, dachte er.

Der Gefangene stöhnte kläglich. »Sie töten mich, wenn ich es erzähle.«

»Du wirst getötet, wenn du es nicht erzählst«, versprach Saul. Er holte sein Federmesser aus der Tasche und klappte es auf. Der Gefangene fing an zu zittern.

»Saul!«, mahnte Anton. »Stop it.«

Saul begann mit dem Messer seine Pfeife zu reinigen.

»Stop what?«, fragte er.

»Die Verbrecher bringen die Maschinen dazu, sich zu bewegen«, sagte Haira sehr leise. »Und die Wächter passen auf.«

»Worauf passen sie auf?«

»Wie sich die Maschinen bewegen.«

Saul griff nach der Zeichnung und hielt sie dem Gefangenen vor die Nase.

»Erzähl alles«, sagte er.

Haira erzählte lange und verworren. Saul trieb ihn immer wieder an und korrigierte ihn. Es lief offensichtlich darauf hinaus, dass die örtlichen Machthaber versuchten, hinter das Geheimnis der Steuerung dieser Fahrzeuge zu kommen. Dabei wandten sie geradezu barbarische Methoden an. Sie zwangen die Verbrecher, ihre Finger in die Öffnungen zu stecken, auf die Knöpfe und Tasten zu drücken oder mit den Händen in die Motoren zu fassen, und beobachteten, was dabei passierte. Meist geschah nichts. Häufig aber explodierten die Fahrzeuge. Manchmal setzten sie sich auch in Bewegung und zerquetschten oder verstümmelten die Menschen ringsum. Und nur ganz selten gelang es, die Wagen zu einem geregelten Fahren zu bringen. Während der Arbeit hielten sich die Wächter in einiger Entfernung zu dem Fahrzeug, das gerade untersucht wurde, und die Gefangenen liefen zwischen ihnen und dem Fahrzeug hin und her, um zu berichten, in welches Loch sie ihren Finger stecken oder auf welchen Knopf sie drücken würden. Das alles wurde sorgfältig in Skizzen eingetragen.

»Wer fertigt die Skizzen an?«

»Ich weiß nicht.«

»Das glaube ich. Und wer bringt sie?«

»Die großen Befehlshaber auf den Vögeln.«

»Damit meint er die Vögelchen, die wir vorhin kennengelernt haben«, erklärte Wadim. »Wahrscheinlich werden sie hier gezähmt.«

»Wer braucht die Maschinen?«

»Der Große und Mächtige Fels, die glänzende Schlacht, mit dem Fuß auf dem Himmel, der lebt, bis die Maschinen verschwinden.«

»Was macht er mit den Maschinen?«

»Wer?«

»Der Fels.«

Auf dem Gesicht des Gefangenen zeigte sich Verwirrung.

»Das ist doch ein Titel«, wandte sich Wadim an Saul. »Sie müssen ihn vollständig nennen.«

»Also gut: Was macht der Große und Mächtige Fels, mit dem Fuß auf dem Himmel … oder auf der Erde? Verdammt, ich weiß es nicht mehr … der lebt, bis … nun …«

»… bis die Maschinen verschwinden«, soufflierte Wadim.

»So ein Blödsinn!«, schimpfte Saul. »Was haben die Maschinen damit zu tun?!«

»Das ist ein Titel, ein Symbol der Ewigkeit«, erklärte Wadim.

»Hören Sie, Wadim. Fragen Sie ihn doch, was er mit den Maschinen macht.«

»Wer?«

»Na, dieser Fels … hol ihn der Teufel!«

»Sagen Sie einfach: der Große und Mächtige Fels«, schlug Wadim vor.

Saul holte tief Luft und legte die Pfeife auf den Tisch.

»Was also macht der Große und Mächtige Fels mit den Maschinen?«

»Niemand weiß, was der Große und Mächtige Fels macht«, entgegnete der Gefangene würdevoll.

Da konnte Anton nicht mehr an sich halten und brach in schallendes Gelächter aus. Auch Wadim lachte, dass er sich an den Armlehnen festhalten musste. Der Gefangene blickte sie ängstlich an.

»Woher kommen die Skizzen?«

»Von hinter den Bergen.«

»Was ist hinter den Bergen?«

»Die Welt.«

»Wie viele Menschen gibt es in der Welt?«

»Sehr viele. Man kann sie nicht zählen.«

»Wer bringt die Maschinen hierher?«

»Die Verbrecher.«

»Woher?«

»Von der festen Straße. Dort gibt es sehr viele Maschinen.« Der Gefangene überlegte eine Weile und fügte dann hinzu: »Man kann sie nicht zählen.«

»Wer macht die Maschinen?«

Haira lächelte verwundert. »Die Maschinen macht niemand. Die Maschinen sind da.«

»Wo kommen sie her?«

Haira hielt eine förmliche Rede. Er rieb sich das Gesicht, strich sich über die Flanken und blickte zur Decke empor; er rollte mit den Augen und fing zeitweilig sogar an zu singen. Aus seinen Worten ging ungefähr Folgendes hervor:

Vor langer, langer Zeit, als es noch niemanden auf der Welt gab, fielen vom roten Mond große Behälter herab. In den Behältern war Wasser. Es war fettig und so klebrig wie

Konfitüre – und auch so dunkelrot wie Konfitüre war es. Zuerst baute das Wasser eine Stadt. Dann machte es zwei Löcher in die Erde und füllte diese Löcher mit dem Rauch des Todes. Dann wurde das Wasser zu einer festen Straße zwischen den Löchern, und aus dem Rauch wurden Maschinen geboren. Seitdem bringt der eine Rauch die Maschinen hervor, und der andere verschlingt sie wieder. Und so wird es immer sein.

»Nun, das wissen wir auch ohne dich«, sagte Saul. »Und wenn die Verbrecher die Maschinen nun nicht in Bewegung setzen wollen?«

»Dann werden sie getötet.«

»Von wem?«

»Von den Wächtern.«

»Hast du auch welche getötet?«

»Ich habe drei getötet«, verkündete Haira stolz.

Anton schloss die Augen. Ein Junge, dachte er. Ein netter, sympathischer Junge. Und brüstet sich noch damit …

»Wie hast du sie denn getötet?«, wollte Saul wissen.

»Den einen hab ich mit dem Schwert getötet. Ich wollte meinem Vorgesetzten beweisen, dass ich einen Körper mit einem Hieb spalten kann. Jetzt weiß er, dass ich's kann. Den Zweiten habe ich mit der Faust getötet. Und beim Dritten hab ich befohlen, dass sie ihn mir auf die Lanze werfen.«

»Wem hast du das befohlen?«

»Den anderen Verbrechern.«

Eine Zeit lang schwieg Saul.

»Es ist langweilig«, sagte der Gefangene. »Ein stolzer Dienst, aber langweilig. Keine Frauen. Keine richtige Unterhaltung. Es ist langweilig«, wiederholte er und seufzte.

»Warum laufen die Verbrecher nicht weg?«

»Sie laufen weg. Sollen sie ruhig. In der Ebene sind der Schnee und die Vögel. Und in den Bergen sind Wachen. Wer klug ist, läuft nicht weg. Alle wollen doch leben.«

»Warum haben einige goldene Fingernägel?«

»Die waren einmal sehr reich«, flüsterte der Gefangene. »Aber sie wollten Ungewöhnliches, und manche haben sogar versucht, den Großen und Mächtigen Fels abzusetzen. Sie sind widerwärtig wie Aas«, sagte er nun laut. »Der Große und Mächtige Fels, die glänzende Schlacht, schickt sie mit all ihren Verwandten hierher … Nur keine Frauen«, fügte er bedauernd hinzu.

»Ich hätte große Lust, erst ihn und dann die übrigen Träger von Schwertern und Lanzen aufzuhängen«, sagte Saul. »Aber leider wäre das zwecklos.« Er stopfte erneut seine Pfeife. »Ich habe keine Fragen mehr. Fragt ihr weiter, wenn ihr wollt.«

»Uns darf man nicht aufhängen«, sagte Haira rasch; er war ganz blass geworden. »Der Große und Mächtige Fels mit dem Fuß auf dem Himmel wird euch grausam bestrafen.«

»Dein Großer und Mächtiger kann mich mal«, versetzte Saul und zündete sich seine Pfeife an. Seine Finger zitterten. »Habt ihr noch Fragen zu stellen oder nicht?«

Anton schüttelte den Kopf. Noch nie in seinem Leben hatte er solchen Ekel empfunden. Wadim trat zu Haira und riss ihm die Mnemokristalle von den Schläfen.

»Was wollen wir tun?«, fragte er.

»So ist der Mensch«, sagte Saul nachdenklich. »Auf dem Weg dahin, wo ihr jetzt steht, muss er durch all das und vieles andere mehr hindurchgehen. Wie lange wird er eine Bestie bleiben, nachdem er sich auf seine Hinterbeine gestellt und Arbeitswerkzeuge zur Hand genommen hat? Die hier kann man noch entschuldigen, sie haben keine Ahnung von Freiheit, Gleichheit und Brüderlichkeit. Das steht ihnen alles noch bevor. Und sie werden die Zivilisation noch mithilfe von Gaskammern retten wollen. Es steht ihnen bevor, zu Spießern zu werden und auch, ihre Welt an den Rand des Verderbens zu bringen. Und trotzdem bin ich zufrieden. In dieser Welt hier herrscht das Mittelalter, das ist offensichtlich. Die Titelsucht, die pompösen, hochtrabenden Phrasen, die goldenen Fingernägel, die Unwissenheit ... Doch schon heute gibt es hier Menschen, die Ungewöhnliches wollen. Wie schön das ist – ein Mensch, der Ungewöhnliches will! So einen Menschen fürchtet man natürlich. Ihm steht ebenfalls ein langer Weg bevor. Man wird ihn auf dem Scheiterhaufen verbrennen, ihn kreuzigen, ihn hinter Schloss und Riegel bringen, und später hinter Stacheldraht ... Jawohl.« Er schwieg eine Weile. Und dann: »Was für ein Unterfangen! Von Maschinen Besitz zu ergreifen, ohne die geringste Ahnung von ihnen zu haben! Könnt ihr euch das vorstellen? Was für ein kühner Geist das gewesen ist! Heutzutage würde man ihn natürlich in ein Lager sperren; da ist das alles Routine, so etwas wie ein Ritus zu Ehren mächtiger Ahnen ... Und wahrscheinlich weiß niemand mehr von ihnen und will es auch gar nicht wissen, wozu das alles nötig ist – höchstens als Anlass für die Errichtung eines Todeslagers. Aber früher einmal war es eine große Idee ...«

Er verstummte und sog so stark an seiner Pfeife, dass sie zischte.

»Warum so pessimistisch, Saul?«, fragte Anton. »Sie müssen nicht mehr unbedingt durch die Zeit der Gaskammern und dergleichen durchgehen. Wir sind doch hier.«

»Wir!«, rief Saul und lächelte ironisch. »Was können wir schon ausrichten! Wir sind zu dritt und wollen Gutes bewirken. Aber was können wir tun? Ja, gewiss, wir könnten uns als Parlamentäre der Vernunft zum Großen Fels begeben und ihn bitten, von der Sklaverei abzulassen und dem Volk die Freiheit zu schenken. Dann wird man uns rasch beim Schlafittchen packen und in die Grube werfen. Wir könnten aber auch weiße Gewänder anziehen und uns unters Volk mischen. Sie, Anton, werden Christus sein, Sie, Wadim, Apostel Paulus, und ich natürlich Thomas. Dann verkünden wir den Sozialismus und vollbringen vielleicht sogar ein paar Wunder. So etwas wie den Null-Transport zum Beispiel. Die hiesigen Pharisäer werden uns pfählen, und die Menschen, die wir retten wollten, werden uns grölend mit Kot bewerfen.« Er stand auf und wanderte um den Tisch herum. »Freilich, wir haben den Scorcher. Wir könnten die Wächter töten, die Nackten zu einer Kolonne formieren, uns den Weg durch die Berge erzwingen und dann die Lehnsherren und ihre Vasallen mitsamt ihren Schlössern und pompösen Titeln verbrennen. Danach verwandeln sich die Städte der Pharisäer in schwelende Trümmerhaufen, und uns wird man auf Lanzen spießen oder hinterrücks ermorden. Im Land wird ein einziges Chaos herrschen, und daraus werden irgendwelche Sadduzäer hervorgehen. Das ist das Einzige, wozu wir imstande wären.«

Er setzte sich wieder. Anton und Wadim lächelten.

»Wir sind aber nicht bloß drei«, protestierte Anton. »Wir sind zwanzig Milliarden. Wahrscheinlich zwanzigmal mehr, als auf diesem Planeten leben.«

»Und weiter?«, fragte Saul. »Sind Sie sich eigentlich im Klaren darüber, was Sie da tun wollen? Sie wollen gegen die Gesetze der gesellschaftlichen Entwicklung verstoßen! Sie wollen den natürlichen Verlauf der Geschichte verändern! Wissen Sie überhaupt, was Geschichte ist? Das ist die Menschheit selbst! Und man kann der Geschichte nicht das Rückgrat brechen, ohne gleichzeitig der Menschheit das Rückgrat zu brechen.«

»Niemand hat hier die Absicht, Rückgrate zu brechen«, beteuerte Wadim. »Es hat Zeiten gegeben, da ganze Volksstämme und Staaten im Verlauf ihrer Geschichte den Sprung direkt vom Feudalismus zum Sozialismus vollzogen haben, ohne dass dabei Rückgrate gebrochen worden wären. Befürchten Sie einen Krieg? Den wird es nicht geben. Zwei Millionen Freiwillige, eine schöne, auf das Beste eingerichtete Stadt, die Tore weit geöffnet, bitte näher zu treten! Hier habt ihr

Ärzte, hier habt ihr Lehrer, hier habt ihr Ingenieure, Wissenschaftler, Künstler. Wollt ihr es so haben wie wir? Natürlich! Auch wir wollen das. Das Häuflein stinkender Feudalherren gegen eine kommunistische Kolonie – pah! Natürlich lässt sich das nicht von heute auf morgen verwirklichen. Da heißt es schon eine Zeit lang arbeiten; fünf Jahre wird man wohl brauchen …«

»Fünf Jahre!«, rief Saul und streckte die Hände zur Decke empor. »Nicht vielleicht fünfhundertfünfundfünfzig? Ihr seid mir schöne Aufklärer und Volkstümler! Das hier ist ein Planet, versteht ihr? Kein Volksstamm und kein Volk, auch kein Land, sondern ein Planet! Ein ganzer Planet voll Unwissenheit und Morast … Künstler! Wissenschaftler! Und was wollt ihr machen, wenn geschossen werden muss? Und Sie werden schießen müssen, Wadim, wenn schmutzige Mönche Ihre Freundin – eine Lehrerin – kreuzigen wollen. Und auch Sie werden schießen müssen, Anton, wenn Kerle mit rostigen Helmen Ihren Freund – einen Arzt – mit Knüppeln totschlagen wollen. Dann werdet ihr in Rage geraten und euch aus Kolonisten in Kolonisatoren verwandeln …«

»Pessimismus ist eine Lebensauffassung, bei der der Mensch geneigt ist, in allem nur das Schlechte und Unangenehme zu sehen«, zitierte Wadim.

Saul musterte ihn ein paar Sekunden lang befremdet.

»Sie sollten keinen Scherz damit treiben«, sagte er schließlich. »Das hier ist nicht zum Scherzen. Kommunismus – das ist in erster Linie eine Idee. Und keine einfache. Sie ist mit Blut erkauft! Sie lässt sich nicht in fünf Jahren anhand anschaulicher Beispiele vermitteln. Ihr wollt einen Menschen, der als Sklave geboren wurde, ebenso mit Reichtum überschütten wie einen eingefleischten Egoisten. Und wisst ihr, was dabei herauskommen wird? Entweder verwandelt sich eure Kolonie in einen Hort für fett gewordene Tagediebe, die nicht den geringsten Anreiz verspüren, etwas zu tun, oder aber es findet sich ein tatkräftiger Schurke, der euch mithilfe eurer eigenen Gleiter, Scorcher und sonstigen Apparate wieder von diesem Planeten verjagt und sich den ganzen Reichtum unter den Nagel reißt. Die Geschichte aber wird trotzdem ihren natürlichen Verlauf nehmen.« Saul öffnete mit einem Ruck den Deckel des Müllschluckers und klopfte grimmig seine Pfeife aus. »Nein, meine Lieben, den Kommunismus muss man unter Qualen erschaffen. Für den Kommunismus muss man kämpfen, und zwar mit dem da« – er zeigte mit dem Pfeifenstiel auf Haira –, »mit dem einfachen, beschränkten Burschen. Man muss mit ihm kämpfen – ob er nun mit einer Lanze, einer Muskete oder einer ›Schmeisser‹ bewaffnet ist. Und das ist nicht alles: Wenn er die ›Schmeisser‹ wegwirft, bäuchlings in den Dreck fällt und vor euch kriecht, dann beginnt erst der richtige Kampf! Nicht um ein Stück Brot, sondern um den Kommunismus! Ihr holt ihn aus diesem Dreck heraus, säubert ihn …«

Saul verstummte und lehnte sich im Sessel zurück.

Wadim kratzte sich nachdenklich im Nacken.

Und Anton sagte: »Sie haben den besseren Überblick, Saul, Sie sind Historiker. Gewiss, das alles wird nicht leicht. Wadim hat wie immer leichtfertig drauflosgeredet. Wadim und ich oder auch wir drei werden diese Aufgabe nie lösen können, nicht einmal theoretisch. Aber eins wissen wir: Es ist noch nie vorgekommen, dass die Menschheit sich eine Aufgabe gestellt hat, die sie nicht lösen konnte.«

Saul brummte etwas Unverständliches vor sich hin.

»Wie das konkret aussehen soll …« Anton zuckte mit den Achseln. »Und wenn unbedingt geschossen werden muss, werden wir uns eben in Erinnerung rufen, wie man das macht, und schießen. Aber meiner Meinung nach wird es auch ohne gehen. Wir könnten zum Beispiel die, die Ungewöhnliches wollen, zu uns auf die Erde einladen. Beginnen wir mit ihnen. Sie möchten doch bestimmt gerne fort von hier …«

Saul sah kurz auf, dann senkte er wieder den Blick. »Aber nicht so«, versetzte er. »Ein echter Mensch will nicht von hier weg. Und die anderen ...« Er sah abermals auf und blickte Anton in die Augen. »... und die anderen haben auf der Erde nichts zu suchen. Wer braucht schon jemanden, der in den Kommunismus desertiert ist!«

Sie schwiegen. Auf einmal bekam Anton unerträgliches Mitleid mit Saul und furchtbare Angst um ihn. Saul war zweifellos in Not. In großer Not – und diese war wahrscheinlich ebenso ungewöhnlich wie er selbst, wie seine Worte und Taten.

Wadim versuchte die Situation aufzulockern und rief lebhaft: »Übrigens, das haben wir ganz vergessen: Warum sind diese Unterdrückten eigentlich mit dem Schwert auf mich losgegangen? Das müssen wir noch klären.«

Er eilte zu Haira, dem vor Müdigkeit und bösen Vorahnungen die Knie zitterten, und befestigte erneut die Mnemokristalle an dessen Schläfen.

»Hör mal, Pithekanthropus«, sagte er. »Warum haben uns die Verbrecher, die dich im Schlitten gezogen haben, angegriffen? Lieben sie dich so sehr?«

»Auf Befehl des Großen und Mächtigen Felsen«, antwortete Haira, »der glänzenden Schlacht, mit dem Fuß auf dem Himmel, der lebt, bis die Maschinen verschwinden, bleiben die Verbrecher hier in der Verbannung, bis die Maschinen verschwinden ...«

»Das heißt: für immer«, erklärte Wadim.

»... aber wenn es ein Verbrecher schafft, eine der Maschinen in Gang zu bringen, wird er begnadigt und hinter die Berge zurückgebracht. Die, die mich gefahren haben, befanden sich auf dem Heimweg. Sie waren beinahe schon wieder Menschen. Am Schlagbaum sollte ich sie entlassen und auf Vögel setzen. Doch sie konnten mich nicht beschützen, obwohl sie das gerne getan hätten – sie wollten ja am Leben bleiben. Und jetzt werden sie erstochen.« Er gähnte nervös und fügte hinzu: »Wenn die Sonne inzwischen aufgegangen ist, sind sie tot.«

Anton sprang auf, dass sein Sessel umstürzte.

»Allmächtiger!«, rief Saul und ließ seine Pfeife fallen.

7

Der Lanzenträger aus dem Geschlecht der Hügel wurde zwischen Saul und Anton gesetzt. Er hatte sich wieder in seinen Pelz gehüllt, der nun nach Schädlingsbekämpfungsmittel roch, und verhielt sich still – außer, dass er mit seiner kleinen Nase unruhig schnupperte. Es war fünf Uhr morgens. Fahl und frostklar brach der Tag an, und es herrschte eisige Kälte.

Schweigend saß Wadim am Steuer des Gleiters, der mit Höchstgeschwindigkeit dahinraste, und dachte nur eins: Schaffen wir es noch rechtzeitig? Wenn diese armen Teufel nur nicht gleich in die Siedlung zurückgekehrt waren ... Aber er wusste, dass sie gar keine andere Wahl gehabt hatten. Ihre einzige Hoffnung auf Rettung war, den Anführer der Wache milde zu stimmen, indem sie erzählten, wie heldenhaft sie seinen Abgesandten verteidigt hatten. Diese wilde Bestie wird sie auf der Stelle umbringen, wenn wir es nicht rechtzeitig schaffen!, dachte Wadim bitter. Er malte sich aus, wie sie Haira vor den dicken Träger eines ausgezeichneten Schwertes führten und wie er, Wadim, sagen würde: »Kaira-me sorinata-mu karo-shika!« – »Hier ist euer Mann!« Und dann würde er mit kläglich-winselndem Geheul hinzusetzen: »Tachimata-ne kori-su!« – »Wagen Sie ja nicht, diese freien Männer zu töten!« ... Die ganze Zeit wiederholte er diese Sätze in Gedanken, und schließlich hatten sie für ihn jeden

Sinn verloren. Nein, so einfach war das nicht. Vielleicht musste erst lange verhandelt werden. Der Träger eines ausgezeichneten Schwertes würde wohl kaum erlauben, dass die Mnemokristalle an seinem ungewaschenen Vorgesetztenkopf befestigt wurden. Wadim schielte zu dem glänzenden Analysatorgehäuse hinüber. Wir werden ihn fesseln müssen, dachte er. Ich habe doch diese vierundzwanzig Kilo nicht umsonst von der Mannschaftskajüte zum Gleiter geschleppt.

»Was stand denn nun in der Botschaft?«, wollte Anton wissen.

Wadim holte das zerknitterte Blatt aus der Tasche und reichte es, ohne sich umzudrehen, über die Schulter nach hinten.

»Ich habe es ein bisschen überarbeitet«, erklärte er. »Die Übersetzung steht mit Bleistift geschrieben zwischen den Zeilen.«

Anton nahm das Blatt und las halblaut: »›Dem Strahlenden Rad in goldenen Pelzen, dem Träger des schrecklichen Pfeils und Diener am Thron des Großen und Mächtigen Fels, der glänzenden Schlacht, mit dem Fuß auf dem Himmel, der lebt, bis die Maschinen verschwinden, legt diese Botschaft zu Füßen der unwürdige Wächter aus dem Geschlecht der Wirbelwinde, Träger eines ausgezeichneten Schwertes. Als Erstes melde ich: Die große Maschine ›Krieger-Kuppel‹ wurde in Gang gesetzt durch einen Finger in der fünften und einen in der siebenundvierzigsten Öffnung, und sie bewegte sich unaufhaltsam und schnell geradeaus. Als Zweites melde ich: Mit einer unbekannten Maschine sind drei Männer aufgetaucht, die unsere Sprache nicht sprechen, keine Waffen tragen, die Gesetze nicht kennen und Ungewöhnliches wollen. Da ich nicht weiß, was von ihnen zu halten ist, verbleibe ich in Erwartung höherer Befehle. Als Drittes melde ich: Die Kohle geht zu Ende, und darauf, mit Leichen zu heizen, wie Ihr es uns allergnädigst geraten habt, verstehen wir uns nicht aus Unwissenheit und Dummheit. Ferner füge ich bei: als Erstes eine Skizze der großen Maschine ‚Krieger-Kuppel' und als Zweites einige Muster der Gewebe, die die Unbekannten auf die Wunden der Verbrecher geklebt haben.‹ Tja, nichts Neues also«, stellte Anton fest.

»Feudalismus in seiner reinsten Form«, bemerkte Saul. »Ihr solltet nicht viel Federlesens mit ihnen machen, sonst spießen sie euch auf ihre Lanzen.«

Nein, dazu habe ich auch keine Lust, dachte Wadim. Und nicht nur wegen der Lanzen. Plötzlich rutschte der Gefangene auf seinem Platz hin und her und bat mit rauer Bassstimme unterwürfig: »Ringa.«

»Sentu!«, kreischte Wadim.

Der Gefangene erstarrte.

»Er bittet schon wieder um Konfitüre«, erklärte Wadim.

»Da wird er sich eben gedulden müssen«, versetzte Saul. »›Fressen, saufen und sich raufen ...‹«

»Macht nichts!«, sagte Wadim. »Wir bringen ihn schon noch so weit, dass er Ungewöhnliches will.«

»Wadim«, bat Anton. »Gib mir doch mal ein paar Kristalle. Ich möchte mit ihm reden.«

»In der kleinen Tasche rechts«, erwiderte Wadim, ohne sich umzudrehen.

»Hör mal, Haira«, begann Anton. »Wenn wir dich in die Siedlung zurückbringen, wird dein Vorgesetzter dann die freigelassenen Männer, die dich verteidigt haben, wieder freigeben?«

»Ja«, antwortete Haira rasch. »Bringt ihr mich denn in die Siedlung?«

»Natürlich bringen wir dich zurück«, erwiderte Anton. »Wir wollen dich doch nicht töten.«

Wadim blickte über die Schulter nach hinten. Haira nahm eine würdevolle Haltung an.

»Mein Vorgesetzter ist streng«, erklärte er. »Er wird die Männer vielleicht nicht freigeben, sondern wieder in die Grube zurückschicken. Ihr aber könnt auf Gnade hoffen. Womöglich lässt er euch sogar wieder gehen, wenn ihr ihm wertvolle Geschenke überreicht. Habt ihr wertvolle Geschenke?«

»Ja«, antwortete Anton zerstreut. »Die haben wir.«

»Was sagt er, Anton?«, brummte Saul. »Wadim, wo sind meine Kristalle? Ach, hier sind sie ja.«

»Vielleicht müssen wir sie tatsächlich freikaufen«, meinte Anton nachdenklich. »Wir wollen es schließlich nicht zum Kampf kommen lassen. Also, ich möchte das auf keinen Fall.«

Haira redete weiter, und seine Stimme klang bestimmt und kreischend. »Und mir gebt ihr das da …« – er zeigte mit dem Finger auf Sauls Jacke – »… den Kasten …« – er wies auf den Analysator – »… und die ganze Konfitüre. Man wird euch sowieso alles wegnehmen, bevor man euch in die Hütten schickt. Euer Entschluss, einen Kampf zu vermeiden, ist ganz richtig. Unsere Lanzen sind spitz und mit Widerhaken versehen, die ziehen dem Feind die Eingeweide heraus. Außerdem nehme ich diese Schuhe hier. Und die da auch. Denn alles zwischen Erde und Himmel gehört dem Großen und Mächtigen … Und das da nehme ich auch.«

Haira verstummte. Wadim drehte sich belustigt nach ihm um. Anton blickte nachdenklich aus dem Fenster – anscheinend hörte er gar nicht zu. Haira saß mit gekreuzten Beinen auf dem Fußboden und betrachtete seine Stiefel. Saul, der sich einen der Kristalle an die Schläfe hielt, starrte Haira wütend an. Als er Wadims Blick gewahrte, lächelte er böse.

»Wenn man euch auszieht«, fuhr Haira fort, »vergesst nicht zu sagen, dass …« – er zeigte mit dem Finger – »… das da und das und das da mir gehören. Ich war der Erste.«

»Halt's Maul!«, sagte Saul leise.

»Halt's selber«, entgegnete Haira würdevoll. »Oder wir schlagen dich mit Knüppeln tot.«

»Saul!«, mahnte Anton. »Hören Sie auf. Das ist kindisch ...«
»Ja, er ist nicht bei Verstand«, sagte Haira. »Aber seine Jacke sieht gut aus.«

Haira glaubt tatsächlich, dass er uns in seiner Gewalt hat, dachte Wadim. Er sieht schon, wie wir ausgezogen und in die Grube getrieben werden, wie wir kotbedeckt auf dem Erdboden schlafen und zu allem schweigen. Wie er uns barfuß durch den Schnee hetzt, mit seiner Lanze sticht und uns ins Gesicht schlägt, damit wir nicht zurückbleiben. Und um uns herum lauter Menschen, die nur an sich denken und davon träumen, mit dem Finger genau in das Loch zu treffen, das die Maschine in Gang setzt, worauf man sie, froh und glücklich, vor den Schlitten spannt und barfuß durch den Schnee der Freiheit entgegenhetzt, über verschneite Hügel hinweg, bis zum Sitz des Großen und Mächtigen. Auf einmal sah Wadim Kreise vor den Augen – vor Schmerz, so heftig hatte er sich auf die Lippe gebissen. Denen würde ich gern Saures geben!, dachte er hasserfüllt. Ein eigenartiges Gefühl war das – Hass. Innerlich wurde ihm ganz kalt dabei, und alle Muskeln spannten sich an. Noch nie zuvor hatte er einem Menschen gegenüber Hass empfunden ... Er hörte Sauls schweren Atem hinter seinem Rücken, und Haira summte ein Lied.

Unten tauchte nun die schmutzige Grube auf, und überall standen die Maschinen herum – absurde, grausame Werkzeuge der Erniedrigung und des Todes. Ach ihr ... Außerirdischen!, dachte Wadim. Was kann man von euch schon profitieren! Ihr seid ja nicht einmal Humanoide ... Wasser vom Himmel, Konfitüre ...

Er ging tiefer, bremste und flog die Straße entlang direkt auf das Haus der Wache zu. Als Haira das vertraute Gelände erblickte, brach er in ein Freudengeschrei aus, das selbst der leistungsstarke Analysator nicht mehr aufnehmen konnte.

Vor dem Haus wimmelte es von Menschen. Im Schnee, der im grünlichen Morgenlicht schimmerte, drängten sich die etwa zwei Dutzend Freigelassenen zu einem Häufchen zusammen – armselig, zerlumpt, die Köpfe gesenkt. Um sie herum hatten sich breitbeinig die Wächter in den Pelzen postiert, die sich auf ihre Lanzen stützten. Der Träger eines ausgezeichneten Schwertes stand auf der Freitreppe: Das Schwert vor sich gestreckt, fuhr er mit dem Daumen über die Schneide und hielt das abstehende Ohr nach vorn, als wollte er horchen. Als er den Gleiter auf sich zukommen sah, erstarrte er und riss seinen dunklen Rachen auf.

Wadim landete den Gleiter dicht vor der Freitreppe, riss das Kabinendach auf und schrie: »Kaira-me sorinata-mu! Tachimata-ne kori-su!«

Er kam hinter dem Steuer hervor, packte den Lanzenträger aus dem Geschlecht der Hügel und stellte ihn auf die Stufen der Treppe. Der Anführer der Wache ließ das Schwert sinken und klappte hörbar seinen Mund zu. Haira duckte sich und eilte mit kleinen Schritten auf ihn zu.

»Wieso bist du noch am Leben?«, erkundigte sich der Anführer erstaunt.

Haira legte die Hände an die Brust und brabbelte hastig: »Es ist geschehen, was geschehen sollte. Ich habe ihnen von der Größe und Macht des Großen und Mächtigen Fels, der glänzenden Schlacht, mit dem einen Fuß auf dem Himmel, der lebt, bis die Maschinen verschwinden, erzählt, und da haben sie sich vor Angst in die Hosen gemacht, mir etwas Gutes zu essen gegeben und wie Untergebene mit mir gesprochen. Sie sind hierhergekommen, um sich vor dir zu verneigen.«

Die Lanzenträger drängten sich ehrerbietig an der Freitreppe zusammen. Nur die zwei Dutzend Nackten standen immer noch auf derselben Stelle und warteten ergeben auf ihr Urteil. Langsam und wichtigtuerisch steckte der Anführer sein Schwert in die Scheide. Ohne den Gleiter noch eines

Blickes zu würdigen, begann er Haira gleichmütig und ohne Eile auszufragen.

»Wo wohnen sie?«

»Sie haben ein großes Haus in der Ebene. Es ist sehr warm.«

»Wo haben sie diese Maschine her?«

»Ich weiß nicht. Bestimmt von der Straße.«

»Du hättest ihnen sagen sollen, dass der ganze Himmel und die ganze Erde dem Großen und Mächtigen Fels gehören.«

»Das habe ich ihnen gesagt. Aber ihre Schuhe, eine Jacke und der glänzende Kasten gehören mir. Vergiss das nachher nicht, Erlauchter und Starker.«

»Du bist ein Dummkopf«, entgegnete der Anführer verächtlich. »Alles gehört dem Großen und Mächtigen Fels. Du bekommst das, was dir gebührt. Wo ist die Botschaft?«

»Sie haben sie mir weggenommen«, antwortete Haira enttäuscht.

»Ein ausgemachter Dummkopf bist du. Das wird dich den Kopf kosten.«

Haira sank in sich zusammen. Der Anführer blickte zwischen Wadim und Anton hindurch in die Ferne und sagte: »Sie sollen ihre Schuhe zeigen.«

Saul knurrte wütend und ging zum Gleiter.

»Ruhig Blut«, mahnte Anton.

Der Anführer schnäuzte verdrossen seinen Rotz auf die Treppe.

»Was war das, was du gegessen hast?«, wollte er wissen.

»Konfitüre. Das heißt, so etwas Ähnliches. Es ist süß und freut den Gaumen.«

Der Anführer horchte auf.

»Haben die viel von dem Zeug?«

»Sehr viel!«, rief Haira begeistert. »Bitte befiehl nicht, dass man mich schlägt.«

»Ich habe einen Entschluss gefasst«, schnauzte der Anführer. »Sie sollen nach Hause fahren, die ganze Konfitüre holen und sie hierherschaffen. Auch das andere Essen. Haben sie vielleicht auch Kohle?«

Haira blickte Anton fragend an.

»Verlange, dass er diesen Verbrechern die Freiheit gibt!«, forderte Anton schroff.

»Was sagt er?«, fragte der Anführer.

»Er bittet darum, dass du diese Verbrecher nicht tötest.«

»Wie kannst du verstehen, was er sagt?«

Haira zeigte mit beiden Händen auf die Mnemokristallhörer an seinen Schläfen.

»Wenn man das hier am Kopf befestigt, hört man die fremde Sprache und versteht sie wie die eigene.«

»Her damit«, befahl der Anführer. »Das gehört ebenfalls dem Großen und Mächtigen Fels.«

Er nahm Haira die Mnemokristalle weg und platzierte sie nach ein paar vergeblichen Versuchen an seiner Stirn.

»Lass diese Männer unverzüglich laufen. Sie haben sich die Freiheit verdient«, verlangte Anton.

Der Anführer blickte ihn erstaunt an.

»So darfst du nicht reden«, sagte er. »Ich verzeihe dir, weil du ein Geringer bist und dich in den Worten nicht auskennst. Los, geh. Und bring mir auch den Brief und die Skizze mit.« Er wandte sich an die Lanzenträger, die ihm ehrfürchtig zuhörten, und brüllte: »Was steht ihr noch hier herum, ihr Aasgeier? Ihr braucht nicht an ihren Hosen zu riechen. Der Gestank ist bei allen, die sich mit mir unterhalten, derselbe. An die Arbeit! Treibt dieses Ungeziefer in die Grube. Dalli, dalli!«

Die Lanzenträger trabten nun laut schwatzend die Straße entlang und trieben die ehemaligen Freigelassenen vor sich her. Der Anführer versetzte Haira eine freundschaftliche Ohrfeige und befahl ihm, sich zu verziehen. Noch taumelnd vom Schlag, verschwand Haira in der Tür. Der Anführer schaute nun erst zum Himmel empor, dann auf die Hütten, gähnte lange und warf einen Blick auf den Gleiter. Dann räusperte er sich träge und sagte gelangweilt, ohne jemanden dabei anzusehen: »Tut, wie ich euch befohlen habe. Fahrt zu eurem Haus, bringt mir die ganze Konfitüre und das andere Essen. Dann begebt ihr euch in die Grube, wenn euch euer Leben lieb ist.«

Beim Anblick des widerwärtigen massigen Kerls verspürte Wadim eine merkwürdige Schwäche in allen Gliedern. Er fühlte sich wie in einem Traum, wenn er versuchte, eine glitschige, steile Wand zu erklimmen.

»Pass auf, Wadim«, murmelte Anton neben ihm. »Pass gut auf. Das ist kein grüner Junge mehr wie Haira.«

»Ich halt's nicht mehr aus«, sagte Saul mit merkwürdig ausdrucksloser Stimme. »Gleich erwürge ich ihn.«

»Auf keinen Fall«, erwiderte Anton.

»Brate mir Fleisch, Haira, du Aasgeier! Und wärme mir mein Bett! Ich bin heute gut aufgelegt!«, schrie der Anführer durch die offene Tür. Dann drehte er sich zur Seite und sagte, auf die Berge blickend, mit erhobenem schmutzigem Zeigefinger: »Jetzt seid ihr noch töricht und wie gelähmt vor Furcht. Aber wisst, dass ihr in Zukunft, wenn ihr mit mir sprecht, mit gekrümmtem Rücken dastehen und die Handflächen an die Brust legen müsst und dass ihr mich nicht ansehen dürft, weil ihr Geringe seid und euer Blick unrein ist. Heute verzeihe ich euch noch, aber ab morgen werde ich befehlen, euch mit Lanzenschäften zu verprügeln. Und noch eins merkt euch: Die höchste Tugend liegt in Gehorsam und Schweigen.« Er fuhr sich mit dem Zeigefinger in den Mund und begann in den Zähnen zu polken. Seine Aussprache wurde undeutlich. »Wenn ihr mit der Konfitüre, dem Brief und der Skizze zurückgekehrt seid, zieht ihr euch aus und lasst alles hier auf der Treppe liegen. Ich komme nicht extra zu euch raus. Dann begebt ihr euch in die Hütten und zieht ein paar Toten das Hemd aus. Zwei Hemden zu nehmen ist verboten.« Plötzlich brach er in lautes Gelächter aus: »Sonst könntet ihr ja bei der Arbeit ins Schwitzen kommen. Ihr dürft auch Lebenden das Hemd wegnehmen, aber nur denen, die goldene Fingernägel haben.«

Haira steckte seinen Kopf durch die halb geöffnete Tür und meldete: »Es ist alles bereit, Erlauchter und Starker.«

»Ihr werdet ein leichtes Los haben«, fuhr der Anführer fort. »Der Große und Mächtige Fels braucht Leute, die sich darauf verstehen, die Maschinen zu bewegen. Denn schließlich wird es einen Krieg geben um die Länder, die ihm gehören. Und dann wird der Große und Mächtige Fels …« – er hob den Zeigefinger – »… die glänzende Schlacht, mit dem einen Fuß auf dem Himmel und mit dem anderen auf der Erde, der lebt, bis die Maschinen verschwinden …«

»Du Aas!«, brüllte da Saul, und neben Wadims Ohr schimmerte matt der brünierte Lauf des Scorchers.

»Nein, nicht!«, schrie Anton.

Saul stieß Wadim beiseite und bemächtigte sich des Steuers. »Was – nein?«, schrie er. »Was denn dann? Sich fügen und warten, bis die Maschinen verschwinden? Großartig!«

Ein heftiger Ruck warf Wadim zwischen die Sitze, und der Gleiter stieg mit offen stehender Glashaube in die Luft. Draußen krachte es, und ein zersplitterter Holzbalken flog an der Kabine vorbei. In den Ohren pfiff eisiger Wind. Der Gleiter flog eine enge Kurve, und Wadim konnte sehen, wie der Anführer auf allen vieren auf der Freitreppe hockte, den massigen Hintern in die Höhe gereckt, und wie das auseinandergebrochene Dach seines Hauses nach unten segelte und auf die Straße stürzte. Wadim versuchte, die Glashaube zu schließen, doch vergebens.

»Saul!«, schrie er. »Drosseln Sie die Geschwindigkeit!«

Saul gab keine Antwort. Er raste über der Straße dahin; unten sah man den Gefangenenzug zur Grube trotten. Zusammengekrümmt saß er da, das Gesicht hinter dem kleinen Mützenschirm verborgen. Den Scorcher hatte er auf dem Schoß liegen. Der Gleiter flog mit ungleichmäßiger Geschwindigkeit; der Gegenwind machte ihm zu schaffen.

Wadim versuchte noch immer, mit einer Hand das Kabinendach zu schließen; mit der anderen hielt er den Analysator fest, der ihm auf die Knie gerutscht war.

»Schurken ...«, presste Saul zwischen den Zähnen hervor. »Halunken ... Folterknechte ... Maschinen wollt ihr? Das könnte euch so passen! Länder erobern? Von wegen!«

Endlich gelang es Wadim, auf den Sitz zu klettern. Der Gleiter raste auf die Grube zu. Anton hielt die Armlehnen umklammert, kniff die Augen zusammen, um sich vorm Fahrtwind zu schützen, und blickte schweigend auf Sauls Rücken.

»Konfitüre willst du?«, knurrte Saul. »Was husten werde ich dir! Etwas zu essen ... Aasgeier ...«

Der Gleiter flog nun hoch über der Grube. Saul verstummte, beugte sich über Bord und feuerte mit dem Scorcher senkrecht nach unten. Wadim zuckte jäh zusammen. Eine gleißend lila Flamme schoss aus der Grube hoch, in den Ohren dröhnte es, dann blieb alles hinter ihnen zurück.

Endlich gelang es Wadim, das Kabinendach zuzuklappen. Auf einmal wurde es still.

»Denen werde ich eine andere Vorstellung von Ewigkeit beibringen!«, rief Saul.

»Vielleicht lieber nicht?«, gab Wadim vorsichtig zu bedenken. Er wusste noch nicht, was Saul vorhatte. Was kann man von denen schon erwarten!, dachte er. Es sind stupide, unwissende Menschen. Kann man sich über die denn ernsthaft ärgern?

Heulend raste der Gleiter über die Hügelkuppen hinweg und wirbelte dabei Wolken von Schnee auf. Saul war ein miserabler Pilot; er gab dem Triebwerk zu viel Energie, sodass es zur Hälfte im Leerlauf arbeitete. Dadurch zog der Gleiter eine dichte Spur aus Raureif hinter sich her. Etliche Vögel, die dem Gleiter entgegenflogen, verschwanden sofort im Schneegestöber. Und weiter hinten, über der glitzernden Spur, stieg eine Rauchsäule auf ...

»Eins ist schade«, sagte Saul. »Dass man diese ganze Dummheit und Grausamkeit nicht mit einem Schlag vernichten kann, ohne dabei auch den Menschen zu vernichten ... wenigstens die Dummheit in diesem maßlos dummen Land!«

»Sie fliegen zur Chaussee?«, fragte Anton ruhig.

»Ja. Und versuchen Sie nicht, mich davon abzuhalten.«

»Ich denke gar nicht daran«, erwiderte Anton. »Aber seien Sie vorsichtig.«

Jetzt hatte Wadim verstanden und starrte auf den Scorcher. Wahrscheinlich geschieht gleich etwas, dachte er, was ich niemals werde beschreiben oder begreifen können ...

Auf der Chaussee war alles wie immer. Genauso wie tags zuvor und hundert Jahre zuvor, rollten die Fahrzeuge in gleichmäßigen Reihen lautlos dahin. Sie kamen aus dem Rauch und verschwanden wieder im Rauch. Und so würde es womöglich ewig weitergehen.

Saul landete den Gleiter zwanzig Meter von der Fahrbahn entfernt, öffnete das Kabinendach und legte den Lauf des Scorchers auf der Bordwand ab.

»Ich kann Ewiges nicht leiden«, sagte er unerwartet ruhig und schoss.

Der erste Feuerstoß traf ein riesiges schildkrötenförmiges Fahrzeug. Der Panzer flammte auf und platzte auseinander wie eine Eierschale, während sich das Fahrgestell mit einer Raupenkette auf der Stelle drehte und die hinter ihm fahrenden kleinen grünen Wagen rammte und umwarf.

»Die Gesetzmäßigkeit der Geschichte kann man nicht verändern ...«, sagte Saul.

Unter Donnergetöse explodierte ein großer schwarzer Turm auf Rädern, während ein anderer ebensolcher Turm umstürzte und einen Teil der Chaussee versperrte.

»... aber man kann bestimmte historische Fehler korrigieren«, ergänzte Saul und zielte.

Der gleißende lila Blitz der Millionen Volt starken Entladung schlug unter dem Boden eines orangefarbenen Fahrzeugs ein, das einem Feldsynthetisator ähnelte. Es flog hoch in die Luft und zerbarst.

»Ja, diese Fehler muss man sogar korrigieren«, fuhr Saul fort, wobei er ununterbrochen weiterschoss. »Der Feudalismus ... ist ohnehin ... dreckig genug.«

Dann verstummte er. Rechter Hand wuchs der Haufen glühender Trümmer, linker Hand leerte sich die Chaussee – wohl zum ersten Mal seit Jahrtausenden. Dort rollten nur noch vereinzelt Fahrzeuge, die durch Zufall das Sperrfeuer durchbrochen hatten. Dann fiel der glühende Haufen zischend und knatternd auseinander, eine Säule aus Funken und Asche stieg empor, und durch die Rauchwolken rollten auf der Chaussee neue Reihen von Fahrzeugen heran. Saul brüllte auf und legte erneut den Scorcher an. Und wieder donnerten die Entladungen, schossen Stichflammen aus den explodierenden Fahrzeugen, wuchs der Haufen glühender Trümmer. Von Funkengarben durchschnitten, hingen schwere schwarze Rauchschwaden am Himmel, aus denen in dicken Flocken Asche herabrieselte, sodass sich der Schnee ringsum schwarz färbte und rauchte. Zu beiden Seiten der Chaussee wurde der Erdboden sichtbar.

Wadim hatte die Beine gegen das Analysatorgehäuse gestemmt und zuckte bei jedem Aufflammen zusammen, bis er sich schließlich daran gewöhnt hatte. Wieder und wieder bildete sich auf der Chaussee ein lodernder Haufen, wieder und wieder barst er, verschleuderte brennende Trümmer und spie Wellen unerträglicher Hitze aus. Die Fahrzeuge aber rollten und rollten als unaufhaltsamer Strom dahin, gleichgültig ob all der Vernichtung, und nahmen kein Ende.

»Ich glaube, es ist jetzt genug, Saul!«, bat Anton.

Es ist zwecklos, dachte Wadim.

Saul hörte auf zu schießen – die Energie war ausgeschöpft – und ließ den Kopf auf die Arme sinken. Der heiß gewordene Lauf des Scorchers richtete sich nach oben, zum Himmel. Wadim sah Sauls rußbedeckten Kopf an, dann seine rußbedeckten Hände und verspürte auf einmal große Müdigkeit. Ich verstehe das nicht, dachte er. Es war alles umsonst. Armer Saul. Armer, armer Saul.

»Das ist Geschichte«, sagte Saul heiser, ohne den Kopf zu heben. »Man kann nichts aufhalten.« Er richtete sich auf und sah die beiden jungen Leute an. »Ich konnte es einfach nicht ertragen«, sagte er. »Verzeiht mir. Es ging nicht mehr, ich musste etwas unternehmen. Irgendwas.«

Sie saßen da und starrten lange auf die Chaussee. Reihe um Reihe rollten die Fahrzeuge dahin, stießen die Trümmer an den Fahrbahnrand, fegten die Asche beiseite, und bald war alles wie vorher. Nur der dunkelrote Fleck auf der Straße war noch zu sehen; er kühlte langsam aus. Der schmutzige Schnee ringsum schimmerte dunkel, und es dauerte noch eine ganze Weile, bis sich der Rauchschleier verzogen hatte, hinter dem nun eine unförmige rote Scheibe hervorschaute – der gelbe Zwerg EN 7031.

Saul schloss die Augen und sagte: »Das ist wie mit den Öfen. Wenn man nur die Öfen zerstört, bauen sie neue, und alles geht weiter!«

Irgendwo in der Nähe waren wieder die ihnen bis zum Überdruss vertrauten jämmerlichen Schreie zu hören. Unwillkürlich wandte Wadim seinen Kopf in die Richtung. Auf einem Feldweg, der in die Chaussee mündete, stand ein Häuflein gequälter Gestalten in Sackhemden, umschwärmt von pelzbekleideten Wächtern mit Lanzen. Was haben die hier zu suchen?, dachte Wadim gleichgültig. Mit ihren Lanzenschäften trieben die Wächter einen Mann aus dem Häuflein heraus. Zitternd und sich immer wieder umblickend, stapfte er durch den schwarzen Schnee bis zur Chaussee. Ein großer glänzender Turm rollte sacht auf ihn zu. Verzweifelt blickte der Mann auf die Wächter. Sie brüllten ihm etwas zu. Der Verbrecher schloss die Augen und streckte die Arme seitwärts aus. Das Fahrzeug stieß ihn um und rollte weiter.

Saul erhob sich. Dumpf polternd fiel der Scorcher auf den Boden.

»Ich will ihnen die Fresse polieren«, sagte Saul. Seine Finger krümmten und streckten sich abwechselnd.

Anton hielt ihn an der Jacke fest. »Glaub mir, Saul«, sagte er. »Das ist genauso zwecklos.«

»Ich weiß.« Saul setzte sich wieder. »Denken Sie, ich wüsste das nicht? Warum kann ich bloß nichts tun? Warum kann ich weder dort noch hier irgendetwas tun?«

Die Wächter stießen einen anderen Gefangenen auf die Straße. Der erste wurde liegen gelassen, platt wie ein leerer Sack. Mit ausgebreiteten Armen stellte sich der zweite einem roten Fahrgestell mit würfelförmigem Aufbau in den Weg. Das Fahrzeug verringerte die Geschwindigkeit und hielt zwei Schritte vor ihm an. Da fingen die Wächter an zu schreien. Der Gefangene hob die Arme, verließ rückwärts die Chaussee, und das rote Fahrzeug bewegte sich wie angebunden hinter ihm her. Es rollte auf den Feldweg, wo es in den ausgefahrenen Räderspuren hin und her schaukelte. Immer weiter rückwärts gehend, führte es der Gefangene von der Chaussee zur Grube. Unterdessen rollten auf der Chaussee die Maschinen ununterbrochen weiter.

»Ich habe Unsinn gemacht«, sagte Saul bekümmert. »Schimpft nur mit mir. Trotzdem muss man handeln und mit irgendetwas dieser Art beginnen. Ihr werdet hierher zurückkommen, das weiß ich. Also merkt euch: Man muss immer mit etwas beginnen, was Zweifel sät. Warum schimpft ihr denn nicht mit mir?«

Wadim seufzte gequält, doch Anton sagte freundlich: »Aber warum denn, Saul? Sie haben doch nichts Schlimmes getan. Nur etwas Ungewöhnliches.«

8

»Wadim«, sagte Anton. »Sieh doch mal nach, wie es Saul geht.«

Wadim stand auf, ging aus der Steuerzentrale in die Mannschaftskajüte hinunter und sah bei Saul vorbei. Dort roch es nach abgestandenem Tabakqualm. Saul lag noch immer auf dem Sofa, wie sie ihn nach dem Übertritt hingelegt hatten: die Beine ausgestreckt und den Kopf nach hinten geneigt, sodass der stopplige Adamsapfel hervorragte. Wadim setzte sich auf den Rand des Sofas und legte seine Hand auf Sauls Stirn. Sie glühte. Zusammenhanglos murmelte Saul: »Zwieback ... Zwieback brauchen wir ... Was soll ich mit der Schere? In der Schneiderwerkstatt ist eine ... Aber doch keine Nagelschere ... Ich frage euch nach Zwieback ... und ihr kommt mir mit einer Schere ...« Plötzlich fuhr er heftig zusammen und keuchte: »Zu Befehl, Herr Blockführer ... Nein, wir knacken Läuse ...«

Wadim streichelte Sauls kraftlose Hand. Es war bedrückend, einen starken, selbstsicheren Menschen in einem so hilflosen Zustand zu erleben. Saul öffnete langsam die Augen. »Ach ...«, sagte er. »Wadim ... Mach dir keine Gedanken ... Ein Verhör mit anzusehen, ist immer ekelhaft ... Denk nicht schlecht von mir ... Ich kehre zurück ... Es war einfach Schwäche ... Jetzt habe ich mich ein bisschen erholt und kehre zurück ...«

Saul verdrehte die Augen. Wadim sah ihn mitleidig an. »Bei uns brennt es wieder ...«, murmelte Saul. »Wie Holz. Bei Stepanow brennt's! In den Wald, los, in den Wald!«

Wadim seufzte und stand auf. Er sah sich in der Kabine um. Es herrschte schreckliche Unordnung. Auf dem Fußboden lag, das Innere nach außen gekehrt, die unförmige Aktentasche. Der Inhalt war überall im Zimmer verstreut: seltsame graue Papphüllen, vollgestopft mit Papieren und verziert mit der stilisierten Darstellung eines Vogels, der seine Schwingen ausgebreitet hatte. Eine Papierhülle war offen, und die Schriftstücke lagen in der ganzen Kabine herum, auch auf dem kleinen Tisch. Wadim wollte schon anfangen aufzuräumen, als er bemerkte, dass Saul eingeschlafen war. Auf Zehenspitzen ging er hinaus und ließ die Tür einen Spaltbreit offen.

Anton saß an seinem Pult, die Finger auf den Kontakten, und blickte nachdenklich auf den Panoramabildschirm; dort glitten langsam Kiefernwipfel vorüber, erleuchtete Etagen ferner Häuser und rote Lichter von Energierezeptoren.

»Es geht ihm schlecht«, berichtete Wadim. »Er fantasiert. Im Moment schläft er wieder.«

Wadim setzte sich auf die Sessellehne und starrte auf die Wand, die mit Bildern von Menschen und Gegenständen bemalt war.

»Die Wand da habe ich völlig unnötig beschmiert«, bemerkte er. »Ich hätte Saul um Papier bitten sollen. Er hat die ganze Tasche voll davon. Übrigens war Haira so erschrocken, als ich zu zeichnen begann, dass er Schluckauf bekam.«

»Weißt du, Wadim«, sagte Anton nachdenklich. »Saul ist ein merkwürdiger Mensch. Und dass ein erwachsener Mann noch keine Bioblockade-Impfung bekommen hat ...« Er schüttelte den Kopf.

»Hast du wenigstens eine Ahnung, was ihm fehlt?«

»Ich habe dir doch schon gesagt – nein. Er hat sich bei Haira mit irgendetwas angesteckt.« Wadim runzelte die Stirn und ließ sich in den Sessel fallen.

»Ich mag Saul«, meinte er. »Er ist merkwürdig, ja, aber er hat auch einen eigenen Standpunkt. Und er ist geradezu faszinierend rätselhaft. Ich habe noch nie so rätselhafte Fieberfantasien gehört.«

»Wie oft hast du denn schon welche gehört?«

»Unwichtig. Ich kenne sie aus der Literatur. Unter anderem hat er gesagt, seine Flucht von der Erde sei Schwäche gewesen. Jetzt, sagte er, habe ich mich ein bisschen erholt und kehre wieder zurück. Ich freue mich für ihn, Anton.«

»Das hat er dir im Fieber gesagt?«

»Nein. Da hatte er gerade einen lichten Moment.« Wadim warf einen Blick auf den Bildschirm. Das Schiff schwebte über Chibiny. »Was meinst du, wie viel Zeit ist vergangen?«

»Tausend Jahre«, erwiderte Anton.

Wadim schmunzelte.

»Interessanter Urlaub. Wir haben uns wacker gehalten, was?« Er rief sich die gefährlichen Situationen ins Gedächtnis, lächelte beseelt und stellte sich vor, wie er Nelly und Samson am nächsten Tag davon erzählen würde. *Samson wird enttäuscht sein, weil ich ihm keinen Tachorgenschädel mitbringe ... Aber ich werde ihm die Narbe zeigen.*

»Schade«, sagte er laut.

»Was?«

»Dass er mir den Hieb an der Hüfte verpasst hat. Im Gesicht wäre es mir lieber gewesen. Stell dir vor: eine Narbe von der linken Schläfe bis zum Kinn!«

Anton sah ihn verwundert an. »Also, Wadim ... dich werde ich nie begreifen.«

»Lass gut sein, Anton! Du warst auch nicht übel, nur manchmal ziemlich unentschlossen. Ich werde Galka erzählen, dass du ein tüchtiger Kapitän bist.«

Anton verzog das Gesicht.

»Nein, sag lieber gar nichts.« Er schwieg eine Weile. »War ich sehr unentschlossen?«

»Meiner Meinung nach ja.«

»Ich wusste einfach keinen Rat, Wadim. Ich habe schon alles Mögliche erlebt, aber so eine Situation, in der man etwas tun muss, aber nichts tun darf, weil man es damit nur verschlimmert ... Ja, da war ich unentschlossen.«

Wadim besah sich aufmerksam Chibiny.

»Trotzdem: Du hast das Schiff ausgezeichnet kommandiert, und es war sehr interessant, dich in dieser Rolle zu erleben. Weißt du, Haira liegt jetzt auf seinen stinkenden Fellen und denkt: Waren das schöne Schuhe, niemand hat so welche! ... Anton, mein Lieber, kannst du nicht einen Zahn zulegen?«

»Nein. Hier darf man nicht schneller fliegen.«

»Vieles darf man nicht! Lass mich mal.«

»Nein«, widersprach Anton. »Diese ganze Eskapade wird mich ohnehin den Flugschein kosten.«

»Was hast du denn getan?«

»Was ich getan habe?! Das zweite Mal werde ich nicht mehr als erstklassiger Raumfahrer zur Saula fliegen, sondern als miserabler Amateur-Arzt – das ist sicher.«

Aber was haben wir denn verbrochen?, wunderte sich Wadim. Wir haben getan, was wir konnten und tun mussten. Was hätten wir sonst machen sollen? Wir waren doch nur zu dritt! Wären wir zwanzig gewesen, hätten wir die Wächter entwaffnet, und die Sache wäre erledigt gewesen. Jedenfalls kann man uns keine Vorwürfe machen. Mit den Männern, die Haira im Schlitten zogen, hat es zwar ein schlimmes Ende genommen, doch wie hätten wir so etwas ahnen können! Nein, wir haben trotz allem ausgezeichnete Erkundungsarbeit geleistet. Ehrenvoll gehandelt. Jetzt heißt es, die Ärmel hochkrempeln und Leute finden. Als Erstes brauchen wir ein

Komitee. Dazu gehören Anton, ich … Saul werde ich schon überreden. Ohne ihn geht es nicht; wir brauchen einen Skeptiker. Außerdem ist er ein kämpferischer, entschlossener Mensch – ganz wie im 20. Jahrhundert. Und Samson, der trotz aller Boshaftigkeit doch ein ausgezeichneter Ingenieur ist. Und Nelly, unsere Künstlerin, könnte ihren Charme spielen lassen. Außerdem brauchen wir Grischa Barabanow. Erstens ist er selbst Lehrer, und zweitens kennt er eine Unmenge anderer Lehrer, die, soweit ich weiß, ebenfalls echte, wahrhaftige Menschen sind … Einen Arzt! Einen Arzt brauchen wir. Aber unter den vielen Lehrern wird sich bestimmt auch ein Arzt finden. Außerdem brauchen wir Jäger, um die großschnäbligen Vögel zu vertreiben. Wadim kicherte. Und dann wendet sich das gesamte Komitee mit einem Aufruf an die Erde …

In Wadim stieg ein freudiges Gefühl auf, als er sich die Dimension dieses neuen, ungewöhnlichen Unternehmens vergegenwärtigte: Geschwader von D-Linienraumschiffen, voll beladen mit wagemutigen Freiwilligen, mit Synthetisatoren und Medikamenten, Tonnen von Eiern mit mechanischen Embryonen, aus denen im Laufe einer halben Stunde Häuser, Gleiter, Wettermaschinen und so weiter entstünden … zwanzig-, dreißig-, hunderttausend neuer Bekanntschaften!

»Die gesamte Raumflotte ist unterwegs«, sagte Anton.

»Wie?«

»Ich sagte: Die gesamte Raumflotte ist unterwegs. Ich habe gerade überschlagen: Für den Anfang brauchen wir mindestens zehn Linien-›Phantome‹, aber davon gibt es nur vierundfünfzig, und die sind jetzt alle beim EN 117 zum Sprung hinter den Blinden Fleck.«

»Dann bauen wir neue«, versetzte Wadim.

Anton warf ihm einen Blick von der Seite zu. »Wadim, du bist ein Träumer. Gewöhn dich lieber an den Gedanken, dass man dich höchstwahrscheinlich nicht mehr auf die Saula lässt.«

»Warum denn nicht?«

»Ganz einfach: Dort braucht man keine zwanzigjährigen Hitzköpfe, sondern professionelle Leute. Ich kann mir allerdings nicht vorstellen, dass man so viele versierte Fachleute zusammenziehen kann. Und das ist erst die eine Hälfte des Problems.«

»Aha«, sagte Wadim. »Und die andere Hälfte?«

»Die andere Hälfte, mein Lieber ...« Anton seufzte. »Schon seit zweihundert Jahren gibt es die Kommission für Kontakte, die KomKon, die sich mit Folgendem befasst: Erstens darf ohne ihre Erlaubnis kein Raumfahrer starten; zweitens sitzen in der Kommission keine Hitzköpfe, sondern ernste und kluge Leute, die die Folgen absehen können.«

»Meinst du das im Ernst?«, fragte Wadim.

»Natürlich.« Anton ließ seine Finger über die Kontakte gleiten und fuhr fort: »Ob ich dich zum Trost landen lasse? Nein, lieber nicht. Ich habe schon genug Tote gesehen.«

Sacht und geräuschlos landete das Schiff auf der Lichtung, fast an derselben Stelle, von der es neununddreißig Stunden zuvor gestartet war. Anton schaltete das Triebwerk ab und blieb noch eine Weile sitzen. Liebevoll strich er mit der Hand über das Steuerpult.

»So«, sagte er. »Und jetzt kümmern wir uns um Saul.«

Wadim starrte gekränkt vor sich hin. Anton schaltete das Bordradiofon ein und wählte die Frequenz der Ersten Hilfe.

»Station elf-elf«, meldete sich gleich darauf die ruhige Stimme einer Frau.

»Wir brauchen einen Epidemiologen«, erklärte Anton. »Ein Besatzungsmitglied ist bei der Rückkehr von einem neuen Planeten irdischen Typs erkrankt.«

Einen Augenblick blieb es still. Dann fragte die Frauenstimme verwundert zurück: »Verzeihen Sie, was sagten Sie?«

»Sehen Sie, er hat keine Bioblockade-Impfung bekommen«, erläuterte Anton.

»Merkwürdig! ... Na schön. Ihre Koordinaten?«

Er nannte sie.

»Danke. Aufgenommen. In zehn Minuten sind wir da.«

Anton blickte Wadim an.

»Kopf hoch, Strukturalissimus. Wird schon alles gut werden. Komm, wir gehen zu Saul.«

Wadim stand langsam aus dem Sessel auf. Als sie die Mannschaftskajüte betraten, sahen sie, dass die Tür zu Sauls Kabine offen stand. Saul war nicht in der Kabine. Auch seine Aktentasche und die Schriftstücke waren verschwunden. Aber auf dem Tisch lag der Scorcher.

»Wo ist er denn?«, wunderte sich Anton.

Wadim rannte zum Ausgang. Die Luke stand offen. Es war eine laue Sternennacht, und die Grillen zirpten laut.

»Saul!«, rief Wadim.

Niemand antwortete. Fassungslos ging Wadim ein paar Schritte durch das weiche Gras. Wo mag er bloß stecken, krank wie er ist?, dachte er und rief von Neuem: »Saul!« Wieder kam keine Antwort. Ein leichter, warmer Wind strich ihm über das Gesicht.

»Wadim«, rief Anton leise. »Komm mal her.«

Wadim kehrte zur erleuchteten Luke zurück, und Anton reichte ihm ein Blatt Papier.

»Den Zettel hat Saul hiergelassen«, sagte er. »Er hatte ihn unter den Scorcher gelegt.«

Es war ein abgerissenes Stück von einem groben grauen Papier; es befanden sich schmutzige Fingerabdrücke darauf. Wadim las:

»Liebe Jungs!

Verzeiht mir, dass ich Euch belogen habe. Ich bin gar kein Historiker, sondern bloß ein Deserteur. Ich bin zu Euch geflüchtet, um mich zu retten. Ihr werdet das nicht verstehen. Ich hatte nur noch ein Magazin und war verzweifelt. Jetzt schäme ich mich und kehre zurück. Ihr aber fliegt auf

die Saula, tut Eure Pflicht, und ich bringe meine Sache zu Ende. Ich habe ja noch ein ganzes Magazin. Ich gehe ... Lebt wohl!
Euer S. Repnin.«

»Er ist bestimmt schwer krank!«, meinte Wadim bestürzt. »Wir müssen ihn schleunigst suchen!«
»Lies mal, was auf der Rückseite steht«, erwiderte Anton.
Wadim drehte den Zettel um. Auf der Rückseite stand mit großen krummen Buchstaben geschrieben:

»An den Rapportführer, Herrn Oberscharführer Wirt, vom Blockfriseur des Blocks sechs, Häftling Nr. 658617.

Meldung
Hiermit melde ich, dass nach meinen Beobachtungen der Häftling Nr. 819360 nicht der Kriminelle mit Spitznamen ›Saul‹ ist, sondern der ehemalige Panzerkommandant der Roten Armee Sawel Petrowitsch Repnin, der bei Rshew in bewusstlosem Zustand von der Wehrmacht gefangen genommen wurde. Besagte Nr. 819360 ist verdeckter Kommunist und ein für die Ordnung gefährliches Subjekt.
Ich habe herausgefunden, dass er seine Flucht vorbereitet und zu jener Gruppe gehört, von der ich Ihnen schon in meiner Meldung vom Juli dieses Jahres berichtet habe. Ferner melde ich, dass er vorhat ...«

An dieser Stelle brach der Text ab. Wadim starrte Anton an.
»Das begreife ich nicht«, sagte er.
»Ich auch nicht«, erwiderte Anton leise.
Plötzlich flammte ein greller Lichtschein auf, und ein Sanitätshelikopter vom Typ »Ogonjok« senkte sich langsam herab.

»Unterhalte du dich mit dem Arzt«, sagte Anton mit einem flüchtigen Lächeln. »Ich setze mich in der Zwischenzeit mit dem Rat in Verbindung.«

»Wie soll ich ihm das denn erklären?«, murmelte Wadim und starrte auf den Fetzen Papier.

Der Häftling Nr. 819360 lag bäuchlings am Rand der Chaussee, das Gesicht im klebrigen Morast vergraben. Seine rechte Hand umklammerte noch immer den Griff der »Schmeisser«.

»Der ist wohl erledigt«, sagte Ernst Brandt mit Bedauern. Er war noch ganz bleich. »Mein Gott, wie mir die Glassplitter um die Ohren gesaust sind!«

»Der Dreckskerl hat uns aufgelauert«, versetzte Obersturmführer Deibel.

Sie sahen sich um. Quer auf der Chaussee stand ein mit Tarnfarbe gestrichener Kübelwagen. Die Windschutzscheibe war zersplittert, und vom Vordersitz hing, mit dem Mantel irgendwo hängen geblieben, der tote Fahrer herab. Zwei Soldaten hatten einen Verwundeten untergefasst und schleppten ihn beiseite. Der Verwundete schrie.

»Das ist wahrscheinlich einer von denen, die Rudolf auf dem Gewissen haben«, sagte Brandt. Er schob die Stiefelspitze unter die Schulter der Leiche und drehte sie auf den Rücken. »Kreuzhageldonnerwetter noch mal!«, fluchte er. »Das ist doch Rudolfs Aktentasche!«

Deibel bückte sich, verzog dabei das feiste Gesicht und streckte den dicken Hintern heraus. Seine schlaffen Wangen zitterten.

»Ja, das ist seine Aktentasche«, murmelte er. »Armer Rudolf! Hat den ganzen Weg von Moskau bis hierher heil überstanden, um dann durch die Kugel eines verlausten Häftlings zu sterben.«

Er richtete sich auf und sah Brandt in das dümmlich rosige Gesicht.

»Nimm die Aktentasche«, brummte er und starrte tiefbetrübt in die Ferne, wo über dem Wald die dicken Schornsteine des Lagerkrematoriums aufragten. Aus den Schornsteinen quoll widerwärtiger, fetter Rauch.

Der Häftling Nr. 819360 aber starrte mit weit geöffneten, toten Augen in den niedrigen grauen Himmel.

ES IST SCHWER,
EIN GOTT ZU SEIN

Das waren die Tage, in denen ich erfahren habe,
was Leiden sind, was Schämen heißt, wohin einen
Verzweiflung treiben kann.

Pierre Abélard

Eins muss ich Ihnen sagen: In unserem besonderen
Geschäft tragen Sie Ihre Waffen, um Eindruck zu
machen, aber Sie dürfen sie nicht gebrauchen, unter
keinen Umständen. Unter keinen Umständen.
Ist Ihnen das ganz klar?

Ernest Hemingway

Prolog

Die Säule von Ankas Armbrust bestand aus schwarzem Kunststoff, und die Sehne aus Chromstahl ließ sich mit einem einzigen Handgriff am geräuschlos gleitenden Hebel spannen. Anton hielt nicht viel von technischen Neuerungen: Er trug ein altbewährtes Kriegsgerät im Stil von Marschall Toz, dem späteren König Piz I.; es war mit brüniertem Kupfer beschlagen und besaß ein Rädchen, über das sich die Sehne aus Ochsendarm aufwickeln ließ. Paschka hingegen hatte ein Luftgewehr mitgenommen. Er war recht faul, außerdem ungeschickt im Basteln und Schnitzen und tat Armbrüste mit der Bemerkung ab, sie stammten aus der Kinderzeit der Menschheit.

Am Nordufer legten sie an. Aus dem gelben Sand des Abhangs ragten knorrige Wurzeln alter Fichten hervor. Anka ließ das Steuer fahren und blickte sich um. Die Sonne stand bereits über dem Wald, und alles ringsum war blau, grün und gelb: Blau lag der Nebel über dem See, dunkelgrün und gelb leuchteten die Fichten und das Land am anderen Ufer; darüber stand ein klarer, blassblauer Himmel.

»Hier ist nichts«, sagte Paschka.

Über die Bordwand gebeugt, starrten die drei ins Wasser.

»Ein Riesenhecht«, behauptete Anton.

»Mit solchen Flossen, was?«, fragte Paschka.

Doch Anton gab keine Antwort. Auch Anka blickte ins Wasser, sah aber nur ihr Spiegelbild.

»Wir könnten baden«, schlug Paschka vor und tauchte den Arm bis zum Ellbogen ins Wasser. »Ziemlich kalt«, teilte er mit.

Anton kletterte zum Bug hinüber und sprang ans Ufer. Das Boot fing an zu schaukeln; er hielt es an der Bordwand fest und sah Paschka erwartungsvoll an. Paschka stand auf, legte den Riemen wie ein Tragejoch um den Hals, wiegte sich in den Hüften und begann zu singen:

»Vitzliputzli, alter Skipper!
Hältst du etwa Mittagsruh?
Hüte dich, ein Schwarm von Haien
jagt gebraten auf dich zu!«

Anton rüttelte am Boot.

»He, he!«, rief Paschka und klammerte sich an den Bootsbord.

»Weshalb denn gebraten?«, fragte Anka.

»Weiß nicht«, meinte Paschka. Sie kletterten aus dem Boot. »Aber wär das nicht großartig? Ein Schwarm gebratener Haie!«

Sie zogen das Boot an Land und versanken dabei mit den Füßen im feuchten Sand, der übersät war mit dürren Nadeln und Kiefernzapfen. Das Boot war schwer und glitschig, aber sie zogen, bis es ganz im Trockenen lag. Dann blieben sie stehen, völlig außer Atem.

»Ich habe mir den Fuß gequetscht«, meldete Paschka und rückte sein rotes Kopftuch zurecht. Er achtete sorgfältig darauf, dass der Knoten genau wie bei den langnasigen irukanischen Piraten exakt über dem rechten Ohr saß. »Was zählt schon ein Menschenleben, oh, he!«, rief er laut.

Anka lutschte abwesend an ihrem Zeigefinger.

»Splitter?«, fragte Anton.

»Nein, aufgekratzt. Einer von euch hat schreckliche Krallen.«

»Zeig mal.«

»Tatsächlich«, bestätigte Anton. »Eine Wunde. Was machen wir jetzt?«

»Gewehr über, und das Ufer entlang«, schlug Paschka vor.

»Dann hätten wir gar nicht erst auszusteigen brauchen«, knurrte Anton.

»Mit dem Boot kommt auch der Dümmste vorwärts«, erklärte Paschka. »Am Ufer aber gibt es: erstens Schilf, zweitens Steilhänge und drittens tiefe Stellen. Mit Quappen und Welsen.«

»Schwärmen gebratener Welse«, frotzelte Anton.

»Hast du schon mal in einem Wasserloch getaucht?«

»Na klar.«

»Das habe ich aber nicht gesehen.«

»Du hast eine Menge nicht gesehen.«

Anka wandte ihnen den Rücken zu, nahm die Armbrust und schoss auf eine zwanzig Meter entfernte Fichte. Rindenstücke fielen zu Boden.

»Sehr gut«, meinte Paschka. Er zielte mit seinem Luftgewehr auf Ankas Bolzen, verfehlte ihn aber. »Ich habe vergessen, den Atem anzuhalten«, entschuldigte er sich.

»Und wenn du ihn angehalten hättest?«, wollte Anton wissen. Er blickte auf Anka.

Das Mädchen zog mit einer kraftvollen Bewegung den Spannhebel zurück; Anton gefiel der Anblick ihrer kräftigen Muskeln und er beobachtete, wie sich der feste Bizeps unter der dunklen Haut wölbte.

Anka zielte sehr genau und drückte ab. Der Bolzen fuhr etwas unterhalb des ersten in den Stamm.

»Wir sollten damit aufhören«, sagte sie und ließ die Armbrust sinken.

»Womit?«, wollte Anton wissen.

»Wir ruinieren die Bäume, sonst nichts. Gestern hat ein Knirps mit seinem Bogen auf einen Baum geschossen, und dann habe ich ihn gezwungen, den Pfeil mit den Zähnen wieder aus dem Stamm zu ziehen.«

»Lauf zum Baum, Paschka«, rief Anton. »Du hast doch gute Zähne.«

»Einen hohlen Zahn hab ich.«

»Ich finde, wir sollten jetzt etwas unternehmen«, meinte Anka.

»Ich habe keine Lust, auf Steilhängen herumzukraxeln«, protestierte Anton.

»Ich auch nicht«, sagte Anka. »Gehen wir geradeaus.«

»Wohin?«, erkundigte sich Paschka.

»Der Nase nach.«

»Na, dann los!«, rief Anton.

»Auf in Saiwa!«, sagte Paschka. »Gehen wir zur vergessenen Chaussee, Anton. Weißt du noch?«

»Und ob!«

»Und du, Anetschka …«, begann Paschka.

»Nenn mich nicht Anetschka«, wies ihn das Mädchen schroff zurecht. Sie hasste es, wenn man sie nicht Anka rief, sondern mit dem Kosenamen ansprach.

»Die vergessene Chaussee …«, warf Anton schnell ein, der Ankas Empfindlichkeit kannte. »Sie wird nicht genutzt, sie ist auf keiner Karte verzeichnet, und niemand weiß, wo sie hinführt.«

»Wart ihr schon mal dort?«

»Ja, aber wir hatten keine Zeit, sie uns genauer anzusehen.«

»Sie kommt von nirgendwoher und führt nirgendwohin«, erklärte Paschka, der sich wieder von Ankas Zurechtweisung erholt hatte.

»Das ist genau das Richtige!«, rief Anka begeistert und kniff die Augen zu dunklen Schlitzen zusammen. »Los, gehen wir. Werden wir es bis abends schaffen?«

»Na klar! Um zwölf sind wir dort.«

Sie kletterten den Steilhang hinauf. Oben angekommen, drehte sich Paschka um. Unten lag der See mit gelblich schimmernden Untiefen, auf dem Strand das Boot; in Ufernähe sah man auf dem ruhigen, öligen Wasser auseinanderlaufende Kreise – wahrscheinlich stammten sie von eben jenem Hecht ... Paschka fühlte sich großartig, wie immer, wenn er mit Anton aus dem Internat ausgerückt war und ein ganzer Tag voll Ungebundenheit vor ihnen lag: eine fremde Gegend, Erdhütten, besonnte, einsame Wiesen, graue Eidechsen oder das eiskalte Wasser unerwartet entdeckter Quellen. Und wie immer hatte er auch jetzt das Bedürfnis, einen Freudenschrei auszustoßen und hoch in die Luft zu springen – was er sogleich tat. Anton lachte und sah ihn an, und in seinen Augen konnte Paschka lesen, dass es ihm genauso ging. Anka legte zwei Finger in den Mund und stieß einen schrillen Pfiff aus. Dann verschwanden sie im Wald.

Es war ein schütterer Fichtenwald, auf dessen nadelbedecktem Boden man kaum Halt fand. Die schräg einfallenden Sonnenstrahlen ließen ihn wie goldgesprenkelt aussehen. Es roch nach Harz, nach See und Walderdbeeren. Hoch über ihnen zwitscherten Vögel.

Anka ging voraus, die Armbrust unter die Achsel geklemmt. Hin und wieder bückte sie sich, um einige der wie blutrot lackierten Erdbeeren zu pflücken. Anton folgte ihr; sein altbewährtes Kriegsgerät à la Marschall Toz trug er auf der Schulter. Bei jedem Schritt schlug ihm der mit Kriegsbolzen gefüllte Köcher gegen den Hintern. Er betrachtete Ankas zierlichen, sonnengebräunten Nacken; er war dunkel, fast schwarz, und einige Wirbel ragten vor. Ab und zu blickte er sich nach Paschka um, von dem allerdings nichts zu sehen war; nur manchmal leuchtete, mal rechts, mal links, sein rotes Kopftuch in der Sonne auf. Anton stellte sich vor, wie Paschka mit dem Gewehr im Anschlag lautlos durch die Fichten schlich: langsam und das kleine, spitze Gesicht mit der schilfernden

Nase vorgestreckt. Die Saiwa versteht keinen Spaß, mein Freund, dachte Anton. Sie fordert Antworten – schnelle Antworten. Er wollte sich schon ducken, aber vor ihm ging Anka, und es wäre ihm peinlich gewesen, wenn sie sich umgeblickt hätte.

Anka drehte sich um und fragte: »Konntet ihr leise verschwinden?«

»Wer macht schon Krach, wenn er abhaut«, meinte Anton achselzuckend.

»Ich, scheint mir«, sagte das Mädchen besorgt. »Ich habe die Waschschüssel umgeworfen und hörte plötzlich Schritte im Flur. Wahrscheinlich Jungfer Katja, sie hat heute Dienst. Ich musste raus ins Beet springen. Was meinst du, Anton, was darin für Blumen wachsen?«

»Vor deinem Fenster? Woher soll ich das wissen. Warum fragst du?«

»Das sind ungeheuer zähe Blumen. Sie trotzen jedem Wind und Sturm und haben schon so manchen Fenstersprung erlebt, ohne dass es ihnen etwas ausgemacht hätte!«

»Interessant«, meinte Anton abwesend. Vor seinem Fenster wuchsen ebenfalls Blumen, denen weder Wind noch Sturm etwas ausmachten, aber er hatte nie auf sie geachtet.

Anka blieb stehen und hielt ihm eine Handvoll Walderdbeeren hin. Bescheiden pickte er sich drei heraus.

»Nimm dir mehr«, ermunterte sie ihn.

»Danke, ich nehme sie mir lieber einzeln. Jungfer Katja ist aber eigentlich in Ordnung, oder?«

»Kommt drauf an. Mir erzählt sie Abend für Abend, dass meine Beine entweder dreckig oder staubig sind ...«

Anka schwieg. Es war schön, so dicht neben ihr durch den Wald zu gehen, sie mit dem Ellbogen zu streifen und anzuschauen. Wie anmutig, flink und freundlich sie war, und was für große graue Augen und dunkle Wimpern sie hatte!

»Tja«, sagte Anton und streckte die Hand aus, um ein tauglitzerndes Spinngewebe wegzunehmen. »Jungfer Katjas Beine sind natürlich nicht schmutzig. Man trägt sie ja auch auf Händen über die Pfützen.«

»Wer trägt sie über Pfützen?«

»Na, Genrich von der Wetterwarte. So ein kräftiger Hellblonder.«

»Tatsache?«

»Ja, klar. Ist ja auch nichts dabei. Dass sie ineinander verliebt sind, weiß doch jedes Kind.«

Schweigend blickte Anton auf Anka. Ihre Augen waren wieder wie dunkle Schlitze.

»Und wann war das?«

»In einer Mondnacht«, erwiderte Anton unwillig. »Aber behalt es bitte für dich.«

»Es hat dich niemand gezwungen, es mir zu erzählen, Anton.« Anka lächelte. »Möchtest du noch Erdbeeren?«

Anton nahm sich ein paar Beeren aus Ankas klebriger Hand und schob sie sich in den Mund. Ich kann Schwätzer und Klatschmäuler auf den Tod nicht ausstehen, dachte er.

»Dich wird auch einmal einer auf Händen tragen. Wäre es dir dann angenehm, wenn andere darüber schwatzten?«

»Woher willst du wissen, dass ich etwas weitererzähle?«, meinte Anka. »Ich kann Schwätzer überhaupt nicht leiden.«

»Hör mal, was hast du vor?«, fragte Anton.

»Nichts Besonderes.« Anka zuckte mit den Achseln und gestand ihm nach einer Weile: »Ich habe es bloß satt, mir jeden Abend zweimal die Füße zu waschen.«

Arme Jungfer Katja, dachte Anton.

Sie stießen auf einen Pfad, der bergab in immer dichteren Wald führte. Üppige Farne und hohe saftige Gräser wucherten hier. Moos und weißliche Flechten bedeckten die Stämme der Fichten. Aber die Saiwa verstand keinen Spaß ...

»Halt! Werft eure Waffen fort – du, edler Don, und du, Donna!«, brüllte plötzlich eine heisere, gar nicht menschenähnliche Stimme.

Wenn die Saiwa fragt, muss man schon die Antwort kennen ... Anton schubste Anka nach links in die Farne und sprang nach rechts; hinter einem modrigen Stamm bezog er Stellung.

Das Echo der heiseren Stimme hallte leise nach, und schon war alles wieder still und menschenleer.

Anton rollte sich auf die Seite und drehte am Spannrad seiner Waffe. Plötzlich knallte ein Schuss, und Brocken trockener Rinde fielen auf ihn herab.

»Der Don wurde an der Ferse verwundet!«, rief die heisere Stimme.

Anton zog stöhnend das linke Bein an.

»Doch nicht dieses ... das rechte«, belehrte ihn die Stimme.

Man hörte Paschka kichern. Anton hob vorsichtig den Kopf, doch im grünen Dickicht war nichts zu erkennen.

Im selben Augenblick ertönte ein schriller Pfiff, und es krachte, als fiele ein Baum um.

»Aua!«, brüllte Paschka. »Gnade! Gnade! Tötet mich nicht!«

Anton sprang auf. Paschka trat aus den Farnen rücklings auf ihn zu, die Arme über den Kopf gestreckt.

»Siehst du ihn, Anton?«, fragte Anka.

»Wie auf dem Präsentierteller«, meinte Anton zufrieden. An Paschka gewandt, rief er: »Nicht umdrehen! Hände in den Nacken!«

Gehorsam folgte Paschka dem Befehl. »Ich werde nichts sagen«, erklärte er.

»Was machen wir jetzt mit ihm, Anton?«, erkundigte sich Anka.

»Das wirst du gleich sehen.« Er setzte sich bequem auf einen Baumstamm und legte die Armbrust auf den Schoß.

»Name?«, schnauzte er Paschka an; seine Stimme klang wie die von Hexa dem Irukaner.

Paschka stand nach wie vor mit dem Rücken zu ihnen. Er antwortete nicht, und seine Körperhaltung ließ Verachtung und Widerstand erkennen. Da drückte Anton ab. Knirschend bohrte sich der schwere Pfeil in einen Ast über Paschkas Kopf.

»Oho!«, rief Anka.

»Man nennt mich Bon Sarantscha«, erklärte Paschka widerwillig. »›Und hier wird er fallen, wie es scheint, einer von denen, die mit ihm waren.‹«

»Ein berüchtigter Gewalttäter und Mörder«, erläuterte Anton. »Doch er tut nie etwas ohne Grund. Wer hat dich geschickt?«

»Don Satarina der Schonungslose«, log Paschka.

»Vor zwei Jahren schon«, sagte Anton verächtlich, »durchschnitt diese meine Hand Don Satarinas stinkenden Lebensfaden, im Forstort der Schweren Schwerter.«

»Soll ich ihm einen Pfeil verpassen?«, schlug Anka vor.

»Das hatte ich ganz vergessen«, begann Paschka hastig. »Mich schickt in Wirklichkeit Arata der Schöne. Hundert Golddukaten versprach er mir für eure Köpfe.«

»Du Schwätzer!« Anton schlug sich auf den Schenkel. »Willst du uns weismachen, Arata ließe sich mit einem solchen Taugenichts wie dir ein?«

»Soll ich ihm nicht doch einen Bolzen verpassen?«, fragte Anka kampflustig.

Anton lachte dämonisch.

»Übrigens: Deine rechte Ferse ist zerschossen; es wird Zeit, dass du verblutest.«

»Das könnte dir so passen! Doch erstens habe ich die ganze Zeit über die Rinde des weißen Baumes gekaut, und zweitens wurde mir die Wunde längst von zwei schönen Barbarinnen verbunden.«

Nun bewegten sich die Farne auseinander, und Anka trat auf den Pfad. Ihre Knie waren grün verschmiert und voller Dreck, und auf ihrer Wange prangte ein Kratzer.

»Zeit, ihn in den Sumpf zu werfen«, verkündete sie. »Wenn sich der Feind nicht ergibt, wird er vernichtet.«

Paschka ließ die Hände sinken. »Du hältst dich überhaupt nicht an die Spielregeln, Anton«, beschwerte er sich. »Wenn du dran bist, dann ist Hexa immer ein guter Mensch.«

»Was du nicht sagst.« Anton trat ebenfalls auf den Pfad. »Die Saiwa kennt aber keinen Spaß, du dreckiger Söldner.«

Anka gab Paschka das Gewehr zurück.

»Schießt ihr immer so aufeinander?«, fragte sie neidisch.

»Natürlich!« Paschka war erstaunt. »Sollen wir etwa nur ›Ffft, ffft! Piff-paff!‹ rufen? Jedes Spiel muss riskant sein!«

»Darum spielen wir auch oft ›Wilhelm Tell‹«, meinte Anton beiläufig.

»Mit wechselnden Rollen«, ergänzte Paschka. »Einmal stehe ich mit dem Apfel da, einmal er.«

»Soso«, sagte Anka. »Da würde ich gerne mal zusehen.«

»Wir würden es dir ja gern zeigen«, meinte Anton spitz. »Wir haben bloß keinen Apfel.«

Als Paschka lachte, riss ihm Anka das Piratentuch vom Kopf und wickelte es flink zu einer Rolle auf.

»Der Apfel ist unwichtig«, sagte sie. »Das hier ist genauso gut als Zielscheibe. Und jetzt spielen wir ›Wilhelm Tell‹.«

Anton betrachtete aufmerksam das rote Bündel. Dann warf er einen Blick auf Anka und sah, dass sie die Augen fast geschlossen hielt. Paschka hingegen war fröhlich; ihm machte das Ganze anscheinend Spaß.

»»Auf dreißig Schritte Distanz verfehle ich keine Karte««, meinte Anton beiläufig und hielt Paschka die Stoffrolle hin. »»Natürlich mit einer Pistole, die ich schon kenne.««

»»Wirklich?««, fragte Anka. »»Kannst auch du, mein Freund, eine Karte auf dreißig Schritte Distanz treffen?««, wandte sie sich an Paschka.

»›Das wollen wir einmal versuchen.‹« Paschka schob sich grinsend das Bündel auf dem Kopf zurecht. »›Zu meiner Zeit schoss ich nicht schlecht.‹«

Anton drehte sich um und schritt leise zählend die Entfernung ab.

Paschka sagte etwas, was Anton nicht verstand, und Anka lachte übertrieben laut auf.

Bei dreißig machte Anton kehrt.

Auf diese Entfernung wirkte Paschka ganz klein. Das dreieckige rote Bündel auf seinem Kopf sah aus wie eine Narrenkappe. Paschka grinste, denn er hielt das Ganze immer noch für ein Spiel. Anton beugte sich vor und spannte ohne Eile die Sehne.

»Ich segne dich, Wilhelm, mein Vater!«, rief Paschka. »Und ich danke dir für alles, was immer auch geschehen mag.«

Anton legte den Pfeil ein und richtete sich auf. Paschka und Anka standen nebeneinander und blickten sich an. Der Pfad wirkte wie ein dunkler, feuchter Korridor zwischen den hoch aufragenden grünen Bäumen. Ungewöhnlich schwer war das Kriegsgerät à la Marschall Toz. Meine Hände zittern, dachte Anton. Das ist schlecht. Das kann ich jetzt nicht gebrauchen. Er erinnerte sich, wie er mit Paschka im Winter eine ganze Stunde lang mit Schneebällen auf die gusseiserne Kugel eines Zaunpfahles gezielt hatte. Obwohl sie es nacheinander aus zwanzig, fünfzehn und schließlich nur noch zehn Schritt Entfernung versucht hatten, verfehlten sie immer das Ziel. Schließlich gaben sie auf und machten sich auf den Weg; da traf Paschka, ohne auch nur hinzusehen, mit dem letzten, nachlässig geworfenen Ball die Kugel ... Anton stemmte die Armbrust fest gegen seine Schulter. Anka steht zu nah, dachte er. Er wollte ihr schon zurufen, sie solle mehr Abstand halten, aber da fiel ihm ein, wie dumm das aussähe. Er zielte also höher, immer höher und war trotzdem überzeugt, dass sich der fast ein Pfund schwere Pfeil in Paschkas

Nasenwurzel bohren würde, genau zwischen seine beiden fröhlich in die Welt blickenden Augen, selbst wenn er ihm den Rücken zudrehte. Paschka hatte aufgehört zu grinsen. Anka machte eine abwehrende Handbewegung; ihr Gesicht war angespannt und wirkte sehr erwachsen. Anton hob die Armbrust noch höher und drückte ab. Er sah nicht, wohin der Pfeil flog.

»Daneben«, sagte er übertrieben laut. Steifbeinig stelzte er den Pfad entlang auf die beiden zu.

Paschka wischte sich mit dem roten Tuch den Schweiß von der Stirn, schüttelte es aus und wickelte es wieder um den Kopf. Wenn sie mir mit der Armbrust, nach der sie sich gerade bückt, eins über den Schädel gäbe, würde ich mich noch bei ihr bedanken, dachte Anton. Aber Anka würdigte ihn keines Blicks.

»Gehen wir?«, wandte sie sich an Paschka.

»Gleich.« Er zeigte Anton einen Vogel.

»Aber du hattest Schiss«, sagte Anton.

Paschka deutete noch einmal vielsagend auf seine Stirn und schloss sich Anka an. Anton trottete hinterher.

Was habe ich denn getan?, ärgerte er sich. Weshalb sind sie böse auf mich? Natürlich hatte Paschka Angst … Ich weiß bloß nicht, wer mehr hatte – Papa Wilhelm oder Tell junior. Wahrscheinlich hat sich Anka um Paschka geängstigt. Aber was hätte ich denn tun sollen? Und jetzt laufe ich hinter ihnen her wie ein Trottel. Am besten, ich haue ab. Da links ist ein Sumpf; vielleicht gelingt es mir ja, eine Eule zu fangen. Doch er verlangsamte nicht einmal seinen Schritt … Es ist also endgültig aus, dachte er … So etwas kam häufig vor, das wusste er aus Büchern.

Früher als gedacht stießen sie auf die verlassene Chaussee. Die Sonne stand im Zenit, und es war heiß. Die Tannennadeln piekten. Die Straßendecke bestand aus zwei Reihen graubrauner Betonplatten, zwischen denen trockenes Gras wucherte. Am Straßenrand standen staubig aussehende Klettengewächse, und über die Betonplatten schwirrten Goldkäfer; einer flog Anton frech gegen die Stirn.

»Seht mal!«, rief Paschka.

An einem über die Straße gespannten rostigen Draht hing ein rundes Blechschild, auf dem man noch einen weißen Balken auf rotem Grund erkennen konnte.

»Was ist das?«, fragte Anka, nicht sonderlich interessiert.

»Ein Verkehrszeichen, das so viel bedeutet wie ›Einfahrt verboten‹«, antwortete Paschka.

»Ein ›Ziegelstein‹«, erläuterte Anton.

»Und was bedeutet das?«

»Dass man nicht weiterfahren darf.«

»Aber wozu dann die Straße?«

Paschka zuckte mit den Achseln.

»Die Chaussee muss uralt sein«, sagte er.

»Eine anisotrope Chaussee«, erklärte Anton. Anka stand mit dem Rücken zu ihm. »Der Verkehr ging bloß in eine Richtung.«

»Sehr schlau, unsere Vorfahren«, bemerkte Paschka. »Da fahren sie und fahren, wohl an die zweihundert Kilometer, und plötzlich: ein Ziegelstein! Und weit und breit kein Mensch, den man fragen könnte.«

»Wer weiß, was sich hinter dem Zeichen befindet!« Anka schaute sich um. Kilometerweit nichts als einsamer Wald und niemand, der einem sagen konnte, was sich hinter dem Schild verbarg. »Und wenn es gar kein Sperrzeichen ist? Die Farbe ist schon ganz abgeblättert.«

Anton zielte sorgfältig und drückte ab. Jetzt müsste der Pfeil den Draht durchschlagen und das Schild direkt vor Anka zu Boden fallen, dachte er. Doch das Geschoss traf den oberen Teil des Straßenzeichens und durchschlug das rostige Blech, sodass nur die trockene Farbe abfiel.

»Dummkopf.« Anka wandte nicht einmal den Kopf.

Es war das erste Wort, das sie nach dem Wilhelm-Tell-Spiel an ihn gerichtet hatte. Anton lächelte schief und sagte: »And enterprises of great pitch and moment with this regard their currents turn awry and lose the name of action.«

»Kinder, hier ist ein Auto gefahren!«, rief der treue Paschka. »Und zwar *nach* dem Gewitter. Da, das Gras ist ganz zerdrückt! Und hier ...«

Paschka hat Glück, dachte Anton. Als er die Spuren auf der Straße weiter verfolgte, entdeckte er ebenfalls zerdrücktes Gras und dunkle Reifenspuren dort, wo der Wagen vor einem Schlagloch gebremst hatte.

»Er hat also das Sperrschild überfahren«, stellte Paschka fest.

Obwohl dieser Schluss logisch war, widersprach Anton: »Ausgeschlossen. Er kam von der anderen Seite.«

»Bist du blind?« Paschka musterte ihn erstaunt.

»Er kam von dieser Seite«, wiederholte Anton eigensinnig. »Wir können die Spur ja verfolgen.«

»Red keinen Unsinn!« Paschka war empört. »Erstens überfährt kein normaler Fahrer einen ›Ziegelstein‹, und zweitens ist da das Schlagloch und die Bremsspur ... Von wo ist er also gekommen?«

»Was kümmern mich deine ›normalen Fahrer‹! Ich bin selber nicht normal und gehe deswegen trotz des Verbotsschilds weiter.«

»Geh, wohin du willst«, sagte Paschka und stotterte sogar ein bisschen vor Ärger. »Du hast wohl bei der Hitze den Verstand verloren!«

Anton wandte sich ab und ging mit gesenktem Blick unter dem Zeichen durch. Nur das eine wünschte er sich: dass er auf eine gesprengte Brücke stieße und sich zur anderen Seite durchschlagen müsste. Zum Teufel mit der Ordnung!, dachte er. Soll sie doch gehen, wohin sie will ... mit ihrem Paschka. Als ihm aber einfiel, wie Paschka angeschnauzt worden war, als er sie Anetschka genannt hatte, wurde ihm leichter ums Herz. Er sah sich um.

Paschka – Bon Sarantscha – ging gebückt der geheimnisvollen Autospur nach. Die rostige Scheibe über der Straße klapperte im Wind. Durch das Einschussloch lugte ein Stück blauen Himmels hervor. Anka saß am Straßenrand, hatte die Ellbogen auf die nackten Knie gestützt und das Kinn auf den Fäusten abgelegt.

… Als sie heimfuhren, wurde es schon dunkel. Die Jungs ruderten und das Mädchen steuerte. Über dem Wald ging der Mond auf, die Frösche quakten laut.

»Wir hatten uns alles so schön ausgedacht«, meinte Anka traurig. »Ach, ihr …«

Die Jungs erwiderten nichts.

»Was war hinter dem Zeichen, Anton?«, fragte sie leise.

»Eine gesprengte Brücke«, sagte Anton. »Und das Skelett eines Faschisten, das an ein Maschinengewehr gekettet war.« Er überlegte und fügte hinzu: »Das MG war schon ganz in die Erde eingesunken …«

»Tja«, meinte Paschka. »Das kommt vor. Und ich habe einem geholfen, sein Auto zu reparieren.«

1

Als Rumata das Grab des heiligen Mika erreichte, das siebte und letzte in der Reihe, war es schon Nacht. Der vielgerühmte Chamacharhengst, den Don Tameo ihm für die Begleichung seiner Spielschulden überlassen hatte, erwies sich als Klepper, der schweißbedeckt und mit sich scheuernden Fesseln dahintrottete. Rumata drückte ihm die Fersen in die Flanken und schlug ihm mit den Handschuhen zwischen die Ohren, aber der Klepper schüttelte, ohne seinen Gang zu beschleunigen, bloß den Kopf. Zu beiden Seiten des Weges standen Büsche, die im Dunkeln aussahen wie erstarrte Rauchwolken. Mückenschwärme surrten. Am trüben Himmel flimmerten matt vereinzelte Sterne. Hin und wieder wehte ein leichter Wind heran, kühl und warm zugleich – wie immer, wenn es Herbst wurde, in diesem Küstenland mit seinen staubigen Tagen und frostigen Nächten.

Rumata ließ die Zügel fahren und hüllte sich fester in seinen Umhang. Eile war sinnlos: Es blieb noch eine Stunde bis Mitternacht, und am Horizont zeichnete sich schon der Schluckaufwald als dunkler, gezackter Streif ab. Zu beiden Seiten des Weges lagen umgepflügte Felder und modrige Tümpel, die im Sternenlicht glitzerten; dunkel ragten Hügel und verrottete Palisaden aus der Zeit der Invasion auf. Weiter links flackerte unheilvoll ein Feuerschein: Offenbar brannte dort ein kleines Dorf – eins der unzähligen, laut allerhöchstem Erlass in »Freundlich«, »Gesegnet« oder »Engelgleich«

umbenannten Dörfer, die früher »Totenfraß«, »Galgendorf« oder »Brandschatz« geheißen hatten. Hunderte Meilen weit erstreckte sich das Land von der Meerenge bis zur wilden Saiwa des Schluckaufwaldes, von Mückenschwärmen bevölkert; zerklüftet, versumpft und von Fieber, Seuchen und übelsten Gerüchen heimgesucht.

Als sich an einer Wegbiegung eine dunkle Gestalt aus dem Gebüsch löste, scheute der Hengst. Rumata straffte die Zügel, schob den spitzenbesetzten Ärmel hoch, umfasste den Griff des Schwertes und heftete seinen Blick auf den Unbekannten.

Der Mann lüftete den Hut. »Entschuldigt, edler Don«, sprach er ihn leise an.

»Was wollt Ihr?«, fragte Rumata.

Es gibt keine lautlosen Hinterhalte: Den Räuber verrät das Knirschen beim Spannen der Armbrustsehne, die grauen Sturmmannen das Rülpsen von schlechtem Bier; die Baronsgefolgsleute schnauften beutegierig und klirrten mit Eisen, und die Mönche, diese Sklavenjäger, erkannte man am geräuschvollen Kratzen. Da aber im Gebüsch alles still blieb, schien der Mann niemanden in die Falle locken zu wollen. Und er sah auch nicht so aus, dieser kleine untersetzte Städter mit seinem ärmlichen Umhang.

Der Fremde verbeugte sich. »Gestattet Ihr, dass ich neben Euch herlaufe?«

»Meinetwegen«, sagte Rumata und zog die Zügel an. »Du kannst dich am Steigbügel festhalten.«

Den Hut in der Hand, trabte der glatzköpfige Mann schweigend neben dem Reiter her. Ein Kaufmannsgehilfe, dachte Rumata. Kauft Flachs und Hanf bei Baronen und Viehhändlern auf. Mut hat er, der Handelsmann! ... Wenn es aber nun gar kein Handelsmann ist, sondern ein »Bücherfreund«, ein Ausbrecher oder Ausgestoßener? Heutzutage gibt es davon mehr auf nächtlichen Straßen als Händler. Oder gar ein Spitzel?

»Wer bist du, und woher kommst du?«, fragte Rumata.

»Ich heiße Kiun und komme aus Arkanar«, antwortete der Fremde bedrückt.

»Du f-l-i-e-h-s-t aus Arkanar«, verbesserte Rumata.

»Ja, ich bin auf der Flucht«, gestand der Fremde traurig.

Merkwürdiger Kerl, dachte Rumata. Vielleicht doch ein Spitzel? Ich muss ihn auf die Probe stellen ... Aber wozu eigentlich? Wer hat etwas davon? Und wer bin ich, dass ich das Recht habe, ihn auf die Probe zu stellen? Nein, ich habe auch gar keine Lust dazu. Warum glaube ich es nicht einfach? Er ist ein Städter, offenkundig ein Bücherfreund und auf der Flucht, um sein Leben zu retten ... Er ist einsam, fürchtet sich, ist schwach und schutzbedürftig ... Es begegnet ihm ein Aristokrat. Aristokraten sind allzu dumm und hochnäsig, um sich mit Politik auszukennen, aber ihre Schwerter sind lang, und sie verachten die Grauen. Weshalb also sollte der Städter Kiun nicht Schutz bei einem dummen und hochnäsigen Aristokraten suchen? So ist es, und damit Schluss. Ich werde ihn nicht auf die Probe stellen, denn es besteht keine Veranlassung dazu. Wir werden uns unterhalten, uns die Zeit vertreiben und als Freunde scheiden.

»Kiun ...«, begann Rumata. »Ich kannte einmal einen Mann namens Kiun. Er war Gewürzhändler und Alchimist in der Blechstraße. Bist du mit ihm verwandt?«

»Leider ja«, erwiderte Kiun. »Zwar nur entfernt. Aber die machen da keinen Unterschied ... bis ins zwölfte Glied.«

»Und wohin flüchtest du, Kiun?«

»Irgendwohin ... möglichst weit. Wie schon viele andere werde auch ich versuchen, nach Irukan zu entkommen.«

»Verstehe«, sagte Rumata. »Und du glaubst, dass dich der edle Don durch die Grenzsperre bringt?«

Kiun schwieg.

»Oder meinst du, der edle Don weiß nicht, was es mit dem Alchimisten Kiun aus der Blechstraße auf sich hat?«

Anscheinend finde ich nicht die richtigen Worte, überlegte Rumata, als Kiun weiter schwieg. Er richtete sich in den Steigbügeln auf und rief wie ein Herold auf dem Königsplatz: »Angeklagt und für schuldig befunden wegen furchtbarer, unverzeihlicher Verbrechen gegen Gott, Krone und Ruhe!«

Kiun schwieg immer noch.

»Aber wenn der edle Don nun Don Reba verehrt? Wenn er dem grauen Wort, der grauen Sache von Herzen ergeben ist? Oder hältst du das für unmöglich?«

Kiun schwieg beharrlich. Auf der rechten Straßenseite tauchte aus dem Dunkel ein Galgen auf, unter dessen Querbalken ein nackter weißer Körper hing – mit den Füßen nach oben. Hm, dachte Rumata, immer noch keine Antwort. Dann zog er die Zügel an, fasste Kiun an der Schulter und drehte ihn zu sich. »Zum Teufel!«, sagte er und blickte in das bleiche Antlitz mit den dunklen Augenhöhlen. »Was, wenn dich der edle Don jetzt neben diesen Landstreicher hängte? Eigenhändig. Auf der Stelle. An einem festen arkanarischen Strick. Im Namen der Ideale. Nun, sagst du noch immer nichts, Bücherfreund Kiun?«

Kiun schwieg, klapperte mit den Zähnen und krümmte sich unter Rumatas Griff wie eine gequetschte Eidechse. Klatschend fiel etwas in den Straßengraben. Als wollte er das Geräusch übertönen, rief Kiun verzweifelt: »So häng mich doch! Häng mich doch, Verräter!«

Aufatmend gab Rumata den Mann frei.

»Es war ein Scherz«, sagte er. »Fürchte dich nicht.«

»Lüge, nichts als Lüge«, schluchzte Kiun. »Lüge auf Schritt und Tritt!«

Rumata beruhigte ihn. »Du tätest besser daran aufzuheben, was du weggeworfen hast. Es könnte nass werden!«

Kiun klopfte sich wie geistesabwesend gegen den Umhang und verschwand taumelnd und schluchzend im Straßengraben. Im Sattel vornübergebeugt, wartete Rumata. So muss man es also machen, dachte er, anders geht es nicht.

Kiun kletterte aus dem Graben heraus und schob eine Rolle unter seinen Umhang.

»Natürlich Bücher ...«, forschte Rumata.

Kiun schüttelte den Kopf. »Nein«, sagte er heiser. »Nur ein Buch. Mein Buch.«

»Worüber schreibst du denn?«

»Das wird Euch nicht interessieren, edler Don.«

Rumata seufzte. »Fass den Steigbügel und lass uns weiterziehen.«

Längere Zeit schwiegen beide.

»Höre, Kiun«, begann Rumata. »Ich habe gescherzt. Du brauchst mich nicht zu fürchten.«

»Eine schöne Welt«, stieß Kiun hervor. »Eine fröhliche Welt. Alles scherzt, und immer auf dieselbe Weise. Selbst der edle Rumata.«

»Du kennst meinen Namen?«

»Gewiss. Ich erkannte Euch am Stirnreif. Ich war froh, Euch zu begegnen.«

Das also meinte er, als er mich einen Verräter nannte, dachte Rumata.

»Ich hielt dich für einen Spitzel«, sagte er. »Und Spitzel töte ich.«

»Für einen Spitzel ...«, wiederholte Kiun. »Aber ja, natürlich. Heute ist es leicht und einträglich, ein Spitzel zu sein. Unser Adler, der edle Don Reba, ist äußerst bemüht zu erfahren, was des Königs Untertanen sagen und denken. Ich wollte, ich wäre ein Spitzel! Ein gewöhnlicher Informant in der Taverne ›Zur grauen Freude‹, zum Beispiel. Wie gut und ehrenhaft das wäre! Wenn ich mich abends um sieben im Ausschank an meinen Tisch setzte, brächte mir der Wirt dienstfertig den ersten Krug. Trinken könnte ich, so viel in mich hineinpasste, denn das Bier bezahlte Don Reba oder, besser gesagt, niemand. Ich säße da, tränke mein Bier und horchte. Zuweilen täte ich, als schriebe ich etwas auf. Erschreckt kämen dann die kleinen Leute angelaufen, um mir Freundschaft und Geldbörse anzubieten. In ihren Augen sähe ich das, was zu sehen ich wünschte: hündische Untertänigkeit, Ehrerbietung, Furcht und wunderbaren, ohnmächtigen Hass. Ungestraft dürfte ich die Mädchen anfassen und die Frauen vor den Augen ihrer Männer drücken. Obwohl es stramme Kerle sind, kichern sie bloß unterwürfig dazu ... Eine angenehme Vorstellung, nicht wahr, edler Don? Die Gleiche fand ich auch bei einem fünfzehnjährigen Burschen, einem Studenten der Patriotischen Schule.«

»Und was sagtest du ihm?«, wollte Rumata neugierig wissen.

»Was konnte ich schon sagen? Er hätte mich doch nicht verstanden. Ich erzählte ihm, dass die Leute von Waga dem Rad jedem Spitzel, den sie fangen, den Bauch aufschlitzen und Pfeffer in die Eingeweide schütten, dass betrunkene Soldaten Spitzel in einen Sack stecken und im Abort ertränken. Und obwohl es die lautere Wahrheit ist, glaubte er mir nicht, weil sie das in der Schule nicht durchgenommen hätten, wie er sagte. Als ich mir unser Gespräch auf einem Blatt Papier notierte, um es in meinem Buch zu verwenden, glaubte der Ärmste, ich wollte ihn denunzieren, und nässte vor lauter Angst ein.«

Durch das Gebüsch vor ihnen sahen sie die Lichter von Skelett Bakos Schenke aufleuchten. Kiun strauchelte und schwieg.

»Was ist?«, fragte Rumata.

»Eine Patrouille der Grauen«, murmelte Kiun.

»Nun und? Du solltest folgende Sichtweise in Betracht ziehen, ehrenwerter Kiun: Wir lieben und schätzen diese einfachen, groben Jungs, unser graues Schlachtvieh. Wir brauchen sie. Von jetzt an muss das gemeine Volk seine Zunge hüten, wenn sie ihm nicht am Galgen heraushängen soll!« Don Rumata lachte. Das hatte er ausgezeichnet gesagt, ganz im Geiste der grauen Kasernentradition.

Kiun duckte sich und zog den Kopf ein. Rumata fuhr fort: »Die Zunge des gemeinen Mannes muss wissen, was sie tut. Gott hat sie ihm nicht gegeben, damit er schwatze, sondern die Stiefel seines Herrn lecke, jenes Herrn, der von Anbeginn über ihn gesetzt ist ...«

Am Pikettpfahl vor der Schenke standen die gesattelten Pferde der grauen Patrouille. Aus dem geöffneten Fenster drang wüstes, heiseres Schimpfen. Würfel klapperten. Mit abgewetzter Lederjacke und aufgekrempelten Ärmeln stand Skelett Bako persönlich vor der Tür und versperrte mit seinem ungeheuren Wanst den Eingang. In der behaarten Rechten hielt er einen Stutzsäbel. Wie es schien, hatte er gerade Hundefleisch für die Brühe zerkleinert, war ins Schwitzen geraten und schöpfte nun frische Luft. Auf den Treppenstufen hockte zusammengekauert ein grauer Sturmmann, dem vom unmäßigen Trinken sichtlich übel war. Er hatte das Gesicht an die Streitaxt gelehnt, die eingeklemmt zwischen seinen Knien stand. Beim Anblick des Reiters zog er den Speichel zusammen und krächzte heiser: »Ha-alt! Du da ... He, E-edelmann!«

Ohne den Mann eines Blickes zu würdigen, ritt Rumata weiter.

»... Und wenn die Zunge des gemeinen Mannes den falschen Stiefel leckt«, sagte er laut, »muss man sie ihm ausreißen, heißt es doch: ›Meine Zunge ist mein Feind.‹«

Kiun versteckte sich hinter der Kruppe des Pferdes und folgte ihm mit großen Schritten. Aus den Augenwinkeln heraus konnte Rumata sehen, wie Kiuns Glatze von Schweiß glänzte.

»Halt!«, grölte der Sturmmann noch einmal.

Dann war zu hören, wie er mit scheppernder Axt und lauthals fluchend die Treppenstufen hinunterrollte.

Fünf Mann werden es wohl sein, dachte Rumata und streifte die Manschetten hoch. Lauter betrunkene Schlächter.

An der Schenke vorbei schlugen sie den Weg zum Wald ein.

»Ich kann schneller laufen, wenn es sein muss«, meinte Kiun mit sehr fester Stimme.

»Unsinn!«, entgegnete Rumata und zügelte den Hengst. »Es wäre langweilig, so viele Meilen zu reiten ohne einen einzigen Streit. Hast du etwa nie Lust, dich zu schlagen? Immer nur reden, reden ...«

»Nein. Ich habe nie Lust, mich zu prügeln.«

»Das ist ja das Unglück«, murmelte Rumata, wendete den Hengst und streifte seine Handschuhe über.

Hinter der Wegbiegung tauchten zwei Reiter auf, die sofort anhielten, als sie Rumata erblickten.

»He, edler Don!«, rief der eine. »Zeig uns mal deinen Reiseschein!«

»Knechtsgesindel!«, zischte Rumata kühl. »Ihr könnt ja doch nicht lesen. Was wollt ihr dann also mit dem Reiseschein?«

Er drückte dem Hengst die Knie in die Seiten und ritt auf die beiden Sturmmannen zu. Sie werden kneifen, dachte Rumata ... Wenn ich sie doch wenigstens ohrfeigen könnte! Wie gern würde ich den Zorn, der sich heute in mir angesammelt hat, an ihnen auslassen, aber mir scheint, daraus wird nichts. Also gut. Verhalten wir uns human. Vergeben wir allen; seien wir still und unbeteiligt wie Götter. Sollen sie morden und schänden, wir werden es ruhig mit ansehen – wie Götter. Götter können sich Zeit lassen, sie haben die Ewigkeit vor sich ...

Als Rumata dicht an die Sturmmannen heranritt, hoben sie zögernd die Streitäxte und wichen zurück.

»Nun?«, sagte Rumata.

»Ist das nicht ...?«, stotterte der erste Sturmmann. »Das ist doch der edle Don Rumata?«

Der zweite Sturmmann wendete seinen Gaul und preschte im Galopp davon. Sein Kamerad ließ die Axt sinken und wich noch ein Stück weiter zurück.

»Wir bitten um Vergebung, edler Don«, sagte er hastig. »Es war ein Irrtum. Wir hatten staatliche Order, aber irren ist menschlich. Die Jungs haben ein bisschen getrunken. Sie glühen vor Eifer ...« Der Sturmmann wich zur Seite aus. »Sie wissen selbst, die Zeiten sind schwer. Wir sind auf der Jagd nach flüchtigen Schriftkundigen. Wir wollen Euch keinen Anlass geben, Klage wider uns zu führen, edler Don.«

Rumata wendete wortlos sein Pferd.

»Gute Reise dem edlen Don!«, rief ihm der Sturmmann erleichtert nach.

»Kiun!« Auf Rumatas halblauten Ruf hin antwortete niemand.

»He, Kiun!«

Niemand meldete sich. Rumata horchte. Durch das Surren der Mücken hindurch vernahm er ein Rascheln im Gebüsch. Das ist Kiun, dachte er. Er hat sich eilig über das Feld in Richtung irukanische Grenze davongemacht; sie ist etwa zwanzig Meilen von hier entfernt. Das war's also, unser Gespräch ... Es ist doch immer dasselbe: Wochenlang verschwendet man seine Zeit und schwatzt banales Zeug mit allerlei Gesindel, und wenn einem dann ein wahrer Mensch über den Weg läuft, bleibt keine Zeit, mit ihm zu reden! Erst stellt man ihn auf die Probe und tauscht vorsichtig Doppelsinnigkeiten aus, und dann ... Man muss ihn beschützen, retten, an einen sicheren Ort bringen – doch er geht, ohne zu wissen, mit wem er es zu tun hatte, mit einem Freund oder einem Schuft, einfach seiner Wege. Und auch man selbst erfährt nichts von ihm. Was will er, was kann er, wofür lebt er?

Rumata dachte an das abendliche Arkanar: solide Häuser an den Hauptstraßen, das einladende Lämpchen über dem Eingang der Taverne. Er dachte an die Krämer, die an sauberen Tischen ihr Bier tranken, lachten und darüber redeten, dass die Welt gar nicht so übel sei, dass die Brotpreise fielen, die für Harnische stiegen, Verschwörungen rechtzeitig aufgedeckt und Zauberer und verdächtige Schriftkundige gepfählt würden, der König nach wie vor licht und erhaben und Don Reba über alle Maßen klug und immer auf der Hut sei. »Ha!«, wird einer von ihnen rufen. »Was die sich ausdenken: Die Welt soll rund sein! Meinetwegen auch viereckig! Nur den Kopf sollen sie den Leuten nicht verdrehen! ...« – »Alles Unheil kommt von der Büchergelehrsamkeit, nur davon, Brüder! Nicht im Geld, heißt es da, liegt das Glück. Der Bauer ist auch ein Mensch und lauter solches Zeug. Schmähverse, nein, da ist der Aufruhr nicht mehr weit ...« – »Auf den Pfahl mit ihnen, Brüder ... Was ich täte, wenn es nach mir ginge? Ich würde geradeheraus fragen: Du kannst schreiben? Auf den Pfahl mit dir! Du schreibst Gedichte? Auf den Pfahl! Du kannst das Einmaleins? Auf den Pfahl! Du weißt zu viel! ...« – »Bina, kleines Pummelchen, noch drei Bier und eine Portion Karnickelbraten! ...« Und draußen auf der gepflasterten Straße poltern mit eisenbeschlagenen Stiefeln stämmige Burschen mit roten Visagen und grauen Hemden, die schwarzen Äxte rechts geschultert. »Da sind sie, unsere Beschützer«, rufen sie. »Brüder! Die werden das nicht zulassen ... Nie im Leben! Und meiner, meiner ... Da, auf dem rechten Flügel! Gestern erst hab ich ihm eine Tracht Prügel verpasst! Ja, Brüder, die unruhigen Zeiten sind vorbei! Ein gesicherter Thron, Wohlstand, und für alle Zeit Ruhe und Gerechtigkeit. Hoch die grauen Rotten! Hoch, Don Reba! Ruhm und Ehre unserem König! Ach, Brüder, was für ein herrliches Leben wir jetzt führen! ...«

Und durch das nächtliche Königreich Arkanar ziehen, erleuchtet von Brand und Funkenflug, Hunderte von unglücklichen Menschen. Sie laufen, gehen oder schleppen sich dahin, auf Wegen und Pfaden, abseits der Sperren, mit zerschundenen Füßen und von Insekten zerstochen, verschwitzt, verstaubt und entkräftet. Sie haben Angst und sind verzweifelt; aber in ihrer Überzeugung sind sie hart wie Stahl. Sie sind

Geächtete, denn sie wollen und können ihr krankes, in Unwissenheit und Ignoranz versunkenes Volk lehren und heilen; sie können, Göttern gleich, aus Lehm und Stein eine zweite Natur schaffen, um das Leben ihres Volkes, das von Schönheit nichts weiß, zu schmücken; sie können in die Geheimnisse der Natur eindringen, um sie für das hilflose, durch Aberglauben verschreckte Volk nutzbar zu machen ... Wehrlose, gütige, ihrer Zeit weit vorauseilende Menschen ...

Rumata streifte den Handschuh ab und schlug dem Hengst damit zwischen die Ohren. »Los, du lahmer Klepper!«, schimpfte er auf Russisch.

Es war schon Nacht, als er den Wald erreichte.

Heute weiß niemand mehr, wie der »Schluckaufwald« zu seinem eigenartigen Namen kam. Es existierte eine amtliche Lesart, die besagte, dreihundert Jahre zuvor hätten sich hier die eisernen Rotten des Reichsmarschalls Toz, des späteren ersten Königs von Arkanar, durch die Saiwa geschlagen. Sie wären, so hieß es, den zurückweichenden kupferhäutigen Barbaren auf den Fersen gewesen, und hätten in den Marschpausen aus der Rinde der weißen Bäume ein Bier gebraut, von dessen Genuss sie chronischen Schluckauf bekommen hätten. Bei seinem Rundgang durch das Lager hätte der Marschall seine aristokratische Nase gerümpft und durch den Ausruf »Das ist ja unerträglich! Der ganze Wald hat ja Schluckauf und stinkt nach Plörre!« dem Wald seinen Namen gegeben.

Auf alle Fälle war es kein gewöhnlicher Wald. Hier wuchsen riesige Bäume mit harten weißen Stämmen, wie es sie sonst im ganzen Reich nicht gab – nicht im Herzogtum Irukan, und schon gar nicht in der Handelsrepublik Soan, die all ihre Wälder für den Schiffbau verbraucht hatte. Es hieß zwar, dass es im Land der Barbaren jenseits des Roten Nordgebirges viele solcher Wälder gäbe, aber was erzählte man nicht alles von diesem Land ...

Vor etwa zweihundert Jahren hatte man durch den Wald eine Straße bis zu den Silberbergwerken geschlagen; nach dem Lehnsrecht gehörte die Straße den Baronen Pampa, Nachkommen eines der Mitstreiter Marschall Toz'. Das Lehnsrecht der Barone Pampa kostete die Könige von Arkanar vier Zentner reinen Silbers im Jahr; darum sammelte jeder König, sobald er den Thron bestiegen hatte, ein Heer und führte es gegen das Schloss der Barone. Doch die Burgmauern waren fest und die Barone kühn. Jeder Feldzug verschlang zehn Zentner Silber, und so bestätigten die Könige von Arkanar nach der Heimkehr ihrer geschlagenen Heere den Baronen Pampa immer aufs Neue das Lehnsrecht und weitere Privilegien, wie etwa das Recht, sich an der königlichen Tafel in der Nase zu bohren, westlich von Arkanar zu jagen oder die Prinzen, ohne Beifügung von Rang und Titel, bei ihrem Namen zu nennen.

Der Schluckaufwald war voller dunkler Geheimnisse. Die Straße, auf der tagsüber Kolonnen von Fuhrwerken mit angereichertem Erz entlangzogen, war nachts menschenleer. Nur selten fand sich ein allzu Kühner, der sich bei Sternenlicht darauf wagte. Nachts, so hieß es, schreie auf dem Vaterbaum der Vogel Siu, den noch niemand gesehen hätte und den auch niemand je zu Gesicht bekäme, denn er sei kein gewöhnlicher Vogel. Es wurde von behaarten Riesenspinnen gesprochen, die von den Zweigen auf die Nacken der Pferde sprängen, ihnen die Adern durchbissen und gierig ihr Blut söffen. Auch ein übergroßes geschupptes Untier, Pehh genannt, durchstreife den Wald; es brächte nur alle zwölf Jahre ein Junges zur Welt und schleppe zwölf lange Schwänze hinter sich her, die giftigen Schweiß absonderten. Manch einer wollte sogar am helllichten Tag gesehen haben, wie der vom heiligen Mika verfluchte Eber Y, nackt und seine Klagen vor sich hin murmelnd, die Straße kreuzte – ein grimmiges Tier, gefeit gegen Eisen, doch mit Knochen leicht zu durchbohren.

Hier konnte man auch dem flüchtigen Sklaven mit dem pechschwarzen Brandmal zwischen den Schulterblättern begegnen, der so schweigsam und brutal war wie die behaarten, Blut saugenden Spinnen. Oder dem Zauberer, der, tief über die Erde gebeugt, geheimnisvolle Pilze für seine Zaubertränke sammelte, die Menschen in Tiere verwandeln, sie unsichtbar machen oder ihnen einen zweiten Schatten verleihen konnten. Auch die lichtscheuen Gesellen des furchteinflößenden Räuberhauptmanns Waga das Rad, so hieß es, marschierten des Nachts die Straße entlang, ebenso wie die Flüchtlinge aus den Silberbergwerken mit ihren schwarzen Handflächen und durchsichtigen Gesichtern. Hexenmeister versammelten sich zu nächtlichen Andachten, und Baron Pampas forsche Wildhüter brieten auf verschwiegenen Waldwiesen gestohlene Ochsen am Spieß.

Mitten im Walddickicht, eine Meile von der Straße entfernt, stand unter einem hohen, altersdürren Baum eine windschiefe Hütte. Sie war aus dicken Holzstämmen gebaut, von einem geschwärzten Pfahlzaun umfriedet und schon fast in den Boden eingewachsen. Neben dem morschen Aufgang zu der stets verschlossenen Tür ragten schiefe, aus vollem Stamm geschnitzte Götzen auf. Die Hütte war der gefürchtetste Ort im ganzen Schluckaufwald. Dort, so erzählte man sich, verkrieche sich alle zwölf Jahre das uralte Ungeheuer Pehh, um sein Junges zur Welt zu bringen; hier verende es auch und überschwemme den Keller mit schwarzem Gift. Wenn aber das Gift einmal ins Freie sickere, so wäre dies das Ende. Von allem. Und in regnerischen Nächten, sagte man, grüben sich die Götzen aus dem Boden, um zur Straße zu gehen und Zeichen zu geben. Dann erstrahlten die toten Fenster in überirdischem Licht, Töne erklängen, und aus dem Kamin steige eine Rauchsäule in den Himmel.

Der Dorftrottel Imra Finger vom Gehöft »Wohlgeruch«, im Volksmund auch »Gestank« genannt, hatte vor Kurzem das Trinken aufgegeben und sich eines Abends in diese Gegend verirrt, dabei das Holzhaus entdeckt und in eines der Fenster geblickt. Fast närrisch geworden, kehrte er nach Hause zurück. Als er sich von seinem Schreck erholt hatte, erzählte er, er habe in der hell erleuchteten Hütte einen Mann gesehen; dieser habe mit untergeschlagenen Beinen auf einer Bank gesessen, ein Fass in der Hand gehalten und daraus getrunken. Sein Gesicht habe fast bis an den Gürtel hinabgereicht und sei von Flecken übersät gewesen. Kein Zweifel, dass das der heilige Mika gewesen sei, von dem man wisse, dass er vor seiner Bekehrung zum rechten Glauben gehurt, gesoffen und geflucht habe. Er, Finger, habe sich überwinden müssen, ihn anzuschauen. Ein süßlich fader Geruch sei aus dem Fenster gedrungen, und zwischen den Bäumen ringsum habe er Schatten huschen sehen. Aus der ganzen Gegend versammelten sich die Leute, um die Erzählung des Trottels zu hören. Die Sache endete damit, dass Sturmmannen ihm die Arme auf den Rücken drehten und ihn in die Stadt Arkanar verschleppten. Das Geraune um die Hütte aber ging weiter, nur dass sie von jetzt an die »Säuferhöhle« hieß.

Nachdem sich Rumata den Weg durch die Riesenfarne gebahnt hatte, erreichte er besagte »Säuferhöhle«, stieg vom Pferd ab und schlang die Zügel um einen der Götzen. In der Hütte brannte Licht. Die Tür, die nur noch an einer Angel hing, stand weit offen. Drinnen saß, geistesabwesend, Vater Kabani am Tisch. Schwerer Alkoholdunst füllte den Raum. Auf dem Tisch stand ein großer irdener Krug, umringt von abgenagten Knochen und Stücken gekochter weißer Rüben.

»Guten Abend, Vater Kabani«, sagte Rumata.

»Seid gegrüßt«, erwiderte Vater Kabani mit einer heiseren Stimme, wie aus einem Hifthorn.

Rumata trat sporenklirrend an den Tisch, warf die Handschuhe auf die Bank und betrachtete Vater Kabani, der, das schlaffe Antlitz in die Hände gestützt, reglos dasaß. Wie dürres Gras hingen ihm die grauen, zottigen Brauen über die Augen, und der Atem, der aus den Öffnungen seiner großporigen Nase drang, war alkoholgeschwängert.

»Ich habe ihn erfunden!«, stieß er unvermittelt hervor. Mühsam hob er die rechte Braue und richtete das geschwollene Auge auf Rumata. »Ja, ich! Und wozu?« Er zog die rechte Hand unter der Wange hervor und fuhr ziellos mit dem behaarten Finger durch die Luft. »Und trotzdem habe ich nichts damit zu tun! Ich habe ihn erfunden, aber nichts damit zu schaffen, ja?! Gar nichts ... Und überhaupt sind nicht wir es, die hier erfinden, sondern weiß der Teufel wer!«

»Na, na!«, sagte Rumata, öffnete den Gürtel und streifte das Bandelier mit den Schwertern über seinen Kopf.

»Der Kasten ...!«, heulte Kabani auf. Dann schwieg er für längere Zeit und bewegte nur noch seltsam die Wangen.

Ohne den Alten aus den Augen zu lassen, schwang Rumata die Beine, die noch in staubigen Stulpenstiefeln steckten, über die Bank, setzte sich und legte die Waffen neben sich.

»Der Kasten ...«, wiederholte Vater Kabani tonlos. »Wir behaupten, Erfindungen zu machen, in Wirklichkeit aber ist alles längst erfunden. Vor Urzeiten hat jemand das alles erdacht, in einen Kasten gesteckt, ein Loch in den Deckel gebohrt und sich davongemacht. Ist schlafen gegangen. Und dann? Dann kommt Vater Kabani, macht die Augen zu und steckt die Hand durch das Loch ...« Er betrachtete seine Hand. »Und schwupps! Habe ich etwas erfunden! Ich, wird Kabani sagen, habe das erfunden! Und wer's nicht glaubt, ist ein Dummkopf ... Ich greife hinein und schwupps, was habe ich da? Draht mit Stacheln. Wozu? Um den Viehhof zum Schutz gegen die Wölfe einzuzäunen. Bravo! Noch ein Griff! Es kommt ein fein erdachtes Ding zum Vorschein, ein sogenannter Fleischwolf. Wozu dient er? Dazu, mit seiner Hilfe zarte Füllungen zuzubereiten. Bravo! Ich lange ein drittes

Mal hinein – brennendes Wasser. Und wozu das? Um feuchtes Holz in Brand zu setzen. Na?!«

Vater Kabani schwieg und sank vornüber, so als drücke ihn von hinten eine Hand gegen die Tischplatte. Rumata nahm den Krug, blickte hinein und ließ ein paar Tropfen des Inhalts auf seinen Handrücken fallen. Sie schillerten violett und rochen nach Fuselöl. Auch nachdem Rumata die Hand gründlich mit dem Spitzentuch gesäubert hatte, blieben Ölflecken zurück.

Als sein zotteliger Kopf den Tisch berührte, fuhr Vater Kabani hoch.

»Der, der alles in den Kasten tat, wusste, wozu es dient«, begann er wieder. »Stacheldraht zum Schutz gegen Wölfe?! Das habe ich alter Dummkopf mir so gedacht ... Aber Bergwerke, sie umzäunen Bergwerke damit, um Staatsverbrecher an der Flucht zu hindern. Doch das habe ich nicht gewollt! ... Ich bin selbst Staatsverbrecher, und bin ich gefragt worden? Jawohl! ›Stacheldraht?‹, fragten sie. ›Stacheldraht ... Zum Schutz gegen Wölfe? ... Gut!‹, lobten sie mich. ›Bist ein tüchtiger Kerl! Wir umzäunen die Bergwerke damit ...‹ Don Reba selbst hat Hand angelegt, und meinen Fleischwolf hat er auch genommen. ›Bist ein tüchtiger Kerl!‹, hat er gesagt. ›Einen klugen Kopf hast du!‹ ... Und nun machen sie im Fröhlichen Turm zartes Hackfleisch. Der Fleischwolf sei ihnen sehr von Nutzen, berichten sie ...«

Das weiß ich, dachte Rumata. Alles weiß ich. Auch, dass du Don Reba in seinem Kabinett auf Knien angefleht hast: »Hört auf damit! Gebt ihn mir zurück!« Aber es war zu spät. Der Fleischwolf drehte sich schon ...

Vater Kabani nahm den Krug, setzte ihn an den bärtigen Schlund und trank grunzend wie der Eber Y das giftige Gebräu. Dann setzte er den Krug ab und biss in ein Stück weiße Rübe. Dabei liefen ihm Tränen über die Wangen.

»Brennendes Wasser!«, schrie er, und seine Stimme überschlug sich. »Zum Anzünden von Scheiterhaufen und für sonst allerlei Kunststücke. Wieso heißt es ›Brennendes Wasser‹, wenn man es doch trinken kann? Wenn man es unters Bier mischt, wird das Bier unbezahlbar! Aber ich werde es nicht hergeben! Ich werde es selbst trinken ... Und so trinke ich, Tag und Nacht. Ich bin schon ganz aufgedunsen und falle um, wo ich geh und steh. Du wirst es nicht glauben, Don Rumata, aber als ich mich neulich im Spiegel sah, erschrak ich. Ich erblickte, Gott steh mir bei, anstelle von Vater Kabani ein Meeresungeheuer, einen Kraken – buntgefleckt, bald rot, bald blau ... Ein feines Wasser habe ich da erfunden, es taugt für allerlei Kunststücke ...«

Kabani spuckte auf den Tisch und scharrte mit dem Fuß unter der Bank, als wolle er die Spucke verreiben. »Was haben wir heute für einen Tag?«, fragte er unvermittelt.

»Den Vorabend des heiligen Kata«, antwortete Rumata.

»Und warum scheint die Sonne nicht?«

»Weil es Nacht ist.«

»Schon wieder Nacht«, seufzte Vater Kabani und fiel mit dem Gesicht vornüber in die Rübenreste.

Eine Zeit lang musterte ihn Rumata, leise vor sich hin pfeifend, dann erhob er sich und ging in die Vorratskammer. Zwischen Haufen von Rüben und Metallspänen blitzten die gläsernen Röhrchen des riesigen Destillierapparats – ein Meisterwerk des geborenen Ingenieurs und Chemikers Kabani, der überdies ein brillanter Glasbläser war. Rumata ging zweimal um die »Höllenmaschine« herum, ertastete im Dunkeln ein Brecheisen und schlug aufs Geratewohl mehrmals mit voller Wucht zu. Es klirrte und gluckste; ein widerwärtiger Geruch von gegorenem Trester stieg ihm in die Nase.

Über die klirrenden Scherben hinweg stapfte Rumata in eine dunkle Ecke und schaltete das elektrische Lämpchen ein. Dort, zwischen Bergen von Gerümpel, stand in einem robusten Safe aus Steinzeug der kompakte Feldsynthetisator »Midas«. Rumata schob das Gerümpel beiseite, wählte eine Zahlenkombination und öffnete den Deckel des Safes. Selbst in dem hellen elektrischen Licht nahm sich der Synthetisator zwischen all dem Gerümpel seltsam aus. Als er mehrere Schaufeln Metallspäne in den Aufnahmetrichter gegeben hatte, begann der Synthetisator zu summen; automatisch schaltete sich die Anzeigeskala ein. Mit der Spitze seines Stulpenstiefels schob Rumata einen rostigen Eimer unter die Tülle, und schon fielen auf dessen verbeulten Boden scheppernd kleine goldene Münzen mit dem aristokratischen Profil Piz' VI., des Königs von Arkanar.

Rumata ging zurück in die Stube und legte Vater Kabani auf die knarrende Pritsche, zog ihm die Schuhe aus, drehte ihn auf die Seite und deckte ihn mit dem Fell einer längst ausgestorbenen Tierart zu. Für einen Augenblick erwachte Vater Kabani, konnte sich aber weder bewegen noch begriff er, was vorging. Er sang nur einige Strophen der profanen Romanze »Ein scharlachrotes Blümelein bin ich in deinem Händchen klein«, die zu singen verboten war, und fing sogleich an laut zu schnarchen.

Rumata räumte den Tisch ab, fegte den Fußboden und putzte das Fenster, das von Schmutz und Rückständen von chemischen Experimenten, die Vater Kabani auf dem Fenstersims durchgeführt hatte, fast schwarz geworden war. Hinter dem alten Ofen entdeckte er ein volles Fass mit Spiritus, das er in ein Rattenloch entleerte. Dann tränkte er den Chamacharhengst, streute ihm Hafer aus der Satteltasche hin, wusch sich, ließ sich auf der Bank nieder und starrte in die rußende Flamme der Öllampe. Schon das sechste Jahr führte er dieses merkwürdige Doppelleben und war, so schien es, vollkommen daran gewöhnt. Aber von Zeit zu Zeit, wie zum Beispiel jetzt, hatte er das Gefühl, als existierten weder organisierte Gräueltaten noch bedrohliche Graumänner, und als sei das alles nur ein wunderliches Schauspiel, in dem er,

Rumata, die Hauptrolle spielte. Ihm war, als könnten die Experten des Instituts für experimentelle Geschichte jeden Augenblick aus ihren Logen rufen: »Richtig, Anton, vollkommen adäquat. Bravo Anton!«, und ihm für eine besonders gelungene Replik Beifall spenden. Als er sich aber umblickte, sah er statt eines überfüllten Theatersaals nur schwarze, rußbedeckte und mit Moos abgedichtete Holzwände.

Von draußen hörte man das Wiehern und Stampfen des Hengstes. Plötzlich vernahm Rumata ein vertrautes, an diesem Ort jedoch sehr unwahrscheinliches tiefes und gleichmäßiges Surren. Offenen Mundes saß er da und horchte. Das Surren riss ab, das Flämmchen der Ölfunzel flackerte und leuchtete dann hell auf. Rumata wollte gerade aufstehen, als aus dem nächtlichen Dunkel Don Kondor, Oberster Richter und Großsiegelbewahrer der Handelsrepublik Soan, auf der Türschwelle erschien. Don Kondor war außerdem Vizepräsident der Konferenz der zwölf Negozianten und Ritter des Reichsordens von Gottes Rechter Hand.

Rumata hätte beinahe die Bank umgeworfen, so hastig erhob er sich. Am liebsten wäre er auf Don Kondor zugestürzt, hätte ihn umarmt und auf beide Wangen geküsst. Doch gemäß der Etikette beugten sich seine Knie wie von selbst zu einer tiefen, sporenklirrenden Reverenz, die rechte Hand beschrieb einen weiten Halbkreis vom Herzen zur Seite, und der Kopf neigte sich, sodass das Kinn in der Halskrause aus Spitzen versank. Don Kondor riss das Samtbarett mit der schlichten Reisefeder vom Kopf, schwenkte es lässig, als wollte er Mücken verscheuchen, in Rumatas Richtung und schleuderte es auf den Tisch. Dann öffnete er die Kragenspangen seines Umhangs, der nun langsam von der Schulter zum Boden glitt, und setzte sich auf die Bank – die Beine gespreizt, die Linke auf der Hüfte, die Rechte auf den Griff des vergoldeten Schwertes gestützt, dessen Spitze sich in die morschen Dielen bohrte. Don Kondor war von kleiner, hagerer Statur, hatte ein bleiches Gesicht und große vorgewölbte Augen. Sein schwarzes Haar wurde von einem Stirnreif aus massivem Gold zusammengehalten, in den über der Nasenwurzel ein großer grüner Stein eingearbeitet war. Es war der gleiche Haarreif, wie ihn auch Rumata trug.

»Seid Ihr allein, Don Rumata?«, erkundigte er sich noch ein wenig außer Atem.

»Jawohl, edler Don«, erwiderte Rumata bedrückt.

»Edler Don Reba!«, rief auf einmal Vater Kabani laut und vollkommen nüchtern. »Eine Hyäne seid Ihr, sonst nichts!«

Don Kondor schenkte ihm keine Aufmerksamkeit.

»Ich bin geflogen«, fuhr er fort.

»Hoffentlich seid Ihr nicht gesehen worden«, meinte Rumata.

»Auf eine Legende mehr oder weniger kommt es nicht an«, entgegnete Don Kondor gereizt. »Mir blieb keine Zeit zu reiten. Was ist mit Budach? Wo ist er? Setzt Euch doch, Rumata! Mir tut schon der Nacken weh vom Aufsehen.«

Rumata folgte seiner Aufforderung. »Budach ist verschwunden«, begann er. »Ich wartete am Forstort der Schweren Schwerter auf ihn, es erschien aber nur ein einäugiger zerlumpter Mann, der mir mit dem Losungswort einen Sack Bücher übergab. Nachdem ich zwei weitere Tage gewartet hatte, setzte ich mich mit Don Hug in Verbindung. Er sagte, er hätte Budach bis zur Grenze begleitet. Budach befände sich in Gesellschaft eines ehrenwerten Dons, dem man vertrauen könne, denn beim gemeinsamen Kartenspiel hätte er sich bis aufs Hemd ruiniert und Don Hug Leib und Seele verpfändet. Budach muss also irgendwo hier, in Arkanar, verschwunden sein. Das ist alles, was ich weiß.«

»Das ist nicht allzu viel«, meinte Don Kondor.

»Es geht auch gar nicht um Budach«, warf Rumata ein. »Ich werde ihn finden, wenn er noch am Leben ist, und hole ihn da raus. Darauf verstehe ich mich. Ich möchte Eure Aufmerksamkeit vielmehr auf die Lage in Arkanar lenken, die sich weit über die Basistheorie hinaus entwickelt hat ...« Don Kondor verzog unzufrieden das Gesicht. »Nein, Don Kondor. Ihr müsst mich anhören, denn über Funk werde ich mich Euch niemals verständlich machen können«, fuhr Rumata entschieden fort. »Die Lage in Arkanar hat sich sehr verändert. Es gibt jetzt einen neuen Faktor, der eine systematische Wirkung zeitigt. Und die ist wie folgt: Don Reba hetzt bewusst das gesamte Grau des Königreichs auf die Gelehrten. Jeder, der auch nur geringfügig über dem Durchschnitt liegt, ist gefährdet. Und das sind keine Mutmaßungen, Don Kondor, es sind Tatsachen! Wer klug und gebildet ist, wer zweifelt oder etwas sagt, was nicht dem allgemein Üblichen entspricht, ja, wer auch nur keinen Wein trinkt, ist gefährdet! Jeder Krämer kann ihn zu Tode hetzen. Hunderte, Tausende wurden geächtet, von Sturmmannen aufgegriffen und am Straßenrand gehängt. Mit dem Kopf nach unten. In meiner Straße haben sie gestern einen alten Mann totgetreten, als sie erfuhren, dass er lesen und schreiben konnte. Sie sollen zwei Stunden lang auf ihm herumgetrampelt haben, diese Trunkenbolde mit ihren verschwitzten Raubtiervisagen. Mit einem Wort«, schloss Don Rumata, nun ein wenig ruhiger geworden, »in Arkanar wird es bald keinen einzigen Schriftkundigen mehr geben, genauso wie im Bezirk des Heiligen Ordens nach dem Gemetzel von Barkan.«

Don Kondor musterte ihn streng mit zusammengepressten Lippen. »Du gefällst mir nicht, Anton«, sagte er auf russisch.

»Mir gefällt auch vieles nicht, Alexander Wassiljewitsch«, entgegnete Rumata. »Zum Beispiel, dass uns schon durch die Aufgabenstellung Hände und Füße gebunden sind. Es gefällt mir nicht, dass wir es ›Unblutige Einwirkung‹ nennen. Denn unter den Bedingungen hier bedeutet das nichts anderes als wissenschaftlich begründete Untätigkeit. Ich kenne all Ihre Einwände, Don Kondor! Und ich kenne die Theorie. Aber hier handelt es sich nicht um Theorien, sondern um eine typisch faschistische Praxis. Hier bringen Bestien ununterbrochen Menschen um. Nichts nützt etwas, wir wissen einfach zu wenig. Und das Gold verliert an Wert, weil es zu spät kommt.«

»Beruhige dich, Anton«, riet Don Kondor. »Ich weiß, dass die Lage in Arkanar außerordentlich ernst ist. Aber ich weiß auch, dass du mir keinen einzigen konstruktiven Vorschlag machen kannst.«

»Stimmt«, gab Rumata zu. »Ich habe keine konstruktiven Vorschläge. Und es fällt mir sehr schwer, mich zu beherrschen.«

»Anton«, mahnte Don Kondor. »Wir sind nur zweihundertfünfzig Mann auf diesem Planeten. Alle beherrschen sich, und glaub mir: Jedem von ihnen fällt es schwer. Die Erfahrensten leben schon seit zweiundzwanzig Jahren hier. Sie kamen einzig und allein als Beobachter, und es ist ihnen streng untersagt, irgendwo einzugreifen. Versetz dich für einen Augenblick in ihre Lage: Sie hätten nicht einmal Budach retten dürfen, wenn man ihn vor ihren Augen mit Füßen getreten hätte.«

»Hören Sie auf, mit mir wie mit einem Kind zu sprechen«, sagte Rumata.

»Sie sind ja auch ungeduldig wie ein Kind«, erklärte Don Kondor. »Man muss aber sehr geduldig sein.«

»Und während wir geduldig abwarten, Maß nehmen und auf das Ziel lossteuern, vernichten die Bestien Tag für Tag, Minute für Minute Menschenleben«, sagte Rumata bitter.

»Im Weltall gibt es Tausende von Planeten, die wir noch nicht betreten haben, und auf denen die Geschichte ihren Gang geht.«

»Diesen hier haben wir aber betreten!«

»Gewiss. Wir kamen, um der Menschheit hier zu helfen, nicht aber, um unseren gerechten Zorn an ihnen auszulassen. Wenn das über deine Kraft geht, kehre nach Hause zurück.

Schließlich bist du kein Kind mehr und hast gewusst, was dich erwartet.«

Rumata schwieg. Erschöpft und irgendwie gealtert, ging Don Kondor, das Schwert hinter sich herschleifend, vor dem Tisch auf und ab.

»Ich verstehe das.« Er nickte bekümmert. »Ich habe es ja selbst durchgemacht. Eine Zeit lang erschien mir nichts Furchtbarer als dieses Gefühl der Ohnmacht und der eigenen Widerwärtigkeit. Es gab Schwächere, die darüber den Verstand verloren und die man zur ärztlichen Behandlung auf die Erde zurückschickte. Fünfzehn Jahre habe ich gebraucht, mein Lieber, um zu erkennen, was das Furchtbarste ist: das menschliche Gesicht zu verlieren, Anton, Schaden an seiner Seele zu nehmen, zu verbittern. Wir sind hier Götter, Anton, und wir müssen klüger sein als die Götter der Sagen, die von den hiesigen Menschen nach ihrem Ebenbild geschaffen werden. Wir bewegen uns immer am Rand des Morastes. Ein Schritt abseits des Wegs genügt, um im Schmutz zu versinken, von dem man sich nie wieder reinigen kann. In der ›Geschichte der Menschwerdung Gottes‹ schreibt Goran von Irukan: ›Als Gott zur Erde hinabstieg und durch die Pitanischen Sümpfe zum Volke ging, waren seine Füße beschmutzt.‹«

»Wofür sie Goran ja auch verbrannt haben«, bemerkte Rumata finster.

»Ja, sie haben ihn verbrannt. Doch was er schrieb, soll uns eine Lehre sein. Fünfzehn Jahre bin ich hier und habe sogar schon aufgehört, von der Erde zu träumen. Als ich beim Kramen in meinen Papieren die Fotografie einer Frau fand, konnte ich mich lange nicht entsinnen, wer sie ist. Erschreckt stelle ich manchmal fest, dass ich schon lange kein Mitarbeiter des Instituts mehr bin, sondern nur noch ein Exponat seines Museums: Oberster Richter einer feudalen Handelsrepublik. Und in dem Museum gibt es einen Saal, in den ich hineingehöre. Das Furchtbarste ist, in der Rolle aufzugehen.

In jedem von uns kämpft ja ein Unterdrücker mit einem Kommunarden. Doch plötzlich ist der Unterdrücker in allgemeiner Gunst, und der Kommunarde bleibt auf sich allein gestellt. Bedenke, dass die Erde tausend Jahre und tausend Parsek entfernt ist. So sieht es aus, Anton«, schloss Don Kondor. »Bleiben wir Kommunarden.«

Er versteht mich nicht, dachte Rumata. Wie sollte er auch? Er, der Glückliche, der nicht weiß, was grauer Terror und wer Don Reba ist. Alles, was er während seiner fünfzehnjährigen Anwesenheit auf diesem Planeten erlebt hat, fügt sich auf die ein oder andere Weise in den Rahmen der Basistheorie. Wenn ich mit ihm aber über Faschismus, die grauen Sturmmannen und die wildgewordenen Kleinbürger spreche, hält er das für emotionale Rhetorik. »Treibe keine Scherze mit der Terminologie, Anton«, sagt er dann. »Terminologischer Wirrwarr hat gefährliche Folgen.« Er begreift nicht, dass das gewohnte Maß an mittelalterlicher Brutalität für Arkanar ein glückliches Gestern ist. Ihm scheint Don Reba wie Herzog Richelieu – ein kluger und weitsichtiger Politiker, der den Absolutismus gegen feudale Willkür verteidigt. Als Einziger auf diesem Planeten sehe ich den furchtbaren Schatten, der sich auf Arkanar senkt, und doch kann ich mir nicht erklären, wessen Schatten es ist und wozu ... Wie könnte ich Don Kondor überzeugen, der, wie sein Blick deutlich sagt, drauf und dran ist, mich zur Behandlung auf die Erde zurückzuschicken.

»Wie geht es dem ehrenwerten Sinda?«, erkundigte sich Rumata.

»Gut, danke der Nachfrage«, knurrte Don Kondor, der jetzt aufhörte, Rumata zu beobachten.

»Wir müssen endlich begreifen, dass weder du noch ich noch irgendein anderer von uns die Früchte seiner Arbeit zu sehen bekommen wird«, fuhr er fort. »Wir sind keine Physiker, sondern Historiker. Unsere Zeiteinheit ist nicht die Sekunde, sondern das Jahrhundert, und unser Tun nicht Aussaat, sondern die Bereitung des Bodens. Von Zeit zu Zeit kommen ... Enthusiasten von der Erde. Der Teufel soll sie holen ... diese Sprinter ohne Ausdauer.«

Rumata lächelte müde und zog nervös die Stulpenstiefel hoch. Sprinter. Ja, die hatte es hier tatsächlich gegeben.

Vor zehn Jahren hatte Stefan Orlowski alias Don Kapada, Befehlshaber einer Rotte von Armbrustschützen Seiner kaiserlichen Majestät, während einer öffentlichen Folterung von achtzehn estorischen Hexen seinen Soldaten befohlen, auf die Henker zu schießen. Er selbst metzelte den Reichsrichter und zwei Beisitzer nieder und wurde schließlich von der Palastwache aufgespießt. In Todesqual schrie er: »Ihr seid doch Menschen! Wehrt euch, wehrt euch!«, doch kaum jemand hörte ihn im Gebrüll der blutrünstigen Menge: »Feuer! Noch mehr Feuer!«

Um die gleiche Zeit entfesselte Karl Rosenblum, alias Wollhändler Pani-Pa und bedeutender Kenner der Geschichte der Bauernkriege in Deutschland und Frankreich, einen Aufstand unter den Murisser Bauern auf der anderen Hemisphäre des Planeten und nahm zwei Städte im Sturm. Bei dem Versuch, Plünderungen zu verhüten, wurde er durch einen Pfeilschuss ins Genick getötet. Die Hubschrauberbesatzung, die ihn abholte, fand ihn noch am Leben; sprechen konnte er jedoch nicht, sodass er sie nur schuldbewusst und verständnislos aus großen, tränenüberströmten Augen anblickte.

Kurz bevor Rumata eintraf, hatte Jeremy Toughnut, Experte für die Geschichte von Bodenreformen und als Freund und Vertrauter des Kaisaner Tyrannen bestens getarnt, eine Palastrevolution organisiert, die Herrschaft an sich gerissen und zwei Monate lang versucht, das Goldene Zeitalter herbeizuführen. Hartnäckige und erboste Anfragen anderer, auch der Erde, ließ er unbeantwortet, wurde zum Verrückten erklärt und entging glücklich acht Attentaten, bis ihn schließlich ein Rettungskommando entführte und er mit einem U-Boot auf dem Inselstützpunkt am Südpol landete.

»Unfassbar«, murmelte Rumata, »dass auf der Erde immer noch alle glauben, die kompliziertesten Probleme hätte die Nullphysik zu lösen.«

»Na endlich!«, rief Don Kondor und blickte auf.

Draußen klapperten Hufe. Schwach, aber böse wieherte der Chamacharhengst. Irgendjemand fluchte laut mit irukanischem Akzent. In der Tür erschien Don Hug, Oberbettaufseher seiner Durchlaucht des Herzogs von Irukan, dick und rosig, mit flott aufgezwirbeltem Schnurrbart, breitem Lächeln und kleinen vergnügten Äuglein unter der gelockten kastanienbraunen Perücke. Wieder hätte Rumata den Ankömmling am liebsten umarmt – Paschka. Don Hug straffte sich. Sein rundes Gesicht nahm einen süßlichen Ausdruck an, er verneigte sich leicht in der Hüfte, drückte sich den Hut an die Brust und spitzte die Lippen. Als Rumata Alexander Wassiljewitsch mit einem Blick streifte, stellte er fest, dass dieser schon verschwunden war: Auf der Bank saß mit gespreizten Beinen, die Linke gegen die Hüfte gestemmt, den Griff des vergoldeten Schwertes in der Rechten, nur noch der Oberste Richter und Großsiegelbewahrer.

»Ihr habt Euch sehr verspätet, Don Hug«, sagte er gereizt.

»Ich bitte tausendmal um Vergebung.« Don Hug näherte sich mit leichtem Schritt dem Tisch. »Bei der Rachitis meines Herzogs schwöre ich, dass mich unvorhergesehene Umstände aufgehalten haben! Viermal stoppte mich eine Patrouille Seiner Majestät des Königs von Arkanar, und zweimal musste ich mich mit irgendwelchen Flegeln prügeln.« Geziert hob er die mit blutdurchtränkten Lappen umwickelte linke Hand. »Wem gehört eigentlich der Hubschrauber hinter dem Haus, edle Dons?«

»Das ist meiner. Ich habe nämlich keine Zeit, mich unterwegs zu prügeln«, versetzte Don Kondor zänkisch.

Lächelnd nahm Don Hug auf der Bank Platz. »Also, edle Dons: Es bleibt festzuhalten, dass der hochgelehrte Doktor Budach irgendwo zwischen der irukanischen Grenze und dem Forstort der Schweren Schwerter verschwunden ist.«

Vater Kabani bewegte sich auf seinem Lager. »Don Reba«, rief er laut im Schlaf.

»Überlasst Budach mir«, sagte Rumata verzweifelt. »Und bitte versucht, mich zu verstehen ...«

2

Rumata riss erschrocken die Augen auf. Es war bereits Tag. Unten auf der Straße randalierten Leute. »Schur-r-rke!«, rief jemand, offenbar ein Soldat. »Du leckst mir jetzt den Dreck mit der Zunge ab!« (Guten Morgen allerseits!, dachte Rumata.) »Schnauze! ... Beim Rücken des heiligen Mika, bring mich nicht in Rage!«

Eine andere Stimme schnauzte grob und heiser, auf der Straße müsse man aufpassen, wo man hintrete. »Heute früh hat es geregnet, und Ihr wisst selbst, wie lange es her ist, dass die Straße gepflastert wurde.« – »Er will mich lehren, worauf ich zu achten habe!« – »Besser, Ihr lasst mich laufen, edler Don, und haltet mich nicht am Hemd fest.« – »Befehlen will er mir auch noch!« Wieder klatschte eine Ohrfeige; die erste hatte Rumata geweckt. »Besser, Ihr schlagt mich nicht, edler Don!«, brummte es von unten herauf.

Der Stimme nach musste der Soldat Don Tameo sein. Ich sollte ihm heute beim Kartenspielen den Chamacharklepper wieder andrehen, überlegte Rumata. Ob ich wohl jemals Pferdekenner werde? Bis jetzt jedenfalls kannte sich noch keiner aus meiner Sippe mit Pferden aus, dafür aber verstehen wir viel von Kampfkamelen. Gut, dass es in Arkanar so wenig Kamele gibt ... Rumata streckte sich, dass die Gelenke knackten, tastete nach der Seidenkordel am Kopfende des Bettes und zog ein paarmal daran. Irgendwo im Inneren des Hauses ertönte ein Glöckchen. Natürlich verfolgt der Junge den Streit da unten, dachte er. Ich könnte aufstehen und mich alleine anziehen, aber das gibt bloß wieder überflüssiges Gerede. Rumata horchte wieder auf das Geschimpfe. Was für eine grobe Sprache! Eine unglaubliche Entropie. Wenn ihn Don Tameo nur nicht erschlug ... In letzter Zeit gab es nämlich vermehrt Gardisten, die behaupteten, nur eins ihrer Schwerter diene dem edlen Zweikampf, das zweite sei hingegen dazu da, das Gesindel niederzuhalten, das sich dank Don Rebas Fürsorge auf den Straßen von Arkanar allzu sehr ausbreite. Allerdings gehörte der ängstliche Tameo, noch dazu als bekannter Politiker, nicht zu diesen Leuten.

Scheußlich, wenn der Tag mit Don Tameo beginnt! ... Rumata zog die Beine an, umschlang die Knie mit den Armen und blieb eine Weile so unter seiner prächtigen, wenn auch bereits zerschlissenen Decke sitzen. Hoffnungslosigkeit überkommt einen, wenn man darüber nachdenkt, wie schwach und machtlos man den Umständen gegenübersteht. Auf der Erde kommt einem so etwas gar nicht in den Sinn. Dort sind wir kräftige, selbstsichere Burschen, psychologisch gut vorbereitet und auf alles gefasst. Wir haben ausgezeichnete Nerven und brauchen uns weder bei Misshandlungen noch bei Hinrichtungen abzuwenden. Diszipliniert, wie wir sind, können wir uns auch die Auslassungen der hoffnungslosesten Idioten anhören. Wir haben es verlernt, uns zu ekeln und geben uns auch mit Geschirr zufrieden, das von Hunden ausgeleckt und dann mit einem schmutzigen Rockzipfel blankpoliert wurde. Wir schlüpfen mühelos in die Rolle anderer Personen und reden nicht einmal im Schlaf in unserer Erdensprache. Wir sind im Besitz einer äußerst verlässlichen Waffe:

der Basistheorie des Feudalismus, welche in stillen Arbeitszimmern und Laboratorien mittels verstaubter Ausgrabungen und fundierter Diskussionen erarbeitet wurde ...

Schade nur, dass Don Reba keine Ahnung von dieser Theorie hat, und unsere psychologische Ausbildung von uns abfällt wie sonnenverbrannte Haut. Wir verfallen in Extreme und bedürfen ständiger Nachhilfe wie beispielsweise dieser: »Beiß die Zähne zusammen und vergiss nicht, dass du ein getarnter Gott bist. Sie wissen nicht, was sie tun, und niemand von ihnen ist wirklich schuldig. Du musst geduldig und tolerant sein!« Allerdings zeigt sich, dass der Born des Humanismus, der auf der Erde unerschöpflich zu sein schien, erschreckend schnell in uns versiegt. Heiliger Mika, wie humanistisch wir auf der Erde waren! Der Humanismus war die Grundlage unseres Seins. In unserer Anbetung des Menschen, unserer Liebe zu ihm, sind wir in Anthropozentrismus verfallen. Doch hier ertappen wir uns entsetzt bei dem Gedanken, dass wir nicht den Menschen geliebt haben, sondern den Kommunarden, den Erdenbewohner, unseresgleichen. Und wir beginnen uns zu fragen, ob die Einheimischen wirklich Menschen sind oder sich je zum Menschen entwickeln können? Sogleich aber denken wir an Kira, Budach, Arata den Buckligen oder den großartigen Baron Pampa, und uns überkommt eine ungewohnte, unangenehme und vor allem nutzlose Scham.

Aber lassen wir das, dachte Rumata. Vor allem am Morgen. Zum Teufel mit diesem Don Tameo! So viel Bitterkeit hat sich in einem angesammelt, dass man sie nirgendwo in dieser Einsamkeit mehr loswerden kann. Einsamkeit, das ist es! Waren wir – gesund und voller Selbstvertrauen – darauf gefasst, hier in Einsamkeit zu leben? Ich glaube nicht! ... Was ist mit dir los, Anton? Es sind doch bloß drei Flugstunden westwärts bis zum gütigen, klugen Alexander Wassiljewitsch. Ebenso wie im Osten zu Paschka, dem zuverlässigen, stets vergnügten Freund, mit dem du sieben Jahre lang die Schulbank gedrückt hast. Machst du etwa schlapp, Anton? Das wäre schade, wir hätten dich für stärker gehalten. Aber so was kann jedem passieren. Wir wissen, dass es eine furchtbare Arbeit ist. Kehr zur Erde zurück, ruh dich aus und beschäftige dich mit der Theorie. Dann sehen wir weiter.

Alexander Wassiljewitsch ist übrigens ein waschechter Dogmatiker. Da die Grauen in der Basistheorie nicht vorgesehen sind (»Ich, mein Freund, habe in zwanzigjähriger Arbeit noch keine Abweichung von der Theorie festgestellt.«), muss ich von den Grauen wohl geträumt haben. Das heißt, meine Nerven versagen, und ich muss zur Erholung geschickt werden. (»Na schön, ich werde mir selbst ein Bild machen und Euch dann meine Einschätzung geben. Bis dahin aber, Don Rumata, keinerlei Exzesse ...«)

Pawel, Freund Paschka aus Kindertagen, belesen, gescheit und sachkundig, vertiefte sich mit Haut und Haar in die Geschichte zweier Planeten und bewies mühelos, dass die graue Bewegung nichts weiter ist als ein gewöhnlicher Aufstand der Städter gegen die Barone. (»In den nächsten Tagen komme ich bei dir vorbei, um das nachzuprüfen. Ehrlich gesagt, ist mir das mit Budach peinlich ...«) Na also, wenn ich schon zu nichts anderem mehr fähig bin, werde ich mich eben um Budach kümmern.

Der gelehrte Doktor Budach, geborener Irukaner, war ein berühmter Medikus. Der Herzog hatte ihn schon fast in den Adelsstand erhoben, als er sich anders besann und ihn im Turm einsperrte – den größten Spezialisten für Toxikologie im Reich, Verfasser des bekannten Traktats »Von Gräsern und Kräutern, die insgeheim Kummer, Freude und Beruhigung bewirken können, sowie von Speichel und Säften der Reptilien, Spinnen und des nackten Ebers Y, die selbige und viele andere Eigenschaften besitzen«. Er war ohne jeden Zweifel ein großartiger Mensch, ein überzeugter Humanist und Intellektueller, ein Altruist, dessen ganzer Besitz aus einem Sack Bücher bestand.

Was hast du, Doktor Budach, in diesem düsteren, zurückgebliebenen Land, im blutigen Morast von Verschwörung und Habgier, verloren? Gehen wir davon aus, dass du noch am Leben bist und dich in Arkanar aufhältst. Womöglich bist du räuberischen Barbaren in die Hände gefallen, die sich vom Rand des Roten Nordgebirges in die Ebene hinabbegaben? In dem Fall wird sich Don Kondor mit unserem Freund Schuschtuletidowodus, Spezialist für urtümliche Kultur, in Verbindung setzen; er ist zurzeit als epileptischer Schamane bei einem Häuptling mit einem fünfundvierzigsilbigen Namen im Einsatz. Bist du noch in Arkanar, haben dich wahrscheinlich die nächtlichen Banditen von Waga dem Rad überfallen, die es freilich mehr auf deinen Begleiter, den edlen Don, abgesehen hatten, auch wenn der gerade seinen letzten Heller verspielt hat. Aber töten werden sie dich nicht, dazu bist du dem geizigen Waga zu viel wert.

Möglicherweise hat dich auch ein dummer Baron ohne böse Absicht ergriffen, bloß aus Langeweile oder übertriebener Gastfreundschaft. Vielleicht hatte er Lust, in adliger Gesellschaft zu zechen, ließ die Straße durch seine Gefolgsmannen sperren und deinen Begleiter in sein Schloss bringen. Dort wirst du dann in der stinkenden Gesindestube hocken, bis sich die beiden Dons besinnungslos betrunken wieder trennen. In dem Fall bist du ebenfalls deines Lebens sicher.

Und irgendwo in der Faulen Schlucht halten sich noch die Überbleibsel der vor Kurzem geschlagenen Bauernheere Don Ksis und Perta Knochenrückens versteckt. Sie werden insgeheim von unserem Adler Don Reba persönlich aufgefüttert, um sie bei Schwierigkeiten gegen die Barone einsetzen zu können. Die kennen kein Pardon ... besser gar nicht dran denken. Dann ist da noch Don Satarina, uralter Reichsadel, fast zweihundert Jahre alt und völlig senil. Er befindet sich in

Sippenfehde mit dem Herzog von Irukan und lässt jeden ergreifen, der Irukans Grenze überschreitet – das heißt, wenn zwischendurch sein Tatendrang erwacht. Plagen ihn Gallenanfälle, ist er gar imstande, Befehle zu erteilen, dass die Totengräber die vielen Leichen kaum noch aus den Kerkern schaffen können.

Und schließlich die nächstliegende, wenn auch nicht größte Gefahr: Don Rebas graue Patrouillen. Seine Sturmmannen an den Hauptstraßen. Solltest du ihnen nur zufällig in die Hände gefallen sein, kommt es auf die Besonnenheit und Abgeklärtheit deines Begleiters an. Was aber, wenn sich Don Reba für dich interessiert? Er hat öfters solche Einfälle … Vielleicht haben ihm seine Spitzel auch gemeldet, dass du dich auf der Durchreise durch Arkanar befindest, und er hat dir einen Trupp entgegengesandt, der einem besonders eifrigen grauen Offizier, dem Bastard eines kleinen Adligen, untersteht. Dann hockst du jetzt im Steinsack unter dem Fröhlichen Turm …

Nachdem Rumata ein zweites Mal ungeduldig an der Klingelschnur gezogen hatte, öffnete sich quietschend die Tür des Schlafzimmers, und sein Diener, ein dünner, finster dreinblickender Junge, erschien. Er hieß Ugo, und sein Schicksal hätte gut zum Thema einer Ballade werden können. Mit Kratzfuß verneigte er sich und stellte ein Tablett mit Briefen, Kaffee und einem Stück aromatischer Rinde zur Festigung und Säuberung der Zähne auf einen kleinen Tisch neben dem Bett.

Rumata betrachtete ihn verärgert. »Sag mal, wann wirst du endlich die Tür ölen?«

Der Junge blickte schweigend zu Boden. Rumata schlug die Decke zurück, ließ die nackten Beine baumeln und griff nach dem Tablett. »Hast du dich heute gewaschen?«, fragte er.

Der Junge trat wortlos von einem Bein aufs andere und machte sich daran, die umherliegenden Kleidungsstücke aufzusammeln.

»Ich glaube dich gefragt zu haben, ob du dich gewaschen hast«, sagte Rumata, während er den Brief öffnete.

»Wasser wäscht keine Sünden ab«, murmelte der Knabe. »Bin ich etwa ein Adliger, dass ich mich waschen müsste?«

»Und was habe ich dir von Mikroben erzählt?«

Der Junge legte die grünen Hosen über den Stuhlrücken und schwang beschwörend seinen Zeigefinger, um den Leibhaftigen zu vertreiben.

»Dreimal habe ich nachts gebetet«, sagte er. »Was noch?«

»Ein Dummkopf bist du«, erwiderte Rumata und vertiefte sich in den Brief Donna Okanas, der neuen Mätresse Don Rebas. Das Hoffräulein, das »sich zärtlich sehnte«, bat ihn noch am selben Abend um einen Besuch. Im Postskriptum ließ sie ihn unmissverständlich wissen, was sie sich von der Zusammenkunft versprach. Rumata konnte nicht an sich halten – und errötete. »Also wirklich …«, murmelte er und schielte zu dem Jungen hinüber. Er überlegte. Hinzugehen war ihm zuwider, fortzubleiben wäre töricht, denn Donna Okana hatte von vielen Dingen Kenntnis. Er trank in einem Zug seinen Kaffee aus und schob sich das Stück Rinde in den Mund.

Der nächste Umschlag war aus dickem Bütten, das Siegel verwischt. Offenbar war das Schreiben geöffnet worden. Sein Absender war Don Ripat, ein ausgemachter Karrierist, Leutnant der grauen Rotte der Kurzwarenhändler. Er erkundigte sich nach Rumatas Ergehen, beteuerte seinen Glauben an den Sieg der grauen Sache und bat unter einem lächerlichen Vorwand um die Stundung seiner Schuld. »Gut, gut«, brummte Rumata, legte den Brief beiseite und griff nach dem nächsten Umschlag, den er mit Interesse von jeder Seite betrachtete. »Ja, sie arbeiten jetzt geschickter«, sagte er. »Zusehends geschickter.«

Das dritte Schreiben enthielt die Forderung, sich wegen Donna Pifa mit Schwertern zu schlagen. Doch war man bereit, die Forderung zurückzuziehen, wenn es Don Rumata beliebe zu beweisen, dass er, der edle Don Rumata, keine Beziehung zu Donna Pifa unterhalte und nie unterhalten habe. Es war ein Standardbrief: Den Haupttext hatte ein Kalligraf geschrieben; an den offengelassenen Stellen waren, mit grammatikalischen Fehlern, Namen und Zeitpunkt hingekrakelt.

Rumata warf den Brief beiseite und kratzte einen Mückenstich an seiner linken Hand.

»Bring das Waschwasser!«, befahl er.

Der Junge verschwand hinter der Tür und kehrte, einen mit Wasser gefüllten Kübel hinter sich herschleifend, zurück. Dann lief er noch einmal hinaus und schleppte einen leeren Zuber mit Schöpfkelle herbei.

Rumata sprang auf, streifte das alte, mit feinster Handstickerei verzierte Nachthemd über den Kopf und riss die am Kopfende des Bettes hängenden Schwerter aus der Scheide. Vorsichtshalber verzog sich der Knabe hinter den Stuhl. Nachdem Rumata zehn Minuten lang Ausfall und Parade geübt hatte, schleuderte er die Schwerter gegen die Wand und beugte sich über den leeren Zuber. »Gieß!«, befahl er. An das Waschen ohne Seife hatte er sich allmählich gewöhnt. Der Junge goss ihm Wasser auf Hals, Rücken und Kopf und brummte dabei: »Überall geht es normal zu, bloß bei uns gibt es solche Einfälle. Wo hat man das schon gesehen, dass sich einer in zwei Gefäßen wäscht! Für den Abort wurde ein Topf erfunden … Jeden Tag ein sauberes Handtuch … Und springt, ohne gebetet zu haben, nackt mit Schwertern herum …«

»Ich bin bei Hofe und kein lausiger Baron«, belehrte ihn Rumata, während er sich abtrocknete. »Ein Höfling muss sauber sein und gut riechen.«

»Seine Majestät haben Besseres zu tun, als an Euch zu riechen«, widersprach der Junge. »Jeder weiß, dass Seine Majestät Tag und Nacht für uns Sünder beten. Don Reba wäscht sich niemals, das hat mir einer seiner Lakaien selbst erzählt.«

»Schon gut, hör auf zu knurren«, sagte Don Rumata und zog ein ärmelloses Nylonhemd über.

Missvergnügt betrachtete der Junge das Kleidungsstück, über das schon lange allerlei Gerüchte unter der Dienerschaft Arkanars kursierten. Aber das musste Rumata in Kauf nehmen. Als er die Unterhose anzog, wandte der Junge den Kopf ab und bewegte die Lippen, als wolle er vor dem Teufel persönlich ausspucken.

Man sollte das Tragen von Unterwäsche in Mode bringen, dachte Rumata. Auf natürliche Weise ließ sich das freilich nur über die Frauen bewerkstelligen, doch in dieser Hinsicht war Rumata für einen Kundschafter zu wählerisch. Bei seinem Ruf als Kavalier und Luftikus, der wegen eines Liebesduells in die Provinz verbannt worden war, hätte er mindestens zwanzig Geliebte haben müssen. Rumata gab sich alle Mühe, seinen Ruf aufrechtzuerhalten, wobei ihn allerdings die Hälfte seiner Agenten unterstützen musste. Anstatt zu arbeiten, verbreiteten sie Schauermärchen über ihn, die unter den jungen Gardisten ebenso viel Neid wie Entzücken weckten. Dutzende enttäuschter Damen, bei denen Rumata die halbe Nacht mit dem Lesen von Gedichten zugebracht hatte (bei der dritten Wachablösung ein brüderlicher Kuss auf die Wange und ein Sprung vom Balkon in die Arme des Anführers der nächtlichen Streife, eines bekannten Offiziers), überboten sich in ihrer Begeisterung über die feine Lebensart des Kavaliers aus der Residenz. Da Rumatas Ruf ausschließlich der Eitelkeit dieser törichten, liederlichen Weiber zu verdanken war, blieb das Problem der Unterwäsche ungelöst. Unkomplizierter verlief dagegen die Sache mit den Taschentüchern! Nachdem Rumata auf dem ersten Ball ein elegantes Spitzentaschentuch aus dem Ärmelaufschlag gezogen und sich damit die Lippen betupft hatte, benutzten schon am nächsten Tag schneidige Gardeoffiziere große und kleine bestickte und mit Monogrammen versehene farbige Stofffetzen, um sich die schweißbedeckte Stirn zu trocknen. Einen Monat später gab es schon Gecken, die ganze Betttücher, die Zipfel lässig über dem Arm, hinter sich her schleiften.

Rumata zog grüne Hosen und ein weißes, am Kragen schon etwas verwaschenes Batisthemd an. »Wartet jemand draußen?«, erkundigte er sich.

»Der Barbier«, antwortete der Diener. »Außerdem sitzen im Gastzimmer Don Tameo und Don Sera. Sie haben sich Wein bringen lassen und würfeln um die Wette. Sie wollen mit Euch frühstücken.«

»Ruf den Barbier und sag den beiden Dons, dass ich bald komme. Und werde ja nicht grob, hörst du? Bleib höflich.«

Das nicht sehr reichliche Frühstück ließ Platz für das Mittagsmahl, das bald darauf serviert wurde. Es gab stark gewürztes gebratenes Fleisch und marinierte Hundeohren, dazu schäumenden Irukaner, dickflüssigen braunen Estorer und weißen Soaner als Getränke. Während er mit zwei Dolchen geschickt eine Hammelkeule zerlegte, beklagte sich Don Tameo über die Frechheit der niederen Stände. »Ich habe vor, eine Eingabe an den Allerhöchsten zu richten«, erklärte er. »Der Adel fordert, Bauern und Handwerksgesindel das Betreten öffentlicher Orte und Straßen zu untersagen. Mögen sie Höfe und Hinterfronten als Durchgang benutzen. Wenn man nicht vermeiden kann, dass sich ein Bauer auf der Straße zeigt, beispielsweise bei der Belieferung adliger Häuser mit Getreide, Fleisch oder Wein, muss er im Besitz einer Sondergenehmigung des Ministeriums für die Sicherheit der Krone sein.«

»Heller Kopf!«, begeisterte sich sabbernd Don Sera. »Übrigens, gestern Abend bei Hofe …« Und er erzählte den neuesten Hofklatsch. Fräulein Okana, Don Rebas neue Flamme, war dem König unvorsichtigerweise auf den kranken Fuß getreten. Seine Majestät geriet daraufhin in Wut und befahl Don Reba, die Übeltäterin zu bestrafen, als Warnung für andere. ›Wird erledigt, Eure Majestät‹, versicherte Don Reba, ohne mit der Wimper zu zucken. ›Noch in dieser Nacht.‹ Ich musste so lachen, dass sich zwei Haken von meinem Wams lösten.«

Protoplasma, ging es Rumata durch den Kopf. Es frisst und vermehrt sich, sonst nichts.

»Ja, edle Dons«, sagte er. »Don Reba ist ein gescheiter Mann.«

»O ja!«, bekräftige Don Sera. »Und was für einer! Ein wirklich heller Kopf!«

»Und hervorragender Staatsmann«, setzte Don Tameo respektvoll hinzu.

»Seltsam, wie sich die Ansichten über ihn in einem Jahr gewandelt haben.« Rumata lächelte. »Erinnert Ihr Euch noch, Don Tameo, wie geistreich Ihr Euch über seine krummen Beine lustig machtet?«

Don Tameo verschluckte sich und leerte mit einem Zug ein Glas Irukaner.

»Ich kann mich nicht erinnern«, murmelte er. »Eigentlich habe ich gar kein Talent zum Spötter.«

»Was wahr ist, ist wahr«, meinte Don Sera.

»Natürlich! Ihr wart ja Zeuge des Gesprächs«, rief Rumata. »Ihr lachtet so über Don Tameos Geistesblitz, dass Euer Wams ... in der Toilette ...«

Puterrot, stotternd und sehr langatmig begann Don Sera sich zu rechtfertigen und immer neue Lügen aufzutischen. Don Tameo, dessen Stimmung sich verdüstert hatte, sprach weiter kräftig dem schweren Estorer zu. Da er, wie er sagte, schon seit vorgestern trank, gab es jetzt für ihn kein Halten mehr. Als sie gemeinsam das Haus verließen, mussten beide ihn stützen.

Der Tag war hell und sonnig. Erlebnishungrig drängte sich das einfache Volk auf den Straßen. Junge Bengels bewarfen sich johlend mit Dreck. Hübsche Städterinnen mit weißen Häubchen schauten aus den Fenstern, und flinke Dienstmägde warfen aus glänzenden Augen verstohlene Blicke.

Die Stimmung besserte sich. Don Sera brachte sehr geschickt einen Mann aus der Menge zu Fall und erstickte fast vor Lachen darüber, wie dieser dann in einer Pfütze zappelte. »Halt!«, rief Don Tameo, als er bemerkte, dass er sich das Bandelier mit den Schwertern verkehrt herum übergestreift hatte, und so begann er sich um seine eigene Achse zu drehen, um es in Ordnung zu bringen. Vor lauter Lachen sprang wieder etwas von Don Seras Wams ab. Rumata fasste eine der herbeigeeilten Dienstmägde am rosigen Öhrchen und bat sie, Don Tameo behilflich zu sein. Ein Haufen Müßiggänger umringte sogleich die edlen Dons und erteilte der Dienstmagd Ratschläge, die sie über und über erröten ließen, während Don Seras Wams weiter Haken, Knöpfe und Schnallen verlor. Endlich zogen sie weiter, wobei Don Tameo lauthals einen Zusatz zu seiner geplanten Eingabe verkündete, nämlich, dass »hübsche Personen weiblichen Geschlechts nicht Bauern und Leuten niederen Standes zugezählt werden dürften«. Plötzlich versperrte ein mit Geschirr beladenes Fuhrwerk den Weg. Don Sera zog beide Schwerter und brüllte, edle Dons hätten es nicht nötig, Töpferkram auszuweichen, und er werde sich den Weg mitten durch die Fuhre bahnen. Während er sich aber noch mühte herauszufinden, wo die Wand endete und die Töpfe anfingen, griff Rumata in die Speichen, wendete das Fuhrwerk und machte den Weg frei. Die Tagediebe, die das Geschehen begeistert verfolgten, brachten ein dreifaches Hurra auf ihn aus. Schon wollten die edlen Dons ihren Weg fortsetzen, als im dritten Stock ein dicker, alter Krämer seinen grauen Schopf aus dem Fenster steckte und sich über die Höflinge beschwerte, deren Flegeleien »Don Reba, unser Adler, bald ein Ende machen werde«. Grund genug für die drei, die ganze Ladung Töpfe in das Fenster des Krämers zu werfen. In den letzten Topf ließ Rumata zwei Goldmünzen mit dem Profil Piz' VI. fallen und übergab ihn dem Fuhrwerksbesitzer, der das Geschehen starr vor Schreck verfolgt hatte.

»Wie viel habt Ihr ihm gegeben?«, erkundigte sich Don Tameo im Weitergehen.

»Eine Kleinigkeit«, antwortete Rumata. »Zwei Goldstücke.«

»Beim Rücken des heiligen Mika!«, rief Don Tameo. »Seid Ihr reich! Möchtet Ihr nicht meinen Chamacharhengst kaufen?«

»Ich will ihn Euch lieber beim Würfeln abgewinnen«, entgegnete Rumata.

»Recht so!«, stimmte Don Sera zu. »Was hält uns eigentlich davon ab zu würfeln?«

»Auf der Stelle?«

»Natürlich! Ich weiß nicht, warum drei edle Dons nicht würfeln sollten, wo und wann es ihnen passt.«

Bei diesen Worten stürzte Don Tameo auf das Pflaster, und gleich nach ihm Don Sera, der über seine Beine gestolpert war.

»Ich habe ganz vergessen«, meldete sich Don Sera, »dass wir jetzt Wache haben. Wir müssen los.«

Rumata half beiden aufzustehen und stützte sie auf dem Weg bis zu dem großen Haus Don Satarinas, bei dem sie haltmachten.

»Wir sollten dem edlen Don einen Besuch abstatten«, schlug Rumata vor.

Don Sera meinte, es spräche nichts dagegen, dass drei edle Dons den alten Don Satarina besuchten.

Da öffnete Don Tameo die Augen.

»In des Königs Diensten«, verkündete er, »müssen wir den Blick immer und überall in die Zukunft richten. Don Satarina aber gehört zu einer verflossenen Etappe. Vorwärts, edle Dons, ich muss Posten beziehen.«

»Vorwärts also«, bekräftigte Rumata.

Don Tameo ließ den Kopf wieder auf die Brust sinken und schlief weiter. Auf dem Weg zum Schloss berichtete Don Sera von seinen glorreich bestandenen Liebesabenteuern, die er an seinen Fingern abzählte. Dort angekommen, suchten sie die Wachstube auf, wo Rumata Don Tameo erleichtert auf einer Bank absetzte. Don Sera ließ sich am Tisch nieder, schob lässig einen Stoß vom König unterzeichneter Ordern beiseite und erklärte, dass es jetzt an der Zeit sei, einen Humpen kühlen Irukaner zu leeren. Der Wirt möge ein Fass davon hereinrollen und die Mädchen zu ihm schicken (und nicht dorthin – er wies auf die am Nebentisch Karten spielenden Wachgardisten). Dann trat der Wachkommandant ein, Leutnant einer Gardekompanie, und blickte lange auf Don Tameo, dann auf Don Sera. Als sich nun Don Sera bei ihm erkundigte, »weshalb die Blumen im Garten der geheimnisvollen Liebe verwelkten«, erklärte der Wachkommandant, dass es weder ratsam noch sinnvoll sei, sie in diesem Zustand auf Posten zu schicken; sie sollten lieber dableiben.

Rumata verlor ein Goldstück an den Leutnant. Dann unterhielt er sich mit ihm über neue Uniformbandeliers und Methoden des Schwerterschliffs. Als er nebenbei erwähnte, dass er Don Satarina aufsuchen wolle, der Waffen alten Schliffs besitze, erfuhr er, dass der Edelmann endgültig den Verstand verloren hatte, was ihn sehr betrübte. Vor einem Monat, berichtete der Leutnant, habe Don Satarina seinen Gefangenen die Freiheit geschenkt, all seine Gefolgsleute entlassen und sein übervolles Arsenal an Folterwerkzeugen unentgeltlich der Krone übergeben. Der zweihundertjährige Greis habe erklärt, er wolle nun den Rest seines Lebens mit guten Taten verbringen; er werde es wohl nicht mehr lange machen.

Rumata verabschiedete sich vom Leutnant und machte sich auf den Weg zum Hafen. Er ging um Pfützen herum, übersprang Rinnsale voller Fäkalien und stieß herumlungernde Leute niederen Standes rücksichtslos beiseite. Er zwinkerte den Mädchen zu, die ihn unwiderstehlich fanden, verneigte sich vor Damen in Sänften, begrüßte freundschaftlich ihm bekannte Adlige und übersah geflissentlich die grauen Sturmmannen.

Ein kleiner Umweg führte ihn an der Patriotischen Schule vorbei, die Don Reba vor zwei Jahren zur Heranbildung militärischer und administrativer Nachwuchskader aus dem Kleinadels- und Kaufmannsstand gegründet hatte. Sie war in einem massiven Gebäude moderner Bauart untergebracht: ohne Säulen und Basreliefs, mit schmalen schießschartenartigen Fenstern und halbrunden Türmen zu beiden Seiten des Haupteingangs. Wenn nötig, konnte man sich hier durchaus verschanzen.

Rumata stieg die schmalen Stufen zum ersten Stockwerk hinauf und ging sporenklirrend an Klassenzimmern vorbei, die auf dem Weg zum Arbeitszimmer des Schulleiters lagen. Aus den Räumen drang Stimmengewirr. Man hörte Sprechchöre: »Was ist der König? Eine erlauchte Majestät. Was sind die Minister? Treue Männer, die niemals zweifeln ...« – »... und Gott unser Schöpfer sagte: ›Ich will dich verfluchen.‹ Und er verfluchte ...« – »Beim zweiten Hornsignal zu zweit ausschwärmen, mit gesenkten Piken ...« – »... Wenn der Gefolterte das Bewusstsein verliert, die Folter unverzüglich einstellen ...«

Eine Schule, dachte Rumata. Hort der Weisheit, Stützpfeiler der Kultur.

Ohne anzuklopfen stieß er die niedrige, gewölbte Tür zum Arbeitszimmer auf. Drinnen war es dunkel und eiskalt. Hinter einem riesigen Tisch, auf dem sich neben Rohrstöcken Berge von Papier türmten, sprang eine lange hagere Gestalt auf, um Rumata zu begrüßen. Der Leiter der Patriotischen Schule, der hochgelehrte Vater Kin, war kahlköpfig, hatte tiefliegende Augen und trug die graue, mit Litzen besetzte Uniform des Ministeriums für die Sicherheit der Krone. Er war ein Mönch gewordener Sadist und Mörder, Verfasser des »Traktats über Denunziation«, das Don Rebas Aufmerksamkeit erregt hatte.

Rumata nahm die wortreiche Begrüßung Vater Kins mit einem flüchtigen Nicken entgegen, setzte sich in einen Sessel und schlug die Beine übereinander. Vater Kin blieb vor ihm stehen – vorgeneigt, in der Pose respektvoller Aufmerksamkeit.

»Nun, wie steht's?«, fragte Rumata freundlich. »Die einen Schriftkundigen schlachten wir ab, die anderen unterrichten wir?«

»Der Schriftkundige ist nicht des Königs Feind.« Vater Kin bleckte die Zähne. »Feind ist nur der schriftkundige Fantast, der Zweifler, der Ungläubige! Wir indessen ...«

»Lass es gut sein«, wehrte Rumata ab. »Ich glaube dir. Und was skribierst du gegenwärtig? Dein Traktat habe ich gelesen. Nützliches Buch, aber dumm. Wie konntest du ... Pfui! Du als Schulleiter!«

»Ich strebe nicht danach, durch Verstand zu glänzen«, entgegnete Vater Kin würdevoll. »Dem Staate zu nützen ist all mein Sinnen und Trachten. Wir brauchen nicht weise, sondern zuverlässige Staatsbürger. Und wir ...«

»Schon gut, schon gut«, fiel Rumata ihm ins Wort. »Ich glaube dir. Schreibst du nun etwas Neues oder nicht?«

»Ich beabsichtige, dem Minister eine Schrift über den neuen Staat vorzulegen. Zum Vorbild nehme ich das Gebiet des Heiligen Ordens.«

»Was denn«, versetzte Rumata überrascht, »willst du uns alle zu Mönchen machen?«

Vater Kin presste die Hände aneinander und trat näher zu Rumata.

»Gestattet, dass ich es Euch näher erkläre, edler Don«, sagte er eifrig und fuhr sich mit der Zunge über die Lippen. »Um etwas ganz anderes geht es! Es geht um die drei einfachen Grundprinzipien des neuen Staates, die da sind: blinder Glaube an die Unfehlbarkeit der Gesetze, ihre strikte Befolgung sowie die ständige Beobachtung aller durch jeden Einzelnen.«

»Hm«, murmelte Rumata. »Und wozu das Ganze?«

»Was heißt ›wozu‹?«

»Wie dumm du doch bist ... Na schön. Ich glaube dir. Hm, was wollte ich eigentlich von dir?«, überlegte Rumata. »Richtig! Du wirst morgen zwei neue Lehrer einstellen: Vater Tarra, einen ehrenwerten Greis, der sich mit der sogenannten Kosmografie befasst, und Bruder Nanin, ebenso zuverlässig und in Geschichte sehr bewandert. Es sind meine Leute, behandle sie mit Respekt. Hier das Pfandgeld.« Rumata warf einen Beutel mit Goldstücken auf den Tisch. »Und hier dein eigener Anteil: fünf Goldstücke. Hast du alles verstanden?«

»Sehr wohl, edler Don.«

»Gut«, sagte Rumata und blickte sich gähnend um. »Mein Vater liebte diese Menschen und trug mir auf, für sie zu sorgen. Unerklärlich, wie er, ein Don, Zuneigung zu Schriftgelehrten fassen konnte. Kannst du mir das erklären?«

»Besonderer Verdienste wegen vielleicht?«, meinte Vater Kin.

»Was soll das heißen?«, fragte Rumata misstrauisch. »Aber ja, warum eigentlich nicht? Ein hübsches Töchterlein vielleicht oder eine Schwester ... Wein hast du natürlich nicht im Haus?«

Vater Kin hob schuldbewusst die Arme.

Rumata nahm eines der Blätter vom Tisch, betrachtete es und las: »Begünstigung ...« Dann ließ er es wieder fallen und erhob sich: »Ihr Schlauköpfe! ... Und pass auf, dass deine gelehrte Meute ihnen nichts tut. Ich werde gelegentlich nach dem Rechten sehen. Sollte mir aber etwas zu Ohren kommen ...« Er hielt Vater Kin die geballte Faust unter die Nase. »Schon gut, schon gut. Keine Angst, ich tu dir nichts«, beruhigte er ihn.

Vater Kin kicherte devot. Mit einem Kopfnicken verabschiedete sich Rumata und ging sporenscharrend zur Tür.

In der Straße der Alleruntertänigsten Dankbarkeit schaute er in einer Waffenhandlung vorbei, erstand ein paar Scheidenringe und probierte Dolche aus, indem er sie gegen die Wand schleuderte und den Handgriff maß, aber sie gefielen ihm nicht. Dann ließ er sich am Ladentisch nieder, um ein wenig mit Vater Hauk, dem Inhaber, zu schwatzen. Vater Hauk hatte gütige, traurige Augen und kleine blasse Hände, von denen sich die Tintenflecken nicht mehr abwaschen ließen. Rumata diskutierte mit ihm über die Bedeutung des Dichters Zuren, hörte einen aufschlussreichen Kommentar zum Vers »Wie welke Blätter fallen auf die Seele ...« und bat Vater Hauk schließlich, ihm etwas Neues vorzulesen; gemeinsam seufzten sie über die unsagbar schmerzlichen Verse. Dann brach Rumata auf und deklamierte im Fortgehen Hamlets Monolog »Sein oder Nichtsein« auf irukanisch.

»Heiliger Mika!«, rief Vater Hauk begeistert. »Wer hat das gedichtet?«

»Ich«, antwortete Rumata und ging.

Er betrat die Schenke »Zur grauen Freude«, trank ein Glas arkanarischen Säuerling, tätschelte der Wirtin die Wange, stieß mit einer geschickten Schwertbewegung das Tischchen eines hohläugigen staatlichen Informanten um und begab sich in die Ecke – zu einem zerlumpten, bärtigen Mann, vor dessen Brust ein Tintenfass baumelte.

»Grüß dich, Bruder Nanin«, sagte Rumata. »Wie viele Bittgesuche hast du heute schon verfasst?«

Der Angesprochene lächelte verlegen und entblößte dabei die kleinen faulen Zähne: »Man schreibt zurzeit selten Gesuche, ehrwürdiger Don. Die einen halten sie für zwecklos, die anderen wiederum rechnen damit, dass sie sich bald ohne zu fragen alles nehmen können.«

Rumata beugte sich zu ihm hinunter und flüsterte, die Sache mit der Patriotischen Schule sei geregelt: »Hier sind zwei Goldstücke«, sagte er. »Bring dein Äußeres in Ordnung. Und sei vorsichtig ... zumindest die erste Zeit. Vater Kin ist gefährlich.«

»Ich werde ihm mein ›Traktat von den Gerüchten‹ vorlesen«, meinte Bruder Nanin vergnügt. »Ich danke Euch, edler Don.«

»Was tut man nicht alles dem Andenken seines Vaters zuliebe! Und nun sag mir, wo ich Vater Tarra finde.«

Bruder Nanin hörte auf zu lächeln und zwinkerte verlegen.

»Gestern hat es hier eine Schlägerei gegeben. Vater Tarra war betrunken, außerdem rothaarig … Man hat ihm eine Rippe gebrochen.«

Rumata räusperte sich verärgert.

»Das ist schlecht. Weshalb trinkt ihr auch so viel?«, schalt er.

»Manchmal fällt es schwer sich zurückzuhalten«, gestand Nanin bekümmert.

»Das glaub ich gern.« Rumata gab ihm noch zwei Goldstücke. »Kümmere dich um ihn«, sagte er.

Nanin beugte sich vor, um nach Rumatas Hand zu greifen. Doch Rumata tat einen Schritt zurück.

»He«, sagte er. »Das ist gewiss nicht der Beste deiner Scherze, Bruder Nanin. Leb wohl.«

Am Hafen gab es Gerüche, wie sonst nirgends in Arkanar. Es roch nach Seewasser, Schlamm und Gewürzen, Teer, Rauch und altem Pökelfleisch, und aus den Tavernen stank es nach Bratfisch und saurem Dünnbier. Schimpfen in allerlei Sprachen war zu hören. An den Piers, in den engen Durchgängen zwischen den Lagerschuppen und rund um die Tavernen drängte sich allerlei Volk: verwahrloste Matrosen, hochnäsige Kaufleute, finstere Fischer, Sklaven- und Mädchenhändler, aufgeputzte Dirnen, betrunkene Soldaten, zwielichtige Typen, die mit Waffen behängt waren, und sonderbares Lumpenpack mit Goldreifen an den verdreckten Armen. Alle waren außer sich vor Aufregung und Zorn: Auf Don Rebas Befehl durfte schon den dritten Tag weder Schiff noch Mensch den Hafen verlassen … Die grauen Sturmmannen an den Anlegestellen spielten mit ihren rostigen Schlächterbeilen, spuckten aus und musterten die Menge mit herausfordernden, schadenfrohen Blicken. Auf den festgehaltenen Schiffen hockten in Gruppen jeweils fünf oder sechs rothäutige, grobschlächtige Kerle, die Kupferhauben trugen und mit Fellen bekleidet waren: Barbarensöldner, untauglich im Nahkampf, gefährlich aber aus der Ferne, wenn sie mit überlangen Blasrohren vergiftete Pfeile abschossen. Hinter Tausenden von Masten zeichneten sich als dunkle Silhouette auf offener See die Kriegsgaleeren der königlichen Flotte ab. Von Zeit zu Zeit stießen sie feurig qualmende Fontänen aus, die das Meer aufflammen ließen; es war Erdöl, das man zur Abschreckung anzündete.

Rumata ging an den finsteren Seebären vorbei, die vor der verschlossenen Tür des Zollbüros vergeblich auf die Genehmigung zum Auslaufen warteten, und bahnte sich einen Weg durch die lärmende Menge der Händler mit ihren Waren – von Sklavinnen und schwarzen Diamanten bis hin zu Rauschgift und dressierten Spinnen. Er gelangte zu den Piers, streifte mit einem Seitenblick die in der sengenden Sonne zur Schau gestellten aufgeblähten Leichen von Matrosen, machte einen Bogen um den gerümpelbedeckten Hafenplatz und erreichte die Hafengassen. Hier war es ruhiger. Halbnackte Mädchen dösten in den Eingängen ärmlicher Spelunken. Mitten auf einer Kreuzung lag ein betrunkener Soldat, das zerschlagene Gesicht auf der Erde und die geleerten Taschen nach außen gekehrt. Ein paar verdächtige Gestalten schlichen blass und übernächtigt an den Häuserwänden entlang.

Rumata, der diese Gegend zum ersten Mal bei Tage besuchte, wunderte sich zunächst, dass er kein Aufsehen erregte. Die Passanten schauten mit geschwollenen Augen entweder an ihm vorbei oder durch ihn hindurch und gingen ihm aus dem Weg. Als er sich jedoch an einer Ecke zufällig umdrehte, sah er, wie ein gutes Dutzend Elendsgestalten jeder Größe, jeden Alters und Geschlechts schnell hinter Türen,

Fenstern und Torwegen verschwand. Und plötzlich wurde er sich der unguten Atmosphäre dieses Viertels bewusst, die weniger feindlich und gefährlich war als vielmehr habgierig und böse.

Er stieß mit der Schulter die Tür zu einer Spelunke auf und sah im Halbdunkel einen mumienhaften Greis, der hinter der Theke döste. Die Tische im kleinen Raum waren alle unbesetzt. Leise näherte sich Rumata der Theke, um dem Alten gegen die Nase zu schnippen, als er feststellte, dass dieser gar nicht schlief, sondern ihn durch seine fast geschlossenen Lider aufmerksam beobachtete. Als er eine Silbermünze auf den Tresen warf, riss der Alte die Augen auf.

»Was beliebt, edler Don?«, erkundigte er sich geschäftig. »Ein Kräutlein, eine Prise oder ein Mädchen?«

»Tu nicht, als wüsstest du nicht, weshalb ich hier bin.«

»He, he!«, rief der Alte überrascht. »Ist das nicht Don Rumata? Ihr kamt mir gleich bekannt vor.«

Der Alte schloss wieder halb die Lider; es gab nichts mehr für ihn zu tun. Rumata ging um den Schanktisch herum und zwängte sich durch eine schmale Tür in das kleine Nebenzimmer, in dem es eng war und dunkel; die Luft war drückend und es stank nach etwas Säuerlichem. In der Mitte des Zimmers stand ein runzliger alter Mann vor einem Stehpult und beugte sich über seine Papiere; auf dem Kopf trug er ein flaches dunkles Käppchen. Auf dem Stehpult stand ein flackerndes Öllämpchen, dessen trüber Schein nur die Gesichter der reglos an der Wand sitzenden Gestalten erhellte; sonst war es dunkel. Das Schwert in der Linken, tastete Rumata nach einem der Schemel an der Wand und ließ sich darauf nieder. Eigene Gesetze und eine eigene Etikette herrschten hier – niemand beachtete den Ankömmling. Er war gekommen, also war es richtig so. Andernfalls genügte ein Augenzwinkern, und der Betreffende lebte nicht mehr. Niemand fände je seine Leiche … Nichts rührte sich, nur die Feder des

Greises kratzte emsig über das Papier, und von Zeit zu Zeit seufzte bald der eine, bald der andere auf. An den Wänden hörte man fliegenfangende Eidechsen entlangtrippeln, die man jedoch nicht sah.

Die reglosen Männer an den Wänden waren Bandenführer. Einige von ihnen kannte Rumata seit Langem vom Sehen. Auf sich allein gestellt, taugten die stumpfen Kreaturen mit ihrer Krämerseele nicht viel. Sie waren dumm und grausam, aber geschickt im Umgang mit Messern und Knüppeln. Der alte Mann am Schreibpult aber …

Man nannte ihn Waga das Rad. Und er war das allmächtige, unumstrittene Oberhaupt aller Kriminellen diesseits der Meerenge: von den Pitanischen Sümpfen westlich von Irukan bis an die Seegrenzen der Handelsrepublik Soan. Alle drei offiziellen Kirchen des Reichs hatten ihn seiner Überheblichkeit wegen verdammt (er nannte sich den jüngeren Bruder der herrschenden Häupter). Waga das Rad verfügte über eine nächtliche Armee von zehntausend Mann, einen Schatz von mehreren Hunderttausend Goldstücken und ein Agentennetz, das bis in die höchsten Spitzen des Staatsapparats reichte. In den letzten zwanzig Jahren, hieß es, war er viermal – jedes Mal unter großem Volksauflauf – hingerichtet worden, und nach offizieller Version schmachtete er gegenwärtig in drei der finstersten Kerker des Reiches. Don Reba hatte wiederholt Erlasse gegen die »gesetzwidrige Verbreitung von Legenden über den nicht existenten und somit legendären ›Waga das Rad‹ durch Staatsverbrecher und andere Missetäter« verfügt. Gerüchten zufolge hatte Don Reba außerdem Barone mit großen Gefolgschaften zu sich berufen und ihnen fünfhundert Goldstücke für den toten und siebenhundert für den lebenden Waga geboten. Rumata hatte es seinerzeit viel Mühe und Gold gekostet, um mit dem Mann in Kontakt zu kommen, und wenn er ihn auch abstoßend fand, so war er ihm doch zuweilen nicht nur nützlich, sondern unentbehrlich. Im Übrigen fesselte ihn Waga das Rad vom wissenschaftlichen Standpunkt aus: Er war ein überaus interessantes Exemplar in seiner Sammlung mittelalterlicher Monstren, eine Person, die keinerlei Vergangenheit zu besitzen schien ...

Endlich legte der Alte die Feder beiseite und richtete sich auf. »Das wär's, meine Kinder«, sagte er krächzend. »Zweieinhalbtausend Goldstücke in drei Tagen, bei Ausgaben von eintausendneunhundertsechsundneunzig: macht fünfhundertvier kleine, runde Goldstücke in drei Tagen. Nicht übel, Kinder, nicht übel ...«

Alles blieb still. Waga trat vom Schreibpult zurück, setzte sich in eine Ecke und rieb sich die dürren Hände.

»Ich habe eine frohe Botschaft für euch, Kinder«, sagte er. »Eine Zeit des Überflusses bricht an. Aber es wird auch Arbeit geben. Viel Arbeit! Mein älterer Bruder, der König von Arkanar, hat beschlossen, alle gelehrten Leute in unserem gemeinsamen Königreich auszurotten. Schön, er wird wissen, was er tut. Und wer sind wir, dass wir über allerhöchste Verfügungen richten könnten? Nutzen aus dieser Verfügung aber können und müssen wir ziehen. Als treue Untertanen wollen wir ihm einen Dienst erweisen. Insofern wir aber nächtliche Untertanen sind, müssen wir darauf achten, unser Quäntchen einzustreichen. Er wird es nicht merken und uns wohl nicht zürnen. Was?«

Niemand rührte sich.

»Piga hat geseufzt, wie mir scheint. Hab ich recht gehört, Söhnchen?«

»Nichts dergleichen, Waga«, antwortete eine raue Stimme. »Wie könnte ich ...«

»Nein, das darf man auch nicht. Recht so! Ihr müsst mir jetzt alle sehr aufmerksam zuhören. Denn wenn ihr weit von hier an eure schwere Arbeit geht, wird niemand da sein, der euch berät. Seine Majestät, mein älterer Bruder, hat durch seinen Minister Don Reba verlauten lassen, dass er auf die Köpfe gewisser flüchtiger, im Verborgenen lebender Gelehrten viel Geld aussetzt. Wir müssen ihm diese Köpfe bringen, um dem Alten eine Freude zu machen. Auf der anderen Seite aber wünschen gewisse Gelehrte, dem Zorn meines älteren Bruders zu entgehen, wofür ihnen keine Summe zu hoch sein wird. Um der Barmherzigkeit willen und um das Gewissen meines älteren Bruders nicht durch unnötige Missetaten zu belasten, werden wir diesen Leuten helfen. Sollte Seine Majestät später auch diese Köpfe fordern, soll er sie bekommen. Billig, ganz billig ...«

Waga schwieg. Greisentränen rannen ihm über die Wangen. »Ich werde alt, Kinderchen«, schluchzte er. »Meine Hände zittern, die Beine versagen mir den Dienst, und mein Gedächtnis lässt mich im Stich. Vergessen, ganz und gar vergessen habe ich, dass sich unter uns in diesem engen, stickigen Käfig ein Edelmann befindet, der sich für unser Groschengeschäft gar nicht interessiert. Ich gehe jetzt und ruhe mich aus. Aber zuerst, meine Kinder, entschuldigen wir uns beim edlen Don.«

Krächzend erhob sich Waga und verbeugte sich. Die Übrigen taten es ihm nach, wenn auch sichtlich zögernd oder gar verängstigt. Rumata hörte ihre dumpfen, primitiven Hirne geradezu knacken in dem Bemühen, Sinn und Verhalten des krummen Greises zu verstehen.

Eins war klar: Der Räuber hatte die Gelegenheit genutzt, um Rumata wissen zu lassen, dass sein nächtliches Heer bei der derzeitigen Menschenjagd gemeinsame Sache mit den Grauen machen würde. Jetzt aber, da er konkrete Anweisungen erteilen sowie Namen und Zeitpunkt der Operationen bekanntgeben würde, war die Anwesenheit des edlen Dons, gelinde gesagt, lästig. Man legte ihm nahe, sein Anliegen rasch vorzutragen und sich alsbald davonzumachen. Ein undurchsichtiger Greis, dieser Waga. Und gefährlich. Was wollte er in der Stadt, er, der die Stadt hasste?

»Du hast recht, ehrenwerter Waga«, stimmte Rumata zu. »Meine Zeit ist knapp. Doch es ist an mir, mich zu entschuldigen, dich mit einer so nichtigen Sache zu behelligen.« Rumata war sitzen geblieben, die anderen hörten ihn stehend an. »Ich brauche deinen Rat ... Du kannst dich setzen.«

Waga verneigte sich ein zweites Mal und nahm Platz.

»Es handelt sich darum: Vor drei Tagen war ich mit einem Freund, einem Don aus Irukan, im Forstort der Schweren Schwerter verabredet. Doch ich habe ihn verfehlt. Seither ist er verschwunden. Mit Sicherheit weiß ich, dass er die irukanische Grenze wohlbehalten überschritten hat. Ist dir etwas über sein weiteres Schicksal bekannt?«

Waga schwieg eine Weile. Die Banditen atmeten laut und seufzten von Zeit zu Zeit. Waga das Rad räusperte sich schließlich. »Nein, edler Don. Von dieser Angelegenheit wissen wir nichts.«

Rumata stand sogleich auf.

»Ich danke dir, ehrenwerter Herr«, sagte er, ging zur Mitte des Zimmers und legte einen Beutel mit zehn Goldstücken auf das Pult. »Ich überlasse dir das Gold mit der Bitte, mich zu benachrichtigen, wenn dir etwas über den Verbleib meines Freundes bekannt wird. Leb wohl und hab Dank!«, beendete er seine Bitte und führte grüßend die Hand an den Hut.

An der Tür blieb er noch einmal stehen und sagte wie nebenbei über die Schulter hinweg: »Als du von gelehrten Leuten sprachst, kam mir ein Gedanke. Dank der Bemühungen des Königs wird es wohl in Arkanar nach Ablauf eines Monats keinen brauchbaren Lesekundigen mehr geben. Ich aber beabsichtige, eine Universität in der Hauptstadt zu gründen, wie ich es nach meiner Genesung von der schwarzen Pest gelobt habe. Sei so gut, und gib mir vor Don Reba Nachricht, wenn dir Schriftkundige in die Hände geraten. Vielleicht greife ich mir ein paar für die Universität heraus.«

»Das wird aber nicht billig sein«, warnte Waga mit honigsüßer Stimme. »Die Ware ist selten und gefragt.«

»Die Ehre steht mir höher als das Geld«, erwiderte Rumata hochmütig und verließ den Raum.

3

Es würde mich reizen, Waga das Rad zu ergreifen und auf die Erde zu schicken. Technisch wäre das einfach und schnell zu bewerkstelligen. Was aber würde Waga auf der Erde tun? ... Es wäre, dachte Rumata, als würfe man in einen hellen Raum mit Spiegelwänden und klimatisierter Wald- oder Seeluft eine behaarte Riesenspinne. An den glänzenden Boden gepresst, würde sie krampfhaft die bösen kleinen Augen bewegen, dicht an der Wand entlang in die dunkelste Ecke laufen und drohend ihre giftigen Kiefer zur Schau stellen ... Natürlich würde Waga das Rad zuallererst nach Gedemütigten und Benachteiligten suchen. Da ihm aber selbst der Dümmste unter ihnen noch zu integer und somit unbrauchbar erschiene, würde der Alte vermutlich dahinsiechen und eingehen. Doch, wer weiß! Im Grunde ist die Psyche dieser Monstren noch völlig unerforscht. Heiliger Mika! Sie ist zudem schwerer zu durchschauen als die Psyche von Nichthumanoiden. Die Handlungen der mittelalterlichen Scheusale sind zwar erklärbar, aber verteufelt schwer vorauszusehen. Vielleicht würde Waga das Rad an Heimweh sterben; vielleicht sähe er sich aber auch um, passte sich an, dächte über den Sinn des Ganzen nach und würde Waldhüter in einem Schonrevier. Irgendeine harmlose Leidenschaft musste er doch haben, die ihm hier hinderlich war, auf der Erde aber zum Lebensinhalt werden konnte. Allem Anschein nach liebte Waga Katzen. In seiner Höhle, hieß es, gäbe es ein ganzes Rudel von ihnen. Sie würden von einem Mann betreut, den Waga eigens dafür bezahlte – trotz seines Geizes und obwohl er ihn durch Drohungen leicht hätte dazu zwingen können. Was man auf der Erde allerdings mit Wagas ungeheuerlicher Herrschsucht anfangen sollte, wusste Rumata nicht zu beantworten.

Vor einer Taverne machte Rumata halt. Als er gerade hineingehen wollte, bemerkte er, dass seine Geldbörse verschwunden war. Ratlos stand er da. Obwohl ihm das nicht zum ersten Mal passierte, konnte er sich nicht damit abfinden und durchwühlte alle Taschen. Er hatte drei Geldbörsen bei sich gehabt, in jeder zehn Goldstücke. Die eine hatte er dem Schulleiter, Vater Kin, gegeben, die zweite Waga, die dritte aber war spurlos verschwunden – die Taschen waren leer. Säuberlich abgetrennt waren auch die goldenen Plättchen an seinem linken Hosenbein, und der Dolch an seinem Gürtel fehlte.

Zwei Sturmmannen, die in der Nähe stehen blieben, starrten ihn an und lachten. Einen Mitarbeiter des Instituts hätte das kaltgelassen, der edle Don Rumata von Estor aber wurde fuchsteufelswild. Für einen Moment verlor er die Beherrschung und ging mit geballten Fäusten und wutverzerrtem Gesicht auf die Spötter zu. Diese wichen verblüfft zurück und verschwanden blöde grinsend in der Taverne.

In diesem Moment erschrak Rumata, wie er sich bisher nur ein einziges Mal in seinem Leben erschrocken hatte. Damals war er noch Copilot eines Linienraumschiffs gewesen, als ihn wie aus dem Nichts ein Malariaanfall gepackt hatte. Zwar kurierte man ihn binnen zwei Stunden und unterhielt ihn währenddessen mit Scherzen und lustigen Redensarten, doch hatte er nie die Erschütterung vergessen, dass in ihm, dem stets Gesunden, etwas aus den Fugen geraten und er verletzlich geworden war; zum erstem Mal hatte er die Herrschaft über seinen Körper verloren.

Ich wollte doch gar nicht ... nicht einmal in Gedanken, ging es Rumata durch den Kopf. Was hatten mir die beiden schon getan: Sie standen doch bloß da und grinsten ... Ziemlich blöde grinsten sie, aber ich habe bestimmt auch nicht besser ausgesehen, als ich in meinen Taschen gekramt habe. Fast hätte ich sie geschlagen. Bestimmt sogar, hätten sie sich nicht rechtzeitig davongemacht. Sogleich fiel ihm ein, dass er neulich eine Strohpuppe in einem doppelten soanischen Panzer mit einem Hieb von Kopf bis Fuß aufgeschlitzt hatte, und das wegen einer Wette ... Es überlief ihn eiskalt ... Wie abgestochene Schweine lägen die beiden jetzt da, und er stünde, das Schwert in der Hand, ratlos daneben. Ein schöner Gott! Zur rasenden Bestie geworden ...

Rumata fühlte sich zerschlagen wie nach einer schweren Arbeit. Nun gut. Es war ja nichts geschehen, redete er sich zu. Es ist vorbei. Ein Wutanfall, sonst nichts. Ich bin ein Mensch, nichts Menschliches ist mir fremd. Es sind die Nerven. Die Nerven und die Anstrengungen der letzten Tage ... Vor allem aber war es das Gefühl, dass da unabwendbar ein Schatten heraufzog. Ein Schatten, von dem er nicht wusste, woher er rührte, der aber immer näher kam ...

Überall konnte man Vorboten dieses Unabwendbaren entdecken: Die Sturmmannen, die sich jüngst noch furchtsam in ihren Kasernen herumgedrückt hatten, marschierten jetzt mit geschultertem Beil mitten auf den Straßen, die eigentlich den Edelleuten vorbehalten waren; Bänkelsänger, Geschichtenerzähler, Tänzer und Akrobaten waren hingegen aus dem Straßenbild verschwunden; die Städter sangen keine politischen Couplets mehr, sie waren ernst geworden und wussten, was dem Wohl des Staates diente; man hatte aus unerfindlichen Gründen den Hafen gesperrt; das »aufgebrachte Volk« hatte alle Raritätenläden zerstört und niedergebrannt – es waren die einzigen Geschäfte im ganzen Königreich, die Bücher und Handschriften in allen Sprachen des Reichs und in den alten, nun schon toten Sprachen der Ureinwohner des Landes jenseits der Meerenge verkauften oder ausliehen. Die ehemalige Zierde der Stadt, die prächtige Kuppel des astronomischen Observatoriums, ragte jetzt, durch einen »zufälligen« Brand zerstört, wie ein geschwärzter fauler Zahn in den blauen Himmel. Innerhalb der letzten zwei Jahre hatte sich der Spirituosenkonsum in Arkanar, von jeher für seine Trunksucht bekannt, vervierfacht. Die schon immer eingeschüchterten, geprügelten Bauern verkrochen sich jetzt noch mehr in ihren Dörfern namens »Wohlgeruch«, »Paradieshütte« und »Himmelskuss« und verließen ihre Erdhütten nicht einmal mehr zur Feldbestellung. Zu guter Letzt war Waga das Rad, reichen Verdienst witternd, in die Stadt übergesiedelt. Und irgendwo in den prachtvollen Gemächern seines Palastes saß der von Gicht geplagte König, der, aus Angst vor allem auf der Welt, zwanzig Jahre lang keine Sonne gesehen hatte, Sohn seines eigenen Urgroßvaters, und unterzeichnete schwachsinnig kichernd einen grausigen Befehl nach dem anderen. Damit lieferte er die ehrlichen und uneigennützigen Menschen einem qualvollen Tod aus. Im Verborgenen reifte eine Pestbeule heran, die jeden Tag aufbrechen konnte.

Rumata rutschte auf einer Melonenschale aus, hob den Kopf und sah sich um. Die Straße der Alleruntertänigsten Dankbarkeit, in der er sich befand, war mit ihren soliden alten Häusern, Läden und Getreidespeichern das Zuhause ehrbarer Kaufleute, Geldwechsler und Juweliere. Die Bürgersteige waren breit und die Fahrbahn mit Granitquadern gepflastert. Für gewöhnlich traf man hier nur Edelleute und Reiche, heute aber wälzte sich eine erregte Schar niederen Volks auf Rumata zu. Mit untertänigem Blick gaben sie ihm den Weg frei; viele verneigten sich noch dazu. In den Fenstern der oberen Stockwerke glänzten feiste Gesichter, starr vor Aufregung und Neugier. »Weitergehen! ... Auseinandergehen! ... Ein bisschen fix! ...«, hörte man irgendwo weiter vorne befehlende Stimmen.

»Alles Übel kommt von ihnen! Man muss sich insbesondere vor ihnen in Acht nehmen«, hörte man es in der Menge flüstern. »Nach außen geben sie sich ruhig, sittsam und respektabel. Kaufmann hin, Kaufmann her – im Innern sind sie voller Gift!«

»Wie sie ihn sich vorgeknöpft haben, diesen Teufel. Ich bin manches gewöhnt, aber da musste ich wegsehen, glaub mir.«

»Den Grauen macht das nichts aus. Das sind richtige Kerle. Da lacht einem das Herz! Auf die ist Verlass.«

»Aber wer weiß, vielleicht ist es doch schlecht, so mit einem Menschen umzugehen, der lebt und atmet? Schuldige muss man strafen und belehren, aber doch nicht so ...«

»He, hör auf! ... Nicht so laut! Die Leute ringsum ...«

»Hört, mein Herr. Dort gibt es feines Tuch. Wenn wir sie unter Druck setzen, geben sie es billig ab. Doch Eile tut not, damit uns Pakins Gehilfen nicht zuvorkommen.«

»Man darf nicht zweifeln, das ist die Hauptsache, mein Söhnchen. Merk dir eins: Die Obrigkeit weiß immer, was sie tut.«

Sie haben schon wieder einen erschlagen, dachte Rumata. Er wollte abbiegen und einen Bogen um die Stelle machen, aus der die Menge und der Befehl, sich zu zerstreuen, gekommen waren. Doch dann überlegte er es sich anders. Er strich das Haar aus der Stirn, damit es nicht den Stern des goldenen Stirnreifs verdeckte. Denn der Stern war kein Stern, sondern das Objektiv eines ständig mit der Erde verbundenen Telesenders, und der Haarreif war eine Antenne, mit deren Hilfe die Historiker auf der Erde alles sahen und hörten, was die zweihundertfünfzig Kundschafter auf den neun Kontinenten des Planeten sahen und hörten. So waren die Kundschafter verpflichtet, Augen und Ohren offen zu halten.

Erhobenen Hauptes und die beiden Schwerter weit auseinandergespreizt, versuchte Rumata, sich die Menge möglichst weit vom Leib zu halten. Er schritt auf die Mitte der Straße zu, und die Menge wich zur Seite. Dort erblickte er vier stämmige Diener mit geschminkten Visagen, die eine silbrig schimmernde Sänfte trugen, hinter deren Vorhang ein hübsches, wenn auch hochnäsiges Gesicht mit angemalten Wimpern hervorsah. Rumata riss den Hut vom Kopf und verbeugte sich vor Donna Okana, der Mätresse Don Rebas des Adlers, die ihrerseits dem glänzenden Kavalier schmachtend und vielversprechend zulächelte. Auf Anhieb hätte man zwei Dutzend edle Dons nennen können, die, eines solchen Lächelns für würdig befunden, sofort zu ihren Frauen und Geliebten geeilt wären, um prahlend zu verkünden, dass sich die anderen jetzt vorsehen sollten, dass man sie in der Hand hätte und ihnen alles heimzahlen würde. Das Lächeln war selten und unter bestimmten Umständen Gold wert. Rumata blickte der Sänfte nach. Ich muss mich endlich entscheiden, dachte er, wenn es mir auch schwerfällt. Es muss sein, einen anderen Weg gibt es nicht … heute Abend also. Vor dem Waffengeschäft, in dem er sich vorhin nach dem Preis eines Dolches erkundigt und Gedichten gelauscht hatte, blieb er stehen. Das war es also, dachte er. Jetzt warst du an der Reihe, guter Vater Hauk …

Die Menge hatte sich zerstreut. In der Ladentür, die aus den Angeln gerissen war, stand, den Fuß gegen den Pfosten gestemmt, ein riesiger Sturmmann in grauem Hemd; ein zweiter hockte an der Wand. Die Fenster waren zerschlagen. Draußen trieb der Wind zerknülltes, beschriebenes Papier vor sich her.

Der ungeschlachte Sturmmann betrachtete aufmerksam den blutenden Finger, an dem er bis eben gesaugt hatte.

»Gebissen hat das Aas wie ein Iltis«, krächzte er, als er Rumatas Blick auffing.

Der zweite Sturmmann, ein schwächlicher, blasser Bengel mit pickligem Gesicht, kicherte unsicher. Man sah gleich, dass er neu bei der Truppe war, noch ganz grün hinter den Ohren.

»Was ist hier vorgefallen?«, wollte Rumata wissen.

»Wir haben uns einen geheimen Bücherfreund vorgeknöpft«, sagte der Milchbart nervös, während der Riese, ohne sich zu bewegen, weiter an seinem Finger sog.

Auf Rumatas Befehl »Stillgestanden!« schnellte der Milchbart hoch und ergriff das Beil. Der andere zögerte einen Augenblick, stellte dann aber das Bein auf und stand einigermaßen gerade.

»Wer war dieser Bücherfreund?«, fragte Rumata.

»Ich weiß nicht. Wir haben auf Befehl Vater Zupiks gehandelt«, gab der Milchbart Auskunft.

»Und? Habt ihr ihn ergriffen?«

»Jawohl!«

»Das ist gut«, sagte Rumata.

So blieb ihm wenigstens Zeit. Nichts ist so kostbar wie Zeit, dachte Rumata. Eine Stunde ist ein Leben wert, ein Tag nicht mit Gold aufzuwiegen.

»Und wohin habt ihr ihn gebracht? In den Turm?«

»Wie bitte?«, fragte der Milchbart verwirrt.

»Ob er im Turm ist, frage ich.«

Ein unsicheres Lächeln huschte über das picklige Gesicht. Der Riese brach in Gelächter aus. Als Rumata sich umwandte, sah er auf der anderen Straßenseite Vater Hauks Leiche wie ein Bündel Flicken am Türbalken hängen. Vom Hof starrten ein paar zerlumpte Kinder mit offen stehendem Mund den Toten an.

»Heutzutage kommt nicht mehr jeder in den Turm«, krächzte hinter Rumata ungerührt der Riese. »Wir fackeln nicht lange. Knoten hinters Ohr, und los geht's.«

Wieder kicherte der Milchbart. Nachdenklich wandte sich Rumata ab und überquerte langsam die Straße. Das dunkle Antlitz des Dichters kam ihm fremd vor. Erst als er auf die Hände blickte, erkannte er die schmalen, schwächlichen Finger mit den Tintenflecken …

> Man geht heute nicht aus dem Leben,
> man wird aus dem Leben getrieben,
> und wollte auch jemand, es wäre
> zu ändern, so ließe er, dem es
> an Kraft und auch an Geschick fehlt,
> die Hände doch sinken – er wüsste
> des Kraken Herz nicht zu finden,
> noch ob denn der Krake ein Herz hat …

Rumata machte kehrt und ging. Der gute, schwache Vater Hauk! Und was das Schrecklichste ist, mein stiller, hilfloser Freund: dass wir wissen, wo das Herz des Kraken schlägt, und es doch nicht durchbohren können, ohne das Blut von Tausenden verängstigter, unwissender, verblendeter und niemals zweifelnder Menschen zu vergießen. Es gibt zu viele von ihnen – viel zu viele Ungebildete, Uneinige und durch undankbare Arbeit Verbitterte und Erniedrigte, die unfähig sind, über ihren kleinlichen Vorteil hinauszudenken. Noch gibt es keine Möglichkeit, sie zu lehren, zu einen, zu lenken und sie vor sich selbst zu beschützen. Zu früh, Jahrhunderte zu früh hat sich in Arkanar der graue Morast ausgebreitet; niemand kann ihm Widerstand entgegensetzen, und so bleibt nur eins: die wenigen zu retten, die wir noch retten können – Budach, Tarra, Nanin und vielleicht ein weiteres Dutzend mehr.

Der Gedanke allerdings, dass Tausende von weniger begabten, aber ehrlichen, edelmütigen Menschen dem Tode geweiht waren, ließ Rumatas Herz bluten und ihn im Gefühl eigener Erbärmlichkeit erstarren. Manchmal war dieses Gefühl so stark, dass es sein Bewusstsein trübte; dann sah er das Mündungsfeuer der Schüsse im Rücken des grauen Gesindels aufleuchten; beobachtete, wie sich die sonst so unscheinbare Physiognomie Don Rebas in tierischer Angst verzerrte und betrachtete den langsam in sich zusammenstürzenden Fröhlichen Turm. Was wäre das für ein Augenblick! Eine makroskopische Lösung. Aber was käme danach? ... Die Wissenschaftler des Instituts hatten recht. Es bräche ein blutiges Chaos über das Land herein: Wagas nächtliches Heer und Zehntausende exkommunizierter Desperados, Gewalttäter, Mörder und Frauenschänder kämen ans Tageslicht; Horden kupferhäutiger Barbaren aus den Bergen vernichteten alles Leben, vom Säugling bis zum Greis. In blinder Angst würden Scharen von Bauern und Städtern in Wälder, Gebirge und Wüsten fliehen. Und die eigenen Anhänger – muntere, kühne Männer – würden sich im grausamen Kampf um die Macht und den Besitz des einzigen Maschinengewehrs gegenseitig den Bauch aufschlitzen, nachdem sie den Anführer getötet hätten. Was für ein sinnloser Tod: durch eine Schale Wein, kredenzt vom besten Freund; durch einen Pfeil aus der Armbrust, der, hinter einem Vorhang abgeschossen, in den Rücken trifft. Nicht zuletzt das bleiche Gesicht dessen, der als dein Nachfolger von der Erde entsandt würde, und ein menschenleeres, ausgeblutetes, von Feuersbrünsten verheertes Land vorfände, in dem alles wieder von vorn begonnen werden müsste ...

Düster wie ein Unwetter stieß Rumata die Tür zu seinem Haus auf und trat in das luxuriöse, wenn auch schon etwas abgewohnte Vorzimmer. Muga, der nach vierzig Jahren Dienerschaft grau und bucklig geworden war, zuckte vor Schreck zusammen und zog den Kopf ein, als er sah, wie der junge Herr wütend Hut, Umhang und Handschuhe abstreifte, das Bandelier auf die Sitzbank warf und in seine Gemächer hinaufeilte. Im Salon wartete der junge Uno auf Rumata.

»Lass das Essen im Kabinett auftragen!«, knurrte er, doch der Junge rührte sich nicht.

»Sie werden erwartet«, sagte er mürrisch.

»Von wem denn nun schon wieder?«

»Von einem Mädchen oder einer Donna. Ihrer Freundlichkeit nach ist sie ein Mädchen, ihrer Kleidung nach aber ein Edelfräulein ... Schön ist sie auch.« Kira, dachte Rumata erleichtert und zärtlich. Wie schön! Als hätte sie meine Unruhe gespürt.

»Soll ich sie vor die Tür setzen?«, fragte der Junge ungerührt, als Rumata einen Augenblick die Augen schloss, um seine Gedanken zu sammeln.

»Schafskopf! Dich werde ich vor die Tür setzen. Wo ist sie?«, fragte er.

»Im Kabinett, wo sonst.« Uno grinste dumm.

»Lass für zwei Personen auftragen«, befahl Rumata und stürzte davon. »Dass du niemanden hereinlässt: weder König, Teufel noch Don Reba persönlich.«

Kira hatte die Beine auf einen Sessel gelegt, das Kinn in die zierliche Faust gestützt, und blätterte zerstreut im »Traktat von den Gerüchten«. Als er das Zimmer betrat, wollte sie sich erheben, doch er kam ihr zuvor, schloss sie in die Arme und vergrub sein Gesicht in ihrem üppigen, duftenden Haar. »Wie schön, dass du gekommen bist, wie schön!«, murmelte er.

Eigentlich war an dem Mädchen nichts Besonderes: Kira war achtzehn Jahre alt, hatte eine Stupsnase, war die Tochter eines Gehilfen des Gerichtsschreibers und Schwester eines Sergeanten der Sturmmannen. Weil sie rotes Haar hatte, das in Arkanar verpönt war, hatte noch niemand um ihre Hand angehalten. Aus diesem Grund war sie auch besonders schweigsam und schüchtern. Sie hatte nichts von den üppigen, keifenden Frauen aus dem Kleinbürgerstand, die man gemeinhin bewunderte, ebenso wenig von den arroganten Schönen des Hofes, die allzu früh dahintergekommen waren, was die Bestimmung des Weibes in dieser Welt war. Aber lieben konnte Kira, wie die Frauen auf der Erde, mit stiller Hingabe.

»Warum hast du geweint?«, fragte Rumata.

»Warum bist du so zornig?«

»Nein, sag mir erst, weshalb du geweint hast.«

»Nachher. Du siehst so müde aus. Was ist geschehen?«

»Später. Wer hat dich gekränkt?«

»Niemand. Bring mich fort von hier.«
»Gut!«
»Und wohin fahren wir?«
»Das weiß ich noch nicht, Liebes. Aber wir fahren bestimmt.«
»Weit?«
»Sehr weit.«
»In die Hauptstadt?«
»Ja ... in die Hauptstadt. Zu mir.«
»Ist es schön dort?«
»Wunderschön. Dort weint niemand.«
»Das gibt es nicht.«
»Du hast recht. Das gibt es nicht. Auch du wirst dort niemals weinen!«
»Und was für Menschen leben dort?«
»Menschen wie ich.«
»Sie sind alle wie du?«
»Nicht alle, es gibt Bessere als mich.«
»Das ist unmöglich.«
»Doch.«
»Wie kommt es, dass ich so viel Vertrauen zu dir habe? Weder meinem Vater, der jedem misstraut, noch meinem Bruder, der sagt, alle seien Schweine, nur mit dem Unterschied, dass die einen schmutzig und die anderen sauber sind, glaube ich nicht. Dir aber schon.«
»Ich liebe dich ...«
»Warte Rumata ... Nimm den Reif ab ... Du hast gesagt, dass es Sünde ist ...«

Glücklich lachend nahm Rumata den Reif, legte ihn auf einen Stuhl und deckte ihn mit einem Buch zu.

»Das ist das Gottesauge«, sagte er. »Wir wollen es verdecken.« Er nahm sie auf die Arme. »Das ist zwar Sünde, aber ich brauche keinen Gott, wenn ich bei dir bin. Nicht wahr?«

»Ja«, sagte sie leise.

Als sie sich zu Tisch setzten, war der Braten kalt und der Wein aus dem Eiskeller warm geworden. Auf leisen Sohlen, wie der alte Muga es ihn gelehrt hatte, kam der Junge herein und zündete, obwohl es noch hell war, die Öllämpchen an den Wänden an.

»Ist das dein Sklave?«, fragte Kira.

»Nein, er ist frei. Ein guter Junge, nur sehr geizig.«

»Geld liebt die Sparsamkeit«, murmelte Uno, ohne sich umzudrehen.

»Du hast also noch keine neuen Bettlaken gekauft?«, fragte Rumata.

»Wozu? Die alten sind noch gut genug«, entgegnete der Junge.

»Hör zu, Uno.« Rumata wurde böse. »Ich habe keine Lust, einen Monat lang auf denselben Laken zu schlafen.«

»Pah!«, rief der Junge. »Seine Majestät schlafen sechs Monate lang im selben Bettzeug, ohne sich zu beschweren.«

»Und das Öl in den Lampen ...« – Rumata zwinkerte Kira zu – »... kostet wohl nichts?«

»Ihr habt doch Besuch«, erwiderte Uno nach einem Augenblick des Zögerns entschieden.

»Siehst du, so ist er!«, sagte Rumata.

»Ein guter Junge«, bemerkte Kira ernst. »Er hat dich gern. Lass ihn mit uns gehen.«

»Das wird sich finden.«

»Wohin denn?«, fragte der Junge misstrauisch. »Ich will nicht weg.«

»Wir fahren dorthin, wo alle Menschen wie Don Rumata sind«, antwortete Kira.

Der Junge überlegte eine Weile. »Ins Paradies für Edelleute etwa?« Er lachte auf und verließ, mit den abgetragenen Schuhen schlurfend, das Zimmer.

»Ein netter Bursche!« Kira blickte ihm nach. »Brummig wie ein kleiner Bär. Ein guter Freund.«

»Alle meine Freunde sind gut.«

»Auch Baron Pampa?«

»Du kennst ihn?«, fragte Rumata verwundert.

»Von ihm sprichst du doch am häufigsten. Bei dir heißt es doch immerzu: Baron Pampa hier, Baron Pampa da.«

»Baron Pampa ist ein großartiger Kamerad.«

»Wie passt das zusammen: Baron und Kamerad?«

»Ein guter Mensch, wollte ich sagen. Gütig und fröhlich. Er liebt seine Frau sehr.«

»Ich möchte ihn kennenlernen ... Oder bin ich nicht fein genug für ihn?«

»Er ist zwar ein guter Mensch, aber dennoch ein Baron.«

»Hm ...«, sagte sie.

Rumata schob den Teller fort. »Nun sag mir aber, warum du geweint hast und allein zu mir gekommen bist. Darf man sich denn heutzutage überhaupt noch allein auf die Straße trauen?«

»Ich hielt es zu Hause nicht mehr aus und gehe auch nicht wieder zurück. Lass mich deine Magd sein, ohne Entgelt.«

Rumata lachte gezwungen.

»Vater schreibt täglich Denunziationen ab«, fuhr das Mädchen verzweifelt fort. »Und das Papier, von dem er abschreibt, ist voller Blut. Er bekommt es im Fröhlichen Turm. Warum hast du mir nur das Lesen beigebracht? Abend für Abend schreibt er Folterungsprotokolle ab und trinkt dabei. Entsetzlich! ›Schau, Kira‹, sagt er. ›Unser Nachbar, der Kalligraf, ist ein Schreiblehrer. Was meinst du aber, was er in Wirklichkeit ist? Unter der Folter hat er ausgesagt, dass er ein Hexenmeister und irukanischer Spion ist. Wem, frage ich, kann man überhaupt noch trauen? Ich selbst habe bei ihm das Schreiben gelernt.‹ Und mein Bruder kehrt stockbetrunken und mit blutigen Händen von der Patrouille zurück. ›Wir werden sie alle ausrotten!‹, schreit er. ›Bis ins zwölfte Glied.‹ Dann verhört er den Vater, wieso er lesen und schreiben kann. Heute schleppte er mit einem seiner Kumpane einen Mann ins Haus.

Blutig geschlagen haben sie ihn, bis er zu schreien aufhörte. Ich kann so nicht weiterleben. Ich gehe nicht zurück. Bring mich lieber um!«

Rumata stand auf und strich ihr über das Haar; mit fiebrigen Augen starrte sie vor sich hin. Was sollte er ihr antworten? Behutsam trug er sie zum Diwan, setzte sich neben sie und erzählte ihr von kristallenen Tempeln, von fröhlichen Gärten, die sich frei von Fäulnis, Mücken und Ungeziefer meilenweit erstreckten, vom Tischleindeckdich, von den fliegenden Teppichen, von der märchenhaften Stadt Leningrad, von seinen stolzen, fröhlichen und gütigen Freunden und vom Wunderland jenseits der Meere, hinter den Bergen, mit dem seltsamen Namen »Erde«. Still und aufmerksam lauschte sie seinen Worten und schmiegte sich fester an ihn, während draußen – grrumm, grrumm, grrumm – die eisenbeschlagenen Stiefel der grauen Sturmmannen auf das Straßenpflaster donnerten.

Kira hatte die wunderbare Eigenschaft, unbeirrt und selbstlos an das Gute zu glauben. Erzählte Rumata einem leibeigenen Bauern so ein Märchen, würde der nur skeptisch »Hm« machen, sich mit dem Ärmel über die Nase wischen, weiter seines Weges gehen und sich höchstens ein paarmal nach dem guten, gescheiten, aber leider völlig verrückten Don Rumata umsehen. Don Tameo und Don Sera würden ihn gar nicht erst zu Ende anhören. Der eine schliefe ein, und der andere würde sagen, dass das wohl alles sehr edel wäre, er aber vor allem wissen wolle, wie sie's da mit den Weibern hielten. Don Reba hingegen würde aufmerksam und bis zu Ende zuhören, dann den Sturmmannen winken, um dem Don die Arme auf den Rücken zu drehen und im Detail zu erfahren, woher die gefährlichen Märchen stammten und wem er sie bereits erzählt hätte.

Als Kira beruhigt eingeschlafen war, küsste Rumata sie, deckte sie mit seinem pelzbesetzten Umhang zu, schlich auf

Zehenspitzen hinaus und schloss die grässlich knarrende Tür. Dann stieg er durch das dunkle Haus in die Gesindestube hinab, wo er über die grüßend geneigten Köpfe hinweg verkündete, dass er eine Haushofmeisterin angestellt habe. »Sie heißt Kira und wird oben bei mir wohnen. Richtet ihr das Zimmer hinter meinem Kabinett. Gehorcht ihr wie mir selbst«, sagte er und überzeugte sich dann mit einem Blick, dass niemand grinste. Respektvoll hatten alle seinen Worten gelauscht. »Wenn jemand von euch draußen schwatzt«, schloss er, »reiße ich ihm die Zunge heraus.«

Um seiner Rede Nachdruck zu verleihen, blieb er eine Weile schweigend stehen, dann machte er kehrt und zog sich in seine Gemächer zurück. Er blickte, die Stirn gegen das kalte, dunkle Fenster gepresst, auf die Straße hinunter. Der Salon hinter ihm war mit rostigen Waffen behängt und mit sonderbaren, wurmstichigen Möbeln vollgestellt. Draußen kündigten Trommelschläge den Beginn der ersten Wache an. In den Fenstern gegenüber entzündete man die Öllämpchen und schloss die Fensterläden, um keine bösen Menschen oder Geister anzulocken. Es herrschte Stille, nur ein einziges Mal durchbrochen vom Gebrüll eines Betrunkenen – vielleicht wurde er gerade ausgeraubt, vielleicht versuchte er aber auch, eine fremde Tür aufzubrechen.

Furchtbar waren diese einsamen, finsteren Nächte. Wir haben geglaubt, einen langen, erbitterten und siegreichen Kampf zu führen, ging es Rumata durch den Kopf. Wir meinten, unsere klaren Vorstellungen von Gut und Böse, Freund und Feind bewahren zu können. Im Allgemeinen ist es sogar so, nur hatten wir vieles nicht bedacht. Zum Beispiel haben wir uns solche Abende nicht vorstellen können, obwohl wir genau wussten, dass es sie geben würde …

Eisen schepperte: Unten schob man die Riegel vor und bereitete alles zur Nacht. Die Köchin betete zum heiligen Mika, dass er ihr einen Mann beschere, irgendeinen, wenn er nur selbstständig und verständnisvoll sei. Der alte Muga gähnte und fuhr mit dem Daumen in der Luft herum. Als die Bediensteten in der Küche das vom Vortag übrig gebliebene Bier tranken und klatschten, wies Uno sie streng wie ein Erwachsener zurecht: »Genug geschwatzt, ihr Hundsbuben ...«

Rumata trat vom Fenster zurück und ging im Salon auf und ab. Es ist hoffnungslos, dachte er. Keine Kraft der Welt vermag sie aus ihren alltäglichen Sorgen und Vorstellungen herauszureißen. Auch wenn man sie in modernsten Spektralglashäusern wohnen ließe und mit Ionenprozeduren vertraut machte, würden sie abends in der Küche zusammenkommen, Karten klopfen und sich über den Nachbarn totlachen, der von seiner Frau verprügelt wird. Einen besseren Zeitvertreib fänden sie nicht. Don Kondor hatte insofern recht: Don Reba war ein Nichts im Vergleich zu den jahrhundertealten, zähen Traditionen und Lebensregeln der Herde, die, bewährt und nicht veränderbar, dem Dümmsten der Dummen verständlich waren und den Menschen von der Notwendigkeit zu denken und Interesse zu entwickeln entbanden. Don Reba würde als »kleiner Abenteurer in der Epoche der Stärkung des Absolutismus« vermutlich nicht einmal in den Lehrplan der Schulen aufgenommen werden.

Don Reba, Don Reba! ... Weder groß noch klein war er, weder dick noch dünn, schütter behaart, doch nicht glatzköpfig. In seinen Bewegungen nicht jäh und auch nicht langsam, mit einem Gesicht, an das man sich nicht erinnerte, weil es tausend anderen glich. Höflich und galant den Damen gegenüber und aufgeschlossen im Gespräch, aber ohne einen einzigen originellen Gedanken.

Drei Jahre war es her, dass Don Reba aus den modrigen unterirdischen Gewölben der Hofkanzlei aufgetaucht war: ein kleiner, unscheinbarer Beamter, dienststeifrig und blass. Wenig später wurde der damalige Premierminister plötzlich verhaftet und hingerichtet. Andere Würdenträger folterte man zu Tode – nachdem sie vor Angst und Entsetzen wahnsinnig geworden waren. Und auf ihren Leichen sozusagen spross wie ein farbloser Riesenpilz dieses zähe und schonungslose Genie der Mittelmäßigkeit empor: ein Nichts, ein Nirgendwoher. Kein machtvoller Geist an der Seite eines schwachen Monarchen, wie ihn die Geschichte kennt; kein Ausnahmemensch, der sein Leben im Kampf um die Einigung des Landes und um die Autokratie einsetzt; kein raffgieriger Günstling, der nur auf Gold und Weiber aus ist. Kein Mann der Macht, der um der Macht willen tötet und nur mächtig ist, um zu töten. Man flüsterte sich sogar zu, er sei gar nicht Don Reba, sondern jemand ganz anderes: ein Werwolf, ein Doppelgänger, ein Wechselbalg ...

Was Don Reba anfing, missglückte. Zwei einflussreiche Adelsgeschlechter des Königreichs, die er gegeneinander aufhetzte, um sie zu schwächen und eine großangelegte Offensive gegen die Barone zu entfalten, versöhnten sich beim Becherklang, schlossen ein Bündnis für die Ewigkeit und entrissen dem König ein Stück Land, das seit je den Toz' von Arkanar gehört hatte. Er erklärte Irukan den Krieg und führte das Heer persönlich an die Grenze; dort ließ er die Soldaten im Sumpf versinken oder verlor sie im Wald, sodass er alles hinwarf und zurück nach Arkanar floh. Dank der geheimen Bemühungen Don Hugs, von denen er nichts ahnte, gelang es um den Preis zweier Grenzstädte, Frieden mit dem Herzog von Irukan zu schließen. Anschließend musste der König den Rest seiner schon durch den Krieg geschmälerten Schatzkammer opfern, um den Bauernaufstand, der sich über das ganze Land verbreitet hatte, niederzuschlagen. Jeder Minister, der derartige Katastrophen verursacht hätte, wäre an den Beinen am Fröhlichen Turm aufgehängt worden. Don Reba aber blieb an der Macht. Er schaffte die Ministerien für Bildung und Wohlfahrt ab, gründete ein Ministerium für die Sicherheit der Krone, entfernte den Uradel und die wenigen

Gelehrten aus Regierungsämtern und verfasste, ein Jahr nachdem er die »grauen Rotten« als sogenannte Schutzgarde ins Leben gerufen hatte, das Traktat »Über die viehische Natur des Landmanns«. Hinter Hitler standen die Monopole, hinter Don Reba stand niemand, und zweifelsohne würden ihn eines Tages die Sturmmannen wie eine Fliege zerquetschen. Er häufte Unsinn auf Unsinn, um sich herauszuwinden, drehte und wendete sich, als wolle er sich selbst betrügen, und schien nur die eine, irrsinnige Mission zu kennen: die Kultur zu vernichten. Wie Waga das Rad hatte auch er keine Vergangenheit. Vor zwei Jahren hatte jeder Aristokratenbastard von ihm als »minderwertigem Kerl, der den König hinters Licht geführt hat« gesprochen, heute aber gaben sich die Aristokraten als Verwandte des Ministers für die Sicherheit der Krone aus – mütterlicherseits, natürlich.

Und jetzt hatte es Don Reba auf Budach abgesehen. Wieder eine seiner unberechenbaren und sinnlosen Machenschaften. Budach war ein Bücherfreund. Und Bücherfreunde gehörten auf den Pfahl – und das allen zur Abschreckung mit Lärm und Pomp. Da es aber weder Lärm noch Pomp gegeben hatte, sollte Budach wohl lebend herhalten. Aber wozu? War Don Reba etwa töricht genug zu hoffen, Budach werde für ihn arbeiten? Möglich. Vielleicht war Don Reba auch nur ein beschränkter, vom Glück begünstigter Intrigant, der selbst nicht wusste, was er wollte, und den Narren spielte? ... Seltsam, überlegte Rumata, drei Jahre lang beobachte ich ihn schon und weiß immer noch nicht, was er für ein Mensch ist. Mich würde er allerdings ebenso wenig durchschauen. Es ist alles möglich, das ist ja das Komische. Die Basistheorie befasst sich nur mit den Grundarten psychologischer Manifestationen, tatsächlich aber gibt es so viele Varianten davon, wie es Menschen gibt, und jeder von ihnen könnte an die Macht kommen. Ein Mensch, der beispielsweise sein Leben lang nichts getan hat, als seinem Nachbarn zu schaden, ihm in die Suppe zu spucken und Glassplitter in sein Heu zu streuen, wird natürlich eines Tages abserviert. Aber bis dahin hat er Zeit genug, andere zu ärgern und sich dabei ins Fäustchen zu lachen. Was kümmert's ihn, dass er nicht in die Geschichte eingeht und sich seine Nachfahren die Köpfe darüber zerbrechen, wie sein Verhalten in die anerkannte Theorie historischer Folgerichtigkeit einzuordnen ist?

Ich habe jetzt genug von der Theorie, dachte Rumata, und weiß nur eins: Der Mensch ist ein unparteiischer Träger der Vernunft. Alles, was ihn an deren Entwicklung hindert, ist schlecht, und das Schlechte muss so schnell wie möglich und mit allen Mitteln beseitigt werden. Mit allen Mitteln? Nein, sicher nicht. Oder doch? Schluss mit diesen Skrupeln! Früher oder später muss man sich entscheiden!

Plötzlich fiel ihm Donna Okana ein. Nun hast du Gelegenheit, dich zu entscheiden und zu handeln, dachte er. Auch ein Gott kann den Abort nicht reinigen, ohne sich dabei zu beschmutzen ... Bei dem Gedanken daran, was ihm nun bevorstand, wurde ihm übel. Aber es war leichter, als zu töten. Lieber Schmutz als Blut. Um Kira nicht zu wecken, ging er auf Zehenspitzen in sein Arbeitszimmer und kleidete sich um. Unentschlossen drehte er den Stirnreif mit dem Sender hin und her und legte ihn dann in die Tischschublade. Als Symbol leidenschaftlicher Liebe steckte er sich über dem Ohr eine weiße Feder ins Haar, hakte die Schwerter ein und warf den besten Umhang über. Als er die Riegel seiner Haustür zurückschob, kam ihm in den Sinn, dass es mit Donna Okana aus wäre, wenn Don Reba davon erführe. Doch um umzukehren, war es bereits zu spät.

4

Obwohl die Gäste bereits versammelt waren, ließ Donna Okana sie warten. Die königlichen Gardisten, berühmt für ihre Duelle und Liebesabenteuer, beugten sich über den kleinen vergoldeten Imbisstisch und streckten dabei ihre muskulösen Hintern heraus. Am Kamin saßen kichernd ein paar reizlose, kränklich blasse Damen vorgeschrittenen Alters, die Okana eben dieser Eigenschaften wegen zu ihren Vertrauten gewählt hatte. Vor den Damen scharwenzelten drei alte Stutzer, die unablässig mit ihren dünnen Greisenbeinen scharrten – berühmte Höflinge der verflossenen Regentschaft und letzte Kenner längst vergessener Anekdoten. Jeder Einzelne war überzeugt, dass ohne ihn ein Salon kein Salon sei. In der Mitte des Saales stand der schnurrbärtige Don Ripat. Er trug Stulpenstiefel, stand mit gespreizten Beinen da und hatte die großen geröteten Hände hinter den Gürtel geklemmt. Er war Leutnant der grauen Rotte der Kurzwarenhändler und ein treuer, gescheiter, aber völlig prinzipienloser Agent Don Rumatas. Etwas verworren legte Don Tameo ihm gerade ein neues Projekt zur Unterdrückung des Pöbels dar, welches den Kaufmannsstand begünstigen sollte. Von Zeit zu Zeit schielte Don Ripat zu Don Sera hinüber, der, anscheinend auf der Suche nach einer Tür, an der Wand entlangwanderte. Nach allen Seiten devot lächelnd, verzehrten zwei berühmte Porträtmaler in einer Ecke die Reste eines mit wildem Lauch geschmorten Krokodilbratens. Neben ihnen saß eine ältere schwarz gekleidete Frau in einer Fensternische – die Aufpasserin, die Don Reba für Okana angeheuert hatte. Starr und streng blickte sie vor sich hin und schnellte von Zeit zu Zeit blitzartig mit dem ganzen Körper vor. Ein wenig abseits von den anderen vertrieben sich ein Abkömmling des Königs und der Sekretär der soanischen Botschaft die Zeit beim Kartenspiel. Der königliche Abkömmling mogelte, was der Sekretär mit einem nachsichtigen Lächeln quittierte; er hatte als Einziger im Salon etwas zu tun: Er sammelte Material für den nächsten Botschafterbericht.

Die Gardisten begrüßten Rumata mit munteren Zurufen. Er zwinkerte ihnen freundlich zu und machte dann unter den Gästen die Runde: verbeugte sich vor den alten Gecken, richtete Komplimente an Donna Okanas Vertraute, die sofort den Blick auf die weiße Feder hinter seinem Ohr hefteten, klopfte dem Abkömmling des Königs auf den fetten Rücken und wandte sich anschließend Don Ripat und Don Tameo zu. Als er an der Fensternische vorüberging, schnellte die Aufpasserin wieder einmal vor, wobei sie intensiven Alkoholgeruch verbreitete.

Als Don Ripat Rumata erblickte, zog er die Hände aus dem Leibriemen und schlug die Hacken zusammen, Don Tameo aber deklamierte mit gedämpfter Stimme: »Seid Ihr es, Freund? Wie schön, dass Ihr gekommen seid; ich hatte schon die Hoffnung aufgegeben. ›Wie ein Schwan mit gebrochener Schwinge empor zu den Sternen klagt …‹, hab ich mich nach Euch gesehnt. Ohne den lieben Don Ripat wär ich vor Langeweile schon gestorben!«

Zur Mittagszeit war Don Tameo fast nüchtern gewesen, doch er hatte das Trinken nicht lassen können.

»Nanu!«, wunderte sich Rumata. »Wir zitieren den Aufrührer Zuren?«

Don Ripat straffte sich und blickte erwartungsvoll auf Don Tameo.

»Wieso …«, stotterte der. »Zuren? Ja, wie komme ich bloß darauf? Ach so, in ironischem Sinn natürlich, das versichere ich Euch, edle Dons. Wer war schon Zuren? Ein niedriger, undankbarer Demagoge. Ich wollte damit nur sagen …«

»… dass Donna Okana noch immer fehlt«, fiel Rumata ihm ins Wort. »Und Ihr Euch ohne sie langweilt.«

»Genau.«

»Wo ist sie übrigens?«

»Wir erwarten sie jede Minute«, sagte Don Ripat, verbeugte sich und ging.

Nach wie vor starrten Donna Okanas Vertraute offenen Mundes auf die weiße Feder. Die alten Gecken kicherten affektiert. Don Tameo, der die Feder schließlich ebenfalls bemerkte, erschrak.

»Mein Freund!«, flüsterte er. »Wozu das? Wie, wenn im unrechten Augenblick Don Reba hier erscheint? Heute erwartet man ihn zwar nicht, aber ...«

»Lassen wir das.« Rumata hielt ungeduldig Ausschau. Ihm lag daran, das Ganze möglichst schnell hinter sich zu bringen.

Mit gefüllten Bechern traten die Gardisten auf ihn zu.

»Wie blass Ihr seid«, flüsterte Don Tameo ihm zu. »Ich verstehe ... die Liebe, die Leidenschaft ... Aber beim heiligen Mika! Der Staat steht über allem. Und gefährlich ist es auch. Eine Kränkung der Gefühle ...«

Irgendetwas veränderte sich in Don Tameos Miene, und er zog sich unter vielen Verbeugungen zurück. Die Gardisten umringten Rumata. Jemand reichte ihm einen Becher.

»Auf die Ehre und den König!«, rief einer von ihnen.

»Und die Liebe«, fügte ein anderer hinzu.

»Zeigt ihr, was ein richtiger Gardist ist, edler Rumata«, sagte ein dritter.

Rumata ergriff den Becher, als er plötzlich Donna Okana in der Tür stehen sah; sie fächelte sich kühle Luft zu und wiegte dabei die Schultern hin und her. Ja, sie war schön. Aus der Entfernung sogar sehr schön. Aber sie war nicht nach seinem Geschmack, diese dumme, lüsterne Pute: Sie hatte große blaue Augen ohne jeden Geist und Wärme, einen zarten, allzu erfahrenen Mund und einen üppigen, raffiniert entblößten Leib. Einer der Gardisten hinter Rumata schmatzte begehrlich. Ohne sich umzuwenden, übergab ihm Rumata den Becher und ging auf Donna Okana zu. Abgewandten

Blicks begann alles ringsum eifrig über Nichtigkeiten zu plaudern.

»Ihr seid bezaubernd«, murmelte Rumata, in tiefer Verbeugung mit den Schwertern klirrend. »Gestattet mir, mich wie ein Windhund Eurer nackten, kalten Schönheit zu Füßen zu legen.«

Donna Okana verdeckte mit dem Fächer das Gesicht, blinzelte neckisch und sagte: »Ihr seid zu kühn, edler Don, als dass eine arme Provinzlerin Eurem Drang widerstehen könnte.« Ihre Stimme war tief und rau. »So bleibt mir nur, die Festungstore zu öffnen und den Sieger einzulassen.«

Beschämt und wütend verneigte sich Rumata tiefer. Donna Okana aber senkte den Fächer und rief: »Lasst's Euch wohl sein, liebe Gäste! Don Rumata und ich sind bald zurück. Ich versprach, ihm meine irukanischen Teppiche zu zeigen.«

»Lasst uns nicht zu lange allein, Bezaubernde!«, krähte einer der Alten.

»Anmutige!«, schnäbelte ein anderer. »Fee!«

Die Gardisten klirrten freundschaftlich mit den Schwertern.

»Ein Feinschmecker«, bemerkte vernehmlich der Abkömmling des Königs.

Donna Okana zog Rumata am Ärmel hinter sich her. Im Gang hörte er noch Don Seras gekränkten Bass: »Ich sehe keinen Grund, weshalb sich ein edler Don nicht irukanische Teppiche anschauen sollte.«

Am Ende des Korridors blieb Donna Okana stehen, umschlang Rumata und saugte sich, als Ausdruck ihrer Leidenschaft, stöhnend an seinen Lippen fest. Rumata versuchte, nicht zu atmen. Die Fee umwaberte ein Geruch von estorischem Parfüm und Ungewaschenheit, ihre heißen Lippen waren klebrig von Süßigkeiten. Rumata bemühte sich krampfhaft, den Kuss zu erwidern, anscheinend erfolgreich, denn Okana stöhnte wieder auf und hing mit geschlossenen Augen an seinem Hals. Wie ihm schien, eine ganze Ewigkeit. Dir werd ich's zeigen, liederliches Frauenzimmer, dachte er und presste sie noch enger in seine Umarmung. Etwas knackte. Die Rippe konnte es nicht sein, das Mieder auch nicht … Die Schöne piepste kläglich, öffnete die Augen und suchte sich zu befreien. Sofort ließ er sie los.

»Wüstling!«, keuchte sie schwer atmend und entzückt. »Fast hättest du mich erdrückt.«

»Ich brenne vor Verlangen«, murmelte Rumata schuldbewusst.

»Ich auch. Wie habe ich auf dich gewartet! Komm schnell.«

Rumata zog das Taschentuch und wischte sich heimlich den Mund, während sie ihn durch die dunklen, kalten Gemächer zog. Sein Vorhaben erschien ihm plötzlich ganz und gar unmöglich. Es muss aber sein, unbedingt, dachte er. Mit Worten allein war hier nichts getan. Heiliger Mika! Warum wäscht sich denn in diesem Palast niemand? Und dieses Temperament! Wenn wenigstens Don Reba erschiene … Doch wortlos und energisch, wie die Ameise eine tote Raupe, schleppte sie ihn hinter sich her. Es war idiotisch, doch er murmelte immerzu höfischen Unsinn von flinken, kleinen Füße und blutroten Lippen, aber Okana lachte nur. Sie stieß ihn in ihr überheiztes, tatsächlich ganz mit Teppichen behängtes Boudoir, ließ sich auf das riesige Bett fallen, legte sich auf den Kissen zurecht und blickte ihn aus feuchten Augen an. Stocksteif stand Rumata vor ihr. Im Zimmer roch es stark nach Wanzen.

»Du bist herrlich«, flüsterte sie. »Komm. Ich hab so lange gewartet.«

Rumata verdrehte die Augen, Schweiß lief ihm über das Gesicht. Ich kann nicht, dachte er. Zum Teufel mit der Information … »Fuchs« … »Affe« … Es ist wider die Natur, schmutzig ist es, schmutzig … Besser Schmutz als Blut, ja, aber das hier ist schlimmer als Schmutz!

»Was zögert Ihr, Don?«, rief Okana mit überschnappender Stimme. »Kommt, ich warte!«

»Zum T-teufel!«, krächzte Rumata.

Okana sprang auf und eilte zu ihm. »Was ist mit dir? Bist du betrunken?«

»Ich weiß nicht! Ich ersticke.«

»Soll ich dir eine Schale bringen lassen?«

»Was für eine Schale?«

»Nichts weiter, nichts … Das geht vorüber …«

Mit Händen, die vor Ungeduld zitterten, begann sie ihm das Wams aufzuknöpfen. »Du bist schön«, murmelte sie. »Aber schüchtern wie ein Anfänger. Wer hätte das gedacht … Bei der heiligen Bara, ist das herrlich!«

Rumata ergriff ihre Hände und musterte sie von Kopf bis Fuß. Er sah ihr fettig glänzendes, unordentliches Haar, die nackten, runden Schultern, von denen sich der Puder in kleinen Partikeln löste, und die kleinen roten Ohrmuscheln. Schlimm, dachte er, aber es wird nichts. Schade, denn sie soll von einigen Dingen Kenntnis haben. Don Reba spricht im Schlaf. Er nimmt sie zu den Verhören mit. Sie liebt Verhöre. Aber ich kann nicht …

»Was ist?«, fragte Okana gereizt.

»Eure Teppiche sind wunderschön, aber ich habe keine Zeit.«

Zunächst begriff sie nicht, dann aber verzerrte sich ihr Gesicht.

»Wie kannst du es wagen?«, zischte sie. Doch Rumata hatte schon mit dem Rücken die Tür ertastet, war in den Korridor geschlüpft und davongeeilt. Ab morgen werde ich mich nicht mehr waschen, sagte er sich. Hier muss ein Keiler her, kein Gott.

»Wallach!«, rief Okana ihm nach. »Weibsbild! Auf den Pfahl mit dir! …«

Rumata stieß ein Fenster auf und sprang in den Garten. Eine Zeit lang blieb er unter einem Baum stehen und atmete tief die frische Luft ein. Dann fiel ihm die dumme weiße

Feder ein, die er wütend knickte und fortwarf. Paschka wäre es nicht anders ergangen. Niemandem von uns. Sicher? ... Ganz sicher ... Dann seid ihr allesamt keinen Groschen wert! ... Aber ich ekele mich! ... Das Experiment kann keine Rücksicht auf solche Gefühle nehmen. Und wenn du dazu nicht imstande bist, dann lass die Finger davon ... Ich bin aber kein Tier! ... Wenn das Experiment es erfordert, musst du zum Tier werden ... Das kann kein Experiment verlangen ... Es kann, wie du siehst ... Und dann? ... Was, und dann? ... Rumata wusste nichts zu erwidern. Ja, was dann? ... Nehmen wir an, ich bin ein schlechter Historiker; dann muss ich mich bemühen, besser zu werden. Lernen wir also, uns in Schweine zu verwandeln ...

Gegen Mitternacht kehrte er heim. Er löste die Schnallen des Bandeliers, warf sich in Kleidern auf den Diwan und schlief sofort tief und fest ein.

Unos aufgebrachte Rufe und eine laute, gutmütige Bassstimme weckten ihn.

»Los, los, mein Wölfchen, sonst reiß ich dir die Ohren ab!«, hörte er.

»Sie schlafen, sag ich Euch!«

»Platz da! Wimmle mir nicht vor den Füßen herum!«

»Es ist nicht gestattet, sag ich Euch!«

Die Tür öffnete sich weit, und Baron Pampa Don Bau, riesig wie das Untier Pehh, trat ein: rotbäckig, mit starken, weißen Zähnen und abstehendem Schnurrbart, das Samtbarett schief auf dem Kopf, in kostbarem, himbeerfarbenem Umhang, unter dem matt der Kupferpanzer glänzte. Uno hatte sich in das rechte Hosenbein des Barons gekrallt.

»Baron!«, rief Rumata überrascht und stieg aus dem Bett. »Was führt Euch in die Stadt, alter Freund? Lass den Baron in Frieden, Uno!«

»Ein ungewöhnlich höflicher Bengel«, stellte der Baron fest und schritt mit ausgebreiteten Armen auf Rumata zu.

»Aus dem wird bestimmt noch was. Wie viel wollt Ihr für ihn haben? Doch davon später. Lasst Euch umarmen!«

Sie umarmten sich. Der Baron verbreitete einen angenehmen Geruch: nach staubiger Landstraße, Pferdeschweiß und verschiedenen Weinen.

»Ich sehe, Ihr seid völlig nüchtern, mein Freund«, sagte er bekümmert. »Aber das seid Ihr ja immer. Glückspilz!«

»Setzt Euch, Freund.« An Uno gewandt, rief Rumata: »Bring Estorwein, und möglichst viel!«

»Keinen Tropfen!«, wehrte der Baron ab.

»Keinen Tropfen Estorwein? Dann bring uns Irukaner, Uno!«

»Nein, überhaupt keinen Wein!«, entschied der Baron bekümmert. »Ich trinke nichts.«

Überrascht ließ sich Rumata auf den Diwan sinken. »Was ist passiert?«, fragte er. »Seid Ihr krank?«

»Gesund bin ich wie ein Ochse, aber immer diese verdammten Szenen zu Hause. Kurzum, ich habe mich mit der Baronin überworfen ... Und jetzt bin ich hier.«

»Überworfen?! Ihr? Das ist wohl ein schlechter Scherz!«

»Ja, stellt Euch vor. Ich weiß selbst nicht, wie mir geschieht. Hundertzwanzig Meilen bin ich wie in Trance geritten.«

»Wir setzen uns sofort aufs Pferd und reiten auf ihr Schloss nach Bau zurück«, schlug Rumata vor.

»Mein Pferd ist noch nicht ausgeruht«, entgegnete der Baron. »Außerdem will ich sie strafen!«

»Wen?«

»Die Baronin, zum Teufel! Bin ich ein Mann oder nicht!? Sie mag den betrunkenen Pampa nicht, sagt sie. Soll sie ihn also nüchtern kennenlernen! Lieber verfaule ich hier beim Wassertrinken, als dass ich ins Schloss zurückkehre.«

»Sagt ihm, er soll mir nicht die Ohren verdrehen«, bat Uno finster.

»Troll dich, Wölfchen!«, brummte der Baron gutmütig. »Und bring uns Bier! Ich habe geschwitzt und muss die verlorene Flüssigkeit ersetzen.«

Den Flüssigkeitsverlust ersetzte der Baron im Laufe einer halben Stunde, wobei sich seine Stimmung ein wenig aufhellte. Zwischen den einzelnen Schlucken erzählte er Rumata von seinem Kummer. Er verfluchte die Trunkenbolde von Nachbarn, die ungebeten schon frühmorgens angeritten kamen, angeblich, um zu jagen. Doch ehe man sich's versah, waren sie betrunken, zerhackten die Möbel, streiften durchs Schloss und machten alles schmutzig. Sie belästigten die Dienerschaft, schlugen die Hunde krüpplig und gaben dem jungen Baron ein schlechtes Beispiel. Dann ritten sie heim und ließen ihn besoffen mit der Baronin allein.

Bei seinem Bericht geriet er so durcheinander, dass er sogar nach Estorwein verlangte, besann sich jedoch wieder.

»Rumata, Freund«, sagte er. »Lasst uns aus dem Haus gehen. Euer Keller ist zu gut bestückt. Reiten wir!«

»Wohin?«

»Ist das nicht gleich? Wie wär's mit der ›Grauen Freude‹?«

»Hm«, meinte Rumata. »Und was machen wir da?«

Wortlos zupfte der Baron an seinem Schnurrbart.

»Na, was wohl?«, brummte er verdrossen. »Komische Frage. Wir sitzen da und unterhalten uns.«

»In der ›Grauen Freude‹?«, zweifelte Rumata.

»Ich verstehe«, meinte der Baron. »Es ist schrecklich. Aber lasst uns trotzdem hingehen. Hier verlangt es mich dauernd nach Estorwein.«

»Mein Pferd!«, befahl Rumata und ging ins Arbeitszimmer, um den Stirnreif mit dem Sender zu holen.

Wenige Minuten später ritten sie Seite an Seite durch stockdunkle Straßen. Etwas getröstet begann der Baron lauthals zu erzählen, wie sie vor zwei Tagen einen Eber zu Tode gehetzt hätten, wie begabt der junge Baron sei und dass sich ein Wunder ereignet habe: im Kloster der heiligen Tukka sei aus der Lende des Vaters Prior ein sechsfingriger Knabe hervorgegangen ... Dabei stieß er von Zeit zu Zeit Wolfsgeheul aus, johlte und schlug mit der Reitgerte gegen geschlossene Fensterläden.

Vor der »Grauen Freude« brachte der Baron sein Ross zum Stehen und grübelte ein paar Minuten. Rumata wartete. Durch die unsauberen Fenster des Ausschanks sah man Licht; die Pferde an den Pikettpfählen trappelten, und auf der Bank unter dem Fenster beschimpften sich träge ein paar bemalte Dirnen. Keuchend rollten zwei Diener ein riesiges salpetergeflecktes Fass zur weit geöffneten Tür hinein.

»Allein ...«, sagte der Baron betrübt. »Ich darf gar nicht daran denken: Die ganze lange Nacht allein. Und sie dort auch ...«

»Seid nicht traurig, mein Freund«, tröstete ihn Rumata. »Der junge Baron ist ja bei ihr, und ich bin bei Euch.«

»Das ist etwas ganz anderes«, erwiderte der Baron. »Ihr versteht das nicht. Ihr seid noch zu jung und leichtfertig. Sicher bereitet es Ihnen auch Vergnügen, diese Dirnen anzusehen ...«

»Warum nicht?« Rumata blickte den Baron neugierig an. »Die Mädchen sind doch niedlich.«

Der Baron schüttelte den Kopf. »Die da hinten«, sagte er laut und sarkastisch, »hat einen hängenden Hintern, und die, die sich gerade kämmt, überhaupt keinen. Das sind bestenfalls Kühe, mein Freund ... Die Baronin hingegen! Allein ihre Hände, ihre Grazie! Welch eine Haltung, mein Freund!«

»Das ist wahr«, bestätigte Rumata. »Die Baronin ist wunderbar. Lasst uns weiterreiten.«

»Wohin?«, fragte der Baron voll Kummer. »Und wozu? ... Nein, Don Rumata«, sagte er plötzlich sehr entschlossen. »Ich bleibe hier. Ihr aber tut, was Euch beliebt.« Mit diesen Worten stieg er aus dem Sattel. »Kränken würde es mich allerdings, wenn Ihr mich hier allein ließet.«

»Selbstverständlich bleibe ich bei Euch«, erwiderte Rumata. »Aber ...«

»Kein ›Aber‹«, fiel ihm der Baron ins Wort.

Sie gaben die Zügel einem herbeigeeilten Diener und gingen stolz an den Mädchen vorbei in den Schanksaal. Wie in den großen, schmutzigen Badeanstalten lag auch hier eine Dunstwolke in der Luft, die das Atmen schwermachte und das Licht der Öllampen kaum durchließ. An den langen Tischen wurde getrunken, gegessen, Gott zum Zeugen angerufen, gelacht, geweint und geküsst. Unflätige Lieder wurden gegrölt. Verschwitzte Soldaten mit geöffneten Waffenröcken saßen dort, Seevagabunden in farbigen Kaftanen auf dem nackten Körper, Frauen mit fast entblößter Brust, graue Sturmmannen, die Beile zwischen den Knien, und Handwerker in zerlumpter Kleidung. Zur Linken dirigierte der Wirt von einem erhöhten Sitz, der hinter dem Schanktisch zwischen den riesigen Fässern stand, einen Schwarm flinker, diebischer Bediensteter. Zur Rechten war der beleuchtete Eingang zum sauberen Teil des Ausschanks zu sehen, der für edle Dons, ehrbare Kaufleute und das graue Offizierskorps reserviert war.

»Ach, warum sollten wir nicht einen trinken?«, brummte Pampa gereizt, fasste Rumata am Ärmel und marschierte mit ihm durch den schmalen Korridor zwischen den Stühlen zum Schanktisch, wobei er die Sitzenden mit seinem stachelbewehrten Panzer streifte. Dort angekommen, riss er dem Wirt die riesige Schöpfkelle zum Vollschenken der Weinkrüge aus der Hand, leerte sie und brüllte, dass alles verloren sei und ihm nichts bleibe, als gehörig einen draufzumachen. Dann fragte er den Wirt lauthals, ob es in seinem Etablissement auch einen Platz gebe, wo sich Edelleute mit Anstand und Bescheidenheit die Zeit vertreiben könnten, ohne durch die Nachbarschaft von Lumpenpack und Diebesgesindel belästigt zu werden. Der Wirt versicherte, es gebe einen solchen Platz.

»Ausgezeichnet!«, rief der Baron hoheitsvoll und warf mehrere Goldstücke auf den Schanktisch. »Lasst das Beste für mich und den Don auftragen, und zwar nicht von einem Flittchen, sondern von einer ehrbaren reifen Frau!«

Der Wirt geleitete die edlen Dons persönlich ins Separee, in dem nur wenige Gäste saßen. In der Ecke tafelten mit finsteren Mienen graue Offiziere: vier Leutnants in knapp sitzenden Waffenröcken und zwei Hauptleute in kurzen Umhängen mit den Tressen des Ministeriums für die Sicherheit der Krone. Am Fenster, hinter einem großen Krug mit engem Hals, langweilten sich blasierte junge Aristokraten, und unweit von ihnen saßen ein paar mittellose Dons in schäbigen Reitjacken und gestopften Umhängen, die in kleinen Schlucken ihr Bier tranken und sich dabei fortwährend gierig im Raum umblickten.

Der Baron, der sich krachend an einem freien Tisch niedergelassen hatte, schielte zu den Offizieren hinüber und brummte: »Auch hier sitzt das Gesindel...« Doch schon trug eine stattliche Matrone mit Schürze die ersten Speisen auf. Der Baron räusperte sich, zog den Dolch aus dem Gürtel und begann schweigend, riesige Scheiben Hirschwildbret, Unmengen marinierter Mollusken, Berge von Seekrebsen, Salat und Mayonnaise zu vertilgen. Das alles spülte er mit einem Gemisch von Dünnbier, Wein und Bier hinunter. Einzeln, dann zu zweit, traten die mittellosen Dons an den Tisch des Barons, der sie sogleich mit einer groben Geste und lautem Rülpsen begrüßte.

Dann hielt er inne, blickte Rumata mit vorgewölbten Augen an und brüllte: »Ich war schon lange nicht mehr in Arkanar, edler Don! Und wenn ich ehrlich bin: Es gefällt mir hier nicht.«

»Was missfällt Euch, Baron?«, erkundigte sich Rumata, der gerade an einem Hühnerflügel nagte.

Auf den Gesichtern der mittellosen Dons spiegelten sich Ehrerbietung und gespannte Aufmerksamkeit.

»Sagt mir, Freund«, erwiderte der Baron und säuberte sich am Saum seines Umhangs die fettigen Hände. »Sagt mir, edle Dons: Seit wann kann man als Spross eines der ältesten Geschlechter in der Hauptstadt Seiner Majestät des Königs keinen Schritt tun, ohne auf Krämer- und Schlächtervolk zu stoßen?«

Die mittellosen Dons wechselten bestürzte Blicke und zogen sich wieder zurück. Rumata äugte zur Ecke hinüber, in der die Grauen saßen; sie hatten aufgehört zu trinken und starrten Baron Pampa an.

»Ich will euch sagen, wie das kommt, edle Dons«, fuhr der Baron fort. »Ihr habt euch alle ins Bockshorn jagen lassen. Ihr fürchtet sie. Du, zum Beispiel, hast schreckliche Angst!«, rief der Baron und sah den nächststehenden Don an, der sich verlegen und künstlich lächelnd abwandte. »Feiglinge!«, schnauzte der Baron mit gesträubtem Schnurrbart. »Alles Feiglinge!«

Doch mit den mittellosen Dons war nichts anzufangen. Sie wollten sich nicht raufen, sondern essen und trinken. So schwang der Baron ein Bein über die Sitzbank, begann am rechten Zipfel seines Schnurrbarts zu drehen, starrte zu den grauen Offizieren hinüber und sagte: »Ich dagegen habe keine Angst! Ich schlage das graue Gesindel, wo es mir über den Weg läuft!«

»Was kräht das Bierfass da?«, erkundigte sich laut ein grauer Hauptmann mit langem Gesicht.

Der Baron lächelte zufrieden, erhob sich und stieg polternd auf die Bank. Rumata runzelte die Stirn und machte sich über den zweiten Hühnerflügel her.

»He, ihr graues Pack!« Pampa brüllte, als befände er sich kilometerweit entfernt. »Ihr sollt wissen, dass ich, Baron Pampa Don Bau, den Euren vor drei Tagen eine o-o-ordentliche Tracht Prügel verpasst habe!« Dann wandte er sich von der Decke herunter an Rumata: »Ich habe mit Vater Kabani auf meinem Schloss gesessen und getrunken, mein Freund, als mein Reitknecht angerannt kam und meldete, eine Bande Grauer stelle die Schenke ›Zum Goldenen Hufeisen‹ auf den Kopf. Meine Schenke! Auf dem Grund und Boden meiner Väter! ›Aufs Pferd!‹, befahl ich, und nichts wie hin. Eine ganze Bande war dort, bei meinen Sporen! An die zwanzig Mann. Hatten sich drei Fremde gepackt und prügelten, besoffen wie die Schweine, drauflos. Sie schlugen alles kaputt, was ihnen unter die Finger kam. Können nichts vertragen, diese Krämerseelen ... Da fasste ich einen an den Beinen, und los ging's! Bis zu den ›Schweren Schwertern‹ habe ich sie gejagt ... Blut floss, Ihr werdet es nicht glauben, mein Freund, kniehoch wateten wir im Blut. Und jede Menge Beile ließen sie zurück ...«

Die Erzählung des Barons brach jäh ab: Der Hauptmann mit dem langen Gesicht hatte ausgeholt, und gegen Baron Pampas Harnisch klirrte ein schweres Wurfmesser.

»Na endlich!«, rief der Baron, zog sein mächtiges Zweihänderschwert und sprang überraschend behänd von der Bank.

Wie ein Blitz durchschnitt das Schwert die Luft und durchhieb einen der Deckenbalken; Pampa fluchte, als die Decke durchsackte und Schutt auf die Köpfe der Anwesenden niederprasselte.

Alles kam jetzt herbeigerannt. Die mittellosen Dons wichen zurück an die Wand. Um besser sehen zu können, stiegen die jungen Aristokraten auf den Tisch. Und die Grauen bewegten sich mit vorgestreckten Klingen im Halbkreis ganz langsam auf den Baron zu. Rumata, der als Einziger sitzen geblieben war, überlegte, ob er sich an die rechte oder an die linke Seite des Barons stellen sollte, um nicht unter dessen Schwert zu geraten.

Drohend und in blitzenden Kreisen schwang der Baron die breite Klinge über seinem Kopf und versetzte die Anwesenden mit seinem Anblick in Erstaunen. Die Grauen, die ihn von drei Seiten eingekreist hatten, kamen nicht weiter voran.

Einer der Sturmmänner stand mit dem Rücken zu Rumata, der nun flugs über den Tisch sprang, ihn beim Schlafittchen packte und ihn rücklings auf die Schüsseln mit den Speiseresten warf. Dann versetzte er ihm mit der Handkante einen Schlag unterhalb des Ohrs. Der Graue sackte bewusstlos zusammen.

»Macht ihm den Garaus, edler Rumata!«, rief der Baron. »Ich gebe den Übrigen den Rest!«

Er wird sie alle umbringen, dachte Rumata besorgt.

»Hört zu!«, wandte er sich an die Grauen. »Wir wollen uns nicht gegenseitig den fröhlichen Abend verderben. Ihr könntet uns ja doch nicht standhalten. Werft die Waffen weg und geht.«

»Das wäre ja noch schöner«, widersprach der Baron zornig. »Ich will kämpfen! Sie sollen sich schlagen! Schlagt euch, Teufel noch mal!«

Er ließ das Schwert über seinem Kopf noch schneller rotieren und ging auf die Grauen zu, deren Gesichter nun zusehends bleicher wurden. Sie wichen zurück. Einen Kerl, der so mit dem Schwert umgehen konnte, hatten sie offensichtlich noch nicht gesehen. Rumata sprang über den Tisch.

»Haltet ein, Freund!«, rief er. »Wir haben keinen Grund, mit den Leuten zu streiten. Sie werden gehen, wenn Euch ihre Anwesenheit stört.«

»Ohne unsere Waffen gehen wir nicht«, meldete ein Leutnant finster. »Wir kriegen sonst Ärger. Ich bin auf Patrouille.«

»Dann nehmt die Waffen mit, zum Teufel«, sagte Rumata. »Die Klinge in die Scheide, die Hände in den Nacken, und einzeln vorgetreten. Keine Hinterhältigkeiten! Sonst brech ich euch die Knochen!«

»Und wie sollen wir gehen, wenn der Don uns den Weg versperrt?«, fragte der Hauptmann mit dem langen Gesicht gereizt.

»Ich werde nicht weichen!«, erklärte trotzig der Baron.

Die jungen Aristokraten lachten höhnisch.

»Gut«, sagte Rumata. »Ich halte den Baron zurück. Lauft so schnell wie möglich an ihm vorbei, denn lange werde ich ihn nicht halten können. He, ihr da an der Tür, macht Platz!«

»Mein Freund«, wandte sich Rumata nun an den Baron und umfasste dessen enorme Taille. »Mir scheint, Ihr habt einen Umstand vergessen: Dieses ruhmreiche Schwert diente Euren Vorfahren nur in edlem Streit. Es heißt: ›Zieh es niemals in Tavernen.‹«

Der Baron wurde nachdenklich.

»Ich besitze aber kein anderes Schwert«, meinte er unschlüssig.

»Dann erst recht!«, erwiderte Rumata.

»Meint Ihr?«, fragte der Baron, weiterhin unentschieden.

»Ihr wisst es besser als ich!«

»Ihr habt recht.« Der Baron blickte zu der wild rotierenden Hand über seinem Kopf. »Ihr werdet es nicht glauben, teurer Rumata, aber ich halte das drei bis vier Stunden durch, ohne zu ermüden. Ach, wenn sie mich doch sehen könnte.«

»Ich will ihr davon berichten«, versprach Rumata.

Seufzend ließ der Baron das Schwert sinken. Gebeugt hasteten die Grauen an ihm vorbei.

»Ich weiß nicht, ich weiß nicht ...«, seufzte Pampa und blickte ihnen nach. »Was meint Ihr – ob es richtig war, dass ich sie nicht mit Tritten in den Hintern hinausbefördert habe?«

»Vollkommen richtig«, bestätigte Rumata.

Der Baron schob das Schwert in die Scheide. »Da es uns also nicht beschieden war zu kämpfen, ist es nicht mehr als recht und billig, wenn wir jetzt etwas trinken und essen.« Dabei zog er den noch immer bewusstlosen Leutnant vom Tisch herunter und krächzte laut: »He da, Frau Wirtin! Wein und Speisen her!«

Die jungen Aristokraten beglückwünschten den Baron höflich zum errungenen Sieg.

»Kleinigkeit«, meinte er gutgelaunt. »Sechs schwächliche Jüngelchen, dazu furchtsam wie alle Krämerseelen. Im ›Goldenen Hufeisen‹ hab ich fast zwei Dutzend von dieser Sorte fertiggemacht ... Nur gut«, wandte er sich dann an Rumata, »dass ich damals mein Kampfschwert nicht bei mir hatte. Aus Vergesslichkeit hätte ich es vielleicht gezogen. Auch wenn das ›Goldene Hufeisen‹ keine Taverne, sondern nur eine Schenke ist.«

»Manche sagen auch: ›Zieh es niemals in der Schenke‹«, erwiderte Rumata.

Die Wirtin brachte neue Schüsseln mit Fleisch und Krüge voller Wein. Die Ärmel hochgekrempelt, machte sich der Baron darüber her.

»Wer waren übrigens die drei Gefangenen, die Ihr im ›Goldenen Hufeisen‹ befreit habt?«, erkundigte sich Rumata.

»Befreit?« Der Baron hörte auf zu kauen und starrte Rumata an. »Nicht doch, edler Freund! Ihr habt mich missverstanden! Ich habe niemanden befreit. Man hatte sie verhaftet, versteht Ihr, das sind Staatsgeschäfte. Wie käme ich dazu, sie zu befreien? Einen Angsthasen von Don, einen alten Bücherfreund und einen Diener ...« Pampa zuckte mit den Achseln.

»Natürlich nicht«, sagte Rumata bekümmert.

Plötzlich lief der Baron puterrot an, und die Augen quollen hervor. »Was? Schon wieder?«, brüllte er.

Rumata blickte sich um und sah Don Ripat in der Tür stehen. Der Baron fuhr so hastig auf, dass Bänke und Schüsseln umkippten. Don Ripat warf Rumata einen vielsagenden Blick zu und ging hinaus.

»Ich bitte um Verzeihung, Baron ...«, murmelte Rumata und erhob sich. »... der königliche Dienst ruft.«

»Verstehe!« Der Baron war enttäuscht. »Mein Beileid! Ich würde niemals in jemandes Dienste treten.«

Don Ripat wartete an der Tür.

»Was gibt's?«, fragte Rumata.

»Vor zwei Stunden habe ich auf Befehl Don Rebas, des Ministers für die Sicherheit der Krone, Donna Okana verhaftet und in den Fröhlichen Turm überführt«, berichtete er.

»Und weiter?«

»Vor einer Stunde verstarb sie in der Feuerfolter.«

»Weiter.«

»Offiziell beschuldigte man sie der Spionage. Aber ...« Don Ripat stockte und senkte den Blick. »Ich denke ... Mir scheint ...«

»Ich verstehe«, sagte Don Rumata.

Don Ripat blickte ihn schuldbewusst an. »Ich war machtlos ...«, begann er.

»Das ist nicht Eure Sache«, brachte Rumata heiser hervor.

Don Ripats Blick nahm wieder die gewohnte Festigkeit an. Rumata nickte ihm zu und kehrte zur Tafel zurück, wo der Baron gerade eine Schüssel mit mariniertem Tintenfisch leerte.

»Estorwein!«, befahl Rumata. »Und nicht zu wenig. Wir wollen lustig sein! Ja, zum Teufel! Lustig wollen wir sein!«

... Als Rumata wieder zu sich kam, stand er auf einem großen unbebauten Platz. Ein grauer Morgen dämmerte, in der Ferne krähten Hähne, Raben kreisten in dichten Schwärmen über große Haufen faulenden Unrats. Der Nebel in seinem Gehirn verschwand und machte der gewohnten Klarheit und Wahrnehmungsfähigkeit Platz. Auf der Zunge zerging ein bittersüßer Pfefferminzgeschmack. Die Finger seiner rechten Hand schmerzten. Er hob die Faust und stellte fest, dass die Haut an den Knöcheln abgeschürft war. Noch immer hielt er wie im Krampf die leere Casparamidampulle fest, die er gegen die Alkoholvergiftung eingenommen hatte; Casparamid war ein wirksames Mittel, mit dem die Erde ihre Kundschafter auf rückständigen Planeten vorsorglich ausrüstete.

Anscheinend hatte er sich hier auf dem Brachland den Inhalt der Ampulle einverleibt, bevor er besinnungslos zusammengebrochen war.

Die Gegend war ihm bekannt: Vor sich sah er den Turm des niedergebrannten Observatoriums, zur Linken, schlank wie Minarette, die Wachtürme des königlichen Palastes. Rumata atmete tief die feuchtkalte Luft ein und machte sich auf den Heimweg.

In dieser Nacht hatte sich Baron Pampa weidlich amüsiert. In Begleitung einer ganzen Schar mittelloser Dons, die bald jegliche Haltung verloren, war er auf einen gigantischen Streifzug durch Arkanars Kneipen gegangen, hatte seine ganze Habe bis auf den kostbaren Gürtel verprasst, Unmengen Gesottenes und Gebratenes verschlungen und unterwegs mindestens acht Raufereien angezettelt. Jedenfalls erinnerte sich Rumata deutlich an acht, in die er eingegriffen hatte, um Mord und Totschlag zu verhindern. Alle anderen Erinnerungen waren wie ausgelöscht. Nebelhaft nur tauchten in seinem Gedächtnis raubgierige Visagen mit Messern zwischen den Zähnen auf; das verständnislose, bittere Gesicht eines hablosen Dons, den der Baron im Hafen als Sklaven hatte verkaufen wollen; der langnasige Irukaner, der wütend seine Pferde zurückverlangte …

Anfangs war Rumata, der genauso viel trank wie der Baron, noch Kundschafter gewesen und hatte sich bei jedem Wechsel des Getränks – Irukaner, Estorwein, Soaner und Arkanarwein – unbemerkt eine Casparamidtablette unter die Zunge geschoben. So hatte er sich Besonnenheit bewahrt und die Patrouillen an den Straßenkreuzungen und Brücken sowie die Wachen berittener Barbaren bemerkt, von denen der Baron sicher erschossen worden wäre, hätte Rumata nicht in ihrer Mundart mit ihnen verhandelt. Er erinnerte sich seiner Überraschung beim Anblick der unbeweglichen Reihen von Soldaten in merkwürdigen schwarzen Umhängen mit Kapuzen, die vor der Patriotischen Schule gestanden hatten – das klösterliche Kriegsgefolge ... Was hatte die Kirche Arkanars mit Soldaten zu schaffen? Seit wann mischte sie sich in weltliche Dinge ein?

Langsam hatte seine Trunkenheit zugenommen, und dann, mit einem Mal, war er stockbetrunken gewesen. Als er in einem klaren Augenblick plötzlich einen zerspaltenen Eichentisch vor sich sah, das gezückte Schwert in seiner Hand und rings um sich lauter hablose Dons, die Beifall klatschten, beschloss er heimzugehen – doch es war schon zu spät. Die Woge der Raserei und der unflätigen Freude, von allem Menschlichen befreit zu sein, hatte ihn schon erfasst. Er blieb zwar noch Erdenbewohner und Kundschafter, Sohn der Eisen- und Feuerbezwinger, der Menschen, die um großer Ziele willen weder sich noch andere schonten, und er konnte ja auch kein echter Rumata von Estor sein, da er nicht vom Fleisch und Blut dieser kriegerischen Sippe war, die seit zwanzig Generationen für Raub und Trunksucht berüchtigt war. Aber er war auch kein Kommunarde mehr. Nicht dem Experiment fühlte er sich in diesem Moment verpflichtet, sondern nur noch sich selbst. All seine Zweifel schwanden, alles war klar ... Er kannte den Schuldigen und wusste, was er wollte: ihn mit voller Wucht niederschlagen und dem Feuer übergeben, ihn die Stufen des Palastes hinunterstoßen – gerade auf die Spieße und Forken der brüllenden Menge.

Bei der Erinnerung daran fuhr Rumata auf und zog sein Schwert aus der Scheide. Die Klinge war schartig, aber unbefleckt. Er besann sich, mit jemandem gerauft zu haben, wusste aber nicht mehr, mit wem und wie das Ganze ausgegangen war.

... Die Pferde hatten sie vertrunken, und die schmarotzenden Dons waren nach und nach verschwunden. Auch dass er den Baron mit zu sich nach Hause geschleppt hatte, fiel ihm wieder ein. Baron Pampa Don Bau war munter, völlig bei Sinnen und durchaus bereit gewesen, weiterzutrinken, nur dass er sich nicht mehr auf den Beinen hatte halten können. Im Übrigen war er der Meinung gewesen, sich eben erst von seiner lieben Baronin verabschiedet zu haben, um gegen seinen frech gewordenen Erzfeind, Baron Kaska, zu Felde zu ziehen. »Stellt Euch vor, mein Freund, gebiert doch dieser Schuft einen sechsfingrigen Knaben aus seiner Lende und nennt ihn ›Pampa‹ ... Übrigens: Die Sonne sinkt«, erklärte er mit einem Blick zum Sonnenaufgang auf einem Gobelin. »Wir könnten die Nacht durchzechen, edle Dons – aber vor kriegerischen Heldentaten soll man schlafen. Also: keinen Tropfen Wein während des Feldzugs! Außerdem wäre die Baronin unzufrieden ... Ein Bett? Wo gibt es auf dem freien Feld schon Betten? Legen wir uns auf die Decke unseres Streitrosses!« Dabei hatte er den Gobelin von der Wand gerissen, ihn sich um den Kopf gewickelt und war krachend in der Ecke unter der Öllampe zu Boden gesunken. Daraufhin hatte Rumata dem Knaben Uno befohlen, einen Eimer Salzlake und eine Bütte Marinaden neben ihn zu stellen. Und der Junge – ebenso wütend wie verschlafen – hatte geknurrt: »Ich habt euch so volllaufen lassen, dass Ihr nicht mehr geradeaus sehen könnt.« – »Schweig, Dummkopf!«, hatte ihm Rumata befohlen ... Und dann musste etwas geschehen sein ... etwas Schlimmes, das ihn durch die ganze Stadt auf dieses Ödland zugetrieben hatte ... Etwas Übles, ganz und gar unverzeihlich Beschämendes ...

Dicht vor seinem Haus erst hielt Rumata erschrocken inne. Jetzt erinnerte er sich: Er hatte Uno beiseitegestoßen, war die Treppe hochgestiegen, hatte die Tür aufgerissen und war als Hausherr in sein Zimmer gestapft. Dort hatte er im Schein des Nachtlichts in ein bleiches Gesicht mit weit aufgerissenen Augen voller Entsetzen und Abscheu geblickt und darin sein eigenes Spiegelbild gesehen: schwankend, mit hängender, sabbernder Unterlippe, abgeschürften Fäusten, verdreckt – ein unverschämter, gemeiner blaublütiger Rüpel. Dieses Bild hatte ihn förmlich die Treppe hinuntergeworfen, und er war durch die Diele geflüchtet, auf die dunkle Straße hinaus und weiter, immer weiter ...

Er fühlte, wie in ihm alles erstarb; er biss die Zähne zusammen und betrat auf Zehenspitzen die Diele. In einer Ecke, massig wie ein Wal, schnaufte der Baron und schlief den Schlaf der Gerechten. »Wer da?«, rief Uno, der, eine Armbrust in Händen, sich auf einer Bank ausgestreckt hatte. »Still. Geh in die Küche und bring mir einen Kübel Wasser, Essig und neue Kleidung. Schnell!«, flüsterte Rumata.

Lange und mit geradezu wütendem Genuss begoss sich Rumata immer wieder mit Wasser, rieb sich dann mit Essig ab und säuberte sich vom Schmutz dieser Nacht. Ungewohnt schweigsam ging ihm Uno dabei zur Hand. Erst als er dem Don die idiotischen fliederfarbenen Hosen mit den Schnallen hinten schließen half, berichtete er finster: »Als Ihr davongeritten wart, kam Kira herunter und erkundigte sich, ob der Don im Hause sei. Und, als Ihr nicht da wart, beschloss sie wohl, geträumt zu haben. Ich sagte ihr, dass Ihr gegen Abend auf Wache gegangen und noch nicht zurückgekommen wärt.«

Seufzend wandte sich Rumata ab. Besser war ihm nicht zumute. Eher schlechter.

»Ich saß die ganze Nacht mit der Armbrust beim Herrn Baron, weil ich fürchtete, er könnte, besoffen wie er war, nach oben poltern.«

»Danke, mein Junge«, brachte Rumata mit Mühe hervor.

Er zog seine Schuhe an und blieb eine Weile vor dem Spiegel in der Diele stehen. Das Casparamid hatte seine Wirkung getan: Sein Spiegelbild zeigte einen eleganten, nach anstrengender Nachtwache etwas hohlwangigen, doch durchaus respektablen Don. Das schöne, vom Goldreif zusammengehaltene und noch feuchte Haar fiel ihm weich auf beide Schultern.

Mechanisch rückte Rumata das Objektiv über der Nasenwurzel zurecht. Hübsche Szenen werden sie auf der Erde zu sehen bekommen haben, dachte er.

Inzwischen war es Tag geworden. Sonnenlicht fiel durch die staubigen Scheiben. Fensterläden klapperten. Von der Straße hörte man verschlafene Rufe: »Gut geschlafen, Bruder Kiris?« – »Ruhig, Gott sei's gedankt, Bruder Tika. Gottlob ist die Nacht vorbei.« – »Bei uns hat jemand versucht, durchs Fenster zu steigen. Der edle Don Rumata soll gestern Nacht gefeiert haben. Man sagt, er habe Gäste.« – »Wer feiert denn heute noch? Unter dem jungen König, ja, da hätten sie beim Feiern fast die halbe Stadt niedergebrannt.« – »Gott sei Dank, sag ich Euch, dass wir einen Mann wie Don Rumata als Nachbarn haben. Wenn der einmal im Jahr feiert, ist das schon viel.«

Rumata stieg die Treppe hinauf, klopfte und trat ein. Wie am Tag zuvor, fand er Kira im Sessel sitzend. Sie hob den Kopf und blickte ihn besorgt und ängstlich an.

»Guten Morgen, meine Kleine.« Rumata küsste ihr die Hand und setzte sich ihr gegenüber in einen Sessel.

Kira blickte immer noch prüfend. »Müde?«, fragte sie.

»Ein wenig. Ich muss wieder fort.«

»Bist du hungrig? Soll ich dir etwas zu essen machen?«

»Nein, danke. Uno ist schon dabei; nur den Kragen könntest du mir parfümieren.«

Rumata spürte, wie sich eine Wand aus Lügen zwischen sie schob, dünn zunächst, dann aber immer dicker und fester. Fürs ganze Leben!, dachte er bitter. Reglos, mit geschlossenen Augen ließ er sich von ihr den eleganten Kragen, Wangen, Stirn und Haar mit verschiedenen Duftnoten befeuchten.

»Du fragst gar nicht, wie ich geschlafen habe«, sagte sie schließlich.

»Wie denn, Kleines?«

»Ich hatte einen furchtbaren Traum.«

Die Wand wurde dick wie eine Festungsmauer.

»So geht es jedem, der das erste Mal an einem neuen Ort nächtigt«, erklärte Rumata. »Außerdem wird der Baron unten ganz schön gelärmt haben.«

»Soll ich das Frühstück bringen lassen?«

»Tu das.«

»Und was für einen Wein trinkst du am Morgen?«

»Lass Wasser bringen«, sagte Rumata und öffnete die Augen. »Ich trinke morgens keinen Wein.«

Er hörte, wie sie draußen ruhig mit Uno sprach. Gleich darauf kehrte sie zurück, setzte sich auf die Lehne seines Sessels und erzählte ihm von ihrem Traum. Während er stirnrunzelnd zuhörte, fühlte er, wie sich die Mauer zwischen ihnen von Minute zu Minute festigte. Und sie würde ihn für immer von dem einzigen, ihm nahestehenden Menschen in dieser abscheulichen Welt trennen ... Mit voller Wucht warf er sich dagegen.

»Das war kein Traum, Kira«, sagte er.

Und siehe da, nichts Schlimmes ereignete sich.

»Du Armer«, sagte Kira nur. »Warte, ich bringe dir Gesalzenes.«

5

Vor noch nicht allzu langer Zeit hatte der Hof der Könige von Arkanar zu den aufgeklärtesten des Reiches gehört. Zwar waren die Hofgelehrten größtenteils Scharlatane gewesen, doch hatte es unter ihnen auch Bagir von Kisen gegeben, den Entdecker der Kugelgestalt des Planeten; den Leib- und Wunderdoktor Tata, der die geniale Vermutung äußerte, Würmer, die für das menschliche Auge unsichtbar seien und durch

Wind und Wasser verbreitet würden, seien an der Entstehung von Seuchen schuld; den Alchimisten Sinda, der, wie alle Angehörigen dieser Gilde, ein Verfahren suchte, Gold aus Lehm zu gewinnen, und dabei das Gesetz von der Erhaltung der Substanz entdeckte. Auch Poeten hatten am Hof von Arkanar gelebt; größtenteils waren sie Schmarotzer gewesen, aber auch Pepin der Ruhmreiche hatte dort gelebt, Autor der historischen Tragödie »Der Feldzug nach Norden«; Zuren der Wahrhaftige, der über fünfhundert im Volk vertonte Balladen und Sonette geschrieben hatte, und Gur der Dichter, der als Erster im Reich einen weltlichen Roman ersonnen hatte: die traurige Liebesgeschichte eines Prinzen zu einer schönen Barbarin. Bei Hofe hatten zudem großartige Schauspieler, Tänzer und Sänger gelebt. Bildende Künstler hatten die Wände mit nie verblassenden Fresken geschmückt und die Parks mit Statuen. Dabei besaßen die Könige von Arkanar weder Bildung noch Kunstverstand – sich mit Künstlern und Wissenschaftlern zu umgeben, galt zu der Zeit einfach als standesgemäß, wie die Zeremonie der Morgentoilette oder die prunkvolle Wache am Hauptportal. Die Toleranz gegenüber Hofgelehrten und Künstlern ging so weit, dass einige von ihnen als nicht unbedeutende Rädchen im Staatsapparat dienten. So hatte vor einem halben Jahrhundert der gelehrte Alchimist Botsa einen Ministerposten im jetzt als überflüssig abgeschafften Ministerium für Bodenvorkommen bekleidet. Er hatte mehrere Bergwerke eröffnet und Arkanar durch ungewöhnliche Legierungen berühmt gemacht, die allerdings nach seinem Tod in Vergessenheit gerieten. Vor Kurzem noch hatte Pepin der Ruhmreiche über das staatliche Bildungswesen bestimmt – bis das Ministerium für Geschichte und Literatur, an dessen Spitze er stand, für schädlich und zersetzend erklärt wurde.

Natürlich war es auch früher vorgekommen, dass man Künstler und Gelehrte, die etwa der Mätresse des Königs, einer dummen, wollüstigen Person, nicht genehm gewesen waren, ans Ausland verkauft oder mit Arsen vergiftet hatte. Aber erst Don Reba machte ganze Arbeit. In den Jahren seiner Herrschaft als allgewaltiger Minister für die Sicherheit der Krone richtete er in der Kulturwelt Arkanars Verwüstungen an, die sogar das Missfallen von Würdenträgern erregten. Sie erklärten nun, dass sie sich bei Hofe langweilten und man auf Bällen nur noch dummen Klatsch zu hören bekam.

Bagir von Kisen, den man eingekerkert hatte, weil er angeblich unter einer an Hochverrat grenzenden Geisteszerrüttung litt, konnte Rumata unter großen Schwierigkeiten befreien und in die Metropole bringen. Das Observatorium brannte nieder, und Bagir von Kisens Schüler zerstreuten sich in alle Winde. Wie fünf seiner Kollegen, erklärte man auch den Leib- und Wunderdoktor Tata zum Giftmischer, der, angestiftet vom Herzog von Irukan, dem König nach dem Leben trachtete. Unter Folter zum Eingeständnis seiner Schuld gezwungen, wurde er auf dem Königlichen Platz gehängt. Im Bemühen, ihn zu retten, hatte Rumata dreißig Kilogramm Gold aufgewendet, vier ahnungslose Agenten verloren und war bei dem Versuch, den Verurteilten seinen Häschern zu entreißen, verwundet und beinahe selbst ergriffen worden, ohne dass er hätte etwas ausrichten können. Nach dieser ersten Niederlage wusste er, dass Don Reba keine zufällige Erscheinung war. Eine Woche später erfuhr Rumata, dass man im Begriff war, dem Alchimisten Sinda den Prozess zu machen, weil er der Krone angeblich das Geheimnis des Steins der Weisen vorenthielt. Empört legte sich Rumata bei Sindas Haus in den Hinterhalt, verbarg das Gesicht hinter einer schwarzen Maske und entwaffnete die nach dem Alchimisten fahndenden Sturmmannen. Dann warf er sie gefesselt in den Keller und brachte den nichts ahnenden Sinda noch in derselben Nacht nach Soan, wo er die Suche nach dem Stein der Weisen unter der Aufsicht Don Kondors fortsetzen konnte. Der Dichter Pepin der Ruhmreiche ließ sich kurzerhand die Haare scheren und verschwand in ein abgeschiedenes Kloster. Zuren dem Wahrhaftigen warf man Doppelzüngelei und Anpassung an den Geschmack des Pöbels vor und raubte ihm Ehre und Besitz. Er versuchte sich aufzulehnen, begann, in Kaschemmen zersetzende Balladen vorzutragen und folgte erst, nachdem er zweimal von patriotischen Recken fast totgeschlagen worden war, dem Rat seines Freundes und Verehrers Don Rumata, der ihn mit dem Schiff in die Metropole verfrachtete. Nie würde Rumata vergessen, wie der Dichter mit seinem blassen, fast bläulichen Trinkergesicht, die schmalen Finger um die Wanten gekrampft, vom Deck des auslaufenden Schiffes aus sein Sonett »Wie welke Blätter fallen auf die Seele« in alle Welt hinausgeschrien hatte. Gur der Dichter hingegen hatte bereits nach einem Gespräch in Don Rebas Kabinett eingesehen, dass der Prinz von Arkanar feindliches Gesindel unmöglich dulden konnte, und warf seine Bücher auf dem Königlichen Platz eigenhändig ins Feuer. Jetzt stand er, wenn sich der König zeigte, steif und gebeugt in der Menge der Höflinge, um auf den kleinsten Wink Don Rebas hin äußerst patriotische Gedichte vorzutragen, die nichts als Trübsinn und Langeweile verbreiteten. In den Theatern wurde immer dasselbe Stück gespielt: »Der Untergang der Barbaren oder Marschall Toz, König Piz I. von Arkanar«. Sänger gaben vorzugsweise Gesangskonzerte mit Orchesterbegleitung, und die noch lebenden Künstler bepinselten nun Tavernenschilder. Zwei oder drei Malern war es gelungen, sich bei Hofe zu halten; sie malten jetzt nur noch Don Reba, wie er den König respektvoll am Arm stützte – den König stellten sie als zwanzigjährigen, schönen Jüngling im Panzer dar und Don Reba als reifen Mann mit bedeutenden Gesichtszügen. Künstlerische Vielfalt war auch hier unerwünscht. Obwohl es am Hof von Arkanar tatsächlich sehr langweilig geworden war, füllten jeden Morgen Würdenträger, beschäftigungslose Dons, Gardeoffiziere und leichtlebige Damen die Vorzimmer, teils aus Eitelkeit, teils aus Gewohnheit oder Angst. Und im Grunde vermissten viele von ihnen nichts: An früheren Konzerten oder Dichterwettbewerben hatten sie vor allem die Pausen geschätzt, in denen sich die edlen Dons über Vorzüge von Jagdhunden verbreitet und Anekdoten zum Besten gegeben hatten. Sie waren nicht allzu komplizierten Disputen über die jenseitige Welt zwar nicht abgeneigt, betrachteten es aber als unschicklich, Fragen nach der Form von Planeten oder den Ursachen von Epidemien zu behandeln. Einiges Bedauern löste bei den Gardeoffizieren nur das Verschwinden von Künstlern aus, die Meister in der Aktdarstellung gewesen waren.

Rumata erschien leicht verspätet im Schloss. Der morgendliche Empfang hatte bereits begonnen. In den Sälen herrschte Gedränge, man hörte die gereizte Stimme des Königs und die sonoren Kommandos des Zeremonienmeisters, der die Toilette Seiner Majestät überwachte. Die Unterhaltung der Höflinge drehte sich hauptsächlich um ein Vorkommnis in der letzten Nacht. Ein stilettbewaffneter Verbrecher, dem Aussehen nach ein Irukaner, war nächtens in den Palast eingedrungen und hatte den Posten niedergestochen. Dann war er, so erzählte man, im Schlafgemach Seiner Majestät von Don Reba ergriffen und entwaffnet worden. Auf dem Weg zum Fröhlichen Turm hatte ihn eine wütende Menge von Patrioten in Stücke gerissen. Da es sich aber um den sechsten Anschlag im Laufe des letzten Monats handelte, erregte er kein besonderes Aufsehen. Man diskutierte nur über die Einzelheiten, und Rumata erfuhr, dass sich Seine Majestät beim Anblick des Mörders hoheitsvoll vom Lager erhoben, die schöne Donna Midara mit seinem Leib gedeckt und den historischen Ausspruch »Hau ab, du Schurke!« getan hatte. Die meisten glaubten an die Echtheit dieser historischen Worte, weil der König den Mörder wohl für einen Lakaien gehalten hatte. Und alle waren einhellig der Meinung, Don Reba hätte wieder einmal bewiesen, wie wachsam, ja unbesiegbar er in diesen Dingen war. In gefälligen Worten schloss sich Rumata dieser Meinung an und erzählte eine erfundene Geschichte, nach der Don Reba, von zwölf Räubern überfallen, drei auf der Stelle umgelegt und die übrigen in die Flucht geschlagen habe. Seine Erzählung fand aufmerksame Zuhörer und allgemeinen Beifall, bis er nebenbei erwähnte, dass sie von Don Sera stamme. Da dieser als Dummkopf und Aufschneider bekannt war, zeigte plötzlich niemand mehr Interesse. Über Donna Okana fiel kein Wort. Entweder wusste man noch nicht, was sich ereignet hatte, oder man tat so, als wüsste man von nichts.

Rumata drückte zarte Damenhände und verteilte Komplimente, bis er sich schließlich in den vorderen Reihen der aufgeputzten, parfümierten und schwitzenden Menge befand. Der Hochadel unterhielt sich halblaut: »Ja, ja, genau diese Stute. Sie hatte sich an der Fessel verletzt, aber noch am selben Abend verlor ich sie an Don Keu im Spiel …« – »Ihre Hüften, Don, sind ungewöhnlich. Wie heißt es doch bei Zuren … Hm-m … Berge kühlen Schaumes … hm-m-m … nein … Hügel kühlen Schaumes … Gewaltige Hüften jedenfalls …« – »Da öffne ich leise das Fenster, nehme den Dolch zwischen die Zähne, und stellt Euch vor, mein Freund: Ich fühle plötzlich, wie sich das Gitter unter mir durchbiegt …« – »Ich zog dem grauen Teufel mit dem Griff meines Schwertes eins über die Visage, dass er sich zweimal überschlug. Seht ihn Euch an. Dort steht er und tut so, als gehörte er hierher …« – »Don Tameo kotzte auf den Fußboden, glitt aus und fiel mit dem Kopf in den Kamin …« – »Da sagt doch der Mönch zu ihr: ›Nun erzähl mir mal, wovon du geträumt hast …‹, ha, ha …!«

Schlimm, dachte Rumata. Wenn man mich jetzt tötete, wäre dieser Haufen ordinärer Einfaltspinsel das Letzte, was ich erlebte. Nur das Überraschungsmoment kann mich retten, mich und Budach. Ich muss plötzlich und im richtigen Augenblick zuschlagen, ihn überrumpeln, bevor er den Mund aufmachen oder mich erschlagen kann, denn zu sterben wäre sinnlos.

Rumata arbeitete sich bis zur Tür des königlichen Schlafgemachs vor, hielt seine Schwerter fest, beugte nach der Etikette leicht das Knie und näherte sich dem Bett des Königs. Man war gerade dabei, dem Herrscher die Strümpfe überzuziehen. Aufmerksam verfolgte der Zeremonienmeister die geschickten Handbewegungen der beiden Kammerdiener. Rechts neben dem zerwühlten Lager stand Don Reba und unterhielt sich leise mit einem langen, knochigen Mann in grauer Samtuniform – Vater Zupik, einer der Anführer der Sturmmannen von Arkanar und Oberst der Palastwache. Dem Gesichtsausdruck des versierten Höflings Don Reba nach zu urteilen mochte es bei ihrer Unterhaltung um nichts weiter gehen als um den Körperbau von Stuten oder die Tugend der königlichen Nichte. Zupik aber hatte als ehemaliger Landsknecht und Gewürzkrämer seine Gesichtszüge nicht in der Gewalt. Er wurde zusehends finsterer und biss sich auf die Lippen, seine Finger spannten und lockerten sich abwechselnd um den Griff seines Schwertes, bis er sich schließlich brüsk abwandte und gegen alle Regeln der Etikette aus dem Schlafgemach direkt auf die Schar der Höflinge zuging, die ob solchem Fauxpas gleichsam versteinerten. Nachsichtig lächelnd blickte Don Reba ihm nach. Auch Rumata folgte der ungelenken grauen Gestalt mit seinem Blick. Ein neuer Todeskandidat, dachte er bei sich. Er wusste von den Reibereien zwischen Don Reba und der grauen Führung; das Schicksal des braunen Hauptmanns Ernst Röhm konnte sich bald schon wiederholen.

Die Strümpfe waren übergezogen. Als sich die Kammerdiener auf den sonoren Befehl des Zeremonienmeisters mit gespreizten Fingern ehrfürchtig an die königlichen Schuhe machten, stieß der Monarch die Dienstbeflissenen mit den Füßen zurück und wandte sich so heftig zu Don Reba um, dass der königliche Bauch wie ein prallgefüllter Sack auf das Knie hinüberrollte.

»Ich habe Eure Attentate satt!«, kreischte er hysterisch. »Anschläge, Anschläge, immer wieder Anschläge! Ich will nachts schlafen, anstatt mich mit Mördern herumzuschlagen. Warum kann man es nicht so einrichten, dass sie ihre Anschläge bei Tage verüben? Ihr seid ein miserabler Minister, Don Reba. Noch eine solche Nacht, und ich lasse Euch hängen. (Bei diesen Worten legte Don Reba die Hand ans Herz und verneigte sich.) Nach jedem Attentat habe ich Kopfweh!«

Stumpf und schweigend starrte der König auf seinen Bauch. Der Augenblick war günstig. Die Kammerdiener zauderten. Jetzt hieß es Aufmerksamkeit erregen. Rumata riss einem der Diener den rechten Schuh aus der Hand, kniete vor dem König nieder und zog den Schuh ehrfürchtig über den seidenbekleideten fetten Fuß. Nach einem uralten Privileg durften die Rumatas eigenhändig den rechten Fuß gekrönter Häupter des Reiches bekleiden. Der König musterte ihn mit trüben Augen. Plötzlich glomm darin ein Funken Teilnahme auf.

»Ah, Rumata!«, sagte er. »Ihr seid noch am Leben? Don Reba versprach mir, Euch hängen zu lassen!« Der König kicherte. »Ein miserabler Minister, dieser Reba. Nichts als Versprechungen. Ebenso versprach er, den Aufruhr zu unterdrücken – der Aufruhr aber breitet sich aus. Und er stopft den Palast mit grauen Lümmeln voll ... Ich bin krank, und er lässt meine Leibärzte hängen.«

Als der Schuh angezogen war, verneigte sich Rumata und trat einige Schritte zurück. Don Rebas prüfenden Blick erwiderte er mit einem blasiert hochmütigen Gesichtsausdruck.

»Ich bin durch und durch krank. Alles tut mir weh. Ich will meine Ruhe. Schon lange hätte ich abgedankt, wenn ihr ohne mich nicht verloren wäret, ihr Hammel ...«

Als man dem König den zweiten Schuh übergezogen hatte, erhob er sich. Sofort aber umfasste er schmerzgekrümmt und ächzend sein Knie.

»Wo sind meine Wunderärzte?«, jammerte er. »Wo ist mein guter Tata? Ihr habt ihn hängen lassen, Dummkopf! Mir aber ginge es schon besser, wenn ich nur seine Stimme hörte! Schweigt! Ich weiß selbst, dass er ein Giftmischer war! Aber darauf pfeife ich! Was machte das schon aus? Er war mein Wu-uunderdoktor! Kein solcher Mörder wie Ihr! Ein Wunderdoktor! Den einen vergiftete, den anderen heilte er! Ihr aber tut nichts als vergiften! Besser Ihr hängtet Euch auf. (Auch bei diesen Worten verneigte sich Don Reba und verharrte so, mit der Hand auf dem Herzen.) Alle habt Ihr hängen lassen! Übrig geblieben sind nur Eure Scharlatane! Und die Pfaffen, die mir Weihwasser statt Medizin geben ... Wer stellt mir jetzt eine Mixtur zusammen? Wer salbt mein Bein?«

»Majestät!«, sagte Rumata so laut, dass er das Gefühl hatte, alles im Palast erstarrte. »Ihr braucht nur zu befehlen, und der beste Wunderdoktor des Reiches ist in einer halben Stunde im Palast!«

Verdutzt starrte der König ihn an. Es war ein ungeheures Wagnis. Don Reba brauchte nur mit den Augen zu zwinkern, und ... Fast körperlich spürte Rumata die vielen Blicke, die ihn hinter schussbereiten Armbrustbolzen fixierten. Und er wusste, wozu die dunklen runden Zuglöcher, die unterhalb des Deckengewölbes im Schlafgemach angebracht waren, dienten. Don Reba hatte ebenfalls den Blick auf Rumata geheftet, doch mit einem Ausdruck höflicher, wohlwollender Neugier.

»Was soll das bedeuten?«, fragte der König mürrisch. »Schön, ich befehle es, wo ist er, Euer Wunderdoktor?«

Rumata straffte sich. Er glaubte schon die Spitzen der Bolzen zwischen den Schulterblättern zu spüren.

»Majestät«, sagte er schnell. »Befehlt Don Reba, den berühmten Doktor Budach zu Euch zu bringen!«

Don Reba schien nun tatsächlich verwirrt. Das Wichtigste aber war gesagt, und Rumata war noch am Leben. Der König wandte seine trüben Augen zum Minister für die Sicherheit der Krone.

»Majestät!«, fuhr Rumata jetzt gemessen fort. »In Kenntnis Eurer unerträglichen Leiden und eingedenk der Verpflichtung meines Geschlechts dem Herrscher gegenüber, habe ich den berühmten und hochgelehrten Heilkünstler, Doktor Budach, aus Irukan hierherbeordert. Doch Doktor Budachs Reise wurde unterbrochen. Graue Soldaten des verehrten Don Reba ergriffen ihn in der vergangenen Woche, und nur Don Reba kennt sein weiteres Schicksal. Wahrscheinlich befindet er sich nicht weit von hier, im Fröhlichen Turm vielleicht. Ich hoffe, dass sich Don Rebas Feindseligkeit gegenüber Heilkünstlern noch nicht verhängnisvoll auf Doktor Budach ausgewirkt hat.«

Rumata hielt den Atem an und schwieg. Alles schien nach Wunsch zu laufen. Jetzt nimm dich in Acht, Don Reba! Als er den Minister jedoch anblickte, gefror ihm das Blut in den Adern: Don Reba zeigte keinerlei Verwirrung, sondern nickte ihm nur mit wohlwollendem, väterlichem Tadel zu. Er ist ja geradezu entzückt, wunderte sich Rumata. Der König hingegen reagierte wie erwartet.

»Spitzbube!«, brüllte er. »Euch zerquetsche ich! Wo ist der Doktor? Wo, frage ich Euch! Schweigt! Ich frage Euch, wo ist der Doktor?«

Don Reba trat vor. »Eure Majestät« sagte er, untertänig lächelnd. »Ihr seid ein wahrhaft glücklicher Herrscher, denn so viele treue Untertanen sind bestrebt, Euch zu dienen, dass sie dabei einander schon behindern. (Der König blickte ihn verständnislos an.) Ich verhehle nicht, dass mir, wie alles, was in Eurem Lande geschieht, auch das edle Vorhaben Don Rumatas bekannt war. Ich schickte unsere grauen Soldaten Doktor Budach nur deshalb entgegen, um ihn, den ehrenwerten

Mann in vorgerücktem Alter, auf seiner weiteren Reise vor Zufälligkeiten zu bewahren. Auch verhehle ich nicht, gezögert zu haben, Budach aus Irukan Eurer Majestät vorzustellen.«

»Wie konntet Ihr es wagen?«, fragte der König vorwurfsvoll.

»Eure Majestät, Don Rumata ist genauso jung und unerfahren in der Politik wie im edlen Streit geübt. Er ahnt nicht, welcher Gemeinheit der Herzog von Irukan in seinem Hass auf Eure Majestät fähig ist. Wir beide aber wissen es, Majestät? (Der König nickte zustimmend.) Und deshalb hielt ich zunächst eine kleine Untersuchung für geboten, mit der ich mir noch Zeit gelassen hätte. Jedoch, wenn Eure Majestät (eine tiefe Verneigung zum König hin und ein Kopfnicken zu Rumata) darauf bestehen, wird nach der Mittagstafel Doktor Budach vor Eurer Majestät erscheinen und mit der Kur beginnen.«

»Ihr seid tatsächlich kein Dummkopf, Don Reba«, sagte der König. »Eine Untersuchung kann niemals schaden. Der verfluchte Irukaner ...« Mit einem Aufschrei fasste sich der König erneut ans Knie. »Das verfluchte Bein! Nach der Mittagstafel also? Wir erwarten ihn, wir erwarten ihn.«

Als er sich, auf den Zeremonienmeister gestützt, am völlig verwirrten Rumata vorbei langsamen Schrittes in den Thronsaal begab und bald in der Menge der ehrfürchtig zurückweichenden Höflinge verschwand, wandte sich Don Reba lächelnd an Rumata: »Wenn ich nicht irre, habt Ihr heute Nacht Wache vor dem Schlafgemach des Prinzen?«

Rumata verneigte sich wortlos.

Ohne Ziel ging Rumata durch die endlosen dunklen und feuchten Korridore des Schlosses, die nach Ammoniak und Fäulnis rochen, vorbei an üppigen, teppichgeschmückten Zimmern, verstaubten Räumen mit schmalen vergitterten Fenstern und Abstellkammern, in denen allerlei Gerümpel mit abgeblätterter Vergoldung herumlag. Menschen begegnete er nicht, denn nur selten wagte sich ein Hofbediensteter in das Labyrinth der hinteren Schlossseite, in der die Zimmerfluchten des Königs unmerklich in die Räumlichkeiten des Ministeriums für die Sicherheit der Krone übergingen. Wie leicht konnte man sich hier verirren! Allen war noch in Erinnerung, wie eine im inneren Schlossrund patrouillierende Gardewache durch das markerschütternde Geschrei eines Mannes erschreckt worden war, der die zerschundenen Hände durch das Gitter einer Schießscharte gesteckt und sie angefleht hatte: »Rettet mich! Ich bin Kammerjunker und weiß nicht, wie ich ins Freie gelangen soll! Zwei Tage schon habe ich nichts gegessen! Lasst mich raus!« Erst nach zehn Tagen lebhaften Schriftwechsels zwischen dem Finanzminister und dem Hofministerium hatte man sich entschlossen, das Gitter herauszubrechen. In der Zwischenzeit waren dem unglücklichen Kammerjunker Fleisch- und Brotstücke auf der Lanzenspitze gereicht worden.

Zudem war es hier nicht ungefährlich, da sich in den engen Korridoren betrunkene Gardisten der Wache des Königs nicht selten hemmungslos mit den nicht weniger betrunkenen, zum Schutz des Ministeriums eingesetzten Sturmmannen rauften. Sie schlugen und prügelten sich erbarmungslos, und wenn sie genug hatten, trennten sie sich wieder und schafften die Verwundeten fort. Zu guter Letzt spukten in diesem Teil des Schlosses die Geister von Ermordeten, derer es in zwei Jahrhunderten viele gegeben hatte.

Plötzlich trat ein Sturmmann mit gezücktem Beil aus einer tiefen Nische vor.

»Weitergehen verboten!«, sagte er finster.

»Was fällt dir ein, Dummkopf!« Rumata schob verächtlich das Beil beiseite.

Während er hinter sich den Sturmmann unschlüssig von einem Bein auf das andere treten hörte, wurde ihm plötzlich bewusst, wie sehr ihm die abfälligen Worte und Gesten schon zur Gewohnheit geworden waren: Er spielte den hochgeborenen Flegel nicht mehr, sondern war schon fast zum Flegel geworden. Er stellte sich vor, wie sein Benehmen auf der Erde wirken würde, und ihm war plötzlich abscheulich zumute. Wie war es nur dazu gekommen? Was war mit ihm geschehen? Wo war die ihm von klein auf anerzogene und lang gehegte Achtung vor Seinesgleichen, wo das Vertrauen in das wunderbare Wesen Mensch geblieben? Mir ist nicht mehr zu helfen, dachte er, denn ich hasse und verachte sie, anstatt sie zu bemitleiden. Wohl fände ich Erklärungen für die Dumpfheit und Brutalität des Burschen, an dem ich soeben vorbeigegangen bin – die sozialen Verhältnisse, falsche Erziehung und dergleichen –, trotzdem nehme ich ihn als meinen Feind wahr – als Feind all dessen, was ich liebe, als Feind meiner Freunde, Feind gegenüber dem, was mir das Heiligste ist. Und ich hasse ihn keineswegs theoretisch, nicht als einen »typischen Vertreter«, sondern ich hasse ihn als Person. Ich hasse seine sabbernde Visage, seinen ungewaschenen, stinkenden Körper, seinen blinden Glauben, seine Wut auf alles, was über Geilheit und Saufen hinausgeht. Da tritt er nun von einem Bein aufs andere, dieser Halbstarke … Vor einem halben Jahr ist er noch von seinem dickbäuchigen Vater durchgeprügelt worden, als er ihn im Handel mit muffigem Mehl und alter Marmelade unterwies. Und jetzt schnauft der Tölpel vor Anstrengung in dem Bemühen, sich an die Paragrafen der mangelhaft eingepaukten Dienstvorschrift zu erinnern – unschlüssig, ob er den edlen Don nun mit dem Beil niederschlagen, »Wache!« rufen oder ihn einfach passieren lassen soll, da es sowieso niemand erfährt. Schließlich wird er auf alles pfeifen und in seine Nische zurückgehen, um schmatzend an seiner Rinde weiterzukauen. Alles auf der Welt ist ihm gleichgültig, dachte Rumata, und über nichts will er nachdenken. Tja, nachdenken … Inwiefern ist unser Adler Don

Reba eigentlich besser als dieser Kerl? Seine Persönlichkeit ist natürlich vielschichtiger und seine Reflexe komplizierter, doch seine Gedanken gleichen diesem Palastlabyrinth mit seinem Gestank nach Ammoniak und Verbrechen. Er ist ein widerlicher, gemeiner Schurke, eine gewissenlose Spinne ... Und ich bin gekommen, die Menschen zu lieben, ihnen zu helfen sich aufzurichten und den Himmel zu sehen. Ein schlechter Kundschafter bin ich, und ein miserabler Historiker dazu, dachte Rumata zerknirscht. Wie lange bin ich eigentlich schon in diesem Morast versunken, von dem Don Kondor sprach? Darf ein Gott überhaupt andere Gefühle haben als Mitleid?

Plötzlich hallten eilige Schritte durch den Korridor. Rumata wandte sich um und packte die Griffe seiner Schwerter über Kreuz. Don Ripat eilte auf ihn zu, das Schwert an die Seite gepresst.

»Don Rumata! Don Rumata!«, rief er von weitem mit gedämpfter Stimme.

Rumata ließ die Waffen los. Vorsichtig Umschau haltend, flüsterte Don Ripat ihm ins Ohr: »Ich suche Euch bereits eine geschlagene Stunde. Waga das Rad ist im Palast. Er spricht mit Don Reba im lila Kabinett.«

Rumata kniff die Augen zusammen, tat einen Schritt zurück und sagte ebenso höflich wie erstaunt: »Meint Ihr etwa den berühmten Räuber, der hingerichtet worden sein soll, sofern er überhaupt je gelebt hat?«

»Er lebt«, erwiderte der Leutnant und fuhr sich mit der Zunge über die trockenen Lippen. »Er befindet sich hier im Schloss. Ich glaube, es würde Euch interessieren.«

»Mein lieber Don«, entgegnete Rumata mit Nachdruck. »Mich interessieren Gerüchte, Klatsch und Anekdoten, ja, denn das Leben ist eintönig. Doch Ihr missversteht mich anscheinend. (Hier blickte ihn der Leutnant mit weit aufgerissenen Augen an.) Überlegt doch selbst: Was habe ich mit den unsauberen Verbindungen Don Rebas zu schaffen, den ich übrigens zu sehr verehre, um ihn zu verurteilen ... Doch entschuldigt mich, ich bin in Eile und werde erwartet – von einer Dame.«

Don Ripat fuhr sich wieder mit der Zunge über die Lippen und entfernte sich mit einer linkischen Verbeugung. Plötzlich kam Rumata ein glücklicher Gedanke.

»Übrigens, mein Freund«, rief er Don Ripat gut gelaunt hinterher, »hat euch unser kleines Intrigenspiel mit Don Reba heute morgen gefallen?«

»Wir sind sehr zufrieden«, antwortete der.

»Reizend, nicht wahr?«

»Großartig! Das graue Offizierskorps ist hoch erfreut, dass Ihr endlich offen unsere Partei ergreift. So ein gescheiter Mensch wie Ihr, Don Rumata, und gibt sich mit Baronen und adligen Kretins ab ...«

»Mein lieber Ripat!« Rumata wandte sich hochmütig zum Gehen. »Ihr vergesst, dass es von der Warte meiner hohen Herkunft aus unmöglich ist, gar zwischen dem König und Euch zu unterscheiden. Auf Wiedersehen.«

Rumata durchmaß mit großen Schritten die Korridore, folgte unbeirrt mehreren Quergängen und schob wortlos Wachen beiseite. Wenn er auch keine rechte Vorstellung vom Zweck seines Tuns hatte, erkannte er doch die sich ihm bietende günstige Gelegenheit: Zeuge eines Gesprächs zweier Spinnen zu werden. Nicht ohne Grund hatte Don Reba vierzehnmal mehr für den lebenden Waga geboten als für den toten.

Zwei graue Leutnants hinter einer lila Portiere traten ihm mit gezogener Klinge in den Weg.

»Ich grüße Euch, Freunde. Ist der Minister zugegen?«, fragte Rumata.

»Der Minister ist beschäftigt«, erwiderte einer der Leutnants.

»Dann warte ich.« Rumata begab sich hinter die Portiere. In undurchdringlicher Finsternis tastete er sich nun zwischen Sesseln, Stühlen und gusseisernen Lampenständern vor. Unterwegs hörte er wiederholt jemanden dicht an seinem Ohr schnaufen und nahm intensiven Knoblauchgeruch wahr. Als er hinter einem schmalen Lichtstreif die helle, näselnde Stimme des ehrenwerten Waga vernahm, blieb er stehen. Im selben Augenblick fühlte er eine Lanzenspitze zwischen den Schulterblättern. »Still, du Dummkopf!«, sagte er gereizt und ganz leise. »Ich bin's, Don Rumata.« Die Lanzenspitze entfernte sich. Rumata zog einen Sessel an den Lichtstreif heran, setzte sich, streckte die Beine von sich, gähnte hörbar und beobachtete die Geschehnisse, die sich vor ihm abspielten.

Zwei Spinnen verhandelten miteinander. Don Reba saß in gezwungener Haltung mit aufgestützten und gefalteten Händen am Tisch; neben ihm lag ein schweres Wurfmesser mit hölzernem Griff. Auf seinem Gesicht malte sich ein angenehmes, aber etwas starres Lächeln. Waga, der mit dem Rücken zu Rumata auf einem Sofa saß, sah aus wie ein verschrobener alter Würdenträger, der dreißig Jahre lang sein Schloss auf dem Lande nicht mehr verlassen hatte.

»Die Dippingen werden sich blecheln«, sagte er. »Und als duller Schmunck herum in die Fickeln flossen. Das macht schon zwanzig lange Stettiger. Wäre blickig, auf die Buntkabasse zu goffen. Dass die Stettiger grim alchen. Damit können wir den Verwachs fetzen. Das ist unsere Stefung ...«

Don Reba kratzte sich am rasierten Kinn. »Ganhartig goff«, sagte er nachdenklich.

»So ist unsere Stefung. Für Eure Galche verwächst es sich nicht, uns zu vermonen. Kimmert?«

»Kimmert«, sagte der Minister für die Sicherheit der Krone entschlossen.

»Und im Rippart«, erklärte Waga und stand auf.

Rumata, der dem Kauderwelsch verdutzt gelauscht hatte, stellte fest, dass Waga genau so einen buschigen Schnurrbart und grauen Spitzbart trug wie ein Höfling zur Zeit der vorigen Regentschaft.

»Die Unterhaltung mit Euch war mir ein Vergnügen«, sagte Waga.

Auch Don Reba stand auf. »Ganz meinerseits«, erklärte der. »Zum ersten Mal begegne ich einem so wagemutigen Menschen, wie Ihr es seid, Verehrtester ...«

»Ganz meinerseits«, erwiderte Waga in gelangweiltem Ton. »Auch mich hat die Kühnheit des ersten Ministers unseres Königreiches überrascht und erhoben.«

Don Reba den Rücken zugekehrt, trottete Waga auf seinen Stab gestützt zum Ausgang. Ohne den nachdenklichen Blick von ihm zu wenden, tastete Don Reba nach dem Griff seines Messers. Im selben Augenblick hörte Rumata hinter sich einen tiefen Atemzug, und die längliche braune Mündung eines Blasrohres schob sich dicht an seinem Ohr vorbei zum Spalt in der Portiere. Don Reba verharrte regungslos, als horche er auf etwas, dann setzte er sich, zog den Tischkasten heraus und entnahm ihm einen Stoß Papiere, in die er sich nun vertiefte. Hinter Rumata spie jemand aus, und das Blasrohr verschwand. Kein Zweifel, die Spinnen hatten sich geeinigt. Rumata stand auf, trat dabei jemandem auf den Fuß und strebte dem Ausgang des lila Kabinetts zu.

Der König speiste in einem großen zweigeschossigen Saal. Die dreißig Meter lange Tafel war bereits mit hundert Gedecken angerichtet: für den König, Don Reba, die Mitglieder der königlichen Familie (zwei Dutzend dickblütige Vielfraße und Säufer), die Minister des Hofes und den Zeremonienmeister, die laut Tradition eingeladenen Mitglieder der Hocharistokratie (darunter auch Rumata), für ein Dutzend durchreisender Barone mit ungeschlachten Söhnen und am äußersten

Ende für allerlei niederen Adel, der sich, legal oder illegal, eine Einladung zur königlichen Tafel verschafft hatte. Letztere instruierte man, wenn man ihnen die Einladung mit Platznummer überreichte: »Sitzt ruhig, der König mag nicht, wenn man sich dreht und wendet. Haltet die Hände auf dem Tisch, der König mag nicht, wenn man die Hände unter der Tafel verbirgt. Blickt Euch nicht um, der König mag nicht, wenn man sich umblickt.« Bei solchen Gastmahlen vertilgte man Unmengen erlesener Speisen, trank fässerweise alten Wein und zerschlug viel Geschirr aus dem berühmten Estorporzellan. In einem seiner Berichte rühmte sich der Finanzminister gegenüber dem König, dass ein einziges Gastmahl Seiner Majestät ebenso viel Geld verschlinge wie der Halbjahresetat der Akademie der Wissenschaften von Soan.

In Erwartung des Trompetensignals, nach dem der Zeremonienmeister dreimal »Zu Tisch!« rufen würde, stand Rumata bei einer Gruppe von Höflingen und hörte zum zehnten Mal folgende Erzählung Don Tameos über ein königliches Gastmahl, an dem jener teilzunehmen vor einem halben Jahr die Ehre gehabt hatte: »... Ich finde also meinen Sessel, wir stehen vor der Tafel, der König tritt ein, nimmt Platz, und auch wir setzen uns. Da fühle ich, stellt Euch vor, edle Dons, etwas Feuchtes unter mir. Etwas Nasses! Ich wage mich weder zu rühren noch hinzufassen. In einem günstigen Augenblick schiebe ich dann die Hand unter mich und entdecke, es ist tatsächlich feucht! Ich beschnuppere meine Finger, kann aber nichts Besonderes feststellen. Was hatte das zu bedeuten? Das Mahl endet, und alles erhebt sich. Ich aber, versetzt Euch in meine Lage, edle Dons, wage nicht aufzustehen. Da sehe ich den König auf mich zukommen – den König! – und bleibe sitzen wie ein Landbaron, der die Etikette nicht kennt. Seine Majestät nähert sich mir, legt mir die Hand auf die Schulter, lächelt gnädig und sagt: ›Mein lieber Don Tameo, wir haben uns bereits erhoben und gehen, uns das Ballett anzuschauen.

Ihr aber sitzt noch immer da. Was ist mit Euch, habt Ihr Euch etwa überfressen?‹ – ›Eure Majestät‹, antworte ich, ›lasst mir den Kopf abschlagen, aber ich habe etwas Feuchtes unter mir.‹ Seine Majestät geruht zu lachen und befiehlt mir aufzustehen. Ich erhebe mich ... und ... Gelächter ringsum. Während des ganzen Mahles hatte ich auf einer Rumtorte gesessen, edle Dons! Seine Majestät geruhten sehr zu lachen. ›Reba, Reba‹, rief er schließlich, ›das ist bestimmt wieder einer von Euren Scherzen! Beliebet jetzt, den edlen Don zu säubern, Ihr habt ihm das Gesäß beschmutzt!‹ Mit hellem Gelächter zog Don Reba seinen Dolch und machte sich daran, mir die Torte von den Hosen zu schaben. Versetzt Euch in meine Lage, edle Dons! Offen gesagt, zitterte ich bei dem Gedanken, dass Don Reba, vor aller Augen erniedrigt, sich an mir rächen könnte. Glücklicherweise ging aber alles gut ab. Es war der schönste Augenblick meines Lebens! Wie der König lachte! Wie fröhlich Seine Majestät waren!«

Die Höflinge lachten schallend. Übrigens waren Scherze dieser Art an der königlichen Tafel gang und gäbe. Man setzte Geladene auf Pasteten, auf Sessel mit angesägten Beinen und auf Gänseeier ... aber auch auf vergiftete Nadeln. Der König liebte es, unterhalten zu werden. Wie ich mich wohl anstelle dieses Idioten verhalten hätte?, überlegte Rumata. Ich fürchte, der König hätte sich einen anderen Sicherheitsminister und das Institut sich einen anderen Kundschafter für Arkanar suchen müssen. Im Übrigen heißt es wachsam sein. Wie Don Reba, unser Adler ...

Trompeten schmetterten, der sonore Ruf des Zeremonienmeisters ertönte, der König trat hinkend ein, die Plätze wurden eingenommen. In den Saalecken standen, reglos auf ihre Zweihänder gestützt, die diensthabenden Gardisten.

Rumata hatte zwei schweigsame Tischnachbarn. Den Sessel zur Rechten füllte der Wanst des finster dreinblickenden Vielfraßes Don Pifa, der mit einer stadtbekannten Schönheit verheiratet war. Und zur Linken saß Gur der Dichter und starrte auf seinen leeren Teller. Alle anderen blickten schweigend auf den König, der sich eine hellgraue Serviette hinter den Kragen schob, einen Blick auf die Gerichte warf und nach einer Hühnerkeule griff. Kaum hatte er die Zähne hineingeschlagen, als hundert Messer auf den Tellern klirrten und hundert Hände sich nach den Schüsseln ausstreckten. Der Saal war erfüllt von Schmatzen, Schlürfen und vom Gluckern des Weins. Die Schnurrbärte der Gardisten mit den Zweihändern zuckten lüstern. Anfangs hatte Rumata bei den Gastmahlen Übelkeit befallen, doch mittlerweile war er daran gewöhnt.

Während er mit dem Dolch ein Hammelblatt zerlegte, warf er einen Blick auf seinen rechten Nachbarn und wandte sich auf der Stelle wieder ab: Don Pifa hing über einem gebratenen Wildschwein und wühlte wie ein Grabungsroboter darin herum; er verschlang es mit Haut und Haar, nicht ein Knochen blieb später davon übrig. Rumata hielt die Luft an und stürzte das Glas Irukaner in einem Zug hinunter. Sein linker Nachbar dagegen stocherte appetitlos in einer kleinen Schüssel mit Salat.

»Was schreibt Ihr Neues, Vater Gur?«, erkundigte sich Rumata halblaut.

»Schreiben?« Gur fuhr zusammen. »Ich? ... Ich weiß nicht ... Viel.«

»Gedichte?«

»Ja, Gedichte.«

»Eure Gedichte sind scheußlich, Vater Gur. (Gur streifte Rumata mit einem seltsamem Blick.) Ihr seid gewiss kein Poet.«

»Kein Poet ... Ich denke manchmal darüber nach, was ich eigentlich bin und wovor ich mich fürchte. Ich weiß es nicht.«

»Schaut auf Euren Teller und esst weiter. Ich sage Euch, wer Ihr seid: Ihr seid ein Genie, ein Dichter, der einen neuen und sehr vielversprechenden Zweig in der Literatur entdeckt hat. (Gurs Wangen begannen sich zu röten.) In hundert Jahren, vielleicht schon früher, werden Dutzende von Dichtern auf Euren Spuren wandeln.«

»Möge Gott sie bewahren!«, flüsterte der Dichter.

»Und jetzt sage ich Euch, wovor Ihr Euch fürchtet.«

»Ich fürchte die Finsternis.«

»Das Dunkel?«

»Ja, denn im Dunkeln werden Gespenster Herr über uns. Noch mehr aber fürchte ich die Finsternis, die alles einförmig grau werden lässt.«

»Gut gesagt, Vater Gur. Ist Euer Werk eigentlich noch erhältlich?«

»Ich weiß es nicht … und will es auch nicht wissen.«

»Eins solltet Ihr aber für alle Fälle wissen: Ein Exemplar befindet sich in der Hauptstadt, in der kaiserlichen Bibliothek, ein zweites im Raritätenmuseum von Soan und ein drittes in meinem Besitz.«

Mit zitternder Hand nahm Gur einen Löffel Gelee.

»Ich … weiß nicht …«, stotterte er und richtete seine großen, tiefliegenden Augen kummervoll auf Rumata. »Ich hätte meine Schriften gern noch einmal gelesen … von Neuem gelesen …«

»Ich will sie Euch gerne leihen.«

»Und dann?«

»Dann gebt Ihr sie mir wieder.«

»Dann gibt *man* sie Euch wieder!«, erwiderte Gur brüsk.

Rumata schüttelte den Kopf.

»Don Reba hat Euch tatsächlich in Angst und Schrecken versetzt, Vater Gur«, stellte er fest.

»Habt Ihr einmal die eigenen Kinder verbrennen müssen, Rumata? Was wisst Ihr schon von Angst, edler Don!«

»Ich verneige mich vor Eurem Leid, Vater Gur, aber ich verurteile von ganzem Herzen, dass Ihr Euch ergeben habt.«

Gur der Dichter begann zu flüstern, so leise, dass Rumata ihn im allgemeinen Schmatzen und Plaudern kaum verstand: »Wozu das alles? ... Was ist ›Wahrheit‹? ... Prinz Chaar liebte die schöne kupferhäutige Jainewniwora wirklich ... Sie hatten Kinder ... Ich kenne ihr Enkelkind ... Man hat sie wirklich vergiftet ... Doch mir erklärte man, das sei gelogen ... Wahrheit sei, was dem Wohl des Königs diene ... Alles andere sei Lüge und Verbrechen. Mein Leben lang habe ich Lügen geschrieben ... Erst jetzt schreibe ich die Wahrheit.«

Mit diesen Worten erhob er sich und trug spontan in lautem, singendem Tonfall vor:

»Des Königs edle Größe zeigt sich,
in alle Ewigkeit bezeugt,
selbst die Unendlichkeit verneigt sich,
wie auch die Erstgeburt sich beugt.«

Der König hörte auf zu kauen und bedachte Pifa mit einem stumpfsinnigen Blick. Mit eingezogenen Köpfen saßen die Gäste da, nur Don Reba klatschte lächelnd mehrmals lautlos in die Hände. Der König spie die Hühnerknochen auf den Tisch. »Die Unendlichkeit? ... Stimmt. Richtig, verneigt hat sie sich. Gut gemacht. Kannst was futtern.«

Schmatzen und Plaudern gingen weiter. Gur setzte sich.

»Es ist wunderbar und leicht, dem König die Wahrheit ins Gesicht zu sagen«, stieß er heiser hervor.

Rumata schwieg.

»Ich werde Euch das Exemplar Eures Buches geben«, sagte er dann. »Unter der Bedingung, dass Ihr sofort Euer nächstes Buch zu schreiben beginnt.«

»Nein«, erwiderte Gur. »Es ist zu spät. Soll Kiun es schreiben. Ich bin vergiftet. Überhaupt interessiert mich das alles nicht mehr. Ich habe nur noch einen Wunsch: zu lernen, wie man sich betrinkt. Aber es gelingt mir nicht, ich bekomme nur Magenschmerzen.«

Eine weitere Niederlage, dachte Rumata.

»Don Reba«, rief der König unvermittelt. »Wo bleibt der Arzt? Ihr habt versprochen, ihn nach der Tafel kommen zu lassen.«

»Er ist hier, Majestät«, erwiderte Don Reba. »Befehlt Ihr, ihn zu rufen?«

»Und ob ich es befehle! Hättet Ihr solche Schmerzen im Knie wie ich, würdet Ihr wie ein Ferkel quieken! Her mit ihm, auf der Stelle!«

In den Sessel zurückgelehnt, wartete Rumata ab, was sich nun ereignen würde. Auf ein Fingerschnippen Don Rebas hin öffnete sich die Tür, und herein trat unter vielen Bücklingen ein gebeugter älterer Mann, dessen lange Mantille mit silbernen Spinnen, Sternen und Schlangen verziert war. Unter dem Arm trug er eine längliche Tasche. Rumata war bestürzt: Budach hatte er sich ganz anders vorgestellt. Wie konnte ein Weiser und Humanist, Autor des universalen »Traktates über die Gifte« so unruhige, farblose Augen und angstzitternde Lippen haben? Und dieses klägliche, devote Lächeln! Doch dann dachte Rumata an Gur den Dichter. Vermutlich sollte er sich bei Gelegenheit einmal mit Don Reba über das Verhör des angeblichen irukanischen Spions unterhalten. Wie schön wäre es jetzt, dachte Rumata, Don Reba am Ohr zu fassen und in den Kerker zu zerren, den Henkern zu sagen: Hier habt ihr den irukanischen Spion, er ist als berühmter Minister verkleidet. Auf Befehl des Königs habt ihr ihm durch Folter Angaben über den Verbleib des echten Ministers zu entlocken. Tut euer Werk, doch wehe, wenn er früher denn in einer Woche stirbt.

Besorgt, dass man seine Gedanken lesen könnte, hielt Rumata die Hand vors Gesicht. Wie furchtbar war doch das Gefühl des Hasses.

»Na dann, tritt näher, Arzt«, befahl der König. »Bist mir ja ein rechter Eierkopf! Nun hock dich schon nieder, in die Knie, sag ich dir!«

In Budachs Zügen zeigte sich Entsetzen; langsam ging er in die Knie.

»Tiefer, tiefer!«, näselte der König. »Noch einmal! Und noch einmal! Dir tun die Knie nicht weh, du hast sie dir geheilt. Zeig mal deine Zähne! Nicht übel. Ich wollte, ich hätte solch ein Gebiss. Auch deine Arme sind kräftig. Gesund bist du, gesund, wenn auch ein Eierkopf. Und jetzt los, mein Guter, heile mich, worauf wartest du?«

»Wollen Eure Majestät ger-r-ruhen, mir Euer Bein zu zeigen? Das Bein …«, hörte Rumata. Als er den Blick hob, sah er Budach vor dem König knien und behutsam das Bein abtasten.

»He, he! Was treibst du da? Nicht grapschen! Wenn du mich heilen willst, dann heile!«, schimpfte der König.

»Mir ist alles klar, Majestät«, murmelte der Arzt und wühlte hastig in seiner Tasche.

Die Gäste hatten das Essen eingestellt. Am Ende der Tafel erhoben sich die Aristokraten und reckten neugierig die Hälse.

Budach zog mehrere Flakons hervor, entkorkte sie, roch an jedem und stellte sie in einer Reihe auf den Tisch. Dann füllte er des Königs Becher zur Hälfte mit Wein, in den er unter Murmeln und Beschwörungsgesten schnell den Inhalt der Flakons entleerte. Ein durchdringender Salmiakgeruch verbreitete sich. Mit eingekniffenen Lippen warf der König einen Blick in den Becher, worauf er sich naserümpfend Don Reba zuwandte. Der Minister lächelte mitfühlend. Die Hofleute hielten den Atem an.

Was tut er?, ging es Rumata durch den Kopf. Der Alte hat doch Gicht! Was hat er ihm da zusammengebraut? Enthält das Traktat nicht die klare Weisung, geschwollene Gelenke mit einem Aufguss von drei Tage altem Gift der weißen Schlange Ku einzureiben? Ist das Gebräu etwa auch ein Einreibemittel?

»Zum Einreiben?«, erkundigte sich der König und wies mit ängstlicher Kopfbewegung zum Becher.

»Nein, Majestät«, erwiderte Budach, der sich ein wenig von seinem Schreck erholt hatte. »Zum Einnehmen.«

»Zum Einnehmen?«, fragte der König und lehnte sich unwirsch im Sessel zurück. »Ich will nichts zum Einnehmen. Reib mich damit ein.«

»Wie Majestät befehlen«, erwiderte Budach devot. »Doch nehme ich mir die Freiheit darauf hinzuweisen, dass Einreiben nichts nützt.«

»Alle machen Einreibungen«, protestierte der König mürrisch. »Du aber willst unbedingt dies widerwärtige Zeug in mich hineingießen.«

»Majestät«, entgegnete stolz aufgerichtet Budach. »Diese Medizin ist nur mir bekannt. Ich heilte damit den Onkel des Herzogs von Irukan. Und was die Anhänger des Einreibens betrifft, so haben sie Eurer Majestät nicht helfen können.«

Beistandheischend wandte sich der König Don Reba zu, der wiederum mitfühlend lächelte.

»Schurke! Armseliger Bauer! Räudiger Kümmerling!«, rief der König aufgebracht und griff nach dem Becher. »Ins Maul hau ich ihn dir!« Er warf einen Blick in den Becher. »Und wenn ich mich danach erbreche?«, wollte er wissen.

»Dann werdet Ihr das Gleiche noch einmal nehmen müssen, Majestät«, erwiderte Budach traurig.

»Also gut! Gott mit uns!«, rief der König und führte den Becher zum Mund. Doch dann schwenkte er ihn jäh zur Seite, sodass etwas vom Inhalt auf das Tischtuch schwappte. »Trink du zuerst«, rief er. »Ich kenne Euch Irukaner. Den heiligen Mika habt ihr an die Barbaren verschachert! Trink, sag ich dir!«

Gekränkt ergriff Budach den Becher und trank einige Schlucke.

»Und?«, fragte der König.

»Bitter, Eure Majestät«, antwortete Budach gepresst. »Aber es muss getrunken werden.«

»Muss ... muss ...«, brummte der König. »Ich weiß selber, dass es sein muss. Gib her. Du wirst es erleben: Sobald ich die Hälfte intus habe, werde ich kotzen.«

Damit leerte er den Becher in einem Zug.

An der Tafel hörte man mitfühlende Seufzer, dann wurde es totenstill. Mit aufgerissenem Mund starrte der König vor sich hin. Tränen stürzten ihm aus den Augen. Sein Gesicht lief langsam rot an und wurde schließlich blau. Krampfhaft mit den Fingern schnippend, streckte er die Hand über den Tisch. Don Reba reichte ihm schnell eine saure Gurke. Wortlos warf der König sie ihm an den Kopf und streckte erneut die Hand aus.

»Wein!«, krächzte er.

Jemand eilte mit einem Krug herbei. Wild mit den Augen rollend und laut schluckend, trank der König so hastig, dass sich der Wein in roten Rinnsalen über seinen weißen Rock ergoss. Mit dem leeren Becher zielte er nach Budachs Kopf und warf, verfehlte ihn aber.

»Schuft«, stieß er mit unerwartet tiefer Stimme hervor. »Weshalb bringst du mich um? Anscheinend sind zu wenig von euresgleichen gehängt worden. Zerspringen sollst du!«

Der König schwieg und fasste an sein Knie.

»Es tut weh!«, maulte er wieder laut. »Es tut trotzdem weh!«

»Majestät«, sagte Budach. »Bis zur vollständigen Heilung müsst Ihr die Mixtur mindestens eine Woche lang täglich trinken.«

»Hinaus!«, schrie der König. »Allesamt hinaus!«

Die Höflinge stürzten zur Tür, dass die Sessel umfielen.

»Hi-i-inaus!«, brüllte der König aus voller Lunge und fegte das Geschirr vom Tisch.

Rumata suchte ebenfalls das Weite, schlüpfte draußen hinter eine Portiere und lachte schallend los. Aus der benachbarten Portiere kam ebenfalls glucksendes, quietschendes Gelächter.

6

Da der Dienst vor dem Schlafgemach des Prinzen erst um Mitternacht begann, entschloss sich Rumata, vorher zu Hause nach dem Rechten zu sehen und sich umzuziehen. Die abendliche Stadt versetzte ihn in Erstaunen: grabesstille Straßen, geschlossene Schenken und an den Straßenkreuzungen Gruppen schweigender Sturmmannen, die auf irgendetwas zu warten schienen; sie hielten Fackeln in den Händen und klirrten mit den Eisen. Mehrmals traten sie dicht an Rumata heran und schauten ihm ins Gesicht. Nachdem sie ihn erkannt hatten, gaben sie wortlos den Weg frei. Etwa fünfzig Schritt vor seinem Haus schloss sich ihm ein Häuflein verdächtiger Gestalten an. Rumata blieb stehen, schepperte laut mit den Schwertern, und die Gestalten blieben zurück. Doch im selben Moment hörte er, wie in der Dunkelheit eine Armbrust gespannt wurde. An die Hauswand gepresst, ertastete er die Haustür und drehte den Schlüssel im Schloss herum, fühlte aber, dass sein Rücken ungeschützt war. Er öffnete die Tür, schlüpfte in die Diele und atmete erleichtert auf.

Hier fand er die gesamte Dienerschaft – bewaffnet mit allem, was sie zur Hand hatten. Es stellte sich heraus, dass man sich schon mehrmals an seiner Tür zu schaffen gemacht hatte. Rumata gefiel das nicht. Vielleicht sollte ich nicht zum Wachdienst gehen, überlegte er. Zum Teufel mit dem Prinzen!

»Wo ist Baron Pampa?«, fragte er.

Aufgeregt, mit geschulterter Armbrust, meldete Uno, dass der Baron gegen Mittag aufgewacht sei, alles Salzige im Hause ausgetrunken habe und fortgegangen sei, um sich weiter zu vergnügen. Dann berichtete er leise, dass Kira wiederholt und voller Sorge nach dem Hausherrn gefragt habe.

»Schon gut«, sagte Rumata und befahl der Dienerschaft, sich in Reih und Glied aufzustellen.

Sie waren zu sechst, die Köchin nicht eingerechnet. Alles gewitzte und in Straßenprügeleien erfahrene Gesellen. Mit den Grauen würden sie sich zwar aus Furcht vor dem Zorn des mächtigen Ministers nicht anlegen, gegen das Lumpengesindel des nächtlichen Heeres aber gewiss ihren Mann stehen, zumal dieses auf leichte Beute aus sein würde. Zwei Armbrüste, vier Streitäxte, Eisenhüte und die widerstandsfähige, eisenbeschlagene Tür dürften genügend Schutz bieten, überlegte Rumata. Oder sollte ich doch hierbleiben?

Er stieg die Treppe hinauf und ging auf Zehenspitzen in Kiras Zimmer. Das Mädchen schlief angekleidet auf dem nicht abgedeckten Bett. Die Öllampe in der Hand, blieb Rumata unschlüssig neben ihr stehen. Soll ich gehen oder nicht, überlegte er. Am liebsten wäre er geblieben. Er deckte Kira mit einem Plaid zu, küsste sie und ging hinunter ins Arbeitszimmer … Nein, er musste zur Wache. Was immer auch geschah – ein Kundschafter hatte am Ort des Geschehens zu sein. Außerdem war es sicher nützlich für die Historiker. Lächelnd nahm Rumata den goldenen Reif ab, putzte das Objektiv mit einem weichen Ledertuch und setzte ihn wieder auf. Er ließ Uno kommen und befahl ihm, den blanken Kupferhelm und das Kriegsgewand zu bringen. Fröstelnd zog er den Kettenpanzer aus Plastmetallringen unter den Rock (die hiesigen Ringpanzer schützten zwar vor Schwerthieben und Dolchstößen, nicht aber vor Armbrustbolzen), schloss den metallbeschlagenen Uniformgürtel und sagte: »Höre, Uno.

Dir vertraue ich vor allen anderen. Was immer auch geschieht, Kira muss unversehrt bleiben. Mag das Haus abbrennen, das ganze Geld geraubt werden, Kira musst du mir erhalten. Bringe sie über die Dächer fort oder durch die Keller, ganz wie du willst, aber bewahre sie mir. Hast du verstanden?«

»Ja«, antwortete Uno. »Ihr solltet heute besser zu Hause bleiben.«

»Hör zu. Wenn ich innerhalb von drei Tagen nicht zurück bin, bring Kira in die Saiwa, in den Schluckaufwald. Weißt du, wo das ist? Gut. Im Schluckaufwald findest du die ›Säuferhöhle‹, eine Hütte unweit der Straße. Man wird dir den Weg zeigen, wenn du jemanden danach fragst. Doch sieh dir die Leute an, bevor du dich an sie wendest. In der Hütte findest du einen Mann namens Kabani. Dem erzählst du alles. Verstanden?«

»Jawohl. Aber Ihr solltet hierbleiben.«

»Nur zu gern, aber der Dienst ruft. Also sei wachsam.«

Rumata versetzte dem Jungen einen zärtlichen Nasenstüber und erwiderte sein scheues Lächeln. Nachdem er im Erdgeschoss die Dienerschaft mit ein paar Worten ermutigt hatte, schlüpfte er hinaus in die Finsternis. Hinter ihm schnappten die Riegel.

Des Prinzen Gemächer waren schon immer schlecht bewacht worden, weil bisher niemand einem Prinzen von Arkanar nach dem Leben getrachtet hatte, schon gar nicht dem jetzigen. Kein Mensch interessierte sich für den schwächlichen, blauäugigen Knaben, der jedem ähnlicher war, als dem eigenen Vater. Da er so gut wie keine »Erziehung« genoss, war er verständig und gut und konnte – wohl instinktiv – Don Reba nicht leiden. Er sang gern und mit lauter Stimme alle möglichen Lieder nach Texten von Zuren und spielte mit Schiffchen. Rumata hatte aus der Hauptstadt Bilderbücher für ihn kommen lassen, ihm vom gestirnten Himmel erzählt und eines Tages mit einem Märchen über fliegende Schiffe die dauerhafte Zuneigung des Knaben gewonnen. Für Rumata, der wenig mit Kindern zusammenkam, war der zehnjährige Prinz wie ein Gegenspieler aller Stände dieses unzivilisierten Landes: Die zehnjährigen blauäugigen Jungen waren in allen Ständen gleich. Später entwickelten sie Bestialität, Ignoranz und Unterwürfigkeit, obwohl sie weder Spuren noch Anlagen zu derartigen Scheußlichkeiten in sich getragen hatten. Mitunter dachte Rumata, dass es gut wäre, wenn alle Menschen, die älter waren als zehn Jahre, von diesem Planeten verschwänden.

Der Prinz schlief bereits. Rumata übernahm die Wache; er stellte sich an der Seite des abzulösenden Gardisten neben des Prinzen Bett, vollzog mit blankem Schwert die von der Etikette vorgeschriebenen Bewegungen, überzeugte sich vorschriftsmäßig, dass alle Fenster geschlossen und alle Kinderfrauen am Platz waren, und dass in allen Gemächern die Öllampen brannten. Ins Vorzimmer zurückgekehrt, spielte er mit dem abgelösten Wachsoldaten eine Runde Würfel. Auf Rumatas Frage, was er zu dem Geschehen in der Stadt sage, versank der Geistesriese in tiefes Nachdenken und äußerte dann die Vermutung, das Volk rüste sich wohl zum Feiertag des heiligen Mika.

Allein geblieben, rückte Rumata einen Sessel ans Fenster, machte es sich bequem und blickte von dem Hügel, auf dem sich das Haus des Prinzen befand, auf die Stadt hinab. Am Tage konnte man von hier aus bis zur Meeresküste sehen. Jetzt aber war alles im Dunkeln versunken, und man entdeckte nur verstreute Grüppchen von Lichtern – dort standen an den Straßenkreuzungen die Sturmmannen mit ihren Fackeln und warteten auf das Signal. Die Stadt schlief oder stellte sich schlafend. Ob die Einwohner ahnten, dass Furchtbares auf sie zukam, oder ob sie, wie der Geistesriese, glaubten, dass man sich zum Tag des heiligen Mika rüstete? Zweihunderttausend Männer und Frauen. Zweihunderttausend Schmiede, Waffenschmiede, Fleischer, Kurzwarenhändler, Juweliere, Hausfrauen, Prostituierte, Wechsler, Soldaten, Landstreicher und überlebende Bücherfreunde wälzten sich dort in ihren stickigen, verwanzten Betten – schliefen, liebten oder überschlugen in Gedanken ihre Profite, knirschten vor Wut oder erlittener Kränkung mit den Zähnen. Zweihunderttausend Menschen! Alle verschieden, und doch hatten sie für einen von der Erde kommenden Fremden eines gemeinsam: Sie waren alle noch keine Menschen im eigentlichen Sinn – vielmehr Rohmaterial, aus dem Jahrhunderte blutiger Geschichte einmal den wirklichen, stolzen und freien Menschen meißeln würden. Sie waren passiv, gierig und ungeheuer egoistisch. Psychologisch gesehen, waren sie fast alle Sklaven: Sklaven der Religion, Sklaven von ihresgleichen, Sklaven ihrer kleinlichen Leidenschaften und ihrer Habsucht. Wenn einer von ihnen durch Schicksalsfügung zum Herrn geboren worden war, wusste er mit seiner Freiheit nichts anzufangen und hatte nichts Eiligeres zu tun, als Sklave seines Reichtums zu werden, Sklave seiner perversen Ausschweifungen, seiner sittenlosen Freunde oder seiner eigenen Sklaven. Die überwiegende Mehrheit aber war unschuldig daran. Passivität und Unwissenheit führten sie in die Sklaverei, die ihrerseits immer neue Sklaverei hervorbrachte. Wären alle gleich gewesen, hätte es keine Hoffnung gegeben. Aber sie waren Menschen und hatten zumindest einen Funken Verstand. So flammten immer wieder, bald hier, bald dort, in ihrem Inneren Zeichen einer fernen, doch unausweichlichen Zukunft auf. Sie flammten auf – trotz ihres scheinbar unnützen Daseins, trotz aller Unterdrückung, und obwohl man die Flammen mit Stiefeln wieder austrat. Niemand brauchte diese Menschen hier, alle waren gegen sie, und im besten Fall konnten sie auf verächtliches, befremdetes Mitleid rechnen.

Sie wussten nicht, dass die Zukunft ihnen gehörte, dass es ohne sie keine Zukunft gäbe. Und sie hatten keine Ahnung, dass sie in dieser Welt gespenstischer Vergangenheit die einzige reale Zukunft waren, das Ferment, das Vitamin im Organismus der Gesellschaft. Zerstörte man dieses Vitamin, verfaulte die Gesellschaft; sozialer Skorbut breitete sich aus, die Muskeln erschlafften, die Augen verlören ihre Sehkraft und die Zähne fielen aus. Ein Staat ohne Lehre und Wissenschaft wird von seinen Nachbarn vernichtet. Ohne Kunst und kulturelles Leben ist ein Staat unfähig zur Selbstkritik, beginnt fehlerhafte Tendenzen zu fördern und bringt auf Schritt und Tritt Heuchler und Schurken hervor. Unter den Bürgern breiten sich Konsumdenken und Selbstgefälligkeit aus, und am Ende fällt ihr Staat den einsichtsvolleren Nachbarn zum Opfer. Man kann die Bücherfreunde verfolgen, Wissenschaften verbieten und die Kunst vernichten, aber früher oder später muss man innehalten und, wenn auch zähneknirschend, den Weg für das, was herrschsüchtige Dummköpfe und Ignoranten hassen, frei machen. Sosehr die grauen Herren an der Macht das Wissen auch verachteten, so waren sie doch machtlos gegenüber der geschichtlichen Entwicklung, die sie zwar hemmen, nicht aber verhindern konnten. Trotz all ihrer Abneigung und Furcht dem Wissen gegenüber würden sie gezwungen sein, es zu fördern, allein, um sich an der Macht zu halten. Früher oder später würden sie Universitäten und wissenschaftliche Vereinigungen erlauben; Forschungszentren, Observatorien und Laboratorien ins Leben rufen; Kader des Denkens und Wissens heranbilden – Menschen, die schon nicht mehr ihrer Kontrolle unterstünden, eine völlig andere Psyche und ganz andere Bedürfnisse hätten. Diese Kader aber würden in der herkömmlichen Atmosphäre von unwürdiger, niederer Habgier weder leben noch wirken können – inmitten von Menschen, die nichts kümmerte außer Fressen und die in stumpfer Selbstzufriedenheit ihren allzu fleischlichen Gelüsten nachgingen. Die Kader des Wissens hingegen brauchten eine Atmosphäre allumfassender Erkenntnis, die durchdrungen war von schöpferischer Spannung, sie brauchten Schriftsteller, Künstler und Komponisten um sich. Und die grauen Machthaber würden auch dieses Zugeständnis machen müssen. Wer sich von ihnen sträubte, würde im Kampf um die Macht von einem geschickteren Rivalen fortgejagt werden; aber auch der Machthaber, der zu Zugeständnissen bereit war, würde sich durch eben diese Bereitschaft paradoxerweise und wider Willen sein Grab schaufeln. Denn für Unwissende, Egoisten und Fanatiker ist das kulturelle Wachstum und Erblühen eines Volkes todbringend, von der naturwissenschaftlichen Forschung angefangen bis hin zur Fähigkeit, sich für große Musik zu begeistern. Eine Epoche tiefer sozialer Erschütterungen würde anbrechen, in der sich die Wissenschaften ungemein entwickelten und ein breiter Intellektualisierungsprozess in der Gesellschaft einsetzte. Es wäre eine Epoche, in der die Grauen ihre letzten Schlachten schlügen, um die Menschheit ins Mittelalter zurückzuwerfen, doch sie würden eine Niederlage erleiden und als reale Kraft für immer verschwinden.

Rumata blickte auf die dunkle Stadt. Irgendwo dort, in einer stinkenden Kammer, lag Vater Tarra schwerverletzt und fiebernd. Neben ihm, an einem wackligen Tisch, saß betrunken und fröhlich Bruder Nanin, der gerade sein boshaftes »Traktat von den Gerüchten« zu Ende schrieb. Genüsslich verbarg er darin seinen beißenden Hohn über das graue Dasein hinter harmlosen Sentenzen. Irgendwo dort wanderte auch Gur der Dichter ruhelos in seinem leeren, luxuriösen Appartement umher. Mit Entsetzen fühlte er, wie – trotz allem – unter dem Druck einer unbekannten Gewalt eine wunderbare, lichte Welt voller bemerkenswerter Menschen und großer Gefühle aus der Tiefe seiner gemarterten Seele emporstieg und in sein Bewusstsein trat. Irgendwo dort verbrachte auch Doktor Budach die Nacht – gebrochen, in die Knie gezwungen, doch immer noch am Leben. Meine Brüder, dachte Rumata. Ich gehöre zu euch, ich bin Fleisch von eurem Fleisch und Blut von eurem Blut. Plötzlich und überdeutlich wurde ihm bewusst, dass er alles andere als ein Gott war, der schützend die Hand über die schwachen Flämmchen der Vernunft hielt. Nein, er war Bruder und Sohn, der Bruder und Vater retten wollte. »Ich werde Don Reba töten.« – »Warum?« – »Weil er meine Brüder tötet.« – »Er weiß nicht, was er tut.« – »Er tötet die Zukunft.« – »Er kann nichts dafür, er ist ein Kind seiner Zeit.« – »Er weiß also nicht, dass er schuldig ist? Er weiß vieles nicht! Aber ich, ich weiß, dass er schuldig ist.« – »Und was wirst du mit Vater Zupik machen? Er gäbe viel darum, wenn jemand Don Reba tötete. Du schweigst? Du wirst viele töten müssen, nicht wahr?« – »Ich weiß es nicht, ja, vielleicht viele. Einen nach dem anderen. Alle, die die Hand gegen die Zukunft erheben.« – »Das gab es schon einmal. Man vergiftete, warf selbstgemachte Bomben. Und nichts änderte sich.« – »Doch, es änderte sich. So entstand die Strategie der Revolution.« – »Dir geht es doch gar nicht um die Strategie der Revolution. Du willst nur töten.« – »Ja, das will ich.« – »Kannst du das überhaupt?« – »Gestern habe ich Donna Okana getötet. Ich wusste, dass ich sie töten würde, schon, als ich mit der Feder hinter dem Ohr zu ihr ging. Schade nur, dass es nutzlos war ... Ich habe es also schon fast gelernt.« – »Aber es ist schlecht. Und gefährlich. Denk an Sergej Koshin, George Lenny und Sabine Krüger ...«

Rumata fuhr sich über die schweißnasse Stirn. Man denkt und denkt und erfindet zu guter Letzt das Schießpulver ... Er erhob sich und stieß das Fenster auf. Die Flammengrüppchen in der dunklen Stadt gerieten auf einmal in Bewegung, lösten sich auf und zogen sich zu kleinen Ketten auseinander, tauchten zwischen unsichtbaren Häusern auf und verschwanden wieder. Plötzlich war über der Stadt ein Geräusch zu hören, ein entferntes, vielstimmiges Geheul. Dann flammten zwei Brände auf und beleuchteten die Dächer der Nachbarhäuser. Auch im Hafen loderte Feuer. Die Ereignisse nahmen also ihren Lauf ... In ein paar Stunden würde man gewahr werden, was ein Pakt zwischen der grauen und der nächtlichen Heerschar, das widernatürliche Bündnis von Krämern und Straßenräubern, bedeutete, was Don Reba im Schilde führte und welch neuerliche Provokation er plante, kurz: wem er heute an Leib und Leben wollte. Anscheinend hatte eine Nacht der langen Messer begonnen, in der man übermütig gewordene graue Führungskader, in der Stadt lebende Barone und missliebige Aristokraten ausrotten würde. Wie es wohl Pampa geht?, dachte Rumata. Hauptsache, er schläft nicht – dann wird er schon irgendwie durchkommen ...

Doch er kam nicht dazu, den Gedanken zu Ende zu denken. »Öffnet, Diensthabender! Öffnet!«, brüllte jemand und trommelte mit den Fäusten gegen die Tür. Rumata schob den Riegel zurück. Herein stürzte, notdürftig bekleidet, ein schreckensbleicher Mann, fasste Rumata am Rockaufschlag und rief: »Wo ist der Prinz? Budach hat den König vergiftet! Irukanische Spione haben einen Aufruhr in der Stadt entfesselt! Rettet den Prinzen!«

Es war der Hofmeister, ein dummer und dem König treu ergebener Mann. Er stieß Rumata beiseite und stürzte in das Schlafgemach des Prinzen. Frauenstimmen kreischten. Schon drängten sich, die rostigen Beile vorgestreckt, verschwitzte, dicke Sturmmannen in grauen Hemden durch die Tür. Rumata zog die Schwerter.

»Zurück!«, sagte er kalt.

Aus dem Schlafgemach hinter ihm hörte er einen unterdrückten Schrei. Es sieht nicht gut aus, dachte Rumata. Ich begreife überhaupt nichts. Er sprang in die Ecke hinter einen Tisch. Etwa fünfzehn Sturmmannen füllten laut schnaubend den Raum. Ein Leutnant in eng anliegender grauer Uniform drängte sich mit gezückter Klinge vor.

»Don Rumata?«, stieß er hervor. »Ihr seid verhaftet. Gebt Eure Schwerter her.«

Rumata lachte höhnisch. »Holt sie Euch«, sagte er und tat einen Seitenblick zum Fenster.

»Ergreift ihn!«, rief der Offizier.

Fünfzehn dicke, mit Äxten bewaffnete Tölpel waren für einen Mann, der Kampfmethoden beherrschte, die auf diesem Planeten erst drei Jahrhunderte später bekannt werden würden, nicht allzu viel. Der Haufen walzte heran – und gleich darauf wieder zurück. Auf dem Boden blieben mehrere Äxte liegen, und zwei Angreifer verzogen sich, die ausgekugelten Arme vorsichtig an den Leib gepresst, in die hinteren Reihen. Rumata, Meister in der breit gefächerten Verteidigung, ließ seine Schwerter wie einen undurchdringlichen stählernen Vorhang kreisen. Die nach Bier und Knoblauch stinkenden Sturmmannen atmeten schwer und sahen einander unentschlossen an.

Rumata schob den Tisch zurück und glitt vorsichtig an der Wand entlang zum Fenster. Jemand aus den hinteren Reihen schleuderte ein Wurfmesser nach ihm, verfehlte ihn jedoch. Den Fuß auf der Fensterbank, lachte Rumata auf. »Ich schlag euch die Arme ab, wenn ihr ein zweites Mal angekrochen kommt. Ihr kennt mich doch!«, rief er.

Sie kannten ihn nur zu gut. Trotz der anfeuernden Zurufe des Offiziers, der sich gleichfalls in respektvoller Entfernung hielt, rührte sich keiner vom Fleck. Von der Fensterbank aus bedrohte Rumata die Angreifer weiter mit seinen Schwertern, bis ihm vom finsteren Hof her ein schwerer Spieß gegen den Rücken prallte. Wenn er das Panzerhemd aus Metallplast auch nicht durchbohrte, so warf er Rumata doch zu Boden. Die Schwerter, die Rumata nicht aus den Händen ließ, nützten ihm jetzt nichts mehr: Die ganze Meute, zusammen wohl über eine Tonne schwer, stürzte sich auf ihn. Dabei behinderten sie sich gegenseitig, sodass Rumata wieder auf die Füße kam. Mit der Faust stieß er in die Mäuler, hörte unter seinem Arm hasenartige Aufschreie, schlug mit Ellbogen, Fäusten und Schultern um sich, ohne jedoch die Angreifer abschütteln zu können. Mit äußerster Kraftanstrengung schleppte er sich zur Tür – einen Haufen Leiber hinter sich herziehend, von denen er sich durch Prügeln und Ducken immer wieder loszumachen versuchte. Doch da traf ihn ein schmerzhafter Stoß gegen die Schulter, der ihn rücklings zu Boden warf. Unter ihm wanden sich wild die zuvor Gestürzten. Noch einmal stand Rumata auf und teilte kurze, kraftvolle Schläge aus, sodass die Sturmmannen ächzend und mit Armen und Beinen wedelnd gegen die Wand prallten. Schon sah er das verzerrte Gesicht des Leutnants vor sich, der die entladene Armbrust auf ihn gerichtet hielt; dann öffnete sich die Tür und noch mehr verschwitzte Kerle stürzten sich auf ihn. Sie warfen ein Netz über ihn, banden ihm die Füße zusammen und warfen ihn zu Boden.

Um Kraft zu sparen, hörte Rumata auf, sich zu wehren. Eine Zeit lang trampelten sie noch befriedigt schnaufend auf ihm herum. Dann schleiften sie ihn an den Beinen fort. Durch die geöffnete Tür des Schlafgemachs sah er den mit einem Speer an die Wand gespießten Hofmeister und blutige Betttücher auf dem verwüsteten Lager. Ein Umsturz!, dachte er. Tatsächlich ein Umsturz! Der arme Junge ... Als man ihn die Treppe hinunterschleifte, verlor er das Bewusstsein.

7

Rumata lag auf einer grasbewachsenen Anhöhe und schaute zu den Wolken, die am tiefblauen Himmel vorüberzogen. Er war froh gestimmt, ruhig, fühlte jedoch einen durchdringenden, stechenden Schmerz, merkwürdigerweise sowohl außerhalb als auch innerhalb seines Körpers, insbesondere in der rechten Hüfte und im Nacken. »Ist er tot? Dann reiß ich dir den Kopf ab!«, schnauzte jemand. Ein Schwall eiskalten Wassers stürzte auf ihn herab ... Er lag tatsächlich auf dem Rücken und blickte zum Himmel, nur dass es keine Anhöhe, sondern eine Pfütze war, in der er lag, und dass der Himmel bleifarben und rötlich schimmerte, und nicht blau. »Keine Sorge«, sagte eine andere Stimme. »Er lebt und guckt rum.« Ich lebe, dachte Rumata. Sie reden von mir. Ich gucke herum. Aber warum faseln sie so dummes Zeug. Haben sie verlernt, wie man richtig spricht?

Neben ihm bewegte sich etwas und trat platschend in die Pfütze. Über ihm am Himmel erschienen die schwarzen Umrisse eines Kopfes mit spitzer Mütze.

»Nun, wie ist das Befinden, edler Don? Könnt Ihr allein gehen, oder sollen wir Euch weiterschleifen?«, hörte er einen Mann sagen.

»Bindet mir die Füße los!«, forderte er sie zornig auf und fühlte einen heftigen Schmerz in seinen aufgeschlagenen Lippen. Ich habe Lippen wie Fladen, dachte er.

Jemand machte sich an seinen Füßen zu schaffen und drehte sie wenig zimperlich hin und her.

»Den habt ihr ganz schön fertiggemacht ...«

»Was denn sonst. Um ein Haar wäre er uns entwischt. Er soll sogar gegen Bolzen gefeit sein.«

»Ich kannte einen, dem konnten selbst Beilhiebe nichts anhaben.«

»Ein Bauer ...«

»Na klar.«

»Das ist der Unterschied. Der hier ist adlig.«

»Ich krieg die Knoten nicht auf, verdammt! Bringt mal das Feuer her!«

»Nimm das Messer.«

»Lasst ihn lieber gefesselt, Brüder. Sonst fängt er noch mal an, auf uns einzudreschen. Der hätte mir fast den Schädel geknackt.«

»Er wird schon nicht wieder anfangen.«

»Sagt, was ihr wollt, Brüder, aber ich hab ihm eins mit dem Spieß versetzt, dass es den Panzer durchschlug.«

»He, wird's bald?«, rief jemand gebieterisch aus dem Dunkel.

Rumata spürte, dass seine Füße frei waren. Mit viel Mühe versuchte er sich aufzurichten. Schweigend schauten ein paar untersetzte Sturmmannen zu, wie er sich in der Pfütze wälzte. Erniedrigt und beschämt biss er die Zähne zusammen, bewegte die Schultern und stellte fest, dass ihm die Hände so verdreht auf den Rücken gebunden waren, dass er weder Ellbogen noch Arme spürte. Er nahm alle Kraft zusammen und stellte sich mit einem Ruck auf die Füße. Doch der bohrende Schmerz in seiner Hüfte war so heftig, dass er sich krümmte und das Gesicht wie im Krampf verzog.

Die Sturmmannen lachten.

»Der läuft uns nicht davon«, meinte einer.

»Tja, seine Kräfte sind dahin ...«

»Na, Don, das gefällt dir wohl nicht?«

»Genug geschwatzt«, ertönte aus dem Dunkel die gebieterische Stimme. »Kommt her, Don Rumata.«

Hin und her schwankend, folgte Rumata der Stimme. Ein Mann mit einer Fackel tauchte auf und wies ihm den Weg. Rumata erkannte die Umgebung. Er befand sich in einem der zahllosen Innenhöfe des Ministeriums für die Sicherheit der Krone, unweit des königlichen Marstalls. Führt man mich nach rechts, dann geht es in den Turm, zur Folterkammer. Führt man mich nach links – bringen sie mich in die Kanzlei. Halb so schlimm, dachte er und schüttelte sich. Solange ich noch am Leben bin, kann ich kämpfen. Sie bogen nach links ab. Ich habe Angst vor dem Verhör, das zuerst kommt. Was wird man gegen mich vorbringen? Gewiss: dass ich den Giftmischer Budach herzitiert, den König vergiftet und eine Verschwörung gegen die Krone angezettelt habe ... Vielleicht werfen sie mir auch den Mord am Prinzen vor – und natürlich Spionage für Irukan, Soan, die Barone, die Barbaren, den Orden und so weiter. Ein Wunder, dass ich noch am Leben bin. Also hat er etwas mit mir vor, der bleiche Pilz.

»Hierher«, sagte der gebieterische Mann.

Er stieß die niedrige Tür auf, und Rumata betrat gebückt einen großen Raum, der von einem Dutzend Öllampen erhellt war. In der Mitte des Raums saßen oder lagen auf einem abgenutzten Teppich gefesselte, blutüberströmte Menschen in zerfetzten Nachthemden, fast alle waren barfuß. Einige von ihnen lagen bewusstlos da, oder sie waren tot. An den Wänden standen, lässig auf ihre Beile und Streitäxte gestützt, Sturmmannen mit roten Visagen – wütende, selbstzufriedene Sieger. Vor ihnen stolzierte ein Offizier, die Arme auf dem Rücken verschränkt, auf und ab; er hatte ein Schwert bei sich und trug eine graue Uniform mit fettverschmiertem Kragen. Rumatas Begleiter, ein großer Mann in schwarzem Umhang, trat auf den Offizier zu und flüsterte ihm etwas ins Ohr. Der Offizier nickte, musterte Rumata und verschwand hinter einer geblümten Portiere an der gegenüberliegenden Seite des Raums.

Auch die Sturmmannen betrachteten ihn neugierig.

»Ein hübsches Steinchen hat der Don da!«, sagte einer mit geschwollenem Auge.

»Ja, der Stein ist prächtig«, bestätigte ein anderer. »Eines Königs würdig. Und der Reif – aus Gold gegossen.«

»Jetzt sind wir selber König.«

»Schluss!«, befahl der Mann im schwarzen Umhang leise.

»Was will denn der von uns?«, sagte der Sturmmann mit dem geschwollenen Auge.

Wortlos drehte der Mann im schwarzen Umhang ihm den Rücken zu und stellte sich neben Rumata. Die Sturmmannen musterten ihn feindselig von Kopf bis Fuß.

»Anscheinend ein Pfaffe«, sagte der mit dem geschwollenen Auge. »He, Pfaffe, willst du was in die Fresse?«

Seine Kameraden brachen in Gelächter aus. Der Sturmmann mit dem geschwollenen Auge spuckte in die Hände und ging, das Beil schwingend, auf Rumata zu. Gleich verpasse ich dir eine, dachte Rumata und bog langsam das rechte Bein nach hinten.

»Wen ich schon immer verprügelt habe« – der Sturmmann blieb vor Rumata stehen und musterte den Mann, der neben ihm stand –, »waren Pfaffen, Schriftkundige oder …«

Der Mann im schwarzen Umhang hob plötzlich die Hand und kehrte die Handfläche der Decke zu. Von dort ertönte ein Surren, dann ein Knacken, und der Sturmmann mit dem geschwollenen Auge ließ, rücklings zusammensinkend, das Beil fallen: In seiner Stirn steckte ein stark gefiederter, dicker Armbrustbolzen. Es wurde still. Mit ängstlichen Blicken auf die Lüftungsöffnungen unter der Decke wichen die Sturmmänner zurück.

»Fort mit dem Kadaver, schnell!«, befahl der Mann im Umhang und ließ die Hand wieder sinken.

Mehrere Sturmmannen stürzten vor, packten den Toten an Händen und Füßen und schleiften ihn hinaus.

Hinter der Portiere kam ein grauer Offizier hervor, der eine einladende Handbewegung machte.

»Gehen wir, Don Rumata«, sagte der Mann im Umhang.

Rumata machte einen Bogen um die Gruppe Gefangener und ging auf die Portiere zu. Ich begreife überhaupt nichts, dachte er. Im Dunkel hinter der Portiere wurde er gepackt und abgetastet. Man riss ihm die leeren Schwertscheiden vom Gürtel und stieß ihn ins Helle.

Rumata wusste sofort, wo er hingeraten war: in das ihm schon bekannte lila Kabinett ... Und Don Reba saß auf demselben Platz, in derselben gezwungenen aufrechten Haltung, die Ellbogen auf dem Tisch, die Hände gefaltet. Der Alte hat sicher Hämorrhoiden, dachte Rumata plötzlich voller Mitleid. Rechts neben Don Reba thronte Vater Zupik – konzentriert, wichtig und schmallippig, links ein freundlich lächelnder dicker Mann in grauem Uniformrock mit Hauptmannslitzen. Sonst befand sich niemand im Raum.

»Hier, Freunde, ist der edle Don Rumata«, sagte Don Reba leise und freundlich.

Vater Zupik verzog verächtlich das Gesicht, der Dicke nickte wohlwollend.

»Unser alter, fortwährender Widersacher«, fügte Don Reba hinzu.

»Wenn Widersacher – dann hängen«, krächzte Vater Zupik.

»Und Eure Meinung, Bruder Aba?«, wandte sich Don Reba ernst an den Dicken.

»Wisst Ihr ... Mir scheint ...« Bruder Aba lächelte verlegen wie ein Kind und hob ratlos die kurzen Arme. »Ach, wisst Ihr, mir ist es eigentlich gleich. Vielleicht aber sollte man ihn nicht hängen, sondern ... hm ... verbrennen? Was meint Ihr, Don Reba?«

»Vielleicht«, erwiderte Reba nachdenklich.

»Hängen, wisst Ihr, tut man niederes Volk«, fuhr der reizende Bruder Aba fort und lächelte. »Wir aber müssen im Volk die Achtung vor den Ständen aufrechterhalten. Er ist immerhin Spross eines alten Geschlechts, ein bedeutender Spion. Ein irukanischer, wenn ich nicht irre?« Bruder Aba nahm ein Blatt vom Tisch und hielt es vor die kurzsichtigen Augen. »Ein soanischer also auch ... dann umso mehr.«

»Wenn verbrennen – dann verbrennen«, stimmte Vater Zupik zu.

»Gut«, sagte Don Reba. »Abgemacht. Verbrennen.«

»Ich denke allerdings, dass Don Rumata sich sein Los erleichtern könnte«, wandte Bruder Aba sich an Reba. »Versteht Ihr, was ich meine?«

»Offen gesagt, nicht ganz.«

»Sein Besitz, Edler Don, sein Besitz! Die Rumatas sind ein märchenhaft reiches Geschlecht!«

»Ihr habt wie immer recht«, meinte Reba.

Vater Zupik hielt gähnend die Hand vor den Mund und schielte nach der lila Portiere zur Rechten des Tisches.

»Dann lasst uns also in aller Form beginnen«, seufzte Don Reba.

Vater Zupik, der nach wie vor zur Portiere äugte, wartete anscheinend auf etwas und scherte sich nicht im Geringsten um das Verhör.

Was für eine Komödie! Was soll dieses Theater?, ging es Rumata durch den Kopf.

»Und nun, edler Don«, wandte sich Don Reba an Rumata, »würden wir es sehr begrüßen, Antworten auf einige Fragen zu hören, die uns interessieren.«

»Bindet mir die Hände los«, sagte Rumata.

Vater Zupik fuhr zusammen und kaute unentschlossen an seinen Lippen, Bruder Aba schüttelte heftig den Kopf.

»Was meint Ihr?«, wandte sich Don Reba an Bruder Aba, dann an Vater Zupik. »Gut. Ich verstehe Eure Bedenken, Freunde«, meinte er. »Doch im Hinblick auf gewisse Vorkehrungen, die wohl auch Don Rumata bekannt sind ...« Er ließ seinen Blick vielsagend über die Reihen der Entlüftungslöcher unter der Decke schweifen. »Bindet ihm die Hände los«, befahl er, ohne die Stimme zu heben.

Jemand näherte sich geräuschlos von hinten. Rumata spürte, wie seltsam weiche, geschickte Finger seine Hände berührten, und vernahm das Knirschen durchschnittener Stricke. Erstaunlich behände für seine Körperfülle zog Bruder Aba eine riesige Kriegsarmbrust unter dem Tisch hervor, die er vor sich auf die Papiere legte. Wie Peitschenschnüre sanken Rumata die Arme am Körper herab; er spürte sie kaum noch.

»Beginnen wir also«, entschied Don Reba munter. »Euer Name, Stand und Geschlecht?«

»Rumata, aus dem Geschlecht der Rumatas von Estor. Edelmann, zweiundzwanzigster Nachfahr.«

Rumata blickte um sich, setzte sich auf das Sofa und massierte seine Hände. Schwer atmend vor Erregung, nahm Bruder Aba ihn ins Visier.

»Euer Vater?«

»Mein edler Vater ist Reichsrat, ergebener Diener und persönlicher Freund des Kaisers.«

»Lebt er noch?«

»Er ist tot.«

»Seit Langem?«

»Elf Jahre.«

»Euer Alter?«

Ein Lärm hinter der Portiere verschluckte Rumatas Antwort. Unwillig sah sich Bruder Aba um. Vater Zupik hingegen erhob sich langsam; auf seinem Gesicht lag ein böses Lächeln.

»So, das wär's, meine Herren …«, begann er schadenfroh und munter.

Drei Männer, mit denen Rumata hier am wenigsten gerechnet hatte, sprangen hinter der Portiere hervor. Vater Zupik schien nicht weniger überrascht. Drei kräftige Mönche in schwarzen Kutten und über die Augen gezogenen Mönchskappen näherten sich schnell und geräuschlos Vater Zupik und ergriffen ihn an den Ellbogen.

»Eh … n-e-e«, stammelte Vater Zupik totenblass. Zweifellos hatte er jemand anderen erwartet.

»Was sagt Ihr dazu, Bruder Aba?«, wandte sich Reba ruhig dem Dicken zu.

»Natürlich!«, erklärte dieser entschieden. »Keine Frage!«

Don Reba winkte leicht mit der Hand. Die Mönche hoben Vater Zupik auf und verschwanden mit ihm so geräuschlos, wie sie gekommen waren, hinter der Portiere. Rumata rümpfte die Nase. Bruder Aba aber rieb sich seine weichen Pfoten: »Das ist vorzüglich gelaufen, nicht wahr, Don Reba?«

»Ja«, stimmte Reba zu. »Doch fahren wir fort. Also wie alt seid Ihr, Don Rumata?«

»Fünfunddreißig.«

»Wann seid Ihr nach Arkanar gekommen?«

»Vor fünf Jahren.«

»Woher?«

»Zuvor habe ich in Estor gelebt, in meinem Stammschloss.«

»Aus welchem Grund habt Ihr Euer Domizil gewechselt?«

»Gewisse Umstände zwangen mich, Estor den Rücken zu kehren. Ich suchte den Glanz einer großen Stadt, die der Hauptstadt des Reiches ebenbürtig ist.«

Endlich spürte Rumata kribbelnde Wärme in den Armen. Geduldig massierte er die geschwollenen Hände weiter.

»Was waren das für Umstände?«, erkundigte sich Don Reba.

»Ich tötete ein Mitglied der höchsten Familie im Duell.«

»Ach so! Und wen?«

»Den jungen Herzog Ekina.«

»Der Grund für das Duell?«

»Eine Frau«, antwortete Rumata kurz.

Er gewann den Eindruck, dass die Fragerei keinerlei Bedeutung hatte; es war ein Spiel, wie die Erörterung der Todesart, die man ihm zudachte. Alle drei warten wir auf etwas, dachte er. Ich warte darauf, dass das Blut in meinen Armen wieder pulsiert; Bruder Aba, der Dummkopf, wartet darauf, dass ihm das Gold aus der Schatzkammer der Rumatas in den Schoß fällt, und Reba wartet ebenfalls. Aber die Mönche, die

Mönche! Wie kommen plötzlich Mönche an den Hof? Und noch dazu so geschickte, flinke Burschen ...

»Der Name der Frau?«

Das sind vielleicht blöde Fragen, dachte Rumata, blöder geht's nicht ... Bringen wir die beiden ein bisschen in Bewegung.

»Donna Rita«, antwortete er.

»Ich habe nicht mit einer Antwort gerechnet. Ich danke Euch ...«

»Stets zu Euren Diensten.«

Reba verneigte sich.

»Wart Ihr schon einmal in Irukan?«

»Nein.«

»Seid Ihr sicher?«

»Ebenso sicher wie Ihr.«

»Wir suchen die Wahrheit!«, sagte Don Reba mit erhobenem Zeigefinger.

»Nichts als die Wahrheit!«, pflichtete ihm Bruder Aba kopfnickend bei.

»Ach so«, sagte Rumata. »Ich hatte den Eindruck ...«

»Was?«

»Ich hatte den Eindruck, dass Ihr es vor allem auf meinen angestammten Besitz abgesehen habt. Beim besten Willen aber kann ich mir nicht vorstellen, Don Reba, wie Ihr seiner habhaft zu werden gedenkt.«

»Eine Schenkung? Eine Schenkungsurkunde?«, rief Bruder Aba.

Rumata lachte ihm unverfroren ins Gesicht. »Du bist ein Dummkopf, Bruder Aba, oder wie du dich sonst nennst ... Auf den ersten Blick sieht man schon, dass du ein Krämer bist. Weißt du nicht, dass ein Majorat nicht an Dritte übertragen werden kann?«

Bruder Aba geriet sichtlich in Wut, doch er beherrschte sich.

»Ein solcher Ton steht Euch nicht zu«, wies Don Reba den Gefangenen sanft zurecht.

»Ihr wolltet doch die Wahrheit? Hier habt Ihr die Wahrheit, die ganze Wahrheit und nichts als die Wahrheit: Bruder Aba ist ein Dummkopf und eine Krämerseele.«

Doch Bruder Aba hatte sich wieder in der Gewalt. »Mir scheint, wir sind vom Thema abgekommen«, sagte er lächelnd. »Meint Ihr nicht auch, Don Reba?«

»Ihr habt wie immer recht«, stellte Reba fest. »Edler Don, seid Ihr schon einmal in Soan gewesen?«

»Ja.«

»Zu welchem Zweck?«

»Zum Besuch der Akademie der Wissenschaften.«

»Ein unüblicher Zeitvertreib für einen jungen Mann Eurer Verhältnisse.«

»Eine Laune.«

»Kennt Ihr den Generalrichter von Soan, Don Kondor?«

Rumata stutzte. »Er ist ein alter Freund unserer Familie.«

»Ein edler Mann, nicht wahr?«

»Ja, höchst ehrenwert.«

»Ist Euch bekannt, dass Don Kondor an der Verschwörung gegen Seine Majestät beteiligt ist?«

Rumata warf den Kopf zurück. »Merkt Euch eins, Don Reba«, sagte er hochmütig. »Für uns, den angestammten Reichsadel, waren und sind all diese Soans, Irukans und Arkanars nichts als Vasallen der Reichskrone.« Er schlug die Beine übereinander und wandte sich ab.

»Seid Ihr reich, Rumata?« Don Reba musterte ihn nachdenklich.

»Ich wäre in der Lage, ganz Arkanar aufzukaufen, aber ich mache mir nichts aus Abfallhaufen.«

»Mir blutet das Herz«, seufzte Don Reba. »Einen ruhmreichen Spross eines so ruhmreichen Geschlechts hinzurichten! Es wäre ein Verbrechen, wenn nicht die Staatsräson es forderte.«

»Ich sollet Euch weniger um die Staatsräson als um Euer eigenes Fell kümmern«, entgegnete Rumata.

»Da habt Ihr recht.« Don Reba schnippte mit dem Finger. Ruckartig spannte und entspannte Rumata alle Muskeln seines Körpers. Und wieder schlüpften drei Mönche aus der Portiere, um mit der gleichen geübten Schnelligkeit und Exaktheit den immer noch lächelnden Bruder Aba zu umringen, zu ergreifen und ihm die Hände auf den Rücken zu drehen.

»Oh-je-je!«, kreischte Bruder Aba mit schmerzverzerrtem Gesicht.

»Rasch, rasch! Beeilt euch!«, befahl Don Reba angewidert.

Der Dicke sträubte sich wild, als die Männer ihn hinter die Portiere zerrten. Man hörte ihn schreien und winseln. Dann brüllte er plötzlich mit furchtbar entstellter Stimme auf und verstummte.

Verblüfft sah Rumata, wie Don Reba sich erhob und vorsichtig die Armbrust entspannte. Dann ging er nachdenklich im Kabinett auf und ab und kratzte sich mit dem Armbrustbolzen am Rücken. »Gut, gut«, murmelte er sanft. »Allerliebst!« Fast schien es, als habe er Rumata vergessen. Immer schneller durchmaß er den Raum und schwang dabei den Bolzen wie einen Dirigentenstab vor sich her. Plötzlich blieb er hinter dem Tisch stehen, schleuderte das Geschoss beiseite, setzte sich und sagte mit breitem Lächeln: »Na, wie hab ich's denen gegeben, he? Nicht einmal gemuckst haben sie! So gut versteht man sich bei euch nicht darauf, möchte ich meinen.«

Rumata schwieg.

»Ja-wohl«, sagte Reba gedehnt. »Das war gut! Und jetzt wollen wir beide miteinander reden, Don Rumata ... Oder vielleicht gar nicht Rumata? Vielleicht nicht einmal Don? He?«

Rumata musterte ihn schweigend. Er war blass, über seine Nase zogen sich rote Äderchen und er zitterte – wohl vor freudiger Erregung, jetzt in die Hände klatschen zu können und laut auszurufen: »Ich weiß es! Ich weiß es!« ... Nein, gar nichts weißt du, du Schweinehund, dachte Rumata. Und wenn du es wüsstest, würdest du es nicht glauben. Nun rede schon, rede. Ich höre.

»Sprecht«, sagte er.

»Ihr seid nicht Don Rumata«, verkündete Don Reba. »Ein Usurpator seid Ihr.« Dabei musterte er Rumata streng. »Rumata von Estor starb vor fünf Jahren und liegt in der Familiengruft begraben. Schon längst haben die Heiligen seine rastlose, geradeheraus gesagt, nicht ganz saubere Seele zur ewigen Ruhe gebracht. Wollt Ihr nun freiwillig gestehen, oder soll man Euch dabei helfen?«

»Aus freien Stücken gestehe ich, dass man mich Don Rumata nennt«, antwortete Rumata. »Und ich bin es nicht gewohnt, dass man meine Worte anzweifelt.«

Jetzt werde ich versuchen, dich ein bisschen in Harnisch zu bringen, dachte Rumata. Wenn mir nur die Hüfte nicht so weh täte, könntest du was erleben.

»Ich sehe schon, dass wir unsere Unterhaltung an anderer Stelle weiterführen müssen«, erklärte Don Reba drohend.

Sein Gesichtsausdruck veränderte sich. Das freundliche Lächeln verschwand, die Lippen wurden schmal wie Striche. Seltsam und unheimlich krauste sich die Stirn. Vor so einem kann man tatsächlich Angst bekommen, dachte Rumata.

»Stimmt es, dass Ihr unter Hämorrhoiden leidet?«, fragte er teilnahmsvoll.

In Don Rebas Augen blitzte es, doch sein Gesichtsausdruck veränderte sich nicht. Er tat, als hätte er die Frage nicht gehört.

»Ihr habt schlechten Gebrauch von Budach gemacht«, fuhr Rumata fort. »Er ist ein hervorragender Spezialist. War …«, verbesserte er sich.

Wieder blitzte es in Don Rebas farblosen Augen. Aha, dachte Rumata, Budach lebt. Er setzte sich bequemer hin und umschlang seine Knie.

»Ihr wollt also nicht gestehen?«, drängte Don Reba.

»Was?«

»Dass Ihr ein Usurpator seid.«

»So etwas muss bewiesen werden, ehrenwerter Reba«, belehrte ihn Rumata. »Ihr beleidigt mich!«

»Mein lieber Don Rumata – verzeiht, wenn ich Euch vorläufig noch mit diesem Namen anrede –, ich pflege nie etwas zu beweisen. Bewiesen wird im Fröhlichen Turm. Dafür habe ich erfahrene, gut bezahlte Fachleute, die mithilfe des Fleischwolfes des heiligen Mika, der Fußschellen Gottes, der Handschuhe der Großmärtyrerin Pata und des Sitzes, pardon … äh … des Sessels Prinz Toz' des Helden in der Lage sind, alle nur denkbaren Beweise zu liefern. Dass Gott existiert – oder nicht. Dass die Menschen auf den Händen gehen – oder auf den Hüften. Versteht Ihr? Vielleicht ist es Euch nicht bekannt, aber es gibt eine ganze Wissenschaft über Methoden, Geständnisse zu erzielen. Überlegt doch: Wozu sollte ich etwas beweisen, was ich ohnehin schon weiß? Außerdem droht Euch durch ein Geständnis keine Gefahr.«

»Mir nicht, Don Reba, aber Euch«, erwiderte Rumata.

»Schön«, sagte Reba. »Dann muss ich wohl doch beginnen. Sehen wir einmal nach, wodurch mir Don Rumata von Estor in den fünf Jahren seines postmortalen Lebens aufgefallen ist. Und dann werdet Ihr mir den Sinn von alldem erklären.«

»Ich will nichts voreilig versprechen, aber ich werde Euch anhören«, sagte Rumata.

Don Reba zog aus der Schublade seines Schreibtischs einen Bogen dicken Papiers heraus, den er mit hochgezogenen Brauen betrachtete.

»Ihr werdet wissen«, begann er lächelnd, »dass ich als Minister für die Sicherheit der Krone von Arkanar gegen sogenannte Bücherfreunde, Gelehrte und andere nutzlose, für den Staat schädliche Elemente Maßnahmen eingeleitet habe; diese stießen allerdings auf unerklärlichen Widerstand. Während das ganze Volk, einig und dem König und den Traditionen von Arkanar getreu, mich in jeder Weise dabei unterstützte – sich verborgen Haltende zur Anzeige brachte, auch persönlich mit ihnen abrechnete oder auf verdächtige Personen hinwies, die meiner Aufmerksamkeit entgangen waren –, schleuste eine uns unbekannte, sehr energische Person die schlimmsten und durchtriebensten Verbrecher aus dem Königreich. So entgingen uns: der gottlose Astrologe Bagir von Kisen; der Alchimist Sinda, der nachweislich mit dem Teufel und den irukanischen Behörden in Verbindung stand; der Pamphletist und Ruhestörer Zuren sowie einige andere, im Rang niedriger stehende Personen. Verschwunden ist zudem der verrückte Zauberer und Mechaniker Kabani … Ein Unbekannter wandte eine Unmenge Goldes auf, um all die ruchlosen Spione, Giftmischer und Leibquacksalber Seiner Majestät dem Volkszorn zu entziehen. Unter Umständen, die an den Feind des Menschengeschlechts denken lassen, hat jemand sogar den Wüstling und Zersetzer der Volksseele, den Rädelsführer des Bauernaufstandes Arata den Buckligen aus der Gefangenschaft befreit.« Don Reba blieb stehen, runzelte die Stirn und blickte Rumata bedeutungsvoll an.

Rumata blickte zur Decke hinauf und lächelte. Er hatte Arata den Buckligen mit dem Hubschrauber entführt und seine Bewacher damit gewaltig beeindruckt. Arata übrigens auch. Das habe ich geschickt gelöst, dachte Rumata. Sehr gute Arbeit.

»Und wisst«, fuhr Don Reba fort, »dass besagter Rädelsführer gegenwärtig an der Spitze aufständischer Leibeigener durch die östlichen Kerngebiete des Reiches zieht, Ströme edlen Bluts vergießt und es ihm weder an Geld noch an Waffen fehlt.«

»Das glaube ich gern«, erwiderte Rumata. »Auf den ersten Blick habe ich in ihm einen entschlossenen Mann erkannt.«

»Ihr gesteht also?«, unterbrach ihn Reba hastig.

»Was?«, wunderte sich Rumata.

Eine Zeit lang sahen sie einander schweigend an.

»Ich fahre fort. Gering veranschlagt und unvollständig berechnet, habt Ihr für die Rettung dieser Seelenverderber mindestens einen Zentner Gold ausgegeben. Und abgesehen davon habt Ihr Euch durch den Umgang mit dem Bösen auf ewig besudelt. Hinzu kommt, dass Ihr während Eures Aufenthalts im Königreich Arkanar nicht einen roten Heller aus Euren Besitzungen von Estor bezogen habt. Wie solltet Ihr auch? Wozu einen Toten, auch wenn verwandt, mit Geld versorgen? Euer Gold aber …!«

Don Reba öffnete eine von Papieren verdeckte Schatulle, der er eine Handvoll Goldmünzen mit dem Profil Piz' VI. entnahm.

»Dieses Gold allein würde ausreichen, Euch auf den Scheiterhaufen zu bringen, denn es ist Teufelsgold!«, schrie er. »Menschenhände sind nicht imstande, ein Metall solcher Reinheit herzustellen.« Dabei durchbohrte er Rumata beinahe mit den Augen.

Tüchtiger Bursche, dachte Rumata großmütig. Das haben wir tatsächlich übersehen. Er ist sicherlich der Erste, der darauf gekommen ist. In Zukunft müssen wir das bedenken.

Don Rebas Aufwallung hatte sich wieder gelegt. Nun schwangen väterlich besorgte Töne in seiner Stimme. »Überhaupt seid Ihr sehr unvorsichtig, Don Rumata. Ein Duellant und Raufbold seid Ihr! Hundertsechsundzwanzig Duelle innerhalb von fünf Jahren! Aber nicht einen Getöteten. Das muss einem zu denken geben – nicht nur mir allein. Letzte Nacht zum Beispiel suchte Bruder Aba – man soll zwar nicht schlecht über Tote reden, doch er war ein grausamer Mensch, und ich ertrug ihn, offen gesagt, nur mit Mühe –, Bruder Aba also suchte für Eure Festnahme nicht die geschicktesten, sondern die dicksten und kräftigsten Soldaten aus. Und er hatte recht damit. Ein paar ausgerenkte Arme, gequetschte Hälse und ausgeschlagene Zähne – Kleinigkeiten – und Ihr seid hier! Ihr müsst gewusst haben, dass es um Euer Leben ging. Ein Meister seid Ihr. Der beste Degen des Reiches. Gewiss habt Ihr Satan Eure Seele verkauft, denn nur in der Hölle lernt man solch unglaubliche Kampftechnik. Ich bin sogar gewillt zu glauben, dass Euch diese Meisterschaft nur unter der Bedingung, niemanden dadurch zu töten, gegeben wurde. Allerdings vermag ich mir nicht vorzustellen, was der Teufel von einer solchen Vereinbarung haben sollte ... Aber mögen sich unsere Scholastiker die Köpfe darüber zerbrechen ...«

Ein ferkelartiges Quieken unterbrach Don Reba, der ungehalten zur lila Portiere hinüberblickte. Anscheinend war dort eine Schlägerei im Gange. Man hörte dumpfes Stöhnen, Hiebe, Rufe: »Lasst mich! Lasst mich!« und Schimpfen in einem unbekannten Idiom. An der Portiere wurde heftig gezerrt, sie fiel zu Boden. Ein glatzköpfiger Mann mit blutigem Kinn und wild aufgerissenen Augen kam auf allen vieren ins Kabinett gekrochen. Riesige Pranken versuchten, ihn an den Beinen wieder hinter die Portiere zu ziehen. Rumata erkannte ihn sofort: Es war Budach.

»Man hat mich betrogen! Betrogen hat man mich!«, brüllte er. »Es war Gift! Warum nur, warum ...?«

Man riss ihn ins Dunkel zurück. Ein Mann in schwarzer Kleidung ergriff schnell die Portiere und hängte sie wieder an ihren Platz. In der eingetretenen Stille vernahm Rumata widerliche Brechgeräusche ... Jetzt wusste er, was geschehen war.

»Wo ist der echte Budach?«, fragte er scharf.

»Ihm ist ein Unglück zugestoßen, wie Ihr seht«, antwortete Don Reba verwirrt.

»Schluss mit dem Gerede! Wo ist Budach?«, wiederholte Rumata.

»Aber Don Rumata«, sagte Reba kopfschüttelnd. Er hatte sich wieder gefasst. »Was bedeutet Euch dieser Mann? Ist er etwa mit Euch verwandt? Ihr habt ihn doch nie vorher gesehen.«

»Hört, Reba!« Rumata wurde wütend. »Ich scherze nicht! Wenn Budach etwas zustößt, verreckt Ihr wie ein Hund. Ich zerquetsche Euch.«

»Dazu kämt Ihr nicht«, erwiderte Don Reba schnell. Er war totenblass.

»Was für ein Tor Ihr seid, Reba, trotz Eurer Begabung für Intrigen. Ihr begreift nicht, dass Ihr noch nie in Eurem Leben ein so gefährliches Spiel gespielt habt wie heute.«

Don Reba kauerte sich hinter den Tisch; seine Augen funkelten vor Zorn. Rumata wusste, dass auch er dem Tod noch nie so nahe gewesen war. Die Karten waren aufgedeckt. Jetzt entschied sich, wer Sieger blieb in diesem Spiel. Rumata straffte sich; er war bereit zum Sprung ... Keine Waffe, weder Spieß noch Pfeil, tötet auf der Stelle – dieser Gedanke stand Don Reba deutlich ins Gesicht geschrieben. Der alte Mann wollte leben, trotz seiner Hämorrhoiden.

»Warum seid Ihr so erhitzt?«, fragte Reba weinerlich. »Wir haben beisammengesessen und geplaudert. Beruhigt Euch: Euer Budach lebt, er ist gesund und munter. Er wird mich sogar kurieren. Ereifert Euch nicht.«

»Wo ist Budach?«

»Im Fröhlichen Turm.«

»Ich brauche ihn.«

»Ich auch, Don Rumata.«

»Reizt mich nicht, Reba«, warnte Rumata. »Und hört auf, Euch zu verstellen. Ich weiß, dass Ihr mich fürchtet. Und das zu Recht! Budach gehört mir, verstanden? Mir!«

Beide hatten sich erhoben. Don Reba sah furchterregend aus: Wangen und Lippen waren bläulich verfärbt, er murmelte sabbernd vor sich hin.

»Du Milchbart!«, zischte er. »Ich fürchte niemanden! Wie einen Blutegel könnte ich dich zertreten. Schau her!« Dabei wandte er sich plötzlich zum Gobelin an der Wand und riss ihn zur Seite. Ein breites Fenster wurde sichtbar.

Rumata trat darauf zu und schaute hinaus; vor ihm lag der Schlossplatz. Der Morgen graute. Rauch von Bränden stieg hinauf zum grauen Himmel. Überall lagen Leichen. Auf der Mitte des Platzes machte er ein regloses dunkles Quadrat aus; er sah genauer hin. Dort standen in überaus exakter Formation Berittene in langen schwarzen Umhängen und über die Augen reichenden Mönchskappen, dreieckige Schilde in der linken und lange Piken in der rechten Hand.

»Bitte!«, sagte Don Reba mit schnarrender Stimme; er zitterte am ganzen Körper. »Die demütigen Kinder unseres Herrn, die Kavallerie des Heiligen Ordens, die heute Nacht im Hafen von Arkanar gelandet ist, um den barbarischen Aufruhr Wagas des Rades, seines nächtlichen Lumpengesindels und der übermütig gewordenen Grauen niederzuschlagen. Dem Aufstand wurde ein Ende gemacht. Der Heilige Orden ist Herr über Stadt und Land: Von nun an ist Arkanar Ordensgebiet.«

Rumata kratzte sich am Hinterkopf. So ist das also!, dachte er. Ihnen haben die unglückseligen Grauen also den Weg bereitet. Welch unerhörte Provokation!

Don Reba grinste triumphierend.

»Ich habe mich Euch noch nicht vorgestellt«, fuhr er schnarrend fort. »Gestattet: Statthalter des Ordens im Gebiet von Arkanar, Bischof und Heermeister, des Herrn Diener, Reba!«

Darauf hätte ich eigentlich selber kommen können, dachte Rumata. Wo das Grau triumphiert, kommen stets die Schwarzen an die Macht. Ach, ihr Historiker, euch müsste man ... Er verschränkte die Arme im Nacken und wippte auf den Zehenspitzen.

»Ich bin müde und möchte schlafen, mich aber vorher in heißem Wasser vom Blut und Schmutz Eurer Galgenstricke säubern. Wenn ich morgen ... genauer gesagt, heute, ungefähr eine Stunde nach Sonnenaufgang in Eure Kanzlei komme, muss der Freilassungsbefehl für Budach unterzeichnet vorliegen.«

»Ihrer sind es zwanzigtausend!« Reba deutete zum Fenster.

»Etwas leiser, wenn ich bitten darf«, sagte Rumata und verzog das Gesicht. »Und merkt Euch, Reba, ich weiß genau, dass Ihr kein Bischof seid. Ich durchschaue Euch. Ihr seid nichts als ein schmutziger Verräter und ein ungeschickter, billiger Intrigant.« Don Reba fuhr sich mit der Zunge über die Lippen, sein Blick wurde gläsern. »Ich kenne keine Gnade«, fuhr Rumata fort. »Für jede Schurkerei gegen mich oder meine Freunde haftet Ihr mir mit Eurem Kopf. Ich hasse Euch, vergesst das nicht! Ich werde Euch dulden, aber Ihr werdet lernen müssen, mir aus dem Weg zu gehen. Habt Ihr verstanden?«

Don Reba sagte hastig und mit bittendem Lächeln: »Nur eins will ich, Don Rumata. Ich möchte, dass Ihr auf meiner Seite steht. Ich kann Euch nicht töten. Ich weiß nicht warum, aber ich kann es nicht.«

»Weil Ihr mich fürchtet.«

»Ja, ich fürchte Euch«, räumte Reba ein. »Vielleicht, weil Ihr der Teufel seid – oder der Sohn Gottes. Wer weiß? Vielleicht stammt Ihr auch aus den mächtigen überseeischen Ländern; die soll es geben. Ich möchte nicht einmal versuchen, einen Blick in den Abgrund zu tun, der Euch ausgespien hat. Mir dreht sich der Kopf und ich fühle, dass ich der Ketzerei verfalle ... Aber ich kann Euch töten, jeden Augenblick, auf der Stelle, heute oder morgen. Wisst Ihr das?«

»Das interessiert mich nicht«, erwiderte Rumata.

»Aber was? Was interessiert Euch?«

»Mich interessiert nichts. Ich suche nur Zerstreuung. Ich bin kein Teufel und kein Gott, sondern Kavalier Rumata von Estor, ein fideler Edelmann mit Launen und Vorurteilen, der mehr als alles seine Freiheit liebt, verstanden?«

Don Reba hatte sich gefasst. »Ich bewundere Eure Beharrlichkeit«, sagte er mit einem gewinnenden Lächeln und wischte sich mit seinem Tuch über das Gesicht. »Letzten Endes strebt auch Ihr nach einem Ideal, das ich zwar nicht verstehe, aber doch achte. Ich bin froh, dass wir uns ausgesprochen haben. Mag sein, dass Ihr mir später einmal Eure Anschauungen darlegt und ich die meinen revidiere. Der Mensch neigt dazu, Fehler zu machen. Es kann also sein, dass ich mich irre und nach einem Ziel strebe, das die große Mühe und Selbstlosigkeit nicht lohnt, die ich dafür einsetze. Ich bin ein Mensch mit einem großen Horizont und kann mir durchaus vorstellen, eines Tages Seite an Seite mit Euch zusammenzuarbeiten.«

»Wir werden sehen.« Rumata ging zur Tür. Dieser Heuchler!, dachte er. Schöner Mitstreiter, und noch dazu Seite an Seite ...

Ein unerträgliches, lähmendes Entsetzen hatte sich über die Stadt gelegt ... Rot und trüb leuchtete am Morgen die Sonne über den menschenleeren Straßen, rauchenden Ruinen, abgerissenen Fensterläden und aufgebrochenen Türen. Glasscherben, rot von Blut, glitzerten im Staub, und unzählige Krähenschwärme senkten sich auf die Stadt hinab. Auf Plätzen und Straßenkreuzungen standen zu zweit oder zu dritt die schwarzen Reiter und drehten sich in ihren Sätteln, um durch die Schlitze ihrer tief ins Gesicht gezogenen Kapuzen um sich zu spähen. An provisorisch errichteten Pfählen hingen, eng aneinandergereiht, verkohlte Leiber über erloschenen Scheiterhaufen. Außer krächzenden Krähen und routinierten Mördern in schwarzen Umhängen schien es kein lebendes Wesen mehr in der Stadt zu geben.

Rumata legte die Hälfte des Weges mit geschlossenen Augen zurück. Das Atmen fiel ihm schwer, der misshandelte Körper schmerzte. Waren das noch Menschen? Was war überhaupt noch menschlich an ihnen? Während man die einen auf offener Straße mordete, saßen die anderen zu Hause und warteten schicksalsergeben, bis sie selbst an der Reihe waren. Nur ein Gedanke beherrschte sie: Mag es den anderen treffen, wenn nur ich verschont bleibe. Gleichgültige Grausamkeit bei den Mördern, gleichgültige Ergebenheit bei den Opfern. Die Gleichgültigkeit war das Furchtbarste. Zehn Mann stehen da, starr vor Schreck, und warten, bis einer kommt, sein Opfer wählt und es abschlachtet. Die Seelen dieser Menschen sind unrein, und jede Stunde ergebenen Wartens besudelt sie mehr. In diesem Augenblick werden in den still gewordenen Häusern Schufte, Denunzianten und Mörder geboren, Tausende fürs Leben verschreckte Menschen, die erbarmungslos ihre eigenen Kinder und Kindeskinder das Fürchten lehren werden. Ich halte es nicht mehr aus, dachte Rumata. Viel fehlt nicht, und ich verliere den Verstand und werde so wie sie; noch ein bisschen, und ich höre auf zu begreifen, wozu ich hier bin ... Ich muss mich eine Zeit lang erholen, Abstand gewinnen, zur Ruhe kommen ...

»Am Ende des Wasser-Jahres (nach neuer Zeitrechnung) begannen im alten Kaiserreich die zentrifugalen Prozesse an Bedeutung zu gewinnen. Der Heilige Orden, der im Grunde nichts anderes darstellte, als eine Interessenvertretung der reaktionärsten Gruppen der Feudalgesellschaft, die mit allen Mitteln die Zersplitterung aufzuhalten versuchte, machte sich dies zunutze ...« – Wisst ihr, wie an Pfählen brennende Leiber stinken? Habt ihr je Frauen gesehen, die mit aufgeschlitzten Bäuchen im Straßenstaub liegen? Wart ihr in Städten, in denen die Menschen schweigen und man nur das Geschrei der Krähen hört? ... Was werdet ihr sagen, ihr, die noch ungeborenen Jungen und Mädchen, wenn ihr später vor dem Stereovisor sitzt, in den Schulen der Kommunistischen Republik Arkanar? ...

Plötzlich stieß Rumata mit der Brust gegen etwas Spitzes, Hartes – es war die lange, akkurat gezackte Spitze einer Lanze. Vor ihm stand ein schwarzer Reiter, der ihn schweigend durch die Augenschlitze seiner Kapuze musterte. Rumata konnte nur einen schmalen Mund und ein fliehendes Kinn erkennen. Ich muss etwas unternehmen, dachte er, aber was? Ihn vom Pferd stoßen? Nein ... Der schwarze Reiter holte nun langsam zum Stoß aus. Richtig! Rumata erinnerte sich. Er hob den linken Arm und gab den Blick auf das eiserne Armband frei, das man ihm beim Verlassen des Palastes gegeben hatte. Nach einem Blick darauf hob der Reiter die Lanze und ritt an Rumata vorbei. »Im Namen des Herrn«, sagte er mit hohler Stimme und ausländischem Akzent. »In seinem Namen«, murmelte Rumata. Dann passierte er einen zweiten Reiter, der gerade versuchte, mit seiner Lanze eine kleine, kunstvoll geschnitzte Teufelsfigur von einem Dachsims zu spießen. Hinter dem halb abgerissenen Fensterladen im zweiten Stock tauchte kurz ein schreckensblasses, feistes Gesicht auf. Es mochte einem der Krämer gehören, die noch vor drei Tagen am Biertisch ein Hoch auf Don Reba ausgebracht hatten und über den harten Tritt eisenbeschlagener Stiefel begeistert gewesen waren. Ach diese Grauen ... Rumata wandte sich angewidert ab.

Wie es wohl bei mir zu Hause aussieht?, fiel ihm plötzlich ein, und er beschleunigte seinen Schritt. Das letzte Stück Weg legte er fast im Lauf zurück. Das Haus war unbeschädigt. Auf den Treppenstufen saßen zwei Mönche mit zurückgeschlagenen Kapuzen und ließen sich die Sonne auf die schlecht rasierten Schädel scheinen. Als sie Rumata erblickten, erhoben sie sich. »Im Namen des Herrn«, sagten sie gleichzeitig. »In seinem Namen«, grüßte Rumata zurück. »Was habt Ihr hier zu suchen?«, fragte er. »Ihr seid gekommen, also gehen wir«, gaben die Mönche, die Hände über den Bäuchen gefaltet, zurück. Dann stiegen sie langsam die Treppe hinab und entfernten sich, mit gekrümmtem Rücken und die Hände in die Ärmel gesteckt. Rumata blickte ihnen nach und dachte, dass er diese demütigen Gestalten in ihren langen schwarzen Kutten schon tausendmal durch die Straßen hatte wandeln sehen – allerdings ohne dass Scheiden überschwerer Schwerter hinter ihnen durch den Staub schleiften ... Und nun ist es zu spät, dachte er. Wir haben es verschlafen. Was hatten sich die edlen Dons amüsiert, als sie sich zu beiden Seiten eines betenden Mönches postierten und über dessen Kopf hinweg einander pikante Geschichten erzählten. Und ich Narr mimte noch den Betrunkenen, trottete hinter ihnen her und lachte – froh, dass das Reich nicht Opfer religiösen Fanatismus geworden war ... Doch was hätte man tun können? Wirklich: *Was hätte man tun können?*

»Wer da?«, fragte jemand mit schnarrender Stimme.

»Ich bin's, Muga, öffne die Tür«, antwortete Rumata leise.

Die Riegel schepperten. Durch die halb geöffnete Tür zwängte Rumata sich in die Diele. Er atmete erleichtert auf, als er alles unverändert fand. Zitternd griff Muga in gewohntem Diensteifer nach Helm und Schwertern.

»Was ist mit Kira?«, erkundigte sich Rumata.

»Kira ist oben und wohlauf.«

»Sehr gut«, sagte Rumata und streifte das Bandelier mit den Schwertern über den Kopf. »Und wo steckt Uno? Warum ist er nicht hier?«

Muga nahm ihm das Schwert ab. »Uno ist erschlagen worden«, sagte er ruhig. »Er liegt in der Gesindestube.«

Rumata schloss die Augen. »Uno ... erschlagen ...«, wiederholte er. »Wer hat ihn erschlagen?«

Ohne die Antwort abzuwarten, ging Rumata in die Gesindestube. Uno lag, halb mit einem Bettlaken bedeckt, auf dem Tisch, die Hände über der Brust gefaltet, die Augen weit geöffnet, den Mund zu einer Grimasse verzogen. Bedrückt standen die Diener um den Tisch herum und horchten auf das Gemurmel eines in der Ecke knienden Mönches.

»Gesindel ...«, presste Rumata heraus. »Welch ein Gesindel!«

Er trat an den Tisch und blickte in die Augen des Toten. Dann lüftete er das Betttuch, ließ es jedoch gleich wieder sinken.

»Ja, es ist zu spät«, sagte er. »Zu spät ... hoffnungslos ... dieses Gesindel ... Wer hat ihn umgebracht? Die Mönche?«

Rumata wandte sich dem Mönch zu, riss ihn hoch und beugte sich über ihn. »Wer hat ihn umgebracht?«, fragte er. »Einer von euch? Sprich!«

»Es waren nicht die Mönche, sondern die grauen Soldaten«, flüsterte Muga hinter ihm.

Eine Zeit lang starrte Rumata noch in das hagere Gesicht des Mönches, dessen Pupillen immer weiter wurden. »Im Namen des Herrn ...«, krächzte er. Rumata ließ ihn los, setzte sich auf die Bank zu Unos Füßen und weinte. Die Hände vor dem Gesicht, hörte er Mugas schnarrende, doch monotone Stimme. Der alte Diener berichtete, wie nach der zweiten Wachablösung jemand an die Haustür gepocht und im Namen des Königs Einlass begehrt hätte. Uno habe den Dienern zugerufen, nicht aufzumachen, doch die Grauen hätten gedroht, sonst das ganze Haus in Brand zu stecken. Sie wären in die Diele eingedrungen, hätten die Dienerschaft geschlagen und gefesselt und seien die Treppe hinaufgestiegen. Uno habe vor der Tür des Schlafgemachs gestanden und abwechselnd aus zwei Armbrüsten geschossen, einmal jedoch sein Ziel verfehlt. Daraufhin hätten ihn die Grauen mit Messern beworfen, Uno sei gestürzt und sogleich die Treppe hinuntergezerrt worden. Man hätte ihn mit Füßen getreten und mit Beilen auf ihn eingeschlagen, bis die schwarzen Mönche gekommen seien. Diese hätten drei der Grauen niedergestreckt, die Übrigen entwaffnet und mit Schlingen um den Hals auf die Straße gezerrt.

Muga verstummte. Rumata saß, auf den Tisch gestützt, noch lange zu Füßen des ermordeten Jungen. Dann erhob er sich, wischte sich die Tränen aus den Bartstoppeln, küsste den Jungen auf die kalte Stirn und schleppte sich, mühsam ein Bein vor das andere setzend, die Treppe hinauf.

Todmüde und zutiefst erschüttert von den Ereignissen durchquerte er den Salon, ging zu seinem Bett und ließ sich stöhnend in die Kissen sinken. Kira eilte herbei und begann ihn zu entkleiden, doch Rumata war so erschöpft, dass er ihr nicht einmal behilflich sein konnte. Sie zerrte ihm die Stulpenstiefel von den Füßen, zog ihm weinend, sein geschwollenes Gesicht verschonend, den zerrissenen Waffenrock und das starre Panzerhemd vom Leib und saß dann, schluchzend über seinen misshandelten Körper gebeugt, noch eine Zeit lang bei ihm. Erst jetzt spürte er, dass all seine Gliedmaßen schmerzten wie nach einer Überlastungsprobe. Während Kira ihn mit einem essiggetränkten Schwamm abrieb, murmelte er zwischen zusammengepressten Lippen: »Ich hätte ihm eins über den Kopf geben, ihn erwürgen können. Ich stand doch dicht neben ihm. Ist das ein Leben, Kira? Lass uns von hier weggehen ... Das Experiment gilt mir, nicht ihnen ...« Dabei bemerkte Rumata nicht einmal, dass er russisch sprach. Erschreckt blickte Kira in seine tränennassen Augen und küsste ihn. Dann deckte sie ihn mit den abgenutzten Betttüchern zu (Uno hatte sich nicht entschließen können, neue zu kaufen) und lief die Treppe hinunter, um ihm heißen Wein zu bereiten. Unterdessen kroch Rumata aus dem Bett, stöhnend vor Schmerz, und schleppte sich mit nackten Füßen ins Arbeitszimmer. Er öffnete ein Geheimfach, wühlte in seiner kleinen Apotheke und schluckte einige Sporamintabletten. Als Kira mit dem dampfenden Kessel auf silbernem Untersatz eintrat, lag er schon wieder auf dem Rücken und spürte, wie die Schmerzen und das Summen in seinem Kopf nachließen und neue Kraft und Frische in seinen Körper strömten. Nachdem er den Kessel geleert hatte, fühlte er sich besser, rief nach Muga und befahl ihm, die Kleider zurechtzulegen.

»Geh nicht, Rumata«, bat Kira. »Geh nicht. Bleib hier.«
»Es muss sein, Liebes.«

»Ich fürchte mich, bitte bleib ... Sie werden dich töten.«

»Aber nicht doch! Weshalb denn? Alle fürchten mich.«

Kira begann zu weinen, so leise, als fürchte sie, Rumata zu erzürnen. Er nahm sie auf den Schoß und strich ihr übers Haar.

»Das Schlimmste liegt hinter uns«, sagte er. »Und nachher wollen wir doch fort von hier, nicht?«

Kira hörte auf zu weinen und schmiegte sich an ihn. Der alte Muga stand teilnahmslos und mit zitterndem Kopf neben ihnen und hielt die mit goldenem Schmuck besetzten Hosen seines Herrn bereit.

»Doch vorher gibt es noch eine Menge zu tun«, fügte Rumata hinzu. »Heute Nacht hat man viele ermordet. Ich muss erfahren, wer tot und wer verschont geblieben ist. Außerdem muss ich denen helfen, sich zu retten, die man noch morden will.«

»Und wer hilft dir?«

»Glücklich ist der, der an andere denkt ... Und danach werden mächtige Menschen uns beiden behilflich sein.«

»Ich kann nicht mehr an andere denken, nachdem du halbtot heimgekommen bist«, erwiderte Kira. »Ich sehe doch, dass man dich geschlagen hat. Uno haben sie zu Tode geprügelt. Wo waren denn deine mächtigen Menschen? Warum haben sie den Mord nicht verhindert? Nein, ich glaube nicht an sie!«

Kira versuchte, sich von Rumata zu lösen, doch er drückte sie noch fester an sich.

»Ja«, gab er zu. »Diesmal sind sie etwas zu spät gekommen. Jetzt aber beobachten sie uns wieder und passen auf uns auf. Warum vertraust du mir heute nicht, wo du mir doch immer vertraut hast? Du hast gesehen, in welchem Zustand ich heimkam, und jetzt schau mich an!«

»Ich will nicht«, sagte Kira und verdeckte ihr Gesicht. »Ich will nicht schon wieder weinen.«

»Aber Kira! Die paar Kratzer! Kleinigkeit ... Das Schlimmste ist vorbei. Für uns beide jedenfalls. Doch es gibt gute, wunderbare Menschen, für die der Schrecken noch nicht vorbei ist. Ihnen muss ich helfen.«

Tief seufzend küsste ihn Kira und löste sich behutsam aus seinen Armen. »Komm heute Abend«, bat sie. »Ja?«

»Gewiss«, versprach Rumata freudig. »Ich komme schon früher und wahrscheinlich nicht allein. Erwarte mich zum Mittagessen.«

Kira setzte sich in einen abseits stehenden Sessel, legte die Hände auf die Knie und sah ihm beim Ankleiden zu. Russische Worte murmelnd, zog er sich die mit Schellen besetzten Hosen an, und Muga hockte sich vor ihm nieder, um die zahllosen Schnallen und Knöpfe zu schließen. Dann zog Rumata das lebensrettende Panzerhemd an und sagte eindringlich: »Begreif doch, Liebes, ich *muss* gehen. Bitte ... Es muss sein!«

»Manchmal frage ich mich, warum du mich nicht schlägst«, sagte sie auf einmal nachdenklich.

Rumata, der gerade sein Hemd mit dem üppigen Spitzenkragen zuknöpfte, hielt überrascht inne.

»Was willst du damit sagen?«, fragte er verständnislos. »Wer könnte dir etwas zu Leide tun?«

»Du bist nicht nur sehr gütig, sondern auch sehr seltsam«, fuhr Kira, ohne auf seine Frage einzugehen, fort. »Wie ein Erzengel bist du. Ich werde mutig, wenn du bei mir bist, so wie jetzt, zum Beispiel ... Irgendwann werde ich dir einmal eine Frage stellen ... Wirst du mir von dir erzählen? Nicht jetzt natürlich, aber wenn alles vorüber ist?«

Rumata schwieg lange. Widerstrebend zog er das orangefarbene Kamisol mit den rotgestreiften Bändern über, das Muga ihm reichte, und zog es feste zu.

»Ja«, sagte er schließlich. »Irgendwann, Liebes, erzähle ich dir alles.«

»Ich werde warten. Nun aber geh und kümmere dich nicht um mich«, sagte sie ernst.

Rumata beugte sich über sie und küsste sie mit seinen aufgeschlagenen Lippen auf den Mund. Dann streifte er das eiserne Armband ab und reichte es ihr mit den Worten: »Trag es am linken Arm. Heute wird wohl niemand mehr unser Haus besuchen. Falls aber doch jemand kommt, zeig dieses Armband vor.«

Kira blickte ihm nach, und er wusste genau, was sie jetzt dachte: Ob du der Teufel, Gottes Sohn oder ein Wesen aus dem legendären überseeischen Land bist – ich weiß es nicht, aber ich werde sterben, wenn du nicht wiederkehrst ... Rumata war ihr dankbar, dass sie ihre Gedanken nicht aussprach, denn es fiel ihm auch so schwer genug, von ihr fortzugehen. Es war, als müsse er sich von einem sonnigen, grünen Gestade kopfüber in den stinkenden Morast stürzen.

8

Um zur Kanzlei des Bischofs von Arkanar zu gelangen, schlich Rumata an der Rückseite von Häusern vorbei, lief durch die engen Hinterhöfe der Stadt und verhedderte sich nicht selten in der zum Trocknen aufgehängten Wäsche. Er verlor kostbare Schleifen und wertvolle Spitze aus Soan an rostigen Nägeln, kletterte durch Löcher in Zäunen und kroch auf allen vieren durch Kartoffelbeete. Dennoch gelang es ihm nicht, dem wachsamen Auge der schwarzen Heerschar zu entgehen. In einer schmalen, krummen Gasse stieß er auf zwei angetrunkene, finster dreinblickende Mönche.

Er versuchte ihnen auszuweichen, doch sie versperrten ihm mit gezückten Schwertern den Weg. Und als Rumata zu seinen Waffen griff, stießen sie auf drei Fingern Pfiffe aus, um Hilfe herbeizuholen. Rumata wollte schon den Rückweg antreten, als plötzlich ein kleiner, flinker Mann mit unauffälligem Gesicht aus einer Quergasse heraussprang; er streifte ihn an der Schulter, lief auf die Mönche zu und sagte etwas zu ihnen, woraufhin diese ihre Kutten über die lila bestrumpften Beine rafften und eilig hinter den Häusern verschwanden. Ohne sich nach Rumata umzusehen, trippelte das Männchen hinter ihnen her.

Aha, dachte Rumata, ein Leibwächter und Spitzel! Und gibt sich nicht einmal Mühe, sich zu tarnen. Wie vorsichtig der Bischof von Arkanar doch ist ... Ich möchte wissen, was ihn mehr antreibt: die Angst vor mir oder die Sorge um mich. Eine Zeit lang blickte er dem Spitzel nach, dann ging er zur Müllabladestelle an der rückwärtigen Fassade des ehemaligen Ministeriums für die Sicherheit der Krone, wo er keine patrouillierenden Mönche zu treffen hoffte.

Die Gasse war menschenleer. Nur leise knarrten die Fensterläden, klappten Türen auf und zu, weinte ein Säugling, hörte man ängstliches Flüstern. Hinter einem morschen Zaun tauchte zögernd ein schmales, verrußtes Gesicht auf, das Rumata aus tiefliegenden Augen anblickte.

»Vergebt, edler Don, vergebt«, sagte eine Stimme. »Könnten der edle Don mir sagen, was in der Stadt vor sich geht? Ich bin der Schmied Kikus, genannt der Lahme. Ich möchte zur Schmiede, habe aber Angst.«

»Geh nicht«, riet Rumata. »Die Mönche verstehen keinen Spaß. Es gibt keinen König mehr. Jetzt herrscht Don Reba, Bischof des Heiligen Ordens. Verhalte dich also ruhig.«

Bei jedem Wort nickte der Schmied eifrig, verzweifelt und voller Kummer.

»Der Orden also ...«, murmelte er. »V-v-verdammt! Verzeiht, edler Don – der Orden ... sind das Graue?«

»Aber nein.« Rumata musterte den Mann. »Die Grauen hat man anscheinend niedergemacht. Es sind die Mönche.«

»Donnerwetter!«, rief der Schmied. »Die Grauen also auch ... Das ist mir ein Orden! Dass sie mit den Grauen Schluss gemacht haben, ist nicht schlecht. Aber was meint Ihr, edler Don – ob wir uns anpassen können? Dem Orden, meine ich.«

»Warum nicht? Auch der Orden braucht Speis und Trank. Es wird schon gehen.«

»Ich denke auch, dass wir uns einrichten werden«, meinte der Schmied, jetzt schon zuversichtlicher. »Man muss sich immer sagen: Lass die anderen in Ruhe, wenn du selbst in Ruhe leben willst.«

Rumata schüttelte den Kopf.

»Nein«, widersprach er. »Wer die anderen gewähren lässt, liefert sich selbst ans Messer.«

»Das ist auch wieder wahr«, seufzte der Schmied. »Aber was soll man tun, wenn man mutterseelenallein dasteht und einem acht Rotznasen an den Rockschößen hängen? Verdammt, wenn es wenigstens meinen Meister erwischt hätte! Er war bei den Grauen Offizieren. Was meint Ihr, edler Don? Ob sie ihm die Gurgel durchschnitten haben? Ich schulde ihm noch fünf Goldstücke.«

»Das weiß ich nicht«, erwiderte Rumata. »Aber du, Schmied, solltest darüber nachdenken, dass du zwar hier allein bist, es aber an die Zehntausend deinesgleichen in der Stadt gibt.«

»Und?«

»Ich sagte ja, denk darüber nach«, erwiderte Rumata böse und setzte seinen Weg fort.

Den Teufel wird er tun und nachdenken, das hat für ihn keine Eile. Und doch, wie einfach wäre es: Zehntausend solcher Hammerschmiede, wütende dazu; sie könnten jeden x-Beliebigen plattklopfen wie einen Fladen. Aber gerade die Wut geht ihnen ab. Das Einzige, was sie aufbringen, ist Furcht. Jeder kämpft für sich, nur Gott für uns alle ...

Plötzlich bewegten sich die Holunderbüsche am Rand des Häuserviertels, und Don Tameo kroch heraus. Als er Rumata erkannte, schrie er auf vor Freude, erhob sich rasch und torkelte, die schmutzigen Hände vorgestreckt, auf ihn zu.

»Edler Don!«, rief er. »Ich bin so froh! Wie ich sehe, wollt auch Ihr zur Kanzlei?«

»Natürlich, Don«, erwiderte Rumata und entzog sich geschickt Don Tameos Umarmung.

»Gestattet, dass ich mich Euch anschließe?«

»Es wird mir eine Ehre sein.«

Höflich verneigten sie sich voreinander. Don Tameo hatte offensichtlich schon am Vorabend zu zechen begonnen und kein Ende gefunden. Er zog eine reich verzierte Feldflasche aus der Tasche seiner weiten gelben Hose und sagte höflich: »Wenn es Euch beliebt, edler Don?«

»Vielen Dank!«

»Rum!«, erklärte Don Tameo. »Echter Rum aus der Hauptstadt. Ein Goldstück habe ich dafür gegeben.«

Sie gingen zur Müllkippe hinunter und stiegen mit zugehaltener Nase über Abfallhaufen, Hundekadaver und stinkende Lachen, in denen es vor weißen Maden nur so wimmelte. Die Luft war erfüllt vom Gesumm grüner Schmeißfliegen.

»Seltsam«, sagte Don Tameo, während er die Flasche schloss, »dass ich noch nie hier war.«

Rumata schwieg.

»Ich war schon immer von Don Reba begeistert und überzeugt, dass er den jämmerlichen Monarchen über kurz oder lang stürzen, uns neue Wege und herrliche Perspektiven eröffnen würde«, fuhr Tameo fort, trat in eine schillernde Pfütze und bespritzte sich von Kopf bis Fuß. Um nicht das Gleichgewicht zu verlieren, klammerte er sich an Rumata. Als er wieder trockenen Boden unter den Füßen hatte, fuhr er fort: »Jawohl! Wir, die jungen Aristokraten, werden stets aufseiten Don Rebas stehen. Endlich tritt die lang ersehnte

Entspannung ein. Denkt nur, Don Rumata: Eine geschlagene Stunde wandere ich schon durch Gassen und Gärten und bin noch keinem Grauen begegnet! Wir haben das graue Ungeziefer vom Erdboden gefegt. Frei und angenehm atmet es sich jetzt im wiedergeborenen Arkanar! Anstelle grober Krämer, dieser Flegel und Bauern, trifft man in den Straßen Diener des Herrn. Schon sah ich Adlige vor ihren Häusern promenieren, ohne Furcht, dass ein grober Mistbauer sie mit seinem dreckigen Fuhrwerk bespritzt. Jetzt muss man sich nicht mehr den Weg zwischen ehemaligen Schlächtern und Kurzwarenhändlern bahnen. Unter dem Segen des großen Heiligen Ordens, dem gegenüber ich stets achtungsvolle und – ich verhehle es nicht – herzliche Gefühle hegte, werden wir zu ungeahnter Blüte gelangen. Keiner aus dem Pöbel wird es mehr wagen, ohne schriftliche Erlaubnis den Blick zu einem Edelmann zu erheben, und diese Erlaubnis wird es nur vom Kreisinspektor des Ordens geben. Ich bin nämlich im Begriff, eine diesbezügliche Vorlage einzureichen.«

»Was für ein ekelhafter Gestank«, stellte Rumata fest.

»Ja, entsetzlich.« Don Tameo stöpselte die Rumflasche wieder zu. »Dafür atmet es sich aber wieder frei im wiedergeborenen Arkanar! Und die Weinpreise sind um die Hälfte gefallen.«

Kurz, bevor sie die Kanzlei erreichten, schleuderte Tameo die geleerte Reiseflasche von sich. In seiner Erregung fiel er zweimal hin, weigerte sich jedoch, sich zu säubern mit der Begründung, dass er viel gesündigt habe und in diesem Zustand vor den Orden treten wolle. Immer wieder zitierte er lauthals Passagen aus der Vorlage, die er dem Orden unterbreiten wollte. »Gut gesagt!«, rief er schließlich. »... Oder nehmt diese Stelle, edle Dons: ›Auf dass der stinkende Pöbel‹ ... Ach, welch tiefgründiger Gedanke!«, begeisterte er sich. Im Hinterhof der Kanzlei angekommen, stürzte er sich auf den erstbesten Mönch, den er sogleich tränenüberströmt um Vergebung seiner Sünden anflehte. In Don Tameos Umarmung halb erstickt, wehrte sich der Mönch verzweifelt und versuchte, Hilfe herbeizupfeifen, doch Don Tameo hatte ihn an der Kutte gepackt, und so stürzten sie miteinander auf einen Haufen Abfall. Rumata wandte sich um und ging. Längere Zeit noch war stoßweise klägliches Pfeifen zu hören und Ausrufe wie: »Auf dass der stinkende Pöbel! ... Euren Segen! ... Von ganzem Herzen! ... Die zärtlichsten Gefühle hegte ich, die zärtlichsten, verstehst du, du Pöbelfresse?«

Auf dem Platz vor dem Eingang hatte eine bewaffnete Schar unberittener Mönche Posten bezogen; knüppelschwingend standen sie im Schatten des Fröhlichen Turms und wachten. Die Toten hatte man fortgeschafft. Wolken gelben Staubs wurden vom Morgenwind aufgewirbelt. Unterhalb des ausladenden kegelförmigen Turmdachs krächzten und stritten sich wie immer die Krähen. Und eben dort, an den vorspringenden Balken, baumelten an den Beinen aufgehängte Gestalten.

Vor zweihundert Jahren etwa hatte einer der Vorfahren des ermordeten Königs den Turm zu militärischen Zwecken errichten lassen. Er ruhte auf einem festen, dreistöckigen Fundament, in dem einst bei Belagerungen Lebensmittel aufbewahrt worden waren. Später wandelte man den Turm in ein Gefängnis um. Nach einem Erdbeben, bei dem sämtliche Decken eingestürzt waren, hatte man die Zellen in die Keller verlegt. Zu seinem Namen war der Turm so gekommen: Auf die Klage seiner Gemahlin, das Geschrei der Gefolterten störe ihre Lustbarkeiten, hatte ein Monarch befohlen, Tag und Nacht ein Militärorchester im Turm musizieren zu lassen ... Heutzutage war vom Turm nicht mehr übrig als ein steinernes Gerippe; die Untersuchungszellen lagen in den neu gegrabenen untersten Stockwerken des Fundaments, und es spielte schon lange kein Orchester mehr – dennoch hieß er bei den Stadtbewohnern nach wie vor der Fröhliche Turm.

Meistens war das Gelände rund um den Fröhlichen Turm menschenleer, heute aber herrschte hier ein lebhaftes Treiben: Man führte, zerrte oder schleifte Sturmmannen in zerfetzten grauen Waffenröcken dorthin sowie halbnackte, verlauste Landstreicher, kreischende Dirnen, Bürger mit angstverzerrten, geröteten Gesichtern und Haufen finster dreinblickenden Lumpengesindels aus der nächtlichen Heerschar von Waga dem Rad. Aus geheimen Ausgängen wurden mit Haken Leichen herausgezogen, auf Fuhrwerke geladen und aus der Stadt geschafft. Vor der Tür zur Kanzlei stand eine endlose Schlange von Edelleuten und wohlhabenden Bürgern und beobachtete ängstlich und schaudernd das unheimliche Schauspiel.

Jeder erhielt Einlass in die Kanzlei; manche wurden sogar von einer Eskorte hineinbegleitet. Rumata drängte sich an den Menschen vorbei ins Innere. Dort herrschte die gleiche schlechte Luft wie auf der Müllkippe. An einem großen Tisch, hinter Stößen von Listen, saß ein Beamter mit fahlem Gesicht und einer großen Gänsefeder hinter dem abstehenden Ohr. Und vor dem Tisch stand ein Bittsteller: der edle Don Keu, der dem Beamten gerade mit hochnäsiger Miene seinen Namen nannte.

Ohne den Blick von den Papieren zu heben, forderte der Beamte ihn auf, seinen Hut abzunehmen, woraufhin Don Keu stolz verkündete, das Geschlecht der Keu besitze das Privilegium, den Hut selbst in Gegenwart des Königs aufzubehalten.

»Dem Orden gegenüber gibt es keine Privilegien«, ließ der Beamte, unbeteiligt wie zuvor, verlauten.

Schnaubend und rot vor Empörung, nahm Don Keu den Hut ab. Der Beamte fuhr mit seinem langen, gelben Fingernagel suchend über die Reihen der Namen auf einer der Listen.

»Don Keu ... Don Keu ...«, murmelte er. »Don Keu ... Königstraße zwölf?«

»Jawohl«, antwortete Don Keu gereizt.

»Nummer vierhundertfünfundachtzig, Bruder Tibak«, wandte sich der Beamte an seinen dicken Kollegen am Nachbartisch, der schwitzend in seinen Papieren kramte. Den Schweiß von der Stirn wischend, erhob er sich und verlas mit monotoner Stimme: »Nummer vierhundertfünfundachtzig, Don Keu, Königstraße zwölf, erhält wegen Schmähung des Namens seiner Eminenz des Bischofs von Arkanar, Don Reba, während eines Hofballs im letzten Jahr drei Dutzend Rutenhiebe auf die entblößten Weichteile und küsst seiner Eminenz den Schuh.«

Bruder Tibak setzte sich.

»Geht durch diesen Korridor«, sagte der Beamte mit gleichbleibend tonloser Stimme. »Für die Rutenhiebe nach rechts, für den Schuh nach links. Der Nächste …«

Zu Rumatas Erstaunen erhob Don Keu keinen Einspruch. Anscheinend hatte er in der Reihe der Wartenden von Schlimmerem gehört. Er krächzte, strich sich würdevoll über den Schnurrbart und entfernte sich in Richtung Korridor. Der Nächste in der Reihe war der fette Don Pifa, der bereits mit entblößtem Haupt dastand.

»Don Pifa … Don Pifa«, murmelte der Beamte wieder.

Don Pifa gab einen kehligen Laut von sich.

»Nummer fünfhundertvier, Bruder Tibak.«

Bruder Tibak wischte sich wieder die Stirn, erhob sich und verkündete: »Nummer fünfhundertvier, Don Pifa, Straße der Milchhändler zwei, wird keiner Vergehen gegenüber seiner Eminenz bezichtigt und ist daher unbefleckt.«

»Don Pifa«, wandte sich der Beamte an den Bittsteller, »empfangt hiermit das Zeichen der Reinigung.« Er bückte sich und entnahm einem Kasten neben dem Sessel ein eisernes Armband, das er dem edlen Don reichte. »Am linken Arm zu tragen und auf Verlangen der Krieger des Ordens unverzüglich vorzuzeigen«, fügte er hinzu. »Der Nächste …«

Auf das Armband starrend, gab Don Pifa wieder einen unartikulierten Laut von sich und trat zur Seite. Rumata entdeckte viele Bekannte in der Schlange; die einen waren wie gewöhnlich prächtig, andere betont schlicht gekleidet, aber alle über und über beschmutzt. Don Sera verkündete aus der Mitte der Schlange schon zum dritten Mal und so laut, dass jeder es hörte: »Es ist nicht einzusehen, weshalb nicht auch ein edler Don ein paar Rutenhiebe im Namen seiner Eminenz über sich ergehen lassen sollte.«

Rumata wartete, bis der nächste Bittsteller im Korridor verschwunden war (ein bekannter Fischhändler, den man wegen unbotmäßiger Gesinnung zu fünf Rutenhieben ohne Schuhkuss verurteilt hatte), drängte sich zum Tisch vor und legte die Hand auf die Papiere vor dem Beamten.

»Erlaubt«, sagte er. »Ich brauche den Befehl zur Freilassung des Doktor Budach. Ich bin Don Rumata.«

»Don Rumata ... Don Rumata«, murmelte der Beamte, ohne den Kopf zu heben, schob Rumatas Hand beiseite und fuhr mit dem Fingernagel das Verzeichnis entlang.

»Was soll das, du altes Tintenfass?«, rief Rumata. »Ich brauche den Freilassungsbefehl.«

»Don Rumata ... Don Rumata«, murmelte der Beamte ungerührt weiter; anscheinend ließ sich dieser Automat nicht abstellen. »Straße der Kesselschmiede, Haus acht, Nummer sechzehn, Bruder Tibak.«

Rumata spürte, wie die hinter ihm Stehenden den Atem anhielten. Auch ihm war seltsam zumute. Schwitzend und puterrot erhob sich Bruder Tibak und verkündete: »Nummer sechzehn, Don Rumata, Straße der Kesselschmiede acht, wird wegen seiner hohen Verdienste um den Orden des besonderen Dankes seiner Eminenz gewürdigt; er ist ermächtigt, den Befehl zur Freilassung von Doktor Budach zu empfangen, mit selbigem er nach seinem Ermessen verfahren möge; siehe Blatt sechs-siebzehn-elf.«

Langsam zog der Beamte das betreffende Blatt unter den Verzeichnissen hervor und reichte es Rumata: »Die gelbe Tür zum ersten Stock, Zimmer sechs, den Korridor rechts geradeaus, dann links«, sagte er. »Der Nächste ...«

Bei näherer Betrachtung stellte Rumata fest, dass das Blatt nicht den Befehl zur Freilassung Budachs enthielt, sondern nur zur Entgegennahme eines Passierscheines zur fünften, besonderen Abteilung der Kanzlei berechtigte, wo er eine Anweisung an das Sekretariat für geheime Angelegenheiten empfangen sollte.

»Was hast du mir da gegeben, Holzkopf?«, fragte Rumata. »Wo ist der Befehl?«

»Die gelbe Tür zum ersten Stock, Zimmer sechs, den Korridor rechts geradeaus, dann links«, wiederholte dieser.

»Wo der Befehl ist, frage ich!«, blaffte Rumata.

»I-ich weiß ... nicht«, stotterte der Beamte. »Der Nächste ...«

Hinter Rumata schnaufte jemand und presste sich weich und heiß an seinen Rücken. Rumata wich zur Seite, und Don Pifa zwängte sich zum Tisch hindurch.

»Es passt mir nicht«, winselte er.

»Name, Stand?«, fragte der Beamte.

»Es passt nicht«, wiederholte Don Pifa und zerrte an dem Armband, das kaum über drei der fetten Finger reichte.

»Passt nicht ... passt nicht«, murmelte der Beamte und griff nach einem dicken Buch zu seiner Rechten, das schon allein durch seinen fleckigen Einband unheilvoll wirkte. Bestürzt starrte Don Pifa auf den Folianten, wich zurück und eilte wortlos dem Ausgang zu. »Schneller, bitte keine Verzögerungen!«, lärmte es in der Schlange. Auch Rumata trat vom Tisch zurück. Das ist vielleicht ein Sauhaufen hier, dachte er. Euch werde ich ... »Falls das oben erwähnte Reinigungszeichen keinen Platz am linken Handgelenk findet oder Letzteres nicht vorhanden ist ...«, brabbelte der Beamte weiter vor sich hin. Rumata ging um den Tisch herum, griff mit beiden Händen in die Kiste mit den Armbändern, packte, so viel er fassen konnte, und entfernte sich.

»He, he!«, rief ihm der Beamte mit ausdrucksloser Stimme nach. »Eure Legitimation?!«

»Im Namen des Herrn«, beschied ihn Rumata und blickte bedeutungsvoll um sich. Der Beamte und Bruder Tibak erhoben sich wie auf Kommando. »In seinem Namen«, stotterten sie. Neidisch und begeistert blickte die Schlange Rumata nach.

Er trat aus der Kanzlei und machte sich auf den Weg zum Fröhlichen Turm; unterwegs ließ er die Armbänder an seinem linken Arm zuschnappen. Er hatte neun Stück, aber ans linke Handgelenk passten nur fünf. Die restlichen vier legte er sich um den rechten Arm. Er wollte mich mürbe machen, der Bischof von Arkanar, dachte er. Aber nichts da! ... Bei jedem Schritt klirrten die Armbänder. Für jedermann sichtbar, trug Rumata das spektakuläre »Blatt sechs-siebzehn-elf« mit den vielfarbigen Stempelabdrücken vor sich her. Diensteifrig machten ihm entgegenkommende berittene und unberittene Mönche Platz, und in respektvoller Entfernung tauchte von Zeit zu Zeit der unauffällige Leibwächterspitzel in der Menge auf. Immer wieder mit den Schwertscheiden auf allzu Säumige einschlagend, arbeitete sich Rumata zum Tor durch, fuhr den Wachmann scharf an, der sich ihm in den Weg stellte, und überquerte den Hof. Dann stieg er die rutschigen, rissigen Treppen in das von blakenden Fackeln erleuchtete Halbdunkel hinab. Hier begann das Allerheiligste des ehemaligen Ministeriums für die Sicherheit der Krone: das königliche Gefängnis und die Inquisitionskammern.

Rumata erblickte gewölbte Decken und lange Korridore. An den Wänden steckten alle zehn Schritt stinkende Fackeln in rostigen Halterungen; sie beleuchteten höhlenartige Nischen, in denen sich kleine schwarze Türen mit vergitterten Fensterchen befanden – die Eingänge zu den Gefängnisräumen, die von außen durch schwere Riegel gesichert wurden.

Die Korridore waren voller Menschen. Es wurde gerempelt, gerannt, geschrien und kommandiert; Riegel schepperten, Türen klappten. Einer wurde geschlagen und brüllte aus vollem Hals; ein anderer, den sie fortschleppten, wehrte sich auf das Heftigste; einen steckte man in eine zum Bersten gefüllte Zelle, und einen anderen versuchte man hinauszuzerren, doch er klammerte sich an seine Nachbarn und brüllte wie am Spieß: »Nein ... nicht ich! Nicht ich! ...« Die Gesichter der Mönche, denen Rumata begegnete, waren von sturer Geschäftigkeit. Jeder hatte es eilig, jeder war mit Angelegenheiten von staatstragender Bedeutung befasst. Rumata versuchte zu begreifen, was hier vor sich ging, durchschritt Korridor um Korridor und gelangte dabei in die unteren Stockwerke. Hier war es weniger hektisch. Den Gesprächen nach zu urteilen, legten die Absolventen der Patriotischen Schule gerade ihre Examen ab: Breitschultrige Halbstarke standen, nur mit Lederschürzen bekleidet, vor der Tür zur Folterkammer und blätterten in fleckigen Anleitungen. Von Zeit zu Zeit gingen sie zu einem großen Wassertank, nahmen einen Becher zur Hand, der an einer Kette befestigt war, und tranken. Aus den Zellen hörte man Geschrei und das Klatschen von Hieben; penetranter Geruch verbrannten Fleisches lag in der Luft. Und die Gespräche, die die Absolventen führten ...

»An der Knochenmühle gibt es oben eine Schraube, die ist mir abgebrochen. Was kann ich dafür? Aber er hat mich trotzdem rausgeschmissen. ›Idiot‹, hat er gesagte. ›Geh und lass dir fünfe auf den Hintern geben, und dann komm wieder ...‹«

»Wenn man wüsste, wer dir die Rute gibt ... Vielleicht einer von uns Studenten? Dann könnten wir uns vorher mit ihm einigen, fünf Groschen pro Nase sammeln und sie ihm zustecken ...«

»Bei den Dicken nützt es nichts, den Zinken bis zur Rotglut zu erhitzen, er kühlt im Fett ja ab. Am besten, du nimmst eine kleine Zange und ziehst das Fett vorher ein wenig ab ...«

»Gottes Beinschellen sind für die Füße. Sie sind breiter und haben Keile. Die Handschuhe der Großmärtyrerin haben dagegen Schrauben und sind für die Hände bestimmt, kapiert?«

»Das war wirklich zum Lachen, Brüder! Ich trete ein – wen sehe ich da in Ketten hängen? Den rothaarigen Fika, den Metzger aus unserer Straße! Immer, wenn er betrunken war, hat er mich an den Ohren gezogen. Nun ist's an dir, die Ohren steif zu halten, dachte ich. Jetzt werde ich mal mit dir Spaß machen …«

»Die Mönche haben heute Pekor die Lippe abgeholt. Er ist noch nicht wiedergekommen, und auch zur Prüfung ist er nicht erschienen.«

»Hätte ich nur den Fleischwolf benutzt, anstatt ihm mit dem Brecheisen eins in die Seite zu geben. Dabei habe ich ihm eine Rippe gebrochen. Dafür versetzte mir Vater Kin eine Kopfnuss und trat mich in den Hintern, direkt gegen das Steißbein, sodass mir schwarz vor Augen wurde. ›Was fällt dir ein‹, sagte er, ›mir das Material zu verderben?‹«

Schaut euch das an, Freunde, schaut genau hin, dachte Rumata und drehte langsam seinen Kopf von einer Seite zur anderen. Was ihr hier seht, ist keine Theorie. Das hat bisher noch keiner gesehen. Schaut hin, hört zu und zeichnet es auf … Und von der Zeit, in der ihr lebt, denkt groß und liebt sie, zum Teufel noch mal. Verneigt euch im Gedenken an die, die all das durchlitten haben! Schaut euch diese Fressen an: jung, stumpfsinnig, gleichgültig, mit jeder Gräueltat vertraut. Und rümpft nicht die Nasen, denn eure Vorfahren waren um keinen Deut besser …

Nun bemerkten sie Rumata. Ein Dutzend Augenpaare, die schon so vieles gesehen hatten, starrten ihn an.

»Sieh da, ein edler Don. Und ganz bleich ist er geworden.«

»Tja … Die Edelleute sind an so was nicht gewöhnt.«

»Wasser soll man ihnen geben, wenn ihnen schlecht wird, heißt es. Aber die Kette ist zu kurz, sie reichen nicht an den Becher ran.«

»Ach, was soll's. Sie kommen auch so wieder auf die Beine.«

»So einen würde ich mir mal gerne vornehmen ... Die sagen alles, was man von ihnen verlangt.«

»Still, Brüder, sonst schlägt er uns womöglich noch ... Wie viele Armbänder er hat ... Und das Papier dazu.«

»Irgendwie haben sie es auf uns abgesehen ... Kommt, wir verdrücken uns lieber.«

Gemeinsam zogen sich die Prüflinge in den Schatten zurück, von wo sie Rumata mit funkelnden kleinen Spinnenaugen weiter beobachteten. Mir reicht's, dachte Rumata und wollte schon einen vorbeieilenden Mönch an der Kutte fassen, als er drei andere Mönche sah, die in aller Ruhe einen Henker, vermutlich wegen mangelnder Pflichterfüllung, mit Stöcken prügelten. Rumata ging auf sie zu.

»Im Namen des Herrn«, sagte er und klirrte mit den Armbändern.

»In seinem Namen«, antworteten die Mönche und ließen die Stöcke sinken.

»Nun, fromme Väter, führt mich zum Fluraufseher«, sagte Rumata.

Die Mönche wechselten erstaunte Blicke; der Henker kroch unterdessen beiseite und versteckte sich hinter dem Wasserbehälter.

»Was willst du von ihm?«, fragte der Größte von den dreien.

Rumata hielt ihm wortlos das Papier vors Gesicht.

»Ach so«, sagte der Mönch. »Fluraufseher bin jetzt ich.«

»Ausgezeichnet.« Rumata rollte das Schriftstück zusammen. »Ich bin Don Rumata. Seine Eminenz hat mir Doktor Budach geschenkt. Geh und hol ihn.«

Der Mönch fuhr sich mit der Hand unter die Kapuze und kratzte sich den Kopf.

»Budach?«, wiederholte er nachdenklich. »Welchen Budach? Budach den Schänder etwa?«

»Nein, nein«, kam ihm ein anderer Mönch zu Hilfe. »Der heißt Rudach, man hat ihn letzte Nacht entlassen. Vater Kin persönlich hat ihm die Fesseln abgenommen und ihn hinausgebracht. Und ich ...«

»Rede keinen Unsinn!«, unterbrach ihn Rumata unwirsch und klopfte sich mit der Papierrolle gegen den Schenkel. »Budach meine ich, den, der den König vergiftet hat.«

»Ach so«, sagte der Aufseher. »Den kenne ich. Aber den haben sie wohl schon gepfählt ... Geh in die Zwölfte und schau nach, Bruder Pakka. Willst du ihn etwa wegholen?«, wandte er sich wieder an Rumata.

»Selbstverständlich. Er gehört mir.«

»Dann überlass mir bitte das Papierchen. Gib es mir, und die Sache geht in Ordnung.«

Rumata gab ihm die Rolle. Der Aufseher wandte das Papier hin und her und prüfte die Stempel.

»Schreiben können die Leute!«, begeisterte er sich. »Du aber, Don, stell dich etwas zur Seite und warte. Wir haben noch zu tun ... He, wo ist er denn geblieben?«

Rumata trat einige Schritte zurück, während die Mönche nach dem Henker suchten; sie entdeckten ihn hinter dem Wasserbehälter, zerrten ihn hervor und bearbeiteten ihn auf dem Fußboden ohne überflüssige Grausamkeiten wieder mit Stöcken. Fünf Minuten später erschien der nach Budach ausgeschickte Mönch, der einen abgemagerten alten Mann mit grauen Haaren und dunkler Kleidung an einem Strick hinter sich herzerrte.

»Da ist Budach!«, rief der Mönch schon von weitem erfreut. »Er ist noch gar nicht gepfählt, sondern gesund und munter, wenn auch etwas geschwächt; hat wohl längere Zeit nichts zu essen gekriegt.«

Rumata ging dem Alten entgegen, riss dem Mönch den Strick aus der Hand und nahm Budach die Schlinge vom Hals.

»Seid Ihr Budach von Irukan?«, fragte er.

»Ja«, antwortete der Alte finster.

»Ich bin Rumata, folgt mir und bleibt nicht zurück.« Er wandte sich den Mönchen zu. »Im Namen des Herrn.«

Der Aufseher richtete sich auf, ließ den Stock sinken und erwiderte außer Atem: »In seinem Namen.«

Als Rumata sich umwandte, sah er, wie der alte Mann sich schwankend an der Wand festhielt.

»Mir ist schlecht«, sagte er und lächelte schmerzlich. »Verzeiht, edler Don.«

Rumata fasste ihn unter und führte ihn fort. Außer Sichtweite der Mönche zog er eine Sporamintablette aus dem Glasröhrchen und reichte sie Budach, der ihn fragend anblickte.

»Schluckt das«, forderte Rumata ihn auf. »Ihr werdet Euch sofort besser fühlen.«

Noch immer an die Wand gelehnt, betrachtete Budach mit hochgezogenen Brauen die Tablette von allen Seiten, roch daran, schob das Medikament behutsam in den Mund und lutschte …

»Schluckt, schluckt.« Rumata lächelte.

Budach tat, wie geheißen.

»Hm-m-m … Ich glaube schon, alle Heilmittel zu kennen«, sagte er und beobachtete die Wirkung des Medikaments. »M-m-m! Interessant! Getrocknete Milz des Ebers ›Y‹? Doch nein, es schmeckt nicht faulig.«

»Gehen wir«, sagte Rumata.

Sie gingen einen Korridor entlang, stiegen eine Treppe hinauf, durchliefen einen weiteren Korridor und gingen eine zweite Treppe hinauf. Doch plötzlich blieb Rumata wie angewurzelt stehen: Ein sehr vertrautes, durchdringendes Schreien erfüllte das Gefängnisgewölbe. Irgendwo tief unten im Turm fluchte ganz ungeheuerlich, den Heiligen Orden, die Engel und Don Reba schmähend, Rumatas bester Freund, Baron Pampa Don Bau-no-Suruga-no-Gatta-no-Arkanara. Jetzt haben sie den Baron doch erwischt, dachte Rumata reumütig. Und ich hatte ihn ganz vergessen, das wäre ihm an meiner Stelle nicht passiert.

Schnell streifte Rumata zwei Armbänder ab und schob sie Budach über die mageren Handgelenke. »Geht hinauf, aber bleibt hinter dem Tor. Wartet irgendwo abseits auf mich. Wenn man Euch belästigt, zeigt die Armbänder und bewahrt eine dreiste Haltung.«

Baron Pampa röhrte wie ein Atomeisbrecher im Polarnebel; dumpf hallte sein Gebrüll im Gewölbe wider. Starr vor Staunen und ehrfürchtig standen die Menschen in den Korridoren und lauschten. Viele wedelten mit dem Zeigefinger, um den Leibhaftigen zu verscheuchen. Rumata stürzte die zwei Treppen hinunter, stieß Mönche um, die ihm entgegenkamen, und bahnte sich mit den Schwerterscheiden den Weg durch die Absolventen der Patriotischen Schule. Dann riss er die Tür zu der Zelle auf, aus der die Schreie des Barons drangen, und sah im flackernden Fackelschein seinen Freund Pampa nackt, mit dem Kopf nach unten, gekreuzigt an der Wand. Durch den Blutandrang war sein Gesicht tiefrot, fast schwarz angelaufen. An einem wackligen Tisch saß vornübergebeugt ein Beamter, der sich die Ohren zuhielt, während der schweißglänzende Henker in einem eisernen Becken nach einem passenden Instrument suchte.

Rumata schloss sorgsam die Tür hinter sich, trat von hinten an den Henker heran und versetzte ihm mit dem Griff seines Schwertes einen Schlag in den Nacken. Der Henker fuhr herum, schlang die Hände um den Kopf und sank auf das Becken. Rumata zog das Schwert und hieb den Tisch, an dem der Beamte mit seinen Papieren saß, mittendurch. Alles verlief nach Plan: Der Henker saß auf dem Becken und schluckte nur noch schwach, und der Schreiber kroch auf allen vieren flink in eine Ecke und kauerte sich hin. Rumata ging auf den Baron zu, der ihn froh und neugierig ins Auge fasste, ergriff die Ketten, die seine Beine hielten, und riss sie mit zwei Rucken aus der Wand. Dann setzte er den Baron behutsam auf die Füße. Schweigend verharrte Pampa eine Zeit lang in einer seltsamen Pose, dann befreite er mit einem Ruck seine Hände.

»Ich glaube nicht, was ich sehe«, dröhnte er und rollte mit seinen blutunterlaufenen Augen. »Seid Ihr es wirklich, edler Freund?! Endlich habe ich Euch wiedergefunden!«

»Jawohl, ich bin's«, erwiderte Rumata. »Doch lasst uns diesen furchtbaren Ort verlassen, Freund.«

»Bier her!«, rief der Baron. »Hier muss doch irgendwo Bier sein!« Mit rasselnden Kettenresten wanderte er polternd durch die Zelle. »Die halbe Nacht bin ich durch die Stadt gelaufen, zum Teufel noch mal! Man sagte mir, Ihr wärt festgenommen worden. Eine Menge Volk hab ich erschlagen! Ich war sicher, Euch in diesem Gefängnis zu finden! Ach, da ist es ja!«

Er trat auf den Henker zu, holte aus und fegte ihn mitsamt seinem Becken wie Staub hinweg. Unter dem Becken fand sich ein Fässchen Bier, das er mit einem Fausthieb aufschlug. Er legte den Kopf in den Nacken und ließ sich den Inhalt glucksend in den Schlund laufen. Ein Prachtkerl, dachte Rumata und sah den Baron fast zärtlich an. Man könnte denken: ein hirnloser Bulle, und doch hat er nach mir gesucht, wollte mich retten und hat sich deshalb vermutlich aus freien Stücken in den Turm begeben. Auch in dieser verruchten Welt gibt es Menschen. Wie glücklich sich alles gefügt hat!

Der Baron leerte das Fässchen und warf es in die Ecke, in der der Beamte lag. Man hörte ein Wimmern.

»Und jetzt«, sagte Pampa und wischte sich mit der Hand über den Bart, »bin ich bereit, Euch zu folgen. Es macht Euch doch nichts aus, dass ich nackt bin?«

Rumata sah sich in der Zelle um, ging zum Henker und riss ihm die Lederschürze vom Leib.

»Nehmt vorerst das hier«, sagte er.

»Ihr habt recht.« Der Baron band sich die Schürze um. »Es schickt sich nicht, nackt vor die Baronin zu treten.«

Als sie die Zelle verließen, wagte niemand, sich ihnen in den Weg zu stellen. Auf zwanzig Schritt Entfernung schon räumte man das Feld.

»Ich werde sie alle zerschmettern«, brüllte der Baron. »Sie haben mein Schloss besetzt und es einem ›Vater Arima‹ übergeben. Wenn ich auch nicht weiß, wessen Vater er ist, so schwöre ich, dass seine Kinder bald Waisen sein werden. Zum Teufel, lieber Freund …« – er wandte sich an Rumata – »… findet Ihr nicht, dass die Decken hier zu niedrig sind? Ich habe mir schon gründlich den Kopf zerschrammt.«

Am Ausgang des Turms flitzte der Leibwächterspitzel an ihnen vorbei und tauchte in der Menge unter. Rumata bedeutete Budach, ihnen zu folgen. Vor dem Tor teilte sich die Menge, als habe man sie mit dem Schwert gespalten. Die einen schrien, ein wichtiger Staatsverbrecher sei entkommen, andere, das sei »der nackte Teufel, der berühmte Henker und Zerstückeler von Estor«.

Der Baron trat in die Mitte des Platzes und blieb, von der Sonne geblendet, stehen. Rumata wandte sich rasch um. Es war keine Zeit zu verlieren.

»Hier stand doch irgendwo mein Pferd«, sagte der Baron. »He, da! Ein Pferd!«, rief er.

Beim Querbalken, an dem die Pferde der Ordensreiterei unruhig auf der Stelle traten, wurde es hektisch.

»Nicht dieses!«, brüllte Pampa. »Das da, gebt mir den Apfelschimmel!«

»Im Namen des Herrn!«, rief Rumata etwas verspätet und streifte sich das Bandelier mit dem rechten Schwert über den Kopf.

Ein erschreckter kleiner Mönch in beschmutzter Kutte brachte dem Baron das Pferd.

»Gebt ihm etwas, Don Rumata«, sagte Pampa und kletterte mühsam in den Sattel.

»Halt, halt!«, schallte es vom Turm her.

Mit ihren Knüppeln fuchtelnd, kamen Mönche auf sie zugelaufen.

»Sputet Euch, Baron.« Rumata reichte ihm das Schwert.

»Ja! Eile tut not. Dieser Arima wird mir sonst den Keller plündern. Ich erwarte Euch morgen oder übermorgen bei mir, mein Freund. Was soll ich der Baronin bestellen?«

»Küsst ihr in meinem Namen die Hand«, sagte Rumata. »Die Mönche sind schon ganz nah. Schnell, schnell, Baron!«

»Und Ihr? Seid Ihr in Sicherheit?«, fragte der Baron besorgt.

»Ja, zum Teufel! Vorwärts!«

Pampa ritt im Galopp los, mitten in die Schar der Mönche hinein. Einige stürzten kopfüber zu Boden, andere schrien auf, Staub wurde aufgewirbelt, Hufe klapperten über das Steinpflaster – und der Baron war verschwunden. Rumata blickte in die Gasse, wo die Gestürzten auf dem Boden saßen und noch benommen mit dem Kopf wackelten. »Findet Ihr nicht, dass Ihr Euch zu viel herausnehmt, edler Don?«, hörte er eine schmeichelnde Stimme hinter sich.

Als er sich umwandte, sah er Don Rebas Blick auf sich gerichtet.

»Zu viel?«, parierte Rumata. »Ein Zuviel kenne ich nicht.« Plötzlich fiel ihm Don Sera ein. »Und überhaupt sehe ich nicht ein, weshalb ein edler Don dem anderen nicht in der Not helfen sollte.«

Mit Lanzen bewaffnet sprengte ein berittener Verfolgungstrupp an ihnen vorüber. Don Rebas Gesichtsausdruck veränderte sich.

»Na schön, lassen wir das«, sagte er. »Oh, ich sehe den gelehrten Doktor Budach … Ihr seht prächtig aus, Doktor. Ich werde mein Gefängnis überprüfen müssen. Staatsverbrecher, selbst in die Freiheit entlassene, dürfen das Gefängnis nicht auf eigenen Füßen verlassen, sondern müssen hinausgetragen werden.«

Wie ein Blinder ging Doktor Budach auf ihn los. Rumata stellte sich rasch dazwischen.

»Wie steht Ihr eigentlich zu Vater Arima, Don Reba?«, fragte er.

»Zu Vater Arima?«, wiederholte dieser stirnrunzelnd. »Ein großer Kriegsmann, bekleidet einen wichtigen Posten in meinem Bistum. Worum geht es?«

»Als treuer Diener Eurer Eminenz ...« – Rumata verneigte sich voller Schadenfreude – »... beeile ich mich, Euch davon in Kenntnis zu setzen, dass Ihr seinen Posten als vakant betrachten könnt.«

»Wieso?«

Wortlos blickte Rumata in die Gasse, über der noch immer eine gelbe Staubwolke hing. Don Reba folgte seinem Blick. Sein Gesicht nahm einen besorgten Ausdruck an.

Die Mittagszeit war längst vorüber, als Kira ihren Herrn und seinen hochgelehrten Freund zu Tisch bat. Gewaschen, rasiert und sauber gekleidet, sah Doktor Budach sehr respektabel aus. Er bewegte sich würdig und gelassen; seine klugen grauen Augen strahlten Wohlwollen, fast Nachsicht aus. Zunächst entschuldigte er sich ob seiner Unbeherrschtheit auf dem Platz. »Ihr müsst verstehen«, erklärte er, »Don Reba ist ein furchtbarer Mensch, ein Werwolf, der durch ein Versehen Gottes auf die Welt gekommen ist. Zwar bin ich Arzt, doch scheue ich mich nicht zu gestehen, dass ich ihn gern bei passender Gelegenheit umgebracht hätte. Wie ich hörte, soll der König vergiftet worden sein. Und ich weiß jetzt auch womit. (Rumata horchte auf.) Reba kam zu mir in die Zelle und verlangte ein Gift von mir, das erst nach einigen Stunden wirkt.

Selbstverständlich verweigerte ich es ihm. Auf seine Drohung mit der Folter lachte ich ihm ins Gesicht. Daraufhin rief der Schuft Henker herbei, denen er befahl, ein Dutzend Knaben und Mädchen, nicht älter als zehn Jahre, von der Straße zu ihm zu bringen. Er hieß sie, sich vor mir aufzustellen, öffnete meinen Sack mit Arzneien und erklärte, er werde sie der Reihe nach an den Kindern ausprobieren, bis er das Richtige gefunden habe. So wurde der König vergiftet, Don Rumata.« Budachs Lippen zitterten, doch er beherrschte sich.

Rumata wandte sich ab. Jetzt ist alles klar, dachte er bei sich. Aus den Händen seines Ministers hätte der König nicht einmal eine Gurke genommen. Deshalb schob der Schurke ihm einen kleinen Scharlatan unter, dem er für die Heilung des Königs den Titel eines Leibwunderdoktors versprach. Jetzt weiß ich auch, warum Reba triumphierte, als ich ihn im königlichen Schlafgemach bloßstellte und des Arrests an Budach beschuldigte: Eine bessere Gelegenheit konnte es nicht geben, um dem König den falschen Budach unterzuschieben. Die Schuld würde auf Rumata von Estor fallen, den irukanischen Spion und Verschwörer. Wie naiv wir doch sind, dachte er. Das Institut sollte einen Lehrgang für feudale Intrigen einführen. Und die dabei erworbenen Fähigkeiten in der Einheit »Reba« messen. Oder in Dezireba. Doch selbst das ...

Obwohl Doktor Budach offensichtlich sehr hungrig war, lehnte er höflich, aber bestimmt das Fleisch ab und nahm nur Salate und marmeladegefüllte Pasteten zu sich. Nach mehreren Gläsern Estorwein trat Glanz in seine Augen, und seine Wangen röteten sich. Rumata hingegen brachte nichts herunter, denn noch immer sah er das feuerrote Fackellicht vor sich, roch von überallher verbranntes Fleisch und hatte einen Kloß im Hals, der so groß war wie eine Faust. Er stand am Fenster und wartete, bis der Gast gesättigt war. Um ihn nicht beim Kauen zu stören, führte er ein höfliches, ruhiges Gespräch mit ihm.

Allmählich belebte sich die Stadt. Auf den Straßen liefen wieder Menschen, die Stimmen wurden lauter, man hörte Hammerschläge und das Splittern von Holz: Von den Dächern und Wänden schlug man die heidnischen Symbole ab. Ein dicker Krämer mit Glatze zog auf einem Wagen ein Fass mit Bier hinter sich her, um es auf dem Platz krugweise für zwei Groschen zu verkaufen. Die Bürger passten sich den neuen Umständen an. Im Hauseingang gegenüber unterhielt sich der kleine Leibwächterspitzel mit der hageren Hauswirtin und bohrte dabei mit dem Finger in der Nase. Rumata sah hoch beladene Fuhrwerke vorbeifahren, deren Fracht er auf den ersten Blick nicht erkannte, doch als er schwarze und blaue Gliedmaßen unter den Bastmatten herausragen sah, wandte er sich schnell ab und ging zum Tisch.

»Das Wesen des Menschen liegt in der erstaunlichen Fähigkeit, sich allem anzupassen«, sagte Budach bedächtig kauend. »Es gibt nichts in der Welt, an das sich der Mensch nicht gewöhnt. Weder Pferd noch Hund oder Maus besitzen diese Eigenschaft. Offenbar hat Gott bei der Erschaffung des Menschen geahnt, zu welchen Qualen er ihn verurteilte, und ihm einen ungeheuren Vorrat an Kraft und Geduld mitgegeben – ob zu seinem Vorteil oder Nachteil, ist schwer zu sagen. Ohne all diese Geduld und Ausdauer wären die guten Menschen längst umgekommen und nur noch böse und herzlose übrig. Andererseits aber verwandelt diese Gewöhnung an das Leid den Menschen in unverständiges Vieh, das sich nur noch anatomisch vom Tier unterscheidet und sogar wehrloser ist als dieses. Jeder neue Tag bringt neue Schrecken des Bösen und der Gewalt.«

Rumata blickte zu Kira hinüber, die, das Gesicht in die Hand gestützt, gespannt den Worten des Doktors lauschte. Sie sah betrübt aus; offensichtlich grämte sie sich um die Menschen.

»Ihr mögt recht haben, verehrter Doktor«, sagte Rumata. »Doch nehmt zum Beispiel mich, einen einfachen Don (Budach runzelte die hohe Stirn, und seine Augen wurden rund vor Staunen und Vergnügen). Ich liebe gelehrte Menschen, sie sind der Geistesadel. Ich begreife nur nicht, wieso ihr, die Hüter und einzigen Besitzer hoher Bildung, so passiv seid. Warum lasst ihr euch widerstandslos verachten, einkerkern und auf Scheiterhaufen verbrennen? Weshalb trennt ihr das Erlangen von Wissen als höchstem Sinn von den praktischen Erfordernissen des Lebens – dem Kampf gegen das Böse?«

Budach schob die geleerte Pastetenschüssel beiseite. »Seltsame Fragen stellt Ihr, Don Rumata«, erwiderte er. »Die gleichen stellte mir übrigens der edle Don Hug, Oberbettaufseher unseres Herzogs. Seid Ihr etwa mit ihm bekannt? Das habe ich mir schon gedacht ... Der Kampf gegen das Böse! Das ist schön und gut. Was aber ist das Böse? Jedem steht es frei, es auf seine Weise zu deuten. Für uns Gelehrte ist das Böse die Ignoranz. Die Kirche hingegen lehrt, dass in der Ignoranz das Heil liege, und alles Böse vom Wissen herrühre. Für den Ackerbauer sind Abgaben und Dürre böse. Der Getreidehändler aber begrüßt die Dürre. Böse für den Sklaven ist ein betrunkener und grausamer Herr, für den Handwerker – ein Wucherer. Welches Böse also muss man bekämpfen, Don Rumata?« Budach musterte die Anwesenden traurig. »Das Böse ist unausrottbar. Kein Mensch ist imstande, das Böse in der Welt zu verringern. Will man sein eigenes Schicksal leichter machen, so gelingt dies nur auf Kosten anderer. Stets wird es mehr oder weniger grausame Könige, mehr oder weniger barbarische Barone geben – und stets das unwissende Volk, das zu seinen Unterdrückern aufblickt und seine Befreier hasst. Und das, weil ein Sklave seinen Herrn, mag er noch so grausam sein, besser versteht als seinen Befreier, denn er vermag sich wohl in die Rolle des Herrn zu versetzen, nicht aber in die seines selbstlosen Retters. So sind die Menschen, Don Rumata, und so ist die Welt.«

»Die Welt verändert sich, Doktor Budach«, entgegnete Rumata. »Wir kennen Zeiten, in denen es keine Könige gab.«

»Die Welt kann sich nicht ewig verändern«, widersprach Budach. »Denn nichts ist ewig, auch die Veränderung nicht. Zwar kennen wir kein Gesetz der Vollkommenheit, doch wird sie früher oder später erreicht. Nehmt unsere gesellschaftliche Struktur! Wie erfreulich für das Auge, dieses geometrisch exakte System! Zuunterst die Bauern und Handwerker, darüber die Geistlichkeit und ganz oben der König. Wie durchdacht, wie stabil, wie harmonisch im Aufbau! Was sollte sich an diesem Kristall, hervorgegangen aus den Händen des himmlischen Juweliers, verändern? Es gibt kein festeres Gebäude als eine Pyramide, das wird Euch jeder Architekt bestätigen.« Budach hob den Zeigefinger. »Schüttet man Getreide aus einem Sack, bildet es keine gleichmäßige Schicht, sondern eine ›konische Pyramide‹. Ein Körnchen klammert sich ans andere, um nicht herunterzurollen. Genauso verhält es sich mit der Menschheit. Will sie heil und ganz sein, müssen sich die Menschen aneinanderklammern und zwangsläufig eine Pyramide bilden.«

»Haltet Ihr diese Welt allen Ernstes für vollkommen – nach Eurer Begegnung mit Don Reba und der Zeit im Fröhlichen Turm?«

»Gewiss doch, junger Freund! Es gefällt mir zwar vieles nicht in ihr, und vieles würde ich mir anders wünschen, doch was tun? In den Augen höherer Mächte ist Vollkommenheit etwas ganz anderes als in meinen. Was nützt es einem Baum, darüber zu klagen, dass er sich nicht fortbewegen kann, wo er es doch nötig hätte, um der Axt des Holzfällers zu entkommen?«

»Wie aber, wenn man imstande wäre, das Gesetz der höheren Mächte zu ändern?«

»Das können nur die höheren Mächte selbst.«

»Stellt Euch vor, Ihr wäret Gott.«

Budach lachte. »Wenn man es werden könnte, würde ich es tatsächlich werden wollen!«

»Gesetzt den Fall, Ihr hättet die Möglichkeit, Euch mit Gott zu beraten?«

»Ihr habt eine blühende Fantasie«, sagte Budach erfreut. »Das ist gut! Könnt Ihr lesen und schreiben? Ausgezeichnet! Ich würde Euch gern ein wenig unterrichten.«

»Ihr schmeichelt mir«, erwiderte Rumata. »Aber was würdet Ihr dem Allmächtigen raten? Was sollte Er tun, damit Ihr sagen könntet: Jetzt ist die Welt gut und schön?«

Lächelnd lehnte sich Budach im Sessel zurück und faltete die Hände über dem Bauch. Kira hing gespannt an seinen Lippen.

»Nun gut, wenn Ihr wollt«, begann er. »Ich würde dem Allmächtigen sagen: ›Schöpfer, ich kenne deine Pläne nicht. Vielleicht liegt dir auch gar nichts daran, die Menschen gut und glücklich zu machen. Wenn du es doch nur wolltest! Es ist so einfach: Gib ihnen ausreichend Brot, Fleisch und Wein, Kleidung und Obdach. Lass Hunger und Not verschwinden und damit alles, was die Menschen trennt.‹«

»Das soll genügen?«, fragte Rumata.

»Erscheint Euch das zu wenig?«

Rumata schüttelte den Kopf. »Gott würde darauf erwidern: ›Damit nütze ich den Menschen nicht, denn die Starken werden den Schwachen nehmen, was ich ihnen gab, und sie so arm wie bisher zurücklassen.‹«

»Ich würde Gott bitten, die Schwachen zu schützen. ›Bring die grausamen Herrscher zur Vernunft‹, würde ich sagen.«

»Grausamkeit ist eine Kraft, ohne die die Herrschenden kraftlos sind. So werden andere Grausame an ihre Stelle treten.«

Budach lächelte nicht mehr.

»›Bestrafe die Grausamen‹, sagte er fest, ›auf dass ihnen die Lust vergeht, grausam den Schwachen gegenüber zu sein.‹«

»Der Mensch wird schwach geboren. Stark wird er, wenn niemand um ihn stärker ist. Wenn die Grausamen unter den Starken bestraft werden, werden die Stärkeren unter den Schwachen ihre Stelle einnehmen. Genauso grausam. So müsste ich alle bestrafen, und das ist nicht mein Wille.«

»Ich füge mich dieser Einsicht, Allmächtiger. Dann füge es einfach so, dass die Menschen alles bekommen und sich nicht gegenseitig fortnehmen, was du ihnen gabst.«

»Auch das wird ihnen nicht zum Nutzen gereichen«, seufzte Rumata. »Denn wenn sie alles umsonst und ohne Mühe aus meiner Hand empfangen, verliert das Leben seinen Wert für sie. Sie würden zu meinen Haustieren, die ich von nun an bis in alle Ewigkeit ernähren und kleiden müsste.«

»So gib ihnen nicht alles auf einmal!«, rief Budach voller Eifer. »Gib ihnen nach und nach, eins nach dem anderen!«

»Nach und nach werden sich die Menschen auch selbst nehmen, was sie brauchen.«

Budach lachte verlegen. »Ich sehe schon, dass die Dinge nicht so einfach sind«, gab er zu. »Ich habe noch nie darüber nachgedacht … Damit wären wohl alle Möglichkeiten erschöpft. Doch nein, etwas gibt es noch.« Budach beugte sich vor und sagte: »Mach, dass alle Menschen ihre Arbeit und das Wissen so lieben, dass sie ihnen zum einzigen Lebensinhalt werden!«

Damit haben wir es auch schon versucht, dachte Rumata. Massenhypnoinduktion, positive Remoralisierung und Hypnostrahlen auf drei Äquatorialsatelliten.

»Ich könnte Euch auch diesen Wunsch erfüllen«, erwiderte er. »Aber wäre es sinnvoll, der Menschheit ihre Geschichte zu nehmen? Lohnt es sich, eine Menschheit gegen eine andere auszuwechseln? Hieße das nicht, die heutige Menschheit von diesem Planeten wegzuwischen und an ihrer statt eine neue zu schaffen?«

Budach überlegte. Unter dem Fenster hörte man das eintönige Knarren der Fuhrwerke.

»Dann, Herr, wisch uns vom Antlitz dieses Planeten und erschaffe eine vollkommenere ...«, sagte der Doktor. »Besser aber, lass von uns ab, damit wir unseren Weg alleine gehen.«

»Mein Herz ist voll Mitleid«, sagte Rumata langsam. »Ich kann das nicht tun.«

Und da sah er Kiras Augen. Sie blickte ihn voller Entsetzen an. Und voller Hoffnung.

9

Nachdem er Budach auf sein Zimmer begleitet hatte, damit er sich ausruhe vor der langen Reise, begab sich Rumata in sein Kabinett. Die Wirkung des Sporamin hatte nachgelassen; er fühlte sich müde und zerschlagen, hatte Schmerzen und die von den Fesseln abgeschürften Handgelenke schwollen wieder an. Ich muss ein bisschen schlafen, dachte er, unbedingt. Danach setze ich mich sofort mit Don Kondor in Verbindung. Und mit dem Patrouillenluftschiff – soll es ruhig den Stützpunkt informieren ... Ich muss darüber nachdenken, was jetzt zu tun ist, ob wir überhaupt noch etwas tun können und was geschehen soll, wenn das nicht der Fall ist.

Rumata trat in sein Kabinett. Hinter dem Arbeitstisch saß ein Mönch in schwarzer Kutte gekrümmt im Sessel, die Hände auf den hohen Armlehnen, die Kapuze tief ins Gesicht gezogen. Geschickt, dachte Rumata.

»Wer bist du?«, fragte er müde. »Wer hat dich eingelassen?«

»Guten Tag, edler Don Rumata«, antwortete der Mönch und schob die Kapuze zurück.

Rumata schüttelte den Kopf.

»Raffiniert!«, rief er. »Guten Tag, guter Arata. Was führt Euch zu mir? Was ist geschehen?«

»Nichts Außergewöhnliches. Die Armee hat sich aufgelöst, der Boden wird neu aufgeteilt, und niemand hat Lust, nach Süden zu gehen. Der Herzog sammelt die am Leben gebliebenen Männer, und bald werden meine Bauern an der Straße nach Estor kopfüber an den Bäumen hängen. Nichts Besonderes also.«

»Verstehe.«

Rumata ließ sich auf den Diwan fallen, verschränkte die Arme im Nacken und betrachtete seinen Gast. Vor zwanzig Jahren, als Anton noch Modelle gebastelt und Wilhelm Tell gespielt hatte, war dieser Mann Arata der Schöne genannt worden und ganz anders gewesen als heute. Arata der Schöne hatte gewiss noch kein entstellendes lila Brandmal auf der hohen Stirn getragen, das vom Aufruhr der Soaner Schiffbauer herrührte ... Dreitausend nackte Handwerkersklaven, die aus allen Teilen des Reiches in den Werften von Soan zusammengetrieben und jahrelang schier zu Tode gequält worden waren, hatten in einer trüben Nacht Reißaus genommen und waren mordend und brennend durch das Land gezogen. An der Grenze waren sie schließlich von der gepanzerten Infanterie des Reiches gestellt worden.

Damals waren natürlich auch beide Augen Aratas des Schönen noch heil gewesen. Doch dann wurde das rechte durch den kräftigen Schlag der Streitkeule eines Barons aus seiner Höhle gerissen ... Ein Bauernheer von zwanzigtausend Mann hatte im Kerngebiet des Reiches den Gefolgschaften der Barone nachgesetzt und war auf offenem Feld auf die fünftausend Mann starke kaiserliche Garde gestoßen, von dieser in zwei Teile gespalten, eingekreist und von den mit eisernen Stacheln versehenen Hufeisen der Kampfkamele niedergemetzelt worden.

Und bestimmt war Arata der Schöne auch gertenschlank gewesen, bevor er einen Buckel und den neuen Spitznamen bekam ... Das geschah nach dem Bauernkrieg im Herzogtum Uban, jenseits der zwei Meere. Hier hatten nach sieben Pest- und Dürrejahren vierhunderttausend Mann, ausgehungert und dürr wie Skelette, mit Mistforken und Gabeldeichseln die Edelleute erschlagen und den Herzog von Uban in seiner Residenz belagert. Der Herzog, an sich nicht sonderlich gescheit, wurde durch den furchtbaren Schreck klüger und versprach seinen Untertanen Vergebung, setzte die Preise für alkoholische Getränke um das Fünffache herab und sagte Freiheiten zu. Arata ahnte, dass der Kampf damit verloren war, und flehte, forderte und beschwor seine militärischen Anführer, sich nicht hinters Licht führen zu lassen. Doch sie wollten sich mit dem Erreichten zufriedengeben, schlugen Arata mit Eisenstangen halbtot und warfen ihn zum Sterben in eine Müllgrube.

Den schweren eisernen Ring an seinem rechten Handgelenk trug er wohl schon, als man ihn noch Arata den Schönen nannte ... Der Ring hatte ursprünglich zu einer Kette gehört, die an der Ruderbank einer Piratengaleere befestigt gewesen war. Arata hatte ihn von der Kette losgenietet, damit dem Kapitän, Ega dem Liebenswürdigen, einen Schlag gegen die Schläfe versetzt, das Piratenschiff und später die ganze Piratenarmada in seine Gewalt gebracht und versucht, eine freie Republik auf dem Wasser zu gründen. Das Ganze endete mit einem betrunkenen, blutigen Durcheinander, denn Arata hatte noch nicht hassen gelernt und glaubte, allein die Freiheit genüge, um aus Sklaven Götter zu machen.

Arata war berufsmäßiger Meuterer und Rebell, ein Rächer von Gottes Gnaden – für das Mittelalter eine recht ungewöhnliche Figur. Von Zeit zu Zeit, so scheint es, entlässt die historische Evolution Hechte in die stillen Wasser der Gesellschaft, damit die fetten Karauschen, die sich am Grund von

Plankton nähren, aufgestört werden. Arata war der einzige Mensch, demgegenüber Rumata weder Hass noch Mitleid empfand, und in seinen unruhigen Träumen, die ihn als Erdbewohner, der schon fünf Jahre in Blut und Gestank lebte, ereilten, sah er sich immer wieder in Gestalt Aratas, der alle Höllen durchlitten und nun das Recht hatte, Mörder zu töten, Henker zu foltern und Verräter zu verraten.

»Manchmal glaube ich, dass wir allesamt machtlos sind«, begann Arata. »Ich, der ewige Anführer von Rebellen, weiß, dass meine Stärke von großer Standhaftigkeit herrührt. Doch all meine Stärke vermag nichts gegen diese Ohnmacht: Wie durch Zauberei verwandeln sich meine Siege in Niederlagen, meine Kampfgefährten in Feinde. Die Tapfersten ergreifen die Flucht, die Treuesten üben Verrat oder sterben. Ich besitze nichts als meine nackten Hände; mit nackten Händen aber lassen sich die vergoldeten Götzen hinter den Festungsmauern nicht ergreifen.«

»Wie kamt Ihr nach Arkanar?«, fragte Rumata.

»Mit Mönchen, zu Schiff.«

»Ihr müsst den Verstand verloren haben, so leicht, wie Ihr zu erkennen seid ...«

»Nicht in der Menge der Mönche. Die Hälfte ihrer Offiziere ist ebenso versehrt wie ich. Krüppel aber sind Gott wohlgefällig!« Arata lächelte und blickte Rumata an.

»Und was gedenkt Ihr zu tun?« Rumata blickte zu Boden.

»Das Übliche. Ich weiß, wie der Heilige Orden ist ... Und es wird kein Jahr vergehen, bis das Volk von Arkanar mit Äxten aus seinen Schlupfwinkeln gekrochen kommt, um sich in den Straßen zu schlagen. Dann werde ich sie führen, damit sie sich nicht gegenseitig schlagen, sondern die Richtigen erwischen.«

»Braucht Ihr Geld?«

»Natürlich. Und Waffen. Wisst Ihr noch, Rumata, wie betrübt ich war, als ich erfuhr, wer Ihr wirklich seid?«, fuhr

Arata fort. »Ich habe mich geärgert, weil sich die Lügenmärchen der verhassten Pfaffen als richtig herausstellten. Da ein Aufrührer jedoch aus jeder Lage Nutzen ziehen muss und die Pfaffen behaupten, Götter verfügten über Blitze – muss ich Euch um Blitze bitten, da ich sie dringend zur Zerstörung der Festungsmauern brauche.«

Rumata seufzte. Als Arata nach seiner wundersamen Rettung mit dem Hubschrauber darauf bestand, dass man ihm alles erklärte, hatte Rumata versucht, ihm etwas von sich zu erzählen und ihm sogar die Sonne am nächtlichen Himmel gezeigt – von diesem Planeten aus nur ein winziger, kaum erkennbarer Stern. Der Aufrührer aber hatte nur eins begriffen: dass die verdammten Pfaffen recht hatten, wenn sie behaupteten, jenseits des Firmaments lebten gütige und allmächtige Götter. Seither mündete jedes Gespräch mit ihm in der Forderung: »Da es dich nun einmal gibt, Gott, verleih mir deine Kraft, denn das ist das Beste, was du tun kannst.«

Jedes Mal aber hatte Rumata geschwiegen oder das Thema gewechselt.

»Don Rumata«, sagte der Aufrührer. »Warum wollt Ihr uns nicht helfen?«

»Einen Moment«, bat Rumata. »Entschuldigt, aber ich möchte wissen, wie Ihr in mein Haus gekommen seid.«

»Das ist unwichtig. Niemand außer mir kennt den Weg. Weicht nicht aus, Don Rumata. Warum wollt Ihr uns nicht Eure Kraft verleihen?«

»Reden wir nicht darüber.«

»Doch, wir müssen darüber reden. Ich habe Euch nicht gerufen, habe zu niemandem gebetet – Ihr seid von selbst gekommen. Oder treibt Ihr nur Euren Spaß mit uns?«

Ein Gott zu sein ist schwer, dachte Rumata. »Ihr würdet mich doch nicht verstehen«, meinte er geduldig. »Zwanzigmal schon habe ich mich vergeblich bemüht, Euch klarzumachen, dass ich kein Gott bin; ebenso wenig werdet Ihr begreifen, dass ich Euch nicht mit Waffen helfen kann.«

»Besitzt Ihr keine Blitze?«

»Ich kann Euch keine Blitze geben.«

»Das höre ich zum zwanzigsten Mal«, erwiderte Arata. »Ich möchte wissen, warum nicht.«

»Sagte ich Euch nicht, dass Ihr es nicht verstehen würdet?«

»Es kommt auf den Versuch an.«

»Was gedenkt Ihr mit den Blitzen zu tun?«

»Ich will das goldgeschmückte Gesindel verbrennen wie Wanzen, bis auf den letzten Mann, das ganze verfluchte Geschlecht bis ins zwölfte Glied. Ihre Festen will ich vom Erdboden tilgen, ihre Heere und mit ihnen alle, die sie verteidigen und unterstützen. Sorgt Euch nicht, Eure Blitze werden dem Guten dienen, und wenn es nur noch befreite Sklaven und Frieden auf Erden gibt, gebe ich Euch die Blitze wieder, um nie wieder darum zu bitten.«

Puterrot und atemlos sah Arata im Geist wohl schon Herzogtümer und Königreiche in Flammen aufgehen, Leichenberge inmitten von Trümmern und die Sieger, riesige Heere, begeistert »Freiheit! Freiheit!« schreien.

»Nein«, sagte Rumata. »Es wäre falsch, Euch die Blitze zu geben. Bitte glaubt mir, ich sehe weiter als Ihr.« Den Kopf gesenkt, hörte Arata zu, Rumata presste erregt die Hände zusammen. »Ich will Euch einen Grund sagen, der vergleichsweise unbedeutend, dafür aber verständlich ist. Ihr seid stark, ruhmreicher Arata, aber auch sterblich. Und wenn nach Euch die Blitze in falsche Hände kommen, wage ich nicht daran zu denken, was geschieht.«

Längere Zeit schwiegen beide. Dann brachte Rumata aus der Proviantkiste einen Krug Estorwein und Speise, die der Gast ohne aufzusehen zu sich nahm. Rumata fühlte einen schmerzlichen Zwiespalt in sich. Er wusste sich im Recht, doch ebendieses Recht ließ ihn Arata gegenüber schlecht dastehen. Und Arata war nicht nur ihm, sondern allen anderen überlegen, die ungerufen diesen Planeten betraten und von den Höhen leidenschaftsloser Hypothesen und unbekannter Moralbegriffe hilflos und mitleidig den Strudel des Lebens beobachteten. Rumata erkannte, dass man nichts gewinnen konnte, ohne etwas zu verlieren. In unserem Reich der Güte, dachte er, sind wir so viel stärker als Arata, in seinem Reich des Bösen aber unendlich schwächer.

»Ihr hättet nicht vom Himmel herabsteigen sollen«, meinte Arata plötzlich. »Geht dahin zurück, wo Ihr hergekommen seid. Ihr schadet hier nur.«

»Das stimmt nicht«, erwiderte Rumata ruhig. »Wir schaden niemandem.«

»Ihr schadet, indem Ihr falsche Hoffnungen weckt.«

»Bei wem?«

»Bei mir, Don Rumata. Früher verließ ich mich nur auf mich selbst, jetzt aber spüre ich Eure Kraft in meinem Rücken, und das schwächt mich. Früher kämpfte ich, als sei jeder Kampf mein letzter. Und jetzt ertappe ich mich dabei, dass ich mich für Kämpfe schone, weil Ihr daran teilnehmen werdet. Geht fort, Don Rumata, kehrt in Euren Himmel zurück und kommt nur wieder, wenn Ihr uns Eure Blitze oder wenigstens den eisernen Vogel gebt. Oder wenn Ihr Euch mit gezogenem Schwert an unsere Spitze stellt.«

Arata verstummte und griff zum Brot. Rumata sah seine Finger, an denen alle Nägel fehlten; Don Reba persönlich hatte sie ihm vor zwei Jahren mit einem speziellen Werkzeug ausgerissen. Du weißt noch nicht alles, dachte Rumata. Du tröstest dich mit dem Gedanken, dass nur du zum Untergang verurteilt bist, und weißt noch nicht, dass deine ganze Sache hoffnungslos und verloren ist: Der Feind steckt weniger im Außen als im Inneren deiner Soldaten. Vielleicht gelingt es dir, den Orden zu stürzen; vielleicht erreichst du, dass der Sturm des Bauernaufstandes den Thron von Arkanar stürzt;

dass du die Adelsschlösser dem Erdboden gleichmachst und die Barone in der Meerenge ertränkst; dass das aufständische Volk dich als seinen Befreier ehrt und du gütig und weise leben wirst – der einzige Gütige und Weise in deinem Königreich. Aus Güte wirst du das Land unter deinen Mitkämpfern aufteilen. Was aber nützt den Mitkämpfern das Land ohne Leibeigene? Und schon beginnt sich das Rad in umgekehrter Richtung zu drehen. Gut, wenn du vorher eines natürlichen Todes stirbst und nicht erleben musst, wie aus deinen Mitstreitern neue Grafen und Barone werden. Das alles hat es schon gegeben, ruhmreicher Arata, auf der Erde wie auf deinem Planeten.

»Ihr schweigt?« Arata schob den Teller zurück und fegte mit dem Kuttenärmel die Krümel vom Tisch. »Ich hatte einmal einen Freund«, begann er. »Ihr habt sicherlich von ihm gehört: Waga das Rad. Am Anfang haben wir gemeinsame Sache gemacht. Später wurde er zum Banditen, zum König der Nacht. Ich verzieh ihm seinen Verrat nie, und das wusste er. Er hat mir oft geholfen, aus Furcht und Eigennutz, aber er wollte nicht zurück, er verfolgte eigene Ziele. Vor zwei Jahren lieferten mich seine Leute an Don Reba aus.« Arata blickte auf seine Finger und ballte sie zur Faust. »Heute früh stellte ich ihn im Hafen von Arkanar ... In unserem Metier gibt es keine halben Freundschaften, denn ein halber Freund ist stets ein halber Feind.« Arata erhob sich und zog die Kapuze übers Gesicht. »Das Gold ist an der üblichen Stelle, Don Rumata?«

»Ja«, antwortete Rumata langsam.

»Dann gehe ich. Ich danke Euch.«

Lautlos durchquerte Arata das Kabinett und verschwand. Unten in der Diele schepperte der Riegel.

Noch eine Sorge, dachte Rumata. Wie ist er denn nun ins Haus gelangt?

10

Die »Säuferhöhle« war vergleichsweise sauber: der Fußboden gefegt, der Tisch weißgehobelt, und in den Ecken hingen wohlriechende Bündel mit Kräutern und Tannenzweigen. Vater Kabani saß still, nüchtern und wohlgesittet auf einer Bank in der Ecke; seine frisch gewaschenen Hände lagen gefaltet im Schoß. Man wartete darauf, dass Budach einschlief, und redete so lange über belangloses Zeug. Budach aber hörte sich nachsichtig lächelnd das Geschwätz der edlen Dons an, nickte zwischendurch ein und schreckte alsbald wieder auf. Seine schmalen Wangen glühten von einer Überdosis Tatraluminal, eines Schlafmittels, das man ihm unauffällig ins Getränk gemischt hatte; infolge seiner Erregung verzögerte sich jedoch die Wirkung. Der ungeduldige Don Hug bog unter dem Tisch ein Kamelhufeisen zusammen und wieder auseinander; sein Gesichtsausdruck blieb allerdings weiterhin vergnügt und unbefangen. Rumata bröckelte Krümel vom Brot ab und beobachtete träge, wie in Don Kondor langsam der Zorn hochstieg: Der Großsiegelbewahrer befürchtete, sich zu der außerordentlichen Konferenz der zwanzig Negozianten, die den Umsturz in Arkanar verhandelte und deren Vorsitz er führen sollte, zu verspäten.

»Meine Freunde!«, begann Budach plötzlich, stand auf und sank Rumata in die Arme.

»War's das?«, fragte Don Kondor.

»Vor morgen früh wacht er sicher nicht auf.« Rumata trug den Doktor zu Vater Kabanis Lager.

»Verstehe«, sagte Vater Kabani neidisch. »Der Doktor darf einen zur Brust nehmen, ich aber nicht, weil es mir anscheinend schadet. Das ist ungerecht.«

»Mir bleibt eine Viertelstunde«, sagte Don Kondor auf russisch.

»Fünf Minuten reichen«, erwiderte Rumata, der seinen Ärger mit Mühe zurückhielt. »Ich habe das meiste ja schon berichtet ... In Übereinstimmung mit der Basistheorie des Feudalismus«, begann er dann und blickte Don Kondor grimmig in die Augen, »mündete der ganz alltägliche Aufstand der Städter gegen die Barone ...«, Rumata sah jetzt auf Don Hug, »... in eine provokatorische Intrige des Heiligen Ordens und führte zur Verwandlung Arkanars in einen Stützpunkt feudal-faschistischer Aggression. Wir bemühten uns, die komplizierte, widersprüchliche, rätselhafte Figur des Adlers Don Reba nach Vorbildern wie Richelieu, Necker, Tokugawa Iyeyasu oder Monk einzuordnen. Er hat sich jedoch als Strolch und Dummkopf erwiesen, der alles und jeden verraten und verkauft und sich schließlich in seinen eigenen Netzen verfangen hat. In blankem Entsetzen und Todesangst hat er sich am Ende in die rettenden Arme des Ordens geflüchtet. In einem halben Jahr wird man ihn umbringen, der Orden aber bleibt. Die Folgen für das Gebiet jenseits der Meerenge und das Reich insgesamt wage ich mir gar nicht vorzustellen. Die letzten zwanzig Jahre Arbeit im Kaiserreich waren jedenfalls umsonst. Unter dem Heiligen Orden kann man unmöglich etwas bewirken. Wahrscheinlich wird Budach der Letzte sein, den ich rette, weil es danach niemanden mehr zu retten gibt. Das ist alles.«

Don Hug hatte das Hufeisen endlich zerbrochen und schleuderte die Stücke in die Ecke. »Ja, wir haben es verschlafen«, sagte er. »Aber vielleicht ist es nicht ganz so schlimm, Anton?«

Rumata blickte ihn wortlos an.

»Du hättest Don Reba beseitigen müssen«, sagte Don Kondor plötzlich.

»Was heißt ›beseitigen‹?«

Don Kondor war erregt. »Physisch«, sagte er hart.

Rumata setzte sich überrascht hin.

»Ja, ja!!! Töten! Entführen! Stürzen! Einkerkern! Du hättest handeln müssen, anstatt dich mit zwei Dummköpfen zu beraten, die keine Ahnung hatten, was in Arkanar vor sich geht.«

»Ich war genauso ahnungslos.«

»Du hast es aber gespürt.«

Alle schwiegen.

»Wie das Gemetzel von Barkan?«, fragte Don Kondor halblaut und wandte den Blick ab.

»Ja, nur besser organisiert.«

»Und jetzt ist es zu spät, ihn zu beseitigen?«, wollte er wissen.

»Nein, sinnlos«, entgegnete Rumata. »Erstens wird es auch ohne unser Zutun geschehen, und zweitens befindet er sich in meiner Hand.«

»Wieso?«

»Er fürchtet sich vor mir. Er ahnt die Kraft, die hinter mir steht. Er hat mir sogar vorgeschlagen, mit ihm zusammenzuarbeiten.«

»Ja«, brummte Don Kondor. »Dann ist es sinnlos.«

»Ist das euer Ernst, Genossen?«, stotterte Don Hug.

»Was?«, fragte Don Kondor.

»Na, das ... töten, physisch beseitigen ... Seid ihr noch bei Sinnen?«

»Außergewöhnliche Umstände erfordern außergewöhnliche Maßnahmen«, dozierte Kondor langsam und mit Nachdruck.

»Ihr, ihr ... Seid ihr Euch im Klaren darüber, wohin das führt?«, murmelte Don Hug und blickte von einem zum anderen.

»Beruhige dich bitte«, sagte Don Kondor. »Es wird nichts geschehen ... Und jetzt genug davon. Was machen wir mit dem Orden? Ich schlage eine Blockade des Gebiets Arkanar vor. Eure Meinung, Genossen? Bitte möglichst schnell, ich bin in Eile.«

»Ich habe mir noch keine Meinung gebildet. Paschka umso weniger. Wir sollten uns erst mit der Basis beraten und versuchen, uns ein Bild zu machen. In einer Woche treffen wir uns wieder und entscheiden dann«, schlug Rumata vor.

»Einverstanden«, sagte Don Kondor und erhob sich. »Gehen wir.«

Rumata lud sich Budach auf die Schulter und trat vor die Tür; Don Kondor leuchtete ihm mit einer Laterne. Am Hubschrauber angekommen, bettete Rumata den Doktor auf den Rücksitz, während Don Kondor, schwerterklirrend und sich im Umhang verheddernd, in den Pilotensitz kletterte.

»Könntet Ihr mich zu Hause absetzen?«, fragte Rumata. »Ich muss endlich einmal ausschlafen.«

»Gewiss«, brummte Don Kondor. »Aber beeil dich bitte.«

»Ich bin sofort zurück«, versprach Rumata und lief zur Hütte.

Don Hug saß immer noch da, starrte vor sich hin und rieb nervös sein Kinn. Vater Kabani stand neben ihm und sagte:

»Es ist immer dasselbe, lieber Freund. Man gibt sich Mühe, alles möglichst gut zu machen, und verschlimmert nur alles.«

Rumata klemmte sich Bandeliers und Schwerter unter den Arm und verabschiedete sich. »Leb wohl, Paschka«, sagte er. »Nimm es nicht so schwer, wir sind einfach müde und gereizt.«

»Sieh dich vor, Anton«, murmelte Paschka. »Sieh dich ja vor! Um Alexander Wassiljewitsch ist es mir nicht bang, er ist schon lange hier. Dem können wir nichts mehr beibringen. Aber du ...«

»Ich will schlafen, weiter nichts«, entgegnete Rumata. »Seid so gut, Vater Kabani, bringt meine Pferde zu Baron Pampa; ich werde mich in den nächsten Tagen dort aufhalten.«

Draußen heulten die Rotoren auf. Rumata winkte noch einmal und stürzte dann ins Freie. Im grellen Scheinwerferlicht des Hubschraubers sahen die Riesenfarne und weißen

Stämme der Bäume gespenstisch aus. Rumata kletterte in die Kabine und klappte die Tür hinter sich zu.

Es roch nach Ozon, organischer Verkleidung und Kölnischwasser. Don Kondor ließ den Hubschrauber aufsteigen und flog ihn sicher entlang der Straße nach Arkanar. Ich wäre dazu jetzt nicht mehr in der Lage, dachte Rumata. Hinter ihm schlief friedlich Doktor Budach.

»Anton«, wandte sich Don Kondor an Rumata. »Ich ... hm ... Ich will nicht taktlos sein, und glaube nicht, ich wollte mich ... hm ... in deine persönlichen Angelegenheiten mischen.«

»Ich höre.« Rumata wusste schon, worum es ging.

»Wir sind Kundschafter«, fuhr Don Kondor fort. »Alles, was uns teuer ist, sollte entweder weit weg von hier, auf der Erde, oder in unserem Herzen sein, damit man es uns nicht nehmen und uns damit erpressen kann.«

»Sie meinen Kira?«

»Ja, mein Junge. Wenn das, was ich über Don Reba weiß, wahr ist, kann es nicht einfach und ungefährlich sein, ihn in der Hand zu haben. Du verstehst, was ich sagen will ...«

»Gewiss. Ich werde nach einem Ausweg suchen.«

Hand in Hand lagen sie im Dunkeln. In der Stadt war es still, nur hin und wieder wieherten in der Nähe ein paar Pferde, die zudem aufgebracht mit den Hufen ausschlugen. Von Zeit zu Zeit döste Rumata ein, wurde jedoch sofort wieder wach, weil Kira den Atem anhielt – im Schlaf drückte er ihre Hand fester.

»Du bist bestimmt sehr müde«, flüsterte sie. »Schlaf nur, schlaf.«

»Nein, nein, erzähl nur. Ich höre.«

»Du schläfst aber immer wieder ein.«

»Trotzdem höre ich dir zu. Wenn ich auch müde bin – die Sehnsucht nach dir ist größer. Ich mag nicht schlafen. Sprich nur, ich höre dir gern zu.«

Kira rieb zärtlich die Nase an seiner Schulter, küsste ihn und fuhr fort zu berichten, wie sie am Abend ein Nachbarsjunge im Auftrag ihres Vaters aufgesucht habe. Der Vater wäre jetzt bettlägerig, habe der Junge erzählt. Man hätte ihn aus der Kanzlei verjagt und zum Abschied gehörig durchgeprügelt. In letzter Zeit hätte er nichts mehr gegessen, sondern nur noch getrunken. Ganz blau und zittrig sei er geworden. Außerdem sei der Bruder wieder aufgetaucht, verwundet zwar, doch guter Dinge. Er sei betrunken gewesen und habe eine neue Uniform getragen. Er habe dem Vater Geld gegeben, mit ihm getrunken und geprahlt, dass er alle über die Klinge springen lassen werde. Er sei jetzt Leutnant in einer besonderen Abteilung, habe dem Orden den Treueid geleistet und werde demnächst einen geistlichen Rang bekleiden. Der Vater bitte sie, unter keinen Umständen nach Hause zu kommen; der Bruder habe gedroht, ihr den Garaus zu machen, weil sie, »das rothaarige Aas«, sich mit einem Adligen eingelassen habe.

Nach Hause darf sie also auf keinen Fall, überlegte Rumata. Aber auch hier kann sie nicht bleiben. Wenn ihr etwas zustieße ... Das Herz blieb ihm bei dem Gedanken stehen.

»Schläfst du?«, fragte Kira.

Rumata war wach, und er gab ihre Hand frei.

»N-nein ... Was hast du sonst noch gemacht?«

»Ich habe deine Zimmer aufgeräumt. Eine furchtbare Unordnung herrscht bei dir. Dabei habe ich ein Buch entdeckt, ein Werk von Vater Gur. Es handelt von einem Prinzen, der ein schönes, wildes Mädchen jenseits der Berge liebt. Weil sie eine Wilde ist, glaubt sie, er sei ein Gott. Sie liebt ihn sehr. Dann aber werden sie getrennt, und sie stirbt vor Kummer.«

»Ein großartiges Buch«, sagte Rumata.

»Ich musste weinen, weil mir schien, wir beide wären gemeint.«

»Ja, wir beide und alle Menschen, die einander lieben. Nur dass wir nicht getrennt werden.«

Auf der Erde wäre es am sichersten für dich, überlegte Rumata. Doch was fängst du dort ohne mich an und ich hier ohne dich? Vielleicht sollte man Anka bitten, sich um dich zu kümmern. Aber was mache ich hier ohne dich? Nein, wir fliegen gemeinsam zur Erde. Ich werde selbst das Schiff steuern, du wirst neben mir sitzen, und ich werde dir alles erklären, damit du dich nicht fürchtest und die Erde sofort liebgewinnst. Du sollst deiner furchtbaren Heimat keine Träne nachweinen, denn sie ist nicht deine Heimat. Deine Heimat verstößt dich, weil du tausend Jahre zu früh geboren bist. Du Gute, Treue und Selbstlose. Menschen wie du wurden in allen Epochen der blutigen Geschichte unseres Planeten geboren: lichte, reine Seelen, die keinen Hass kennen, keine Grausamkeit. Opfer, nutzlose Opfer, nutzloser noch als Gur der Dichter oder Galilei. Weil Menschen wie du nicht einmal Kämpfer sind. Um Kämpfer zu sein, muss man hassen können, gerade das aber ist es, was ihr nicht könnt. Genauso wie wir jetzt …

Rumata döste wieder ein und sah im Traum Kira, wie sie mit einem Degravitator am Gürtel am Rand des flachen Dachs des Ratsgebäudes stand, neben ihr die lustige, spöttische Anka, die sie anspornte, in den kilometertiefen Abgrund zu springen.

»Rumata«, sagte Kira. »Ich fürchte mich.«

»Wovor, Kleines?«

»Du schweigst immerzu. Ich fürchte mich …«

Rumata zog sie fester an sich. »Gut«, sagte er. »Jetzt werde ich reden, und du hör aufmerksam zu … Weit, weit jenseits der Saiwa steht eine trutzige Burg. Dort haust der fröhliche, gute Baron Pampa, der beste Baron von Arkanar. Seine schöne, freundliche Frau liebt den nüchternen Pampa, kann aber den betrunkenen nicht leiden …«

Rumata horchte auf. Er vernahm das Klappern von Pferdehufen und das Schnaufen von Mann und Ross. »Ist es hier?«, hörte er eine grobe Stimme unter dem Fenster fragen. »Ich glaube ja ...« – »Ha-a-lt!« Absätze klapperten auf den Treppenstufen, gleich darauf trommelten Fäuste gegen die Tür. Zitternd schmiegte sich Kira an Rumata.

»Warte, Liebes«, sagte er und schlug die Decke zurück.

»Sie wollen mich«, flüsterte Kira. »Ich hab's gewusst!«

Rumata löste sich gewaltsam aus ihren Armen und stürzte zum Fenster. »Im Namen Gottes!«, brüllte es von unten herauf. »Mach auf!« – »Wenn wir die Tür aufbrechen müssen, umso schlimmer für dich!«

Rumata riss den Vorhang zurück, und das flackernde Licht von Fackeln erhellte den Raum. Berittene drängten sich vor dem Haus: düstere Gestalten in spitz zulaufenden Kapuzen. Rumata blickte auf die Straße und untersuchte den Fensterrahmen, der, wie hierzulande üblich, fest in das Mauerwerk eingelassen war. Jemand hämmerte krachend mit einem schweren Streitkolben gegen die Tür. Mit dem Griff seines Schwertes zerschlug Rumata die Scheibe, dass die Splitter umherflogen.

»He, ihr!«, brüllte er. »Ihr seid wohl lebensmüde?«

Die Schläge gegen die Tür verstummten.

»Sie bringen immer alles durcheinander«, sagte unten jemand leise. »Der Herr ist ja doch zu Hause.«

»Was macht das schon?«, sagte ein anderer.

»Jedenfalls weiß er seine Schwerter wie niemand sonst auf der Welt zu führen.«

»Sie haben gesagt, er sei fortgefahren und vor morgen nicht zurück.«

»Fürchtet ihr euch etwa?«

»Das nicht, aber wir haben keinen Befehl, was ihn angeht. Was ist, wenn er dabei umkommt?«

»Wir fesseln ihn. Wir schlagen ihn zum Krüppel und fesseln ihn! He, wer von euch hat eine Armbrust?«

»Wenn er uns nur nicht zu Krüppeln schlägt.«

»Das wird er nicht tun. Jeder weiß, dass er unter dem Gelübde steht, niemanden zu töten.«

»Wie tollwütige Hunde mache ich euch nieder!«, schrie Rumata furchteinflößend.

Kira schmiegte sich von hinten an ihn. Er hörte ihr Herz wild klopfen. »Brecht auf, Brüder! Im Namen Gottes!«, befahl unten eine raue Stimme. Rumata wandte sich um und blickte Kira an. Wie damals las er im Widerschein der Fackeln Angst und Hoffnung in ihren Augen.

»Was hast du, Liebes«, fragte er zärtlich. »Hast du dich erschreckt? Fürchtest du etwa dieses Pack? Geh, und zieh dich an. Für uns gibt es hier nichts mehr zu tun.« Dabei streifte Rumata rasch das Schuppenpanzerhemd über. »Gleich werde ich sie vertreiben«, fuhr er fort. »Und dann reiten wir zu Baron Pampa.«

Kira stand am Fenster und sah hinaus. Rötliches Licht huschte über ihr Gesicht. Unten knackte und krachte etwas. Mitleid und Zärtlichkeit überfluteten Rumatas Herz. Ich jage sie fort, diese Hunde, dachte er und bückte sich nach seinem zweiten Schwert. Als er sich aufrichtete, stand Kira nicht mehr am Fenster. Sie klammerte sich an die Portiere und sank langsam nieder.

»Kira!«

Ein Armbrustbolzen hatte ihr die Kehle durchschlagen, ein zweiter stak in ihrer Brust. Rumata trug sie zum Bett. »Kira ...«, rief er. Sie schluchzte auf und streckte die Glieder. »Kira ...«, sagte er. Doch sie antwortete nicht. Eine Weile verharrte Rumata über ihr, dann ergriff er seine Schwerter, stieg langsam die Treppe zur Diele hinab und wartete auf den Augenblick, dass die Tür nachgab ...

Epilog

»Und dann?«, wollte Anka wissen.

Paschka wandte den Blick ab, schlug sich mehrmals mit der Hand gegen das Knie und bückte sich nach einer Erdbeere, die neben seinen Füßen lag. Anka wartete.

»Dann …«, murmelte er. »Eigentlich weiß niemand, was dann geschah, Anka. Er hatte den Sender liegen gelassen, und als sein Haus in Flammen aufging, begriff man an Bord des patrouillierenden Luftschiffes, dass es nicht gut für ihn aussah. Man flog sofort nach Arkanar und warf sicherheitshalber Schlafgas über der Stadt ab. Das Haus war fast niedergebrannt. Sie wussten zunächst nicht, wo sie ihn suchen sollten, doch dann entdeckten sie …« Paschka schwieg einen Augenblick. »Kurzum, man sah, wo er langgegangen war.«

Schweigend warf sich Paschka eine Erdbeere nach der anderen in den Mund.

»Und dann?«, fragte Anka leise.

»Sie kamen ins Schloss … Dort fanden sie ihn.«

»Und?«

»Na ja, er schlief. Alle anderen lagen ebenfalls da … Manche schliefen, und manche … halt so … Don Reba fanden sie auch …« Paschka warf Anka rasch einen Blick zu und schaute wieder weg. »Sie nahmen ihn, das heißt Anton, mit an Bord und brachten ihn zur Basis … Du musst verstehen, Anka, er erzählte ja nichts. Überhaupt spricht er seitdem kaum ein Wort.«

Anka saß kerzengerade und totenblass da und blickte über Paschkas Kopf hinweg auf die Wiese vor dem Häuschen. Die Fichten rauschten und wiegten sich leicht, Schäfchenwolken zogen am blauen Himmel vorbei.

»Und was wurde aus dem Mädchen?«, fragte Anka.

»Das weiß ich nicht.«

»Hör zu, Paschka«, sagte Anka. »Vielleicht hätte ich gar nicht herkommen sollen?«

»Ach was! Ich glaube, er wird sich freuen, dich zu sehen.«

»Aber ich habe andauernd das Gefühl, dass er sich irgendwo im Gebüsch versteckt hält und wartet, bis ich wieder weggefahren bin.«

Paschka lächelte. »Bestimmt nicht. Anton würde sich nie im Gebüsch verstecken. Er weiß nur nicht, dass du hier bist. Bestimmt angelt er irgendwo. Das macht er immer.«

»Und wie verhält er sich dir gegenüber?«

»Er erträgt mich. Aber bei dir ist es etwas anderes.«

Beide schweigen.

»Anka«, sagte Paschka. »Erinnerst du dich an die anisotrope Chaussee?«

»Was für eine Chaussee?«

»Die anisotrope. Darüber hing ein Sperrschild. Weißt du noch, wo wir zu dritt …«

»Ja, ich erinnere mich. Anton hat behauptet, sie sei anisotrop.«

»Anton ging damals an dem Schild vorbei, und als er zurückkam, sagte er, er habe eine gesprengte Brücke und das Skelett eines Faschisten gesehen, das an ein Maschinengewehr gekettet gewesen sei.«

»Das weiß ich nicht mehr«, sagte Anka. »Und weiter?«

»Ich denke jetzt oft an die Chaussee. Es ist, als gäbe es da einen Zusammenhang. Die Chaussee war anisotrop – genau wie die Geschichte. Zurückzugehen war verboten – er aber tat es und stieß auf das angekettete Skelett …«

»Ich weiß nicht, was du meinst. Was hat das Skelett damit zu tun?«

»Weiß nicht«, gestand Paschka. »Mir kommt es so vor.«

»Sieh zu, dass Anton nicht so viel nachdenkt«, bat Anka. »Sprich mit ihm. Über irgendwas, egal. Versuch, ihn zum Reden zu bringen, lock ihn aus der Reserve.«

Paschka seufzte.

»Das habe ich schon versucht, aber es interessiert ihn nicht, was ich erzähle. Er lächelt bloß und sagt: ›Paschka, bleib ruhig hier sitzen; ich werde mich ein bisschen in der Gegend umsehen.‹ Dann geht er, und ich sitze da. Die erste Zeit bin ich ihm noch unbemerkt gefolgt, aber jetzt sitze ich einfach nur da und warte. Doch wenn du ...«

Anka stand plötzlich auf. Paschka sah sich um und erhob sich ebenfalls. Anton kam über die Wiese auf sie zu: groß, breitschultrig, mit blassem Gesicht. Anka hielt den Atem an und betrachtete ihn: Er war unverändert. Ein wenig finster vielleicht, aber das war er schon immer gewesen.

Sie ging ihm entgegen.

»Anka«, sagte Anton zärtlich. »Anka, altes Mädchen!«

Er streckte ihr seine großen Hände entgegen. Sie näherte sich ihm schüchtern, wich aber sogleich zurück: An seinen Fingern klebte ... Doch nein, kein Blut – nur Saft von Erdbeeren.

UNRUHE

1

Von so weit oben sah der Wald aus wie ein riesengroßer, mürber Schwamm oder wie gefleckter dicker Schaum. Der Wald hockte da wie ein Tier, das sich irgendwann einmal versteckt und auf die Lauer gelegt hatte, dann eingeschlafen war und im Schlaf von struppigem Moos überwuchert wurde. Er wirkte wie eine unförmige Maske, die ein Gesicht verdeckt, das bisher noch niemand gesehen hat.

Gorbowski stieg aus seinen Pantoffeln, setzte sich hin und ließ die nackten Füße in den Abgrund hängen. Sofort, so schien ihm, wurden seine Fersen feucht, als habe er sie tatsächlich in den warmen lila Nebel getaucht, der sich im Schatten des Felsens gesammelt hatte. Er zog aus seiner Tasche einige Steinchen hervor und legte sie sorgfältig neben sich aus. Dann nahm er den kleinsten und warf ihn vorsichtig hinab, in jenes lebendige, schweigende, schlafende, gleichgültige und ewig verschlingende Etwas. Der weiße Funke erlosch, und nichts geschah – keine Augen öffneten sich, um ihn anzusehen. Dann warf er den zweiten Stein.

»Sie waren das also, der heute vor meinem Fenster diesen Lärm gemacht hat«, sagte Turnen.

Gorbowski schielte zur Seite und erblickte Turnens Füße, die in weichen Sandalen steckten.

»Guten Morgen, Toivo«, antwortete er. »Ja, das war ich. Da ist mir ein sehr harter Stein untergekommen. Habe ich Sie geweckt?«

Turnen näherte sich der Felskante, blickte vorsichtig hinunter und trat sogleich wieder zurück.

»Furchtbar«, sagte er. »Wie können Sie so dasitzen?«
»Wie?«
»Na, so. Das sind hier zwei Kilometer.« Turnen ging in die Hocke. »Mir hat es sogar den Atem verschlagen.«

Gorbowski beugte sich vor und blickte zwischen seinen Knien hindurch.

»Ich weiß nicht, Toivo«, sagte er. »Eigentlich bin ich ein ängstlicher Mensch, aber es gibt Dinge, vor denen habe ich keine Angst ... Habe ich Sie wirklich geweckt? Ich glaube, Sie haben gar nicht mehr geschlafen. Ein wenig habe ich sogar gehofft, dass Sie herauskommen ...«

»Und warum sind Sie barfuß?«, fragte Turnen. »Muss das sein?«

»Anders geht es nicht. Gestern ist mein rechter Schuh dort hinuntergefallen. Also habe ich beschlossen, künftig immer barfuß hier zu sitzen.« Er blickte erneut hinab. »Da liegt er. Ich versuch mal, ihn mit dem Stein ...«

Er warf ein weiteres Steinchen hinunter und kreuzte die Beine zum Schneidersitz.

»Zappeln Sie doch nicht so, um Himmels willen«, sagte Turnen nervös. »Am besten, Sie setzen sich überhaupt etwas weiter zurück. Mir graust es schon vom Zusehen.«

Gorbowski rutschte folgsam nach hinten. Dann berichtete er: »Um Punkt sieben steigt am Fuß des Felsens der Nebel auf. Und um Punkt sieben Uhr vierzig verschwindet er wieder. Ich habe es mit meiner Uhr verglichen. Interessant, nicht wahr?«

»Das ist kein Nebel«, murmelte Turnen.

»Ich weiß«, antwortete Gorbowski. »Fahren Sie bald fort?«

»Nein. Wir fahren erst in zwei Tagen. In – zwei – Tagen. Soll ich das wiederholen?«

»Ich habe Sie das heute zum ersten Mal gefragt«, entgegnete Gorbowski sanft.

»Und bitte auch zum letzten Mal«, sagte Turnen. »Wenigstens für heute.«

»In Ordnung«, versprach Gorbowski.

Turnen blickte ihn an. »Ich hoffe, Sie sind mir nicht böse?«

»Aber ich bitte Sie, Toivo.«

»Ist Ihnen die Jagd auch so zuwider?«

»Ich kann sie nicht ausstehen.«

Turnen schlug die Augen nieder. »Was würden Sie an meiner Stelle tun?«

»An Ihrer Stelle? Was würde ich da tun ... Ich würde meiner Frau in den Wald folgen und ihr dieses ... na ... das Gewehr ... und die Munition tragen.«

»Meinen Sie nicht, dass das dumm wäre?«

»Dafür hätte ich meine Ruhe. Ich mag es, wenn ich meine Ruhe habe.«

Turnen presste die Lippen aufeinander und schüttelte den Kopf. »Sie erträgt es nicht, wenn ich ihr die ganze Zeit hinterherlaufe. Das macht sie reizbar und nervös, und dann schießt sie ständig daneben. Auch die Jäger ärgern sich ... Also bleibe ich lieber zu Hause. Dabei könnte so etwas durchaus von Nutzen sein: eine gesunde Anspannung, die einem die Sinne schärft ...«

»In der Tat«, pflichtete ihm Gorbowski bei. »Dass mir das nicht gleich eingefallen ist! All unsere Ängste sind ja nichts anderes als eine normale Funktion unseres stagnierenden Vorstellungsvermögens. Was ist denn schon der Wald? Hm?«

»Genau«, sagte Turnen. »Was ist er schon – der Wald?«

»Gut, es gibt Tachorge ... den Nebel, der eigentlich gar kein Nebel ist ... Lachhaft!«

»Irgendwelche wandernden Sümpfe«, ergänzte Turnen schmunzelnd.

»Die Insekten!«, rief Gorbowski und hob den Finger. »Die Insekten sind tatsächlich unangenehm.«

»Ja, lediglich die Insekten ...«

»Richtig. Insofern glaube ich, dass wir beide uns umsonst beunruhigen ...«

»Hören Sie, Leonid Andrejewitsch«, begann Turnen. »Immer, wenn ich mit Ihnen rede, habe ich das Gefühl, dass Sie sich irgendwie über mich lustig machen.«

Gorbowski hob die Augenbrauen. »Seltsam. Denn ich glaube wirklich, dass wir beide uns umsonst beunruhigen.«

Sie schwiegen eine Weile.

»Ich bin beunruhigt wegen meiner Frau«, erklärte Turnen. »Und Sie, Gorbowski?«

»Ich? Wer hat Ihnen gesagt, dass ich beunruhigt bin?«

»Sie sagen doch die ganze Zeit: ›Wir beide.‹«

»Ach so ... Das war nur so dahingesagt ... Glauben Sie bloß nicht, dass ich auch wegen Ihrer Frau beunruhigt bin. Wenn Sie gesehen hätten, wie sie auf zweihundert Schritt ...«

»Das habe ich«, unterbrach ihn Turnen.

»Ich auch. Deshalb bin ich wegen ihr nicht beunruhigt.«

Er schwieg. Turnen wartete ein wenig und fragte dann: »Ist das alles?«

»Inwiefern?«

»Mehr sagen Sie mir nicht?«

»N-nein.«

»Dann kommen Sie, gehen wir frühstücken«, schlug Turnen vor und erhob sich.

Gorbowski erhob sich ebenfalls und begann auf einem Bein zu hüpfen, um seinen Pantoffel auf den Fuß zu ziehen.

»Herrje!«, rief Turnen. »Treten Sie endlich vom Rand zurück!«

»Schon fertig«, sagte Gorbowski und stampfte ein paarmal mit dem Fuß auf. »Gleich bin ich weg.«

Ein letztes Mal blickte er auf den Wald – auf seine porösen Schichten fern am Horizont, das erstarrte Brodeln eines Gewitters, das klebrige Spinnennetz des Nebels im Schatten des Felsens.

»Wollen Sie ein Steinchen werfen?«, fragte er, ohne sich umzudrehen.

»Was?«

»Werfen Sie ein Steinchen hinab.«

»Wozu?«

»Ich will zusehen.«

Turnen öffnete den Mund, sagte aber nichts. Er hob einen Stein auf, holte aus und schleuderte ihn in den Abgrund. Dann sah er Gorbowski an.

»Ich könnte Sie zudem daran erinnern«, sagte Leonid Andrejewitsch, »dass Wadim Sartakow bei ihr ist, der erfahrenste Jäger der Basis.«

Turnen sah ihn noch immer an.

»Und den Suchhund hat Paul selbst abgerichtet, das heißt ...«

»Das weiß ich alles«, unterbrach ihn Turnen. »Ich habe Sie nach etwas ganz anderem gefragt.«

»Tatsächlich?«, entgegnete Gorbowski. »Dann habe ich Sie wohl falsch verstanden.«

Alik Kutnow trank Tomatensaft. Dabei hielt er sein Glas mit zwei dicken, roten Fingern fest. Auf Ritas Platz hatte sich der junge Mann mit der lauten Stimme niedergelassen, der gestern mit dem Sportschiff angekommen war. Turnen saß mürrisch da und starrte auf seinen Teller; er schnitt ein Stückchen trockenes Brot in zwei Hälften, dann noch mal und noch mal ...

»Oder Larni zum Beispiel«, sagte Alik und schwenkte den letzten Rest Saft in seinem Glas. »Er hat einen dreieckigen Teich gesehen, in dem Nixen badeten.«

»Nixen!«, rief der Neue begeistert. »Großartig!«

»Jaja, ganz gewöhnliche Nixen. Lachen Sie nicht, Mario. Ich sage ja: Unser Wald ist ein wenig anders als Ihre Gärten. Die Nixen waren grün, außergewöhnlich schön und planschten im Wasser ... Aber Larni hatte keine Zeit, sich mit ihnen zu befassen, weil seine Bioblockade aufgefrischt werden musste. Aber er sagt, dass er das Lachen der Nixen im Leben nicht vergessen wird. Wie lautes Mückensummen soll es geklungen haben.«

»Womöglich war es ja wirklich das Summen von Mücken?«, vermutete Mario.

»Hier ist alles möglich«, sagte Alik.

»Vielleicht hatte die Wirkung seiner Bioblockade zu diesem Zeitpunkt schon nachgelassen?«

»Kann sein«, gab Alik bereitwillig zu. »Als er zurückkam, ging es ihm gar nicht gut … Aber die springenden Bäume zum Beispiel habe ich selbst gesehen, und nicht nur einmal. Das läuft so ab: Ein riesiger Baum reißt sich los und springt gut zwanzig Schritt weiter.«

»Ohne umzufallen?«

»Einmal ist einer umgefallen, aber er hat sich gleich wieder aufgerichtet«, antwortete Alik.

»Fantastisch! Ihr seid einfach herrlich! Aber warum springen sie überhaupt?«

»Das weiß leider niemand. Über die Bäume in unserem Wald ist überhaupt wenig bekannt. Die einen springen. Andere bespucken einen, wenn man an ihnen vorbeigeht, mit einem ätzenden Saft voller Samenkörner. Wieder andere machen noch was anderes … Einen Kilometer von der Basis entfernt gibt es zum Beispiel einen Baum; wenn ich mich neben ihn stelle und Sie nach Osten gehen, finden Sie in einer Entfernung von drei Kilometern und dreihundertzweiundsiebzig Metern einen zweiten Baum dieser Art. Wenn ich dann mit einem Messer in meinen Baum schneide, wird Ihr Baum zusammenzucken, und Zweige und Laub werden sich sträuben. Etwa so.« Alik machte mit den Armen vor, wie sich der Baum sträubte.

»Verstehe!«, rief Mario. »Sie wachsen aus einer Wurzel.«

»Nein«, widersprach Alik. »Sie spüren einander, auch über weite Entfernungen. Phytotelepathie. Schon mal gehört?«

»Natürlich«, sagte Mario.

»Ja«, meinte Alik träge. »Das kennt jeder ... Aber davon, dass es in unserem Wald noch andere Menschen außer uns gibt, haben Sie wahrscheinlich noch nichts gehört. Kuroda hat sie gesehen, als er Sidorow suchte. Sie gingen im Nebel an ihm vorbei. Sie sind klein und haben Schuppen, wie Eidechsen.«

»War seine Bioblockade etwa auch am Ende?«

»Nein, er flunkert nur gern ein bisschen. Anders als ich, zum Beispiel, oder Sie. Stimmt's, Toivo?«

»Nein«, sagte Turnen, ohne aufzublicken. »Es gibt keine Lügen. Alles, was wir uns ausdenken, ist möglich.«

»Auch die Nixen?«, fragte Mario. Er glaubte offenbar, sein schlecht gelaunter Nachbar habe sich endlich auch zu einem Scherz durchgerungen.

Turnen blickte ihn an. An seinem Gesicht war unschwer zu erkennen, dass er keineswegs zum Scherzen aufgelegt war.

»Ich sehe sie«, sagte er. »Den dreieckigen Teich. Den Nebel und den grünen Mond. All das sehe ich so deutlich, dass ich es in allen Details beschreiben kann. Das ist für mich das entscheidende Kriterium der Wirklichkeit, und es ist nicht schlechter als jedes andere.«

Mario lächelte unsicher. Er hoffte immer noch, dass Turnen scherzte.

»Hervorragender Gedanke«, sagte er. »Von heute an brauchen wir keine Labors mehr. Subelektronische Strukturen? Ich sehe sie. Wenn Sie wollen, beschreibe ich sie Ihnen. Wissen Sie, die schillern nämlich. So dreieckig grün.«

»Ich brauche schon lange keine Labors mehr«, meinte Turnen. »Eigentlich braucht sie überhaupt niemand. Sie werden Ihnen kaum dabei helfen, sich subelektronische Strukturen vorzustellen.«

Auf Marios Gesicht verschwand der Hang zum Fröhlichsein, und plötzlich wurde sichtbar, dass in seinen Augen überhaupt nichts Kindliches lag.

»Ich bin Physiker«, sagte er. »Ich kann mir subelektronische Strukturen ganz leicht ohne Formen und Farben vorstellen.«

»Und weiter?«, versetzte Turnen. »Diese Strukturen kann ich mir schließlich genauso vorstellen. Und noch viel mehr, wofür Sie sich noch gar keine Kringel, Symbole und griechischen Buchstaben ausgedacht haben.«

»Ihre Vorstellungen taugen vielleicht für Ihren persönlichen Gebrauch, aber zu dumm, dass Sie damit nicht weit kommen.«

»Mit Vorstellungen kommt man schon lange nicht mehr irgendwohin. Und ich wüsste nicht, inwiefern meine schlechter wären als Ihre.«

»Auf den Vorstellungen der Physik sind Sie hierhergekommen und werden von hier auch wieder wegfahren. Ihre Vorstellungen dagegen taugen höchstens, um philosophische Paradoxa am Küchentisch zu lösen.«

»Ich könnte Sie daran erinnern, dass die Idee der Deritrinitation aus einem Paradoxon am Küchentisch entstanden ist. Überhaupt sind alle Ideen aus Paradoxa am Küchentisch entstanden, und alle fundamentalen Ideen werden irgendwann erdacht, das wissen Sie genau. Sie hängen nämlich nicht an den Enden von logischen Ketten. Aber darum geht es auch nicht ... Was noch? Gut, ich hätte nicht hierherfliegen können. Und? Schließlich habe ich hier nichts gesehen, was ich mir nicht auch zu Hause hätte vorstellen können.«

Der Antwort des Physikers hörte Gorbowski nicht mehr zu. Er sah Alik an. Der Navigationsingenieur langweilte sich sichtlich, aber anscheinend war es ihm peinlich, einfach aufzustehen und zu gehen; er fürchtete wohl, dies könnte zu demonstrativ aussehen. Der Streit jedenfalls langweilte ihn zu Tode. Anfangs hatte er mehrfach versucht einzugreifen, um das Gespräch in ein anderes Fahrwasser zu lenken, und sogar gesagt: »Übrigens, letztes Jahr ...« Danach hatte er ein Stückchen eingelegtes Neunauge gegessen, aus einer Serviette ein Schiffchen gefaltet und dann voller Hoffnung auf die Uhr gesehen, doch offenbar war es noch nicht so weit gewesen. Nicht dass Alik nicht begriffen hätte, worum es bei dem Streit ging – er hatte Tausende solcher Diskussionen miterlebt, ob schweißgebadet hinter dem Steuer des Geländefahrzeugs, das er durch das Dickicht lenkte, in der Kantine, in den Werkstätten der Basis oder auf der Tanzveranda. Doch all das war ihm einfach unendlich fremd. Er mochte lieber die konkreten Dinge seiner Zeit: die Berührung der Micron-Spalten an den Fingerspitzen, das ruhige und gleichmäßige Dröhnen der leistungsstarken Motoren, die leuchtenden Apparaturen in der schwankenden Kabine. Sein Leben lang hatte er mit leisem Unverständnis mitverfolgt, wie diese konkreten Dinge auf der Erde ihren Sinn verloren, an die Peripherie des Großen Lebens verdrängt wurden und sich dann auf ferne, wilde Planeten zurückzogen. Und mit ihnen zog auch er sich zurück, denn er liebte die konkreten Dinge nach wie vor, auch wenn er allmählich die Gewissheit verlor, dass sie (und er) überhaupt noch gebraucht wurden: Zwar kamen die Menschen in diesen wilden Welten ohne seine Fertigkeiten und Fahrzeuge nicht aus, schienen aber ganz ohne diese Welten auskommen zu wollen. Es gab viele, die das Schicksal des Navigationsingenieurs Alik Kutnow teilten und aus denen sich nun die Garnisonen der extraterrestrischen Basen rekrutierten. Es waren sehr fähige Leute (unfähige Leute gab es grundsätzlich nicht), aber die Anwendungsgebiete für ihre Fähigkeiten gehörten zunehmend und unwiederbringlich der Vergangenheit an. Den meisten Aliks stand es noch bevor, dies zu begreifen und einen Ausweg für sich zu suchen.

»Sie sind abscheulich selbstbewusst«, sagte Turnen. »Sie bilden sich ein, die Geschichte der Menschheit bezwungen zu haben. Begreifen Sie doch endlich, dass niemand Sie braucht außer Sie selbst, und das schon seit Langem ...«

»Die Menschheit braucht auch niemand, außer sie selbst. Sie stellen doch gar keine Thesen auf, sondern negieren bloß ...«

Alik Kutnow bastelte an seinem zweiten Schiffchen, mit Mast.

Darin lag ja das Problem. Noch nie hatte jemand die Menschheit gebraucht, nur sie sich selbst. Und auch das erst seit kurzer Zeit ... Und was kam dann? Eine Ebene, und über die Ebene führten breite Straßen, wanden sich kaum bemerkbare Pfade. Sie alle führten zum Horizont, doch der Horizont lag im Nebel, und man konnte nicht sehen, was sich in dem Nebel befand – vielleicht dieselbe Ebene, vielleicht ein Berg. Oder umgekehrt. Es war nicht erkennbar, welche Straßen sich zu Pfaden verengten, und welche Pfade sich zu Straßen verbreiterten ...

»Alik«, sagte Gorbowski. »Was machen Sie, wenn Sie sich auf einer unbekannten Straße einem unbekannten Wald nähern?«

»Ich verringere die Geschwindigkeit und erhöhe die Aufmerksamkeit«, antwortete Alik, ohne zu überlegen.

Gorbowski sah ihn begeistert an.

»Großartig«, lobte er. »Wenn das nur alle täten.«

Alik lebte auf. »Ja, letztes Jahr zum Beispiel ...«

Die Geschwindigkeit verringern und die Aufmerksamkeit erhöhen. Sehr treffend gesagt. Aber hinter dem Steuer thront ein junger breitschultriger Kerl, dem es Spaß macht, die gerade Straße entlangzurasen. Der Wald kommt immer näher, und der Kerl glaubt, dass es jetzt erst richtig interessant wird. Er rast mit voller Geschwindigkeit in den Wald, ohne zu wissen, ob die Straße im Wald immer noch gerade ist, sich in einen Pfad verwandelt oder in einem Sumpf endet.

»... Danach«, schloss Alik, »sind wir nie wieder dorthin gefahren.« Er warf einen Blick auf die Uhr. »Und jetzt gehe ich.«

»Ich auch«, sagte Gorbowski.

Der Physiker sah durch sie hindurch und sprach unablässig weiter. Turnen schnitt wieder Brot.

Als sie die Kantine verließen, fragte Gorbowski: »Was Sie da diesem Physiker erzählt haben, das war doch nicht alles ausgedacht?«

»Was hab ich ihm denn erzählt?«

»Von den Nixen und den geschuppten Menschen ...«

Alik schmunzelte. »Was soll ich sagen ... Ich denke, es ist alles gelogen. Niemand glaubt Kuroda, und Larni war krank ... Sie, Leonid Andrejewitsch, waren doch selbst im Wald. Was können da schon für Menschen sein? Ganz zu schweigen von Nixen ...«

»Genau das habe ich mir gedacht«, sagte Gorbowski.

Das Büro von Paul Gnedych, dem Direktor der Basis und Leiter des Dienstes für individuelle Sicherheit, befand sich auf der obersten Ebene der Basis. Leonid Andrejewitsch fuhr mit der Rolltreppe zu ihm hinauf.

Mit all seinen Bildschirmen, der Sprechanlage für interstellare, planetare und interne Kommunikation, seinen Filmotheken, dem Informatorium und den planetografischen Karten sah Pauls Büro auf der Pandora genauso aus und hatte dieselbe Aufgabe, wie das Gebäude des Weltrats auf der Erde: Hier befand sich die Leitung des Planeten. Doch im Unterschied zum Weltrat kontrollierte der Direktor der Basis nur ein verschwindend kleines Gebiet seines Planeten: einen winzigen steinernen Archipel in jenem Waldozean, der den ganzen Kontinent bedeckte. Der Wald weigerte sich nicht nur, sich der Basis unterzuordnen, er widersetzte sich sogar all den Millionen Pferdestärken, den Geländefahrzeugen, Zeppelinen und Hubschraubern, ihren Virusophoben und Desintegratoren. Eigentlich widersetzte er sich nicht einmal. Er nahm die Basis einfach nicht zur Kenntnis.

»Manchmal möchte ich dort etwas in die Luft jagen«, sagte Paul, während er aus dem Fenster blickte.

»Wo genau?«, fragte Gorbowski sogleich.

»Direkt in der Mitte.«

»Dann würden wir die Explosion gar nicht sehen«, bemerkte Gorbowski. »Wollen Sie nicht manchmal auch fort von hier?«

»Manchmal schon«, antwortete Paul. »Wenn viele Touristen da sind, und es nicht genügend Jäger für alle gibt. Dann werden sie nämlich aufsässig und fangen an, ein Recht auf Selbstbedienung zu fordern.«

»Erlauben Sie das bloß nicht«, bat Leonid Andrejewitsch. »Ich bin einmal ohne Jäger losgezogen und hätte mich beinahe verirrt.«

»Ich weiß«, entgegnete Paul düster. »Warum nehmen Sie nie einen Karabiner mit?«

»Was für einen Karabiner?«

»Irgendeinen!«

Gorbowski blinzelte.

»Ich habe Angst«, sagte er.

»Das verstehe ich nicht.«

»Ich habe Angst«, erklärte Gorbowski, »dass er auf einmal losgeht.«

»Und?«

»Und jemanden trifft …«

Einige Zeit sah Paul ihn an. Dann nahm er seinen Karabiner aus dem Schrank und ging zu Leonid Andrejewitsch hinüber.

»Hier im Kolben«, sagte er geduldig, »ist ein kleiner Radiosender eingebaut. Wo immer Sie sich auch befinden …«

»Das weiß ich doch«, unterbrach ihn Gorbowski.

»Wo ist dann das Problem?«

»Also gut.« Gorbowski nahm den Karabiner und löste den Kolben ab.

»So?«, fragte er. »Von nun an werde ich immer dieses Holzstück mitnehmen. Ich werde es in meiner ... Jagdtasche tragen.« Er montierte den Kolben wieder und gab Paul den Karabiner zurück. »Sind Sie jetzt zufrieden, Paul?«

Paul zuckte mit den Schultern. »Ich verstehe nicht – kokettieren Sie?«

»Nein«, antwortete Gorbowski. »Ich bin eben ein Sturkopf.«

»Als Athos und ich unseren Aufsatz über Sie schrieben – das war vor vielen Jahren –, haben wir Sie ganz anders dargestellt.«

»Wie denn?«, fragte Leonid Andrejewitsch geschmeichelt.

»Sie waren ein großer Held. Ihre Augen brannten ...«

»Immer?«

»Fast immer.«

»Und wenn ich schlief?«

»In unseren Aufsätzen haben Sie nie geschlafen. Sie steuerten Ihr Raumschiff durch Magnetstürme und rasende Atmosphären. Ihre Hände waren wie Stahl, und Sie hatten das Ziel fest im Blick ...«

»Aber so bin ich doch noch immer!«, rief Gorbowski. »Wo ist hier das nächste Schiff?«

Er sprang auf, riss Paul den Karabiner aus der Hand, legte an, kniff ein Auge zusammen und schrie: »Ta-ta-ta-ta!«

Dann ließ er den Karabiner sinken und fragte: »Na?«

Paul winkte ab. »Es fehlt der Intellekt.«

»Als ob ich den bräuchte«, entgegnete Gorbowski beleidigt.

Er ließ sich wieder in den Sessel sinken und fragte: »Ich störe Sie doch nicht?«

»Nein«, antwortete Paul und ließ den Karabiner im Schrank verschwinden. »Ich wundere mich nur, was Sie die ganze Zeit bei uns auf der Basis machen.«

»Werden Sie es niemandem verraten?«, fragte Gorbowski.

»Wenn Sie wollen, sage ich nichts.«

»Ich mache jemandem den Hof«, verriet Gorbowski.

Paul setzte sich.

»Wem denn?«, wollte er wissen. »Doch nicht etwa Rita Sergejewna?«

»Merkt man das denn?«

»Es kursiert zumindest so ein Gerücht.«

»Nein, sie ist es nicht«, sagte Leonid Andrejewitsch gekränkt. »Ich meine eine ganz andere Frau. Sie ist schon vor langer Zeit abgereist.«

»Aha«, merkte Paul an. »Und Sie sind für die Flitterwochen geblieben.«

»Sie sind ein Zyniker«, stellte Gorbowski fest. »Wir werden einander nie verstehen. Erzählen Sie mir lieber, was es heute für Neuigkeiten gibt.«

»Rita Sergejewna hat einen Tachorg erlegt«, berichtete Paul bedeutungsvoll.

»Bravo. Und außerdem?«

»Auf der mir anvertrauten Basis ist in den vergangenen vierundzwanzig Stunden nichts vorgefallen. Alles läuft nach Plan, und es herrscht keinerlei Mangel.«

»Und was ist mit den anderen Basen?«

»Welche meinen Sie?«

»Die Erde zum Beispiel. Oder den Regenbogen.«

»Auf der Erde gibt es ebenfalls keinen Mangel. Dort herrscht sogar Überfluss. Und was den Regenbogen angeht … Wissen Sie was, Leonid Andrejewitsch, die Berichte sind bereits im Druck, in einer halben Stunde können Sie es selbst lesen.«

»Nein«, sagte Gorbowski. »Ich möchte es als Erster erfahren. Immerhin haben Sie einen Aufsatz über mich geschrieben, Paul. Erzählen Sie mir etwas Besonderes. Etwas, das nicht in den Berichten steht.«

»Interessieren Sie sich für Gerüchte?«, erkundigte sich Paul.

»Sehr.«

»Schade. Mit Gerüchten kann ich nicht dienen. Über D-Funk wird heute weiß der Teufel was übertragen, aber keine Gerüchte.«

Sogleich zog Gorbowski ein Notizbuch hervor und zückte seinen Kugelschreiber.

»Aber jetzt mal im Ernst«, fuhr Paul fort. »Heute Nacht wurde die Nuklearprognose plötzlich von einer Chiffre auf den Namen Mostepanenko unterbrochen. Ohne Angabe des Absenders. Das ist bereits der dritte Fall. Vorige Woche gab es eine Chiffre an einen gewissen Herostrat, und in der Woche davor an Pekkelis. Auf meine Anfrage hat niemand geantwortet. Was für eine Idiotie.«

»Ja«, stimmte Gorbowski zu. »Aber interessant.«

Er zeichnete in sein Notizbuch einen Frauenkopf und schrieb darunter in Druckbuchstaben: Idiotie, Idiotie, Idiotie ...

»Herostrat«, sagte er dann. »Doch nicht etwa *der* Herostrat? Im Lichte der modernen theoretischen Physik könnte man natürlich annehmen ...«

»Es kommt jemand«, unterbrach Paul. Gorbowski verstummte.

Ein Mann stürmte herein. Gorbowski kannte ihn nicht, doch man konnte erkennen, dass der Mann aus dem Wald kam und erregt war. Gorbowski setzte sich gerade und steckte sein Notizbuch in die Tasche.

»Die Verbindung!«, rief der Mann außer Atem. »Wann steht die Verbindung, Paul?«

Der Mann trug einen Overall; die losgeknüpfte Kapuze baumelte vor seiner Brust und wurde nur vom Kabel des Funkgeräts gehalten. Von den Schuhen bis zum Gürtel lugten unzählige blassrosa Schösslinge aus dem Anzug heraus, und um das rechte Bein hatte sich wie eine Geißel eine orangefarbene Liane gewunden, die er hinter sich über den Boden schleifte; es schien, als könne sich dieser Tentakel des Waldes jeden Augenblick anspannen und den Mann mit sich ziehen, durch die Korridore der Leitungsebene, die Rolltreppe hinab, vorbei am Hangar und den Werkstätten, eine weitere Rolltreppe hinunter, über den Flugplatz, zum Abhang, zum Turm des Aufzugs, doch nicht in den Aufzug hinein, sondern daran vorbei, hinab ...

»Raus hier«, fauchte Paul wütend.

»Du begreifst überhaupt nichts«, entgegnete der Mann. Er atmete noch immer schwer, sein Gesicht war voller roter und weißer Flecken, die Augen traten weit hervor. »Wann steht die Verbindung?«

»Kuroda!«, entgegnete Paul mit eiserner Stimme. »Verlassen Sie den Raum und ziehen Sie sich um!«

Kuroda blieb stehen.

»Paul«, sagte er und machte eine seltsame Bewegung mit dem Kopf, so als ob es ihn am Hals juckte. »Ehrlich, es ist dringend!«

Gorbowski lehnte sich wieder zurück. Paul ging zu Kuroda, nahm ihn an den Schultern und drehte ihn zur Tür.

»Du Formalist.« Kurodas Stimme klang weinerlich. »Ewiger Bürokrat.«

»Stopp, halt still«, sagte Paul. »Trottel! Gib mir einen Beutel.«

Kuroda machte erneut eine seltsame Bewegung mit dem Kopf, und Gorbowski erblickte an seinem dürren, rasierten Hals, genau in der kleinen Grube unterhalb des Genicks, einen weiteren blassrosa Schössling, dünn und spitz, der sich bereits zu einer Spirale verdrehte, zitternd, fast gierig.

»Hab ich mir wieder was eingefangen?«, fragte Kuroda und kramte in seiner Brusttasche. »Ich habe keinen ... Hör zu, Paul, sagst du mir jetzt endlich, wann die Verbindung steht?«

Paul machte sich an Kurodas Hals zu schaffen, knetete und massierte dort etwas mit seinen langen Fingern, verzog angewidert das Gesicht und murmelte ungehalten vor sich hin.

»Halt still«, wiederholte er gereizt. »Und hör auf zu zappeln! Was bist du nur für ein Trottel!«

»Sind Sie einem geschuppten Menschen über den Weg gelaufen?«, erkundigte sich Gorbowski.

»Unsinn!«, entgegnete Kuroda. »Ich habe nie gesagt, dass die Menschen geschuppt waren ... Paul, bist du bald fertig? Das müssen wir ihnen zuallererst schicken! Au!«

»Das war's«, sagte Paul. Er trat einen Schritt zurück und warf etwas halb Lebendiges, sich Windendes, Blutiges in den Dispenser. »Sofort zum Arzt. Die Verbindung steht heute Abend um sieben.«

Kuroda zog ein langes Gesicht und sagte: »Ich beantrage eine Sondersitzung! Soll ich etwa bis sieben Uhr abends warten?«

»Na gut. Geh schon, wir reden nachher weiter.«

Mit unwilligen, absichtlich schleppenden Schritten ging Kuroda zur Tür. Die rosa Schösslinge an seinem Anzug welkten bereits, zogen sich zusammen und fielen auf den Boden.

Als Kuroda das Büro verlassen hatte, sagte Paul: »Wir sind übermütig geworden. Sie können sich nicht vorstellen, Leonid Andrejewitsch, wie übermütig wir geworden sind. Niemand hat mehr vor etwas Angst. Ganz wie zu Hause: Man spielt ein bisschen im Garten und dann setzt man sich auf Mutters Schoß, so wie man ist, voller Erde und Sand. Mama wird einen schon waschen ...«

»Ja, etwas übermütig sind wir schon geworden«, murmelte Gorbowski. »Ich bin froh, dass Ihnen das auffällt.«

Paul Gnedych hörte nicht zu. Er blickte durchs Fenster und sah zu, wie Kuroda die Rolltreppe hinablief. Noch immer zog er das Lianenstück hinter sich her.

»Er ähnelt Athos«, sagte Paul plötzlich. »Nur dass Athos natürlich nie in so einem Aufzug hergekommen wäre. Erinnern Sie sich an Athos, Leonid Andrejewitsch? Er schrieb mir, er habe einmal mit Ihnen zusammengearbeitet.«

»Ja, auf Wladislaw. Athos-Sidorow.«

»Er ist umgekommen«, sagte Paul, ohne sich umzudrehen. »Schon vor langer Zeit. Irgendwo dort … Schade, dass Sie ihn nicht mochten.«

Leonid Andrejewitsch antwortete nicht.

2

Athos wachte auf und dachte im nächsten Moment: Übermorgen gehen wir fort. Sogleich regte sich Nawa auf ihrem Bett in der anderen Ecke und fragte: »Wann gehst du fort?«

»Ich weiß nicht«, antwortete er. »Bald.«

Er öffnete die Augen und starrte auf die niedrige Decke mit den Kalkablagerungen. Erneut liefen Ameisen die Decke entlang. Sie bewegten sich in zwei gleichmäßigen Kolonnen. Von links nach rechts liefen sie beladen, von rechts nach links unbeladen. Vor einem Monat war es umgekehrt gewesen. Und in einem Monat, dachte Athos, wird es wieder umgekehrt sein, wenn man ihnen nicht befiehlt, etwas anderes zu tun. Vor einem Monat bin ich auch aufgewacht und habe gedacht, dass wir übermorgen fortgehen, aber wir sind nirgendwohin gegangen. Und noch früher, vor langer Zeit, bin ich aufgewacht und habe auch gedacht, dass wir übermorgen fortgehen, und wir sind nicht gegangen. Aber wenn wir übermorgen nicht fortgehen, gehe ich allein. Das habe ich früher zwar auch gedacht, aber diesmal gehe ich auf jeden Fall.

»Wann ist das – bald?«, fragte Nawa.

»Sehr bald«, antwortete er.

»Es war so«, begann Nawa. »Die Totenmenschen führten uns nachts weg; nachts sehen sie schlecht, das kann dir jeder sagen. Zum Beispiel der Bucklige, obwohl er nicht von hier ist. Er kommt aus einem Dorf, das neben meinem liegt, du kannst ihn nicht kennen. In seinem Dorf hatten die Pilze alles überwuchert, und das ist nicht jedermanns Sache. Mein Vater zum Beispiel hat sein Dorf verlassen. Er nannte das die ›Erfassung‹ und sagte, dass die Menschen nun nichts mehr in dem Dorf zu suchen hätten … Jedenfalls schien damals kein Mond, und alle rückten zusammen. Es wurde so heiß, dass man kaum noch atmen konnte …«

Athos sah sie an. Sie lag auf dem Rücken, die Arme hinter dem Kopf verschränkt, ein Bein auf das andere gelegt, und regte sich nicht. Nur ihre Lippen bewegten sich und von Zeit zu Zeit blitzten im Halbdunkel ihre Augen auf. Auch als der Alte hereinkam, hörte sie nicht auf zu sprechen; der Alte setzte sich an den Tisch, zog einen Topf zu sich und begann zu essen. Daraufhin stand Athos auf und rieb sich mit den Händen den Nachtschweiß vom Körper. Der Alte schmatzte und sabberte. Athos nahm ihm den Topf weg und reichte ihn schweigend Nawa, damit sie aufhörte zu reden.

Der Alte leckte sich die Lippen und sagte: »Es schmeckt nicht. Zu wem du auch gehst, nirgendwo schmeckt es. Der Pfad, auf dem ich damals ging, ist auch ganz zugewachsen, und ich bin viel gegangen, zur Dressur oder einfach nur zum Baden, damals habe ich oft gebadet, dort war ein See, und jetzt ist dort ein Sumpf. Dort entlangzugehen ist gefährlich, aber irgendwer geht trotzdem – woher kommen sonst die ganzen Wasserleichen? Und das Schilf. Ich kann fragen, wen ich will: Woher kommen die Pfade im Schilf? Das kann niemand wissen und sollte es auch nicht. Aber dort kann man nicht mehr säen. Und trotzdem haben sie gesät, denn es war nötig für die ›Erfassung‹. Sie fuhren alles auf das Lehmfeld, jetzt tun sie das ja auch, aber sie lassen es dort nicht, sondern bringen es wieder zurück, obwohl ich gesagt habe, dass das nicht geht, aber sie begreifen nicht, was das heißt: ›Es geht nicht.‹ Der Älteste hat mich vor allen anderen gefragt: Warum geht es nicht? Ich zu ihm: Wie kannst du vor allen anderen fragen, warum es nicht geht? Sein Vater war ein sehr kluger Mann, aber vielleicht ist es gar nicht sein Vater, einige behaupten das, und er ist ihm auch wirklich gar nicht ähnlich … Einfach so vor allen anderen zu fragen, warum es nicht geht.«

Nawa stand auf und reichte Athos den Topf. Athos begann zu essen. Der Alte schwieg und blickte ihn eine Weile an. Dann bemerkte er: »Euer Essen ist nicht durchgegoren, so etwas kann man nicht essen.«

»Warum nicht?«, fragte Athos.

Der Alte kicherte los. »Ach, Schweiger. Du solltest lieber den Mund halten. Sag mir lieber: Tut es sehr weh, wenn einem der Kopf abgeschnitten wird?«

»Was geht dich das an?«, schrie Nawa.

»Da schreit sie«, meinte der Alte. »Schreit einfach so los. Hat noch kein einziges Mal geworfen, aber schreien, das kann sie. Warum bekommst du keine Kinder? Lebst schon so lange mit Schweiger zusammen und bringst nichts auf die Welt. Das geht nicht. Und was das ist, wenn etwas nicht geht, weißt du das? Das heißt, es ist nicht erwünscht, wird nicht gebilligt. Und weil es nicht gebilligt wird, geht es nicht. Was geht, ist noch nicht bekannt, aber was nicht geht, das geht eben nicht. Jeder muss das begreifen, und du umso mehr, denn du lebst in einem fremden Dorf. Dir hat man ein Haus gegeben, Schweiger hat man dir als Mann zur Seite gestellt. Er hat vielleicht einen fremden Kopf, aber sein Körper ist gesund, und du darfst dich nicht weigern zu gebären. So ist das eben: Was nicht geht, ist, was am allerwenigsten erwünscht ist. Wie kann man es sonst verstehen, dass es nicht geht? Man kann und soll es so verstehen: Was nicht geht, ist schädlich ...«

Athos aß auf, stellte den leeren Topf vor den Alten hin und ging hinaus. Das Haus war über Nacht stark zugewachsen. In dem Dickicht war nur noch der Trampelpfad des Alten zu erkennen sowie der Platz an der Schwelle, wo er gesessen und gewartet hatte, bis sie aufwachten. Die Dorfstraße war bereits freigelegt worden. Das oberschenkelbreite, grüne Kriechgewächs, das tags zuvor aus dem Geflecht von Zweigen über dem Dorf herausgewachsen war und vor dem Haus des Nachbarn Wurzeln geschlagen hatte, war bereits gefällt und mit Gärstoff übergossen worden, sodass es sich dunkel gefärbt hatte und fermentierte. Es roch scharf und würzig, und die Nachbarskinder drängten sich ringsum, brachen saftige Klumpen aus dem braunen Mark und stopften sie sich in den Mund. Als Athos an ihnen vorüberging, rief eines von ihnen mit vollem Mund: »Schweigemensch – Totenmensch!«, doch keines der Kinder stimmte ein; alle waren beschäftigt. Sonst war niemand auf der Straße; sie schimmerte orange und rot vom hohen Gras, in dem auch die Hütten versanken, und alles ringsum war in ruhiges Dämmerlicht getaucht. Die wenigen Sonnenstrahlen, die das Blätterdach durchdrangen, warfen verschwommene grüne Flecken auf die Straße. Vom Feld her drang monotoner, disharmonischer Gesang: »Frisch gesät, so ist's recht, einmal links und einmal rechts ...« Im Wald erscholl das Echo. Vielleicht war es auch nicht das Echo. Vielleicht waren es die Totenmenschen.

Hinker saß natürlich zu Hause und massierte sein Bein.

»Nimm Platz«, sagte er freundlich zu Athos. »Du gehst also fort?«

»Ja«, antwortete Athos und setzte sich an der Schwelle nieder. »Tut es wieder weh?«

»Das Bein? Nein, es ist nur angenehm so. Wenn man darüber streicht, tut es gut. Wann gehst du fort?«

»Wenn du mit mir gehst, dann übermorgen. Aber ich werde jemand anderen suchen müssen, der den Wald kennt. Du willst ja nicht gehen, wie ich sehe?«

Hinker streckte vorsichtig sein Bein und sagte nachdenklich: »Sowie du mein Haus verlässt, wende dich nach links und geh, bis du zum Feld kommst. Dann über das Feld, an den beiden Steinen vorbei, dort siehst du einen Weg. Er ist nur wenig bewachsen, denn es gibt viele Findlinge an der Stelle. Auf dem Weg gehst du geradeaus und kommst durch zwei Dörfer. Eins ist verlassen, es ist von Pilzen überwuchert, dort lebt niemand. In dem anderen leben die Wirrköpfe; das blaue Gras hat zweimal ihr Dorf heimgesucht, seitdem sind sie krank. Nach dem Dorf der Wirrköpfe hältst du dich rechts, dann kommst du zu deinem Lehmfeld. Dafür brauchst du keine Begleiter, das schaffst du schon selbst.«

»Bis zum Lehmfeld kommen wir«, gab Athos zu. »Aber wie weiter?«

»Weiter? Wohin?«

»Weiter in den Wald. Durch die Sümpfe. Wo früher die Seen waren und ein großer Weg vorbeiführte.«

»Was denn für ein Weg? Den zum Lehmfeld? Sag ich doch: Erst nach links, bis zum Feld, zu den beiden Steinen ...«

Athos hörte bis zum Ende zu und sagte: »Bis zum Lehmfeld kenne ich den Weg jetzt. Das finden wir. Aber wir müssen weiter. Ich habe es dir doch erzählt. Ich muss in die ›Stadt‹. Du sagtest, dass du den Weg kennst.«

Hinker schüttelte mitleidig den Kopf.

»Bis zur ›Sta-a-dt‹ ... Tja, also bis zur ›Stadt‹ kommst du nicht, Schweiger. Bis zum Lehmfeld, das ist einfach: an den beiden Steinen vorbei, durchs Pilzdorf, durchs Dorf der Wirrköpfe, und dann ist dort rechter Hand das Lehmfeld. Oder ins Schilf, zum Beispiel. Da musst du von mir aus nach rechts gehen, durch den lichten Wald, vorbei am Kornsumpf, und dann immer der Sonne nach – wohin die Sonne geht, gehst auch du. Es sind drei Tagesmärsche, aber wenn es sein muss, gehen wir. Dort haben wir früher Töpfe geerntet, bevor wir hier unsere eigenen angepflanzt haben ... Hättest du ja gleich sagen können, dass wir ins Schilf gehen. Dann müssen wir auch nicht bis übermorgen warten. Morgen früh brechen wir auf, und wir müssen auch nichts zu essen mitnehmen, denn auf dem Weg liegt ja der Kornsumpf. Du redest zu wenig, Schweiger, kaum fängt man an, dir zuzuhören, da machst du schon den Mund zu. Aber ins Schilf können wir gehen. Gleich morgen früh brechen wir auf ...«

Athos hörte bis zum Ende zu und sagte: »Versteh mich doch, Hinker, ich muss nicht ins Schilf. Ins Schilf muss ich nicht. Nicht ins Schilf muss ich.« Hinker hörte gierig zu und nickte. »Ich muss in die ›Stadt‹. Wir beide reden schon einen ganzen Monat darüber. Ich habe dir gestern gesagt, dass ich in die ›Stadt‹ muss. Vorgestern habe ich dir gesagt, dass ich in die ›Stadt‹ muss, und du hast gesagt, dass du den Weg zur ›Stadt‹ kennst. Vorgestern und auch vor einer Woche hast du gesagt, dass du den Weg kennst. Erzähl mir von dem Weg zur ›Stadt‹. Nicht ins Schilf, sondern zur ›Stadt‹. Besser noch: Gehen wir gemeinsam zur ›Stadt‹. Nicht ins Schilf, sondern zur ›Stadt‹.«

Athos verstummte. Hinker begann erneut sein krankes Bein zu massieren.

»Als sie dir den Kopf abgeschnitten haben, Schweiger, haben sie irgendwas in dir beschädigt. Das ist wie mit meinem Bein. Zuerst war es ein Bein wie jedes andere, ein ganz gewöhnliches Bein. Dann ging ich einmal nachts durch die Ameisenhügel und trug eine Ameisenkönigin, und da blieb mein Bein in einer Baumhöhle stecken, und jetzt ist es schief. Warum es schief ist, weiß keiner, aber es funktioniert einfach nicht mehr richtig. Bis zu den Ameisenhügeln komme ich schon.

Da bringe ich dich hin. Ich verstehe nur nicht, warum du gesagt hast, dass ich Proviant für den Weg vorbereiten soll. Bis zu den Ameisenhügeln ist es doch nur ein Katzensprung.« Er blickte Athos an und öffnete den Mund. »Ach, du willst ja gar nicht zu den Ameisenhügeln«, fiel ihm ein. »Du willst ja ins Schilf. Nein, ins Schilf kann ich nicht. So weit komme ich nicht. Siehst du, das Bein ist schief. Hör mal, Schweiger, warum willst du denn nicht zu den Ameisenhügeln? Komm, wir gehen zu den Ameisenhügeln, ja? Ich war nämlich seitdem nicht wieder dort, vielleicht gibt es sie gar nicht mehr? Dann suchen wir die Baumhöhle, ja?«

Athos bückte sich zur Seite und rollte einen Topf zu sich heran.

»Ein guter Topf«, sagte er. »Ich weiß gar nicht mehr, wann ich zuletzt so gute Töpfe gesehen habe. Begleitest du mich jetzt zur ›Stadt‹? Du hast gesagt, dass niemand außer dir den Weg zur ›Stadt‹ kennt. Gehen wir zur ›Stadt‹, Hinker. Was glaubst du, schaffen wir es bis dorthin?«

»Aber ja doch, das schaffen wir. Zur ›Stadt‹? Natürlich schaffen wir das. Und wo du solche Töpfe gesehen hast, weiß ich. Die Wirrköpfe haben solche. Sie bauen sie nicht an, verstehst du, sondern machen sie aus Lehm. Das Lehmfeld ist gleich bei ihnen in der Nähe, das habe ich dir gesagt, von mir aus gleich nach links und dann an den beiden Steinen vorbei bis zum Pilzdorf. Im Pilzdorf wohnt aber niemand mehr. Da lohnt es sich nicht hinzugehen. Als hätten wir noch nie Pilze gesehen … Als mein Bein noch gesund war, bin ich nie in das Pilzdorf gegangen. Ich weiß nur, dass von dort aus gleich zwei Schluchten weiter die Wirrköpfe leben … In Ordnung. Dann brechen wir also morgen auf. Hör mal, Schweiger, lass uns nicht dort hingehen. Ich mag diese Pilze nicht. Verstehst du, die Pilze bei uns im Wald sind das eine. Die kann man sogar essen. Aber in dem Dorf da sind sie grün und stinken. Was willst du dort? Am Ende schleppst du uns noch ein Pilzgeflecht ein. Gehen wir lieber in die ›Stadt‹. Aber dann können wir morgen nicht aufbrechen. Wir müssen uns Proviant besorgen und die Leute ausfragen nach dem Weg. Oder kennst du den Weg? Wenn du ihn kennst, werde ich nicht fragen, denn ich wüsste gar nicht mal, bei wem. Vielleicht beim Dorfältesten? Was denkst du?«

»Und du selbst hast keine Ahnung, wo es zur ›Stadt‹ geht?«, fragte Athos. »Du hast doch schon viel darüber gehört. Du bist sogar einmal fast bis zur ›Stadt‹ gegangen, hast dich aber vor den Totenmenschen gefürchtet. Du hattest Angst, sie allein nicht zurückschlagen zu können.«

»Vor den Totenmenschen fürchte ich mich nicht und habe mich nie gefürchtet«, entgegnete Hinker. »Ich sage dir, wovor ich Angst habe. Wie wird das sein, wenn wir beide zusammen gehen? Wirst du die ganze Zeit so schweigen? Das halte ich nicht aus. Nimm's mir nicht übel, Schweiger, aber sag mir eins. Wenn du es nicht laut sagen willst, dann flüstere es. Oder nicke nur. Und wenn du nicht nicken willst: Dein rechtes Auge ist im Schatten, halt es zu, das sehe ich. Vielleicht bist du doch ein klein wenig ein Totenmensch? Ich kann nämlich Totenmenschen nicht ausstehen. Wenn ich sie sehe, bekomme ich das Zittern, dagegen kann ich nichts machen.«

»Nein, Hinker, ich bin kein Totenmensch«, sagte Athos. »Ich kann sie selbst nicht ausstehen. Und wenn du fürchtest, dass ich schweigen werde – wir gehen ja nicht zu zweit, das habe ich dir schon gesagt. Faust kommt mit uns und Schwanz, und noch ein paar andere Kerle aus dem Neuen Dorf.«

»Mit Faust gehe ich nicht«, sagte Hinker entschieden. »Faust hat sich meine Tochter genommen. Und nicht auf sie aufgepasst. Mir tut es nicht leid, dass er sie genommen hat, sondern dass er nicht auf sie aufgepasst hat. Sie haben sie entführt. Er ging mit ihr ins Neue Dorf, dort lauerten ihm Diebe auf und nahmen ihm meine Tochter weg, und er gab sie ihnen. Nein, Schweiger, mit Dieben ist nicht gut scherzen. Wenn wir in die ›Stadt‹ gingen, hätten wir vor den Dieben keine Ruhe. Ganz anders im Schilf! Dorthin kann man ohne Sorge gehen. Morgen brechen wir auf.«

»Übermorgen«, sagte Athos. »Du, ich, Faust, Schwanz und noch drei aus dem Neuen Dorf. So schaffen wir es bis zur ›Stadt‹.«

»Zu siebt schaffen wir es«, sagte Hinker zuversichtlich. »Allein wäre ich nicht gegangen, aber zu siebt schaffen wir es. Zu siebt schaffen wir es sogar bis zu den Teufelsfelsen, allerdings kenne ich den Weg dorthin nicht. Vielleicht sollten wir bis zu den Teufelsfelsen gehen? Es ist sehr weit, doch zu siebt schaffen wir es. Aber was willst du bei den Teufelsfelsen? Hör zu, Schweiger, lass uns bis zur ›Stadt‹ gehen und dort sehen wir weiter. Wir packen uns etwas mehr zu essen ein und gehen los.«

»Gut, abgemacht«, sagte Athos und stand auf. »Übermorgen gehen wir zur ›Stadt‹. Morgen komme ich noch einmal bei dir vorbei.«

»Jederzeit«, antwortete Hinker. »Ich würde ja selbst bei dir vorbeikommen, aber mein Bein tut weh. Komm du nur ruhig, dann reden wir. Ich weiß, viele mögen es nicht, mit dir zu reden, aber so einer bin ich nicht. Ich …«

Athos trat hinaus auf die Straße und wischte sich erneut den Schweiß ab.

Und schon ging es weiter: Jemand kicherte in der Nähe und begann zu husten. Athos wandte sich um. Aus dem Gras erhob sich der Alte, knackste mit seinen knorrigen Fingern und sagte: »In die ›Stadt‹ wollt ihr also. Das habt ihr schlau eingefädelt, aber bis zur ›Stadt‹ ist noch niemand lebend gekommen. Und das geht auch gar nicht. Selbst wenn man dir den Kopf versetzt hat, musst du das begreifen …«

Athos bog nach rechts und ging die Straße entlang. Der Alte trabte ihm eine Zeit lang hinterher, wobei er sich immer wieder im Gras verfing, und brummte: »Wenn es nicht geht, so ist das immer in einem bestimmten Sinne gemeint, entweder so oder so, zum Beispiel: Es geht nicht ohne den Ältesten oder ohne die Versammlung, aber mit dem Ältesten und mit der Versammlung geht es, aber auch nicht in jedem beliebigen Sinn ...«

Athos ging so schnell, wie es ihm die feuchte Hitze erlaubte, und der Alte blieb allmählich zurück. Auf dem Dorfplatz erblickte er Horcher, der ächzend und schwankend im Kreis herumging und mit den Händen braunen Grastilger verspritzte, den er aus einem riesigen Topf vor seinem Bauch schöpfte. Das Gras hinter ihm rauchte und welkte zusehends. Athos versuchte an ihm vorbeizugehen, doch Horcher veränderte seinen Lauf so geschickt, dass er direkt mit ihm zusammenstieß.

»Ah, Schweiger!«, rief er erfreut, nahm eilig den Riemen vom Hals und stellte den Topf auf den Boden. »Wohin gehst du, Schweiger? Nach Hause wahrscheinlich, zu Nawa, ihr seid ja noch jung. Aber weißt du denn, dass deine Nawa gar nicht zu Hause ist? Deine Nawa ist auf dem Feld. Ich habe mit eigenen Augen gesehen, wie sie aufs Feld gegangen ist, glaub es oder nicht ... Vielleicht aber auch nicht aufs Feld, sie ist ja noch jung. Jedenfalls ist deine Nawa die Gasse da hinten entlanggegangen, und auf dieser Gasse kommt man außer aufs Feld nirgendwohin, und wohin soll sie schon gehen, deine Nawa, fragt man sich, wenn nicht, um dich zu suchen, Schweiger ...«

Wieder versuchte Athos, an ihm vorbeizukommen, und wieder stand Horcher direkt vor seiner Nase.

»Du brauchst nicht aufs Feld zu gehen, um sie zu holen«, fuhr Horcher bestimmt fort. »Warum sollst du ihr nachlaufen, wo ich doch hier das Gras tilge und gleich alle zusammenrufe. Der Erdvermesser kam zu mir und richtete mir aus, der Dorfälteste habe befohlen, ich solle auf dem Platz das Gras tilgen, denn bald werde eine Versammlung abgehalten.

Und sobald die Versammlung stattfindet, kommen alle vom Feld hierher. Auch deine Nawa wird kommen, wenn sie aufs Feld gegangen ist, und wohin soll sie schon gegangen sein, obwohl, wenn ich so nachdenke, so kommt man auf dieser Gasse nicht nur aufs Feld ...«

Plötzlich verstummte er und seufzte fast krampfhaft auf. Seine Augen traten hervor und die Arme hoben sich wie von selbst, die Handflächen nach oben gerichtet. Athos blieb stehen. Ein trübes, lilafarbenes Wölkchen erschien neben Horchers Gesicht, seine Lippen fingen an zu zittern, und er begann schnell und deutlich mit einer fremden, metallischen Stimme, einer fremden Intonation, in einer fremden, wilden Art und, wie es schien, sogar in einer fremden Sprache zu sprechen, sodass nur noch einzelne Sätze zu verstehen waren.

»An der Front der südlichen Länder mischen sich in die Schlacht neue ... wird immer weiter nach Süden verschoben ... siegreiches Vorankommen ... Die Große Auflockerung des Bodens in nördlicher Richtung ist für kurze Zeit unterbrochen aufgrund gelegentlicher ... Neue Verfahren der Versumpfung geben neue, weite Gegenden für Ruhe und neues Vorankommen in ... In allen Dörfern ... große Siege ... Anstrengungen ... neue Einheiten von Freundinnen ... morgen und für immer Ruhe und Verschmelzung ...«

Währenddessen hatte der Alte Athos eingeholt und murmelte von hinten: »Siehst du? Ruhe und Verschmelzung! Die ganze Zeit wiederhole ich: Das geht nicht! In allen Dörfern, hast du gehört? Das heißt, auch in unserem. Und neue Einheiten der Freundinnen ...«

Horcher verstummte und hockte sich hin. Das lila Wölkchen hatte sich aufgelöst.

»Was habe ich da gesagt?«, wollte er wissen. »War das eine Sendung? Wie ist das mit der ›Erfassung‹, wird sie durchgeführt? Aufs Feld brauchst du, Schweiger, jedenfalls nicht zu gehen. Du suchst doch sicher deine Nawa ...«

Athos machte einen Schritt über den Topf mit dem Grastilger und eilte davon. Fausts Haus befand sich am Rand des Dorfes. Eine schmutzige alte Frau – wohl die Mutter, oder eine Tante – schnaubte missmutig und sagte, Faust sei nicht zu Hause, sondern auf dem Feld. Wäre er zu Hause, so müsste man ihn nicht auf dem Feld suchen, aber wo er auf dem Feld sei, warum stehe er, Schweiger, dann noch unnütz herum. Athos machte sich auf zum Feld.

Auf dem Feld säten sie. Ein kräftiges Gemisch von Gerüchen tränkte die schwüle, unbewegliche Luft. Es stank nach Schweiß, Gärstoff und faulenden Gräsern. Was man am Morgen geerntet hatte, lag als dicke Schicht aufgehäuft neben der Furche. Das Getreide begann sich bereits zu zersetzen. Wolken von Arbeitsfliegen schwirrten über den Töpfen mit dem Ferment, und inmitten dieses schwarzen, metallisch glänzenden Wirbels stand der Dorfälteste mit gesenktem Kopf, ein Auge geschlossen, und untersuchte aufmerksam einen Tropfen Molke auf seinem Daumennagel. Es war ein besonderer Nagel – flach, sorgfältig poliert und mit den nötigen Mitteln auf Hochglanz gebracht. Zu den Füßen des Dorfältesten krochen einer nach dem anderen, jeweils zehn Schritt voneinander entfernt, die Säer die Furche entlang. Sie sangen nicht mehr, doch in der Tiefe des Waldes hörte man noch immer ein Rufen und Ächzen – und nun war klar, dass dies kein Echo war ...

Athos ging die Reihe entlang, bückte sich tief und blickte jedem von unten ins Gesicht. Als er Faust gefunden hatte, berührte er ihn an der Schulter, und Faust kletterte sogleich, ohne zu fragen, aus der Furche. Sein Bart war voller Schmutz.

»Verdammt und Nasenhaar, was fasst du mich an?«, krächzte er und blickte auf Athos' Füße. »Einmal hat auch einer jemanden angefasst, verdammt und Nasenhaar, den haben sie an Armen und Beinen gepackt und auf einen Baum geworfen, und da hängt er immer noch, und wenn sie ihn herunterholen, wird er niemanden mehr anfassen, verdammt und Nasenhaar ...«

»Kommst du mit?«, fragte Athos kurz.

»Natürlich komme ich mit. Jetzt, wo ich für sieben Gärstoff gemacht habe, kann ich mein Haus nicht mehr betreten. Es stinkt so, dass es unmöglich ist, darin zu wohnen, wie sollte ich da nicht mitkommen? Die Alte erträgt es nicht mehr, und auch ich kann es nicht mehr sehen. Bloß wohin gehen wir? Hinker meinte gestern, ins Schilf, aber ich gehe nicht ins Schilf, verdammt und Nasenhaar, im Schilf gibt's doch niemanden, erst recht keine Weiber. Da gibt's niemanden, den man am Bein fassen und auf einen Baum werfen könnte. Aber ich kann ohne Weib nicht mehr leben, sonst bringt mich der Älteste noch unter die Erde ... Da steht er und glotzt, dabei ist er blind wie ein Maulwurf, verdammt und Nasenhaar. Einmal ist auch einer so gestanden, da hat er eins aufs Auge gekriegt und jetzt steht er nicht mehr. Ins Schilf gehe ich jedenfalls nicht, da kannst du machen, was du willst ...«

»In die ›Stadt‹«, sagte Athos.

»In die ›Stadt‹ – das ist was anderes, in die ›Stadt‹ gehe ich mit, zumal es angeblich gar keine ›Stadt‹ gibt, verdammt und Nasenhaar. Der lügt doch, der alte Knochen, kommt morgens, isst den halben Topf leer und fängt an zu brabbeln, dass dies nicht geht und jenes ... Ich frage ihn, wer bist du denn, mir vorzuschreiben, was geht und was nicht, verdammt und Nasenhaar – aber das sagt er nicht, er weiß es selbst nicht und faselt weiter von irgendeiner ›Stadt‹ ...«

»Wir brechen übermorgen auf«, sagte Athos.

»Wozu warten?«, empörte sich Faust. »Bei mir zu Hause kann ich nicht schlafen, der Gärstoff stinkt, gehen wir lieber heute Abend. Einmal hat auch einer lange gewartet, und dann eins aufs Ohr gekriegt, und da hat er aufgehört zu warten und wartet bis heute nicht ... Und die Alte flucht, das ist doch kein Leben, verdammt und Nasenhaar. Hör mal,

Schweiger, nehmen wir doch die Alte mit, vielleicht holen sie die Diebe, ich würde sie hergeben, na?«

»Wir brechen übermorgen auf«, wiederholte Athos geduldig. »Gut, dass du viel Gärstoff zubereitet hast. Wir ...«

Er sprach nicht zu Ende, denn auf dem Feld fing jemand an zu schreien.

»Totenmenschen! Totenmenschen!«, brüllte der Älteste los. »Frauen, zurück!«

Athos blickte sich um. Zwischen den Bäumen am Feldrand standen Totenmenschen: zwei blaue ganz in der Nähe und ein gelber etwas weiter entfernt. Ihre Köpfe mit den runden Augenlöchern und dem schwarzen Spalt anstelle des Mundes drehten sich langsam von einer Seite zur anderen, und ihre enormen Arme hingen wie Peitschenschnüre an den Körpern herab. Die Erde unter ihren Füßen qualmte bereits, und der graublaue Rauch vermischte sich mit weißen Dampfschwaden. Diese Totenmenschen hatten schon einiges erlebt und verhielten sich deshalb äußerst vorsichtig. Bei dem gelben hatte Grastilger die ganze rechte Seite zerfressen, und die beiden blauen waren von Brandflechten übersät, die von Gärstoff herrührten. An einigen Stellen war ihre Haut abgestorben und hing in Fetzen herab. Während sie so standen und um sich sahen, flohen die Frauen kreischend ins Dorf, während die Männer sich bedrohlich murmelnd zusammenrotteten und Töpfe mit Grastilger bereithielten. Dann sagte der Dorfälteste: »Was steht ihr noch herum? Los!«, worauf sie eine Kette bildeten und ohne Hast auf die Totenmenschen zugingen. »In die Augen!«, rief der Dorfälteste von Zeit zu Zeit. »Versucht, ihnen in die Augen zu spritzen! In die Augen!« Die Kette rief einschüchternd: »Bu-bu-bu! Haut ab! A-ha-ha-ha!«, denn niemand wollte einen Kampf mit ihnen riskieren.

Faust ging neben Athos, zupfte sich die getrockneten Erdklumpen aus dem Bart, schrie lauter als alle anderen und murmelte dazwischen: »Wozu gehen wir überhaupt, verdammt und Nasenhaar, sie werden sowieso keinen Widerstand leisten, gleich rennen sie weg ... Sind das etwa Totenmenschen? Sie sehen zerfleddert aus, wie sollten sie da Widerstand leisten ... Bu-bu-bu! Ihr da!« Als sie sich den Totenmenschen auf zwanzig Schritt genähert hatten, blieben sie stehen. Faust warf einen Erdklumpen auf den gelben, doch der ließ mit ungewöhnlichem Geschick seine breite Hand nach vorn schnellen und stieß den Klumpen zur Seite. Erneut begannen alle zu buhen und mit den Füßen zu trampeln, einige zeigten den Totenmenschen ihre Töpfe und machten drohende Bewegungen. Es war schade um den Grastilger, denn niemand hatte Lust, anschließend im Dorf neuen Gärstoff zu holen, zumal die Totenmenschen abgerissen aussahen und sich vorsichtig verhielten; man würde sie auch so vertreiben.

Tatsächlich: Immer dichter dampfte und rauchte es unter den Füßen der Totenmenschen, und sie zogen sich zurück. »Das war's«, sagten die Leute in der Kette. »Gleich werden sie sich umstülpen ...« Die Totenmenschen veränderten sich unmerklich, so als hätten sie sich in ihrer Haut umgedreht. Ihre Augen, ihr Mund war nicht mehr zu sehen – sie standen mit dem Rücken zu ihnen. Im nächsten Augenblick entfernten sie sich bereits, und waren nur noch als helle Flecke zwischen den Bäumen auszumachen. Dort, wo sie eben gestanden hatten, sank die Dampfwolke langsam zu Boden.

Aufgeregt lärmend bewegten sich die Leute zurück zur Furche, doch dann stellte sich heraus, dass es bereits Zeit war, zur Versammlung ins Dorf zurückzukehren. »Geht auf den Platz, auf den Platz ...«, sagte der Dorfälteste zu jedem Einzelnen. »Die Versammlung ist auf dem Platz, also müsst ihr auf den Platz gehen ...«

Athos versuchte, in der Menge Schwanz auszumachen, aber Schwanz war nicht zu sehen. Faust, der neben ihm her trottete, sagte: »Weißt du noch, Schweiger, wie du auf den

Totenmenschen gesprungen bist? Wie du aufgesprungen bist, verdammt und Nasenhaar, seinen Kopf gepackt, ihn umarmt hast wie deine Nawa, verdammt und Nasenhaar, und wie du dann gebrüllt hast ... Weißt du noch, Schweiger, wie du gebrüllt hast? Verbrannt hast du dich und hattest danach überall Blasen ... Wieso bist du bloß auf ihn gesprungen, Schweiger? Einmal ist auch einer auf einen Totenmenschen gesprungen, dem haben sie die Haut vom Wanst gezogen, jetzt springt er nicht mehr, verdammt und Nasenhaar, der lässt nur noch Kinder springen ... Angeblich bist du auf ihn gesprungen, damit er dich in die ›Stadt‹ trägt, aber du bist kein Mädchen, warum sollte er dich also dorthin tragen? Außerdem gibt es angeblich sowieso keine ›Stadt‹, das ist nur der alte Knochen, der sich alle möglichen Wörter ausdenkt: ›Stadt‹, ›Erfassung‹ ... wer hat sie denn gesehen, diese ›Erfassung‹? Da hat doch bloß Horcher ein paar besoffene Fliegen geschluckt und herumgefaselt, und der alte Knochen hat es gehört, und jetzt läuft er rum und käut alles wieder ...«

»Also dann, halte dich übermorgen bereit«, bat Athos. »Wir brechen im Neuen Dorf auf. Wenn du Hinker siehst, erinnere ihn daran. Ich habe ihn auch schon daran erinnert und werde es wieder tun, aber mach du es auch ...«

»Ich werde ihn daran erinnern, und wenn ich ihm das letzte Bein ausreißen muss«, versprach Faust.

Zur Versammlung war das ganze Dorf herbeigeströmt, man schwatzte, drängte sich, schüttete Samenkörner auf die freie Erde, um auf den wachsenden Pflänzchen weich zu sitzen. Zwischen den Füßen irrten kleine Kinder umher, die man sogleich an ihren Schöpfen und Ohren packte. Fluchend verjagte der Dorfälteste eine Kolonne schlecht dressierter Ameisen, die einige Larven von Arbeitsfliegen direkt über den Platz schleppen wollten, und fragte die Umstehenden aus, auf wessen Anweisung die Ameisen hier gingen. Es ließ sich jedoch nicht mehr klären; man verdächtigte Horcher und Athos.

Athos fand Schwanz, doch er konnte nicht mehr mit ihm sprechen, denn die Versammlung begann, und als Erster verlangte wie immer der Alte das Wort. Worüber er sprach, war nicht zu verstehen, aber alle saßen still und ermahnten die unruhigen Kinder. Manche dösten. Der Alte ließ sich lange darüber aus, was »es geht nicht« bedeute und in welch unterschiedlichem Sinn es gemeint sein könne; rief zur ›Erfassung‹ auf und machte Mitteilung von Erfolgen an allen Fronten; beschimpfte das Dorf, dass es überall neue Einheiten von Freundinnen gebe, nur nicht im Dorf; sagte, dass es weder Ruhe gebe noch Verschmelzung, und das rühre daher, dass die Menschen den Ausdruck »es geht nicht« vergäßen und sich einbildeten, jetzt ginge alles. Schweiger zum Beispiel wolle überhaupt in die »Stadt« gehen, obwohl ihn niemand gerufen habe, aber das Dorf trage dafür keine Verantwortung, denn er sei ein Fremder, aber wenn sich auf einmal herausstelle, dass er doch ein Totenmensch sei, und so eine Meinung gebe es, dann wisse man nicht, was passieren würde, umso mehr, als Nawa, obwohl auch sie eine Fremde sei, von Schweiger keine Kinder habe, und das dürfe man nicht dulden, aber der Dorfälteste dulde es ... Gegen Ende der Rede des Alten war der Dorfälteste eingenickt, doch als er seinen Namen hörte, zuckte er zusammen und rief sogleich streng:

»He, nicht schlafen! Schlafen könnt ihr zu Hause, dafür sind Häuser da, dass man darin schläft, aber auf dem Platz schläft niemand, auf dem Platz finden Versammlungen statt. Auf dem Platz erlauben wir das Schlafen nicht, haben es nie erlaubt und werden es nie erlauben.« Er schielte zu dem Alten hinüber. Der nickte bedeutsam. »Genau das ist es, was nicht geht, und zwar für uns alle.« Dann strich sich der Dorfälteste die Haare glatt und verkündete: »Im Neuen Dorf gibt es eine Braut. Und wir haben einen Bräutigam: der euch allen bekannte Schwätzer. Schwätzer, steh auf und zeig dich ...

Ach nein, bleib lieber sitzen, wir kennen dich ja alle ... Somit stellt sich die Frage: Sollen wir Schwätzer ins Neue Dorf gehen lassen oder umgekehrt die Braut aus dem Neuen Dorf zu uns holen ... Nein, nein, Schwätzer, bleib sitzen, wir entscheiden das ohne dich, und wenn einer eine Meinung hat, dann soll er sie sagen.«

Es gab zwei Meinungen. Die einen (vor allem Schwätzers Nachbarn) forderten, ihn ins Neue Dorf gehen zu lassen, damit er dort lebe. Die anderen, ruhige und solide Leute, die am anderen Ende des Dorfes wohnten, fanden, es gebe immer weniger Frauen, sie würden gestohlen, und deshalb müsse man die Braut ins Dorf holen. Man stritt lange und anfangs noch sachlich. Dann aber schrie Hinker unbedacht dazwischen, jetzt seien Kriegszeiten, und alle vergäßen das. Im Nu war Schwätzer vergessen. Horcher brüllte, dass es keinen Krieg gebe und nie gegeben habe, sondern die »Große Auflockerung des Bodens« im Gange sei. Aber doch nicht die »Auflockerung«, widersprach man in der Menge, sondern die »Notwendige Versumpfung«. Daraufhin erhob sich der Alte, machte große Augen und schrie heiser, das gehe nicht, es gebe keinen Krieg, keine »Auflockerung« und keine »Versumpfung«, sondern es sei schon immer ein Kampf an allen Fronten gewesen und so sei es noch heute und in Zukunft. Wie bitte, kein Krieg, verdammt und Nasenhaar, entgegnete man ihm, wo sich doch hinter dem Dorf der Wirrköpfe ein ganzer See voller Wasserleichen befinde? Nun explodierte die Versammlung. Na und, wo es Wasser gebe, da gebe es auch Wasserleichen. Und das alles sei gar kein Kampf und kein Krieg, und das seien auch keine Wasserleichen, sondern das sei »Ruhe« und »Verschmelzung« zum Zwecke der »Erfassung«. Aber warum gehe Schweiger dann in die »Stadt«? Wenn er in die »Stadt« gehe, dann bedeute das, dass die »Stadt« existiere, und wenn die »Stadt« existiere, was für einen Krieg könne es dann geben? Gewiss, die »Verschmelzung«! Ist doch egal, wohin Schweiger geht! Einmal sei auch einer gegangen, dann habe er eins aufs Maul bekommen, jetzt gehe er nicht mehr ... Schweiger gehe deshalb in die »Stadt«, weil es keine »Stadt« gebe, und da es keine »Stadt« gebe, was für eine »Verschmelzung« könne es dann geben? Es gebe keine »Verschmelzung«, früher einmal habe es sie gegeben, aber nun längst nicht mehr. Und eine »Erfassung« gebe es auch nicht mehr! Denn es herrsche Krieg! Nein, kein Krieg, das sagte ich doch, sondern ein Kampf an allen Fronten! Und die Wasserleichen? Hast du sie denn gesehen, die Wasserleichen? He, haltet Schwätzer auf! ...

Athos wusste, dass es jetzt lange dauern würde, und versuchte ein Gespräch mit Schwanz zu beginnen, doch dem war nicht nach Reden zumute. Er schrie: »›Erfassung‹! Und warum gibt es dann die Totenmenschen? Von den Totenmenschen redet ihr nicht, denn ihr wisst nicht einmal, was ihr denken sollt! Deswegen ständig euer Geschrei von der ›Erfassung‹!«

Nun schrie man über die Totenmenschen, dann über die Pilzdörfer, aber darauf wurden alle müde und beruhigten sich allmählich, wischten sich über ihre Gesichter, winkten kraftlos ab, und schwiegen bald, nur der Alte und Schwätzer stritten noch. Auf einmal besannen sich alle, warfen sich auf Schwätzer, setzten ihn auf den Boden und stopften ihm Blätter in den Mund. Der Alte redete noch eine Weile weiter, doch da er die Stimme verloren hatte, konnte ihn niemand hören. Da erhob sich ein zerzauster Vertreter des Neuen Dorfes, drückte seine Hände gegen die Brust, blickte sich suchend um und bat mit gebrochener Stimme, sie möchten Schwätzer nicht ins Neue Dorf schicken, sondern die Braut zu sich nehmen, an einer Mitgift vonseiten des Neuen Dorfes werde es nicht fehlen ... Einen neuen Streit anzufangen war nicht mehr möglich, und so entschied die Rede des Vertreters diese Frage.

Das Volk begann sich aufzulösen, denn es war Essenszeit. Schwanz nahm Athos am Arm und zog ihn auf die Seite unter einen Baum.

»Wann gehen wir endlich?«, fragte er. »Ich halte es im Dorf nicht mehr aus. Ich will in den Wald, im Dorf ist es langweilig. Wenn du nicht gehst, sag es gleich, dann gehe ich allein. Ich überrede Faust oder Hinker und gehe mit ihnen zusammen fort ...«

»Wir brechen übermorgen auf«, sagte Athos. »Hast du das Essen zubereitet?«

»Ich habe das Essen zubereitet und bereits aufgegessen. Ich bin zu ungeduldig, um zuzusehen, wie es einfach so herumsteht und der Alte es aufisst. Es tut mir in der Seele weh, das anzusehen. Wenn ich nicht bald fortgehe, breche ich dem Alten noch den Hals ... Was glaubst du, Schweiger, wer ist dieser Alte? Warum kommt er zu allen, um zu essen? Und wo wohnt er? Ich bin ein erfahrener Mann, ich war in zehn Dörfern, bei den Wirrköpfen, sogar zu den Erschöpften bin ich gegangen, habe bei ihnen übernachtet und wäre vor Angst beinahe gestorben, aber so einen Alten habe ich noch nie gesehen. So einen gibt es sehr selten, wahrscheinlich behalten wir ihn deshalb hier und schlagen ihn nicht, aber meine Geduld ist am Ende. Ich kann einfach nicht mehr mitansehen, wie er Tag und Nacht in meinen Töpfen kramt, gleich auf der Stelle isst oder sich was mitnimmt. Schon mein Vater hat ihn geschimpft, bevor er von den Totenmenschen erschlagen wurde ... Und wie das alles in ihn hineinpasst? Er ist doch nichts als Haut und Knochen. Da ist doch gar kein Platz in ihm, und doch leckt er zwei Töpfe aus und nimmt noch zwei mit, und die Töpfe bringt er nie zurück ... Hör mal, Schweiger, vielleicht ist es nicht nur ein Alter, sondern es gibt zwei oder drei von denen? Zwei schlafen, und einer arbeitet, schlägt sich den Bauch voll, weckt den zweiten und legt sich schlafen ...«

Schwanz begleitete Athos nach Hause, lehnte es aber ab, bei ihm zu essen – aus Höflichkeit. Nachdem er noch fünfzehn Minuten darüber gesprochen hatte, wie man im Schilf Fische mit Fingerbewegungen anlocken konnte, versprach er, bis übermorgen neuen Proviant zuzubereiten und den Alten gnadenlos davonzujagen. Dann ging er. Athos holte tief Luft und ging ins Haus. In seinem Kopf hing von all dem endlosen Gerede und dem Lärm ein dicker, schwerer Nebel, der bei ihm gegen Abend immerzu Ohnmacht und Übelkeit hervorrief.

Nawa war noch nicht zu Hause, doch am Tisch saß der Alte und wartete auf jemanden, der ihm das Essen servierte. Er wandte sich Athos zu und sagte: »Du gehst langsam, Schweiger. Ich war schon in zwei Häusern, und überall essen sie, nur bei euch ist es leer, wahrscheinlich weil ihr keine Kinder habt. Deshalb geht ihr langsam und niemand ist zu Hause, wenn es Zeit ist zum Mittagessen …«

Athos trat dicht an ihn heran und blieb einige Zeit nachdenklich stehen. Der Alte sagte: »Wie lange wirst du denn bis zur ›Stadt‹ brauchen, wenn du nicht mal pünktlich zum Mittagessen kommst? Ich weiß jetzt alles über dich, ich weiß, dass ihr in die ›Stadt‹ gehen wollt, und ich habe beschlossen, mit euch zu gehen. Ich muss schon seit Langem in die ›Stadt‹, aber ich kenne den Weg nicht, und in die ›Stadt‹ muss ich, um meine angestammte Pflicht zu erfüllen und den zuständigen Leuten alles zu berichten …«

Athos packte ihn unter den Achseln und hob ihn mit einem Ruck vom Stuhl. Erstaunt hörte der Alte auf zu sprechen. Athos trug ihn mit gestreckten Armen aus dem Haus, setzte ihn auf der Straße ab und wischte sich die Hände am Gras ab. Der Alte kam wieder zu sich.

»Das Essen für mich müsst ihr mitnehmen«, rief er Athos hinterher. »Denn ich gehe, um meine Pflicht zu erfüllen, ihr dagegen geht aus Vergnügen, obwohl das nicht geht.«

Athos kehrte ins Haus zurück, setzte sich an den Tisch und ließ den Kopf auf die zusammengepressten Fäuste sinken. Übermorgen gehe ich fort, dachte er. Übermorgen. Übermorgen.

3

»Außerplanmäßige D-Funk-Sitzung«, ertönte die Stimme des Diensthabenden. »Erde ruft Gorbowski, Leonid Andrejewitsch. Sprechen Sie, Leonid Andrejewitsch ...«

Paul erhob sich, um hinauszugehen, aber Gorbowski sagte: »Wohin gehen Sie, Paul? Bleiben Sie doch. Was kann es schon für Geheimnisse zwischen mir und der Erde geben? Zumal über D-Funk ... Gorbowski hört«, sprach er ins Mikrofon. »Wer ist dort? ... Wer?! Können Sie das buchstabieren? Nein, auf dem Bildschirm kann ich nichts erkennen ... Da ist nur Kuddelmuddel ... Kuddel ... ja ... Ach, Pawel?! Hättest du doch gleich sagen können. Wie geht's dir?!«

Die Verbindung war schlecht wie selten. Die Darstellung auf dem Bildschirm erinnerte an ein halb zerstörtes antikes Fresko, und Gorbowski zog immer wieder die Stirn in Falten, fragte nach und drückte sich mit dem Finger den erbsengroßen Lautsprecher ins Ohr. Paul nahm im Gästesessel Platz und begann ein paar Berichte zu studieren.

»Wie soll ich sagen ... Mehr oder weniger ausgeruht ... Wie bitte? ... Aha, ja, nicht schlecht ... So weit alles in Ordnung. Warum interessiert dich das auf einmal? ... Ja, ja! ... Schon wieder ... Könnte man diesen Prjanischnikow nicht eine Zeit lang einsperren? Damit er nichts entdeckt ... Schließen müsst ihr, nicht arbeiten! Hörst du? Schließen! Ist der Kontakt schon hergestellt? ... Siehst du. Das hat uns gerade noch gefehlt ... Ja. Ich habe mich immer sehr für diese Frage interessiert. Aber nicht in dem Sinn, wie du denkst ... Ich sage: Ich habe mich dafür interessiert, aber in einem anderen Sinn! Im negativen, verstehst du? Im negativen! ... Im Sinne von: ›Möge dieser Kelch an uns vorübergehen‹! ... Das verstehst du ganz richtig. Absolut dagegen. Diese Entdeckung muss abgeschlossen werden, solange es noch nicht zu spät ist! Ihr macht euch ja nicht einmal die Mühe darüber nachzudenken, was ihr da tut! ...«

Draußen regnete es, und in der Luft hing Nebel. Echter Nebel. Durch das Büro wehte ein feuchter Luftzug, und es roch nach Wald – ein unangenehmer, scharfer Geruch, der an normalen Tagen nicht bis in diese Höhen stieg. Aus weiter Ferne hörte man schwach das Grollen des Donners. Paul notierte am Rand eines Berichts: »15:00 Uhr Feueralarm, 17:00 Uhr biologischer Alarm ...«

»... Ja, mir geht's prächtig hier ... Aber in der Presse muss es Gegendarstellungen geben ... Sag mal: Was brauchst du eigentlich von mir? Aber sag es direkt, ohne Umschweife, denn die Verbindung ist schlecht ... Das werde ich nicht sagen. Wie kann ich dir das sagen, wenn ich es nicht glaube? ... Das kann ich mir vorstellen. Wirklich dumm. Das müssen wir irgendwie verhindern ... Woher wollt ihr wissen, dass das ein öffentliches Anliegen ist? Da machen ein paar kleine Jungs etwas Lärm, und ihr gleich ... Ja! ... Genau: ich nicht. Absolut dagegen ... Nein! ... Hör zu, Pawel. Ich denke seit gut zehn Jahren darüber nach ... Lass mich noch mal zehn Jahre nachdenken, ja? ... Übrigens, welcher komische Kauz schickt Chiffren auf den Namen Herostrat? ... Wie viel du brauchst, damit ich dein bester Freund bleibe. Na gut, richte es ihnen so aus. Aber denk daran, dass ich trotzdem nein sagen werde ... Na, wie schon ... Wie du eben selbst gesagt hast. Leonid Gorbowski eben ... Ach, auf Band ... Und dass ich alt geworden bin, das zeichnest du auch auf? ... Also ... äh ... Ich ... mmh ... bin zutiefst überzeugt, dass derzeit jegliche

Aktionen dieser Art weitreichende und sogar katastrophale Folgen für die Menschheit haben können. War das gut? ... Soso. Du willst nicht, dass ich dich zum Lügen zwinge, aber von mir willst du schon, dass ich lüge? ... Ich werde nicht lügen, Pawel. Und überhaupt, vergiss nicht: Für diese Frage sind wir nicht mehr zuständig. Dafür ist jetzt der Weltrat ... Genau das ist meine Empfehlung für den Weltrat ... Ja, mir geht's gut hier, keine Probleme ... Mach's gut.«

Paul sah auf. Gorbowski nahm langsam die Lautsprecher aus den Ohren, legte sie vorsichtig in die Schale mit der Lösung und blieb einige Zeit sitzen. Von Zeit zu Zeit blinzelte er und klopfte mit den Fingern auf die Tischplatte. Sein Gesichtsausdruck war bitter.

»Paul«, sagte er. »Sind Sie schon lange hier?«

»Das vierte Jahr.«

»Das vierte Jahr ... Und wer war vor Ihnen da?«

»Maxim Highroad, und vor ihm Ralph Ionesco. Wer vor Ralph hier war, weiß ich nicht. Besser gesagt, ich erinnere mich nicht. Soll ich es herausfinden?«

Gorbowski schien nicht zuzuhören.

»Und was haben Sie vor der Pandora gemacht?«, fragte er.

»Etwa zwei Jahre lang gejagt, und davor in einem Fleisch- und Milchbetrieb gearbeitet. An der Wolga.«

Es war keine gewöhnliche Unterhaltung; Gorbowski stellte seine Fragen in einem Ton, als führe er mit Paul ein Einstellungsgespräch.

»Paul, wie ist es eigentlich dazu gekommen, dass Sie Max hier abgelöst haben?«

»Ich war unter Maxim oberster Jäger. Zu seiner Amtszeit kamen zwei Touristen und ein Biologe ums Leben, deswegen ist er gegangen. Ich wurde dann aus Tradition zum Leiter ernannt.«

»Das hat Ihnen Max selbst gesagt?«

»Was genau?«

Gorbowski wandte sich um und blickte Paul an.

»Ist Max gegangen, weil … seine Nerven nicht mehr mitspielten?«

»Ich glaube, ja. Es hat ihn sehr mitgenommen. Mit mir hat er darüber natürlich nicht gesprochen, aber ich weiß, dass er zuletzt an Schlaflosigkeit litt. Jedes Mal, wenn sich jemand außerplanmäßig per Funk meldete, wechselte sein Gesicht die Farbe. Das habe ich selbst gesehen.«

»Tja …«, sagte Gorbowski gedehnt. Dann fuhr er auf und rief: »Warum sitze ich eigentlich die ganze Zeit hier? Bitte setzen Sie sich wieder auf Ihren Platz, Paul, und ich setze mich da drüben hin. Natürlich nur, wenn Sie mich jetzt nicht hinauswerfen.«

Sie tauschten die Plätze. Einige Sekunden lang saß Gorbowski ganz aufrecht im Besuchersessel und blickte Paul abwartend an, dann lehnte er sich vorsichtig zurück und sagte:

»Vor etwa fünf Jahren nahm ich an einer äußerst aufregenden Jagd teil. Mein Freund Kondratjew – Sie haben sicher von ihm gehört, er ist vor Kurzem gestorben –, also Kondratjew hatte mich eingeladen, Riesenkraken zu jagen. Ich erinnere mich nicht, dass irgendein anderes Wesen jemals solchen Abscheu und instinktiven Hass bei mir ausgelöst hätte. Einen erlegte ich, der zweite entkam stark verstümmelt. Zwei Monate später erschien der Artikel von Lasswitz, der Ihnen wahrscheinlich bestens bekannt ist.«

Paul zog die Augenbrauen zusammen und versuchte sich zu erinnern. »Lasswitz, Lasswitz … Auch wenn Sie mich totschlagen, Leonid Andrejewitsch, ich erinnere mich nicht.«

»Aber ich«, sagte Gorbowski. »Wissen Sie, die Menschheit hat mindestens zwei große Fehler. Erstens ist sie unfähig zu erschaffen, ohne zu zerstören. Und zweitens ist sie geradezu vernarrt in sogenannte einfache Entscheidungen, in die einfachen, direkten Wege, die sie für die kürzesten hält. Haben Sie nicht auch schon darüber nachgedacht?«

»Nein«, antwortete Paul lächelnd. »Ich fürchte nicht.«

»Und wie steht es mit Ihren Emotionen, Paul?«

»Ich denke, gut. Ich kann lieben, hassen, verachten und respektieren. Ich denke, das ist die ganze Palette. Ach ja, ich kann mich auch wundern. Wie zum Beispiel jetzt.«

Gorbowski lächelte ebenfalls höflich und fragte: »Und so ein Gefühl wie Enttäuschung, kennen Sie das?«

»Enttäuschung … Und wie! Mein Leben ist nichts als eine einzige Enttäuschung.«

»Meines auch«, meinte Gorbowski. »Ich war sehr enttäuscht, als man herausfand, dass sich die Instinkte des Menschen noch schwerer erschüttern lassen als sein Erbgut. Ich war sehr enttäuscht, als sich herausstellte, dass wir uns für die *Wanderer* erheblich mehr interessieren als sie sich für uns …«

»Um genau zu sein, interessieren sich die *Wanderer* für uns überhaupt nicht.«

»Eben«, bestätigte Gorbowski und fuhr fort: »Etwas Mut fasste ich wieder, als sich die ersten Erfolge bei der Algorithmisierung menschlicher Emotionen abzeichneten. Mir schien, dass sich dadurch eine breite Palette ziemlich klarer Perspektiven auftat. Mein Gott, war ich enttäuscht, als ich mit dem ersten kybernetischen Menschen sprach! … Wissen Sie, Paul, mein Eindruck ist, dass wir außerordentlich viel können, aber bis heute nicht begriffen haben, was wir von all dem wirklich brauchen. Ich fürchte, wir haben noch nicht einmal begriffen, was wir wollen. Wollen Sie etwas, Paul?«

Paul empfand plötzlich Müdigkeit. Und ein gewisses Misstrauen gegenüber Gorbowski. Ihm schien, als erlaube er sich einen Spaß mit ihm.

»Ich weiß nicht«, sagte er. »Natürlich will ich etwas. Zum Beispiel will ich unbedingt, dass mich die Frau liebt, die ich liebe. Dass die Jäger wohlbehalten aus dem Wald zurückkehren. Dass meine Freunde nicht an einem unbekannten Ort sterben. Ist es das, was Sie meinen, Leonid Andrejewitsch?«

»Aber wollen Sie das wirklich *in ausreichendem Maße?*«

»Ich denke, ja«, antwortete Paul und griff nach einem Bericht.

»Seltsam«, meinte Gorbowski nachdenklich. »In der letzten Zeit bemerke ich immer häufiger, dass die Menschen auf mich verärgert reagieren. Früher war das nicht so. Vielleicht sollte ich mich mit etwas anderem befassen.«

»Womit befassen Sie sich denn jetzt?«, fragte Paul, während er am Rand des Berichts etwas notierte.

»Jetzt haben Sie sogar vergessen, so höflich zu sein und mir zu sagen, dass ich Sie gar nicht verärgert habe. Aber irgendjemand muss doch die Menschen ärgern! Es ist mittlerweile alles so festgefügt, alle sind viel zu sicher, zu überzeugt … Ich gehe wohl besser, Paul. Ich gehe und werfe meine Steinchen. Das jedenfalls scheint niemanden zu ärgern, sosehr ich mich auch bemühe …« Er machte den Versuch aufzustehen, doch als er aus dem Fenster blickte, an dem große Regentropfen herabrannen, lehnte er sich wieder zurück.

Paul lachte auf und warf den Bleistift hin. »Manchmal gehen Sie mir wirklich auf die Nerven, Leonid Andrejewitsch. Aber draußen ist es nass und ungemütlich, also bleiben Sie besser hier. Sie stören mich nicht.«

»Seine Nerven muss man schließlich auch trainieren«, bemerkte Gorbowski nachdenklich. »Die eigene Wahrnehmungsfähigkeit. Sonst wird man unempfindlich, und das ist langweilig.«

Sie schwiegen. Gorbowski schien in seinem Sessel eingeschlafen zu sein. Paul arbeitete. Dann teilte der automatische Sekretär mit, der Jäger Simenon und ein neuer Tourist seien zur Instruktion erschienen. Paul ordnete an, sie einzulassen.

Herein kam der kleine, dunkelhaarige Simenon in Begleitung des Neuen – es war Mario Pratolini, der Physiker. Beide trugen Overalls und hatten ihre Ausrüstung samt Karabinern und Jagdmessern umgehängt. Simenon machte wie immer ein mürrisches Gesicht. Mario dagegen strahlte, seine Augen glänzten vor Freude und Aufregung. Paul erhob sich, um sie zu begrüßen. Gorbowski öffnete die Augen und musterte die beiden. Auf sein Gesicht legte sich Zweifel, und Paul begriff sofort, was los war: Der Neue war eindeutig ungeeignet.

»Wohin soll's gehen?«, fragte Paul.

»Ein Probelauf«, antwortete Simenon. »Zone eins, Sektor sechzehn.«

»Ich bin gar kein Anfänger mehr, Herr Direktor«, sagte Mario selbstbewusst und gut gelaunt. »Ich habe schon auf der Jaila gejagt. Können wir den Test nicht überspringen?«

»Nein, ohne Test geht es nicht«, erwiderte Paul. Er ging um den Tisch herum und stellte sich vor Mario. »Ohne Test geht es nicht«, wiederholte er. »Haben Sie die Instruktionen gelernt?«

»Zwei Tage lang habe ich gebüffelt, Herr Direktor. Ich habe schon einmal Jagd auf Krebsspinnen gemacht, und man hat mir gesagt ...«

»Das tut nichts zur Sache«, unterbrach ihn Paul sanft. »Sprechen wir lieber über die Pandora. Sie haben Ihren Jäger verloren. Was tun Sie?«

»Ich gebe eine Reihe von Signalschüssen ab und warte auf Antwort«, antwortete Mario wie aus der Pistole geschossen.

»Der Jäger antwortet nicht.«

»Ich schalte das Funkgerät ein und benachrichtige Sie.«

»Dann tun Sie das jetzt.«

Mario griff nach dem Funkgerät, und Simenon schaffte es gerade noch, den Karabiner aufzufangen. Gorbowski zog schon besorgt seine Beine zurück.

»Lassen Sie sich Zeit«, riet Paul. »Gehen wir nun davon aus, dass Sie Ihren Karabiner bereits versenkt haben.«

Mario verstand das als Scherz. An seinen Bewegungen konnte man sehen, dass ihm Funkgeräte nicht völlig fremd waren, aber mit dieser Kombination aus Kurzwellen-Sendeempfänger, Strahlungsmesser und Bioanalysator kannte er sich nicht aus. Schnaufend drehte Mario an dem Stellrad. Paul wartete. Simenon, der noch immer beide Karabiner festhielt, schaute in eine Ecke.

»Seltsam«, sagte Mario endlich. »Einfach sehr verwunderlich ...«

»Keineswegs«, entgegnete Paul. »Was soll daran verwunderlich sein? Was wollen Sie denn tun?«

»Ach ja!« Bei Mario fiel offenbar der Groschen. »So bekomme ich die Eiweißkonzentration ... Aha ... die ist ziemlich hoch ... So. Gleich. Fertig! Soll ich senden?«

»Ich bitte darum«, antwortete Paul kühl.

»Äh ... mmh ... Warten Sie, ich habe das Mikrofon noch nicht angeschlossen ...« Mario tastete hinter seinem Kragen nach dem Mikrofonkabel. »Eigentlich, mal logisch gedacht, ist es ziemlich unverständlich, wie ein Jäger verloren gehen soll.«

»Weiter links, weiter links«, assistierte Simenon mit düsterer Miene.

»Ja«, bestätigte Paul. »Es gibt keinen Grund, warum ein Jäger verloren gehen sollte. Aber Sie können verloren gehen.«

Inzwischen hatte Mario das Mikrofon angeschlossen und fragte erneut: »Soll ich jetzt senden?«

»Ja«, sagte Paul.

»Hallo, hallo«, sagte Mario mit der typischen Funkerstimme. »Basis, Basis, hier spricht Pratolini, habe Jäger verloren, warte auf Anweisungen!«

»Paul«, sagte Simenon düster. »Bei einem Probelauf ist das doch alles nicht so wichtig. Wir werden von Orientierungspunkt zu Orientierungspunkt gehen, ich zeige ihm einen Tachorg, und wir kommen zurück, die Unterwäsche wechseln ...«

»Was ist denn los?«, fragte Mario leicht gereizt. »Hört man mich nicht? Hören Sie mich? Hallo!«

»Ich höre Sie gut«, sagte Paul. »Von Westen dringt lila Nebel in Ihren Sektor, bereiten Sie sich vor. Schalten Sie den Peilsender ein und warten Sie vor Ort.«

Mario schaltete den Peilsender ein und fragte: »Ist der lila Nebel etwa von Bedeutung?«

Paul wandte sich zu Simenon um und fragte leise: »Hast du mit ihm trainiert?«

Simenon nagte an seiner Lippe. »Paul. Wir machen nur einen Probelauf.«

»Da irrst du dich«, entgegnete Paul ungerührt. »Ihr macht keinen Probelauf. Ihr geht jetzt ins Terrarium und trainiert ordentlich für den Probelauf. Nicht ins Café, sondern ins Terrarium. Und erzählt mir keine Märchen. Morgen kommt ihr wieder her und ich schaue mir an, wie gut ihr trainiert habt. Ich will euch nicht aufhalten.«

»Ich muss doch sehr bitten!«, rief Mario. Seine Augen blitzten. »Ich bin doch kein kleiner Junge! Ich habe auf der Jaila gejagt, und meine Zeit ist begrenzt! Ich bin auf der Pandora, um zu jagen! In ein pandorianisches Terrarium hätte ich auch in Kapstadt gehen können ...«

»Kommen Sie schon, wir gehen«, bat Simenon und nahm ihn am Arm.

»Nein, Jacques, wieso gehen? Was soll dieser merkwürdige Formalismus – ich verstehe das nicht!«, rief Mario, doch Paul sah ihm kühl in die Augen. Unsicher blickte sich Mario zu Gorbowski um und erkannte in ihm den Tischnachbarn aus der Kantine wieder. »Auf der Jaila ist mir so etwas nie passiert!«

»Gehen wir«, wiederholte Simenon und zog ihn mit sich.

»Aber ich fordere wenigstens eine Erklärung!«, lärmte Mario, nun direkt zu Gorbowski gewandt. »Ich ertrage es nicht, wenn man mit mir umgeht wie mit einem Grünschnabel! Was soll der Unsinn? Warum sollte gerade in meinem Fall ein Jäger verloren gehen?«

»Ärgern Sie sich nicht, Mario«, sagte Gorbowski und lehnte sich wieder zurück. »Sie sollten sich nicht so aufregen, sonst bekommen Sie noch richtigen Ärger. Sie haben nämlich kein bisschen recht. Kein bisschen. Da kann man nun mal nichts machen.«

Mario blickte ihn einige Sekunden lang mit aufgeblähten Nasenflügeln an. Dann machte er eine unbestimmte Handbewegung und sagte: »Das ist etwas anderes. Ordnung muss sein. Aber Sie hätten mir doch gleich sagen können, dass ich im Unrecht bin ...«

»Jetzt kommen Sie schon!«, schrie Simenon fast verzweifelt.

»Jacques«, sagte Paul, während die beiden zur Tür gingen. »Um achtzehn null-null kommst du zu mir.«

Plötzlich fuhr Gorbowski auf und rief: »Warten Sie, Jacques! Nur eine Frage, bitte: Was machen Sie, wenn Sie im Wald auf ein unbekanntes Tier treffen?«

»Ich schieße es nieder und rufe die Biologen«, antwortete Simenon wütend und verschwand hinter der Tür.

»Ein stolzer Charakter«, bemerkte Gorbowski und ließ sich wieder in den Sessel sinken.

»Haben Sie das gesehen?«, entgegnete Paul. »Da zeige ich ihnen, was ein Probelauf ist, aber sie denken nur an das erste Gesetz der Menschheit ...« Er kehrte an seinen Schreibtisch zurück, zog den Bericht von eben hervor und schrieb an den Rand: »22:00 Uhr Strahlenalarm und Erdbeben. 24:00 Uhr Allgemeine Evakuierung.« Dann beugte er sich über das Mikrofon des Sekretärs und diktierte: »Um 18:00 Uhr Besprechung des gesamten dienstfreien Personals bei mir im Büro.«

Gorbowski sagte: »Sie sind sehr streng, Paul.«

»Umso schlimmer für mich«, entgegnete Paul.

»Ja«, stimmte Gorbowski zu. »Umso schlimmer für Sie. Sie sind noch ein sehr junger Vorgesetzter. Mit der Zeit vergeht das.«

Paul wollte antworten, dass er es vorgezogen hätte, gar nicht erst Vorgesetzter zu werden, und dass man auf gut organisierten Planeten keinen Vorgesetzten brauche, als plötzlich an der Decke ein rotes Licht aufleuchtete und ein ohrenbetäubendes, unangenehmes Geheul ertönte. Beide zuckten zusammen und wandten sich dem Bildschirm der Notfallkommunikation zu. Paul schaltete auf Empfang und sagte: »Direktor hört.«

Eine heisere, atemlose Stimme ertönte: »Hier spricht Sartakow! Hier spricht Sartakow! Hören Sie mich?«

»Ja, wir hören Sie gut«, antwortete Paul ungeduldig. »Was ist los?«

»Paul! Wir sind abgestürzt! Sektor dreiundsiebzig, ich wiederhole, Sektor dreiundsiebzig. Hörst du mich?«

»Bestätige, Sektor dreiundsiebzig. Kommen.«

»Die Peilsender funktionieren, es gibt keine Verletzten, aber der Hubschrauber ist zerstört. Wir brauchen Hilfe. Hörst du mich?«

»Ich höre dich sehr gut, bleib auf Empfang ...« Paul legte seine Hände auf das Pult. »Diensthabender, hier spricht der Direktor. Ein Zeppelin sowie ein Geländefahrzeug. Den Zeppelin übernehmen Schestopal und seine Leute, das Geländefahrzeug Kutnows Team. Bestätigen Sie Bereitschaft in zehn Minuten. Komplette Notfallreserve. Wiederholen!«

Der Diensthabende wiederholte den Befehl.

»Bestätige, führen Sie aus ... Achtung, Basis! Stellvertretender Direktor Robinson, dringend in das Büro des Direktors – in voller Marschausrüstung ...«

»Paul!«, sprach die heisere Stimme erneut. »Wenn möglich, komm selbst, ich glaube, das wäre sehr wichtig ... Wir hängen in einem Baum, und hier gibt es sehr seltsame Dinge ... So etwas haben wir noch nie gesehen! Ich kann es dir nicht erklären, aber das hier ist etwas Besonderes ... Vorsicht, Rita Sergejewna! ... Paul, wenn du kannst, komm selbst! Du wirst es nicht bereuen!«

»Gut, ich komme, bleib auf Empfang«, antwortete Paul. »Bleib die ganze Zeit auf Empfang. Sind eure Waffen einsatzfähig?«

»Es ist alles einsatzfähig bis auf den Hubschrauber ... Er steckt in einer Art Schleim fest ... Und ein Rotorblatt ist gebrochen ...«

Mit einer heftigen Bewegung entfernte sich Paul vom Tisch und öffnete den Wandschrank. Gorbowski stand vor der Karte und fuhr mit dem Finger über Sektor dreiundsiebzig.

»Hier gab es schon mal einen Unfall«, sagte er.

Paul trat hinzu und schloss seinen Anzug.

»Wo?« Seine Hände erstarrten. »Ach, das ist es also ...«, murmelte er und nestelte noch hastiger an seinem Anzug herum. Gorbowski betrachtete ihn mit erhobenen Augenbrauen.

»Ja?«, sagte er.

»In dem Sektor ist vor drei Jahren Athos umgekommen. Zumindest kam sein letztes Peilsignal genau von dort.«

Die heisere Stimme sagte: »Rita Sergejewna, ich rate Ihnen, hier nichts anzufassen. Am besten bleiben wir schön hier sitzen und warten. Sitzen Sie bequem? ... Na, dann ist es gut ... Nein, ich kenne mich hier überhaupt nicht aus, also lassen Sie uns lieber hier warten ... Tja, mir ist auch übel ... Nehmen Sie diese Pille hier ...«

Gorbowski berührte sanft den Knopf von Pauls Brustscheinwerfer und sagte: »Darf ich mit Ihnen kommen, Paul?«

Paul wurde unbehaglich; Gorbowskis Bitte traf ihn völlig unterwartet. Nein, das ging auf keinen Fall, unter keinen Umständen.

»Aber ich bitte Sie, Leonid Andrejewitsch«, sagte er und runzelte die Stirn. »Wozu denn?«

»Ich habe das Gefühl, dass ich dorthin muss«, antwortete Gorbowski. »Unbedingt. In Ordnung?«

Gorbowskis Blick war plötzlich anders als sonst, irgendwie ängstlich, bedauernswert, und das konnte Paul kaum ertragen.

»Wissen Sie was, Leonid Andrejewitsch«, sagte er ausweichend. »Vielleicht sollte ich Turnen mitnehmen? Was meinen Sie?«

Gorbowski hob seine Augenbrauen noch höher, dann wurde er plötzlich rot. Paul spürte, dass auch er errötete. Die Situation war abscheulich.

»Paul, mein Lieber«, sagte Gorbowski. »Was sagen Sie denn da? Ich bin ein alter, vielbeschäftigter Mann. All das, woran Sie denken, interessiert mich gar nicht ... Ich habe völlig andere Beweggründe ...«

Paul wurde nun endgültig verlegen; dann überkam ihn rasende Wut, bis ihm letztlich einfiel, dass das jetzt alles unwichtig war, und er an ganz andere Dinge denken musste.

»Holen Sie sich eine Ausrüstung«, sagte er trocken. »Dann kommen Sie zum Hangar. Und jetzt entschuldigen Sie mich.«

»Ich danke Ihnen«, entgegnete Gorbowski und ging zur Tür. Dort traf er auf den stellvertretenden Direktor Robinson, und es dauerte ein paar Sekunden, bis sie sich mit besorgtem Lächeln aneinander vorbeigelassen hatten.

»Jack«, sagte Paul. »Du bleibst für mich hier. Ich fliege selbst. Sartakow hat einen Unfall gehabt. Die Touristen dürfen nichts erfahren, verstanden? Absolut niemand. Rita Sergejewna ist auch da draußen. Für alle gilt Bereitschaft Nr. 1.«

4

Athos brach im Morgengrauen auf, denn er wollte zur Mittagszeit wieder zurück sein. Bis zum Neuen Dorf waren es etwa zehn Kilometer. Er kannte den Weg dorthin; er war ausgetreten und voller kahler Stellen – offenbar hatte man dort Grastilger verschüttet. Die Stellen zu betreten, galt als gefährlich. Rechts und links des Weges erstreckten sich warme, bodenlose Sümpfe. Aus dem rostigen Wasser ragten schwarze, verfaulte Äste hervor und übergroße giftige Sumpfpilze erhoben ihre weißen, wie Kuppeln glänzenden Hüte. Mitunter lagen direkt neben dem Weg verlassene, zerdrückte Behausungen von Wasserspinnen. Was sich an der Oberfläche der Sümpfe tat, war von hier aus nur schwer zu erkennen: Aus dem dichten Geflecht der Baumkronen darüber hingen unzählige grüne Säulen, Taue und Fäden herab, die ihre Wurzeln eilig in den Morast stießen und so einen undurchdringlichen Vorhang bildeten. Von Zeit zu Zeit brach etwas in dem gelbgrünen Zwielicht, fiel krachend herab, dann folgte ein lautes Klatschen, der Sumpf seufzte auf und schmatzte, und dann trat wieder Stille ein. Ein Mensch konnte das bodenlose Moor nicht überqueren, wohl aber die Totenmenschen, doch waren diese für einen Mann ungefährlich. Trotzdem brach sich Athos für alle Fälle einen Knüppel ab; über die Gefahren des Waldes kursierten allerhand Gerüchte – vielleicht waren ja manche davon wahr.

Er hatte sich auf etwa fünfhundert Schritt vom Dorf entfernt, als ihn Nawa einholte. Er blieb stehen.

»Warum bist du ohne mich fortgegangen?«, fragte Nawa atemlos. »Ich habe dir doch gesagt, dass ich mit dir gehe. Ich bleibe nicht allein in diesem Dorf, dort habe ich nichts verloren, niemand mag mich dort, und du bist mein Mann. Du musst mich mitnehmen, es hat nichts zu bedeuten, dass wir keine Kinder haben, du bist trotzdem mein Mann und ich deine Frau, und wir werden schon noch Kinder haben. Ehrlich gesagt, will ich einfach noch keine Kinder, ich verstehe nicht, wozu man sie braucht, egal was der Dorfälteste sagt oder der Alte. In unserem Dorf war es ganz anders: Wer wollte, hatte welche, und wer nicht, der hatte keine ...«

»Geh wieder nach Hause«, bat Athos. »Wie kommst du darauf, dass ich fortgehe? Ich bin zum Mittagessen wieder zurück.«

»Dann gehe ich eben mit dir, und zum Mittagessen kommen wir beide zurück. Das Essen habe ich gestern schon gemacht. Ich habe es versteckt, der Alte wird es nicht finden.«

Athos drehte sich um und ging weiter. Es war sinnlos zu streiten, sollte sie eben mitgehen. Seine Laune besserte sich sogar. Er hatte auf einmal Lust, mit jemandem zu kämpfen, seinen Knüppel zu schwingen, an jemandem seine Beklemmung und Wut auszulassen, die sich seit Jahren in ihm angestaut hatten. An Dieben. Oder an Totenmenschen. Sollte das Mädchen ruhig mitgehen. Schöne Ehefrau – will keine Kinder haben! Er holte aus, schlug mit dem Knüppel auf einen feuchten Baumstumpf am Wegrand und wäre beinahe gestürzt: Der morsche Stumpf fiel in sich zusammen, und der Knüppel schlug durch ihn hindurch wie durch einen Schatten. Einige graue Tiere sprangen behände heraus und platschten ins dunkle Wasser.

Nawa hüpfte neben ihm, mal lief sie voraus, dann blieb sie zurück, und zwischendurch ergriff sie mit beiden Händen Athos' Arm, um sich daranzuhängen. Sie erzählte vom Essen, das sie so geschickt vor dem Alten versteckt hatte – und vor den wilden Ameisen, die es sonst aufgefressen hätten; jetzt aber würden sie es nie im Leben entdecken. Sie sei, sagte sie, von einer boshaften Fliege geweckt worden, und Athos habe, als sie gestern eingeschlafen sei, bereits geschnarcht ...

Athos hörte zu und hörte doch nicht zu. Das gewohnte monotone Rauschen erfüllte seinen Kopf. Er ging weiter und dachte stumpfsinnig darüber nach, warum er an nichts denken konnte. Vielleicht war es eine Auswirkung dieser ewigen Impfungen, mit denen die Dorfbewohner so viel Missbrauch trieben. Oder es war diese schläfrige Lebensweise; sie war nicht einmal primitiv zu nennen, man vegetierte einfach vor sich hin. Auch er lebte so, seit er vor einer Ewigkeit mit dem Hubschrauber gegen ein unsichtbares Hindernis gerast war, sich überschlagen hatte und wie ein Stein in den Sumpf gestürzt war. Vielleicht war er mit dem Kopf aufgeschlagen, als er aus der Kabine geschleudert wurde, und hatte sich davon nicht mehr erholt … Plötzlich fiel ihm ein, dass dies alles Schlussfolgerungen waren, und er freute sich, denn er hatte das Gefühl, schon vor langer Zeit die Fähigkeit zu logischen Schlüssen verloren zu haben und nur noch wiederholen zu können: übermorgen, übermorgen …

Er blickte Nawa an. Das Mädchen hing an seinem linken Arm, schaute ihn von unten herauf an und erzählte: »Sie rückten alle zusammen, und es wurde furchtbar heiß, du weißt ja, wie sie sind. Es war eine mondlose Nacht. Da stieß mich meine Mutter sanft von sich, und ich kroch auf allen vieren zwischen den Beinen der anderen hindurch. Seitdem habe ich meine Mutter nie mehr wiedergesehen …«

»Nawa«, sagte Athos. »Du hast mir diese Geschichte doch schon zweihundertmal erzählt.«

»Na und?«, fragte Nawa verwundert. »Du bist merkwürdig, Schweiger. Was soll ich dir sonst erzählen? Ich erinnere mich an nichts mehr und weiß sonst nichts. Schließlich werde ich dir nicht erzählen, wie wir beide letzte Woche ein Kellerloch gegraben haben – das hast du ja selbst gesehen. Hätte ich das Loch mit jemand anderem gegraben, mit Hinker zum Beispiel, oder mit Schwätzer …« Plötzlich lebte sie auf. »Weißt du, Schweiger, das wäre sogar interessant. Erzähl mir, wie wir beide das Kellerloch gegraben haben. Davon hat mir noch niemand erzählt ...«

Athos' Gedanken schweiften wieder ab. Langsam schwankend zog das gelbgrüne Dickicht an ihm vorüber. Etwas keuchte und seufzte im Wasser, und mit feinem Surren flog ein Schwarm weicher, weißlicher Käfer vorbei, aus denen sie hier berauschende Getränke machten. Der Weg unter den Füßen war mal weich vom hohen Gras, mal hart von Splitt und Bruchsteinen. Gelbe, graue, grüne Flecken – nichts, woran sich der Blick festhalten konnte oder was man sich hätte einprägen können. Dann machte der Pfad eine scharfe Biegung nach links. Athos ging noch ein paar Schritte weiter und blieb stehen. Nawa verstummte mitten im Wort.

Neben dem Weg lag reglos ein Totenmensch. Sein Kopf steckte im Sumpf, und seine Arme und Beine waren gespreizt und unnatürlich verrenkt. Er lag auf dem zusammengedrückten, von der Hitze vergilbten Gras, und sogar aus der Ferne war deutlich zu erkennen, wie furchtbar man ihn geschlagen hatte – alles an ihm war wie Gallert. Athos ging vorsichtig an ihm vorbei. Der Anblick beunruhigte ihn. Der Kampf hatte erst vor Kurzem stattgefunden: Die zerdrückten, vergilbten Grashalme richteten sich vor seinen Augen gerade wieder auf. Athos sah aufmerksam den Weg hinunter. Es gab viele Spuren, aber er begriff nicht, was sie bedeuteten. Der Weg machte schon bald eine weitere Biegung, und was sich dahinter befand, war nicht zu erkennen. Nawa blickte sich immer wieder nach dem Totenmenschen um.

»Das waren nicht unsere Leute«, sagte sie sehr leise. »Unsere können das nicht. Selbst Faust, der immer so bedrohlich tut, bringt das nicht fertig, sondern redet nur groß ... Komm, wir gehen zurück, Schweiger. Was, wenn es die Krüppel waren? Lass uns lieber umkehren ...«

Athos wurde wütend. Schon wieder? Schon wieder verschieben? Hundertmal war er diesen Weg gegangen, und nie war ihm etwas begegnet, was sich zu merken gelohnt hätte. Und nun, da sie morgen aufbrechen sollten, war der einzige sichere Weg auf einmal gefährlich geworden. In die »Stadt« kam man nur über das Neue Dorf. Wenn man überhaupt in die »Stadt« kam, wenn sie überhaupt existierte, so führte der Weg dorthin über das Neue Dorf ... Er wandte sich wieder dem Totenmenschen zu und stellte sich vor, wie Hinker, Faust und Schwanz unablässig schwatzend, sich brüstend und drohend, neben dem Totenmenschen herumstampften und dann, immer noch unablässig drohend und sich brüstend, den Heimweg antraten.

Athos bückte sich und nahm den Totenmenschen an den Beinen. Sie waren noch heiß, brannten aber nicht mehr. Mit einer heftigen Bewegung stieß er den schweren Körper in den Sumpf. Der Morast schmatzte, zischte und gab nach. Der Totenmensch verschwand, und über das dunkle Wasser breitete sich ein Kräuseln aus. Dann war die Oberfläche wieder glatt.

»Nawa«, sagte Athos. »Geh ins Dorf.«

»Wie kann ich ins Dorf gehen«, entgegnete Nawa besonnen, »wenn du nicht mitgehst? Wenn du auch ins Dorf gehst ...«

»Red keinen Unsinn«, unterbrach Athos. »Lauf sofort ins Dorf zurück und warte auf mich. Und rede mit niemandem.«

»Und du?«

»Ich bin ein Mann«, gab Athos zurück. »Mir wird niemand etwas tun.«

»Von wegen«, widersprach Nawa. »Ich sage dir doch: Was, wenn es die Krüppel waren? Denen ist es egal, ob du ein Mann bist, eine Frau, ein Totenmensch ... Sie machen dich zu Ihresgleichen. Wie soll ich allein zurückgehen, wenn sie vielleicht dort hinten sind?«

»Es gibt gar keine Krüppel«, sagte Athos unsicher. Er blickte zurück. Auch dort machte der Weg eine Biegung, und was dahinter war, konnte er nicht erkennen.

Nawa flüsterte hastig eine Menge Worte vor sich hin. Athos nahm den Knüppel fester.

»Gut«, sagte er. »Komm mit mir. Aber bleib in meiner Nähe, und wenn ich dir etwas befehle, tu es sofort. Und noch etwas: Halt den Mund, bis wir das Neue Dorf erreicht haben.«

Schweigen, das konnte sie natürlich nicht. Sie schaffte es, neben ihm zu gehen, nicht vorauszulaufen oder zurückzubleiben, murmelte dabei aber ständig etwas vor sich hin. Sie passierten die gefährliche Biegung, dann noch eine, und Athos hatte sich schon ein wenig beruhigt, als ihnen aus dem hohen Gras, direkt aus dem Sumpf, Menschen entgegenkamen und stehen blieben.

Na großartig, dachte Athos müde. Was für ein Pech ich doch habe. Immer habe ich Pech. Er schaute zu Nawa. Mit verzerrtem Gesicht begann sie den Kopf zu schütteln.

»Gib mich nicht weg, Schweiger«, murmelte sie. »Ich will nicht zu denen. Ich will bei dir sein, gib mich nicht weg ...«

Er blickte zu den Menschen hinüber. Es waren sieben – alles Männer, behaart bis zu den Augen und mit riesigen, knorrigen Knüppeln. Sie kamen nicht von hier, denn sie waren nach anderem Brauch gekleidet, mit ganz anderen Pflanzen. Es waren Diebe.

»Warum seid ihr stehen geblieben?«, fragte der Anführer mit tiefer, rollender Stimme. »Kommt doch her, wir tun euch nichts ... Wenn ihr Totenmenschen wärt, würden wir mit euch natürlich anders reden. Besser gesagt, wir würden überhaupt nicht reden, sondern euch mit Ästen und Stöcken empfangen – und Schluss. Wohin wollt ihr? Ins Neue Dorf? Na schön, Alter, du kannst gehen, aber dein Töchterchen lässt du uns zurück. Du wirst es nicht bereuen, sie wird es bei uns besser haben ...«

»Nein«, bat Nawa. »Ich will nicht zu ihnen. Das sind doch Diebe.«

Die Diebe lachten, ganz ohne Ärger, als seien sie das schon gewohnt.

»Vielleicht lasst ihr uns doch beide durch?«, fragte Athos.

»Nein«, entgegnete der Anführer. »Beide geht nicht. Hier sind überall Totenmenschen, da wäre dein Mädchen sowieso verloren. Sie würde eine ›glorreiche Freundin‹ werden, aber das bringt uns Menschen nichts und dir auch nicht, Alter. Denk doch mal nach, wenn du ein Mensch bist und kein Totenmensch, und einem Totenmenschen ähnelst du nicht gerade, obwohl du für einen Menschen auch ziemlich seltsam aussiehst …«

»Sie ist doch noch ein junges Mädchen«, sagte Athos. »Warum wollt ihr sie kränken?«

»Warum denn kränken?«, fragte der Anführer verwundert. »Sie wird ja nicht ewig ein Mädchen bleiben. Irgendwann wird sie eine Frau werden, nicht irgendeine ›glorreiche Freundin‹, sondern eine Frau …«

»Das ist alles gelogen«, rief Nawa. »Glaub ihm nicht, Schweiger. Tu endlich etwas, sonst nehmen sie mich dir weg, so wie sie Hinker die Tochter weggenommen haben, die seither niemand mehr gesehen hat. Ich will nicht zu ihnen, lieber werde ich eine ›glorreiche Freundin‹. Schau doch, wie wild sie sind und wie mager, wahrscheinlich gibt es bei ihnen nichts zu essen.«

Athos blickte sich hilflos um, und plötzlich kam ihm ein ausgezeichneter Gedanke …

»Hört mal«, sagte er. »Nehmt uns beide mit.«

Die Diebe kamen näher. Der Anführer musterte Athos von Kopf bis Fuß.

»Nein«, sagte er. »Wozu sollten wir dich brauchen? Ihr Dörfler seid zu nichts nütze, ihr seid nicht kühn genug und wisst nicht, wozu ihr da seid. Euch kann man ja mit bloßen Händen ergreifen. Dich brauchen wir nicht, Alter, geh ruhig in dein Neues Dorf, aber lass uns das Mädchen.«

Athos seufzte tief, nahm den Knüppel mit beiden Händen und sagte leise zu Nawa: »Lauf, Nawa. Lauf und sieh dich nicht um. Ich halte sie auf.«

Wie dumm das ist, dachte er. Wie unglaublich dumm. Er musste an den Totenmenschen denken, der mit dem Kopf nach unten im dunklen Wasser lag, versuchte das Bild zu verscheuchen und hob den Knüppel über den Kopf.

»He, he!«, schrie der Anführer. Alle sieben stürzten nach vorn, wobei sie sich gegenseitig stießen und in den Sumpf rutschten. Einige Sekunden lang lauschte Athos noch dem stampfenden Geräusch von Nawas Fersen, dann hatte er keine Zeit mehr, darauf zu hören.

Er fürchtete und schämte sich, doch die Furcht verging sogleich, als er gewahrte, dass der einzige gestandene Kämpfer unter den Dieben ihr Anführer war. Während er dessen Schläge parierte, sah Athos, wie die anderen sinnlos ihre Knüppel schwangen, sich dabei gegenseitig trafen oder vor lauter Schwung hinfielen und aufeinander stürzten. Einer platschte dabei laut in den Sumpf und brüllte: »Ich versinke!« Zwei begannen ihn herauszuziehen, während der Anführer weiter auf Athos einhieb, bis dieser ihn zufällig an der Kniescheibe traf. Der Anführer zischte und sank zu Boden, Athos sprang zur Seite. Die beiden Diebe zogen immer noch an dem dritten, der jedoch tief im Sumpf steckte und dessen Gesicht schon ganz blau angelaufen war. Der Anführer hockte auf dem Boden und blickte Athos vorwurfsvoll an. Die anderen drei drängten sich mit erhobenen Knüppeln hinter ihm.

»Du Schafskopf«, sagte der Anführer beleidigt. »Bauernschädel. Wo du wohl herkommst ... Du merkst gar nicht, dass wir nur dein Bestes wollen, du blöder Holzkopf ...«

Athos wartete nicht länger. Er drehte sich um und lief so schnell er konnte Nawa hinterher. Die Diebe schrien ihm hinterher, verhöhnten ihn, und der Anführer brüllte: »Haltet ihn! Haltet ihn auf!« Aber sie jagten ihm nicht hinterher, und das gefiel Athos nicht. Überhaupt war er ein wenig enttäuscht, ja verärgert, und versuchte im Laufen zu begreifen, wie diese plumpen, ungeschickten Männer in den Dörfern Schrecken verbreiten und offensichtlich sogar Totenmenschen vernichten konnten. Bald erblickte er Nawa: Das Mädchen lief etwa zwanzig Schritt vor ihm, ihre bloßen Fersen schlugen hart auf dem Pfad auf. Dann verschwand sie erneut hinter einer Wegbiegung und sprang plötzlich wieder hervor, hielt einen Augenblick inne und lief plötzlich quer, direkt durch den Sumpf, von Baumstumpf zu Baumstumpf, dass es spritzte. Athos' Herz stockte.

»Halt!«, brüllte er ihr atemlos hinterher. »Bist du verrückt geworden? Bleib stehen!«

Nawa blieb sogleich stehen, hielt sich an einer herabhängenden Liane fest und drehte sich zu ihm um. Er sah, wie hinter der Wegbiegung drei weitere Diebe hervorkamen, ebenfalls stehen blieben und zwischen ihm und Nawa hin und her blickten.

»Schweiger!«, rief Nawa gellend. »Gib ihnen eins über den Schädel und lauf her zu mir, hier gibt es einen Pfad, den kenne ich schon lange! Schlag sie, schlag mit dem Knüppel! Bu-bu-bu! Mach sie oh-oh-oh!«

»Halt dich fest«, sagte einer der Diebe besorgt. »Schrei nicht rum, sondern halt dich fest, sonst fällst du noch rein, und dann müssen wir dich rausziehen …«

Athos hörte, wie sich von hinten schwere Schritte näherten, und jemand schrie: »Bu-bu-bu!« Die drei vor ihm verharrten reglos. Athos packte den Knüppel an beiden Enden, hielt ihn quer und mit gestreckten Armen auf Brusthöhe vor sich, stürzte auf sie zu und warf alle drei um. Er fiel selbst dabei zu Boden und stieß sich hart, sprang jedoch gleich wieder auf. Vor seinen Augen schwammen bunte Kreise. Wieder heulte einer von den Dieben auf: »Ich versinke!« Ein anderer mit bärtigem Gesicht kam auf ihn zu, und Athos schlug ihn mit dem Knüppel, ohne hinzusehen. Der Knüppel brach entzwei. Athos warf ihn fort und sprang in den Sumpf. Der Baumstumpf unter seinen Füßen gab nach, fast wäre er gestürzt, doch er sprang sofort auf den nächsten und so immer weiter, dass der stinkende, schwarze Schlamm nur so spritzte. Hinter ihm schrien wütende Stimmen: »Was soll das, habt ihr Löcher in den Händen?« – »Und du selbst?« – »Ihr habt das Mädchen laufen lassen, jetzt geht sie vor die Hunde …« – »Der spinnt doch, so wie der um sich schlägt!« – »Hört auf zu schwatzen! Hinterherlaufen müsst ihr, nicht herumschwatzen! Da, sie laufen weg, und ihr schwatzt rum!« – »Und du?« – »Er hat mich am Bein erwischt, seht ihr das nicht?!« – »Und wo ist Siebenaug? Jungs, Siebenaug versinkt! Siebenaug versinkt, und die schwatzen rum!«

Athos blieb neben Nawa stehen und hielt sich an den Lianen fest. Schwer atmend lauschte er, blickte sich um und sah, wie die Diebe sich auf dem Weg zusammendrängten, mit den Armen herumwedelten und ihren Freund Siebenaug an den Beinen aus dem Sumpf zogen. Man hörte es blubbern und keuchen. Zwei der Diebe kamen jedoch bereits mit ihren Knüppeln auf Athos zu. Sie gingen mitten durch den Sumpf, bis zu den Knien in der schwarzen Brühe. Schon wieder haben sie mich angelogen, dachte Athos. Man kann den Sumpf also doch durchwaten. Dabei haben sie gesagt, dass es keinen anderen Weg gibt als diesen Pfad. Nawa zog ihn am Arm.

»Gehen wir, Schweiger«, sagte sie. »Was stehst du noch herum? Gehen wir, schnell. Oder willst du dich weiter prügeln? Dann warte hier, ich suche dir einen Stock. Nimm dir die beiden da vor, vielleicht schreckt das die anderen ab. Obwohl, wenn es sie nicht abschreckt, werden sie über dich herfallen, denn du bist allein, und sie sind … eins, zwei, drei … vier …«

»Geh du vor«, unterbrach Athos, der wieder zu Atem gekommen war. »Zeig mir den Weg.«

Nawa sprang los. Sie bewegte sich leicht durch den Wald und das Dickicht der Lianen.

»Ich weiß eigentlich gar nicht, wohin dieser Pfad führt«, sagte sie, während sie liefen. »Wir sind hier mit Hinker oft entlanggegangen, als du noch nicht da warst ... oder nein, du warst schon da, aber du hattest dein Gedächtnis verloren, konntest noch nichts verstehen, nicht sprechen, schautest wie ein Fisch, und dann brachten sie mich zu dir, damit ich dich pflege, und ich habe dich gesund gepflegt, aber wahrscheinlich erinnerst du dich an nichts mehr ...«

Athos sprang hinterher, versuchte richtig zu atmen und genau in Nawas Fußspuren zu treten. Von Zeit zu Zeit blickte er sich um. Die Diebe waren ihnen auf den Fersen.

»Ich bin mit Hinker hierhergekommen, nachdem die Diebe Fausts Tochter entführt hatten. Er nahm mich damals immer mit, vielleicht wollte er mich gegen sie eintauschen, oder ich sollte sie ihm ersetzen. Jedenfalls nahm er mich mit in den Wald, denn er grämte sich sehr um seine Tochter ...«

Die Lianen klebten an Athos' Händen und peitschten ihm ins Gesicht, die abgestorbenen Schlingen wanden sich fest um seine Beine. Von oben rieselten Dreck und tote Überreste herab; manchmal senkte sich eine schwere, formlose Masse herab, brach durch das grüne Gewirr und blieb dann baumelnd über seinem Kopf hängen. Mal rechts, mal links flackerten im Lianenvorhang klebrige lilafarbene Trauben vorbei, die Athos ängstlich beäugte.

»Hinker hat gesagt, dass dieser Pfad zu einem Dorf führt.« Nawa machte es überhaupt nichts aus, im Laufen zu sprechen. Es klang, als läge sie ruhig in ihrem Bett. Man erkannte gleich, dass sie nicht von hier stammte: Die hiesigen Leute konnten nicht so laufen. »Nicht zu unserem Dorf und nicht zum Neuen Dorf, sondern zu einem anderen. Den Namen hat mir Hinker gesagt, aber ich habe ihn vergessen. Es ist ja schon lange her, du warst noch nicht da ... oder nein, du warst schon da, aber du konntest noch nichts verstehen, sie hatten dich mir noch nicht anvertraut ... Wenn du läufst, atme mit dem Mund, mit der Nase atmen bringt nichts, außerdem kann man dann besser reden. Sonst gerätst du bald außer Atem, und es ist noch ein langer Weg. Wir sind noch nicht an den Wespen vorbeigekommen, da müssen wir richtig schnell laufen, obwohl, vielleicht sind die Wespen inzwischen nicht mehr dort ... Damals waren in dem Dorf Wespen, und Hinker meint, dass es dort schon lange keine Menschen mehr gibt. Er sagt, dass dort schon die ›Erfassung‹ war, und deswegen gibt es da überhaupt keine Menschen mehr ... Nein, Schweiger, was erzähle ich da, er meinte ein ganz anderes Dorf ...«

Athos bekam jetzt besser Luft, und es fiel ihm leichter zu laufen. Nun befanden sie sich mitten im Dickicht des Waldes. So tief war Athos nur ein einziges Mal vorgedrungen, als er versuchte hatte, auf einen Totenmenschen zu steigen, damit er ihn zu seinen Herren brächte. Der Totenmensch lief im nächsten Augenblick los, glühend heiß wie ein kochender Teekessel, Athos wurde vor Schmerz bewusstlos und fiel herunter. Noch lange danach hatten ihn die Brandwunden an den Handflächen und auf der Brust geplagt ...

Es wurde immer dunkler. Der Himmel war überhaupt nicht mehr zu sehen, und die Schwüle nahm zu. Dafür verschwand das offene Wasser, und rote und weiße Moosbüschel tauchten auf. Das Moos war weich, kühl und federte stark; es war angenehm, darauf zu laufen.

»Ruhen wir uns aus«, keuchte Athos.

»Nein, Athos«, entgegnete Nawa. »Hier dürfen wir nicht ausruhen. Von diesem Moos müssen wir schnell wieder fort, denn es ist gefährlich. Hinker sagte, was da liegt, ist gar kein Moos, sondern ein Tier, eine Art Spinne, du schläfst darauf ein und wachst nie wieder auf, verstehst du, so ein Moos ist das. Sollen sich doch die Diebe darauf ausruhen, aber die wissen wahrscheinlich, dass man das nicht tun soll, sonst wäre es gut …«

Sie blickte sich zu ihm um – und ging nun doch langsamer. Athos schleppte sich bis zum nächsten Baum, lehnte sich mit seinem Rücken, seinem Nacken, seinem ganzen Gewicht an und schloss die Augen. Am liebsten hätte er sich hingesetzt, doch er fürchtete sich. Sein Herz schlug wie wild, seine Beine zitterten, seine Lunge wollte bersten und dehnte sich schmerzhaft bei jedem Atemzug. Die ganze Welt war nass und salzig vor Schweiß.

»Und wenn sie uns einholen?«, drang, wie durch Watte, Nawas Stimme an sein Ohr. »Was machen wir, Schweiger, wenn sie uns einholen? Du bist zu gar nichts mehr zu gebrauchen – kämpfen kannst du ja wohl nicht mehr, oder?«

Er wollte ihr widersprechen, sagte aber nichts. Vor den Dieben hatte er keine Angst mehr. Er hatte vor nichts mehr Angst. Er hatte nur noch Angst davor, sich zu bewegen oder sich hinzusetzen. Er wusste, das war der Wald, und das würde er nie vergessen.

»Nicht mal einen Knüppel hast du noch«, beschwerte sich Nawa. »Soll ich dir vielleicht einen Knüppel suchen, Schweiger? Soll ich?«

»Nein«, murmelte er. »Nicht nötig.«

Er öffnete die Augen. Die Diebe waren in der Nähe. Er konnte hören, wie sie keuchten und im Dickicht umherstapften. Aber die Schritte klangen nicht sehr behände – auch die Diebe taten sich schwer.

»Gehen wir«, sagte Athos.

Nach einer weiteren Fläche mit gefährlichem Moos war nun erneut Sumpf sehen: unbewegliches, schwarzes Wasser, auf dem sich übergroße, blasse Blüten ausgebreitet hatten, die einen unangenehmen Geruch verströmten. Aus jeder Blüte blickte ein behaartes, vielbeiniges Tier hervor und verfolgte sie mit seinen Stielaugen.

»Tritt stärker auf, Schweiger«, riet Nawa. »Sonst saugt sich noch etwas fest, das du dann nicht mehr loswirst. Glaub bloß nicht, dass sich an dir nichts festsaugen kann, nur weil du geimpft bist. Natürlich stirbt es später ab, aber deswegen geht's dir nicht besser ...«

Plötzlich endete der Sumpf, und das Gelände stieg allmählich an. Hohes Gras tauchte auf, mit messerscharfen Rändern. Athos schaute zurück und erblickte die Diebe. Seltsamerweise standen sie jetzt bis zu den Knien im Sumpf, auf ihre Knüppel gestützt, und sahen ihm nach. Erschöpft sind sie, dachte Athos. So wie ich. Einer der Diebe hob die Hand, winkte sie zu sich und rief: »Kommt runter!«

Athos drehte sich wieder um und folgte Nawa. Nach dem Sumpf kam es ihm jetzt ganz leicht vor, auf fester Erde zu laufen, obwohl es bergauf ging. Die Diebe riefen ihnen etwas hinterher – zu zweit, dann sogar zu dritt. Athos blickte sich ein letztes Mal um. Die Diebe standen noch immer im Sumpf, mitten im Wasser. Als sie bemerkten, dass er sich umgedreht hatte, winkten sie verzweifelt mit den Händen und brüllten wieder etwas. Athos verstand: »Zurück! ... Wir tun euch nichts! ... Ihr geht vor die Hunde, ihr Idioten!«

So einfach nicht, dachte Athos schadenfroh. Ihr seid hier nicht auf der Erde, hier glaubt man euch nicht. Nawa war bereits hinter den Bäumen verschwunden, also eilte er ihr nach.

»Kommt zurück! ... Wir lassen euch laufen!«, brüllte der Anführer.

So erschöpft sind sie wohl doch nicht, wenn sie so schreien können, dachte Athos.

Das Dorf war sehr seltsam. Sie traten aus dem Wald heraus auf eine weite Lichtung, auf der kein einziger Busch, ja nicht einmal ein Grashalm zu sehen war, als wäre alles abgebrannt oder niedergetrampelt worden. Eine große lehmige Kahlstelle, vom Himmel durch die zusammengewachsenen Kronen mächtiger Bäume abgeschirmt. Die Lichtung hatte eine dreieckige Form, und auch das Dorf war dreieckig.

»Das Dorf gefällt mir nicht«, sagte Nawa. »Hier brauchen wir wohl nicht nach Essen zu fragen. Schau, sie haben kein Feld, wahrscheinlich sind es Jäger, sie fangen alle möglichen Tiere und essen sie. Mir wird schon übel, wenn ich nur daran denke …«

»Aber wir müssen doch irgendwo übernachten«, sagte Athos. »Und nach dem Weg müssen wir auch fragen.«

Sie waren den ganzen Tag durch den Wald gegangen; selbst Nawa war erschöpft und hatte sich immer öfter auf Athos' Arm gestützt. Von weitem hatten sie erstaunt festgestellt, dass auf den Dorfstraßen niemand zu sehen war, doch als sie sich dem ersten Haus näherten, das ein wenig abseits stand, rief jemand nach ihnen. Athos fand nicht gleich heraus, wer.

Neben dem Haus saß auf der grauen Erde ein ebenso grauer und fast nackter Mann. Es dämmerte bereits, und sein Gesicht war nur schwer zu erkennen.

»Wohin wollt ihr?«, fragte der Mann mit schwacher Stimme.

»Wir müssen irgendwo übernachten«, antwortete Athos. »Und morgen früh müssen wir weiter zum Neuen Dorf.«

»Ihr seid also selbst gekommen«, sagte der Mann träge. »Das habt ihr gut gemacht. Kommt herein, es gibt viel Arbeit, und es sind nur noch wenige Menschen da.« Er sprach sehr undeutlich, als sei er kurz davor einzuschlafen. »Aber die Arbeit muss getan werden, ja, das muss sie …«

»Wirst du uns nichts zu essen geben?«, fragte Athos.

»Wir müssen jetzt …« Der Mann sprach einige Worte, die Athos noch nie zuvor gehört hatte. »Wie gut, dass ein Junge gekommen ist, der eignet sich für …« Und wieder sprach er seltsame, unverständliche Worte.

Nawa zog Athos am Ärmel, doch er riss sich ärgerlich los.

»Ich verstehe dich nicht«, sagte er zu dem Mann. »Sag mir, finden wir bei dir etwas zu essen?«

»Wenn ihr zu dritt ...«, entgegnete der Mann.

Nawa zerrte Athos mit aller Kraft fort. Sie traten zur Seite.

»Ist er krank, oder was ist mit ihm?«, fragte Athos. »Hast du verstanden, was er gesagt hat?«

»Er hat doch gar kein Gesicht«, flüsterte Nawa. »Was redest du mit ihm? Wie kann man mit ihm reden, wenn er kein Gesicht hat?«

»Warum kein Gesicht?«, fragte Athos verwundert und blickte sich um. Der Mann war nicht mehr zu sehen: Entweder war er fortgegangen, oder er hatte sich im Dämmerlicht aufgelöst.

»Einfach so«, sagte Nawa. »Augen hat er, einen Mund auch, aber kein Gesicht ...« Plötzlich drückte sie sich an ihn. »Er ist wie ein Totenmensch. Aber er ist keiner, er hat einen Geruch, aber sonst ist er ganz wie ein Totenmensch ... Lass uns in ein anderes Haus gehen. Aber etwas zu essen werden wir hier nicht bekommen, mach dir keine Hoffnungen.«

Sie schleppte ihn zum nächsten Haus. Sie blickten hinein, doch es war leer. Alles darin war ungewöhnlich: Es gab weder Betten noch roch es nach Essen. Nawa witterte die Luft.

»Hier gab es noch nie etwas zu essen«, sagte sie angewidert. »In was für ein dummes Dorf du mich gebracht hast, Schweiger. Was sollen wir hier tun? Solche Dörfer habe ich noch nie gesehen. Hier gibt es kein Kindergeschrei, und auf der Straße ist auch niemand.«

Die Dorfstraße war in Dämmerlicht getaucht, und es war tatsächlich niemand zu sehen. Ringsum herrschte Totenstille. Selbst das dumpfe Raunen und Glucksen des Waldes, das man sonst abends immer hörte, fehlte hier.

»Hast du denn nichts von dem verstanden, was er gesagt hat?«, fragte Athos. »Er hat so seltsame Dinge gesagt, und wenn ich nachdenke, scheint mir, als hätte ich diese Worte schon einmal gehört … Bloß wann und wo, das weiß ich nicht mehr …«

Nawa schwieg eine Weile, dann sagte sie: »Ich kann mich auch nicht erinnern. Aber du hast recht, Schweiger, auch ich habe diese Worte schon einmal gehört, vielleicht im Traum, vielleicht aber auch in unserem Dorf, nicht in dem, in dem wir leben, sondern in dem anderen, wo ich geboren bin. Aber das muss sehr lange her sein, denn damals war ich noch ganz klein und habe seither alles vergessen. Eben schien mir noch, als würde ich mich erinnern, aber ich erinnere mich nicht …«

Im nächsten Haus sahen sie einen Mann, der auf dem Boden lag und schlief. Athos beugte sich über ihn, schüttelte ihn an der Schulter, doch der Mann wachte nicht auf. Seine Haut war heiß und trocken, und er hatte fast keine Muskeln.

»Er schläft«, meinte Athos und drehte sich zu Nawa um.

»Wie kann er schlafen«, entgegnete Nawa, »wenn er uns anschaut?«

Athos beugte sich noch einmal über den Mann. Es kam ihm tatsächlich so vor, als schaue ihn dieser an. Aber es schien nur so.

»Nein, er schläft«, sagte Athos. »Gehen wir.«

Entgegen ihrer Gewohnheit schwieg Nawa. Sie gingen bis zur Mitte des Dorfes, blickten in jedes Haus, und in jedem Haus sahen sie Schlafende; es waren alles Männer. Nicht eine Frau war darunter und kein einziges Kind. Nawa sagte nun kein Wort mehr. Auch Athos war unheimlich zumute. Die Schlafenden wachten nicht auf, doch fast jedes Mal, wenn er sich beim Hinausgehen nach ihnen umblickte, kam es ihm so vor, als begleiteten sie ihn mit kurzen, vorsichtigen Blicken. Es war schon völlig dunkel. Athos fühlte sich so müde, dass ihm alles gleichgültig war. Er wollte jetzt nur noch eins: sich irgendwo unter ein Dach legen, damit im Schlaf nicht irgendetwas Widerwärtiges auf ihn herabfiel, wenn es sein musste, auch direkt auf den harten, festgetrampelten Boden; lieber war ihm allerdings ein leeres Haus, doch ohne diese verdächtigen Schlafenden. Nawa hing völlig entkräftet an seinem Arm.

»Hab keine Angst«, beruhigte Athos sie. »Hier ist nichts, wovor du dich fürchten müsstest.«

»Was sagst du?«, fragte sie mit verschlafener Stimme.

»Ich sage, hab keine Angst. Die sind hier alle halbtot, die werfe ich mit einer Hand um.«

»Ich habe vor niemandem Angst«, entgegnete Nawa ärgerlich. »Ich bin müde und will schlafen, wenn du mir schon nichts zu essen gibst. Du gehst und gehst von einem Haus zum anderen, mir reicht es jetzt. In allen Häusern ist es gleich. Alle diese Menschen liegen bloß da, und wir beide irren herum.«

Also blickte sich Athos um und betrat das erstbeste Haus. Dort war es stockfinster. Athos horchte, ob sich hier jemand befand, hörte aber nur Nawas schweren Atem; sie hatte ihre Stirn an ihn gelehnt. Er ertastete eine Wand, prüfte mit den Händen, ob es am Boden trocken war, legte sich hin und bettete Nawas Kopf auf seinen Bauch. Nawa schlief bereits. Morgen ... früh aufstehen ... zurück durch den Wald zum Weg ... Die Diebe sind natürlich schon fort ... und wenn nicht ... Wie es den Jungs im Neuen Dorf wohlgeht ... etwa schon wieder übermorgen? ... nein, ganz sicher morgen ... morgen ...

Das Licht weckte ihn, und er dachte, der Mond sei aufgegangen. Im Haus war es dunkel, doch durch das Fenster und die Türöffnung fiel lilafarbenes Licht herein. Athos wunderte sich, wie das Mondlicht zugleich durch das Fenster und durch die Tür gegenüber einfallen konnte, doch dann erinnerte er sich, dass er auf der Pandora war, und es hier keinen echten Mond geben konnte. Das vergaß er jedoch sogleich wieder, denn in dem Lichtstreifen, der durch das Fenster hereinfiel, tauchte die Silhouette eines Menschen auf. Dieser stand mit dem Rücken zu ihm am Fenster und blickte hinaus. Athos konnte erkennen, dass er die Arme hinter dem Rücken verschränkt und den Kopf geneigt hatte, genauso wie Karl immer bei Regen und Nebel am Fenster gestanden hatte. Auf einmal wurde ihm klar, dass es tatsächlich Karl war; er hatte sich damals von der Basis entfernt, war in den Wald gegangen und nie mehr zurückgekehrt. Vor Aufregung schnappte Athos nach Luft und rief: »Karl!« Karl wandte sich langsam um, das lila Licht vom Fenster schien auf sein Gesicht, und Athos erkannte, dass es nicht Karl war, sondern ein unbekannter Mann, jemand von hier, der sich ihm nun lautlos näherte und sich über ihn beugte, die Arme noch immer hinter dem Rücken verschränkt. Sein Gesicht war deutlich zu sehen, ein ausgezehrtes, bartloses Gesicht, das Karl nicht im mindesten ähnelte. Ohne ein Wort zu sagen, richtete er sich wieder auf und ging zur Tür, noch immer gebückt, und als er über die Schwelle trat, wusste Athos plötzlich, dass es doch Karl gewesen war. Er sprang auf und lief ihm hinterher.

Draußen vor der Tür blieb Athos stehen und blickte die Straße hinab. Es war sehr hell, denn der Himmel, der tief über dem Dorf hing, leuchtete lila. Schräg gegenüber, auf der anderen Seite der Straße, erhob sich ein seltsames flaches Gebäude, vor dem sich Menschen versammelt hatten. Der Mann, der Karl ähnelte, ging auf das Gebäude zu, trat zu den Menschen und verschwand in der Menge. Auch Athos wollte zu dem Gebäude hinübergehen, doch seine Beine fühlten sich an wie Watte und er war unfähig, auch nur einen einzigen Schritt zu machen. Er wunderte sich, dass ihn die Beine überhaupt trugen und fürchtete schon umzufallen; er wollte sich an etwas festklammern, doch ringsum war nichts als Leere.

Ein Schrei ertönte, ein lauter, tiefempfundener Schmerzensschrei, der in den Ohren gellte. Athos begriff sofort, dass der Schrei aus dem flachen Gebäude kam, vielleicht weil es sonst keinen anderen Ort zum Schreien gab. Fast im selben Moment spürte er einen heftigen Stich im Rücken. Er drehte sich um und erblickte Nawa, die den Kopf in den Nacken gelegt hatte und langsam nach hinten fiel. Er fing sie auf und nahm sie auf seine Arme. Er begriff nicht, was mit ihr geschah, hatte aber gleichzeitig das furchtbare Verlangen, es herauszufinden. Ihr Kopf war noch immer zurückgebeugt, und er sah ihre offene Kehle direkt vor sich – jene Stelle, wo sich bei den Erdenmenschen das Grübchen zwischen den Schlüsselbeinen befand. Nawa hatte stattdessen zwei solcher Grübchen, wie alle hiesigen Menschen, und er musste doch dringend herausfinden, warum das so war. Ihm fiel auf, dass der Schrei noch immer nicht aufgehört hatte, und er begriff, dass er dorthin musste, woher der Schrei kam. Warum hatten sie zwei Grübchen? Was war ihr Zweck? Der Schrei dauerte noch immer an. Vielleicht war das ja der Grund für alles, warum hatte noch niemand daran gedacht, man hätte schon viel früher daran denken müssen, dann wäre jetzt alles anders ...

Der Schrei brach ab. Athos bemerkte, dass er bereits direkt vor dem Gebäude stand, inmitten all der Menschen, vor einer quadratischen, schwarzen Tür. Er versuchte zu verstehen, was er hier zu suchen hatte, mit Nawa auf den Armen, doch er kam nicht dazu, denn aus der schwarzen, quadratischen Tür kamen Karl und Valentin heraus, mürrisch und gereizt; sie blieben stehen und unterhielten sich. Er sah, wie sich ihre Lippen bewegten, und erriet, dass sie sich stritten, ärgerten, doch er verstand nicht, was sie sagten. Nur einmal erhaschte er das Wort »Chiasma«, das ihm bekannt vorkam. Da fiel ihm ein, dass Karl verschollen, Valentin hingegen einen Monat nach dem Unfall gefunden und bestattet worden war. Ein furchtbares Grauen ergriff ihn, und er begann rückwärtszugehen, stieß mit dem Rücken gegen jemand anderen, und selbst als er erkannte, dass die beiden gar nicht Karl und Valentin waren, nahm seine Furcht nicht ab. Er ging immer weiter zurück, bis plötzlich jemand neben ihm sagte: »Wo willst du denn mit ihm hin? Geh geradeaus, da ist die Tür. Siehst du etwa keine Türen?« Da drehte er sich um, nahm Nawa auf die Schulter und lief die leere, beleuchtete Dorfstraße entlang, wie im Traum, auf weichen, einknickenden Beinen, ohne jedoch Schritte von Verfolgern hinter sich zu hören.

Er kam erst wieder zu sich, als er gegen einen Baum stieß. Nawa schrie auf, und er legte sie auf die Erde. Unter seinen Füßen spürte er Gras.

Von hier aus war das ganze Dorf zu sehen. Über dem Dorf stand der Nebel wie ein leuchtender lilafarbener Kegel, und die Häuser sahen verschwommen aus, ebenso die Silhouetten der Menschen.

»Ich erinnere mich an gar nichts«, murmelte Nawa. »Warum sind wir hier? Wir haben uns doch schon schlafen gelegt. Oder träume ich das alles?«

Athos hob sie wieder auf und trug sie weiter, immer weiter, bis es ringsum völlig dunkel geworden war. Dann ging er noch ein Stück, ließ Nawa wieder auf den Boden herab und setzte sich neben sie. Hohes, warmes Gras umgab sie. Es war keine Feuchtigkeit zu spüren. Noch nie war Athos im Wald auf eine so trockene, wohltuende Stelle gestoßen. Sein Kopf schmerzte, er war schläfrig, nickte immer wieder ein und wollte an nichts mehr denken. Er empfand nur eine enorme Erleichterung, dass er das Schreckliche, das er hatte tun wollen, nicht getan hatte.

»Weißt du, Schweiger«, begann Nawa mit verschlafener Stimme. »Jetzt erinnere ich mich wieder, wo ich diese Worte schon einmal gehört habe. Du selbst hast sie gesagt, Schweiger. Als du noch ganz ohne Gedächtnis warst. Hör mal, Schweiger, vielleicht stammst du ja aus diesem Dorf? Vielleicht hast du es einfach vergessen? Du warst damals ja sehr krank, Schweiger, und ganz ohne Gedächtnis …«

»Schlaf«, sagte Athos. Er wollte nicht mehr denken. An nichts wollte er denken. »Chiasma«, fiel ihm noch einmal ein.

5

Der Zeppelin tauchte riskant tief in die dicken, vom Wind aufgewirbelten Wolken über dem Wald ein und warf das Geländefahrzeug etwa einen halben Kilometer von der Stelle ab, wo man Sartakows Signalraketen gesehen hatte.

Gorbowski spürte einen leichten Stoß, als sich die Fallschirme öffneten, und wenige Sekunden später einen zweiten, stärkeren Stoß, fast schon einen Schlag, als das Geländefahrzeug durch die Baumkronen hindurch in den Wald einbrach. Alik Kutnow feuerte die Fallschirme ab, fuhr testweise die Motoren hoch und meldete: »Alles bereit.«

Paul kommandierte: »Ziel anpeilen – und los.«

Ein wenig neidisch beobachtete Gorbowski die beiden. Sie arbeiteten, waren beschäftigt, und man sah, dass es ihnen Spaß machte: der riskante Sprung aus geringer Höhe, der Schacht, den der Panzer in das grüne Waldmassiv gerissen hatte, der Lärm der Motoren und überhaupt die ganze Situation: Sie mussten nun nicht mehr warten, denn alles war schon geschehen; ihre Gedanken brauchten nicht mehr umherzustreifen wie eine fröhliche Gesellschaft bei einem Picknick, sondern waren einem klar definierten Ziel untergeordnet. So mussten sich früher die Feldherren gefühlt haben, wenn der schon verloren geglaubte Feind plötzlich wieder auftauchte, seine Absichten deutlich wurden, und man das eigene Tun endlich wieder auf die altbekannten Befehle und Vorschriften stützen konnte. Gorbowski vermutete, dass sie sich insgeheim sogar über den Vorfall freuten, denn er gab ihnen Gelegenheit, ihre Bereitschaft, ihr Können und ihre Erfahrung zu beweisen. Dies natürlich nur, solange alle am Leben waren und sich niemand in Gefahr befand. Gorbowski dagegen empfand, wenn man von jenem Anflug von Neid einmal absah, ein Gefühl der Erwartung angesichts der Begegnung mit dem Unbekannten; er hoffte auf diese Begegnung ebenso wie er sich davor fürchtete.

Das Geländefahrzeug folgte langsam und vorsichtig dem Peilsignal. Sobald es sich den Pflanzen näherte, verloren diese sogleich an Feuchtigkeit, und alles – Baumstämme, Zweige, Laub, Lianen, Blüten und Pilze – zerfiel zu Mulm, vermischte sich mit dem sumpfigen Schlamm und gefror augenblicklich zu einem eisigen Panzer, über den die Raupenketten hinwegschepperten.

»Wir sehen euch!«, tönte Sartakows Stimme aus dem Lautsprecher. Alik bremste scharf. Die Wolke aus Mulm sank langsam zu Boden.

Gorbowski löste hastig die Sicherheitsgurte und ließ seinen Blick über den Bildschirm der Außenkamera gleiten. Er wusste nicht, wonach er suchen sollte. Vielleicht nach etwas, das aussah wie Schleim und wovon einem übel wurde, etwas Außergewöhnliches, das sich nicht beschreiben ließ. Doch ringsum regte sich der Wald, bebte und krümmte sich, änderte seine Farbe, schillernd und flackernd, täuschte die Sicht, wogte heran und zog sich wieder zurück, drohte ihnen, verspottete und verhöhnte sie. Er war ganz und gar außergewöhnlich, unbeschreiblich, und verursachte Übelkeit. Doch das Außergewöhnlichste und Unvorstellbarste in diesem Wald waren die Menschen, und deshalb entdeckte Gorbowski sie zuerst. Sie gingen auf das Geländefahrzeug zu, schlank und behände, selbstbewusst und elegant, leichten Schrittes und ohne zu stolpern. In Sekundenbruchteilen wählten sie exakt die Stelle, an der sie auftreten konnten, und taten, als bemerkten sie den Wald nicht, als seien sie im Wald wie zu Hause, als gehöre der Wald ihnen bereits. Wahrscheinlich taten sie nicht nur so, sondern dachten es wirklich. Und der Wald hing über ihnen, lachte lautlos und deutete mit Myriaden spöttischer Finger auf sie, ein schlaues Wesen, das sich vertraut, demütig und einfältig gab – als gehöre es ihnen. Vorerst.

Rita Sergejewna und Sartakow kletterten auf eine der Raupenketten, und alle gingen nach draußen, um sie zu begrüßen.

»Wie konntest du nur so ungeschickt sein?«, sagte Paul zu Sartakow.

»Ungeschickt?«, fragte Sartakow. »Schau doch mal hin! Siehst du das?«

»Was?«

»Eben«, sagte Sartakow. »Und jetzt sieh mal genauer hin ...«

»Guten Tag, Leonid Andrejewitsch«, grüßte Rita Sergejewna. »Haben Sie Toivo Bescheid gesagt, dass alles in Ordnung ist?«

»Toivo weiß von nichts«, antwortete Gorbowski. »Kein Anlass zur Beunruhigung, Rita. Wie geht es Ihnen? Was ist passiert?«

»Du schaust in die falsche Richtung«, sagte Sartakow ungeduldig zu Paul. »Seid ihr denn alle blind?! ...«

»Ha!«, schrie Alik plötzlich auf und deutete mit dem Finger in eine Richtung. »Ich sehe es! Nicht zu fassen ...«

»Ja ...«, meinte Paul leise, und seine Stimme klang angespannt.

Auf einmal sah es Gorbowski auch. Es tauchte plötzlich auf, wie das Motiv eines Fotos im Entwicklungsbad, wie der Hase in einem der Kinder-Suchrätsel, der, wenn man ihn einmal gefunden hatte, nicht mehr zu übersehen war. Es befand sich ganz in der Nähe, ja es reichte sogar bis auf wenige Schritte an die breiten Raupenketten des Geländefahrzeugs heran.

Eine riesige, lebendige Säule erhob sich bis zu den Baumkronen, eine Garbe aus feinsten, durchsichtigen Fasern, klebrig, glänzend, sich windend und dabei straff gespannt. Die Säule stieß durch das dichte Laub und stieg immer weiter hinauf, bis sie in den Wolken verschwand. Sie stand mitten in einer Kloake, einem dicken, brodelnden Brei voller Protoplasma, das lebendig war und Blasen warf, primitives Fleisch, das sich unablässig zusammensetzte und sogleich wieder zerfiel, seine Zersetzungsprodukte ans flache Ufer warf und klebrigen Schaum ausspuckte … Im nächsten Augenblick vernahmen sie im Lärm des Waldes die Stimme dieser Kloake, als hätten sich plötzlich unsichtbare Geräuschfilter eingeschaltet: Es war ein Brodeln, Spritzen, Schluchzen und Blubbern, ein langgezogenes sumpfiges Stöhnen, und eine schwere Wand aus Gerüchen waberte heran, eine Mischung aus rohem, saftigem Fleisch, Blutserum, frischer Galle, Molke und heißem Kleister, und erst jetzt bemerkte Gorbowski, dass Rita Sergejewna und Sartakow Sauerstoffmasken trugen, und Alik und Paul sich mit verzerrten Mienen die Mundstücke ihrer Atemgeräte vors Gesicht hielten. Er selbst setzte keine Atemmaske auf, so als hoffte er, dass ihm vielleicht die Gerüche erzählten, was ihm bisher weder Augen noch Ohren verraten hatten.

»Gruselig …«, sagte Alik angewidert. »Was ist das, Wadim?«

»Woher soll ich das wissen?«, entgegnete Sartakow. »Vielleicht eine Art Pflanze …«

»Ein Tier«, vermutete Rita Sergejewna. »Ein Tier, keine Pflanze … Es ernährt sich von Pflanzen.«

Um die Kloake herum standen Bäume, die sich zitternd und wie fürsorglich darüberbeugten. Die Zweige der Bäume wuchsen nur in eine Richtung – der brodelnden Masse zu, und um die Zweige herum schlängelten sich dicke zottige Lianen. Sie hingen in die Kloake hinab, wurden von dieser aufgenommen, abgenagt und absorbiert – so wie das Protoplasma alles, was sich in seiner Reichweite befand, absorbierte und zu Fleisch von seinem Fleisch machte ...

»Nein«, sagte Sartakow. »Es bewegt sich nicht. Es wird nicht einmal größer und wächst nicht. Zuerst dachte ich, dass es über das Ufer treten und sich unserem Baum nähern würde, aber das kam mir nur so vor, weil ich Angst hatte. Oder es war der Baum, der sich dem Protoplasma genähert hat ...«

»Ich weiß nicht«, sagte Rita. »Ich saß am Steuer des Hubschraubers und habe nichts bemerkt. Wahrscheinlich sind wir gegen diese ... Säule gestoßen, und die Rotoren sind am Schleim hängen geblieben. Ein Glück, dass wir so niedrig und langsam geflogen sind. Wir hatten Angst vor einem Gewitter und suchten einen sicheren Platz ...«

»Wenn es nur Pflanzen wären!«, fuhr Sartakow fort. »Wir haben beobachtet, wie Tiere dort hineingefallen sind, etwas scheint sie förmlich anzuziehen, sie rutschen kreischend die Zweige hinab, werfen sich in die Kloake und lösen sich auf – sofort, und ohne dass etwas von ihnen übrig bliebe.«

»Nein, das ist reiner Zufall«, sagte Rita. »Glück im Unglück, sozusagen. Der Hubschrauber saß buchstäblich auf der Krone auf und kippte nicht einmal um. Die Tür hat auch nicht geklemmt, sodass der Rumpf heil geblieben sein dürfte, nur die Rotorblätter hat's erwischt ...«

»Nicht eine Minute Ruhe«, stellte Sartakow fest. »Es brodelt unaufhörlich, so wie jetzt, aber das ist nicht mal das Interessanteste ... Warten wir noch ein paar Minuten, dann seht ihr, was ich meine ...«

Und nach ein paar Minuten rief Sartakow: »Schaut!«

Die Kloake gebar. Mit ungeduldigen, krampfhaften Stößen begann sie Fetzen einer weißlichen, schwabbeligen, teigigen Masse auf das flache Ufer zu werfen. Diese rollten zuerst hilflos und blind herum, dann hielten sie inne, drückten sich platt auf die Erde und streckten ganz vorsichtig ihre kleinen

Scheinfüßchen aus. Bald fingen sie an, sich zielgerichtet zu bewegen – noch etwas übereilt und immer wieder zusammenstoßend, aber alle in einer bestimmten Richtung und im selben Abstand zur Kloake, hinein ins Dickicht, fort – eine fließende, weißliche Kolonne, wie gigantische, sackartige, schleimige Ameisen.

»Alle eineinhalb Stunden bringt das Protoplasma sie hervor«, berichtete Sartakow. »Jeweils zehn, zwanzig, dreißig Stück auf einmal ... Mit erstaunlicher Regelmäßigkeit, alle siebenundachtzig Minuten ...«

»Aber sie laufen nicht immer dorthin«, wandte Rita ein. »Manchmal bewegen sie sich in diese Richtung, und manchmal dorthin, an unserem Baum vorbei. Am häufigsten aber kriechen sie tatsächlich so wie jetzt ... Paul, lassen Sie uns schauen, wohin, es kann doch nicht weit sein, sie sind einfach zu hilflos ...«

»Vielleicht sind es auch Samen«, sagte Sartakow. »Oder Welpen, woher soll ich das wissen. Oder aber kleine Tachorge. Bisher hat schließlich noch niemand kleine Tachorge gesehen. Es wäre gut, wenn wir ihnen folgten, um herauszufinden, was weiter mit ihnen geschieht. Was meinst du, Paul?«

Ja, das wäre gut, dachte Paul. Warum nicht? Wenn wir schon einmal hier sind ... Wir könnten neben ihnen herfahren, vorsichtig natürlich. Es ist alles möglich. Noch ist alles möglich. Vielleicht handelt es sich bloß um einen überflüssigen Auswuchs auf der Maske, geheimnisvoll und sinnlos, aber vielleicht hat sich auch genau hier, an dieser Stelle, die Maske ein wenig geöffnet – nur dass uns das Gesicht dahinter so fremd ist, dass es uns auch wie eine Maske erscheint. Wie gut wäre es, wenn dies Samen wären oder kleine Tachorge ...

»Ja, warum nicht?«, antwortete Paul entschlossen. »Fahren wir. So weiß ich wenigstens, womit sich bald unsere Biologen beschäftigen werden. Gehen wir in den Führerstand; wir müssen Schestopal Bescheid sagen, damit er uns mit dem Zeppelin folgt...«

Dort angekommen, nahm Paul Verbindung zum Zeppelin auf, Alik wendete das Geländefahrzeug.

»Gut«, meinte Schestopal. »Wird gemacht. Was ist das denn da unten? Eine Art Geysir? Ich stoße die ganze Zeit gegen etwas Weiches und kann nichts sehen. Es ist ziemlich unangenehm, und die Scheiben der Kabine sind voll mit irgendwelchem Schleim...«

Alik wendete auf einer Raupenkette und riss mit dem Heck mehrere Bäume um.

»Herrje!«, rief Rita plötzlich. »Der Hubschrauber!«

Alik bremste, und alle blickten nach oben. Der Hubschrauber fiel langsam herab, klammerte sich an ausgebreitete Äste, glitt auf ihnen entlang, überschlug sich, krallte sich mit seinen verstümmelten Rotoren fest und riss eine Wolke aus Laub mit sich. Dann fiel er in die Kloake. Alle standen gleichzeitig auf. Gorbowski kam es vor, als habe sich das Protoplasma unter dem Gewicht des Hubschraubers durchgebogen, um den Aufschlag zu dämpfen, bevor es ihn weich und lautlos schluckte und sich über ihm schloss.

»Tja«, sagte Sartakow verärgert. »Zu dumm, die Ausbeute einer ganzen Woche...«

Die Kloake hatte sich in einen Rachen verwandelt: Sie sog, kostete und genoss. Sie rollte den Hubschrauber hin und her, wie ein Mensch mit der Zunge ein großes Fruchtbonbon von einer Backe in die andere schiebt. Der Hubschrauber drehte sich in der schäumenden Masse, verschwand, tauchte wieder auf, winkte hilflos mit den Überresten seiner Rotoren, und mit jedem neuen Auftauchen nahm er zusehends ab. Zuerst wurde seine organische Umhüllung dünner, dann durchscheinend wie Transparentpapier, und schon konnte man die Gerippe der Motoren und die Rahmen der Armaturen erkennen. Dann endlich zerfloss die Außenhaut, der Hubschrauber verschwand ein letztes Mal und tauchte nicht wieder auf. Gorbowski blickte Rita an. Sie war blass und hatte ihre Hände zu Fäusten geballt.

Sartakow räusperte sich und meinte: »Ehrlich gesagt, ich hätte nicht gedacht ... Ich muss zugeben, Direktor, dass ich ziemlich unbedacht gehandelt habe, aber ich hätte nie gedacht ...«

»Vorwärts«, kommandierte Paul trocken.

Es waren dreiundvierzig »Welpen«. Sie bewegten sich langsam und unermüdlich in einer Kolonne vorwärts, einer nach dem anderen; sie schienen auf dem Boden entlangzufließen, schwappten über modrige Baumstämme, Bodenfurchen, Lachen stehenden Wassers, durch hohes Gras und dornige Büsche. Dabei blieben sie weiß und sauber, nicht ein Staubkorn blieb an ihnen hängen, kein Dorn verletzte sie und auch der schwarze Schlamm des Sumpfes hinterließ keine Flecken. Mit schlafwandlerischer Sicherheit glitten sie weiter, so als befänden sie sich auf einem sehr vertrauten Weg.

Alik fuhr äußerst vorsichtig parallel zu der Kolonne. Er hatte alle Außenaggregate abgeschaltet und achtete darauf, den »Welpen« nicht zu nahe zu kommen, behielt sie aber immer im Auge. Sie bewegten sich nur sehr langsam vorwärts, fast langsamer noch als ein Fußgänger, doch mit bemerkenswerter Ausdauer. Alle halbe Stunde schoss Paul eine Signalrakete ab, und Schestopals monotone Stimme meldete aus dem Lautsprecher: »Rakete gesichtet. Ihr seid nicht zu sehen.« Manchmal fügte er noch hinzu: »Habe Seitenwind. Ihr auch?« Das war Schestopals persönlicher Witz, fast schon eine Tradition.

Von Zeit zu Zeit verließ Sartakow mit Pauls Erlaubnis den Führerstand, sprang vom Geländefahrzeug herab und ging neben einem »Welpen« her. Die Welpen aber nahmen keinerlei Notiz von ihm; offenbar ahnten sie nicht einmal, dass er existierte. Später gingen, erneut mit Pauls Erlaubnis, erst Rita Sergejewna und dann Gorbowski eine Weile neben den Welpen her. Ein unangenehmer, scharfer Geruch ging von ihnen aus. Ihre Hülle schimmerte fast durchsichtig, und darunter, so schien es, bewegten sich wellenartig Schatten. Auch Alik bat darum, zu den Welpen gehen zu dürfen, doch Paul erlaubte es nicht. Er selbst blieb ebenfalls im Wagen – vielleicht wollte er so zu verstehen geben, dass ihm die Bitten der Besatzung missfielen.

Als Sartakow von einem weiteren Spaziergang zurückkehrte, schlug er vor, einen der Welpen zu fangen. »Es ist ganz einfach«, erklärte er. »Wir leeren einen der Wasserbehälter, stülpen ihn über einen Welpen und ziehen ihn beiseite. Irgendwann werden wir sowieso einen fangen müssen.«

»Abgelehnt«, beschied Paul. »Erstens wird er es nicht überleben. Und zweitens genehmige ich nichts, solange nicht alles geklärt ist.«

»Was denn ›alles‹?«, hakte Sartakow aggressiv nach.

»Alles«, antwortete Paul. »Was, warum, wozu ...«

»Vielleicht auch noch, was der Sinn des Lebens ist?«, lästerte Sartakow.

»Ich glaube, es handelt sich bloß um eine Art von Lebewesen«, erklärte Alik, dem Streitereien zuwider waren.

»Zu komplex für ein Lebewesen«, wandte Rita ein. »Ich meine: zu komplex für eine solche Größe. Es ist schwer sich vorzustellen, was das für ein Lebewesen sein könnte.«

»Für Sie vielleicht«, erwiderte Alik gutmütig. »Oder für mich. Aber Ihr Toivo, zum Beispiel, könnte sich das ohne weiteres vorstellen; für ihn wäre das sogar leichter, als für mich einen Motor anzulassen. Schwupp – schon hat er es sich vorgestellt, so groß wie ein Haus.«

»Wissen Sie, was das ist?«, fragte Sartakow, der sich nun wieder beruhigt hatte. »Das ist eine Falle.«

»Eine Falle? Von wem?«

»Von irgendwem«, antwortete Sartakow.

»Von einem, der Hubschrauber fängt«, bemerkte Paul.

»Was spricht dagegen?«, entgegnete Sartakow. »Sidorow hat es vor drei Jahren erwischt, Karl noch früher, und jetzt meinen Hubschrauber.«

»Ist Karl etwa hier verschwunden?«, erkundigte sich Alik.

»Das spielt keine Rolle«, meinte Sartakow. »Es kann mehrere Fallen geben.«

»Paul«, sagte Rita Sergejewna. »Dürfte ich wohl mit Toivo sprechen?«

»In Ordnung«, antwortete Paul. »Ich stelle die Verbindung her ...«

Rita sprach mit Toivo. Sartakow stieg noch einmal aus und ging neben den Welpen her. Schestopal meldete noch einmal, er habe Seitenwind, und machte den üblichen Witz. Dann aber sahen sie, wie sich die Formation der Welpen auflöste. Die Kolonne teilte sich. Gorbowski zählte: Zweiunddreißig Welpen bewegten sich geradeaus weiter, während die elf anderen eine zweite Kolonne bildeten und nach links abbogen, sodass sie den Weg des Geländefahrzeugs kreuzten. Alik fuhr noch einige Meter weiter, dann hielt er an.

»Links ist ein See«, meldete er.

Tatsächlich lag linker Hand zwischen den Bäumen – gar nicht weit vom Geländefahrzeug entfernt – ein See, dessen dunkles Wasser glatt und unbeweglich dalag. Gorbowski sah hinauf in den niedrigen, wolkenverhangenen Himmel und erblickte die verschwommenen Umrisse des Zeppelins. Die elf Welpen bewegten sich zielsicher auf das Wasser zu. Gorbowski beobachtete, wie sie über einen schiefen Baumstumpf glitten, der direkt am Ufer lag, und sodann einer nach dem anderen ins Wasser plumpsten. Ölige Kreise breiteten sich auf der dunklen Oberfläche aus.

»Sie versinken!«, rief Sartakow verblüfft.

»Genauer gesagt: Sie ertränken sich«, meinte Alik. »Was jetzt, Paul? Ihnen hinterher? Oder geradeaus?«

Paul studierte die Karte.

»Wie immer«, sagte er. »Dieser See ist auf unseren Karten nicht verzeichnet. Wenn eine Karte älter ist als zwei Jahre, ist sie nicht mehr zu gebrauchen.« Er faltete die Karte zusammen und zog das Periskop zu sich heran. »Wir fahren geradeaus weiter. Aber warte noch ein wenig.«

Langsam drehte er das Periskop, dann hielt er inne, offenbar, um sich etwas genauer anzusehen. In der Kabine war es auf einmal ganz still. Alle blickten ihn an. Gorbowski sah, wie seine rechte Hand nach der Tastatur der Kamera langte und einige Male etwas darauf tippte. Dann wandte sich Paul um und blickte Gorbowski blinzelnd an.

»Merkwürdig«, sagte er. »Wollen Sie vielleicht einen Blick darauf werfen? Am anderen Ufer ...«

Gorbowski stellte das Periskop ein, machte sich aber keine Hoffnung, irgendetwas zu entdecken. Das wäre zu einfach gewesen. Er sah auch nichts, nur die Oberfläche des Sees, das ferne, grasbewachsene Ufer und die Silhouette des Waldes vor dem grauen Himmel. Er fragte: »Was haben Sie denn dort gesehen?«

»Dort war ein weißer Punkt«, antwortete Paul. »Mir kam es vor, als sei es ein Mensch ... Ein dummer Gedanke, natürlich.«

Das dunkle Wasser, der Waldrand, der graue Himmel.

»Gehen wir davon aus, dass es eine Nixe war«, sagte Gorbowski und trat vom Periskop zurück.

6

Als Athos erwachte, schlief Nawa noch. Sie lag auf dem Bauch in einer Vertiefung zwischen zwei Wurzeln, das Gesicht in der linken Armbeuge verborgen und den rechten Arm zur Seite gestreckt. In ihrer schmutzigen, halb geöffneten Faust sah Athos einen dünnen Gegenstand aus Metall. Er begriff nicht gleich, was es war. Erst einen Moment später erinnerte er sich wieder an den seltsamen Halbtraum der vergangenen Nacht, an seine Angst und seine Erleichterung, dass nichts Furchtbares geschehen war. Und plötzlich fiel ihm ein, was es für ein Gegenstand war, sogar eine Bezeichnung tauchte in seinem Gedächtnis auf. Es war ein Skalpell. Er wartete ein wenig und prüfte, ob die Form des Gegenstands dem Klang des Wortes entsprach, auch wenn er schon wusste, dass es hier nichts zu prüfen gab, dass alles stimmte. Aber es war völlig unmöglich, denn ein Skalpell stand in Form und Bezeichnung in krassem Widerspruch zu dieser Welt. Athos weckte Nawa.

Das Mädchen erwachte, setzte sich sogleich auf und fing an zu reden: »Was für ein trockener Platz. Ich hätte nie im Leben gedacht, dass es so trockene Plätze gibt, und dass hier nur Gras wächst. Findest du nicht auch, Schweiger?«

Sie verstummte, entdeckte das Skalpell in ihrer Faust und hielt es sich vors Gesicht. Eine Sekunde lang blickte sie es an, dann kreischte sie auf, warf es fort und sprang auf. Das Skalpell fiel ins Gras und blieb aufrecht stecken. Ängstlich blickten die beiden es an.

»Was ist das, Schweiger?«, flüsterte Nawa schließlich. »Was für ein furchtbares Ding ... Oder ist das eine Pflanze? Hier ist alles so trocken, vielleicht ist es eine Pflanze?«

»Warum ist es furchtbar?«, fragte Athos.

»Es *ist* furchtbar«, antwortete Nawa. »Nimm es doch mal in die Hand ... Nimm es in die Hand, dann verstehst du, warum es furchtbar ist. Ich weiß selbst nicht, warum ...«

Athos nahm das Skalpell. Es war noch warm, aber das scharfe Ende verströmte Kälte, und wenn man vorsichtig mit dem Finger das Skalpell entlangfuhr, konnte man die Stelle finden, wo es aufhörte warm zu sein und allmählich kalt wurde.

»Woher hast du es?«, fragte Athos.

»Nirgendwoher«, antwortete Nawa. »Es ist wahrscheinlich von selbst in meine Hand gekrochen, während ich schlief. Siehst du, wie kalt es ist. Wahrscheinlich wollte es sich wärmen und ist in meine Hand gekrochen. Ich habe noch nie so etwas gesehen ... so ein ... ich weiß gar nicht, wie ich es nennen soll. Vielleicht hat es ja Beine, und hat sie bloß versteckt? Wie hart es ist ... Aber vielleicht schlafen wir ja beide noch, Schweiger?« Plötzlich stockte sie und blickte Athos an. »Heute Nacht waren wir doch in dem Dorf? Das waren wir doch ... Und da gab es diesen Menschen ohne Gesicht, der glaubte, dass ich ein Junge bin ... Wir suchten einen Platz zum Schlafen ... Ja, und dann bin ich aufgewacht, und du warst nicht da, ich habe mit der Hand umhergetastet ... Und genau da ist es in meine Hand gekrochen! Aber das Erstaunliche daran ist, Schweiger, dass ich in dem Moment gar keine Angst davor hatte, im Gegenteil ... Ich brauchte es für etwas ...«

»Das alles war ein Traum«, sagte Athos bestimmt. Er hatte eine Gänsehaut bekommen. »Vergiss es, es war ein Traum. Such uns lieber etwas zu essen. Und dieses Ding werde ich vergraben.«

»Für irgendetwas brauchte ich es ...«, wiederholte Nawa. »Irgendetwas musste ich tun ...« Sie schüttelte den Kopf. »Ich mag solche Träume nicht. Wenn man sich an nichts mehr erinnert. Vergrab es so tief wie möglich, sonst kommt es wieder heraus, kriecht in irgendein Dorf und macht jemandem Angst ... Vergrab es, und ich suche nach Essen.« Sie sog mit der Nase die Luft ein. »Irgendwo hier in der Nähe gibt es

Beeren. Erstaunlich, wie können in einer so trockenen Gegend Beeren wachsen?«

Sie lief leicht und geräuschlos über das Gras davon. Athos blieb sitzen, das Skalpell noch immer in seiner Hand. Er machte keine Anstalten, es zu vergraben. Stattdessen umwickelte er die Klinge mit einem Grasbüschel und verbarg das Skalpell in seinem Hemd. Nun erinnerte er sich wieder an alles, wusste jedoch noch immer nicht, was Traum und was Wirklichkeit gewesen war.

Nawa kam bald zurück und schüttete aus ihrem Kleid einen ganzen Haufen Beeren sowie einige große Pilze heraus.

»Da hinten ist ein Pfad, Schweiger«, sagte sie. »Lass uns lieber nicht in das Dorf zurückkehren, sondern auf dem Pfad weitergehen. Irgendwohin gelangen wir sicher. Dort fragen wir nach dem Weg zum Neuen Dorf, und alles wird gut. Aber in dieses Dorf lass uns nicht mehr zurückgehen. Ich mochte es von Anfang an nicht, und es ist gut, dass wir von dort fortgegangen sind. Wir hätten erst gar nicht hingehen sollen. Die Diebe haben uns doch zugerufen, dass du nicht weitergehen sollst, weil du sonst zugrunde gehst, aber du hörst ja nie, und jetzt wäre uns deswegen fast etwas Schlimmes passiert ... Warum isst du nicht? Die Pilze sind nahrhaft, und die Beeren schmecken gut. Ich weiß noch, Mutter sagte immer, dass die besten Pilze dort wachsen, wo es trocken ist. Damals verstand ich nicht, was das ist – trocken. Mutter sagte, dass es früher viele trockene Stellen gegeben hat, deswegen verstand sie es, aber ich nicht ...«

Athos probierte einen Pilz und aß ihn auf. Die Pilze schmeckten wirklich gut, auch die Beeren, und er fühlte, dass er wieder zu Kräften kam. Er wollte ebenso wenig wie Nawa in das Dorf zurückkehren und versuchte, sich die Umgebung vorzustellen, wie sie ihm Hinker erklärt und mit einem Stock auf den Boden aufgezeichnet hatte. Ihm fiel ein, dass Hinker von einem Weg zur »Stadt« gesprochen hatte, der sich irgendwo in dieser Gegend befand. Ein sehr guter Weg, hatte Hinker mit Bedauern gesagt, der direkteste Weg zur »Stadt«, aber dorthin kommt man nur durch den Sumpf, und niemand weiß, ob es ihn jetzt noch gibt oder nicht ... Vielleicht war Nawas Pfad ja dieser Weg. Einen Versuch war es wert. Und dennoch mussten sie erst zurückkehren.

»Wir müssen noch einmal zurück, Nawa«, sagte er, als sie gegessen hatten.

»Wohin, in dieses Dorf?«, fragte Nawa ungehalten. »Warum sagst du das, Schweiger? Was haben wir in diesem Dorf noch nicht gesehen? Das ist es, was ich an dir nicht mag, Schweiger: Man kann mit dir nichts ausmachen, wie mit normalen Menschen ... Gerade eben haben wir doch beschlossen, dass wir in dieses Dorf nicht mehr zurückgehen, und jetzt fängst du wieder damit an, dass wir zurückkehren sollen ...«

»Wir müssen dorthin zurück«, wiederholte er. »Ich will es selbst nicht, Nawa, aber es bleibt uns nichts anderes übrig. Vielleicht können sie uns dort erklären, wie wir von hier am schnellsten zur ›Stadt‹ kommen ... Sei nicht böse, Nawa, ich will es ja selbst nicht ...«

»Aber wenn du es nicht willst, warum sollen wir es dann tun?«

Er wollte und konnte ihr nicht erklären, warum. Er erhob sich und ging, ohne sich noch einmal umzusehen, in die Richtung, wo sich das Dorf befinden musste. Nawa holte ihn ein und begleitete ihn. Eine Zeit lang schwieg sie sogar, doch dann hielt sie es nicht mehr aus und erklärte: »Ich werde mit diesen Menschen jedenfalls nicht reden. Das musst du schon selbst tun. Du gehst selbst dorthin, also rede auch selbst. Ich will nichts zu tun haben mit einem Menschen, der nicht mal ein Gesicht hat. Von so einem Menschen ist nichts Gutes zu erwarten. Nicht mal einen Jungen von einem Mädchen unterscheiden kann er ... Schon seit heute morgen habe ich Kopfschmerzen. Und ich weiß, warum ...«

Das Dorf tauchte unverhofft vor ihnen auf. Offenbar hatte sich Athos zu weit links gehalten, denn auf einmal erblickten sie das Dorf rechter Hand zwischen den Bäumen. Hier hatte sich alles verändert, aber Athos begriff nicht gleich, was passiert war. Doch dann wurde ihm klar: Das Dorf versank. Schwarzes Wasser hatte die dreieckige Lichtung überschwemmt. Es stieg immer weiter und überflutete die Häuser. Die Lichtung mitsamt dem Dorf tauchte allmählich auf den Grund eines Sees. Hilflos stand Athos da und sah zu, wie die Fenster im Wasser verschwanden, die feuchten Wände zusammensackten und die Dächer einstürzten. Niemand kam aus den Häusern gelaufen, niemand versuchte sich ans Ufer zu retten, nicht ein Mensch war an der Wasseroberfläche zu sehen. Dies war sicher die erstaunlichste topografische Besonderheit der Pandora: Die Fronten eines Sees oder Sumpfes verschoben sich hier mit erstaunlicher Geschwindigkeit ... Frontverschiebung ... an allen Fronten ... Kampf ... Skalpell ... Aber Valentin war tot. Schon seit mindestens zwei Wochen war er tot ... Das Dach des flachen Gebäudes hatte sich gleichmäßig durchgebogen und tauchte lautlos unter. Über das schwarze Wasser wehte ein leichter Seufzer, und auf der ruhigen Oberfläche breitete sich ein Kräuseln aus. Dann war alles zu Ende. Vor Athos lag ein gewöhnlicher, dreieckiger See.

»Das war's«, sagte Athos.

»Ja«, erwiderte Nawa. Ihre Stimme war so ruhig, dass Athos sie unwillkürlich ansah. Tatsächlich war sie absolut ruhig. Sie schien sogar zufrieden zu sein.

»Das ist die ›Erfassung‹«, sagte sie. »Ab jetzt wird hier immer ein See sein, und diejenigen, die noch in den Häusern sind, werden in dem See leben. Deswegen hatten sie keine Gesichter – das habe ich nicht gleich begriffen. Wer nicht im See leben will, geht fort. Ich zum Beispiel wäre fortgegangen, aber irgendwann werden wir sowieso alle im See leben. Vielleicht ist das sogar gut so. Es hat uns noch niemand davon erzählt ... Gehen wir. Gehen wir zu dem Pfad.«

Anfangs verlief der Weg durch eine angenehm trockene Gegend, doch nach einiger Zeit ging es steil einen Hügel hinab und der Pfad verwandelte sich in einen morastigen, schwarzen Streifen. Der Wald blieb zurück, rechts und links erstreckten sich nun erneut Sümpfe, und es wurde feucht und schwül. Nawa fühlte sich hier wesentlich wohler. Sie redete unablässig, und Athos beruhigte sich ein wenig. In seinem Kopf hörte er wieder das gewohnte Rauschen, und er bewegte sich wie im Halbschlaf. Seine Gedanken kamen und gingen – zufällig, ohne jeden Zusammenhang, und es waren auch weniger Gedanken, als vielmehr Bilder, die da vor ihm auftauchten ... Im Dorf sind alle längst aufgestanden, kam ihm in den Sinn. Hinker humpelt die Hauptstraße entlang und sagt zu jedem, den er trifft, dass Schweiger fortgegangen ist und Nawa mitgenommen hat – wahrscheinlich zur »Stadt«, dabei gibt es gar keine »Stadt«. Vielleicht aber auch nicht zur »Stadt«, vielleicht ins Schilf. Im Schilf lassen sich leicht Fische anlocken, du steckst die Finger ins Wasser, bewegst sie ein wenig, und schon ist er da, der Fisch. Nur, wozu braucht er Fische, mal nachgedacht, Schweiger isst doch gar keinen Fisch, der Dummkopf. Obwohl, vielleicht will er ja für Nawa Fische fangen. Nawa isst Fisch, also fängt er welche für sie. Aber warum hat er dann die ganze Zeit nach der »Stadt« gefragt? Nein, ins Schilf ist er nicht gegangen, und er wird wohl auch nicht so bald zurückkehren ... Da kommt ihm auf der Hauptstraße Faust entgegen und sagt zu jedem, den er trifft, dass Schweiger ihn die ganze Zeit überreden wollte, zur »Stadt« zu gehen. Komm, Faust, hat er gesagt, gehen wir zur »Stadt«, übermorgen. Ein ganzes Jahr hat er mich überredet, mit ihm übermorgen zur »Stadt« zu gehen. Ich hatte Unmengen von Essen vorbereitet, die Alte hat deswegen schon geflucht, und jetzt ist er ohne mich und ohne Essen fortgegangen ... Einmal wollte auch einer ohne Essen fortgehen, aber dann hat er eins auf den Schädel bekommen, und jetzt geht er nicht mehr fort, weder mit Essen noch ohne, so sehr hat er eins auf den Schädel gekriegt ... Und Schwanz steht neben dem Alten, der bei ihm zu Hause frühstückt, und sagt zu ihm: Schon wieder isst du und schon wieder aus fremden Tellern. Glaub nicht, dass ich es dir nicht gönne. Ich wundere mich nur, wie in so einen hageren Alten so viele Töpfe Essen hineinpassen. Iss ruhig, aber sag mir: Vielleicht bist du ja doch nicht allein hier bei uns im Dorf, vielleicht seid ihr ja zu dritt oder wenigstens zu zweit. Das kann man ja gar nicht mit ansehen, wie du isst. Und wenn du satt bist, sagst du immer, dass es nicht geht ...

Nawa ging neben ihm, hielt sich mit beiden Händen an seinem Arm fest und erzählte: »Damals lebte bei uns im Dorf ein Mann, den sie ›Gekränkter Dulder‹ nannten. Du erinnerst dich nicht an ihn, du warst damals noch ohne Gedächtnis. Besagter Gekränkter Dulder ließ sich von allem kränken und fragte immerzu: Warum? Warum ist es tagsüber hell und nachts dunkel. Warum entführen die Totenmenschen Frauen, und keine Männer. Die Totenmenschen hatten ihm nacheinander zwei Frauen gestohlen. Daraufhin streifte er absichtlich tage- und nächtelang durch den Wald, damit sie ihn auch entführten und er seine Frauen wiederfände, aber sie entführten ihn nicht, denn die Totenmenschen können mit Männern nichts anfangen, sie brauchen Frauen. So ist es eben bei ihnen, und wegen irgendeines Gekränkten Dulders ändern sie ja nicht ihre Gewohnheiten ... Außerdem fragte er immer, warum wir auf dem Feld arbeiten müssten, wo es im Wald doch mehr als genug zu essen gebe, wir müssten es doch nur mit Gärstoff begießen und dann essen, worauf der Dorfälteste zu ihm sagte: Wenn du nicht willst, dann arbeite nicht, niemand zwingt dich dazu. Er aber fragte trotzdem immer weiter, warum, warum ... Auch Faust ging er damit auf die Nerven. Hat ihn gefragt, warum das Obere Dorf mit Pilzen überwachsen ist, während unseres einfach nicht zuwachsen will? Faust hat es ihm erst ganz ruhig erklärt, dass bei denen da oben die ›Erfassung‹ stattgefunden hätte, bei uns aber noch nicht, mehr wäre nicht dahinter. Worauf der Gekränkte Dulder wiederum fragte, warum das bei uns mit der ›Erfassung‹ so lange dauere? Am Ende verlor Faust die Geduld und schrie so laut, dass das ganze Dorf es hören konnte. Er lief zum Dorfältesten, um sich zu beschweren, worauf der Dorfälteste ebenfalls wütend wurde und eine Versammlung einberief. Sie suchten den Gekränkten Dulder, um ihn zu bestrafen, doch sie fanden ihn nicht. Auch den Alten hat er so oft belästigt, dass der sogar aufhörte, bei ihm zu essen. Irgendwann hielt er es einfach nicht mehr aus und sagte zu ihm: Lass mich in Ruhe, wegen dir bleibt mir das Essen im Hals stecken, woher soll ich wissen, warum? Die ›Stadt‹ weiß, warum. Und basta. Daraufhin ist der Gekränkte Dulder in die ›Stadt‹ gegangen und nie wieder zurückgekehrt ...«

Langsam flossen links und rechts gelbgrüne Flecken vorbei. Reife Rauschpilze verbreiteten mit dumpfem Zischen rote, fächerförmige Fontänen von Sporen. Eine verirrte Waldwespe surrte angriffslustig auf sie zu und versuchte sie ins Auge zu stechen, sodass sie gut hundert Schritt laufen mussten, um die Wespe abzuhängen. Laut und geschäftig arbeiteten bunte Unterwasserspinnen an ihren Behausungen, und hielten sich dabei an Lianen fest. Springbäume duckten und krümmten sich – bereit zum Sprung –, erstarrten jedoch, als sie die Anwesenheit von Menschen spürten, und taten so, als wären sie normale Bäume. Doch nichts, was Athos sah, konnte er näher betrachten oder sich einprägen. An nichts konnte er denken, denn jeder Gedanke an Karl oder Valentin, an letzte Nacht und das versunkene Dorf, wäre nichts anderes gewesen als ein Fiebertraum.

»Dieser Gekränkte Dulder war ein guter Mensch. Er und Hinker waren es, die dich hinter dem Schilf fanden. Sie waren eigentlich zu den Ameisenhügeln aufgebrochen, aber dann hatte es sie ins Schilf verschlagen, und dort fanden sie dich und schleppten dich her. Besser gesagt, der Gekränkte Dulder schleppte dich, während Hinker ihm nur folgte und alles aufsammelte, was aus dir herausfiel ... Alle möglichen Dinge hat er aufgehoben, aber dann hat er es mit der Angst bekommen, sagt er, und alles weggeworfen. Er meinte, solche Dinge seien bei uns noch nie gewachsen und das wäre auch gar nicht möglich. Und dann zog der Gekränkte Dulder dich aus. Die Kleidung, die du trugst, war sehr merkwürdig; keiner wusste, wo so etwas wächst. Jedenfalls hat er die Kleidung zerschnitten und ausgesät, er dachte wohl, sie würde wachsen. Aber sie wuchs nicht, ja sie keimte nicht einmal, und wieder fing er an, im Dorf herumzugehen und zu fragen, warum jede andere Kleidung wächst, wenn man sie zerschneidet und aussät, aber deine, Schweiger, nicht einmal keimt. Auch dich hat er damals oft mit Fragen bedrängt, aber du hattest kein Gedächtnis, hast nur etwas vor dich hingemurmelt und dir den Arm vors Gesicht gehalten ... Schließlich ließ er dich in Ruhe, ohne etwas erfahren zu haben ... Danach sind viele von den Männern hinters Schilf gegangen – Faust, Schwanz, sogar der Dorfälteste –, weil sie hofften, noch so einen zu finden wie dich. Haben sie aber nicht. Damals brachten sie mich zu dir und sagten: Pflege ihn, und wenn du ihn gesund pflegst, wird er dein Mann sein. Er ist zwar ein Fremder, aber du bist ja auch so etwas wie eine Fremde. Wie ich in dieses Dorf gekommen bin? Das war damals, als die Totenmenschen mich und meine Mutter entführten. Es war eine mondlose Nacht ...«

Der Weg stieg allmählich wieder an, doch die Feuchtigkeit blieb, obwohl sie in ein reines Waldgebiet kamen. Schon bald sah man keine Baumstümpfe, morschen Äste und Haufen aus faulenden Lianen mehr. Das Grün war verschwunden, und alles ringsum wurde gelb. Die Bäume standen gerader, und der Sumpf war irgendwie ungewöhnlich – so sauber, ohne Moos oder Schlammhaufen. Das Gras am Wegrand war weicher und saftiger geworden; ein Grashalm glich dem anderen, als hätte man sie eigens ausgesucht.

Nawa stockte mitten im Wort, schnupperte, blickte sich geschäftig um und sagte: »Wo könnten wir uns hier verstecken?«

»Kommt denn jemand?«, fragte Athos.

»Ja, viele, und ich weiß nicht, wer. Es sind keine Totenmenschen, aber wir sollten uns trotzdem besser verstecken ... Wir können es auch sein lassen, sie sind sowieso schon ganz in der Nähe, und hier gibt es kein Versteck. Stellen wir uns an den Wegrand und schauen ...« Sie sog noch einmal die Luft ein. »Ein unangenehmer Geruch, nicht unbedingt gefährlich, aber es wäre besser, es gäbe ihn nicht ... Riechst du wirklich nichts, Schweiger? Es stinkt so, als hätte man einen Topf mit verdorbenem Gärstoff vor der Nase ... Da sind sie! Oh, die sind aber klein, die verjagst du ja gleich ... Bu-bu-bu!«

»Sei still«, sagte Athos und sah genauer hin.

Zuerst schien ihm, als wären es weiße Schildkröten, die ihnen auf dem Pfad entgegenkamen, doch dann wurde ihm klar, dass er solche Tiere noch nie gesehen hatte. Sie ähnelten riesigen, undurchsichtigen Amöben oder sehr jungen Baumschnecken, doch waren Schnecken wesentlich größer und hatten keine Scheinfüßchen ... Es waren viele, sie krochen hintereinander her, und das ziemlich schnell, warfen die Scheinfüßchen geschickt nach vorne und schoben sich vorwärts. Schon bald hatten sie sich ihnen genähert, und nun roch auch Athos den scharfen, unbekannten Geruch und zog Nawa mit sich zurück an den Wegrand. Die Amöbenschnecken krochen nacheinander an ihnen vorbei, ohne sie zu beachten. Es waren insgesamt zwölf, und der letzten, zwölften, versetzte Nawa einen Tritt mit der Ferse. Rasch zog die Schnecke ihr Hinterteil ein und machte sich schnell davon. Begeistert wollte Nawa ihr nachlaufen, um sie noch einmal zu treten, doch Athos hielt sie zurück.

»Wie lustig die sind«, rief Nawa. »Und wie sie den Pfad entlangkriechen – als wären sie Menschen ... Wo sie wohl hinwollen? Wahrscheinlich in dieses Dorf. Vielleicht kommen sie von dort und kehren jetzt dahin zurück, ohne zu wissen, dass dort schon die ›Erfassung‹ war ... Da werden sie wohl ein paarmal am Wasser im Kreis laufen und wieder umkehren. Wohin sollen sie denn, die Armen? Sollen sie sich vielleicht ein anderes Dorf suchen? ... He!«, rief sie. »Geht nicht weiter! Euer Dorf gibt es nicht mehr, dort ist nur noch ein See!«

»Sei still!«, wiederholte Athos. »Gehen wir. Du brauchst nicht herumzuschreien, sie verstehen deine Sprache nicht.«

Sie gingen weiter. Nach den Schnecken kam ihnen der Pfad ein wenig glitschig vor. Athos ertappte sich dabei, dass er in Gedanken alle wilden Bewohner des Waldes aufzählte, die er kannte: Tachorge, Pseudozephale, Podobrachien, Zimmer-Ornithosaurier, Maxwell-Ornithosaurier, Tracheodonten ... Das waren nur die größten, die über fünfhundert Kilo wogen ... Und es gab noch: Armfresser, Härchentiere, Lebendgreifer, Blutsaugerchen, Sumpfspringer ... Mit beinahe jedem Atemzug traf man im Wald auf ein neues, unbekanntes Tier – und das ging nicht nur Fremden so, sondern auch den Einheimischen. Das Gleiche galt für Pflanzen. Niemand wunderte sich darüber. Ständig brachte jemand neue Pflanzen aus dem Wald mit; neue Pflanzen wuchsen plötzlich auf dem Feld, manchmal sogar aus den Samen alter Pflanzen. Das war in der Natur so angelegt, und niemand suchte nach Erklärungen dafür. Vielleicht wurden die neuen Tiere ja auch von alten geboren, die man schon kannte. Oder es waren nur

Stadien einer Metamorphose: Larven, Puppen, Eier ... Die Amöbenschnecken, zum Beispiel, waren mit Sicherheit so etwas wie Embryonen ...

»Bald kommt ein See«, sagte Nawa. »Lass uns schneller gehen, ich habe Hunger und Durst. Vielleicht fängst du ein paar Fische für mich ...«

Sie beschleunigten ihre Schritte. Nach und nach gelangten sie ins Schilf. Plötzlich teilte sich der Weg; ein Pfad führte offenbar zum See, während der andere eine scharfe Biegung nach links machte. Sie ließen ihn liegen, denn Nawa erklärte, er führe nach oben. Der andere Pfad wurde immer enger, bis er schließlich in einer Furche endete und sich im Schilf verlor.

»Hör mal, Schweiger«, sagte sie. »Vielleicht gehen wir doch lieber nicht zu diesem See? Er gefällt mir nicht. Irgendetwas stimmt dort nicht. Ich glaube, das ist gar kein See. Es gibt noch zu viel anderes dort außer Wasser.«

»Aber Wasser gibt es doch?«, fragte Athos. »Ich habe Durst.«

»Ja, Wasser gibt es«, antwortete Nawa zögerlich. »Aber es ist warm. Schlechtes Wasser. Unrein. Warte hier, Schweiger, du machst zu viel Lärm beim Gehen, wegen dir kann ich gar nichts hören. Bleib hier stehen und warte auf mich, ich rufe dich dann mit dem Ruf des Springers. Weißt du, wie ein Springer ruft? Gut, so werde ich dich rufen. Aber jetzt bleib erst mal hier stehen, oder noch besser: Setz dich hin ...«

Sie tauchte ins Schilf ein und verschwand. Auf einmal fiel Athos die merkwürdige Stille auf, die hier herrschte. Weder das Summen von Insekten, noch das Gluckern und Seufzen des Sumpfes, noch die Rufe der Waldtiere waren zu hören. Die feuchte, heiße Luft stand still. Athos setzte sich ins Gras, zupfte einige Halme ab, zerrieb sie zwischen den Fingern und stellte überrascht fest, dass die Erde hier anscheinend essbar war. Er griff sich ein Grasbüschel, riss es mitsamt der Erde heraus und begann zu essen. Die Sode stillte sowohl den

Hunger als auch den Durst. Sie war kühl und schmeckte leicht salzig. Dann tauchte Nawa lautlos aus dem Schilf auf, hockte sich neben ihn und begann ebenfalls zu essen – schnell und ohne sich ablenken zu lassen, mit runden Augen.

»Gut, dass wir hier gegessen haben«, sagte sie schließlich. »Willst du sehen, was das für ein See ist? Ich will es mir nämlich noch einmal anschauen, aber allein traue ich mich nicht. Es ist nämlich der See, von dem Hinker immer erzählt … Ich habe immer gedacht, dass er sich das nur ausdenkt oder geträumt hat, aber es stimmt doch, obwohl, vielleicht habe auch ich es nur geträumt …«

»Sehen wir ihn uns an«, sagte Athos.

Nach etwa zweihundert Schritt trafen sie auf den See. Sie stiegen bis zur Hüfte ins Wasser, wateten über den schlammigen Grund und schoben das Schilf beiseite. Über dem Wasser lag eine zwei Meter dicke, weiße Nebelschicht. Das Wasser war warm, sogar heiß, aber sauber und klar. Der Nebel schwankte in einem sanften, gleichmäßigen Rhythmus hin und her, und bald glaubte Athos eine Melodie zu hören. In dem Nebel war jemand. Menschen. Viele Menschen. Sie waren alle nackt und lagen völlig unbeweglich auf dem Wasser. Der Nebel hob und senkte sich rhythmisch, sodass er mal den Blick auf die gelblich weißen Körper mit den nach hinten gestreckten Köpfen freiließ, mal verschleierte er ihn wieder. Die Menschen schwammen nicht, sie lagen auf dem Wasser. Athos schauderte. »Gehen wir fort von hier«, murmelte er und zog Nawa an der Hand. Sie traten ans Ufer und kehrten zum Pfad zurück.

»Es sind gar keine Wasserleichen«, erklärte Nawa. »Hinker hat nichts begriffen. Sie haben einfach hier gebadet, dann traf sie eine heiße Quelle, und sie wurden alle gekocht.« Sie schwieg eine Weile. »Wie furchtbar, Schweiger. Ich will gar nicht darüber sprechen. Und wie viele es sind, ein ganzes Dorf …«

Sie kamen an die Stelle, wo der Pfad abzweigte, und blieben stehen.

»Gehen wir hinauf?«, fragte Nawa.

Athos bejahte, sie bogen nach rechts ab und stiegen langsam den Hang hinauf.

»Es sind alles Frauen«, sagte Nawa. »Hast du das bemerkt?«

»Ja«, erwiderte Athos.

»Das ist das Schlimmste daran. Ich verstehe es einfach nicht. Aber vielleicht ...« Sie blickte Athos an. »Vielleicht treiben die Totenmenschen sie hierher? Wenn sie in den Dörfern genügend gefangen haben, treiben sie sie in den See und kochen sie ... Warum sind wir nur aus dem Dorf fortgegangen? Wären wir im Dorf geblieben, hätten wir das alles nicht gesehen und ein ruhiges Leben, aber nein, du musstest ja unbedingt in die ›Stadt‹ gehen ... Wozu bloß?«

»Ich weiß nicht«, antwortete Athos.

Sie lagen in den Büschen direkt am Waldrand und blickten durch das Laub zum Hügel hinauf. Der Hügel war flach und kahl, und seine Kuppe eingehüllt in eine Wolke aus lila Nebel. Der Himmel über dem Hügel war offen, ein böiger Wind jagte graue Wolken darüber hinweg, und es nieselte. Der lila Nebel blieb jedoch völlig unbewegt, als gebe es gar keinen Wind. Es war ziemlich kühl, sogar frisch. Sie kauerten fröstelnd am Boden und klapperten mit den Zähnen, doch zum Weglaufen war es zu spät: Etwa zwanzig Schritt von ihnen entfernt standen, aufrecht wie Statuen, mit weit geöffneten Mündern, drei Totenmenschen und blickten ebenfalls mit leeren Augen den Hügel hinauf. Die Totenmenschen waren vor fünf Minuten hier aufgetaucht und stehen geblieben. Nawa hatte sie gewittert und war aufgesprungen, um fortzulaufen, doch Athos hatte ihr seine Hand auf den Mund gepresst und sie auf die Erde gedrückt. Sie hatte sich nun etwas beruhigt, zitterte aber noch stark, wenn auch nicht mehr vor

Angst, sondern vor Kälte, und ihr Blick war nicht mehr auf die Totenmenschen, sondern auf den Hügel gerichtet.

Dort spielte sich etwas Seltsames ab. Unvorstellbar große Fliegenschwärme brachen mit lautem, tiefem Summen aus dem Wald hervor, flogen den Hügel hinauf und verschwanden im Nebel. Dies geschah in Wellen. Myriaden von Fliegen, gigantische Schwärme von Wespen und Bienen sowie Wolken bunt schillernder Käfer rasten zielsicher durch den Regen auf die Spitze des Hügels zu. Die Hänge wimmelten von Kolonnen aus Ameisen und Spinnen, und aus dem Gebüsch strömten Hunderte von Amöbenschnecken hervor. Ein Rauschen erhob sich wie bei einem Sturm. Alles stieg den Hügel hinauf und wurde von der lila Wolke aufgesogen. Dann trat plötzlich Stille ein. Eine gewisse Zeit verging, dann erhob sich das Rauschen und Summen erneut, und mit einem Mal spie der Nebel alles wieder aus. Das Getier bewegte sich erneut auf den Wald zu, nur die Schnecken blieben auf der Kuppe zurück. Die wunderlichsten Tiere stürzten hervor und den Abhang hinab: Härchentiere rollten dahin, ungeschickte Armfresser stolperten auf unsicheren Beinen hinab, und dann gab es noch völlig unbekannte, nie zuvor gesehene, bunte, nackte, glänzende, mehräugige ... Wieder trat Stille ein, und wieder begann alles von Neuem. Einmal kroch aus dem Nebel ein junger Tachorg hervor, und ein paarmal kamen Totenmenschen heraus, doch diese stürzten sogleich in den Wald davon und hinterließen nichts als weiße Dampfschwaden, die sich allmählich auflösten. Die unbewegliche lila Wolke verschlang und spie hervor, verschlang und spie hervor, unermüdlich und gleichmäßig wie eine Maschine.

Hinker hatte gesagt, die »Stadt« befinde sich auf einem Hügel. Vielleicht war das die »Stadt«, doch welchen Sinn hatte sie? Worin bestand der Zweck dieser merkwürdigen Ereignisse? Man hatte so etwas erwarten können, doch wo waren die Herren? Athos blickte zu den Totenmenschen hinüber. Diese standen da wie zuvor, und auch ihre Münder waren noch offen. Vielleicht irre ich mich, dachte Athos. Vielleicht sind sie die Herren. Ich habe hier völlig verlernt zu denken. Und selbst wenn mir manchmal Gedanken kommen, so stellt sich heraus, dass ich nicht in der Lage bin, sie zu verbinden. Warum ist aus dem Nebel keine einzige Schnecke hervorgekommen? Nein, so nicht. Alles der Reihe nach. Ich suche nach dem Ursprung vernünftigen Handelns. Nein, auch falsch. Vernünftiges Handeln interessiert mich überhaupt nicht. Ich suche einfach jemanden, der mir helfen kann, nach Hause zurückzukehren. Der mir helfen kann, zweitausend Kilometer Wald zu überwinden. Oder der mir wenigstens sagen kann, in welche Richtung ich gehen soll. Die Totenmenschen müssen Herren haben, ich werde sie suchen, ich suche den Ursprung vernünftigen Handelns. Er fasste wieder etwas Mut. Das ergab durchaus Sinn. Also noch mal von vorn. Die Totenmenschen müssen Herren haben, weil Totenmenschen weder Menschen noch Tiere sind. Folglich sind die Totenmenschen gemacht. Wenn sie keine Menschen sind. Aber warum sind sie keine Menschen? Er rieb sich die Stirn. Diese Frage habe ich schon einmal zu beantworten versucht. Vor langer Zeit. Im Dorf. Ich habe zweimal versucht eine Antwort zu finden: Beim ersten Mal habe ich die Lösung vergessen, und jetzt habe ich den Beweis vergessen ... Er schüttelte so heftig den Kopf, dass Nawa ihm leise etwas zuzischte. Athos hielt inne und lag eine Weile reglos da, das Gesicht ins nasse Gras gepresst. Warum sie keine Tiere sind, auch das habe ich schon einmal bewiesen ... Die hohe Temperatur ... Nein, Unsinn ... Plötzlich bemerkte er mit Schrecken, dass er sogar vergessen hatte, wie die Totenmenschen aussahen. Er erinnerte sich nur an ihren glühenden Körper und den stechenden Schmerz an den Handflächen. Er wandte seinen Kopf und blickte die Totenmenschen an. Ja. Ich darf einfach nicht nachdenken ... Alles, was ich denken darf ist:

Ich habe Hunger, das hast du mir schon erzählt, Nawa, und übermorgen gehen wir fort ... Aber ich bin doch schon fortgegangen! Ich bin hier, bei der »Stadt«! Ich werde in die »Stadt« gehen, was sie auch immer sei, diese »Stadt«. Der Wald hat mein ganzes Gehirn überwuchert. Ich begreife nichts mehr ... Jetzt weiß ich es wieder. Ich wollte zur »Stadt« gehen, damit man mir alles erklärt: die »Erfassung«, die »Große Auflockerung des Bodens«, die Totenmenschen, die Seen mit den Wasserleichen ... Und nun stellt sich heraus, dass das alles Betrug ist, nichts als Unsinn. Ich habe gehofft, dass man mir in der »Stadt« erklärt, wie ich zu meinen Leuten zurückkomme. Es kann doch nicht sein, dass sie von unserer Basis nichts wissen. Hinker redet die ganze Zeit von den Teufelsfelsen und den fliegenden Dörfern ... Aber kann eine lila Wolke irgendetwas erklären? Es wäre furchtbar, wenn die lila Wolke der Herr wäre. Aber das drängt sich doch auf, Schweiger. Die lila Wolke herrscht hier überall, habe ich das etwa vergessen? Und es ist überhaupt kein Nebel ... Ach, das ist es also, deshalb wurden die Menschen wie Tiere ins Dickicht und in die Sümpfe gejagt und in Seen ertränkt. Sie haben es nicht begriffen, und selbst wenn sie es begriffen haben, so konnten sie nichts dagegen ausrichten ... Als ich noch ein Erdenmensch war, und es mich noch nicht hierherverschlagen hatte, bewies jemand sehr überzeugend, dass ein Kontakt zwischen einer humanoiden und nichthumanoiden Form der Vernunft unmöglich ist. Er ist tatsächlich unmöglich. Und niemand kann mir jetzt mehr sagen, wie ich zu meinen Leuten komme ... Ein Kontakt zwischen mir und den Erdenmenschen ist ebenfalls unmöglich, das kann ich beweisen. Die Sonne kann ich noch sehen, wenn ich nachts auf einen Baum steige, vorausgesetzt, es ist die richtige Jahreszeit. Und der richtige Baum. Ein normaler, irdischer Baum. Der nicht davonspringt. Und einen nicht abstößt. Der nicht versucht, mir ins Auge zu stechen. Es gibt aber keinen Baum, von dem aus ich die Basis sehen könnte ... die Basis ... die Ba-sis. Er hatte vergessen, was die Basis war.

Erneut begann es im Wald zu summen, zu brummen und zu atmen, erneut stürzten Heerscharen von Fliegen und Ameisen auf den lila Nebel zu. Eine Wolke schwebte über ihre Köpfe hinweg, und es regnete kranke, schwächliche Tierchen auf sie herab, die in der Enge des Schwarms erdrückt worden waren. Athos spürte ein unangenehmes Brennen auf seinem Arm und warf einen Blick darauf. Um seinen Ellbogen, mit dem er sich auf dem lockeren Boden abstützte, flochten sich zarte Fäden eines Pilzgeflechts. Gleichgültig zerrieb er sie mit seiner Hand. Dann hörte er von der Seite ein ihm bereits bekanntes Schnauben. Er wandte den Kopf und erblickte sogleich einen ausgewachsenen Tachorg, der hinter sieben Bäumen stand und zum Hügel hinaufstierte. Einer der Totenmenschen löste sich aus seiner Starre, drehte sich um und machte einige Schritte auf den Tachorg zu. Erneut ertönte das Schnauben, die Bäume erzitterten, und der Tachorg entfernte sich. Sogar die Tachorge fürchten sich vor den Totenmenschen, dachte Athos. Doch wer fürchtet sich nicht vor ihnen? ... Die Fliegen brüllen. Wie idiotisch. Fliegen, die brüllen. Wespen brüllen ...

»Mutter ...«, flüsterte Nawa plötzlich. »Mutter kommt ...«

Sie kniete auf allen vieren und blickte über die Schulter. Auf ihrem Gesicht lagen tiefes Staunen und Zweifel. Athos folgte ihrem Blick. Aus dem Wald traten drei Frauen hervor und gingen, ohne die Totenmenschen zu beachten, auf den Hügel zu.

»Mutter!«, schrie Nawa mit unnatürlicher Stimme auf, sprang über Athos hinweg und rannte von der Seite auf die Frauen zu.

7

Drei Totenmenschen, dachte Athos. Drei. Einer hätte schon gereicht. Mühsam stand er auf. Jetzt bin ich am Ende, dachte er. Zu dumm. Was hatten die Totenmenschen hier zu suchen? Sie standen mit geschlossenen Mündern da, und ihre Köpfe drehten sich, während sie Nawa hinterherblickten. Dann setzten sie sich gleichzeitig in Bewegung, und Athos rannte los.

»Zurück!«, schrie er. »Hier sind Totenmenschen! Geht weg!«

Die Totenmenschen waren riesig, mit breiten Schultern, und noch ganz frisch, ohne einen einzigen Kratzer. Ihre unglaublich langen Arme berührten das Gras. Athos stellte sich ihnen in den Weg und ließ sie nicht aus den Augen. Die Totenmenschen blickten über seinen Kopf hinweg und bewegten sich selbstsicher und ohne Hast auf ihn zu. Athos wich zurück, trat den Rückzug an, zögerte den unausweichlichen Anfang und das unausweichliche Ende hinaus, kämpfte gegen die nervöse Übelkeit an und brachte es einfach nicht fertig, stehen zu bleiben. Hinter sich hörte er Nawa rufen: »Mutter! Ich bin es! Mutter!« Dumme Weiber, warum sind sie nicht weggelaufen? Waren sie starr vor Angst? Bleib stehen! Bleib endlich stehen!, sagte er zu sich. Wie weit sollte er noch zurückweichen? Er konnte nicht stehen bleiben, verachtete sich dafür, und wich doch immer weiter zurück.

Auf einmal machten die Totenmenschen halt. Wie auf einen Befehl. Der vorderste erstarrte mitten im Schritt, dann ließ er den erhobenen Fuß langsam, gleichsam unentschlossen ins Gras sinken. Erneut fielen ihre Kiefer schlaff herab, und die Köpfe wandten sich dem Hügel zu. Athos, der noch immer zurückwich, blickte sich um. Nawa hielt den Hals einer der Frauen umschlungen. Diese lächelte und streichelte ihr über den Rücken. Die anderen beiden standen ruhig daneben und sprachen leise miteinander. Eine kämmte ihr Haar. Athos blieb stehen und schaute zu den Totenmenschen. Sie standen reglos da und blickten zur Kuppe des Hügels hinauf. Athos drehte sich zu den Frauen um, die weder ihn noch die Totenmenschen zur Kenntnis nahmen. Sie unterhielten sich mit leiser Stimme, tätschelten Nawa und zausten ihr Haar, lächelten, und ihre größte Sorge schien darin zu bestehen, ihre nassen, glänzenden Haare in Ordnung zu bringen. Wie nach dem Schwimmen, ging es Athos unwillkürlich durch den Kopf.

Mit weichen Schritten, fast wie im Traum, ging er auf sie zu.

»Lauft weg«, rief er, obwohl ihm bewusst war, dass er sinnloses Zeug redete. »Was steht ihr noch herum? Lauft, solange es nicht zu spät ist ...«

Endlich nahmen ihn die Frauen wahr. Sie waren groß gewachsen und sahen gesund und ungewöhnlich sauber aus, als hätten sie sich gerade gewaschen. Offenbar hatten sie das tatsächlich, denn ihre Haare waren nass, und die gelben Gewänder hafteten an den feuchten Körpern. Eine von ihnen war schwanger, die andere noch ganz jung, mit einem kindlichen, rosigen Gesicht und einem glatten Hals, an dem kein einziges Fältchen zu sehen war. Nawas Mutter war die kleinste und, wie es schien, die älteste von ihnen. Nawa hielt ihre Taille umschlungen und drückte das Gesicht gegen ihren Bauch.

»Warum lauft ihr nicht weg?«, fragte Athos mit schwacher Stimme.

»Das ist ein Mann von den Weißen Felsen«, sagte Nawas Mutter. Sie betrachtete ihn aufmerksam, doch ohne jedes Interesse. »Sie tauchen jetzt immer öfter hier auf. Wie kommen sie bloß von dort herunter?«

»Noch schwieriger zu verstehen ist, wie sie dort hinaufkommen«, antwortete die Schwangere. Sie hatte Athos nur kurz mit einem Blick gestreift. »Wie sie herunterkommen, habe ich gesehen. Sie fallen. Einige sterben dabei, andere bleiben am Leben ... Gleich kommen sie heraus«, wandte sie sich an das Mädchen. »Lauf nach oben, wir warten auf dich.«

Das Mädchen nickte und begann leichtfüßig den Hang hinaufzulaufen. Athos sah zu, wie sie bis zur Kuppe lief und ohne stehen zu bleiben in den lila Nebel eintauchte.

»Hast du Hunger?«, fragte ihn Nawas Mutter. »Ihr habt ja immer Hunger und esst zu viel. Ich verstehe überhaupt nicht, warum ihr so viel esst, ihr tut doch nichts ... Oder tust du vielleicht etwas? Einige deiner Freunde arbeiten gut und könnten sogar von Nutzen sein für die Erfassung, auch wenn sie keine Ahnung haben, was es mit der Erfassung auf sich hat, wo doch jedes Kleinkind weiß, dass sie nichts anderes ist als die Große Auflockerung des Bodens ...«

»Du machst ständig den gleichen Fehler«, unterbrach die Schwangere sanft. »Der Einfluss dieser dummen Person, dieser dicken gelben Pute, wirkt sich immer noch auf dich aus. Die Große Auflockerung des Bodens ist nicht der Zweck, sondern nur das Mittel zur Erfassung – der Erringung des Sieges über den Feind ...«

»Aber was ist der Sieg über den Feind?«, entgegnete Nawas Mutter mit leicht erhobener Stimme. »Der Sieg über den Feind ist ein Sieg über Kräfte, die außerhalb von uns liegen. Und was heißt ›außerhalb von uns‹? Außerhalb von uns, das ist nicht nur außerhalb von dir und mir, das ist außerhalb von uns allen, außerhalb des Westens und des Ostens, denn der Westen, das sind wir ... Die Erfassung, das ist nicht die Erringung des Siegs über den Westen, sondern darüber, was sich außerhalb des Westens und außerhalb des Ostens befindet ...«

Athos hörte zu, die Kiefer zusammengepresst. Entgegen seiner anfänglichen Hoffnung war es kein Fantasieren, kein wirres Gefasel, was die Frauen von sich gaben, sondern etwas ganz Gewöhnliches. Nur dass es ihm fremd war, unbekannt, aber was gab es nicht alles an Unbekanntem im Wald ... Er musste sich auch daran gewöhnen – wie an die essbare Erde, das Verhalten der Totenmenschen und alles Übrige.

Die schwangere Frau runzelte die Stirn, drehte den Kopf und streckte flüchtig ihre Hand nach den Totenmenschen aus. Sogleich setzte sich einer von ihnen in Bewegung und lief hastig herbei. Dabei rutschte er mit den Füßen auf dem Gras aus, fiel auf die Knie und begann sich plötzlich auf merkwürdige Weise zu verformen und zu verbiegen. Athos schüttelte den Kopf. Der Totenmensch war verschwunden und zu einem Sessel geworden, der bequem, ja gemütlich aussah. Mit erleichtertem Stöhnen sank die Schwangere in den weichen Sitz und legte ihren Kopf auf die ebenso weiche Lehne.

»Weißt du, Freundin«, begann sie. »Ich kann dir nur eines antworten: Deine Worte sind eine freie und unbewiesene Interpretation der Gespräche der neuen Zeit. Diese Gespräche stellen nichts Neues dar, sie begannen schon lange, bevor ihr hier bei uns auftauchtet. Glaubt mir, die Erfassung besteht in dem siegreichen Kampf gegen den Westlichen Wald und diejenigen, die diesen Wald gegen uns führen, das wissen sogar die Männer. Der hier zum Beispiel. Hör mal, Mensch von den Weißen Felsen, worin besteht die Erfassung?«

Athos blickte sie an. In seinem Kopf tauchte eine merkwürdige Ahnung auf. Er vermied sie genau zu formulieren, denn er fürchtete, er würde dadurch aus dem Konzept kommen und den Faden verlieren. Später, dachte er. Später.

»Was schweigst du?«, fragte die Schwangere ungeduldig.

»Lass ihn, Freundin«, bat Nawas Mutter. »Was willst du von einem Mann, noch dazu von einem, der von den Weißen Felsen kommt? Was immer er auch sagt, er wird unseren Streit nicht entscheiden. Wen interessiert das schon, was er über die Erfassung denkt? Er denkt doch überhaupt nicht darüber nach; er denkt ans Essen, an seine schmutzigen Frauen und seine schmutzige Behausung. Und vielleicht noch an all die toten Dinge, die er auf seinen Weißen Felsen zurückgelassen hat. Er ist ein Fehler, einer der vielen Fehler des Waldes, und die Erfassung besteht genau darin, diese Fehler zu bereinigen, egal, ob sie im Westen oder im Osten sind, ob sie sich in schmutzigen Dörfern drängen oder auf den Weißen Felsen frieren.«

»Fehler muss man nicht nur bereinigen«, sagte die Schwangere. »Fehler muss man nutzen. Wir dürfen keine Fehler haben, sie müssen Fehler haben …«

Athos bemerkte, dass Nawa mehrmals etwas zu sagen versuchte, doch jedes Mal legte sich die Hand der Mutter auf ihren Kopf, und Nawa schwieg, umarmte die Mutter und drückte sich noch fester an sie.

»Wer seid ihr?«, fragte Athos.

Die Frauen blickten ihn erstaunt an, als hätten sie vergessen, dass er neben ihnen stand. Dann lachten sie auf.

»Hat er etwas gefragt?«, erkundigte sich die Schwangere.

»Ich glaube, er will wissen, wer wir sind«, antwortete Nawas Mutter. »Wozu wohl?«

»Wir müssen uns verhört haben«, meinte die Schwangere. »Aber du hast eine interessante Frage aufgeworfen. Die Menschen von den Weißen Felsen stopfen sich ständig die Köpfe mit nutzlosem Wissen voll. Ich glaube, das kommt von ihrer schamlosen und widernatürlichen Leidenschaft für die tote Natur. Eine Zeit lang dachte ich sogar, dass sie selbst tot sind, genauso tot wie ihre albernen fliegenden Häuser, ihre Kleidung und die unendlich vielen Dinge aus glänzendem Stein, die sie überall mit sich herumschleppen. Aber das stimmt nicht. Der gestrige Versuch zum Beispiel hat gezeigt, dass sie ebenso und in den gleichen Fällen vor Schmerz schreien wie jeder andere Mann … Ha, ich habe eine Idee!«, rief sie plötzlich und begann nachzudenken.

Nawas Mutter sah zerstreut zur Kuppe des Hügels hinauf und strich Nawa über das zerzauste Haar. Aus dem lila Nebel kamen Totenmenschen auf allen vieren herausgekrochen. Sie bewegten sich unsicher, fielen immer wieder hin und rammten ihre Köpfe in den Boden. Das Mädchen ging zwischen ihnen hin und her, bückte sich, berührte sie, schob sie an, und einer nach dem anderen erhob sich und richtete sich auf. Dann marschierten sie, zuerst unsicher, dann mit immer festeren Schritten in den Wald ... Die Herren, dachte Athos. Sie sind die Herren. Sie fürchten sich vor nichts. Die Totenmenschen gehorchen ihnen. Sie sind es, die die Totenmenschen befehligen. Sie sind es, die die Totenmenschen aussenden, um Frauen zu rauben. Sie sind es ... Athos betrachtete die nassen Haare der Frauen. Und Nawas Mutter, die von den Totenmenschen entführt worden war ...

»Wo badet ihr?«, fragte er. »Wozu? Wer seid ihr? Was wollt ihr?«

Er erhielt keine Antwort. Das Mädchen kam den Hang herunter; die Frauen beobachteten sie und wechselten einige Bemerkungen, die Athos nicht verstand. Er erkannte nur einzelne Worte aus der Durchsage Horchers wieder. Das Mädchen näherte sich ihnen. Es zog einen unbeholfenen Armfresser an der Pfote hinter sich her.

»Seht ihr, was passiert«, sagte sie.

Die Schwangere stand auf und musterte den Armfresser. Das boshafte Ungeheuer, Schrecken der Dorfkinder, winselte mitleiderregend, widersetzte sich schwach und sperrte kraftlos die furchtbaren Hornkiefer auf. Die Schwangere packte ihn am Unterkiefer und verrenkte ihn mit einer kräftigen Bewegung. Der Armfresser schluchzte auf und erstarrte; seine Augen überzogen sich mit einem pergamentartigen Schleier. Die Frau sprach: »... denn es genügt nicht ... Merk dir das, Mädchen ... schwache Kiefer, die Augen öffnen sich nicht ganz ... erträgt er nicht und ist deshalb nutzlos, ja vielleicht sogar schädlich, wie jeder Fehler ... muss man reinigen, den Ort wechseln, und hier alles sauber machen ...«

»... der Hügel ... Trockenheit«, erwiderte das Mädchen. »... Der Wald bleibt stehen ...«

»... also denk darüber nach«, sagte Nawas Mutter. »Und verschiebe es nicht. Wenn du alles verstanden hast, dann gehen wir. Und du arbeite.«

Sie sprachen noch kurze Zeit weiter, dann stieg das Mädchen wieder den Hügel hinauf. Die Frauen nahmen Nawa an den Händen und gingen, ohne Athos weiter zu beachten, auf den Wald zu. Athos folgte ihnen.

Ich habe aus irgendeinem Grund die Herren gesucht, dachte er. Aber ich habe ganz andere Herren erwartet. Ich verstehe überhaupt nichts mehr. Ich dachte, dass die Herren des Waldes ganz anders sind, und jetzt erinnere ich mich nicht mehr, wozu ich sie brauchte. Ich habe böse, kalte, kluge Herrscher gesucht, und sie sind zwar die Herrscher des Waldes, diese Weiber, aber nichts als geschwätzige Affen, sie wissen selbst nicht, was sie tun ... Und ich weiß genauso wenig, was sie tun und was sie wollen, aber wenn sie selbst nicht wissen, was sie tun und wollen, wie soll ich es dann herausfinden ... Aber ich muss das auch gar nicht wissen, ich brauche etwas ganz anderes ... Er runzelte die Stirn, so laut war der Lärm in seinem Kopf ... Was ist es bloß, was ich in Erfahrung bringen muss ...

Etwas Heißes näherte sich von hinten. Athos blickte sich um und sprang zur Seite. Ein riesiger Totenmensch folgte ihm auf den Fersen – schwer, heiß, lautlos und stumm. Ein Roboter, dachte Athos. Ein Diener. Gut gemacht. Ich habe es begriffen. Ich weiß nicht mehr, wie ich darauf gekommen bin, aber das spielt keine Rolle. Hauptsache, ich habe es begriffen, ganz von selbst ...

»Schweiger!«, rief Nawa, wandte sich um und erblickte den Totenmenschen. »Mutter!«, schrie sie auf, machte einen heftigen Schritt nach vorn und riss sich los.

Die Frauen wandten majestätisch ihre Köpfe. Es gab in dieser Welt nichts, was es nötig machte, sich schnell umzudrehen. Sie sind die Herren, dachte Athos. Nawas Mutter lachte auf.

»Die alten Ängste!«, erklärte sie der Schwangeren. Diese lächelte auch, doch konnte man auf ihrem Gesicht eine gewisse Unzufriedenheit erkennen.

»Hab keine Angst, Mädchen«, sagte Nawas Mutter. »Das ist einer von unseren Arbeitern. Ein Bote. Du brauchst dich vor ihnen nicht zu fürchten. Du brauchst dich vor niemandem zu fürchten: Hier gehört alles dir. Auch die Arbeiter gehören dir. Morgen wirst du sie bereits befehligen, und sie werden dir gehorchen und dorthin gehen, wo du willst ...«

»Vor dem Wald fürchten sich nur die Männer«, sagte die Schwangere. »Denn im Wald gehört ihnen nichts. Jetzt bist du unsere Freundin geworden, und der Wald gehört dir ...«

»Allerdings gibt es die Diebe«, wandte Nawas Mutter ein, die offenbar gern präzisierte und widersprach. »Wahrscheinlich ist das der gefährlichste Fehler, aber es werden immer weniger ...«

»Ich habe Diebe gesehen«, berichtete Nawa. »Schweiger hat sie mit einem Stock geschlagen, und dann haben sie uns verfolgt, aber wir sind davongelaufen. Wir sind sehr schnell gelaufen, direkt durch den Sumpf. Gut, dass Hinker mir den Weg gezeigt hatte, sonst wären wir nicht entkommen. Es hat Schweiger ungeheure Kraft gekostet, er ist ein schlechter Läufer ... Schweiger, bleib nicht zurück, folge uns ...«

Ja, dachte Athos. Ich folge euch. Aber wozu? Und da begriff er auf einmal, dass er Nawa verloren hatte. Und dass daran nichts zu ändern war. Nawa geht fort zu den Herren, und ich bleibe zurück ... als Gegner? Warum eigentlich als Gegner? Was will ich denn überhaupt von ihnen? Irgendetwas ... Irgendetwas muss ich von ihnen erfahren ... Nein, das ist es nicht ... Ja, sie halten das Dorf belagert, also bin ich doch ihr Gegner ... Warum folge ich ihnen dann? Begleite ich Nawa? Eine seltsame Beklemmung ergriff ihn. Leb wohl, Nawa, dachte er.

Sie kamen an die Weggabelung, und die Frauen bogen nach links ab. Zum See. Zum See mit den Wasserleichen ... Sie waren die Wasserleichen.

»Wir gehen zum See, nicht wahr?«, fragte Nawa. »Badet Ihr dort? Warum liegt ihr nur einfach herum und schwimmt nicht? Wir dachten, ihr wärt alle ertrunken. Wir dachten die ganze Zeit, dass euch die Totenmenschen ertränken ...«

Die Mutter antwortete ihr etwas, doch Athos konnte es nicht hören. Sie kamen an jener Stelle vorbei, wo Athos auf Nawa gewartet und Erde gegessen hatte. Das ist sehr lange her, dachte Athos, fast genauso lange wie die Basis ... Er hielt sich kaum noch auf den Beinen. Wäre ihm der Totenmensch nicht dicht auf den Fersen gefolgt, wäre er wahrscheinlich zurückgeblieben. Ringsum war Schilf, die Erde unter den Füßen nass und sumpfig. Nawa schwatzte vor sich hin, und die Frauen sahen ihn nachdenklich an. Da erinnerte er sich.

»Wie komme ich zur Basis?«, fragte er. Auf den Gesichtern der Frauen zeichnete sich Verwunderung ab, und er begriff, dass er russisch sprach. Er wunderte sich selbst, wusste er doch gar nicht mehr, wann er zum letzten Mal russisch gesprochen hatte.

»Wie komme ich zu den Weißen Felsen?«, wollte er wissen.

Die Schwangere lächelte spöttisch und antwortete: »Zu den Weißen Felsen kommst du nicht. Du würdest unterwegs umkommen. Nicht einmal wir riskieren es, die Gefechtslinie zu überschreiten. Wir nähern uns ihr nicht einmal ...«

»Dabei sind wir geschützt«, ergänzte Nawas Mutter. »Zwar befindet sich dort natürlich nicht die Gefechtslinie, sondern die Front des Kampfes für die Auflockerung des Bodens, aber das ändert nichts an der Sache. Du kannst sie nicht überqueren. Wozu auch? Du könntest die Weißen Felsen ohnehin nicht hochklettern ...«

»Die Gefechtslinie zwischen dem Westen und dem Osten kannst du nicht überqueren«, pflichtete ihr die Schwangere bei. »Du wirst ertrinken, und wenn du nicht ertrinkst, wird man dich fressen, und wenn man dich nicht frisst, so wirst du bei lebendigem Leib verfaulen, und wenn du nicht bei lebendigem Leib verfaulst, wirst du verarbeitet und löst dich auf ... Mit einem Wort, du kommst nicht auf die andere Seite. Aber vielleicht bist du ja auch geschützt?« In ihren Augen zeigte sich auf einmal so etwas wie Neugier.

»Geh nicht, Schweiger, geh nicht«, bat Nawa. »Warum willst du fortgehen? Bleib bei uns, in der ›Stadt‹! Du wolltest doch in die ›Stadt‹, und genau dieser See ist die ›Stadt‹, das hat mir Mutter gesagt, nicht wahr, Mutter?«

»Dein Schweiger wird nicht hierbleiben«, sagte Nawas Mutter. »Aber auch die Front der Auflockerung kann er nicht überqueren. Wäre ich in seiner Lage – wie lustig, Freundin, ich versuche mich gerade in seine Lage zu versetzen, die Lage eines Mannes von den Weißen Felsen ... Also, wäre ich in seiner Lage, würde ich ins Dorf zurückkehren, aus dem ich so leichtfertig fortgegangen bin, und dort auf die Erfassung warten, denn die ist unausweichlich, und sein Dorf wird an die Reihe kommen, wie zuvor viele, viele andere Dörfer an der Reihe waren, die genauso schmutzig und sinnlos waren ...«

»Dann will ich mit ihm ins Dorf zurückkehren«, erklärte Nawa plötzlich. »Mir gefällt nicht, wie du sprichst. Früher hast du nie so gesprochen ...«

»Du irrst dich«, entgegnete ihre Mutter ruhig. »Vielleicht irrte ich auch einmal, obwohl ich mich daran nicht erinnere. Ganz sicher irrte ich sogar, bis ich zur Freundin wurde ...«

Die Schwangere schaute Athos unverwandt an. »Nun, vielleicht bist du ja wirklich geschützt?«, wiederholte sie.

»Ich begreife nicht«, sagte Athos.

»Also bist du nicht geschützt«, erwiderte die Frau. »Das ist gut. Du brauchst nicht zu den Weißen Felsen zu gehen und musst nicht ins Dorf zurückkehren. Du wirst hierbleiben …«

»Ja, bei uns«, sagte Nawa. »So wollte ich es auch, und ich irre mich kein bisschen. Wenn ich mich irre, sage ich immer, dass ich mich irre, nicht wahr, Schweiger?«

Die Mutter hielt sie am Arm fest. Plötzlich sah Athos, wie sich um den Kopf der Mutter eines jener lila Wölkchen zusammenzog. Für einen Augenblick wurden ihre Augen glasig und schlossen sich. Dann sagte sie: »Gehen wir, Nawa, wir werden bereits erwartet.«

»Und Schweiger?«, fragte Nawa.

»Du hast es doch gehört, er wird hierbleiben … In der ›Stadt‹ hat er nichts zu suchen.«

»Aber ich will, dass er bei mir ist! Verstehst du denn nicht, Mutter, er ist doch mein Mann, man hat ihn mir zum Mann gegeben, und er ist schon so lange mein Mann …«

Die Schwangere verzog angewidert ihr Gesicht, Nawas Mutter ebenfalls.

»Sagt das nie wieder«, sagte sie. »Das ist ein schlechtes Wort. Du musst es vergessen. Aber das wirst du ohnehin … Männer können Freundinnen überhaupt nicht gebrauchen. Niemand kann sie gebrauchen. Sie sind überflüssig. Sie sind ein Fehler.«

Unwillkürlich blickte Athos die Schwangere an. Sie bemerkte seinen Blick und lachte auf.

»Dummkopf«, rief sie. »Nicht einmal das verstehst du. Ich fürchte, ich verschwende mit dir nur meine Zeit.«

»Gehen wir, Nawa«, sagte die Mutter. »Er wird hierbleiben. Na schön: Du kannst später zu ihm gehen.«

Sie zog Nawa ins Schilf. Doch Nawa drehte sich immer wieder um und rief: »Geh nicht weg, Schweiger! Ich komme bald zurück. Versuch ja nicht, ohne mich zu gehen, das wäre schlecht, auch wenn du nicht mein Mann bist, weil das hier nicht geht. Aber ich bin trotzdem deine Frau, ich habe dich gesundgepflegt, also warte auf mich ...«

Er blickte ihr nach und wusste, dass er sie nie wieder sehen würde, und wenn doch, dann wäre sie nicht mehr Nawa. Er nickte, winkte schwach und versuchte zu lächeln. Sie verschwanden, und nur das Schilf blieb zurück. Dann verstummte Nawa, ein platschendes Geräusch war zu hören, und alles wurde still. Er schluckte den Kloß hinunter, der ihm im Hals steckte, und fragte: »Was werdet ihr mit ihr machen?«

»Das kannst du nicht verstehen«, antwortete die Schwangere herablassend. »Du bist ein Mann, und du bildest dir ein, dass die Welt dich braucht, dabei kommt die Welt schon so viele Jahre bestens ohne Männer aus ... Aber lassen wir das, das ist uninteressant. Also, du bist nicht geschützt. Wie auch. Was kannst du?«

»Ich kann nichts«, antwortete Athos matt.

»Kannst du Lebendiges steuern?«

»Früher schon«, sagte Athos.

»Dann befehle diesem Baum sich zu biegen«, forderte die Schwangere ihn auf.

Athos schaute den Baum an und zuckte mit den Schultern.

»Gut«, sagte die Frau geduldig. »Dann töte diesen Baum ... Kannst du auch nicht ... Rufe das Wasser.« (Sie sagte etwas anderes, doch Athos verstand es so.) »Was kannst du denn überhaupt? Was hast du auf deinen Weißen Felsen gemacht?«

»Ich habe den Wald erforscht«, antwortete Athos.

»Du lügst«, widersprach die Frau. »Ein Mensch allein kann den Wald nicht erforschen, das wäre genauso, als würde man Grashalme zählen. Wenn du die Wahrheit für dich behalten willst, dann sag es gleich ...«

»Ich habe wirklich den Wald erforscht«, beteuerte Athos. »Ich erforsche ...« Er zögerte. »Ich erforschte die kleinsten Wesen im Wald. Solche, die man mit bloßem Auge nicht sieht.«

»Du lügst schon wieder«, entgegnete die Schwangere gelassen. »Was mit den Augen nicht zu sehen ist, kann man nicht erforschen.«

»Kann man schon«, widersprach Athos. »Man braucht nur ...« Wieder stockte er. Mikroskop ... Linsen ... Geräte ... Es war unmöglich, das wiederzugeben. Dann sagte er: »Wenn man einen Wassertropfen nimmt, so kann man, wenn man die nötigen Dinge hat, darin Abertausende kleiner Lebewesen sehen ...«

»Dafür braucht man keine Dinge«, widersprach die Frau ungeduldig. »Ihr treibt Unzucht mit euren toten Dingen dort auf den Weißen Felsen. Ihr habt die Fähigkeit verloren zu sehen, was jeder normale Mensch im Wald sieht ... Warte, du sagtest: ›kleine‹ oder ›kleinste‹? Meinst du etwa die Erbauer von allem?«

»Vielleicht«, sagte Athos. »Ich verstehe nicht, was du sagst. Ich spreche von kleinen Lebewesen, die der Grund sind für Krankheiten. Die aber auch heilen können, die helfen, Nahrung zuzubereiten und Dinge herzustellen ... Ich habe versucht herauszufinden, wie sie hier aufgebaut sind, auf dieser Erde.«

»Du hast dich schon so lange von dieser Erde entfernt, dass du es bereits vergessen hast ...«, bemerkte die Frau sarkastisch. »Aber gut, ich habe verstanden, was du tust. Und ich habe verstanden, dass du keine Macht über die Erbauer hast ... Jeder Dorftrottel kann mehr als du. Was soll ich bloß mit dir machen? Was, wo du schon einmal hier bist?«

»Ich gehe«, sagte Athos müde. »Leb wohl.«

»Nein, warte«, befahl sie. Athos spürte, wie glühende Zangen seine Ellbogen von hinten zusammenpressten. Er versuchte sich loszureißen, aber es war sinnlos. Er hörte, wie die Frau laut nachdachte: »Sie sind zu überhaupt nichts nütze. Sie zu fangen, um sie aufzulösen, dauert lange und bringt nichts, außerdem geben sie schlechtes Fleisch. Und sie können fast gar nichts, nicht einmal diese Schlauköpfe von den Weißen Felsen. Aber es sind viele, es wäre schade, sie brach liegen zu lassen. Doch warum soll ich mich darum kümmern? Wozu gibt es die Nachtarbeiter, sollen die sich kümmern ...« Sie winkte ab, wandte sich um und ging ohne Hast, mit leicht schwankenden Schritten, fort ins Schilf.

Da spürte Athos, wie er auf den Pfad geführt wurde. Seine Ellbogen waren taub und, wie es schien, verschmort. Mit aller Kraft versuchte er sich loszureißen, doch die Zangen packten nur noch kräftiger zu. Er wusste nicht, was mit ihm geschehen würde und wohin man ihn brachte, doch auf einmal erinnerte er sich an die vergangene Nacht, an die Geister von Karl und Valentin in dem schwarzen Quadrat der niedrigen Tür und die verzweifelten, stöhnenden Schmerzensschreie. Da trat er mit einer geschickten Bewegung nach hinten aus, blind, aus Leibeskräften, um den Totenmenschen zu treffen. Sein Fuß stieß gegen etwas Weiches und Heißes. Der Totenmensch grunzte und lockerte seinen Griff. Athos fiel mit dem Gesicht ins Gras, sprang auf und drehte sich um – der Totenmensch kam schon wieder auf ihn zu, die ungeheuer langen Arme weit ausgebreitet. Athos packte das Grauen, und er schrie auf. Er hatte nichts zur Hand, weder Grastilger noch Gärstoff, weder Stock noch Stein. Der warme, sumpfige Untergrund gab unter seinen Füßen nach. Da erinnerte er sich plötzlich, griff in sein Hemd, und als der Totenmensch sich über ihn beugte, kniff er die Augen zusammen, trieb ihm das Skalpell irgendwo zwischen die Augen, hängte sich mit seinem ganzen Gewicht daran und zog die Klinge von ganz oben bis ganz nach unten. Dann fiel er zu Boden.

Während er so dalag, die Wange ins Gras gedrückt, blickte er den Totenmenschen an, der zuerst schwankend dastand, und dann langsam auseinanderklappte wie ein Koffer, über die gesamte Länge seines weißlichen Rumpfes, bis er schließlich umkippte und auf den Rücken fiel. Seine zähe, weiße Flüssigkeit ergoss sich sogleich ringsherum. Der Totenmensch zuckte noch ein paarmal, dann erstarrte er. Athos stand auf und ging langsam fort. Den Pfad entlang.

Er erinnerte sich dunkel, dass er hier auf jemanden hatte warten, etwas erfahren, etwas hatte tun wollen. Doch nun war das alles nicht mehr wichtig. Wichtig war, so weit wie möglich fortzugehen, auch wenn er wusste, dass es ihm nicht gelingen würde zu entkommen. Weder ihm, noch vielen, vielen anderen.

8

Athos wachte auf, öffnete die Augen und starrte an die niedrige Decke mit den Kalkablagerungen. Wieder liefen Ameisen die Decke entlang. Von links nach rechts beladen, von rechts nach links unbeladen. Vor einem Monat war es umgekehrt gewesen. Vor einem Monat war Nawa hier gewesen. Sonst hatte sich nichts geändert. Übermorgen gehen wir fort, dachte er.

Am Tisch saß der Alte, schaute ihn an und pulte in seinem Ohr. Er war völlig abgemagert, die Augen saßen tief in ihren Höhlen, und in seinem Mund fehlten sämtliche Zähne. Wahrscheinlich würde er bald sterben.

»Was soll das, Schweiger«, sagte der Alte weinerlich. »Du hast überhaupt nichts mehr zu essen. Kaum haben sie dir Nawa weggenommen, schon hast du kein Essen mehr im Haus. Ich hab dir doch gesagt, dass du nicht fortgehen sollst. Das geht nicht. Wozu bist du fortgegangen? Es war Hinker, der dir den Kopf verdreht hat. Aber kapiert der überhaupt, was geht und was nicht geht? Hinker kapiert das nicht, und Hinkers Vater war genauso, und sein Großvater auch. Hinkers ganze Familie war so, und deswegen sind sie alle gestorben, und Hinker selbst wird ja bestimmt auch sterben, dagegen kann er nichts machen ... Aber vielleicht hast du ja doch etwas zu essen, Schweiger, vielleicht hast du es nur versteckt? Wenn du es versteckt hast, dann hol es, denn ich habe Hunger. Ich komme nicht ohne Essen aus, ich esse schon mein ganzes Leben, hab mich einfach dran gewöhnt. Aber jetzt ist Nawa nicht mehr da, und Schwanz ist von einem Baum erschlagen worden, der hatte immer viel zu essen. Bei ihm habe ich immer gleich drei Töpfe leer gegessen, obwohl es nie richtig durchgegoren war. Wahrscheinlich hat ihn deswegen auch der Baum erschlagen ...«

Athos stand auf und suchte in allen Verstecken, die Nawa im Haus eingerichtet hatte. Es gab tatsächlich nirgendwo etwas zu essen. Also ging er aus dem Haus, bog nach links ab und machte sich auf den Weg zum Dorfplatz, wo Fausts Haus stand. Der Alte folgte ihm schwankend. Vom Feld her waren monotone, disharmonische Stimmen zu hören: »Frisch gesät, so ist's recht, einmal links, einmal rechts.« Im Wald erscholl das Echo. Jeden Morgen kam es Athos so vor, als rücke der Wald immer näher heran. Dabei tat er es gar nicht, und wenn doch, so hätte ein menschliches Auge es wohl kaum bemerken können. Auch Totenmenschen traf man im Wald nicht häufiger als sonst an. Doch Athos wusste jetzt genau, wer sie waren, und er hasste sie. Wenn ein Totenmensch aus dem Wald kam, schrien alle: »Schweiger! Schweiger!« Dann ging er hin und vernichtete den Totenmenschen mit seinem Skalpell, schnell, zuverlässig und mit einer grausamen Befriedigung. Das ganze Dorf versammelte sich, um dem Schauspiel beizuwohnen, alle riefen »Oh!« und schützten sich mit ihren Armen, wenn der furchtbare weiße Schlitz entlang des dampfenden Körpers auseinanderklaffte. Nun ärgerten die kleinen Kinder Schweiger nicht mehr, sondern liefen auseinander und versteckten sich, sobald er auftauchte. Abends erzählte man sich in den Häusern flüsternd Geschichten über das Skalpell.

Mitten auf dem Platz stand Horcher im Gras, kerzengerade, die Arme zum Himmel gereckt, umweht von einem lila Wölkchen, mit glasigen Augen und Schaum auf den Lippen. Neugierige Kinder stapften um ihn herum, starrten ihn mit offenen Mündern an und hörten zu. Auch Athos blieb stehen, um zu lauschen. (Und plötzlich waren alle Kinder wie vom Erdboden verschluckt.)

»In die Schlacht treten immer neue ...«, faselte Horcher mit metallischer Stimme vor sich hin. »Ein siegreiches Manöver ... ausgedehnte Orte der Ruhe ... neue Einheiten von Freundinnen ... Ruhe und Verschmelzung ...«

Athos ging weiter. Heute war sein Kopf schon seit dem Morgen recht klar. Er spürte, dass er denken konnte, und dachte, dass Horchers Gefasel wahrscheinlich eine der ältesten Traditionen des Dorfes war – sogar aller Dörfer, denn auch im Neuen Dorf hatte es einen Horcher gegeben. Auch hatte der Alte einmal geprahlt, was es für Horcher gegeben hatte, als er noch ein Kind gewesen war. Vielleicht hatten in früheren Zeiten viele gewusst, was die »Erfassung« war. Damals waren *sie* daran interessiert gewesen, dass es viele wussten, oder *sie* bildeten sich zumindest ein, dass *sie* daran interessiert waren. Aber dann hatte sich herausgestellt, dass man bestens ohne diese vielen auskam – als *sie* nämlich lernten, den lila Nebel zu steuern, und als aus den lila Wolken die ersten Totenmenschen herauskamen, die ersten Dörfer auf den Grund der ersten dreieckigen Seen sanken und die ersten Einheiten von Freundinnen auftauchten. Die Tradition war jedoch geblieben, genauso sinnlos wie dieser ganze Wald, wie all diese künstlichen Ungeheuer und die »Städte«, von denen die Zerstörung ausging. Niemand wusste, was es war, aber alle waren sich einig, dass es nötig und nützlich sei – sinnlos, wie jede Gesetzmäßigkeit sinnlos war, wenn man sie von außen mit dem bedachten Blick des Naturforschers betrachtete ... Athos war froh: Es schien, als könne er all das endlich folgerichtig formulieren ... und offenbar nicht nur formulieren, sondern auch seinen eigenen Ort bestimmen ... Ich bin nicht außerhalb, ich bin hier, ich bin kein Naturforscher, ich bin selbst ein Teil, ein Spielball dieser Gesetzmäßigkeit.

Er blickte sich nach Horcher um. Horcher saß wie gewohnt mit seligem Blick im Gras und drehte den Kopf, während er sich zu erinnern versuchte, wo und was er war. Wahrscheinlich kamen schon seit vielen Jahrhunderten Tausende von Horchern in Tausenden von Dörfern morgens auf die nun leeren Plätze und lallten unverständliche, seit Langem sinnlose Sätze von »Freundinnen«, von der »Erfassung«, von »Verschmelzung« und »Ruhe«; Sätze, die von Tausenden seltsamer Menschen aus Tausenden von »Städten« übertragen wurden, in denen man ebenfalls längst vergessen hatte, wer das alles zu welchem Zweck benötigte.

Faust trat lautlos von hinten an ihn heran und schlug ihm mit der Handfläche zwischen die Schulterblätter.

»Steht einfach da und gafft vor sich hin«, sagte er. »Einmal hat einer genauso gegafft, bis sie ihm alle Arme und Beine gebrochen haben – jetzt gafft er nicht mehr. Wann brechen wir denn endlich auf, Schweiger? Wie lange willst du mir noch damit auf die Nerven fallen? Meine Alte ist in ein anderes Haus gegangen, und ich selbst schlafe schon die dritte Nacht beim Dorfältesten, aber jetzt überlege ich, ob ich nicht zu Schwanz' Witwe umziehen soll. Das ganze Essen ist schon so verdorben, dass es nicht mal der Alte mehr fressen will. Er verzieht das Gesicht und sagt: ›Verdorben ist das alles hier bei dir, das kann man ja nicht mehr riechen, geschweige denn fressen ...‹ Aber zu den Teufelsfelsen gehe ich nicht, Schweiger, ich gehe mit dir in die ›Stadt‹, dort holen wir beide uns Weiber, und wenn uns Diebe in den Weg kommen, geben wir ihnen die Hälfte ab, das macht nichts. Die andere Hälfte bringen wir ins Dorf, die sollen hier leben. Wozu sollten sie dort herumschwimmen, da ist nämlich auch mal eine so herumgeschwommen, und dann hat sie eins auf die Rotznase bekommen – jetzt schwimmt sie nicht mehr und kann kein Wasser mehr sehen ... Hör mal, Schweiger, vielleicht hast du dir das mit der ›Stadt‹ ja nur ausgedacht oder es geträumt, vor lauter Trauer, weil die Diebe dir Nawa weggenommen haben. Hinker glaubt dir nicht: Er glaubt, dass du es geträumt hast. Was soll das denn für eine ›Stadt‹ im See sein – alle haben gesagt, dass sie auf einem Hügel ist, nicht in einem See. Wie soll man denn in einem See leben, da gehen wir doch alle unter, denn dort ist alles voller Wasser. Egal, ob da Weiber sind, ich gehe nicht ins Wasser, nicht mal, um Weiber zu holen, denn ich kann nicht schwimmen, wozu auch? Aber wenn es unbedingt sein muss, warte ich am Ufer, während du sie aus dem Wasser ziehst ... Du gehst also ins Wasser, und ich warte am Ufer, und so sind wir beide ganz schnell fertig ...«

»Hast du dir einen Knüppel besorgt?«, fragte Athos.

»Und wo soll ich deiner Meinung nach im Wald einen Knüppel hernehmen?«, entgegnete Faust. »Man muss in den Sumpf gehen, um sich einen Knüppel zu holen. Ich hatte aber keine Zeit, ich habe auf das Essen aufgepasst, damit der Alte es nicht auffrisst. Und außerdem: Wozu brauche ich einen Knüppel, wenn ich mich mit niemandem prügeln will ... Es gab auch mal einen, der sich prügeln wollte ...«

»Schon gut«, sagte Athos. »Ich besorge dir einen Knüppel. Übermorgen brechen wir auf.«

Er drehte sich um und ging zurück. Faust hatte sich nicht verändert. Keiner von ihnen hatte sich verändert. Sosehr er es ihnen auch zu erklären versuchte, sie begriffen nichts, und vielleicht glaubten sie auch nichts davon. Die Idee des nahenden Todes ging einfach nicht in ihre Köpfe. Der Tod näherte sich zu langsam. Er hatte schon vor zu langer Zeit begonnen, sich zu nähern. Vielleicht lag es daran, dass der Tod ein Begriff war, der etwas Unmittelbares, Augenblickliches, etwas von einer Katastrophe hatte. Sie waren unfähig zu verallgemeinern, unfähig über die Welt außerhalb ihres Dorfes nachzudenken. Es gab das Dorf, und es gab den Wald. Der Wald war stärker, aber der Wald war *immer* stärker gewesen und würde es *immer* sein. Was hatte der Tod damit zu tun? So war das Leben. Irgendwann würden sie es begreifen. Wenn es keine Frauen mehr gab, wenn der Sumpf ihre Häuser erreicht hatte, wenn auf einmal mitten auf den Straßen unterirdische Quellen hervorsprudelten und das Dorf allmählich im Wasser versank ... Vielleicht würden sie es nicht einmal dann begreifen, sondern sagen: »Hier können wir nicht mehr leben«, und fortgehen ins Neue Dorf ...

Hinker saß vor der Tür. Er begoss eine Pilzbrut, die über Nacht herausgekommen war, mit Gärstoff, und machte sich daran zu frühstücken.

»Setz dich«, sagte er freundlich. »Willst du etwas essen? Es sind gute Pilze.«

»Ja, gern«, antwortete Athos und setzte sich neben ihn.

»Iss nur«, forderte Hinker ihn auf. »Deine Nawa ist jetzt nicht mehr da, aber irgendwann wirst du dich auch ohne sie zurechtfinden ... Ich habe gehört, du gehst wieder fort ... Warum kannst du nicht einfach zu Hause bleiben? Bliebst du zu Hause, wäre das für dich am besten. Willst du ins Schilf oder zu den Ameisenhügeln? Ins Schilf würde ich mit dir gehen. Da würden wir auf der Straße nach rechts abbiegen, durch den lichten Wald gehen, und dort würden wir gleich auch ein paar Pilze sammeln. Wir würden Gärstoff mitnehmen und gleich dort essen. Im lichten Wald gibt es gute Pilze, im Dorf wachsen solche nicht, und auch anderswo nicht, da kannst du essen, so viel du willst, und du wirst doch nicht satt ... Und wenn wir dann gegessen hätten, würden wir beide den lichten Wald verlassen und am Kornsumpf vorbeigehen. Dort würden wir wieder essen, denn da wächst gutes Getreide, es ist süß, man muss sich direkt wundern, wie im Sumpf solches Getreide wachsen kann ... Na, und dann natürlich immer der Sonne nach. Drei Tage würden wir gehen, dann wären wir schon im Schilf ...«

»Wir gehen zu den Teufelsfelsen«, erinnerte ihn Athos geduldig. »Übermorgen brechen wir auf. Faust kommt auch mit.«

Hinker schüttelte zweifelnd den Kopf.

»Zu den Teufelsfelsen«, wiederholte er. »Nein, Schweiger, zu den Teufelsfelsen kommen wir nicht mit. Weißt du denn, wo die Teufelsfelsen sind? Vielleicht gibt es sie überhaupt nicht, sondern die Leute sagen das nur, dass diese Felsen angeblich vom Teufel sind ... Also zu den Teufelsfelsen gehe ich nicht. Ich glaube nicht daran. Wenn wir aber zum Beispiel in die ›Stadt‹ gingen, oder noch besser zu den Ameisenhügeln, das ist ja nicht weit, ein Katzensprung ... Hör mal, Schweiger, lass uns doch einfach zu den Ameisenhügeln gehen, Faust geht sicher auch mit ... Ich bin ja, seit ich mir in den Ameisenhügeln das Bein gebrochen habe, nicht wieder dort gewesen. Nawa hat mich damals immer gebeten: Komm, Hinker, gehen wir zu den Ameisenhügeln. Sie wollte nämlich die Baumhöhle sehen, wo ich mir das Bein gebrochen hatte, aber ich sagte ihr, dass ich nicht mehr weiß, wo die Baumhöhle ist, und überhaupt kann es sein, dass es die Ameisenhügel nicht mehr gibt, ich war dort schon lange nicht mehr ...«

Athos kaute einen Pilz und schaute Hinker an. Hinker redete und redete, über das Schilf und über die Ameisenhügel. Dabei sah er zu Boden und blickte Athos nur manchmal an. Und da fiel Athos plötzlich auf, dass Hinker immer nur mit ihm so sprach – wie ein Schwachsinniger, unfähig, sich auf einen Gedanken zu konzentrieren. Normalerweise war Hinker nämlich ein guter Disputant und angesehener Redner.

Sowohl der Dorfälteste als auch Faust respektierten ihn, und der Alte fürchtete sich sogar vor ihm und mochte ihn nicht leiden. Außerdem war Hinker der beste Freund des Gekränkten Dulders gewesen, dieses unruhigen, suchenden Menschen, der nichts gefunden hatte und irgendwo im Wald umgekommen war ... Und da begriff Athos, dass Hinker ihn einfach nicht in den Wald lassen wollte, dass er Angst um ihn hatte und Mitleid für ihn empfand. Hinker war ein guter, kluger Mensch, doch der Wald war für ihn ein gefährlicher, todbringender Ort: Viele gingen hinein, aber nur wenige kehrten zurück. Und wenn es dem verrückten Schweiger einmal gelungen war zurückzukehren, auch wenn er sein Mädchen dabei verloren hatte, so würde sich ein solches Wunder sicher nicht wiederholen ...

»Hör mal, Hinker«, begann Athos. »Hör gut zu und glaube mir. Ich bin nicht verrückt, und wenn ich zu den Teufelsfelsen gehe, so tue ich das nicht, weil ich nicht zu Hause bleiben will. Die Menschen, die auf den Teufelsfelsen leben, sind die einzigen Menschen, die das Dorf retten können. Ich muss zu ihnen. Verstehst du, ich will sie zu Hilfe rufen.«

Hinker blickte Athos an. Seine blassen Augen schienen undurchdringlich.

»Aber natürlich!«, sagte er. »So habe ich dich auch verstanden. Wir gehen also von hier los, biegen nach links ab, gehen bis zum Feld und dann an den beiden Steinen vorbei auf den Weg. Diesen Weg kann man leicht erkennen – dort sind so viele Findlinge, dass man sich die Beine bricht ... Iss nur die Pilze, Schweiger, iss, sie sind gut ... Auf diesem Weg gehen wir dann bis zum Pilzdorf. Ich glaube, ich habe dir schon davon erzählt. Es ist leer, ganz von Pilzen bewachsen, aber nicht von solchen wie diese hier, sondern von ungenießbaren. Die werden wir nicht essen, denn von ihnen wird man krank und kann sogar sterben. Deshalb halten wir uns in diesem Dorf nicht lang auf, sondern gehen gleich weiter und kommen dann nach einiger Zeit zum Dorf der Wirrköpfe. Dort machen sie ihre Töpfe aus Erde – eine verrückte Idee, das kommt von dem blauen Gras, das durch ihr Dorf gewandert ist – aber sie sind nicht einmal krank geworden davon, sondern haben bloß angefangen, Töpfe aus Erde zu machen ... Aber da werden wir uns auch nicht lang aufhalten, wozu auch. Stattdessen gehen wir gleich weiter nach rechts – da kommt dann gleich das Lehmfeld ...«

Athos blickte ihn an und dachte nach. Verdammt sind sie. Unglücklich und verdammt, auch wenn sie nicht wissen, dass sie unglücklich sind. Sie wissen nicht, dass die Mächtigen dieser Welt sie für überflüssig halten, für einen erbärmlichen Fehler. Sie wissen nicht, dass die Mächtigen, die mit ihrem rätselhaften Tun den gesamten Planeten beherrschen, bereits Wolken aus steuerbaren Viren, Kolonnen von Robotern und die Wände des Waldes gegen sie gerichtet haben. Sie wissen nicht, dass ihr ganzes Schicksal vorherbestimmt ist, dass die Zukunft der Menschheit auf diesem Planeten in der Parthenogenese liegt, das Paradies aus warmen Seen besteht und – das Schlimmste von allem – die historische Wahrheit auf diesem Planeten nicht auf ihrer Seite ist. Dass sie Relikte sind, zum Tode verurteilt durch objektive Gesetze, und dass ihnen zu helfen auf diesem Planeten bedeuten würde, gegen den Fortschritt anzugehen, den Fortschritt auf einem winzigen Abschnitt seiner Front aufzuhalten ...

Aber das interessiert mich nicht, dachte Athos. Was geht mich ihr Fortschritt an. Es ist nicht mein Fortschritt, und ich bezeichne ihn nur deshalb als Fortschritt, weil es kein anderes Wort gibt, um die objektive Richtung der Geschichte zu bezeichnen. Hier entscheidet nicht der Kopf, sondern das Herz. Auch wenn ich sehe, dass das unmöglich ist – aber nehmen wir einmal an, die »Freundinnen« hätten mich damals gerettet, mich geheilt und umsorgt, als einen der Ihren aufgenommen und Mitleid mit mir gehabt – vielleicht hätte ich mich dann überwunden, Herz und Kopf vereint und mich auf die Seite dieses Fortschritts gestellt. Dann wäre Hinker jetzt für mich nichts anderes als ein ärgerlicher Fehler, der schon viel zu lange Probleme macht ... Aber gerettet, gepflegt und umsorgt hat mich Hinker, und dieses Dorf ist mein Dorf geworden, und seine Nöte sind meine Nöte geworden, und seine Schrecken sind meine Schrecken ... Es ist mir egal, dass es nur ein lästiger Kiesel im Mahlwerk des Fortschritts ist, denn ich werde alles tun, dass das Mahlwerk von diesem Kiesel gebremst wird. Und wenn ich es bis zur Basis schaffe, werde ich alles tun, damit dieses Mahlwerk stehen bleibt. Und wenn mir das nicht gelingt (und es wird mir ziemlich sicher nicht gelingen, sie zu überreden), werde ich allein hierher zurückkehren, aber diesmal nicht bloß mit einem Skalpell ... Und dann werden wir sehen.

»Also abgemacht«, hielt er fest. »Übermorgen brechen wir auf.«

»Natürlich!«, antwortete Hinker ohne Zögern. »Gleich von mir aus nach links ...«

Vom Feld her drang plötzlich Lärm. Frauen kreischen auf. Viele Stimmen riefen im Chor: »Schweiger! Schweiger!« Hinker fuhr auf.

»Gehen wir!«, sagte er und erhob sich schnell. »Gehen wir, ich will zusehen.«

Athos stand auf, zog aus seinem Hemd das Skalpell hervor und ging los, zum Dorfrand.

9

»Heute reisen wir endlich ab«, bemerkte Turnen.

»Herzlichen Glückwunsch«, erwiderte Gorbowski. »Ich bleibe noch ein wenig.«

Er warf ein Steinchen, und das Steinchen verschwand in der Wolke. Die Wolke war ganz nah, direkt unter seinen Füßen. Den Wald konnte er nicht sehen. Gorbowski legte sich auf den Rücken, ließ die nackten Füße in den Abgrund hängen und verschränkte seine Arme hinter dem Kopf. Turnen hockte nicht weit von ihm entfernt auf der Erde und sah ihn aufmerksam an. Er lächelte nicht.

»Sie sind also eigentlich ein ängstlicher Mensch, Gorbowski«, sagte er.

»Ja, sehr«, gab Leonid Andrejewitsch zu. »Aber wissen Sie, Toivo: Sie brauchen sich nur umzusehen, und entdecken Dutzende, ja Hunderte außergewöhnlich mutiger, kühner und sogar verwegener Menschen … Fast schon langweilig, da tut etwas Abwechslung ganz gut, oder?«

»Da haben Sie wohl recht«, bestätigte Turnen und senkte den Blick. »Wenn ich beunruhigt bin, dann nur wegen eines Menschen …«

»Wegen sich selbst«, sagte Gorbowski.

»Letzten Endes ja. Und Sie?«

»Ich auch … letzten Endes.«

»Langweilige Menschen sind wir zwei«, meinte Turnen.

»Furchtbar«, bestätigte Gorbowski. »Wissen Sie, ich spüre sogar, wie ich jeden Tag immer langweiliger und langweiliger werde. Früher haben sich die Menschen um mich gedrängt, alle lachten, denn ich war unterhaltsam. Und jetzt sind nur noch Sie da … und Sie lachen nicht einmal. Wissen Sie, ich bin ein mühsamer Mensch geworden. Verehrt, ja. Eine Autorität, das auch. Aber ich bin nicht mehr beliebt. Das bin ich nicht gewohnt, es tut mir weh.«

»Sie werden sich daran gewöhnen«, versprach Turnen. »Wenn Sie nicht vorher vor lauter Angst sterben, werden Sie sich daran gewöhnen. Eigentlich haben Sie sich ja die undankbarste Aufgabe vorgenommen, die man sich vorstellen kann. Sie denken über den Sinn des Lebens nach, und zwar gleich für alle Menschen – nur mögen die Menschen das nicht. Sie ziehen es vor, das Leben so zu nehmen, wie es ist. Es gibt keinen Sinn des Lebens. Und keinen Sinn im Handeln. Wenn das Handeln zu etwas Positivem führt – gut, wenn nicht – war es sinnlos. Sie machen sich diese Mühe umsonst, Leonid Andrejewitsch.«

Gorbowski hob die Beine aus dem Abgrund und drehte sich auf die Seite.

»Und schon geht es los mit den Verallgemeinerungen«, sagte er. »Wozu alle anderen nach sich selbst beurteilen?«

»Warum alle? Sie betrifft das nicht.«

»Das betrifft viele nicht.«

»Viele – wohl kaum. Sie haben ein ausgeprägtes Interesse an den Folgen, Gorbowski. Die meisten Menschen haben das nicht. Die Mehrheit glaubt, es spiele keine Rolle. Sie können sogar die Folgen vorhersehen, aber sie lassen sich bei ihrem Handeln trotzdem nicht von ihnen leiten, sondern von ganz anderen Erwägungen.«

»Das ist etwas anderes«, versetzte Gorbowski. »Damit bin ich einverstanden. Nur nicht damit, dass diese anderen Erwägungen immer dem eigenen Vergnügen dienen.«

»Vergnügen ist ein weiter Begriff ...«

»Gut«, unterbrach ihn Gorbowski. »Dann bin ich vollkommen einer Meinung mit Ihnen.«

»Na endlich«, versetzte Turnen sarkastisch. »Und ich habe mich schon gefragt, was ich täte, wenn Sie mir nicht zustimmten. Ich wollte Sie schon fragen: Wozu sitzen Sie eigentlich hier, Gorbowski?«

»Aber Sie fragen mich doch nicht?«

»Nein, denn ich weiß es auch so.«

Gorbowski blickte ihn begeistert an.

»Wirklich?«, fragte er. »Und ich dachte, meine Konspiration wäre gelungen.«

»Und wozu wäre diese Konspiration nötig?«

»Alle Welt würde lachen, Toivo. Und es wäre mitnichten jenes Lachen, das ich früher immer neben mir hörte.«

»Sie werden sich daran gewöhnen«, versprach Turnen erneut. »Wenn Sie erst einmal die Menschheit zwei-, dreimal gerettet haben, werden Sie sich daran gewöhnen … Sie sind schon ein komischer Kauz. Die Menschheit hat es doch gar nicht nötig, dass man sie rettet.«

Gorbowski zog die Pantoffeln an, dachte nach und sagte: »In gewisser Weise haben Sie natürlich recht. Ich selbst bin es, der die Sicherheit der Menschheit benötigt. Wahrscheinlich bin ich der größte Egoist auf der Welt. Was denken Sie, Toivo?«

»Zweifellos«, meinte Turnen. »Denn Sie wollen, dass es der ganzen Menschheit gut geht, aber nur, damit es Ihnen gut geht.«

»Aber Toivo!«, rief Gorbowski und schlug sich sogar leicht mit der Faust auf die Brust. »Sehen Sie denn nicht, dass Sie alle wie Kinder geworden sind? Würden Sie etwa keinen Zaun errichten wollen vor dem Abgrund, an dessen Rand sie spielen? Hier zum Beispiel.« Er stieß mit dem Finger nach unten. »Sie haben sich doch neulich ans Herz gegriffen, als ich am Rand saß. Es ging Ihnen nicht gut, und genauso sehe ich, wie zwanzig Milliarden dasitzen, die Beine in den Abgrund hängen lassen, sich schubsen, Witze machen und Steinchen hinunterfallen lassen – und jeder von ihnen will unbedingt das schwerste Steinchen werfen. Doch der Abgrund ist voller Nebel, und niemand weiß, wen sie dort aufwecken, in diesem Nebel, aber es ist ihnen völlig egal. Sie mögen das Gefühl, wenn sich ihr *musculus glutaeus* spannt, und ich liebe sie alle und kann es nicht …«

»Wovor fürchten Sie sich eigentlich?«, unterbrach ihn Turnen gereizt. »Die Menschheit ist ohnehin nicht in der Lage, sich Aufgaben zu stellen, die sie nicht lösen kann.«

Gorbowski blickte ihn neugierig an und sagte: »Glauben Sie das im Ernst? Schade. Von dort ...« – er stieß erneut mit dem Finger nach unten – »... könnte doch eines Tages ein Bruder im Geiste heraufkommen und sagen: ›Leute, helft uns, den Wald zu vernichten.‹ Und was werden wir ihm dann antworten?«

»Wir werden ihm antworten: ›Mit Vergnügen.‹ Und werden den Wald vernichten. Im Handumdrehen.«

»Nein«, entgegnete Gorbowski. »Denn kaum machen wir uns ans Werk, wird sich herausstellen, dass dieser Wald auch ein Bruder im Geiste ist, nur zweiten Grades. Der Bruder ist humanoid, und der Wald nicht. Nun?«

»Vorstellen kann man sich alles Mögliche«, sagte Turnen.

»Darum geht es ja«, parierte Gorbowski. »Deswegen sitze ich hier. Sie fragen, wovor ich mich fürchte. Ich fürchte mich vor den Aufgaben, die sich die Menschheit stellt, und vor den Aufgaben, die sich jemand anderes stellen könnte. Es ist doch nur so dahingesagt, dass der Mensch allmächtig sei, weil er ein vernunftbegabtes Wesen ist. Er ist ein überaus zartes, ängstliches Geschöpf, sehr leicht zu kränken, zu enttäuschen und moralisch niederzuschmettern. Er hat ja nicht nur die Vernunft, sondern auch etwas, das wir ›Seele‹ nennen. Und etwas, das gut und leicht ist für die Vernunft, kann sich für die Seele als fatal erweisen. Aber ich will gar nicht, dass die gesamte Menschheit – mit Ausnahme von ein paar Idioten – jetzt rot anläuft, Gewissensbisse oder Minderwertigkeitskomplexe bekommt und unter dem Gefühl ihrer eigenen Hilflosigkeit leidet, wenn sie sich mit Aufgaben konfrontiert sieht, die sie sich gar nicht gestellt hat. Ich habe dies alles bereits in meiner Vorstellung durchlebt und wünsche es niemandem. Also sitze ich hier und warte.«

»Sehr rührend«, sagte Turnen. »Aber völlig sinnlos.«

»Das kommt davon, dass ich versucht habe, emotional auf Sie einzuwirken«, meinte Gorbowski traurig. »Nun will ich versuchen, Sie mit Logik zu überzeugen. Verstehen Sie, Toivo, die Möglichkeit unlösbarer Aufgaben lässt sich a priori voraussagen. Die Wissenschaft ist bekanntlich gleichgültig gegenüber der Moral. Aber nur insoweit, als ihr Objekt nicht die Vernunft ist. Denken wir nur an das Problem der Eugenik und der vernunftbegabten Maschinen ... Ich weiß, jetzt werden Sie sagen, das seien unsere internen Angelegenheiten. Dann nehmen wir eben diesen ebenso vernunftbegabten Wald. Für sich allein genommen kann er durchaus Gegenstand ruhiger, besonnener Forschung sein. Kämpft er aber gegen andere vernunftbegabte Wesen, wird das wissenschaftliche Problem für uns zu einem moralischen: Wir müssen entscheiden, auf welcher Seite wir stehen, und das können wir nicht, denn die Wissenschaft kann moralische Fragen nicht lösen, und die Moral hat – aus sich selbst heraus – keine Logik. Sie ist uns vorgegeben, wie die Mode den Hosen, und sie gibt keine Antwort auf die Frage: warum so und nicht anders. Drücke ich mich klar genug aus?«

»Hören Sie, Gorbowski«, sagte Turnen. »Was wollen Sie eigentlich ständig mit dem vernunftbegabten Wald? Glauben Sie etwa wirklich, dass dieser Wald ein vernunftbegabtes Wesen ist?«

Leonid Andrejewitsch trat an den Rand und blickte in den Abgrund.

»Nein«, sagte er. »Wohl kaum ... Aber es ist etwas faul damit, wenn man es vom Standpunkt unserer Moral aus betrachtet. Da stimmt etwas nicht. Gar nichts stimmt damit – wie er riecht, wie er aussieht, wie schlüpfrig er ist, wie unstet. Wie verlogen er ist, und wie er sich verstellt ... Nein, es ist ein schlechter Wald, Toivo. Er wird noch zu uns sprechen. Ich weiß es: Er wird zu uns sprechen.«

»Kommen Sie mit, ich untersuche Sie«, schlug Toivo vor. »Zum Abschied.«

»Nein«, antwortete Gorbowski. »Essen wir lieber etwas zu Abend. Fragen wir, ob man uns eine Flasche Wein öffnet ...«

»Das wird nicht gehen«, sagte Toivo zweifelnd.

»Ich werde Paul darum bitten«, meinte Gorbowski. »Wie es scheint, habe ich auf ihn noch einen gewissen Einfluss.«

Er bückte sich, hob mit einer Hand die übrig gebliebenen Steinchen auf und schleuderte sie hinab. So weit wie möglich. In den Nebel. In den Wald, der noch zu ihnen sprechen würde.

Währenddessen stieg Toivo, ganz ohne Hast und die Arme auf dem Rücken verschränkt, die Treppe hinauf.

DIE DRITTE
ZIVILISATION

1

Leere und Stille

»Weißt du«, sagte Maja, »irgendwie habe ich kein gutes Gefühl ...«

Wir standen neben dem Gleiter. Maja sah auf ihre Füße und hackte mit dem Absatz auf dem gefrorenen Sand herum.

Ich wusste nicht, was ich ihr antworten sollte. »Vorahnungen« hatte ich zwar keine, aber auch mir gefiel es hier nicht. Blinzelnd sah ich zum Eisberg hinüber. Wie ein riesiger Zuckerklumpen erhob er sich über dem Horizont – ein blendendweißer, schartiger Stoßzahn, eiskalt, unbeweglich und gleichförmig weiß, ohne pittoreskes Schillern oder Glänzen. So wie er sich vor hunderttausend Jahren an diesem flachen, schutzlosen Gestade festgesetzt hatte, so würde er, das war ihm anzusehen, auch die kommenden hunderttausend Jahre hier verharren – all seinen Brüdern zum Trotz, die rastlos im offenen Ozean trieben. Am Fuße des Eisbergs breitete sich der Strand aus; er war eben, von graugelber Farbe und funkelte von Myriaden glitzernder Reifkörnchen. Dahinter, rechts von uns, lag stahlgrau der Ozean und verströmte den Geruch erkalteten Metalls. Das Wasser kräuselte sich hin und wieder wie von einem leichten Schauer, wurde zum Horizont hin schwarz wie Tusche und wirkte unnatürlich leblos. Links von uns lagen heiße Quellen und ein Sumpf, und darüber grauer, vielschichtiger Nebel, hinter dem sich vielzackige Bergkuppen erahnen ließen. In der Ferne schließlich ragten steile, dunkle Felswände empor, die hier und da von Schnee bedeckt waren und sich am Ufer entlangzogen, so weit das Auge reichte. Am Himmel darüber, der wolkenlos war, doch freudlos und von eisiger graulila Farbe, ging eine winzig kleine, lilafarbene Sonne auf, die nicht wärmte.

Vanderhoeze kletterte aus dem Gleiter, zog sich eilig die Fellkapuze über und kam auf uns zu.

»Ich bin so weit«, sagte er. »Wo ist Komow?«

Maja zuckte kurz mit den Achseln und hauchte in die erstarrten Hände.

»Er wird bestimmt gleich hier sein«, sagte sie zerstreut.

»Wohin wollt ihr heute?«, fragte ich Vanderhoeze. »Zum See?«

Vanderhoeze legte den Kopf in den Nacken, schob die Unterlippe vor und sah mich über seine Nasenspitze hinweg schläfrig an – er sah aus wie ein betagtes Kamel mit rötlichem Backenbart.

»Ich weiß, du langweilst dich hier allein«, sagte er teilnahmsvoll. »Aber du wirst noch eine Weile aushalten müssen. Was meinst du?«

»Mir bleibt wohl nichts anderes übrig.«

Vanderhoeze beugte den Kopf noch weiter zurück und schaute – wieder mit dem Ausdruck eines hoffärtigen Kamels – zum Eisberg hinüber.

»Tja«, sagte er seufzend. »Hier besitzt zwar alles große Ähnlichkeit mit der Erde, aber es ist nicht die Erde. Und das ist das Schlimme bei diesen Welten: Du fühlst dich andauernd betrogen. Aber man kann sich auch daran gewöhnen. Was meinst du, Maja?«

Maja gab keine Antwort. Sie schien heute irgendwie traurig zu sein oder im Gegenteil – wütend. Das kam bei ihr öfter vor, wir kannten es schon.

Hinter uns öffnete sich mit einem leisen Klicken die Luke des Raumschiffs, und Komow sprang heraus. Er eilte auf uns zu, schloss noch im Gehen seinen Pelz und fragte atemlos: »Fertig?«

»Ja«, antwortete Vanderhoeze. »Wohin geht's denn heute, Gennadi? Wieder zum See?«

»Ja«, sagte Komow und versuchte, den obersten Verschluss seines Pelzes zuzumachen. »Soviel ich weiß, Maja, haben Sie heute Quadrat vierundsechzig. Meine Punkte: Westufer des Sees, Höhe sieben, Höhe zwölf. Genaueres legen wir unterwegs fest. Popow, Sie möchte ich bitten, die Funksprüche durchzugeben; ich habe sie in der Steuerkabine hinterlegt. Verbindung mit mir über den Gleiter. Rückkehr um achtzehn null null Ortszeit. Im Falle einer Verspätung geben wir Ihnen vorher Bescheid.«

»Alles klar«, sagte ich wenig begeistert; der Hinweis auf eine mögliche Verspätung gefiel mir nicht.

Maja ging schweigend zum Gleiter. Komow, der den Haken an seinem Mantel endlich geschlossen hatte, strich sich mit der Hand über den Pelz und ging ihr hinterher. Vanderhoeze klopfte mir auf die Schulter und sagte: »Schau nicht so viel in dieser gottverdammten Gegend herum. Bleib lieber zu Hause und lies etwas, das schont die Nerven.«

Dann ging er ohne Eile zum Gleiter, setzte sich auf den Fahrersitz und winkte mir zu. Maja ließ sich zu einem Lächeln herab und winkte ebenfalls zu mir herüber. Komow schaute mich nicht an, sondern nickte nur kurz. Der Gleiter setzte sich lautlos in Bewegung und schoss pfeilschnell nach vorn und in die Höhe; er wurde zu einem winzigen schwarzen Punkt und verschwand, als hätte es ihn nie gegeben. Ich war allein.

Eine Zeit lang blieb ich stehen, die Hände tief in die Taschen meines Pelzes vergraben, und sah dem Treiben meiner kleinen Helfer zu. Im Laufe der Nacht hatten sie ordentlich geschuftet, waren mager und hohlwangig geworden. Jetzt aber rissen sie ihre Energiekollektoren weit auf und schluckten gierig die fahle Lichtbrühe, mit der die schwache violette Sonne sie fütterte. Nichts anderes kümmerte sie im Augenblick, und sie verlangten nach nichts anderem. Nicht einmal nach mir – zumindest nicht, solange ihr Programm noch lief. Freilich, der dicke plumpe Tom ließ jedes Mal, wenn ich in sein Sichtfeld kam, ein rotes Signal auf der Stirn aufleuchten. Mit etwas gutem Willen konnte man es als Begrüßung auffassen, als eine höfliche, wenn auch zerstreute Verbeugung. Aber ich wusste, dass es nichts weiter hieß als: »Bei mir und bei den anderen ist alles in Ordnung. Wir machen unsere Arbeit. Oder gibt es neue Anweisungen?« Aber ich hatte keine neuen Anweisungen für sie; um mich herum gab es nichts als Leere und große, sehr große Stille.

Es war nicht die wattige Stille eines Akustiklabors, die einem die Ohren verstopft, auch nicht die wunderbare Stille eines Abends im Grünen, die erfrischt und sanft das Gehirn umspült, inneren Frieden gibt und einen eins werden lässt mit allem Schönen, was auf Erden existiert. Diese Stille war anders – durchdringend, glasklar, wie ein Vakuum; sie peitschte die Nerven auf. Es war die Stille einer unfassbar großen und vollkommen leeren Welt.

Ich sah mich gehetzt um ... Nein, das kann man nicht über sich selbst sagen ... Ich drücke es besser so aus: Ich sah mich um. Die Wahrheit aber war, dass ich mich nicht einfach nur umsah, sondern mich tatsächlich gehetzt umsah. Lautlos gingen die Kyber ihrer Arbeit nach. Lautlos gleißte die lilafarbene Sonne am Himmel. Nein, so konnte es nicht weitergehen.

Ich musste etwas tun. Zum Beispiel konnte ich mich endlich auf den Weg machen und mir den Eisberg aus der Nähe ansehen. Aber bis dorthin waren es fast fünf Kilometer, und laut Instruktion durfte sich der Diensthabende nicht weiter als hundert Meter vom Schiff entfernen. Unter anderen Umständen wäre die Versuchung, gegen die Vorschriften zu verstoßen, gewiss sehr groß gewesen. Aber hier? Hier konnte ich mich auf fünf oder hundertfünfundzwanzig Kilometer entfernen, ohne dass mir oder dem Schiff etwas zustoßen würde, ebenso wenig den anderen zehn Raumschiffen, die südlich von mir über die verschiedenen Klimazonen des Planeten verteilt waren. Es würde kein blutrünstiges Ungeheuer aus dem verkrüppelten Gestrüpp stürzen, um mich mit Haut und Haaren zu verschlingen – hier gab es keine Ungeheuer. Es würde kein wütender Taifun über den Ozean toben, das Schiff hochreißen und es gegen die finsteren Felsen schleudern – hier waren bisher weder Stürme noch Erdbeben registriert worden. Auch ein dringender Funkruf vom Stützpunkt war ausgeschlossen, wegen eines biologischen Alarms beispielsweise. Ein solcher Alarm war hier unmöglich, denn es gab nicht die geringste Spur von Viren und Bakterien, die dem Menschen gefährlich werden konnten. Nichts, gar nichts existierte auf diesem Planeten außer dem Ozean, den Felsen und den zwergwüchsigen Bäumen. Gegen die Vorschriften zu verstoßen, war ohne jeden Reiz.

Doch sich an die Vorschriften zu halten, war gleichermaßen uninteressant. Auf jedem normalen, biologisch aktiven Planeten wäre es unmöglich, am dritten Tag nach der Landung mit den Händen in den Taschen herumzustehen. Ich würde wie besessen herumrennen: Der Wach- und Erkundungskyber müsste aufgeladen, programmiert, in Gang gesetzt und stündlich kontrolliert werden; rund um das Schiff und den gesamten Bauplatz müsste eine Zone Absoluter Biologischer Sicherheit geschaffen und gegen Gefahren von unten, aus dem Boden, abgesichert werden. Alle zwei Stunden müsste man sie kontrollieren und die Filter wechseln, den Außenbordfilter, den Innenbordfilter und den Filter für den persönlichen Bedarf. Ich müsste eine Sammelstelle für sämtliche Abfälle einschließlich der verbrauchten Filter einrichten und alle vier Stunden eine Sterilisierung, Entgasung und Desaktivierung der Robotersteuersysteme vornehmen. Hinzu käme das Sichten der Informationen, die von den medizinischen Kybern außerhalb der ZABS gesammelt wurden, sowie Kleinigkeiten wie Wettersonden, seismografische Erkundung, Speläogefahr, Taifune, Lawinen, Karstverschiebungen, Waldbrände, Vulkanausbrüche und so weiter.

Ich stellte mir vor, wie ich – im Raumanzug, verschwitzt, unausgeschlafen, gereizt und schon ein wenig abgestumpft – den dicken Tom einer Generalprüfung unterzog und seine Nervenknoten durchspülte. Der Erkundungskyber würde mit der nervtötenden Beharrlichkeit eines Idioten zum zwanzigsten Mal wiederholen, aus einem Wasserloch in der Nähe sei ein grausiger gesprenkelter Frosch einer ihm unbekannten Art zum Vorschein gekommen. Und durch die Kopfhörer würde ich das unaufhörlich quäkende Alarmsignal der medizinischen Kyber hören, die über die Maßen erregt waren, weil ein heimisches Virus eine ungewöhnliche Reaktion auf die Baltermanzprobe gezeigt hatte und folglich, zumindest theoretisch, die Bioblockade durchbrechen konnte. Vanderhoeze würde im Schiff sitzen, wie es sich für ihn als Kommandanten und Arzt gehörte, und mir in besorgtem Ton mitteilen, dass die Gefahr bestünde, in einer Erdspalte zu versinken. Komow gäbe mit eisiger Ruhe über Funk durch, der Motor des Gleiters sei von kleinen, ameisenähnlichen Insekten zerfressen worden, und die lieben Tierchen machten sich nun gerade über seinen Raumanzug her ... Uff! ... Aber auf einen solchen Planeten hätten sie mich natürlich auch nicht mitgenommen. Man hatte mich wohlweislich auf einen Planeten geschickt, für den es keine Instruktionen gab. Weil man hier nämlich gar keine brauchte.

Vor der Einstiegsluke blieb ich stehen, schüttelte die Sandkörnchen von den Schuhsohlen und verharrte einen Augenblick, die Hand am warmen, atmenden Schiffsrumpf. Dann betätigte ich die Einstiegsautomatik. Im Schiff war es ebenfalls sehr still, doch handelte es sich mehr um eine häusliche Stille, die Ruhe einer leeren, behaglichen Wohnung. Ich legte den Mantel ab und ging in die Steuerzentrale. An meinem Pult hielt ich mich gar nicht erst auf – ich sah auch so, dass alles in Ordnung war –, sondern setzte mich gleich an den Sender. Die Funksprüche lagen auf dem Tischchen. Ich schaltete den Chiffrator an und begann den Text einzugeben. Im ersten Funkspruch übermittelte Komow Koordinaten für drei infrage kommende Siedlungen an den Stützpunkt, erstattete Bericht über die Fischbrut, die gestern im See ausgesetzt worden war, und riet Kitamura, mit den Kriechtieren nichts zu übereilen. Diese Meldung war mehr oder weniger verständlich, doch aus der zweiten, die für das Zentrale Informatorium bestimmt war, wurde ich nicht ganz schlau. Ich begriff lediglich, dass Komow dringend Angaben brauchte über den Y-Faktor bei binormalen Humanoiden, deren Index so komplex war, dass er aus neun Ziffern und vierzehn griechischen Buchstaben bestand. Hier handelte es sich also um die unergründliche höhere Xenopsychologie, von der ich, wie übrigens jeder normale Humanoid mit Index null, nicht das Geringste verstand. Das war freilich auch nicht nötig.

Nachdem ich den Text eingegeben hatte, schaltete ich den Dienstkanal ein und gab alle Mitteilungen in einem einzigen Impuls durch. Später, als ich die Funksprüche ins Bordbuch eintrug, überlegte ich, dass es auch für mich an der Zeit war, meinen ersten Bericht zu schreiben. Das heißt, was man so Bericht nennt … »Gruppe ER-2, Bauarbeiten nach Schema 15 zu soundso viel Prozent erfüllt, Datum, Unterschrift.« Fertig. Ich stand also auf und ging zu meinem Pult, um einen Blick auf den aktuellen Stand der Arbeiten zu werfen – und begriff schlagartig, wieso es mich plötzlich zu dem Bericht gedrängt hatte. Das heißt, es war weniger der Bericht gewesen als die Tatsache, dass ich, nun schon ein erfahrener Kybertechniker, das Stocken des Arbeitsprozesses gewittert hatte, bevor es diesbezügliche Signale gegeben hatte: Wie schon am Vortag, war Tom plötzlich und ohne ersichtlichen Grund stehen geblieben. Ärgerlich drückte ich die Kontrolltaste: »Was ist los?« Wie gestern verlosch das Haltesignal augenblicklich, dafür leuchtete das rote Lämpchen auf Toms Stirn auf: »Bei uns ist alles in Ordnung, wir gehen unserer Arbeit nach. Gibt es neue Anweisungen?« Ich gab ihm den Befehl, seine Tätigkeit wiederaufzunehmen, und schaltete den Videobildschirm ein: Jack und Rex arbeiteten eifrig, und auch Tom setzte sich in Bewegung, anfangs noch etwas seltsam, zur Seite geneigt, aber kurze Zeit später richtete er sich wieder auf.

»He, Bruderherz«, sagte ich. »Du bist wohl überarbeitet. Ich werde dich wohl mal gründlich reinigen müssen.« Ich warf einen Blick in Toms Arbeitsbuch; seine Prophylaxe war für heute Abend angesetzt. »Na gut, bis dahin werden wir es schon schaffen, was meinst du?«

Tom erwiderte nichts. Ich sah den Robotern noch eine Weile bei der Arbeit zu und schaltete dann den Bildschirm aus: der Eisberg, die düsteren Felsen, der Nebel über dem Sumpf ... Nein, das wollte ich mir nicht länger ansehen.

Ich funkte meinen Bericht durch und stellte sogleich Verbindung zur Gruppe ER-6 her. Wadik meldete sich in Sekundenschnelle, als habe er schon darauf gewartet.

»Na, was gibt's Neues bei euch?«, erkundigten wir uns gegenseitig.

»Nichts«, sagte ich.

»Bei uns sind die Eidechsen eingegangen«, berichtete Wadik.

»Ach, ihr«, sagte ich vorwurfsvoll. »Dabei hat Komow, Doktor Mbogas Lieblingsschüler, euch ausdrücklich gewarnt, mit den Kriechtieren nichts zu übereilen.«

»Wer übereilt denn hier etwas?«, protestierte Wadik. »Wenn du meine Meinung wissen willst: Sie können hier einfach nicht überleben. Es ist viel zu heiß!«

»Geht ihr zum Baden?«, fragte ich neidisch.

Wadik schwieg.

»Wir springen bloß manchmal rein«, antwortete er unwillig.

»Wieso das?«

»Es ist zu leer«, sagte Wadik. »Wie eine schrecklich große Badewanne ... Du kannst das nicht verstehen. Ein normaler Mensch kann sich eine so riesige Badewanne gar nicht vorstellen. Ich bin neulich an die fünf Kilometer rausgeschwommen. Anfangs war noch alles gut, aber dann wurde mir plötzlich bewusst, dass das kein Bassin ist, sondern ein Ozean. Und dass sich außer mir kein einziges Lebewesen darin befindet! Nein, mein Lieber, davon hast du keine Vorstellung. Ich wäre fast ertrunken.«

»Hm, dann ist es bei euch also dasselbe«, murmelte ich.

Wir unterhielten uns noch ein paar Minuten, dann wurde Wadik vom Stützpunkt verlangt, und wir verabschiedeten uns rasch. Ich setzte mich mit der ER-9 in Verbindung, aber Hans meldete sich nicht. Ich hätte es jetzt natürlich noch bei der ER-1, der ER-3, der ER-4 bis hinauf zur ER-12 versuchen können, um mich mit ihnen darüber auszutauschen, wie schrecklich tot und leer hier alles war, aber was hätte ich davon gehabt? Nichts im Grunde. Deshalb schaltete ich den Sender ab und ging wieder zu meinem Steuerpult hinüber. Kurze Zeit saß ich einfach so da, schaute auf die Bildschirme mit den Baustellen und dachte, dass die Arbeit, die wir hier leisteten, in zweifacher Hinsicht Gutes tat: Zum einen bewahrten wir die Pantianer vor dem sicheren Untergang, zum anderen befreiten wir diesen Planeten von seiner Leere, seiner Totenstille, seiner Sinnlosigkeit. Die Pantianer mussten allerdings sehr seltsame Wesen sein, wenn unsere Xenopsychologen davon ausgingen, dass dieser Planet am besten zu ihnen passte. Seltsam musste wohl auch das Leben auf der Panta sein, denn man konnte sich nur mit Mühe vorstellen, wie man die Pantianer, anfangs natürlich nur zwei oder drei Vertreter jedes Stammes, herbrächte und diese beim Anblick des gefrorenen Strandes, des Eisbergs, des öden Ozeans und des leeren violetten Himmels begeistert ausriefen: »Wie herrlich! Ganz wie bei uns zu Hause!« Mir wollte das nicht in den Sinn. Aber es würde nicht mehr ganz so ausgestorben sein, wenn sie hier eintrafen: Die Seen würden voller Fische sein, an ufernahen seichten Stellen gäbe es essbare Muscheln und im Dickicht Wild. Vielleicht würde es uns noch gelingen, Eidechsen anzusiedeln, und Vögel in der Nähe des Eisbergs ... Übrigens hatten die Pantianer gar keine andere Wahl. Ich wäre auch nicht wählerisch, wenn es auf der Erde plötzlich hieße: Bald wird unsere Sonne explodieren und sämtliches Leben auslöschen! Ich würde mir sagen: Halb so schlimm, wir werden uns schon irgendwie einleben. Die Pantianer wurden außerdem gar nicht groß gefragt – sie hätten sowieso nichts begriffen, weil sie noch gar keine Vorstellung von Kosmografie besaßen, nicht einmal die primitivste. Sie würden nicht einmal erfahren, dass sie den Planeten gewechselt hatten ...

Plötzlich hörte ich ein Geräusch, ein Rascheln, als sei eine Eidechse vorbeigehuscht. Dieser Vergleich kam mir sicher wegen des Gesprächs mit Wadik in den Sinn; in Wirklichkeit nämlich handelte es sich um einen kaum wahrnehmbaren, undefinierbaren Laut. Dann begann am hinteren Ende der Steuerzentrale etwas zu ticken, und gleich darauf hörte ich das Geräusch fließenden Wassers. An der Grenze der Hörbarkeit war da noch das Krabbeln und Kämpfen einer im Spinnennetz gefangenen Fliege und das hastige Murmeln von Stimmen, die auf das Äußerste erregt waren. Dann hörte ich wieder die Eidechse über den Flur huschen. Ich spürte, wie ich vor lauter Anspannung meinen Hals verrenkte, und stand auf. Dabei streifte ich versehentlich ein Buch, das an der Tischkante lag und jetzt krachend zu Boden fiel. Ich hob es auf und warf es mit einem ebenso lauten Krachen zurück auf das Pult. Dann begann ich, einen forschen Marsch zu pfeifen und ging, im Gleichtakt dazu, festen Schrittes auf den Korridor hinaus.

Diese verdammte Stille immerzu. Stille und Leere. Vanderhoeze sprach jeden Abend aufs Neue und in allen Einzelheiten darüber. Der Mensch, sagte er, unterscheidet sich von der Natur. Im Gegensatz zu ihr duldet er keine Leere. Sieht er sich in ein Vakuum versetzt, so ist er bestrebt, es auszufüllen. Ist das mit etwas Realem nicht möglich, behilft er sich mit Erscheinungen und eingebildeten Geräuschen. Und das traf anscheinend auf mich zu. In den zurückliegenden drei Tagen hatte ich mir ständig Geräusche eingebildet, und jetzt würde es wohl auch bald mit den Erscheinungen anfangen …

Ich schritt den Korridor ab, vorbei an den leerstehenden Kajüten, an der Bibliothek, dem Depot, und als ich bei der medizinischen Sektion angelangt war, nahm ich einen leichten Geruch wahr: belebend, doch unangenehm, wie Salmiakgeist. Ich blieb stehen und schnupperte. Der Geruch kam mir bekannt vor, aber ich konnte ihn nicht zuordnen. Deshalb warf ich einen Blick in die Chirurgie. Der Kyberchirurg, eine riesige krakenartige Apparatur, die an der Decke befestigt und wie immer einsatzbereit war, fixierte mich mit seinen kalten grünlichen Glasaugen und hob bereitwillig die Greifarme. Der Geruch war hier stärker. Ich schaltete die Zusatzbelüftung ein und setzte meinen Rundgang fort. Kaum zu glauben, wie scharf meine Sinne reagierten. Dabei hatte mein Geruchssinn noch nie etwas getaugt …

Mein Kontrollgang endete in der Küche. Auch hier gab es allerlei Gerüche, aber dagegen hatte ich nichts einzuwenden. Im Gegenteil: In einer Küche musste es Gerüche geben. Auf anderen Schiffen kam es vor, dass es in der Küche genauso roch wie in der Kommandokabine. Das würde es bei mir nicht geben. Da hatte ich meine eigenen Vorstellungen. Sauberkeit hin oder her, in einer Küche muss es gut riechen. Appetitlich und anregend. Es gehörte zu meinen Pflichten, viermal am Tag ein Menü zusammenzustellen – und das, wohlgemerkt, unter den Bedingungen absoluter Appetitlosigkeit. Denn Leere und Stille waren offensichtlich zwei mit dem Appetit vollkommen unvereinbare Dinge …

Für die Zusammenstellung des Menüs brauchte ich diesmal über eine halbe Stunde. Es waren schwere dreißig Minuten, aber ich tat alles, was in meinen Kräften stand. Dann schaltete ich den automatischen Koch an, gab das Menü ein und ging zurück in die Steuerzentrale, um nachzusehen, wie meine Schützlinge vorankamen.

Schon von der Schwelle aus konnte ich sehen, dass etwas nicht stimmte. Alle drei Monitore zeigten völligen Stillstand. Ich stürzte zu meinem Pult und schaltete den Videobildschirm ein. Mir blieb das Herz stehen: Der Bauplatz war leer. Das war noch nie passiert, und ich hatte auch noch nie von so etwas gehört. Ich schüttelte den Kopf und stürmte zum Ausgang. Meine Gedanken überstürzten sich: Jemand hatte die Kyber entführt … Ein Meteorit trieb seine Späße mit uns, hatte Tom beschädigt, sein Programm spielte verrückt … Aber nein, das war unmöglich! Einfach absurd! Ich rannte in die Einstiegskammer und griff nach meinem Pelz. Doch in der Eile fand ich nicht in die Ärmel und brachte die Verschlüsse durcheinander, die nicht mehr an ihrem Platz zu sein schienen. Während ich mit meinem Mantel kämpfte wie seinerzeit Münchhausen mit seinem wild gewordenen Pelz, stand mir ein grausiges Bild vor Augen: Ein Phantom führte meinen Tom wie ein Hündchen mit sich fort, und die übrigen Roboter folgten ihm gehorsam, mitten in den dichten Nebel, in den glucksenden Morast hinein. Sie versackten im rostbraunen, zähflüssigen Schlamm, verschwanden auf Nimmerwiedersehen … Mit einem kräftigen Fußtritt stieß ich die Luke auf und sprang mit einem Satz hinaus.

Aber was war das? Ich traute meinen Augen nicht: Alle drei Roboter standen hier, gleich neben dem Schiff. Sie drängten zur Ladeluke und schubsten sich gegenseitig, so als wollte jeder als Erster im Frachtraum sein. Das war nicht nur unmöglich, das war furchterregend. Sie machten den Eindruck, als müssten sie sich so schnell wie möglich in Sicherheit bringen, als suchten sie Zuflucht vor einer Gefahr … Natürlich kam es hin und wieder vor, dass Roboter rebellierten; von Baurobotern hatte ich so etwas aber noch nie gehört. Im Augenblick waren meine Nerven jedoch so aufgepeitscht, dass ich selbst das für möglich hielt. Aber es geschah nichts weiter. Kaum dass Tom mich bemerkt hatte, beruhigte er sich, schaltete das Signal »Erwarte Anweisungen« ein, und ich zeigte ihm mit entschiedener Geste: »Zurück an die Arbeit und weiter im Programm«. Tom schaltete folgsam den Rückwärtsgang ein, machte kehrt und nahm Kurs auf den Bauplatz. Jack und Rex folgten ihm sogleich. Ich aber blieb fassungslos an der Luke stehen. Meine Kehle war trocken, ich hatte Knie wie Watte und hätte mich am liebsten hingesetzt.

Aber ich unterdrückte diesen Wunsch und fing an, mein Äußeres in Ordnung zu bringen. Der Pelzmantel war schief zugeknöpft, ich fror an den Ohren, und auf Stirn und Wangen klebte kalt gewordener Schweiß. Langsam, um kontrollierte Bewegungen bemüht, wischte ich mir übers Gesicht, knöpfte den Mantel zu, wie es sich gehörte, zog die Kapuze tief in die Stirn und streifte mir die Handschuhe über. Es war peinlich zuzugeben – aber ich hatte Angst. Obwohl, genau genommen war es nicht mehr die Angst selbst, die ich fühlte, sondern der Rest der soeben ausgestandenen Angst, die sich jetzt mit Scham vermischte. Man stelle sich vor: ein Kybertechniker, der Angst vor seinen eigenen Robotern bekommt …

Nie würde ich irgendjemandem auch nur ein Sterbenswörtchen von diesem Vorfall erzählen … Mein Gott, wie mir die Knie gezittert hatten; noch jetzt waren sie butterweich, und nichts schien mir im Augenblick verlockender, als ins Schiff zurückzukehren, ruhig und sachlich über das Vorgefallene nachzudenken und es zu begreifen. In Handbüchern zu blättern … Doch in Wirklichkeit hatte ich wahrscheinlich bloß Angst, dass meine Schützlinge mir zu nahe kämen …

So steckte ich entschlossen die Hände in die Taschen und schlug den Weg zur Baustelle ein. Meine Kyber schufteten, als sei nichts geschehen. Tom erkundigte sich wie immer nach neuen Anweisungen; Jack war mit dem Fundament für die Dispatcherzentrale beschäftigt, wie es ihm sein Programm vorgab; Rex schritt im Zickzack den bereits fertiggestellten Teil der Landefläche ab und säuberte die Wege. Und trotzdem: Irgendetwas war in ihrem Programm durcheinandergeraten. Sie hatten zum Beispiel an verschiedenen Stellen Steine zusammengetragen, die völlig unnütz und fehl am Platz waren, denn Baumaterial hatten wir mehr als genug. Eins war klar: Seitdem Tom vor einer Stunde stehen geblieben war, hatten die Roboter hier nichts als Unsinn getrieben. Und was sollten die vielen Zweige und Äste auf der Landebahn? Ich bückte mich, hob einen dürren Ast auf und begann, in Gedanken versunken auf und ab zu gehen. Vielleicht sollte ich nicht erst bis zur abendlichen Prophylaxe warten, sondern die Roboter gleich jetzt, an Ort und Stelle, anhalten. Wer weiß, möglicherweise lag es ja an mir, und ich hatte bei der Programmierung Fehler gemacht? Ich verstand das alles nicht … Ich warf den Ast auf den Steinhaufen, der von Rex fein säuberlich aufgeschichtet worden war, machte auf dem Absatz kehrt und ging zum Schiff zurück.

2

Leere und Stimmen

In den folgenden zwei Stunden war ich sehr beschäftigt. So beschäftigt, dass ich weder Stille noch Leere um mich herum wahrnahm. Als Erstes beriet ich mich mit Hans und Wadik. Hans hatte ich anscheinend aufgeweckt, denn er stammelte schlaftrunken lauter ungereimtes Zeug, faselte etwas von Regen und Tiefdruckgebieten. Das Gespräch mit ihm brachte überhaupt nichts. Was Wadik betraf, so hatte ich einige Mühe, ihn davon zu überzeugen, dass das Ganze kein Scherz war. Das war umso schwieriger, als mich die ganze Zeit über ein hysterisches Lachen schüttelte. Schließlich gelang es mir doch ihm klarzumachen, dass mir nicht nach Scherzen zumute war und mein Lachen ganz andere Gründe hatte. Da wurde er ernst und erzählte, er hätte ebenfalls Probleme mit seinem Chefroboter. Auch der bliebe von Zeit zu Zeit grundlos stehen, doch sähe er darin nichts Verwunderliches. Die Hitze wäre schließlich mörderisch, die Arbeit liefe auf Hochtouren und die technischen Systeme hätten sich noch nicht voll akklimatisiert. Vielleicht, meinte Wadik, lägen meine Probleme ja an dem strengen Frost, der bei uns herrschte. Möglicherweise war das tatsächlich der Grund, ich wusste es nicht. Aber eigentlich hatte ich gehofft, Wadik könnte mir in diesem Punkt weiterhelfen. Wadik rief Ninon von der ER-8 an, ein Mädchen mit einem unwahrscheinlich großen Kopf, und wir diskutierten das Problem zu dritt. Wir kamen jedoch zu keinem Schluss; daher schlug Ninon vor, ich solle mich mit dem Leitenden Kyberingenieur vom Stützpunkt in Verbindung setzen, der wisse bestimmt Rat. Schließlich kenne er sich mit Baurobotern auf das Genaueste aus, er sei ja fast so etwas wie ihr Schöpfer. Das wusste ich natürlich auch, nur hatte ich nicht die geringste Lust, meinen Chef schon am dritten Tag meines selbstständigen Arbeitens um Rat zu fragen. Zumal ich bisher keine einzige vernünftige Erklärung für den Vorfall gefunden hatte.

Ich setzte mich also an mein Steuerpult, nahm das Programm zur Hand und arbeitete es durch – Befehl für Befehl, Cluster für Cluster, Prozedur für Prozedur. Ich konnte keinerlei Fehler entdecken. Für den Teil des Programms, den ich selbst geschrieben hatte, hätte ich schon vorher meine Hand ins Feuer gelegt. Jetzt, nach der Kontrolle, hätte ich mich mit meinem Namen dafür verbürgt. Was aber die Standardprozeduren anging – Elemente, mit denen ich weniger vertraut war –, da sah die Sache komplizierter aus. Wollte ich jedes dieser Teilprogramme analysieren, käme ich unweigerlich in Planverzug. Deshalb entschloss ich mich zu einem Kompromiss. Ich schaltete alle Prozeduren, die gerade entbehrlich waren, aus und reduzierte das Programm auf ein Minimum. Diese neue, vereinfachte Version gab ich in die Automatik ein und wollte schon auf die Starttaste drücken, als mir bewusst wurde, dass ich seit geraumer Zeit ein Geräusch hörte: einen ganz absonderlichen und doch vertrauten Laut, der ganz und gar nicht in diese Umgebung passte …

Da weinte ein Kind. Es befand sich weit entfernt am anderen Ende des Schiffes, durch mehrere Türen von mir getrennt, und weinte, schluchzte aus Leibeskräften. Ein ganz kleines Kind noch, vielleicht ein Jahr alt. Langsam hob ich die Hände und hielt mir die Ohren zu. Das Weinen hörte auf. Ohne die Hände herunterzunehmen, stand ich auf. Genauer gesagt: Ich stellte fest, dass ich schon eine ganze Weile so dastand, die Fäuste auf die Ohren gepresst, das Hemd klatschnass am Rücken, den Mund offen stehend. Ich machte den Mund zu und nahm vorsichtig die Hände von den Ohren. Nichts. Kein Weinen mehr. Um mich herum nur die übliche, verdammte Stille. Nur das Surren einer gefangenen Fliege drang aus einem entlegenen Winkel zu mir. Ich holte mein Taschentuch hervor, faltete es umständlich auseinander und wischte mir sorgfältig Stirn, Gesicht und Hals ab. Danach legte ich das Tuch mit der gleichen Sorgfalt wieder zusammen und begann, vor meinem Pult auf und ab zu gehen. Mein Kopf war völlig leer. Ich klopfte mit den Fingerknöcheln gegen das Gehäuse des Rechners und hustete einmal – alles in Ordnung, ich hörte. Gerade wollte ich mich wieder in den Sessel setzen, als das Kind erneut zu weinen begann.

Ich weiß nicht mehr, wie lange ich so dastand und lauschte, zur Salzsäule erstarrt. Das Schreckliche war, dass ich das Weinen ganz deutlich hörte und wusste, dass es sich weder um das unbestimmte Greinen eines Neugeborenen noch um das trotzige Plärren eines vier- oder fünfjährigen Kindes handelte. Nein, es war das klägliche Schluchzen eines ganz kleinen Kindes – zwar kein Säugling mehr, aber noch nicht so groß, dass es laufen und sprechen konnte. Es erinnerte mich an meinen Neffen, der etwas älter war als ein Jahr.

Ohrenbetäubend schrillte die Funkanlage los, und mir wäre vor Schreck fast das Herz stehen geblieben. Ich stützte mich aufs Pult, langte zum Sender hinüber und schaltete auf Empfang. Das Kind weinte immer noch.

»Na, was gibt's Neues bei dir?«, erkundigte sich Wadik.

»Nichts«, sagte ich. »Gar nichts.«

»Ist dir schon was eingefallen?«

»Nein«, antwortete ich einsilbig und ertappte mich dabei, dass ich das Mikrofon mit der Hand verdeckte.

»Ich kann dich so schlecht verstehen«, sagte Wadik. »Was willst du denn jetzt machen?«

»Ach, irgendwie …«, murmelte ich und merkte nicht, dass ich völlig zusammenhanglos sprach. Das Kind schluchzte nach wie vor. Jetzt zwar leiser, aber immer noch deutlich hörbar.

»He, Stas, was ist los mit dir?«, fragte Wadik besorgt. »Habe ich dich vielleicht geweckt?«

Am liebsten hätte ich geantwortet: »Wadik, hier weint andauernd ein kleines Kind. Was soll ich bloß machen?« Doch ich hatte meinen Verstand noch so weit beisammen, dass ich mir ausmalen konnte, wie diese Worte am anderen Ende der Leitung aufgenommen würden. Deshalb räusperte ich mich nur und sagte: »Ich ruf dich in einer Stunde noch mal an. Ich habe da eine Idee, bin mir aber noch nicht sicher ...«

»Soso«, sagte Wadik verblüfft und legte auf.

Ich blieb noch eine Weile am Funkgerät stehen, bevor ich zu meinem Pult zurückkehrte. Das Kind gab noch ein paar Schluchzer von sich, dann wurde es still. Dafür aber funktionierte Tom wieder nicht. Dieser vermaledeite Holzklotz, warum blieb er bloß andauernd stehen! Jack und Rex rührten sich natürlich auch nicht von der Stelle. Wütend drückte ich auf die Kontrolltaste. Der Effekt war gleich null. Am liebsten hätte ich losgeheult wie das Kind eben, aber mir fiel zum Glück noch ein, dass das System ja außer Betrieb war. Ich selbst hatte es vor zwei Stunden abgeschaltet, als ich mir das Programm vorgenommen hatte. Einen feinen Kybermechaniker gab ich zurzeit ab! Vielleicht sollte ich besser Meldung an den Stützpunkt machen und mich ablösen lassen? Aber nein, das wäre peinlich, verdammt ... Ich ertappte mich dabei, wie ich in furchtbarer Anspannung darauf wartete, dass sich die Ereignisse von vorhin wiederholten. Und da wurde mir klar: Wenn ich hier in der Zentrale bliebe, würde ich immerzu horchen und wäre zu nichts anderem mehr im Stande. Weiß Gott, was ich da alles hören würde!

Entschlossen schaltete ich die Systeme auf »Prophylaxe«, griff nach meinem Instrumentenkoffer und verließ so schnell ich konnte die Zentrale. Dieses Mal riss ich mich zusammen, und so kam ich mit meinem Mantel vergleichsweise schnell zurecht. Die eisige Luft, die mir fast schmerzhaft ins Gesicht schnitt, tat ein Übriges dazu, dass ich einen klaren Kopf behielt. Der Sand knirschte unter meinen Füßen, als ich zielstrebig, ohne mich auch nur ein einziges Mal umzudrehen, den Weg zum Bauplatz einschlug und auf Tom zusteuerte. Nicht einen einzigen Blick zur Seite riskierte ich. Die Gletscher, der Nebel, das Wasser – all das interessierte mich von nun an nicht mehr. Ich befolgte Vanderhoezes Rat und schonte meine Nerven für die vor mir liegenden Pflichten. Von meiner Nervenkraft hatte ich nun schon einiges eingebüßt, aber die Pflichten waren ja nicht weniger geworden. Ganz im Gegenteil: Sie nahmen zu.

Zuerst überprüfte ich Toms Reflexe. Der Kyber reagierte tadellos. Ich sagte: »Ausgezeichnet!«, nahm ein Skalpell aus meinem Koffer und öffnete mit einem gekonnten Schnitt, als säße ich in einer Prüfung, den Hinterkopf des Roboters.

Ich arbeitete verbissen und wie im Rausch – flink, überlegt, exakt wie eine Maschine. Kein Zweifel: Noch nie in meinem Leben war ich so hingebungsvoll am Werk gewesen. Die Finger froren mir ein, das Gesicht erstarrte, und ich musste meinen Atem kontrollieren, damit sich auf dem Operationsfeld kein Raureif absetzte – doch die Roboter stattdessen in die Schiffswerkstatt zu jagen, kam für mich nicht infrage. Je länger ich so arbeitete, umso leichter wurde mir ums Herz. Ich hörte nichts Ungewöhnliches mehr und glaubte schon, die Geräusche kämen nie wieder. Zweimal lief ich sogar zum Schiff, um Ersatzganglien für Toms Koordinationssystem zu holen. »Nachher bist du wie neu, mein Lieber«, redete ich ihm gut zu. »Du wirst dich nie mehr vor der Arbeit drücken. Ich bringe dich wieder auf die Beine, alter Junge, werde dich kurieren. Und dann wirst du es zu was bringen. Das willst du doch? Natürlich willst du das! Denn dann hat man dich gern, hätschelt und verwöhnt dich. Aber nein, was erzähle ich dir da? Deine Axiomatik ist so blockiert, dass du gar nichts mehr zustande bringst, nicht mal mehr im Zirkus würden sie dich nehmen. Du würdest alle Befehle anzweifeln und anfangen zu grübeln; es dir angewöhnen, gedankenversunken in der

Nase zu bohren; würdest dich fragen: Ob sich das lohnt? Wozu das Ganze? Wozu all die Landebahnen und Fundamente? Aber jetzt, mein Lieber, jetzt werde ich dich …«

»Schura …«, hörte ich auf einmal dicht neben mir eine heisere Frauenstimme. Sie stöhnte. »Wo bist du, Schura? Ich habe solche Schmerzen …«

Ich erstarrte. Ich lag im Bauch des Roboters, von allen Seiten eingezwängt durch seine enormen Muskelpakete, nur meine Beine schauten heraus. Mir wurde schlecht vor Angst … ein Albtraum … Noch heute frage ich mich, warum ich nicht völlig die Fassung verlor und hysterisch losbrüllte. Vielleicht hatte ich kurzzeitig das Bewusstsein verloren, denn ich hörte und dachte längere Zeit gar nichts, sondern starrte wie gebannt auf den grünlich schimmernden Nervenstrang, der vor meinen Augen baumelte.

»Was ist passiert, Schura? Wo bist du? Ich kann nichts sehen …« Die Frau röchelte und schien sich in unerträglichen Schmerzen zu winden. »Hier ist doch jemand … So antworte doch, Schura! Ich kann nicht mehr, es tut so weh … Hilf mir doch endlich, ich sehe nichts …«

Sie wimmerte, weinte und wiederholte immerzu ein und dasselbe. Ich glaubte schon, ihr verzerrtes Gesicht zu sehen und den Todesschweiß auf ihrer Stirn; ich hörte, wie in ihrem Stöhnen nicht mehr nur Schmerz und das Flehen um Hilfe lagen, sondern auch Wut, Forderung und Befehl. Fast körperlich fühlte ich, wie sich eisige, spitze Finger zu meinem Gehirn vortasteten, um sich darin zu verkrallen, es zusammenzupressen und zu zermalmen. Einer Ohnmacht nahe und die Zähne krampfhaft aufeinandergepresst, griff ich mit der linken Hand nach der pneumatischen Klappe und drückte so fest ich konnte darauf. Mit einem wildem Pfeifton entwich das komprimierte Argon. Doch ich drückte immer weiter auf die Klappe, wie ein Irrer, und löschte so die heisere Stimme in meinem Gehirn aus, zerquetschte sie, machte sie zu Staub und hielt erst inne, als ich das Gefühl hatte, allmählich taub zu werden – ein Gefühl, das mir unbeschreibliche Erleichterung verschaffte.

Als ich wieder zu mir kam, stand ich neben Tom. Die Kälte bohrte sich bis auf die Knochen, ich hauchte auf meine starren Finger und brabbelte mit verklärtem Lächeln vor mich hin: »Ein Schallvorhang, kapiert? Ich brauche bloß einen Schallvorhang …« Tom stand stark nach rechts gekippt da, und um uns herum lag alles unter einer dichten, starren Reifdecke begraben. Frierend steckte ich meine Hände unter die Achseln, ging um Tom herum und sah, dass der Argonstrahl ein riesiges Loch in den Bauplatz gehöhlt hatte. Ich stand eine Weile über der Grube, faselte noch immer etwas von dem Schallvorhang, begriff aber, dass ich das jetzt besser bleiben ließ. Plötzlich bemerkte ich, dass ich ohne Mantel in der eisigen Kälte stand, und erinnerte mich, ihn genau an der Stelle, wo jetzt die Grube war, hingeworfen zu haben. Ich überlegte, ob etwas Wertvolles in den Taschen gewesen war; als mir nichts dergleichen einfiel, winkte ich leichthin ab und lief langsam zum Schiff zurück.

In der Einstiegskammer suchte ich mir einen neuen Mantel aus und marschierte zu meiner Kajüte. Als wollte ich mein Kommen ankündigen, hüstelte ich kurz an der Schwelle und trat ein. So wie ich war, warf ich mich auf die Koje, mit dem Gesicht zur Wand, und zog mir den Mantel über die Ohren. Ich wusste nur zu gut, dass allem, was ich gerade tat, jeglicher Sinn fehlte. Ich war mit einer bestimmten Absicht in die Kajüte gekommen, hatte aber vergessen, mit welcher. Und deshalb legte ich mich hin, deckte mich zu und tat so, als hätte ich genau das und nichts anderes vorgehabt.

Nachdem ich mich ein wenig beruhigt hatte, stellte ich fest, dass es sich wohl um eine Art Hysterie handelte, die zum Glück einen völlig harmlosen Charakter trug. Im Übrigen hatte mein Einsatz hier die längste Zeit gedauert, und auch in Zukunft würde ich wohl kaum noch im Kosmos arbeiten können. Das war ungeheuer schade und – ich will es gar nicht leugnen – furchtbar peinlich. Ich schämte mich, dass ich schon bei meinem ersten Einsatz versagt hatte, umso mehr, als es sich um einen so ruhigen und vollkommen ungefährlichen Ort handelte. Zudem kränkte es mich, dass ich mich nervlich als ein solches Wrack erwiesen hatte. Mir kam Kaspar Manukjan in den Sinn: Mit welch selbstzufriedenem Mitleid hatte ich ihn damals bedauert, als er wegen einer einfachen nervlichen Übererregtheit bei einem der Tests für das Projekt »Arche« durchgefallen war. Meine Zukunft erschien mir mit einem Mal in den schwärzesten Farben: Sanatorien, ärztliche Untersuchungen, Behandlungen, vorsichtige Fragen von Psychologen und ein Meer von Mitleid und Bedauern … Ja, ein vernichtender Schwall von Mitleid und Bedauern würde von allen Seiten auf mich niederprasseln …

Mit einem Ruck schleuderte ich den Mantel weg und richtete mich auf. Na gut, sagte ich zu der Stille und Leere um mich herum, eins zu null für euch. Ein Gorbowski ist aus mir nicht geworden, aber ich werde es überleben … Was mache ich also? Ich spreche noch heute mit Vanderhoeze; dann wird man wahrscheinlich schon morgen Ersatz für mich schicken. Meine Güte, und wie es auf dem Bauplatz aussieht – drunter und drüber! Tom außer Dienst, der Zeitplan über den Haufen geworfen, und neben der Landebahn klafft diese idiotische Grube … Plötzlich fiel mir wieder ein, weshalb ich hierhergekommen war. Ich zog die Tischlade auf, fand das Kristallofon mit den aufgenommenen irukanischen Kriegsmärschen und befestigte es am rechten Ohrläppchen. »Schallvorhang«, sagte ich ein letztes Mal. Dann klemmte ich mir den Mantel unter den Arm, ging zur Einstiegskammer und atmete mehrmals tief durch, um mich endgültig zu beruhigen. Mit eingeschaltetem Kristall trat ich ins Freie.

Jetzt ging es mir besser. Um mich herum und in meinem Inneren schmetterten barbarische Hörner, schepperten Bronzeschilde, dröhnten Trommeln. Mit schweren Schritten und von schwefelgelbem Staub bedeckt, marschierten die telemischen Legionen durch die alte Stadt Sethem; Türme standen in lodernden Flammen, Dächer stürzten in sich zusammen, und das furchterregende Pfeifen der Drachenballisten versetzte den Feind in Panik. Eingehüllt und geschützt von den Geräuschen tausendjähriger Vergangenheit kletterte ich ein zweites Mal ins Innere von Tom und führte, nunmehr ohne Störung, die Prophylaxe zu Ende. Jack und Rex waren gerade dabei, die Grube zuzuschütten, und Tom tankte seinen dicken Wanst wieder mit Argon voll, als ich am Horizont über dem Strand einen schwarzen Punkt entdeckte, der zusehends größer wurde. Der Gleiter kehrte zurück. Ich sah auf die Uhr – zwei Minuten vor achtzehn Uhr Ortszeit. Ich hatte also durchgehalten. Nun konnte ich den Pauken- und Trommelschlag getrost abschalten und mir noch einmal die Frage stellen, ob es sich wirklich lohnte, Vanderhoeze und den Stützpunkt zu behelligen. Es würde nicht leicht sein, einen Ersatzmann für mich aufzutreiben, und es war möglich, dass der Vorfall die Arbeit auf dem gesamten Planeten lahmlegte. Zig Kommissionen kämen angerannt, um Untersuchungen, Nachuntersuchungen und Kontrollen durchzuführen, und Wadik würde durch die erzwungene Pause schäumen vor Wut. Wenn ich mir dazu noch vorstellte, mit welch strafendem Blick mich Gennadi Komow bedenken würde ... Komow, Doktor der Xenopsychologie, KomKon-Mitglied und Sonderbevollmächtigter für das Projekt »Arche«, die aufgehende Sonne der Wissenschaft, der Lieblingsschüler Doktor Mbogas, der neue Konkurrent und zugleich Mitstreiter des nahezu legendären Gorbowski ... Ich sah dem näher kommenden Gleiter entgegen und beschloss, das Ganze noch einmal gründlich zu überdenken. Mit äußerster Sorgfalt. Erstens lag noch der ganze

Abend vor mir, und zweitens sagte mir mein Gefühl, dass es am besten war, noch eine Weile abzuwarten. Was mir widerfahren war, ging nur mich allein etwas an, ließ ich mich aber vom Dienst suspendieren, würde das alle treffen. Hinzu kam, dass sich der Schallvorhang als vorzügliches Abwehrmittel erwies. Beschlossene Sache: Ich würde das Ganze vertagen. Jawohl, vertagen …

Doch all diese Gedanken waren wie weggeblasen, als ich in die Gesichter von Maja und Vanderhoeze blickte. Komow – nein, der sah nicht anders aus als sonst. Wie immer trug er eine Miene zur Schau, als gehörte alles ringsum ihm persönlich und das schon so lange, dass es ihm gründlich zum Hals heraushing. Maja aber war sehr blass, fast schon fahl, so als wäre ihr speiübel. Komow sprang aus dem Gleiter und erkundigte sich kurz bei mir, warum ich nicht auf die Funkrufe reagiert hätte. Als aber sein Blick auf das Kristallofon fiel, verzog er verächtlich die Lippen und ging, ohne meine Antwort abzuwarten, zum Schiff. Dann kletterte Vanderhoeze bedächtig aus dem Gleiter und kam auf mich zu. Er nickte immerzu betrübt mit dem Kopf, wodurch er mich noch stärker an ein altes, krankes Kamel erinnerte. Maja schließlich saß nach wie vor unbeweglich und mit düsterer Miene auf ihrem Sitz, das Kinn tief in ihren Pelzkragen vergraben, die Augen seltsam glasig, und ihre rötlichen Sommersprossen wirkten fast schwarz.

»Was ist passiert?«, fragte ich erschrocken.

Vanderhoeze blieb vor mir stehen. Er reckte den Kopf hoch und schob den Unterkiefer vor. Dann packte er mich an der Schulter und schüttelte mich leicht. Mir rutschte das Herz förmlich in die Kniekehlen, und ich wusste nicht, was ich denken sollte. Er schüttelte mich noch einmal und sagte: »Wir haben eine sehr traurige Entdeckung gemacht, Stas. Ein verunglücktes Schiff.«

Ich schluckte krampfhaft und fragte: »Eins von uns?«

»Ja, eins von uns.«

Schließlich stieg auch Maja aus dem Gleiter, winkte mir müde zu und ging zum Schiff.

»Viele Tote?«

»Zwei«, erwiderte Vanderhoeze.

»Und wer?«, brachte ich mit Mühe heraus.

»Das wissen wir noch nicht. Es ist ein altes Schiff, und die Katastrophe liegt schon viele Jahre zurück.«

Er fasste mich am Arm, und wir folgten Maja zum Schiff. Ich war erleichtert. Denn zuerst hatte ich gedacht, jemand aus unserer Expedition sei verunglückt. Obwohl, auch so war es schrecklich ...

»Dieser Planet hat mir von Anfang an nicht gefallen«, platzte es aus mir heraus.

In der Einstiegskammer angekommen, zogen wir unsere Mäntel aus und Vanderhoeze begann, seinen Pelz von den hängen gebliebenen Kletten und Dornen zu säubern. Ich wartete nicht, bis er fertig war, sondern ging zu Maja. Sie lag mit angezogenen Beinen auf der Koje, das Gesicht zur Wand gedreht, und mir kam unweigerlich mein Verhalten von vorhin in den Sinn. Jetzt hieß es schön ruhig bleiben und mir nichts anmerken lassen. Nur nicht schluchzen und mitleiden. Ich setzte mich also an den Tisch, trommelte mit den Fingern auf die Platte und fragte mit betont sachlicher Stimme: »Hör mal, dieses Schiff ... Vanderhoeze sagt, es wäre schon vor Jahren verunglückt. Ist es wirklich eins von den alten?«

»Ja«, antwortete Maja nach längerer Pause.

Ich schielte zu ihr hinüber. Ja, mir blutete das Herz, aber ich fuhr genauso nüchtern fort wie eben: »Habt ihr denn feststellen können, wie lange es her ist – zehn Jahre, zwanzig Jahre? Aber es ergibt einfach keinen Sinn, denn der Planet wurde doch erst vor zwei Jahren entdeckt ...«

Maja gab keine Antwort. Ich trommelte erneut mit den Fingerkuppen auf den Tisch und sagte, nun schon eine Nuance gedämpfter, doch immer noch sachlich: »Aber es könnte sich natürlich auch um Pioniere handeln, die den Kosmos auf eigene Faust erkundet haben ... Zwei waren es, wenn ich recht verstanden habe?«

Da fuhr sie plötzlich von ihrer Koje hoch, sah mir ins Gesicht und schrie: »Jawohl, zwei waren es, du Holzklotz, du gefühlloser Kloben!«

»Aber ... wieso denn ...«, stotterte ich bestürzt.

»Weshalb bist du überhaupt zu mir gekommen?«, fuhr Maja fast flüsternd fort. »Geh lieber zu deinen Robotern. Mit denen kannst du erörtern, wie lange das Unglück zurückliegt, was daran unsinnig ist, wieso es nur zwei Menschen sind und nicht drei oder sieben ...«

»Beruhige dich doch, Maja«, unterbrach ich sie verzweifelt. »Ich hab's doch nicht so gemeint ...«

Sie vergrub ihr Gesicht in den Händen und murmelte undeutlich: »Sämtliche Knochen hatten sie sich gebrochen ... Aber sie waren noch am Leben ... wollten irgendwas tun ... Hör zu«, sagte sie flehend und nahm die Hände vom Gesicht, »lass mich allein, bitte! Ich komme gleich, es dauert nicht lange.«

Leise stand ich auf und verließ den Raum. Am liebsten hätte ich sie in die Arme genommen, ihr etwas Liebevolles, Tröstendes gesagt, doch aufs Trösten verstand ich mich nicht so gut. Im Korridor wurde ich plötzlich von einem Schauer geschüttelt; so blieb ich stehen und wartete, bis es vorüber war. Mein Gott, war das ein Tag heute! Das konnte man keinem erzählen. Aber das hätte wohl auch wenig Sinn gehabt. Als ich die Augen wieder öffnete, sah ich Vanderhoeze. Er stand in der Tür zur Steuerzentrale und schaute zu mir herüber.

»Wie geht es Maja?«, fragte er leise.

Offensichtlich konnte er mir vom Gesicht ablesen, wie es ihr ging, denn er nickte mir nur betrübt zu und verschwand in der Zentrale. Ich tappte in die Küche. Nur so, aus Gewohnheit. Es hatte sich eingebürgert, dass wir gleich nach der Rückkehr des Gleiters zusammen speisten. Heute freilich würde alles anders sein. Was konnte es da für ein Essen geben ... Ich brüllte den Koch an, weil er meiner Ansicht nach das Menü falsch zusammengestellt hatte. In Wirklichkeit hatte er meine Anweisungen genau befolgt, denn das Essen war fertig und wie immer sehr gut, nur dass heute eben kein normaler Tag war. Maja würde wahrscheinlich gar nichts anrühren. Aber ich wollte, dass sie etwas aß, und bestellte deshalb Fruchtgelee mit Schlagsahne für sie – ihre Lieblingsspeise, die einzige, die ich kannte. Für Komow und nach einigem Überlegen auch für Vanderhoeze entschied ich, nichts Zusätzliches zu bestellen. Allerdings orderte ich sicherheitshalber eine Flasche Wein für den Fall, dass jemand den Wunsch hatte, seine Nerven zu kräftigen ... Dann verließ ich die Küche, ging in die Steuerzentrale und setzte mich an mein Pult.

Meine Roboter arbeiteten wie am Schnürchen. Maja war noch nicht gekommen, und Vanderhoeze entwarf gemeinsam mit Komow den Wortlaut für einen außerordentlichen Funkspruch an den Stützpunkt. Sie stritten.

»Das ist keine Information, Jakow«, sagte Komow. »Sie wissen doch besser als ich, dass da Regeln zu beachten sind: der Zustand des Raumschiffs, der Zustand der Leichen, mutmaßliche Ursachen der Katastrophe, Spuren besonderer Art, und so weiter und so fort.«

»Ja, gewiss«, antwortete Vanderhoeze. »Nur müssen Sie zugeben, Gennadi, dass diese Formalitäten lediglich auf biologisch aktiven Planeten von Bedeutung sind. In der jetzigen, konkreten Situation aber ...«

»Dann ist es besser, wir funken vorerst gar nichts. Setzen uns in den Gleiter und fliegen noch mal hin. Danach können wir in allen Einzelheiten über die Sache berichten.«

Vanderhoeze schüttelte den Kopf.

»Nein, Gennadi, ich bin entschieden dagegen. Ein solcher Trupp muss aus mindestens drei Mann bestehen. Außerdem ist es schon dunkel, und wir hätten gar nicht die Möglichkeit, uns die Umgebung genauer anzusehen ... Überhaupt muss man solche Vorhaben ausgeruht und mit klarem Kopf angehen, und nicht nach einem anstrengenden Arbeitstag. Wie denken Sie darüber, Gennadi?«

Komow, die schmalen Lippen fest zusammengepresst, schlug mit der Faust leicht auf den Tisch.

»Die Sache kommt verdammt ungelegen«, meinte er ärgerlich.

»Solche Dinge kommen immer ungelegen«, tröstete ihn Vanderhoeze. »Macht nichts, wir fahren einfach morgen früh zu dritt hin und ...«

»Vielleicht sollten wir dann heute noch gar nichts funken?«, unterbrach ihn Komow.

»Tut mir leid«, entgegnete Vanderhoeze. »Aber das verstößt gegen meine Vorschriften. Und überhaupt – warum sollen wir denn nicht Meldung machen?«

Komow stand auf, verschränkte die Hände auf dem Rücken und blickte von oben herab auf Vanderhoeze.

»Meine Güte, Jakow, wieso begreifen Sie denn nicht?«, fragte er mit unverhohlenem Ärger in der Stimme. »Es ist ein Raumschiff alten Typs, ein uns unbekanntes Schiff; die Bordaufzeichnungen sind aus irgendeinem Grund gelöscht ... Wenn wir diese Meldung hier«, er griff nach dem Blatt, das auf dem Tisch lag, und wedelte damit Vanderhoeze vor dem Gesicht herum, »wenn wir diese Meldung hier abschicken, kommt Sidorow zu dem Schluss, dass wir nicht willens oder nicht fähig sind, eine eigene Expertise abzufassen. Und das würde für ihn eine zusätzliche Belastung bedeuten: Er müsste eine Untersuchungskommission einberufen, die nötigen Leute auftreiben, sich die Neugierigen vom Hals halten ... Was hingegen uns betrifft, so brächten wir uns damit in eine lächerliche und dumme Lage: Überlegen Sie mal, Jakow, was aus unserer Arbeit wird, wenn hier Horden von neugierigen Nichtstuern aufkreuzen.«

»Hm«, überlegte Vanderhoeze. »Mit anderen Worten: Sie wollen verhindern, dass sich auf unserem Abschnitt unbefugte Personen aufhalten. Verstehe ich Sie recht?«

»Genau«, bestätigte Komow.

Vanderhoeze zuckte mit den Achseln. »Also schön ...« Nach einigem Überlegen nahm er Komow das Blatt aus der Hand und fügte dem Text einige Worte hinzu. »Vielleicht geht es ja so.« Er las schnell vor: »›ER-2 an Stützpunkt. Eilt. Im Planquadrat 102 ein Erdenraumschiff vom Typ ‚Pelikan‘ zerschellt aufgefunden, Registriernummer soundso, im Schiffsinnern die Leichen zweier Menschen, mutmaßlich die eines Mannes und einer Frau; Bordaufzeichnungen gelöscht, ausführliche Expertise ...‹«. Die nun folgenden Worte las Vanderhoeze lauter vor und hob dabei bedeutungsvoll den Finger: »›... ist für morgen geplant.‹ – Was meinen Sie dazu, Gennadi?«

Einige Sekunden lang wippte Komow gedankenversunken mit den Füßen, von den Fersen auf die Zehen und wieder zurück.

»Warum nicht?«, erwiderte er schließlich. »So würde es auch gehen. Hauptsache, wir werden nicht gestört, alles andere ist mir gleichgültig. Lassen wir den Text so.«

Dann hörte er plötzlich auf zu wippen, machte kehrt und stürmte aus der Steuerzentrale. Vanderhoeze wandte sich zu mir um: »Hier, Stas, gib das bitte durch. Und dann ist es wohl auch Zeit zum Essen, oder?« Er stand auf und fügte wie üblich noch eine seiner rätselhaften Bemerkungen hinzu: »Hauptsache ein Alibi – die Leichen werden sich schon finden.«

Ich chiffrierte den Text und funkte ihn über den Eilkanal. Aber ich war nicht bei der Sache. Gerade eben, vor einer Minute, hatte sich etwas in mein Unterbewusstsein gebohrt und störte mich jetzt wie ein Splitter im Finger. Ich saß vor dem Sender und lauschte. Ja, das war etwas ganz anderes, wenn man lauschte und wusste: Das Schiff ist voller Menschen. Ich hörte Komow mit schnellen Schritten über den Ringkorridor laufen; stets ging er, als sei er in Eile. Dabei wusste er, dass er gar nicht zu hetzen brauchte, denn ohne ihn würde man ja doch nie anfangen. Jetzt war Vanderhoeze zu hören und kurz darauf Maja, deren Stimme wieder ganz normal klang – hell und selbstbewusst. Sie hatte sich offensichtlich beruhigt, oder sie nahm sich zusammen. Weder Stille noch Leere gab es und auch keine Fliegen mehr im Spinnennetz … Und da begriff ich mit einem Mal, was es mit dem Splitter auf sich hatte: die Stimme der sterbenden Frau, die ich im Fieberwahn gehört hatte, und die Tote in dem zerschellten Raumschiff … Gewiss, vielleicht war es nur Zufall, aber grausig war es trotzdem …

3

Stimmen und Phantome

Es mag erstaunlich klingen, aber ich schlief wie ein Toter. Am Morgen stand ich wie gewohnt eine halbe Stunde früher auf als die anderen, lief in die Küche, um nach dem Frühstück zu sehen, ging anschließend in die Steuerzentrale, um zu schauen, was meine Schützlinge machten und begann dann im Freien mit meiner Morgengymnastik. Die Sonne stand noch nicht über den Bergen, aber es war schon hell und sehr kalt. So kalt, dass meine Nasenlöcher verklebten und die Wimpern gefroren. Ich ruderte so fest mit den Armen, wie ich konnte, machte meine Kniebeugen und sah zu, dass ich mein Pensum möglichst schnell hinter mich brachte, um wieder aufs Schiff zurückzukehren. Da bemerkte ich plötzlich Komow. Offenbar hatte er etwas zu erledigen gehabt und war früher als ich aufgestanden. Jetzt kam er jedenfalls vom Baugelände zurück und ging, ganz entgegen seiner Gewohnheit, langsam und ohne jede Eile, so als wäre er am Grübeln. Dabei klopfte er sich immer wieder zerstreut mit einem Zweig gegen das Bein. Ich beendete gerade meine Gymnastik, als er auf mich zukam und mich grüßte. Ich grüßte zurück und wollte schon in die Luke schlüpfen, als er mich zurückhielt.

»Sagen Sie, Popow, wenn Sie hier alleine bleiben, entfernen Sie sich da manchmal vom Schiff?«

»Wie bitte?« Ich wunderte mich weniger über die Frage als über die Tatsache, dass sich Gennadi Komow herabließ, sich nach meinem Zeitvertreib zu erkundigen. Mein Verhältnis zu Komow war schwierig, und ich mochte ihn nicht sonderlich.

»Ich frage, ob Sie irgendwohin gehen? Zu den Sümpfen zum Beispiel oder zu den Hügeln ...«

Ich hasse es, wenn sich jemand mit mir unterhält und dabei überall hinsieht, nur nicht zu mir. Besonders, wenn dieser Jemand einen warmen Fellmantel mit Kapuze trägt und ich in einem dünnen Turnanzug dastehe. Doch Gennadi Komow war Gennadi Komow, und so antwortete ich, die Arme um meine Schultern geklammert und auf der Stelle hüpfend: »Nein, ich entferne mich nicht. Meine Zeit ist sowieso knapp, und da steht mir nicht der Sinn nach Spazierengehen.«

Da endlich bemerkte er, dass ich fror, und deutete mit dem Zweig höflich zur Luke: »Bitte sehr, es ist doch ziemlich kalt.« In der Einstiegskammer hielt er mich jedoch erneut zurück.

»Und wie ist es mit den Robotern, entfernen die sich?«

»Die Roboter?« Ich hatte keine Ahnung, worauf er hinauswollte. »Nein, wozu auch?«

»Nun, was weiß ich ... auf der Suche nach Baumaterialien vielleicht ...«

Sorgfältig lehnte er den Zweig gegen die Wand und fing an, seinen Mantel aufzuknöpfen. Allmählich wurde ich wütend. Wenn er irgendwie Wind davon bekommen hatte, dass mit den Kybersystemen etwas nicht in Ordnung war, so ging ihn das erstens überhaupt nichts an, und zweitens hätte er mir das auch geradeheraus sagen können. Wozu dieses Verhör, also wirklich ...

»Kybersysteme dieses Typs«, sagte ich so sachlich wie möglich, »verwenden als Baumaterial nur das, was sich zu ihren Füßen befindet. Im gegebenen Fall ist das Sand.«

»Oder Steine«, versetzte er lässig und hängte seinen Mantel an den Haken.

Das saß. Aber es ging entschieden über seine Kompetenzen hinaus, und so erwiderte ich herausfordernd: »Stimmt! Wenn vorhanden, dann auch Steine.«

Zum ersten Mal während des Gesprächs sah er mich an.

»Ich fürchte, Popow, Sie verstehen mich falsch«, sagte er unerwartet sanft. »Ich habe nicht die Absicht, mich in Ihre Arbeit einzumischen. Aber es gibt ein paar Dinge, die ich nicht ganz verstehe; deshalb habe ich mich an Sie gewandt. Sie sind der Einzige, der mir da Auskunft geben könnte.«

Nun, wenn man mir im Guten kommt, reagiere ich ebenfalls freundlich. Und so sagte ich: »Im Großen und Ganzen können sie mit Steinen natürlich nicht viel anfangen. Aber gestern spielten die Systeme ein bisschen verrückt, und die Roboter haben die Steine über den ganzen Bauplatz verstreut. Weiß der Kuckuck, was sie damit wollten. Später haben sie sie dann wieder weggeräumt.«

Komow nickte. »Ja, das habe ich gemerkt. Was war das für eine Störung?«

In knappen Worten schilderte ich ihm den vorangegangenen Tag, ohne jedoch auf die delikaten Einzelheiten einzugehen. Er hörte zu und nickte von Zeit zu Zeit, dann griff er nach dem Zweig, bedankte sich für die Auskunft und verschwand. Erst später, in der Gemeinschaftskajüte, als ich meine Buchweizengrütze aß und kalte Milch dazu trank, wurde mir bewusst, dass Doktor Mbogas Liebling weder Andeutungen über die Art seiner Zweifel gemacht hatte noch darüber, wie es mir gelungen war, sie zu zerstreuen. Beziehungsweise, ob mir das überhaupt gelungen war. Ich hörte auf zu kauen und sah zu Komow hinüber. Nein, es war mir offensichtlich nicht gelungen ...

Im Grunde machte Komow immer den Eindruck eines Menschen, der nicht von dieser Welt war. Ständig richtete er den Blick in die Ferne, so als erforsche er etwas hinter den Weiten des Horizonts, und ständig grübelte er über Dinge nach, die anscheinend höchst erhaben waren. Auf die Erde geruhte er nur dann herabzusteigen, wenn er absichtlich oder zufällig beim Forschen behindert wurde. In solch einem Fall fegte er das Hindernis mit eiserner Hand und nicht selten schonungslos beiseite, um sich erneut zu seinem Olymp emporzuschwingen. Zumindest wird das von ihm erzählt, doch wer weiß, ob an den Gerüchten etwas Wahres ist. Außerdem: Wenn jemand auf so erfolgreiche Weise am Phänomen der fremdplanetaren Psychologien arbeitet und auf seinem Gebiet ganz vorne steht, wenn er sich keinerlei Schonung gönnt und, wie es heißt, einer der herausragenden »Zukunftsgestalter« unseres Planeten ist, sollte man ihm einiges nachsehen und seine Umgangsformen mit Milde betrachten. Letztlich kann ja nicht jeder so charmant und liebenswert sein wie Gorbowski oder Doktor Mboga.

Andererseits war mir in den letzten Tagen immer wieder eingefallen, was mir Tatjana erzählt hatte und was mich ebenso erstaunte wie betrübte: Sie hatte ein ganzes Jahr mit Komow zusammengearbeitet und war allem Anschein nach in ihn verliebt gewesen. Ihren Worten zufolge war Komow ein sehr geselliger und geistreicher Mensch; die Seele der Gesellschaft hatte sie ihn genannt. Doch ich konnte mir beim besten Willen nicht vorstellen, welche Gesellschaft das gewesen sein mochte, in der er die Seele war ...

Um es noch einmal zu sagen: Gennadi Komow machte auf mich stets den Eindruck, als sei er mit seinen Gedanken ganz woanders. Beim Frühstück an diesem Tag übertraf er sich sogar noch. Er bestreute sein Essen ausgiebig mit Salz, kostete und ließ seinen Teller dann gedankenverloren in den Müllschlucker wandern. Er verwechselte Butter mit Senf, bestrich mit Letzterem ein gesüßtes Toastbrot, kostete und schickte es zerstreut dem Teller hinterher. Die Fragen Vanderhoezes ließ er unbeantwortet, heftete sich dafür wie ein Blutegel an Maja und versuchte herauszufinden, ob sie die Untersuchungen im Gelände immer gemeinsam mit Vanderhoeze durchführte oder sich gelegentlich von ihm trennte. Mitunter sah er gehetzt um sich. Einmal sprang er sogar vom Tisch auf, lief in den Korridor hinaus, blieb einige Minuten verschwunden und kehrte dann zu uns zurück, als sei nichts geschehen. Anschließend begann er sich ein zweites Brot mit Senf zu bestreichen, bis man ihm das vermaledeite Glas Senf endlich wegnahm.

Auch Maja war nervös. Sie antwortete zusammenhanglos auf Fragen, hielt den Blick auf ihren Teller geheftet und lächelte während des ganzen Frühstücks kein einziges Mal. Ich konnte übrigens gut nachfühlen, wie ihr zumute war. Ich an ihrer Stelle wäre auch nervös gewesen, wenn mir ein ähnliches Unternehmen bevorgestanden hätte. Sie war ja nicht älter als ich, auch wenn sie wesentlich mehr Arbeitserfahrung besaß. Doch auch die würde ihr heute kaum weiterhelfen …

Kurzum: Komow war nervös, ebenso Maja, ja selbst bei Vanderhoeze entdeckte ich Anzeichen von Unruhe, wenn er die beiden hin und wieder mit einem flüchtigen Blick streifte. Deshalb wäre es völlig fehl am Platz gewesen, wenn ich jetzt um die Teilnahme an der bevorstehenden Untersuchung gebeten hätte. Mir stand also abermals ein ganzer Tag voll Stille und Leere bevor – und nun wurde auch ich nervös. Die Atmosphäre am Frühstückstisch war ziemlich angespannt, weshalb sich Vanderhoeze als Schiffskommandant und Arzt schließlich entschloss, die Situation aufzulockern. Er reckte den Kopf hoch, schob den Unterkiefer vor, sein rötlicher Backenbart spreizte sich borstig zu beiden Seiten ab, und schaute uns längere Zeit über seine Nasenspitze hinweg an. Fürs Erste gab er ein paar Anekdoten aus dem Alltagsleben der Kosmonauten zum Besten; sie waren alt und abgedroschen. Ich zwang mich zu einem Lächeln, Maja verzog keine Miene, und Komow reagierte irgendwie merkwürdig: Erst hörte er sehr aufmerksam zu und nickte zustimmend an den entscheidenden Stellen, dann musterte er Vanderhoeze nachdenklich und sagte: »Wissen Sie was, Jakow, zu Ihrem Backenbart würden Troddeln an den Ohren sehr gut passen.«

Das war ein guter Witz, und unter anderen Umständen hätte ich daran meine Freude gehabt. In der jetzigen Situation aber fand ich Komows Bemerkung schlichtweg taktlos. Vanderhoeze schien freilich anderer Meinung zu sein. Er lächelte selbstgefällig, fuhr sich mit dem gekrümmten Finger erst links, dann rechts durch den Bart und ging zur nächsten Anekdote über.

»Kommt ein Mann von der Erde auf einen bewohnten Planeten, nimmt Kontakt zu den Einheimischen auf und bietet ihnen seine Dienste an: Er möchte ihnen als erstklassiger Spezialist von der Erde ein Perpetuum mobile bauen. Die

Einheimischen hängen förmlich an seinen Lippen (der Bote einer Superzivilisation!) und machen sich, seinen Anweisungen folgend, sofort an die Arbeit. Sie stellen das Perpetuum mobile fertig, aber es funktioniert nicht. Der Erdenmensch dreht an den Rädern, kriecht zwischen Stangen und Zahnrädern herum und schimpft, das Perpetuum mobile sei nicht ordentlich gebaut worden. ›Die Technologie liegt bei euch noch im Argen‹, behauptet er. ›Diese Scharniere hier zum Beispiel müssen umgearbeitet oder, noch besser, ausgewechselt werden. Oder wie seht ihr das?‹ Den Einheimischen bleibt also nichts übrig, als sich ans Umarbeiten und Auswechseln zu machen. Doch kaum sind sie fertig, landet eine Rakete von der Erde bei ihnen – eine Rakete vom Medizinischen Rettungsdienst. Die Sanitäter von der Erde greifen sich den Erfinder und verpassen ihm eine Beruhigungsspritze. Der Arzt entschuldigt sich mehrfach bei den Einheimischen, dann startet die Rakete wieder. Die Planetenbewohner sind niedergeschlagen, aber auch verlegen und trauen sich nicht, einander in die Augen zu blicken. Sie wollen schon beschämt ihrer Wege gehen, als das Perpetuum plötzlich anfängt zu funktionieren. Ja, meine Freunde, die Maschine kam in die Gänge und hat bis heute nicht wieder aufgehört, und das seit nunmehr hundertfünfzig Jahren …«

Mir gefiel diese Geschichte, auch wenn sie reichlich primitiv war. Man merkte gleich, dass Vanderhoeze sie sich just in dem Moment ausgedacht hatte. Zu meiner großen Verwunderung gefiel sie auch Komow. Schon in der Mitte der Erzählung hörte er auf, seinen Blick auf der Suche nach dem Senf über den Tisch schweifen zu lassen. Er starrte Vanderhoeze mit zusammengekniffenen Augen an, bis der fertig war, und bemerkte: Die Idee, dass einer der Partner bei der Kontaktaufnahme unzurechnungsfähig sei, könne theoretisch durchaus interessant sein. »Die allgemeine Kontakttheorie«, erklärte er, »hat eine solche Möglichkeit bisher leider nicht in Betracht gezogen, obwohl schon zu Beginn des 21. Jahrhunderts ein gewisser Strauch vorschlug, die Besatzung von Raumschiffen durch ein paar Schizoide zu ergänzen. Schon damals war bekannt, dass Menschen mit Bewusstseinsspaltung über eine stark ausgeprägte Fähigkeit zu unvoreingenommenen Denkweisen verfügen. Da, wo ein normaler Mensch in einem Chaos von Unbekanntem immer etwas Vertrautes zu entdecken versucht, etwas Stereotypes oder etwas, das er von früher her kennt, sieht der Schizophrene die Dinge so, wie sie wirklich sind. Ja, er ist sogar in der Lage, neue Stereotypen zu bilden, die er direkt aus der inneren, geheimen Natur des Chaos ableitet. »Übrigens«, fuhr Komow, in Eifer geraten, fort, »ist diese Fähigkeit für die Schizoiden der verschiedenen Zivilisationsformen gleichermaßen gültig. Und da theoretisch durchaus die Möglichkeit besteht, dass sich das Kontaktobjekt als schizoides Individuum erweist und ein verspätetes Erkennen dieser Tatsache zu ernsthaften Folgen führen kann, verdient das Problem, das Vanderhoeze soeben angeschnitten hat, gebührende wissenschaftliche Beachtung.«

Jakow hingegen erklärte mit spöttischem Lächeln, er schenke Komow die Idee, und fügte hinzu, es sei an der Zeit aufzubrechen. Bei diesen Worten fiel Maja, die Komows Ausführungen mit großem Interesse gelauscht hatte, ganz in sich zusammen. Auch ich war ziemlich bedrückt; dieses Gespräch über Schizophrene hatte unangenehme Assoziationen in mir wachgerufen. Doch da geschah Folgendes:

Vanderhoeze und Maja hatten die Gemeinschaftskajüte bereits verlassen, als Komow, der einen Moment unschlüssig in der Tür gestanden hatte, plötzlich eine Kehrtwendung machte. Er trat auf mich zu und packte mich kräftig beim Ellbogen, tastete mit seinen kalten grauen Augen mein Gesicht ab und flüsterte hastig: »Warum sind Sie denn so bedrückt, Stas? Ist irgendetwas passiert?«

Ich war perplex. Komows Scharfblick schien mir geradezu übernatürlich, wie ein Hieb vor den Kopf, aber ich bekam mich trotzdem sofort wieder in den Griff. Zu viel stand in diesem Augenblick für mich auf dem Spiel. Ich trat einen Schritt zurück und fragte mit grenzenlosem Erstaunen: »Wie meinen Sie das, Gennadi Jurjewitsch?«

Sein Blick tastete nach wie vor mein Gesicht ab. Er gab keine Antwort, sondern erkundigte sich erneut, diesmal noch leiser und schneller: »Haben Sie Angst, alleine zu bleiben?«

Doch ich saß bereits fest im Sattel.

»Angst?«, fragte ich zurück. »Nein, das wäre wohl übertrieben, Gennadi Jurjewitsch. Ich bin schließlich kein Kind mehr ...«

Er ließ meinen Arm los.

»Vielleicht sollten Sie mit uns fliegen?«

Ich zuckte mit den Achseln. »Das würde ich gern tun, aber gestern sind ja einige Störungen bei meinen Kybern aufgetreten, die ich erst beheben muss. Ich denke, ich sollte besser hierbleiben.«

»Wie Sie meinen«, sagte Komow unbestimmt, machte kehrt und verschwand.

Ich blieb noch einen Moment stehen und gab mir Mühe, mich wieder vollständig unter Kontrolle zu bekommen. In meinem Kopf herrschte ein einziges Tohuwabohu, aber ich fühlte mich wie nach einem gut bestandenen Examen.

Sie winkten mir noch, bevor sie abhoben, doch ich nahm mir nicht einmal die Zeit, ihnen hinterherzuschauen. Ich kehrte unverzüglich ins Schiff zurück, bewaffnete mich mit einem Paar Stereokristallofonen, klemmte sie an die Ohren und ließ mich in den Sessel vor meinem Steuerpult fallen. Ich beobachtete meine Schützlinge bei der Arbeit, las, nahm Funksprüche entgegen und führte Gespräche mit Wadik und Ninon (es tröstete mich, dass auch bei Wadik laute Musik zu hören war). Ich machte die Steuerzentrale sauber und stellte mir dann im Hinblick auf eine notwendige Stärkung meiner Nerven ein Schlemmermenü zusammen. All das geschah unter Donnern und Dröhnen, unter dem Heulen von Flöten und dem Winseln von Nekofonen. Ich bemühte mich also eifrig, gnadenlos und zum Nutzen anderer (wie auch meiner), die Zeit totzuschlagen. Und doch quälte mich diese ganze totgeschlagene Zeit hindurch die Frage, wie Komow von meiner Panik erfahren hatte, und was er deswegen unternehmen würde. Komow gab mir Rätsel auf: die plötzlichen Zweifel nach der Besichtigung des Bauplatzes, seine Bemerkungen über die Schizoiden und schließlich die seltsamen Worte, die wir nach dem Frühstück gewechselt hatten … Meine Güte, er hatte mir sogar angeboten, mit ihnen zu fliegen. Offensichtlich fürchtete er, mich hier allein zu lassen. Ob man es mir vielleicht doch ansah? Nein, denn Vanderhoeze hatte nichts bemerkt …

Mit solchen Gedanken vergingen die meisten Stunden meines Arbeitstages. Um drei Uhr, bedeutend früher als erwartet, kehrten die drei zurück. Ich schaffte es gerade noch, die Kristallofone von den Ohren zu ziehen und zu verstecken, als die ganze Gesellschaft auch schon hereingeschneit kam. Ich empfing sie in der Einstiegskammer und zwar genauso, wie ich es mir vorgenommen hatte: Ich blieb zurückhaltend, aber freundlich, stellte keinerlei Fragen zur Sache, sondern erkundigte mich lediglich, ob jemand von ihnen etwas essen wolle. Doch anscheinend sprach ich nach sechs Stunden Donner und Getöse allzu laut, denn Maja, der es zu meiner großen Freude wieder gut zu gehen schien, warf mir einen recht erstaunten Blick zu. Auch Komow musterte mich flugs von Kopf bis Fuß, verschwand dann aber, ohne ein Wort zu verlieren, in seiner Kajüte.

»Etwas essen?«, murmelte Vanderhoeze nachdenklich. »Nein, weißt du, Stas, ich gehe jetzt lieber in die Zentrale und schreibe die Expertise. Aber du könntest mir bei Gelegenheit ein Glas Tonic-Wasser bringen, das wäre besser ...«

Ich versprach es ihm. Als er sich in die Steuerkabine zurückzog, ging ich mit Maja in die Mannschaftskajüte. Ich bereitete zwei Gläser Tonic, gab das eine Maja und brachte das andere zu Vanderhoeze. Als ich zurückkam, ging Maja mit dem Glas in der Hand im Raum auf und ab. Obwohl sie schon sehr viel ruhiger war als noch am Morgen, merkte ich ihr eine gewisse Verkrampftheit und Angespanntheit an. Ich wollte ihr Gelegenheit geben, darüber zu sprechen, und fragte: »Nun, was ist mit dem Schiff?«

Maja nahm einen großen Schluck Tonic und fuhr sich mit der Zungenspitze über die Lippen; ihr Blick wich mir aus, als sie sagte: »Ach, Stas, das ist alles nicht so einfach.«

Ich wartete auf eine Erklärung, doch sie schwieg.

»Und was ist nicht so einfach?«

»Einfach alles!« Sie machte eine unbestimmte Bewegung mit der Hand, in der sie das Glas hielt. »Eine kastrierte, blutleere Welt ist das. Und ich sage dir: Dieses Raumschiff ist nicht durch Zufall hier zerschellt, und wir haben es auch nicht durch Zufall hier gefunden. Überhaupt: Auf diesem verfluchten Planeten wird unser Plan und das gesamte Umsiedlungsprojekt scheitern!« Sie trank das Glas leer und stellte es auf den Tisch. »Wir verstoßen gegen die elementarsten Sicherheitsvorschriften; wir lassen zu, dass die meisten Mitarbeiter Grünschnäbel sind wie du ... und auch ich ... Und das alles mit der Begründung, der Planet sei biologisch passiv. Als wenn es darum ginge! Jeder x-beliebige Mensch, wenn er auch nur das geringste Gespür hat, merkt schon nach einer Stunde, dass hier etwas nicht stimmt. Es gab früher Leben auf diesem Planeten, aber dann ereignete sich eine Sternenexplosion, die in Sekundenschnelle alles auslöschte ... Biologisch passiv? Ja, möglich. Dafür jedoch nekrotisch aktiv. Und die Panta wird in ein paar Jahren genauso aussehen: verkrüppelte Bäume, sieches Gras, ein Bild, das an den ewigen Tod erinnert. Hier weht der Geruch des Todes, verstehst du? Schlimmer noch – der Geruch erstorbenen Lebens. Nein, Stas, ich sage dir: Die Pantianer können hier nicht Fuß fassen und glücklich werden. Es soll ein neues Haus für eine ganze Zivilisation entstehen? Es wird kein neues Haus geben! Höchstens ein altes Gespensterschloss ...«

Beim letzten Wort zuckte ich zusammen. Sie bemerkte es, verstand es aber offenbar falsch.

»Keine Sorge«, sagte sie mit traurigem Lächeln. »Ich bin nicht verrückt. Ich versuche nur, meine Empfindungen und Vorahnungen in Worte zu fassen. Wie ich sehe, fällt es dir schwer mich zu verstehen. Aber sag selbst: Was sind das für Vorahnungen, bei denen sich einem solche Wörter aufdrängen: nekrotisch, Gespenster ...«

Sie begann erneut, im Raum auf und ab zu gehen, blieb dann unvermittelt vor mir stehen und fuhr fort: »Gewiss, andererseits verfügt der Planet über sehr gute und seltene Parameter. Die biologische Aktivität ist nahezu null; Atmosphäre, Hydrosphäre, Klima und Wärmebalance sind für das Projekt ›Arche‹ wie gemacht. Aber ich verwette meinen Kopf darauf, dass noch keiner unserer Theoretiker und Organisatoren je einen Fuß auf diesen Planeten gesetzt hat. Und wenn doch, so hatte er nicht einen Funken Gefühl und nicht einmal ein Minimum an Gespür für das Leben. Das kannst du mir glauben ... Sicher, das sind alles alte Hasen, sie haben schon eine Menge hinter sich und viel Erfahrung. Eine materielle Gefahr würden sie sofort wittern! Aber das hier ...« Sie schnalzte mit den Fingern und verzog auf der Suche nach dem richtigen Wort beinahe schmerzhaft das Gesicht. »Ich weiß nicht«, fuhr sie fort, »vielleicht hat sogar jemand bemerkt, dass auf dem Planeten etwas nicht stimmt. Aber wie soll er das jemandem erklären, der nie hier war? Kannst wenigstens du mich ein bisschen verstehen?«

Sie sah mich mit ihren grünen Augen durchdringend an, und ich fragte mich, was ich ihr antworten sollte. Schließlich, nach einigem Zögern, log ich: »Nicht ganz ... das heißt, in gewissem Sinne hast du natürlich recht ... die Stille hier und die Leere ...«

»Siehst du«, sagte sie resigniert, »nicht einmal du begreifst es. Aber genug davon.« Sie setzte sich mir gegenüber auf den Tisch, stupste mir mit dem Finger in die Wange und begann zu lachen. »Jetzt, wo ich mir alles von der Seele geredet habe, geht es mir besser. Mit Komow, wie du weißt, kommt man nicht leicht ins Gespräch, und an Vanderhoeze möchte ich mich mit solchen Dingen lieber nicht wenden – der würde mich glatt in seinen Medizinbunker sperren.«

Die Spannung, unter der wir gestanden hatten, ließ nach, und unser Gespräch wurde leicht und unbekümmert. Ich klagte ihr mein Leid, was die Arbeit der Roboter anging und erzählte von Wadik, der allein im riesigen Ozean gebadet hatte; dann erkundigte ich mich, ob sie mit ihrer Suche nach geeigneten Siedlungsplätzen vorankämen. Maja antwortete, sie hätten vier Stellen für künftige Siedlungen vorgemerkt, die in vielerlei Hinsicht günstig seien. Und im Grunde könnten die Pantianer dort ihr ganzes Leben in Freuden zubringen; aber da das Unternehmen zum Scheitern verurteilt sei, lohne es sich nicht, weiter darüber zu sprechen. Ich machte Maja auf ihren Skeptizismus aufmerksam, der meiner Meinung nach angeboren war, und gab zu bedenken, dass sich dieser schon häufig als ungerechtfertigt erwiesen habe. Worauf sie entgegnete, es handle sich hier nicht um ihren Skeptizismus, sondern um den der Natur, und überhaupt sei ich ein Grünschnabel, der eigentlich Haltung vor ihr annehmen müsse, schließlich sei sie erfahrener als ich. Darauf konterte ich, ein wirklich erfahrener Mensch würde sich nie auf einen Streit mit dem Kybermechaniker einlassen, denn der sei auf dem Schiff so etwas wie die Achse, um die herum sich alles drehe. Maja versetzte, Rotationsachsen seien im Grunde nichts als imaginäre Gebilde, geometrische Örter von Punkten ... Dann stritten wir über den Begriff »Rotationsachse« und redeten überhaupt dummes Zeug, sodass ein Außenstehender gewiss den Eindruck gehabt hätte, wir wären recht unbekümmert und albern. Freilich hatte ich keine Ahnung, was tatsächlich in Majas Kopf vorging; was mich betraf, so überlegte ich die ganze Zeit, ob ich nicht sofort und auf der Stelle die Prophylaxe sämtlicher Sicherheitssysteme durchführen sollte. Zwar waren all diese Systeme auf eine biologische Gefahr ausgerichtet, und man konnte unmöglich voraussagen, ob sie auch auf eine nekrotische Gefahr reagierten, doch ich sagte mir, und das gewiss mit Recht: Den Behüteten behütet Gott; unter einen liegenden Stein fließt kein Wasser, und je vorsichtiger man fährt, desto weiter kommt man.

Mit einem Wort: Als Maja schließlich zu gähnen begann und klagte, sie sei müde, schickte ich sie kurzerhand in ihre Kajüte, damit sie sich vor dem Essen noch ein Stündchen aufs Ohr legte. Ich meinerseits suchte umgehend die Bibliothek auf, griff mir ein Lexikon und informierte mich erst einmal über den Begriff »nekrotisch«. Die Bedeutung des Wortes war niederschmetternd, und ich beschloss, unverzüglich die Sicherheitsprophylaxe vorzubereiten. Vorher sah ich noch einmal in der Steuerzentrale vorbei, um das Verhalten meiner Roboter zu überprüfen. Dort traf ich auf Vanderhoeze, der gerade die Blätter seiner Expertise sorgfältig zu einem Stapel zusammenlegte. »Ich bringe das jetzt zu Komow«, sagte er, als er mich entdeckte. »Dann gebe ich es Maja zu lesen, und anschließend werden wir gemeinsam alles besprechen. Was meinst du? Soll ich dich dazurufen?« Ich bejahte und teilte ihm mit, dass ich in der Sicherheitssektion zu finden sei. Er warf mir einen erstaunten Blick zu, schwieg jedoch und verließ den Raum.

Ungefähr zwei Stunden später wurde ich gerufen. Über Bordfunk ließ mich Vanderhoeze wissen, dass jetzt alle den Bericht gelesen hätten, und fragte, ob ich ihn mir nicht auch ansehen wollte. Das hätte ich gerne getan, aber die Prophylaxe lief gerade auf Hochtouren, der Wach- und Erkundungskyber war zur Hälfte auseinandergenommen, und das Sterilisieren stand noch bevor. Also antwortete ich, dass ich wohl aufs Lesen verzichten müsste, zur Beratung jedoch unbedingt käme, sobald ich hier fertig wäre. »Ich habe noch etwa eine Stunde zu tun«, sagte ich. »Esst nur ruhig ohne mich.«

Als ich später die Gemeinschaftskajüte betrat, war das Essen schon beendet, und man hatte mit der Diskussion begonnen. Ich nahm mir einen Teller Suppe, setzte mich etwas abseits von den anderen hin, aß und hörte dabei zu.

»Ich kann die Hypothese vom Meteoriteneinschlag nicht ganz ohne Widerspruch annehmen«, sagte Vanderhoeze vorwurfsvoll. »Die ›Pelikane‹ sind mit ausgezeichnetem Meteoritenschutz ausgestattet, Gennadi. Das Schiff hätte einfach ausweichen können.«

»Zugegeben«, erwiderte Komow, der vor sich auf den Tisch schaute und ärgerlich die Brauen zusammenzog. »Es wäre aber möglich, dass der Meteoritenhagel just in dem Augenblick auf sie niedergegangen ist, als das Schiff aus dem Subraum trat …«

»Ja, schon«, stimmte Vanderhoeze zögernd zu. »Das ist vorstellbar. Aber die Wahrscheinlichkeit …«

»Sie erstaunen mich, Jakow. Das Tourentriebwerk des Schiffs war völlig zerstört. Wir haben eine riesige Einschlagstelle und Spuren enormer Wärmeentwicklung entdeckt. Meiner Meinung nach sollte jedem normalen Menschen einleuchten, dass es sich hier nur um einen Meteoriteneinschlag handeln kann.«

Vanderhoeze sah ganz unglücklich drein.

»Na ja ... also gut«, sagte er. »Belassen wir es bei Ihrer Einschätzung ... Obwohl Sie kein Raumflieger sind, Gennadi, und nichts davon verstehen ... Sie können nicht wissen, wie unwahrscheinlich das ist. Ausgerechnet in dem Augenblick, da das Schiff aus dem Subraum auftaucht, ein Meteorit mit einer so gewaltigen Durchschlagskraft ... Ich kann gar nicht sagen, wie unwahrscheinlich das ist!«

»Und was schlagen Sie vor?«

Vanderhoeze ließ seinen Blick von einem zum anderen wandern in der Hoffnung auf Unterstützung und sagte, als diese ausblieb: »Gut, einverstanden. Aber ich bestehe darauf, dass wir uns durch die Formulierung bestimmte Möglichkeiten offenhalten. So etwa: ›Die benannten Fakten lassen die Vermutung zu ...‹«

»... lassen die Schlussfolgerung zu«, berichtigte Komow.

»Die Schlussfolgerung?« Vanderhoeze machte ein finsteres Gesicht. »Was kann es denn hier für eine Schlussfolgerung geben, Gennadi? Es ist nur eine Vermutung, nichts weiter. ›... lassen die Vermutung zu, dass das Raumschiff durch einen Meteoriten von gewaltiger Kraft genau in dem Moment getroffen wurde, als es aus dem Subraum auftauchte.‹ So und nicht anders. Ich bitte um Zustimmung.«

Komow überlegte ein paar Sekunden lang, wobei er mit seinen Backenknochen mahlte. Dann sagte er: »Einverstanden. Gehen wir zum nächsten Punkt über.«

»Moment«, entgegnete Vanderhoeze. »Deine Meinung dazu, Maja?«

Das Mädchen zuckte mit den Achseln. »Ehrlich gesagt, sehe ich hier keinen Unterschied. Im Großen und Ganzen bin ich einverstanden.«

»Dann also der nächste Punkt«, drängte Komow ungeduldig. »Wir brauchen nicht erst die Meinung des Stützpunktes einzuholen, wie mit den zwei Leichen zu verfahren ist. Überhaupt hat diese Frage nichts in der Expertise zu suchen. Wir werden in einem gesonderten Fernspruch ankündigen, dass die sterblichen Überreste der beiden Raumfahrer demnächst in einem Spezialcontainer zum Stützpunkt überführt werden.«

»Aber ...«, setzte Vanderhoeze schüchtern an.

»Ich werde mich gleich morgen darum kümmern«, unterbrach ihn Komow. »Ich persönlich werde das erledigen.«

»Vielleicht sollten wir sie lieber hier begraben?«, schlug Maja leise vor.

»Ich habe nichts dagegen«, erwiderte Komow. »Obwohl es in solchen Fällen üblich ist, die Leichen zur Erde zu bringen ... Was ist?«, wandte er sich nun an Vanderhoeze.

Der machte kurz den Mund auf, schüttelte dann aber den Kopf und sagte: »Ach, nichts.«

»Kurzum: Ich schlage vor, den Punkt aus der Expertise herauszunehmen«, erklärte Komow. »Sind Sie einverstanden, Jakow?«

»Von mir aus ... Und du, Maja?«

Maja zögerte, und ich verstand sie sehr gut. Alles lief sehr geschäftsmäßig ab. Zugegeben, ich hatte keine Ahnung, wie man solche Entscheidungen am besten traf, eine Abstimmung allerdings schien mir hier ganz und gar nicht das Richtige.

»Ausgezeichnet«, meinte Komow, als wäre überhaupt nichts vorgefallen. »Und nun zu den Ursachen und näheren Umständen des Todes. Das Protokoll der Autopsie und die Fotodokumente sind eindeutig, deshalb schlage ich als Formulierung vor: ›Die Position der Leichen lässt darauf schließen, dass der Tod der beiden Piloten beim Aufprall des Schiffes auf die Planetenoberfläche eingetreten ist. Der Mann starb früher als die Frau; er konnte noch die Bordaufzeichnungen löschen, war jedoch nicht mehr in der Lage, den Pilotensessel zu verlassen. Die Frau hingegen blieb noch kurze Zeit am Leben und versuchte, aus dem Schiff ins Freie zu gelangen.

Sie starb in der Einstiegskammer ...‹ Dann können wir mit Ihrem Text fortfahren.«

»Hm ...«, brachte Vanderhoeze zweifelnd hervor. »Finden Sie nicht, Gennadi, dass das alles zu bestimmt klingt? Wenn wir uns beispielsweise an das Protokoll der Autopsie halten, gegen das Sie ja nichts einzuwenden haben, war die Ärmste gar nicht in der Lage, sich bis zur Einstiegskammer zu schleppen.«

»Und trotzdem haben wir sie dort aufgefunden«, entgegnete Komow in schneidendem Ton.

»Aber gerade dieser Umstand ...«, sagte Vanderhoeze eindringlich und presste dabei seine Hände gegen die Brust.

»Hören Sie, Jakow«, fiel ihm Komow ins Wort. »Niemand weiß, wozu ein Mensch in einer solchen Situation in der Lage ist. Insbesondere eine Frau. Denken Sie an die Geschichte mit Martha Priestley. Denken Sie auch an die Geschichte mit Kolesnitschenko. Und denken Sie an den Verlauf der Geschichte überhaupt.«

Es trat Schweigen ein. Vanderhoeze saß mit unglücklichem Gesicht da und zupfte verzweifelt an seinem Bart herum.

»Ich bin weniger darüber erstaunt, dass es die Frau bis zur Einstiegsluke geschafft hat«, ergriff nun Maja das Wort, »als vielmehr über die Tatsache, warum der Mann die Bordaufzeichnungen gelöscht hat. Es hatte einen furchtbaren Zusammenprall gegeben, er lag im Sterben ...«

»Na ja ...«, begann Vanderhoeze unsicher. »Ich meine, das kann schon passieren ... Schließlich lag er in Agonie, seine Hände glitten unkontrolliert über das Pult und er berührte die Taste ...«

»Was die Frage der Bordaufzeichnungen betrifft«, schaltete sich Komow ein, »so wird diese bei den Fakten besonderer Relevanz abgehandelt. Ich persönlich glaube, dass dieses Rätsel nie mehr gelöst werden kann ... Das heißt, wenn es sich hier überhaupt um ein Rätsel handelt und nicht nur um eine zufällige Verquickung von Umständen. Fahren wir also fort.« Er blätterte hastig die vor ihm liegenden Papiere durch. »Was mich angeht, so habe ich eigentlich keine weiteren Bemerkungen. Die von der Erde mitgeführte Mikroflora und -fauna ist offenbar zugrunde gegangen, jedenfalls haben wir davon keine Spuren mehr finden können ... Was noch? Ihre persönlichen Papiere ... Sie zu ordnen ist nicht unsere Aufgabe, zudem könnten wir da nur etwas verderben – in dem Zustand, in dem sie sind. Morgen werde ich sie konservieren und hierherbringen ... Ach ja, hier habe ich noch etwas für Sie, Popow. Kennen Sie sich in der kybernetischen Ausrüstung der ›Pelikane‹ aus?«

»Natürlich«, sagte ich und schob hastig den Teller beiseite.

»Seien Sie so gut«, er reichte mir das Blatt Papier, »und schauen Sie mal nach, ob alles vollzählig ist. Hier ist eine Aufstellung sämtlicher aufgefundener Kybermechanismen.«

Ich nahm die Liste zur Hand. Alle sahen mich erwartungsvoll an.

»Ja«, sagte ich nach einer Weile. »Es ist alles da. Sogar die aktiven Erkundungskyber, obwohl sie für gewöhnlich ... Aber hier ist etwas, das ich nicht verstehe. Was ist ein ›Reparaturroboter, der in eine Nähvorrichtung umgebaut wurde‹?«

»Jakow, erklären Sie's ihm«, forderte Komow.

Vanderhoeze legte den Kopf in den Nacken und schob den Unterkiefer vor.

»Tja, Stas, das kann man schwer erklären«, sagte er ein wenig nachdenklich. »Es handelt sich einfach um einen Reparaturkyber, der in eine Art Nähmaschine umgebaut wurde. Eine Vorrichtung, mit deren Hilfe man nähen kann, begreifst du? Einer der beiden Piloten, offenbar die Frau, hatte wohl ein eher ungewöhnliches Hobby.«

»Verstehe«, erwiderte ich verwundert. »Aber dass es ein Reparaturkyber war, ist sicher?«

»Zweifellos«, bestätigte Vanderhoeze.

»Dann ist das Verzeichnis vollständig«, sagte ich und gab Komow die Liste zurück. »Erstaunlich vollständig. Anscheinend sind sie kein einziges Mal auf einem größeren Planeten gelandet.«

»Danke«, sagte Komow. »Sobald die Reinschrift der Expertise vorliegt, möchte ich Sie bitten, den Abschnitt über den Schwund von intakten Kybersystemen zu unterschreiben.«

»Aber es gab doch gar keinen Schwund«, entgegnete ich.

Komow ließ sich zu keiner Antwort herab, und so schaltete sich Vanderhoeze ein: »Die Überschrift des Abschnitts heißt so: ›Schwund von intakten Kybersystemen‹. Und du unterschreibst, dass es keinen Schwund gab.«

»Also, gut ...«, murmelte Komow vor sich hin, während er die verstreuten Blätter zu einem Stapel zusammenlegte. »Und nun würde ich Sie bitten, Jakow, alles in die richtige Reihenfolge zu bringen und uns die endgültige Fassung vorzulegen, damit wir unterschreiben und sie noch heute zum Stützpunkt funken können. Wenn es keine Ergänzungsvorschläge mehr gibt, möchte ich mich jetzt empfehlen.«

Ergänzungsvorschläge gab es nicht, und Komow verschwand. Vanderhoeze erhob sich mit einem tiefen Seufzer, wog den Papierstapel einen Moment lang nachdenklich auf der Hand, sah uns an und machte sich dann, den Kopf in den Nacken geworfen, auf den Weg in die Steuerzentrale.

»Vanderhoeze ist sehr unzufrieden«, meinte ich und legte mir ein Stück Braten auf den Teller.

»Ich bin auch unzufrieden«, sagte Maja. »Der ganze Ablauf war irgendwie würdelos und ohne jeden Respekt. Ich kann es nicht näher erklären, vielleicht bin ich kindisch oder naiv ... Aber es müsste doch ... Man hätte wenigstens eine Schweigeminute einlegen sollen oder so etwas ... Und was haben wir gemacht? Die Sache im Eilverfahren abgewickelt – Zustand der Leichen, Schwund von Kybersystemen, topografische Parameter ... Ekelhaft! Wie im Praxisunterricht am Institut ...«

Ich war vollkommen ihrer Meinung.

»Und Komow hat niemanden zu Wort kommen lassen!«, fuhr sie aufgebracht fort. »Für ihn ist alles klar, alles eindeutig. In Wirklichkeit ist es aber gar nicht so. Weder der Meteoriteneinschlag noch die anderen Punkte sind geklärt, ganz zu schweigen von den Bordaufzeichnungen. Und ich glaube auch nicht, dass Komow sich bei allem sicher ist. Meiner Meinung nach führt er etwas im Schilde. Jakow ist das auch aufgefallen, er weiß nur nicht, wie er ihn zu fassen bekommt ... Na ja, vielleicht nimmt er die Sache auch nicht so wichtig.«

»Vielleicht ist sie ja auch nicht so wichtig«, meinte ich unsicher.

»Ich sage auch gar nicht, dass sie wichtig ist!«, erwiderte Maja. »Ich kann es einfach nicht ausstehen, wie sich Komow aufführt. Ich begreife ihn nicht. Und überhaupt mag ich ihn nicht leiden! Wie haben sie mir alle von ihm vorgeschwärmt! Dabei zähle ich schon die Tage, die ich noch mit ihm zusammenarbeiten muss. Nie wieder will ich mit dem in einem Team sein!«

»Na ja, so lange dauert es ja nicht mehr«, beruhigte ich sie. »Vielleicht zwanzig Tage ...« Damit trennten wir uns. Maja wollte sich noch an ihre Geländeskizzen und Vermessungen setzen, und ich begab mich in die Steuerzentrale, wo mich eine kleine Überraschung erwartete: Tom ließ mich wissen, dass die Fundamente gelegt seien, und bat mich, die Arbeit abzunehmen. Ich warf mir den Pelz über und lief zum Bauplatz.

Die Sonne war bereits untergegangen, und das Dunkel verdichtete sich. Die Dämmerung hier war eigenartig: schwarzviolett, wie aufgelöstes Tintenpulver. Einen Mond gab es nicht, dafür aber reichlich Nordlicht. Und was für ein Nordlicht!

Gigantische Gemälde spannten sich in allen Regenbogenfarben lautlos über den schwarzen Ozean, schoben sich zusammen und entfalteten sich, bebten und zitterten, als würden sie von Windböen erfasst, schillerten weißlich, grün und rosa und verlöschten in Sekundenschnelle, sodass im Auge des Betrachters nichts zurückblieb als verschwommene Farbtupfer. Genauso schnell flammten die Gemälde wieder auf und ließen die Sterne ringsum und das Dämmerlicht verschwinden; alles wurde in unnatürliche, doch kristallklare Farben getaucht. Der Nebel über dem Sumpf färbte sich rotbraun, der Eisberg in der Ferne schimmerte wie ein Bernsteinfelsen, und über den Strand fegten blitzschnelle grünliche Schatten.

Ich rieb mir emsig Nase und Wangen, die schon halb erfroren waren, und prüfte in dem wundersamen Licht die fertigen Fundamente. Tom, der mir dicht auf den Fersen folgte, teilte mir diensteifrig alle wichtigen Daten mit, und als das Nordlicht verlosch, schaltete er ebenso diensteifrig seine Scheinwerfer ein. Es war wie immer totenstill, nur der gefrorene Sand unter den Füßen knirschte. Dann hörte ich plötzlich Stimmen: Maja und Vanderhoeze waren herausgekommen, um frische Luft zu schnappen und sich das Schauspiel am Himmel anzuschauen. Maja war von diesem Nordlicht sehr angetan – es war aber auch das Einzige, was ihr auf dem Planeten gefiel. Da ich ziemlich weit vom Schiff entfernt war, sah ich die beiden nicht, vernahm jedoch deutlich ihre Stimmen. Zunächst hörte ich nur mit halbem Ohr hin; Maja sagte etwas von beschädigten Baumspitzen, während sich Vanderhoeze über die Erosion der Pseudoorganik am Außenbord des Schiffes ausließ. Offenbar erörterten sie ein weiteres Mal die Ursachen und Umstände der »Pelikan«-Katastrophe.

In ihrem Gespräch lag etwas Merkwürdiges. Wie gesagt, ich lauschte anfangs nur mit halbem Ohr, und erst nach und nach wurde ich stutzig. Sie unterhielten sich, als redete jeder für sich. Sagte zum Beispiel Vanderhoeze: »Eins der Planetentriebwerke muss heil gewesen sein, sonst hätten sie unmöglich in der Atmosphäre manövrieren können«, so erwiderte Maja: »Nein, Jakow, auf keinen Fall weniger als zehn, fünfzehn Jahre. Sehen Sie sich doch bloß mal diese Auswüchse an ...«

Ich stieg zu einem der Fundamente hinab, um mir die Grundschicht genauer anzusehen. Als ich wieder nach oben geklettert war, schien mir ihr Gespräch zwar zusammenhängender, aber noch unverständlicher. Als repetierten sie ein Theaterstück.

»Was ist denn das hier?«, fragte Maja.

»Ich würde sagen, ein Spielzeug«, antwortete Vanderhoeze.

»Sieht ganz so aus, aber wozu diente es?«

»Ein Hobby, denke ich. Was ist daran so verwunderlich? Viele Leute haben ein Hobby.«

Das Ganze erinnerte mich daran, wie wir uns während der Vorbereitungszeit auf dem Stützpunkt die Zeit vertrieben hatten. Wenn zum Beispiel Wadik urplötzlich durch den ganzen Speisesaal brüllte: »Kapitän! Ich schlage vor, das Heckteil abzuwerfen und in den Subraum einzutauchen!«, parierte ein anderer Spaßvogel: »Ich begrüße Ihren Vorschlag, Kapitän, aber vergessen Sie nicht das Kopfteil!« Und so weiter.

Ihre seltsame Unterhaltung war übrigens bald beendet. Man hörte das Klappen der Luke, dann herrschte wieder Stille. Ich besah mir den letzten Abschnitt des Fundaments, lobte Tom für die gute Arbeit und wies ihn an, Jack auf die nun folgende Tätigkeit umzuschalten. Das Nordlicht war erloschen, und in der Finsternis waren nur noch die Positionslichter meiner Roboter zu sehen. Als ich merkte, dass mir vor Kälte fast die Nasenspitze erfror, lief ich eilig zum Schiff zurück, betätigte die Lukenautomatik und schlüpfte in die Einstiegskammer ... Herrlich! Die Einstiegskammer ist einer der wunderbarsten Räume überhaupt. Sicher deshalb, weil man sie immer als Erstes betritt und ein wohliges Gefühl des Zuhauseseins von ihr ausgeht. Man kehrt aus einer fremden, eisigen, bedrohlichen Welt zurück in das vertraute, warme, behütete Heim. Aus der Finsternis ins Licht. Ich legte den Mantel ab und begab mich krächzend und händereibend in die Steuerzentrale.

Dort saß bereits Vanderhoeze, der all seine Papiere um sich ausgebreitet hatte. Den Kopf schwermütig gesenkt, übertrug er die Expertise Seite um Seite ins Reine. Die Chiffriermaschine klapperte flink unter seinen Fingern.

»Meine Burschen haben gerade das Fundament fertiggestellt«, prahlte ich.

»Hm-m«, erwiderte Vanderhoeze.

»Was sind das eigentlich für Spielsachen, die ihr habt?«, fragte ich.

»Hm-m, Spielsachen ...«, wiederholte er zerstreut. »Spielsachen?«, fragte er dann zurück, ohne mit dem Tippen auf der Maschine aufzuhören. »Ach ja, die Spielsachen ...« Er legte ein fertiggeschriebenes Blatt beiseite und nahm ein neues zur Hand.

Ich wartete einen Augenblick und brachte dann meine Frage wieder in Erinnerung: »Was für Spielsachen sind das?«

»Was das für Spielsachen sind ...«, griff Vanderhoeze mit bedeutsamer Stimme meinen Satz auf, legte den Kopf in den Nacken und sah mich mit festem Blick an. »Also, wenn du die Frage so stellst ... Das ist, weißt du ... Nein, weiß der Teufel, was das für Spielsachen sind, auf dem ›Pelikan‹ ... Entschuldige, Stas, aber ich stelle erst mal die Expertise fertig, in Ordnung?«

Ich ging auf Zehenspitzen zu meinem Pult hinüber und schaute Jack eine Weile bei der Arbeit zu; er war schon dabei, die Wände der Wetterstation hochzuziehen. Dann verließ ich, wiederum auf Zehenspitzen, die Steuerzentrale und ging zu Maja.

In Majas Kajüte war ausnahmslos jedes Licht eingeschaltet. Sie selbst saß im Schneidersitz auf ihrer Koje und war sehr beschäftigt. Überall, auf dem Tisch, auf dem Bett und auf dem Fußboden lagen Karten, Klebestreifen, Geländeskizzen, aneinandergereihte Luftaufnahmen, Schemata und Notizen, und Maja sah es nacheinander durch, machte hin und wieder ein paar Randbemerkungen, nahm die Lupe zur Hand oder griff nach der Flasche Saft, die auf dem Stuhl neben ihr stand. Ich beobachtete sie einige Zeit und wartete, bis sie die Flasche wieder vom Stuhl nahm, und setzte mich dann schnell darauf. Als Maja ohne hinzusehen die Flasche zurückstellen wollte, landete sie genau in meiner ausgestreckten Hand.

»Danke«, sagte ich und nahm einen großen Schluck.

Maja hob den Kopf.

»Ach, du bist's«, sagte sie wenig begeistert. »Was gibt es?«

»Nichts, ich bin einfach so vorbeigekommen«, erwiderte ich seelenruhig. »Hattest du einen schönen Spaziergang?«

»Ach, woher«, sagte sie und nahm mir die Flasche weg. »Wie festgenagelt sitze ich hier; gestern Abend bin ich nicht zum Arbeiten gekommen, und so hat sich eine Menge angesammelt ... Von wegen Spazierengehen!«

Sie drückte mir erneut die Flasche in die Hand, und ich nahm einen zweiten Schluck. Ich spürte eine vage Unruhe in mir hochsteigen, brauchte aber nicht lange nach der Ursache zu suchen: Maja trug ihre flauschige Lieblingsweste, Shorts und hatte ein Handtuch um den Kopf geschlungen; die Haare darunter waren noch feucht.

»Warst du unter der Dusche?«, fragte ich dumpf.

Sie sagte irgendwas, aber ich hörte schon nicht mehr zu. Mir war auch so alles klar. Ich stand auf, stellte die Flasche sorgsam auf den Stuhl zurück, murmelte ein paar Worte – ich weiß selbst nicht mehr welche – und fand mich dann zuerst im Korridor, dann in meiner Kajüte wieder. Ohne jeden

Grund schaltete ich das Deckenlicht aus, die Nachttischlampe ein und legte mich, das Gesicht zur Wand, aufs Bett. Ich war erschüttert. Durch meinen Kopf jagten immer dieselben Gedanken: »Jetzt ist alles zu Ende, alles umsonst, nun ist es unabwendbar und endgültig.« Ich ertappte mich erneut dabei, wie ich auf bestimmte Geräusche wartete. Und tatsächlich, ich hörte sie – Laute, die hier überhaupt nicht hingehörten. Mit einem Ruck setzte ich mich auf, griff in die Nachttischschublade, nahm eine Schlaftablette heraus und steckte sie mir unter die Zunge. Dann legte ich mich wieder hin. Bald liefen scharrend Eidechsen über die Wände, die Zimmerdecke wurde dunkel und begann langsam zu rotieren. Der Nachttisch war entweder gar nicht mehr zu sehen oder flammte in gleißendem Licht auf, und die Fliegen in den Ecken surrten laut in Todesangst. Mir schien, als wäre Maja eingetreten und hätte mich voller Sorge betrachtet und zugedeckt, bevor sie wieder ging. Dann sah ich Wadik, der an meinem Fußende Platz nahm und wütend fragte: »Wieso liegst du im Bett? Die ganze Kommission wartet auf dich, und du machst es dir hier bequem.« – »Du musst lauter sprechen«, hörte ich Ninon sagen, »mit seinen Ohren ist was nicht in Ordnung. Er hört dich nicht.« Ich machte ein finsteres Gesicht und entgegnete, das sei purer Unsinn. Dann stand ich auf, und wir begaben uns alle zusammen in den zerschellten »Pelikan«. Die gesamte Organik darin war vernichtet, und es roch beißend nach Salmiak, wie neulich bei uns im Korridor. Doch dann stellten wir fest, dass wir uns gar nicht im »Pelikan« befanden, sondern auf dem Bauplatz. Die Roboter waren fleißig bei der Arbeit, die Landebahn glitzerte ungewohnt hell in der Sonne, und ich hatte ständig Angst, Tom könnte die zwei Mumien überrollen, die quer auf dem Weg lagen. Genauer gesagt: Alle glaubten nur, es wären Mumien, in Wirklichkeit aber handelte es sich um Komow und Vanderhoeze; das jedoch durfte niemand merken, und die beiden unterhielten sich so leise, dass nur ich sie hören konnte. Aber Maja machte man so leicht kein X für ein U vor: »Seht ihr denn nicht, wie schlecht es ihm geht?«, rief sie wütend und legte mir ein nasses, in Salmiakgeist getauchtes Tuch über Mund und Nase. Fast wäre ich daran erstickt. Ich warf den Kopf hin und her und setzte mich dann abrupt in meinem Bett auf.

Ich hatte die Augen weit geöffnet und erblickte im Schein der Nachttischlampe eine menschliche Figur. Sie stand direkt vor meinem Bett, leicht vornübergebeugt, und starrte mir ins Gesicht. Dunkel, fast schwarz hob sie sich vom Dämmerlicht ab – eine gekrümmte Wahngestalt ohne Gesicht, verschwommen, konturlos und mit einem unwirklichen Widerschein auf Brust und Schultern.

Obwohl ich schon im Voraus wusste, was nun passieren würde, streckte ich meine Hand zu der Gestalt aus … und stieß tatsächlich durch sie hindurch wie durch Luft. Das Wesen geriet in Unruhe, löste sich vor meinen Augen auf und verschwand schließlich spurlos. Ich ließ mich auf den Rücken fallen und schloss die Augen. Und wissen Sie schon, dass der Dey von Algier eine Warze direkt unter der Nase hat? Direkt unter der Nase … Ich war klatschnass, und mir war unerträglich heiß. Ich schnappte nach Luft, war fast am Ersticken.

4

Phantome und Menschen

Ich erwachte spät, mit schwerem Kopf und dem festen Vorsatz, gleich nach dem Frühstück mit Vanderhoeze zu sprechen, um ihm mein Herz auszuschütten. Wohl nie in meinem Leben war ich so unglücklich gewesen. Alles war aus. So verzichtete ich sogar auf den Frühsport und nahm nur eine starke Ionendusche, bevor ich in die Gemeinschaftskajüte ging. Doch auf der Schwelle fiel mir ein, dass ich über all den gestrigen Unannehmlichkeiten total vergessen hatte, dem Koch meine Anweisungen für das Frühstück zu erteilen. Das gab mir endgültig den Rest. Nachdem ich einen undeutlichen Morgengruß von mir gegeben hatte, setzte ich mich auf meinen Platz und stierte stumpf auf den Tisch, bemüht, niemanden anzusehen. Ich spürte, wie ich vor Scham dunkelrot anlief ... Das Frühstück war klösterlich-bescheiden: Schwarzbrot und Milch. Vanderhoeze bestreute seinen Kanten Brot mit Salz, Maja bestrich ihn mit etwas Butter, und Komow aß sein Stück Brot gleich trocken, kaute darauf herum und rührte nicht mal die Milch an.

Was mich anging, so hatte ich nicht den geringsten Appetit. Schon der Gedanke, etwas zu essen, stieß mich ab. Ich griff mir lediglich ein Glas Milch und trank ab und an einen Schluck. Aus den Augenwinkeln sah ich, dass Majas Blick auf mir ruhte und sie mich zu gern gefragt hätte, was eigentlich mit mir los sei. Doch sie hielt sich zurück; stattdessen begann uns Vanderhoeze wortreich auseinanderzusetzen, wie gesund und nützlich es aus medizinischer Sicht wäre, hin und wieder einen Fastentag einzulegen, und wie gut es sei, dass wir heute dieses und kein anderes Frühstück zu uns nähmen. Er erklärte uns ausführlich, was es mit dem Fasten und der Fastenzeit auf sich hatte, und sprach nicht ohne Bewunderung von den Urchristen, die sich damit sehr gut ausgekannt hätten. Dann kam er auf die Butterwoche zu sprechen; als er jedoch merkte, dass er sich allzu sehr von der Beschreibung solch köstlicher Speisen wie Kaviarplinsen, Dörrfisch oder Lachs hinreißen ließ, brach er die Ausführungen ab und begann seinen Backenbart gerade zu ziehen. Das Gespräch kam nicht recht in Gang; Maja, das sah ich ihr an, machte sich Sorgen um mich, ich tat das ebenfalls, und Komow war, wie auch schon gestern, offensichtlich nicht in Form. Seine Augen waren rot gerändert, die meiste Zeit stierte er vor sich auf den Tisch und nur von Zeit zu Zeit hob er ruckartig den Kopf und blickte um sich, als hätte ihn jemand gerufen. Sein Platz war voller Brotkrumen, und er zerkrümelte sein Brot auch weiterhin so, dass ich ihm am liebsten eins auf die Finger gegeben hätte wie einem kleinen Kind. So saßen wir trübselig beieinander, und Vanderhoeze, der arme Kerl, mühte sich vergeblich ab, um uns auf andere Gedanken zu bringen.

Er plagte sich gerade mit einer zähen, schwermütigen Geschichte, die er aus dem Stegreif erzählte und zu der ihm kein Ende einfiel, als Komow plötzlich einen seltsam dumpfen Laut von sich gab. Es klang, als wäre ihm nun endlich ein Stück trockenes Brot quer im Hals stecken geblieben. Ich sah zu ihm hinüber und erschrak. Komow saß hoch aufgereckt da, beide Hände um die Tischkante gekrallt, und blickte mit weit aufgerissenen Augen durch mich hindurch; er wurde zusehends bleicher. Ich drehte mich um, schaute in seine Blickrichtung und ... erstarrte. An der Wand, zwischen Filmothek und Schachtisch, stand die nächtliche Erscheinung.

Ich sah sie jetzt deutlich und klar. Es war ein Mensch, zumindest ein menschenähnliches Wesen – klein, dünn und völlig nackt. Seine Haut war sehr dunkel, fast schwarz, und glänzte, als wäre sie mit Öl eingerieben. Sein Gesicht konnte ich nicht genau erkennen, oder ich habe es mir nicht gemerkt, jedenfalls stach mir eines sofort in die Augen: Wie in meinem nächtlichen Albtraum, wirkte das Menschlein auch jetzt wieder ganz krumm und irgendwie verschwommen. Und seine Augen waren groß, dunkel und völlig starr – blind wie bei einer Statue.

»Da ist er ja!«, rief Komow. »Da ist er!«

Doch sein Finger zeigte in eine ganz andere Richtung, und als ich ihm mit den Blicken folgte, entstand direkt vor meinen Augen mitten aus der Luft eine neue Gestalt. Es war die gleiche starre, glänzende Erscheinung; diesmal jedoch schien sie im Sprung innezuhalten oder auch im Lauf, wie auf einem Foto, das einen Sprinter beim Start zeigt. Im selben Augenblick warf sich Maja dem Phantom entgegen, ihr Sessel flog krachend zur Seite, und sie sprang mit einem wilden Schlachtruf auf den Lippen mitten durch das Gespenst hindurch und prallte auf dem Bildschirm des Videofons auf. Ich sah gerade noch, wie das Wesen zu schwanken begann und sich auflöste, als Komow brüllte: »Die Tür! Die Tür!«

Und ich sah, wie ein kleines Wesen, weiß und matt schimmernd wie die Wand unserer Gemeinschaftskajüte, lautlos und in gekrümmter Haltung zur Tür hinausschlüpfte und im Korridor verschwand. Ich stürzte hinterher und nahm die Verfolgung auf.

Wenn ich jetzt daran zurückdenke, schäme ich mich fast, aber damals war mir völlig egal, was für ein Wesen das war, woher es kam und was es hier suchte. Ich spürte nur eine grenzenlose Erleichterung, weil ich wusste, dass von dieser Minute an endgültig Schluss war mit all den Ängsten und Albträumen. Ansonsten hatte ich nur den Wunsch, das Wesen einzuholen, es zu packen, zu fesseln und zurückzubringen.

In der Tür stieß ich mit Komow zusammen; er verlor den Halt und fiel hin. Ich stolperte über ihn, fiel ebenfalls hin und schlitterte dann auf allen vieren über den Korridor, der nun freilich leer war. Nur der beißende Geruch nach Salmiak hing noch in der Luft. Hinter mir schrie Komow etwas, das ich nicht verstand, aber ich hörte deutlich das rasche Klappern von Absätzen. Ich sprang auf, raste durch die Einstiegskammer zur Luke, die noch nicht gänzlich geschlossen war, und schoss ins Freie hinaus, in den lilafarbenen Schimmer des Sonnenlichts.

Ich sah ihn sofort. Er lief in Richtung Bauplatz – federleicht, fast ohne mit seinen Füßen den gefrorenen Boden zu berühren. Er sah auch jetzt noch sehr krumm aus und bewegte beim Laufen merkwürdig die abstehenden Ellbogen. Nur dass er jetzt nicht mehr dunkel oder mattweiß war, sondern hellviolett, und auf seinen mageren Schultern und Flanken spiegelte sich die Sonne. Er rannte direkt auf meine Roboter zu, sodass ich meinen Schritt verlangsamte in der Annahme, er würde erschrecken und nach rechts oder links ausweichen. Doch nichts dergleichen geschah. Er jagte in etwa zehn Schritt Entfernung an Tom vorbei, und ich traute meinen Augen nicht, als ich sah, dass dieser unsägliche Dummkopf ihm sein artiges »Erwarte neue Anweisungen« signalisierte.

»Zum Sumpf!«, schrie mit keuchender Stimme Maja hinter mir. »Dränge ihn zum Sumpf ab!«

Der kleine Eingeborene rannte ohnehin in Richtung Sumpf. Laufen konnte er, das musste man ihm lassen; der Abstand zwischen uns verringerte sich nur sehr langsam. Der Wind pfiff mir um die Ohren, von weitem war Komows Gebrüll zu hören, das aber von Majas Schreien noch übertönt wurde.

»Links!«, brüllte sie im Jagdfieber. »Halt dich mehr links!«

Ich befolgte ihren Rat, lief weiter links und stürmte auf die Landebahn hinaus. Auf dem inzwischen fertiggestellten Abschnitt lief es sich sehr gut, der Untergrund war eben, und ich begann tatsächlich Boden gutzumachen. Die Entfernung zwischen uns wurde kleiner. »Na warte, Freundchen«, knurrte ich. »Du entkommst mir nicht. Diesmal nicht! Für alles wirst du mir büßen, für alles ...« Ich starrte unablässig auf seine Schulterblätter, die sich rasend schnell hin und her bewegten, auf seine glänzenden nackten Beine und die Atemwölkchen, die über ihm aufstiegen. Ich rückte ihm immer näher und begann innerlich zu triumphieren. Der Streifen ebener Erde unter meinen Füßen endete, und in hundert Schritt Entfernung sah ich schon den grauen Dunstschleier des Sumpfes.

Erst unmittelbar vor dem Sumpf, wo trostloses, verkrüppeltes Schilfrohr wuchs, machte er halt. Ein paar Sekunden stand er unschlüssig da; dann blickte er über die Schulter hinweg zu mir, und ich sah erneut seine großen dunklen Augen, die nun alles andere als starr waren. Im Gegenteil, sie waren sehr lebendig, fast als lachten sie ... Und siehe da: Plötzlich ging der kleine Wicht in die Hocke, umfasste mit den Armen seine Knie und rollte los. So schnell, dass ich nicht gleich begriff, was vor sich ging. Gerade noch hatte ein Mensch vor mir gestanden, ein seltsamer Mensch zwar und vielleicht auch gar kein richtiger, aber vom Äußeren her schon ... Und plötzlich war dieser Mensch verschwunden. Stattdessen sah ich ein graues, unförmiges Etwas, das sich über das sumpfige Gelände rollte, über das unpassierbare bodenlose Moor, und dabei Schlamm und trübes Wasser verspritzte. Und in welchem Tempo! Ich hatte nicht einmal das Ufer erreicht, da war es schon hinter den Nebelfetzen verschwunden. Nur noch ein paar stetig leiser werdende Geräusche, Geplätscher sowie ein dünnes, durchdringendes Pfeifen drangen durch den grauen Dunstschleier zu mir herüber.

Dann hörte ich Majas Trappeln näher kommen, und schon stand sie schwer atmend neben mir.

»Entkommen«, sagte sie verdrossen.

»Entkommen«, bestätigte ich.

Einige Minuten standen wir so da und starrten in die trüben Nebelschwaden. Dann wischte sich Maja den Schweiß von der Stirn und zitierte aus einem Märchen: »Bin dem Mütterchen entlaufen, bin dem Väterchen entlaufen ...«

»... und dir, Quartiermacher, laufe ich erst recht davon«, fügte ich hinzu und sah mich um. Komow und Vanderhoeze waren als kleine, dunkle Figuren vor dem Raumschiff auszumachen ... Es war also alles wie immer: Maja und ich die Dummen, die wie die Wilden durchs Gelände gerannt waren, während sich die Gescheiten nicht vom Fleck gerührt und uns dabei zugeschaut hatten.

»Kein schlechter Lauf, oder?«, meinte Maja und sah nun auch zum Schiff hinüber. »Mindestens drei Kilometer. Was meinen Sie, mein Kapitän?«

»Mindestens, mein Kapitän«, bejahte ich.

»Hör mal«, fuhr Maja nachdenklich fort. »Vielleicht existiert das ja alles nur in unserer Fantasie?«

Ich packte sie bei den Schultern. Wieder erfasste mich dieses Gefühl der Freiheit, Gesundheit und Begeisterung, so als täten sich wunderbare, großartige Perspektiven vor mir auf.

»Was verstehst du schon davon, du Küken!«, rief ich, weinte fast vor Freude und schüttelte sie aus Leibeskräften. »Was weißt du schon von Halluzinationen, Maja! Nichts, gar nichts, und das ist auch gut so! Sei einfach glücklich und mach dir keine Gedanken über so etwas!«

Maja sah mich mit großen Augen an und wollte sich frei machen, doch ich schüttelte sie noch einmal, hielt sie an den Schultern fest und zog sie zum Schiff zurück.

»Halt, warte doch mal ...«, rief Maja verwirrt und setzte sich schwach zur Wehr. »Was ist denn in dich gefahren ... Lass mich runter, was soll diese Gefühlsduselei?«

»Komm nur, komm«, redete ich auf sie ein. »Lass uns zurückgehen! Doktor Mbogas Liebling möchte uns bestimmt die Leviten lesen ... wobei ich das Gefühl habe, dass unsere Jagd völlig umsonst war, wir hätten die Finger davon lassen sollen ...«

Maja machte sich mit einem energischen Ruck frei und blieb einen Augenblick so stehen. Dann ging sie in die Hocke, senkte den Kopf und schaukelte, die Arme um die Knie geschlungen, hin und her.

»Nein«, sagte sie nach einer Weile und richtete sich wieder auf. »Das begreife ich nicht.«

»Musst du auch nicht«, erwiderte ich. »Komow wird uns alles erklären. Zuerst schimpft er uns aus, weil wir ihm den Kontakt verdorben haben, aber dann wird er uns alles ganz genau erklären.«

»Hör mal, es ist lausig kalt hier«, meinte Maja und hüpfte auf der Stelle. »Laufen wir zurück?«

Wir rannten los. Auf dem Weg legte sich meine Begeisterung, und mir wurde allmählich klar, was gerade geschehen war. Entgegen unseren bisherigen Annahmen war der Planet bewohnt! Und nicht nur das – es lebten menschenähnliche Wesen hier, die möglicherweise sogar vernunftbegabt waren oder zivilisiert ...

»Stas«, rief Maja im Laufen. »Vielleicht war das ein Pantianer?«

»Wo sollte der herkommen?«

»Na ... was weiß ich ... Die Einzelheiten des Projekts kennen wir ja nicht alle. Vielleicht hat die Umsiedlung bereits begonnen.«

»Nein, bestimmt nicht«, erwiderte ich. »Er sieht nicht aus wie ein Pantianer; die sind groß und haben eine rötliche Haut ... Und außerdem laufen sie nicht vollkommen nackt herum, wie der hier.«

Wir waren am Schiff angekommen, und ich ließ Maja den Vortritt.

»Br-r-r!«, machte sie und rieb sich die starren Schultern. »Na, was ist, gehen wir jetzt zu ihm und holen uns eine Tracht Prügel ab?«

»Eine wird nicht reichen«, witzelte ich. »Zwei – und die mit Stock.«

»Schön ausgeholt und feste drauf«, griff Maja das Bild auf.

»Mit einem Stock, so dick wie ein Baumstamm«, fügte ich hinzu.

Wir wollten uns leise zur Kabine schleichen, blieben jedoch nicht unbemerkt. Sie warteten schon auf uns. Komow, die Hände auf dem Rücken verschränkt, ging mit großen Schritten auf und ab; Vanderhoeze, den Blick in die Ferne gerichtet und den Unterkiefer vorgereckt, war wie üblich mit seinem Backenbart beschäftigt: Die rechte Hälfte wickelte er um den Finger der rechten Hand, die linke um den Finger der linken. Als Komow uns entdeckte, blieb er stehen, aber Maja ließ ihn gar nicht erst zu Wort kommen.

»Er ist entkommen«, meldete sie sachlich. »Verschwunden, direkt durch das Moor, ganz und gar ungewöhnlich …«

»Schweigen Sie«, fiel ihr Komow ins Wort.

Jetzt fällt er über uns her!, dachte ich bei mir, und machte mich auf das Schlimmste gefasst … Doch ich hatte mich getäuscht. Komow hieß uns Platz nehmen, setzte sich dann ebenfalls und wandte sich an mich: »Popow, ich höre! Schießen Sie los. Ich will alles ganz genau wissen – alles, hören Sie, bis in die letzten Einzelheiten.«

Und ich war nicht einmal überrascht. Im Gegenteil, seine Frage schien mir völlig einleuchtend und natürlich. So begann ich zu erzählen, ließ nichts aus – weder die Geräusche noch die Gerüche, nicht das Weinen des Kindes und das Stöhnen der Frau, nicht die seltsame Unterhaltung am Vorabend und das schwarze Gespenst in der Nacht. Maja hörte mit offen stehendem Mund zu; Vanderhoeze zog finster die Brauen zusammen und schüttelte vorwurfsvoll den Kopf, während Komow keinen Blick von mir ließ. Seine zusammengekniffenen Augen blickten stechend und kalt, das Gesicht steinern, und von Zeit zu Zeit biss er sich auf die Unterlippe; die Finger krampfte er nervös ineinander, sodass die Gelenke knackten. Als ich fertig war, trat Stille ein.

Nach einer Weile fragte Komow: »Und Sie sind sicher, dass das Weinen von einem Kind stammte?«

»J-ja ... Zumindest hörte es sich genauso an.«

Vanderhoeze holte geräuschvoll Luft und klopfte mit der Hand auf die Sessellehne.

»Und das hast du alles ausgehalten!«, meinte Maja erschrocken. »Armer Stas!«

»Ich muss dir sagen, Stas ...«, begann Vanderhoeze nachdrücklich, doch Komow fiel ihm ins Wort.

»Und was ist mit den Steinen?«, fragte er.

»Mit welchen Steinen?« Ich begriff nicht.

»Woher stammen diese großen Steine?«

»Die auf dem Bauplatz? Die haben wahrscheinlich die Roboter hergeschleppt. Aber was haben die damit zu tun?«

»Woher können die Kyber sie haben?«

»Na ja ...«, begann ich und brach ab. In der Tat – woher?

»Hier ist überall sandiger Strand«, fuhr Komow fort. »Kein Steinchen dabei. Und die Roboter haben den Bauplatz nicht verlassen. Wo kommen also die Steinbrocken und Zweige auf der Landebahn her?« Er sah uns nacheinander an und lächelte spöttisch. »Das sind natürlich rein rhetorische Fragen. Ich möchte jedoch hinzufügen, dass sich hinter dem Heck unseres Schiffes, unterhalb des Turms, ein ganzer Haufen von Steinen befindet. Ein überaus interessanter Haufen, möchte ich anmerken. Zudem ... Verzeihung, waren Sie fertig, Stas? Gut, vielen Dank. Dann will ich jetzt erzählen, was mir passiert ist.«

Komow, so erfuhr ich, war es nicht besser ergangen als mir. Nur dass seine Qualen anderer Natur gewesen waren:

Sie betrafen den Intellekt. Am zweiten Tag nach der Ankunft hatte er im See Fische von der Panta ausgesetzt und plötzlich, in etwa zwanzig Schritt Entfernung, einen grellroten Fleck bemerkt, der sich allmählich auflöste. Doch bevor er nachsehen konnte, was es damit auf sich hatte, war der Fleck verschwunden. Am Tag darauf entdeckte er auf dem Gipfel von Höhe zwölf einen verendeten Fisch; es war ganz offensichtlich einer von jenen, die er im See ausgesetzt hatte. Gegen Morgen des vierten Tages erwachte er mit dem deutlichen Gefühl, dass sich ein Fremder in seiner Kajüte befand. Er konnte zwar niemanden entdecken, hörte jedoch, wie die Lukenklappe zuschlug. Als er gleich darauf aus dem Schiff stieg, entdeckte er den Steinhaufen am Heck des Schiffes sowie einen Armvoll Zweige und Steine auf dem Bauplatz. Nach seinem Gespräch mit mir war er endgültig davon überzeugt gewesen, dass sich rings um das Schiff äußerst merkwürdige Dinge zutrugen. Fast glaubte er, die Erkundungstrupps hätten auf dem Planeten einen wesentlichen wirksamen Faktor übersehen, doch die tiefe Überzeugung, dass vernunftbegabtes Leben unmöglich zu übersehen wäre, hielt ihn von weitreichenden Schritten ab. Er beschränkte sich auf Maßnahmen, die die Einmischung der »neugierigen Nichtstuer« von der Erde nach Möglichkeit ausschlossen, und hatte deshalb auf eine entsprechende Formulierung der Expertise gedrungen. Meine aufgeputschte und zugleich niedergeschlagene Stimmung hatte ihn in seiner Annahme bestärkt, dass die unbekannten Wesen in der Lage waren, in unser Schiff einzudringen. Er hatte auf diesen Moment gewartet, und heute morgen war er gekommen.

»Ich fasse zusammen«, sagte er, als hielte er einen Vortrag. »Dieser Teil des Planeten ist, entgegen den Angaben aus den Voruntersuchungen, von großen Wirbeltieren bewohnt. Es besteht zudem Grund zu der Annahme, dass es sich dabei um vernunftbegabte Wesen handelt. Offenbar haben wir es mit

Troglodyten zu tun, mit Höhlenbewohnern also, die sich dem Leben unter der Erde angepasst haben. Nach dem zu urteilen, was wir alle selbst beobachten durften, sind die Eingeborenen dem Menschen anatomisch ähnlich, verfügen über eine stark ausgeprägte Fähigkeit zur Mimikry und sind – was sicher damit zusammenhängt – auch in der Lage, sich Schutzphantome zu schaffen, die ihre Verfolger in die Irre führen oder ablenken sollen. Eine solche Fähigkeit konnte bei den großen Wirbeltieren bisher nur bei einigen Nagern auf der Pandora beobachtet werden. Auf der Erde ist sie lediglich bei bestimmten Arten von Kopffüßern zu finden. Besonders betonen möchte ich, dass – ungeachtet dieser dem Menschen fremden Eigenschaften – der Eingeborene, mit dem wir es hier zu tun haben, dem Erdenmenschen nicht nur in anatomischer, sondern auch in physiologischer und teilweise neurologischer Hinsicht ungewöhnlich und in nie dagewesener Weise ähnlich ist. Das wäre alles.«

»Was heißt, das wäre alles?«, rief ich bestürzt. »Und die Stimmen? Das waren also Halluzinationen?«

Komow lächelte spöttisch.

»Beruhigen Sie sich, Stas«, sagte er. »Mit Ihnen ist alles in Ordnung. Wenn man davon ausgeht, dass der Stimmapparat der Eingeborenen wie der unsere aufgebaut ist, lassen sich die ›Stimmen‹ leicht erklären: die Ähnlichkeit des Stimmapparates gepaart mit der ausgeprägten Fähigkeit zur Imitation, plus ein hypertrophiertes fonetisches Gedächtnis ...«

»Moment«, unterbrach Maja. »Ich verstehe, die Eingeborenen konnten unsere Gespräche belauschen. Aber wie ist das mit der Stimme der Frau zu erklären?«

Komow nickte kurz mit dem Kopf.

»Ich vermute, dass sie dabei waren, als die Frau in Agonie lag.«

Maja pfiff durch die Zähne.

»Ziemlich weit hergeholt«, murmelte sie zweifelnd.

»Dann geben Sie uns eine andere Erklärung«, erwiderte Komow eisig. »Übrigens werden wir wahrscheinlich bald die Namen der Verunglückten erfahren. Wenn der Pilot Alexander hieß und Schura genannt wurde ...«

»Gut«, sagte ich. »Aber was ist mit dem Kind, das ich weinen hörte?«

»Sind Sie sicher, dass es ein Kind war?«

»Was sonst? Das kann man doch kaum verwechseln.«

Komow starrte mir in die Augen; dann drückte er plötzlich seine Oberlippe fest gegen den Kiefer und begann gedämpft zu bellen. Ja, wirklich – zu bellen, anders kann ich es nicht nennen.

»Was war das?«, fragte er. »Ein Hund?«

»Sehr ähnlich«, sagte ich anerkennend.

»Tja, das war ein Satz in einem Dialekt, der auf der Leonida gesprochen wird.«

Ich war erschüttert. Maja ebenfalls. Einige Zeit herrschte Schweigen. Die Dinge hatten sich zweifellos so zugetragen, wie von Komow dargestellt. Damit rückte alles ins rechte Licht und fand seine Ordnung, aber ... Gewiss, es tat gut, die Ängste hinter sich zu lassen und zu wissen, dass es unserer Gruppe gelungen war, eine weitere Art von Humanoiden zu entdecken. Doch bedeutete das für uns auch eine entscheidende Veränderung. Ja – und nicht nur für uns: Man brauchte keine Brille, um zu erkennen, dass das Projekt »Arche« damit gestorben war. Der Planet war bereits bewohnt, und für die Pantianer musste nun ein anderer gefunden werden. Wenn sich zudem herausstellte, dass die hiesigen Eingeborenen tatsächlich vernunftbegabte Wesen waren, würde man uns unverzüglich zurückrufen, und an unsere Stelle träte die Kontaktkommission. All diese Konsequenzen lagen nicht nur für mich, sondern auch für die anderen auf der Hand.

Vanderhoeze strich sich bedrückt über den Backenbart und sagte ein ums andre Mal: »Wieso soll es sich hier ausgerechnet um vernunftbegabte Wesen handeln? Meiner Meinung nach deutet bisher nicht das Geringste darauf hin. Was meinen Sie, Gennadi?«

»Ich behaupte nicht, dass sie vernunftbegabt *sind*«, antwortete Komow. »Ich habe nur gesagt: Es gibt allen Grund zu der Annahme, dass es sich um vernunftbegabte Wesen handelt.«

»Und was sind das für Gründe?« Vanderhoeze gab sich nicht geschlagen. Er hatte offenbar gar keine Lust, seine Position zu räumen. Wir kannten diese Schwäche schon: Wo Vanderhoeze Stellung bezogen hatte, da blieb er. »Also, was sind das für Gründe? Ihr Äußeres vielleicht?«

»Es geht nicht nur um die Anatomie«, sagte Komow. »Die Steine unter dem Turm sind augenscheinlich nach einem bestimmten System angeordnet, das hat etwas zu bedeuten. Mit den Steinen und Zweigen auf der Landebahn verhält es sich nicht anders ... Ich bin weit davon entfernt, etwas sicher behaupten zu können, aber mir sieht das Ganze nach einem Versuch der Eingeborenen aus, Kontakt mit uns aufzunehmen – und zwar so, wie Humanoide mit noch ursprünglicher Kultur dies für gewöhnlich tun: einerseits heimliche Erkundung, andererseits Gaben, die sie uns als Geschenke anbieten und durch die sie auf sich aufmerksam machen wollen ...«

»Ja, so sieht es wohl aus«, murmelte Vanderhoeze und verstummte. Er schien resigniert, kraftlos.

Wieder herrschte Stille, dann fragte Maja leise: »Und woraus folgt, dass sie uns in physiologischer und neurologischer Hinsicht nahestehen?«

Komow nickte zufrieden.

»Auch hier kann es sich nur um Annahmen und mittelbare Rückschlüsse handeln«, sagte er. »Allerdings um sehr begründete. Erstens sind die Wesen in der Lage, in das Schiff einzudringen; das bedeutet, dass die Schiffsautomatik sie anerkennt und hineinlässt. Zum Vergleich: Weder die Tagoraner noch die Pantianer, so groß ihre Ähnlichkeit mit den Menschen auch ist, konnten die Einstiegsluke passieren. Vor ihnen verschließt sich die Automatik ...«

In diesem Moment fiel es mir wie Schuppen von den Augen. Ich fasste mir an die Stirn und rief: »Ja, natürlich! Die Kyber waren alle völlig in Ordnung! Nur waren Tom ein paar Eingeborene vor die Füße gekommen, und er war stehen geblieben, um sie nicht zu überrollen ... Wahrscheinlich hatten sie ihn für ein Lebewesen gehalten, wild mit den Armen gefuchtelt und ihm dabei zufällig das Zeichen ›Achtung! Gefahr! Unverzüglich ins Schiff!‹ übermittelt. Ein sehr unkompliziertes Zeichen ...« Ich machte es ihnen vor. »Deshalb stürzten die Kyber Hals über Kopf in den Laderaum ... Genau, so war das und nicht anders ... Ich habe ja gerade mit eigenen Augen gesehen, dass Tom auf den Eingeborenen wie auf einen Menschen reagierte.«

»Und zwar?«, fragte Komow hastig.

»Ganz einfach: Als das Wesen in sein Sichtfeld kam, blieb er stehen und signalisierte: ›Warte auf Anweisungen.‹«

»Das ist eine sehr wichtige Beobachtung«, sagte Komow.

Vanderhoeze seufzte tief.

»Dann ist also Schluss mit dem Umsiedlungsprojekt ›Arche‹«, sagte Maja. »Schade.«

»Und was wird nun daraus?«, fragte ich, ohne mich direkt an jemanden zu wenden.

Keiner gab Antwort. Komow sammelte seine Blätter mit den Notizen zusammen; darunter kam das Diktofon zum Vorschein.

»Ich bitte um Entschuldigung«, erklärte er mit charmantem Lächeln. »Um keine Zeit zu verlieren, habe ich unser Gespräch gleich auf Band aufgenommen. Ich bedanke mich für die präzisen Fragen. Stas, Sie bitte ich, das Ganze zu kodieren und über den Eilkanal direkt zur Zentrale zu funken, und eine Kopie bitte an den Stützpunkt.«

»Armer Sidorow«, meinte Vanderhoeze leise. Komow warf ihm kurz einen Blick zu und vertiefte sich wieder in seine Papiere.

Maja schob ihren Sessel zurück.

»Mit meinem Aufenthalt hier ist es jedenfalls vorbei«, sagte sie. »Da werd ich mal meine Sachen packen.«

»Einen Augenblick«, hielt Komow sie zurück. »Es wurde vorhin gefragt, was nun werden soll. Ich will darauf antworten. Als Bevollmächtigter der Kontaktkommission übernehme ich ab jetzt das Kommando. Ich erkläre unser ganzes Gebiet zur Kontaktzone. Jakow, Sie verfassen bitte einen entsprechenden Funkspruch. Sämtliche Arbeiten, die noch in Zusammenhang mit dem Umsiedlungsprojekt stehen, sind ab sofort einzustellen. Die Roboter werden von der Baustelle abgezogen und im Laderaum deponiert. Das Verlassen des Schiffs ist nur mit meiner persönlichen Genehmigung gestattet. Die heutige Verfolgungsjagd wird ohnehin Ergebnisse zeitigen, die für die Kontaktaufnahme ungünstig sind; daher wären neuerliche Missverständnisse alles andere als wünschenswert. Sie, Maja, fahren bitte den Gleiter in die Schiffshalle, und Sie, Stas, setzen sich an Ihr Kybersystem …« Er hob den Zeigefinger: »Aber zuerst funken Sie den Wortlaut unserer Diskussion …« Er lächelte und wollte noch etwas hinzufügen, doch in dem Moment ratterte der Dechiffrator unseres Funkgeräts los.

Vanderhoeze streckte seinen langen Arm aus, fischte das Kärtchen mit dem dechiffrierten Text aus der Empfangsklappe und überflog es. Seine Augenbrauen wanderten nach oben.

»Hm«, sagte er. »Die wissen's schon, bevor wir's ihnen schicken. Sie sind nicht zufällig ein Gedankensender, Gennadi?«

Mit diesen Worten reichte er Komow das Kärtchen. Der las es, und seine Augenbrauen wanderten ebenfalls nach oben.

»Also, das verstehe ich nun wirklich nicht«, murmelte er, warf das Kärtchen achtlos auf den Tisch, verschränkte die Arme auf dem Rücken und begann, in der Kabine auf und ab zu gehen.

Ich nahm den Funkspruch zur Hand; Maja schniefte aufgeregt über meinem Ohr. Der Text war in der Tat verblüffend.

»Eilt! Über Null-Kanal. Zentrale, Kontaktkommission, Gorbowski – an Leiter des Stützpunktes ›Arche‹, Sidorow.

Alle Arbeiten an Projekt unverzüglich einstellen, mögliche Evakuierung von Besatzung und Ausrüstung vorbereiten. Zusatz – an Bevollmächtigten der Kontaktkommission, Komow. Erkläre Gebiet ER-2 zur Kontaktzone. Verantwortlicher sind Sie.

Gorbowski«

»Das ist unglaublich!«, rief Maja beeindruckt. »Also dieser Gorbowski!«

Komow hielt im Gehen inne und sah uns aus den Augenwinkeln an. »Ich möchte Sie alle bitten, mit der Ausführung meiner Anweisungen zu beginnen. Jakow, Sie suchen mir eine Kopie der Expertise heraus.«

Die beiden vertieften sich noch einmal in den Wortlaut der Expertise, Maja ging hinaus, um den Gleiter ins Schiff zu fahren, und ich setzte mich neben das Funkgerät, um unsere Diskussion zu chiffrieren. Doch es waren keine zwei Minuten vergangen, als der Dechiffrator erneut losratterte. Komow stieß Vanderhoeze beiseite und stürzte zum Gerät. Über meine Schulter gebeugt verfolgte er gierig, wie die Zeilen nacheinander auf dem Kärtchen erschienen.

»Eilt! Über Null-Kanal. Zentrale, Kontaktkommission, Bader – an den Kapitän von ER-2, Vanderhoeze.

Bestätigen Sie umgehend die Auffindung zweier – wiederhole: zweier – Leichen an Bord des verunglückten Schiffs und

den Zustand der Bordaufzeichnungen, von denen in Ihrer Expertise die Rede ist.
Bader«

Komow schnippte das Kärtchen zu Vanderhoeze und begann an seinem Daumennagel zu kauen.

»Soso«, murmelte er vor sich hin. »Das ist es also. Verstehe ...«

Dann wandte er sich an mich: »Was machen Sie im Augenblick, Stas?«

»Ich chiffriere«, antwortete ich finster. Ich begriff überhaupt nichts.

»Geben Sie mir mal das Tonband zurück, wir wollen damit noch etwas warten.« Er verstaute das Gerät in seiner Brusttasche und knöpfte sie sorgsam zu. »Also Folgendes: Jakow, Sie bestätigen Bader unsere früheren Auskünfte, und Sie, Stas, funken es. Dann bitte ich Sie noch um einen Gefallen, Jakow ... Sie kennen sich damit besser aus als ich: Seien Sie so gut und stöbern ein bisschen in unserer Filmothek. Sehen Sie alle offiziellen Bestimmungen durch, die sich mit Bordaufzeichnungen befassen.«

»Über die Bestimmungen weiß ich auch so Bescheid«, meinte Vanderhoeze unzufrieden. »Sagen Sie mir einfach, was Sie brauchen.«

»Das weiß ich selbst nicht genau ... Aber ich muss herausfinden, ob die Bordaufzeichnungen zufällig oder absichtlich gelöscht worden sind. Und wenn mit Absicht – dann weshalb. Sie sehen doch, dass Bader sich ebenfalls dafür interessiert ... Machen Sie schon, Jakow. Sicher gibt es Bestimmungen, die unter besonderen Umständen das Löschen der Bordaufzeichnungen vorsehen.«

»Es gibt keine solche Bestimmungen«, knurrte Vanderhoeze leise, ging aber dennoch hinaus, um Komow den Gefallen zu tun ...

Komow setzte sich hin und schrieb die gewünschte Bestätigung, während ich fieberhaft überlegte, was hier eigentlich vorging. Weshalb herrschte auf einmal solche Hektik? Und warum zog die Zentrale die Richtigkeit der Expertise in Zweifel, die doch vollkommen exakt und eindeutig abgefasst war? Sie konnten nicht im Ernst glauben, wir würden die Leiche eines Erdenmenschen mit der eines Eingeborenen verwechseln und obendrein einen Toten zu viel angeben ... Und wie hatte Gorbowski überhaupt Wind davon bekommen, was sich bei uns abspielte? Ich hatte wirklich keine Ahnung und starrte niedergeschlagen auf die Bildschirme, auf denen ich die Arbeit meiner Roboter mitverfolgen konnte; dort war alles klar und verständlich. Der Gedanke war bitter, aber mir schien, dass ein stumpfsinniger Mensch auf höchst traurige Weise an einen Kyber erinnerte – so, wie ich gerade dasaß und nichts von allem begriff ... Ich führte einfach nur Befehle aus, die man mir erteilte: Wurde von mir Kodieren verlangt, kodierte ich; wurde befohlen, das Kodieren einzustellen, stellte ich es ein. Doch was um mich herum vorging, wozu es gut war und wie das Ganze enden würde – ich hatte nicht die geringste Ahnung. Genau wie Tom: Er schuftete und schuftete und gab sich die größte Mühe, meine Anweisungen bestmöglich auszuführen. Ihm fiele nicht im Traum ein, dass ich in zehn Minuten kommen und ihn samt seiner Mannschaft in den Laderaum verfrachten könnte, dass seine ganze Arbeit umsonst und er selbst auch bald niemandem mehr von Nutzen wäre ...

Komow reichte mir seinen Text; ich chiffrierte und funkte ihn durch, und gerade als ich mich an mein Steuerpult setzen wollte, kam ein Anruf vom Stützpunkt.

»ER-2 bitte kommen«, meldete sich eine ruhige Stimme. »Hier spricht Sidorow.«

»ER-2 hört!«, antwortete ich augenblicklich. »Am Apparat Kybertechniker Popow. Wen möchten Sie sprechen, Michail Albertowitsch?«

»Komow bitte.«

Komow saß bereits im Sessel neben mir. »Ich höre, Athos«, sagte er.

»Was ist bei euch vorgefallen?«, erkundigte sich Sidorow.

»Eingeborene …«, antwortete Komow nach einigem Zögern.

»Ein bisschen ausführlicher, wenn's geht.«

»Zunächst möchte ich, dass du Folgendes weißt, Athos«, begann Komow. »Ich habe keine Ahnung und begreife auch nicht, wie Gorbowski erfahren hat, dass es hier Eingeborene gibt. Wir selber haben es erst vor zwei Stunden herausgefunden. Ich hatte schon eine entsprechende Notiz für dich vorbereitet und wollte sie gerade kodieren lassen. Aber im Augenblick ist hier ein solches Durcheinander, dass ich dich einfach noch um etwas Geduld bitten muss. Der alte Bader hat mich nämlich auf eine geniale Idee gebracht … Mit einem Wort, warte noch ein bisschen, ja?«

»In Ordnung«, erwiderte Sidorow. »Aber daran, dass es bei euch Eingeborene gibt, besteht kein Zweifel?«

»Nein.«

Man hörte Sidorow tief seufzen.

»Na dann«, sagte er, »kann man nichts machen. Müssen wir eben wieder von vorne anfangen.«

»Es tut mir außerordentlich leid, dass es so gekommen ist«, erklärte Komow. »Wirklich.«

»Schon gut«, meinte Sidorow. »Wir werden es überleben.« Und nach einer kurzen Pause: »Was hast du jetzt vor? Wirst du das Eintreffen der Kommission abwarten?«

»Nein. Ich beginne noch heute. In dem Zusammenhang habe ich eine Bitte: Stell mir ER-2 samt Besatzung zur Verfügung.«

»Selbstverständlich … Aber gut, ich will dich nicht weiter stören. Wenn du sonst noch etwas benötigst …«

»Danke, Athos. Und mach dir keine Sorgen, es wird alles ins Lot kommen.«

»Wollen wir's hoffen.«

Sie verabschiedeten sich. Komow begann wieder an seinem Daumennagel zu kauen, warf mir aus unerfindlichen Gründen einen missmutigen Blick zu und wanderte erneut in der Kajüte umher. Ich ahnte, was ihn beschäftigte. Komow und Sidorow waren alte Freunde; sie hatten zusammen studiert und gemeinsam irgendwo gearbeitet. Aber es gab einen Unterschied zwischen ihnen: Komow hatte immer und in allem Erfolg, während man Sidorow hinter seinem Rücken »Athos den Pechvogel« nannte. Weshalb es sich so entwickelt hatte, wusste ich nicht. Jedenfalls hatte Komow jetzt Sidorow gegenüber ein schlechtes Gewissen, vor allem wegen Gorbowskis Funkspruch. Denn nun sah es so aus, als habe Komow über Sidorows Kopf hinweg die Zentrale informiert …

Leise schlich ich zu meinem Steuerpult hinüber und brachte die Roboter zum Stehen. Komow saß nun wieder am Tisch, nagte an seinem Daumen und stierte auf die umherliegenden Papiere. Ich bat um Erlaubnis, das Schiff verlassen zu dürfen.

»Wozu?« Komow wollte schon aufbrausen, erinnerte sich jedoch: »Ach ja, das Kybersystem … Also bitte, gehen Sie. Aber kommen Sie unverzüglich zurück, wenn Sie fertig sind.«

Ich trieb die Kyber zur Ladeluke, schaltete sie ab und vertäute sie vorsorglich für den Fall, dass wir plötzlich starten mussten. Dann blieb ich noch einen Augenblick neben der Luke stehen, ließ meinen Blick über den leeren Bauplatz gleiten, über die weißen Wände der Wetterstation, die nun doch nicht gebaut wurde, und über den nach wie vor makellosen und gleichmütigen Eisberg … Der Planet kam mir jetzt irgendwie anders vor; er hatte sich verändert. Der Nebel, die zwergwüchsigen Pflanzen, die Felsschluchten, die von violett schimmernden Schneetupfen bedeckt waren – all das schien nun einen verborgenen Sinn zu haben. Sicher, die Stille war geblieben, aber es gab diese Leere nicht mehr. Und das war gut.

Ich kehrte zum Schiff zurück. Erst sah ich in der Gemeinschaftskajüte vorbei, wo Vanderhoeze mit schlecht verhohlenem Groll die Filmothek durchsuchte. Dann ging ich zu Maja, um meine aufgewühlten Gefühle zu beruhigen. Sie hatte eine riesige Plankarte auf dem Fußboden ihrer Kajüte ausgebreitet und lag darauf; vor das Auge hatte sie sich eine Lupe geklemmt. Sie drehte sich nicht einmal um, als ich hereinkam.

»Ich verstehe das einfach nicht«, rief sie wütend. »Sie können hier nirgendwo leben! Alle Orte, die sich auch nur im Entferntesten für eine Wohnstatt eignen könnten, haben wir abgesucht. Sie werden doch wohl nicht im Sumpf hausen, verdammt!«

»Und warum nicht?«, fragte ich und nahm Platz.

Maja setzte sich im Schneidersitz auf und sah mich durch die Lupe an. »Weil ein Humanoid unmöglich im Sumpf existieren kann«, erklärte sie gewichtig.

»Das würde ich nicht behaupten«, widersprach ich. »Auf der Erde hat es sogar Stämme gegeben, die in Pfahlbauten auf dem Wasser gelebt haben.«

»Wenn es in diesen Sümpfen nur den winzigsten Bau gäbe...«, sagte Maja.

»Vielleicht leben sie unter Wasser? Wie Wasserspinnen in luftgefüllten Glocken.« Maja dachte nach.

»Nein«, meinte sie achselzuckend. »Dann wäre er schmutzig gewesen und hätte den Dreck auch ins Schiff getragen...«

»Und wenn sie nun eine wasser- oder schlammabstoßende Schicht auf der Haut haben? Hast du gesehen, wie ölig er glänzte? Und wohin er geflüchtet ist? Schon wie er sich fortbewegt hat – wozu sollte das sonst gut sein?«

Die Diskussion kam in Fahrt. Unter dem Druck der vielen Hypothesen und Argumente, die ich vorbrachte, musste

Maja zugeben, dass es theoretisch durchaus möglich war, dass die Eingeborenen in Luftglocken unter dem Wasser lebten, auch wenn sie, Maja, persönlich eher Komows Meinung war, der die Planetenbewohner für Höhlenmenschen hielt. »Wenn du wüsstest, was es da für Schluchten gibt«, stöhnte sie. »Hier, schau dir das mal an ...« Und sie zeigte mir verschiedene Stellen auf der Karte. Selbst auf dem Papier sahen diese Orte unwirtlich aus: zuerst eine Hügelkette, die von zwergenhaften Bäumen bestanden war, dann zerklüftetes Bergland mit tiefen Schluchten und schließlich der Gebirgskamm – abweisend, öde und von ewigem Schnee bedeckt. Dahinter erstreckte sich eine grenzenlose steinige Ebene, trostlos, ohne jedes Leben, kreuz und quer von gewaltigen Erdspalten durchzogen. Es war eine kalte, zutiefst erstarrte Welt voller bizarrer Minerale, und allein der Gedanke, hier zu leben und mit bloßen Füßen über Myriaden von Steinen laufen zu müssen, jagte mir einen Schauer über den Rücken.

»Alles halb so schlimm«, sagte Maja beschwichtigend. »Ich kann dir Infraaufnahmen von dem Gelände zeigen. Unter dem Plateau ist es über weite Strecken hinweg warm, sodass sie, sollten sie tatsächlich in Höhlen leben, sicherlich nicht unter Kälte leiden werden.«

Sofort hakte ich ein: »Und wovon ernähren sie sich?«

»Wenn es Höhlenmenschen gibt, kann es ja auch Höhlentiere geben, die ihnen als Nahrungsquelle dienen«, erklärte sie. »Na, und dann von Moos, Pilzen ... oder von Pflanzen, deren Photosynthese mithilfe des Infralichts abläuft, das ist durchaus vorstellbar.«

Ich vergegenwärtigte mir dieses Leben: Es war ein jämmerliches Abbild dessen, was wir unter Leben verstanden – ein steter, doch kraftloser Kampf ums Dasein, eine ungeheure Eintönigkeit und ein Mangel an Eindrücken. Ich bedauerte die Planetenbewohner von ganzem Herzen und sagte zu Maja, die Sorge um die hiesige Rasse wäre eine edle und dankbare

Sache. Maja erwiderte, das stünde auf einem ganz anderen Blatt; wir müssten zuerst den Pantianern helfen, denn die wären zum Untergang verurteilt und gingen ohne uns zugrunde. Was aber die hiesige Zivilisation beträfe, so wäre es mehr als fraglich, ob diese uns bräuchte. Ebenso gut wäre denkbar, dass sie auch ohne unser Zutun gedeihen würde.

Das war ein alter Streit zwischen mir und Maja: Meiner Ansicht nach war die Menschheit in ihrem Wissen so weit vorangeschritten, dass sie in der Lage war zu entscheiden, welche Entwicklung historisch gesehen eine Perspektive hatte und welche nicht. Maja hingegen war fest davon überzeugt, dass wir Menschen verschwindend wenig wussten. Bisher war man auf zwölf vernunftbegabte Zivilisationen gestoßen, drei davon waren nicht humanoid. Aber welcher Art unser Verhältnis zu diesen Nichthumanoiden war, wusste wahrscheinlich nicht einmal Gorbowski genau zu sagen. Existierte nun ein Kontakt zu ihnen oder nicht? Und wenn ja, war er dann tatsächlich auf der Grundlage gegenseitigen Einverständnisses hergestellt worden, oder hatten wir uns ihnen nur aufgedrängt? Möglicherweise betrachteten sie uns gar nicht als Brüder im Geiste, sondern als eine seltsame Naturerscheinung, wie ungewöhnliche Meteoriten etwa. Mit den Humanoiden hingegen war alles klar: Von den neun verschiedenen Arten hatten sich nur drei zu einem Austausch mit uns bereit erklärt, und was die Leonidaner anging, so hatten sie zwar nichts gegen die Weitergabe ihres Wissens an uns, lehnten das unsere jedoch ebenso höflich wie entschieden ab – sogar bei solch augenscheinlichen Errungenschaften wie den quasiorganischen Mechanismen, die doch bedeutend zweckmäßiger und effektiver waren als ihre dressierten Haustiere. Aber die Leonidaner lehnten solche Mechanismen prinzipiell ab. Weshalb? Maja und ich wussten es nicht und stritten uns darüber. Dabei redeten wir uns fest oder vertauschten, unbemerkt von uns selbst, die Standpunkte, was bei uns des

Öfteren vorkam. Zu guter Letzt erklärte Maja, der ganze Streit sei ausgemachter Unsinn:

»Darum geht es doch gar nicht! Weißt du überhaupt, worin die zentrale Aufgabe bei jedem Kontakt besteht?«, fragte sie. »Verstehst du, warum die Menschheit nun schon seit zweihundert Jahren Kontaktaufnahmen anstrebt? Warum sie sich freut, wenn sie einen Kontakt herstellen kann, und zutiefst betrübt ist, wenn er misslingt?«

Natürlich wusste ich das.

»Man will den Verstand erforschen«, sagte ich. »Das Höchste, was die Natur hervorgebracht hat.«

»Im Großen und Ganzen mag das stimmen«, erwiderte Maja. »Aber es sind nur Worte. In Wirklichkeit interessieren wir uns nämlich gar nicht für das Phänomen des Verstandes an sich, sondern für unseren eigenen, menschlichen Verstand. Mit anderen Worten: Wir interessieren uns in erster Linie für uns selbst. Seit fünfzigtausend Jahren schon versuchen wir herauszufinden, wer und wie wir sind. Doch es ist unmöglich, dieses Problem von innen heraus zu lösen – genauso unmöglich übrigens, wie sich selbst an den eigenen Haaren nach oben zu ziehen. Will man sich selbst erkennen, muss man sich von außen betrachten, mit den Augen eines Außenstehenden, eines ganz und gar Außenstehenden …«

»Und weshalb sollte das so unbedingt nötig sein?«, erkundigte ich mich angriffslustig.

»Na, deshalb«, erklärte Maja bedeutungsvoll. »Weil die Menschen dabei sind, sich in der Galaxis zu verbreiten. Wie stellst du dir denn die Menschheit in hundert Jahren vor?«

»Wie ich mir die vorstelle?« Ich zuckte mit den Achseln. »Wahrscheinlich genauso wie du, das heißt: Die biologische Revolution wird abgeschlossen und die galaktische Barriere überwunden sein, der Weg in den Null-Raum ist frei. Die Realisierung der P-Abstraktionen …«

»Ich habe dich nicht gefragt, welche technischen Errungenschaften es in den nächsten hundert Jahren geben wird, sondern wie du dir die Menschheit in hundert Jahren vorstellst.«

Ich blinzelte betreten; für mich gab es da keinen Unterschied ... Maja aber schaute mich mit Siegermiene an.

»Hast du schon Komows Ideen dazu gehört?«, fragte sie. »Vertikaler Progress und so weiter ...«

»Vertikaler Progress?« Ich erinnerte mich dunkel. »Warte ... haben nicht auch Borowik und Mikawa damit zu tun?«

Maja griff in die Schublade und begann etwas darin zu suchen.

»Hier ...« Sie reichte mir ein Kristallofon. »Hör dir das an. Während du mit Tanetschka in der Bar getanzt hast, bestellte uns Komow in die Bibliothek ...«

Ziemlich lustlos klemmte ich mir das Kristallofon ins Ohr. Die Aufzeichnung setzte mitten im Satz ein, und was ich zu hören bekam, war eine Art Vorlesung. Von Komow. Er redete ohne jede Hast, einfach und leicht verständlich; offensichtlich passte er sich dem Niveau seiner Zuhörer an. Seine Ausführungen waren interessant, geistreich und enthielten viele Beispiele. Was er sagte, lief ungefähr auf das Folgende hinaus:

Der Erdenmensch hatte, so Komow, schon alle sich selbst gestellten Aufgaben gelöst und entwickelte sich zu einem galaktischen Wesen. Hunderttausend Jahre lang hatten sich die Menschen ihren Weg durch Höhlen bahnen müssen, beengt und von Steinschlag bedroht, sich einen Weg durchs Dickicht geschlagen, sich verirrt oder waren von Lawinen verschüttet worden. Doch bei alldem hatten sie immer den blauen Himmel gesehen, das Licht, ein Ziel. Und so zogen sie schließlich aus den Höhlen hinaus ins Freie und ließen sich in Tälern nieder, die endlos weit waren und genügend Platz für alle boten. Schließlich aber, meinte Komow, erkannten wir Menschen, dass sich über den Tälern noch ein Himmel befand – eine neue Dimension. Gewiss, in den Tälern war es schön, wir konnten uns nach Belieben mit der Umsetzung der P-Abstraktionen befassen, und es gab keine Kraft, die den Menschen nach oben, in die neue Dimension trieb ... Der galaktische Mensch war laut Komow nicht gleichbedeutend mit einem Erdenmenschen, der auch in der Weite der Galaxien noch nach den Gesetzen seines Heimatplaneten lebt. Der galaktische Mensch ist mehr, und er lebt nach anderen Gesetzen des Seins, mit anderen, noch unbekannten Zielen.

In Komows Rede ging es hauptsächlich um das Ideal des galaktischen Menschen, das es zu formulieren galt. Im Gegensatz dazu hatte sich das Ideal des Erdenmenschen im Laufe von Jahrtausenden aus dem Erfahrungsschatz der Ahnen herausgebildet und aus dem Erfahrungsschatz alles Lebenden auf unserem Planeten. Das Ideal des galaktischen Menschen konnte man hingegen wohl nur dann festlegen, wenn man den Erfahrungsschatz aller galaktischen Lebensformen ausschöpfte und die Geschichte aller Zivilisationen mit einbezog. Vorerst, sagte Komow, wisse der Mensch noch gar nicht, wie er diese Aufgabe in Angriff nehmen solle, doch er komme nicht umhin, sie zu lösen, wobei die Zahl der Opfer und Irrtümer auf ein Minimum reduziert bleiben müsse. Noch nie, schloss er, habe sich die Menschheit eine Aufgabe gestellt, die sie nicht zu lösen bereit gewesen wäre. Das sei eine tiefe, wenn auch quälende Wahrheit ...

Die Aufzeichnung endete, wie sie begonnen hatte: mitten im Satz.

Ehrlich gesagt, so geistreich das alles war, es drang nicht zu mir durch. Wozu dieses »galaktische Ideal«? Meiner Meinung nach wurden Menschen, wenn sie im Kosmos waren, alles andere als galaktisch. Eher das Gegenteil war der Fall: Die Menschen trugen die Erde – ihren Komfort, ihre Normen, ihre Moral – ins All. Wenn es schon ein Ideal sein musste, so war für mich und für all meine Bekannten das Ideal der Zukunft unser eigener, kleiner Planet, der sich bis zu den äußeren Grenzen der Galaxis herantastete und später vielleicht sogar darüber hinausgelangen würde. In diesem Sinne wollte ich mich auch gegenüber Maja äußern, als ich bemerkte, dass wir nicht mehr allein in der Kajüte waren. Vanderhoeze stand, offenbar schon seit geraumer Zeit, an die Wand gelehnt da, zauste seinen roten Backenbart und betrachtete uns mit der ihm eigenen und ebenso nachdenklichen wie zerstreuten Miene eines Kamels. Ich stand auf und schob ihm einen Stuhl hin.

»Vielen Dank«, sagte Vanderhoeze. »Aber ich bleibe lieber stehen.«

»Und was halten Sie von der Sache?«, fragte ihn Maja kampflustig.

»Von welcher Sache?«

»Na, vom vertikalen Progress.«

Vanderhoeze schwieg eine Weile, dann seufzte er und meinte: »Keiner weiß, wer das Wasser als Erster entdeckt hat. Es waren jedenfalls nicht die Fische.«

Wir begannen, angestrengt darüber nachzudenken, dann leuchtete Majas Gesicht plötzlich auf, sie hob einen Finger und rief: »Oho!«

»Nein, das stammt nicht von mir«, erklärte Vanderhoeze melancholisch. »Es ist ein alter Aphorismus. Er gefiel mir schon immer, ich hatte bisher nur keine Gelegenheit, ihn anzubringen.« Er schwieg einen Augenblick, dann fügte er hinzu: »Was übrigens die Bordaufzeichnungen angeht, stellt euch vor, es hat tatsächlich so eine Vorschrift gegeben.«

»Wieso Bordaufzeichnungen?«, wunderte sich Maja. »Ich sehe da keinen Zusammenhang.«

»Komow hatte mich doch gebeten, die gesetzlichen Bestimmungen durchzusehen. Er wollte wissen, ob es eine Vorschrift gibt, die festlegt, wann Bordaufzeichnungen zu vernichten sind«, erklärte Vanderhoeze niedergeschlagen.

»Und?«, fragten Maja und ich fast gleichzeitig.

»Was für eine Blamage«, sagte er. »Es gibt tatsächlich so eine Vorschrift. Genauer gesagt: Es hat sie gegeben. Im alten Instruktionsbuch. Im neuen ist sie nicht mehr aufgeführt. Woher hätte ich sie auch kennen sollen, ich bin schließlich kein Historiker ...«

Er schwieg längere Zeit; anscheinend war er in Nachdenken versunken. Maja rutschte schon ungeduldig auf ihrem Platz hin und her, aber dann fuhr Vanderhoeze fort:

»Also, die Vorschrift besagt: Erleidet man Havarie auf einem unbekannten Planeten, der von vernunftbegabten Wesen bewohnt ist – ganz gleich, ob es sich um eine humanoide oder eine nichthumanoide Rasse handelt, allerdings muss sie technisch und maschinell entwickelt sein –, so ist man verpflichtet, sämtliche kosmografischen Karten und Bordaufzeichnungen zu vernichten.«

Ich wechselte einen Blick mit Maja.

»Der Kommandeur des ›Pelikan‹, der Ärmste, muss sich in den alten Gesetzen gut ausgekannt haben«, erläuterte Vanderhoeze. »Denn diese Vorschrift ist, glaube ich, schon an die zweihundert Jahre alt. Sie stammte noch aus den Anfängen der Sternraumfahrt, war mehr Theorie als Praxis und entstand in dem Bestreben, jede Komplikation zu bedenken. Aber kann man das – alles einkalkulieren?« Er seufzte. »Gewiss, ich hätte mir denken können, was es mit den gelöschten Daten auf sich hat. Komow ist ja auch daraufgekommen ... Wisst ihr, wie er auf meine Mitteilung reagiert hat?«

»Nein«, antwortete ich. »Wie?«

»Er hat genickt und sich wieder anderen Dingen zugewandt«, erklärte Maja.

Vanderhoeze warf ihr einen Blick zu, der seine Anerkennung ausdrückte.

»Genau!«, rief er. »Er hat genickt und sich dann wieder anderen Dingen zugewandt. Ich an seiner Stelle hätte mich den ganzen Tag gefreut, wie scharfsinnig ich doch gewesen wäre.«

»Was lässt sich denn nun aus alldem schlussfolgern?«, fragte Maja. »Das heißt doch – ob humanoid oder nicht –, es muss vernunftbegabtes Leben, Technik, eine Zivilisation hier geben. Ich verstehe gar nichts mehr. Du?«, wandte sie sich an mich.

Ich finde Majas Art, voller Stolz zu erklären, sie verstehe rein gar nichts mehr, jedes Mal sehr lustig. Ich mache das hin und wieder übrigens genauso.

»Sie sind mit Fahrrädern zum ›Pelikan‹ gefahren«, sagte ich.

Maja winkte ungeduldig ab. »Hier gibt es keine technisch entwickelte Zivilisation«, murmelte sie. »Nichthumanoide genauso wenig …«

Plötzlich erscholl Komows Stimme über Sprechfunk: »Vanderhoeze, Glumowa, Popow! Bitte zur Steuerzentrale!«

»Jetzt geht's los!«, rief Maja und sprang auf.

Wir drängten als lärmende Truppe in die Zentrale. Komow stand am Tisch und steckte gerade einen tragbaren Translator in eine Plastikhülle. Der Position der Schaltknöpfe nach zu urteilen, war das Gerät an den Bordcomputer angeschlossen. Komow sah ungewohnt besorgt aus, und sein Gesicht wirkte so viel menschlicher als sonst, nicht so eisig konzentriert und steinern.

»Ich verlasse jetzt das Schiff«, erklärte er, »und gehe auf den ersten Erkundungsgang. Jakow, Sie tragen hier die Verantwortung. Das Wichtigste: die ununterbrochene Beobachtung und störfreie Arbeit des Bordcomputers sicherstellen. Bei Auftauchen von Eingeborenen informieren Sie mich umgehend. Ich empfehle eine Wache an den Außenbildschirmen rund um die Uhr, in drei Schichten. Maja, Sie setzen sich jetzt gleich an die Schirme. Stas, dort liegen meine Funksprüche. Übermitteln Sie sie so bald wie möglich. Ich denke, es erübrigt sich zu sagen, dass niemand das Schiff verlassen darf. Das wär's. Gehen Sie an die Arbeit.«

Ich nahm am Funkgerät Platz und machte mich wie befohlen an die Arbeit. Hinter mir unterhielten sich Komow und Vanderhoeze in gedämpftem Ton. Am anderen Ende der Steuerzentrale war Maja schon dabei, die Bildschirme für die Rundumsicht einzustellen. Ich blätterte die Funksprüche durch. Während wir mit der Lösung philosophischer Probleme beschäftigt gewesen waren, hatte Komow eine Menge geleistet. Fast all seine Telegramme stellten Antworten auf eingegangene Anfragen dar. Den Grad ihrer Dringlichkeit legte ich in Ermangelung von Anweisungen selbst fest.

»ER-2, Komow – an Zentrale, Gorbowski.
Danke für das freundliche Angebot, glaube mich aber nicht berechtigt, Sie von wichtigeren Dingen abzuhalten. Sie auf dem Laufenden halten.«

»ER-2, Komow – an Zentrale, Bader.
Stelle des Chefxenologen beim Projekt ›Arche 2‹ muss ich ablehnen. Empfehle Amiredshibi.«

»ER-2, Komow – an Stützpunkt, Sidorow.
Flehe dich an, verschone mich mit Freiwilligen.«

»ER-2, Komow – an europäisches Pressezentrum, Dombini.
Halte Anwesenheit Ihres wissenschaftlichen Kommentators hier für verfrüht. Betreffs Informationen bitte an Zentrale wenden, Kontaktkommission.«

In dieser Art ging es munter weiter. Etwa fünf Funksprüche waren allein an das Zentrale Informatorium gerichtet. Den Inhalt verstand ich nicht.

Ich arbeitete auf Hochtouren, als der Dechiffrator ein weiteres Mal zu rattern begann.

»Woher?«, fragte Komow vom anderen Ende der Steuerkabine aus. Er stand neben Maja und studierte die Umgebung.

»Zentrale, historische Abteilung«, las ich.

»Na endlich!«, sagte Komow und kam zu mir herüber.

»... *Projekt ›Arche‹«*, las ich, »*an ER-2, Vanderhoeze, Komow. Information. – Bei dem von Ihnen aufgefundenen Schiff Typ ›Pelikan‹, Registriernummer sowieso, handelt es sich um das Expeditionsfahrzeug ›Pilger‹. Heimathafen Deimos, Start am 02. Januar 2144 zur Freien Suche in die Zone ›Z‹. Die letzte Meldung erfolgte am 06. Mai 2148 aus der Region ›Schatten‹. Besatzung: Semjonowa, Marie-Luise, und Semjonow, Alexander Pawlowitsch. Seit dem 21. April 2147 ein weiterer Passagier an Bord: Semjonow, Pierre Alexandrowitsch. Archiv ›Pilger‹* ...«

Noch etwas stand da, doch in dem Augenblick lachte Komow hinter mir laut los, und ich drehte mich verwundert um. Komow lachte nicht nur, er strahlte über das ganze Gesicht.

»Habe ich mir's doch gedacht!«, rief er triumphierend, während wir ihn höchst erstaunt ansahen. »Genau das habe ich vermutet«, wiederholte er. »Es ist ein Mensch! Versteht ihr, Kinder? Ein Mensch ist das!«

5
Menschen und Nichtmenschen

»An die Positionen!«, kommandierte Komow ausgelassen, griff sich die Futterale mit den Instrumenten und verschwand.

Ich sah zu Maja. Sie stand wie angewurzelt mitten in der Steuerkabine und bewegte lautlos und mit abwesendem Blick die Lippen – sie überlegte.

Mein Blick wanderte zu Vanderhoeze. Seine Augenbrauen zeigten steil nach oben, der Backenbart war gesträubt, und erstmals, seit ich mich entsinnen konnte, ähnelte er weniger einem Säugetier als einem Fisch, am ehesten einem Zitterrochen, den man gerade aus dem Wasser an Land gezogen hatte. Auf dem Außenbildschirm war Komow zu sehen, der, die Geräte umgehängt, am Baugelände entlang munter in Richtung Sumpf ausschritt.

»Deswegen also die Spielsachen …«, hörte ich Maja sagen.

»Weswegen?«, fragte Vanderhoeze, der noch nicht begriffen hatte.

»Er hat damit gespielt«, erklärte Maja.

»Wer?«, wollte Vanderhoeze wissen. »Komow?«

»Nein doch. Semjonow.«

»Semjonow?«, wunderte sich Vanderhoeze. »Hm … Ja, und?«

»Semjonow junior«, erklärte ich und betonte jede Silbe. »Der Passagier … das Kind.«

»Was für ein Kind?«

»Das Kind der Semjonows!«, rief Maja. »Versteht ihr jetzt, wozu sie die Nähvorrichtung brauchten? Sie benötigten Hemdchen und Windeln, Lätzchen …«

»Lätzchen!«, wiederholte Vanderhoeze niedergeschmettert. »Ein Kind haben sie also bekommen! So was! Und ich habe mich schon gewundert, woher sie plötzlich einen neuen Passagier bekommen haben, noch dazu einen Namensvetter!

Ich wäre im Traum nicht auf diese Idee gekommen. Dabei ist es ja ganz klar!«

Das Funksignal ertönte. Ich meldete mich. Es war Wadik. Er sprach hastig und mit gedämpfter Stimme – offenbar befürchtete er, wir könnten geortet werden.

»Was ist denn bei euch los, Stas? Aber mach's kurz, wir brechen hier schon die Zelte ab ...«

»Das kann man nicht in drei Worten erklären«, sagte ich missmutig.

»Versuch's trotzdem. Habt ihr das Raumschiff der *Wanderer* gefunden?«

»Welcher *Wanderer*?«, fragte ich verwundert.

»Na, der *Wanderer*, die ... die Gorbowski sucht ...«

»Und wer soll es gefunden haben?«

»Meine Güte, ihr! Ihr habt es doch gefunden, oder?«

Plötzlich klang seine Stimme streng und sachlich: »Ich überprüfe die Einstellungen ... Ich schalte jetzt ab.«

»Was sollen wir gefunden haben?«, erkundigte sich Vanderhoeze. »Von welchem Raumschiff war da die Rede?«

»Ach, was weiß ich.« Ich winkte ab. »Sie sind einfach neugierig ... Aber zurück zu dem Kind. Es ist also im April '33 zur Welt gekommen, und gemeldet haben sie sich das letzte Mal '34 ... Sag mal, Jakow, in welchen Zeitabständen mussten sie eigentlich Funkverbindung aufnehmen?«

»Einmal pro Monat«, antwortete Vanderhoeze. »Das ist Vorschrift bei Schiffen, die sich auf Freier Suche befinden.«

»Augenblick mal«, sagte ich. »Mai, Juni ...«

»Dreizehn Monate«, kam mir Maja zuvor.

Ich wollte sichergehen und rechnete selbst noch einmal nach.

»Stimmt«, sagte ich. »Dreizehn Monate.«

»Irgendwie unwahrscheinlich, nicht?«

»Was soll daran unwahrscheinlich sein?«, schaltete sich Vanderhoeze vorsichtig ein.

»Am Tag der Katastrophe«, erklärte Maja, »war das Kind erst dreizehn Monate alt. Wie sollte es da überleben?«

»Die Eingeborenen«, gab ich zu bedenken. »Semjonow hat die Bordaufzeichnungen gelöscht, also muss er jemanden gesichtet haben ... Komow hat mir umsonst etwas vorgebellt! Ich hatte doch recht: Es war ein Kinderweinen. Als ob ich nicht wüsste, wie einjährige Kinder weinen! Die Eingeborenen haben alles aufgezeichnet und dem Kind, als es heranwuchs, vorgespielt ...«

»Derlei Aufzeichnungen setzen aber eine gewisse Technik voraus«, wandte Maja ein.

»Dann haben sie es eben nicht aufgezeichnet, sondern im Gedächtnis abgespeichert«, erwiderte ich. »Ist nicht so wichtig.«

»Aha«, meinte Vanderhoeze. »Ihr glaubt also, Semjonow hätte hier humanoide oder nichthumanoide Wesen gesichtet, die technisch bereits entwickelt waren, und deshalb die Bordnotizen gelöscht. Entsprechend der Instruktion.«

»Mir sieht es hier aber gar nicht nach einer technisierten Zivilisation aus«, wandte Maja skeptisch ein.

»Dann also doch Nichthumanoide«, begann ich und begriff erst in diesem Augenblick, was das bedeutete. »Was für eine Chance!«, rief ich begeistert. »Stellt euch nur vor: Wenn es sich bei den Einheimischen tatsächlich um Nichthumanoide handelt, haben wir einen Menschen als Mittler zwischen zwei Zivilisationen! Ein Wesen, das zugleich Mensch und Nichtmensch ist! Das hat es noch nicht gegeben. Selbst in unseren kühnsten Träumen hätten wir so etwas nicht zu hoffen gewagt!«

Die Begeisterung riss mich mit sich fort. Maja nicht weniger. Wir waren wie geblendet von den Perspektiven, die sich vor uns auftaten. Gewiss, sie waren noch reichlich verschwommen, aber deswegen nicht weniger strahlend. Es würde nicht nur zum ersten Mal in der Geschichte der Menschheit möglich sein, Kontakt zu einer nichthumanoiden Zivilisation aufzunehmen, sondern den Menschen würde auch ein einzigartiger Spiegel in die Hand gegeben. Es würde eine Tür in eine Welt aufgestoßen, die den Menschen bis dahin unerreichbar fern und verschlossen gewesen war, und die Psychologie, die man dort anträfe, würde sich fundamental von der des Menschen unterscheiden. So würden Komows vage Ideen über den vertikalen Progress endlich eine experimentelle Grundlage erhalten ...

»Warum sollte sich eine nichthumanoide Zivilisation mit einem Menschenkind abgeben?«, überlegte Vanderhoeze. »Und was verstehen Nichthumanoide von solchen Dingen?«

Die Perspektiven verloren ein wenig an Glanz, doch Maja reagierte prompt und sagte mit herausfordernder Stimme: »Auf der Erde kommt es immer wieder vor, dass Nichthumanoide Menschenkinder aufziehen.«

»Ja, auf der Erde!«, meinte Vanderhoeze traurig.

Und damit hatte er nicht unrecht. Alle uns bekannten vernunftbegabten Nichthumanoiden standen dem Menschen bedeutend ferner als Wölfe, Bären oder Kraken. Selbst ein so bedeutender Spezialist wie Krüger war der Ansicht, die vernunftbegabten Nacktschnecken auf der Garrotta hielten den Menschen mitsamt seiner Technik nicht etwa für eine reale Erscheinung, sondern für ein Produkt ihrer unwahrscheinlichen Fantasie ...

»Dennoch ist das Kind am Leben geblieben und groß geworden!«, sagte Maja.

Womit sie ebenfalls recht hatte.

Ich bin von Natur aus skeptisch – ein Mensch, der sich ungerne in etwas verrennt oder seiner Fantasie freien Lauf lässt. Maja ist da anders. Doch in der Sache mit dem Kind war kein Raum für Fantastereien, es lag alles auf der Hand: ein dreizehn Monate altes Kind allein in einer Eiswüste – wie sollte es da aus eigener Kraft überleben? Dazu die gelöschten Bordaufzeichnungen … Nein, das waren Tatsachen, die für sich sprachen. Sich dagegen vorzustellen, dass zum Zeitpunkt der Havarie humanoide Wesen von einem anderen Planeten in der Nähe gewesen und, nachdem sie das Kind großgezogen hatten, wieder davongeflogen waren, das war dann doch sehr unwahrscheinlich.

»Und wenn das Kind gar nicht überlebt hat?«, fragte Maja. »Vielleicht sind das Weinen und die Stimmen seiner Eltern alles, was von ihm geblieben ist?«

Einen Augenblick lang schien mir, als stürzten all meine Hoffnungen ein. Dass Maja auch immer an allem zweifeln musste … Dann aber fiel es mir wieder ein:

»Und wie ist er ins Schiff gekommen?«, fragte ich. »Wie konnte er über meine Kyber bestimmen? Nein, nein, ihr Lieben … Entweder sind wir hier, im Kosmos, auf eine Kopie gestoßen, die dem Menschen aufs Haar, ich betone: aufs Haar, gleicht, oder wir haben es mit einem kosmischen Mowgli zu tun. Und ich weiß nicht, was ich für wahrscheinlicher halte.«

»Ich weiß es auch nicht«, sagte Maja.

»Ich auch nicht«, schloss sich Vanderhoeze an.

In diesem Moment ertönte Komows Stimme über Lautsprecher: »Achtung an Bord! Ich habe meinen Beobachtungsposten eingenommen. Behaltet die Umgebung genau im Auge, ich kann von hier aus nicht allzu viel sehen. Gibt es neue Funksprüche?«

Ich warf einen Blick in die Empfangsklappe.

»Einen ganzen Packen«, sagte ich.

»Einen ganzen Packen«, gab Vanderhoeze durchs Mikrofon weiter.

»Und was ist mit meinen Funksprüchen, Stas? Haben Sie die schon durchgegeben?«

»Ich … ich bin dabei«, antwortete ich und setzte mich rasch an den Sender.

»Er ist dabei«, sagte Vanderhoeze ins Mikrofon.

»Schluss mit der Volksversammlung!«, befahl Komow. »Ihr habt genug philosophiert, geht an die Arbeit. Maja, Sie übernehmen den Bildschirm. Für Sie existiert im Augenblick nichts anderes, verstanden? Und Sie, Popow, beeilen sich ein bisschen. Spätestens in zehn Minuten muss der letzte Funkspruch verschickt sein. Jakow, lesen Sie mal vor, was da für mich angekommen ist ...«

Als ich fertig war mit dem Versenden, blickte ich mich um; die anderen waren noch in ihre Arbeit vertieft. Maja saß am Kontrollpult – auf dem Panoramaschirm erkannte man Komow, eine winzige Gestalt direkt am Ufer des Sees. Über dem Sumpf waberte der Nebel; ansonsten gab es auf den dreihundertsechzig Grad mit einem Radius von sieben Kilometern keine einzige Bewegung zu entdecken. Komow saß mit dem Rücken zu uns da und wartete anscheinend darauf, dass unser Mowgli aus dem Sumpf auftauchte. Maja ließ ihren Blick langsam von einer Seite zur anderen gleiten, tastete die Gegend ab, und von Zeit zu Zeit, wenn ihr etwas verdächtig vorkam, schaltete sie für den betreffenden Geländeabschnitt die maximale Vergrößerung ein. Hin und wieder sah man auf den Schirmen der kleineren Monitore einen welken Strauch, den violetten Schatten einer Düne auf dem glitzernden Strand oder einen diffusen Fleck im spärlichen Geäst von zwergwüchsigen Bäumen.

Vanderhoeze saß an seinem Pult und sprach mit monotoner Stimme ins Mikrofon: »*Varianten des Psychotyps Doppelpunkt sechzehn En Strich zweiunddreißig Zeta beziehungsweise Em wie Mama Strich einunddreißig Epsilon ...*« – »Das reicht«, unterbrach ihn Komow. »Den nächsten Funkspruch, bitte.« – »*Erde, London, Cartwright. Verehrter Gennadi, erinnere Sie nochmals an Ihr Versprechen, sich zu melden ...*« – »Weiter, weiter ...« – »*Pressezentrum ...*« – »Unwichtig, weiter ... Jakow, lesen Sie nur das vor, was von der Zentrale oder vom Stützpunkt gekommen ist.« Pause. Vanderhoeze sortierte die Kärtchen und fuhr fort: »*Zentrale, Bader. Die von Ihnen angeforderten Apparaturen gelangen per Null-Transport zum Stützpunkt. Lassen Sie uns Ihre vorläufigen Überlegungen zu folgenden Punkten wissen: erstens, welche weiteren Zonen könnten von Eingeborenen besiedelt sein; zweitens ...*« – »Gut, weiter ...«

In diesem Augenblick wurde ich vom Stützpunkt aus angerufen. Es war Sidorow, der mit Komow sprechen wollte.

»Komow ist bei der Kontaktaufnahme, Michail Albertowitsch«, sagte ich entschuldigend.

»Ist der Kontakt schon zustande gekommen?«

»Noch nicht, aber wir rechnen damit.«

Sidorow hüstelte. »Na schön, ich melde mich später noch mal. Es war nicht so dringend.« Und nach kurzem Schweigen: »Seid ihr aufgeregt?«

Ich versuchte einen Moment lang mir darüber klarzuwerden, was in mir vorging.

»Na ja, aufgeregt ist vielleicht nicht das richtige Wort ... Es ist eher seltsam. Wie im Traum. Wie im Märchen.«

Sidorow seufzte. »Also gut«, sagte er. »Ich will nicht weiter stören. Ich wünsche euch Erfolg.«

Ich bedankte mich und schaltete ab. Dann stützte ich mich mit beiden Armen auf das Pult und versuchte, mir noch einmal darüber klarzuwerden, wie ich mich fühlte. Es stimmte, das Ganze war seltsam. Mensch – Nichtmensch. Wahrscheinlich war es auch fehl am Platz, den Jungen als Menschen zu bezeichnen. Ein Menschenkind, von Wölfen aufgezogen, wächst zum Wolf heran, von Bären aufgezogen – zum Bär. Aber wenn sich nun ein Krake eines solchen Menschenkindes annähme? Dass er es nicht auffraß, sondern großzog ... Nein, darum ging es nicht. Denn ob Bär, Wolf oder Krake – sie alle hatten keinen Verstand, zumindest nicht in der Art, wie ihn die Xenologen definierten. Wenn unser Mowgli nun aber von vernunftbegabten Wesen erzogen wurde, die in anderer Hinsicht wie Kraken waren? Mehr noch, von Wesen, die uns vielleicht noch ferner standen als Kraken? Immerhin hatten sie ihn gelehrt, Schutzphantome zu bilden, und sie hatten ihn zur Mimikry befähigt – alles Phänomene, die dem menschlichen Organismus fremd waren und eine künstliche Anpassung bedeuteten ... Aber halt – wozu brauchte er die Mimikry? Vor wem hätte er sich schützen müssen? Der Planet war doch unbewohnt! Er war es also doch nicht.

Ich stellte mir riesige Höhlen vor, die in gespenstisches, lilafarbenes Licht getaucht waren; finstere Winkel, in denen tödliche Gefahr lauerte; einen kleinen Jungen, der sich an einer glitschigen Gesteinswand entlangtastete, immer bereit, sich unsichtbar zu machen. Sich im unwirklichen Licht aufzulösen und dem Feind nichts übrig zu lassen als seinen langsam verschwimmenden Schatten. Der arme Junge, man musste ihn unverzüglich von hier wegbringen ... Aber halt, das war Unsinn! Denn so, wie ich es mir ausmalte, hatte es sich bestimmt nicht abgespielt. Die Welt war immer so eingerichtet, dass neben komplizierten und hochentwickelten Lebensformen auch simples Leben existierte. Und wie viele Arten von Lebewesen hatte man hier bislang gefunden? Höchstens elf oder zwölf – und zwar von Viren angefangen bis hin zum Menschenkind. Nein, das konnte nicht sein. Da war etwas faul ... Na schön, wir würden schon noch dahinterkommen. Der Junge würde uns alles erzählen. Aber wenn er es nicht tat? Hatten die Wolfskinder, als man sie wieder unter Menschen brachte, vielleicht etwas über ihr Leben bei den Wölfen erzählt? Worauf hoffte Komow also? Am liebsten hätte ich ihn jetzt gleich auf der Stelle danach gefragt.

Nachdem Vanderhoeze den letzten Funkspruch vorgelesen hatte, streckte er sich in seinem Sessel aus, verschränkte die Hände im Nacken und sagte nachdenklich: »Wisst ihr, ich habe die Semjonows nämlich gekannt. Es waren wunderbare und eigenartige Leute zugleich. Sie hingen der Vergangenheit nach. Deshalb kannte sich Schura auch bestens in den Instruktionen der frühen Raumfahrt aus. Uns kamen sie manchmal lächerlich oder naiv vor, aber er fand darin immer etwas Interessantes, Reizvolles ... Und dass er die Bordaufzeichnungen gelöscht und seine eigene Spur im All vernichtet hat, als nach der Katastrophe gespenstische Schatten das Schiff heimsuchten, das passt sehr gut zu ihm.« Vanderhoeze verstummte. Nach einer Weile fügte er hinzu: »Übrigens gibt es bedeutend mehr Leute, die die Einsamkeit suchen, als wir gemeinhin annehmen. Alleinsein ist ja schließlich nichts Schlechtes, oder?«

»Für mich wäre es nichts«, sagte Maja, ohne den Blick vom Bildschirm zu lösen.

»Das liegt daran, dass du noch jung bist«, entgegnete Vanderhoeze. »Als Schura Semjonow in deinem Alter war, hatte er auch immer viele Freunde um sich, in der Arbeit wie zu Hause. Es konnte ihm gar nicht laut genug zugehen. Immerzu war etwas los, trat man im Wettstreit gegeneinander an, ganz gleich, worin er geführt wurde: Gehirnakrobatik, Flügelspringen, geistreiche Bemerkungen pro Zeiteinheit, Auswendiglernen von Tabellen ... alles eben. Und zwischendurch wurden immer wieder selbst geschriebene Lieder gesungen, mit Nekofonbegleitung ...« Vanderhoeze seufzte. »Für gewöhnlich ist es damit vorbei, wenn die erste Liebe auftaucht ... Aber da kann ich nicht mitreden. Ich weiß nur, dass Schura und Marie bald nach ihrer Hochzeit auf Freie Suche in den Weltraum starteten. Seitdem habe ich sie nicht mehr gesehen. Nur einmal über Video ... Ich war seinerzeit Dispatcher, und Schura holte bei mir die Genehmigung ein, von der Pandora aus weiterzufliegen.« Vanderhoeze seufzte erneut. »Schuras Vater, Pawel Alexandrowitsch, lebt übrigens noch. Wenn wir wieder zurück sind, muss ich ihn unbedingt besuchen ...« Und nach einer kurzen Pause: »Um ehrlich zu sein, war ich schon immer dagegen, den Weltraum auf eigene Faust zu erkunden. Die Freie Suche ist ein Archaismus. Und gefährlich dazu. Das Ergebnis für die Wissenschaft ist nahezu null, mitunter wird sogar Schaden angerichtet. Denkt nur an die Geschichte mit Kammerer. Immer wieder tun wir so, als seien wir schon Herr über den Kosmos und fühlten uns dort wie zu Hause. Aber das ist und bleibt Nonsens. Der Kosmos wird immer Kosmos sein, und der Mensch bleibt immer nur ein Mensch. Selbst wenn er mit der Zeit viele Erfahrungen sammelt, so wird es ihm doch nie gelingen, sich im Weltraum auszukennen wie bei sich zu Hause ... Und ich glaube auch nicht, dass Schura und Marie etwas auf ihrem Flug durch den Kosmos entdeckt haben, über das es sich lohnte, ein Wort zu verlieren.«

»Dafür waren sie glücklich«, sagte Maja, ohne sich umzudrehen.

»Woraus schließt du das?«

»Sonst wären sie zurückgekommen. Außerdem, wonach hätten sie suchen sollen, wo sie doch auch so glücklich waren?« Maja warf Vanderhoeze einen verärgerten Blick zu. »Lohnt es sich überhaupt, nach etwas anderem zu suchen als nach dem Glück?«

»Darauf könnte ich dir natürlich antworten, dass der Glückliche in der Tat nach nichts sucht«, sagte Vanderhoeze. »Aber auf ein so tiefgründiges Gespräch bin ich im Moment nicht vorbereitet. Ich glaube allerdings, dass wir den Glücksbegriff früher oder später auch auf die Nichthumanoiden ausdehnen werden ...«

»Achtung an Bord!«, ertönte Komows Stimme. »Genaueste Beobachtung!«

»Das wollte ich gerade sagen«, erklärte Vanderhoeze. Maja wandte sich augenblicklich wieder dem Bildschirm zu. Vanderhoeze und ich setzten uns zu ihr, und wir beobachteten die Umgebung zu dritt. Die Sonne stand schon ziemlich tief, direkt über den Bergspitzen, und warf lange Schatten. In ihrem Licht spiegelte sich grell die Landebahn, und über dem Sumpf hing schwer und unbeweglich eine Dunstglocke, deren oberster Teil, von der Sonne durchdrungen, violett schimmerte. Alles ringsum schien wie erstarrt, nicht einmal Komow bewegte sich.

»Es ist fünf Uhr«, sagte Vanderhoeze leise. »Wäre es nicht an der Zeit, Mittag zu essen? Wie und was werden Sie essen, Gennadi?«

»Ich brauche nichts«, antwortete Komow. »Ich habe mir etwas mitgenommen. Esst ihr nur, wer weiß, ob nachher noch Gelegenheit dazu ist.«

Ich stand auf.

»Gut, ich bereite jetzt das Essen vor«, sagte ich. »Was möchtet ihr gern?«

In dem Augenblick rief Vanderhoeze plötzlich: »Da, ich sehe ihn!«

»Wo?«, fragte Komow.

»Er kommt vom Eisberg her, am Ufer, und geht direkt auf uns zu. Komow, links von Ihnen, sechzig Grad in Richtung Schiff.«

»Stimmt«, meldete sich Maja zu Wort. »Jetzt sehe ich ihn auch. Er kommt tatsächlich auf uns zu!«

»Wo ist er denn?«, rief Komow gereizt. »Gebt mir die Koordinaten über den Entfernungsmesser durch.«

Vanderhoeze diktierte ihm die Angaben, und nun entdeckte ich ihn auch: Am schwarz schimmernden Wasser entlang kam langsam und zögerlich, fast widerwillig, eine grünliche und seltsam verkrümmte kleine Gestalt auf uns zu.

»Ich kann ihn nicht sehen«, murrte Komow ärgerlich. »Beschreibt ihn mir.«

»Nun ja, also …«, begann Vanderhoeze und hüstelte. »Er geht langsam, schaut zu uns … Er trägt einen Armvoll Zweige bei sich … Jetzt bleibt er stehen, bohrt mit dem einen Fuß im

Sand ... Und das bei dieser Kälte, völlig nackt ... Jetzt geht er weiter ... schaut nun in Ihre Richtung, Gennadi ... Interessant: Sein Körperbau gleicht nicht dem eines Menschen, das heißt, nicht in allem ... Nun ist er wieder stehen geblieben und schaut in Ihre Richtung. Sehen Sie ihn wirklich nicht? Er steht jetzt genau in Ihrer Blickrichtung, und zwar näher zu Ihnen als zu uns ...«

Pierre Alexandrowitsch Semjonow, der kosmische Mowgli, kam näher. Er war noch etwa zweihundert Meter von uns entfernt, und als Maja den Monitor auf Vergrößerung umschaltete, konnten wir sogar seine Wimpern erkennen. Gerade trat die Sonne zwischen zwei Felskuppen hervor, es wurde noch einmal taghell, und lange Schatten fielen auf den Strand.

Wir sahen ihn nun ganz deutlich: Es war ein Junge von ungefähr zwölf Jahren, kantig, mit hervortretenden Knochen, langen Beinen, eckigen Schultern und spitzen Ellbogen. Doch das war schon alles, worin er einem gewöhnlichen Burschen seines Alters glich. Das Gesicht wirkte sehr fremd; es trug zwar menschliche Züge, war aber vollkommen reglos, steinern und starr wie eine Maske. Nur die Augen in diesem Gesicht lebten; es waren große, dunkle Augen, aus denen der Junge nach rechts und links Blicke warf, die so scharf und spitz waren wie Pfeile. Er hatte abstehende Ohren, das rechte war merklich größer als das linke, und vom linken Ohr über den Hals bis zum Schlüsselbein hin erstreckte sich eine dunkle, schlecht verheilte Narbe. Das rötliche, schulterlange Haar war zerzaust und hing dem Jungen wirr in die Stirn, es stand zu allen Seiten ab und bildete auf dem Scheitel einen Wirbel. Doch immer wieder fiel unser Blick auf sein Gesicht – dieses grausige, abstoßende Gesicht, das bläulich grün war wie das einer Leiche und glänzte, als wäre es mit einem Ölfilm überzogen. Übrigens schimmerte auch sein ganzer Körper so. Der Junge war völlig nackt, und als er ganz nah an das Schiff trat und seine Zweige auf den Boden fallen ließ, sahen wir, wie sehnig sein Körper war. Keine Spur von rührender kindlicher Schutzlosigkeit. Der Junge war knochig, doch nicht mager; nicht muskulös wie ein Athlet, aber doch erstaunlich sehnig, sodass er eher einem erwachsenen Mann glich als einem Kind. Sein ganzer Körper war von furchtbaren Narben mit aufgerissenen Wundrändern bedeckt. Eine lange, tiefe Narbe zog sich über die linke Körperseite hin, von den Rippen bis zur Hüfte; das war es auch, was seine Gestalt so seltsam gekrümmt erscheinen ließ. Eine weitere Narbe befand sich am rechten Bein, und die Brust wirkte an einer Stelle wie eingedrückt.

Offensichtlich war das Leben hier nicht leicht für ihn gewesen. Der Planet hatte dem Menschenkind übel mitgespielt, an ihm gezerrt, es geprüft und auf diese Weise seine Anpassungsfähigkeit gestärkt.

Der Junge war jetzt ungefähr zwanzig Schritte vom Schiff entfernt, fast schon im toten Winkel. Die Zweige lagen zu seinen Füßen, und er stand da, mit hängenden Armen, und sah zu uns herüber. Natürlich wusste er nichts von unseren Kameras, und doch schien es, als schaue er uns direkt in die Augen. Seine Haltung war ganz anders als die eines Menschen. Ich kann es nicht erklären, aber Menschen würden sich nie so hinstellen, wie er es tat – weder wenn sie entspannt sind, noch wenn sie auf etwas warten oder unter Druck stehen. Das linke Bein stand ein wenig zurück, war im Kniegelenk leicht gebeugt, dennoch lag das ganze Körpergewicht darauf. Die linke Schulter war dabei vorgeschoben. Eine ähnliche Haltung beobachtet man für Bruchteile von Sekunden bei Diskuswerfern, bevor sie die Scheibe fortschleudern. Lange jedoch hält man es in dieser Pose nicht aus. Erstens ist sie unbequem, zweitens sieht sie unschön aus. Er aber stand einige Minuten lang so da, bis er sich plötzlich hinsetzte und die Zweige zu sortieren begann. Ich sage, er setzte sich, aber auch das stimmt nicht: Er ließ sich auf das linke Bein nieder, das rechte legte er, ausgestreckt wie es war, nach vorn. Schon das Zuschauen war anstrengend, insbesondere, weil er beim Sortieren der Zweige mit dem rechten Bein nachhalf. Dann hob er sein Gesicht, blickte uns wieder an und streckte die Arme vor – in jeder Faust einen Zweig. Und dann begann etwas Unbeschreibliches ...

Nur eins kann ich sagen: Sein Gesicht nahm plötzlich Leben an. Und nicht nur das, es explodierte förmlich vor Lebhaftigkeit. Ich weiß nicht, wie viele Muskeln ein Mensch im Gesicht hat, bei dem Jungen jedenfalls gerieten sie alle auf einmal in Bewegung – jeder Einzelne, ohne Pause und auf jede erdenkliche Weise. Womit könnte ich dieses Schauspiel vergleichen? Vielleicht mit dem Kräuseln des Wassers im Sonnenlicht, wobei es einförmig und chaotisch zugleich ist. Hier aber war ein bestimmter Rhythmus erkennbar, eine sinnvolle Ordnung; es hatte nichts von einem krankhaften oder verkrampften Zucken, von Agonie oder Panik. Es wirkte, als tanzten die Muskeln. Und dieser Tanz begann im Gesicht, ging dann auf Schultern und Brust über und setzte sich in Armen und Händen fort. Die trockenen Zweige in den zusammengepressten Fäusten fingen gleichfalls zu tanzen an, kreuzten und verflochten sich miteinander. Das alles wurde von einem merkwürdigen Geräusch begleitet, einem trommelartigen Wirbel, einer Art Zirpen, so als wäre ein Heuschreckenschwarm über dem Schiff aufgestiegen. Es dauerte nicht länger als eine Minute, doch flirrte es mir vor den Augen, und in den Ohren hatte ich ein dumpfes Gefühl. Dann nahm alles in umgekehrter Reihenfolge sein Ende: Tanz und Gesang verlagerten sich von den Zweigen in die Arme, von dort aus zu den Schultern bis hin zum Gesicht. Dann war es wieder still. Wie vorher sah uns eine unbewegliche Maske an. Der Junge erhob sich behände, trat über das Häufchen Zweige hinweg und verschwand im toten Winkel.

»Warum schweigt ihr denn?«, schimpfte Komow. »Jakow! Jakow! Hört ihr mich? Warum sagt ihr nichts?«

Ich kam wieder zu mir und suchte Komow. Er stand in angespannter Haltung da, das Gesicht dem Schiff zugewandt, und sein langer Schatten fiel schräg auf den Sand. Vanderhoeze räusperte sich und sagte: »Ich höre.«

»Was ist geschehen?«

Vanderhoeze zögerte. »Das lässt sich nur schwer erklären«, murmelte er. Und an uns gewandt: »Vielleicht könnt ihr es?«

»Er hat mit uns gesprochen!«, sagte Maja mit gepresster Stimme. »Er hat gesprochen!«

»Hört mal«, schaltete ich mich ein. »Ist er nicht vielleicht zur Luke gegangen?«

»Möglich«, erwiderte Vanderhoeze und gab unsere Vermutung an Komow weiter.

»Dann achtet auf die Luke«, ordnete Komow an. »Sollte er das Schiff betreten, teilt mir das unverzüglich mit und schließt euch in der Kabine ein.« Dann schwieg er einen Augenblick. »Ich erwarte euch in einer Stunde«, fuhr er plötzlich mit veränderter Stimme fort, in sachlichem, alltäglichem Ton und als hätte er sich vom Mikrofon abgewandt. »Reicht euch die Zeit?«

»Ich verstehe nicht …«, sagte Vanderhoeze.

»Ihr sollt euch einschließen!«, schnarrte Komow ärgerlich ins Mikrofon. »Ist das klar? Schließt euch ein, sowie er das Schiff betritt!«

»Das habe ich verstanden«, sagte Vanderhoeze. »Aber wo werden Sie uns in einer Stunde erwarten?«

Alle schwiegen.

»Ich erwarte euch in einer Stunde«, wiederholte Komow sachlich, abermals vom Mikrofon abgewandt. »Reicht euch diese Zeit?«

»Wo?«, hakte Vanderhoeze nach. »Wo erwarten Sie uns?«

»Jakow, hören Sie mich?«, fragte Komow unruhig und nun wieder sehr laut.

»Ich höre Sie ausgezeichnet«, antwortete Vanderhoeze und warf uns einen hilflosen Blick zu. »Aber Sie haben gesagt, Sie erwarten uns in einer Stunde. Wo ist der Treffpunkt?«

»Ich habe nicht gesagt ...«, begann Komow, wurde aber sogleich von Vanderhoezes Stimme unterbrochen, die nun gleichfalls gedämpft und weit vom Mikrofon entfernt zu sein schien: »Wäre es nicht an der Zeit für uns zu essen? Stas hat sonst Langeweile, was meinst du, Maja?«

Maja begann nervös zu kichern.

»D-das, das ist der Junge ...«, murmelte sie und tippte mit dem Finger gegen den Bildschirm. »Das ist der Junge da ... dort ...«

»Was ist los, Jakow?«, bellte Komow.

In diesem Augenblick sagte eine seltsame Stimme – ich begriff nicht gleich, zu wem sie gehörte –: »Ich werde dich kurieren, mein Lieber, ich werde dich auf die Beine bringen. Damit du wieder unter die Leute kommst ...«

Maja, das Gesicht in den Händen vergraben und die Knie zum Kinn hochgezogen, hatte vom nervösen Kichern Schluckauf bekommen.

»Es ist nichts Besonderes, Gennadi«, erwiderte Vanderhoeze und wischte sich mit dem Taschentuch über die schweißnasse Stirn. »Ein Missverständnis, wie es scheint. Der Kamerad hier bedient sich unserer Stimmen. Wir hören ihn über die Außenbordakustik. Nur ein kleines Missverständnis, Gennadi.«

»Seht ihr ihn?«

»Nein ... Das heißt, jetzt taucht er gerade auf.«

Der Junge stand nun wieder bei seinen Zweigen, diesmal in einer anderen, aber genauso unbequemen Haltung. Und wieder sah er uns direkt in die Augen. Er öffnete den Mund, wobei sich seine Lippen seltsam verzerrten und den Blick auf die linke Kieferhälfte einschließlich der Zähne freigaben. Dann hörten wir Majas Stimme: »Also, wenn ich solch einen Backenbart hätte wie Sie, würde ich ganz anders zum Leben stehen ...«

»Jetzt spricht er mit Majas Stimme«, meldete Vanderhoeze an Komow. »Und nun schaut er genau in Ihre Richtung. Sehen Sie ihn noch immer nicht?«

Komow schwieg. Der Junge aber stand weiter so da, den Kopf in Komows Richtung gedreht, völlig reglos, wie versteinert – eine bizarre Figur in der immer dichter werdenden Dämmerung. Doch plötzlich begriff ich, dass es gar nicht der Junge war; die Gestalt, die dort stand, begann zu verschwimmen, und ich sah durch sie hindurch auf die dunkle Wasseroberfläche.

»Na also, jetzt sehe ich ihn«, sagte Komow zufrieden. »Er steht ungefähr zwanzig Schritt vom Schiff entfernt, stimmt's?«

»Stimmt«, bestätigte Vanderhoeze.

»Stimmt nicht«, sagte ich.

Vanderhoeze schaute genauer hin.

»T-tatsächlich, Stas hat recht«, korrigierte er sich. »Aber das ist ... Wie nennen Sie so etwas, Gennadi? Ein Phantom?«

»Wartet«, rief Komow. »Jetzt sehe ich ihn richtig, er kommt auf mich zu.«

»Siehst du ihn auch?«, fragte mich Maja.

»Nein, es ist schon zu dunkel.«

»Das hat mit der Dunkelheit nichts zu tun«, widersprach Maja.

Wahrscheinlich hatte sie recht. Zwar war die Sonne bereits untergegangen, und die Dämmerung schritt voran, aber Komow konnte ich ja auch auf dem Bildschirm erkennen, ebenso wie das sich auflösende Phantom, die Landebahn und den Eisberg in der Ferne. Nur den Jungen sah ich nicht.

Komow setzte sich.

»Er kommt«, flüsterte er. »Ich werde jetzt beschäftigt sein, lenkt mich also nicht ab. Behaltet die Umgebung auch weiterhin genau im Auge, setzt aber keine Lokatoren ein. Überhaupt keine aktiven Hilfsmittel. Beschränkt euch nach Möglichkeit auf die Infraoptik. Ende.«

»Gute Jagd«, sagte Vanderhoeze ins Mikrofon und erhob sich. Er setzte eine triumphierende Miene auf, sah uns über seine Nasenspitze hinweg an, strich mit der gewohnten Bewegung über seinen Backenbart und verkündete: »Im Stall ist alles Herdenvieh, und wir sind frei bis morgen früh.«

Maja gähnte krampfhaft und sagte: »Ich brauche wahrscheinlich ein bisschen Schlaf. Oder sind das die Nerven?«

»Viel schlafen werden wir leider nicht können«, erklärte Vanderhoeze. »Lasst es uns so machen: Jetzt legt sich Maja hin, ich bleibe am Bildschirm und Stas versucht, am Funkgerät zu schlafen. In vier Stunden werde ich dich wecken, Stas, in Ordnung?«

Ich war einverstanden, obwohl ich Zweifel hatte, ob Komow es so lange in der Kälte aushalten würde. Maja, immer noch gähnend, war ebenfalls einverstanden und begab sich in ihre Kajüte. Ich schlug Vanderhoeze vor, einen starken Kaffee zu kochen, doch er lehnte unter fadenscheinigem Vorwand ab; offenbar wollte er, dass ich genügend Schlaf abbekam. Also setzte ich mich an den Sender und sah die neu eingegangenen Funksprüche durch. Da ich nichts Dringendes entdeckte, reichte ich sie an Vanderhoeze weiter.

Wir schwiegen. Mir war nicht im Geringsten nach Schlafen zumute. Ich überlegte ständig, wer Pierre Semjonow erzogen haben konnte. Ein Menschenkind, das von einem Wolf aufgezogen wird, läuft auf allen vieren herum und gibt tierische Laute von sich. Bei einem unter Bären groß gewordenen Menschen verhält es sich nicht anders. Überhaupt wird jedes Wesen von seiner Erziehung bestimmt – wenn auch nicht absolut, so doch entscheidend. Interessant war schon allein die Frage, wieso sich unser Mowgli wie ein Mensch in aufrechter Haltung fortbewegte. Das gab mir zu denken; denn der Junge lief auf seinen zwei Füßen und gebrauchte aktiv die Hände, was nicht etwa angeboren, sondern anerzogen war. Außerdem konnte er sprechen. Natürlich begriff er nicht, was er von sich gab, doch war jener Abschnitt des Gehirns, der für die Sprache zuständig ist, offensichtlich gut entwickelt. Und noch etwas: Er merkte sich, und zwar gleich beim ersten Mal, was er hörte! Das war mehr als erstaunlich. Keines der nichthumanoiden Wesen, die ich kannte, wäre imstande gewesen, ein Menschenkind auf diese Weise großzuziehen; es ernähren und zutraulich machen – das schon, oder es in seltsamen Laboratorien analysieren, die aussahen wie gigantische Modelle eines Verdauungsapparates – auch das war möglich. Aber einen Menschen in diesem Kind zu sehen, es als human zu identifizieren und ihm das Menschsein zu bewahren – das war ausgeschlossen. Oder handelte es sich etwa doch um humanoide Wesen? Ich kannte mich nicht mehr aus.

»Auf jeden Fall«, hörte ich auf einmal Vanderhoeze sagen, »sind die Einheimischen im weitesten Sinne des Wortes human, denn sie haben einem Kind von uns das Leben gerettet. Außerdem sind sie genial, weil sie es verstanden haben, den Jungen als Menschen aufzuziehen. Dabei hatten sie von der Funktion der Arme und Beine vielleicht gar keine Ahnung. Was meinst du, Stas?«

Ich gab einen mürrischen Laut von mir, und Vanderhoeze verstummte.

In der Steuerkabine war es still. Der Stützpunkt ließ uns in Ruhe, und Komow meldete sich auch nicht. Auf dem dunklen Bildschirm blitzten und leuchteten in allen Regenbogenfarben die Nordlichter auf, und in ihrem gespenstischen Licht war Komow, der völlig unbeweglich dasaß, nur schwer zu erkennen. Den Jungen konnte ich gar nicht sehen. Aber offensichtlich lief bei ihnen alles glatt, denn der große Bordrechner summte leise sein Lied, was bedeutete, dass er die vom Translator eingehenden Informationen abspeicherte und auswertete. Dann nickte ich ein und träumte von finsteren, unrasierten Kraken in blauen Trainingsanzügen, die mit Regenschirmen ausgestattet waren und mir partout das Laufen beibringen wollten. Ich aber fand das so komisch, dass ich vor Lachen andauernd hinfiel und die Kraken schrecklich verärgerte. Ich erwachte von einem unangenehmen, wenn auch leichten Stoß in der Herzgegend – es war etwas passiert. Vanderhoeze saß in angespannter Haltung vor dem Bildschirm und krallte die Finger in die Armlehnen des Sessels.

»Stas!«, rief er leise.

»Ja?«

»Schau dir das an.«

Ich blickte auf den Bildschirm, konnte aber beim besten Willen nichts Besonderes entdecken. Wie vorhin gleißte das Wetterleuchten, Komow saß noch auf seinem Platz, und der Eisberg in der Ferne schimmerte in rosafarbenem und grünlichem Licht. Doch dann fiel es mir auf.

»Das über den Bergen?«, flüsterte ich.

»Ja, das über den Bergen.«

»Was ist das, zum Teufel?«

»Keine Ahnung.«

»Wie lange ist es schon da?«

»Ich weiß nicht, ich habe es erst vor zwei Minuten entdeckt. Ich dachte zuerst, es sei eine Art Windhose …«

Das konnte man tatsächlich annehmen. Über der fahlen, gezackten Linie des Gebirgskamms, vor dem Hintergrund des regenbogenfarbenen Nordlichts, stieg etwas am Himmel auf, das an eine lange, dünne Gerte erinnerte. Eine schwarze Kurve, die aussah wie ein Kratzer auf dem Bildschirm. Die

Gerte vibrierte kaum merklich, bog sich durch und streckte sich wieder. Sie bestand nicht aus einem Stück, sondern aus mehreren Gliedern, wie ein Bambusstab, und ragte mindestens zehn Kilometer entfernt über den Gebirgskamm empor, als hätte jemand eine gigantische Angel ausgeworfen. Die wohlbekannte Landschaft auf dem Bildschirm sah auf einmal so unwirklich aus wie eine Puppentheaterdekoration, und was ich sah, war so absonderlich und grausig komisch, als wäre über den Gipfeln ein riesengroßes Gesicht erschienen. Was wir hier beobachteten, war mit keinerlei Maßstab zu messen, ganz und gar unmöglich und sprengte alle herkömmlichen Vorstellungen von Proportionen.

»Sind sie das?«, fragte ich, noch immer flüsternd.

»Ausgeschlossen, dass es sich um etwas Natürliches handelt«, sagte Vanderhoeze. »Etwas Künstliches kann es freilich ebenso wenig sein.«

Das dachte ich auch.

»Wir müssen es Komow mitteilen«, schlug ich vor.

»Komow hat ausgeschaltet«, erwiderte Vanderhoeze und stellte den Entfernungsmesser ein. »Nach wie vor vierzehn Kilometer. Das Ding dort vibriert ganz fürchterlich, es schüttelt sich geradezu. Die Schwingungsweite liegt nicht unter hundert Meter ... Ein unmögliches Ding.«

»Und wie hoch ist es?«

»Fast sechshundert Meter.«

»Meine Güte ...«

Plötzlich sprang Vanderhoeze auf und betätigte zwei Tasten gleichzeitig: das Havariesignal für außen »Alle unverzüglich an Bord!« und das innere Signal »Alle in die Steuerzentrale!« Dann wandte er sich zu mir und befahl mit ungewöhnlich aufgebrachter Stimme: »Stas! Im Laufschritt zur VAK! Bring die Bug-AMK in Bereitschaft und warte weitere Befehle ab. Ohne meinen ausdrücklichen Befehl nichts unternehmen, klar?«

Ich stürmte in den Korridor hinaus. Hinter den Türen der Kajüten hörte man gedämpft das Alarmsignal. Maja stürzte mir entgegen und streifte im Laufen ihre Jacke über. Sie war gleich barfuß in die Schuhe geschlüpft.

»Was ist passiert?«, fragte sie schon von weitem; ihre Stimme war vom Schlaf noch ganz heiser.

Ich winkte nur ab und hastete auf der schmalen Stiege nach unten, wo sich der Bereich mit den aktiven Kampfmitteln befand. Vor Aufregung liefen mir Schauer über den Rücken, aber ich blieb ganz ruhig. Ich empfand sogar Stolz: Eine Situation wie diese gab es nicht alle Tage, sie war außergewöhnlich, und ich konnte mit Recht behaupten, dass seit dem ersten Start des Raumschiffs niemand vor mir den Raum der VAK betreten hatte – mit Ausnahme des technischen Personals auf dem Kosmodrom, das die Automatik überprüfen musste.

Ich ließ mich auf den Sitz fallen, schaltete den Panoramabildschirm ein, stellte die AMK von Automatik auf manuelle Schaltung um und blockierte die Heckvorrichtung, um im Eifer des Gefechts nicht in die falsche Richtung zu feuern. Dann begann ich mit der Zieleinstellung und schob die Umgebung auf dem Bildschirm in das schwarze Fadenkreuz: zuerst den Eisberg, der mich noch immer an einen Stoßzahn erinnerte, dann die Nebelmasse über den Sümpfen und schließlich Komow, der nun mit dem Rücken zu uns stand und, angestrahlt vom Nordlicht, zu den Bergen hinüberblickte ... Noch ein bisschen höher – und da war es, das rätselhafte Gebilde. Schwarz, zitternd und vollkommen widersinnig. Daneben befand sich ein zweites, kürzeres, das jedoch zusehends wuchs, sich krümmte und wieder gerade richtete ... Ich hatte keine Ahnung, wie das möglich war! Welche Energie das erforderte! Was für Material mochte das nur sein? Ein unheimlicher Anblick ... Jetzt glich es den ausgestreckten Fühlern einer Riesenschabe, die sich hinter den Bergen versteckte. Ich berechnete den günstigsten Einschlagwinkel und stellte das

Fadenkreuz so ein, dass ich mit einem Treffer beide Objekte vernichten konnte. Alles war bereit, ich brauchte nur noch den Fußhebel zu betätigen ...

»Achtung, VAK!«, schnarrte Vanderhoeze.

»Hier die VAK!«, antwortete ich.

»In Bereitschaft versetzen!«

»In Bereitschaft versetzt!«

Unser Dialog hörte sich, glaube ich, ziemlich forsch an.

»Hast du beide Ziele im Visier?«, fragte Vanderhoeze, nun wieder mit gewohnter Stimme.

»Ja. Ich erledige sie mit einem Impuls.«

»Zur Kenntnis: vierzig Grad östlich befindet sich ein drittes Ziel.«

Ich sah in die angegebene Richtung. Dort reckte sich tatsächlich ein dritter gigantischer Fühler in die Höhe, krümmte sich und vibrierte im fahlen Schein des Nordlichts. Das gefiel mir nicht. Ob ich das schaffte? Ja, ich musste es einfach schaffen. Ich ging in Gedanken durch, wie ich zuerst den einen Impuls losschicken und die Kanone dann mit zwei knappen Bewegungen zum dritten Ziel umschwenken würde. Es würde gutgehen.

»Drittes Ziel gesichtet«, meldete ich.

»In Ordnung«, sagte Vanderhoeze. »Aber verlier nicht die Nerven. Geschossen wird nur auf mein Kommando.«

»Zu Befehl!«, knurrte ich.

Aber wenn das da dem Schiff eins versetzte, konnte ich lange auf einen Befehl warten. Jetzt packte mich plötzlich Schüttelfrost. Ich presste die Hände ineinander, um mich wieder in den Griff zu bekommen. Dann sah ich zu Komow hinüber, bei dem alles in Ordnung zu sein schien. Er saß noch da wie vorhin, die Riesenschabe befand sich seitlich von ihm. Das beruhigte mich sofort, zumal ich neben Komow nun endlich die winzige dunkle Gestalt des Jungen entdeckte. Fast schämte ich mich meiner Aufregung.

Was war plötzlich in mich gefahren? Welchen Grund gab es, so in Panik zu verfallen? Da hatte eben jemand seine Fühler ausgestreckt ... Große Fühler, gewiss, ich würde sogar behaupten, dass sie so groß waren, dass sie jede Vorstellung übertrafen. Aber vielleicht, sogar wahrscheinlich, waren es gar keine Fühler, sondern Antennen. Vielleicht wurden wir gerade unter die Lupe genommen? Wir sie und sie uns. Dabei waren sie womöglich weniger an uns interessiert als an ihrem kleinen Schützling, Pierre Alexandrowitsch Semjonow. Sie wollten wohl nur, dass ihm durch uns kein Leid geschah ...

Eigentlich war die Antimeteoritenkanone eine furchtbare Waffe, und man setzte sie nur ungern ein. Es war eine Sache, die AMK einzusetzen, um einen Felsen dem Erdboden gleichzumachen, den Bau der Landebahn voranzutreiben oder eine Schlucht zuzuschütten, um ein Trinkwasserreservoir anzulegen. Es war aber etwas völlig anderes, sie gegen ein lebendes Objekt zu richten. War die AMK überhaupt schon einmal bei Gefahr eingesetzt worden? Soviel ich wusste, ja. Es hatte so einen Fall gegeben, wenn ich auch vergessen hatte, wo. Bei einem Lastentransporter war die Steuerung ausgefallen, und er drohte über einer Siedlung abzustürzen; er wurde mit einer einzigen Salve vernichtet. Ich entsann mich eines weiteren Vorfalls, der seinerzeit viel Staub aufgewirbelt hatte: Auf einem biologisch aktiven Planeten fand sich ein Erkundungsschiff einem »gezielten und unüberwindlichen Angriff der Biosphäre« ausgesetzt. Man fand zwar nie heraus, ob dem tatsächlich so gewesen war, aber der Kommandant hatte es so gesehen und aus der Bugkanone gefeuert ... Alles ringsum hatte er in die Luft gejagt, bis zum Horizont, sodass die Experten bei ihrer Revision nur noch die Tatsachen zur Kenntnis nehmen konnten. Und dem Kapitän war für lange Zeit die Flugerlaubnis entzogen worden ... Nein, es gab daran keinen Zweifel: Die AMK war eine furchtbare Waffe und durfte nur zum Einsatz kommen, wenn alle anderen Waffen versagten.

Um mich von solchen Gedanken abzulenken, begann ich die Entfernungen zu den Zielobjekten sowie ihre Höhe und Breite auszumessen. Die Entfernungen betrugen vierzehn, vierzehneinhalb und sechzehn Kilometer, die Höhe schwankte zwischen fünfhundert und siebenhundert Metern, und die Breite stimmte bei allen drei Objekten in etwa überein: Der Ausgangspunkt des Fühlers war ungefähr fünfzig Meter breit beziehungsweise dick, die äußerste Spitze hingegen nur einen knappen Meter. Sie setzten sich tatsächlich alle aus einzelnen Gliedern zusammen, so wie Bambusstäbe oder ausfahrbare Antennen. Bei näherem Hinsehen glaubte ich auf der Oberfläche der Fühler eine Art Bewegung zu erkennen: Sie führte von unten nach oben, wie eine Peristaltik, aber vielleicht täuschte ich mich auch, und es war nur ein Spiel des Lichts. Als ich versuchte, die Eigenschaften des Materials zu bestimmen, aus denen die Gebilde möglicherweise bestanden, kam nur Unsinn heraus. Wenn ich wenigstens den Probenlokator hätte einsetzen dürfen! Aber das war ausgeschlossen. Denn wer wusste, wie sie darauf reagieren würden. Im Übrigen war die Frage nach dem Material auch nicht wesentlich. Wichtig war, dass es sich hier um eine technisch entwickelte Zivilisation handelte. Um eine hochentwickelte Zivilisation sogar. Was aber noch zu beweisen war. Unklar blieb nach wie vor, weshalb sich die Einheimischen so tief in die Erde vergraben und ihren Planeten der Leere und Stille überlassen hatten. Doch wenn man es recht bedachte, besaß jede Zivilisation ihre eigene Vorstellung davon, wie die Welt am sinnvollsten geordnet war. Auf der Tagora zum Beispiel …

»Achtung, VAK!«, schnarrte es aus dem Lautsprecher direkt über meinem Ohr. Ich zuckte vor Schreck zusammen. »Siehst du die Zielobjekte?«

»Jawohl, ich sehe ...«, begann ich mechanisch, brach jedoch sogleich ab, denn die Fühler über den Bergen waren verschwunden. »Ziele verschwunden«, sagte ich kleinlaut.

»Du schläfst wohl auf deinem Posten?«

»Nein«, rechtfertigte ich mich. »Gerade waren sie noch da, ich habe sie mit eigenen Augen gesehen ...«

»Und was genau hast du mit eigenen Augen gesehen?«, erkundigte sich Vanderhoeze.

»Na, die drei Zielobjekte.«

»Und weiter?«

»Nichts, auf einmal sind sie verschwunden.«

»Hm ... Findest du nicht auch, dass sich das irgendwie merkwürdig abgespielt hat?«

»Auf jeden Fall«, bestätigte ich. »Sehr merkwürdig. Sie waren da und im Nu wieder weg.«

»Da kommt übrigens Komow zurück«, sagte Vanderhoeze. »Vielleicht kann er sich einen Reim darauf machen.«

Tatsächlich näherte sich Komow dem Schiff, mit allen möglichen Geräten behangen und staksigen Schritten – offenbar waren ihm die Beine vor Kälte steif geworden. Von Zeit zu Zeit drehte er sich um; fast sah es so aus, als verabschiede er sich von Pierre Alexandrowitsch, der seinerseits aber nicht zu sehen war.

»Entwarnung!«, gab Vanderhoeze durch. »Lass alles stehen und liegen und lauf rasch zur Kombüse. Bereite etwas Heißes zur Stärkung vor; Gennadi wird halb erfroren sein. Übrigens hatte ich den Eindruck, dass seine Stimme sehr zufrieden klang, was meinst du, Maja?«

Blitzschnell war ich in der Küche, braute in Windeseile Glühwein und starken Kaffee und stellte einen kleinen Imbiss zusammen. Ich wollte keinesfalls auch nur ein einziges Wort von dem verpassen, was Komow zu erzählen hatte. Doch als ich im Laufschritt das Serviertischchen in die Kajüte rollte, hatte Komow noch gar nicht mit seinem Bericht begonnen.

Er stand am Pult, auf dem die größte und genaueste Karte unseres Abschnitts ausgebreitet lag, massierte sich die steif gefrorene Wange und ließ sich von Maja die Stellen zeigen, an denen die Fühlerantennen aufgetaucht waren.

»Aber in diesem Gebiet gibt es nichts!«, erklärte Maja mit erregter Stimme. »Nichts! Außer gefrorenen Bergen, Schluchten von hundert Metern Tiefe und vulkanischen Erdklüften – keinerlei Anzeichen für Leben. Ich bin schon ein paar dutzendmal über dieses Gebiet geflogen – nicht einmal Buschwerk gibt es da.«

Komow dankte mir mit einem zerstreuten Nicken, nahm die Schale mit dem Glühwein in beide Hände, versenkte das Gesicht darin und begann geräuschvoll zu schlürfen, wohlig zu ächzen und genüsslich zu prusten.

»Auch der Untergrund ist dort sehr locker«, fuhr Maja fort. »Er hätte solch gigantische Gebilde nicht getragen. Hier handelt es sich immerhin um Zehn-, wenn nicht um Hunderttausende von Tonnen!«

»Nichts dagegen einzuwenden«, erwiderte Komow und stellte das leere Glas auf den Tisch. »Es ist in der Tat sonderbar ... Mein Gott«, er rieb sich kräftig die Hände, »bin ich durchgefroren.« Komow wirkte ganz anders auf mich als sonst: Seine Wangen waren gerötet, die Nasenspitze ebenso, die Augen leuchteten fröhlich, und er war sehr gut gelaunt. »Wirklich sonderbar, da gebe ich euch recht. Aber das ist längst nicht das Sonderbarste ... Was glaubt ihr, was es auf fremden Planeten noch alles gibt ...« Er ließ sich in den Sessel fallen und streckte die Beine aus. »Wisst ihr, heute kann man mich nicht mehr so leicht verblüffen. In diesen vier Stunden habe ich nämlich eine Menge höchst interessanter Dinge zu hören bekommen, auch wenn das eine oder andere noch überprüft werden muss. Ich kann euch aber schon jetzt von zwei fundamentalen Tatsachen berichten, die quasi auf der Hand liegen. Erstens kann der Knirps – so heißt der Junge –

schon fließend sprechen und praktisch alles verstehen, was man ihm sagt, und das, obwohl er bewusst noch nie Kontakt zu Menschen hatte, und zweitens ...«

»Was heißt fließend sprechen?«, unterbrach Maja ihn ungläubig. »Nach vier Stunden Unterricht – fließend?«

»So ist es, nach vier Stunden Unterricht – fließend!«, bestätigte Komow feierlich. »Aber das war nur das Erste. Und nun zweitens: Der Knirps ist überzeugt, dass er der einzige Bewohner auf diesem Planeten ist.«

Wir verstanden nicht.

»Wieso denn der einzige?«, fragte ich. »Das ist doch völlig unmöglich.«

»Der Knirps ist felsenfest davon überzeugt«, wiederholte Komow mit Nachdruck, »dass es außer ihm kein einziges vernunftbegabtes Wesen auf dem Planeten gibt.«

Wir schwiegen. Schließlich stand Komow auf.

»Wir haben noch viel Arbeit«, sagte er. »Der Knirps möchte uns morgen früh einen offiziellen Besuch abstatten.«

6

Nichtmenschen und Fragen

Wir arbeiteten die ganze Nacht. Vanderhoeze und ich zauberten förmlich aus dem Nichts heraus einen improvisierten Diagnostikapparat mit Emotionsindikator, den wir in der Gemeinschaftskajüte installierten. Das Gerät war dementsprechend schwach in der Leistung, registrierte aber die wichtigsten physiologischen Parameter einigermaßen zufriedenstellend. Was den Emotionsindikator selbst anging, so zeigte er lediglich drei Grundemotionen an: stark negative Empfindungen – rotes Lämpchen, stark positive Empfindungen – grünes Lämpchen, alle übrigen Empfindungen – weißes Lämpchen. Doch was blieb uns anderes übrig? Zwar stand ein erstklassiger stationärer Diagnostikapparat in der medizinischen Sektion, aber es war klar, dass sich der Knirps nicht einfach so mir nichts, dir nichts in eine mattweiße Wanne mit hermetisch abschließendem Deckel legen würde. Wie dem auch war, wir hatten unsere Vorbereitungen gegen neun Uhr abgeschlossen und mussten noch klären, wer von uns in dieser Zeit die Wache in der VAK, unserem Gefechtsstand, übernehmen sollte.

Vanderhoeze, der als Kommandant für die Sicherheit und Unversehrtheit des Schiffs verantwortlich war, lehnte es kategorisch ab, den Dienst in der VAK ausnahmsweise ausfallen zu lassen. Maja, die den Dienst in der zweiten Nachthälfte übernommen hatte, hoffte verständlicherweise, nicht mehr eingesetzt zu werden und am »offiziellen Antrittsbesuch« des Jungen teilnehmen zu können. Doch sie wurde bitter enttäuscht. Es stellte sich nämlich heraus, dass der Einzige, der den Diagnostiker richtig bedienen konnte, Vanderhoeze war, und dass im Falle eines technischen Versagens, womit jede Minute zu rechnen war, nur ich den Schaden beheben konnte. Drittens war Komow aufgrund bestimmter xenopsychologischer Überlegungen zu dem Schluss gelangt, die Anwesenheit einer Frau könne beim ersten Gespräch mit dem Knirps ungünstig sein. Kurzum: Maja, bleich vor Wut, blieb nichts anderes übrig, als aufzustehen und ihren Platz in der VAK wieder einzunehmen. Und Vanderhoeze, unbeeindruckt von Majas Wut, machte sich noch den Spaß, die Empfangsantenne des Emotionsindikators auf sie zu richten, während sie zur Tür ging. So konnten sich alle von seiner Funktionstüchtigkeit überzeugen: Das rote Lämpchen leuchtete, bis sie im Korridor verschwunden war. Allerdings blieb

Maja nicht ganz von unserem Gespräch mit dem Knirps ausgeschlossen; mithilfe des internen Verstärkernetzes konnte sie auch auf ihrem Posten hören, was in der Gemeinschaftskajüte gesprochen wurde.

Um neun Uhr fünfzehn Bordzeit ließ Komow seinen Blick ein letztes Mal prüfend durch die Kabine wandern. Alles war bereit. Der Diagnostiker war eingeschaltet, auf dem Tisch standen einladend mehrere Schalen mit Süßigkeiten, die Beleuchtung war dem hiesigen Tageslicht angepasst. Komow wiederholte noch einmal in Kürze die Verhaltensregeln bei der Kontaktaufnahme, schaltete das Aufnahmegerät an und bat uns Platz zu nehmen. Komow und ich setzten uns an den Tisch gegenüber der Tür, Vanderhoeze zwängte sich hinter das Pult des Diagnostikers, und dann begannen wir zu warten.

Der Knirps erschien um neun Uhr vierzig Bordzeit.

Er blieb in der Tür stehen, lehnte den linken Arm gegen den Türpfosten, zog das rechte Bein an und verharrte so etwa eine Minute lang. In dieser Zeit musterte er einen nach dem anderen von uns aus den Augenschlitzen seiner ansonsten völlig starren Maske. Es war so still, dass ich ihn atmen hörte – gleichmäßig und in tiefen Zügen, so als sei hier ein gut funktionierender Mechanismus am Werk. Aus der Nähe und bei grellem Licht betrachtet wirkte er noch sonderbarer als sonst. Alles an ihm war sonderbar: die Haltung – für unsere Begriffe ganz und gar unnatürlich und doch irgendwie ungezwungen –, die glänzende, wie mit Lack überzogene grünlich blaue Haut, das unangenehme Missverhältnis in der Verteilung der Muskeln und Sehnen, die ungemein starken Kniegelenke und die erstaunlich schmalen, langen Füße. Er war auch gar nicht so klein, wie wir anfangs gedacht hatten: etwa so groß wie Maja. Außerdem stellten wir fest, dass ihm an den Fingern der linken Hand die Nägel fehlten und er in der rechten Faust ein paar frische Blätter hielt.

Sein Blick blieb schließlich an Vanderhoeze hängen. Er sah ihn so lange und so durchdringend an, dass ich schon fürchtete, er könnte erraten haben, was es mit dem Diagnostiker auf sich hatte. Unter dem Blick wurde unser tapferer Kommandant ganz nervös, begann seinen Backenbart zu zupfen und deutete, entgegen der Instruktion, eine leichte Verbeugung an.

»Fantastisch!«, sagte der Kleine laut und deutlich mit der Stimme Vanderhoezes. Auf dem Indikator erstrahlte das grüne Lämpchen.

Der Kommandant strich sich ein zweites Mal verwirrt durch den Bart und lächelte ergeben. In diesem Augenblick belebte sich das Gesicht des Jungen, und Vanderhoeze wurde mit einer Serie furchterregender Grimassen bedacht, die einander in Sekundenschnelle ablösten. Jakows Stirn bedeckte sich mit kaltem Schweiß. Ich weiß nicht, wie das Ganze geendet hätte, wäre der Knirps nicht plötzlich vom Türpfosten weg an der Wand entlang zum Bildschirm des Videofons geschlüpft.

»Was ist das?«, fragte er.

»Ein Videofon«, antwortete Komow.

»Ja«, sagte der Knirps. »Alles bewegt sich, aber es ist nichts da. Nur Bilder.«

»Hier ist etwas zu essen«, sagte Komow. »Möchtest du essen?«

»Essen – einzeln?«, fragte, für uns unverständlich, der Knirps und näherte sich dem Tisch. »Das soll Essen sein? Sieht nicht danach aus. Humbug.«

»Wonach sieht es nicht aus?«, erkundigte sich Komow.

»Nach Essen.«

»Probier es trotzdem mal.« Komow schob ihm die Schüssel mit Piroggen hin.

Der Knirps ließ sich unvermittelt auf die Knie fallen, streckte die Arme aus und öffnete den Mund. Wir schwiegen verdutzt. Er hielt die Augen geschlossen und verharrte einige Sekunden lang in regloser Haltung, dann ließ er sich weich auf den Rücken fallen, setzte sich wieder auf und verteilte mit kantigen Bewegungen die Blätter, die er in der Hand gehalten hatte, vor sich auf dem Fußboden. Über sein Gesicht lief das uns bekannte rhythmische Zucken. Mit schnellen, aber sehr exakten Bewegungen begann er die Blätter nach einem bestimmten Muster anzuordnen, wobei er von Zeit zu Zeit mit einem Bein nachhalf. Komow und ich erhoben uns aus den Sesseln und reckten die Hälse, um ihn besser dabei beobachten zu können. Die Blätter bildeten wie von selbst ein eigentümliches Bild, das gewiss etwas zu bedeuten hatte, bei uns jedoch keinerlei Assoziationen hervorrief. Für den Bruchteil einer Sekunde verharrte der Knirps erneut in Reglosigkeit und schob die Blätter dann mit einer heftigen Bewegung zusammen. Sein Gesicht war nun wieder starr wie eine Maske. »Verstehe«, sagte er. »Das ist euer Essen. Ich esse anders.«

»Schau her, wie man es isst«, forderte ihn Komow auf.

Er streckte den Arm aus, nahm eine Pirogge, führte sie betont langsam zum Mund, biss vorsichtig ab und begann demonstrativ zu kauen. Das steinerne Gesicht des Jungen wurde plötzlich von einem Krampf verzerrt. »Nicht!«, schrie er beinahe. »Man darf nichts mit den Fingern in den Mund stecken. Das endet schlimm!«

»Versuch es doch auch einmal«, schlug ihm Komow erneut vor, sah dann zum Diagnostiker hinüber und stockte. »Du hast recht«, pflichtete er ihm bei. »Das soll man nicht machen. Was wollen wir jetzt tun?«

Der Knirps kauerte sich auf seine linke Ferse und sagte mit tiefer sonorer Stimme: »Heimchen. Unsinn. Erklär mir noch mal: Wann verschwindet ihr von hier?«

»Das kann ich dir im Augenblick nicht erklären«, antwortete Komow nachgiebig. »Zuerst müssen wir alles über dich erfahren. Unbedingt. Du hast ja noch gar nichts von dir erzählt. Wenn wir alles über dich wissen, gehen wir wieder fort. Wenn du das willst.«

»Du weißt schon alles von mir«, sagte der Knirps nun mit Komows Stimme. »Du weißt, wie ich entstanden und hierhergekommen bin. Du weißt, warum ich dich aufgesucht habe. Du weißt alles über mich.«

Mir klappte der Unterkiefer herunter, aber Komow zeigte sich in keiner Weise beeindruckt.

»Wieso glaubst du, dass ich alles weiß?«, fragte er gelassen.

»Ich habe nachgedacht«, antwortete der Junge. »Und ich habe verstanden.«

»Das ist ja prächtig«, lobte Komow. »Aber du hast trotzdem nicht ganz recht. Ich weiß zum Beispiel gar nichts über dein Leben hier vor meiner Ankunft.«

»Geht ihr sofort weg, wenn ihr alles über mich wisst?«

»Ja, wenn du darauf bestehst.«

»Dann frage jetzt«, sagte der Knirps. »Und frag schnell, weil ich dich auch etwas fragen will.«

Ich warf einen Blick auf den Indikator, einfach so, ohne besonderen Grund. Mir wurde ganz anders: Das grelle rubinrote Lämpchen brannte, wo doch eben noch das neutrale weiße geleuchtet hatte. Aus den Augenwinkeln sah ich, dass auch Vanderhoeze ein mehr als beunruhigtes Gesicht machte.

»Als Erstes hätte ich gern gewusst«, begann Komow, »warum du dich so lange vor uns versteckt hast.«

»Kur-wis-pat«, artikulierte der Knirps deutlich und setzte sich auf die rechte Ferse. »Ich wusste die ganze Zeit, dass die Menschen wiederkommen. Ich wartete, und mir ging es schlecht dabei. Dann sah ich eines Tages: Die Menschen waren wiedergekommen. Ich begann nachzudenken und begriff – wenn ich sie darum bitte, gehen sie fort, und dann wird es mir gut gehen. Sie würden bestimmt fortgehen, ich wusste nur nicht, wann. Es waren vier Menschen. Das sind sehr viele. Schon einer ist viel, aber besser als vier. Eines Nachts ging ich zu einem von ihnen und sprach mit ihm. Humbug. Ich dachte: Einer kann vielleicht nicht sprechen. Ich ging zu allen vieren. Das war sehr lustig: Wir haben mit den Bildern gespielt, sind hintereinander hergelaufen wie eine Welle. Wieder Humbug. Und gestern Abend sah ich: Einer sitzt allein da. Das warst du. Ich dachte nach und begriff: Du wartest auf mich. Also ging ich hin. Grinsekaterchen! So war das.«

Er sprach mit Komows Stimme, schroff und in abgehackten Sätzen; nur die eingestreuten zusammenhanglosen Worte äußerte er in dem tiefen sonoren Bass, den wir noch nicht zuordnen konnten. Der Knirps hielt keine Sekunde lang still; Hände und Finger waren ununterbrochen in Bewegung, wie überhaupt sein ganzer Körper. Die Bewegungen schienen irgendwie gezielt zu sein und waren gleichmäßig und fließend; eine Haltung ging übergangslos in die nächste über. Es war ein fantastischer Gegensatz: einerseits die vertrauten Wände der Gemeinschaftskajüte, der süßliche Vanillegeruch der Piroggen, die alltägliche, häusliche Atmosphäre. Andererseits die seltsame violette Beleuchtung – und in diesem Licht das geschmeidig und wild gestikulierende fremde Wesen auf dem Fußboden. Obendrein das alarmierende rubinrote Lämpchen auf dem Pult.

»Woher wusstest du, dass die Menschen wiederkommen?«, fragte Komow.

»Ich habe nachgedacht und begriffen.«

»Vielleicht hat es dir jemand gesagt?«

»Wer denn? Die Steine? Die Sonne? Die Büsche? Ich bin alleine hier. Ich und meine Bilder. Aber die schweigen. Mit ihnen kann man nur spielen. Nein, ich wusste es einfach. Die Menschen kamen und verschwinden wieder.« Mit einer schnellen Bewegung legte er ein paar Blätter auf dem Boden zurecht. »Ich aber habe nachgedacht und begriffen: Sie werden wiederkommen.«

»Und warum ging es dir schlecht?«

»Wegen der Menschen.«

»Aber die Menschen tun niemandem ein Leid an. Sie wollen, dass es anderen gut geht.«

»Ich weiß«, sagte der Knirps. »Darum sage ich ja auch: Sie werden fortgehen. Die Menschen werden fortgehen, und dann geht es mir wieder gut.«

»Was tun die Menschen, was dir nicht gefällt?«

»Ob sie hier sind oder jederzeit wieder auftauchen können – beides ist schlecht. Wenn sie für immer fortgehen, das ist gut.«

Das rote Signal des Diagnostikers ließ mir keine Ruhe mehr; so stieß ich Komow leicht mit dem Fuß unter dem Tisch an.

»Woher weißt du, dass die Menschen tatsächlich weggehen, wenn du sie darum bittest?«, fragte Komow ungerührt weiter.

»Ich weiß: Sie wollen, dass es allen gut geht.«

»Aber *woher* weißt du das? Du hast doch noch nie Kontakt zu Menschen gehabt.«

»Ich habe viel nachgedacht. Lange Zeit. Und dann habe ich es verstanden.«

»Wann hast du es verstanden? Ist das schon lange her?«

»Nein, erst vor Kurzem. Als du vom See weggingst, habe ich einen Fisch gefangen. Er starb, und ich habe mich sehr gewundert. Ich dachte nach und wusste, dass ihr weggeht, wenn man euch darum bittet.«

Komow biss sich auf die Unterlippe, unternahm aber einen erneuten Versuch: »Einmal, auf der Erde, bin ich am Ufer des Ozeans eingeschlafen. Als ich wieder aufwachte, sah ich neben mir auf dem nassen Sand die Spuren menschlicher

Füße. Ich habe nachgedacht und begriffen, dass ein Mensch an mir vorbeigegangen war, während ich schlief. Woher ich das wusste, wo ich doch nicht ihn, sondern nur seine Spuren sah? Ganz einfach – ich habe nachgedacht. Vorher waren die Spuren nicht da gewesen, jetzt gab es sie, also waren sie aufgetaucht, während ich schlief. Es konnte sich nur um die Spuren eines Menschen handeln, denn die Spuren von Wellen oder Steinen, die manchmal von den Bergen herabrollten, kannte ich. Während ich schlief, war demnach ein Mensch an mir vorbeigegangen ... Auf diese Weise denken wir Menschen nach. Aber wie denkst du nach? Du sagst: Es sind Menschen angekommen. Du weißt nichts über sie. Doch du überlegst und kommst zu dem Schluss, dass sie für immer fortfliegen werden, wenn du sie darum bittest. Wie, auf welche Weise hast du dir das überlegt?«

Der Knirps schwieg mehrere Minuten lang, und auf seinem Gesicht begann wieder der Tanz der Muskeln. Behände bewegten und verschoben seine Finger die Blätter, die vor ihm auf dem Boden lagen. Schließlich stieß er sie mit dem Fuß von sich weg und sagte mit der sonoren, lauten Bassstimme: »Was für eine Frage, Donner und Doria!«

Von Vanderhoeze hörte man ein erschrockenes Husten aus der Ecke, und der Kleine sah augenblicklich zu ihm hinüber.

»Fantastisch!«, rief er in demselben Bass. »Ich wollte schon immer wissen: Was haben die langen Haare auf den Backen zu bedeuten?«

Stille.

Ich sah, wie das rubinrote Licht plötzlich erlosch und das smaragdgrüne aufleuchtete.

»Antworten Sie ihm, Jakow«, bat ihn Komow in ruhigem Ton.

»Hm ...«, begann Vanderhoeze, und seine Wangen bekamen eine rosige Farbe. »Wie soll ich dir das erklären, mein

Junge ...« Er begann wie immer an seinem Backenbart zu zupfen. »Ich finde das eben schön, mir gefällt es ... Meiner Meinung nach reicht das als Erklärung aus, was meinst du?«

»Es ist schön ... gefällt mir ...«, murmelte der Knirps vor sich hin. »Mein Glöckchen!«, sagte er plötzlich zärtlich. Und dann wieder mit gewohnter Stimme: »Nein, du hast es mir nicht erklärt. Aber so was kommt vor. Wieso trägst du es nur an den Backen und nicht auf der Nase?«

»Weil es auf der Nase nicht schön aussieht«, belehrte ihn Vanderhoeze. »Außerdem würden sie beim Essen in den Mund fallen.«

»Stimmt«, gab der Knirps zu. »Aber wenn du die Haare an den Backen hast und durch die Büsche streifst, bleibst du daran hängen. Ich jedenfalls bleibe mit meinen Haaren immer hängen. Dabei habe ich sie oben auf dem Kopf.«

»Na ja«, erwiderte Vanderhoeze. »Ich gehe nicht so oft durch die Büsche, weißt du.«

»Das solltest du auch nicht«, riet der Knirps. »Es tut nämlich weh. Heimchen!«

Vanderhoeze wusste nicht, was er darauf sagen sollte, doch man sah ihm an, wie zufrieden er war. Auf dem Indikator brannte das grüne Lämpchen – also hatte der Knirps seine Kümmernisse vergessen. Unser guter Käpt'n, der Kinder so gern mochte, war offensichtlich ganz gerührt. Es schmeichelte ihm wohl auch, dass sein Bart – bislang nur Objekt mehr oder weniger banaler Späße – bei der Kontaktaufnahme eine so wichtige Rolle gespielt hatte.

Dann war ich an der Reihe. Der Knirps fixierte mich unvermittelt und platzte heraus: »Und du?«

»Was – ich?«, fragte ich völlig perplex und daher leicht aggressiv. Komow reagierte prompt und verpasste mir mit einiger Genugtuung einen Tritt gegen den Knöchel.

»Ich habe eine Frage an dich«, erklärte der Knirps. »Ich wollte sie dir schon lange stellen, aber du hattest Angst.

Einmal hättest du mich beinahe umgebracht – mit einem zischenden, brüllenden Luftstrahl. Bis zu den Hügeln bin ich gelaufen ... Nun aber meine Frage: Es ist groß, warm, hat viele Lämpchen und walzt die Erde platt. Was ist das?«

»Eine Maschine«, antwortete ich und räusperte mich. »Wir nennen solche Maschinen Kyber.«

»Kyber«, wiederholte der Knirps. »Sind sie lebendig?«

»Nein«, sagte ich. »Maschinen sind nicht lebendig. Wir haben sie gebaut.«

»Gebaut? So große Dinge? Und sie bewegen sich! Fantastisch! Und wie groß die sind!«

»Es gibt noch größere«, sagte ich.

»Wirklich?«

»Viel größere«, schaltete sich Komow ein. »Größer als der Eisberg.«

»Und die bewegen sich auch?«

»Nein«, sagte Komow. »Sie denken nach.«

Komow begann dem Jungen die kybernetischen Maschinen zu erklären, und ich versuchte herauszufinden, was der Knirps wohl dabei empfand. Das war gar nicht so einfach ... Ging man aber davon aus, dass sich seine Empfindungen in den körperlichen Reaktionen widerspiegelten, konnte man mit Bestimmtheit sagen: Der Knirps war enorm beeindruckt. Denn er jagte in unserer Gemeinschaftskajüte herum wie Tom Sawyers Katze, nachdem sie »Schmerztöter« geschluckt hatte. Als Komow ihm auseinandersetzte, warum man meine Kyber weder als lebendige noch als tote Wesen bezeichnen konnte, kletterte er bis zur Decke hinauf und ließ sich von dort herunterhängen – bewegungslos, Hände und Füße hafteten an der Plastverschalung. Als er erfuhr, dass es gigantische Maschinen gab, die schneller dachten als Menschen, schneller rechneten als Menschen und millionenfach schneller auf Fragen antworteten als sie, kugelte er sich zusammen, rollte sich wieder auseinander, rannte blitzschnell in den Korridor und lag uns dann Sekunden später, völlig außer Atem, furchtbare Grimassen schneidend und mit großen runden Augen vor den Füßen. Niemals zuvor und nie mehr danach bin ich einem so dankbaren Zuhörer begegnet. Das smaragdgrüne Lämpchen auf dem Indikator strahlte und funkelte wie ein Katzenauge, und Komow redete ohne Pause, mit gleichmäßiger Stimme, in klaren, präzisen und ganz einfachen Sätzen. Listig ließ er hin und wieder einfließen: »Darüber sprechen wir später noch« oder »In Wirklichkeit ist es bedeutend komplizierter und auch interessanter, aber das wirst du erst verstehen, wenn du weißt, was Hämostatik ist.«

Kaum hatte Komow geendet, sprang der Kleine in den Sessel, schlang die langen, sehnigen Arme um seinen Körper und fragte: »Ob ich den Kybern etwas sagen könnte, sodass sie auf mich hören?«

»Das hast du bereits getan«, erwiderte ich.

Lautlos wie ein Schatten legte er sich vor mir auf den Tisch und ließ sich auf seine Arme gleiten.

»Ich? Wann denn?«

»Neulich. Du bist ihnen vor den Füßen herumgesprungen, da ist der größte von ihnen – er heißt Tom – stehen geblieben und hat dich nach deinen Anweisungen gefragt.«

»Und warum habe ich das nicht gehört?«

»Du hast es gesehen. Vielleicht erinnerst du dich, dass auf seiner Stirn ein rotes Lämpchen aufleuchtete. Das war die Frage. Tom hat sie auf seine Weise gestellt.«

Der Knirps glitt vom Tisch weich zu Boden.

»Fantastisch!«, sagte er kaum hörbar mit meiner Stimme. »Das ist ein schönes Spiel. Ein fan-ta-sti-sches Spiel. Mein Nussknacker!«

»Wieso denn ›Nussknacker‹?«, schaltete sich Komow ein.

»Was weiß ich«, meinte der Kleine ungeduldig. »Nur so ein Wort. Ich mag es. Wie Grinsekaterchen. N-nussknacker.«

»Und woher kennst du diese Ausdrücke?«

»Ich erinnere mich an sie. Und an zwei große, sehr liebe Menschen. Viel größer als ihr ... Donner und Doria! Nussknacker ... Heimchen. Mar-rie, Mar-rie! Unser kleines Heimchen hat Hun-ger!«

Mir lief ein Schauer über den Rücken, und auch Vanderhoeze wurde blass; sein Backenbart hing traurig herab. Kein Wunder, denn der Knirps hatte die Worte wieder mit der sonoren Bassstimme gesprochen, und man brauchte nur die Augen zu schließen, um einen großen, gesunden und lebensfrohen Mann vor sich zu sehen, der furchtlos war, stark und gütig ... Plötzlich ging die tiefe Stimme in ein leises, sehr zärtliches Gurren über: »Mein Kätzchen, mein Rehlein ...« Ja, das waren die liebevollen Worte einer Frau: »Ach, du mein Glöckchen, du bist ja wieder ganz nass ...«

Der Junge verstummte und klopfte sich mit dem Finger gegen die Nase.

»Und an all das kannst du dich erinnern?«, fragte Komow mit etwas belegter Stimme.

»Natürlich«, bejahte der Knirps und ahmte Komow nach. »Erinnerst du dich etwa nicht an alles?«

»Nein.«

»Das kommt daher, dass du anders nachdenkst als ich«, meinte der Junge überzeugt. »Ich erinnere mich an alles. Was einmal um mich herum geschehen ist, vergesse ich nicht. Und wenn ich wirklich einmal etwas vergesse, brauche ich nur gründlich nachzudenken, dann fällt es mir wieder ein. Wenn es dich interessiert, erzähle ich später mehr von mir. Aber jetzt sag mir: Was ist da oben? Gestern hast du mir gesagt: die Sterne. Was sind das, Sterne? Von oben fällt Wasser herab. Ich will das manchmal nicht, aber es fällt trotzdem. Woher kommt es? Und woher kommen die Schiffe? Es sind sehr viele Fragen, ich habe lange nachgedacht. Es gibt so viele Antworten, dass ich sie nicht verstehe. Nein, anders: Es gibt zu viele verschiedene Antworten, und sie hängen wie Blätter aneinander ...« Er häufte die Blätter auf dem Fußboden unordentlich aufeinander. »Sie verdecken sich gegenseitig und stören einander. Kannst du darauf antworten?«

Komow begann zu erklären, und der Kleine rannte, zitternd vor Erregung, erneut durch die Kajüte. Bei dem Anblick flimmerte es mir schier vor Augen, sodass ich sie schloss. Ich dachte darüber nach, weshalb ihm die Eingeborenen wohl solch einfache Dinge vorenthalten haben mochten. Vor allem aber beschäftigte mich die Frage, wie sie es fertiggebracht hatten ihn aufzuziehen, ohne dass er von ihrer Existenz wusste. Zudem verblüffte mich, dass sich der Junge so genau daran erinnerte, was er als Säugling erlebt hatte. Schlimm war nur eins: Er hatte nicht das Geringste von dem, was in seiner Erinnerung gespeichert war, begriffen.

Plötzlich verstummte Komow. Scharfer Salmiakgeruch stieg mir in die Nase, und ich öffnete die Augen. Der Knirps war nicht mehr in der Kajüte, nur sein schwaches, fast durchsichtiges Phantom schwebte noch, in Auflösung begriffen, über dem Häufchen Blätter auf dem Fußboden. In einiger Entfernung klappte leise der Lukenverschluss zu. In dem Augenblick ertönte im Lautsprecher Majas beunruhigte Stimme: »Wohin ist er denn so plötzlich verschwunden? Ist etwas passiert?«

Ich sah zu Komow hinüber. Der rieb sich geräuschvoll die Hände und lächelte nachdenklich vor sich hin.

»Nun«, sagte er, »das verspricht interessant zu werden.« Und dann: »Maja! Sind die Fühler wieder da?«

»Ja, acht Stück. Das heißt – nein, jetzt sind sie verschwunden. Aber bis gerade eben waren sie noch da. Sie waren über die ganze Gebirgskette verteilt, und diesmal sogar farbig: gelb, grün ... Ich habe Fotos von ihnen gemacht.«

»Sehr gut«, sagte Komow anerkennend. »Und das nächste Mal, Maja, werden Sie unbedingt dabei sein ... Jakow, sammeln Sie die Aufzeichnungen des Diagnostikers ein, wir werten sie bei mir aus. Und Sie, Stas ...« Er stand auf und ging in die Ecke, wo sich der Speicherblock für die Videoaufnahmen befand. »Sie nehmen diese Kassette hier und übermitteln per Eilkanal alles direkt zur Zentrale. Eine Kopie nehme ich mit, zwecks Analyse ... Wo habe ich nur den Projektor gesehen ... Ach ja, da ist er. Ich denke, wir haben noch drei bis vier Stunden Zeit, bis der Knirps wiederkommt ... Ach, noch etwas, Stas: Sehen Sie doch bitte gleich die Funksprüche durch. Und geben Sie mir nur weiter, was aus der Zentrale, vom Stützpunkt, von Gorbowski oder von Mboga persönlich gekommen ist.«

»Ich sollte Sie daran erinnern«, sagte ich und erhob mich ebenfalls, »dass Sie noch mit Michail Albertowitsch sprechen wollten.«

»Ach ja, stimmt.« Komow machte ein schuldbewusstes Gesicht. »Wissen Sie, Stas, es ist zwar nicht der korrekte Weg, aber seien Sie bitte trotzdem so nett und schicken die Aufzeichnungen über zwei Kanäle: nicht nur an die Zentrale, sondern auch zum Stützpunkt, und zwar an Michail Albertowitsch persönlich. Und zwar vertraulich. Ich nehme das auf mich.«

»Dafür kann ich die Verantwortung auch selbst übernehmen«, brummte ich, als ich bereits draußen war.

In der Steuerzentrale angelangt, legte ich die Kassette ein und tippte auf »Senden«. Dann sah ich die eingegangenen Funksprüche durch. Diesmal waren es nur wenige, drei insgesamt; offenbar hatte die Zentrale erste Maßnahmen getroffen. Eins der Telegramme kam aus dem Informatorium und bestand nur aus Zahlen, griechischen Buchstaben und seltsamen Zeichen. Der zweite Funkspruch war von der Zentrale abgeschickt worden. Bader beharrte weiterhin darauf, dass wir Überlegungen anstellen sollten, in welchen Gebieten des Planeten sich die Eingeborenen aufhalten könnten. Zur Sicherheit. Außerdem interessierten ihn die möglichen

Kontaktvarianten nach dem Bülow'schen System. Der dritte Funkspruch stammte vom Stützpunkt; Sidorow fragte offiziell an, in welcher Reihenfolge Komow die angeforderten Apparaturen benötige. Ich überlegte kurz und entschied, das erste Telegramm an Komow weiterzureichen, da es für ihn von Nutzen sein konnte, und den dritten Funkspruch zurückzuhalten, denn er wäre unfair gegenüber Michail Albertowitsch gewesen. Baders Forderung hielt ich für weniger dringlich.

Eine halbe Stunde später signalisierte das Gerät, dass die Übertragung beendet war. Ich nahm die Kassette heraus, griff mir die beiden Kärtchen mit den Funksprüchen und ging zu Komow. Als ich eintrat, saß er mit Vanderhoeze vor dem Projektor. Auf der Leinwand sah man den Knirps wie einen Blitz hin und her jagen. Vanderhoeze beugte sich weit vor, um besser sehen zu können. Er stützte die Ellbogen auf den Tisch und vergrub die Finger in seinem Bart.

»… abruptes Ansteigen der Temperatur«, kommentierte er. »Bis zu dreiundvierzig Grad … Beachten Sie das Enzephalogramm, Gennadi … Sehen Sie, jetzt erscheint die Peterswelle wieder …«

Vor ihnen auf dem Tisch lagen noch weitere Bögen aus Endlospapier mit Aufzeichnungen unseres Diagnostikers wie auch auf dem Fußboden und dem Bett.

»Stimmt …«, sagte Komow nachdenklich und zeichnete mit dem Finger die Kurve nach. »Moment mal … Das hier, was war das noch gleich?« Er stoppte den Projektor, drehte sich halb um, griff nach einem der Bögen, die auf dem Tisch lagen, und bemerkte mich. »Was gibt's?«, wollte er wissen. Seine Stimme klang gereizt.

Ich legte die zwei Funksprüche vor ihn auf den Tisch.

»Und?«, fragte er ungeduldig. »Ach so …« Er überflog das Telegramm vom Informatorium, grinste und warf es dann achtlos beiseite. »Passt alles nicht«, meinte er. »Na ja, woher sollen sie das auch wissen.« Dann las er Sidorows Funkspruch und sah mich an. »Haben Sie ihm die Aufnahmen übermittelt?«

»Ja.«

»Schön, vielen Dank. Verfassen Sie in meinem Namen noch folgenden Funkspruch an ihn: Die Apparaturen werden vorerst nicht benötigt. Ich werde mich melden, wenn es so weit ist.«

»Gut«, sagte ich und ging.

Nachdem ich den Funkspruch abgesetzt hatte, beschloss ich, nach Maja zu sehen. Sie saß mit finsterer Miene am Pult und schraubte eifrig an den Hebeln der Bordkanone. Für mich sah es so aus, als trainierte sie das Ausrichten der Waffe auf weit auseinanderliegende Objekte.

»Hoffnungslos«, rief sie, als sie mich bemerkte. »Wenn sie uns alle gleichzeitig unter Beschuss nehmen, ist es aus. Das ist einfach nicht zu schaffen.«

»Man kann den Visierwinkel erweitern«, erklärte ich und trat näher. »Freilich verringert sich dadurch die Einschlagskraft um das Drei- bis Vierfache. Der Vorteil ist aber, dass man ein Viertel des Horizontes abdeckt, und die Entfernungen sind hier ja nicht groß … Glaubst du denn wirklich, dass sie uns unter Beschuss nehmen könnten?«

»Rechnest du nicht damit?«

»Es sieht eigentlich nicht danach aus …«

»Und warum bin ich dann hier, wenn es nicht so aussieht?«

Ich setzte mich neben ihren Stuhl auf den Boden.

»Ehrlich gesagt, ich weiß es nicht«, gab ich zu. »Aber kontrollieren muss man es trotzdem. Da sich nun herausgestellt hat, dass der Planet biologisch aktiv ist, müssen wir uns an die Instruktionen halten. Und einen Erkundungskyber dürfen wir ja nicht rausschicken.«

Wir schwiegen.

»Tut er dir leid?«, fragte Maja unvermittelt.

»Ich w-weiß nicht«, murmelte ich, überrascht von ihrer Frage. »Ich finde es eher unheimlich. Aber leidtun? Nein, warum auch? Er lebt, ist gesund und macht ganz und gar keinen bedauernswerten Eindruck.«

»Das meine ich nicht. Wie soll ich es nur ausdrücken … Als ich hörte, wie Komow mit ihm sprach, wurde mir richtig übel. Dem ist der Junge doch völlig einerlei.«

»Wieso denn – einerlei? Es ist Komows Aufgabe, Kontakt zu ihm herzustellen, und er tut das mithilfe einer bestimmten Strategie … Du weißt doch, dass ohne den Knirps kein Kontakt zustande kommt.«

»Natürlich weiß ich das. Wahrscheinlich ist mir gerade deswegen so unwohl dabei. Der Knirps hat nicht die leiseste Ahnung von der Existenz der Eingeborenen, und wir benutzen ihn einfach – als blindes Werkzeug!«

»Na, ich weiß nicht«, erwiderte ich. »Meiner Ansicht nach bist du ein bisschen sentimental. Er ist doch trotz allem kein Mensch. Er ist ein Eingeborener, und wir stellen Kontakt zu ihm her. Zu dem Zweck müssen wir bestimmte Hindernisse überwinden und einige Rätsel lösen. Da ist ein nüchternes Herangehen an die Dinge gefordert; mit Gefühlen kommt man da nicht weiter. Außerdem hegt der Knirps uns gegenüber ja auch keine große Sympathie – kann er auch nicht. Und schließlich: Was ist Kontakt? Doch nichts anderes als das Aufeinandertreffen zweier Strategien.«

»Mein Gott«, stöhnte Maja. »Was bist du für ein Holzklotz! Du taugst anscheinend zu nichts anderem als zum Programmieren. Kybertechniker …«

Aber ich nahm es ihr nicht übel. Mir war klar, dass sie meinen Argumenten im Grunde nichts entgegenzusetzen hatte, und spürte, dass sie irgendetwas wirklich quälte.

»Du hast wieder deine Vorahnungen, stimmt's?«, sagte ich. »Dabei weißt du doch selbst, dass der Knirps unsere einzige, hauchdünne Verbindung zu den Unsichtbaren hier ist. Wenn es uns nicht gelingt, seine Sympathie zu gewinnen ...«

»Das ist es ja«, unterbrach mich Maja. »Genau das. Was immer Komow sagt, und was er auch tut – man spürt sofort, dass ihn nur eins interessiert: der Kontakt. Alles für die große Idee des vertikalen Progresses!«

»Und was müsste er deiner Meinung nach tun?«, fragte ich.

Maja zuckte mit den Achseln. »Keine Ahnung. Sich vielleicht so verhalten wie Jakow ... Jedenfalls war er der Einzige, der wie ein Mensch mit dem Knirps gesprochen hat.«

»Na, weißt du«, sagte ich, nun doch ein wenig gekränkt. »Ein Kontakt auf Backenbartebene – also, wenn dir weiter nichts einfällt ...«

Wir schwiegen beide beleidigt. Maja machte sich noch eifriger als vorher an den Hebeln zu schaffen und versuchte, die schneebedeckten, zackenförmigen Gipfel des Gebirgskamms ins Fadenkreuz zu bringen.

»Hör mal, Maja«, fing ich nach einer Weile wieder an. »Bist du wirklich dagegen, dass der Kontakt zustande kommt?«

»Nein, natürlich nicht«, erwiderte sie zurückhaltend. »Du weißt doch, wie ich mich gefreut habe, als wir endlich wussten, was es mit dem Knirps auf sich hat. Aber dann lauschte ich eurem Gespräch, und ich begann zu zweifeln. Vielleicht liegt es daran, dass ich noch nie bei einer Kontaktaufnahme dabei war ... Ich habe sie mir wohl ganz anders vorgestellt.«

»Nein, Maja«, widersprach ich. »Darum geht es nicht. Aber ich kann mir denken, was dich beschäftigt: Du glaubst immer noch, er wäre ein Mensch ...«

»Das sagtest du schon«, parierte Maja.

»Lass mich bitte ausreden. Du siehst immer nur seine menschlichen Seiten, doch du musst die Sache andersherum betrachten. Von den Phantomen und der Mimikry einmal abgesehen – was hat er denn mit uns gemein? Eine gewisse Ähnlichkeit in der äußeren Erscheinung, den aufrechten Gang, von mir aus auch den Stimmapparat ... Aber das ist schon alles. Nicht einmal die Muskulatur stimmt mit der unseren überein, und die wird ja nun direkt von den Genen bestimmt ... Dich verwirrt einfach, dass er sprechen kann; aber bei Licht besehen ist selbst das etwas völlig anderes: Kein Mensch ist imstande, innerhalb von vier Stunden eine Sprache so zu erlernen, dass er sich fließend unterhalten kann. Dabei geht es nicht einmal so sehr um den Wortschatz als um die Intonation, die Syntax ... Soll ich dir sagen, wofür ich ihn halte? Für einen Wechselbalg! Nicht für einen Menschen, sondern für eine meisterhafte Nachbildung. Überleg doch mal: Sich an Dinge zu erinnern, die man als Säugling gehört hat, oder gar im Mutterleib – das ist einfach unmöglich! Niemand kann das, denn es ist keine menschliche Eigenschaft! Hast du je einen Android-Roboter zu Gesicht bekommen? Nein? Aber ich!«

»Was willst du damit sagen?«, fragte Maja finster.

»Dass der ideale Android-Roboter theoretisch betrachtet nur aus einem Menschen geschaffen werden kann. So züchtet man einen Superdenker, einen Superkraftprotz, ein superemotionales Wesen – alles mit einem ›Super‹ davor, einen Supermenschen, alles was du willst, nur eben keinen Menschen ...«

»Willst du etwa behaupten, dass die Eingeborenen einen Roboter aus ihm gemacht haben?«, fragte Maja mit einem schiefen Lächeln.

»Aber nein«, erwiderte ich ärgerlich. »Ich will dir nur klarmachen, dass alles Menschliche an ihm Zufall ist, bedingt durch die Eigenschaften des Ausgangsmaterials ... und dass es sinnlos ist, gefühlsmäßig an diese Sache heranzugehen. Stell dir vor, du unterhieltest dich mit den bunten Fühlern da draußen ...«

Maja packte mich plötzlich an der Schulter und sagte halblaut: »Schau, er kommt zurück!«

Ich stand auf und sah zum Bildschirm. Mit hastigen Trippelschritten kam die kleine verbogene Gestalt des Jungen vom Sumpf her direkt auf das Schiff zu. Sein kurzer dunkelvioletter Schatten sprang auf der Erde vor ihm her, seine schmutzige Haarmähne schimmerte rötlich. Der Knirps kehrte zurück, und er hatte es sehr eilig. Mit seinen langen Armen hielt er einen großen geflochtenen Korb umschlungen und drückte ihn fest gegen den Bauch. Der Korb war randvoll mit Steinen gefüllt und musste enorm schwer sein.

Maja schaltete den Lautsprecher ein. »Hier die VAK an Komow!«, sagte sie laut. »Knirps nähert sich dem Schiff.«

»Verstanden«, meldete sich Komow augenblicklich. »Jakow, an die Plätze ... Popow, Sie lösen Glumowa ab ... Maja, in die Mannschaftskajüte!«

Maja erhob sich widerwillig.

»Geh nur, geh«, sagte ich. »Sieh ihn dir aus der Nähe an, du Häufchen Elend.«

Sie fauchte wütend, rannte die kleine Treppe hoch, und ich nahm ihren Platz ein. Der Knirps war schon nahe herangekommen. Dann blieb er plötzlich stehen und blickte zum Schiff; wieder hatte ich das Gefühl, als schaute er mir direkt in die Augen.

Im gleichen Augenblick tauchten wie aus dem Nichts auch die gigantischen Fühler wieder auf; sie hingen im grauvioletten Himmel über dem Gebirge. Wie beim ersten Mal bogen sie sich langsam durch, vibrierten, zogen sich zusammen. Diesmal waren es sechs.

»Achtung, VAK!«, rief Komow. »Wie viele Fühler haben wir am Horizont?«

»Sechs«, antwortete ich. »Drei weiße, zwei rote, einen grünen.«

»Da sehen Sie's, Jakow«, hörte ich Komow sagen. »Das Ganze hat System: Sobald der Knirps zu uns kommt, tauchen die Fühler auf.«

Darauf die gedämpfte Stimme Vanderhoezes: »Respekt vor Ihrem Scharfsinn, Gennadi. Den Dienst in der VAK halte ich aber dennoch für unerlässlich.«

»Ist Ihr gutes Recht«, erwiderte Komow knapp. »Maja, Sie setzen sich hierher ...«

Ich machte Meldung: »Der Knirps befindet sich jetzt im toten Winkel, er schleppt einen ziemlich großen Korb mit Steinen mit sich.«

»Verstanden«, sagte Komow. »Sind wir so weit, Kollegen?«

Ich war nun ganz Ohr und zuckte heftig zusammen, als im Lautsprecher plötzlich furchtbares Gepolter ertönte. Ich kam nicht gleich darauf, dass der Knirps seine Pflastersteine ausschüttete. Erst hörte ich seinen kraftvollen Atem, dann plötzlich das dünne Stimmchen eines Säuglings: »Mam-ma!« Und wieder: »Mam-ma ...«

Anschließend vernahm ich das schon bekannte, herzzerreißende Schluchzen eines etwa einjährigen Kindes. In Erinnerung an das schreckliche Erlebnis krampfte sich in mir alles zusammen. Und dann begriff ich mit einem Schlag, was es mit dem Weinen auf sich hatte: Der Knirps hatte Maja entdeckt. Das Ganze dauerte nicht länger als eine halbe Minute, dann verstummte das Schluchzen, und das Poltern von herabfallenden Steinen war wieder zu hören. Gleich darauf meldete sich der Knirps mit Komows sachlicher Stimme: »Ich habe eine Frage: Warum interessiere ich mich für alles? Für alles, was um mich herum ist. Warum habe ich immerzu neue Fragen? Wo es mir doch nur schlechter geht, wenn ich sie stelle. Sie quälen mich, diese Fragen. Es sind viele Fragen, zehn am Tag oder sogar zwanzig. Ich versuche ihnen zu entkommen und laufe, laufe den ganzen Tag herum.

Aber es hilft nicht. Dann fange ich an nachzudenken. Manchmal finde ich eine Antwort. Das ist schön. Manchmal finde ich mehrere Antworten auf eine Frage und kann mich nicht für eine entscheiden. Das ist ärgerlich. Schlimm ist es, wenn ich überhaupt keine Antwort finde. Das ist quälend. Humbug. Erst habe ich geglaubt, die Fragen kämen von innen. Aber dann überlegte ich und begriff: Alles, was von innen kommt, sollte mir Vergnügen bereiten. Also kommen die Fragen von außen. Stimmt's? Ich überlege genauso wie du, auf die gleiche Art und Weise. Aber wo kommen die Fragen her? Wo liegen, hängen, sitzen sie, wo ist ihre Quelle?«

Pause. Dann wieder die Stimme Komows, diesmal des richtigen. Die Ähnlichkeit zwischen den beiden Stimmen war frappierend, nur dass der echte Komow fließender und nicht ganz so schrill sprach. Wenn man sich auskannte, konnte man sie schon unterscheiden.

»Ich könnte dir die Frage jetzt gleich beantworten«, sagte Komow langsam. »Doch ich habe Angst mich zu irren und dir etwas zu sagen, was falsch oder ungenau ist. Erst wenn ich alles über dich weiß, kann ich dir exakt und ohne Fehler Antwort auf deine Frage geben.«

Pause. Dann wieder Poltern und Scharren von Steinen, die auf dem Fußboden hin und her geschoben wurden.

»Halbe Sache«, sagte der Kleine. »Noch eine Frage: Woher kommen die Antworten? Du hast mich dazu gebracht nachzudenken. Ich habe immer geglaubt: Wenn ich eine Antwort weiß, ist es gut, und es ist schlecht, wenn mir keine einfällt. Du hast mir erklärt, wie du nachdenkst. Ich habe überlegt und gesehen, dass ich oft genauso denke wie du und eine Antwort finde. Manchmal kann ich sogar beobachten, wie ich sie finde. Genauso mache ich auch das Gefäß für die Steine ...« – »Einen Korb«, soufflierte Komow. »Stimmt, einen Korb. Eine Gerte schlingt sich um die andere und diese um die dritte, die vierte und so weiter, bis ein Korb daraus geworden ist. Man kann sehen, wie er entsteht. Viel öfter aber überlege ich«, wieder hörte man das Gepolter von Steinen, »und plötzlich ist die Antwort da. Eben noch ein Armvoll Gerten – und auf einmal ein Korb. Wie kommt das?«

»Auch diese Frage«, erwiderte Komow, »kann ich dir erst beantworten, wenn ich alles über dich weiß.«

»Dann frag doch!«, verlangte der Knirps. »Frage schneller! Warum brauchst du so lange? Na gut, dann erzähle ich eben selbst: Da war einmal ein Schiff, das noch größer war als deins. Jetzt ist es zusammengeschrumpft, doch vorher war es sehr groß. Aber das weißt du ja selbst. Und dann geschah das …«

Im Lautsprecher ertönte ein furchtbares Dröhnen und Knattern, dann fing herzzerreißend und unerträglich schrill ein Kind zu schreien an. Durch das Getöse hindurch, das allmählich leiser wurde, hörte man eine keuchende, heisere Männerstimme: »Marie … Marie … Ma … rie …«

Das Kind schrie, schluchzte, und für einige Zeit war nichts anderes zu hören. Danach ein leises, unterdrücktes Stöhnen. Offenbar kroch jemand über den Fußboden, der übersät war von Metallteilen und Glassplittern. Dann plumpste ein Gegenstand herunter und kam ins Rollen. Eine bekannte Frauenstimme stöhnte: »Schura … Wo bist du, Schura … Ich habe solche Schmerzen … Was ist passiert? Wo bist du? Schura! Ich kann nichts sehen … So antworte doch, Schura! Ich kann nicht mehr, es tut alles so weh … So hilf mir doch, ich sehe nichts …«

Das Geschehen wurde vom ununterbrochenen Weinen des Säuglings übertönt. Dann verstummte die Frau, und schließlich wurde auch das Kind still. Ich holte tief Atem und bemerkte erst jetzt, wie fest ich die Fäuste geballt hatte; die Fingernägel hatten sich tief in die Handflächen gegraben. Mein Kiefer war starr vor Anspannung.

»Das dauerte eine ganze Weile«, sagte der Knirps feierlich. »Ich wurde müde vom Schreien und schlief ein. Als ich wieder aufwachte, war es immer noch dunkel. Mir war kalt. Ich hatte Hunger. Der Wunsch zu essen und mich zu wärmen war so stark, dass er in Erfüllung ging.«

Ein ganzer Schwall mir völlig unbekannter Laute ergoss sich aus dem Lautsprecher. Ein gleichmäßig anwachsendes Summen, ein häufiges Klicken, ein Dröhnen und tiefes Raunen, das einem Echo ähnlich war und sich an der Grenze der Hörbarkeit bewegte; dann ein Piepsen, Knarren, Surren, Knacken, metallene Schläge ... Diese Geräusche dauerten mehrere Minuten, bis sie plötzlich abrupt endeten und der Knirps, halb erstickt, hervorbrachte: »Nein, so kann ich es nicht erzählen. Da werde ich ja nie fertig. Was soll ich jetzt machen?«

»Hat man dir zu essen gegeben? Dich gewärmt?«, fragte Komow ruhig.

»Von da an wurde alles, wie ich es wollte. Wie es angenehm für mich war. Doch dann kam das erste Raumschiff.«

»Und was war *das*?«, wechselte Komow das Thema und imitierte, für meine Begriffe sehr gekonnt, die Laute, die wir soeben gehört hatten.

Pause.

»Ach so, jetzt verstehe ich«, meinte der Knirps. »Du hast schlecht nachgeahmt, aber ich habe es dennoch begriffen. Eine Antwort habe ich allerdings nicht darauf. Dir fehlen ja selbst die Worte dafür. Dabei kennst du mehr Worte als ich. Gib mir welche! Ich habe schon sehr viele wertvolle Worte von dir gelernt, aber hier passt keins davon.«

Pause.

»Welche Farbe hatte es?«, fragte Komow.

»Keine. Farbe ist etwas, das man mit den Augen sieht. Dort aber kann man nichts sehen.«

»Wo – dort?«

»Wo ich lebe. Tief unter der Erde.«

»Und wie fühlt es sich dort an?«

»Herrlich«, antwortete der Knirps. »Ich fühle mich dort sehr wohl. Grinsekaterchen! Da unten ist es am schönsten. Das heißt: Es war am schönsten, bis die Menschen kamen.«

»Schläfst du auch dort?«, fragte Komow.

»Alles mache ich dort: schlafen, essen, nachdenken. Nur spielen, das tu ich lieber hier, weil ich gerne sehe. Außerdem ist es dort zu eng zum Spielen. Wie im Wasser, nur noch enger.«

»Im Wasser kann man doch gar nicht atmen«, wunderte sich Komow.

»Wieso denn nicht? Natürlich geht das. Und man kann auch spielen. Nur ist es dort sehr eng.«

Pause.

»Hast du jetzt alles erfahren, was du wolltest?«, wollte der Knirps wissen.

»Nein«, sagte Komow entschieden. »Ich weiß eigentlich noch nichts von dir. Du siehst doch, wir verwenden nicht einmal dieselben Worte. Oder hast du vielleicht deine eigenen Worte?«

»Worte …«, wiederholte der Knirps langsam. »Das ist, wenn einer den Mund bewegt und man es mit den Ohren hören kann. Nein, so etwas gibt es nur bei den Menschen. Was Worte sind, weiß ich, weil ich mich daran erinnern kann. Donner und Doria! Was das bedeutet, kann ich nicht sagen, aber ich weiß jetzt, wozu viele Worte da sind. Früher habe ich das nicht verstanden. Sprechen hat mir einfach Spaß gemacht. Es war eins meiner Spiele.«

»Du weißt jetzt also, was das Wort ›Ozean‹ bedeutet«, sagte Komow. »Den Ozean hast du aber auch früher schon gesehen. Wie hast du dazu gesagt?«

Pause.

»Na los, ich höre«, sagte Komow.

»Wieso – hören? Das kannst du gar nicht. Es klingt nämlich tief in mir drin.«

»Vielleicht kannst du es mir zeigen?«, bat Komow. »Du hast schließlich Steine, Zweige ...«

»Steine und Zweige sind nicht dazu da, um etwas zu zeigen«, erklärte der Knirps; er schien mir etwas verärgert zu sein. »Steine und Zweige sind zum Nachdenken da. Ist es eine schwierige Frage, nehme ich Steine und Zweige. Ist mir unklar, wie ich die Frage stellen soll, nehme ich Blätter. Es gibt so viele Dinge: Wasser, Eis. Das Eis taut gut. Und darum ...« Der Knirps brach ab und sagte dann: »Mir fehlen die Worte. Es existieren so viele Dinge. Haare zum Beispiel ... Und eine Menge Dinge, für die es keine Worte gibt. Dort unten, bei mir zu Hause.«

Nun hörte ich einen langen schweren Seufzer; ich glaube, er kam von Vanderhoeze. Plötzlich fragte Maja: »Und was hat es zu bedeuten, wenn du dein Gesicht bewegst?«

»Mam-ma ...«, sagte der Knirps mit einem kläglichen, zarten Stimmchen und fuhr gleich darauf mit Majas Stimme fort: »Gesicht, Arme und Körper sind Dinge, die einem beim Nachdenken helfen. Es gibt noch sehr viel mehr solcher Dinge. Doch ich kann sie nicht alle aufzählen, das würde zu lange dauern.«

Pause.

»Also, was machen wir jetzt?«, fragte der Knirps. »Ist dir etwas eingefallen?«

»Ja«, antwortete Komow. »Du nimmst mich mit zu dir. Ich werde mich dort umsehen und vieles sofort verstehen. Vielleicht sogar alles.«

»Darüber habe ich auch schon nachgedacht«, sagte der Knirps. »Ich weiß, dass du mich besuchen möchtest. Ich will auch, dass du kommst, aber es geht nicht. Das ist wieder so etwas Unerklärliches. Alles, was ich will, gelingt mir. Nur wenn es die Menschen betrifft, funktioniert es nicht. Ich bin zum

Beispiel dagegen, dass sie hier sind, aber sie kommen trotzdem. Oder: Ich will, dass du mich besuchst, doch es geht nicht. Die Menschen sind ein Unglück.«

»Verstehe«, sagte Komow. »Dann nehme ich dich eben mit zu mir. Willst du?«

»Und wohin?«

»Zu mir auf die Erde. Woher ich gekommen bin, und wo alle Menschen leben. Dort kann ich ebenfalls alles über dich erfahren, sogar ziemlich schnell.«

»Aber das ist doch sehr weit«, gab der Knirps zu bedenken. »Oder habe ich dich nicht richtig verstanden?«

»Du hast recht«, sagte Komow. »Es ist sehr weit. Aber mit meinem Schiff …«

»Nein!«, unterbrach ihn der Knirps. »Es geht nicht. Ich kann nicht weg von hier. Schon gar nicht so weit. Einmal habe ich auf einer Eisscholle gespielt und bin eingeschlafen. Dann bin ich vor Angst wieder aufgewacht. Ich hatte große, ja riesige Angst. Ich habe sogar geschrien. Donner und Doria! Die Eisscholle hatte sich so weit vom Ufer entfernt, dass ich nur noch die Gipfel der Berge sah. Ich dachte, der Ozean hätte die Erde verschluckt. Natürlich bin ich wieder zurückgekommen. Ich habe es so stark gewollt, dass die Eisscholle zum Ufer zurückgeschwommen ist. Doch jetzt weiß ich, dass ich mich nicht zu weit entfernen darf. Ich hatte damals nicht nur Angst, ich habe mich hundeelend gefühlt. Als hätte ich großen Hunger oder noch etwas Schlimmeres. Nein, zu dir kann ich auch nicht.«

»Na schön«, sagte Komow betont forsch. »Wahrscheinlich hast du gar keine Lust mehr, auf meine Fragen zu antworten oder von dir zu erzählen. Da ich aber weiß, dass du selbst gerne fragst, kannst du das jetzt tun. Ich werde deine Fragen beantworten.«

»Nein«, widersprach der Knirps. »Ich habe zu viele Fragen an dich: Warum fällt ein Stein zum Boden? Was ist heißes

Wasser? Warum hat der Mensch zehn Finger und braucht zum Zählen nur einen? Viele Fragen, aber ich werde sie dir jetzt nicht stellen. Im Augenblick ist es schlecht. Du kannst nicht zu mir kommen und ich nicht zu dir, die Worte fehlen auch. Also erfährst du nicht alles über mich. Humbug! Und du fährst nicht weg von hier. Kannst nicht wegfahren. Deswegen bitte ich dich: Überlege, was jetzt zu tun ist. Wenn du es selbst nicht schnell genug kannst, dann überlass das Nachdenken deinen Maschinen, sie sind millionenmal schneller. Ich gehe jetzt. Es wird nämlich nichts mit dem Nachdenken, wenn man sich unterhält. Doch überlege schnell – heute geht es mir schlechter als gestern, und gestern ging es mir schlechter als vorgestern.«

Man hörte das laute Poltern eines Steins, dann wieder einen langen, tiefen Seufzer von Vanderhoeze. Ich hatte mich kaum versehen, da jagte der Knirps schon wie ein Wirbelwind quer über den Bauplatz zu den Hügeln. Er sauste über die Landebahn und verschwand so plötzlich, als hätte es ihn nie gegeben. Im gleichen Augenblick zogen sich wie auf Kommando über dem Gebirgskamm die farbigen Fühler zurück.

»Hm, da kann man nichts machen«, sagte Komow. »Jakow, setzen Sie bitte einen entsprechenden Funkspruch an Sidorow auf. Er soll uns die nötigen Apparaturen schicken. Ich sehe schon, ohne Mentoskop kommen wir nicht weiter.«

»In Ordnung«, sagte Vanderhoeze. »Nur eins noch, Gennadi: Während des ganzen Gesprächs hat das grüne Lämpchen auf dem Indikator kein einziges Mal geleuchtet ...«

»Das habe ich gesehen«, erwiderte Komow knapp.

»Aber das rote Licht leuchtet nicht einfach nur bei negativen Emotionen – sondern bei extrem starken negativen Emotionen.«

Komows Antwort konnte ich nicht genau verstehen.

Ich brachte den Abend und die halbe Nacht auf meinem Posten zu, doch der Knirps ließ sich nicht mehr blicken. Auch die Fühler kamen nicht wieder zum Vorschein. Ebenso wenig Maja.

7

Fragen und Zweifel

Beim Frühstück war Komow sehr gesprächig, obwohl er in der Nacht kaum geschlafen hatte, wie mir schien, denn seine Augen waren rot unterlaufen, die Wangen eingefallen. Aber er war guter Laune und freudig erregt. Er trank mehrere Tassen starken Tee und setzte uns dann seine ersten Überlegungen und Schlussfolgerungen auseinander.

Seiner Meinung nach bestand kein Zweifel daran, dass die Eingeborenen den Organismus des Jungen grundlegend verändert hatten – kühn und mit großer Sachkenntnis. Sie hatten physiologische wie anatomische Eingriffe vorgenommen, den aktiven Teil seines Gehirns stark erweitert und es mit neuen biochemischen Prozessen ausgestattet – ein Unterfangen, das für die Wissenschaft auf der Erde gegenwärtig noch völlig unerreichbar war. Das Ziel dieser physiologischen und anatomischen Veränderungen lag für Komow auf der Hand: Die Eingeborenen wollten das hilflose Kind an die für den Menschen ganz und gar ungeeigneten Lebensbedingungen auf dem Planeten anpassen. Blieb freilich die Frage, warum sie derart tief ins zentrale Nervensystem eingegriffen hatten? Es konnte natürlich ein Nebeneffekt der anatomisch-physiologischen Umbildung gewesen sein. Aber ebenso möglich war, dass sie die Reserven des menschlichen Gehirns gezielt hatten nutzen wollen. Das wiederum führte zu einer ganzen Reihe weiterer Vermutungen: Vielleicht wollten die Eingeborenen dem Kind alle Eindrücke und Erinnerungen aus seiner Säuglingszeit bewahren, um ihm später die Rückkehr in die menschliche Gesellschaft zu erleichtern? In der Tat war der Knirps erstaunlich leicht mit uns ins Gespräch gekommen – hielt uns also nicht für Scheusale oder Ungeheuer. Oder aber das phänomenale Gedächtnis des Jungen und sein enorm entwickeltes Sprachzentrum hatten sich nur nebenbei herausgebildet, wobei die Arbeit der Eingeborenen am Gehirn des Jungen ganz anderen Zwecken gedient hatte. Sie legten vielleicht Wert auf eine stabile psychische Verbindung zwischen ihnen und dem Knirps. Dass es eine solche Verbindung gab, war mehr als wahrscheinlich. Jedenfalls ließ sich sonst schwer erklären, wie der Junge spontan und scheinbar ohne Logik auf so viele Fragen eine Antwort wusste. Und auch die Tatsache, dass alle Wünsche des Jungen – bewusste wie unbewusste – sofort in Erfüllung gingen, sprachen für diese These. Ebenso der Umstand, dass er sich an diese Zone des Planeten gebunden fühlte. Wahrscheinlich war das auch der Grund, warum die Anwesenheit von Menschen bei ihm zu so einer starken psychischen Anspannung führte. Er selbst war ja nicht in der Lage zu erklären, weshalb ihn die Menschen eigentlich störten. Uns war klar: Nicht ihm waren wir im Wege, sondern den Eingeborenen. Was wiederum die Frage nach der Natur dieser Wesen in den Vordergrund rückte.

Es bedurfte keiner höheren Logik anzunehmen, dass es sich bei den Eingeborenen entweder um mikroskopisch kleine oder, im Gegenteil, um gigantisch große Wesen handelte, also um Wesen, deren Größe in krassem Gegensatz zu der des Jungen stand. Das, so vermutete Komow, war auch der Grund, weshalb der Knirps sie und ihren Einfluss als Naturgewalt betrachtete, als Teil jener Umgebung, die er seit seiner Säuglingszeit kannte. Auf Komows Frage nach den Fühlern zum Beispiel hatte der Knirps gleichmütig geantwortet, er wisse nicht, was das sei, und sehe es zum ersten Mal, wie er überhaupt jeden Tag etwas Neues entdecke. Was für Entdeckungen das waren, konnten wir nicht herausfinden, da uns die passenden Worte fehlten. Er persönlich, Komow, neigte zu der Annahme, dass es sich bei den Eingeborenen um gigantische Hyperorganismen handelte, die sowohl von humanoiden als auch von nichthumanoiden Wesen, mit denen der Mensch bisher Kontakt gehabt hatte, denkbar weit entfernt waren. Vorerst wussten wir so gut wie nichts über sie. Gesehen hatten wir nur die ungeheuren Gebilde am Horizont, deren Erscheinen und Verschwinden eindeutig mit den Besuchen des Jungen in Zusammenhang standen. Zudem hatten wir seltsamen Tönen gelauscht, mit denen der Knirps sein »Zuhause« beschrieb und die keinerlei Assoziationen in uns wachgerufen hatten. Wir wussten, dass die Eingeborenen ein hohes Niveau an technischen und praktischen Kenntnissen besaßen – allein, wie sie den menschlichen Säugling umgeformt hatten, war das beste Beispiel dafür.

So stellte sich uns die Lage dar. Es gab nicht mehr viele offene Fragen, doch die wenigen, die sich uns noch stellten, waren fundamental: Warum zum Beispiel hatten die Eingeborenen das Kind gerettet und kümmerten sich bis heute darum? Weshalb gaben sie sich überhaupt mit ihm ab? Woher kannten sie die Menschen so gut, ihre Lebens- und Verhaltensweisen, ihre Psychologie und Soziologie? Und warum gingen sie dem Kontakt mit ihnen trotzdem beharrlich aus dem Weg? Wie war ihr offensichtlich hoher Entwicklungsstand mit der Tatsache zu vereinbaren, dass jedwede Spuren vernunftbegabter Tätigkeit fehlten? Oder war der jetzige, jammervolle Zustand des Planeten eine Folge dieser Tätigkeit? Aber vielleicht empfanden nur wir den Zustand des Planeten als trostlos? Das waren laut Komow die wichtigsten

Fragen, die sich uns stellten. Er hegte auch schon die ein oder andere Vermutung, hielt es jedoch für verfrüht, sich derzeit dazu zu äußern.

Eins jedenfalls, meinte Komow abschließend, sei bereits jetzt klar: dass unsere Entdeckung erstrangige Bedeutung besitze und man unbedingt weiterforschen müsse. Dies aber könne nur mit dem Knirps als Mittler gelingen. Bald würden Mentoskope und andere Spezialapparaturen eintreffen; diese würden jedoch nur dann ihren vollen Nutzen entfalten, wenn der Knirps absolutes Vertrauen zu uns fasste und ein starkes Bedürfnis hatte, sich mit uns zu treffen …

»Deshalb habe ich beschlossen«, sagte Komow und schob das leere Teeglas beiseite, »mich heute nicht mit dem Kleinen zu unterhalten. Heute seid ihr an der Reihe. Stas, Sie führen ihm Tom vor. Sie, Maja, spielen mit ihm Ball und fahren ihn mit dem Gleiter spazieren. Nur keine Scheu vor ihm: lustig drauf zu und möglichst unkompliziert! Stellt euch vor, er wäre euer Bruder, ein kleines Wunderkind. Sie, Jakow, werden den Wachdienst übernehmen. Sie haben ihn ja schließlich angeordnet … Sollte der Knirps dennoch bei Ihnen eindringen, dann geben Sie Ihrem Herzen einen Stoß und lassen ihn mal an Ihrem Bart zupfen. Sein Interesse daran ist riesengroß. Ich hingegen werde mich wie eine Spinne verkriechen und alles beobachten und notieren; deswegen werdet ihr euch alle mit einem ›dritten Auge‹ ausrüsten. Sollte der Knirps nach mir fragen, sagt ihm, ich bin am Nachdenken. Singt mit ihm Lieder, führt ihm Filme vor. Zeigen Sie ihm den Elektronenrechner, Stas, und erklären Sie ihm, wie er funktioniert. Veranstalten Sie meinetwegen ein Wettrechnen mit ihm; ich würde mich nicht wundern, wenn Sie dabei eine kleine Überraschung erlebten … Und Fragen soll er stellen, je mehr, desto besser. Also dann: an die Arbeit!«

Komow sprang auf und stürmte davon. Wir sahen einander an.

»Noch Fragen, Kybertechniker?«, wandte sich Maja an mich. Ihre Worte klangen unpersönlich und alles andere als freundschaftlich. Es waren die ersten, die sie an diesem Morgen von sich gab. Sie hatte mich nicht einmal gegrüßt.

»Nein, Quartiermacherin«, entgegnete ich. »Keine Fragen, wenn's recht ist.«

»Ist ja alles gut und schön«, meinte Vanderhoeze nachdenklich. »Um den Bart tut es mir bestimmt nicht leid. Aber …«

»Genau«, schaltete sich Maja ein und stand vom Tisch auf. »Auf das ›Aber‹ kommt es an!«

»Ich wollte sagen«, fuhr Vanderhoeze fort, »dass gestern Abend ein Funkspruch von Gorbowski angekommen ist. Er hat Komow diskret, aber eindeutig gebeten, den Kontakt mit dem Jungen nicht zu forcieren. Und er hat uns noch einmal zu verstehen gegeben, dass er sich uns gern anschließen würde.«

»Und wie hat Komow reagiert?«, fragte ich.

Vanderhoeze reckte auf die bekannte Weise seinen Kopf, fuhr sich sanft über die linke Barthälfte und antwortete: »Er hat sich respektlos verhalten. Mündlich, versteht sich. Die schriftliche Antwort lautete sinngemäß, er bedanke sich für den Ratschlag.«

»Und?«, fragte ich, denn ich hatte Gorbowski noch nie gesehen, aber immer schon den Wunsch gehegt, ihn einmal persönlich kennenzulernen.

»Nichts weiter«, sagte Vanderhoeze, der nun ebenfalls aufstand.

Maja und ich begaben uns ins Depot, wo sich jeder von uns einen breiten Stirnreifen aus Kunststoff nahm, in dessen Mitte sich das »dritte Auge« befand. Es handelte sich dabei um einen kleinen transportablen Telesender, den man stets bei sich trug, wenn man sich allein auf Erkundung befand. Das »dritte Auge« übermittelte sämtliche visuellen und akustischen Informationen, die gesammelt wurden, unverzüglich an den Stützpunkt. Es war ein unkompliziertes und sehr wertvolles Hilfsmittel, das erst kürzlich in die Ausstattung des ER-Typs aufgenommen worden war ...

Es dauerte eine Weile, bis wir die Reifen so an der Stirn befestigt hatten, dass sich die Kapuze nicht im Objektiv spiegelte und der Reifen weder drücken noch herabrutschen konnte. Währenddessen unternahm ich alles, was in meiner Macht stand, um Maja ein bisschen aufzuheitern. Ich ließ meinen Geist sprühen, animierte sie zu Witzen an meine Adresse – aber umsonst. Sie blieb finster, antwortete einsilbig oder schwieg. Ich wusste, dass sie hin und wieder in Melancholie verfiel und man sie dann besser alleine ließ. Heute jedoch kam sie mir nicht nur melancholisch vor, sondern auch wütend. Wütend auf mich. Ich fühlte mich, auch wenn ich mir das nicht erklären konnte, schuldig vor ihr, und wusste nun gar nicht mehr, wie ich mich verhalten sollte.

Als jeder von uns sein »drittes Auge« befestigt hatte, ging Maja in ihre Kajüte, um einen Ball zu holen; ich befreite in der Zeit Tom und schickte ihn zur Landebahn. Obwohl die Sonne schon aufgegangen war und der Nachtfrost wich, war es furchtbar kalt. Ich spürte förmlich, wie meine Nase steif wurde. Zu allem Überfluss wehte ein leichter, doch eisiger Wind vom Ozean her. Der Knirps war nirgends zu sehen.

Ich jagte Tom ein bisschen über die Landebahn, damit er sich aufwärmte. Der Roboter fühlte sich von so viel Aufmerksamkeit geschmeichelt und fragte ergeben nach neuen Anweisungen. Dann kam Maja mit dem Ball; um etwas gegen die Kälte zu tun, warfen wir ihn uns – wenn auch ohne große Begeisterung – etwa fünf Minuten lang zu. Ich hoffte immer noch, beim Spiel würde sie wie gewohnt der Eifer packen, aber ich täuschte mich. Schließlich hatte ich genug von ihrem langen Gesicht und fragte sie geradeheraus, was eigentlich los sei. Sie legte den Ball auf ein Metallgerüst, setzte sich, die Mantelschöße zusammengerafft, darauf und ließ den Kopf hängen.

»Also, was ist passiert?«, wiederholte ich meine Frage.

Maja sah mich kurz an und wandte sich wieder ab.

»Bist du stumm?«, fragte ich, nun schon ärgerlich.

»Ganz schöner Wind«, erwiderte sie und sah zerstreut zum Himmel.

»Was hat der Wind damit zu tun?«

Sie tippte sich mit dem Finger gegen die Stirn, wo das Objektiv des »dritten Auges« saß, und sagte: »Du-kumm-ko-kopf. U-kuns hö-kört ma-kan do-koch.«

»Se-kel-be-ker Du-kumm-ko-kopf«, parierte ich. »De-ker Ü-kü-be-ker-se-ket-ze-ker läu-käuft …«

»Auch wieder richtig«, sagte Maja. »Und darum wiederhole ich: ganz schöner Wind.«

»Stimmt«, gab ich zu. »Der Wind ist nicht von Pappe.«

Ich stand da, fühlte mich entsetzlich unwohl und suchte fieberhaft nach einem unverfänglichen Gesprächsthema. Doch mir fiel nichts ein. Schließlich kam ich auf den Gedanken, dass ein kleiner Spaziergang nicht schlecht wäre. Obwohl ich schon eine ganze Woche hier war, hatte ich die Umgebung kein einziges Mal richtig in Augenschein genommen. Ich kannte sie nur vom Bildschirm. Außerdem, dachte ich, bestünde so eher eine Chance, dem Knirps zu begegnen. Vor allem, wenn er Verlangen danach hatte. Ein Gespräch mit ihm in der gewohnten Umgebung wäre für ihn angenehm und der Sache sicher dienlich. Ich teilte Maja meine Überlegungen mit, woraufhin sie sich wortlos erhob und den Weg zum Sumpf einschlug. Ich folgte ihr, die Nase tief im Fellkragen versteckt und die Hände in den Taschen. Tom, der sich vor Diensteifrigkeit fast überschlug, wollte sich mir an die Fersen heften, doch ich befahl ihm, dazubleiben und weitere Anweisungen abzuwarten.

In den Sumpf selbst wagten wir uns natürlich nicht, sondern umgingen ihn seitlich und schlugen uns durch das Gebüsch. Der Pflanzenwuchs hier war mehr als kläglich, fahl und kraftlos. An den zerbrechlichen knorrigen Zweigen hingen welke Blättchen, die bläulich metallen schimmerten; die Rinde war blassgelb und fleckig. Die Sträucher reichten mir kaum bis ans Kinn, sodass für Vanderhoezes Bart wirklich keine Gefahr bestand. Unter unseren Füßen gab die dicke, mit Sand vermischte Laubschicht federnd nach, und im Schatten funkelte der Raureif. Dennoch empfand ich so etwas wie Hochachtung vor diesen Pflanzen, die es gewiss nicht leicht hatten, sich unter solchen Bedingungen zu behaupten. Nachts sanken die Temperaturen auf zwanzig Grad minus, tagsüber stiegen sie selten über null, und die Wurzeln steckten durch und durch in salzhaltigem Sand. Ich glaube kaum, dass sich auch nur ein einziges Erdengewächs so freudlosen Bedingungen angepasst hätte. Noch seltsamer war freilich die Vorstellung, dass sich hier, inmitten der froststarren Sträucher, ein nacktes Menschenkind herumtrieb, das mit seinen nackten Füßen über den raureifbedeckten Sand tappte.

Plötzlich glaubte ich eine Bewegung im Gestrüpp rechts von mir bemerkt zu haben und blieb stehen. »He, Knirps!«, rief ich, doch ich bekam keine Antwort. Eisige Stille war um uns. Kein Blätterrascheln, kein Surren von Insekten – man hatte das Gefühl, als bewege man sich zwischen Theaterkulissen. Wir umgingen eine lange Nebelzunge, die aus dem heißen Sumpf hervorragte, und stiegen einen Hügel hinauf. Im Grunde handelte es sich aber nur um eine mit Gewächsen bestandene Sanddüne. Je höher wir kamen, desto härter wurde der sandige Untergrund unter unseren Füßen. Auf dem Gipfel angelangt, ließen wir unseren Blick umherschweifen. Das Raumschiff war von Nebelschwaden verdeckt, die Landebahn jedoch gut zu erkennen. Hell und fröhlich glitzerte das Metallgerüst in der Sonne; in dessen Mitte lag der einsame Ball.

Tom, der Koloss, strich unschlüssig um den Ball herum und schien mit sich zu ringen: Sollte er diesen fremden Gegenstand von der Landebahn entfernen oder im Falle der Gefahr sein Leben für ihn aufs Spiel setzen?

In diesem Augenblick bemerkte ich Spuren im gefrorenen Sand – dunkle, feuchte Flecken auf dem silbrigen Reif. Kein Zweifel, hier war der Knirps vorbeigekommen, und zwar erst vor Kurzem. Er musste auf dem Hügel gesessen, aufgestanden und wieder hinabgestiegen sein – auf der dem Schiff abgewandten Seite. Die Spur führte ins Gestrüch, das die Talsenke zwischen zwei Dünen ausfüllte. »He, Knirps!«, rief ich noch einmal, doch ich bekam auch diesmal keine Antwort. Also stieg ich selbst in die Talsenke hinab.

Ich fand ihn sofort. Er lag der Länge nach ausgestreckt auf der Erde, das Gesicht gegen den froststarren Boden gepresst, und hielt den Kopf mit beiden Händen umklammert. In dieser Landschaft aus Kälte und Eis wirkte das sehr eigenartig, geradezu absurd. Ein schreiender Widerspruch. Im ersten Augenblick erschrak ich und glaubte, ihm wäre etwas zugestoßen. Zu kalt und ungemütlich war es hier, als dass man glauben konnte, er hätte sich freiwillig so hingelegt. Ich hockte mich neben ihn auf den Boden, rief seinen Namen und gab ihm, als er nicht reagierte, einen leichten Klaps auf den nackten, schmalen Po. Es war das erste Mal, dass ich seinen Körper berührte, und fast hätte ich vor Überraschung einen Schrei von mir gegeben: Der Junge war heiß wie ein Bügeleisen.

»Ist ihm schon etwas eingefallen?«, fragte der Knirps, ohne den Kopf zu heben.

»Er denkt noch nach«, antwortete ich. »Es ist eine schwierige Frage.«

»Und wie erfahre ich, was ihm eingefallen ist?«

»Du kommst einfach zu uns, und dann sagt er es dir.«

»Mam-ma«, sagte der Kleine plötzlich.

Ich schaute auf – Maja stand neben uns.

»Mam-ma«, wiederholte der Kleine, ohne sich zu rühren.

»Ja, mein Glöckchen«, sagte Maja leise.

Da setzte sich der Kleine auf und forderte: »Noch mal!«

»Mein Glöckchen«, wiederholte Maja. Sie sah sehr blass aus; die Sommersprossen auf ihrem Gesicht traten deutlich hervor.

»Fantastisch!«, rief der Knirps und sah sie von unten herauf an. »Nussknacker!«

Ich räusperte mich. »Wir haben auf dich gewartet, Knirps«, sagte ich.

Nun schaute er mich an, und es kostete mich große Überwindung, seinem Blick standzuhalten – sein Gesicht sah wirklich abstoßend aus.

»Weshalb hast du auf mich gewartet?«

»Weshalb?« Seine Frage brachte mich etwas aus dem Konzept. Doch ich schaltete schnell. »Wir haben uns ohne dich gelangweilt. Wir fühlen uns ohne dich schlecht. Es macht uns keinen Spaß ohne dich, verstehst du?«

Der Kleine sprang auf, setzte sich aber sofort wieder hin. Äußerst unbequem übrigens – ich hätte es in dieser Stellung keine zwei Sekunden ausgehalten.

»Dir geht es schlecht ohne mich?«, fragte er ungläubig.

»Ja«, sagte ich bestimmt.

»Fantastisch!«, murmelte er. »Dir geht es schlecht ohne mich, und mir geht es auf einmal auch schlecht ohne dich. Humbug!«

»Aber wieso denn Humbug?«, fragte ich verwundert. »Wenn wir nicht zusammen wären, würde ich dich mit deinem ›Humbug‹ verstehen. Aber so ... Wir haben uns getroffen, können miteinander spielen ... Du spielst doch auch gern, nicht wahr? Bisher konntest du ja leider nur allein spielen ...«

»Das stimmt nicht«, widersprach der Kleine. »Allein gespielt habe ich nur am Anfang. Dann war ich eines Tages am

See und habe mein Spiegelbild gesehen. Ich wollte mit ihm spielen, doch es hat sich aufgelöst. Von da an wünschte ich mir viele, sehr viele Spiegelbilder, um mit ihnen zu spielen, und mein Wunsch ging in Erfüllung.«

Er sprang auf, lief flink im Kreis herum und hinterließ dabei sonderbare Phantome – schwarze, weiße, gelbe, rote. Dann setzte er sich in die Mitte seiner Abbilder und schaute stolz in die Runde. Was für ein Anblick: Der Junge, splitternackt auf dem Sand, und um ihn herum ein Dutzend bunter Statuen in unterschiedlichen Posen!

»Fantastisch!«, sagte nun auch ich und forderte Maja mit einem Blick auf, sich am Gespräch zu beteiligen. Es war mir unangenehm, dass immer nur ich redete, während sie schwieg. Doch sie ging nicht darauf ein und saß bloß mit finsterem Blick da, während die Phantome vor ihr schwankten und vibrierten, sich langsam auflösten und dabei Salmiakgeruch verbreiteten.

»Was ich schon immer fragen wollte«, ließ sich der Knirps vernehmen, »warum wickelt ihr euch so ein? Was ist das?« Er machte einen Satz auf mich zu und zupfte an meinem Mantelschoß.

»Das ist Kleidung«, erklärte ich.

»Kleidung«, wiederholte er. »Wozu braucht ihr sie?«

Ich erzählte ihm etwas darüber. Zwar bin ich kein Komow und habe noch keine Vorlesungen gehalten (am allerwenigsten über Kleidung), doch kann ich ohne falsche Bescheidenheit sagen: Mein Vortrag hatte Erfolg.

»Tragen alle Menschen Kleider?«, erkundigte sich der Knirps beeindruckt.

»Alle«, bestätigte ich, um dem Thema ein Ende zu setzen. Mir war rätselhaft, was ihn daran so interessierte.

»Aber es gibt doch sehr viele Menschen! Wie viele genau?«

»An die fünfzehn Milliarden.«

»Fünfzehn Milliarden«, wiederholte er, streckte einen seiner Finger vor, die keine Nägel besaßen, und begann ihn, so als wollte er zählen, vor- und zurückzubiegen. »Fünfzehn Milliarden!«, rief er abermals und warf einen Blick auf die trügerischen Überbleibsel der Phantome. Seine Augen verdunkelten sich. »Und alle tragen Kleidung ... Und was sonst noch?«

»Was meinst du damit?«

»Na, was sie sonst noch machen!«

Ich holte tief Luft und begann zu erzählen, womit sich die Menschen so beschäftigen. Das war eigenartig, denn darüber hatte ich mir noch nie ernsthaft Gedanken gemacht. Wahrscheinlich hat der Knirps den Eindruck gewonnen, der größte Teil der Menschheit befasse sich mit Kybertechnik. Nun, für den Anfang war das vielleicht gar nicht so schlecht. Zwar sprang er nicht wie bei Komows Vortrag begeistert herum, war nicht gespannt wie ein Flitzebogen, aber er hörte gebannt zu. Am Ende meiner Ausführungen war ich mehr als erschöpft – hatte ich doch verzweifelt versucht, ihm eine Vorstellung von verschiedenen Künsten auf der Erde zu vermitteln. Doch sofort stellte der Knirps die nächste Frage.

»Wenn ihr so viel zu tun habt«, sagte er, »weshalb seid ihr dann hergekommen?«

»Maja, erkläre du's ihm«, flehte ich heiser. »Meine Nase ist schon ganz erfroren.«

Maja sah mich befremdet an, begann aber dann doch mit einer, wie mir schien, ziemlich lustlosen und völlig uninteressanten Erklärung. Sie erzählte vom Unternehmen »Arche«, das es nun nicht mehr gab. Ich konnte mich nicht zurückhalten und unterbrach sie, versuchte ihre Schilderung mit farbigen Einzelheiten auszuschmücken und korrigierte sie, bis ich plötzlich wieder alleine sprach. Am Ende hielt ich es für angebracht, meinen Bericht mit einer Moral zu beenden.

»Du siehst«, schloss ich, »wir hatten Großes vor. Doch kaum wurde uns klar, dass dein Planet schon bewohnt war, haben wir unseren Plan aufgegeben.«

»Du meinst, die Menschen wissen, was die Zukunft bringt? Nein, ich glaube das nicht – sonst wären sie längst von hier fortgegangen.«

Darauf wusste ich keine Antwort; das Thema schien mir ziemlich heikel.

»Weißt du was, Kleiner«, sagte ich forsch. »Lass uns ein bisschen spielen. Du wirst sehen, wie schön sich's mit uns Menschen spielen lässt.«

Der Junge schwieg, und ich blickte Maja wütend an. Was dachte sie sich eigentlich? Sollte ich vielleicht alles allein machen?

»Ja, Knirps, spielen wir ein bisschen«, kam mir Maja ohne jede Begeisterung zu Hilfe. »Oder sollen wir lieber mit dem Gleiter fliegen?«

»Du wirst durch die Luft fliegen«, griff ich Majas Vorschlag sofort auf. »Du wirst die Berge, Sümpfe und den Eisberg zu deinen Füßen sehen.«

»Nein«, sagte der Kleine. »Fliegen ist mir zu alltäglich. Das kann ich selber.«

Ich sprang überrascht auf. »Wie? Du kannst fliegen?«

Über sein Gesicht ging ein sekundenschnelles Kräuseln, dann hob und senkte er die Schultern.

»Die Worte fehlen«, sagte er. »Wenn ich will, fliege ich eben ...«

»Dann mach es uns mal vor!«, platzte ich heraus.

»Jetzt habe ich keine Lust«, erwiderte er ungeduldig. »Ich möchte lieber bei euch sein.« Er sprang auf und rief: »Ich will jetzt spielen! Und wo?«

»Laufen wir zum Schiff«, schlug ich vor.

Der Knirps stieß einen schrillen Freudenschrei aus; das Echo war noch nicht verhallt, als wir schon um die Wette durch das Gebüsch liefen. Maja hatte ich endgültig abgeschrieben – sollte sie doch machen, was sie wollte.

Der Knirps hüpfte leicht und lautlos wie ein Sonnenstrahl durch die Sträucher. Während ich in meinem dicken, elektrisch beheizten Fellmantel wie ein Dünenpanzer durch die Zweige brach und dabei einen Höllenlärm machte, schien er kein Ästchen zu streifen und kaum den Boden zu berühren. Ich versuchte ununterbrochen ihn einzuholen, aber die Phantome, die er hinterließ, irritierten mich. Auf einer Lichtung blieb er plötzlich stehen, wartete, bis ich nah genug war, und fragte: »Passiert dir das auch manchmal? Du wachst auf und erinnerst dich, etwas gesehen zu haben. Mitunter ist es etwas, das du gut kennst – zum Beispiel das Fliegen. Manchmal aber ist es etwas ganz Neues, etwas, das du vorher noch nie gesehen hast.«

»Ja«, sagte ich und schnappte nach Luft. »Das passiert mir auch. Wir nennen es Traum. Du schläfst und träumst dabei.«

Wir gingen nun im Schritt. Hinter uns hörte ich Maja näher kommen.

»Und wie geht das vor sich?«, fragte der Kleine weiter. »Was ist das – träumen?«

»Es handelt sich um unreale Verknüpfungen realer Eindrücke«, sagte ich die Definition auf.

Natürlich konnte er damit nicht allzu viel anfangen, und ich musste ihm eine weitere Lektion geben: darüber, wie Träume entstehen, wozu sie nütze sind und was sie für den Menschen bedeuten.

»Ach, du mein Grinsekaterchen! Aber ich begreife trotzdem nicht, wieso im Schlaf etwas auftaucht, das ich vorher nie gesehen habe.«

Maja hatte uns eingeholt und ging nun schweigend neben uns her.

»Zum Beispiel?«, fragte ich.

»Manchmal träume ich, dass ich riesengroß bin, nachdenke und mir dabei eine Frage nach der anderen in den Sinn kommt. Es sind sehr schöne und interessante Fragen, auf die ich ebenso interessante Antworten finde; ja, ich kann genau verfolgen, wie sich aus der Frage die Antwort ergibt. Das ist für mich die größte Freude: zu beobachten, wie sich aus einer Frage die Antwort entwickelt. Aber wenn ich dann aufwache, erinnere ich mich weder an die Fragen noch an die Antworten. Ich weiß nur noch, dass es mir großen Spaß gemacht hat.«

»Hm«, murmelte ich ausweichend. »Interessanter Traum. Aber erklären kann ich ihn dir nicht. Frag doch Komow danach. Vielleicht kann er dir helfen.«

»Komow? Was ist das?«

Jetzt musste ich ihm also die Regeln unserer Namensgebung erläutern. Wir hatten den Sumpf bereits hinter uns gelassen und erblickten vor uns das Schiff und die Landebahn.

Als ich fertig war mit meiner Erklärung, sagte der Knirps unvermittelt: »Seltsam, das ist mir noch nie passiert.«

»Was?«

»Dass ich etwas tun will und es nicht kann.«

»Und was willst du tun?«

»Ich würde mich gern in zwei Hälften teilen. Jetzt bin ich einer, möchte aber zwei sein.«

»Mein Lieber«, erwiderte ich. »Das ist keine Frage des Wollens – es ist einfach unmöglich.«

»Und wenn es möglich wäre? Wäre es dann gut oder schlecht?«

»Schlecht natürlich«, antwortete ich. »Ich verstehe auch nicht ganz, was du meinst. Man spricht bisweilen davon, dass man sich zerreißt, zum Beispiel, wenn man zu viel Arbeit hat, aber das ist gar nicht gut. Und es gibt eine Krankheit, bei der sich der Mensch in zwei teilt, eine Bewusstseinsspaltung. Das ist ebenfalls schlimm, wenn auch heilbar.«

»Tut diese Spaltung weh?«, fragte der Knirps.

Wir betraten die Landebahn, auf der uns Tom entgegengefahren kam. Er rollte den Ball vor sich her und blinkerte freudig mit den Signallämpchen.

»Denk jetzt nicht mehr daran«, riet ich. »Du bist auch so ein ganz toller Bursche.«

»Nein, bin ich nicht«, widersprach der Knirps; doch in dem Augenblick hatte uns Tom erreicht, und der Spaß begann: Der Kleine überschüttete mich mit Fragen, sodass ich es nicht schaffte, gleich auf alle zu antworten; Tom wiederum schaffte es nicht, all die vielen Befehle ausführen, die ihm galten, und der Ball schaffte es kaum, den Boden zu berühren, da flog er schon wieder in die Luft. Der Einzige, der alles schaffte, war der Knirps.

Für einen Außenstehenden hätte das wahrscheinlich sehr lustig ausgesehen, und wir waren auch in der Tat fröhlich; sogar Maja amüsierte sich. Sicher erinnerten wir in diesem Augenblick an Halbwüchsige, die den Unterricht schwänzten, um sich am Ufer des Meeres auszutoben. Anfangs empfanden wir zwar noch eine gewisse Scheu, weil es für uns ja alles andere als ein Spiel war. Jeder Schritt von uns wurde beobachtet, und zwischen dem Knirps und uns stand eine Barriere, etwas Unausgesprochenes; doch allmählich verlor sich das Gefühl. Was blieb, war der Ball, der auf einen zuflog, die Begeisterung über einen gelungenen Treffer, der Ärger über Tom, der sich so ungeschickt anstellte, die Anfeuerungsrufe und das schrille, abgehackte Lachen des Jungen. Es war das erste Mal, dass wir ihn lachen hörten. Er tat es unbekümmert und ganz kindlich.

Es war ein seltsames Spiel. Der Knirps erfand aus dem Stegreif neue Spielregeln und erwies sich als ungemein ausdauernder und leidenschaftlicher Spieler. Er ließ keine Gelegenheit aus, uns seine körperlichen Qualitäten vorzuführen, und überredete uns zu einem Wettkampf, bei dem am Ende er allein gegen uns drei spielte – und kein einziges Mal verlor. Anfangs gewann er, weil wir es so wollten; dann, weil wir seine Spielregeln nicht verstanden; dann, weil uns die schweren Mäntel am Sieg hinderten, und schließlich, weil Tom zu ungeschickt war. Zumindest fanden wir das und jagten ihn davon. Maja war mittlerweile voller Eifer bei der Sache und spielte mit großem Einsatz; sie gab sich nicht weniger Mühe als ich. Dennoch verloren wir Punkt um Punkt. Wir kamen einfach nicht gegen dieses flinke Teufelchen mit seinem kräftigen und präzisen Schlag an. Der Knirps hielt jeden noch so scharfen Ball, fauchte, wenn wir diesen länger als eine Sekunde in der Hand behielten, und irritierte uns obendrein durch die ewigen Phantome, die er hinterließ. Oder, noch schlimmer, er verschwand urplötzlich aus unserem Blickfeld, um gleich darauf an einer anderen Stelle wieder aufzutauchen. Trotzdem gaben wir uns nicht geschlagen – wir dampften wie Pferde, schwitzten, keuchten und brüllten uns an, kämpften aber bis zur Erschöpfung weiter. Bis mit einem Mal Schluss war.

Der Knirps blieb stehen, sah dem Ball hinterher, der gerade durch die Luft flog, und setzte sich auf den Sand.

»Das war sehr schön«, sagte er. »Nie hätte ich gedacht, dass etwas so schön sein kann.«

»Was denn, Junge«, rief ich schniefend. »Bist du etwa müde?«

»Nein«, sagte er. »Aber mir kommen Erinnerungen. Es hilft nichts, ich kann sie nicht einfach wegwischen. Kein Spaß hilft dagegen. Ruft mich nicht mehr zum Spielen. Mir war vorhin schon elend zumute, jetzt geht es mir noch schlechter. Sag ihm, er soll schneller nachdenken. Ich zerspringe in zwei Teile, wenn ihm nicht bald etwas einfällt. Mir tut innen schon alles weh. Ich möchte zerspringen, habe aber Angst davor. Deshalb kann ich's nicht. Aber wenn der Schmerz zu groß wird, schwindet auch die Angst. Er soll schnell überlegen.«

»Aber Junge, sagte ich bekümmert. »Was ist denn los mit dir?« Obwohl ich mir nicht erklären konnte, was in ihm vorging, sah ich ihm an, dass er tatsächlich litt. »Vertreib die düstren Gedanken aus deinem Kopf! Du bist es nur nicht gewohnt, unter Menschen zu sein. Wir müssen uns einfach öfter treffen, zusammen spielen …«

»Nein«, sagte der Knirps und sprang auf. »Ich werde nicht mehr kommen.«

»Aber warum denn nur?«, rief ich. »Du hast doch selbst gesagt, dass es schön war! Und es wird noch mehr Spaß machen! Wir kennen viele andere Spiele, nicht nur mit dem Ball … Es gibt Reifen, Flügel …«

Der Knirps trottete langsam davon.

»Es gibt Schach«, rief ich ihm noch schnell hinterher. »Weißt du, was Schach ist? Ein großartiges, ein erhabenes Spiel, das schon über tausend Jahre alt ist.«

Der Knirps blieb stehen, und ich erklärte ihm eilig und voller Begeisterung das Schachspiel – gewöhnliches Schach, Raumschach, n-dimensionales Schach … Er stand da, blickte zur Seite und hörte zu. Ich hörte auf, vom Schach zu erzählen, wechselte zu anderen Brettspielen über und versuchte fieberhaft, mich an jedes zu erinnern, das ich schon einmal gespielt hatte.

»Also gut«, sagte der Knirps. »Ich komme wieder.«

Und ohne noch einmal stehen zu bleiben, ging er langsam zum Sumpf. Einige Zeit sahen wir ihm schweigend nach. Dann rief Maja plötzlich: »Knirps!«, stürzte los, holte ihn ein und begleitete ihn. Ich hob meinen Mantel vom Boden auf und zog ihn an, dann griff ich Majas Pelz und trottete den beiden unschlüssig hinterher. Ich hatte ein ungutes Gefühl, konnte mir aber nicht erklären, warum. Äußerlich betrachtet hatte alles ein gutes Ende gefunden: Der Knirps hatte versprochen wiederzukommen, was hieß, dass er uns akzeptiert hatte. Das wiederum bedeutete, dass es ihm in unserer Gesellschaft besser ging als allein. »Kein Grund zur Besorgnis«, versuchte ich mich zu beruhigen. »Er wird sich schon an uns gewöhnen ...« In dem Augenblick sah ich, dass Maja stehen geblieben war; der Knirps aber ging weiter. Maja machte kehrt, schlang fröstelnd die Arme um die Schultern und kam auf mich zu. Ich reichte ihr den Mantel und fragte: »Und?«

»Alles in Ordnung«, sagte sie, doch in ihren Augen lag Verzweiflung.

»Ich glaube, letztlich wird er sich ...« Mitten im Satz hielt ich inne. »Maja«, sagte ich. »Du hast ja das ›dritte Auge‹ verloren!«

»Nein«, erwiderte sie. »Ich habe es nicht verloren.«

8

Zweifel und Entschlüsse

Der Knirps ging in westlicher Richtung am Ufer entlang, quer über die Dünen und durch das Gestrüpp. Anfangs wollte er wissen, was es mit dem »dritten Auge« auf sich hatte; er blieb stehen, nahm den Stirnreif ab und drehte ihn in seinen Händen, sodass auf unserem Bildschirm mal der helle Himmel, mal das bläulich grüne Gesicht des Jungen und mal der reifbedeckte Sand auftauchten. Dann ließ er es in Frieden. Ob er sich nun anders fortbewegte als wir oder ob er das »dritte Auge« nicht richtig angebracht hatte – uns kam es jedenfalls so vor, als sei die Kamera nicht direkt nach vorn gerichtet, sondern etwas mehr nach rechts. Auf dem Bildschirm zogen verwackelte einförmige Dünen und erfrorene Büsche vorbei, rückten plötzlich graue Berggipfel ins Bild oder unvermutet der schwarze Ozean und dahinter die glitzernden Eisberge am Horizont.

Ich glaube, der Knirps hatte kein bestimmtes Ziel; er ging immer der Nase nach, möglichst weit weg von uns. Einige Male kletterte er auf einen der Dünenkämme und blickte in unsere Richtung. Dann erschien der strahlendweiße Konus unserer ER-2 auf dem Bildschirm, wir sahen das silbrig glänzende Band der Landebahn und den orangefarbenen Tom, der sich einsam gegen die Mauer der unfertigen Wetterstation drückte. Nur den Knirps selbst konnten wir auf dem Schirm nicht entdecken.

Ungefähr eine Stunde später änderte der Knirps abrupt seine Richtung und ging auf die Berge zu. Nun schien die Sonne direkt ins Objektiv, und wir konnten nur noch wenig erkennen. Die Dünen hörten bald auf. Der Junge passierte nun einen lichten Wald, stieg über verfaulte Äste, ging an krüppligen Baumstämmen mit brüchiger, fleckiger Rinde vorbei und marschierte über graubraune, eisverkrustete Erde. Einmal kletterte er auf einen einsamen großen Granitstein, blieb ein Weilchen dort stehen und sah sich nach allen Seiten um. Dann sprang er wieder hinunter, hob zwei schwarze Zweige vom Boden auf und setzte seinen Weg fort. Die Zweige schlug er fortwährend gegeneinander – anfangs wie zufällig, mit der Zeit aber in einem Rhythmus, der von einer Art Brummen oder Summen begleitet wurde. Dieses unangenehme Geräusch tönte ununterbrochen fort und wurde immer lauter. Vermutlich brummte und summte der Knirps selbst – sang ein Lied oder führte Selbstgespräche.

So trottete er dahin, klopfend, brummend und summend. Um ihn her tauchten nun immer häufiger Steinansammlungen zwischen den Bäumen auf, mit Moos bedeckte Granitblöcke und gewaltige Felsbrocken. Dann entdeckten wir plötzlich einen See auf dem Bildschirm. Der Knirps marschierte ohne zu zögern hinein; für einen Augenblick sahen wir das aufgewühlte Wasser, dann wurde das Bild dunkel und verschwand schließlich ganz – der Junge war untergetaucht.

Er blieb sehr lange unter Wasser, und ich fürchtete schon, er hätte den Telesender verloren und wir bekämen jetzt nichts mehr zu sehen. Doch nach ungefähr zehn Minuten war das Bild wieder da, wenn auch unscharf, verschwommen und gestreift. Zunächst konnten wir nichts Genaues erkennen, dann aber entdeckten wir rechts auf dem Bildschirm eine Handfläche, auf der ein kümmerliches Panta-Fischchen zappelte. Eines von denen, die Komow dort ausgesetzt hatte.

Als das Objektiv wieder klar war, sahen wir, dass der Knirps rannte. Baumstämme jagten uns entgegen und tauchten erst im letzten Augenblick nach rechts oder links ab. Der Junge lief sehr schnell; dennoch hörten wir weder seine Schritte noch seinen Atem. Lediglich das Rauschen des Windes war auszumachen, und hin und wieder flammte im wirren Geäst der nackten Zweige die Sonne auf. Doch plötzlich geschah etwas Merkwürdiges: Der Knirps blieb wie angewurzelt vor einem grauen Granitblock stehen und steckte seine Arme bis zu den Ellbogen hinein … Vielleicht befand sich dort eine gut getarnte Öffnung? Nein, das war unwahrscheinlich. Als der Junge die Arme kurz darauf wieder hervorzog, waren sie ganz schwarz und glänzten, und dieses Schwarze und Glänzende tropfte schwer und laut vernehmlich von seinen Fingerspitzen hinab zur Erde. Dann verschwanden die Hände wieder aus unserem Blickfeld, und der Knirps lief weiter.

Erst vor einem seltsamen Bauwerk, das an einen schiefen Turm erinnerte, machte er halt. Ich begriff nicht gleich, dass es sich um den zerschellten »Pelikan« handelte. Nun konnte ich mich mit eigenen Augen davon überzeugen, wie furchtbar das Schiff beim Aufprall zugerichtet worden war und was die Jahre auf diesem Planeten aus ihm gemacht hatten. Ein schrecklicher Anblick. Inzwischen hatte sich der Knirps dem Wrack genähert und schaute durch die klaffende Öffnung der Luke ins Schiffsinnere. Für Bruchteile von Sekunden war der Bildschirm in undurchdringliches Schwarz getaucht; dann ging der Junge langsam um das tote Schiff herum. Er blieb abermals vor der Luke stehen, hob einen Arm und presste die schwarze Handfläche mit weit gespreizten Fingern gegen die von Rost zerfressene Bordwand. In dieser Pose verharrte er ungefähr eine Minute, und wir vernahmen erneut das seltsame Surren oder Brummen. Es sah ganz so aus, als stiegen unter seinen gespreizten Fingern kleine bläuliche Rauchschwaden hervor. Schließlich zog der Knirps die Hand weg und trat einen Schritt zurück. Auf der dunklen Außenbordverkleidung sah man deutlich und scharf konturiert den Abdruck einer Hand mit gespreizten Fingern.

»Ach, mein Heimchen«, hörten wir wieder die sonore Bassstimme.

»Mein Glöckchen!«, erwiderte eine zärtliche Frauenstimme.

»Sika!«, flüsterte fast der Bariton. »Sikalein ...«

Ein Säugling begann zu weinen.

Dann rutschte der Handabdruck plötzlich zur Seite und verschwand; stattdessen erkannten wir einen Gebirgshang auf dem Bildschirm: von Rissen durchzogener Granit, Geröll, kleine, scharfkantige Steine, die in der Sonne funkelten, hie und da kränkliche harte Grasbüschel und tiefe, undurchdringlich schwarze Felsklüfte. Der Knirps stieg bergan; wir sahen, wie er sich mit den Händen an den Vorsprüngen festklammerte. Wir hörten das Aufschlagen kleiner Steine in der Tiefe, den lauten, gleichmäßigen Atem des Jungen und sahen, wie seine Bewegungen schneller und geschmeidiger wurden. Plötzlich begann es vor unseren Augen zu flimmern; der Gebirgshang entfernte sich mit großer Geschwindigkeit, schoss seitlich und nach unten davon, und wir hörten ein heiseres

Lachen, das sofort wieder verstummte. Es gab keinen Zweifel – der Knirps flog.

Auf dem Bildschirm war der helle, mattviolette Himmel zu sehen, und seitlich pulsierten trübe, halb durchsichtige Fetzen, die aussahen wie verstaubte Gaze. Im Zeitlupentempo wanderte die gleißend violette Sonne über den Bildschirm und wurde für Bruchteile von Sekunden von den gazeartigen Gebilden verdeckt. Weiter unten konnten wir ein Felsplateau ausmachen, das in fliederfarbenen Dunst getaucht war, sowie furchteinflößende, abgrundtiefe Klüfte und scharfkantige Gebirgsgrate, die von ewigem Schnee bedeckt waren. Es war eine freudlose, eiskalte Welt bis hin zum Horizont – tot, zerklüftet und unzugänglich. Gleich darauf sahen wir in Großaufnahme das Kniegelenk des Knirpses, das glänzend wie Lack im leeren Raum schwebte, und seine schwarze Hand, die sich im Nichts festzukrallen schien.

Um ehrlich zu sein: Ich traute meinen Augen nicht und überprüfte, ob der Bildschirm in Ordnung war. Er funktionierte einwandfrei. Vanderhoeze sah ebenfalls recht verblüfft aus, während Maja argwöhnisch blinzelte und den Hals reckte, als störe sie etwas im Kragen. Nur Komow blieb ganz ruhig – er saß unbeweglich da, die Ellbogen aufs Pult gestützt und das Kinn auf den verschränkten Fingern.

Dabei stürzte der Knirps bereits steil nach unten. Die Steinwüste näherte sich rasant, schien sich um eine unsichtbare Achse zu drehen, und diese Achse führte direkt zu einer Erdspalte, die das graue, von Felsblöcken übersäte Steinfeld in zwei Hälften teilte. Die Erdspalte wurde zusehends größer und breiter, der von der Sonne beschienene Rand war glatt und stark abfallend – einen Blick auf den Grund zu werfen war unmöglich, denn man sah nichts als undurchdringliche Finsternis. Und in diese Finsternis hinein jagte nun der Knirps. Plötzlich verschwand das Bild auf dem Monitor, und Maja streckte den Arm aus, um den Verstärker einzuschalten.

Doch auch mithilfe des Verstärkers waren lediglich trübe durchlaufende Streifen zu erkennen. Dann stieß der Kleine einen durchdringenden Schrei aus, und die Bewegung auf dem Bildschirm stoppte. »Er ist abgestürzt!«, dachte ich mit Entsetzen, und Maja klammerte sich mit aller Kraft an mein Handgelenk.

Der Bildschirm zeigte jetzt verschwommene, unbewegliche Flecken in grauen und schwarzen Schattierungen, und wir hörten seltsame Laute: Glucksen, heisere Rufe, Zischen. Wir sahen die bekannte schwarze Hand mit den gespreizten Fingern auftauchen und wieder verschwinden. Die verschwommenen Flecken gerieten plötzlich in Bewegung, schoben sich übereinander, und das Glucksen und Rufen wurde bald lauter, bald leiser. Hell flammte ein orangefarbenes Lichtpünktchen auf, um gleich wieder zu verlöschen, dann ein zweites, ein drittes ... Es folgte ein kurzer Aufschrei, dem ein mehrfaches Echo folgte. »Infra«, sagte Komow durch die Zähne. Maja griff nach dem Hebel für den Infraverstärker und zog ihn bis zum Anschlag. Der Bildschirm wurde augenblicklich hell, aber ich erkannte trotzdem nicht mehr als vorher.

Die ganze Umgebung war von einem phosphoreszierenden Nebel erfüllt, der eine erkennbare Struktur zu haben schien – wie lebendes Gewebe, das im Querschnitt unter dem Mikroskop betrachtet wurde. Und in diesem Nebel konnte man hier und da helle Verdichtungen und Anhäufungen dunkler pulsierender Kerne erahnen. All das hing scheinbar in der Luft; mal verschwand es, mal kam es wieder zum Vorschein, und der Knirps bewegte sich da durch, als wäre es gar nicht vorhanden. Er ging, die matt schimmernden Hände mit den gespreizten Fingern vorgestreckt, immer weiter. Die Hände vibrierten und zuckten in einem komplizierten Rhythmus, und rings um ihn her gluckste, stöhnte, raunte und tickte es glockenhell.

So legte der Knirps eine ganze Strecke Wegs zurück, und wir bemerkten nicht gleich, wie die Strukturen allmählich verblassten, verschwammen, bis auf dem Bildschirm neben den gespreizten Fingern nur noch ein milchiges Glimmen übrig blieb. Plötzlich blieb der Junge stehen. Wir merkten es daran, dass sich die Laute von vorhin nicht mehr näherten oder entfernten. Diese ganze Lawine von Geräuschen – gedämpfter Lärm, tiefes Gebrumm, ersticktes Piepsen ... Mit heftigem Knall sprang plötzlich etwas entzwei und flog helltönend auseinander; dann hörte man ein Summen, ein Kratzen und metallenes Schlagen. Auf einmal ließen sich in dem gleichmäßigen Schimmern dunkle Punkte ausmachen: etwa ein Dutzend großer und kleiner Flecken, die zunächst noch ziemlich verschwommen waren. Dann nahmen sie allmählich deutlichere Konturen an und bekamen Ähnlichkeit mit etwas, das mir sehr vertraut war. Bis ich plötzlich wusste, worum es sich handelte. Meine Vermutung schien absurd, aber sie ließ sich nicht mehr beiseiteschieben: Es waren Menschen. Dutzende, Hunderte von Menschen, eine ganze Ansammlung von Menschen, diszipliniert in Reihen aufgestellt, auf die wir schräg von oben hinuntersahen ... Doch mir blieb wenig Zeit für meine Vermutungen, denn in dem Augenblick geschah es – für Bruchteile von Sekunden wurde das Bild auf dem Monitor taghell. Freilich war das zu kurz, um Genaueres erkennen zu können. Ein verzweifelter Schrei ertönte, dann kippte das Bild und verschwand. Im selben Moment ertönte Komows wutbebende Stimme: »Warum haben Sie das getan?«

Der Bildschirm war tot. Komow sprang auf, verharrte unnatürlich steif in aufrechter Haltung und stützte die geballten Fäuste auf das Pult. Er starrte Maja an, die sehr blass, aber auch ruhig war. Sie erhob sich jetzt ebenfalls und stand Komow direkt gegenüber. Sie schwieg.

»Was ist denn passiert?«, erkundigte sich Vanderhoeze vorsichtig. Offenbar begriff auch er nicht, was gerade vorgefallen war.

»Das war entweder eine Flegelei oder ... oder ...« Komow fand keine Worte. »Sie sind ab sofort aus der Kontaktgruppe ausgeschlossen. Ich verbiete Ihnen, das Schiff zu verlassen und die Steuerkabine oder die VAK zu betreten! Gehen Sie!«

Maja machte, nach wie vor schweigend, auf dem Absatz kehrt und ging hinaus. Ich wollte ihr schon folgen, als Komow schnarrte: »Popow!«

Ich blieb stehen.

»Sie werden die Aufzeichnungen der Kamera unverzüglich an die Zentrale durchgeben. Über den Eilkanal.«

Er sah mich durchdringend an, und mir wurde unwohl in meiner Haut. So hatte ich Komow noch nicht kennengelernt – als einen Mann, der das unangefochtene Recht besaß zu befehlen, unter Hausarrest zu stellen und jedweden Aufruhr im Keim zu ersticken. Ich fühlte mich, als würde ich gleich zerspringen. »Wie der Kleine«, ging es mir flüchtig durch den Sinn.

Vanderhoeze sagte hüstelnd: »Nur mit der Ruhe, Gennadi. Warum gleich zur Zentrale? Gorbowski ist sowieso schon auf dem Stützpunkt. Sollten wir den Funkspruch nicht besser dorthin schicken?«

Komow sah mich immer noch an. Seine Augen, schmal wie Striche, schienen wie aus Eis.

»Ja, natürlich«, erwiderte er, nun schon wieder recht gelassen. »Die Kopie also zum Stützpunkt. Danke, Jakow. Popow, an die Arbeit.«

Mir blieb nichts anderes übrig, als »an die Arbeit« zu gehen, aber ich war unzufrieden. Hätte ich eine Uniform mit Schirmmütze getragen – ich hätte die Mütze mit dem Schirm nach hinten gedreht. Aber ich trug ja keine. Während ich das Band aus dem Gerät nahm, begnügte ich mich daher mit der provokanten Frage: »Was ist eigentlich passiert? Was hat Maja denn Schlimmes getan?«

Komow schwieg eine Weile. Er saß wieder in seinem Sessel, machte einen verkniffenen Mund und trommelte mit den Fingern auf die Armlehne. Vanderhoeze zupfte an seinem Backenbart und sah ihn ebenfalls fragend an.

»Sie hat den Scheinwerfer eingeschaltet«, sagte Komow schließlich.

Ich verstand nicht.

»Was für einen Scheinwerfer?«

Diesmal gab Komow keine Antwort, sondern deutete nur auf die betreffende Taste, die heruntergedrückt war.

»Ach, du meine Güte!«, rief Vanderhoeze bestürzt.

Ich dagegen sagte nichts mehr. Ich nahm das Band und setzte mich ans Funkgerät. Wenn es so war, hatte ich nichts zu erwidern. Schon für geringere Vergehen wurde man mit Schimpf und Schande aus dem Kosmos gejagt. Maja hatte das Notfall-Blitzlicht ausgelöst, das im »dritten Auge« eingebaut war. Es bedurfte keiner großen Fantasie sich auszumalen, wie den Höhlenbewohnern zumute gewesen war, als für einen kurzen Moment eine kleine grelle Sonne in der ewigen Finsternis aufflammte. Durch das Licht konnte man einen Kundschafter, der das Bewusstsein verloren hatte, sogar auf der taghellen Seite des Planeten ausmachen – von der Umlaufbahn aus und selbst wenn der Mann verschüttet worden war ... Ein solcher Scheinwerfer strahlt in der Spanne von Ultraviolett bis UKW ... Noch nie hatte ein Kundschafter das Blitzlicht erfolglos gegen ein wildes, blutrünstiges Tier eingesetzt; jeder Gegner war damit in die Flucht getrieben worden. Selbst die Tachorge, die sonst vor nichts auf der Welt Angst hatten, bremsten jäh mit den Hinterbeinen und blieben stehen ... »Sie muss den Verstand verloren haben«, dachte ich düster. »Völlig übergeschnappt sein ...« Laut aber sagte ich, während ich am Funkgerät hantierte: »Das kann doch passieren. Sie hat sich bestimmt nur in der Taste geirrt ...«

»Natürlich«, unterstützte mich Vanderhoeze sofort. »So muss es gewesen sein. Wahrscheinlich wollte sie den Infrarotstrahler einschalten ... Die Tasten liegen nebeneinander ... Was meinen Sie, Gennadi?«

Komow schwieg. Er war mit seinem Pult beschäftigt. Ich hatte keine Lust ihn anzusehen, stellte das Gerät auf »Senden« und blickte demonstrativ in die andere Richtung.

»Es ist natürlich fatal«, murmelte Vanderhoeze. »In der Tat, das kann Folgen haben ... ein aktiver Eingriff, und bestimmt kein angenehmer ... Hm ... Trotzdem, Gennadi, bei uns allen liegen seit einiger Zeit die Nerven blank; es ist kein Wunder, dass sich das Mädchen geirrt hat. Ich wollte ja selbst schon etwas unternehmen, das Bild deutlicher stellen ... Der arme Knirps ... Ich glaube, er hat diesen furchtbaren Schrei ausgestoßen ...«

»Da«, sagte Komow. »Sehen Sie sich diese Aufnahmen an ...«

Ich hörte, wie Vanderhoeze bekümmert schniefte und hielt es nicht länger aus wegzusehen – ich drehte mich um. Sie hatten die Köpfe zusammengesteckt, und da ich nichts erkennen konnte, stand ich auf und trat näher. Auf dem Bildschirm war dasselbe zu sehen wie in dem Moment, als das Notfalllicht aufgeblitzt war – nur, dass ich da nichts hatte erkennen können, weil alles zu schnell gegangen war. Jetzt war das Bild zwar völlig klar, aber ich konnte dennoch nichts damit anfangen. Ich sah eine große Menschenansammlung, viele dunkle Gestalten, die einander bis aufs Haar glichen. Sie standen in Reih und Glied auf einer ebenen, hell erleuchteten Fläche; die vorderen Gestalten waren groß, die hinteren, den Gesetzen der Perspektive entsprechend, kleiner. Die Reihen schienen endlos zu sein und sahen in der Ferne wie dichte schwarze Streifen aus.

»Das ist der Knirps«, sagte Komow. »Erkennen Sie ihn?«

Jetzt sah ich es auch: Es war tatsächlich der Knirps – in tausendfacher, immer gleicher Ausführung, so als würde er von unzähligen Spiegeln reflektiert.

»Sieht wie eine multiple Spiegelung aus«, sagte Vanderhoeze leise für sich.

»Eine Spiegelung …«, knurrte Komow. »Aber wo ist dann die Spiegelung des Lichtscheins? Und der Schatten des Knirpses?«

»Keine Ahnung«, gab Vanderhoeze ehrlich zu. »Sie haben recht, es müsste ein Schatten da sein.«

»Und was denken Sie darüber, Stas?«, wandte sich Komow an mich, ohne sich umzudrehen.

»Nichts«, sagte ich knapp und ging zu meinem Platz zurück. Und ob ich dachte! In meinem Gehirn knirschte es vor lauter Denken, und doch kam ich zu keinem Ergebnis. Das Ganze erinnerte mich am ehesten an eine formalistische Federzeichnung.

»Na ja, sehr viel haben wir nicht herausbekommen«, sagte Komow. »Eigentlich gar nichts.«

»Junge, Junge, Junge«, murmelte Vanderhoeze, erhob sich schwerfällig und ging hinaus.

Ich wäre am liebsten mitgegangen, um nach Maja zu sehen, aber mit einem Blick auf die Uhr war mir klar, dass das nicht ging; bis zum Ende der Übertragung waren es noch ungefähr zehn Minuten. Hinter mir raschelte etwas, dann sah ich Komows Hand über meiner Schulter, und vor mich aufs Pult flatterte das hellblaue Formular eines Funkspruchs.

»Ein Zusatz«, erklärte er. »Den schicken Sie gleich hinterher.«

Ich überflog den Text.

»ER-2, Komow an Stützpunkt, Gorbowski. Mit Kopie an die Zentrale, Bader.

Hier die Aufzeichnungen der Telekamera vom Typ ›drittes Auge‹, Träger der Knirps. Aufnahmen erfolgten von

13.46 bis 17.02 Uhr Bordzeit. Unterbrochen infolge versehentlicher Betätigung der Notfalllampe durch Unachtsamkeit meinerseits. Situation im Augenblick ungewiss.«

Ich stutzte und las den Text noch einmal. Dann drehte ich mich zu Komow um. Er saß jetzt da wie vorhin, das Kinn auf die verschränkten Finger gestützt, und schaute auf den Bildschirm. Mich überflutete keine Welle der Dankbarkeit – dafür hegte ich zu wenig Sympathie für Komow; aber eine gewisse Anerkennung musste ich ihm doch zollen. Nicht jeder hätte in einer so heiklen Situation ähnlich entschlossen und unaufgeregt gehandelt. Die Gründe dafür waren nicht von Belang – ob ihm Maja leidtat (was ich bezweifelte), ob er sich seiner ersten, heftigen Reaktion schämte (was ich für wahrscheinlicher hielt) oder ob er einfach zu jenem Typ Vorgesetzter gehörte, der die Fehler seiner Untergebenen in erster Linie als die eigenen ansah. Jedenfalls war die Gefahr für Maja, wie ein Vögelchen aus dem Kosmos zu fliegen, jetzt wesentlich geringer. Komows Ruf würde sich hingegen merklich verschlechtern. Na schön, Gennadi Jurjewitsch, bei passender Gelegenheit wird man es Ihnen anrechnen. Ein solches Verhalten verdient Lob und Anerkennung. Aber mit Maja werden wir noch ein Wörtchen zu reden haben. Was, zum Teufel, ist bloß in sie gefahren! Sie ist doch kein kleines Mädchen mehr, das hergekommen ist, um mit Puppen zu spielen.

Das Gerät klickte und schaltete sich ab. Als ich mit der Übertragung des Funkspruchs begann, kam Vanderhoeze herein; er schob einen kleinen Servierwagen vor sich her. Sehr leise, ungewöhnlich flink und geschickter als jeder qualifizierte Kyber stellte er ein Tablett mit mehreren Tellern rechts neben Komows Ellbogen auf den Tisch. Komow bedankte sich zerstreut. Ich nahm mir ein Glas Tomatensaft, trank es in einem Zug leer und schenkte mir noch einmal nach.

»Keinen Salat?«, fragte Vanderhoeze enttäuscht.

Ich schüttelte den Kopf. Dann wandte ich mich an Komow, der mir noch immer den Rücken zukehrte: »Ich bin fertig, kann ich jetzt gehen?«

»Bitte«, erwiderte Komow, ohne sich umzudrehen. »Aber keinen Schritt aus dem Schiff.«

Im Korridor flüsterte mir Vanderhoeze zu: »Maja isst gerade zu Mittag.«

»Hysterisches Gör«, sagte ich böse.

»Im Gegenteil: Ich würde sagen, sie ist die Ruhe in Person und überaus zufrieden. Nicht die Spur von Reue.«

Wir gingen in die Mannschaftskajüte. Maja saß am Tisch, löffelte ihre Suppe und las in einem Buch.

»Grüß dich, Häftling«, sagte ich und nahm mit meinem Glas ihr gegenüber Platz.

Maja schaute von ihrer Lektüre auf und musterte mich, ein Auge zugekniffen.

»Wie geht's dem Chef?«, fragte sie.

»In tiefes Nachdenken versunken«, erwiderte ich und versuchte in ihrem Gesicht zu lesen, was sie bewegte. »Er überlegt, ob er dich gleich an der Fockrah aufknüpfen soll oder dich noch bis Dover bringt, wo du in Ketten gelegt wirst.«

»Und wie sieht's am Horizont aus?«

»Unverändert.«

»Dann wird er nicht mehr kommen«, war Maja überzeugt.

Sie sagte das sehr zufrieden, mit einem fröhlichen und recht verwegenen Ausdruck in den Augen. Ich nippte an meinem Tomatensaft und schielte zu Vanderhoeze. Er aß seelenruhig den Salat, den er für mich zubereitet hatte. Unser Käpt'n scheint heilfroh zu sein, schoss mir durch den Kopf, dass nicht er das Kommando führen muss. Dann sagte ich zu Maja: »Es sieht ganz so aus, als hättest du uns den Kontakt vermasselt.«

»Bedaure«, sagte Maja kurz angebunden und steckte ihre Nase wieder ins Buch. Aber sie las nicht, sie wartete auf die Fortsetzung.

»Wollen wir hoffen«, schaltete sich Vanderhoeze ein, »dass es keine größeren Komplikationen gibt. Vielleicht geht es noch mal glimpflich ab.«

»Glauben Sie, der Knirps kommt zurück?«, fragte ich.

»Ich denke schon«, antwortete Vanderhoeze mit einem tiefen Seufzer. »Er stellt zu gern Fragen, um freiwillig darauf zu verzichten. Und durch den Vorfall sind bestimmt jede Menge neuer Fragen in ihm aufgetaucht.« Er aß den Salat auf und erhob sich. »Ich gehe jetzt, habe noch zu tun«, erklärte er. »Wenn ich ehrlich sein soll, Maja: Die Geschichte gefällt mir nicht. Ich verstehe dich ja, aber gutheißen kann ich dein Verhalten nicht. Es ist einfach nicht in Ordnung …«

Maja gab keine Antwort. Vanderhoeze schob das Serviertischchen zur Tür und verließ den Raum. Seine Schritte waren kaum verhallt, da stellte ich Maja höflich, aber streng die Frage: »Hast du das absichtlich getan, oder war es ein Versehen?«

»Was glaubst du denn?«, fragte Maja zurück und schaute ins Buch.

»Komow hat die Schuld auf sich genommen«, sagte ich ausweichend.

»Was soll das heißen?«

»Er hat der Zentrale gemeldet, das Blitzlicht sei durch ihn ausgelöst worden.«

»Wie rührend!«, versetzte Maja, legte das Buch beiseite und streckte sich. »Welch edle Geste!«

»Ist das alles, was du zu sagen hast?«

»Was willst du denn noch hören? Ein Schuldbekenntnis? Aufrichtige Reue? Oder soll ich dir was vorheulen?«

Ich nahm erneut einen Schluck Tomatensaft. Ich beherrschte mich.

»Vor allem möchte ich wissen, ob du es aus Versehen oder absichtlich getan hast.«

»Absichtlich. Und jetzt?«

»Warum, zum Teufel, hast du das getan?«

»Um diesem Affentanz ein für alle Mal ein Ende zu bereiten. Zufrieden?«

»Was für einem Affentanz? Ich weiß gar nicht, wovon du sprichst.«

»Siehst du denn nicht, wie gemein und widerlich das alles ist?«, rief Maja und hatte Mühe, ruhig zu bleiben. »Das war unmenschlich. Ich konnte nicht mehr mit gefalteten Händen dasitzen und zusehen, wie aus der miesen Komödie eine Tragödie wird.« Sie schleuderte das Buch zur Seite. »Du brauchst mich gar nicht so böse anzusehen! Und deinen Beistand habe ich erst recht nicht nötig! Man denke nur, wie großherzig! Der Liebling Doktor Mbogas! Ich höre hier sowieso auf und wechsle an eine Schule; dort werde ich den Kindern beibringen, dass all die Fanatiker mit ihren abstrakten Ideen und die Dummköpfe in ihrem Gefolge beizeiten gebremst werden müssen!«

Ich hatte die gute Absicht gehabt, meinen höflichen und korrekten Ton bis zum Schluss durchzuhalten, aber jetzt platzte mir der Kragen. Um meine Geduld war es ohnehin noch nie gut bestellt gewesen.

»Du bist unverschämt!«, brach es aus mir heraus. Mir fehlten die Worte. »Richtig unverschämt!«

Ich wollte noch einen Schluck Tomatensaft nehmen, aber das Glas war leer; anscheinend hatte ich es, ohne es zu merken, ausgetrunken.

»Und was noch?«, fragte Maja und lächelte verächtlich.

»Nichts«, erwiderte ich finster und betrachtete das leere Glas. Ich hatte in der Tat nichts mehr hinzuzufügen. Wahrscheinlich war ich auch gar nicht zu Maja gekommen, um mir Klarheit zu verschaffen, sondern um ihr die Meinung zu sagen.

»Gut«, sagte Maja. »Wenn das alles war, dann geh doch zu deinem Komow und leg dich ihm zu Füßen. Hau ab zu deinem Tom und den ganzen anderen Kybern. Ich, weißt du, bin nämlich ein Mensch, dem nichts Menschliches fremd ist.«

Ich schob das Glas beiseite und stand auf. Es gab nichts mehr zu bereden. Alles war klar. Maja war eine prima Kollegin und Kameradin gewesen, aber das war jetzt vorbei. Na, machte nichts, ich würde es überleben.

»Guten Appetit noch«, sagte ich und stakste unnatürlich steif hinaus.

Mein Herz hämmerte, und die Lippen zitterten abscheulich. Ich schloss mich in meiner Kajüte ein, ließ mich aufs Bett fallen und vergrub mein Gesicht im Kissen. In meinem Kopf dröhnten wild und bitter die Worte, die ich nicht ausgesprochen hatte, stießen gegeneinander und zerfielen. Wie dumm das alles war, wie maßlos dumm! ... Und wenn dir die Sache zehnmal nicht schmeckt, schimpfte ich innerlich mit Maja, du hättest dich so verhalten sollen, wie es sich gehört. Da könnte ja jeder kommen! Du hattest hier schließlich keine Extraeinladung, sondern bist nur zufällig da! Also verhalte dich entsprechend! Und von Kontakten hast du sowieso keine Ahnung, du Quartiermacherin, also pack deine lausigen Landkarten zusammen und tu, was man dir sagt! Gib doch zu, dass du keinen blassen Schimmer von den abstrakten Ideen hast, um die es hier geht. Nichts weißt du. Überhaupt nichts. Denn was ist das eigentlich – abstrakte Ideen?! Heute nennt man eine Idee abstrakt, und schon morgen steht ohne sie die Geschichte still! Wenn dir das Ganze hier nicht passt, dann sag es laut und lehne die Mitarbeit ab ... Die Sache mit dem Knirps war so schön ins Rollen gekommen! So ein prächtiges, schlaues Bürschchen; Berge hätte man mit ihm versetzen können! Du hast ja keine Ahnung ... Quartiermacherin ... Und so was nennt sich nun Kollegin ... Kameradin! Jetzt habe ich nicht nur den Knirps, sondern auch eine Kameradin verloren ... Aber Komow ist auch gut: will mit dem Kopf durch die Wand wie ein Bulldozer, auf Biegen und Brechen, statt sich mit den anderen abzusprechen und ihnen zu erklären, worum es geht ... Der Teufel soll mich holen, wenn ich noch ein einziges Mal an einer Kontaktaufnahme teilnehme! Sowie das Durcheinander hier vorbei ist, ersuche ich um Versetzung zum Projekt »Arche 2«. Ich werde mit Wadik und Tanja zusammenarbeiten, mit Ninon und all den anderen. Wie ein Pferd werde ich schuften, ohne überflüssiges Gerede und ohne mich von irgendetwas ablenken zu lassen. Vor allem aber: keine Kontaktsuche mehr! ... Unmerklich döste ich ein und schlief so fest wie lange nicht mehr. Was kein Wunder war – in den letzten zwei Tagen hatte ich keine vier Stunden Schlaf gehabt. Nur mit Mühe gelang es Vanderhoeze, mich zu wecken. Ich sollte ihn ablösen.

»Und was ist mit Maja?«, fragte ich schlaftrunken, verstummte aber sofort wieder. Vanderhoeze tat so, als hätte er meine Frage nicht gehört.

Ich nahm eine Dusche, zog mich an und begab mich in die Steuerzentrale. Der Unmut von vorhin überkam mich erneut. Ich wollte niemanden hören und sehen. Bevor sich Vanderhoeze schlafen legte, teilte er mir noch mit, dass es nichts Neues gebe und ich in sechs Stunden von Komow abgelöst würde.

Es war genau 22 Uhr Bordzeit. Auf dem Bildschirm sah man das Nordlicht über dem Gebirgskamm schimmern. Vom Ozean her wehte ein heftiger Wind; er zerriss die Nebelkappe über der dampfenden Erdspalte, drückte die nackten Büsche gegen den gefrorenen Sand und peitschte die Schaumkronen des Wassers zum Strand, wo sie augenblicklich gefroren. Auf der Landebahn, leicht gegen den Wind gestemmt, stand einsam und verlassen Tom. Mit allen Signallämpchen zeigte er an, dass er, wenn auch im Augenblick stillgelegt und ohne Aufgaben, bereit war, jeden beliebigen Auftrag auszuführen. Eine trostlose Landschaft. Ich schaltete die Außenakustik ein, hörte für einige Sekunden das Tosen des Ozeans, das Pfeifen und Heulen des Windes, hörte die schweren, eisigen Tropfen gegen das Schiff schlagen und stellte wieder ab.

Ich versuchte mir vorzustellen, was der Knirps jetzt wohl tat, erinnerte mich an die Aufzeichnung auf dem Bildschirm: dunkle, verschwommene Lichtpunkte auf grauem, nebligem Hintergrund, dazu der Mischmasch seltsamer Laute und die rätselhaften Reihen von Spiegelbildern, die doch keine waren ... Nicht so wichtig, wahrscheinlich fühlte sich der Knirps dort einfach geborgen, es war seine gewohnte Umgebung, und er hatte jetzt allerhand Stoff zum Nachdenken. Bestimmt hatte er sich in eine Felsecke gedrückt und litt noch unter der Kränkung, die ihm Maja angetan hatte. (»Mamma ...« – »Ja, mein Glöckchen«, kam es mir in den Sinn.) Vom Standpunkt des Jungen aus musste das alles sehr unehrlich wirken. Ich an seiner Stelle würde keinen Fuß mehr auf das Schiff setzen ... Dabei hatte sich Komow so gefreut, dass Maja dem Jungen das »dritte Auge« übergestreift hatte. »Gut gemacht, Maja«, hatte er gesagt. »Das ist eine echte Chance, ich hätte es nicht gewagt ...« Allerdings wäre aus dem Plan, das Leben des Knirpses auf diese Weise zu erforschen, letztlich wohl doch nichts geworden. Die Konstrukteure hatten das Gerät nämlich noch nicht bis ins letzte Detail durchdacht. Eine Stereokamera wäre zum Beispiel von Vorteil gewesen, auch wenn das »dritte Auge« freilich für andere Zwecke bestimmt war ... Immerhin, wir hatten gewisse Dinge erfahren. So etwa, dass der Knirps tatsächlich flog. Wie und warum er das aber tat, wussten wir nicht. Ähnlich verhielt es sich mit der Szene am zerschellten »Pelikan«. Ein Planet der Unsichtbaren ... Bestimmt könnten wir hier hochinteressante Dinge beobachten, wenn uns Komow die Erlaubnis gäbe, einen Erkundungskyber auszuschicken. Vielleicht würde er sich ja jetzt dazu entschließen? Obwohl, fürs Erste kamen wir sogar ohne Kyber aus. Zunächst würde es völlig ausreichen, den Horizont mit Lokatoren abzutasten …

Die Funkanlage summte, und ich ging zum Sender hinüber. Eine unbekannte Stimme bat ausnehmend höflich, fast schüchtern, darum, mit Komow verbunden zu werden.

»Wer spricht?«, erkundigte ich mich nicht eben freundlich.

»Ein Mitglied der Kontaktkommission. Mein Name ist Gorbowski. Es ist wichtig. Oder schläft Gennadi Jurjewitsch im Augenblick?«

Ich war sprachlos. Dann fasste ich mich: »Sofort, Leonid Andrejewitsch«, murmelte ich. »Einen Moment, Leonid Andrejewitsch …« Und dann hastig über Sprechfunk: »Komow zur Zentrale. Dringender Anruf vom Stützpunkt.«

»Nun, ganz so dringend ist es auch wieder nicht«, protestierte Gorbowski.

»Am Apparat Leonid Andrejewitsch Gorbowski!«, fügte ich feierlich hinzu, damit sich Komow nicht zu viel Zeit ließ.

»Junger Mann …«, sagte Gorbowski.

»Diensthabender Stas Popow, Kybertechniker!«, meldete ich. »Während meiner Wache keinerlei Vorkommnisse!«

Gorbowski schwieg einen Augenblick, dann sagte er unsicher: »Rühren …«

Ich hörte eilige Schritte näher kommen, gleich darauf betrat Komow die Zentrale. Er sah hohlwangig aus, die Augen, unter denen tiefe Schatten lagen, waren glasig. Ich stand auf und machte ihm Platz.

»Komow am Apparat«, sagte er. »Sind Sie es, Leonid Andrejewitsch?«

»Jawohl«, erwiderte Gorbowski. »Guten Tag ... Hören Sie, Gennadi, könnten Sie den Apparat nicht so einstellen, dass wir uns sehen? Dafür gibt es doch solche Knöpfe ...«

Komow warf mir einen kurzen Blick zu, und meine Hände suchten wie von selbst die Taste für den Visor. Wir Funker stellten ihn für gewöhnlich ab. Aus verschiedenen Gründen.

»Gut«, sagte Gorbowski zufrieden. »Jetzt sehe ich Sie.«

Über unseren kleinen Monitor flimmerte nun ebenfalls ein Bild – das Gesicht Leonid Andrejewitschs, das ich von Porträts und Beschreibungen her kannte: Es war länglich und wirkte leicht nach innen gedrückt. Auf Abbildungen hatte mich Gorbowski allerdings immer an einen antiken Philosophen erinnert; jetzt sah er irgendwie bedrückt und enttäuscht aus, und auf seiner breiten Entennase prangte zu meiner Überraschung ein großer, offenbar noch frischer Kratzer.

Als das Bild klar und stabil war, zog ich mich zurück und setzte mich leise auf den Platz des Wachhabenden. Ich war sicher, dass man mich jeden Augenblick hinausjagen würde, und tat so, als konzentriere ich mich voll und ganz auf die Beobachtung der Natur, die sich unter der Wucht des Unwetters duckte.

Gorbowski sagte: »Zunächst einmal vielen Dank, Gennadi. Ich habe das Material durchgesehen, das Sie mir geschickt haben, und ich muss sagen: Hier handelt es sich wirklich um etwas ganz Besonderes. Außerordentlich interessant. Sie sind einfallsreich, geschickt und vor allem sehr schnell vorgegangen.«

»Ich fühle mich geschmeichelt«, sagte Komow hastig. »Aber?«

»Wieso ›aber‹?«, fragte Gorbowski erstaunt. »›Und‹ müssten Sie sagen. Die Mehrheit der Kommissionsmitglieder ist übrigens der gleichen Meinung. Es ist kaum zu glauben, wie viel Arbeit Sie in nur zwei Tagen bewältigt haben.«

»Das ist nicht so sehr mein Verdienst«, erklärte Komow trocken. »Die Umstände haben sich günstig gefügt.«

»Nicht so bescheiden«, entgegnete Gorbowski rasch. »Geben Sie ruhig zu, dass Sie schon vorher wussten, mit wem Sie es zu tun haben. Schon allein das ist ein Verdienst. Außerdem: Ihre Entschlossenheit, Ihre Intuition ... nicht zuletzt Ihre Tatkraft ...«

»Ich fühle mich wirklich geschmeichelt«, wiederholte Komow, nun aber schon ein wenig ungeduldig.

Nach kurzem Schweigen fragte Gorbowski plötzlich leise: »Wie stellen Sie sich das zukünftige Leben des Knirpses vor, Gennadi?«

Das Gefühl, jetzt tatsächlich, unverzüglich und unausweichlich die Kabine räumen zu müssen, erreichte seinen Höhepunkt. Ich machte mich ganz, ganz klein und hörte sogar auf zu atmen.

»Der Knirps wird Mittler zwischen der Erde und den Bewohnern des Planeten sein«, hörte ich Komow sagen.

»Verstehe«, erwiderte Gorbowski. »Das wäre wunderbar. Wenn der Kontakt nun aber nicht zustande kommt?«

»Leonid Andrejewitsch«, begann Komow in barschem Ton. »Lassen Sie uns offen miteinander reden. Darüber, was wir denken und darüber, was wir am meisten fürchten. Mein Ziel ist es, den Knirps zu einem Mittler im Dienst der Erde zu machen. Dafür arbeite ich – mit allen mir zur Verfügung stehenden Mitteln und, wenn ich so sagen darf, ohne Rücksicht auf Verluste. Ich will den Menschen in ihm wieder erwecken. Das Problem ist nur, dass die Eingeborenen, die den Jungen großgezogen haben, der menschlichen Psyche und unserer Weltsicht mehr als fernstehen. Sie weichen uns aus und lehnen jeden Kontakt ab. Diese Haltung aber ist für das Unterbewusstsein des Jungen bestimmend. Glücklicherweise – oder auch nicht – haben die Eingeborenen so viel menschenähnliche Züge in ihm belassen, dass es uns gelungen ist, sein

Bewusstsein anzusprechen. Die gegenwärtige Situation ist jedoch kritisch. Das Bewusstsein des Knirpses gehört uns, sein Unterbewusstsein – ihnen. Für den Jungen ist das ein schwerwiegender Konflikt, dessen bin ich mir durchaus bewusst, aber dieser Konflikt ist lösbar. Ich brauche noch ein paar Tage, dann habe ich den Knirps so weit. Ich erkläre ihm, wie sich die Dinge wirklich verhalten und mache sein Unterbewusstsein frei, sodass er zu einem festen Verbündeten für uns wird. Sie müssen doch den Wert einer solchen Zusammenarbeit erkennen, Leonid Andrejewitsch! Sicher, es werden viele Schwierigkeiten auf uns zukommen. So wäre es durchaus möglich, dass der Knirps, wenn er den wahren Sachverhalt erfährt, bestrebt ist, sein ›Zuhause‹ vor uns, den Eindringlingen, zu schützen. Ich könnte mir vorstellen, dass neue, gefährliche Spannungen zwischen uns auftauchen. Dennoch bin ich sicher, dass wir den Knirps davon überzeugen können, dass unsere beiden Zivilisationen mit all ihren Vor- und Nachteilen gleichwertige Partner sind. Als Mittler wird er sein Leben lang sowohl von der einen als auch von der anderen Seite profitieren, ohne um die einen oder die anderen fürchten zu müssen. Er wird stolz auf seinen besonderen Status sein und ein frohes, angenehmes Leben führen ...« Komow verstummte. »Wir müssen es einfach riskieren«, fügte er hinzu. »Es ist unsere Pflicht. So eine Gelegenheit werden wir nie wieder bekommen. Das ist mein Standpunkt, Leonid Andrejewitsch.«

»Ich verstehe«, erwiderte Gorbowski. »Ich kenne Ihre Ideen und weiß sie zu schätzen. Ich weiß auch, welche Beweggründe Sie haben, dieses Risiko einzugehen. Aber Sie müssen zugeben, dass ein Risiko bestimmte Grenzen nicht überschreiten darf. Ich war von Anfang an auf Ihrer Seite und wusste, worauf wir uns da einließen. Ich hatte große Bedenken, sagte mir aber, es werde schon gut gehen. Mir war klar, welche Perspektiven, welche Möglichkeiten sich uns hier eröffneten! Und ich glaubte, wir könnten uns jederzeit wieder zurückziehen. Nicht im Traum wäre mir eingefallen, dass der Junge so kontaktbereit sein würde und die Sache innerhalb von zwei Tagen solche Fortschritte machen könnte.« Gorbowski schwieg einen Augenblick. Dann sagte er: »Gennadi, Sie wissen aber genauso gut wie ich, dass ein Kontakt mit den anderen nicht zustande kommen wird. Es ist Zeit, zum Rückzug zu blasen.«

»Doch!«, widersprach Komow. »Es wird diesen Kontakt geben.«

»Nein«, entgegnete Gorbowski ruhig, aber entschieden. »Er wird nicht zustande kommen. Sie wissen wie ich, dass wir es hier mit einer introvertierten Zivilisation zu tun haben – mit einer Vernunft, die nur auf sich selbst bezogen ist.«

»Sie ist nicht introvertiert«, sagte Komow. »Das scheint nur so. Sie haben den Planeten aus irgendeinem Grund sterilisiert und halten ihn offenbar in diesem Zustand. Was sie dazu bewogen hat, den Knirps zu retten und aufzuziehen, weiß ich nicht. Jedenfalls sind sie gut über uns Menschen informiert. Deshalb bin ich auch überzeugt, dass es sich hier nur um eine scheinbare Introversion handelt.«

»Hören Sie, Gennadi, eine absolute Introversion existiert sowieso nur in der Theorie. Selbstverständlich wird es immer einen Rest an funktionaler Tätigkeit geben, die nach außen gerichtet ist, zum Beispiel in der Sanitärhygiene. Was nun den Knirps angeht ... Natürlich sind das alles nur Vermutungen, aber wenn eine Zivilisation ein bestimmtes Alter erreicht hat, ist ihr Humanismus vielleicht schon zu einem Reflex, einem sozialen Instinkt geworden. Das Kind wurde also gerettet, weil die Eingeborenen gar nicht anders konnten ...«

»Das mag sein«, erwiderte Komow. »Nur ist jetzt nicht die richtige Zeit für Vermutungen. Ausschlaggebend scheint mir, dass es sich lediglich um eine graduelle Introversion handelt, was uns Chancen für die Kontaktaufnahme offenlässt. Natürlich wird der Annäherungsprozess viel Zeit benötigen und möglicherweise doppelt so lange dauern wie bei einer normalen, aufgeschlossenen Zivilisation. Ich habe mir das alles gründlich durch den Kopf gehen lassen, Leonid Andrejewitsch, und bestimmt wissen Sie, dass das, was Sie mir gesagt haben, nichts Neues für mich ist. Ihre Meinung steht hier einfach gegen meine, das ist alles. Sie schlagen den Rückzug vor, ich aber möchte diese einmalige Chance bis zu Ende nutzen.«

»Ich stehe mit meiner Meinung nicht allein«, sagte Gorbowski leise.

»Und wer teilt sie noch?«, fragte Komow nicht ohne Ironie. »Etwa August Johann Maria Bader?«

»Nicht nur er. Ich muss Ihnen gestehen, Gennadi, dass ich Ihnen bisher den Trumpf vorenthalten habe … Ist Ihnen eigentlich nie in den Sinn gekommen, dass Schura Semjonow die Bordaufzeichnungen nicht erst auf dem Planeten, sondern bereits im Kosmos gelöscht haben könnte? Und zwar nicht, weil er vernunftbegabte Ungeheuer gesehen hätte, sondern weil er schon im All einem Angriff ausgesetzt war. Und weil er daraus schlussfolgerte, dass auf dem Planeten eine zwar hochentwickelte, doch aggressive Zivilisation existierte. Uns, müssen Sie wissen, ist diese Version auch nicht sofort aufgegangen. Zunächst zogen wir, genau wie Sie, zwar die richtigen Schlüsse – doch die Annahmen waren falsch. Kaum waren wir auf die neue Version gekommen, nahmen wir den gesamten planetennahen Raum genauer unter die Lupe. Und vor zwei Stunden erhielten wir die Mitteilung, dass er endlich gefunden wurde.« Gorbowski verstummte.

Ich riss mich eisern zusammen, um nicht laut zu rufen: »Wer? Wer wurde gefunden?« Ich glaube, Gorbowski wartete nur darauf, kam aber nicht auf seine Kosten. Komow sagte kein Wort, und so fuhr Gorbowski fort: »Er ist hervorragend getarnt und schluckt nahezu alle Strahlen. Wir wären nie auf ihn gestoßen, hätten wir nicht gezielt nach ihm gesucht. Und selbst das gelang uns nur mithilfe eines neuen Geräts – man hat es mir erklärt, aber ich habe es nicht ganz verstanden – einer Art Vakuumkonzentrator. Jedenfalls haben wir aufgespürt, wonach wir suchten, und es in Schlepp genommen: Es handelt sich um einen automatischen Satelliten, einen bewaffneten Wachposten sozusagen. Details in der Konstruktion lassen darauf schließen, dass er von den *Wanderern* installiert worden ist. Allerdings schon vor einer Ewigkeit; es mag an die hunderttausend Jahre her sein. Zum Glück für die Teilnehmer des Projekts ›Arche‹ hatte der Satellit nur zwei Geschosse an Bord. Das erste wurde offenbar schon vor langer Zeit abgefeuert, und es wird schwerlich möglich sein, jetzt noch herauszufinden, auf wen. Das zweite Geschoss hat die Semjonows getroffen. Die *Wanderer* müssen den Planeten als tabu eingestuft haben, eine andere Erklärung kann ich nicht finden. Stellt sich nur die Frage: warum? Nach dem zu urteilen, was wir wissen, haben sie wohl am eigenen Leib erfahren, dass die Zivilisation dieses Planeten nicht nur kontaktfeindlich, sondern vollständig introvertiert war. Mehr noch: dass ein Kontakt bei der Zivilisation zu ernsthaften Erschütterungen geführt hätte. August Johann Maria Bader ist nicht der Einzige, der meine Ansicht teilt … Wenn ich mich recht erinnere, Gennadi, hatten Sie stets großen Respekt vor den *Wanderern* …«

Gorbowski schwieg erneut und fuhr dann fort: »Aber es geht nicht nur darum. Unter anderen Bedingungen hätten wir – ungeachtet der Warnung durch die *Wanderer* – versuchen können, langsam und sehr vorsichtig zu einer Annäherung mit den Eingeborenen zu kommen, sie aus ihrer Introversion herauszuholen. Schlimmstenfalls hätten wir eine negative Erfahrung mehr gemacht. Wir hätten ein Zeichen zur Warnung hinterlassen und unsere Sachen gepackt. Die Sache hätte nur unsere beiden Zivilisationen betroffen ... Jetzt aber sieht alles anders aus: Zwischen uns, wie zwischen Hammer und Amboss, ist eine dritte Zivilisation geraten, und für diese dritte Zivilisation, Gennadi, für ihren einzigen Vertreter, den Knirps, tragen wir bereits seit mehreren Tagen die volle Verantwortung.«

Ich hörte Komow tief ein- und wieder ausatmen, dann herrschte lange Zeit Schweigen. Als er erneut zu sprechen begann, klang seine Stimme völlig verändert, gebrochen ... Zunächst sprach er über die *Wanderer* und äußerte sein Befremden darüber, dass diese mit der Installierung des Wachsatelliten eine so große Gefahr für andere in Kauf genommen hätten. Eine Gefahr, die fast an ein Verbrechen grenzte. Doch dann erinnerte er sich selbst jener Überlieferung, nach der die *Wanderer* stets im ganzen Geschwader durchs All zogen und so in jedem Raumschiff, das allein auftauchte, nur eine automatische Sonde sahen. Er sagte, dass auch auf der Erde eines Tages Schluss sein werde mit den barbarischen Einzelflügen auf der Freien Suche im All – zu viele Opfer und Irrtümer hätte es schon gegeben, und zu wenig sei dabei herausgekommen.

»Ja«, schaltete sich Gorbowski wieder ein. »Dem kann ich nur zustimmen.«

Dann erwähnte Komow das rätselhafte Verschwinden mehrerer Erkundungssonden, die zu verschiedenen Planeten ausgeschickt worden waren. »Wir sind nie dazu gekommen, diese Fälle gründlich zu untersuchen, und jetzt erscheinen sie in einem ganz anderen Licht.«

»Richtig!«, rief Gorbowski. »Daran hatte ich noch gar nicht gedacht, das ist ein sehr interessanter Gedanke.«

Schließlich kam die Rede wieder auf den Wachsatelliten; sie wunderten sich, dass er lediglich zwei Geschosse an Bord gehabt hatte, und meinten, die *Wanderer* müssten recht eigentümliche Vorstellungen über das Leben im All besessen haben. Dann aber kamen sie zu dem Schluss, dass sich diese Ansichten kaum von den unseren unterschieden, was die Vermutung nahelegte, die *Wanderer* hätten die Absicht gehabt, zu ihrem Satelliten zurückzukehren. Aus ungeklärten Gründen jedoch hätten sie das nicht getan; möglicherweise, meinte Gorbowski, habe Borowik recht mit seiner Hypothese, die *Wanderer* hätten die Galaxis inzwischen verlassen. Komow äußerte halb im Scherz, dass vielleicht die Eingeborenen besagte *Wanderer* wären, die, nachdem sie genügend Wissen gespeichert hätten, nun endlich zur Ruhe gekommen und nur noch auf sich selbst bezogen seien. Was Gorbowski wiederum zu einer scherzhaften Anspielung auf Komows Theorie vom vertikalen Progress veranlasste. Er fragte ihn, wie denn eine solche Entwicklung der *Wanderer* im Lichte dieser Theorie zu bewerten sei.

Später sprachen sie über den Gesundheitszustand Doktor Mbogas und wechselten dann unvermittelt auf die Befriedung irgendeines Inselimperiums über. Ein gewisser Rudolf, den sie aus unerfindlichen Gründen ebenfalls den »Wanderer« nannten, hatte dabei anscheinend eine Rolle gespielt. Fließend und ohne Übergang kamen sie von diesem Rudolf auf die Kompetenzen des Rates für Galaktische Sicherheit zu sprechen und stimmten überein, dass in deren Kompetenzbereich ausschließlich humanoide Zivilisationen fielen …

Bald darauf begriff ich schon nicht mehr, worüber sie sprachen und vor allem – warum sie darüber sprachen.

Schließlich sagte Gorbowski: »Ich habe Sie mit meinem Gerede gewiss schon ermüdet, Gennadi, entschuldigen Sie. Ruhen Sie sich aus. Aber es war sehr angenehm, mit Ihnen zu plaudern. Immerhin haben wir uns lange nicht gesehen.«

»Aber bis zu unserem Wiedersehen wird es nicht mehr lange dauern«, meinte Komow, seine Stimme klang bitter.

»Stimmt. In zwei Tagen, denke ich, ist es so weit. Bader und Borowik sind schon unterwegs, sodass übermorgen die gesamte KomKon auf dem Stützpunkt versammelt sein wird.«

»Also dann, bis übermorgen«, sagte Komow.

»Grüßen Sie den Wachhabenden von mir – Stas, wenn ich recht verstanden habe. Er macht so einen ... soldatischen Eindruck. Und grüßen Sie unbedingt Jakow. Alle anderen natürlich auch.«

Sie verabschiedeten sich.

Ich saß mucksmäuschenstill da und starrte, ohne etwas um mich herum wahrzunehmen, auf den Bildschirm. Hinter mir rührte sich nichts. Die Minuten zogen sich unerträglich lange hin. Vom mühsam unterdrückten Verlangen mich umzudrehen bekam ich einen steifen Hals und ein Stechen im Schulterblatt. Mir war klar, dass Komow eine Niederlage erlitten hatte. Zumindest empfand ich dieses Gefühl einer Niederlage. Ich suchte nach einem Argument, um Komow zu unterstützen, doch in meinem Kopf kreiste immer nur derselbe Gedanke: Was gehen uns die *Wanderer* an! Wer sind sie schon, diese *Wanderer*? Genau genommen bin ich ja auch ein *Wanderer* ...

Plötzlich fragte Komow: »Was meinen Sie dazu, Stas?«

Um ein Haar wäre mir der Satz herausgerutscht: Was gehen uns die *Wanderer* an? Doch ich hielt mich rechtzeitig zurück. Um den Schein zu wahren, blieb ich einen Augenblick sitzen wie vorher, dann drehte ich mich im Sessel um zu Komow. Er saß da, das Kinn auf die verschränkten Finger gestützt, und starrte den kleinen, jetzt dunklen Monitor des Visors an. Die Augen hielt er halb geschlossen, um den Mund entdeckte ich eine bittere Falte.

»Es wird uns wohl nichts anderes übrigbleiben, als abzuwarten ...«, sagte ich. »Was sollten wir sonst tun? Wer weiß, ob der Knirps noch einmal herkommt ... Und wenn, dann nicht so bald ...«

Komow verzog den Mund zu einem schwachen Lächeln.

»Was den Knirps betrifft«, meinte er. »Der kommt wieder. Sie wissen doch, wie gern er Fragen stellt. Und wie viele neue Fragen er jetzt haben wird, können Sie sich leicht ausrechnen.«

Das waren fast dieselben Worte, die Vanderhoeze vorhin in der Kajüte verwendet hatte.

»Also ... dann ist es vielleicht wirklich besser, dass wir ...«, murmelte ich unschlüssig.

Was konnte ich jetzt noch sagen? Jetzt, da Gorbowski und auch er selbst, Komow, das entscheidende Wort gesprochen hatten. Was wollte er da von mir, einem Kybertechniker, wie es sie zu Dutzenden gab, hören? Zwanzig Jahre war ich alt und hatte gerade einmal sechseinhalb Tage praktische Arbeitserfahrung. Ich war kein schlechter Kerl – fleißig und an allem interessiert –, aber ich war keine Intelligenzbestie, und zudem nicht sehr gebildet ...

»Kann sein«, sagte Komow müde. Er stand auf und ging mit schlurfenden Schritten auf den Ausgang zu. An der Schwelle blieb er noch einmal stehen. Sein Gesicht verzerrte sich plötzlich und er schrie: »Begreift denn wirklich keiner von euch, dass der Knirps eine einzigartige Chance bedeutet? Eine letzte Chance – mehr, als wir erwarten konnten und gerade deshalb einmalig? Diese Chance wird niemals wiederkehren, versteht ihr? Niemals!«

Dann ging er. Ich aber blieb unbeweglich sitzen – mit dem Gesicht zum Funkgerät und dem Rücken zum Bildschirm – und versuchte, weniger mit meinen Gedanken als mit meinen Gefühlen ins Reine zu kommen. Nie wieder! ... Natürlich, nie wieder. In welche Sackgasse waren wir doch geraten! Armer Komow ... Auch Maja war zu bedauern. Und erst der Knirps! Wer von ihnen war wohl am schlimmsten dran? Für den Knirps würde es leichter werden, wenn wir den Planeten verließen. Maja würde ein Pädagogikstudium beginnen, aber

Komow ... Am meisten traf es wohl doch ihn. Man musste sich nur in seine Lage versetzen: Da war eine einzigartige Gelegenheit zum Greifen nahe, und er durfte sie nicht beim Schopf packen! Da bot sich nun endlich eine experimentelle Grundlage für die Theorie, die er vertrat, und dann wurde sie ihm wieder entzogen! Und der Knirps? Er hatte in ihm einen unschätzbar wichtigen Mittler und treuen Helfer für die Beseitigung sämtlicher Hindernisse gesehen, und nun erwies er sich selbst als Hindernis ... Schließlich konnte man nicht die Frage stellen: das Schicksal des Knirpses oder der vertikale Progress der Menschheit? Darin lag ein logischer Fallstrick wie in der Aporie Zenons ... Oder war es gar kein Fallstrick? Musste man die Frage vielleicht tatsächlich so stellen? Immerhin ging es um die ganze Menschheit ... Gedankenversunken drehte ich mich im Sessel zum Bildschirm, warf einen flüchtigen Blick darauf und – war wieder einmal äußerst erstaunt. Alle weltbewegenden Fragen waren wie weggewischt.

Draußen sah es aus, als hätte es nie einen Sturm gegeben. Alles ringsum war von einer glatten weißen Schneedecke bedeckt. Tom stand dicht am Schiff, fast schon im toten Winkel vor der Einstiegsluke. Und mir war sofort klar: Draußen im Schnee saß der Knirps, einsam und verlassen, hin- und hergerissen zwischen zwei Zivilisationen, und wagte es nicht, das Schiff zu betreten.

Ich sprang auf und rannte im Laufschritt durch den Korridor. In der Einstiegskammer griff ich mechanisch nach dem Pelz, ließ ihn aber wieder los und warf mich stattdessen mit meinem ganzen Gewicht gegen die Luke. Ich stürmte nach draußen, aber der Junge war nicht da; nur Tom, der Dummkopf, erkundigte sich nach neuen Anweisungen. Alles ringsum war blütenweiß und funkelte im Schein des Nordlichts. Nur unmittelbar vor der Luke, direkt zu meinen Füßen, hob sich schwarz ein runder Gegenstand ab. Ich zögerte – wusste der Teufel, was das sein mochte … Dann aber bückte ich mich und hob es auf. Es war unser Ball, und darüber gestreift war der Reif mit dem »dritten Auge« … Die Kamera war entzwei, und das Gerät sah aus, als wäre es unter eine Steinlawine geraten.

Und auf der glatten weißen Schneedecke befand sich keine einzige Spur.

Epilog

Immer, wenn er den Wunsch hat, mit jemandem zu sprechen, nimmt er Verbindung mit mir auf.

»Guten Tag, Stas«, sagt er dann. »Wollen wir uns ein bisschen unterhalten?«

Für die Verbindung mit ihm sind vier Stunden am Tag vorgesehen, aber daran hält er sich nicht. Er ruft mich an – ob ich nun schlafe, in der Badewanne sitze, meine Berichte schreibe, mich auf das mit ihm vereinbarte Gespräch vorbereite oder anderen dabei helfe, den Wachsatelliten der *Wanderer* bis auf das kleinste Schräubchen auseinanderzunehmen. Aber ich bin ihm deswegen nicht böse. Man kann ihm einfach nicht böse sein.

»Guten Tag, Knirps«, antworte ich. »Selbstverständlich können wir uns unterhalten.«

Schon zwinkert er vor Vergnügen und stellt seine übliche Frage: »Bist du jetzt echt, oder ist das nur dein Bild?«

Ich versichere ihm, dass er mich, Stas Popow höchstpersönlich, vor sich sieht und nicht irgendein Bild. Wie oft habe ich ihm schon erklärt, dass ich mir keine Phantome erschaffen kann, und wahrscheinlich hat er es auch längst verstanden. Er stellt seine Frage wohl mehr aus Gewohnheit, weil er Spaß machen will, oder weil er meint, ohne sie sei die Begrüßung unvollständig. Vielleicht hat er auch nur Gefallen an dem Ausdruck »Bild« gefunden. Er hat einige solcher Lieblingswörter: »fantastisch«, »prächtig«, »Nussknacker«, »Donner und Doria« …

»Warum kann das Auge sehen?«, beginnt er mich wie üblich auszufragen.

Ich erkläre ihm die Funktionsweise des Auges. Er hört mir aufmerksam zu und führt von Zeit zu Zeit seine langen dünnen Finger an die Augen. Er kann großartig zuhören, auch wenn er nicht mehr die Angewohnheit hat, bei Dingen, die ihn fesseln, wie verrückt hin und her zu sausen. Dennoch spüre ich die Leidenschaft in ihm, die wilde Begeisterung, die mir persönlich fehlt, spüre seinen unbändigen Erkenntnisdrang.

»Prächtig!«, sagt er anerkennend, wenn ich fertig bin. »Nussknacker! Ich werde darüber nachdenken und dann noch einmal fragen …«

Dieses Nachdenken über das Gehörte (der wilde Tanz der Gesichtsmuskeln, die sinnvollen Muster aus Steinen, Zweigen und Blättern) bringt ihn mitunter auf höchst merkwürdige Fragen. Wie jetzt zum Beispiel: »Wie habt ihr herausgefunden, dass die Menschen mit dem Kopf denken?«

Ich bin verblüfft und winde mich. Er hört mir wie immer aufmerksam zu, bis ich allmählich wieder Boden unter die Füße bekomme. Alles scheint glatt und zur beiderseitigen Zufriedenheit zu verlaufen, aber plötzlich wendet der Knirps ein: »Nein, das ist zu einseitig. Das stimmt nicht immer und überall. Wenn man nur mit dem Kopf denkt – wieso komme ich dann ohne meine Hände nicht zurecht?«

Ich spüre, dass ich mich jetzt aufs Glatteis begebe. Doch die Zentrale hat mir strengstens untersagt, über Themen zu sprechen, die den Knirps darauf bringen könnten, dass es die Eingeborenen gibt. Und diese Vorschrift ist richtig, auch wenn sich solche gefährlichen Gespräche nicht ganz vermeiden lassen. In letzter Zeit ist mir aufgefallen, dass der Knirps es sogar kaum erträgt, wenn er selbst auf seine Lebensweise anspielt. Ob er etwas zu ahnen beginnt? Wer weiß ... Ich rechne schon seit einigen Tagen damit, dass er mich konkret darauf anspricht. Doch ich ersehne diese Frage und fürchte sie zugleich ...

»Warum könnt ihr es, ich aber nicht?«, bohrt der Kleine weiter.

»Das wissen wir selber noch nicht«, antworte ich und füge behutsam hinzu: »Es gibt die Vermutung, dass du vielleicht nicht in jeder Hinsicht ein Mensch bist ...«

»Und was ist das genau, ein Mensch?«, will er sofort wissen. »Ein Mensch in jeder Hinsicht?«

Ich habe nur eine vage Idee, wie man auf diese Frage antworten könnte und vertröste ihn deshalb auf unser nächstes Gespräch. Der Knirps hat einen richtigen Enzyklopädiker aus mir gemacht. Ich verbringe ganze Tage damit, Informationen aufzunehmen und zu verdauen. Das Zentrale Informatorium arbeitet für mich, die bedeutendsten Spezialisten aus den unterschiedlichsten Wissensgebieten stehen zu meiner Verfügung. Ich habe das Recht, jederzeit beliebige Auskünfte von ihnen einzuholen, ob es sich nun um die Modellierung der P-Abstraktionen handelt, um den Stoffwechsel abyssaler Lebensformen oder um die Methodik des Schachspiels ...

»Du siehst erschöpft aus«, sagt der Knirps mitfühlend. »Bist du müde?«

»Halb so schlimm«, antworte ich. »Ist auszuhalten.«

»Seltsam«, fährt der Knirps nachdenklich fort, »dass du müde wirst. Ich zum Beispiel bin nie müde. Was ist das eigentlich, Müdigkeit?«

Ich hole tief Luft und beginne ihm zu erklären, was es mit der Müdigkeit auf sich hat. Während er mir aufmerksam zuhört, verteilt er auf der Erde ein paar Steine, die der gute alte Tom für ihn bearbeitet hat: Würfel, Kugeln, Kegel und andere, kompliziertere Formen. Als ich mit meiner Erklärung fertig bin, hat der Knirps ein sehr verzwicktes Muster gelegt, das mir zwar nicht das Geringste sagt, aber wie ein harmonisches und sinnvolles Gebilde aussieht.

»Du hast gut erzählt«, sagt der Knirps anerkennend. »Wird unser Gespräch auf Band aufgenommen?«

»Ja, natürlich. Wie immer.«

»Und wie ist das Bild? Klar und deutlich? Das Bild!«

»Ganz deutlich.«

»Dann soll sich Großvater mal das Muster ansehen. Schau, Großvater: die Knotenpunkte des Erkaltens sind hier, hier und hier ...«

Der Großvater des Kleinen, Pawel Alexandrowitsch Semjonow, arbeitet auf dem Gebiet der P-Abstraktionen. Er ist zwar kein herausragender Wissenschaftler, aber sehr belesen und fand sofort Kontakt zu dem Jungen. Einmal hat er mir gegenüber geäußert, dass die Denkweise des Knirpses, wenn auch häufig naiv, stets originell sei. Einige seiner Muster seien im Hinblick auf die P-Abstraktionen sogar sehr interessant.

»Ich werde es ihm auf jeden Fall zeigen«, verspreche ich. »Noch heute.«

»Ach, wer weiß«, ruft der Kleine und fegt das Muster mit einer einzigen Bewegung beiseite. »Vielleicht taugt es auch gar nichts ... Was macht denn Ljowa gerade?«, erkundigte er sich.

Ljowa ist der Chefingenieur unseres Stützpunkts und ein richtiger Spaßvogel. Wenn er sich mit dem Knirps unterhält, ist der ganze planetennahe Wellenbereich mit begeisterten Ausrufen und Gelächter erfüllt, und ich werde beinahe eifersüchtig. Der Knirps hat Ljowa fest ins Herz geschlossen und erkundigt sich jedes Mal nach ihm. Mitunter fragt er auch nach Vanderhoeze, und dann merke ich, dass die Sache mit dem Backenbart bis zum heutigen Tag ein Geheimnis für ihn ist. Ein- oder zweimal hat er sich auch nach Komow erkundigt, und ich musste ihm erklären, was es mit dem Projekt »Arche 2« auf sich hat und warum man dafür einen Xenopsychologen braucht. Nur nach Maja fragt er nie. Als ich einmal von mir aus versuchte, das Gespräch auf sie zu bringen, und ihm erklären wollte, dass Maja ihn zwar getäuscht hatte, aber nur, um ihm zu helfen, und dass sie die Erste von uns vieren gewesen war, die seine schwierige Lage erkannt hatte, stand er einfach auf und ging. Demonstrativ – genau wie an dem Tag, als ich ihm begreiflich machen wollte, was eine Lüge ist …

»Ljowa schläft«, sage ich. »Wir haben jetzt nämlich Nacht, weißt du. Genauer gesagt: Nach unserer Bordrechnung ist es jetzt Nacht.«

»Das heißt, du hast auch geschlafen? Habe ich dich schon wieder geweckt?«

»Macht nichts«, sage ich aufrichtig. »Ich finde es interessanter, mit dir zu plaudern, als zu schlafen.«

»Nein«, fordert der Knirps mich auf. »Geh jetzt, und leg dich schlafen. Aber was für eigenartige Wesen wir doch sind, dass wir unbedingt schlafen müssen.«

Dieses »Wir« ist Balsam für meine Seele. In letzter Zeit verwendet der Knirps es häufiger, und ich beginne mich daran zu gewöhnen.

»Geh schlafen«, wiederholt der Knirps. »Aber sag mir noch schnell, ob auch niemand herkommt, während du schläfst.«

»Natürlich nicht«, sage ich wie immer, denn ich kenne die Frage schon. »Du brauchst keine Angst zu haben.«

»Das ist gut«, sagt er zufrieden. »Geh du schlafen, und ich werde inzwischen ein bisschen nachdenken.«

»Ja, tu das.«

»Auf Wiedersehen«, sagt der Knirps.

»Auf Wiedersehen«, antworte ich und schalte ab.

Doch ich weiß genau, was jetzt kommt, und lege mich erst gar nicht hin. Mir ist klar, dass ich heute wieder kaum zum Schlafen kommen werde.

Der Knirps sitzt jetzt in seiner gewohnten Haltung da; mittlerweile habe ich mich an sie gewöhnt und sie kommt mir auch nicht mehr so unbequem vor wie am Anfang. Einige Zeit starrt er noch den dunklen Bildschirm auf Toms Stirn an, um dann in den Himmel zu blicken, als hoffe er, dort, in einer Höhe von zweihundert Kilometern, meine Station zu entdecken, die an den Sputnik der *Wanderer* gekoppelt ist. Hinter seinem Rücken liegt die vertraute Landschaft des verbotenen Planeten: Sanddünen, die vibrierende Nebelkappe über dem Sumpf und in der Ferne der finstere Gebirgskamm, über dem die schmalen, langen Ruten aufsteigen – biegsame Fühler eines riesigen Insekts, die wohl ein ewiges Rätsel für uns bleiben werden.

Dort unten ist jetzt Frühling; an den Büschen hängen große, farbenprächtige Blüten, und über den Dünen steigt warme Luft auf. Der Knirps sieht sich zerstreut um, lässt seine Finger über die Steine gleiten, schaut über die Schulter hinweg zum Gebirgskamm und dreht sich wieder zurück. Einige Zeit bleibt er so sitzen, unbeweglich, den Kopf gesenkt. Dann aber entschließt er sich und streckt die Hand nach der Ruftaste aus, die sich direkt unter Toms Nase befindet.

»Guten Tag, Stas«, begrüßt er mich. »Hast du ausgeschlafen?«

»Ja«, antworte ich. Es ist einfach zu komisch … Obwohl ich natürlich schrecklich gern schlafen würde.

»Es wäre schön, wenn wir jetzt zusammen spielen könnten. Stimmt's?«

»Stimmt«, sage ich. »Das wäre wirklich schön.«

»Heimchen«, erwidert er und schweigt eine Weile.

Ich warte.

»Gut«, meint er fröhlich. »Dann unterhalten wir uns eben wieder. Einverstanden?«

»Natürlich«, sage ich. »Einverstanden.«

DER JUNGE
AUS DER HÖLLE

1

Was für ein Dorf! Nie im Leben habe ich solche Dörfer gesehen, ja nicht einmal gewusst, dass es solche Dörfer gibt! Die Häuser – rund, braun und fensterlos – stecken auf Pfählen, wie Wachttürme, und darunter liegen große Töpfe, rostige Kessel, Tröge, Holzrechen, Spaten ... Der Lehmboden zwischen den Häusern ist so ausgetrocknet und festgetreten, dass er glänzt. Und überall, wo man hinsieht, hängen Netze, die genauso trocken sind. Was sie mit diesen Netzen fangen, weiß ich nicht – rechts ist Moor, links ist Moor, und es stinkt wie aus der Jauchengrube ... Grausiges Dorf. Seit tausend Jahren faulen sie hier vor sich hin, und wäre nicht der Herzog, würde es noch tausend Jahre so bleiben. Ist eben der Norden. Tiefste Wildnis. Von den Dorfbewohnern lässt sich natürlich keiner blicken. Entweder sind sie davongelaufen, oder sie wurden von hier verjagt. Vielleicht haben sie sich auch nur versteckt ...

Auf dem Platz vor der Faktorei qualmte eine Gulaschkanone, die man vom Fahrgestell heruntergehoben hatte. Ein massiger Kerl, ein Stachelschwein und mehr breit als hoch, stand in schmutziger weißer Schürze, die er über der schmutzigen grauen Uniform trug, da und rührte mit einer langen Schöpfkelle im Kessel. Aus diesem Kessel kam anscheinend auch der Gestank, der durch das Dorf wehte. Wir traten näher und Gepard fragte, wo der Kommandeur sei. Das Stachelschwein wandte sich uns nicht einmal zu, sondern knurrte etwas in seinen Eintopf und wies mit der Kelle die Straße entlang – irgendwohin. Da hieb ich ihm meine Stiefelspitze ins Kreuz, er fuhr herum, erkannte unsere Uniform, und gleich stand er, wie es sich gehört. Seine Visage war genauso fett wie sein Hintern und seit mindestens einer Woche nicht rasiert.

»Wo ist jetzt euer Kommandeur?«, fragte Gepard wieder, wobei er dem Fettwanst seinen Rohrstock unterhalb des Doppelkinns in den feisten Hals stippte.

Das Stachelschwein riss die Augen auf, schmatzte und krächzte: »Verzeihung, Herr Oberausbilder ... Der Herr Stabsmajor liegt in Stellung ... Wenn Sie diese Straße entlangzugehen belieben ... direkt am Dorfrand ... Bitte vielmals um Vergebung, Herr Oberausbilder ...«

Während er noch irgendetwas krächzte und gluckste, kamen hinter der Faktorei zwei weitere, noch scheußlichere Stachelschweine hervor – die reinsten Vogelscheuchen, unbewaffnet und ohne Kopfbedeckung. Als sie uns entdeckten, nahmen sie Haltung an. Gepard sah nur kurz hin, seufzte und ging weiter, wobei er sich mit dem Stöckchen an den Stiefelschaft klopfte ...

Wir sind also gerade noch rechtzeitig hergekommen. Wie sollen solche Stachelschweine für uns kämpfen? Obwohl ich erst drei von ihnen gesehen habe, ist mir schon übel – und völlig klar, dass eine Truppe, die aus Etappenhengsten zusammengetrieben worden ist, planlos und Hals über Kopf, dass all diese Regimentsbäcker, Brigadeschuster, Schreiber, Intendanten und Adler besiegter Truppen nichts anderes sind als wandelnder Kompost und Dünger, nichts als Schmierfett für die Bajonette. Die Panzerwagen des Reichs würden sie überrollen und nicht einmal merken, dass da jemand gewesen war. Im Spaziertempo ...

In dem Moment rief jemand nach uns. Linkerhand hatte man zwischen zwei Häusern ein Tarndach gespannt, an einer

Stange hing ein weiß-grüner Lappen – die Sanitätsstelle. Zwei Stachelschweine kramten träge in grünen Medizintaschen; direkt auf der Erde lagen, auf Binsenmatten, Verwundete. Es waren drei. Der mit dem verbundenen Kopf stützte sich auf den Ellbogen und sah uns an. Jetzt rief er noch einmal: »Herr Ausbilder! Ich bitte Sie, einen Augenblick …«

Wir gingen zu ihm. Gepard hockte sich auf den Boden, ich blieb hinter ihm stehen. Der Verwundete trug einen zerrissenen, angesengten Tarnanzug, der über der nackten behaarten Brust offen stand; Rangabzeichen hatte er keine. Sein Gesicht, der fanatische Blick unter den verkohlten Wimpern verrieten mir gleich, dass das kein Stachelschwein war. Nein, der war echt.

»Brigadejäger Baron Tregg«, stellte er sich vor – schneidend, als rasselten Raupenketten. »Kommandeur der achtzehnten Sonderabteilung der Waldjäger.«

»Oberausbilder Digga«, sagte Gepard. »Was kann ich für dich tun, Heldenkamerad?«

»Eine Zigarette …«, bat der Baron. Seine Stimme klang sogleich brüchig.

Während Gepard sein Zigarettenetui hervorholte, fuhr der Verwundete hastig fort: »Mich hat ein Flammenwerfer erwischt, hat mich gebraten wie ein Schwein … Gott sei Dank war daneben das Moor. Bis zu den Augenbrauen bin ich hineingestiegen … Aber die Zigaretten sind hin … Danke …«

Die Augen halb geschlossen, sog er den Rauch ein, doch im selben Moment packte ihn quälender Husten. Er lief blau an und begann zu zucken; unter seiner Binde quoll ein Blutstropfen hervor und erstarrte. Wie Harz. Ohne sich zu mir umzudrehen, streckte Gepard die Hand hinter sich und schnippte mit den Fingern. Ich riss mir die Feldflasche vom Gürtel und reichte sie ihm. Der Baron nahm ein paar Schlucke; danach ging es ihm anscheinend besser. Die beiden anderen Verwundeten regten sich nicht – entweder schliefen sie, oder sie hatten bereits ausgelitten. Die Sanitäter sahen uns furchtsam an; das heißt, sie sahen uns nicht einmal an, sondern blickten nur kurz in unsere Richtung.

»Wunderbar ...«, ächzte Baron Tregg und wollte die Flasche zurückgeben. »Wie viele Männer hast du?«

»Vierzig«, antwortete Gepard. »Behalte die Flasche. Behalte sie nur.«

»Vierzig ... vierzig Sturmkater ...«

»Katerchen«, unterbrach ihn Gepard. »Leider. Aber wir tun, was wir können.«

Der Baron musterte ihn. In seinen Augen lag Qual.

»Hör zu, Heldenkamerad«, wandte er sich an Gepard. »Ich habe niemanden mehr. Bin auf dem Rückzug, direkt vom Pass, schon den dritten Tag. Ununterbrochene Kämpfe. Die Rattenfresser schmoren in ihren Panzerwagen. An die zwanzig habe ich abgeschossen. Die letzten beiden gestern, hier, direkt am Dorfrand ... wirst du noch sehen. Dieser Stabsmajor, das ist ein verdammter Schwachkopf und ein feiger alter Waschlappen ... Ich wollte ihn erschießen, aber ich hatte keine Patrone mehr. Stell dir vor! Keine einzige Patrone! Habe mich mit meinen Stachelschweinen im Dorf verschanzt und zugeschaut, wie sie uns ausgeräuchert haben, einen nach dem anderen ... Was wollte ich sagen? Ja! Wo bleibt Gagrids Brigade? Die Funkstelle ist hinüber ... Das Letzte, was ich gehört habe, war: ›Haltet durch, Gagrids Brigade rückt an ...‹ Gib mir noch eine Zigarette ... Und melde dem Stab, dass es die achtzehnte Sonderabteilung nicht mehr gibt.«

Er fing an zu fantasieren. Seine Augen verschleierten sich, die Zunge wurde schwer. Er fiel auf den Rücken, redete und redete, brabbelte, röchelte, während die gekrümmten Finger unruhig umhertasteten, sich bald in den Rand der Matte, bald in den Overall krallten. Plötzlich verstummte er, mitten im Wort, und Gepard stand auf. Ohne den Blick von dem nach hinten gebogenen Kopf abzuwenden, zog er langsam eine Zigarette heraus, knipste sein Feuerzeug an, bückte sich und legte sein Zigarettenetui mitsamt dem Feuerzeug neben die rußschwarzen Finger; die Finger umklammerten gierig das Etui und hielten es fest. Gepard machte wortlos kehrt, und wir gingen weiter.

Das Schicksal war barmherzig. Der Brigadejäger hatte sein Bewusstsein im richtigen Moment verloren. Andernfalls hätte er erfahren, dass es auch Gagrids Brigade nicht mehr gab. In der Nacht war sie mit einem Bombenteppich belegt worden; zwei Stunden hatten wir gebraucht, um Fahrzeugtrümmer und Stapel erkalteten Fleisches von der Chaussee zu räumen. Dabei mussten wir immer wieder Verrückte verjagen, die sich unter dem Lastwagen verkriechen wollten. Von Gagrid selbst fanden wir nur noch die Generalsmütze, steif geworden von getrocknetem Blut ... Bei dieser Erinnerung überlief es mich eiskalt; unwillkürlich blickte ich zum Himmel und freute mich darüber, wie grau er war, tief, undurchdringlich, finster.

Das Erste, was uns am Dorfrand auffiel, war einer der erwähnten Panzerwagen des Reichs; er war vom Weg abgerutscht und steckte mit der Nase in einem Brunnen. Der Wagen war bereits abgekühlt, das Gras ringsum von fettigem Ruß bedeckt, und unter der aufgestoßenen Bordluke lag ein toter Rattenfresser, völlig verkohlt; nur seine rötlichen Schnürstiefel mit der Dreifachsohle waren noch heil. Die Schuhe der Rattenfresser sind solide wie die Panzerwagen und wahrscheinlich auch die Bomber. Aber als Soldaten taugen sie nichts, das weiß jeder. Schakale!

»Wie findest du diese Stellung, Gagh?«, fragte Gepard.

Ich blickte mich um. Stellung! Ich traute meinen Augen kaum. Die Stachelschweine hatten zu beiden Seiten der Straße Schützengräben ausgehoben, mitten auf der Lichtung zwischen Dorfrand und Dschungel. Wie eine Mauer stand der Dschungel an den Gräben, nicht mehr als fünfzig Schritt entfernt. Dort konnte man ein ganzes Regiment zusammenziehen, oder eine Brigade, ohne dass die in den Gräben etwas davon bemerkten. Und wenn sie etwas bemerkten, dann war es zu spät. Hinter den Schützengräben an der linken Flanke lag das Moor, hinter denen an der rechten Flanke ein freies Feld; dort hatte man früher etwas angebaut, doch jetzt war alles verbrannt. Tja …

»Gefällt mir nicht«, antwortete ich.

»Mir auch nicht«, sagte Gepard.

Es ging ja nicht nur um die Stellung; hinzu kamen die Stachelschweine! Mindestens hundert waren es, und sie spazierten in der Stellung herum wie auf dem Basar. Die einen hatten sich in Grüppchen um das Lagerfeuer versammelt, die anderen standen einfach da, die Hände in die Ärmel geschoben. Neben den Schützengräben lagen Gewehre, ragten MGs empor, ihre Läufe sinnlos in den tiefhängenden Himmel gereckt. Mitten auf dem Weg stand, bis an die Naben im Schlamm und vollkommen nutzlos, ein Raketenwerfer. Auf der Lafette hockte ein älteres Stachelschwein, vielleicht der Wachposten; oder er hatte sich einfach hingesetzt, weil er vom Umherlaufen müde geworden war. Aber er tat auch niemandem was: hockte gemütlich da und pulte mit einem Holzspan in seinem Ohr.

Wie mich das alles hier ärgerte! Wäre es nach mir gegangen – mit dem Maschinengewehr hätte ich es diesem Haufen gezeigt! Ich schaute voll Hoffnung auf Gepard, aber er schwieg bloß und schwenkte seine Hakennase von links nach rechts und von rechts nach links.

Hinter uns hörten wir plötzlich aufgebrachte Stimmen. Ich drehte mich um. Unter der Treppe des letzten Hauses stritten sich zwei Stachelschweine um einen Futtertrog. Jeder wollte ihn näher zu sich heranziehen. Sie stießen die schlimmsten Flüche aus; diese zwei hätte ich mit besonderem Vergnügen durchsiebt.

Gepard sagte: »Bring sie her.«

Im Nu stand ich bei den zwei Raffzähnen, haute mit dem Lauf der MPi erst dem einen, dann dem anderen auf die Pfoten, und als sie den Trog fallen gelassen hatten und mich anstarrten, wies ich mit dem Kopf in Gepards Richtung. Keinen Mucks gaben sie von sich. Der Schweiß brach ihnen aus, als wären sie in der Sauna. Im Trab liefen sie zu Gepard, wischten sich mit dem Ärmel über die Stirn und machten zwei Schritte vor ihm halt.

Gepard hob langsam den Stock, nahm Maß, wie beim Billard, und stieß zu – genau in die Visagen, dem einen wie dem anderen. Dann sah er sie an, diese Tiere, und knurrte nur: »Den Kommandeur zu mir. Bisschen plötzlich!«

Dass es hier so schlimm sein würde, hätte Gepard sicher nicht gedacht. Freilich hatten wir auch nichts Gutes erwartet. Denn schickt man erst die Sturmkater in die Bresche, um sie zu stopfen, weiß jeder: Die Karre liegt im Dreck. Aber so etwas …! Sogar Gepards Nasenspitze wurde bleich.

Endlich erschien der Kommandeur – eine verschlafene Bohnenstange mit grauem Backenbart. Er kroch zwischen den Häusern hervor und schloss im Gehen seine Uniformjacke. Der Mann war mindestens fünfzig, die Nase rot geädert, abgegriffener Kneifer (wie sie im vorigen Krieg die Stabsoffiziere trugen), am spitzen Kinn feuchte Kautabakkrümel. Er stellte sich uns als Stabsmajor vor und schickte sich an, Gepard zu duzen. Aber da war er an den Falschen geraten! Gepard ließ ihn so eisig abblitzen, dass der Alte gar zusammenschrumpfte: Erst hatte er Gepard um einen halben Kopf überragt, doch als ich eine Minute später hinsah, schaute er plötzlich zu ihm auf … ein altes, grauhaariges Männlein, nicht mehr allzu groß.

Jedenfalls stellte sich Folgendes heraus: Wo die gegnerischen Kräfte standen und wie viele es waren, war dem Stabsmajor unbekannt; sein Auftrag lautete nur, das Dorf zu halten, bis Verstärkung eintraf. Seine Kampfkraft betrug einhundertsechzehn Soldaten an acht Maschinengewehren und zwei Raketenwerfern; fast alle Soldaten waren nur eingeschränkt tauglich, und nach dem gestrigen Eilmarsch lagen siebenundzwanzig von ihnen drüben in den Häusern – die einen wundgerieben, die anderen mit Knochenbrüchen, wieder andere wer weiß, womit …

»Hören Sie mal«, fiel ihm Gepard ins Wort. »Was ist denn dahinten los?«

Der Stabsmajor brach mitten im Satz ab und folgte mit seinen Augen dem polierten Rohrstock. Gepard sah aber auch alles: Weiter hinten, in der größten Runde um eines der Lagerfeuer, waren zwischen den grauen Jacken unserer Stachelschweine mehrere widerwärtig gestreifte Overalls der Panzergrenadiere des Reichs zu sehen. Natternmilch! Eins, zwei, drei … vier Rattenfresser an unserem Lagerfeuer! Und die Stachelschweine fielen ihnen fast um den Hals … Rauchten miteinander. Lachten sogar …

»Dahinten?«, wiederholte der Stabsmajor und staunte Gepard mit seinen Kaninchenaugen an. »Meinen Sie die Gefangenen, Herr Oberausbilder?«

Gepard antwortete nicht. Das Stabs-Stachelschwein zwackte seinen Kneifer fester und erging sich in weitschweifigen Erklärungen. Es seien zwar Gefangene, aber man hätte mit ihnen nichts zu schaffen. Die Jäger hätten sie während der Kämpfe am Vortag gefasst. Aber da kein geeignetes Transportmittel vorhanden gewesen sei und es auch an der vorgeschriebenen Begleitmannschaft gefehlt hätte …

»Gagh«, sagte Gepard. »Führ sie ab und überstell sie Zecke. Nur soll er sie zuerst verhören …«

Ich entsicherte mein Gewehr und lief zum Lagerfeuer. »Sie rauchen, diese Tiere«, dachte ich. »Lecken ihre Krüge aus. Zufriedene, glänzende Visagen haben sie, einfach widerlich … Und jetzt klopft der Flachsblonde einem Stachelschwein auf den Rücken. Und was macht dieses dumme, hirnlose Stachelschwein? Es lacht – wiehert wie ein Pferd und schüttelt dabei den Kopf. Sind die etwa betrunken? ...

Ich trat näher. Die Stachelschweine hatten mich schon bemerkt und verstummten schlagartig. Einige suchten das Weite; die anderen bekamen anscheinend weiche Knie vor Schreck, denn sie blieben mit aufgerissenen Augen sitzen und rührten sich nicht vom Fleck. Die Gestreiften wurden ganz grau im Gesicht: Sie hatten unser Abzeichen erkannt, diese Rattenfresser. Waren gut informiert!

Ich befahl ihnen sich zu erheben. Sie standen widerwillig auf. Dann befahl ich ihnen anzutreten. Sie traten an – was blieb ihnen auch anderes übrig. Der Flachsblonde versuchte, etwas in unserer Sprache zu sagen, aber ich stieß ihm den Lauf zwischen die Rippen, und er war still. So trotteten sie los: im Gänsemarsch, mit gesenktem Kopf, die Hände auf dem Rücken. Ratten! Sie rochen auch wie Ratten ... Zwei von ihnen waren kräftige, breitschultrige Kerle, die beiden anderen aber allerletzte Wahl: spindeldürre Rotznasen, kaum älter als ich.

Ich verabscheue Kriegsgefangene. Was ist das für ein Abschaum – in den Krieg ziehen und sich dann in Ketten legen lassen. Ich verstehe natürlich: Bei den Rattenfressern ist nichts zu holen ... und trotzdem ist es widerlich ... Na bitte: Die eine Rotznase krümmt sich schon und muss kotzen. Vorwärts, los, vorwärts, Natternmilch! Jetzt fängt auch noch der Zweite an. Pfui! Sie spüren wohl den nahen Tod, diese Ratten – genauso wie die richtigen. Jetzt sind sie zu allem bereit, zu Verrat, zu Knechtschaft, zu ...

»Im Laufschritt – marsch!«, raunzte ich in ihrer Sprache.

Sie liefen los. Aber langsam liefen sie, miserabel. Der Flachsblonde hinkte, war schwer verletzt, hatte sich wohl den Fuß im Abort verrenkt. Aber das machte nichts, er würde schon durchhalten.

Wir liefen bis zum anderen Ende des Dorfs. Dort standen auch die Lastwagen. Die Jungs johlten und pfiffen, als sie uns entdeckten. Ich suchte eine große Pfütze aus, legte die Gefangenen in den Modder und ging zum vorderen Laster, wo Zecke war. Er sprang mir schon entgegen – mit quietschvergnügtem Gesicht, den Schnurrbart aufgewirbelt, und zwischen den Zähnen eine Zigarettenspitze aus Elfenbein, nach der Mode der oberen Semester.

»Na, was gibt's, Himmelfahrtskamerad?«, fragte er.

Ich meldete: So und so, und die Gefangenen müssen auf jeden Fall vorher verhört werden. Und füge von mir aus hinzu: »Vergiss mich aber nicht, Zecke. Immerhin habe ich sie hergebracht.«

»Du meinst – wegen des Halsbands?«, fragte er zerstreut und blickte umher.

»Was sonst!«

»Aber ich sehe hier nichts, wo wir sie ... Wir können sie ja nicht bis in den Wald führen ...«

»Und wenn wir sie an Pfähle ...?«

»Das ginge natürlich ... aber wozu?« Er sah mich an. »Und wenn wir es doch ohne Pfähle machen – würdest du das übernehmen?«

Ich habe es ja gewusst, ich habe einfach kein Glück! Was kann ich dafür, dass sie meinen Burschen beim Stab belassen haben? Und alleine kann ich es nicht machen! Dazu bin ich nicht stark genug ...

»Du weißt doch«, erklärte ich Zecke. »Ich habe keinen Burschen hier.«

»Und wenn du es alleine machst?«, fragte er. »Hast du eine Schnur dabei?«

Plötzlich packte mich der Eifer, und ich fragte: »Hältst du sie denn fest?«

Er sah mich an, dass mir das Herz in die Hose rutschte.

»Katerchen ...«, sagt er. »Willst du dich hier vielleicht vergnügen, während Gepard dort allein ist? Los! Schnapp dir drei Zweiergruppen und schwirr ab!«

Nichts zu machen. War eben Schicksal. Und Pech. Ich sah ein letztes Mal zu meinen Gestreiften hinüber, warf die MPi über die Schulter und schrie so laut ich konnte: »Erste, zweite und dritte Zweiergruppe – zu mir!«

Wie Erbsen kullerten die kleinen Kater vom Lastwagen: Hase und Hahn, Riechkolben und Krokodil, Scharfschütze und dieser ... wie hieß er doch ... Ich habe mich noch nicht an ihn gewöhnt. Er ist gerade aus der Pigganer Schule zu uns gekommen; hat dort einen umgelegt, den er nicht hätte umlegen sollen, und so haben sie ihn zu uns geschickt.

Mir ist diese Praxis schon lange aufgefallen, auch wenn ich nicht darüber rede: Legt ein Kater im Affekt einen Zivilisten um, ergeht sofort Befehl an seine Einheit. Der und der mit Decknamen soundso ist wegen Verübung einer Straftat zu erschießen. Man führt den Sünder auf den Appellplatz, stellt ihn vor die Front seiner besten Kameraden und feuert eine Salve auf ihn ab; anschließend wirft man seinen Körper auf einen Lastwagen zwecks unehrenhafter Bestattung. Später aber kommt dir zu Ohren, dass die Jungs ihm begegnet sind, bei einem Einsatz oder in einer anderen Truppe ... Aber ich denke, das ist richtig so.

Ich kommandierte also: »Im Laufschritt!«, und wir rannten zurück zu Gepard. Der hatte unterdessen keine Zeit verloren: Ich gucke – kommt mir diese Bohnenstange von Stabsmajor entgegen, im Galopp, dass der Staub nur so wirbelt, und hinter ihm her eine Kolonne, an die fünfzig Stachelschweine, mit Spaten und Kreuzhacken. Ihre Stiefel knallen und sie schwitzen – es dampft geradezu! Also hatte Gepard sie losgescheucht, eine neue Stellung auszuheben, eine richtige, für uns. Neben dem Haus gegenüber der Sanitätsstelle sah ich schon Spaten blitzen, der Raketenwerfer stand gefechtsbereit, und es war ein Treiben im Dorf wie auf der Hauptpromenade am Namenstag Ihrer Majestät. Die Stachelschweine flitzten hin und her, und kein einziges mit leeren Händen:

Manche trugen Waffen, die meisten aber schleppten Kisten mit Munition und MG-Lafetten.

Gepard freute sich, als er uns sah. Scharfschütze und Hase schickte er sofort zur Aufklärung in den Dschungel, Riechkolben und Krokodil behielt er als Verbindungsleute bei sich. Zu mir sagte er: »Gagh, du bist der beste Raketenschütze der Abteilung, und ich verlasse mich auf dich. Siehst du diese Kakerlaken? Nimm sie und bring mit ihnen den Raketenwerfer in Stellung, drüben am Dorfrand, ungefähr da, wo jetzt die Lastwagen stehen. Tarne dich gut und eröffne das Feuer, wenn ich das Dorf in Brand gesteckt habe. Los, Kater!«

Ich lief nicht, nein, ich flog regelrecht zu meinen Kakerlaken ... Sie waren mit dem Raketenwerfer in einem Schlammloch stecken geblieben, mitten auf dem Weg. Anscheinend wollten sie den ganzen Krieg dort zubringen. Dem Ersten gab ich eine Ohrfeige, dem Zweiten einen Fußtritt, dem Dritten hieb ich den Kolben zwischen die Schulterblätter, und ich brüllte so laut, dass es mir selbst in den Ohren dröhnte – dann aber arbeiteten meine Kakerlaken richtig, fast wie normale Menschen. Den Raketenwerfer wuchteten sie auf bloßen Händen aus dem Schlamm und rollten ihn, marsch, marsch, den Weg entlang, sodass die Räder quietschten und der Dreck flog – hinein ins nächste Loch! Da allerdings musste ich mit zupacken ... Tja, Jungs, auch Stachelschweine kann man auf Trab bringen, man muss nur wissen, wie.

Die Lage war wie folgt: Das Gelände für die Stellung hatte ich schon ausgesucht – ich dachte an eine flache Mulde hinter den dichten rötlichen Sträuchern in der Nähe der Laster. Dort konnten wir uns so gut eingraben, dass wir von niemandem, der aus dem Dschungel kam, bemerkt würden. Ich konnte von dort aber alles überblicken: den Weg zum Dschungel und den Dorfrand, falls sie zwischen den Häusern hervorkämen, und den Sumpf linker Hand für den Fall, dass sie sich von dort heranpirschten. Ich überlegte noch, dass ich nicht vergessen dürfte, Zecke um ein paar Zweiergruppen zur Absicherung dieser Seite zu bitten. Zwanzig Raketen hatte ich in den Ladeschalen, sofern die Schreiberlinge unterwegs nicht ein paar weggeworfen hatten, um ihr Gepäck zu erleichtern – aber das würde ich gleich feststellen. Und sobald wir uns verschanzt hatten, musste ich die Kakerlaken unbedingt losschicken, um Zusatzmunition zu holen. Ich hasse es, wenn ich im Gefecht mit Munition sparen muss; das ist kein Gefecht, sondern wer weiß, was …

Bis zum Einbruch der Dunkelheit würde genügend Zeit bleiben. Wenn sie dann zuschlugen, würde dieses öde Dorf auflodern, und ich hätte sie wie auf dem Präsentierteller, könnte mir aussuchen, wen ich zuerst abknalle … Wirst es nicht bereuen, Gepard, dass du dich auf mich verlassen hast …

Dieser letzte Gedanke ging mir wie von selbst durch den Kopf, als ich schon dalag, auf dem Rücken, und am grauen Himmel über mir, seltsamen Vögeln gleich, brennende Fetzen fliegen sah … Ich hatte weder einen Schuss noch eine Detonation gehört und hörte auch jetzt nichts – ich war taub. Wie viel Zeit so verstrich, weiß ich nicht; dann setzte ich mich auf.

In Viererreihen krochen Panzerwagen aus dem Dschungel, spien Feuer und fächerten sich zum Kampf auf, während hinter ihnen schon die nächsten vier auftauchten. Das Dorf brannte. Über den Schützengräben ballte sich Rauch. Kein Mensch war zu sehen. Die Gulaschkanone vor der Faktorei war umgekippt, und die braune Suppe floss dampfend heraus. Meinen Raketenwerfer hatte es ebenso umgehauen, und die Kakerlaken lagen im Straßengraben übereinander. Mit einem Wort: Ich hatte eine günstige Stellung ausgesucht, Natternmilch!

Da wurden wir mit der zweiten Salve überzogen. Ich landete kopfüber neben den Kakerlaken, bekam den Mund voll

Lehm und Sand in die Augen. Kaum stand ich wieder auf den Beinen, folgte die dritte Salve. Und es nahm kein Ende.

Den Raketenwerfer brachten wir dennoch auf die Räder und schoben ihn in den Graben. Einen Panzerwagen schoss ich ab. Meine Kakerlaken waren jetzt nur noch zu zweit, wohin der dritte verschwunden war – ich hatte keine Ahnung.

Dann fand ich mich plötzlich mitten auf dem Weg wieder. Vor mir sah ich eine ganze Schar Gestreifter – nahe, sehr nahe. In ihren Klingen spiegelte sich blutrot das Feuer. Ohrenbetäubend ratterte über mir ein Maschinengewehr. In der Hand hielt ich ein Messer, und neben meinen Beinen zuckte jemand, stieß mir gegen das Knie …

Danach richtete ich sorgfältig wie auf dem Übungsplatz den Raketenwerfer auf einen stählernen Schild, der sich aus dem Rauch auf mich zubewegte. Ich meinte sogar, das Kommando zu hören: »Auf Schützenpanzer – Panzergeschosse …!« Aber ich konnte nicht auf den Abzug drücken, weil in meiner Hand wieder das Messer lag …

Plötzlich trat eine Pause ein. Es dämmerte schon. Wie sich herausstellte, war mein Raketenwerfer noch heil, ich ebenso, und um mich herum hatten sich etwa zehn Stachelschweine versammelt. Alle rauchten, irgendwer drückte mir eine Feldflasche in die Hand. Wer? Hase? Ich wusste es nicht … Vor einem etwa dreißig Schritt entfernten brennenden Haus zeichnete sich eine seltsame dunkle Figur ab; alle saßen oder lagen, dieser Kerl aber stand, und es schien, als sei er zwar schwarz, aber gleichzeitig nackt … Oder doch nicht? Er trug weder Mantel noch Jacke … »Hase, wer ist das da?« – »Weiß nicht, ich bin nicht Hase.« – »Und wo ist Hase?« – »Keine Ahnung. Trink mal, trink …«

Später gruben wir uns ein; wir machten so schnell wir konnten. Aber das war schon woanders: Das Dorf lag jetzt nicht mehr seitlich, sondern gleich vor uns. Das heißt, das Dorf gab es eigentlich nicht mehr, nur noch Haufen von schwelendem Holz, dafür brannten aber auch Panzerwagen auf dem Weg. Viele. Einige. Unter unseren Füßen gluckste der Morast ... »Ich spreche dir meinen Dank aus, bist ein Mordskerl, Kater ...« – »Verzeihung, Gepard, ich verstehe nicht ganz: Wo sind unsere Leute? Warum sehe ich nur Stachelschweine?« – »Alles in Ordnung, Gagh, bring deine Sache zu Ende, Heldenkamerad, alle sind unversehrt und begeistert von dir ...«

... Dann ein Schlag, direkt in die Fresse. Er wich zurück, fiel auf den Hintern und schoss eine Feuergarbe in den schwarzen Himmel. Alle rennen, rennen! »Kater, da, rechts! Rechts ...!« Ich aber sehe dort nichts, schaue auch nicht genau, sondern richte meinen Gewehrlauf dorthin, und plötzlich schießt aus dem schwarzroten Nebelschleier Feuer, ein Sturzregen von Feuer, direkt in mein Gesicht. Alles ringsum geht in Flammen auf: die Erde, die Leichen, der Raketenwerfer. Auch Sträucher. Und ich. Das tut weh. Höllisch weh. Wie bei Baron Tregg. Eine Pfütze, ich brauche eine Pfütze! Hier war doch eine. Sie haben drin gelegen, Natternmilch, ich habe sie ja hineingehetzt, dabei hätte ich sie in die Flammen jagen sollen, in die Flammen! Keine Pfütze ... Die Erde brennt, die Erde raucht, und irgendwer zieht sie mir plötzlich mit unmenschlicher Kraft unter den Füßen weg ...

2

An Gaghs Bett saßen zwei Männer. Der eine war hager, hatte breite knochige Schultern und große knochige Hände. Die Beine hielt er übereinandergeschlagen, das obere Knie mit den dürren Fingern umfasst. Er trug einen grauen Pullover mit Aufschlagkragen, enge dunkelblaue Hosen von undefinierbarem Schnitt (keine Uniformhose ...) und grau-rote geflochtene Sandalen. Das Gesicht war braun und kantig, und in seinen Zügen lag eine Stärke, die dem Herzen wohltat. Der Mann hatte helle, leicht zusammengekniffene Augen und graue Haare, die zwar nicht gekämmt, dennoch aber ordentlich aussahen. Zwischen den schmalen Lippen steckte ein Strohhalm, der von einem Mundwinkel zum anderen wanderte.

Der zweite Mann war ein gutmütiger Kerl in weißem Kittel. Sein Gesicht wirkte rosig, jugendlich und hatte keine einzige Falte. Merkwürdiges Gesicht ... Das heißt, nicht das Gesicht war merkwürdig, sondern der Ausdruck darauf, der an Heilige auf alten Ikonen erinnerte. Der Mann hatte blonde Haare und strahlte Gagh an wie ein Geburtstagskind; mit irgendetwas schien er sehr zufrieden zu sein. Er begann das Gespräch.

»Wie fühlen wir uns heute?«, erkundigte er sich.

Gagh versuchte, sich im Bett aufzustützen, stellte die Knie auf und schob sich etwas weiter in Richtung Kopfende.

»Ganz gut«, sagte er nicht ohne Erstaunen.

Er lag vollkommen nackt in seinem Bett, nicht einmal von einem Laken bedeckt. Er musterte seine Beine, sah die vertraute Narbe oberhalb des Knies, berührte die Brust und fühlte sofort, was früher nicht da gewesen war: zwei Vertiefungen unter der rechten Brustwarze. »Oh!«, rief er laut.

»An der Hüfte ist auch noch eine«, sagte der Rotwangige. »Höher, höher ...«

Gagh betastete die Narbe an der rechten Hüfte. Dann betrachtete er seine Hände.

»Moment«, murmelte er. »Ich habe doch gebrannt ...«

»Und wie!«, rief der Rotwangige und versuchte es mit Gesten zu veranschaulichen. Anscheinend hatte Gagh gelodert wie ein Fass Benzin.

Der Hagere im Pullover sah Gagh schweigend an. In seinem Blick lag etwas, das Gagh sich straffen ließ. »Ich danke Ihnen, Herr Doktor«, sagte er. »War ich lange bewusstlos?«

Der Rotwangige hörte auf zu lächeln. »Woran erinnerst du dich als Letztes?«, fragte er einfühlsam.

Gagh runzelte die Stirn. »Ich habe einen abgeschossen ... Nein. Ich habe gebrannt. Vermutlich war es ein Flammenwerfer. Und ich habe Wasser gesucht ...« Er verstummte, befühlte die Schramme auf der Brust und fuhr unsicher fort: »In dem Moment wurde ich wohl getroffen ... Danach ...« Er schwieg erneut und blickte den Hageren an. »Haben wir sie zum Stehen gebracht? Ja? Wo bin ich? In welchem Lazarett?«

Doch der Hagere antwortete nicht. Stattdessen schaltete sich der Rotwangige wieder ein. »Na ja, wie soll ich das sagen ...«, murmelte er. Als bringe Gaghs Frage ihn in Verlegenheit, strich er sich kräftig über die runden Knie und fragte zurück: »Was glaubst du denn?«

»Ich habe keine Ahnung«, antwortete Gagh und ließ die Beine vom Bett herabhängen. »Ist denn so viel Zeit vergangen? Ein halbes Jahr? Oder ein Jahr? ... Sagen Sie es mir bitte!«

»Die Zeit ist nicht das Problem«, murmelte der Rotwangige. »Es sind ja nur fünf Tage vergangen.«

»Wie viel?«

»Fünf Tage«, wiederholte der Rotwangige. »Stimmt's?«, wandte er sich an den Hageren.

Dieser nickte schweigend.

Gagh lächelte nachsichtig.

»Na gut«, sagte er. »Meinetwegen. Ihr Ärzte wisst das besser. Letztlich ist es gar nicht von Bedeutung ... Ich wüsste nur gern, Herr ...« Er ließ absichtlich eine Pause und blickte den Hageren an, doch der reagierte nicht. »Ich wüsste gern, wie die Lage an der Front ist und wann ich zur Truppe zurückkehren darf ...«

Der Hagere schob schweigend seinen Strohhalm hin und her.

»Ich darf doch hoffen, wieder meiner Gruppe zugeteilt zu werden? Hauptstädtische Schule ...«

»Kaum«, erwiderte der Rotwangige.

Gagh warf ihm nur einen flüchtigen Blick zu und wandte sich wieder an den Hageren.

»Schließlich bin ich Sturmkater. Drittes Studienjahr ... Ich habe Belobigungen, eine sogar von Seiner Hoheit persönlich ...«

Der Rotwangige schüttelte den Kopf.

»Das spielt keine Rolle«, sagte er. »Darum geht es nicht.«

»Was heißt ›darum geht es nicht‹?«, ereiferte sich Gagh. »Ich bin Sturmkater. Wissen Sie das nicht? Hier!« Er hob den rechten Arm und zeigte, wieder dem Hageren, die Tätowierung in seiner Achselhöhle. »Seine Hoheit selbst haben mir die Hand gedrückt. Seine Hoheit wünschten mir ...«

»Schon gut, wir glauben dir. Wir wissen es ja.« Der Rotwangige winkte ab.

»Ich rede nicht mit Ihnen, Herr Doktor! Ich wende mich an den Herrn Offizier!«

Da prustete der Rotwangige plötzlich los; er schlug die Hände vors Gesicht, und man hörte ein dünnes, widerwärtiges Gelächter. Gagh sah ihn betreten an, dann wanderte sein Blick wieder zu dem Hageren. Der tat nun endlich den Mund auf.

»Du brauchst nicht darauf zu achten, Gagh.« Seine Stimme war tief und ausdrucksvoll, sie passte zum Gesicht. »Allerdings hast du wirklich keine Vorstellung von deiner Situation. Wir können dich jetzt nicht in die Hauptstadtschule schicken. Wahrscheinlich wirst du nie mehr auf eine Sturmkater-Schule gehen können ...«

Gagh öffnete den Mund und schloss ihn wieder. Der Rotwangige hörte auf zu kichern.

»Aber ich fühle mich doch ...«, flüsterte Gagh. »Ich bin völlig gesund. Oder bin ich verkrüppelt? Sagen Sie es mir, Doktor: Bin ich ein Krüppel?«

»Nein, nein«, antwortete der Arzt schnell. »Deine Arme und Beine sind in Ordnung, und was die Psyche anbelangt ... Wer war Gang Gnukh, weißt du das noch?«

»Jawohl ... Er war Wissenschaftler und vertrat die Ansicht, dass es eine Vielzahl bewohnter Welten gebe ... Fanatiker des Reichs haben ihn an den Füßen aufgehängt und mit Armbrüsten erschossen ...« Gagh geriet ins Stocken. »An das genaue Datum erinnere ich mich jedoch nicht, tut mir leid. Aber es war vor dem Ersten Alayischen Aufstand ...«

»Sehr gut!«, lobte ihn der Rotwangige. »Und wie steht die moderne Wissenschaft zu dieser Lehre?«

Gagh stockte wieder.

»Das kann ich nicht genau sagen ... Es gibt keinen Grund sie abzulehnen. In unseren Astronomiestunden in der Schule wurde das nicht durchgenommen. Es hieß nur, der Aigon ... Ja, richtig! Den Aigon umgibt eine Atmosphäre, die von Gridd, dem großen Begründer der alayischen Wissenschaft, entdeckt wurde. Dort könnte durchaus Leben existieren ...«

Er holte tief Luft und blickte den Hageren besorgt an.

»Sehr gut«, versetzte der Rotwangige wieder. »Und wie ist es mit anderen Sternen?«

»Verzeihung! Was meinen Sie mit: mit anderen Sternen?«

»Kann es im Umfeld anderer Sterne Leben geben?«

Gagh brach der Schweiß aus. »N-nein ...«, murmelte er. »Nein, weil dort doch luftleerer Raum ist. Dort kann kein Leben existieren.«

»Und wenn um einen Stern Planeten kreisen?« Der Doktor blieb hartnäckig.

»Dann natürlich schon. Wenn um einen Stern ein Planet mit einer Atmosphäre kreist, kann es auf diesem Planeten Leben geben.«

Der Rotwangige lehnte sich zufrieden im Sessel zurück und blickte den Hageren an. Dieser nahm den Strohhalm aus dem Mund.

»Du bist doch Sturmkater, Gagh?«, fragte er.

»Jawohl!« Gagh straffte sich erneut.

»Und ein Sturmkater«, begann er mit vorschriftsmäßiger, metallener Stimme, »ist eine eigenständige Kampfeinheit, die sich jeder möglichen und unmöglichen Situation gewachsen zeigt, nicht wahr?«

»Jawohl«, fiel Gagh ein. »Und er wendet die Situation zur Ehre und Ruhm Seiner Hoheit, des Herzogs, und seines Herrscherhauses!«

Der Hagere nickte.

»Das Sternbild ›Käfer‹ kennst du?«

»Jawohl. Zwölf helle Sterne in Ekliptiknähe, am Sommerhimmel sichtbar. Der erste Stern des Käfers …«

»Stopp! Ist dir der siebte ein Begriff?«

»Jawohl. Ein orangefarbener Stern …«

»… und dieser«, unterbrach ihn der Hagere, den knochigen Finger erhoben, »besitzt ein Planetensystem, das der alayischen Astronomie bislang unbekannt ist. Auf einem dieser Planeten gibt es eine Atmosphäre, sodass dort vor Jahrmilliarden Leben entstand. Heute existiert auf dem Planeten eine Zivilisation vernunftbegabter Wesen, die der Zivilisation eurer Giganda weit voraus ist. Und auf diesem Planeten, Gagh, befindest du dich.«

Sie schwiegen eine Weile. Der Hagere und der Arzt sahen Gagh unverwandt an; er saß noch immer in aufrechter Haltung da und wartete auf eine Fortsetzung. Doch das Schweigen zog sich hin. Schließlich hielt es Gagh nicht mehr aus.

»Ich habe verstanden, Herr Offizier«, meldete er. »Fahren Sie bitte fort.«

Der Arzt räusperte sich. Der Hagere zwinkerte ein paarmal mit den Augen und sagte ruhig:

»Aha ... Du denkst, wir führen den psychischen Test fort und geben eine imaginäre Situation vor. Aber das ist nicht imaginär, Gagh. Es ist wirklich wahr. Ich habe auf eurem Planeten gearbeitet, in den nördlichen Dschungeln des Herzogtums. Während der Kämpfe war ich zufällig in deiner Nähe. Du lagst auf dem Boden und branntest, warst tödlich verwundet ... Ich habe dich auf mein Raumschiff gebracht – das ist ein spezielles Fahrzeug für interstellare Reisen – und dann hierher. Wir haben dich geheilt. Das alles ist nicht imaginär, Gagh. Ich bin kein Offizier und selbstverständlich auch kein Alayer. Ich bin ein Erdenmensch.«

Gagh strich sich nachdenklich über die Haare.

»Man geht davon aus, Herr Offizier, dass mir die Sprache und die Lebensbedingungen auf diesem Planeten vertraut sind. Oder?«

Wieder Stille. Der Hagere schmunzelte.

»Du denkst, dass du dich gerade in einer Übungsstunde zur Sabotage- und Spionagevorbereitung befindest ...«

Gagh wagte ebenfalls ein Lächeln und sagte: »Nicht ganz, Herr Offizier.«

»Sondern?«

»Ich glaube ... ich hoffe, dass die Heeresleitung mich dieser Spezialprüfung unterzieht, um mich einer neuen, höchst verantwortlichen Aufgabe zuzuführen. Ich bin stolz darauf, Herr Offizier, und werde all meine Kraft einsetzen, dieses Vertrauen zu rechtfertigen ...«

»Hör mal«, wandte sich plötzlich der rotwangige Arzt an den Hageren, »vielleicht sollten wir es dabei belassen? Die Voraussetzungen zu schaffen, ist leicht. Du meinst ja, dass ihr nur drei, vier Monate dafür braucht.«

Der Hagere schüttelte den Kopf und erklärte dem Rotwangigen etwas in einer Gagh unverständlichen Sprache. Gagh blickte sich, betont desinteressiert, ein wenig um. Ein sehr merkwürdiger Raum. Rechtwinklig, mit glatten, cremefarbenen Wänden, die Decke im Schachbrettmuster, wobei jedes Feld von innen heraus leuchtete: rot, orange, blau, grün. Fenster gab es nicht, ebenso war keine Tür zu sehen. Über dem Kopfende des Bettes befanden sich Knöpfe in der Wand, darüber längliche, durchsichtige Luken, durch die ein gleichmäßiges und sehr reines grünes Licht hereinfiel. Der Fußboden schimmerte mattschwarz; die Sessel, auf denen die beiden Männer saßen, schienen förmlich aus dem Boden herauszuwachsen, ein Ganzes mit ihm zu bilden. Gagh strich unbemerkt mit der nackten Fußsohle über den Boden. Die Berührung war angenehm, wie die eines weichen warmen Tieres ...

»Meinetwegen«, sagte schließlich der Hagere. »Zieh dich an, Gagh. Ich werde dir etwas zeigen ... Wo sind seine Sachen?«

Der Rotwangige saß noch einen Moment unschlüssig da, bückte sich dann zur Seite und holte, wie es schien direkt aus der Wand, ein flaches Päckchen hervor. Während er es noch in der Hand hielt, redete er abermals auf den Hageren ein. Er redete sogar recht lange, aber der Hagere schüttelte immer energischer den Kopf, bis er dem Rotwangigen schließlich das Päckchen abnahm und es Gagh auf die Knie warf.

»Zieh dich an!«, forderte er ihn noch einmal auf.

Gagh betrachtete das Päckchen vorsichtig von allen Seiten. Es war durchsichtig, fühlte sich samtig an und enthielt etwas sehr Sauberes, Weiches und Leichtes. Auf einmal zerfiel die Hülle von selbst in silbrige Fünkchen, die in der Luft zerschmolzen, und eine blau-weiße Jacke, kurze hellblaue Hosen und noch etwas anderes fielen verstreut auf das Bett.

Mit steinerner Miene begann Gagh sich anzuziehen.

Der Arzt schlug vor: »Vielleicht sollte ich trotzdem mitkommen?«

»Nicht nötig«, entgegnete der Hagere.

Der Rotwangige schlug die weißen, weichen Hände zusammen. »Was soll das, Kornej? Wozu die spontanen Vorstöße? Wir hatten doch alles aufgeschrieben und abgesprochen ...«

»Wie du siehst – nicht alles.«

Gagh streifte die beinahe gewichtslosen Sandalen über, die ihm erstaunlich gut passten. Er stand auf, zog die Hacken zusammen und neigte den Kopf. »Ich bin fertig, Herr Offizier.«

Der Hagere musterte ihn. »Na, gefallen dir die Sachen?«

Gagh zuckte mit den Schultern. »Meine Uniform wäre mir natürlich lieber ...«

»Du wirst schon ohne sie auskommen«, murmelte der Hagere und stand auf.

»Zu Befehl«, sagte Gagh.

»Bedanke dich bei deinem Arzt«, forderte der Hagere ihn auf.

Gagh wandte sich mit einer schneidigen Bewegung dem rotwangigen Heiligengesicht zu, schlug wieder die Hacken zusammen und neigte noch einmal den Kopf. »Erlauben Sie mir, mich bei Ihnen zu bedanken, Herr Doktor.«

Der Arzt winkte müde ab. »Na, geh schon ... Kater ...«

Der Hagere hatte sich bereits abgewandt und lief direkt in die Wand hinein.

»Leben Sie wohl, Herr Doktor«, verabschiedete sich Gagh vergnügt. »Ich hoffe, dass wir uns hier nicht mehr wiedersehen und Sie nur Gutes über mich hören werden.«

»Das hoffe ich auch ...«, erwiderte der Arzt, wenn auch mit sichtlichem Zweifel.

Doch Gagh antwortete nicht mehr. Er holte den Hageren ein – just in dem Augenblick, als in der Wand vor ihnen eine rechtwinklige Tür zum Vorschein kam. Die Tür zeichnete sich nur ab, sie sprang nicht auf, und doch traten sie durch sie hindurch in einen Flur, der ebenso cremefarben und leer war wie das Krankenzimmer, ebenso türen- und fensterlos und auf unerklärliche Weise hell erleuchtet.

»Was, denkst du, wirst du als Nächstes sehen?«, fragte der Hagere.

Er machte große Schritte und warf die langen Beine weit nach vorn, setzte die Füße aber sehr weich auf, was Gagh lebhaft an Gepards unnachahmlichen Gang erinnerte.

»Das kann ich nicht wissen, Herr Offizier«, antwortete Gagh.

»Nenn mich Kornej«, sagte der Hagere.

»Jawohl, Herr Kornej.«

»Nur Kornej.«

»Zu Befehl ... Kornej.«

Der Flur ging unmerklich in eine Treppe über, die als breite, fließende Spirale nach unten führte.

»Du hast also nichts dagegen, dich auf einem anderen Planeten zu befinden?«

»Ich bemühe mich zurechtzukommen, Kornej.«

Sie rannten fast die Stufen hinab.

»Wir sind in einem Lazarett«, erklärte Kornej. »Hier wirst du viel Unerwartetes, vielleicht sogar Erschreckendes sehen. Aber vergiss nicht: Du bist hier absolut sicher. Was immer du für merkwürdige Dinge zu Gesicht bekommst, sie bedrohen dich nicht und können dir keinen Schaden zufügen. Hast du das verstanden?«

»Ja, Kornej«, sagte Gagh und wagte wieder ein Lächeln.

»Versuch dir selbst ein Bild zu machen«, fuhr Kornej fort. »Wenn dir etwas nicht klar ist, frage! Unbedingt! Den Antworten kannst du trauen. Hier lügt man nicht.«

»Zu Befehl!«, antwortete Gagh mit ernster Miene.

Nun endete die schier endlose Treppe, und sie gelangten in einen hellen geräumigen Saal mit einer durchsichtigen Wand im vorderen Bereich. Dahinter sah man viel Grün und leuchtend gelbe Wege aus Sand; in der Sonne blitzten Metallkonstruktionen, die sich Gagh jedoch nicht erklären konnte. Mitten im Saal unterhielten sich ein paar Leute, die grell, ja fast liederlich gekleidet waren. Die Stimmen entsprachen ihrem Äußeren: Sie klangen ungehemmt und geradezu unanständig laut. Doch plötzlich verstummten sie alle gleichzeitig, als hätte man sie abgeschaltet. Alle Blicke schienen sich auf Gagh zu richten. Nein, nicht auf ihn – Kornej sahen die Leute an. Die Gesichter hörten auf zu lächeln, sie erstarrten. Gleich darauf schlugen die Menschen ihre Augen nieder; keiner achtete mehr auf Kornej. Überhaupt blickte niemand mehr in ihre Richtung, und Kornej schritt in absoluter Stille an ihnen vorbei, als hätte er von alldem nichts bemerkt.

Vor der durchsichtigen Wand blieb er stehen und legte Gagh die Hand auf die Schulter. »Wie gefällt dir das?«, fragte er.

Gagh sah mächtige, zerklüftete Stämme, die ein Einzelner nicht hätte umfassen können; ganze Schwaden, Wolken, ja Wolkenberge von blendendem, stechendem Grün; ebenmäßige gelbe Wege und an ihren Rändern dunkles Gesträuch – dicht, undurchdringlich, mit Blüten in unwirklich leuchtendem Lila. Dann trat aus dem sonnengesprenkelten Schatten ein sonderbares, ganz und gar erstaunliches Tier auf einen Sandplatz. Es schien nur aus Hals und Beinen zu bestehen, hielt an, wandte seinen kleinen Kopf und musterte Gagh mit großen, samtigen Augen.

»Unglaublich ...«, flüsterte er. Seine Stimme versagte. »Perfekt gemacht!«

»Eine Zebragiraffe«, erklärte Kornej, und das klang ebenso verständlich wie unverständlich.

»Ist sie gefährlich?«, wollte Gagh wissen.

»Ich habe dir doch gesagt: Hier ist nichts gefährlich ...«

»Ich verstehe. Hier nicht. Aber ... dort?«

Kornej biss sich auf die Lippe. »Hier heißt auch dort«, sagte er.

Aber Gagh hörte schon nicht mehr zu. Fassungslos beobachtete er, wie ein Mann den Sandweg entlangkam, unmittelbar hinter der Zebragiraffe. Wie eine bunte Schranke senkte sich der lange Hals, und ohne stehen zu bleiben tätschelte der Mann dem Tier den Rücken und ging weiter, vorbei an einem Gebilde aus verflochtenem Stacheldraht, vorbei an regenbogenfarbenen Federn, die in der Luft schwebten, bis er ein paar flache Stufen hinaufstieg und durch die glasklare Wand in den Saal trat.

»Übrigens, er ist auch von einem anderen Planeten«, sagte Kornej halblaut. »Er wurde hier gesund gepflegt und wird bald nach Hause zurückkehren.«

Gagh schluckte, seine Blicke folgten dem Fremden. Der Mann hatte sonderbare Ohren. Das heißt, genau genommen waren es gar keine Ohren: Viele Beulen und knotige, kammartige Warzen verunzierten den kahlen Schädel. Gagh schluckte noch einmal und sah hinüber zur Zebragiraffe.

»Ist das etwa ...«, begann er und verstummte.

»Ja?«

»Verzeihung, Kornej ... Ich dachte ... das alles ... wäre hinter der Wand ...«

»Nein, das ist kein Film!« In Kornejs Stimme schwang eine Spur Ungeduld. »Und auch kein Zoo. Alles existiert wirklich, und so ist es hier überall ... Möchtest du sie streicheln?«, fragte er plötzlich.

Gagh spannte sich. »Zu Befehl!«, sagte er heiser.

»Nein, wenn du nicht willst, musst du sie nicht streicheln. Du sollst nur verstehen ...«

Kornej brach mitten im Satz ab, und Gagh blickte auf. Kornej starrte über seinen Kopf hinweg in den Saal, woher bereits wieder Worte und Gelächter zu hören waren. Sein Gesicht veränderte sich. Es erschien ein neuer Ausdruck darauf, ein Gemisch aus Sehnsucht, Schmerz und Erwartung. Gagh hatte so einen Ausdruck schon gesehen, konnte sich aber nicht erinnern, wann und wo. Er drehte sich um.

Am anderen Ende des Saals, direkt an der Wand, stand eine Frau. Einen Moment später war sie wieder verschwunden; Gagh hatte sie nicht einmal richtig betrachten können. Rot gekleidet war sie gewesen, hatte pechschwarze Haare und ein blasses Gesicht gehabt und strahlende, wie ihm schien, blaue Augen. Eine reglose rote Flamme vor dem cremefarbenen Hintergrund der Wand ... Kornej sagte ruhig: »Na dann, gehen wir ...«

Sein Gesicht war jetzt wieder wie vorher, so als wäre nichts geschehen. Sie schritten an der durchsichtigen Wand entlang.

»Gleich werden wir uns an einem anderen Ort befinden«, fuhr Kornej fort. »Nicht hinfliegen oder hinfahren, sondern gleich dort sein, verstehst du? Vergiss es nicht ...«

Hinter ihnen lachten mehrere Stimmen lauf auf. Gagh errötete und drehte sich um. Nein, man lachte nicht über ihn. Überhaupt war niemand an ihnen interessiert.

»Tritt ein«, sagte Kornej.

Gagh stand vor einer runden Kabine, ähnlich einer Telefonzelle, nur waren die Wände nicht gläsern, sondern matt. Aus der Tür drang ein Duft nach draußen, wie es ihn nach heftigen Gewittern gibt. Gagh ging zögernd hinein, Kornej drängte ihm nach, und die Türöffnung verschwand.

»Ich erkläre dir gleich, wie es funktioniert«, sagte Kornej. Er drückte langsam die Tasten eines kleinen Schaltpults, das in die Wand eingelassen war. Ähnliche Schalttafeln hatte Gagh bei den Rechenmaschinen in der Buchhaltung seiner Schule gesehen. »Hier gebe ich einen Code ein«, fuhr Kornej fort. »Schon geschehen ... Siehst du das grüne Licht? Es zeigt an, dass der Code stimmt und das Ziel frei ist. Jetzt starten wir ... Dort, dieser rote Knopf ...«

Er bediente den roten Knopf. Um nicht hinzufallen, klammerte Gagh sich an Kornejs Pullover. Es war, als verlöre er für kurze Zeit den Boden unter den Füßen, dann spürte er ihn wieder, und hinter den matten Wänden wurde es hell.

»Das war's«, sagte Kornej. »Steig aus.«

Sie waren nicht mehr in dem Saal von vorhin, sondern standen in einem breiten, lichtdurchfluteten Gang. Eine ältere Frau in einem quecksilbern schimmernden Cape machte Platz, um sie vorbeizulassen; sie musterte Gagh streng und warf Kornej einen Blick zu – plötzlich zuckte ihr Gesicht. Dann tauchte sie eilig in die Zelle, und die Tür verschwand hinter ihr.

»Geradeaus«, sagte Kornej.

Gagh ging geradeaus. Erst nach ein paar Schritten nahm er so unauffällig wie möglich einen tiefen Atemzug.

»Ein Augenblick – und wir sind zwanzig Kilometer entfernt«, hörte er hinter sich Kornejs Stimme.

»Das ist grandios«, erwiderte Gagh. »Ich wusste gar nicht, dass wir so etwas können.«

»Es ist ja anzunehmen, dass ihr es noch nicht könnt ...«, wandte Kornej ein. »Hier nach rechts!«

»Nein, ich meine, im Prinzip ... Ich weiß, alles ist geheim, aber für die Armee ...«

»Geh schon, geh.« Kornej schob ihn sachte vorwärts.

»Für die Armee ist so etwas unersetzlich ... Für die Armee, für die Aufklärung ...«

»Stopp!«, unterbrach ihn Kornej. »Wir sind jetzt in einem Hotel. Das ist mein Zimmer. Hier habe ich gewohnt, während sie dich geheilt haben.«

Gagh blickte sich um. Das Zimmer war groß und vollkommen leer. Kein einziges Möbelstück stand darin, und anstelle einer Außenwand sah man den blauen Himmel. Die anderen Wände hatten unterschiedliche Farben, der Fußboden strahlte weiß, und die Decke war, wie auch im Krankenhaus, von einem bunten Schachbrettmuster überzogen.

»Komm, wir unterhalten uns ein bisschen«, schlug Kornej vor und setzte sich.

Sein mageres Gesäß hätte auf den Fußboden plumpsen müssen, aber in dem Moment blähte sich der Boden dem fallenden Körper entgegen und formte einen Sessel. Eben noch hatte es diesen Sessel nicht gegeben; in Sekundenschnelle war er aufgetaucht, direkt aus dem Fußboden. Vor Gaghs Augen. Kornej schlug die Beine übereinander und umfasste wie immer sein Knie mit den knochigen Händen.

»Wir haben viel darüber diskutiert, was mit dir werden soll, Gagh«, begann er. »Darüber, was wir dir sagen sollten, und was besser vor dir zu verheimlichen wäre. Und was wir tun könnten, damit du um Gottes willen nicht durchdrehst ...«

Gagh fuhr sich mit der Zunge über die trockenen Lippen. »Ich ...«

»Es gab beispielsweise den Vorschlag, dich für drei, vier Monate bewusstlos zu lassen. Ein anderer regte an, dich zu hypnotisieren. Jeder Unsinn wurde vorgeschlagen. Ich war dagegen. Aus folgenden Gründen: Erstens glaube ich an dich. Du bist ein kräftiger, durchtrainierter Bursche; ich habe dich kämpfen gesehen, und ich weiß, dass du viel aushältst. Zweitens wird es für alle besser sein, wenn du unsere Welt siehst ... sei es auch nur ein Zipfelchen unserer Welt. Und drittens sage ich dir ganz ehrlich: Ich werde dich vielleicht brauchen.«

Gagh schwieg. Aus seinen Beinen schwand das Gefühl; er verschränkte die Hände hinter dem Rücken und presste sie so fest zusammen, dass sie schmerzten.

Kornej beugte sich plötzlich vor und sagte beschwörend: »Mit dir ist nichts Schlimmes geschehen, Gagh. Und dir wird auch nichts Schlimmes geschehen. Du bist in absoluter Sicherheit. Du bist einfach verreist, zu Besuch, verstehst du?«

»Nein«, sagte Gagh heiser.

Er drehte sich um und ging auf den blauen Himmel zu. Dann blieb er stehen und schaute. Seine zusammengepressten Fäuste waren weiß geworden. Er tat einen Schritt zurück, einen zweiten, dritten – er wich so lange zurück, bis er mit den Schulterblättern anstieß.

»Das heißt ... ich bin schon dort?«, fragte er.

»Das heißt, du bist hier«, sagte Kornej.

»Und wie lautet mein Auftrag?«

3

Mit einem Wort, Jungs: Ich bin in etwas hineingeraten wie wahrscheinlich kein anderer Sturmkater vor mir! Da sitze ich jetzt auf einer üppigen Waldwiese, bis zum Hals im weichen, zarten Gras. Um mich herum ist es wunderschön, der reinste Kurort, herrlich wie am Sagguta-See, nur dass es hier keinen See gibt. Bäume gibt es hier, wie ich sie nie gesehen habe: die Blätter saftig grün, weich und seidig. Und an den Zweigen hängen riesengroße Früchte – Birnen heißen sie. Was für ein Genuss! Und ich kann essen, so viel ich will. Links ist ein kleines Wäldchen, und direkt vor mir steht ein Haus. Kornej sagt, er hätte es eigenhändig gebaut. Vielleicht, ich weiß es nicht. Ich weiß nur: Als ich einmal den Jagdsitz Seiner Hoheit bewachen musste, war dort auch ein Haus; es war prunkvoll und von klugen Köpfen entworfen worden, aber kein Vergleich zu diesem hier. Vor Kornejs Haus befindet sich ein Pool, und das Wasser ist so klar, dass du es trinken möchtest; du wagst gar nicht, darin zu baden. Ringsum liegt die Steppe. Dort bin ich noch nicht gewesen und habe vorläufig auch keine Lust dazu; die Steppe interessiert mich im Moment nicht. Erst einmal möchte ich herausfinden, in welcher Sprache ich denke, Natternmilch! Mein Lebtag habe ich keine andere Sprache als Alayisch gekannt – von Armeebegriffen einmal abgesehen: »Hände hoch!«, »Hinlegen!«, »Wer ist hier der Kommandeur?« und so weiter. Doch jetzt begreife ich einfach nicht, was meine Muttersprache ist: mein Alayisch oder ihr Russisch. Kornej behauptet, sie hätten fünfundzwanzigtausend russische Wörter und allerlei idiomatische Wendungen in mich hineingestopft. In einer einzigen Nacht, als ich nach der Operation schlief. Ich weiß nicht ... Hm, Idiome ... Wie würde man dazu auf Alayisch sagen? Keine Ahnung.

Aber halt, was hatte ich zuerst geglaubt? Genau – ein Speziallabor! So etwas gibt es bei uns, das weiß ich. Kornej hielt ich für einen Offizier unserer Abwehr und dachte, sie bildeten mich für einen besonders wichtigen Auftrag aus. Es wäre schließlich möglich, dass die Interessen Seiner Hoheit mittlerweile bis auf einen anderen Kontinent reichen. Oder, zum Teufel, auch auf einen fremden Planeten. Warum nicht? Was weiß ich denn?

Anfangs meinte ich Dummkopf sogar, ringsum sei alles nur Attrappe. Dann aber, nach etwa ein, zwei Tagen, wusste ich – das war unmöglich! Diese Stadt sollte Attrappe sein? Diese blauen Kolosse, die ab und zu am Horizont auftauchten? Und das Essen? Könnte ich es den Jungs zeigen – sie würden es nicht glauben. So eine Verpflegung gibt es einfach nicht! Du nimmst eine Tube, etwa wie die mit Zahnpasta, drückst ihren Inhalt auf einen Teller, und schon brodelt und zischt es. Dann greifst du dir eine andere Tube, quetschst sie aus, und ehe du dich's versiehst, liegt ein riesengroßes Steak auf deinem Teller, goldbraun, duftend – ach, was soll ich sagen ... Es kann einfach keine Attrappe sein. Das ist Fleisch! Oder nehmen wir den Nachthimmel: Alle Sternbilder hängen schief. Auch der Mond. Ist das etwa Attrappe? Der Mond hat freilich etwas Theatralisches – insbesondere, wenn er hoch steht. Geht er gerade auf, ist es zum Fürchten: Rot und riesig, ja aufgebläht kriecht er hinter den Bäumen empor ... Fünf Tage bin ich schon hier, aber wenn ich das sehe, fange ich noch immer an zu zittern.

Ich stecke ganz schön im Schlamassel. Sie sind mächtig, das ist mit bloßem Auge zu erkennen. Und gegen sie, gegen all ihre Macht bin ich allein. Und was das Schlimmste ist: Bei uns ahnt niemand etwas von ihnen. Sie spazieren über unsere Giganda, als wären sie dort zu Hause, und wissen alles über uns; wir aber wissen nichts über sie. Weshalb sind sie gekommen, was wollen sie von uns? Es ist entsetzlich ... Wenn man sich das Teufelswerk einmal vorstellt: blitzschnelle Sprünge über Hunderte von Kilometern, ohne Flugzeug, ohne Auto, ohne Eisenbahn; diese Gebäude über den Wolken, die unmöglich und unglaublich sind ... ein Albtraum; diese Zimmer-möbliere-dich, das Essen aus der Luft, die wundertätigen Ärzte ... Und heute früh – ob ich das wohl geträumt habe? – flog Kornej aus dem Pool geradewegs in den Himmel, wie ein Vogel und nur mit einer Badehose am Leib; er beschrieb einen Kreis über dem Garten und verschwand hinter den Bäumen ...

Bei dieser Erinnerung lief mir ein eiskalter Schauer über den Rücken. Ich sprang auf, rannte auf der Wiese hin und her, aß sogar eine Birne, um mich zu beruhigen. Dabei bin ich erst den fünften Tag hier. Was kann ich denn in fünf Tagen gesehen haben? Nehmen wir nur diese Wiese: Ich sehe sie von meinem Fenster aus. Da wurde ich neulich nachts von einem heiseren Mauzen geweckt. Da balgen sich bestimmt Katzen, dachte ich. Aber es waren keine Katzen. Ich schlich zum Fenster und blickte hinaus. Da stand etwas. Mitten auf der Wiese. Was da stand, konnte ich nicht erkennen. Es war dreieckig, weiß und riesengroß. Und während ich mir noch die Augen rieb, löste es sich in Luft auf. Wie ein Spuk. Sie nennen es auch »Phantom«. Am Morgen habe ich Kornej danach gefragt, und er sagte: »Das sind Sternenschiffe vom Typ ›Phantom‹ für Raumflüge mittlerer Entfernung, bis zu zwanzig Lichtjahren.« Könnt ihr euch so etwas vorstellen? Zwanzig Lichtjahre gelten bei ihnen als mittlere Entfernung! Bis zur Giganda sind es übrigens achtzehn …

Nein, von uns können sie nur eins brauchen: Sklaven. Irgendwer muss schließlich auch bei ihnen arbeiten und diesen Wohlstand garantieren … Kornej betont immer wieder: »Lerne, sieh dir alles an, lies – in drei, vier Monaten kehrst du nach Hause zurück und wirst dort das neue Leben mit aufbauen.« – »Der Krieg«, hat er einmal gesagt, »ist in drei, vier Monaten vorbei, wir kümmern uns darum und werden ihn in nächster Zeit beenden.« Da fragte ich herausfordernd: »Und wer wird den Krieg gewinnen?« – »Niemand«, antwortete er. »Es wird Frieden geben und damit Schluss.« Aha … Alles klar. Sie wollen, dass wir nicht unnütz Material verschwenden, dass alles ruhig und still abläuft, ohne Aufstände, Unruhen und Blutvergießen. So wie die Hirten achten sie darauf, dass die Stiere nicht aufeinander losgehen und sich zerfleischen. Wer ihnen gefährlich wird, den räumen sie aus dem Weg; wen sie brauchen, kaufen sie sich, und in die Laderäume ihrer »Phantome« stopfen sie Alayer wie Rattenfresser, bunt durcheinander …

Kornej freilich … Ich kann nichts dagegen tun: Ich mag ihn einfach. Mein Verstand sagt mir, dass sie natürlich nur so jemanden auf mich ansetzen konnten. Im Kopf ist mir das alles klar, aber ich kann ihn trotzdem nicht hassen. Es ist wie verhext … Ich glaube ihm bedingungslos und hänge an seinen Lippen, wenn er erzählt. Dabei weiß ich, dass er mir nur gleich wieder etwas suggeriert und zeigt, wie schön ihre Welt ist und wie schlecht die unsere, dass unsere Welt nach dem Beispiel der ihren umgestaltet werden muss, und dass ich ihnen dabei helfen soll. Denn ein kluger, entschlossener und kräftiger Bursche wie ich ist bestens geeignet für das wahre Leben ...

Aber was rege ich mich auf? Er hat ja schon damit angefangen: Berühmte Männer, die das Höchste für uns sind, die wir anhimmeln, hat er mir madig gemacht – Feldmarschall Bragg zum Beispiel oder den Chef des Geheimdienstes Einäugiger Fuchs; selbst über Seine Hoheit hat er Andeutungen gemacht, aber da bin ich ihm natürlich sofort in die Parade gefahren ... Alle hat er kritisiert, auch die vom Reich. Wahrscheinlich wollte er damit beweisen, wie unparteiisch man hier ist. Nur über einen hat er gut gesprochen: über Gepard. Sicher hat er ihn persönlich gekannt. Und geschätzt. Mit diesem Mann, sagte Kornej, sei ein großer Pädagoge gefallen, der hier unbezahlbar gewesen wäre ... Gut, lassen wir das.

An diesem Punkt wollte ich aufhören, konnte aber nicht – ich musste über Gepard nachdenken. Ach, Gepard ... Dass es die Jungs erwischt hat, Hase, Riechkolben, meinetwegen ... Zecke hat sich mit einer Rakete unter dem Arm vor einen Panzerwagen geworfen ... Sollte er, in Gottes Namen, dazu wurden wir geboren. Aber Gepard ... An meinen Vater erinnere ich mich kaum, die Mutter – na ja, was bedeutet schon die Mutter. Aber Gepard werde ich nie vergessen! Als ich zur Schule kam, war ich schwach, hatte vor Hunger Katzenfleisch gefressen und wäre fast selbst gefressen worden; mein Vater war ohne Arme und Beine von der Front zurückgekehrt und zu nichts nütze, er tauschte alles gegen Schnaps ... In der Kaserne war es auch nicht besser. Ihr wisst selber, wie die Verpflegung dort ist. Und wer hat mir seine Konserven gegeben? ... Ich stehe nachts Wache und knirsche vor Hunger mit den Zähnen, da taucht er plötzlich auf, hört sich meine Meldung an, knurrt etwas und drückt mir eine Scheibe Brot mit Pferdefleisch in die Hand – seine Ration, die ihm in der Etappe zustand – und verschwand. Beim Eilmarsch hat er mich zwanzig Kilometer auf seinem Rücken geschleppt, als ich vor Schwäche hingefallen war. Eigentlich wäre das Sache der Jungs gewesen, und sie hätten es auch gern getan. Aber sie sind selbst alle zehn Schritte gekippt. In der Instruktion heißt es: Wer nicht laufen kann, kann auch nicht dienen. Zieh nach Hause ab, hock dich unter die stinkende Treppe und verscheuch die Katzen ...

Ja, dich vergesse ich nie, Gepard! Du bist gefallen – wie du uns gelehrt hast, in den Tod zu gehen, so hast du es selbst getan. Aber da ich nun mal heil geblieben bin, muss ich so leben, dass ich dir keine Schande mache. Nur – wie soll ich leben? Ich sitze in der Falle, Gepard. Mächtig in der Falle! Wo bist du jetzt? Zeig mir, sag, was ich anfangen soll ...

Die hier wollen mich kaufen. Zuerst haben sie mir das Leben gerettet, mich geheilt und rundum erneuert, nicht mal ein löchriger Zahn ist geblieben ... Ob da neue gewachsen sind? Sie stopfen mich voll wie eine Mastgans; sie wissen, diese Halunken, wie knapp bei uns das Essen ist. Tun ganz freundlich und haben mir einen sympathischen Mann an die Seite gegeben ...

Hier rief mich Kornej: Mittagszeit.

Wir setzten uns an den Tisch im Salon, nahmen die Tuben und zauberten unser Essen. Kornej kochte etwas Seltsames: ein ganzes Knäuel durchsichtiger gelblicher Fäden, das aussah wie ein verreckter Moorigel; den begoss er nun mit brauner Soße. Obenauf lagen Fisch- oder Fleischscheiben, und es duftete ... Wonach, konnte ich nicht sagen, aber sehr herzhaft. Warum auch immer – Kornej aß mit Stäbchen, die er sich zwischen die Finger klemmte. Dann führte er den Teller bis ans Kinn und stopfte sich eine Portion in den Mund. Dabei zwinkerte er mir zu. Er hatte also gute Laune. Mir dagegen war nach den Grübeleien und wohl auch nach den vielen Birnen der Appetit vergangen. Ich machte mir nur etwas gekochtes Fleisch. Eigentlich wollte ich geschmortes, aber es kam gekochtes dabei heraus. Na, meinetwegen, man konnte es essen ... Auch dafür danke.

»Ich habe heute schon viel gearbeitet«, sagte Kornej, während er seinen Igel aß. »Und was hast du gemacht?«

»Nichts Besonderes. Ich habe gebadet. Im Gras gesessen.«

»Warst du in der Steppe?«

»Nein.«

»Schade. Ich hatte dir doch gesagt: Dort gibt es vieles, was dich interessieren dürfte.«

»Ich gehe hin. Später.«

Kornej aß den Rest von seinem Igel auf und griff dann wieder nach den Tuben. »Hast du dir schon überlegt, wo du dich gern einmal aufhalten würdest?«

»Nein, das heißt, ja.«

»Und wo?«

Was sollte ich ihm auf die Schnelle vorflunkern? Ich wollte jetzt nirgendwohin, musste mich erst einmal mit diesem Haus zurechtfinden. Doch ich sagte: »Auf den Mond ...«

Er sah mich erstaunt an. »Und wo liegt dein Problem? Die Null-Kabine steht im Garten, das Code-Verzeichnis habe ich dir gegeben ... Wähle die Nummer – und los.«

Der Mond fehlte mir gerade noch ...

»Ich fahre ja«, sagte ich. »Ich zieh nur noch meine Galoschen über ...«

Keine Ahnung, woher ich diese Redewendung hatte. Bestimmt war es ein Idiom. Sie hatten es in mein Hirn gepflanzt, und seitdem sprang es mir von Zeit zu Zeit auf die Zunge.

»Wie bitte?«, fragte Kornej und hob die Brauen.

Ich schwieg. Jetzt musste ich also auf den Mond. Hatte ich's angekündigt, musste ich es auch tun. Aber was konnte dort neu für mich sein? Andererseits würde es natürlich nicht schaden, sich ihn einmal anzusehen ... Mir fiel ein, wie viel ich hier noch zu entdecken hatte, und mir wurde schwarz vor Augen. Dabei war das nicht einmal das Schlimmste: Später würde ich mir das alles noch einprägen müssen, Stück für Stück in meinem Schädel sortieren; aber darin war ohnehin alles drunter und drüber, so, als hinge ich hier schon hundert Jahre herum und sähe Tag und Nacht einen verrückten Film ohne Anfang und Ende ... Kornej verheimlichte mir doch nie etwas! Der Null-Transport? Bitte sehr – er erklärt mir den Null-Transport. Erklärt ihn sogar sehr verständlich, zeigt mir Modelle. Die Modelle verstehe ich, aber wie die Kabine funktioniert – nein, das bleibt ein Rätsel. Die Krümmung des Raumes, habe ich die etwa verstanden? Oder diese Tubennahrung. Drei Stunden lang hat er versucht, mir das zu erklären, und was ist hängengeblieben? Die submolekulare Verdichtung. Und die Ausdehnung. Die submolekulare Verdichtung ist etwas Schönes, sogar etwas Wunderschönes. Chemie. Woher kommt nun aber dieses Stück gebratenes Fleisch?

»Was lässt du denn den Kopf hängen?«, fragte Kornej und wischte sich den Mund mit der Serviette ab. »Ist etwas?«

»Mir dröhnt der Schädel«, sagte ich böse.

Er brummte etwas vor sich hin und begann, den Tisch abzuräumen. Wie es sich gehört, versuchte ich ihm zu helfen, nur blieb auch hier kaum etwas zu tun. Das Abräumen besteht darin, eine kleine Luke in der Tischmitte zu öffnen und alles dort hineinzuwerfen; nicht einmal schließen muss man sie, das passiert von allein.

»Komm, wir sehen uns einen Film an«, sagte Kornej. »Einer meiner Bekannten hat ihn gedreht. Er ist hervorragend, im historischen Stil, schwarzweiß, zweidimensional. Er wird dir gefallen.«

Ich musste mich also auf der Stelle hinsetzen und den Film ansehen. Irgendeinen Schwachsinn über Liebe. Zwei Adlige lieben sich, doch ihre Eltern sind dagegen. Ein paarmal wird zwar auch gekämpft, aber nur mit Schwertern. Freilich ist es großartig gemacht, bei uns können sie so etwas nicht. Einer stieß dem anderen sein Schwert in die Brust, und die Klinge kam am Rücken tatsächlich drei Finger breit wieder heraus, sie schien sogar zu dampfen ... Das war wohl auch eine Sache, wofür sie Sklaven brauchten. Bei dem Gedanken wurde mir richtig flau, und ich hielt es kaum noch aus bis zum Ende. Außerdem hatte ich große Lust auf eine Zigarette. Kornej ist gegen das Rauchen, genauso wie Gepard. Er hat mir angeboten, es mir abzugewöhnen, aber ich will das nicht. Das Rauchen ist vielleicht das Einzige, was von mir, so wie ich früher war, geblieben ist ... Jedenfalls habe ich ihn gefragt, ob ich mich zurückziehen darf – um zu lesen. Über den Mond. Er hat mir geglaubt und mich gehen lassen.

Als ich in mein Zimmer trat, hatte ich das Gefühl, zu Hause zu sein. Gleich nachdem ich angekommen war, hatte ich das Zimmer für mich eingerichtet. Und damit meine liebe Not gehabt ... Kornej hatte mir natürlich vorher erklärt, wie es funktionierte, aber ich hatte es nicht gleich verstanden. Und so stellte ich mich mitten ins Zimmer und brüllte: »Einen Stuhl! Ich will einen Stuhl!« Erst später begriff ich, wie man es richtig macht: Man muss gar nicht herumbrüllen, sondern nur hübsch still an den Stuhl mit all seinen Einzelheiten denken. Und das habe ich dann getan. Ich erinnerte mich sogar an den ordentlich zusammengeflickten Lederbezug des Sitzes, der zerrissen war, als Hase sich nach dem Feldzug darauf gesetzt hatte und beim Aufstehen mit dem Haken seines Visitiereisens hängen geblieben war ... Auch sonst habe ich mir alles wie in Gepards Stube eingerichtet: ein eisernes Bett mit grüner Wolldecke, ein Nachtschränkchen, eine Waffenkiste, ein Tischchen mit Lampe, zwei Stühle und ein Kleiderschrank. Dazu eine richtige Tür und die Wände in Orange und Weiß, den Farben Seiner Hoheit. Anstelle der durchsichtigen Wand gibt es hier eine Mauer mit Fenster. Und an der Decke hängt eine Lampe mit Blechschirm ...

Freilich ist das alles nur Dekoration: In Wahrheit gibt es hier weder Blech noch Eisen oder Holz. Und in der Kiste liegt natürlich keine Waffe, sondern die einzige mir noch verbliebene MPi-Patrone, die ich in meiner Jackentasche fand. Und das Nachtschränkchen ist leer. Bei Gepard hatte ein Foto darauf gestanden, von einer Frau mit Kind – es hieß, das seien seine Frau und seine Tochter gewesen; er selber hat nie davon gesprochen. Ich wollte mir auch ein Foto daraufstellen. Von Gepard. So, wie ich ihn das letzte Mal gesehen habe. Aber es wurde nichts daraus. Wahrscheinlich hatte Kornej recht, als er sagte, dazu müsse man schon Maler sein oder Bildhauer.

Aber im Großen und Ganzen gefällt mir mein Quartier. Hier erholt sich meine Seele – die anderen Zimmer kommen mir dagegen vor wie freies Feld, wie leergefegt. Außer mir scheint allerdings niemand Geschmack an meinem Zimmer zu finden. Kornej hat nichts gesagt, als er es sich ansah, doch ich glaube, er war unzufrieden. Und das ist nicht das Schlimmste! Ob ihr's glaubt oder nicht: Das Zimmer gefällt sich selbst nicht. Oder dem Haus. Oder, Natternmilch, der unsichtbaren Kraft, die hier alles steuert. Kaum bin ich abgelenkt, siehe da, schon ist der Stuhl verschwunden. Oder die Lampe von der Decke. Oder die Waffenkiste verwandelt sich in eine Nische, in der normalerweise Mikrobücher aufbewahrt werden.

Jetzt auch wieder. Ich schaue: Schwupps ist der Nachttisch weg. Das heißt, er ist da, aber es ist nicht mein Nachttischchen, auch nicht Gepards – es ist eigentlich gar kein Nachttischchen. Weiß der Teufel, was es ist, irgendein halb durchsichtiges Möbelstück. Gott sei Dank sind wenigstens die Zigaretten, die darin lagen, noch dieselben. Meine geliebten selbst gedrehten Zigaretten. Ich setzte mich also auf meinen Stuhl, zündete mir eine an und vernichtete das halb durchsichtige Möbelstück. Und das mit großem Vergnügen. Dann stellte ich mein Nachtschränkchen an seinen Platz zurück und erinnerte mich sogar an seine Nummer: 0064. Was die Nummer allerdings bedeutet, weiß ich nicht.

Ich saß also auf dem Stuhl, rauchte und betrachtete mein Nachttischchen. Ich fühlte mich wohl in meiner Haut; in meinem Zimmer herrschte angenehmes Halbdunkel, und das Fenster war so schmal, dass ich mich im Ernstfall gut hätte verteidigen können – das heißt, wenn ich eine Waffe gehabt hätte ... Aber was sollte ich bloß auf den Nachttisch legen? Ich grübelte und grübelte, und endlich fiel es mir ein. Ich nahm das Medaillon vom Hals, öffnete den Deckel und holte das Porträt Ihrer Hoheit heraus. Dann ließ ich einen Rahmen darum wachsen, rückte das Bild in die Mitte, zündete mir eine neue Zigarette an und betrachtete das wunderschöne Gesicht der Jungfrau der Tausend Herzen. Wir alle, wir Sturmkater, sind bis zum letzten Atemzug ihre Ritter und Beschützer. Alles Gute in uns gehört ihr. Unsere Wärme, unsere Zärtlichkeit, unser Mitleid – all das haben wir von ihr, für sie und in ihrem Namen.

Da saß ich nun, und jäh wurde mir bewusst, in was für einem Aufzug ich mich vor ihr befand: Hemd, kurze Hose, Arme und Beine nackt ... Pfui! Ich sprang so hastig auf, dass der Stuhl umkippte, riss die Schranktüren auf, streifte den blau-weißen Mist ab und zog meine Sachen von zu Hause an: Tarnjacke und Tarnhose. Weg mit den Sandalen, und die schweren rotbraunen Armeestiefel an die Füße. Den Riemen schnürte ich so fest um die Taille, dass mir fast die Luft wegblieb. Schade, das Barett fehlte – offenbar war es so stark verbrannt, dass sie es nicht wiederherstellen konnten. Vielleicht hatte ich es auch in dem ganzen Durcheinander verloren ...

Ich betrachtete mich im Spiegel. Das war schon etwas ganz anderes: kein rotznasiger Junge, sondern ein Sturmkater – die Knöpfe funkeln, das Schwarze Tier im Emblem fletscht die Zähne in ewiger Wut, und die Gürtelschnalle sitzt genau auf dem Nabel – wie angegossen. Ach, dass ich kein Barett habe ...

Und da bemerkte ich, dass ich den Marsch der Sturmkater grölte, so laut ich konnte, bis zur Heiserkeit, und meine Augen wurden feucht. Ich sang den Marsch durch bis zum Schluss, wischte mir die Tränen ab und begann von vorn, nun in halber Lautstärke, einfach, weil es mir Freude machte. Ich sang von der ersten Zeile an, die mir immer so aufs Gemüt schlägt: »Purpurne Feuer verhüll'n den Horizont«, bis hin zur letzten, hoffnungsfrohen: »Stürmende Kater niemals untergeh'n«. Wir hatten noch eine Strophe hinzugedichtet, aber die konnte man im nüchternen Zustand, zumal vor den Augen der Jungfrau, auf keinen Fall singen. Wegen dieser Strophe hatte Gepard einmal Krokodil vor versammelter Mannschaft an den Ohren gezogen ... Natternmilch! Schon wieder! Schon wieder ist aus der Deckenlampe ein idiotischer Beleuchtungskörper geworden. Was soll ich bloß mit ihr machen ...

Ich versuchte zuerst, die Leuchte in meine Lampe zurückzuverwandeln, aber dann pfiff ich darauf und vernichtete sie einfach. Verzweiflung überkam mich. Wie sollte ich nur mit ihnen fertigwerden, wenn ich nicht einmal mein Zimmer im Griff hatte! Geschweige denn das verfluchte Haus! Ich hob meinen Stuhl auf und setzte mich wieder. Von wegen Haus ... Sagt, was ihr wollt, Jungs, aber mit dem Haus stimmt was nicht. Auf den ersten Blick ein Haus wie jedes andere: zweistöckiges Gebäude, daneben ein Wäldchen, im Umkreis von fünfundzwanzig Kilometern nackte Steppe, nichts als ebene Fläche, und im Haus leben zwei Menschen: Kornej und ich. Das ist alles. Doch wie sich zeigt, Jungs, war das noch längst nicht alles.

Denn erstens gibt es hier Stimmen. Irgendjemand spricht – und nicht nur einer: Durch das ganze Haus tönen Stimmen. Nicht etwa nachts, sondern am helllichten Tag! Es ist auch kein Radio ... Und wer da mit wem worüber spricht, weiß der Teufel! Kornej ist in dieser Zeit nie im Haus. Das ist auch so eine Frage: Wo steckt er? Obwohl, die Antwort darauf habe ich, wie es scheint, gefunden. Ich habe zwar Blut und Wasser geschwitzt, aber ich habe sie gefunden. Und das war so: Vorgestern saß ich am Fenster und beobachtete die Null-Kabine. Sie steht schräg gegenüber, am Ende des Sandwegs, etwa fünfzig Schritte entfernt. Auf einmal hörte ich ein Geräusch, als ob irgendwo im Haus eine Tür klappte – und gleich darauf wieder Stille. Ich fühlte, dass ich wieder alleine war. Aha, dachte ich, er benutzt also nicht die Null-Kabine. Und da fiel es mir wie Schuppen von den Augen: eine Tür! Wo in unserem Haus sind denn, abgesehen von jener zu meinem Zimmer, Türen, die man zuschlagen kann?

Ich rannte also aus dem Zimmer hinunter ins Erdgeschoss. Schaue hierhin, schaue dorthin, da ist ein Flur, hell, mit einem Fenster über die ganze Wand ... Na, das kennt man bei ihnen ja. Und plötzlich höre ich Schritte. Ich weiß nicht mehr, warum, aber ich blieb stehen, versteckte mich und hielt den Atem an. Der Flur war leer, und am entlegenen Ende gab es eine Tür, eine ganz normale, gestrichene Tür ... Warum sie mir früher nicht aufgefallen war, weiß ich nicht. Warum ich den Flur vorher nie bemerkt hatte, weiß ich auch nicht. Aber gut. Das Wichtigste waren die Schritte. Sie rührten von mehreren Menschen und kamen näher, immer näher, und dann – mir krampfte sich das Herz zusammen – traten mitten im Flur drei Männer aus der Wand. Natternmilch! Fallschirmjäger des Reichs in voller Kampfausrüstung! Mit ihren gemusterten Overalls, die MPi unterm Arm, das Beilchen am Hintern ... Ich legte mich sofort flach auf den Boden; ich war schließlich allein und hatte keine Waffe. Hätten sie sich umgesehen, wäre es aus gewesen mit mir. Aber sie sahen sich nicht um. Stapften bis zum anderen Ende des Gangs, genau bis zu der Tür, und verschwanden. Die Tür schlug zu wie vom Durchzug, und mehr passierte nicht. Tja, Jungs, ich bin vielleicht zurück in mein Zimmer gewetzt ... Erst dort kam ich wieder zu mir ...

Ich begreife immer noch nicht, was das zu bedeuten hat. Das heißt, mir ist jetzt klar, wie Kornej aus dem Haus verschwindet. Durch ebendiese Tür. Aber woher kamen die Rattenfresser, noch dazu in voller Ausrüstung? Und was ist das für eine Tür?

Ich warf die Kippe weg, sah zu, wie der Fußboden sie einsog, und stand auf. Natürlich war mir mulmig, doch irgendwann musste ich schließlich anfangen. Und wenn – dann mit dieser Tür. Sicher, es wäre angenehmer, im Garten auf der Wiese zu liegen und eine Birne zu essen oder sich im Zimmer einzuschließen und den Marsch zu schmettern ... Ich steckte den Kopf aus der Tür heraus und lauschte. Alles ruhig. Doch Kornej war in seinem Zimmer. Wahrscheinlich war das sogar besser, denn wenn etwas passierte, konnte ich einfach laut schreien und er würde mir helfen ... Ich schlich zu dem Flur hinab, auf Zehenspitzen, mit ausgebreiteten Armen. Eine Ewigkeit brauchte ich bis zu der Tür. Nach zehn Schritten blieb ich jeweils stehen, lauschte und wagte mich erst danach weiter. Endlich war ich angelangt und sah eine ganz normale Tür mit vernickeltem Knauf vor mir. Ich hielt das Ohr daran – nichts zu hören. Ich drückte mit der Schulter dagegen. Die Tür blieb zu. Ich griff nach dem Knauf und zog. Wieder nichts. Interessant. Ich wischte mir den Schweiß von der Stirn und blickte mich um. Es war niemand da. Noch einmal langte ich nach dem Knauf und zog – die Tür sprang auf. Doch ob vor Schreck oder Überraschung, ich schlug das verdammte Ding gleich wieder zu. Mein Schädel war leer, nur ein Gedanke sprang darin herum wie die Erbse im Benzintank: Steck deine Nase nicht in fremde Angelegenheiten, du Idiot, und misch dich nicht ein. Man tut dir nichts, also lass auch die anderen in Ruhe. Aber da verging mir auch dieser letzte Gedanke ...

Denn direkt an der Wand neben der Tür las ich in kleinen akkuraten Buchstaben das alayische Wort »folglich«! Überhaupt stand dort ziemlich viel, sechs Zeilen, doch alles Übrige war Mathematik. Höhere Mathematik, glaube ich, denn ich erkannte nur die Plus- und Minuszeichen. Erst kamen vier Zeilen Mathematik, dann »folglich« – doppelt unterstrichen – und danach noch zwei Zeilen Formeln; diese waren dick eingerahmt, und dem, der den Rahmen gezogen hatte, war dabei die Mine abgebrochen ... In meinem armen Kopf, diesem leeren Benzintank, drängelten sich jetzt so viele Gedanken, dass ich die Tür vergaß. Ich war also nicht alleine hier, sondern es gab noch mehr Alayer? Aber wen? Und wo? Warum habe ich euch bisher nicht bemerkt? Weshalb habt ihr das geschrieben? Wolltet ihr ein Zeichen geben? Wem? Mir? Aber ich kenne mich in Mathematik nicht aus ... Oder sind diese Gleichungen nur Tarnung? Ich konnte die Gedanken nicht zu Ende führen, weil ich hörte, dass Kornej mich rief. Wie ein Verrückter stürzte ich los und schlich auf Zehenspitzen in mein Zimmer. Ich sank auf meinen Stuhl, steckte mir eine Zigarette an und schnappte mir ein Buch. Kornej rief unten noch einige Male, dann hörte ich ihn an die Tür klopfen.

Da ist er übrigens sehr korrekt: Obwohl es sein eigenes Haus ist, klopft er jedes Mal an, bevor er hereinkommt. Das gefällt mir. Wenn wir zu Gepard wollten, klopften wir auch immer an ... Im Moment allerdings war es mir egal. »Herein«, sagte ich und guckte geistesabwesend, wie einer, der so in seine Lektüre vertieft ist, dass er weder etwas sieht noch hört.

Er kam herein, blieb aber an der Tür stehen, lehnte sich an den Pfosten und blickte mich an. Seinem Gesicht war nichts anzumerken. Da tat ich, als käme ich plötzlich zu mir, und drückte die Zigarette aus. Er begann zu reden.

»Na, wie ist der Mond?«, fragte er.

Ich schwieg. Hatte nichts zu sagen. In solchen Situationen fürchte ich immer, dass er gleich loswettert, aber das macht er nie. Auch jetzt nicht.

»Gehen wir«, schlug er vor. »Ich zeige dir etwas. Und danach machen wir vielleicht noch einen Abstecher zum Mond.«

Schon wieder dieser Mond! Der hing mir allmählich zum Hals heraus …

»Zu Befehl!«, erwiderte ich. Und erkundigte mich für alle Fälle: »Soll ich mich umziehen?«

»Schwitzt du denn nicht in diesen Sachen?«, fragte er zurück.

Ich grinste nur. Konnte mich nicht beherrschen. Was für eine Frage!

»Entschuldige«, sagte er, als hätte er meine Gedanken erraten. »Komm.«

Wo er mich nun hinführte, war ich noch nie gewesen. Nein, Jungs, in diesem Haus werde ich mich nie zurechtfinden! Ich habe nicht mal geahnt, dass es hier so was gibt. Kornej drückte im Wohnzimmer gegen die Wand neben der Büchernische, und eine Tür erschien, hinter der Tür eine Treppe, die in den Keller hinunterführte. Wie sich herausstellte, hatte das Haus eine komplette unterirdische Etage zusätzlich, ebenfalls sehr luxuriös und taghell erleuchtet, doch diente sie nicht zum Wohnen. Es war eine Art Museum, ein riesengroßer Raum … Und was es dort alles zu sehen gab!

»Weißt du, Gagh«, begann er in einem merkwürdigen, wehmütigen Ton. »Früher war ich Kosmozoologe und habe das Leben auf anderen Planeten erforscht. Was war das für eine herrliche Zeit! Wie viele Welten ich gesehen habe! Und in jeder neuen Welt gab es unzählige, wundersame Geheimnisse – die gesamte Menschheitsgeschichte würde nicht ausreichen, um all diese Geheimnisse zu ergründen … Hier, schau dir das an!« Er zog mich am Ärmel in eine Ecke, wo ein sonderbares Skelett von der Größe eines Hundes über einen schwarz lackierten Ständer gespannt war. »Siehst du, es hat zwei Wirbelsäulen. Ein Tier von der Nistagma. Beim ersten Exemplar dachten wir noch, es wäre eine Missbildung. Aber dann fingen wir ein zweites, das genauso aussah, und ein drittes ... Auf der Nistagma lebt eine völlig neue Tiergattung: die Bichordata. Sie existiert nirgendwo sonst, und auch auf der Nistagma nur diese eine Art. Wie mag sie entstanden sein? Und warum?«

Und so weiter und so fort. Er schleppte mich von Skelett zu Skelett, gestikulierte, hob die Stimme – so hatte ich ihn noch nie erlebt. Er muss ein leidenschaftlicher Kosmozoologe gewesen sein! Oder besondere Erinnerungen damit verknüpfen.

Von dem, was er erzählt hat, habe ich natürlich wenig verstanden und behalten – und mir auch nicht sonderlich viel Mühe gegeben. Was habe ich damit zu schaffen? Es hat mir nur Spaß gemacht, ihn dabei zu beobachten. Aber diese Viecher ... Hundert davon hat er bestimmt. Teils sind es Skelette, teils vollständige Tiere, die in große, durchsichtige Blöcke eingeschmolzen sind (so sieht es zumindest aus; wahrscheinlich sollen sie sich so besonders gut halten), wieder andere sind nur ausgestopft, wie im Jagdhaus Seiner Hoheit, und auch einzelne Köpfe oder Pelze habe ich gesehen.

Im zweiten Saal bedeckt beispielsweise eine einzige Haut die gesamte rechte Wand. Ich tat vor Schreck einen Schritt zurück! Natternmilch! Zwanzig Meter lang und drei Meter hoch – oder sogar vier, denn ein Zipfel zog sich bis zur Decke hinauf. Und die Haut war voller Schuppen (oder Lamellen), jede davon schüsselgroß und strahlend schön wie ein Smaragd, auf dem rote Fünkchen schimmern. Der Raum wirkte, als sei er in grünes Licht getaucht. Ich war begeistert und konnte mich kaum losreißen von all dem Leuchten. Was es auf dieser Welt nicht alles gibt! Der Kopf, der zu dieser Haut gehörte, war übrigens klein wie eine Faust, Augen konnte ich nicht erkennen, und in den Mund hätte nicht einmal mein Finger gepasst. Wie dieses Tier seinen riesigen Körper ernährte, war mir unbegreiflich …

Dann bemerkte ich am Ende des Saals eine weitere Tür, die in einen dunklen Raum hineinführte. Wir traten näher, und ich erkannte: Es war gar keine Tür, sondern ein aufgerissener Rachen! Und wie groß der war! Nicht wie eine Zimmertür, sondern eher wie das Tor einer Garage. Oder eines Hangars. Tachorg nennt man dieses riesige Tier, und man fängt es auf der Pandora … Kornej lief an dem Rachen so gleichgültig vorbei, als handelte es sich um eine Schildkröte oder einen Frosch. Dabei war der Kopf so groß wie zwei Waggons, und in dem Maul hätte unsere ganze Schule Platz gehabt. Wie groß mag da erst der Körper gewesen sein. Und wie haben sie das Tier erlegt? Bestimmt mit einem Raketenwerfer …

Was es sonst noch zu sehen gab? Allerlei Vögel, ungeheure Insekten … Ein Fuß hat sich mir besonders eingeprägt: Er stand mitten im Raum, ebenfalls in dem durchsichtigen Material konserviert. Und selbstverständlich zum Fürchten! Länger als ich war er, und dürr wie ein alter Baum, mit acht Krallen, jede säbelscharf – wie man sie bei uns dem Drachen Gugu andichtet. Bemerkenswert aber war Folgendes: Außer diesem Fuß – oder, sagen wir, Schwanz – besaß kein Museum ein Körperteil von diesem Tier. Es lebt auf dem Planeten Jaila, und obwohl man seit vielen Jahren nach ihm jagt, konnte man es bislang nicht erbeuten. Es ist unempfindlich gegen Kugeln, unempfindlich gegen Gas, bricht aus jeder Falle aus, und Kadaver wurden noch nie gesichtet. Es lassen sich immer nur einzelne Körperteile finden, denn diese stößt es nach einer Verletzung einfach ab. Die Körperteile leben dann wohl noch einige Zeit weiter, scharren auf dem Boden herum oder zucken und sterben dann ab … Ja, dieser Fuß! Mit heruntergeklapptem Kiefer stand ich davor und sah dabei aus wie dieser Tachorg. Allmächtig, ja groß ist der Schöpfer ...

Wir schlenderten umher, Kornej erzählte begeistert von den Stücken, doch hatte ich die Nase allmählich voll davon und hing wieder meinen eigenen Gedanken nach. Zuerst überlegte ich, was von der Notiz im Flur zu halten war und was ich daraus schlussfolgern sollte. Dann freilich wanderten meine Gedanken doch wieder zurück zu Kornej. Warum lebte er allein? Er war doch wohlhabend und unabhängig. Wo waren seine Frau, seine Kinder? Und eine Frau gab es, das wusste ich: Das erste Mal sah ich sie im Lazarett; quer durch den ganzen Raum haben sie sich zugeblinzelt. Und dann hat sie ihn hier besucht. Das heißt, ich habe nicht bemerkt, wie sie gekommen ist, aber er hat sie danach zur Null-Kabine begleitet, das habe ich mit eigenen Augen gesehen. Nur: Richtig glücklich scheinen sie nicht zu sein. Er sagt zu ihr: »Ich warte auf dich jeden Tag, jede Stunde, immer.« Sie jedoch erwidert: »Ich hasse das, von wegen ›jeden Tag, jede Stunde ...‹« Oder so ähnlich. Hat man so was schon gehört? Weshalb ist sie dann gekommen, fragt man sich. Um den Mann in tiefste Verwirrung zu stürzen? Sie steigt in die Kabine und – frrr! – weg ist sie. Er jedoch steht da und kann einem leidtun; in seinem Gesicht spiegelt sich teils Wehmut, teils Schmerz wider, wie schon damals im Lazarett. Und jetzt weiß ich endlich, wo ich diesen Gesichtsausdruck schon gesehen habe: bei tödlich Verwundeten, wenn sie verbluten ... Nein, in seinem Privatleben hat Kornej kein Glück, das sehe sogar ich als Außenstehender. Vielleicht arbeitet er deswegen Tag und Nacht – um sich abzulenken? Wahrscheinlich ist das auch der Grund für seinen zoologischen Tick ... Ich frage mich, wann er mich wohl wieder aus diesem Keller herauslässt, oder ob wir jetzt das ganze Leben hier zubringen werden? Nein, er lässt mich nicht raus. Schon wieder fängt er an, mir etwas zu erläutern. Haben wir wenigstens die Hälfte hinter uns? Sieht so aus ...

Tja, all dieses Getier hat dort gelebt – Tausende von Lichtjahren entfernt. Ahnte nichts Böses, obwohl es natürlich auch seine Sorgen und Nöte hatte. Und dann kamen sie, steckten es in einen Sack und ab ins Museum! Zu wissenschaftlichen Zwecken! Mit uns ist es genauso: Wir leben, kämpfen, machen Geschichte, hassen unsere Feinde, schonen uns nicht – und sie schauen zu und halten schon den Sack auf. Zu wissenschaftlichen Zwecken. Oder anderen. Was macht das schon für einen Unterschied? Womöglich werden wir alle in solch einem Keller enden, und sie werden um uns herumstehen, gestikulieren und streiten: warum wir so sind, woher wir kamen und weshalb … Plötzlich schienen mir die Tiere richtig vertraut. Nicht direkt vertraut … hm … wie soll ich's ausdrücken … Man sagt doch, dass Raubtiere und Pflanzenfresser bei einem Buschbrand Seite an Seite flüchten, beinahe Freunde werden und einander helfen. Das habe ich zumindest gehört. Und so ein Gefühl stieg auch in mir auf …
Doch ausgerechnet in dem Moment entdeckte ich das Skelett.

Es stand in der Ecke, ganz bescheiden, ohne besondere Beleuchtung und ziemlich klein, auf jeden Fall kleiner als ich. Ein Menschenskelett! Schädel, Arme, Beine … Ich weiß ja wohl, wie menschliche Skelette aussehen! Schön, der Brustkorb war etwas breit, die Hände hatten eine Art Haut zwischen den Fingern, und die Beine schienen mir leicht gekrümmt. Aber trotzdem war das ein Mensch.

Sicher war meinem Gesicht etwas anzumerken, denn Kornej blieb plötzlich stehen, sah mich an, dann das Skelett, dann wieder mich.

»Was ist?«, fragte er. »Verstehst du etwas nicht?«

Ich schwieg, starrte das Gerippe an und bemühte mich, nicht zu Kornej zu schauen. Genau so etwas hatte ich erwartet!

Kornej aber sagte ganz ruhig: »Tja, das ist der berühmte Pseudohomo, auch ein bedeutendes Rätsel der Natur. Hast du schon etwas über ihn gelesen?«

»Nein«, antwortete ich und dachte: Jetzt wird er mir alles erklären. Sehr gut wird er es mir erklären – aber soll ich ihm glauben?

»Eine erstaunliche Geschichte«, fuhr Kornej fort. »Und in gewisser Hinsicht auch tragisch. Weißt du, eigentlich hätten diese Wesen vernunftbegabt sein müssen, jedenfalls nach allen uns bekannten Gesetzmäßigkeiten.« Er zuckte mit den Schultern. »Aber sie waren es nicht. Das Skelett ist nicht sehr aussagekräftig, ich zeige dir nachher Fotos. Zum Fürchten! Im vorigen Jahrhundert hat eine Gruppe von Wissenschaftlern die Pseudohominiden entdeckt, auf der Magora. Lange versuchten sie, Kontakt zu ihnen aufzunehmen, beobachteten sie in ihrer natürlichen Umwelt, stellten Untersuchungen an und kamen zu dem Schluss, dass es sich um Tiere handelte. Irgendwie paradox, aber eine Tatsache: Es waren Tiere. Dementsprechend wurden sie behandelt. Man hielt sie in Menagerien, tötete sie, wenn notwendig, sezierte und präparierte sie, übernahm Skelette und Schädel in Sammlungen. Die Sachlage war in wissenschaftlicher Hinsicht einmalig: Das Tier hätte ein Mensch sein müssen, war es aber nicht … Und dann, ein paar Jahre später, fanden sich Anzeichen für eine überaus mächtige Zivilisation auf der Magora. Eine, die weder der irdischen noch der euren in irgendeiner Weise gleicht – etwas nie Dagewesenes, vollkommen Fantastisches, aber zweifelsohne eine Zivilisation. Kannst du dir vorstellen, wie furchtbar das war? Ein Entdecker verlor den Verstand, ein anderer erschoss sich … Erst nach weiteren zwanzig Jahren gewann man Klarheit: Es gibt auf dem Planeten tatsächlich Vernunft, allerdings eine nichtmenschliche. Sie ist sowohl uns als auch euch oder den Leonidanern so unähnlich, dass die Wissenschaft die Möglichkeit eines solchen Phänomens gar nicht in Betracht gezogen hatte … Es war wirklich eine Tragödie …« Plötzlich schien Kornej das Interesse an dem Thema zu verlieren und strebte zur Tür, als hätte er mich vergessen. Auf der Schwelle blieb er stehen und sagte mit einem Blick auf das Skelett: »Inzwischen vertritt man die Hypothese, es handele sich hierbei um künstliche Wesen. Verstehst du? Man glaubt, die Magoraner hätten sie selbst geschaffen, modelliert oder Ähnliches. Aber wozu? Bis jetzt haben wir noch keine gemeinsame Sprache mit ihnen finden können ...« Hier blickte er mich an, klopfte mir auf die Schulter und murmelte: »So sieht's aus, Heldenkamerad. Ja, ja, diese Kosmozoologie ...«

Ich weiß nicht, ob er mir die Wahrheit gesagt oder alles nur erfunden hatte, um mir das Gehirn zu vernebeln. Die Lust aber, mir mit ausladenden Gesten die verschiedensten Naturrätsel zu schildern, war ihm offensichtlich vergangen. Wir verließen das Museum. Er schwieg, ich auch, und in meinem Inneren ging es drunter und drüber ... Wir gingen in sein Arbeitszimmer hinauf, er setzte sich in den Sessel vor die Monitore, griff sich ein Glas mit seiner Lieblingslimonade aus der Luft, zog am Strohhalm und schien durch mich hindurchzublicken. Abgesehen von den Monitoren und enorm vielen Büchern war sein Arbeitszimmer vollkommen leer. Nicht mal einen Tisch hatte er; ich begreife bis heute nicht, wie er es zum Beispiel anstellte, seine Unterschrift auf ein Papier zu setzen. Ebenso wenig gab es in seinem Zimmer Bilder, Fotos oder Dekoration. Dabei war er reich und hätte es sich leisten können. Ich an seiner Stelle würde, wenn ich nicht genug Geld hätte, die Smaragdhaut verkaufen und mir dafür Dienstboten anschaffen, überall Skulpturen aufstellen und Teppiche aufhängen ... Wer hat, der hat. Aber was soll man von ihm erwarten, er ist eben Junggeselle. Vielleicht steht es ihm vom Dienstrang her auch nicht zu, großen Aufwand zu treiben? Was weiß ich denn über seine Funktion? Nichts. Gerade, dass er ein Museum im Keller hat ...

»Gagh«, sagte er. »Du hast gewiss Heimweh und bist ein wenig traurig hier, oder?«

Seine Frage überraschte mich. Weiß der Teufel, welche Antwort man von mir darauf erwartete. Und überhaupt – ich wusste nicht, ob ich traurig war. Beklommen war mir. Auch unbehaglich. Ich fand keine Ruhe. Aber traurig …? Ist einer traurig, der im Schützengraben unter Beschuss liegt? Ihm bleibt doch gar keine Zeit, traurig zu sein. Und genauso hatte auch ich vorerst keine Zeit dazu.

»Bestimmt nicht«, sagte ich. »Ich begreife ja meine Lage.«
»Und wie begreifst du sie?«
»Sie können ganz und gar über mich verfügen.«
Er schmunzelte. »Über dich verfügen … Na, lassen wir das. Wie du bemerkt hast, kann ich mich dir nicht immer widmen, und du bist daran wohl auch nicht sonderlich interessiert. Hältst so viel Distanz wie möglich …«
»Aber nein«, widersprach ich höflich. »Ich werde nie vergessen, dass Sie mir das Leben gerettet haben.«
»Das Leben gerettet? Hm … Bis zur Rettung ist es noch weit … Möchtest du mal eine ungewöhnliche Person kennenlernen?«
Mein Herz klopfte. »Wie Sie befehlen«, murmelte ich.
Er überlegte kurz.
»Ja, ich werde es wohl befehlen«, sagte er und stand auf. »Ich glaube, das wird uns helfen.«
Mit dieser mir unverständlichen Bemerkung ging er zur Wand gegenüber, hantierte daran herum, und die Wand tat sich auf. Ich warf einen Blick dorthin und fuhr zurück. Dass sich die Wände hier augenblicklich öffnen und schließen, war mir nicht neu, es langweilte mich fast schon. Aber ich hatte erwartet, er würde mich mit dem Mathematiker bekannt machen. Stattdessen aber stand dort – Natternmilch! – ein Riesenkerl: zweieinhalb Meter groß, breite Schultern und lange Arme. Er hatte keinen Hals und seine Visage war von einem Visier verdeckt, das aus einem engmaschigen glanzlosen Gitter bestand; zu beiden Seiten des gewaltigen Schädels

ragten Ohren hervor, die aussahen wie Scheinwerfer. Ehrlich: Hätte ich nicht in der Uniform gesteckt, ich wäre Hals über Kopf davongerannt. Und sogar mit Uniform wäre ich geflüchtet, aber meine Beine versagten mir den Dienst. Und da tönte dieser Koloss auch noch in vollem Bass: »Sei gegrüßt, Kornej.«

»Grüß dich, Dramba«, sagte Kornej zu ihm. »Komm heraus.«

Der Kerl trat hervor. Und wieder hatte ich etwas Falsches erwartet: nämlich dass von seinen Schritten das ganze Haus erzittern würde. Er war schließlich ein Ungeheuer, ein Riese. Er aber ging, als schwebte er durch die Luft. Kein Geräusch war zu hören; eben noch hatte er in der Nische gestanden, und jetzt war er schon mitten im Zimmer und richtete seine Scheinwerferohren auf mich. Ich spürte die Wand hinter meinem Rücken; mir war klar, dass ich nicht weiter zurückweichen konnte. Und Kornej, dieser Irre, lachte bloß und rief: »Hab keine Angst, Sturmkater! Das ist ein Roboter. Nur eine Maschine!«

Besten Dank auch, denke ich. Wirklich sehr beruhigend, dass es nur eine Maschine ist.

»Solche werden jetzt nicht mehr hergestellt«, fuhr Kornej fort; dabei strich er dem Riesen über den Ellbogen und pustete irgendwelche Stäubchen ab. »Aber mein Vater ist noch mit ihnen auf der Jaila und auf der Pandora gewesen. Erinnerst du dich an die Pandora, Dramba?«

»Ich erinnere mich an alles, Kornej«, dröhnte der Riese.

»Dann stelle ich euch mal einander vor«, sagte Kornej. »Das ist Gagh, ein Junge aus der Hölle. Er ist neu auf der Erde und kennt hier noch nichts. Dramba, du unterstehst ab sofort seinem Befehl.«

»Ich erwarte Ihre Anordnungen, Gagh«, brummte der Roboter und hob wie zur Begrüßung seine riesige Pranke bis an die Decke.

Die Geschichte nahm also ein gutes Ende ... Tief in der Nacht jedoch, als das ganze Haus schlief, schlich ich zu dem

Flur im Keller und kritzelte unter die mathematischen Formeln: »Wer bist du, Freund?«

4

Als sie die alte, gottverlassene Straße erreichten, stand die Sonne schon hoch über der Steppe. Der Tau war getrocknet, und das kurze harte Gras raschelte und knisterte unter ihren Füßen. Myriaden von Heuschrecken zirpten ringsum, die erhitzte Erde roch scharf und bitter.

Es war eine sonderbare Straße. Sie entsprang dem blau verschleierten Horizont, zerschnitt die Erde schnurgerade in zwei Hälften und verlor sich wieder im blau verschleierten Horizont – dort, wo tags wie nachts, weit in der Ferne etwas sehr Großes undeutlich aufflammte, flimmerte, sich regte, aufblähte und wieder verging. Die Straße war breit und schimmerte matt in der Sonne; sie schien wie ein dicker, massiver Streifen aus festem, doch flexiblem Material auf der Steppe zu liegen, mehrere Zentimeter stark und abgerundet an den Rändern. Gagh trat darauf, hüpfte ein paarmal leicht auf der Stelle und wunderte sich über ihre Elastizität. Das war weder Beton noch sonnenerhitzter Asphalt, eher eine Art festen Gummis. Anders als die stickige Schwüle heißen Asphalts verbreitete dieser Straßenbelag Kühle. Auf der Oberfläche fanden sich keinerlei Spuren, nicht einmal Staub lag darauf. Gagh bückte sich und strich mit der Hand über die ebene, fast glatte Oberfläche. Seine Finger blieben sauber.

»Sie ist stark eingetrocknet in den letzten achtzig Jahren«, tönte Dramba. »Als ich sie das letzte Mal sah, war sie über zwanzig Meter breit und bewegte sich noch.«

Gagh sprang zurück auf die Erde.

»Sie hat sich bewegt? Wie – bewegt?«

»Das war eine Gleitstraße. Früher gab es viele solcher Straßen, rund um den Erdball. Sie glitten dahin – an den Rändern langsam und in der Mitte sehr schnell.«

»Hattet ihr denn keine Autos?«, fragte Gagh.

»Doch. Ich kann Ihnen nicht genau sagen, warum die Menschen anfingen, solche Gleitstraßen zu bauen. Ich habe nur indirekte Informationen. Es hing wohl mit der Reinigung der Umwelt zusammen. Die Gleitstraßen entzogen der Atmosphäre, dem Wasser und der Erde alle Schadstoffe und reinigten sie.«

»Und warum bewegt sie sich jetzt nicht?«, fragte Gagh. »Kannst du sie nicht einschalten?«

»Nein. Die Straßen wurden von speziellen Zentralen gesteuert, und die nächste ist ziemlich weit entfernt von hier. Aber wahrscheinlich existieren die Zentralen gar nicht mehr, weil man sie heute nicht mehr braucht. Alles hat sich sehr verändert. Früher drängten sich auf dieser Straße Trauben von Menschen. Jetzt ist keiner mehr da. Früher nutzte man den Himmel in mehreren Ebenen; Schwärme von Fliegern waren unterwegs. Jetzt ist der Himmel leer. Früher stand zu beiden Seiten der Straße Weizen, so hoch wie ich. Jetzt ist hier Steppe.«

Gagh lauschte mit halboffenem Mund.

»Früher nahmen meine Rezeptoren in jeder Sekunde Hunderte von Radioimpulsen auf«, fuhr Dramba mit monotoner Stimme fort. »Jetzt spüre ich nichts außer atmosphärischen Entladungen. Anfangs vermutete ich, ich sei krank. Aber jetzt weiß ich: Ich bin noch derselbe. Es ist die Welt, die sich geändert hat.«

»Vielleicht ist die Welt krank?«, fragte Gagh lebhaft.

»Das verstehe ich nicht«, erwiderte Dramba.

Gagh wandte sich ab und blickte zum Horizont, wo es flimmerte und waberte. Tja, dachte er finster. Schön wär's, aber die werden ja nicht krank!

»Und was ist das da?«, fragte er.

»Dort liegt Antonow«, antwortete Dramba. »Eine Stadt. Vor achtzig Jahren konnte man sie von hier aus nicht sehen. Es war eine Agrarstadt.«

»Und heute?«

»Ich weiß nicht. Ich frage schon fortwährend das Informatorium, aber mir antwortet niemand.«

Gagh blickte zu dem rätselhaften Flimmern hinüber. Plötzlich stieg am Horizont etwas empor, das aussah wie ein gigantisches dreieckiges Segel, fast genauso graublau wie der Himmel, nur etwas dunkler. Langsam und majestätisch beschrieb es einen Kreis, als wandere ein Uhrzeiger über das Zifferblatt, und verschwand wieder – aufgelöst in einer Nebelwolke. Gagh hielt den Atem an.

»Hast du das gesehen?«, fragte er flüsternd.

»Ja«, sagte Dramba niedergeschlagen. »Ich weiß nicht, was das ist. Früher gab es so etwas nicht.«

Gaghs Schultern zitterten leicht. »Großen Nutzen hat man von dir … Aber was soll's, gehen wir nach Hause.«

»Sie wollten das Raketodrom besuchen«, erinnerte Dramba.

»Herr!«, sagte Gagh scharf.

»Ich verstehe nicht …«

»Füge gefälligst ›Herr‹ hinzu, wenn du mit mir sprichst.«

»Verstanden, Herr.«

Einige Zeit gingen sie schweigend nebeneinander her. Wie getrocknete Spritzer sprangen die Grashüpfer vor ihren Füßen umher. Ab und zu sah Gagh aus den Augenwinkeln zu dem stillen Riesen hinüber, der gleichmäßig neben ihm her schaukelte. Plötzlich bemerkte er, dass der Roboter, wie auch vorhin die Straße, von einer eigenen Atmosphäre umgeben war, die sich frisch und kühl anfühlte. Dramba bestand aus ähnlichem Material: Er war ebenfalls fest und elastisch zugleich; seine Hände, die aus den Ärmeln des blauen Overalls herausragten, schimmerten matt. Und noch etwas wurde

Gagh klar: Dramba hielt sich stets zwischen ihm und der Sonne.

»Erzähl noch ein wenig von dir!«, befahl er.

Dramba wiederholte, er sei der Androidenroboter Nummer Sowieso aus der Experimentalserie der Expeditionsroboter, entwickelt dann und dann (etwa vor hundert Jahren; er war ganz schön alt ...), hergestellt dann und dann. Eingesetzt gewesen sei er bei den und den Expeditionen, habe auf der Jaila eine schlimme Havarie erlitten und sei teilweise zerstört worden; dann und dann habe man ihn zwar rekonstruiert und modernisiert, doch an Expeditionen habe er danach nicht mehr teilgenommen ...

»Beim vorigen Mal hast du gesagt, du hättest fünf Jahre in einem Museum gestanden«, unterbrach ihn Gagh.

»Sechs Jahre, Herr. Im Museum für Entdeckungsgeschichte in Lübeck.«

»Meinetwegen«, nuschelte Gagh. »Und danach hast du achtzig Jahre in Kornejs Nische gesteckt ...«

»Neunundsiebzig Jahre, Herr.«

»Gut, gut, du brauchst mich nicht zu berichtigen ...« Gagh schwieg einen Moment. »Dort war es doch sicher langweilig?«

»Ich weiß nicht, was ›langweilig‹ bedeutet, Herr.«

»Was hast du denn dort gemacht?«

»Ich habe dagestanden und auf Befehle gewartet, Herr.«

»Soso, Befehle ... Aber du bist doch sicher froh, dass man dich jetzt herausgelassen hat?«

»Ich verstehe die Frage nicht, Herr.«

»Dummkopf ... Übrigens interessiert das auch niemanden. Sag mir lieber Folgendes: Worin unterscheidest du dich von einem Menschen?«

»In allem, Herr. In der chemischen Zusammensetzung, im Steuerungs- und Kontrollsystem, in meiner Funktion ...«

»Und was ist deine Funktion, du Dummkopf?«

»Alle Befehle auszuführen, die ich ausführen kann.«

»Oho ... Und was ist die Funktion von Menschen?«

»Sie haben keine, Herr.«

»Bist ein Dummkopf, Junge. Ein Hinterwäldler. Und was würdest du von richtigen Menschen begreifen ...«

»Ich verstehe die Frage nicht, Herr.«

»Ich frage doch noch gar nichts.«

Dramba schwieg.

Sie marschierten durch die Steppe und kamen immer weiter vom Weg nach Hause ab, weil Gagh plötzlich sehen wollte, was für ein Bauwerk sich auf dem kleinen Hügel rechts von ihnen befand. Die Sonne stand schon hoch, über der Steppe flimmerte glühend heiße Luft, und der beißende, stickige Geruch nach Gras und Erde wurde immer stärker.

»Du bist also bereit, jeden meiner Befehle auszuführen?«, wollte Gagh wissen.

»Ja, Herr. Soweit es in meinen Kräften liegt.«

»Gut ... Und was passiert, wenn ich dir etwas befehle und jemand anderer etwas Gegensätzliches?«

»Wer erteilt das zweite Kommando?«

»Hm ... Ist doch egal, wer.«

»Das ist nicht egal, Herr.«

»Na, zum Beispiel Kornej ...«

»Dann führe ich Kornejs Befehl aus, Herr.«

Gagh schwieg einige Zeit. Blödmann, dachte er. Lump!

»Und warum?«, fragte er schließlich.

»Kornej ist älter, Herr. Sein Index bezüglich der sozialen Relevanz ist wesentlich höher.«

»Was für ein Index?«

»Er trägt mehr Verantwortung gegenüber der Gesellschaft.«

»Woher weißt du das denn?«

»Er hat ein sehr viel höheres Informationsniveau.«

»Na und?«

»Je höher das Informationsniveau, desto mehr Verantwortung trägt jemand.«

Geschickt sind sie, dachte Gagh. Man kann ihnen nichts anhaben. Alles ist logisch und richtig. Ich komme mir wie ein kleines Kind vor. Aber wir werden sehen, wir werden sehen ...

»Ja, Kornej ist ein großer Mann«, sagte er. »Ich kann ihm natürlich nicht das Wasser reichen. Er sieht und weiß alles. Da schlendern wir beide und schwatzen, und er hört wahrscheinlich jedes Wort. Und wenn mal ein falsches fällt, können wir zwei was erleben ...«

Dramba reagierte nicht. Weiß der Teufel, dachte Gagh, was in seinem Ohrenschädel vorgeht. Hat sozusagen weder Mund noch Augen. Und die Stimme klingt immer gleich ...

»Habe ich recht?«

»Nein, Herr.«

»Warum nicht? Meinst du, Kornej könnte irgendetwas nicht wissen?«

»Ja, Herr. Er stellt mir Fragen.«

»Jetzt auch?«

»Nein, Herr. Jetzt habe ich keine Verbindung zu ihm.«

»Dann hört er also nicht, was du sagst, meinst du? Oder was ich sage? Er hört sogar unsere Gedanken, wenn du es genau wissen willst! Nicht nur unsere Gespräche ...«

»Ich habe Sie verstanden, Herr.«

Gagh sah Dramba hasserfüllt an. »Was hast du verstanden, du Blödmann?«

»Ich habe verstanden, dass Kornej über eine Apparatur zum Lesen von Gedanken verfügt.«

»Wer hat dir das erzählt?«

»Sie, Herr.«

Gagh blieb stehen und spuckte auf die Erde. Auch Dramba machte sofort halt. Kräftig eins zwischen die Ohren müsste man ihm geben, dachte Gagh, aber da reiche ich ja nicht hin.

So ein Trottel! Oder tut er nur so? Ruhig, Kater, ruhig. Bewahre einen kühlen Kopf, beherrsche dich. »Und bevor ich das gesagt habe, hast du es nicht gewusst?«

»Nein, Herr. Ich habe von der Existenz einer solchen Apparatur nichts gewusst.«

»Dann willst du Stachelschwein also behaupten, dass ein so bedeutender Mann wie Kornej uns jetzt weder sieht noch hört?«

»Ich bitte zu präzisieren: Gibt es diese Apparatur zum Gedankenlesen, oder nicht?«

»Woher soll ich das wissen? Man braucht sie eigentlich nicht. Du kannst doch Bild und Ton übermitteln ...«

»Ja, Herr.«

»Übermittelst du es?«

»Nein, Herr.«

»Warum nicht?«

»Ich habe dazu keinen Befehl, Herr.«

»So, du hast also keinen Befehl«, murmelte Gagh. »He, was bleibst du stehen? Gehen wir!«

Einige Zeit gingen sie wieder schweigend nebeneinander. Dann sagte Gagh: »Hör mal, wer ist Kornej eigentlich?«

»Ich verstehe die Frage nicht, Herr.«

»Na ... was hat er für einen Posten? Was arbeitet er?«

»Das weiß ich nicht, Herr.«

Gagh blieb wieder stehen. »Wieso weißt du das nicht?«

»Ich habe dazu keine Information.«

»Aber er ist dein Herr! Weißt du nicht, wer dein Herr ist?«

»Doch.«

»Und wer?«

»Kornej.«

Gagh biss die Zähne zusammen. »Das klingt alles sehr merkwürdig, Dramba, mein Freund«, sagte er einschmeichelnd. »Kornej ist dein Herr, du lebst achtzig Jahre in seinem Haus, und du weißt nichts über ihn?«

»Das trifft nicht zu. Mein erster Herr war Jan, Kornejs Vater. Jan hat mich an Kornej weitergegeben. Das war vor dreißig Jahren, als Jan umzog und Kornej dort, wo Jans Lager gestanden hatte, ein Haus baute. Seit dieser Zeit ist Kornej mein Herr, aber ich habe nie mit ihm gearbeitet und weiß deshalb auch nicht, womit er sich befasst.«

»Aha«, knurrte Gagh und ging weiter. »Das heißt also, du weißt gar nichts über ihn?«

»Das trifft nicht zu. Ich weiß sehr viel über ihn.«

»Erzähle darüber«, befahl Gagh.

»Kornej Janowitsch. Größe: ein Meter zweiundneunzig, Gewicht nach indirekten Angaben: circa neunzig Kilogramm, Alter nach indirekten Angaben: circa sechzig Jahre, Index der sozialen Relevanz nach indirekten Angaben: circa null neun ...«

»Augenblick mal«, unterbrach ihn Gagh. »Was leierst du lauter unwichtiges Zeug herunter? Bleib bei der Sache!«

»Ich verstehe den Befehl nicht«, erwiderte Dramba prompt.

»Na, zum Beispiel, ob er verheiratet ist, was er für einen Abschluss gemacht hat, ob Kinder da sind ... Klar?«

»Daten über Kornejs Frau besitze ich nicht. Über seine Bildung auch nicht.« Der Roboter machte eine Pause. »Ich habe eine Information über seinen Sohn: Andrej, circa fünfundzwanzig Jahre alt.«

»Über die Frau weißt du nichts, und über den Sohn weißt du etwas?«

»Ja, Herr. Vor elf Jahren erhielt ich den Befehl, einem Halbwüchsigen zur Verfügung zu stehen, der etwa vierzehn Jahre alt war und den Kornej ›Sohn‹ oder ›Andrej‹ nannte. Er verfügte vier Stunden über mich.«

»Und danach?«

»Ich verstehe die Frage nicht, Herr.«

»Hast du ihn später noch einmal gesehen?«

»Nein, Herr.«

»Verstehe«, murmelte Gagh nachdenklich. »Und was habt ihr in diesen vier Stunden gemacht?«

»Wir haben uns unterhalten. Andrej hat sich nach Kornej erkundigt.«

»Und was hast du ihm gesagt?«

»Alles, was ich wusste. Größe, Gewicht ... Dann hat er mich unterbrochen und verlangt, dass ich ihm von Jans Tätigkeit auf anderen Planeten erzähle.«

Aha, so war das also ... Doch das betraf uns nicht. Dramba ist einfach ein Dummkopf! Ihn nach dem Haus zu fragen, hätte gar keinen Zweck, er weiß mit Sicherheit nichts. Hat all meine Pläne durchkreuzt, diese Null ... Warum hat Kornej ihn mir untergeschoben? Oder irre ich mich da? Dieser Teufel, wie soll ich ihn nur prüfen? Keinen Schritt kann ich machen, wenn ich ihn nicht überprüft habe.

»Ich erinnere Sie daran«, ließ sich Dramba vernehmen, »dass Sie vorhatten, nach Hause zu gehen.«

»Das hatte ich vor. Und?«

»Wir weichen immer mehr vom optimalen Kurs ab, Herr.«

»Du bist hier nicht gefragt«, sagte Gagh. »Ich möchte mir anschauen, was dort auf dem Hügel ist.«

»Ein Obelisk, Herr. Ein Denkmal auf einem Massengrab.«

»Für wen?«

»Für die Helden des letzten Krieges. Vor hundert Jahren haben Archäologen auf diesem Hügel das Massengrab entdeckt.«

Das sehen wir uns an, dachte Gagh und beschleunigte seine Schritte. Ein dreister, sogar abstoßender Gedanke war ihm gekommen. Riskant, dachte er. Den Kopf werden sie mir abreißen! Doch nein, wofür? Woher soll ich's denn besser wissen? Ich bin neu hier, weiß nichts, verstehe nichts ... Es wird sowieso nicht klappen. Aber wenn es klappt ... Wenn es klappt, kann ich mir sicher sein. Gut, versuchen wir's.

Der Hügel war nicht sehr hoch, an die zwanzig, fünfundzwanzig Meter, und noch einmal so hoch ragte darüber ein Granitstein auf, von einer Seite spiegelglatt poliert, von allen anderen grob behauen. Auf der polierten Seite fand sich eine eingemeißelte Inschrift mit altertümlichen Buchstaben, die Gagh nicht kannte. Er lief einmal um den Obelisken herum, kehrte zurück in den Schatten und setzte sich.

»Soldat Dramba!«, rief er leise.

Der Roboter drehte ihm seinen Ohrenkopf zu.

»Wenn ich sage: ›Soldat Dramba‹«, belehrte ihn Gagh, noch immer leise, »hast du zu antworten: ›Zu Befehl, Herr Korporal.‹«

»Verstanden, Herr.«

»Nicht ›Herr‹, sondern ›Herr Korporal!‹«, brüllte Gagh und sprang auf die Füße. »Herr Korporal! Ist das klar? Dorftrottel!«

»Verstanden, Herr Korporal.«

»Nicht ›verstanden‹, sondern ›jawohl!‹«

»Jawohl, Herr Korporal.«

Gagh trat ganz dicht an ihn heran, stemmte die Arme in die Hüften und musterte von unten herauf das undurchdringliche Gitter des Visiers. »Aus dir mache ich einen Soldaten, Freundchen«, sagte er mit zuckersüßer Stimme, doch schwang darin ein gemeiner Unterton mit. »Wie stehst du denn da, du Penner? Stillgestanden!«

»Ich verstehe nicht, Herr Korporal«, tönte Dramba monoton.

»Beim Kommando ›Stillgestanden!‹ hat man die Hacken zusammenzuziehen und die Fußspitzen nach außen zu drehen, wobei man die Brust möglichst weit herausstreckt, die Handflächen an die Schenkel legt und die Ellenbogen strafft ... So etwa. Ja, nicht schlecht ... Rühren, Soldat Dramba! Beim Kommando ›Rühren!‹ musst du einen Fuß nach vorn stellen und die Hände auf dem Rücken verschränken. So. Aber deine

Ohren gefallen mir nicht. Kannst du sie auch hängen lassen?«

»Ich verstehe nicht, Herr Korporal.«

»Kannst du die Dinger, die dort herausragen, senken, wenn ich ›Rühren!‹ sage?«

»Jawohl, Herr Korporal. Aber dann sehe ich schlechter.«

»Das macht nichts, wirst es aushalten ... Also los, versuchen wir's ... Soldat Dramba, stillgestanden! Rühren! Stillgestanden! Rühren ...«

Gagh kehrte in den Schatten des Denkmals zurück und setzte sich wieder. Ja, einen Zug solcher Soldaten müsste man haben! Dieser Kerl schafft das auf Anhieb. Gagh stellte sich dreißig Drambas in der Stellung bei jenem Dörfchen vor ... Er fuhr sich mit der Zunge über die trockenen Lippen und dachte: Ja, so einen Teufel kriegst du nicht einmal mit Raketen klein. Nur eins weiß ich immer noch nicht: Denkt dieser Blödmann, oder denkt er nicht?

»Soldat Dramba!«, raunzte er.

»Zu Befehl, Herr Korporal.«

»Woran denkst du, Soldat Dramba?«

»Ich warte auf Befehle, Herr Korporal.«

»Mordskerl! Rühren!«

Gagh wischte sich mit einem Finger die Schweißtröpfchen über seiner Oberlippe ab und schnarrte: »Ab sofort bist du Soldat Seiner Hoheit, des Herzogs von Alay. Ich bin dein Kommandeur. Meine Befehle sind für dich Gesetz. Keine Diskussionen, keine Fragen, kein Geschwätz! Du hast die Pflicht, begeistert dem glücklichen Moment entgegenzufiebern, da du zum Ruhm Seiner Hoheit dein Leben opfern darfst ...«

Der Dummkopf versteht sicher nur die Hälfte. Na, und wenn schon – Hauptsache, man trichterte ihm das Wesentliche ein und trieb ihm seine Dummheit aus. Ob er was begriff oder nicht, war zweitrangig.

»Alles, was man dir früher beigebracht hat, vergisst du! Ich bin dein Lehrer, dein Vater und deine Mutter. Nur meine Befehle zählen, nur meine Worte sind für dich Befehl! Worüber ich mit dir spreche und was ich dir befehle, ist ein Militärgeheimnis. Was ein Geheimnis ist, weißt du?«

»Nein, Herr Korporal.«

»Hm ... Ein Geheimnis ist das, was nur ich und du wissen dürfen. Und, selbstverständlich, Seine Hoheit.«

Jetzt habe ich wohl überzogen, dachte Gagh. Ist noch zu früh; er hat doch von nichts eine Ahnung. Na, warten wir's ab. Zuerst muss ich ihn ein bisschen triezen. Soll mal anständig schwitzen, der Faulpelz. »Stillgestanden!«, kommandierte er. »Soldat Dramba, dreißig Runden um den Hügel! Im Laufschritt – marsch!«

Und der Soldat Dramba lief los. Sonderbar lief er, sehr leicht, weder nach Vorschrift noch überhaupt wie ein Mensch, in gewaltigen Sätzen; er flog mehr, als er lief, verharrte jedes Mal lange in der Luft und hielt wie zuvor die Hände an die Schenkel gepresst. Mit halb geöffnetem Mund starrte Gagh ihm nach. Donnerwetter! Es war wie im Traum. Eine völlig geräuschlose Bewegung, halb Lauf, halb Flug, ohne Stampfen oder Keuchen. Er stolperte kein einziges Mal, dabei gab es dort überall Erdhaufen, Steine, Löcher ... Man hätte ihm eine Schüssel voll Wasser auf den Kopf stellen können – er hätte keinen Tropfen verschüttet! Was für ein Soldat! Nein, Jungs, was für ein Soldat!

»Schneller!«, brüllte Gagh. »Beweg dich! Los, du Kakerlake!«

Dramba wechselte die Gangart, und plötzlich waren seine Beine verschwunden. Gagh blinzelte: Unter Drambas kerzengeradem Rumpf konnte er nur noch ein unklares Flimmern ausmachen, wie das eines Propellers bei hoher Umdrehungszahl. Die Erde hielt dem nicht stand, wurde sichtlich dunkler, eine Furche grub sich ein, und ein Ton war zu hören: das sirrende Pfeifen durchschnittener Luft, begleitet vom Prasseln der wegspritzenden Erde. Gagh konnte den Kopf kaum so schnell wenden, wie Dramba lief. Und plötzlich war alles vorbei; Dramba stand wieder vor ihm – stramm, reglos, riesig. Kühle ging von ihm aus, als wäre er nie gelaufen.

Tja, dachte Gagh, so einen bringst du nicht ins Schwitzen. Aber habe ich ihn wenigstens zur Vernunft gebracht? Riskieren wir es. Er blickte zum Obelisken hinüber. Ja, es ist eine Gemeinheit, schließlich liegen da Soldaten ... Helden. Wofür und gegen wen sie gekämpft haben, das habe ich nicht verstanden, aber *wie* sie gekämpft haben – das habe ich gesehen. Gebe Gott, dass wir alle so kämpfen werden, wenn unser letztes Stündlein geschlagen hat. Nicht umsonst hat mir Kornej die Filme gezeigt. Nicht umsonst ... Abergläubische Furcht stieg in Gagh auf. Sollte der schlaue Kornej wirklich auch dies vorhergesehen haben? Aber nein, Unsinn, das ist unmöglich. Er ist ja nun nicht Gott ... Er wollte mir wohl einfach eine Vorstellung davon geben, mit wessen Nachfahren ich es zu tun habe ... Hier liegen sie. So viele Jahrhunderte schon, und keiner hat ihre Ruhe gestört. Wären sie noch am Leben – sie ließen es nicht zu, würden mich davonjagen ... Und wenn es Rattenfresser sind? Trotzdem ist es abscheulich ... Nein, Rattenfresser sind Feiglinge, Stinktiere. Die hier dagegen waren Soldaten, das habe ich mit eigenen Augen gesehen! Furchtbar, mir ist sogar übel ... Wenn Gepard jetzt neben mir stünde und ich ihm von meinem Plan erzählen könnte, was würde er sagen? Keine Ahnung. Ich weiß nur, dass ihm das auch auf den Magen schlagen würde. Jedem, der ein Mensch ist, würde das auf den Magen schlagen. Aber was schlägt einem Soldaten nicht alles auf den Magen ... Die Gedärme von der Straße zu kratzen, ist doch genauso schlimm. Nein, Kater, die Gedärme – das ist was anderes. Hier geht es um ein Symbol! Um die Ehre!

Gagh sah Dramba an. Der Roboter stand noch immer in Habtachtstellung und bewegte gleichmütig seine Ohrenaugen. Was bleibt mir denn anderes übrig? Die Idee ist richtig. Gemein ist sie auch, das bestreite ich nicht. Und heikel. Einem anderen würde ich zu anderer Zeit dafür aufs Maul schlagen. Aber ich muss es tun. So eine Gelegenheit bietet sich vielleicht nie wieder. Auf einen Schlag kann ich alles überprüfen, sowohl diesen Dummkopf, als auch ob ich beobachtet werde. Es muss ja gerade gemein sein! Denn da hält sich keiner zurück und fällt mir sofort in den Arm – sofern er kann. Und jetzt Schluss mit dem Flennen! Ich tu's ja nicht zu meinem Vergnügen. Ich bin kein Parasit, sondern Soldat und erfülle meine soldatische Pflicht, so gut es geht. Verzeiht mir, Heldenkameraden. Verzeiht mir, wenn ihr könnt.

»Soldat Dramba!«, rief er mit schnarrender Stimme.

»Zu Befehl, Herr Korporal.«

»Ein Befehl! Diesen Stein umstürzen. Los!«

Gagh sprang zur Seite, ohne die Beine unter sich zu spüren. Wäre da ein Schützengraben gewesen, er wäre hineingefallen.

»Los!«, kreischte er. Seine Stimme überschlug sich.

Als Gagh seine zusammengekniffenen Augen wieder öffnete, stand Dramba schon gebückt vor dem Obelisken. Seine gewaltigen Pranken glitten über den Granit hinab zur ausgetrockneten Erde und gruben sich hinein. Die mächtigen Schultern gerieten in Bewegung. Es dauerte nur eine Sekunde, dann erstarrte der Koloss. Gagh bemerkte entsetzt, dass Drambas gigantische Beine anschwollen, immer kürzer wurden und sich in dicke, unten abgeflachte Sockel verwandelten. Der Hügel bebte. Man hörte ein durchdringendes Knirschen, und der Obelisk neigte sich kaum sichtbar zur Seite. Und da hielt Gagh es nicht mehr aus.

»Halt!«, brüllte er. »Kommando zurück!«

Er schrie noch etwas, konnte sich aber selbst nicht mehr hören, fluchte auf Russisch und auf Alayisch zugleich, obwohl es gar keinen Grund mehr gab dafür. Er begriff das, schrie aber trotzdem, und Dramba stand vor ihm stramm und wiederholte immer nur: »Zu Befehl, Herr Korporal, zu Befehl, Herr Korporal ...«

Dann kam Gagh wieder zu sich. Seine Kehle brannte, und der ganze Körper tat ihm weh. Er stolperte um den Obelisken herum, betastete mit zitternden Fingern den Granit. Alles war wie vorher; nur am Fundament, unter der Inschrift, die er nicht lesen konnte, klafften zwei tiefe Löcher. Hastig scharrte Gagh mit den Absätzen Erde in sie hinein.

5

Ich konnte die ganze Nacht nicht schlafen. Drehte und wendete mich, rauchte und lehnte aus dem Fenster, um mich abzukühlen ... Offenbar spielten nach alldem meine Nerven verrückt. Dramba stand in der Ecke und leuchtete im Dunkeln. Schließlich jagte ich ihn nach draußen, einfach so, um mich abzureagieren. Mir ging lauter Unsinn durch den Kopf, Bilder, die völlig unwichtig waren. Und dann noch diese hinterhältige Pritsche: Immer wieder versuchte sie sich in ein weiches Bett zu verwandeln wie jene, in denen hier anscheinend alle schlafen. Außerdem wollte mich das Miststück wiegen! Wie einen Säugling!

Dass ich nicht einschlafen konnte, war nicht so schlimm – ich komme drei Tage ohne Schlaf aus, ohne dass es mir etwas ausmacht. Das Schlimme war, dass ich nicht richtig denken konnte. Nichts begriff ich: Hatte ich gestern erreicht, was ich wollte, oder nicht? Konnte ich Dramba nun vertrauen?

Ich wusste es nicht. Wurde ich von Kornej kontrolliert? Auch das wusste ich nicht. Gestern nach dem Abendbrot war ich kurz in seinem Arbeitszimmer. Er saß vor seinen Bildschirmen; auf jedem war eine Visage zu sehen, mitunter auch zwei, und er sprach mit allen gleichzeitig. Wie ein Messer durchbohrte mich plötzlich ein Gedanke: Ich stellte mir vor, wie ich dort auf dem Hügel wütete, vollkommen außer mir, während er hier im Kühlen saß, die Sache auf dem Bildschirm verfolgte und sich eins kicherte. Und womöglich noch an Dramba funkte: Nur zu, reiß es nieder, ich erlaube es. Nein, ich könnte das nicht: kichernd auf dem Bildschirm mitverfolgen, wie vor meinen Augen ein Heiligtum meines Volkes geschändet wird. Nein, unmöglich! Bin schließlich kein Rattenfresser.

Aber Kornej scheint auch keiner zu sein! Ich kenne sie alle – die alayischen Rattenfresser, die Rattenfresser des Reichs, aber einen wie Kornej habe ich noch nicht getroffen. Andererseits: Was weiß ich schon über ihn? Er bettet mich weich und füttert mich, aber sonst? Nichts weiß ich ... Und wenn das sein Auftrag ist? Wenn ihm gesagt wurde: um jeden Preis ... Hm, ich weiß nicht ... Als ich zurückkam, hat er mich begrüßt wie immer, dann aber genauer hingesehen, aufgemerkt und mich gefragt, was passiert ist. Ganz wie ein Vater ... Und ich habe ihn wieder angelogen, dass mir jetzt noch der Schädel brummt. Von den Gerüchen der Steppe. Aber er hat mir, schätze ich, nicht geglaubt. Den ganzen Abend habe ich aufgepasst, ob er Dramba aushorcht oder nicht. Aber er hat es nicht getan. Hat ihn nicht einmal angesehen ... Ach, Jungs, mein armer Kopf! Am liebsten würde ich mich aufs Ohr legen und alles laufen lassen, wie es läuft.

So quälte ich mich bis zum Morgengrauen. Legte mich hin, sprang auf, lief durch das Zimmer, legte mich wieder hin, lehnte aus dem Fenster, streckte meinen Kopf hinaus in den Garten – und am Ende war ich so müde, dass ich einschlief, das Ohr auf dem Fensterbrett. Als ich aufwachte, war ich schweißgebadet und hörte wieder dieses heisere Mauzen – mrrrau, mrrrau, mrrrau –, so als würde der Teufel in der Hölle von den himmlischen Heerscharen erwürgt. Und ins Gesicht blies mir ein heißer, zischender Wind, der aus dem Garten wehte. Ich hatte die Augen noch nicht ganz offen, da hockte ich schon auf dem Boden, tastete wie gewohnt nach meiner MPi und spähte über das Fensterbrett hinaus wie über eine Brustwehr. Diesmal konnte ich mitverfolgen, wie das bei ihnen funktioniert – von Anfang bis Ende.

Über der runden Wiese, rechts vom Pool, leuchtete im Halbdunkel ein heller Punkt auf, von dem eine Art flüssiges lila Licht nach unten und zur Seite strömte, zunächst noch durchsichtig, sodass man die Büsche dahinter erkennen konnte. Es floss und floss und füllte schon einen großen Kegel, der aussah wie ein Laborgefäß, aber an die vier Meter hoch war. Dann wurde es fest, erkaltete, erlosch – und auf der Wiese stand ein »Phantom«-Schiff, wie ich es schon beim ersten Mal gesehen hatte. Stille. Jungfräuliche Stille. Sogar die Vögel waren verstummt. Über der Wiese hing der graublaue Morgenhimmel; ringsum standen schwarze Bäume und Sträucher und mitten darauf – das silbrige Ungeheuer. Aber ich kam einfach nicht dahinter, ob es nun ein Ding war oder etwas Lebendiges.

Dann hörte ich ein leises Platzen, ein schwarzer Rachen tat sich auf, es klapperte, zischte, und ein Mensch trat heraus. Das heißt, ich dachte, es sei ein Mensch: Er hatte Arme, Beine, einen Kopf, war völlig schwarz – entweder vor Ruß oder verbrannt – und von oben bis unten mit Waffen behängt. Solche Waffen hatte ich noch nie gesehen, Jungs, und doch wusste ich sofort, dass es welche waren. Sie baumelten ihm von beiden Schultern herunter, auch vom Gürtel, und klirrten und schepperten bei jedem Schritt. Er blickte nicht rechts und nicht links, sondern steuerte auf die Treppe zu wie auf sein eigenes Haus. Der Gang war irgendwie merkwürdig, aber mir wurde nicht gleich klar, weshalb, weil ich den Blick nicht von seinem Gesicht wenden konnte. Es sah genauso schwärzlich und verbrannt aus wie der Körper, es schimmerte und glänzte; doch mit einem Mal hob er beide Hände und zog es sich ab wie eine Maske. Es handelte sich wohl auch um eine Maske, weil er sie in zwei Sekunden abgesetzt hatte und auf den Boden schleuderte. Da brach mir erneut der Schweiß aus, denn nun kam sein zweites Gesicht zum Vorschein: Es war nicht das eines Menschen ... Schneeweiß, nasen- und lippenlos, und die Augen leuchtend groß wie Illuminationslampen. Ein Blick genügte, um zu wissen, dass ich diesen Anblick nicht ertrug. So ließ ich meinen Blick zu seinen Füßen wandern – und da wurde mir noch grausiger zumute. Sein Gang war nämlich deshalb so merkwürdig, weil er über das dichte Gras und den festen Boden watete wie durch Treibsand oder Morast: Bei jedem Schritt sank er bis zu den Knöcheln ein. Und tiefer. Die Erde trug ihn nicht, sie gab nach.

An der Treppe verharrte er für einen Moment und warf mit Schwung seine komplette Ausrüstung ab. Als er durch die Tür trat, rasselte und schepperte es wieder; dann herrschte Stille. Und Leere. Mir war wie im Fieberwahn. Auch das Raumschiff hatte sich plötzlich in nichts aufgelöst; nur die schwarzen Fußspuren von der Wiese zum Haus und die auf einen Haufen geworfenen Waffen vor der Treppe waren zurückgeblieben.

Ich wollte mir die Augen reiben und mich in die Schenkel kneifen, aber ich tat es nicht. Bin schließlich Sturmkater, Jungs. Stattdessen fegte ich den ganzen Unsinn beiseite, das war ich schon gewöhnt. Übrig blieb die Hauptsache: die Waffen! Zum ersten Mal sah ich Waffen hier. Ich zog mich nicht an, sondern sprang, wie ich war, in der Turnhose, vom Fensterbrett des ersten Stocks.

Es lag Tau auf der Wiese, und meine Beine waren im Nu nass bis über die Knie. Mich überlief ein Schauer, entweder von der Nässe, oder es waren wieder die Nerven. Ich kauerte mich neben die Treppe und lauschte. Stille, normale morgendliche Stille. Die Vögel fingen an sich zu regen, eine Grille zirpte. Ich hatte dafür keinen Sinn, sondern wartete auf Stimmen. Doch ich hörte keine. In diesem Haus war es immer so: Durfte man eigentlich keine Stimmen hören, schrien sie herum, brabbelten und beschimpften einander, wobei man nicht wusste, wem sie gehörten, denn Kornej war zu diesen Zeiten nicht da, sondern trieb sich irgendwo herum. Wenn jedoch, wie jetzt, Menschen (auch, wenn es keine echten waren) einander hätten begrüßen, sich gegenseitig auf die Schulter klopfen und irgendetwas ausrufen müssen, herrschte Stille. Grabesstille. Aber was soll's.

Ich hockte mich also vor den Haufen und betrachtete die Waffen; man sah ihnen an, wie schwer sie waren, wie glatt, gut geölt und solide. Nie ist mir Vergleichbares untergekommen, weder auf Fotos noch im Kino. Sie waren offensichtlich von hoher Schlagkraft – schade nur, dass ich nicht wusste, wie man sie zur Hand nahm und wo der Abzug lag. Ich fürchtete mich sogar davor sie zu berühren, denn ehe man sich's versah, konnten sie losdonnern, und dann flogen die Knochen sonst wohin.

Ich war verwirrt, und das war schlecht, weil ich mir sofort eine Waffe hätte schnappen und abhauen sollen ... Los, Gagh!, dachte ich. Schnell! Nimm die Waffe. Sie hat einen Lauf, anstelle der Mündung zwar nur ein Stück Glas, dafür aber einen Griff und zwei Magazine zu beiden Seiten des Laufs ... Schluss! Mehr Zeit bleibt nicht. Den Rest kläre ich später. Ich streckte also den Arm aus und langte vorsichtig nach dem Griff. Aber da passierte etwas Merkwürdiges ...

Der Griff war gerippt, warm – und ich schloss die Finger. Ich zog die Waffe zu mir heran, ganz vorsichtig, damit nichts schepperte, und spürte, wie schwer sie war. Doch als ich hinsah, hatte ich nichts in der Faust. Nichts! Ich saß da wie betrunken, starrte auf die leere Hand, und die Waffe lag wie zuvor unverändert auf der Stufe. Erbost griff ich nun fester zu, spürte wieder das harte, schwere Metall unter meinen Fingern, aber als ich es zu mir ziehen wollte, war es wieder verschwunden.

Am liebsten hätte ich gebrüllt, aus voller Kehle. Ich konnte mich kaum beherrschen. Ich betrachtete meine Hand, sie war ölbeschmiert. Ich säuberte sie am Gras und stand auf. Was für eine Enttäuschung! Auf alles sind sie vorbereitet und kalkulieren es ein, alles sehen sie vorher, diese Hunde! Ich stieg über den Haufen nutzlosen Eisens und trat ins Haus. Dramba stand in der Ecke der Diele, wackelte mit seinen Ohren und starrte mich an. Mir wurde übel von seinem Anblick; ich wollte mich schon in mein Zimmer zurückziehen, als mir plötzlich ein Gedanke kam: Und wenn er ...? Ist es letztlich nicht egal, wer die Waffe hält, ich oder der Dummkopf?

»Soldat Dramba«, sagte ich leise.

»Zu Befehl, Herr Korporal«, erwiderte er vorschriftsmäßig.

»Mir nach!«

Wir gingen zurück zur Außentreppe. Die Waffe lag unverändert da.

»Gib mir, was da liegt, ganz am Rand«, sagte ich. »Ganz vorsichtig.«

»Ich verstehe nicht, Herr Korporal«, tönte der Trottel.

»Was verstehst du nicht?«

»Ich verstehe nicht, was befohlen wurde zu geben.«

Dass dich die Erde verschlinge! Woher soll ich denn wissen, wie es heißt?

»Wie nennt man das dort?«, fragte ich.

Dramba schlackerte mit den Ohren und meldete: »Gras, Herr Korporal. Stufen ...«

»Und auf den Stufen?«, wollte ich wissen und spürte, wie ich eine Gänsehaut bekam.

»Auf den Stufen liegt Staub, Herr Korporal.«

»Und was noch?«

Zum ersten Mal zögerte Dramba mit der Antwort. Er schwieg lange. Auch bei ihm schien erst allmählich ein Rädchen ins andere zu greifen. »Außerdem befinden sich auf den Stufen: der Herr Korporal, der Soldat Dramba, vier Ameisen …«, er zögerte wieder, »und verschiedene Mikroorganismen.«

Er sah die Waffen nicht! Jungs, versteht ihr? Er sah sie einfach nicht! Die Mikroorganismen sah er, aber die meterlangen Eisenteile nicht. Er sollte sie nicht sehen, und ich hatte sie nicht zu nehmen. Alles, alles hatten sie bedacht! Vor lauter Ärger holte ich mit dem nackten Fuß aus und trat ohne zu überlegen gegen das größte Eisenteil, das auf der Treppe lag. Ich jaulte auf, hatte mir einen Zeh gründlich demoliert und einen Nagel abgebrochen. Das Eisenteil aber lag unverändert … So. Das war der Tropfen, der das Fass zum Überlaufen brachte. Ich hinkte in mein Zimmer, knirschte mit den Zähnen und ballte die Fäuste. Den Tränen nahe, sank ich auf mein Bett. Mich überfiel eine solche Verzweiflung, wie ich sie nicht mehr erlebt hatte seit dem Tag, als ich auf Kurzurlaub nach Hause gefahren war und erfahren hatte, dass nicht nur unser Haus, sondern das ganze Viertel zerstört worden war: Einzig verkohlte Ziegel hatten noch aufgetürmt dagelegen, und der Brandgeruch hatte mir fast den Atem verschlagen. Jetzt, in diesen ebenso schwarzen Minuten, überkam mich das Gefühl, zu nichts nütze zu sein und nichts ausrichten zu können in dieser satten, hinterhältigen Welt, in der jeder meiner Schritte auf hundert Jahre im Voraus erahnt und berechnet wurde. Und es konnte durchaus sein, dass sie sogar wussten, wie etwas, das ich gerade erst plante, zu unterbinden und zu ihrem Nutzen zu wenden war.

Um die düsteren Gedanken zu vertreiben, versuchte ich mir das Lichteste und Glücklichste, das es in meinem Leben gegeben hatte, ins Gedächtnis zu rufen. Ich erinnerte mich an einen klaren Frosttag, an Rauchsäulen, die in den grünen Himmel stiegen, das Prasseln lodernder Flammen, von denen die Ruinen verschlungen wurden, an den rußgrauen Schnee auf dem Platz, die steif gefrorenen Leichen, den deformierten Raketenwerfer im riesigen Trichter. Und ich sah den Herzog, der unsere Reihe abschritt ... Wir waren noch nicht recht bei uns, der Schweiß rann uns in die Augen, und der Lauf der MPi sengte unsere Finger – er aber schritt voran, schwer auf den Arm des Adjutanten gestützt, der Schnee knirschte unter seinen weichen roten Stiefeln, und er schaute jedem von uns aufmerksam ins Gesicht, sprach leise Worte der Dankbarkeit und Ermutigung. Dann blieb er stehen. Direkt vor mir. Und Gepard, den ich gar nicht sah (ich sah niemanden, außer dem Herzog), nannte meinen Namen. Der Herzog legte mir seine Hand auf die Schulter und blickte mir in die Augen, sein Gesicht war gelb vor Müdigkeit, von tiefen Falten durchzogen, ganz und gar nicht glatt wie auf den Porträts, die Lider waren rot und entzündet, und der schwere, schlecht rasierte Unterkiefer mahlte langsam. Die rechte Hand immer noch auf meiner Schulter, hob er die linke und schnippte mit den Fingern. Der Adjutant legte hastig ein schwarzes Würfelchen in seine Finger, und während ich noch immer nicht an mein Glück glaubte, nicht glauben konnte, sprach der Herzog mit heiserer, tiefer Stimme: »Öffne deinen Rachen, Katerchen ...« So kniff ich die Lider zusammen und riss den Mund auf, so weit ich konnte, fühlte etwas Raues, Trockenes auf der Zunge und begann zu kauen. Die Haare sträubten sich unter meinem Helm, aus den Augen rannen Tränen. Es war Seiner Hoheit persönlicher Kautabak, zur Hälfte mit Kalk und gedörrtem Senf versetzt, und der Herzog klopfte mir auf die Schulter und sagte gerührt: »Ach, diese Rotznasen! Meine treuen, unbesiegbaren Rotznasen ...«

Hier ertappte ich mich dabei, dass ich über das ganze Gesicht strahlte. Nein, noch ist nicht alles verloren. Treue, unbesiegbare Rotznasen desertieren nicht! Sie taten es dort nicht, und sie tun es hier nicht. Ich drehte mich auf die Seite und schlief ein, womit das Abenteuer beendet war.

Dafür aber begannen andere, denn in unser kleines stilles Häuschen kam Leben: Früher hatten Kornej und ich zusammen gefrühstückt, uns an die zwanzig Minuten über irgendetwas unterhalten, und dann war ich bis Mittag allein im Haus geblieben, hatte nach Belieben geschlafen, ein Buch gelesen oder den Stimmen zugehört. Aber jetzt ... Ich weiß nicht – entweder hat jemand dieses Schlangennest aufgestört, oder die ruhigen Zeiten sind vorbei, jedenfalls ist es eng in unserem Haus geworden.

Alles begann damit, dass ich in den bewussten Flur ging, um nachzusehen, wie sich meine Korrespondenz entwickelte. Ehrenwort: Ich hatte nicht erwartet, etwas Neues zu lesen, aber da entdeckte ich – oho! – der Mathematiker hatte geantwortet. Direkt unter meiner Frage stand, wieder in kleinen akkuraten Buchstaben: »Deine Freunde sind in der Hölle.« Na, so was! Wie war das zu verstehen? »Wer bist du, Freund?«, hatte ich geschrieben. Und er: »Deine Freunde sind in der Hölle.« Das musste doch heißen, dass mehrere von ihnen hier waren ... Aber warum schrieben sie nicht, wer sie waren? Aus Angst? Und wieso in der Hölle? Natürlich, das hier war kein Paradies für Menschen wie uns, aber eine Hölle ... Ich besah mir die angestrichene Tür. Womöglich war dahinter ein Gefängnis? Oder etwas noch Schlimmeres? Warum konntet ihr euch nicht klarer ausdrücken, Jungs? Diesen Flur musste ich weiterhin im Auge behalten. Aber jetzt, was sollte ich schreiben? Damit sie gleich verstanden, was mit mir los war ... Verdammt, ich kapierte diese Mathematik nicht. Vielleicht war ja alles in der Formel chiffriert? Ich würde ihnen einfach schreiben, wer ich war, damit sie wussten, mit wem sie es zu tun hatten, und wozu ich tauge. Ich holte meinen aufgesparten Bleistiftstummel hervor und kritzelte in Druckbuchstaben: »Sturmkater niemals untergeh'n.« Mir gefiel, was ich mir da ausgedacht hatte: Jeder würde sofort wissen, dass ich ein Kater war, stark und bereit zu handeln. Die Fallschirmjäger waren mir egal, hier konnten sie mir nichts anhaben ... Aber wenn das eine Falle war und Kornej die Korrespondenz angezettelt hatte? Bitte – auch egal, ich hatte ja nichts Schlimmes geschrieben.

Gut. Den Flur würden wir im Auge behalten. Jetzt aber wollte ich einmal nachsehen, was sich dort hinter der Tür befand. Ohne lange zu überlegen, griff ich nach dem Knauf und zog daran. Die Tür sprang auf. Ich hatte gedacht, dahinter wäre ein Zimmer, ein Gang oder eine Treppe – was sich eben normalerweise hinter einer Tür befindet. Doch da war nichts dergleichen. Nur eine Kammer, etwa drei mal drei Meter groß. Die Wände mattschwarz, an der Wand gegenüber ein roter runder Knopf. Das war alles. Mehr war nicht in der Kammer. Warum sollte ich da hineingehen? Ach, hol sie doch der Kuckuck, dachte ich. Da gibt es nichts Neues für mich. Als ob ich nie zuvor einen roten Knopf gesehen hätte ...

Ich stand also unentschlossen da – und plötzlich hörte ich Stimmen. Ganz nah. Direkt hinter mir ... »Jetzt sitze ich in der Patsche«, dachte ich und warf die Tür zu. Dann biss ich die Zähne zusammen und drehte mich um. »Dem Ersten eins vor die Kehle«, nahm ich mir vor. »Und dann ab in den Garten. Da sollen sie mich erst mal finden ...«

Doch wie sich herausstellte, waren es nicht die Fallschirmjäger. Ein Mann mit einem Karren, einer Art Plattform auf Rädern, bog in den Flur ein. Ich schob die Hände in die Taschen und ging ihm langsam und lässig entgegen. Der Flur war breit, da passten wir bequem aneinander vorbei. Inzwischen war er ganz nah mit seinem Karren, ich blickte ihn an und sah – Natternmilch! –, dass er ganz schwarz war! Zuerst schien mir sogar, als hätte er gar keinen Kopf, dann aber sah ich genauer hin und merkte: Der Kopf war da, aber schwarz. Vollkommen schwarz! Nicht nur die Haare, sondern auch Wangen, Stirn und Ohren; die dicken Lippen hingegen leuchteten rot, und die Augäpfel und Zähne waren weiß. Von welchem Planeten mochte es ihn hierher verschlagen haben? Ich drückte mich an die Wand und machte ihm Platz, so gut ich konnte. Geh weiter, sollte das heißen, halt dich nicht auf, rühr mich bloß nicht an … Aber da hatte ich mich verrechnet. Er blieb mit seinem Karren direkt vor mir stehen, blendete mich fast mit seinen weißen Augäpfeln und Zähnen und sagte mit heiserer, tiefer Stimme: »Sie sind, glaube ich, ein typischer Alayer …«

Ich schlucke, nicke. »Jawohl«, erwidere ich. »Ich bin Alayer.«

Nun fing er an, alayisch mit mir zu sprechen, nicht mehr in heiserem Bass, sondern mit einer ganz normalen, angenehmen Stimme, ob Tenor oder Bariton, kann ich nicht sagen.

»Du bist sicher Gagh«, meinte er. »Der Sturmkater.«

»Jawohl«, sagte ich.

»Kommst du vom Zentrum?«, wollte er wissen.

Was sollte ich ihm antworten.

»N-nein«, stammelte ich. »Ich spaziere hier nur herum …«

Ich hatte ihn inzwischen genauer angesehen und begriff, dass er ein ganz normaler Mensch war. Schwarz, na und? Bei uns auf den Inseln leben Blaue, und keiner zeigt mit dem Finger auf sie. Auch gekleidet war er ganz normal, nach der hiesigen Mode: kurze Hose, das Hemd lose darüber. Nur dass er eben schwarz war. Von Kopf bis Fuß.

»Vielleicht suchst du Kornej?«, fragte er weiter. Es klang wohlwollend, so, wie Kornej immer spricht. »Du siehst ein bisschen mitgenommen aus.«

»Aber nein«, widersprach ich ärgerlich. »Ich schwitze bloß. Es ist heiß bei euch.«

»Ach so ... Du solltest deine Uniform ausziehen, schmorst ja darin ... Und Kornej such vorläufig lieber nicht, er steckt bis zum Hals in Arbeit ...«

Sein Alayisch klang sauber und geschult, die Aussprache hauptstädtisch angehaucht. Stilvoll. Er erklärte mir, wo Kornej steckte und womit er sich befasste; ich aber starrte immerfort auf den Karren und – ehrlich, Jungs – hörte kein Wort von dem, was er sagte.

Der Karren hatte zunächst nichts Besonderes an sich, und es ging auch gar nicht um ihn; doch auf der Plattform lag ein riesengroßer Sack, offensichtlich aus Leder. Er schien eingeölt zu sein, braun, wie die Jacke eines Panzerwagenfahrers. Die Oberseite war glatt und warf keine einzige Falte, unten aber wirkte er verbeult und zerknittert. Und dort, zwischen all den Furchen und Falten, bewegte sich etwas. Zuerst dachte ich, ich hätte mich geirrt, dann aber ... Kurz gesagt: Ich sah ein Auge! Reißt mir Arme und Beine aus – aber da war ein Auge! Eine der Knitterfalten schob sich sacht auseinander, und ein großes dunkles Auge blickte mich an, aufmerksam und traurig.

Nein, Jungs, heute hätte ich den Flur nicht betreten sollen. Klar, ein Sturmkater ist eine eigenständige Kampfeinheit und so weiter, aber über solche Begegnungen steht nichts in der Dienstvorschrift ...

Ich stand also da, gegen die Wand gestützt, und plapperte immerzu: »Jawohl ... jawohl ...« Dabei dachte ich: Bring das weg von mir, mach schon, warum hast du bloß angehalten! Und der Schwarze versteht, ihm ist anscheinend klar, dass ich verschnaufen, zu mir kommen muss. Er sagt in seinem heiseren Bass: »Nimm dir Zeit, Alayer, musst dich erst dran gewöhnen ... Komm, Jonathan.« Dann fügte er noch mit normaler Stimme auf alayisch hinzu: »Leb wohl, Heldenkamerad … Das macht dir ganz schön zu schaffen! Aber hab keine Angst, Sturmkater, das hier ist nicht der Dschungel …«

»Jawohl«, erwiderte ich zum hundertachtundvierzigsten Mal.

Seine Augäpfel und Zähne blitzten zum Abschied, und er zog seinen Karren weiter den Flur entlang. Ich sah ihm nach – Natternmilch! –, der Wagen rollte ja von allein, und er ging nebenher, ohne ihn zu berühren. Dann hörte ich wieder die Stimmen: den heiseren Bass ebenso wie eine ganz gewöhnliche Stimme, doch sprachen sie beide in einer mir unbekannten Sprache. Auf dem Rücken des Schwarzen stand im Halbrund geschrieben: GIGANDA. Was für eine Begegnung … Noch so eine, und ich würde anfangen, mich in meinen eigenen Stiefeln zu verkriechen. »Musst dich dran gewöhnen, Alayer«, hatte er gesagt. Ich weiß nicht, vielleicht gewöhne ich mich irgendwann wirklich daran, aber in den nächsten fünfzig Jahren kriegen mich keine zehn Pferde mehr hierher … Ich sah noch, wie sie sich in die Gruft quetschten und die Tür hinter ihnen zuschlug, dann verließ ich den grausigen Flur. Immer an der Wand lang.

Seit diesem Tag ist es eng in unserem Haus. Sie strömen in Scharen herbei, kommen mit der Null-Kabine, zu zweit oder zu dritt. Nachts und vor allem gegen Morgen hallt vom Garten her das Mauzen der »Phantome«, und manche Leute fallen einfach vom Himmel. Einer plumpste genau ins Schwimmbecken, als ich morgens darin badete, was für eine Aufregung! Sie wollen alle zu Kornej, reden in verschiedenen Sprachen, haben ihre – dringenden! – Anliegen. Kommt man in die Diele, sind sie dort am Schwatzen. Geht man ins Speisezimmer, um etwas zu essen, hocken auch dort zwei oder drei, stopfen Essen in sich hinein und plaudern; sind sie gegangen, kommen, wer weiß woher, die Nächsten … Ich kann schon gar nicht mehr mit ansehen, wie viele gute Sachen des Gastgebers sie verprassen. Wenn sie wenigstens etwas mitbrächten … Verstehen sie nicht, dass man nicht für alle Vorräte anlegen kann? Die Leute haben kein Gewissen, sage ich euch. Freilich, ich muss ihnen zugutehalten: Säcke mit Augen habe ich nicht wieder gesehen. Natürlich sahen manche auch recht grausig aus, aber Säcke – nein, so etwas gab es nicht mehr. Darüber war ich sehr froh. Ich ertrug das alles einen Tag lang, einen zweiten, aber dann, Jungs, nahm ich regelrecht Reißaus vor dieser Invasion. Ich schnappte mir am Morgen meinen Dramba – und ab zu den Teichen, fünfzehn Kilometer von unserem Haus entfernt. Ein wunderschönes Fleckchen hatte ich dort entdeckt: Teiche, Schilfrohr, Frische, unzählige Enten …

Schon möglich, dass ich mich nicht richtig verhalten und versagt habe. Wahrscheinlich hätte ich mich unter die Leute mischen, Augen und Ohren aufsperren sollen, damit ich mir alles merke. Und ich habe mich auch wirklich bemüht, Jungs. Habe mich in eine Ecke des Salons gesetzt, den Mund aufgesperrt und die Ohren gespitzt – aber kein Wort verstanden. Sie reden in fremden Sprachen, zeichnen irgendwelche Kurven und wedeln sich mit zeichenbedeckten blauen Papierrollen vor der Nase herum. Einmal haben sie sogar eine Karte des Reichs aufgehängt: eine geschlagene Stunde sind ihre Finger darauf herumgekrochen … Dabei gibt es nichts Einfacheres als eine Karte, sollte man meinen. Ich jedenfalls konnte nicht verstehen, was sie voneinander wollten, und worüber sie sich nicht einig wurden. Eins habe ich allerdings begriffen, Jungs: Irgendetwas ist geschehen oder soll demnächst geschehen. Deshalb ist das Schlangennest so aufgewühlt.

Kurzum: Ich beschloss, die Initiative dem Gegner zu überlassen. Unter den gegebenen Umständen fand ich mich nicht zurecht, hindern konnte ich sie an nichts. Ich dachte also für mich: Wenn sie mich dabehielten, hieß das, sie brauchten mich. Wenn sie mich brauchten, würden sie – was immer sie dort aussheckten – früher oder später auf mich zukommen. Und dann würde ich sehen, wie zu verfahren war. Bis dahin aber würde ich zu den Teichen wandern, Dramba drillen und abwarten – vielleicht ergab sich ja etwas.

Und es ergab sich tatsächlich etwas.

Eines Morgens ging ich zum Frühstück und sah Kornej am Tisch sitzen. Allein. In den Tagen zuvor hatte ich ihn selten gesehen, und wenn, waren immer allerhand Leute um ihn herum gewesen. Nun also war er allein und trank seine Milch. Ich grüßte ihn und setzte mich ihm gegenüber. Auf einmal war mir ganz seltsam zumute – hatte er mir etwa gefehlt? Am ehesten wohl sein Gesicht. Er hat wirklich ein sehr angenehmes Gesicht: Darin liegt etwas ebenso Männliches, Tapferes, wie auch das Gegenteil – etwas Kindliches, vielleicht? Jedenfalls ist es das Gesicht eines Menschen, der keine hinterhältigen Absichten hegt. Selbst wenn du so einem Menschen nicht glauben willst, du glaubst ihm. Wir unterhielten uns, und ich sagte mir immerzu: Vorsicht, Kater, dein Freund kann er nicht sein, er hat keinen Grund, dein Freund zu sein. Ist er aber nicht dein Freund, dann ist er dein Feind …

Und da fragte er mich unvermittelt: »Warum stellst du mir nie Fragen, Gagh?«

Aha – ich stelle ihm also keine Fragen! Und wann soll ich sie ihm stellen, wenn ich ihn tagelang nicht sehe? Mir stieß das bitter auf, am liebsten hätte ich ihm direkt ins Gesicht gesagt: Um weniger Lügen zu hören, mein schlauer Freund. Aber ich tat es natürlich nicht. Ich murmelte nur: »Wieso stelle ich keine Fragen? Ich stelle doch Fragen …«

»Weißt du«, erwiderte er, und es klang, als wollte er sich entschuldigen. »Lange Vorlesungen kann ich dir nicht halten. Erstens fehlt mir dazu die Zeit, das siehst du ja selbst; ich wäre gern öfter mit dir zusammen, aber es geht nicht. Und zweitens finde ich, sind Vorlesungen langweilig. Was für ein

Interesse solltest du an Antworten auf Fragen haben, die du gar nicht gestellt hast? Oder denkst du anders darüber?«

Ich war verwirrt, murmelte etwas mir selbst Unverständliches, und in dem Augenblick stürzten zwei Männer herein, dahinter kam noch ein dritter. Alle drei strahlten wie frisch geputzte Kupferkessel. Es schien, als trügen sie zu dritt ein winziges rundes Schächtelchen, und mit diesem Schächtelchen rannten sie nun geradewegs zu Kornej.

»Ist sie das?«, fragte er und stand auf.

»Das ist sie«, antworteten sie fast im Chor und verstummten sogleich wieder.

Ich hatte schon früher bemerkt, dass sie in Kornejs Beisein nicht herumschwatzten. War er da, benahmen sie sich, wie es sich gehörte. Wahrscheinlich mochte er keine Späße.

Ich schlang also gerade meinen Fisch hinunter und schlürfte ein heißes Getränk dazu, während Kornej mit zwei Fingern das Schächtelchen entgegennahm, es behutsam öffnete und ein schmales rotes Band herauszog. Die drei Männer hielten den Atem an. Im Esszimmer wurde es mäuschenstill, nur der Lärm aus dem Salon drang herüber. Kornej musterte das Bändchen, auch gegen das Licht, und sagte dann leise: »Gut gemacht! Sehr gut! Vervielfältigt und verteilt es.«

Dann verließ er das Zimmer; erst an der Tür besann er sich, drehte sich zu mir um und sagte: »Entschuldige, Gagh. Da ist nichts zu machen.«

Ich zuckte mit den Schultern ... Ist mir doch egal, dachte ich, geh doch ... Von den drei Männern liefen zwei Kornej hinterher; der Dritte blieb und legte das rote Bändchen sorgfältig in die Schachtel zurück. Ich war wütend, denn ich aß nicht gern, wenn mir jemand auf den Teller schaute. Er aber schien mich gar nicht zu bemerken und ging quer durch das Zimmer in die Ecke, wo Kornej eine Art Schrank oder Truhe aufgestellt hatte. Der Kasten stand hochkant; hundertmal hatte ich ihn schon gesehen, aber nie beachtet. Der Mann ging also hin, zog ein kleines Rollo hoch, und ich blickte in eine hell erleuchtete Nische. In diese Nische legte er sein Schächtelchen und ließ das Rollo wieder herunter. Es summte kurz, am Kasten leuchtete ein gelbes Auge auf, das Rollo wurde wieder nach oben gezogen ... Und da, Jungs, ließ ich die Gabel fallen. Denn als ich hinschaute, lagen in der Nische zwei Schachteln! Der Kerl ließ das Rollo noch einmal herunter, wieder ein Summen und das Aufleuchten des gelben Auges; er zieht das Rollo hoch und – vier Schachteln! Und so weiter ... Ich schaute nur noch: Rollo hoch, Rollo runter, Summen, gelbes Licht, Rollo hoch, Rollo runter ... Nach einer Minute war die Nische voller Schachteln. Er nahm sie heraus, stopfte sie in seine Taschen, zwinkerte mir zu und verließ den Raum.

Wieder verstand ich nichts. Kein normaler Mensch hätte das verstanden. Nur eins war mir klar: dass das ein ganz besonderes Gerät war! Ich sprang auf und lief zu dem Kasten hin. Besah ihn mir von allen Seiten, versuchte es auch an der Rückwand, aber mein Kopf passte nicht dahinter, ich quetschte mir nur das Ohr. Na schön. Das Rollo war noch oben, und das Licht aus der Nische blendete meine Augen. Natternmilch! Ich blickte mich um, griff mir eine zerknüllte Serviette vom Tisch, rollte sie zu einer Kugel und warf sie in die Nische – für alle Fälle aus einiger Entfernung. Aber es lief alles glatt: Die zerknüllte Serviette lag ruhig da, nichts passierte. Da langte ich vorsichtig nach dem Rollo und zog es herunter. Es bewegte sich leicht, fast wie von selbst. Tock!, und dann hörte ich wie zu erwarten das Summen, und die gelbe Lampe schaltete sich ein. Jetzt los, Kater! Ich zog das Rollo hoch und – tatsächlich: zwei Serviettenkugeln. Ich angelte sie behutsam mit der Gabel heraus und besah sie mir genau – sie waren gleich. Vollkommen gleich. Es war unmöglich, sie zu unterscheiden. Ich drehte sie hin und her, hielt sie ins Licht, ja ich roch sogar daran, ich Trottel ... Sie waren gleich.

Was das bedeutete? Hätte ich eine Goldmünze gehabt – ich wäre Millionär gewesen! Ich wühlte in meinen Taschen. Wenn schon keine Goldmünze, dachte ich, dann vielleicht wenigstens ein Kupfergroschen ... Aber ich fand keinen. Doch auf einmal fühlte ich die einzige Patrone, die mir geblieben war. Eine Einheitspatrone vom Kaliber acht Komma eins null. Nein, in diesem Moment begriff ich noch nicht, was das bedeutete. Ich dachte bloß: Wenn ich schon kein Geld habe, dann mache ich mir wenigstens Patronen, die kosten ja auch Geld. Erst als vor mir in der Nische sechzehn solcher kupferner Patronen funkelten, fiel der Groschen: sechzehn Patronen, das ist ein Ladestreifen! Ein volles Magazin, Jungs!

Ich stand vor dem Kasten, sah mir die Patronen an – und schon spukten mir so interessante Gedanken durch den Kopf, dass ich mich erst einmal umblickte, ob ich nicht beobachtet oder belauscht wurde. Ein großartiges Gerät haben sie sich da ausgedacht, wirklich. Und sehr nützlich! Ich habe hier schon so manches gesehen, aber so etwas Nützliches begegnet mir erst zum zweiten Mal (mit dem ersten Mal meine ich natürlich Dramba). Besten Dank! Ich nahm die Patronen heraus, schüttete sie in die Jackentasche, die sich davon richtig in die Länge zog, und hatte das Gefühl, als graute in der Ferne endlich der Morgen.

Ich habe die Maschine später noch öfter benutzt; habe meinen Patronenvorrat nach und nach aufgefüllt, und als mir ein Knopf abriss, habe ich mir für alle Fälle zwei Sätze Uniformknöpfe angefertigt. Anfangs war ich vorsichtig, dann aber ganz frech: Während sie am Tisch aßen und sich lauthals unterhielten, stand ich gemütlich vor dem Kasten und ließ das Rollo schnappen. Und keinen von ihnen kümmerte es! Ein leichtsinniges Volk. Kaum zu fassen: Wie wollen sie bei solcher Sorglosigkeit unseren Planeten beherrschen? Mit den Federmessern wird man sie abschlachten! Alle Geheimdokumente hätte ich vor ihren Augen kopieren können, das heißt, sofern es welche gab ... Sie haben mich überhaupt nicht beachtet! Willst du sie belauschen – belausche sie, willst du dir etwas abgucken – bitte sehr ... Irgendwer wirft dir einen zerstreuten Blick zu, lächelt – und redet weiter. Richtig beleidigend ist das, Natternmilch! Ich bin schließlich Sturmkater Seiner Hoheit und nicht irgendein Wurm. Baumlange Kerle haben mir auf dem Bürgersteig Platz gemacht und den Hut vor mir gezogen ... Gewiss – nicht immer, nur am Namenstag Ihrer Hoheit, aber immerhin. Jedenfalls hätte ich mich hier am liebsten an die Tür gestellt und wie Gepard geschnauzt: »Still-gestanden! Augen zu mir, ihr Kakerlaken!« Die wären vielleicht gelaufen! Später habe ich mir natürlich verboten, an so etwas zu denken. Ich habe ja kein Recht, meine Würde zu verletzen. Nicht einmal in Gedanken. Soll ruhig alles laufen, wie es läuft. Allein schaffe ich es sowieso nicht, sie strammstehen zu lassen. Und das ist auch nicht meine Aufgabe ...

Kornej ist in den letzten Tagen ganz von Kräften gekommen. Nicht genug, dass er diesen Lärm in Bahnen lenken musste, bekam er auch noch persönliche Unannehmlichkeiten. Alles weiß ich natürlich nicht ... Aber eines Abends kehrte ich von den Teichen zurück, verschwitzt, erschöpft, mit müden Füßen. Ich badete und legte mich neben die Sträucher ins Gras, wo mich niemand sah, ich aber alles überblicken konnte. Der Garten war leer, und die, die noch da waren, saßen in Kornejs Arbeitszimmer bei einer ihrer üblichen Beratungen. Auf einmal öffnete sich die Tür der Null-Kabine, und heraus trat ein Mann, wie ich hier bislang noch keinen gesehen hatte. Schon seine Kleidung war ungewöhnlich: Normalerweise liefen sie hier in Overalls herum oder in bunten Hemden mit einer Aufschrift auf dem Rücken. Er hingegen ... Ich weiß nicht mal, wie ich es beschreiben soll ... Er trug etwas sehr Strenges, Eindrucksvolles aus grauem Tuch. Eben vornehm, man merkte gleich, dass sich nicht jeder so etwas leisten konnte. Ein Aristokrat. Zweitens, sein Gesicht. Das kann ich gar nicht beschreiben. Schön, die Haare waren schwarz, die Augen blau, aber das war es nicht. Er erinnerte mich irgendwie an den rotwangigen Doktor, der mich wieder gesund gemacht hatte. Der Mann war zwar nicht rotwangig und erst recht kein gutmütiger Kerl. War vielleicht der Gesichtsausdruck der gleiche? Bei uns habe ich so ein Gesicht nie gesehen; bei uns sind sie entweder froh oder besorgt, wohingegen dieser ... Nein, ich weiß nicht, wie ich das nennen soll.

Jedenfalls verließ er die Kabine und schritt entschlossen an mir vorbei ins Haus. Kurz darauf brach der Lärm im Arbeitszimmer abrupt ab. Wer gibt uns denn da die Ehre, dachte ich. Ein hoher Vorgesetzter? In Zivil? Höllische Neugier packte mich. So einen müsste man sich greifen, als Geisel, da ließe sich richtig was rausholen ... Und dann stellte ich mir in allen Einzelheiten vor, wie ich die Sache in die Tat umsetzen würde, meine Fantasie ging mit mir durch ... Dann kam ich wieder zu mir. Im Arbeitszimmer riefen sie schon wieder laut durcheinander, und zwei Männer traten auf die Treppe heraus: Kornej und dieser Aristokrat. Sie stiegen die Stufen hinab und kamen langsam den Weg zur Null-Kabine entlang. Schweigend. Das Gesicht des Aristokraten wirkte verschlossen, sein Mund war nur noch ein Strich, den Kopf trug er hoch erhoben. Ein General, trotz seiner Jugend. Kornej aber ließ den Kopf hängen, sah vor seine Füße und biss sich auf die Lippen. Ich konnte gerade noch denken, dass auch er wohl nun seinen Meister gefunden hatte, als sie ganz in meiner Nähe stehen blieben. Kornej sagte: »Na, dann ... Danke, dass du gekommen bist.«

Der Aristokrat schwieg, zuckte nur leicht mit den Schultern und schaute zur Seite.

»Du weißt, dass ich mich immer freue, dich zu sehen«, sagte Kornej. »Selbst, wenn du nur auf einen Sprung vorbeischaust. Ich weiß ja, du bist sehr beschäftigt ...«

»Hör auf«, sagte der Aristokrat ungehalten. »Lass das. Verabschieden wir uns lieber.«

»Also gut, verabschieden wir uns«, willigte Kornej ein. Und seine Stimme klang so demütig, dass mir ganz anders wurde.

»Und noch Folgendes«, setzte der Aristokrat in schroffem, unangenehmem Ton hinzu. »Ich werde jetzt lange fort sein. Mutter bleibt allein. Ich verlange, dass du aufhörst, sie zu quälen. Früher habe ich nie darüber gesprochen, weil ich in der Nähe war und ... Mit einem Wort, mach, was du willst, aber hör auf, sie zu quälen!«

Kornej erwiderte etwas, flüsterte fast, so leise, dass ich die Worte nicht verstand.

»Du kannst!«, sagte der Aristokrat mit Nachdruck. »Du kannst wegfahren, verschwinden ... Deine ganzen Beschäftigungen ... Wieso sollte all das wichtiger sein als ihr Glück?«

»Das sind doch ganz unterschiedliche Dinge«, entgegnete Kornej, und in seinen Worten klang leise Verzweiflung an. »Du verstehst das nicht, Andrej ...«

Fast wäre ich aufgesprungen. Natürlich! Das war gar kein Vorgesetzter und auch kein General. Es war sein Sohn, sie sahen einander sogar ähnlich!

»Ich kann nicht wegfahren«, fuhr Kornej fort. »Ich kann auch nicht verschwinden. Das würde nichts ändern. Du meinst – aus den Augen, aus dem Sinn. Aber so geht das nicht. Versuch zu verstehen: Man kann nichts daran ändern. Es ist Schicksal. Verstehst du? Schicksal.«

Andrej warf den Kopf in den Nacken und blickte seinen Vater hochmütig an, als wollte er ihm ins Gesicht spucken. Doch plötzlich lief ein Zucken über sein Gesicht, und er sah aus, als finge er jeden Moment an zu weinen. Dann aber winkte er mit einer ungeschickten Geste ab und rannte zur Null-Kabine.

»Pass auf dich auf!«, rief Kornej ihm nach, doch der Sohn war schon verschwunden.

Kornej drehte sich um und ging zum Haus zurück. Auf der Treppe verharrte er – länger als eine Minute stand er so da, als sammelte er seine Kräfte und Gedanken. Dann erst reckte er die Schultern und trat über die Schwelle.

So war das also. Kornej wurde bedrängt. Na, von mir aus, war ja nicht meine Sache. Aber er tat mir leid. Wäre ich an seiner Stelle, würde ich diesem Söhnchen das Maul stopfen, damit er kapiert, wo sein Platz ist und seine Nase nicht in Dinge steckt, die ihn nichts angehen. Aber zu Kornej würde so etwas nicht passen. Das heißt, es würde nicht zu ihm passen, dass er jemandem das Maul stopft. Obwohl er, genauer betrachtet, sicher jedem das Maul stopfen könnte, denn er ist ungeheuer stark und geschickt. Einmal habe ich beobachtet, wie sie am Pool gerauft haben, Kornej gegen drei von diesen Offizieren, oder was das für Leute sind ... Wie er die erledigt hat! Es machte richtig Spaß, ihm dabei zuzusehen. Um das Maulstopfen brauchte man sich also keine Sorgen zu machen. Die Sache war eher die, dass er ohne die äußerste Notwendigkeit keinem das Maul stopfen wollte, ja mehr noch: Nicht mal ein scharfes Wort hörte man von ihm ... Obwohl, es gab mal eine Situation ... Da habe ich in sein Arbeitszimmer gesehen, weswegen, weiß ich nicht mehr. Vielleicht wollte ich mir ein Buch holen oder einen Film für den Projektor. Jedenfalls regnete es an dem Tag. Ich ging also in sein Zimmer – und stand plötzlich im Finstern! Ich kam sogar ins Grübeln. Das war noch nie vorgekommen, dass ich in Kornejs Haus am helllichten Tag in einen dunklen Raum gekommen wäre. War ich irrtümlich in die Abstellkammer geraten? Doch dann hörte ich auf einmal aus der Finsternis Kornejs Stimme. »Lassen Sie es noch mal von Anfang an durchlaufen ...«, bat er jemanden. Ich tappte unbemerkt vorwärts. Hinter mir schloss sich die Wand, und es wurde so schwarz wie nachts auf dem Schießplatz. Ich streckte die Arme vor, um nicht anzustoßen, und hatte noch keine zwei Schritte getan, als sich meine Finger in einem Stoff verhedderten. Ich zuckte vor Schreck zusammen. Was war das? Wie kam es hierher, in das Arbeitszimmer? Früher war es nicht da gewesen. Plötzlich hörte ich Stimmen – und als ich diese Stimmen hörte, dachte ich nicht mehr an den Stoff: Ich erstarrte und hielt den Atem an.

Mir war sofort klar, dass sie in der Sprache des Reichs redeten. Deren Hurli-Murli erkenne ich überall ... dieses heisere Gequäke ... Es waren zwei – der eine ein normaler Rattenfresser, den hätte ich am liebsten gleich mit der MPi durchlöchert. Und der zweite ... Jungs, ihr glaubt es nicht. Ich habe es selbst kaum geglaubt. Der zweite war Kornej. Es war eindeutig seine Stimme. Allerdings redete er in der Sprache des Reichs, und das in einem solchen Bass, wie ich ihn weder von Kornej noch von sonst jemandem hier je gehört habe. Es war ein richtiges Verhör! Ich habe genug Verhöre miterlebt und weiß, wie das vor sich geht. Ein Irrtum war ausgeschlossen. Kornej sprach sehr zornig: grrrum-trrrumbrrrum! Und der andere, dieser feige Hund, antwortete in jammerndem Ton: hurli-murli, hurli-murli ... Mir lachte das Herz, Jungs, Ehrenwort.

Leider verstand ich nur einen Bruchteil von dem, was sie sagten – und was ich verstand, konnte ich mir nicht recht zusammenreimen. Der Rattenfresser war wohl kein gewöhnlicher Soldat oder, sagen wir, Bürger, sondern irgendein hohes Tier. Vielleicht ein Marschall oder Minister. Und sie redeten immerzu von Korps und Armeen, auch von der Lage in der Hauptstadt. Das heißt, ich schlussfolgerte das, weil ich die Worte »Korps«, »Armee« und »Hauptstadt« kenne, und sie sich andauernd wiederholten. Mir wurde zudem klar, dass Kornej Druck machte; der Rattenfresser aber, wiewohl er buckelte und sich einzuschmeicheln versuchte, irgendetwas verheimlichte und mit verdeckten Karten spielte, das gestreifte Ekel. Kornej donnerte ihn immer wütender an, der

Rattenfresser quiekste immer kläglicher, und ich war überzeugt, dass er ihm jetzt eins überziehen würde – ich rückte sogar noch weiter vor, bis ich mit der Nase das Tuch berührte, das mich vom Vernehmungsraum trennte. Ich wollte nichts verpassen, wenn der Lump loswinselte und anfing auszupacken! Aber der Rattenfresser verstummte auf einmal ganz – war er ohnmächtig geworden, oder was? Dann sagte Kornej mit seiner normalen Stimme auf Russisch: »In Ordnung! Sie sind frei, Woldemar, Sie können gehen. Versuchen wir jetzt, die Ergebnisse zusammenzufassen. Erstens...«

Ich erfuhr nicht mehr, was das »Erstens« war. Mich traf ein so heftiger Schlag ins Gesicht, dass mir trotz der Finsternis taghell vor den Augen wurde, und als ich wieder zu mir kam, Jungs, da war ich bereits im Salon. Ich saß auf dem Fußboden, blinzelte, und über mir steht bewusster Woldemar, ein baumstarker Kerl, dessen Kopf fast an die Decke stieß. Er rieb sich die Schulter, blickte fassungslos auf mich herab und brummte halb vorwurfsvoll, halb schuldbewusst: »Was machst du denn für Sachen, mein Junge? Warum stehst du da im Dunkeln herum? Woher sollte ich wissen... Entschuldige... Hast du dich auch nicht verletzt?«

Ich befühlte vorsichtig meine Nasenwurzel – ob ich überhaupt noch eine hatte –, stand mehr schlecht als recht wieder auf und sagte: »Nein, ich habe mich nicht verletzt. Ich *wurde* verletzt – aber das ist vorbei.«

6

Als Dramba den Verbindungsgraben zur Feuerleitstelle ausgehoben hatte, befahl Gagh ihm aufzuhören, sprang in den Schützengraben und nahm die Stellung ab. Sie war großartig. Ein voll ausgebauter Graben mit nach außen leicht abgeschrägten, gleichmäßigen Wänden und festgestampftem Boden, ohne lockere Erdklümpchen oder anderen Unrat – alles genau nach Vorschrift. Der Graben führte zum Feuernest, einer makellos runden Grube mit zwei Metern Durchmesser, von der sich bohlenbedeckte Unterstände nach hinten zogen: für die Munition und die Bedienung. Gagh sah auf die Uhr. Die ganze Stellung war in zwei Stunden und zehn Minuten entstanden. Und was für eine Stellung! Darauf wäre sogar die Ingenieurakademie Seiner Hoheit stolz gewesen. Gagh blickte sich nach Dramba um. Soldat Dramba überragte ihn und den Rand des Schützengrabens. Seine mächtigen Pranken hielt er an die Schenkel gepresst, die Ellbogen abgespreizt und die Ohren gesenkt; er reckte die Brust vor und verbreitete Frische und Kühle, die sich mit dem Geruch nach aufgegrabener Erde mischten.

»Gut gemacht! Mordskerl!«, sagte Gagh leise.

»Ich diene Seiner Hoheit, Herr Korporal«, schrie der Roboter.

»Was fehlt uns jetzt noch?«

»Eine Flasche Schnaps und gesalzener Fisch, Herr Korporal!«

Gagh grinste. »Ja«, sagte er. »Ich habe einen Soldaten aus dir gemacht, aus dir Liederjan.«

Er stützte sich auf den Grabenrand und schwang sich in einer Bewegung hinaus auf das Gras, stand auf, klopfte sich die Knie sauber und betrachtete noch einmal die Stellung von oben. Ja, sie war wirklich ausgezeichnet.

Die Sonne stand schon hoch, der Tau war getrocknet, und der Mond hing wie ein fahles, harmloses Stück schmelzenden Zuckers über dem westlichen Horizont, über den verschleierten Konturen der riesigen Stadt. Ringsum zirpten Myriaden von Grashüpfern; die Steppe war eben und rötlich grün, und bei all ihrer Weite leer und immer gleich – wie der Ozean. Die Eintönigkeit wurde nur in der Ferne durch ein Wölkchen Grün unterbrochen, in dem das Ziegeldach von Kornejs Haus rot herausleuchtete. Die zirpende, von würzigen Düften erfüllte Steppe, der reine, graublaue Himmel über ihr, und mittendrin er, Gagh. Er fühlte sich wohl.

Wahrscheinlich, weil alles weit weg war. Weit weg der unbegreifliche Kornej, der so unendlich gütig war, so unendlich geduldig, nachsichtig und aufmerksam, der einem unablässig, Millimeter für Millimeter, die Liebe zu ihm ins Herz drückte, und gleichzeitig unendlich gefährlich war. Wie eine Bombe von gewaltiger Sprengkraft, die, wenn man es am wenigsten erwartete, zu explodieren und Gaghs Universum in kleine Stücke zu zerreißen drohte. Weit weg von hier war das arglistige Haus, vollgepfropft mit unvorstellbaren, unmöglichen Vorrichtungen und ebensolchen Geschöpfen, unter die sich solche mischten wie Kornej: menschliche Fallen. Es war ein Haus, das geradezu brodelte von chaotischen Aktivitäten ohne sichtbares und vernünftiges Ziel, und deshalb genauso unbegreiflich und in höchstem Maße gefährlich. Weit weg war diese ganze heimtückische Welt, wo die Menschen alles hatten, was sie sich nur wünschen konnten – weswegen ihre Wünsche widernatürlich und ihre Ziele überirdisch waren, und auch ihre Mittel erinnerten nicht mehr an menschliche. Es gab noch einen Grund für Gaghs Wohlbefinden: Hier in der Steppe gelang es ihm, wenigstens für kurze Zeit, die an ihm nagende, kraftraubende Verantwortung zu vergessen – all die unaufschiebbaren, unerlässlichen und unlösbaren Aufgaben, die wie ein Geschwür auf seiner kranken Seele lasteten. Hier war alles so einfach und leicht …

»Oho!«, ließ sich plötzlich Kornej vernehmen. »Donnerwetter!«

Gagh sprang auf und drehte sich um. Kornej stand auf der anderen Seite des Schützengrabens und betrachtete mit fröhlichem Staunen die Stellung.

»Du bist ja ein richtiger Befestigungsmeister«, sagte er. »Was ist das denn?«

Gagh schwieg zuerst, aber ihm war klar, dass er Farbe bekennen musste.

»Eine Stellung«, knurrte er unwillig. »Für einen schweren Mörser.«

Kornej war verblüfft. »Wofür?«

»Für einen schweren Mörser.«

»Hm ... Und woher willst du den nehmen?«

Gagh antwortete nicht, sondern sah ihn nur finster an.

»Na gut, es geht mich ja letztlich auch nichts an«, meinte Kornej nach kurzem Warten. »Entschuldige, wenn ich dich gestört haben sollte ... Ich habe Nachrichten erhalten und wollte sie dir schnell überbringen. Es ist nämlich so: Euer Krieg ist zu Ende.«

»Welcher Krieg?«, fragte Gagh dumpf.

»Eurer. Der zwischen dem Alayischen Herzogtum und dem Reich.«

»Schon?«, flüsterte Gagh. »Sie haben doch behauptet, noch vier Monate ...«

Kornej zuckte mit den Schultern.

»Entschuldige«, sagte er. »Ich habe mich geirrt. Wir alle haben uns geirrt. Aber es ist ja ein erfreulicher Irrtum. Gib zu, wir haben uns in die richtige Richtung geirrt: Schon nach einem Monat war Schluss.«

Gagh fuhr sich mit der Zunge über die Lippen, er hob den Kopf und ließ ihn dann wieder sinken.

»Wer ...« Er verstummte.

Kornej wartete und blickte ihn ruhig an. Gagh schaute wieder auf und sah Kornej in die Augen.

»Ich möchte wissen, wer gesiegt hat.«

Kornej schwieg lange. Von seinem Gesicht war nichts abzulesen. Gagh setzte sich, seine Beine fühlten sich an wie Watte. Neben ihm ragte Drambas Kopf aus dem Schützengraben. Gagh starrte ihn gedankenlos an.

»Ich hab es dir schon erklärt«, begann Kornej schließlich. »Niemand hat gesiegt. Oder besser: Alle sind Sieger.«

»›Erklärt‹ ... Was heißt das schon, dass Sie es mir erklärt haben«, presste Gagh zwischen den Zähnen hervor. »Ich verstehe das nicht. Wem gehört nun das Mündungsgebiet der Tara? Ihnen kann das egal sein, aber uns ist es nicht egal!«

Kornej schüttelte langsam den Kopf. »Für euch spielt das auch keine Rolle«, sagte er müde. »Dort gibt es keine Armee mehr, nur noch Zivilisten ...«

»Aha!«, triumphierte Gagh. »Also haben wir die Rattenfresser in die Flucht geschlagen.«

»Aber nein ...« Kornej verzog gequält das Gesicht. »Die Armee existiert nicht mehr, verstehst du? Keiner hat den anderen aus dem Tara-Delta vertrieben. Sowohl die Alayer als auch die Soldaten des Reichs haben ihre Waffen niedergelegt und sind nach Hause gegangen.«

»Das ist unmöglich«, sagte Gagh ruhig. »Mir ist nicht klar, warum Sie mir das alles erzählen, Kornej. Ich glaube Ihnen nicht. Und ich verstehe nicht, was Sie von mir wollen. Weshalb halten Sie mich hier fest? Wenn Sie mich nicht brauchen, lassen Sie mich gehen! Wenn Sie mich aber brauchen, dann sagen Sie es ...«

Kornej stöhnte auf und schlug sich mit voller Wucht auf die Schenkel. »Folgendes: Was das betrifft, so kann ich dir nichts Neues mitteilen. Ich sehe, dass es dir hier nicht gefällt, und ich weiß, dass du nach Hause willst. Aber du musst Geduld haben. Zurzeit ist es in deiner Heimat sehr schwer: Elend, Hunger, Epidemien. Zudem herrscht politisches Chaos ... Der Herzog hat, was zu erwarten war, alles aufgegeben und ist geflohen, ein Feigling. Und er hat nicht nur sein Land im Stich gelassen ...«

»Reden Sie nicht schlecht vom Herzog!«, schrie Gagh mit heiserer Stimme.

»Den Herzog gibt es nicht mehr«, erwiderte Kornej kalt. »Der Herzog von Alay ist gestürzt. Doch du kannst dich trösten: Dem Kaiser ist es nicht besser ergangen.«

Gagh grinste schief, dann versteinerte sein Gesicht wieder. »Lassen Sie mich nach Hause«, sagte er. »Sie haben kein Recht, mich hier festzuhalten. Ich bin weder Kriegsgefangener noch Sklave.«

Kornej seufzte. »Komm, lass uns nicht streiten. Du kannst dir nicht vorstellen, was bei euch los ist. Solche wie du haben dort Banden gebildet und wollen die alte Ordnung wiederherstellen. Doch außer ihnen möchte das niemand mehr. Sie werden gejagt wie tollwütige Hunde, und man wird sie erledigen. Wenn wir dich jetzt heimschicken, wirst du dich solch einer Bande anschließen, aber das wäre dein Ende. Und es geht dabei nicht nur um dich, sondern auch um die Menschen, die du zu Hause quälen und töten würdest. Du bist gefährlich – für dich und für andere. So sieht's aus, wenn du es ehrlich wissen willst.«

So konnte Kornej also auch sein ... Vor Gagh stand ein Kämpfer mit eisernem Griff, und er traf genau auf den Punkt. Für die Offenheit also – danke. Dabei werden wir von jetzt an auch bleiben, dachte Gagh. Du hast mir deine Meinung gesagt, und jetzt sage ich dir meine. Ich habe lange genug den Milchbart gespielt. Es reicht.

»Sie fürchten also, ich könnte dort gefährlich werden«, fauchte Gagh. Er wollte und konnte sich nicht mehr zurückhalten. »Nun ja, das steht Ihnen frei. Nur sollten Sie aufpassen, dass ich nicht auch *hier* gefährlich werde!«

Sie standen zu beiden Seiten des Grabens, das Gesicht einander zugewandt. Anfangs triumphierte Gagh, dass es ihm gelungen war, in den normalerweise furchtbar gütigen Augen des großen Schlaukopfs einen kalten Glanz hervorzurufen. Doch dann bemerkte er ebenso erstaunt wie empört, dass der Glanz verschwand und der Teufel sein Lächeln wiedergewann. Natternmilch! Kornej kniff seine Augen wie immer auf väterliche Art zusammen und – prustete los. Ja, er fing laut an zu lachen, verschluckte sich, hustete, lachte, breitete die Arme aus und rief: »Ein Kater! Wie er im Buche steht! Ein ganz wilder sogar ... Aber du musst denken, Gagh!« Er klopfte sich gegen den Scheitel. »Denk nach! Du musst dein Hirn benutzen. Oder bist du umsonst schon die fünfte Woche hier?«

Da drehte sich Gagh abrupt um und stürmte davon, in die Steppe.

»Denken musst du!«, hörte er Kornej noch einmal rufen.

Gagh lief und achtete nicht auf den Weg; er brach in Murmeltierbaue ein, stolperte, zerkratzte sich an den Dornen die Füße. Er sah und hörte nichts. Vor seinen Augen stand das faltendurchzogene aschfahle Gesicht mit den unermesslich müden, geröteten Augen, und in seinen Ohren klang die etwas raue Stimme: »Diese Rotznasen! Meine treuen, unbesiegbaren Rotznasen!« Und dieser Mann, dieser letzte noch lebende Mensch von all denen, die ihm nahegestanden hatten, war jetzt irgendwo auf der Flucht, versteckte und quälte sich, wurde gehetzt wie ein wilder Wolf von stinkenden Horden betrogener, gekaufter und vor Angst wild gewordener Stachelschweine. Mob, Gesindel, Abschaum – ohne Anstand, ohne Ehre, ohne Gewissen ... Lüge, alles Lüge! Es kann nicht sein! Die Waldjäger, die Garden, die Landungstruppen, die Blauen Drachen – sollten auch sie sich verkauft und ihn im Stich gelassen haben? Sie hatten doch niemanden außer ihm. Haben nur für ihn gelebt, für ihn Todesgefahren auf sich genommen! Nein, nein, es ist Lüge, Unsinn ... Sie haben ihren stählernen Ring um ihn geschlossen, ihre Bajonette, ihre Läufe, und die Flammenwerfer nach außen gerichtet, sie sind die besten Kämpfer der Welt, vertreiben und zerschmettern die wild gewordene Soldateska ... Oh, wie werden sie sie jagen, verbrennen, in den Dreck treten ... Und ich! Ich sitze hier. Ein Kater! Nein, kein Kater – ein widerliches Hündchen! Aufgelesen hat man es, sein Pfötchen kuriert, ihm ein Schleifchen umgebunden, und nun wedelt es mit dem Schwänzchen, schlabbert warme Milch und plappert unentwegt »jawohl« und »zu Befehl« ...

Gagh strauchelte und fiel der Länge lang in das trockene, kratzige Gras. Er blieb liegen und barg den Kopf in den Händen vor Scham, unerträglicher Scham. Aber er stand doch allein! Allein gegen diesen Apparat! Und die Jungs, seine Freunde in dieser hinterhältigen Hölle, schwiegen und gaben seit Tagen kein Lebenszeichen, keine Zeile, keinen Buchstaben – womöglich waren sie tot ... Oder hatten sie etwa kapituliert? Konnte er denn wirklich gar nichts tun?

Er zitterte wie im Fieber unter der brennenden Sonne; in seiner Vorstellung erschienen, kreisten und vollzogen sich völlig irreale und undenkbare Kampfmethoden, Fluchtmöglichkeiten und Befreiungschancen ... Das Schlimmste war, dass Kornej natürlich die Wahrheit gesagt hatte. Nicht umsonst arbeitete seine Maschinerie, nicht von ungefähr waren alle diese Verbrecher aus geheimnisvollen Welten in sein Land gereist, gekrochen und geflogen; sie hatten ihre Arbeit getan und Gaghs Heimat verwüstet, zugrunde gerichtet, entwaffnet, kopflos gemacht ...

Er hörte nicht, wie Dramba näher kam; doch der verschwitzte Rücken unter seinem glühendheißen Hemd kühlte ab, als der Schatten des Roboters sich auf ihn legte, und er fühlte sich besser. Trotz allem war er doch nicht ganz allein. Er lag noch lange so da, mit dem Gesicht nach unten, die Sonne wanderte am Himmel entlang, und Dramba hielt sich lautlos neben ihm, schützte ihn vor der Hitze. Dann setzte Gagh sich auf. Seine nackten Füße waren von den Dornen übel zugerichtet. Auf das Knie sprang ihm eine Heuschrecke und glotzte ihn dumm aus ihren grünen Tröpfchenaugen an. Gagh schüttelte sie angeekelt ab und stutzte, als er seine Hand sah: Die Fingerknöchel waren zerschunden.

»Wann habe ich das getan?«, fragte er sich laut.

»Das weiß ich nicht, Herr Korporal«, meldete sich Dramba prompt.

Gagh besah sich die andere Hand. Sie blutete auch. Er hatte also auf Mütterchen Erde eingedroschen, auf die Mutter aller dieser ... Schlauköpfe. Ein schöner Kater! Hysterie fehlte mir gerade noch! Er blickte zum Haus hinüber. Das grüne Wölkchen am Horizont war kaum zu erkennen.

»Viel Überflüssiges habe ich heute geschwatzt«, sagte er langsam. »Bist ein Stachelschwein und kein Kater. Und es ist niemand da, der dich durchprügeln könnte. Hast dir sogar einfallen lassen, ihm zu drohen, du Rotznase ... Da musste Kornej ja lachen ...«

Er blickte den Roboter an.

»Soldat Dramba! Was hat Kornej gemacht, nachdem ich fort war?«

»Er hat mir befohlen, Ihnen zu folgen, Herr Korporal.«

Gagh lachte bitter auf. »Und du hast ihm natürlich gehorcht ...« Er stand auf und trat dicht an den Roboter heran. »Wie oft soll ich's dir noch sagen, du Dummkopf«, zischte er wütend. »Wem hast du zu gehorchen? Wer ist dein direkter Vorgesetzter?«

»Korporal Gagh, Sturmkater Seiner Hoheit«, sagte Dramba Silbe für Silbe.

»Wie kannst du dummes Stachelschwein dann jemand anderem gehorchen?«

Dramba zögerte und erwiderte dann: »Bitte um Verzeihung, Herr Korporal.«

»Ach ...«, stöhnte Gagh hoffnungslos. »Lassen wir das, nimm mich auf die Schultern. Ab nach Hause.«

Das Haus empfing ihn mit ungewohnter Stille. Es war leer. Die Aasgeier waren ausgeflogen. Nach Beute. Gagh nahm zuerst ein Bad im Pool, wusch sich das Blut und den Staub ab, kämmte sorgfältig vor dem Spiegel die Haare und schritt, nachdem er sich frisch angezogen hatte, entschlossen ins Esszimmer. Zum Mittagessen kam er zu spät, Kornej trank schon seinen letzten Schluck Saft. Betont gleichgültig sah er Gagh kurz an und wandte sich dann wieder der Mappe zu, die vor ihm lag.

Gagh trat an den Tisch, hüstelte und sagte mit gepresster Stimme: »Ich habe mich falsch benommen, Kornej.«

Kornej nickte, ohne den Blick zu heben.

»Ich bitte Sie um Entschuldigung.«

Das Sprechen fiel Gagh unerträglich schwer, die Zunge gehorchte ihm kaum. Er musste für einen Moment abbrechen und die Zähne fest zusammenbeißen, um sich wieder in den Griff zu bekommen.

»Selbstverständlich werde ich ... werde ich alles so machen, wie Sie es befehlen. Ich hatte unrecht.«

Kornej seufzte und schob die Mappe von sich.

»Ich nehme deine Entschuldigung an ...« Seine Finger trommelten auf den Tisch. »Ja. Ich nehme sie an. Freilich bin ich leider mehr schuld als du. Aber setz dich doch, iss ...«

Gagh setzte sich misstrauisch hin, ohne Kornej aus den Augen zu lassen.

»Sieh mal, Gagh, du bist noch jung, dir kann man vieles verzeihen. Aber ich!« Kornej schüttelte die gespreizten Finger in der Luft. »Ich bin ein alter Narr! In meinem Alter und bei meiner Erfahrung sollte man wissen, dass es Leute gibt, die einen Schicksalsschlag ertragen, und solche, die daran zerbrechen. Den einen sagt man die Wahrheit, den anderen erzählt man Märchen. Also verzeih du mir bitte auch, Gagh. Ich schlage vor, wir versuchen diese Geschichte zu vergessen.« Dann nahm er sich wieder seine Papiere vor.

Gagh aß ein Ragout aus Fleisch und Gemüse, registrierte aber weder den Geschmack noch den Geruch; er hatte das Gefühl, als kaute er Watte. Seine Ohren glühten. Wieder war es schiefgegangen. Am liebsten hätte er jetzt laut geschrien oder mit der Faust auf den Tisch geschlagen. Lange genug habt ihr ein Hündchen aus mir gemacht! Es reicht! Mich kriegt ihr mit Schicksalsschlägen nicht klein, klar? Wir sind schließlich nicht aus rostigem Eisen … Und wie Kornej sich das wieder zurechtgedreht hat, immer bin ich der absolute Idiot … Gagh goss sich aus einer Korbflasche Kokosmilch ins Glas. Aber genau genommen habe ich mich ja wirklich idiotisch verhalten, dachte er. Kornej redet mit mir wie mit einem Mann, und ich reagiere wie ein Mädchen. Dann ist man eben ein Hündchen und ein Blödian. Ich will nicht darüber nachdenken. Ich brauche deine Wahrheit nicht und auch nicht deine Märchen. Das heißt, für die Wahrheit danke ich natürlich – jetzt weiß ich wenigstens, dass ich nichts mehr zu erwarten habe und dass es an der Zeit ist, selbst zu handeln.

Kornej stand auf, nahm die Mappe unter den Arm und ging. Sein Gesicht wirkte niedergeschlagen. Gagh, der noch immer aß und trank, blickte in den Garten hinaus. Ein großer rot getigerter Kater kroch aus dem dichten Gras auf den Sandweg, in seinen Zähnen zuckte etwas Gefiedertes. Finster rollte er seine wilden Augen nach rechts, nach links, dann lief er auf das Haus zu, wahrscheinlich unter die Außentreppe. Nur zu, nur zu, Heldenkamerad, dachte Gagh. Tu, was du nicht lassen kannst. Allerdings muss ich noch die Zeit bis zum Abend totschlagen, bis ich mich dem widmen kann, was ich will. Er sprang auf, steckte das Geschirr in die kleine Luke und schlich auf Zehenspitzen in den Flur im Keller. Es war nichts Neues hinzugekommen. Die Freunde in der Hölle schwiegen. Wie ihr wollt. Dann muss ich's eben allein wagen. Dramba … Nein. Auf den Soldaten Dramba setze ich keine

Hoffnung. Schade, natürlich. Als Soldat ist er nicht mit Gold zu bezahlen, aber ich kann ihm nicht wirklich trauen. Besser also ohne ihn. Er soll nur das tun, was nötig ist, und dann ... kommandiere ich ihn ab.

Gagh kehrte in sein Zimmer zurück, legte sich auf die Pritsche und verschränkte die Hände unter dem Kopf.

»Soldat Dramba!«, rief er.

Dramba kam herein und blieb an der Tür stehen.

»Erzähl weiter!«, befahl Gagh.

Wie es seine Art war, fuhr Dramba mitten im Satz fort. »... keinen anderen Ausweg. Der Arzt jedoch war dagegen. Er begründete seinen Protest damit, dass, erstens, ein Wesen, welches nicht der Gattung der humanoiden Sapienten angehört, nicht zum Objekt eines Kontakts ohne Mittler werden kann ...«

»Lass das aus«, murmelte Gagh schläfrig.

»Zu Befehl, Herr Korporal.« Dramba schwieg kurz und begann diesmal am Satzanfang: »Kontakt nahmen auf: Evariste Kosak, Kommandeur des Raumschiffs; Faina Kaminska, die Chefxenologin, und die Xenologen ...«

»Lass das aus!«, wiederholte Gagh gereizt. »Was passierte weiter?«

In Drambas Bauch surrte etwas, dann berichtete er, wie in der Kontaktzone unvermittelt Feuer ausgebrochen und gleich darauf der Kontakt abgerissen war, dass hinter der Flammenwand jemand geschossen hatte und der Navigator der Gruppe, der Semihumanoide Quarr, umgekommen, sein Körper aber nicht gefunden worden war; Evariste Kosak, der Kommandeur der Gruppe, erlitt einen schweren Bauchschuss ...

Gagh schlief ein.

Er erwachte jäh, wie von einem nassen Lappen getroffen: In der Nähe sprach jemand alayisch. Sein Herz hämmerte wild, der Kopf schmerzte. Aber es war kein Traum, und Fieber hatte er auch nicht.

»... Mir ist aufgefallen, dass die meisten seiner Arbeiten in Gigna entstanden sind«, sagte eine unbekannte brüchige Stimme. »Vielleicht hilft Ihnen das weiter?«

»Gigna ...«, sagte Kornej. »Wo liegt das?«

»Es ist ein kleiner Kurort ... am Westufer des Sagguta ... eines Sees, wissen Sie.«

»Ich weiß. Du meinst ...«

»Offensichtlich hat er dort oft gearbeitet und wahrscheinlich bei einem Mäzen gewohnt ...«

Gagh glitt lautlos von seinem Bett und schlich zum Fenster. Auf der Treppe unterhielten sich Kornej und ein etwa sechzehnjähriger Junge; er war schmächtig, weißblond und hatte große, farblose Puppenaugen – unverkennbar ein Südalayer. Gagh krallte seine Finger in das Fensterbrett.

»Interessant«, sagte Kornej nachdenklich. Er klopfte dem Jungen auf die Schulter. »Das ist eine Idee, sehr gut, Dang. Unsere Traumtänzer haben das übersehen ...«

»Man muss ihn unbedingt finden, Kornej!« Der Junge presste seine Fäuste gegen die schmale Brust. »Sie haben ja selbst gesagt, dass sich sogar Ihre Wissenschaftler für ihn interessieren, und jetzt verstehe ich auch, warum ... Er hat Ihr Niveau! In gewisser Hinsicht ist er sogar weiter ... Sie müssen ihn einfach finden!«

Kornej seufzte. »Wir tun, was wir können, mein Junge ... Aber wenn du wüsstest, wie schwer das ist. Du kannst dir nicht vorstellen, was bei euch los ist.«

»Ich kann es mir vorstellen«, erwiderte der Junge.

Sie schwiegen.

»Sie hätten mich besser dort gelassen und ihn herausbringen sollen«, sagte der Junge leise und blickte zur Seite.

»Dich haben wir zum Glück gefunden, ihn nicht«, entgegnete Kornej ebenso leise. Er legte dem Jungen wieder seine Hand auf die Schulter. »Wir tun alles, was in unserer Macht steht.«

Der Junge nickte. »Gut.«

Kornej seufzte noch einmal. »Na, lassen wir das ... Du willst also direkt nach Obninsk?«

»Ja.«

»Da wird es dir besser gefallen. Zumindest wirst du dort qualifizierte Gesprächspartner haben. Nicht so eingefleischte Pragmatiker wie mich.«

Der Junge lächelte schwach, dann gaben sie einander die Hand zum Abschied – auf alayisch, über Kreuz.

»Na dann«, sagte Kornej. »Die Null-Kabine bedienen kannst du ja jetzt ...«

Beide prusteten gleichzeitig los; anscheinend erinnerten sie sich an eine Geschichte, die etwas mit der Null-Kabine zu tun hatte.

»Ja«, sagte der Junge. »Das habe ich gelernt ... Ich kann es jetzt ... Aber wissen Sie, Kornej, wir haben beschlossen, bis Antonow zu laufen. Die Jungen wollen mir in der Steppe noch etwas zeigen ...«

»Wo sind sie eigentlich?« Kornej blickte sich um.

»Sie werden sicher gleich kommen. Wir haben vereinbart, dass ich schon vorausgehe ... Sie müssen nicht warten, Kornej, ich habe Sie ohnedies aufgehalten. Und vielen Dank ...«

Plötzlich umarmten sie sich – Gagh fuhr überrascht zusammen –, dann schob Kornej den Jungen behutsam von sich und ging ins Haus zurück. Dang stieg die Treppe hinab, marschierte den Sandweg entlang, und da sah Gagh, dass er stark hinkte. Das rechte Bein war deutlich kürzer und dünner als das linke.

Einige Sekunden lang blickte Gagh ihm nach, dann sprang er mit einem Ruck vom Fensterbrett in den Garten, landete auf allen vieren und tauchte sogleich ins Gesträuch. Lautlos folgte er Dang und fühlte bereits die instinktive Feindseligkeit, jene an Ekel grenzende Abscheu, die er schon immer allen verkrüppelten, geschädigten und nutzlosen Menschen gegenüber empfunden hatte. Doch dieser Junge war Alayer, seinem Namen und Akzent nach sogar Südalayer, also ein Alayer der besten Sorte ... Und was immer Gagh von ihm hielt – reden musste er mit ihm. Es war eine Chance.

Gagh wartete, bis nur noch das Dach des Hauses hinter den Bäumen hervorsah, und näherte sich dann dem Fremden. Sie waren bereits in der Steppe.

»He, Freund!«, rief er leise auf alayisch.

Dang drehte sich hastig um. Er schwankte sogar auf seinem verkrüppelten Fuß. Seine Puppenaugen wurden noch größer, und er wich zurück. Alle Farbe schwand aus seinem abgezehrten Gesicht.

»Wer bist du?«, stieß er hervor. »Bist du ... dieser ... Sturmkater?«

»Ja«, sagte Gagh. »Ich bin Sturmkater. Ich heiße Gagh. Mit wem habe ich die Ehre?«

»Dang«, murmelte der Junge nach kurzem Schweigen. »Entschuldige, ich habe es eilig ...«

Er drehte sich um und ging weiter, noch stärker hinkend als zuvor. Gagh lief ihm nach und packte ihn am Oberarm.

»Warte ... Was ist denn, willst du nicht mit mir reden?«, fragte er verwundert. »Warum?«

»Ich habe es eilig.«

»Du schaffst es schon noch! Warte! Da treffen sich zwei Alayer in dieser Hölle und sollten nicht mal miteinander reden? Was ist los mit dir? Bist du übergeschnappt, oder was?«

Dang versuchte seinen Arm zu befreien, aber er schaffte es nicht. Er war viel zu schwach dazu.

Gagh verstand die Welt nicht mehr.

»Hör zu, Freund ...«, begann er so eindringlich wie möglich.

»In der Hölle sind deine Freunde!«, presste Dang zwischen den Zähnen hervor und blickte ihn hasserfüllt an.

Verblüfft ließ Gagh ihn los. Für einen Augenblick verschlug es ihm sogar die Sprache. Deine Freunde sind in der Hölle ... In der Hölle sind deine Freunde ... Gedemütigt und wütend rang er nach Luft.

»Du ... du ...«, krächzte er. »Du käufliches Subjekt!«

Erwürgen, in Stücke reißen musste man diesen Mistkäfer ...

»Und du bist hirnverbrannt!«, zischte Dang. »Du davongekommener Henker, du Mörder ...«

Ohne auszuholen versetzte Gagh ihm einen Schlag in die Herzgrube, und als das Bürschchen zusammenklappte, hieb er ihm noch mit Schwung die Faust in den Nacken, wobei er das Gesicht mit dem Knie abstützte. Dann beugte er sich über Dang und sah mit herabhängenden Armen zu, wie der Junge sich im trockenen Gras krümmte und Blut schluckte. Er dachte bei sich: Da hast du deinen Verbündeten, deinen Freund in der Hölle ... Bitter war das, bitter, und am liebsten hätte er geheult. Er kauerte sich hin, hob Dangs Kopf leicht an und drehte das blutbesudelte Gesicht zu sich.

»Scheißkerl, du ...«, röchelte Dang und fing an zu schluchzen. »Henker ... Selbst bis hierher ...«

»Warum hast du das getan?«, fragte eine düstere Stimme.

Gagh hob die Augen. Zwei Burschen standen neben ihm, es waren Hiesige, ebenfalls noch ganz jung. Gagh legte behutsam Dangs Kopf ins Gras und stand auf.

»Warum ...«, murmelte er. »Woher soll ich wissen, warum?«

Er wandte sich um und ging zum Haus zurück.

Ohne darauf zu achten, dass er Sträucher niederriss und Blumenbeete zertrat, steuerte er geradewegs auf die Treppe zu, ging in sein Zimmer hinauf, fiel mit dem Gesicht nach unten auf das Bett und lag dort bis zum Abend. Kornej rief ihn zum Essen – er reagierte nicht. Stimmen waren zu hören, Musik spielte, dann wurde es still. Die Spatzen hörten auf zu zwitschern und richteten sich im Efeugestrüpp auf die Nacht ein; Zikaden stimmten ihre endlosen Gesänge an, und im Zimmer wurde es dunkler und dunkler. Und als es ganz dunkel geworden war, stand Gagh auf, rief Dramba zu sich und schlich mit ihm in den Garten. Sie gingen in den hintersten Winkel, wo die dichtesten Fliederbüsche standen. Gagh setzte sich ins warme Gras und sagte leise: »Soldat Dramba, höre mir aufmerksam zu. Erste Frage: Kannst du Metallarbeiten ausführen?«

7

Beim Frühstück wechselte Kornej kein Wort mit mir, er sah mich nicht einmal an. Als wäre ich überhaupt nicht da. Ich machte mich ganz klein, wartete ab, was passieren würde, und muss sagen: Es machte mir arg zu schaffen. Mal wollte ich mich reinwaschen, mal wäre ich am liebsten gestorben.

Irgendwie brachte ich das Frühstück hinter mich, ging hoch in mein Zimmer und zog die Uniform an. Aber das half auch nicht, im Gegenteil: Es schien sogar schlimmer zu werden. Ich griff nach dem Porträt Ihrer Hoheit, doch es glitt mir aus den Händen und rutschte unter das Bett. Ich suchte nicht mal danach, sondern setzte mich ans Fenster, stützte die Ellbogen auf das Fensterbrett und blickte in den Garten – sah aber nichts und wollte auch nichts sehen. Nach Hause wollte ich. Einfach nur nach Hause, wo alles anders war als hier. Was habe ich für ein erbärmliches Schicksal!, dachte ich. Habe doch noch nichts im Leben gesehen ... Das heißt, gesehen habe ich natürlich schon eine Menge; ein anderer träumt in seinem Leben nicht so viel, wie ich in Wirklichkeit gesehen habe, aber Freude habe ich bei alldem nicht gehabt. Ich rief mir ins Gedächtnis, wie der Herzog mir den Tabak geschenkt hatte, ließ es aber wieder sein, weil auch das nichts nützte.

Anstelle seines Gesichts sah ich nur immer wieder die halbe Portion vor mir und seine magere, blutige Visage. Und statt der Stimme Seiner Hoheit hörte ich eine ganz andere, die ständig wiederholte: »Warum hast du das getan? Warum?« Aber woher soll ich denn wissen, warum!

Plötzlich sprang die Tür auf und Kornej kam herein. Wie eine Gewitterwolke, mit blitzenden Augen. Ohne ein Wort zu sagen, schleuderte er mir einen Packen Blätter hin – fast ins Gesicht. Und das Kornej! Dann wandte er sich ab und ging schweigend hinaus. Knallte die Tür. Ich hätte fast losgeheult vor Kummer und gab den Blättern einen Tritt, dass sie durchs ganze Zimmer flogen. Wieder guckte ich in den Garten, aber ich sah nichts, ich konnte nicht mehr. Ich angelte mir das Blatt, das am nächsten lag, und begann zu lesen. Danach ein anderes, ein drittes ... Ich sammelte sie alle auf, sortierte sie und las sie noch einmal.

Es waren Berichte. Von Kornejs Leuten, die anscheinend nach Alay eingeschleust worden waren und dort gearbeitet hatten, einer als Hauswart, einer als Friseur, ein anderer als General. Und in den Berichten teilten sie Kornej ihre Beobachtungen mit. Saubere Arbeit, nichts zu beanstanden. Professionell.

Da stand auch etwas über den Jungen, Dang. Gewohnt hatte er, genau wie ich, in der Hauptstadt, sogar in meiner Nähe, gegenüber vom Tierpark. Sein Vater war schon bei der ersten Tara-Offensive ums Leben gekommen. Er war Wissenschaftler gewesen und hatte im Tara-Delta zu Forschungszwecken Fische gefangen, als es ihn dort zufällig erwischte. Dang war mit seiner Mutter allein geblieben. Wie ich. Nur war seine Mutter Lehrerin und gebildet gewesen; sie hatte Musik unterrichtet. Der Junge war übrigens ein kluger Kopf. Hatte in der Schule allerlei Auszeichnungen bekommen, meistens in Mathematik. Er hatte da viel drauf, etwa wie ich in technischen Dingen – nur eben noch mehr. Gleich zu

Beginn des Krieges geriet er in einen Bombenangriff; eine Rippe wurde ihm gebrochen und das rechte Bein für immer verstümmelt.

Während ich also Arihada einnahm, Revolten niederschlug und im Tara-Delta Landungsoperationen mitmachte, lag er rund um die Uhr zu Hause. Ich werfe ihm das nicht vor, er hat sich dort womöglich mehr gequält als ich: Zweimal wurde ihr Häuserblock von Bomben getroffen, Dang erlitt eine Gasvergiftung, und später räumte man das ganze Gebäude, nur er und seine Mutter blieben in der Ruine. Keine Ahnung, warum seine Mutter nicht umziehen wollte. Sie ging Tag für Tag zur Arbeit, nun nicht mehr in die Musikschule, sondern in die Munitionsfabrik. Manchmal blieb sie den ganzen Tag weg, manchmal auch zwei. Sie ließ ihm Essen da, wickelte den Topf mit Suppe in eine Wattejacke ein und stellte ihn so hin, dass er hinkam – Dang konnte ja so gut wie nicht aufstehen –, und ging zur Arbeit. Und dann, eines Tages, kam sie nicht mehr wieder. Keiner weiß, was mit ihr geschah. Dang lag schon im Sterben, als Kornejs Aufklärer ihn zufällig fand ... Alles in allem eine schreckliche Geschichte. Mitten in der Hauptstadt wäre ein Junge vor Hunger und Kälte fast gestorben, dazu ein großes, sogar bedeutendes mathematisches Talent, aber keinen interessierte es. Er wäre verreckt wie ein Hund, wenn nicht dieser Aufklärer gekommen wäre. Er kam einmal, kam ein zweites Mal, brachte ihm Essen. Der Junge aber trieb ihn in die Enge und stellte eine Art Ultimatum: Entweder, sagte er, holt ihr mich hier raus, in eure Welt, oder ich hänge mich auf. Da hängt die Schlinge, seht ihr? Der Aufklärer war völlig verblüfft, und Kornej erteilte natürlich die entsprechende Anordnung ... So war das.

In den Berichten stand noch eine ganze Menge anderer Sachen. Über den Herzog, den Einäugigen Fuchs oder den Herrn Feldmarschall Bragg. Über alle stand dort etwas. Wie

sie ihre Politik betrieben, was sie in ihrer Freizeit machten ...
Ab und zu unterbrach ich meine Lektüre und kaute an meinen Fingernägeln, um mich zu beruhigen. Auch über Seine Hoheit war dort manches zu lesen; denn einer von Kornejs Leuten diente als Hofmarschall im Schloss, sodass alle Informationen hieb- und stichfest waren. Überhaupt waren die Unterlagen ja nicht für mich zusammengestellt worden. Nein, Kornej hatte sie aus einem anderen Vorgang herausgerissen ... Nun gut.

Ich legte die Blätter zu einem ordentlichen Stapel zusammen, Kante auf Kante, wog sie in der Hand und verstreute sie wieder im Zimmer. Um ehrlich zu sein, blieb mir nur eins übrig: eine Kugel in die Stirn. Sie hatten mir das Rückgrat gebrochen, so war das. Sie hatten ihr Ziel erreicht. Meine ganze Welt hatten sie auf den Kopf gestellt, und wie ich jetzt weiterleben sollte, wusste ich nicht. Wozu ich weiterleben sollte, war mir auch schleierhaft. Wie konnte ich Kornej jetzt noch in die Augen sehen? Ich wusste es nicht. Ach ... jetzt Anlauf nehmen durchs ganze Zimmer, die Hände an die Hosennaht und ab durchs Fenster, mit dem Kopf zuerst. Dann hat alles ein Ende, bin immerhin im ersten Stock. Aber just in dem Moment rückte mir Dramba auf die Pelle und verlangte die nächste Skizze. Das lenkte mich ab. Und als er weg war, überlegte ich mir schon in Ruhe, was zu tun war. Eine ganze Stunde hockte ich da und kaute an meinen Fingernägeln. Dann stand ich auf, ging in den Garten und badete ausgiebig. Ich fühlte mich plötzlich merkwürdig erleichtert. So, als wäre eine schmerzhafte Blase, die in meiner Seele gewachsen und immer größer geworden war, auf einmal geplatzt. Als hätte ich einen Berg Schulden beglichen. Oder hätte mich in meiner Verzweiflung bei irgendjemandem von meiner Schuld freigekauft. Ich weiß nicht, bei wem. Ich weiß auch nicht, von welchem Verbrechen. Durch meinen Kopf schwirrte nur eins: heim, Jungs! Jeder zurück nach

Hause! Denn alle Schulden, die ich habe, die habe ich dort, zu Hause.

Beim Mittagessen fragte mich Kornej streng, unfreundlich und ohne mich anzusehen: »Hast du es gelesen?«

»Ja.«

»Und begriffen?«

»Ja.«

Damit war unser Gespräch beendet.

Nach dem Mittagessen schaute ich zu Dramba. Mein Soldat schuftete, dass die Fetzen flogen. Er war voller Metallstaub, sein Öl hatte sich erhitzt, und die Arme rotierten nur so. Es machte Spaß, ihm zuzusehen. Die Arbeit ging ihm flott von der Hand, einfach wunderbar. Und jetzt blieb nur noch eins: warten.

Warten musste ich nicht lange, ungefähr zwei Tage. Als das Maschinchen fertig war, packte ich es in einen Sack und trug es zu den Teichen. Dort setzte ich es zusammen und probierte es aus – von einem Stoßgebet zum Himmel begleitet. War gar nicht schlecht, wie es drosch und hämmerte; es spuckte dabei zwar ein bisschen, war aber allemal besser als die der Rebellen, die ihre Donnerbüchsen nur aus Stücken von Wasserleitungsrohren zusammenbauten. Dann ging ich zurück und verstaute es mitsamt dem Sack in der eisernen Truhe. Ich war bereit.

Und genau an dem Abend – ich wollte schon schlafen gehen – öffnete sich die Tür, und diese Frau stand auf meiner Schwelle. Gott sei Dank war ich noch nicht ausgezogen – ich saß in Uniform auf meinem Bett und streifte gerade die Stiefel ab. Den rechten hatte ich schon ausgezogen und wollte mir schon den linken vornehmen, als ich aufblickte – und sie auf einmal dastand. Ich hatte nicht einmal Zeit zu denken, ich sah sie nur, sprang auf und nahm Haltung an, so wie ich war – mit nur einem Stiefel an den Füßen ... Schön war sie, Jungs, beklemmend schön. Bei uns habe ich noch nie so eine

Frau gesehen und werde sicherlich auch keine zu Gesicht bekommen.

»Verzeihen Sie«, sagte sie und lächelte. »Ich wusste nicht, dass Sie hier sind. Ich suche Kornej.«

Ich stand da wie ein Holzklotz und schwieg; dabei verschlang ich sie fast mit den Augen und nahm dennoch nichts um mich herum wahr. Ich war völlig durcheinander. Sie ließ den Blick durch das Zimmer schweifen, musterte mich – unverwandt, aufmerksam und ohne zu lächeln – und begriff wohl, dass sie von mir nichts Vernünftiges erfahren würde. Dann nickte sie, wandte sich um und schloss leise hinter sich die Tür. Und ob ihr's glaubt oder nicht, Jungs: Das Zimmer erschien mir plötzlich viel dunkler.

Lange stand ich so, mit einem Stiefel an den Füßen. Meine Gedanken verwirrten sich, und ich begriff überhaupt nichts mehr. Keine Ahnung, woran es lag: Ob nun das Licht in diesem Moment irgendwie besonders gewesen war oder der Moment an sich ganz außergewöhnlich für mich – jedenfalls wälzte ich mich die halbe Nacht im Bett und fand nicht zu mir. Ich erinnerte mich daran, wie sie dagestanden, wie sie geschaut und was sie gesagt hatte. Natürlich hatte sie gelogen. Sie hatte keineswegs Kornej gesucht (ausgerechnet hier!), sondern war absichtlich zu mir hereingekommen, um einen Blick auf mich zu werfen.

Na gut, was soll's. Ein anderer Gedanke aber stürzte mich in tödliche Schwermut: Mir wurde klar, dass ich in dem Moment einen winzig kleinen Ausschnitt ihrer in Wirklichkeit großen Welt gesehen hatte. Kornej hatte mich ja nicht in diese Welt hineingelassen, und wohl recht damit getan. Ich hätte mir wahrscheinlich einen Strick genommen – weil es unmöglich ist, es immerfort zu sehen und gleichzeitig zu wissen, dass man selbst nie sein wird, wie sie sind, nie haben wird, was sie haben, und unter ihnen, wie es im Heiligen Buch heißt, »abstoßend, ekelerregend und faulig« ist und bis ans Ende seiner Tage bleiben wird ... Jedenfalls schlief ich schlecht in dieser Nacht. Man kann sogar sagen, überhaupt nicht. Und kaum, dass es hell wurde, schleppte ich mich hinaus in den Garten und legte mich zwischen die Sträucher, an meinen gewohnten Beobachtungspunkt. Ich wollte sie noch einmal sehen, wollte herausfinden, ja verstehen, warum mich ihr Erscheinen gestern so aus der Fassung gebracht hatte. Denn ich hatte sie doch früher schon gesehen, auch von diesen Büschen aus ...

Als sie nun den Weg zur Null-Kabine entlangkamen, nebeneinander, ohne sich zu berühren, sah ich sie an und hätte fast geheult. Ich konnte nichts mehr an ihr entdecken, was besonders gewesen wäre. Sicher, sie war eine schöne Frau, das stand außer Frage, aber mehr war da nicht. Sie wirkte wie erloschen. Wie entseelt. Ihre blauen Augen blickten leer, und um den Mund standen Falten.

Sie gingen schweigend an mir vorüber. Erst unmittelbar an der Kabine blieb sie stehen und sagte: »Weißt du, er hat die Augen eines Mörders ...«

»Er ist ja auch ein Mörder«, erwiderte Kornej leise. »Ein Profi ...«

»Ach, mein Armer«, sagte sie und streichelte seine Wange. »Wenn ich nur bei dir bleiben könnte ... Aber ich kann nicht. Hier wird mir übel ...«

Ich hörte nicht länger zu. Sie hatten über mich gesprochen. Ich schlich in mein Zimmer und sah in den Spiegel. Die Augen waren ganz normal. Ich wusste nicht, was sie wollte. Aber was Kornej gesagt hatte, stimmte: Ich war ein Profi. Und dafür brauchte ich mich nicht zu schämen! Was man mir beigebracht hatte, beherrschte ich eben ... Und damit war die Geschichte für mich erledigt. Ihr habt eures, ich habe meins. Und meins heißt jetzt – abwarten.

Wie ich die restlichen drei Tage herumbrachte, weiß ich nicht mehr. Ich aß, schlief, badete. Schlief wieder. Mit Kornej redete ich selten. Nicht dass er mir den bewussten Vorfall nicht verziehen hätte, nein. Er hatte einfach alle Hände voll zu tun. Er nahm sogar ab. Wieder waren oft Leute bei uns, sie rannten uns fast die Tür ein. Ihr werdet es nicht glauben: Aber es kam sogar ein Luftschiff, das den ganzen Tag über dem Garten hing, und gegen Abend hagelten daraus massenhaft Menschen ... Was aber ungewöhnlich war: Es kam in dieser Zeit kein einziges »Phantom«. Ich hatte längst bemerkt, dass die »Phantome« immer spätabends oder am frühen Morgen landeten, warum, wusste ich nicht. Jedenfalls lief ich nun tagsüber herum wie im Nebel und achtete auf gar nichts; doch sobald die Sonne unterging und die Sterne am Himmel hervorkamen, hockte ich am Fenster – mein Maschinchen auf den Knien. Aber es kamen keine »Phantome« mehr, nicht ums Verrecken! Ich wurde, ehrlich gesagt, schon panisch. Steckte vielleicht Absicht dahinter? Hatte Kornej auch hier alles auf hundert Jahre vorausberechnet?

In dieser ganzen Zeit gab es nur ein interessantes Ereignis. Und zwar am letzten Tag. Ich döste gerade ein wenig vor meiner Nachtwache, als mich plötzlich Kornej weckte.

»Was legst du dich denn am helllichten Tag aufs Ohr?«, fragte er unzufrieden; aber ich sah, sein Unmut war nur gespielt.

»Es ist heiß«, antwortete ich. »Mir geht's nicht gut.«

Schlaftrunken wie ich war, hatte ich natürlich Unsinn geredet. Gerade an dem Tag hatte es seit dem Morgen genieselt.

»Ach, ich habe die Zügel schleifen lassen«, seufzte er. »Verwöhnt habe ich dich. Ich weiß nicht, wo mir der Kopf steht, und du nutzt es aus ... Gehen wir. Ich brauche dich.«

Das war noch nie da, dachte ich, dass Kornej mich braucht. Ich sprang also auf, machte das Bett und griff nach den Sandalen – und da überraschte er mich.

»Nein«, sagte er. »Lass die Sandalen. Zieh deine Uniform an und bring dich in Ordnung, wie sich's gehört. Kämm dich.

Siehst aus wie der letzte Strolch, man muss sich ja schämen ...«

Na, Jungs ... Jetzt brennt das Meer, dachte ich, die Wälder fließen dahin, und die Maus ertrinkt im Stein. Kornej verlangt die Uniform! Mich packte solche Neugier, ich hielt es kaum aus. Ich zog mich also an, schnürte den Riemen so eng wie möglich und kämmte mich. Knallte die Hacken zusammen. Diener Seiner Exzellenz. Er musterte mich von Kopf bis Fuß, grinste, und wir gingen durch das ganze Haus bis zu seinem Arbeitszimmer.

Er trat als Erster ein, machte einen Schritt zur Seite und sagte in bestem Alayisch: »Gestatten Sie vorzustellen, Herr Oberpanzermeister: Sturmkater Seiner Hoheit, Offiziersschüler im dritten Studienjahr an der Hauptstädtischen Schule, Gagh.«

Ich schaute hin, und mir wurde schwarz vor Augen. Die Beine zitterten. Wie ein Geist saß direkt vor mir im Sessel ein Panzeroffizier. Ein Blauer Drache, auch »Feuer auf Rädern« genannt. In Felddienstuniform mit allen Rangabzeichen. Er hatte die Beine übereinandergeschlagen, die Schnürstiefel glänzten, ebenso die aus der Sohle hervorstehenden Nägel. Er trug eine braune Lederjacke mit Brandflecken, und von der Schulter hing die blaue Schnur herab – er war also sogar ein Wolf ... Auch seine Visage war die eines Wolfs: Die angesengte, teils transplantierte Haut glänzte, auf dem kahlgeschorenen Kopf waren bräunliche Brandnarben zu erkennen, und die wimpernlosen Augen sahen aus wie Sehschlitze. Meine Hände legten sich wie von selbst an die Schenkel, und die Absätze schlugen so zusammen, Jungs, wie sie es hier noch nie getan hatten.

»Rühren, Offiziersschüler«, krächzte er, nahm seine Zigarette vom Aschenbecher und zog daran, ohne die Sehschlitze von mir abzuwenden.

Ich ließ die Arme sinken.

»Einige Fragen, Offiziersschüler.« Er legte die Zigarette zurück auf den Rand des Aschers.

»Zu Befehl, Herr Oberpanzermeister!«

Nicht ich bin es, der das sagt – mein Mund skandiert die Worte ganz von selbst. Ich aber denke unterdessen: Was ist los, Jungs? Was geht hier vor? Ich komme nicht dahinter ... Er fährt fort, undeutlich, wobei er die Hälfte verschluckt – ich kenne ja deren Art zu reden: »Ich habe gehört, Seine Hoheit haben dich ... äh ... eigenhändig mit Kautabak geehrt.«

»Jawohl, Herr Oberpanzermeister!«

»Und für welche ... äh ... Verdienste?«

»Als Vertreter des Studienjahres nach der Einnahme Arihadas, Herr Oberpanzermeister!«

Sein Gesicht blieb gleichgültig, fast leblos. Was kümmerte ihn Arihada? Wieder nahm er seine Zigarette, betrachtete das glimmende Ende und legte sie in den Aschenbecher zurück.

»Du wurdest also ausgezeichnet ... Und hattest somit später ... äh ... Wachdienst im Hauptquartier Seiner Hoheit ...«

»Eine Woche lang, Herr Oberpanzermeister!«, schrie ich, doch mein Kopf dachte: Wieso kommst du mir damit? Was willst du von mir?

Sein Körper schnellte nach vorn.

»Hast du Marschall Nagon-Gigh im Hauptquartier gesehen?«

»Jawohl, Herr Oberpanzermeister!«

Wo haben sie bloß diesen angesengten Wichtigtuer aufgegabelt? Ich habe schon mit General Fragga persönlich gesprochen – dem könnte der da nicht das Wasser reichen – und selbst General Fragga hat mir bei meiner zweiten Antwort bereits erlaubt, den Dienstgrad wegzulassen. Aber dem Wichtigtuer da klingt es offenbar wie Musik in den Ohren: »Herr Oberpanzermeister!« Ob er gerade erst befördert worden ist? Oder er ist einer von diesen Kriechern, hat sich lieb Kind gemacht ... und kommt jetzt gar nicht mehr zu sich.

»Wenn du jetzt den Marschall treffen würdest – könntest du ihn wiedererkennen?«

Hm, gute Frage ... Der Marschall war ein kleiner, schwerfälliger Kerl, dessen Augen die ganze Zeit tränten. Aber das kam vom Schnupfen. Wenn ihm, sagen wir, ein Auge fehlen würde oder ein Ohr ... Aber nein, er sah aus wie jeder andere Marschall. Keine Besonderheiten, im Hauptquartier gab's viele von der Sorte. Und Fragga war noch einer von den Kampferprobten ...

»Das kann ich nicht sagen«, antwortete ich.

Er lehnte sich im Sessel zurück und griff wieder nach seiner Zigarette. Sie schmeckte ihm nicht. Er hielt sie mehr in seiner Hand und roch daran, als dass er an ihr zog. Sollte er das Rauchen doch lassen ... So ein kräftiger Stier, und vertrug keinen Tabak. Ich rauche sogar Moos ...

Er stellte seine langen Beine auf den Boden, erhob sich und ging zum Fenster. Er stand mit dem Rücken zu mir, und ich sah den blauen Dunst hinter seiner Schulter aufsteigen. Er überlegte. Ein Denker!

»Na gut«, nuschelte er kaum verständlich, es hörte sich an wie »nägätt«. »Hast du nicht einen älteren Bruder bei den Blauen Panzertruppen, Offiziersschüler?«

Nicht einmal seine Fratze wandte er mir zu, sondern drehte nur das Ohr ein wenig in meine Richtung. Ich hatte außerdem drei Brüder ... Das heißt, ich hätte sie haben können, aber sie sind alle im Säuglingsalter gestorben. Und plötzlich packte mich solche Wut! Auf alle und alles gleichzeitig.

»Was soll ich denn für Brüder haben?«, schrie ich. »Natternmilch, verdammte! Woher sollen unsere Brüder kommen? Wir leben ja selber kaum noch ...«

Er fuhr jäh zu mir herum und starrte mich an. Der reinste Panzer – und mir war zumute, als säße ich im Schützengraben ... Nach alter Gewohnheit überlief mich sogar eine Gänsehaut, aber dann dachte ich: Schert euch doch alle zum

Teufel mit euren furchterregenden Blicken. Was bist du denn? Oberpanzermeister einer Lumpenarmee ... Hat sich bestimmt verdrückt, gleich bis hierher, ist vor seinen eigenen Soldaten getürmt ... Ich stelle frech meinen rechten Fuß zur Seite, lege die Hände auf den Rücken und blicke ihm direkt in seine Sehschlitze.

Bestimmt eine halbe Minute schwieg er, dann krächzte er leise: »Wie stehst du denn da, Offiziersschüler?«

Ich hätte am liebsten ausgespuckt, aber ich beherrsche mich und sagte nur: »Wieso? Ich stehe, wie ich stehe, ich falle schon nicht um.«

Und da rückte er durch das ganze Zimmer auf mich zu. Langsam, bedrohlich. Und ich weiß nicht, wie es geendet hätte, wäre nicht Kornej gewesen, der sich plötzlich aus der Ecke meldete, wo er die ganze Zeit über seinen Papieren gesessen hatte: »Panzermeister, mein Freund, etwas ruhiger ... Lassen Sie sich nicht hinreißen.«

Das war's. Ein Krampf überlief die versengte Visage, und der Herr Oberpanzermeister schwenkte, noch bevor er mich erreicht hatte, zu seinem Sessel hinüber. Er war fertig, hatte anscheinend die Lust verloren, der Blaue Drache. Bist hier schließlich nicht auf der Kommandantur. Und ich? Ich grinste, so frech ich konnte, über mein ganzes, noch immer starres Gesicht. Doch dabei dachte ich: Wenn nun Kornej nicht gewesen wäre? Wenn er für einen Moment den Raum verlassen gehabt hätte? Dann hätte er mich geschlagen. Und ich hätte ihn umgebracht. Mit bloßen Händen.

Der Oberpanzermeister ließ sich in den Sessel fallen, drückte endlich die Zigarette im Aschenbecher aus und sagte zu Kornej: »Es ist sehr heiß hier, Herr Kornej ... Ich hätte jetzt nichts gegen eine ... äh ... Erfrischung.«

»Saft?«, schug Kornej vor.

»Saft? Äh ... nein. Wenn möglich, etwas Stärkeres.«

»Wein?«

»Ja, bitte.«

Mich beachtete er nicht mehr. Ignorierte mich. Er nahm das Weinglas entgegen und steckte seine angekohlte Nase hinein. Schlürfte. Ich war sprachlos. Was hieß das nun wieder? Gewiss, alles war möglich, zumal bei einer Niederlage, einer Demoralisierung ... Doch nein! Er ist ein Blauer Drache! Ein echter! Und plötzlich fiel es mir wie Schuppen von den Augen. Die Schnur ... der Wein ... Natternmilch! Der war nicht echt!

Kornej sagte: »Du willst nichts trinken, Gagh?«

»Nein«, erwidere ich. »Ich trinke nicht. Ich selbst trinke nicht und rate auch dem da, es bleiben zu lassen ... dem Herrn Oberpanzermeister.«

Und dann packte mich eine so boshafte Fröhlichkeit, dass ich fast laut aufgelacht hätte. Die beiden starrten mich mit großen Augen an. Ich trat zu dem angeschmorten Oberpanzermeister, nahm ihm das Glas aus der Hand und sagte – ganz sanft, auf die väterliche Art belehrend: »Die Blauen Drachen trinken keinen Wein. Sie trinken überhaupt keinen Alkohol. Sie haben einen Eid geleistet, Herr Oberpanzermeister, und der lautet: keinen Tropfen Alkohol, so lange auch nur eine gestreifte Ratte mit ihrem Atem die Welt verpestet. Das als Erstes. Und nun zur Schnur ...« Ich greife nach diesem Symbol für Tapferkeit im Kampf, knöpfe es von der Jacke los und lasse es den Ärmel hinunterbaumeln. »Die Tapferkeitsschnur haben Sie nach dem Reglement am dritten Knopf von oben zu befestigen. In Wahrheit aber knöpft kein echter Drache sie an. Sie sitzen sogar auf der Hauptwache, ohne sie festzumachen. Das also zum Zweiten!«

Ach, wie ich das genoss! Wie leicht und wunderbar ich mich fühlte! Ich sah sie noch einmal an, wie sie mir lauschten – als wäre ich der Prophet Gagura persönlich, der aus seiner Grube die Wahrheit des Herrn verkündet. Dann ging ich zur Tür. Auf der Schwelle blieb ich stehen und fügte zu guter Letzt hinzu: »Und im Gespräch mit Untergeordneten, Herr

Oberpanzermeister, lassen Sie sich nicht immerfort mit vollem Titel anreden. Das ist zwar kein schlimmer Fehler, nur – achten wird man Sie nicht! ›Das ist kein Frontkämpfer‹, wird man sagen, ›sondern ein Etappenhengst in der Uniform eines Frontkämpfers.‹ Da nützt Ihnen auch Ihr angesengtes Gesicht nichts. Brandwunden kann man sich auch sonst wo holen …«

Dann ging ich hinaus. Setzte mich oben ans Fenster, legte die Hände auf die Knie und fühlte mich wohl in meiner Haut, ganz ruhig, als hätte ich etwas sehr Wichtiges vollbracht. Ich ließ noch einmal alles an mir vorüberziehen. Wie Kornej am Anfang nur die Lider auf- und zugeklappt hatte, dann aber ganz Ohr wurde und mit vorgerecktem Hals jedes meiner Worte aufsog. Und dem falschen Panzermeister war vor Anspannung sogar der Handschuh geplatzt … Doch ich hielt mich nicht lange mit diesem Spaß auf, weil mir sehr bald klarwurde, dass sich letztlich etwas ganz Dummes ergeben hatte, nämlich: Sie würden diesen Spion von der Erde zu uns schicken, und ich hatte ihm auch noch geholfen. Ihn beraten. Wie der letzte bestechliche Lump. Und ich habe mich auch noch gefreut, ich Idiot! Habe ihn entlarvt. Stattdessen hätten sie ihn dort schnappen sollen, an die Wand stellen, und Feierabend … Ja, Feierabend – aber womit? Damit fängt es schon an, dass ich das nicht weiß … Kornej hat sich schließlich auch bei uns aufgehalten, und das bestimmt nicht nur ein Jahr. Ihm ist nichts passiert, aber er hätte auch umkommen können. Wäre das vielleicht gut gewesen? Nein, bei Kornej … Ganz zu schweigen davon, dass meine Knochen jetzt irgendwo im Dschungel verfaulen würden! Nein, das ist alles nicht so einfach. Warum bin ich überhaupt so in Harnisch geraten? Weil dieser Drache mich gereizt hat. Mir wurde schon schlecht, wenn ich ihn nur ansah. Früher dagegen wäre das nicht passiert – da wäre ich vor ihm auf die Knie gefallen, vor diesem Heldenkameraden, hätte stolz seine

Stiefel geputzt und mich noch damit gebrüstet ... Weißt du, wem ich die Stiefel geputzt habe?, hätte ich gefragt. Einem Oberpanzermeister! Mit Schnur! ... Nein, nein, ich muss mir noch über so einiges klarwerden ...

So saß ich bis zur Dämmerung und grübelte. Dann kam Kornej herein und legte mir die Hand auf die Schulter, genau wie diesem Dang ...

»Mein Freund«, sagt er. »Ich danke dir. Ich wusste gleich, dass du etwas bemerken würdest. Weißt du, wir hatten wenig Zeit, um ihn vorzubereiten ... Ein Mann muss gerettet werden. Einer von euch, ein bedeutender Wissenschaftler. Wir vermuten, dass er sich am Westufer des Sagguta-Sees versteckt hält. Dort aber hat sich eine Panzereinheit verschanzt, und sie lassen niemanden durch, nur die eigenen Leute. Geh davon aus, dass du heute zwei Menschen das Leben gerettet hast. Zwei guten Menschen – einem von euch und einem von uns.«

Alles Mögliche hat er mir noch erzählt, mich förmlich beweihräuchert; ich wusste schon nicht mehr, wohin ich sehen sollte ... Doch als ich sie sozusagen beriet, hatte ich ja nicht im Traum daran gedacht, dass ich damit jemandem das Leben retten würde. Ich hatte es nur aus Schadenfreude getan.

»Wann reist er denn ab?«, fragte ich, um Kornejs Redefluss ein bisschen zu bremsen.

»Morgen früh«, antwortete er. »Um fünf Uhr.«

Und da fiel bei mir der Groschen. He, denke ich. Jetzt ist es so weit.

»Von hier?«, wollte ich wissen. Schon nicht mehr zufällig.

»Ja«, sagte er. »Von der Wiese.«

»Dann sollte ich ihn zum Schiff bringen und ihn mir ein letztes Mal ansehen«, schlug ich vor. »Vielleicht fällt mir noch etwas auf ...«

Kornej lachte und tätschelte wieder meine Schulter. »Wie du willst«, sagte er. »Aber besser wäre es für dich zu schlafen.

Bist neuerdings ja völlig aus dem Rhythmus geraten. Komm, gehen wir zum Abendessen, und dann leg dich hin.«

Wir gingen also essen. Kornej war richtig fröhlich, so hatte ich ihn lange nicht erlebt. Er erzählte allerlei Anekdoten aus seiner Zeit als Bankkurier in unserer Hauptstadt: Wie Gangster ihn hatten anwerben wollen, und wie sich die Sache weiter entwickelt hatte. Er fragte mich, wo Dramba steckte und warum man ihn seit Tagen nicht zu Gesicht bekommen hatte. Ich antwortete aufrichtig, dass Dramba für mich Befestigungen an den Teichen errichtete.

»Befestigungen? Das ist gut«, sagte er ernst. »Im Notfall werden wir also einen Platz haben, wo wir in Sicherheit abwarten können … Wenn ich etwas Luft habe, werden wir ein richtiges Kriegsspiel abhalten, ich muss sowieso mal die Jungs trainieren …«

Dann unterhielten wir uns über Drill und Manöver; mir fiel auf, wie freundlich und entgegenkommend er war, und ich überlegte: Ob ich ihn noch einmal bitte? Im Guten? Dass er mich nach Hause lässt? Doch nein, er wird mich nicht gehen lassen. Er lässt mich erst fort, wenn er sicher sein kann, dass ich ungefährlich bin. Wie aber soll ich ihn davon überzeugen, wenn ich es selber nicht weiß? Und auch nicht erfahren werde, solange ich nicht dort bin …

Wir verabschiedeten uns voneinander. Er wünschte mir eine gute Nacht, und ich ging in mein Zimmer. Natürlich schlief ich nicht. Ich legte mich bloß ein bisschen hin und machte ein Auge zu. Schon um drei Uhr stand ich auf und machte mich langsam bereit. Ich tat es so gründlich, wie ich mich bisher auf kein Spähtruppunternehmen vorbereitet hatte. Mein Leben würde sich an diesem Morgen entscheiden, Jungs. Um vier Uhr war ich im Garten und legte mich auf die Lauer. Die Zeit schlich, wie immer in solchen Fällen. Doch ich war ruhig. Ich wusste, dass ich einfach gewinnen musste, dass es gar nicht anders sein konnte. Und die Zeit …

Was spielte es für eine Rolle, ob sie langsam oder schnell verging, letzten Endes verstreicht sie immer.

Genau um fünf Uhr, der Tau war gerade gefallen, hörte ich direkt über mir das bekannte heisere Mauzen. Heißer Wind schlug durch die Sträucher, über der Lichtung flammte das erste Feuer auf – und dann stand es da. Direkt neben mir. So nahe hatte ich noch nie eins gesehen – riesengroß, warm, lebendig. Die Flanken waren, wie es schien, sogar fellbedeckt und bewegten sich, pulsierten, atmeten ... Weiß der Teufel, was das für ein Apparat war. So was gab es doch gar nicht!

Ich veränderte meine Position näher zum Weg hin, blickte auf und sah sie kommen. Vorneweg der Blaue Drache, seine Schnur baumelte, wie es sich gehörte, in der Hand hielt er den Offiziersstock. Das hatten sie gut durchdacht: Denn hatte einer die Schnur, kriegte er auch den Stock, das hatte ich ganz vergessen. Der Drache war in Ordnung. Kornej folgte ihm, beide schwiegen. Gewiss war schon alles gesagt, und es blieb nur noch, die Hände zu schütteln oder, wie es hier Sitte war, einander zu umarmen und sich vor der Reise noch einmal zu küssen. Ich wartete, bis sie dicht vor dem »Phantom« waren; die Luke öffnete sich bereits mit einem schmatzenden Ton, da trat ich hinter den Sträuchern hervor und richtete mein Maschinchen auf sie.

»Stehen bleiben! Keine Bewegung!«

Sie fuhren gleichzeitig zu mir herum und erstarrten. Ich hatte die Knie leicht gebeugt und den Lauf der Maschinenpistole angehoben – für den Fall, dass es einem von ihnen einfallen sollte, einen großen Satz auf mich zuzumachen, über die zehn Meter, die uns trennten; dann hätte ich ihn in der Luft erwischt ...

»Ich will nach Hause, Kornej«, sagte ich. »Und Sie nehmen mich jetzt mit dorthin. Ohne Diskussion, sofort!«

In der Morgendämmerung wirkten ihre Gesichter sehr ruhig, nichts konnte ich darin lesen, außer Aufmerksamkeit und das Warten darauf, was ich noch sagen würde. Aber irgendwo in meinem Hinterkopf hatte ich mir gemerkt, dass Kornej immer noch Kornej blieb und der Blaue Drache der Blaue Drache. Beide waren gefährlich. Sehr gefährlich!

»Entweder wir reisen zusammen«, fuhr ich fort, »oder es reist niemand. Dann schieße ich Sie beide nieder und mich dazu.«

Ich verstummte. Wartete. Ich hatte nichts mehr zu sagen. Sie schwiegen ebenfalls. Dann drehte der Blaue Drache seinen Kopf ein wenig in Kornejs Richtung.

»Dieser Bengel ... äh ... ist ja völlig außer sich. Vielleicht sollte ich ihn mitnehmen? Ich brauche doch ... äh ... einen Burschen.«

»Er eignet sich nicht als Offiziersbursche«, erwiderte Kornej, und auf sein Gesicht legte sich auf einmal wieder dieser Ausdruck tödlicher Schwermut, der mich schon im Lazarett so bestürzt hatte.

Ich verlor sogar die Fassung. »Ich muss nach Hause!«, rief ich. Als bäte ich um Verzeihung.

Aber Kornej war schon wieder der Alte. »Kater«, murmelte er. »Ach, Katertier ... du Mäuseschreck!«

8

Gagh zwängte sich durch die letzten Büsche und trat auf den Weg. Er blickte sich um. Durch die nassen Zweige hindurch war nichts mehr zu erkennen. Es goss in Strömen. Aus dem Straßengraben, wo Haufen von unheimlichen, schwarzen Lumpen in der lehmigen Jauche verfaulten, wehte Gestank. Etwa zwanzig Schritte entfernt, auf der gegenüberliegenden Straßenseite, stand ein ausgebrannter Panzerwagen; er war seitlich in den Morast gerutscht, und das kupferne Rohr des Flammenwerfers zielte sinnlos auf die niedrig hängenden Wolken. Gagh sprang über den Graben und marschierte am Straßenrand entlang auf die Stadt zu. Eine Straße im eigentlichen Sinn war es freilich nicht, eher ein Fluss aus aufgeweichtem Lehm. Und durch diese Brühe krochen ihm mit entkräfteten Ochsen bespannte wacklige Leiterwagen entgegen, deren große Holzräder immer wieder stecken blieben. Bis an die Augen verhüllte Frauen, die alle Augenblicke ausrutschten, schlugen weinend, unflätig schimpfend und blindwütig auf die knochigen Flanken der Zugtiere ein. Auf den Leiterwagen drängten sich zwischen nassen Bündeln und hervorstehenden Stuhl- und Tischbeinen blasse, skrofulöse Kinder aneinander wie Äffchen im Regen; es waren viele, ja Dutzende je Fuhre, und in diesem ganzen elenden Tross gab es keinen einzigen Mann ...

An jedem seiner Stiefel klebte schon ein Pud Modder, der Regen hatte die Jacke durchweicht und troff ihm in den Kragen, rann über sein Gesicht. Gagh ging und ging, und ihm entgegen zogen die Flüchtlinge, krümmten sich unter der Last feuchter Bündel und zerschrammter Koffer, schoben Karren mit erbärmlicher Habe vor sich her, schweigend und mit letzter Kraft. Lange schon gingen sie so, ohne Rast. Ein Greis, der mit zerbrochener Krücke auf den Knien mitten im Schlamm saß, sagte immerzu monoton und ohne Hoffnung: »Nehmt mich mit, um Gottes willen ... Nehmt mich mit, um Gottes willen ...« Und an einem schiefen Telegrafenmast hing ein schwarzgesichtiger Mann, die Hände hinter den Rücken gebunden ...

Gagh war zu Hause.

Er kam an einem festgefahrenen Militärkrankenwagen vorbei. Der Chauffeur, in schmutzigem Soldatenkittel und speckiger Schiebermütze, brüllte etwas aus der halb geöffneten Tür, was aber beim Heulen des Motors nicht zu verstehen war. Zwischen Strömen von Schmutz, die von den durchdrehenden Reifen aufgeworfen wurden, mühten sich am Heck des Wagens hilflos und ungeschickt ein kleiner Armeearzt mit Backenbart und eine uniformierte junge Frau, offenbar die Krankenschwester, ab. Im Vorübergehen dachte Gagh, dass dieses Auto allein gegen den Strom in die Stadt wollte, und selbst das war nun stecken geblieben ...

»Junger Mann!«, hörte er da jemanden rufen. »Halt! Ich befehle es Ihnen!«

Gagh blieb stehen und drehte den Kopf. Der Arzt kam auf ihn zugelaufen, glitt dabei immer wieder aus und fuchtelte ungeschickt mit den Armen. Hinter ihm her rannte der Fahrer – rasend, blaurot im Gesicht und breit wie ein Wildschwein, die gewaltigen Fäuste hatte er in die Hüften gestemmt.

»Helfen Sie uns, sofort!«, schrie der Arzt mit schriller Stimme, während er auf Gagh zukam. Er war über und über mit der braunen Jauche bespritzt, und es war unbegreiflich, wie er durch die schmutzigen Gläser seines Kneifers etwas sehen konnte. »Unverzüglich! Es ist nicht gestattet abzulehnen!«

Gagh blickte ihn schweigend an.

»Verstehen Sie doch, da herrscht die Pest!«, schrie der Arzt und wies mit der schmutzigen Hand zur Stadt. »Ich bringe den Impfstoff. Warum will uns denn keiner helfen?«

Was hatte dieser Mann bloß an sich? Er war alt, schwach, schmutzig ... Gagh aber sah plötzlich sonnendurchflutete Räume vor sich, schöne, gepflegte Menschen in Overalls und bunten Hemden, und sah, wie die Lichter der »Phantome« über einer runden Lichtung erglühten ... Es war wie eine Vision.

»Mit dem reden? Mit dieser Kreatur?!«, krächzte der Fahrer und schob den Arzt beiseite. Furchtbar schnaufend packte er die Maschinenpistole beim Lauf, nahm sie Gagh, der sie unter der Achsel gehalten hatte, weg und warf sie grunzend in den Wald. »Hat sich rausgeputzt, der Geier! Natternmilch! Und jetzt ...«

Er holte aus und versetzte Gagh eine Ohrfeige, doch gleich rief der Doktor: »Aufhören! Sofort aufhören!«

Gagh wankte, hielt aber stand. Er würdigte den Fahrer keines Blickes, sondern sah nur den Arzt an und wischte langsam die Spuren des Schlags von seinem Gesicht.

Der Arzt zog ihn am Ärmel. »Bitte, ich bitte Sie. Ich habe zwanzigtausend Ampullen. Verstehen Sie doch ... Zwanzigtausend! Heute ist es noch nicht zu spät ...«

Nein, nein, er war ein Alayer. Ein ganz gewöhnlicher Südalayer ... Eine Vision. Sie gingen zum Wagen. Der Fahrer stieg knurrend und schäumend vor Wut ein und raunzte: »Los!« Im selben Augenblick heulte der Motor auf, und Gagh, der sich zwischen das Mädchen und den Arzt gestellt hatte, stemmte sich mit ganzer Kraft gegen das Heck. Es roch nach nassem Metall. Der Motor dröhnte, der Schlamm flog ihm im Schwall entgegen, er aber stemmte, drückte, schob und dachte: daheim, ich bin daheim ...

ANHANG

BORIS STRUGATZKI

Kommentar

Fluchtversuch

Dieser Kurzroman hatte für uns eine gewaltige Bedeutung, er war ein Umbruch im gesamten Schaffen der frühen Strugatzkis. Beide Autoren waren übereinstimmend der Ansicht, dass »die wahren Strugatzkis« mit ebendiesem Roman ihren Anfang genommen haben.

»Fluchtversuch« war unser erstes Werk, in dem sich Vergangenheit, Gegenwart und Zukunft überschnitten und wir erstmals erkannten, wie produktiv – in rein literarisch-künstlerischer Hinsicht – diese Überschneidung ist.

Es war unser erstes Werk, in dem wir für uns das Thema der Progressoren entdeckten, obwohl von dem Begriff selbst weit und breit noch nichts zu sehen war, es gab nur die Frage: Soll sich eine hoch entwickelte Zivilisation in die Angelegenheiten einer rückständigen einmischen, und sei es mit den edelsten Absichten? Die Frage war damals durchaus nicht trivial, denn jeder ideologisch geschulte Bürger der UdSSR (einschließlich der Strugatzkis, versteht sich) war überzeugt: ja, man müsse sich einmischen, es sei sogar unerlässlich, und man hatte immer das Beispiel der Mongolei bei der Hand, »die dank der uneigennützigen Hilfe der UdSSR aus dem Feudalismus geradewegs in den Sozialismus gesprungen war«.

Des Weiteren war das unser erstes Werk, in dem wir spürten, wie befriedigend und zauberkräftig es ist, *auf Erklärun-*

gen zu verzichten. Auf alle möglichen Erklärungen – sciencefiction-mäßige, logische, rein wissenschaftliche oder sogar pseudowissenschaftliche. Wie befriedigend es ist, dem Leser mitzuteilen, dass *dieses* und *jenes* geschah, aber *warum* es geschah, *wie* es geschah, wie es dazu kam – das *ist nicht wesentlich!* Weil es nicht darum geht, sondern um etwas ganz anderes, um ebendas, wovon die Geschichte handelt.

Und schließlich war das unser erstes Werk, zu dem wir durch eine schwere Krise gelangten, die uns ganze zehn quälende Stunden lang absolut unüberwindlich vorkam.

Die ersten Versuche, die Fabel zu entwickeln, fielen in den Januar 1962. Ein ferner Planet, die Bevölkerung auf der Stufe der Sklavenhalterordnung, Reste von Technik, die in grauer Vorzeit von einer sorglosen Superzivilisation dort zurückgelassen wurden (das erinnert übrigens an »Picknick am Wegesrand«, nicht wahr?). Versuche der Priester und der »antiken« Wissenschaftler, diese Technik zu erforschen und anzuwenden. Und dann die Ankunft kommunistischer Erdenmenschen auf dem Planeten (in Begleitung von befreundeten Humanoiden aus dem System von Sirius A) und – ein Krieg, ein schrecklicher, unbarmherziger, sinnloser Krieg, wo von einer Seite Supertechnik eingesetzt wird, irgendwie, aufs Geratewohl, wie die ungebildeten Priester sie sich angeeignet haben, und von der anderen Seite die nicht minder machtvolle Technik der Erdbewohner und der Sirianer, die nicht begreifen, was vor sich geht, sich aber notgedrungen mit ganzer Kraft zur Wehr setzen.

Die Rohfassung entstand im Februar/März 1962. Wobei wir uns, wie ich mich entsinne, zunächst nicht einmal sonderlich beeilten. Der Plan schien uns durchaus befriedigend ausgearbeitet, das Ende war zwar noch nicht klar, doch verschiedene Episoden hatten wir uns mehr als genug ausgedacht, wir brauchten uns nur noch hinzusetzen und aufzuschreiben. Deshalb verfassten wir zunächst ohne Eile eine

Erzählung unter dem Titel »Das Verkehrsschild« (die später zum Prolog von »Es ist schwer, ein Gott zu sein« wurde), dann erst wandten wir uns dem Roman zu.

Der Roman hatte vorerst noch keinen Titel, nicht einmal einen provisorischen Arbeitstitel, und im Arbeitsplan fehlten jetzt alle Sirianer, dafür gab es eine Gruppe junger Leute aus dem 22. Jahrhundert – zwei Burschen und ein Mädchen –, die auf einen wenig erforschten Planeten flogen, um auf die Jagd zu gehen und sich überhaupt ein wenig Bewegung zu machen. Begleitet wurden sie von einem seltsamen, langweiligen und absonderlichen Onkel, der sich ihnen fast in letzter Minute aufgedrängt hatte. Dieser Onkel war in Wirklichkeit ein Spezialist für Experimentalpsychologie und hatte vor, während der ganzen Reise insgeheim verschiedene psychologische Experimente an seinen nichtsahnenden jungen Begleitern durchzuführen. Der Witz der Handlung bestand gerade darin, dass verschiedene seltsame Vorgänge an Bord (von dem Psychologen inszeniert) fließend in seltsame und schreckliche Vorgänge auf dem Planeten übergehen. Diese Sujetentwicklung haben wir zehn Jahre später nicht ohne Erfolg in dem SF-Krimi »Ein Mordfall« (»Das Hotel ›Zum Verunglückten Bergsteiger‹«) verwendet. Hier aber funktionierte er nicht. Wir gerieten fast augenblicklich in eine emotionale, dann auch logische Sackgasse, es schrieb sich schwer, zäh, mühsam, langweilig. Wir hatten schon zwei oder drei Kapitel geschrieben, an die zwanzig Seiten, doch die Empfindung, in einer Sackgasse zu stecken, verging nicht, sie wurde von Seite zu Seite stärker. Es wurde klar, dass wir dieses Sujet nicht schreiben wollten. Was, zum Teufel, kümmerten uns alle diese jungen Tagediebe und die psychologischen Experimente an ihnen? Was sollte dieser langweilige Onkel von einem Psychologen? Und wozu brauchten wir überhaupt alle diese Kriege, die aus Unverständnis von Leuten angezettelt worden waren, die uns nichts angingen? … Die Arbeit kam zum Stehen.

Arkadi machte verzweifelt eine Wodkaflasche auf und kippte ein halbes Wasserglas voll hinunter, ohne einen Bissen dazu zu essen. Boris als Mensch, der dem Alkohol gleichgültig gegenüberstand, trottete finster im Zimmer auf und ab und rauchte eine Zigarette nach der anderen. Beide schwiegen. Es gab nichts zu reden. Es war eine Sackgasse – eine absolute, lumpige, eisige und enge Sackgasse. Die erste richtige Sackgasse in unserer Schriftstellerbiografie.

Natürlich waren wir auch vorher schon gelegentlich auf den »Widerstand des Materials« gestoßen. Gewiss doch! Und mehr als einmal. Es entstand eine Art vorübergehende Atemnot, man wollte sich losreißen, durchbrechen, sich durchschlagen, denn dort hinter dem unwegsamen Dickicht der widerspenstigen Episode war Licht, war der Weg zu sehen, zeichnete sich das klare und verlockende Ziel der Handlung ab. In solchen Fällen gaben wir die Arbeit an der eigensinnigen Episode einfach auf, umgingen sie und rückten weiter vor. Wir hatten es schon gelernt, kleine, unwesentliche Widerstandsnester hinter uns zu lassen. »Vorwärts!«, pflegte Arkadi in solchen Situationen zu rufen. »Vorwärts! Sie sind schon am Ende!« (Er zitierte da wohl *Die Schlacht von Stalingrad*, einen zweifellos kriecherischen und verlogenen Film, aber nicht ohne beeindruckende Regieeinfälle.) Und es hatte noch keinen Fall gegeben, dass solch eine Taktik der »Panzerkeile« versagt hätte. Die noch nicht bewältigte Episode wurde entweder später mühelos in Übereinstimmung mit dem Grundtext gebracht oder aber ganz verworfen, weil sie vor dem Hintergrund des schon geordneten Werkes nicht mehr notwendig erschien.

Diesmal aber waren wir auf eine Erscheinung gestoßen, wie wir sie noch nicht kannten. Vor uns war eine Wand – finster und absolut undurchdringlich, und hinter dieser Wand war nichts zu sehen. Das war der *Verlust des Ziels*. Wir hatten das Interesse an allem verloren, was wir uns bisher ausgedacht hatten, und die schon geschriebenen zehn bis zwanzig Seiten führten zu nichts und waren zu nichts nütze.

Das Gefühl der Ausweglosigkeit und Verzweiflung, das mich damals überkam, hat sich mir gut eingeprägt – die Trockenheit im Mund, die unsteten Gedanken, das nutzlose Klingen im hohlen Schädel ... Aber ich weiß überhaupt nicht mehr, wem von uns diese geniale Idee kam: aus dem onkelhaften Psychologen einen Ankömmling aus der Vergangenheit zu machen. »... Und auf welche Weise ist er hierhergekommen, ins 22. Jahrhundert?« – »Auf gar keine Weise. Es ist ihm hier bei uns zu eng geworden, und da ist er geflohen ...« – »Richtig! Direkt vom Verhör weg ist er geflohen!« – »Oder aus einem KZ!« Die undurchdringliche Wand war eingestürzt, und sofort wurde es ringsum klar und hell, obwohl draußen tiefe Nacht war! Wie wir wieder Interesse fanden, wie die Fantasie in Gang kam, wie die Sätze prasselten – wie aus dem schöpferischen Füllhorn! Der ganze Plan wurde sofort, noch in jener Nacht, binnen ein paar Stunden umgekrempelt, neu aufgestellt, und er funkelte vor lauter neuen Möglichkeiten und Aussichten ... Eine große Sache ist das, eine schöpferische Krise! Sie durchzumachen ist unerträglich qualvoll, doch wenn man sie überwunden hat, ist man wie neugeboren und fühlt sich wie der Felsenpython Kaa, der die alte Haut abgeworfen hat – allmächtig, groß und schön.

Der Roman wurde in einem Zuge geschrieben – in zwei, drei Wochen – und erhielt den Titel »Liebe deinen Nächsten«, der übrigens recht bald in »Liebe deinen Fernsten« geändert wurde. In der ersten Variante hatte er überhaupt keinen Epilog, er endete mit dem Beschuss der gleichgültigen Maschinen aus dem Scorcher (der damals Blaster hieß) und der Verzweiflung Sauls, als er erkannte, dass keine Macht der Welt den Lauf der Geschichte zu ändern vermag. Dann (als der Roman schon zu einem Verlag gelangt war) stellte sich plötzlich heraus, dass »Liebe deinen Fernsten«* ein Nietzsche-Zitat ist (»Geht nicht!«). Daraufhin erfanden wir einen Epilog, in dem Saul Repnin aus einem *sowjetischen* Konzentrationslager geflohen war, und änderten gleichzeitig den Titel in »Fluchtversuch«. Damit kamen wir freilich auch nicht durch – wir mussten (auf nachdrückliche Forderung der Obrigkeit im Verlag *Molodaja gwardija*) ein deutsches KZ daraus machen. Doch selbst nach all diesen Änderungen machte der Roman keinen üblen Eindruck und vermochte in engen literarischen Kreisen eine kleine Sensation auszulösen. Sogar ein so eifriger Verfechter einer streng wissenschaftlichen Fantastik ohne Wenn und Aber wie Anatoli Dneprow erklärte ihn, wie ich mich entsinne, für genial: So sehr gefiel ihm der unerklärliche und unerklärte Sprung des Helden – ein Sprung, für den es keinerlei innere Begründung gab außer der wichtigsten, dass Handlung und Sinn darauf beruhten.

»Man darf beliebige Gesetze verletzen, die der Literatur und die des wirklichen Lebens, darf auf jegliche Logik verzichten und die Glaubwürdigkeit untergraben, gegen alle denkbaren und undenkbaren Vorschriften und Regeln verstoßen, wenn nur im Ergebnis das Hauptziel erreicht wird: dass im Leser die Bereitschaft zum Mitempfinden aufflammt, und je stärker diese Bereitschaft ist, umso mehr Regelverstöße darf sich der Autor erlauben.« So oder so ähnlich formulierten wir damals die Quintessenz aus unserer Arbeit am »Fluchtversuch«, und diese Schlussfolgerung erlaubte uns später mehr als einmal, uns über die Ebene der gewohnten Vorstellungen (auch unserer eigenen) zu erheben – wie in »Der Montag fängt am Samstag an«, in »Die Schnecke am Hang«, in »Das Experiment« und viele, viele Jahre später in »Die Last des Bösen« …

---

* Vgl. Anmerkung zu Seite 79 und 81.

Es ist schwer, ein Gott zu sein

Kann man diesen Roman als ein Werk über die lichte Zukunft betrachten? In gewisser Hinsicht zweifellos ja. Aber in sehr geringem Grade. Überhaupt hat der Roman im Laufe der Arbeit daran recht erhebliche Veränderungen durchgemacht. Er begann (im Stadium der Idee) als fröhlicher Abenteuerroman in der Art der »Drei Musketiere«:

> 01.02.62 – Arkadi: »... Du musst schon entschuldigen, aber ich habe [im Editionsplan des Kinderbuchverlages für 1964] den ›Siebten Himmel‹ eingefügt, den Roman über unseren Beobachter auf einem fremden Feudalplaneten, wo es zwei Spezies intelligenter Wesen gibt. Den Entwurf habe ich durchdacht, das wird ein spannendes Ding, lauter Abenteuer und Späße mit Piraten, Conquistadoren und dergleichen, vielleicht sogar mit der Inquisition ...«

Die Idee von »unserem Beobachter auf einem fremden Planeten« war aufgekommen, während wir noch am »Fluchtversuch« schrieben. Dort wird beiläufig ein gewisser Benny Durow erwähnt, der just als solch ein Beobachter auf der Tagora gearbeitet hatte. Die Idee huschte vorbei (wir hatten andere Sorgen), verschwand aber nicht spurlos. Nun war sie an der Reihe, obwohl wir noch keine rechte Vorstellung hatten, welche Möglichkeiten und Perspektiven sich hier auftaten.

Warum der Titel von dem noch nicht verfassten Roman über Zauberer fortgenommen und auf den noch ebenso wenig verfassten Roman über »unseren Beobachter« übertragen wurde, erhellt aus einem Brief Arkadis. Ich kann mir nicht verkneifen, hier einen längeren Auszug daraus wiederzugeben, damit sich der Leser an einem konkreten Beispiel vorstellen kann, wie sehr sich die ursprünglichen Pläne und Entwürfe der Autoren von der endgültigen Umsetzung der Idee unterscheiden können. Der Brief ist nicht datiert, er stammt anscheinend von Mitte März 1963.

… Irgendwo gibt es einen Planeten, eine genaue Kopie der Erde (vielleicht mit geringfügigen Abweichungen) im Zeitalter unmittelbar vor den großen geografischen Entdeckungen. Absolutismus, fröhliche betrunkene Musketiere, ein Kardinal, ein König, revoltierende Prinzen, die Inquisition, Matrosenkneipen, Galeonen und Fregatten, schöne Frauen, Strickleitern, Serenaden u. dgl. Und in dieses Land (eine Mischung aus Frankreich und Spanien oder Russland und Spanien) schicken unsere Erdenmenschen, seit Langem schon absolute Kommunisten, einen »Kuckuck« – einen kräftigen, schönen jungen Mann mit Mumm in den Knochen, einen exzellenten Fechter u. dgl. Das heißt, nicht alle Erdenmenschen schicken ihn, sondern, sagen wir, die Moskauer Historische Gesellschaft. Die treten eines Tages an den Kardinal heran und sagen ihm: »So und so, du wirst das nicht verstehen, aber wir lassen dir diesen Burschen hier, du wirst ihn vor Intrigen schützen, hier hast du ein Säckchen Gold für deine Mühe, und wenn ihm etwas zustößt, ziehen wir dir das Fell über die Ohren.« Der Kardinal ist einverstanden, unsere Leute lassen bei dem Planeten einen Übertragungssatelliten zurück. Der junge Mann trägt nach der dortigen Mode einen goldenen Stirnreif, in den statt eines Diamanten das Objektiv einer Fernsehkamera eingebaut ist; diese überträgt Bilder der Gesellschaft an den Satelliten und dieser wiederum zur Erde. Dann bleibt der Bursche allein auf dem Planeten, mietet sich ein Zimmer bei Herrn Bonacieux und beginnt, sich in der Stadt herumzutreiben, bei hochgestellten Herren zu antichambrieren, in Schenken zu trinken; er schlägt sich auf Degen (ohne jemanden zu töten, dafür wird er sogar berühmt), läuft Weibern nach u. dgl. Diesen Teil kann man gut schreiben, fröhlich und komisch. Wenn er Strickleitern hochklettert, verdeckt er aus Feingefühl das Objektiv mit seinem Federhut.

Und dann beginnt das Zeitalter der geografischen Entdeckungen. Der hiesige Kolumbus kehrt zurück und teilt mit, er habe Amerika entdeckt, ein Land, schön wie der Siebte Himmel, doch dort Fuß zu fassen sei unmöglich: Man werde von Tieren überwältigt, die auf dieser Seite des Ozeans unbekannt seien. Da lässt der Kardinal unseren Historiker kommen und sagt zu ihm: Hilf uns, du vermagst vieles, wozu unnötige Opfer. Das Weitere ist klar. Er lässt Hilfe von der Erde kommen – einen Panzer der höchsten Schutzklasse und ein Dutzend Kumpels mit Blastern, verabredet sich mit ihnen am anderen Ufer und fährt mit Galeonen voll Soldaten hin. Sie kommen an, es beginnt ein Krieg, und es stellt sich heraus, dass diese Tiere auch vernunftbegabte Wesen sind. Die Historiker sind blamiert, man zitiert sie vor den Weltrat und verpasst ihnen einen dicken Parteirüffel wegen Übermut.

Man kann das lustig und interessant schreiben, wie »Die drei Musketiere«, aber mit mittelalterlichem Urin und Dreck, wie die Frauen rochen, und im Wein war eine Menge toter Fliegen. Und zwischen den Zeilen die Idee ausführen, wie ein Kommunist, der sich in solchem Milieu befindet, langsam, aber sicher zum Spießer wird, obwohl der Leser ihn weiterhin als einen lieben und netten Kerl betrachtet …

Nicht wahr, das ist schon beinahe das Richtige, aber dabei ist es doch nicht ganz das Richtige und in gewissem Sinne sogar ganz und gar nicht das Richtige. Derlei Pläne pflegten die Strugatzkis als »kräftiges Grundskelett« zu bezeichnen. Das Vorhandensein eines solchen Skeletts war eine notwendige (wenn auch nicht hinreichende) Bedingung für den Beginn der eigentlichen Arbeit. Zumindest damals. Später kam eine weitere wichtige Bedingung hinzu: Wir mussten unbedingt wissen, »womit sich das Herz zufriedengeben würde« – wie das Ende des geplanten Werkes aussehen sollte, der letzte Grenzpfahl, bis zu dem der Handlungsfaden geführt werden muss. Anfang der Sechzigerjahre verstanden wir noch nicht, wie wichtig das ist, und deshalb gingen wir oft ein Risiko ein und mussten im Laufe der Arbeit das Sujet komplett ändern. Wie es auch beim »Siebten Himmel« der Fall war.

Das »kräftige Grundskelett« des Romans, das Arkadi vorgeschlagen hatte, war zweifellos gut und versprach eine bemerkenswerte Arbeit. Doch anscheinend tauchten schon in einem frühen Stadium der Erörterung zwischen den Koautoren gewisse Unterschiede in der Herangehensweise auf; sie hatten sich noch nicht an einen Tisch gesetzt, um die Arbeit in Angriff zu nehmen, als schon eine Diskussion aufkam, an deren Einzelheiten ich mich natürlich nicht erinnere, deren allgemeinen Verlauf man aber anhand von Auszügen aus Briefen von Arkadi verfolgen kann. (Die Briefe von Boris bis einschließlich 1963 sind, wie schon an anderer Stelle gesagt, leider unwiederbringlich verloren.)

17.03.63 – Arkadi: »… Das ganze von Dir skizzierte Programm erledigen wir in fünf Tagen. Vorbeugend will ich Dir aber sagen, mein blassflaumiger Bruder, dass ich für etwas Leichtsinniges bin – das betrifft den ›Siebten Himmel‹. Frauen sollen weinen, Mauern lachen und fünfhundert Schurken schreien: ›Schlag ihn, schlag ihn!‹ und nichts gegen einen einzigen Kommunisten ausrichten können …«

Der letzte Satz ist ein leicht abgewandeltes Zitat aus der von uns geliebten Musketier-Trilogie von Dumas[*], und überhaupt

---

[*] Und zwar aus Band 3: »Der Vicomte de Bragelonne« (auch: »Zehn Jahre später oder Der Graf von Bragelonne«). – *Anm. d. Übers.*

ist die Rede anscheinend davon, in welcher Tonart der neue Roman geschrieben werden soll. Boris hat diesbezüglich gewisse Vorstellungen. Welche, kann man aus dem folgenden Fragment erraten:

> 22.03.63 – Arkadi: »... Zum ›Beobachter‹ (so habe ich den ›Siebten Himmel‹ umbenannt). Wenn Dich das ringsum sprudelnde Leben interessiert, dann wirst Du reichlich Gelegenheit haben, Dein Inneres in ›Die Tage des Kraken‹ und in die ›Zauberer‹ zu ergießen. Ich aber möchte einen Roman über abstrakten Edelmut, Ehre und Freude schreiben, wie bei Dumas. Und wage ja nicht zu widersprechen. Wenigstens einen einzigen Roman ohne aktuelle Probleme in Reinkultur. Ich bitte Dich auf Knien, Du Schuft! Degen will ich, Degen! Kardinäle! Hafenkneipen! ...«

Dieser ganze Briefwechsel fand vor einem ziemlich interessanten innenpolitischen Hintergrund statt. Mitte Dezember 1962 (das genaue Datum habe ich vergessen) besuchte Nikita Chruschtschow eine Ausstellung zeitgenössischer Kunst in der »Moskauer Manege«. Aufgehetzt (wie das Gerücht besagt) vom damaligen Chef der ideologischen Kommission beim ZK Iljitschow fegte der wütende Führer – ein großer Spezialist, versteht sich, auf dem Gebiet der Malerei und der schönen Künste überhaupt – durch die Säle der Ausstellung und schrie: »Scheißkerle! Für wen arbeitet ihr? Wessen Brot fresst ihr? Perverslinge! Für wen habt ihr das alles zusammengeschmiert, ihr Farbenkleckser?« Er stampfte mit den Füßen, lief dunkelrot an, sprühte den Speichel zwei Meter weit. (Just damals und aus ebendiesem Anlass kam der bekannte Witz auf, wo der rasende Maisapostel Nikita ein missgestaltetes Bild im Rahmen anstarrt und brüllt: »Und was ist das für ein Arsch mit Ohren?« Worauf man ihm zitternd antwortet: »Das ist ein Spiegel, Nikita Sergejewitsch ...«)

Ausnahmslos alle Massenmedien fielen unverzüglich über den Abstraktionismus und Formalismus in der Kunst her, als hätten sie sich die letzten Jahre lang eigens darauf vorbereitet, Material angehäuft und nur gewartet, dass man ihnen endlich erlaubte, sich zu diesem brennend aktuellen Thema zu äußern.

Und das war erst der Anfang. »Am 17. Dezember fand im Empfangsgebäude auf den Leninbergen ein Treffen der Leiter der Kommunistischen Partei und der Sowjetregierung mit Literatur- und Kunstschaffenden statt.« Breschnew, Woronow, Kirillenko, Koslow, Kossygin, Mikojan, Poljanski, Suslow, Chruschtschow* und andere führende Literaturexperten des Landes, durchmischt mit Kunstkennern in Zivil, hatten sich versammelt, um »ihre Anmerkungen und Wünsche zu Fragen der Entwicklung von Literatur und Kunst zu äußern«.

Sie äußerten sich. Die Presse schrie nicht mehr, sie heulte förmlich. »Kompromisse kann es nicht geben«, »Die Verantwortung des Künstlers«, »Das Licht der Klarheit«, »Beflügelnde Sorge«, »Kunst und Pseudokunst«, »Gemeinsam mit dem Volk«, »Unsere Kraft und Waffe«, »Es gibt solch eine Partei, es gibt solch eine Kunst!«, »Auf Lenin'sche Art«, »Fremde Stimmen« …

Es war, als sei ein altes Geschwür aufgebrochen. Eiter und verdorbenes Blut überschwemmten die Zeitungsseiten. Alle, die in den letzten Jahren des »Tauwetters« Ruhe gegeben hatten (wie uns schien), die die Ohren angelegt und nur verängstigt um sich geblickt hatten, als ob sie eine undenkbare, unmögliche, unwahrscheinliche Vergeltung für das Vergangene erwarteten – alle diese unheimlichen Kreaturen Stalins und Berijas, bis zu den Ellbogen mit dem Blute unschuldiger Opfer befleckt, alle diese heimlichen und offenen Denun-

---

* Allesamt – wie auch die später erwähnten Podgorny, Grischin, Masurow – waren hohe sowjetische Partei- und Staatsfunktionäre. – *Anm. d. Übers.*

zianten, ideologischen Hetzer und wohlmeinenden Idioten, sie alle kamen auf einmal aus ihren Löchern gekrochen, alle waren sie zur Stelle, energische, schlaue, geschickte Hyänen der Feder, Alligatoren der Schreibmaschine. *Man durfte wieder!*

Doch auch das war noch nicht alles. Am 7. März 1963 wurde der »Meinungsaustausch zu Fragen von Literatur und Kunst« im Kreml fortgesetzt. Zu den Kennern der Schönen Künste gesellten sich Podgorny, Grischin, Masurow. Der Meinungsaustausch dauerte zwei Tage. Das Geschrei in den Zeitungen nahm noch zu, obwohl man meinen sollte, es hätte gar nicht größer sein können. »Die Größe wahrer Kunst«, »Auf Lenin'sche Art!« (hatten wir schon, jetzt aber mit Ausrufezeichen), »Die Philosophie der westlichen Kunst: Leere, Zersetzung, Tod«, »In hohem ideellen Gehalt und künstlerischer Meisterschaft liegt die große Kraft der sowjetischen Kunst«, »Es gibt keine ›dritte‹ Ideologie!«, »Schaffen im Namen des Kommunismus«, »Das Heldentum rühmen, lobpreisen, heranziehen«, »Weiter so!« (die Zahl der Ausrufezeichen nimmt definitiv zu), »Wahre und scheinbare Suche in der Lyrik«, »Nach vorn schauen!«.

> Die Sonne scheint, doch wärmt nicht, wie sie soll,
> die ganze Gegend läuft mit Wasser voll.
> Zur Freude eines jeden großen Viehs
> gibt's Tauwetter, doch leider ist es dies!

Da hatte sich Juli Kim zu Wort gemeldet – sofort, wie immer giftig und makellos genau:

> Frühling ist's, und alles überschwemmt,
> trübes Wasser, breit und ungehemmt …
> Werft das Netz, wohin ihr wollt, zugleich,
> zieht euch, Jungs, die Fische aus dem Teich!
> *Man darf!*

Von allen Tonbandgeräten, in allen Intelligenzlerküchen erklangen seine Couplets, dargeboten mit absichtlich süßem und sogar sanftem Stimmchen:

> Was für Zeiten! Keine Zeit – ein Traum!
> Ein Kotschettchen singt in jedem Baum!
> So ein Übermaß an Jubelchören
> kann man nicht mal im »Oktober« hören!

(Mit Kotschettchen waren hier zweifellos die Mitstreiter und Mitläufer von W. Kotschetow gemeint, der damals Chefredakteur der erzstalinistischen Zeitschrift *Oktober* war, ein erklärter Stalinist, Antisemit und Obskurant, den sogar die Obrigkeit von Zeit zu Zeit zurückpfeifen musste, um »in den Augen der internationalen Arbeiterbewegung« den Schein zu wahren.)

Zuerst nahmen sie sich die modernistischen Maler vor – Falk, Sidur, Ernst Neiswestny, und dann, ehe auch nur jemand Piep sagen konnte, waren Ehrenburg, Viktor Nekrassow, Andrej Wosnessenski, Alexander Jaschin und der Film *Iljitschs Wacht** an der Reihe. Und jeder, der nicht zu faul war, trampelte auf Axjonow, Jewtuschenko, Sosnora, Achmadulina und sogar – aber höflich, respektvoll! – auf Solschenizyn herum. (Solschenizyn war bei Chruschtschow nach wie vor in Gnade. Aber die ganze andere Kamarilla – mein Gott, wie sie ihn hassten und fürchteten! Der Zar kann gnädig sein, der Schreiberling – o nein!)

Schließlich erreichte die Eiterwoge auch unser Randgebiet, unsere stille Zunft der Phantastikautoren. Am 26. März 1963

---

* Der 1963 fertiggestellte Film von Marlen Churzijew wurde zunächst unterdrückt; 1965 kam eine Version unter dem Titel *Ich bin zwanzig Jahre alt* in die Kinos und wurde von der internationalen Filmkritik stark beachtet. – *Anm. d. Übers.*

fand eine erweiterte Beratung der Sektion für Science Fiction und Abenteuerliteratur bei der Moskauer Filiale des Schriftstellerverbandes statt. Zugegen waren: Georgi Tuschkan (der Vorsitzende der Sektion, Verfasser von Abenteuerliteratur und eines SF-Romans), A. P. Kasanzew, Georgi Gurewitsch, Anatoli Dneprow, Roman Kim, Sergej Shemaitis (der Leiter des SF-Lektorats im Verlag *Molodaja gwardija*), Jewgeni Pawlowitsch Brandis und viele andere. Hier ein charakteristischer Auszug aus dem ausführlichen Bericht Arkadis darüber:

... Und dann kam das Schrecklichste. Kasanzew meldete sich zu Wort. Die erste Hälfte seiner Rede war ausschließlich Altow und Shurawljowa gewidmet. Die zweite habe ich nicht mehr gehört, weil ich mich quälte und nicht wusste, was ich tun sollte. Hier die Thesen von dem, was er sagte: Die Altow'sche Richtung in der Phantastik habe sich Gott sei Dank nicht durchgesetzt. Und das sei kein Wunder, denn in ihrer Mehrheit seien die sowjetischen SF-Autoren ideologisch gefestigt. Altow habe auf einer Beratung 1958 ihn und Dneprow beschuldigt, sie hätten sich einem einzigen Thema verschrieben, das allen zum Halse heraushänge – der Konfrontation zweier Welten.* »Nein, Genosse Altow, dieses Thema hängt uns nicht zum Hals heraus, Sie aber sind ein ideell haltloser Mensch.« (Die Stenografistinnen schreiben, was das Zeug hält. Überhaupt wurde alles mitstenografiert.) In »Testgelände ›Sternenfluss‹« trete Altow gegen Einsteins Postulat von der Lichtgeschwindigkeit auf. In den Dreißigerjahren aber hätten die Nazis Einstein just wegen dieses Postulats gequält und verfolgt. Alle Werke Altows spielten auf die eine oder

---

* Es verstand sich von selbst, dass die Welten des Kommunismus und des Kapitalismus gemeint waren. – *Anm. d. Übers.*

andere Weise den Nazis in die Hände. (Die Stenografistinnen schreiben mit! Glaub nicht, dass ich übertreibe, ich dachte selbst, ich träume.) Mehr noch, alle Werke Altows seien so lebensfremd, so leer und bar eines Bezuges zum Leben, dass man ihn ohne weiteres als Abstraktionisten in der Literatur bezeichnen könne, er sei ein Farbenkleckser, Schmierfink und dergleichen.

Weiter habe ich nicht zugehört. Mir brach der kalte Schweiß aus. Alle saßen da wie tot, starrten den Tisch an, niemand muckste sich, und da begriff ich, dass ich zum ersten Mal im Leben auf Seine Majestät den Rachsüchtigen Idioten getroffen war, auf das, was 1937 und 1949 passiert war. Sollte ich protestieren? Und wenn mich niemand unterstützte? Woher sollte ich wissen, was sie noch in petto hatten? Und wenn das alles genehmigt und abgesprochen war? Mich überkam eine schreckliche Feigheit, und nicht umsonst, denn ich hatte ja auch um Dich Angst. Dann aber erfasste mich solch eine Wut, dass die Feigheit verschwand. Und als Kasanzew fertig war, brüllte ich: »Ich bitte ums Wort!« Tuschkan warf mir einen unzufriedenen Blick zu und sagte: »Was haben Sie denn, reden Sie.«

Strugatzki: »Bei allem Respekt für Alexander Petrowitsch protestiere ich entschieden. Altow kann man mögen oder nicht, ich selbst mag ihn nicht besonders, aber überlegen Sie, was Sie sagen. Altow sei ein Nazi! Das ist doch ein Stempel, das wird doch mitstenografiert, wir sitzen nicht in der Kneipe, das ist weiß der Teufel was, das ist einfach unanständig!« Daran erinnere ich mich, aber ich habe noch mehr geredet, an die fünf Minuten lang.

Eine Sekunde Totenstille. Dann die eiserne Stimme von Tolja Dneprow: »Ich meinerseits muss erklären: Ich habe nicht gehört, dass mich Altow der Neigung zum Thema des Kampfes zweier Welten beschuldigt hätte. Er hat mir vorgeworfen, alle handelnden Personen bei mir seien keine

Menschen, sondern Ideen und Maschinen.« Kim: »Und er ist überhaupt kein Abstraktionist. Im Gegenteil, als er bei mir war und ein Bild von dem und dem gesehen hat, hat er es niedergemacht.«

Dann kam allgemeiner Lärm auf, alle redeten los, Kasanzew begann zu erklären, was er hatte sagen wollen, ich aber zitterte vor Wut und hörte nichts mehr. Und als alles vorbei war, stand ich auf, fluchte (wohl ziemlich unanständig) und sagte zu Golubew: »Gehen wir hier weg, hier wird man abgestempelt.« Laut habe ich es gesagt. Dann sind wir nach unten in die Kneipe gegangen und haben dort irgendeine Flasche niedergemacht.

Und nun kriegten anscheinend schon alle ihr Fett ab.

Übrigens, niemand wurde in den Knast gesteckt. Es wurde nicht einmal jemand aus dem Schriftstellerverband ausgeschlossen. Mehr noch, inmitten des Eiterflusses durften sogar zwei, drei Artikel erscheinen, in denen vorsichtig widersprochen und eine eigene Sicht (nicht die der Partei) dargelegt wurde. Diese Entgegnungen wurden sofort in Grund und Boden gestampft, doch allein schon die Tatsache ihres Erscheinens bedeutete, dass die Obrigkeit nicht vorhatte, tödlich zu treffen.

Und selbst der überaus große sowjetische Theaterautor Anatoli Sofronow (bei dem, mit Verlaub, alles zu spät war) beruhigte von oben herab die Verschreckten: »Jetzt äußert mancher Befürchtungen: Ob es wohl zu Übertreibungen kommen könnte, ob nicht irgendwer ›eingeknastet‹ würde usw. Nicht doch, keine Angst. Unsere Sowjetmacht ist gütig, unsere Partei ist gütig, menschlich. Man muss ehrlich, gewissenhaft arbeiten, dann ist alles in Ordnung.«

Doch wir empfanden weniger Angst als vielmehr Beklemmung. Wir fühlten uns angeekelt wie von Gammelfleisch. Niemand konnte recht verstehen, was diese pfeilschnelle Rückkehr auf den Misthaufen ausgelöst hatte. Entweder reagierte sich die Macht für die schmerzhaften Nasenstüber ab, die sie vor Kurzem während der Kubakrise erhalten hatte. Oder die Lage in der Landwirtschaft war noch schlimmer geworden, und Engpässe bei der Getreideversorgung waren schon abzusehen (die 1963 tatsächlich eintraten). Oder man musste der übermütig gewordenen Intelligenz zeigen, wer Herr im Hause war und auf wessen Seite er stand – nicht bei euren Ehrenburgs, nicht bei euren Ernst Neiswestnys, nicht bei euren verdächtigen Nekrassows, sondern bei der guten alten Garde, die vielfach erprobt war, schon lange gekauft, eingeschüchtert und zuverlässig.

Man konnte jede dieser Versionen wählen oder alle zusammen. Doch eins wurde uns, wie man sagt, schmerzlich bewusst. Nur keine Illusionen. Keine Hoffnungen auf eine lichte Zukunft. Wir werden von Lumpen und von Feinden der Kultur regiert. Sie werden nie auf unserer Seite sein. Sie werden immer gegen uns sein. Sie werden uns niemals erlauben zu sagen, was wir für richtig halten, weil sie etwas ganz anderes für richtig halten. Und wenn für uns der Kommunismus die Welt der Freiheit und des Schöpfertums ist, dann ist es für sie eine Gesellschaft, wo die Bevölkerung unverzüglich und voller Lust alles ausführt, was Partei und Regierung vorschreiben.

Diese einfachen, für uns damals aber keineswegs offensichtlichen Wahrheiten zu erkennen war schmerzhaft, wie es die Erkenntnis der Wahrheit immer ist, zugleich aber heilsam. Neue Ideen tauchten auf und verlangten unverzüglich umgesetzt zu werden. Die ganze von uns geplante »fröhliche Musketiergeschichte« erschien uns in völlig neuem Lichte, und Boris brauchte nicht lange zu reden, um Arkadi von der Notwendigkeit zu überzeugen, eine wesentliche Korrektur an der Idee des »Beobachters« vorzunehmen. Die Zeit der leichtsinnigen Abenteuer, die Zeit der »Degen und Kardinäle« war anscheinend vorbei. Oder vielleicht war sie nur noch nicht gekommen. Aus dem Musketierroman musste ein Roman über das Schicksal der Intelligenz werden, die ins Dämmerlicht des Mittelalters getaucht ist.

Aus Arkadis Tagebuch:
… War vom 12.–16. [April 1963] in Leningrad. […] Haben einen anständigen Plan für den »Beobachter« aufgestellt (vormals »Der siebte Himmel«). …
13.08.63.
… Im Juni »Es ist schwer, ein Gott zu sein« geschrieben. Sind jetzt unschlüssig, wissen nicht, wohin geben. Beim Kinderbuchverlag werden sie's nicht nehmen. Evtl. bei »Nowy mir« versuchen?

Bei *Nowy mir* (der Zeitschrift *Die neue Welt*) versuchten wir es dann doch nicht, wohl aber bei der dicken Zeitschrift *Moskwa*. Vergebens. Das Manuskript wurde uns, wie ich mich entsinne, von dort mit einem herablassend ablehnenden Gutachten zurückgegeben – wie sich zeigte, druckte man bei *Moskwa* keine Phantastik.

Überhaupt rief der Roman sehr unterschiedliche Reaktionen in der Leserschaft hervor. Besonders irritiert waren unsere Lektoren. An diesem Roman war für sie alles ungewohnt, es gab eine Menge Wünsche (durchaus freundliche übrigens, keineswegs boshaft-kritische). Auf den Rat von I. A. Jefremow hin benannten wir den Minister für die Sicherheit der Krone in »Don Reba« um (vorher war er bei uns Don Rebija gewesen – ein Anagramm, das Iwan Antonowitsch denn doch für zu durchsichtig hielt*). Außerdem mussten wir gründlich am Text arbeiten und eine ganze große Szene hinzufügen, wo Arata der Bucklige vom Helden Blitze verlangt

---

* Gemeint ist Berija, Stalins letzter Geheimdienstchef. – *Anm. d. Übers.*

und sie nicht erhält. Es ist erstaunlich, dass dieser Roman alle Zensurhürden ohne besondere Schwierigkeiten nahm. Entweder spielte hier der Liberalismus der damaligen Obrigkeit bei *Molodaja gwardija* eine Rolle oder aber die exakte Vorgehensweise unserer prächtigen Lektorin, Bela Grigorjewna Kljujewa; vielleicht lag es auch daran, dass nach der jüngsten ideologischen Hysterie eine gewisse Beruhigung eingetreten war – unsere Feinde lehnten sich zurück und ließen den Blick über ihre neu eroberten Schlachtfelder und Güter schweifen.

Nach dem Erscheinen des Buches freilich erfolgte sofort eine Reaktion bestimmter Art. Das war wohl die erste Gelegenheit, bei der man gegen die Strugatzkis großes Geschütz auffuhr. Ju. Franzew, Mitglied der Akademie der Wissenschaften der UdSSR, warf den Autoren Abstraktionismus und Surrealismus vor, der ehrenwerte Schriftstellerkollege W. Nemzow aber Pornografie. Zum Glück durfte man damals noch auf Schläge antworten, und Iwan Jefremow setzte sich in seinem blendenden Artikel »Milliarden Facetten der Zukunft« für uns ein. Und auch die politische Hitze draußen hatte um die Zeit nachgelassen. Kurzum, es ging glatt. (Ideologische Kläffer verbellten den Roman noch ein paarmal aus ihren Winkeln hervor, doch mittlerweile waren bei uns »Das Märchen von der Troika«, »Die gierigen Dinge des Jahrhunderts« und »Die Schnecke am Hang« hinzugekommen, und vor diesem Hintergrund wurde »Es ist schwer, ein Gott zu sein« für die Autoren unerwartet geradezu zu einem nachahmenswerten Vorbild. Die Strugatzkis wurden sogar schon getadelt: »Nehmt doch nur ›Es ist schwer, ein Gott zu sein‹ – Sie können es doch, wenn Sie nur wollen, warum arbeiten sie nicht auf dieser Schiene weiter?«)

Der Roman, muss man gestehen, ist gelungen. Die einen Leser fanden darin Musketierabenteuer, die anderen starke Phantastik. Den Teenagern gefiel die spannende Handlung, der Intelligenz die dissidentischen Ideen und die antitotalitären Ausfälle. Gut ein Jahrzehnt lang kam dieser Roman bei Umfragen zusammen mit »Der Montag fängt am Samstag an« auf die Plätze eins und zwei. Bis heute ist er in Russland in einer Gesamtauflage von 2 600 000 Exemplaren erschienen, und das ohne die sowjetischen Ausgaben in anderen Sprachen der UdSSR und in Fremdsprachen. Unter den ausländischen Ausgaben nimmt er einen sicheren zweiten Platz gleich nach »Picknick am Wegesrand« ein. Nach den mir vorliegenden Daten hat er es im Ausland auf 34 Ausgaben in 17 Ländern gebracht.

Unruhe*

Am 4. März 1965 kommen zwei junge frischgebackene Schriftsteller – es ist noch kein Jahr her, dass sie in den Schriftstellerverband aufgenommen wurden – zum ersten Mal ins Haus der Schriftsteller in Gagry. Alles ist hier bestens – wunderbares Wetter, großartige Bedienung, schmackhaftes Essen, fast tadellose Gesundheit, gutes Wohlbefinden, in der Hinterhand lauter neue Ideen und zur Ausarbeitung geeignete Situationen. Alles sehr gut! Alles wäre bestens, wenn sich nicht plötzlich herausstellen würde, dass sich die Strugatzkis in einer schöpferischen Krise befinden.

Es lief nicht. Es klemmte. Wieder klemmte es, wie es uns schon vier Jahre zuvor ergangen war, als wir am »Fluchtversuch« arbeiteten. Panisch begannen wir in unseren Notizen zu blättern, wo wir wie jeder anständige junge Schriftsteller

---

* »Unruhe« ist die erste, stark abweichende Fassung eines der beiden Handlungsstränge in »Die Schnecke am Hang«. Hier folgt ein gekürzter, auf »Unruhe« zugeschnittener Auszug aus Boris Strugatzkis Kommentar zu »Die Schnecke am Hang«. Die vollständige Fassung findet sich in Band 3 der Werkausgabe. – *Anm. d. Übers.*

eine Unmenge von allen möglichen Sujets, Ideen und Situationen hatten. Und bei einer dieser Situationen, die uns seit Langem verlockte, blieben wir. Stellen Sie sich vor, auf einem Planeten leben zwei Arten vernunftbegabter Lebewesen. Und zwischen ihnen herrscht ein Kampf ums Überleben, ein Krieg. Und zwar kein Krieg mit technischen Mitteln, dessen Formen dem Erdenmenschen bekannt und vertraut sind, sondern ein biologischer, der für einen außenstehenden, irdischen Beobachter überhaupt nicht wie ein Krieg aussieht. Die Kriegshandlungen auf diesem Planeten werden von einem Erdenmenschen als eine, sagen wir, den Physikern noch unerklärliche Verdichtung der Atmosphäre wahrgenommen, wenn nicht überhaupt als schöpferische Tätigkeit des fremden Intellekts. Jedenfalls nicht als Krieg. Im Tagebuch werden gewisse Methoden der Kriegführung aufgezählt: »Versumpfung, Dschungelbildung, auch Verkalkung (Verteidigungsmethode); direkte Vergiftung durch Krankheiten: Viren, Bakterien; Schwächung der Erbmasse durch mutagene Viren; Vernichtung (alter) und Einführung neuer Instinkte; Viren, die die Männer unfruchtbar machen ...« Die Erdenmenschen kommen und finden sich – oh! – inmitten eines solchen Durcheinanders, dass es unmöglich ist, jemandes zielgerichtete Handlungen von den krampfhaften Bewegungen der blinden Natur zu unterscheiden.

Mehrere Jahre zuvor hatten wir einmal solch ein Sujet für attraktiv und vielversprechend gehalten, und jetzt, im Zustand der Panik und sogar der Verzweiflung, beschlossen wir, es damit zu versuchen. Wir setzten uns, wie ich mich erinnere, an den Strand, und vom eisigen Märzwind umweht, von der schon milden Märzsonne gewärmt, begannen wir aufmerksam und vorsichtig, die Situation zu entwickeln ...

... Die Pandora. Natürlich, der Planet musste die Pandora sein. Der schon lange von uns erdachte seltsame und wilde Planet, wo seltsame und gefährliche Wesen lebten. Ein wunderbarer Ort für unsere Ereignisse – ein vom Dschungel bedeckter Planet, ganz von unwegsamem Wald überzogen. Aus diesem Wald ragen an manchen Stellen ähnlich den von Conan Doyle in »Die verlorene Welt« beschriebenen Mesas Amazoniens weiße Felswände auf, praktisch unbewohnte Plateaus – und genau dort errichten die Erdenmenschen ihre Basen. Sie beobachten den Planeten, praktisch ohne sich in sein Leben einzumischen und ohne es auch nur zu versuchen, weil die Erdenmenschen einfach nicht verstehen, was da vorgeht. Die Dschungel leben hier ihr eigenes rätselhaftes Leben. Manchmal verschwinden darin Menschen, manchmal kann man sie finden, manchmal nicht. Die Pandora ist von den Erdenbewohnern in eine Art Jagdreservat verwandelt worden. Damals, Mitte der Sechzigerjahre, wussten wir noch nichts von Ökologie und hatten noch nie von etwas wie dem Roten Buch der Arten gehört. Deshalb war eine der verbreitetsten Beschäftigungen der Menschen in unserer Zukunft die Jagd. Also kommen die Jäger auf die Pandora, um Tachorge zu schießen, erstaunliche und schreckliche Tiere … Und ebenda auf dem Planeten lebt schon seit Monaten Gorbowski, und niemand begreift, was er hier will und wozu er seine wertvolle Zeit als Raumfahrer und Mitglied des Weltrates vergeudet.

Gorbowski ist ein alter Held von uns, in gewissem Maße das Urbild des Menschen der Zukunft, die Verkörperung von Güte und Klugheit, von Intelligenz im höchsten Sinne des Wortes. Er sitzt am Rande des riesigen Abgrundes und lässt die Beine baumeln, schaut auf den sonderbaren Wald, der sich unter ihm bis zum Horizont erstreckt, und wartet auf etwas.

In der Welt des Mittags sind alle grundlegenden sozialen und viele wissenschaftliche Probleme seit Langem gelöst. Gelöst sind das Problem eines menschenähnlichen Roboters beziehungsweise Androiden, das Problem des Kontakts zu anderen Zivilisationen, natürlich das Problem der Erziehung. Der Mensch ist sorglos geworden. Er hat gleichsam den Selbsterhaltungsinstinkt verloren. Es ist der Spielende Mensch entstanden. (Damals also tauchte bei uns zum ersten Mal dieser Begriff auf – der Spielende Mensch.) Alles Notwendige wird automatisch erledigt, damit sind Milliarden von klugen Maschinen befasst, und Milliarden von Menschen befassen sich nur mit dem, womit sie wollen. Wie wir heute Schach, Volleyball oder Schiffe versenken spielen, beschäftigen sie sich mit der Wissenschaft, mit Forschungen, Raumflügen, Tiefseefahrten. So erforschen sie die Pandora – sorglos, leichthin, spielerisch, zum Vergnügen. Der Spielende Mensch ...

Gorbowski hat Angst. Gorbowski argwöhnt, dass so eine Situation kein gutes Ende nehmen kann, dass die Menschheit früher oder später im Kosmos auf eine verborgene Gefahr stößt, die er sich jetzt nicht einmal vorstellen kann, und dann steht der Menschheit ein Schock bevor, eine Demütigung, eine Niederlage, der Tod – was auch immer ...* Und so wandert Gorbowski mit seinem unheimlichen Gespür für das Ungewöhnliche von Planet zu Planet und sucht das *Seltsame*. Was genau das ist, weiß er selber nicht. Diese wilde und gefährliche Pandora, die die Menschen schon seit etlichen Jahrzehnten derart leichthin und zum Vergnügen erschließen, erscheint ihm als Brennpunkt irgendwelcher verborgener Bedrohungen, und er weiß selber nicht, welcher. Er sitzt hier, um in dem Augenblick zur Stelle zu sein, wenn etwas passiert. Er sitzt da, um die Leute an übereilten, unbedachten Handlungen zu hindern, sie wie übermütige Kinder als »Fänger im Roggen« aufzufangen ...**

(Interessant ist, dass sich im Arbeitstagebuch eine Notiz erhalten hat: »Als Gorbowski die Lage auf der Pandora er-

---

* Die Strugatzkis haben dieses Thema – und auch das Motiv des Homo ludens, des Spielenden Menschen, aber in anderem Zusammenhang – später in ihrem Roman »Die Wellen ersticken den Wind« aufgegriffen. – *Anm. d. Übers.*
** Vgl. die Anmerkung zu Seite 500.

fasst hat, begreift er, dass für die Menschheit hier keine Gefahr besteht. Und sogleich verliert er das Interesse an diesem Planeten. ›Ich will weiterfliegen, es gibt ein paar Planeten, die ich mir ansehen sollte. Zum Beispiel den Regenbogen.‹« Offensichtlich beunruhigte uns damals noch das Problem von »Gorbowskis vorzeitigem Tod« – ein Problem, zu dessen Lösung wir uns nie durchringen konnten.*)

Gorbowski, die Jäger, die Vorbereitungen zu einer Safari auf der Pandora – das alles geschieht auf dem Berg. Im Wald dagegen geschehen andere Dinge. Ich glaube, in einem Samisdat-Artikel des bekannten, damals in Ungnade gefallenen sowjetischen Genetikers Efroimson hatten wir den ins Auge fallenden Satz gelesen, dass die Menschheit ausschließlich durch Jungfernzeugung bestens existieren und sich entwickeln könnte. Man nimmt eine menschliche Eizelle, und unter der Einwirkung eines schwachen induzierten Stroms beginnt sie sich zu teilen – nach Ablauf der entsprechenden Zeit bekommt man natürlich ein Mädchen, immer ein Mädchen, und zwar eine exakte Kopie der Mutter. Männer sind nicht nötig. Überhaupt nicht. Und wir besiedelten unseren Wald mit mindestens drei Arten von Wesen: erstens den Kolonisten, einer vernunftbegabten Rasse, die einen Krieg gegen Nichthumanoide führt; zweitens den Frauen, die sich von den Kolonisten abgespalten haben, sich parthogenetisch fortpflanzen und dabei sind, ihre eigene, sehr komplizierte biologische Zivilisation aufzubauen, und schließlich den unglücklichen Bauern – Männern und Weibern –, die alle über ihren kriegerischen Angelegenheiten einfach vergessen haben. Sie lebten in Dörfern vor sich hin ... Als Getreide gebraucht wurde, waren sie notwendig. Man lernte, Getreide ohne Bauern zu züchten – und vergaß sie. Und jetzt leben sie für sich mit ihrer altertümlichen Technik, ihren

---

* Vgl. die Fußnote auf Seite 865.

altertümlichen Bräuchen, völlig vom stürmisch dahinfließenden wirklichen Leben abgeschnitten. Und in diese sich regende grüne Hölle gerät ein Mensch von der Erde. In der ursprünglichen Fassung ist das unser alter Bekannter Athos-Sidorow. Er lebt dort, vergeht vor Sehnsucht und erforscht diese Welt, ohne herauszukommen, ohne den Weg nach Hause finden zu können ...

So also entstehen die ersten Skizzen des Romans, sein Skelett. Die einzelnen Kapitel werden entworfen. Uns ist schon klar, dass der Roman nach folgendem Muster aufgebaut sein muss: ein Kapitel »Blick von oben, vom Berg«, ein Kapitel »Blick von unten, aus dem Wald«. Wir beginnen zu schreiben, schreiben ein Kapitel ums andere, ein Kapitel »Gorbowski«, ein Kapitel »Athos-Sidorow«, und allmählich beginnt sich aus der Situation selbst eine Konzeption herauszukristallisieren, die sehr wichtig ist, sehr wesentlich für uns und neu. Es ist die Konzeption des Wechselverhältnisses zwischen dem Menschen und den Gesetzen der Natur/Gesellschaft. Wir wissen, dass alle unsere Bewegungen, moralische wie physische, bestimmten Gesetzen gehorchen. Wir wissen, dass jeder Mensch, der sich diesen Gesetzen entgegenzustellen versucht, früher oder später zerbrochen wird, getroffen, vernichtet, wie in Puschkins »Ehernem Reiter« Jewgeni zerbrochen wurde, der die Kühnheit hatte, dem Vollstrecker der Geschichte »Warte nur ...« zuzurufen. Wir wissen, dass in der Geschichte nur der gebieten kann, der in völliger Übereinstimmung mit ihren Gesetzen handelt ... Aber was soll dann ein Mensch machen, *dem ebendiese Gesetze nicht passen?*

Am 6. März schrieben wir die ersten Zeilen: »Von so weit oben sah der Wald aus wie ein riesengroßer, mürber Schwamm ...« Am 20. März beendeten wir die erste Fassung. Wir schrieben schnell. Sobald der Plan in den Einzelheiten ausgearbeitet war, begannen wir sehr schnell zu schreiben. Doch da erwartete uns eine Überraschung – als wir den letzten Punkt gesetzt hatten, stellten wir fest, dass wir etwas geschrieben hatten, das nichts taugte, nicht passte. Uns wurde plötzlich klar, dass uns unser Gorbowski überhaupt nicht kümmerte. Was hatte Gorbowski damit zu tun? Was sollte hier die lichte Zukunft mit ihren Problemen, die wir zudem noch selber erfunden hatten? Donnerwetter! Rings um uns her passiert sonst was, und wir befassen uns mit dem Ausdenken von Problemen und Aufgaben für unsere Nachfahren. Ja, werden denn die Nachfahren nicht selber mit ihren Problemen klarkommen, wenn es so weit ist? Und schon am 21. März beschließen wir, dass wir den Roman nicht für fertig halten können, dass wir etwas damit machen müssen, etwas Grundlegendes. *Aber was?*

Es war klar, dass die Kapitel, die den Wald betreffen, sich eigneten. Dort war »die Situation mit der Konzeption verschmolzen«, alles war rund und fertig. Dieser Roman im Roman kann sogar eigenständig existieren. Was aber den Gorbowski-Teil angeht, so taugt er gar nichts. Und durchaus nicht, weil er etwa schlecht geschrieben wäre. Nein, geschrieben ist er ganz ordentlich, aber mit dem Werk, an dem wir gerade arbeiten, hat er nichts zu tun. Er *interessiert* uns momentan nicht. Die Gorbowski-Kapitel müssen aus dem Text genommen und beiseitegelegt werden. Sollen sie eine Weile liegen.

Und so blieben sie bis Mitte der Achtzigerjahre liegen. Zu Beginn der Perestroika, als es möglich wurde, *alles* zu drucken, als die Verleger bereit waren, einem jede zuvor nicht veröffentlichte Arbeit aus den Händen zu reißen, holten wir unseren »Gorbowski« aus dem Archiv, lasen ihn durch und stellten zu unserer großen Verwunderung fest, dass das gar nicht übel war! Der Text hatte die Zeit überdauert, war gut lesbar und konnte, wie uns schien, den neuen Leser interessieren … So tauchte unsere Erzählung »Unruhe« auf und begann ihr eigenständiges Dasein.

Die dritte Zivilisation

wurde am 22. Februar 1970 unter dem Titel »Operation Mowgli« erdacht.

»Auf einem Planeten, wo ein nichthumanoider passiver Stamm lebt (der nach einem biologischen Krieg allmählich degeneriert), ist ein Raumschiff mit einem Ehepaar und einem Kind gescheitert. Das Kind wird von den Eingeborenen gerettet. Ein Dutzend Jahre später trifft eine neue Expedition ein, entdeckt Menschenspuren, hält die Eingeborenen aber für Tiere. Bei der Suche zerstören sie unwillkürlich Häuser etc. Es kommt zu einem Konflikt. Mowgli reagiert so, wie er üblicherweise seine behäbigen Pflegeeltern gegen wilde Tiere verteidigt. Er wird gefangen. Auf die Erde gebracht. Abenteuer auf der Erde ...« Und so weiter. Es erscheint Gorbowski mit seiner Enkelin, setzt heimlich auf die Insel über, wo die Eingeborenen leben, und legt alle Konflikte zur allgemeinen Zufriedenheit bei. Deus ex machina.

Die ursprüngliche Idee unterscheidet sich, wie Sie sehen, recht stark von ihrer späteren Umsetzung, doch gewisse (grundlegende) Positionen wurden bei uns schon im allerersten Entwurf festgelegt, so die Figur des Knirpses: »Mowgli verfügt über eine gewaltige Fähigkeit, Laute nachzuahmen, er merkt sich alles auf Anhieb, Wörter und Intonationen; seine Pflegeeltern locken auf diese Weise schnelle Tiere an. Er ist von einer Schleimschicht überzogen, die sich der Farbe des Hintergrundes anpassen kann – Mimikry ...«

Freilich waren das alles nur Notizen. Zu schreiben begannen wir den Roman später, im Juni 1970, wobei wir zunächst das Sujet gründlich umnagelten: die schwerfälligen, aussterbenden Eingeborenen wurden bei uns zu einer mächtigen Zivilisation von »Heteromorphen«, die die unterirdischen Hohlräume der düsteren und rätselhaften »Runzelinseln« bewohnten; die ungeschickte Vorgehensweise der Erdenmenschen, die die Lage überhaupt nicht verstehen (genauer gesagt, ihre kybernetischen Jagdmaschinen) führen zum Konflikt, in den sich natürlich der Knirps einmischt ... ein kleiner, aber unbarmherziger Krieg ... Klärung aller Missverständnisse ... die Erdenmenschen ziehen ab. Nach diesem neuen Plan begannen wir sogar zu arbeiten und schrieben ganze acht Seiten, doch schon am Tag darauf: »... Wir überlegen von Neuem. Das Geschriebene haben wir in den Müll getreten.«

Kurzum, mit der »Die dritte Zivilisation« hatten wir unsere Mühe – zumindest im Stadium der Ausarbeitung eines Sujets. Geschrieben hat sich der Roman übrigens zügig, in gutem Tempo, ohne weitere Verzögerungen und Störungen – energisch, glatt, aber irgendwie ohne Freude. Wir wurden das Gefühl nicht los, unsere Zeit zu verschwenden; und wenn nicht der Kinderbuchverlag diesen Roman von uns erwartet hätte (gemäß einem zuvor abgeschlossenen Vertrag), hätten wir diese Arbeit vielleicht gar nicht zu Ende gebracht.

Aber vielleicht hätten wir es doch getan. Uns gefiel der Knirps; Vanderhoeze mit seinem Backenbart und dem Kamelblick (die eigene Nase entlang und über sie hinweg) hatten wir gut getroffen, und auch Komow war hier am rechten Platz, ganz zu schweigen von unserem geliebten Gorbowski, den wir hier mit Vergnügen ein für alle Mal von den Toten auferstehen ließen.* Dennoch verdarb uns der Gedanke, dass wir einen Roman schrieben, den wir – hier und heute – auch hätten bleiben lassen können, ziemlich stark die Laune, und als wir Anfang November 1970 die Reinschrift abschlossen,

---

* In einem frühen Buch der Strugatzkis, »Der ferne Regenbogen«, bleibt Gorbowski angesichts einer gesamtplanetaren Katastrophe, vor der nur die auf dem Planeten Regenbogen lebenden Kinder gerettet werden können, zurück und sieht dem sicheren Tod entgegen; er tritt aber in späteren Werken der Strugatzkis, die offensichtlich auch zu einem späteren Zeitpunkt spielen, wieder auf. – *Anm. d. Übers.*

fühlten wir uns – ich erinnere mich deutlich daran – ganz und gar unbefriedigt und aus irgendeinem Grunde schrecklich erschöpft. Das war wohl die Reaktion auf die Empfindung, eine *nicht notwendige* Arbeit gemacht zu haben.

Natürlich hatten nicht nur die Autoren diese Empfindung. Der von uns hoch geschätzte Kritiker Rafail Nudelman, damals ein großer Verehrer des Werkes der Strugatzkis, sagte einmal nachdenklich in Bezug auf »Die dritte Zivilisation«: »Vielleicht sollte man, ehe man so etwas schreibt, lieber gar nichts schreiben?« Ich weiß noch, dass ich ihm ziemlich scharf widersprach. Er seinerseits ging mich nicht besonders heftig an. Jeder blieb bei seiner Meinung.

Nicht zu schreiben, vermochten wir nicht mehr. Uns war durchaus klar, was Nudelman meinte, wir selbst quälten uns bei dem Gedanken, dass wir, wenn wir »neutrale«, apolitische Werke herausbrachten, in gewisser Weise zu Kollaborateuren wurden und dieses verkommene Regime wider Willen unterstützten – indem wir schwiegen, apolitisch blieben, uns freiwillig zurückzogen. Aber aufs Schreiben verzichten konnten wir nicht mehr. Uns schien (wie unserem Helden Victor Banew aus »Die hässlichen Schwäne«), wenn wir ganz zu schreiben aufhörten, dann wäre das *deren* Sieg: »Sie sind verstummt, halten die Klappe, rumoren nicht mehr …« So aber bewahrten wir uns wenigstens eine bescheidene Möglichkeit, Dinge zu sagen, die unter sonst gleichen Bedingungen nicht gesagt werden durften und die zu sagen es auch keinen Ort gab – wie jener Satz aus »Die dritte Zivilisation« über die »Fanatiker der abstrakten Ideen und die Dummköpfe in ihrem Gefolge«. Auf diesen Satz wird natürlich kaum ein Leser besonders geachtet haben, doch für uns klang er wie eine Losung, wie eine Herausforderung und sogar in gewissem Sinne wie eine Rechtfertigung unseres Tuns.

Kurzum, wir schätzten »Die dritte Zivilisation« nicht besonders hoch ein, doch manchmal, wenn wir darin lasen, gestanden wir einander (in der Art Vanderhoezes): »Aber geschrieben ist das gar nicht übel, weiß Gott, was meinst du?«, und dabei waren wir vor uns selbst völlig ehrlich: Es war tatsächlich gar nicht übel geschrieben. Auf seine Weise, versteht sich.

Und abermals teilten nicht nur die Autoren diese Ansicht. Es ist ja kein Zufall, dass dieser kleine Roman auf die Bühne kam, und zwar recht anständig, wie auch auf die Leinwand (dies freilich ziemlich mittelmäßig) und dass er sowohl daheim als auch im Ausland vielfach aufgelegt wurde. Anfang 1972 überlegten wir sogar, ob wir eine Fortsetzung schreiben sollten: »Der Knirps erzählt« – die Operation »Arche« aus seiner Sicht. Und jetzt denke ich manchmal (nicht ohne Kummer), dass dieser Roman vielleicht gerade deshalb, weil er so apolitisch ist, so fernab von jeder Konjunktur und Aktualität, alle unsere anderen Arbeiten überdauern wird, auf die wir einst so stolz waren und die wir für besonders wichtig und »ewig« hielten.

Der Junge aus der Hölle

Der Beginn der Siebzigerjahre war für die Strugatzkis eine Zeit fieberhafter Versuche, sich den neuen Lebensbedingungen anzupassen. Es begann eine neue, für uns noch ganz ungewohnte Zeit – die Zeit der Ungnade, die sich schon deutlich abzeichnete, nicht mehr außer Zweifel stand –, jenes denkwürdige Jahrzehnt der mageren Jahre, in dessen Verlauf wir *kein einziges* neues Buch herausbringen konnten – nur ein paar Nachauflagen erschienen in den ganzen zehn Jahren. Die Verlage wagten es nicht mehr (und hatten keine Lust), sich mit uns einzulassen. Es gelang uns zwar, ab und zu einen neuen Roman in Zeitschriften herauszubringen – die Leningrader *Awrora* und die Moskauer *Snanie – sila (Wissen ist*

Macht) taten ihr Möglichstes –, doch das war alles, und leben konnte man davon nicht. Es begannen krampfhafte und ungeordnete Versuche, den Durchbruch zum Film zu schaffen, wenigstens zum Trickfilm oder auch nur zum populärwissenschaftlichen, auf die Bühne, und sei es das Puppentheater, eben irgendwohin. Das ist ein Thema für sich, übrigens kein allzu interessantes, denn praktisch alle unsere Anstrengungen führten damals zu nichts.

Auch mit neuen Sujets sah es nicht rosig aus. Nach »Picknick am Wegesrand« hatten wir die Rohfassung von »Das Experiment« abgeschlossen und nun die Qual der Wahl. Im März 1973 hatten wir fünf Sujets ins Auge gefasst – in unterschiedlichem Maße ausgearbeitet und attraktiv.

»Die Ereignisse am Oktopus-Riff«. Eine weitere Version – wohl die dritte – des »Kraken«: von einem riesigen altertümlichen Kopffüßer, der bei Menschen eine »Absenkung der Hemmschwelle« hervorrufen kann, sodass jemand imstande ist, seinen Nächsten zu ermorden, nur weil der einen ungeschickten Witz gemacht hat, durch den sich der Mörder gekränkt fühlt.

»Eine unter seltsamen Umständen aufgefundene Handschrift«. Das Tagebuch eines Mannes, den man für einen Außerirdischen hält, obwohl er nur ein geschickter Amateur-Zauberkünstler ist. In seinem Tagebuch schreibt er einen Roman über eine Welt, wo eine von jemandem (und zu einem bestimmten Zweck) ausgestellte Maschine zufällig ausgewählte Menschen einfängt und in die Zukunft versetzt – eine an allen möglichen Orten auftauchende und dann spurlos verschwindende Telefonzelle, die die Gesprächsteilnehmer verschluckt. Der Held schreibt darüber, als wäre es sein eigenes Schicksal.

»Der Neumieter«. Die komische Geschichte von einem jungen Arbeiter, der soeben eine neue Wohnung erhalten hat. Bei der Einrichtung der Wohnung arbeiten durchweg ehemalige Intelligenzler – als Fußbodenleger, Möbelpacker, Installateur, lauter Doktoren der Wissenschaften. »Alle bleiben in der Wohnung hängen: Der Fußbodenleger hat sich den Finger im Parkett eingeklemmt, den Möbelpacker haben sie mit Schränken umstellt, der Installateur hat statt Schnaps ein Elixier getrunken und ist unsichtbar geworden. Und dann noch ein Hausgeist. Und ein Bauarbeiter, der im Lüftungsschacht eingemauert wurde. Und dann kommt ein Mädel ...« (Ein Sujet ist das eigentlich nicht, nur eine Ansammlung von Bildern, weiter nichts.)

»Der Juli mit dem Außerirdischen«. Die Geschichte von einem Außerirdischen, der mit seinem Raumschiff im Kinderzimmer unseres Helden strandet. Der Außerirdische ist ein kompletter Esel, weiß nichts, kann nichts und versteht nichts. Eine ganz erbärmliche Person, noch dazu von seiner Obrigkeit bis ins Mark eingeschüchtert. »Der Geruch von Parfüm. Miliz (wegen der Nachbarwohnung). Der Hausmeister. Nachbarn. Gäste. Ein Verdacht. Das Problem der Ernährung. Quälerei ohne jeden wissenschaftlichen Nutzen.« (Alles ganz unbestimmt, wieder Bilder, aber keine zusammenhängende Handlung.)

»Der Junge aus der Hölle«. Ein Junge von einem anderen Planeten, »er wird gerettet, als er verwundet ist, in einem Internat gehalten, er lockt die Kinder auf seinen Planeten, und dort ein Mord.«

Im Tagebuch ist eine ganze Seite einer eingehenden mathematischen Untersuchung gewidmet, welches von diesen Sujets sich am besten für den sofortigen Arbeitsbeginn eignet. Auf einer Zehn-Punkte-Skala wurden bestimmt: der Ausarbeitungsgrad des Sujets; die Wahrscheinlichkeit einer künftigen Veröffentlichung; die Eignung für den Kinderbuchverlag; unser Wunsch, dieses Sujet zu schreiben; unsere Fähigkeit (Bereitschaft) dazu; der gesellschaftliche Bedarf am betreffenden Roman; des Weiteren: »der Roman kann zu ...

Punkten gelingen«. Dann wurde für jedes Sujet ein gewichteter Mittelwert bestimmt, und heraus kam, dass wir in erster Linie »Der Juli mit dem Außerirdischen« schreiben sollten – ein Ergebnis, das uns in höchstem Maße bekümmerte und enttäuschte.

Tatsächlich entschlossen wir uns dann doch, »Der Junge aus der Hölle« zu schreiben, aber durchaus nicht sofort, sondern acht Monate später, im Oktober 1973. Und seinen Anfang nahm dieser Roman als Filmszenarium, welches wir zuerst für Mosfilm entwarfen, dann für das Filmstudio Odessa – wir entwarfen es, schrieben es (es hieß »Der Kampfkater kehrt in die Hölle zurück«), erhielten einen Vorschuss und positive Stellungnahmen, doch am Ende war alles vergebens: Der Film wurde verboten. (Es wurde irgendwas vom berüchtigten »Revolutionsexport« geredet, den schon alle satthätten, und der damalige Chef der Staatlichen Filmkommission ließ sich in einem Gespräch mit Tarkowski sogar dazu herab, ihn zu warnen: »Denken Sie daran, dass die Strugatzkis schwierige Leute sind ... Ins Szenarium für den Kinderfilm *Der Kampfkater* haben sie die zionistische Idee eingeschmuggelt, dass alle Juden in ihre Heimat zurückkehren und für ihre Interessen kämpfen sollen.«)

Nun, sie hatten ihn eben verboten. Na schön. Überhaupt nicht schade drum. Mir hat dieses Szenarium nie recht gefallen (wie die meisten von unseren Szenarien), und auch Arkadi war nicht begeistert von ihm. Die Zeit, die wir dafür aufgewendet hatten, war freilich nicht verloren – der Roman schrieb sich leicht und sogar mit einer gewissen Inspiration, obwohl er für uns wenig Neues enthielt.

Viele Jahre lang war bei unserer Arbeit das wichtigste Element, das uns zur Aktivität anregte und uns inspirierte, das Bewusstsein, dass wir jedes Mal etwas schrieben, das noch nie zuvor geschrieben worden war – wenn nicht der Idee, dann eben der Form nach, wenn nicht im Weltmaßstab, so doch im

Bereich der sowjetischen Literatur und wenigstens im Rahmen unserer eigenen schriftstellerischen Erfahrung. Dieses Gefühl der *Neuheit* war für uns vielleicht der wichtigste Antrieb des schöpferischen Prozesses, ohne Neuheit keine Leidenschaft, und ohne Leidenschaft verdorrte schon der Wunsch zu schreiben wie ein Blümchen ohne Wasser.

In »Die dritte Zivilisation« hatte es eine neue Figur gegeben – den kosmischen Mowgli. In »Picknick am Wegesrand« eine völlig neue Situation: die Menschheit am Wegesrand einer interstellaren Trasse; außerdem war dort Roderic Schuchart ein für die Strugatzkis beispielloser und hinreißend unbekannter Held gewesen. »Der Junge aus der Hölle« enthielt für die Autoren im Grunde nichts Neues. Das Wesen der Handlung fand sich komplett in einem alten Bild, das in der Vorstellung des Rumata von Estor entstanden war: die hässliche Spinne Waga das Rad, plötzlich in die Welt des Mittags versetzt. Die Abenteuer Gaghs, des Kampfkaters, waren an sich nicht so spannend und konnten es auch gar nicht sein, dass es lohnte, darauf Zeit und Hirnschmalz zu verschwenden ... Gagh selbst allerdings war nicht uninteressant – das Produkt einer uns sehr gut bekannten Welt, eine charakteristische und bei genauer Betrachtung durchaus nicht einfache Gestalt. Für Gagh zu denken, sich in Gagh hineinzuversetzen, die Welt des Mittags mit Gaghs Augen zu sehen, erwies sich als interessant genug, um aus der Arbeit an dem (im Grunde auf Bestellung geschriebenen) Roman eine gewisse Befriedigung zu schöpfen. Und auch der Titel, der uns so lebhaft an einen einstmals berühmten Film erinnerte*, erschien uns gelungen, angebracht und recht treffend.

---

* Der Film *Ein Junge aus unserer Stadt* (auch: *Einer aus unserer Stadt*) wurde nach dem gleichnamigen Theaterstück von Konstantin Simonow gedreht (Stalinpreis 1942). – *Anm. d. Übers.*

Seither sind viele Jahre vergangen, viel Papier ist vollgeschrieben worden, viele Welten wurden erdacht, doch Gagh bleibt noch immer einer meiner Lieblingshelden – ein rätselhafter Mensch, von dem ich bis heute nicht sagen kann, ob er gut oder schlecht ist. Unter meinen Freunden möchte ich ihn auf keinen Fall haben – aber unter meinen Feinden ja auch nicht!

Anmerkungen

Hier sind Anmerkungen und Querverweise gesammelt, die für das Verständnis der Romane und Erzählungen nicht unbedingt notwendig, aber doch interessant sind. Zum größten Teil handelt es sich um Hinweise auf Werke anderer Autoren, aus denen die Strugatzkis zitieren oder auf die sie anspielen. Hinzu kommen einige Hintergrundinformationen für deutsche Leser, die mit der Geschichte und dem Alltag der Sowjetunion weniger vertraut sind. Die meisten Hinweise auf Zitate verdanke ich den Recherchen, die Viktor Kurilski unter Mitarbeit mehrerer Strugatzki-Kenner durchgeführt und im Internet veröffentlicht hat (www.rusf.ru/abs/ludeni/kur00).

Erik Simon

SEITE 16:
Mit dem dritten werf ich nach Samson, ...
Das ist eine ironische Anspielung auf den biblischen Samson, der mit der Kinnlade eines Esels tausend Feinde erschlagen hat. »Und da er das ausgeredet hatte, warf er den Kinnbacken aus der Hand ...« (Richter 15, 17)

SEITE 23:
»*Was ist denn Freiheit? Einsicht in die Notwendigkeit ...*«
Dies ist eine zum Schlagwort gewordene Formulierung der marxistischen Philosophie. Der Gedanke findet sich schon bei Hegel.

SEITE 24:
… heißt es in einem alten Lexikon, Optimismus sei eine zuversichtliche, bejahende Lebensauffassung …
Die Formulierung stammt aus dem »Wörterbuch der russischen Sprache« von S. Oshegow, Moskau 1952. Dorther stammt auch das Zitat »Pessimismus ist eine Lebensauffassung …« gegen Ende von Kapitel 6.

SEITE 25:
Gegen einen biblischen Löwen magst du ja nicht schlecht sein …
Siehe Altes Testament, Richter 14, 5–6.

SEITE 44:
Felder und Hügel / hat der Schnee still gestohlen. / Gleich ist alles leer.
Das Haiku stammt von Jôsô.

SEITE 70:
»Wozu? Mit unsern sieben Broten kriegst du sie nicht satt.«
Dies spielt auf die Bibelstelle an, wo Jesus viertausend Mann mit sieben Broten speist (Matthäus 15, 32–38).

SEITEN 79 UND 81:
Man benutzt sie, um seinen Nächsten damit zu durchbohren …
Liebe sozusagen deinen Fernsten!
»Du sollst deinen Nächsten lieben wie dich selbst«, heißt es mehrfach in der Bibel (3. Mose 14, 18; Matthäus 22, 39). Das zweite Zitat spielt auf »Also sprach Zarathustra« von Friedrich Nietzsche an. Dort heißt es in der Rede »Von der Nächstenliebe«: »Lieber noch rathe ich euch zur Nächsten-Flucht und zur Fernsten-Liebe!«

Seite 121:
Es ist noch nie vorgekommen, dass die Menschheit sich eine Aufgabe gestellt hat, die sie nicht lösen konnte.
»Daher stellt sich die Menschheit immer nur Aufgaben, die sie lösen kann ...«, schrieb Marx im Vorwort seiner Arbeit »Zur Kritik der politischen Ökonomie« (1859).

Seite 149:
Es ist schwer, ein Gott zu sein
Der Titel des Romans nimmt ein altes japanisches Senryu (eine Abart des Haiku) auf. In der bereits 1966 erschienenen deutschen Übersetzung von Gerolf Coudenhove-Kalergi lautet es:
    Nicht einmal ein Gott,
    sondern bloß ein Mensch zu sein
    ist schon mühevoll!

Seite 150:
Das waren die Tage, in denen ich erfahren habe ...
Das erste Motto aus dem (ursprünglich lateinischen) Ersten Brief Pierre Abélards an Heloise wird hier zitiert nach der Ausgabe »Die Briefe von Abälard und Heloise«, hrsg. von W. Fred, Leipzig 1911.

Seite 150:
Eins muss ich Ihnen sagen: In unserem besonderen Geschäft ...
Das zweite Motto stammt aus Hemingways Theaterstück »Die fünfte Kolonne«.

Seite 159:
»Und hier wird er fallen, wie es scheint, einer von denen, die mit ihm waren.«
Paschka zitiert etwas ungenau aus den »Drei Musketieren« von Alexandre Dumas: »Hier wird Biccarat sterben, der Einzige von allen, die mit ihm sind.«

SEITE 160:
»*Wenn sich der Feind nicht ergibt, wird er vernichtet.*«
Das ist der Titel eines Artikels von Maxim Gorki.

SEITE 160:
»*Auf dreißig Schritte Distanz verfehle ich keine Karte*«
Der ganze Dialog bis »... *schoss ich nicht schlecht*« stammt aus Alexander Puschkins Novelle »Der Schuss«. Die Situation ist dort freilich eine ganz andere, die Sprechenden sind ein Graf, eine Gräfin und ein Offizier.

SEITE 164:
»*And enterprises of great pitch and moment ...*«
Das Zitat stammt aus Shakespeares »Hamlet«; deutsch lautet es:
»Und Unternehmungen voll Mark und Nachdruck,
durch diese Rücksicht aus der Bahn gelenkt,
verlieren so der Handlung Namen.«

SEITE 233:
... dieses ... Genie der Mittelmäßigkeit
Die Formulierung kombiniert zwei Anspielungen: Marx spricht in seinem Artikel über Lord John Russell von einem »Genie der Alltäglichkeit«; Trotzki nannte in seiner Autobiografie »Mein Leben« Stalin »die herausragendste Mittelmäßigkeit unserer Partei«.

SEITE 500:
Sehen Sie denn nicht, dass sie alle wie Kinder geworden sind? Würden Sie etwa keinen Zaun errichten wollen vor dem Abgrund, an dessen Rand sie spielen?
Hier wird auf Jerome D. Salingers Roman »Der Fänger im Roggen« angespielt, dessen Held sich bildhaft in der Rolle eines Mannes sieht, der Kinder auffängt, die in einen Abgrund zu stürzen drohen.

Seite 501:
Die Menschheit ist ohnehin nicht in der Lage, sich Aufgaben zu stellen, die sie nicht lösen kann.
Vgl. Anmerkung zu Seite 121.

Seite 562:
Und wissen Sie schon, dass der Dey von Algier eine Warze direkt unter der Nase hat?
Mit diesem Satz endet die Erzählung »Aufzeichnungen eines Wahnsinnigen« von Nikolai Gogol.

Seite 564:
Dann kam er auf die Butterwoche zu sprechen; ...
Die Butterwoche kennzeichnete im russisch-orthodoxen Festkalender den Übergang zur Fastenzeit und war zudem ein Volksfest am Ende des Winters ähnlich Fastnacht und Karneval, allerdings mit anderem Brauchtum; sie dauerte von Montag bis Sonntag.

Seite 588:
Noch nie ... habe sich die Menschheit eine Aufgabe gestellt, die sie nicht zu lösen bereit gewesen wäre.
Vgl. Anmerkung zu Seite 121.

Seiten 598 und 611:
... wir haben es mit einem kosmischen Mowgli zu tun.
»Gute Jagd«, sagte Vanderhoeze ins Mikrofon ...
»Im Stall ist alles Herdenvieh, und wir sind frei bis morgen früh.«
Der Name Mowgli und die beiden Redewendungen stammen aus »Das Dschungelbuch« von Rudyard Kipling. Das letzte Zitat stammt aus dem Einleitungsgedicht zu »Mowglis Brüder« und lautet in der Übersetzung von Curt Abel-Musgrave: »Der Stall birgt alles Herdentier, / Denn bis zum Mor-

gen herrschen wir!« Bei Kipling heißt das, dass nachts die Dschungeltiere freie Bahn haben; Vanderhoeze meint aber einfach, dass die Raumfahrer (außer Komow) bis zum Morgen frei haben.

S<small>EITE</small> 631:
... *wie Tom Sawyers Katze, nachdem sie* »*Schmerztöter*« *geschluckt hatte.*
Siehe Kapitel 12 in »Tom Sawyers Abenteuer« von Mark Twain.

*Die wichtigsten Werke der
Brüder Strugatzki*

DER ZUKUNFTSZYKLUS
(sortiert nach der Chronologie der Handlung)

Atomvulkan Golkonda (1959)
Der Weg zur Amalthea (1960)
Praktikanten (1962)
Die gierigen Dinge des Jahrhunderts (1965)
Mittag, 22. Jahrhundert (1962, erweitert 1967)
Fluchtversuch (1962)
Der ferne Regenbogen (1963)
Es ist schwer, ein Gott zu sein (1964)
Die bewohnte Insel (1969, 1971)
Die dritte Zivilisation (1971)
Der Junge aus der Hölle (1974)
Unruhe (1990; Manuskript 1965)
Ein Käfer im Ameisenhaufen (1979–80)
Die Wellen ersticken den Wind (1985–86)

DIE SCIENCE-FICTION-EINZELROMANE

Die Schnecke am Hang (1966, 1968)
Die zweite Invasion der Marsmenschen (1968)
Das Hotel »Zum Verunglückten Bergsteiger« (1970)
Die hässlichen Schwäne (1972 im Ausland erschienen;
    später Teil von »Das lahme Schicksal«)
Picknick am Wegesrand (1972)

Eine Milliarde Jahre vor dem Weltuntergang (1976)
Das lahme Schicksal (1986, komplett 1989)
Das Experiment (1989; Manuskript 1968–72)
Die Last des Bösen (1989)
Ein Teufel unter den Menschen (gemeinsam konzipiert,
  von Arkadi Strugatzki geschrieben; 1993)

FANTASY UND MÄRCHEN

Der Montag fängt am Samstag an (1965)
Das Märchen von der Troika (Fortsetzung zu »Der Montag fängt
  am Samstag an«; erste Fassung 1987, stark abweichende zweite
  Fassung 1968)
Expedition in die Hölle (gemeinsam konzipiert, von Arkadi
  Strugatzki geschrieben; Teile 1 und 2: 1974, Teil 3: 1984)

DIE ROMANE BORIS STRUGATZKIS

Die Suche nach der Vorherbestimmung (1995)
Die Ohnmächtigen (2003)